Charles Dickens

Il nostro comune amico

Traduzione, Introduzione e Note
di Anna Morena Mozzillo

Titolo
Il nostro comune amico

Autore
Charles Dickens

Traduzione, Introduzione e Note
Anna Morena Mozzillo

Progetto grafico
Pierluigi Pastore

Traduzione, Introduzione e Note: © 2021 Anna Morena Mozzillo
All rights reserved.

***

Indice generale *pag. 2*
Introduzione *pag. 3*
La vita e le opere di Charles Dickens *pag. 4*
Indice dei capitoli *pag. 7*
Testo *pag. 9*
Parte I *pag. 9*
Parte II *pag. 147*
Parte III *pag. 283*
Parte IV *pag. 419*
Postscript *pag. 543*
Note *pag. 544*
Bibliografia *pag. 566*
Sitografia *pag. 567*
Altri libri ed ebook di Anna Morena Mozzillo *pag. 567*

E questa è la legge eterna:
spesso il male finisce e muore con chi lo fa,
ma il bene mai.

(Parte I, cap. IX)

Introduzione

"Our mutual friend", tradotto in italiano "Il nostro comune amico" o anche, in alcune edizioni, "L'amico comune", è un romanzo di Charles Dickens, uscito a puntate in un'edizione illustrata per i tipi della casa editrice Chapman and Hall di Londra; è l'ultimo romanzo completo del grande scrittore inglese. Nell'aprile del 1864 fu pubblicato il primo fascicolo del romanzo, che raggruppava vari capitoli, così come i successivi, fino all'ultimo, pubblicato nel novembre del 1865. Era normale in quel tempo che quelli che noi conosciamo come famosi romanzi dell'Ottocento venissero pubblicati a puntate su quotidiani o riviste. Ogni uscita era attesa con ansia dai lettori, che desideravano conoscere al più presto gli eventi che interessavano i loro beniamini.

Ne "Il nostro comune amico" si intrecciano le vicende di numerosi personaggi. Colui cui si fa riferimento nel titolo è John Harmon, che ha ereditato una grossa fortuna dopo la morte del suo arcigno genitore, ma a condizione che sposi una fanciulla, Bella Wilfer, notata dall'anziano signore quando ella era ancora una bambina capricciosa. Nel caso che il matrimonio non avvenga, tutto il patrimonio andrà ai vecchi servitori dell'anziano Harmon, i quali lo hanno sempre servito con lealtà. Il giovane Harmon, tornato in Inghilterra, decide di non presentarsi subito col suo nome, per poter vedere la sposa predestinata senza essere riconosciuto. Avviene però che dopo lo sbarco egli resti vittima di un agguato, messo in opera da un ufficiale di bordo che aveva conosciuto e col quale si era confidato, che era simile a lui di statura e di corporatura; Harmon viene avvelenato e gettato nel Tamigi, ma il freddo fa sì che riesca a riprendersi e ad arrivare esausto a riva. Ha un vago ricordo di vari uomini nella sua stanza, mentre giaceva drogato a terra, che dopo aver avuto una colluttazione con l'ufficiale di bordo, si sono impadroniti della sua valigia. Per fortuna aveva conservato alcune sterline in una cintura impermeabile, che gli permettono di pernottare per un certo periodo in albergo e poi prendere alloggio proprio presso la casa dei Wilfer, i genitori di Bella. Nel frattempo viene ritrovato un corpo nel Tamigi, e si pensa che sia il suo corpo, mentre invece è quello del suo finto amico, che evidentemente ha avuto la peggio contro altri furfanti. John Harmon pensa che sia un'occasione da sfruttare per poter conoscere meglio quella che secondo il testamento dovrà essere la sua futura moglie, e assume prima l'identità di un certo signor Julius Handford, che, dopo aver visto il cadavere dell'ufficiale, farà perdere le sue tracce, poi quella del signor Rokesmith, che diventa segretario del signor Boffin.

Accanto alla storia tra John e Bella corre parallela quella tra Lizzy Hexam, figlia di colui che ha ripescato il corpo nel fiume, e Eugene Wayburn, giovane avvocato, disincantato amico dell'avvocato Lightwood, quest'ultimo essendo diventato il legale del signor Boffin. Lizzy è però stata notata anche dal maestro di suo fratello Charlie, il signor Bradley Headstone, che cova un odio implacabile contro il suo rivale in amore.

Altri personaggi contribuiscono poi a creare un vero e proprio affresco della società del tempo: popolani come la signora Betty Higden, il simpatico Sloppy, che ella ha accolto nella sua casa, la signorina Jenny Wren e suo padre ubriacone, il malvagio Rogue Riderhood e sua figlia Pleasant, l'imbalsamatore signor Venus, lo scaltro e avido Silas Wegg; e appartenenti alla borghesia, come i signori Veneering, i signori Podsnap, il piccolo aristocratico Twemlow, i coniugi Lammle, che vivono però oltre i loro mezzi, l'eccentrica Lady Tippins, ecc.

Le storie dei vari personaggi si intersecano e danno vita a un lavoro articolato e complesso.

Una critica particolarmente accesa e sentita è fatta dall'Autore alle "poorhouse" o "workhouse" ("casa dei poveri" o "casa di lavoro"), strutture che avrebbero dovuto ospitare i poveri e gli anziani, riformate nel 1834 dal Parlamento inglese e che erano considerate simili a prigioni dai popolani, come si nota dalle parole e dai comportamenti della vecchia Betty Higden, che è disposta a tutto pur di non esservi rinchiusa. Il biografo di Dickens, Iohn Forster, in un capitolo sul romanzo, scrive a questo proposito: "Non ha il potere creativo che affollava la sua prima pagina e trasformava in realtà popolari le ombre della sua fantasia; ma l'osservazione e l'umorismo in cui eccelleva non gli mancano, né vi erano state, nella sua prima opera compiuta, suppliche più eloquenti o generose per i poveri e gli emarginati, di quanto contenga quest'ultima opera compiuta. Betty Higden finisce quello che ha iniziato Oliver Twist."

Uno sguardo impietoso è poi rivolto all'organizzazione delle scuole, a quel tempo controllate per la maggior parte dagli anglicani e dalla chiesa cattolica. Solo nel 1870, anno della morte dello scrittore, fu emanato l'Elementary Education Act, comunemente noto come Forster's Education Act, il quale stabiliva la scolarizzazione di tutti i bambini di età compresa tra 5 e 13 anni in Inghilterra e Galles. Fu redatto da William Forster, deputato liberale, e fu introdotto il 17 febbraio 1870 dopo una campagna della National Education League, un movimento politico che promuoveva l'istruzione elementare per tutti i bambini, libera dal controllo religioso. Alla Lega si opponeva la National Educational Union di Manchester, composta da conservatori e anglicani.

Molti critici letterari ritengono "Il nostro comune amico" il romanzo "più complesso e disperato dell'autore inglese, in cui i suoi ultimi 'resti' di illusioni sulla funzione progressiva dei borghesi sono ormai scomparsi e anche il proletariato lo emula e cerca di imitarlo e l'hanno paragonato ad un caleidoscopio, attraverso il quale egli analizzò classi sociali e persone".

Un altro grande Autore, Italo Calvino, definì il romanzo «Un capolavoro assoluto, d'invenzione come di scrittura.» Giudizio lusinghiero che ci trova completamente d'accordo.

L'edizione presente è stata tradotta cercando di rimanere il più possibile fedeli al testo originale, pur se questo ha comportato a volte una certa ridondanza e un certo appesantimento della forma italiana, in quanto solo riportando il più possibile fedelmente la forma (e il pensiero) dell'Autore si può coglierne l'originalità e la capacità di alludere e ironizzare; sono stati infatti riportati anche i modi di dire e le frasi idiomatiche tipiche del tempo, che sono state spiegate nelle Note.

La vita e le opere di Charles Dickens

Charles John Huffam Dickens nacque a Portsmouth il 7 febbraio 1812. Il padre John, impiegato della Marina britannica, spesso in ristrettezze economiche, fu rinchiuso per debiti nella prigione di Marshalsea, nel 1824. Charles quindi, ad appena dodici anni, cominciò a lavorare in una fabbrica di lucido da scarpe, incollando etichette. Pochi mesi dopo il padre fu liberato, egli iniziò ad andare a scuola, poi entrò nello studio di un avvocato come praticante; il suo interesse maggiore però era il teatro. Abbandonata la carriera legale, si impiegò come stenografo e cronista di tribunali e uffici, per poi diventare cronista parlamentare. Nell'agosto del 1834 viene assunto come cronista dal Morning Chronicle, ciò che gli permette di viaggiare per tutta la Gran Bretagna; in settembre pubblica, sotto lo pseudonimo di 'Boz', un racconto di vita urbana, seguito da altri, che diventeranno poi gli "Sketches by Boz".

"I quaderni postumi del Circolo Pickwick" lo consacrano subito scrittore di successo, amato e seguito da un pubblico sempre più vasto, che attendeva con ansia le uscite dei numeri della rivista su cui il romanzo era pubblicato, a cadenza mensile.

Nel 1836 aveva sposato la figlia del direttore del giornale.

Nel 1837 esce, sempre a puntate, la prima parte del romanzo "Oliver Twist"; successivamente pubblica, nel 1841, "The Old Curiosity Shop", "La bottega dell'antiquario" e il romanzo storico "Barnaby Rudge A Tale of the Riots of Eighty", "Barnaby Rudge ossia il morto che attira".
Programma poi un viaggio negli Stati Uniti, che compie con la moglie, visitando parecchie città. Da questa esperienza trae materiale per scrivere un diario di viaggio, dal titolo "American Notes for General Circulation".
Nel dicembre 1843 pubblica il romanzo breve "A Christmas Carol, In Prose: Being a Ghost Story of Christmas", conosciuto in Italia col titolo "Canto di Natale".
Si reca in Italia tra il 1844 e il 1845, soggiornando a Genova, La Spezia, Bologna, Carrara, Roma, Napoli e Mantova; traccerà il resoconto di questa sua esperienza nel libro "Pictures from Italy".
Tornato in Inghilterra, è promotore della nascita di varie testate giornalistiche e nel 1849 inizia a pubblicare, sempre a cadenza mensile, il romanzo "David Copperfield", scritto in prima persona.
Tra il 1852 e il 1853 pubblica "Bleak House", "Casa desolata".
Nel 1854 è la volta del romanzo di critica sociale "Hard Times: For These Times", "Tempi difficili".
Tra il 1855 e il 1857 escono, sempre a puntate, i fascicoli de "Little Dorrit", "La piccola Dorrit".
Verso la fine degli anni '50 del secolo, inizia a leggere e recitare a teatro parti che si riferiscono ai personaggi da lui creati; ottiene grande successo anche come attore e drammaturgo, e porta i suoi spettacoli in giro per l'Europa e l'America.
I rapporti familiari si incrinano e si separa dalla moglie, dalla quale ha avuto dieci figli, nel 1858.
Nel 1861 dà alle stampe il romanzo in prima persona "Great Expectations", "Grandi speranze", che appartiene al genere del 'Bildungsroman', 'romanzo di formazione'.
Nel 1864 inizia la pubblicazione del presente romanzo "Our Mutual Friend", "Il nostro comune amico", pubblicazione che terminerà nel novembre 1865.
L'ultimo suo romanzo, per la prima volta di genere poliziesco, "The Mystery of Edwin Drood", è rimasto incompiuto (se ne hanno solo i primi 23 capitoli) e fu pubblicato postumo nel 1870.
Dal 1868 la sua salute inizia a peggiorare, tanto che deve interrompere la sua tournée in America. Tornato nel Kent, muore a Higham il 9 giugno 1870 e viene sepolto nell'abbazia di Westminster.
Numerosissimi sono, oltre ai romanzi più famosi, conosciuti e apprezzati in tutto il mondo, i discorsi, gli articoli e i racconti scritti da Dickens nella sua lunga e feconda carriera. Ci sono rimasti di lui anche bozzetti, poesie, raccolte di lettere e scritti vari.
La fervida fantasia e la capacità di osservazione, unite a un'ottima memoria e a una straordinaria capacità di descrizione, rendono indimenticabili tante pagine dello scrittore e tanti personaggi da lui creati.
La critica letteraria, se si eccettua qualche esigua voce contraria, è concorde nel ritenere Dickens uno dei più grandi scrittori dell'Ottocento e di tutti i tempi. Numerose sono le attestazioni di stima e gli apprezzamenti, dei contemporanei e dei posteri.
Stefan Zweig, scrittore, drammaturgo, giornalista, biografo e poeta austriaco naturalizzato britannico, che scrisse la raccolta di biografie Drei Meister ("Tre maestri", cioè Balzac, Dickens, Dostoevskij), pubblicata dopo la prima guerra mondiale, fa sullo scrittore Dickens una entusiastica considerazione. Scrive infatti Zweig: "L'effetto di un fenomeno letterario di tali proporzioni, sia dal punto di vista della diffusione che del coinvolgimento emotivo esercitato sul pubblico può realizzarsi solo in concomitanza della presenza di due elementi per lo più divergenti: la presenza di uno spirito geniale che riesca a inserirsi nella tradizione di un'epoca". La sua ammirazione per lo scrittore britannico è grande; continua dicendo: "Dickens è l'unico grande

autore del suo tempo il cui messaggio più autentico coincide perfettamente con la domanda intellettuale in cui è calato. La sua narrativa soddisfa alla perfezione il gusto dell'Inghilterra dell'epoca, il suo lavoro diviene a tutti gli effetti l'emblema della tradizione inglese. […]".

Michael Slater, nel presentare una silloge di scritti su Charles Dickens della Yale University Press, scrive: "Ci sono alcuni scrittori le cui vite e personalità sono così grandi, così affascinanti, che non esiste di loro una biografia noiosa - puoi leggere ogni notizia che arriva, buona o cattiva, ed essere coinvolto nella storia di nuovo. Non ho mai incontrato una vita delle Brontës, del Dr. Johnson, di Byron che non mi ha avvinto. Un altro personaggio simile è Charles Dickens. La sua storia, ovviamente, è meno drammatica di quella di Byron, ma la turbolenza della sua vita emotiva, le violente contraddizioni della sua natura e la straordinaria storia del suo immediato arrivo, prima dei venticinque anni, al più alto livello di fama e popolarità letteraria - dove è rimasto per trentacinque anni, e dove ancora risiede - possono essere raccontate senza fine, e infatti sono state raccontate all'infinito."

Dickens produsse quindici romanzi, molti dei quali possono tranquillamente essere definiti grandi, oltre ad aver compiuto un lavoro eccezionale in attività in cui il suo insaziabile bisogno di spendere le sue vaste energie - per raggiungere, per prevalere - lo portò: giornalismo, montaggio, recitazione, riforma sociale.

Era quasi certamente l'uomo più noto in Inghilterra a metà del diciannovesimo secolo, e certamente il più amato: la sua presa molto personale sui suoi lettori si estendeva dalla più illustre - la regina Vittoria - ai lavoratori analfabeti che si radunavano insieme per comprare le parti settimanali o mensili in cui i suoi romanzi apparvero per la prima volta, in modo che un uomo, anche marginalmente istruito, potesse leggerli ad alta voce ai suoi compagni. E questa popolarità e influenza si diffuse anche in America, Germania, Francia e Russia. Ci fu un dolore universale quando morì. "Non ho mai saputo che la morte di un autore potesse causare un simile lutto generale", scrisse Longfellow "Non è esagerato dire che tutto questo paese è colpito dal dolore. Nel giro di pochi mesi dalla morte di Dickens apparvero le prime biografie e nel 1871 fu pubblicato il primo volume della pietra miliare dell'industria biografica di Dickens: la vita lunga, personale e rivelatrice di Charles Dickens di John Forster, l'amico più intimo e fidato di Dickens, incontrato poco più che ventenne […]"

La fortuna di Charles Dickens continua anche ai nostri giorni, con trasposizioni teatrali, televisive e cinematografiche delle sue opere.

***

Il nostro comune amico
Indice dei capitoli

Libro I. La coppa e le labbra

I. Alla ricerca
II. L'uomo di Non-si-sa-dove
III. Un altro uomo
IV. La famiglia di R. Wilfer
V. La Pergola di Boffin
VI. Alla deriva
VII. Il sig. Wegg bada a se stesso
VIII. Il signor Boffin a consulto
IX. Il signor Boffin e la signora Boffin a consulto
X. Un contratto di matrimonio
XI. Podsnapperie
XII. Il sudore della fronte di un uomo onesto
XIII. Seguendo l'uccello da preda
XIV. L'uccello da preda abbattuto
XV. Due nuovi servitori
XVI. Affidàti e ricordi
XVII. Una squallida palude

Libro II. Uccelli di una piuma

I. Di carattere educativo
II. Ancora educativo
III. Un bel lavoro
IV. Cupido sollecitato
V. La sollecitazione di Mercurio
VI. Un enigma senza risposta
VII. Nel quale si origina una mossa amichevole
VIII. In cui si verifica una fuga d'amore innocente
IX. Nel quale l'orfano fa testamento
X. Un successore
XI. Alcuni affari di cuore
XII. Altri uccelli da preda
XIII. Un 'a solo' e un 'duetto'
XIV. Forza di propositi
XV. L'intero caso fin qui
XVI. Un anniversario

Libro III. Una lunga strada

I. Inquilini in Queer Street
II. Un amico considerato sotto un nuovo aspetto
III. Lo stesso amico considerato sotto più di un aspetto
IV. Un felice ritorno del giorno
V. Il Netturbino d'oro cade in una cattiva compagnia
VI. Il Netturbino d'oro cade nella peggiore compagnia
VII. La mossa amichevole assume una posizione forte
VIII. La fine di un lungo viaggio
IX. Qualcuno diventa oggetto di una predizione
X. Sentinelle in giro
XI. Nel buio
XII. Guai importanti
XIII. Il lupo malvagio
XIV. Il signor Wegg trama contro il signor Boffin
XV. Il Netturbino al suo peggio
XVI. La festa dei tre folletti
XVII. Un coro sociale

Libro IV. Una svolta

I. Si preparano trappole
II. Il Netturbino d'oro si eleva un po'
III. Il Netturbino d'oro affonda di nuovo
IV. Un incontro di corsa
V. Riguardante la Sposa del Mendicante
VI. Un grido di aiuto
VII. Meglio essere Abele che Caino
VIII. Pochi grani di pepe
IX. Due posti vacanti
X. La sarta delle bambole trova una parola
XI. E' dato effetto alla scoperta della sarta delle bambole
XII. L'ombra che passa
XIII. Che mostra come il Netturbino d'oro aiutasse a spargere la polvere
XIV. Scaccomatto alla mossa amichevole
XV. Cosa fu catturato nelle trappole preparate
XVI. Persone e cose in generale
XVII. La voce della società

***

Libro I. La coppa e le labbra

I. Alla ricerca

In questi nostri tempi, anche se riguardo all'anno esatto non c'è bisogno di essere precisi, una barca dall'aspetto sporco e poco raccomandabile, con dentro due figure, navigava sul Tamigi, tra il ponte di Southwark che è di ferro, e il London Bridge che è di pietra, mentre si avvicinava una sera d'autunno.

Le figure in questa barca erano quelle di un uomo forte con i capelli brizzolati arruffati e un viso abbronzato, e una ragazza bruna di diciannove o vent'anni, abbastanza simile a lui tanto da essere riconoscibile come sua figlia. La ragazza remava, adoperando i due remi con molta abilità; l'uomo, con le cime del timone allentate tra le mani e le mani infilate nella cintura, aveva uno sguardo ansioso. Non aveva rete, amo o lenza e non poteva essere un pescatore; la sua barca non aveva cuscini per sedersi, nessuna vernice, nessuna iscrizione, nessun attrezzo oltre a un gancio arrugginito e un rotolo di corda, e non poteva essere un barcaiolo; la sua barca era troppo sgangherata e troppo piccola per prendere carico per la consegna, e non poteva essere un conduttore di chiatte o un trasportatore fluviale; non c'era idea di quello che cercasse, ma cercava qualcosa, con uno sguardo estremamente attento e indagatore. La marea, che era cambiata un'ora prima, si stava abbassando, e i suoi occhi osservavano ogni piccola corrente e ogni vortice nella sua ampia traiettoria, mentre la barca vi si avvicinava leggermente o se ne allontanava, dirigendovi la poppa davanti, secondo le sue istruzioni che egli dava a sua figlia con un movimento della testa. Ella lo guardava in viso con la stessa insistenza con cui egli guardava il fiume. Ma nell'intensità del suo sguardo c'era un tocco di paura o di orrore.

Più affine al fondo del fiume che alla sua superficie, a causa del fango e della melma che la ricoprivano, tutta inzuppata com'era, questa barca e le due persone che vi erano dentro stavano facendo ovviamente qualcosa che facevano spesso e cercavano ciò che spesso avevano cercato. Sebbene l'uomo si mostrava mezzo selvaggio, senza alcun copricapo sulla testa arruffata, con le scure braccia nude tra il gomito e la spalla, con il nodo sciolto di un fazzoletto che pendeva sul suo petto nudo, con l'intrico della barba e dei baffi, con i vestiti che indossava che sembravano fatti dello stesso fango che sporcava la sua barca, pure c'era nel suo sguardo fermo un'attitudine professionale. Così anche in ogni agile movimento della ragazza, in ogni giro del suo polso, forse soprattutto nel suo sguardo di paura o orrore; erano cose abituali.

«Tieniti lontano, Lizzie. La marea è forte qui. Tieniti bene prima del suo estendersi.»

Confidando nell'abilità della ragazza e senza servirsi del timone, egli guardava la marea in arrivo con profonda attenzione. Allo stesso modo la ragazza guardava lui.

Ma, a un certo punto, quell'inclinazione della luce del sole al tramonto gettò un riflesso nel fondo della barca e, toccando lì una brutta macchia che aveva una certa somiglianza con il profilo di una opaca forma umana, la colorò come con sangue diluito. Questo catturò l'occhio della ragazza, ed ella rabbrividì.

«Cosa ti affligge?» disse l'uomo, accorgendosene immediatamente, anche se così intento all'avanzamento delle acque, «non vedo niente a galla.»

La luce rossa era scomparsa, il brivido era scomparso, e il suo sguardo, che era tornato per un momento alla barca, se ne era distaccato. Ovunque la forte marea incontrasse un impedimento, il suo sguardo si fermava per un istante. Ad ogni catena o cima da ormeggio, a ogni barca o chiatta che divideva la corrente come una larga punta di freccia, in corrispondenza dei piloni di

Southwark Bridge, delle pale dei battelli a vapore del fiume che battevano l'acqua sporca, dei galleggianti di legno legati insieme che erano su alcuni moli, i suoi occhi scintillanti lanciavano uno sguardo avido.

Dopo circa un'ora che la luce si era affievolita, all'improvviso, egli diede una stretta al timone e virò fortemente verso la riva del Surrey[1].

Guardandolo sempre in faccia, la ragazza rispose immediatamente con l'azione dei suoi remi; subito la barca si voltò, tremò come per uno scatto improvviso e la metà superiore dell'uomo si distese verso la poppa.

La ragazza tirò il cappuccio del mantello che indossava sopra la sua testa e sul suo viso e, guardando indietro in modo che la parte anteriore del cappuccio seguiva l'andamento del fiume, tenne la barca in quella direzione, precedendo la marea.

Fino a quel momento la barca aveva resistito a mala pena alla marea e si era aggirata nello stesso punto; ma ora i banchi mutavano rapidamente e le ombre sempre più profonde e le luci accese del London Bridge furono superate, e su entrambi i lati c'erano imbarcazioni.

Fu solo allora che la metà superiore dell'uomo tornò nella barca. Aveva le braccia bagnate e sporche e le lavò da un lato. Nella mano destra teneva qualcosa e lavò anche questo nel fiume. Erano soldi. Li fece tintinnare una volta, poi vi soffiò, poi vi sputò sopra - «per buona fortuna», disse con voce roca) - prima di metterli in tasca.

«Lizzie!»

La ragazza girò il viso verso di lui di soprassalto e remò in silenzio. Il suo viso era molto pallido. Egli era un uomo dal naso adunco, e con quello e i suoi occhi accesi e la sua testa scarmigliata, aveva una certa somiglianza con un rapace irritato.

«Togliti quel coso dalla faccia.» Ella se lo tolse.

«Qui! e dammi i remi. Prenderò il resto della maledizione».

«No, no, padre! No! Non posso davvero. Padre! ... Non posso sedermi così vicino!»

Egli si stava avvicinando a lei per cambiare posto, ma le sue inorridite proteste lo fermarono e riprese il suo posto.

«Che male può farti?»

«Nessuno, nessuno, ma non posso sopportarlo.»

«Credo che tu odi la vista del fiume stesso.»

«Non ... non mi piace, padre.»

«Come se non fosse la tua vita! Come se non fosse carne e bevanda per te!»

A queste ultime parole la ragazza rabbrividì di nuovo, e per un momento smise di remare, sembrando diventare mortalmente debole. Questo gli sfuggì, perché stava guardando oltre la poppa qualcosa che la barca aveva al seguito.

«Come puoi essere così ingrata verso il tuo migliore amico, Lizzie? Perfino il fuoco che ti riscaldava quando eri bambina fu preso dal fiume, dai bordi delle chiatte di carbone. La stessa cesta in cui dormivi, si era arenata per la marea. Gli stessi sostegni che misi sotto per fare la culla, li avevo tagliati da un pezzo di legno che andava alla deriva da qualche nave.»

Lizzie tolse la mano destra dal remo che teneva e la toccò con le labbra, e per un momento la porse amorevolmente verso di lui: poi, senza parlare, riprese a remare, mentre un'altra barca di aspetto simile, sebbene in un assetto alquanto migliore, emerse da un luogo buio e si mise lievemente di fianco.

«Di nuovo fortunato, Gaffer?» disse un uomo con uno sguardo bieco, che remava e che era solo. «Lo sapevo che eri nuovamente fortunato, dalla scia che ti segue.»

«Ah!» replicò l'altro seccamente. «Quindi anche tu sei fuori, non è così?»
«Sì, socio.»
Sul fiume c'era ora una tenera luce lunare gialla, e il nuovo arrivato, mantenendo metà della lunghezza della sua barca a poppa dell'altra barca, guardava attentamente la sua scia.
«Mi son detto,» continuò, «appena ti ho visto: laggiù c'è Gaffer, di nuovo fortunato, perbacco se non lo è! È il remo, socio... non ti preoccupare, non l'ho toccato.» Disse questo per rispondere a un rapido movimento impaziente di Gaffer: e mentre parlava rimosse il remo da quel lato, appoggiando la mano sul bordo superiore della barca di Gaffer e tenendola stretta.
«Ne ha avuto abbastanza e non ha bisogno di altri colpi, così come lo vedo, Gaffer! È stato sbattuto da un bel po' di maree, non è vero, socio? Questa è la mia sfortuna, vedi! Dev'essermi passato vicino quando è venuto a galla l'ultima volta, perché io stavo di vedetta sotto il ponte qui. Penso che tu sei quasi come gli avvoltoi, socio, e li annusi.»
Parlava a voce bassa, e con più di uno sguardo a Lizzie che si era di nuovo tirata su il cappuccio. Entrambi gli uomini guardarono quindi con uno strano interesse diabolico la scia della barca di Gaffer.
«Vacci piano, tra noi. Devo portarlo a bordo, socio?»
«No,» disse l'altro, con un tono così burbero che l'uomo, dopo uno sguardo fisso e vuoto, accondiscese e replicò: «Non ho mangiato nulla che non è stato d'accordo con te, vero, socio?»
«Beh, sì, proprio così» disse Gaffer. «Ho sopportato troppo quella parola, 'socio'. Non sono tuo socio.
«Da quando non sei più un mio collaboratore, signor Gaffer Hexam?»
«Da quando sei stato accusato di aver rapinato un uomo. Accusato di aver rapinato un uomo vivo!» disse Gaffer, con grande indignazione.
«E se fossi stato accusato di aver rapinato un morto, Gaffer?»
«Non potresti fare questo.»
«Nemmeno tu potresti, Gaffer?»
«No. Un uomo morto ha qualche utilità dai soldi? È possibile per un morto avere soldi? A quale mondo appartiene un morto? All'altro mondo. A che mondo appartiene il denaro? A questo mondo. Come possono i soldi essere di un cadavere? Può un cadavere possederli, volerli, spenderli, rivendicarli, sentirne la mancanza? Non cercare di confondere i diritti e i torti delle cose in quel modo. Ma è degno di uno spirito vile il derubare un uomo vivo.
«Te lo dico io che cosa è...»
«No, non lo farai. Ti dico io di cosa si tratta. Te la sei cavata con poco per aver messo la mano nella tasca di un marinaio, un marinaio vivo. Approfittane e pensa di essere fortunato, ma non pensare dopo di venire da me con i tuoi 'soci'. Abbiamo lavorato insieme nel tempo passato, ma non lavoriamo più insieme nel tempo presente né nel futuro. Andiamo. Via!»
«Gaffer! Se pensi di sbarazzarti di me in questo modo... »
«Se non mi sbarazzo di te in questo modo, ne proverò con un altro e ti taglierò le dita con queste assi, o prenderai un colpo alla testa con il gancio della barca. Via! Forza, Lizzie. Tira a casa, dato che non vuoi che tuo padre remi...»
Lizzie scattò in avanti e l'altra barca fu lasciata indietro. Il padre di Lizzie, atteggiandosi nel modo disinvolto di chi ha affermato le alte virtù morali e ha preso una posizione inattaccabile, lentamente accese una pipa, fumò e controllò cosa avesse da trainare. Quello che aveva al seguito, a volte si scagliava contro di lui in un modo orribile quando la barca rallentava, e talvolta sembrava cercare di allontanarsi, anche se per la maggior parte seguiva sottomesso.

Un neofita avrebbe potuto immaginare che le onde passandogli sopra provocavano deboli cambiamenti di espressione, paurosamente, come sulla faccia di un cieco; ma Gaffer non era un neofita e non aveva fantasie.

II. L'uomo di Non-si-sa-dove

Il signor e la signora Veneering[2] erano persone nuove di zecca in una casa nuova di zecca in un quartiere di Londra nuovo di zecca. Tutto attorno ai Veneering era nuovo e pulito. Tutti i loro mobili erano nuovi, tutti i loro amici erano nuovi, tutti i loro servi erano nuovi, la loro argenteria era nuova, la loro carrozza era nuova, i loro finimenti erano nuovi, i loro cavalli erano nuovi, i loro quadri erano nuovi, essi stessi erano nuovi, appena sposati come era legalmente compatibile con il loro avere un bambino appena nato, e se avessero potuto mostrare un bisnonno, si sarebbe presentato a casa su una bella tela del Pantechnicon[3], senza un graffio, lucidato alla francese fino alla sommità della testa.

Infatti, in casa Veneering, dalle sedie da ingresso con lo stemma nuovo, al pianoforte a coda con la nuova meccanica, e poi al piano di sopra, alla nuova scala antincendio, tutte le cose erano in uno stato di lucidatura e smalto estremi. E ciò che si poteva osservare nel mobilio, si poteva osservare nei Veneering - la superficie odorava un po' troppo di laboratorio ed era un po' appiccicosa.

C'era un innocente mobile da pranzo che si muoveva su rotelle scorrevoli e che quando non in uso veniva lasciato sopra un cortile di stalla a Duke Street[4], presso Saint James[5], per il quale i Veneering erano fonte di totale confusione. Il nome dell'articolo era Twemlow. Essendo primo cugino di Lord Snigsworth, veniva requisito spesso, e si potrebbe dire che in molte case rappresentasse il tavolo da pranzo nel suo stato normale. Il signor e la signora Veneering, per esempio, quando organizzavano una cena, abitualmente iniziavano con Twemlow, e poi gli mettevano delle foglie, ossia aggiungevano altri ospiti.

Qualche volta la tavola si componeva di Twemlow e di una mezza dozzina di foglie; qualche volta di Twemlow e una dozzina di foglie; talvolta Twemlow era portato alla massima estensione di venti foglie. Il signor e la signora Veneering nelle occasioni importanti si fronteggiavano al centro della tavola, e così il confronto era mantenuto; perché accadeva sempre che più Twemlow veniva tirato fuori, più egli si trovava lontano dal centro, e più vicino alla credenza alla fine della stanza, o alle tende delle finestre dall'altra parte.

Ma non era questo ciò che sprofondava la debole anima di Twemlow nella confusione: a questo era abituato, poteva analizzarlo. L'abisso al quale non trovava fondo e da cui scaturiva la difficoltà principale e sempre crescente della sua vita, era la domanda insolubile se egli fosse il più vecchio amico di Veneering, o il più nuovo. Alla soluzione di questo problema l'innocuo signore aveva dedicato molte ore ansiose, sia nel suo alloggio sopra il cortile di stalla sia nella fredda oscurità, favorevole alla meditazione, di Saint James's Square. Così. Twemlow aveva conosciuto la prima volta Veneering al suo club, dove Veneering allora non conosceva nessuno tranne la persona che li aveva presentati l'uno all'altro, e che sembrava essere l'amico più intimo ch'egli avesse al mondo, e che egli aveva conosciuto però da due giorni – un legame tra le loro anime si era cementato accidentalmente in quella data a proposito del comportamento nefasto nella cottura di un filetto di vitello. Subito dopo, Twemlow ricevette un invito a cenare con Veneering, e cenò; l'uomo era pure della compagnia. Subito dopo, Twemlow ricevette un invito a cenare con l'uomo, e cenò: anche Veneering era invitato. Da quello c'erano un membro del parlamento, un ingegnere, un contribuente del Debito Nazionale, un autore di poesia su Shakespeare, un addetto ai Reclami, e un Pubblico Ufficiale, che sembrano tutti completamente estranei a Veneering. Ancora subito dopo Twemlow ricevette un invito a pranzo dai Veneering, espressamente per incontrare il membro del parlamento, l'ingegnere, il contribuente del Debito Nazionale, l'autore di poesia su Shakespeare, l'addetto ai Reclami e il Pubblico Ufficiale, e durante il pranzo scoprì che ciascuno di loro era l'amico più intimo che Veneering avesse al mondo, e che le mogli di ognuno (che erano tutte lì) erano oggetto dell'affetto più devoto e della più tenera confidenza della signora Veneering. Così era avvenuto che il signor Twemlow si era detto nel suo alloggio, con la mano sulla fronte: «Non devo pensare a questo. Questo è abbastanza per ammorbidire il cervello di qualsiasi uomo» - eppure vi pensava sempre e non poteva mai trarre una conclusione.

Questa sera i Veneering danno un banchetto. Undici foglie intorno a Twemlow, quattordici in tutto. Quattro servitori dal petto di piccione, in abiti borghesi, stanno in fila nell'ingresso. Un quinto servitore, salendo su per le scale con aria lugubre (come chi dica: «Ecco un'altra miserabile creatura che viene a pranzo. Così è la vita!») annunzia: «Il si-gnor Twemlow!»

La signora Veneering saluta il suo caro signor Twemlow. Il sgnor Veneering saluta il suo caro Twemlow. La signora Veneering non si aspetta che il signor Twemlow può in natura preoccuparsi molto di cose insipide come i bambini, ma un così vecchio amico deve aver piacere a guardare il bambino. «Ah! conoscerai meglio l'amico della tua famiglia, Tootleums,» dice il signor Veneering, annuendo emotivamente a quel nuovo articolo, «quando comincerai a prenderne atto.» Quindi chiede di presentare il suo caro Twemlow ai suoi due amici, il signor Boots e il signor Brewer - e chiaramente non ha un'idea precisa di chi sia l'uno o l'altro.

Ma ora si verifica una circostanza spaventosa.

«Il si-gnor Podsnap e si-gnora!»

«Mia cara,» dice il signor Veneering alla signora Veneering con aria di interessamento molto amichevole, mentre la porta è aperta, «i Podsnap.»

Un troppo, troppo sorridente uomo grasso, con una fatale freschezza su di lui, apparendo con sua moglie, abbandona immediatamente la moglie e si lancia contro Twemlow con un: «Come va? Sono così felice di conoscerla. Che affascinante casa che ha. Spero che non siamo in ritardo. Sono così felice dell'opportunità, sicuro!»

Dopo il primo impatto, Twemlow arretrò due volte con le sue scarpette lucide e le sue piccole e pulite calze di seta della moda di un tempo, come se fosse stato spinto a saltare su un divano dietro di lui; ma l'omaccione si avvicinò a lui e si dimostrò troppo forte.

«Mi permetta,» dice l'omone cercando di attirare l'attenzione della moglie in lontananza, «il piacere di presentare la signora Podsnap al suo ospite. Ella sarà,» nella sua fatale freschezza sembra trovare perpetuo vigore ed eterna giovinezza nella frase, «ella sarà così lieta dell'opportunità, sicuro!»

Nel frattempo, la signora Podsnap, incapace di riscontrare un errore nel suo racconto, perché la signora Veneering è l'unica altra signora lì, fa del suo meglio per sostenere elegantemente il marito, guardando verso il signor Twemlow con un viso compassionevole e osservando alla signora Veneering in modo affettuoso, in primo luogo, che lei teme che il signor Veneering abbia avuto qualche disturbo di fegato negli ultimi tempi, e, in secondo luogo, che il bambino gli somiglia già molto.

E' discutibile se esista un uomo che ha piacere di essere preso per un altro; ma il signor Veneering, che proprio questa sera, appena tornato a casa, si è abbigliato con uno sparato della camicia in tela nuova lavorata, da giovane Antinoo[6], non si sente affatto lusingato di esser preso per

Twemlow, che è asciutto e stanco e di circa trent'anni più vecchio.

La signora Veneering è altrettanto risentita dell'accusa di essere la moglie di Twemlow. Quanto a Twemlow, è così convinto di essere molto più altolocato di Veneering, che considera l'omone un asino insolente.

In questo complicato dilemma, il signor Veneering si avvicina all'uomo grasso con la mano tesa e, sorridendo assicura quell'incorreggibile personaggio che si compiace di vederlo: che nella sua fatale freschezza egli risponde istantaneamente: «Grazie. Mi vergogno di dire che in questo momento non posso ricordarmi dove ci siamo incontrati, ma sono così felice di quest'opportunità, sicuro!»

Poi, piombando su Twemlow che resiste con la sua debole potenza, lo sta già trascinando dalla signora Podsnap per presentarglielo come Veneering, quando l'arrivo di altri ospiti chiarisce l'equivoco.

Dopo di che, dopo aver nuovamente stretto la mano a Veneering come Veneering, stringe nuovamente la mano a Twemlow come Twemlow, e conclude tutto fino a sua perfetta soddisfazione dicendo a quest'ultimo «Occasione ridicola, ma ne sono così felice, sicuro!»

Ora, Twemlow dopo aver vissuto questa esperienza formidabile, avendo allo stesso modo notato la fusione di Boots in Brewer e Brewer in Boots, e avendo inoltre osservato che tra i restanti sette ospiti ci sono quattro personaggi discreti che entrano con occhi vaganti e rinunciano del tutto a impegnarsi su chi sia Veneering, fino a che Veneering non se ne appropria; - Twemlow, che ha tratto profitto da questi studi, scopre che il suo cervello si sta temprando in modo sano poiché si avvicina alla conclusione che è davvero l'amico più anziano di Veneering, quando il suo cervello si ammorbidisce di nuovo e tutto è perduto, poiché i suoi occhi incontrano Veneering e l'omone legati insieme come fratelli gemelli nel salotto sul retro vicino alla porta del giardino d'inverno, e le sue orecchie lo informano attraverso i toni della signora Veneering che lo stesso uomo grasso sarà il padrino del bambino.

«Il pranzo è in tavola!» Così il malinconico servitore, come uno che dicesse: «Venite e siate avvelenati, infelici figli degli uomini!»

Twemlow, non avendo nessuna donna assegnata a lui, passa sul retro, con la mano sulla fronte. Boots e Brewer, pensando che sia indisposto, sussurrano: «Quell'uomo sviene. Non ha pranzato.» Ma lui è solo sbalordito dall'inevitabile difficoltà della sua esistenza.

Rianimato dalla minestra, Twemlow parla gentilmente con Boots e Brewer della corte d'assise. Veneering gli domanda, allo stadio del banchetto in cui si serve il pesce, circa la questione controversa, se suo cugino Lord Snigsworth sia in città o no? Risponde che suo cugino non è in città. «A Snigsworthy Park?» domanda Veneering. «A Snigsworthy,» replica Twemlow. Boots e Brewer lo riguardano come un'amicizia che deve essere coltivata, e per Veneering è chiaro che è un articolo remunerativo. Nel frattempo il servitore va intorno, come un cupo Chimico Analitico; e sempre sembra che dica, dopo il suo «Chablis[7], signore?», «Non lo vorreste, se sapeste di che cosa è fatto.»

Il grande specchio sopra la credenza riflette la tavola e la compagnia. Riflette il nuovo stemma di Veneering, in oro e anche in argento, satinato e anche disteso, un cammello in tutto il lavoro. L'Heralds' College[8] ha scoperto un antenato crociato per Veneering che aveva un cammello sullo scudo (o avrebbe potuto averlo se ci avesse pensato), e una carovana di cammelli si prende cura dei frutti e dei fiori e delle candele, e alcuni si inginocchiano per essere caricati con il sale.

Lo specchio riflette Veneering: quaranta anni, capelli mossi, bruno, tendente alla rotondità, astuto, misterioso, annebbiato - una specie di profeta velato sufficientemente ben fatto, non profetizzante. Riflette la signora Veneering; bionda, dal naso e dalle dita aquiline, capelli non così chiari come avrebbe potuto, splendida nel vestiario e nei gioielli, entusiasta, propiziatoria, conscia che un angolo del velo del marito è su di lei. Riflette Podsnap; che si nutre con abbondanza, due piccole ali di capelli ispidi e chiari ai lati della testa calva, simile alle sue spazzole come ai suoi capelli, che dissolvono la vista delle perle rosse sulla sua fronte, grande razione di colletto della camicia spiegazzato dietro. Riflette la signora Podsnap; bella donna per il professor Owen, quantità di ossa, collo e narici come un cavallo a dondolo, lineamenti duri, maestoso copricapo in cui Podsnap ha appeso offerte d'oro. Riflette Twemlow; grigio, asciutto, gentile, suscettibile al vento dell'est. Colletto e cravatta da primo gentiluomo d'Europa, guance tirate come se avesse fatto un grande sforzo per ritirarsi in se stesso alcuni anni fa, ed era arrivato fino a un certo punto ma non era mai andato oltre. Riflette una signorina matura: ciocche corvine e carnagione che si illumina bene quando ben incipriata - com'è adesso - che sta portando avanti considerevolmente la cattura di un maturo giovane gentiluomo; con troppo naso in faccia, basette troppo rosse, anche troppo torso nel panciotto, troppo scintillio nelle sue borchie, nei suoi occhi, nei suoi bottoni, nel suo discorso e nei suoi denti. Riflette l'affascinante vecchia Lady Tippins sulla destra di Veneering; con un'immensa faccia oblunga grigia e ottusa, come una faccia riflessa in un cucchiaio e una lunga riga tinta sulla sommità della testa, come un comodo approccio pubblico al ciuffo di capelli finti dietro, lieta di frequentare la signora Veneering di fronte, che è lieta di essere frequentata.

Riflette un certo «Mortimer», un altro dei più vecchi amici di Veneering; che mai era stato in quella casa, e sembra di non volere tornarci, che siede sconsolato alla sinistra della signora Veneering e che è stato indotto da Lady Tippins (un'amica della sua infanzia) a venire da queste persone e parlare, ma lui non parla.

Riflette Eugene, amico di Mortimer; sepolto vivo nella parte posteriore della sua sedia, dietro una spalla - con sopra una spallina incipriata – della matura signorina, che tristemente ricorre al calice di champagne ogni volta che gli viene offerto dal Chimico Analitico.

Infine lo specchio riflette Boots e Brewer e e altri due Buffer[9] imbottiti interposti tra il resto della compagnia e possibili incidenti.

I pranzi in casa Veneering sono ottimi pranzi - altrimenti non sarebbero venute persone nuove - e tutto va bene. In particolare, Lady Tippins ha fatto una serie di esperimenti sulle sue funzioni digestive, estremamente complicate e ardite, che se potessero essere pubblicate con i loro risultati potrebbero giovare alla razza umana.

Essendosi approvvigionata in tutte le parti del mondo, questa robusta vecchia nave da crociera ha toccato da ultimo il Polo Nord, quando, appena i piattini del gelato sono stati rimossi, cadono da lei le seguenti parole: «Vi assicuro, mio caro Veneering...»

(La mano del povero Twemlow si avvicina alla sua fronte, perché sembrerebbe ora che quella Lady Tippins sia l'amica più vecchia.)

«Vi assicuro, mio caro Veneering, che è una cosa strana! Come gli addetti alla pubblicità, non vi chiedo di fidarvi di me, senza offrire un rispettabile riferimento. Mortimer lì, è il mio riferimento, e sa tutto.»

Mortimer alza le palpebre cadenti e apre leggermente la bocca. Ma un debole sorriso, che vorrebbe dire «A che serve!» gli passa sul viso, e abbassa le palpebre e chiude la bocca.

«Ora, Mortimer,» dice Lady Tippins, picchiettando le stecche del ventaglio verde chiuso sulle nocche della mano sinistra - che è particolarmente ricca di nocche - insisto che tu dica tutto quello che c'è da sapere circa l'uomo della Giamaica.»

«Sul mio onore non ho mai sentito parlare di nessun tipo della Giamaica, tranne l'uomo che era un fratello,» risponde Mortimer.
«Tobago, allora.»
«Neanche di Tobago.»
«Tranne,» prorompe Eugene, così inaspettatamente che la matura signorina, la quale lo aveva dimenticato completamente, con un sussulto toglie la spallina fuori dalla sua strada, «tranne il nostro amico che visse a lungo di budini di riso e di colla di pesce, fino a quando alla fine per un suo qualcosa o altro, il medico gli prescrisse qualche altra cosa, e una coscia di montone lo mandò al creatore.»
Intorno alla tavola si respira l'impressione che Eugene stia venendo fuori. Impressione insoddisfatta, perché si richiude di nuovo.
«Ora, mia cara signora Veneering,» dice Lady Tippins, «domando a voi se questa non sia la condotta più vile che si sia mai conosciuta in questo mondo? Porto in giro i miei amanti, due o tre alla volta, a condizione che siano molto obbedienti e devoti; ed ecco il mio più vecchio amante in capo, il capo di tutti i miei schiavi, che si sbarazza della sua fedeltà davanti ai presenti! Ed ecco un altro dei miei amanti, un rude Cimone[10] adesso, certamente, ma di cui avevo più speranzose aspettative riguardo alla sua riuscita nel corso del tempo, che finge di non riuscire a ricordare le sue filastrocche! Apposta per infastidire me, perché sa come faccio affidamento su di loro!»
Una piccola orrenda messinscena che riguarda i suoi amanti è il pallino di Lady Tippins. È sempre assistita da uno o due amanti e ne tiene un piccolo elenco, e ne prenota sempre uno nuovo, o mette fuori un vecchio amante, o inserisce un amante nella sua lista nera, o promuove un amante alla lista blu, o somma i suoi amanti, o pubblica in altro modo la sua rubrica. La signora Veneering è affascinata dall'umorismo, e così anche il signor Veneering. Forse quest'umorismo è accentuato da un certo gioco giallo nella gola di Lady Tippins, simile alle zampe dei polli che raspano.
«Metto al bando il falso sciagurato da questo momento e lo cancello dal mio Cupido[11] (il mio nome del mio libro mastro, mia cara) questa stessa notte. Ma sono decisa ad avere il racconto dell'uomo di Non-si-sa-dove, e la prego di sollecitarlo per me, amore mio, - rivolgendosi alla signora Veneering -, poiché ho perso la mia influenza. Oh, uomo spergiuro!» Questo a Mortimer, con uno scuotimento del suo ventaglio.
«Siamo tutti molto interessati di quel tipo di Non-si-sa-dove» osserva Veneering.
Quindi i quattro Cuscinetti[12], prendendo coraggio tutti e quattro contemporaneamente, dicono:
«Profondamente interessati! »
«Piuttosto eccitati!»
«Drammatico!»
«Un uomo dal Nulla, forse!»
E allora la signora Veneering, poiché le astuzie vincenti di Lady Tippins sono contagiose, congiunge le mani come un bambino supplichevole, si volta verso il suo vicino di sinistra e dice: «Pel piacele! Vi plego! Uomo di Non-cio-dove!». Al che i quattro Cuscinetti, di nuovo misteriosamente tutti e quattro in una volta, si muovono esclamando: «Non si può resistere!»
«Sulla mia vita,» dice Mortimer languidamente, «trovo immensamente imbarazzante avere gli occhi dell'Europa su di me a questo modo, e la mia unica consolazione è che tutti quanti esecrerete Lady Tippins, nel segreto del vostro cuore, quando vi accorgerete, come inevitabilmente accadrà, che la storia dell'uomo di Non-si-sa-dove è una noia. Mi dispiace distruggere il romanticismo attribuendogli una località di provenienza precisa, ma egli viene dal luogo, il cui nome mi sfugge, che però verrà subito in mente a ciascuno qui, quel luogo dove si

fa il vino.»

Eugene suggerisce: «Day and Martin's.»

«No, no, non quel posto,» risponde Mortimer impassibile «dà si fa il Porto. Il mio uomo viene dal paese in cui si fa il vino del Capo di Buona Speranza[13]. Ma senti un po', vecchio mio, non è affatto statistico, ed è piuttosto strano.»

Si nota sempre, alla tavola dei Veneering, che nessuno si preoccupa molto dei Veneering stessi, e che chiunque abbia qualcosa da dire, generalmente la dice di preferenza a qualsiasi altro.

«L'uomo,» prosegue Mortimer rivolgendosi a Eugene, «il cui nome è Harmon, era l'unico figlio di un tremendo vecchio mascalzone che ha fatto i suoi soldi con i rifiuti.»

«Velluto rosso e campanello?» chiede il cupo Eugene.

«E una scala e un cestino, se vuoi. Ma con questi mezzi, o altri, diventò ricco come appaltatore di rifiuti e ha vissuto in un buco tra colline interamente composte da rifiuti. Nella sua piccola tenuta il vecchio vagabondo ringhiante ha vomitato sulla sua catena montuosa, come un vecchio vulcano, e la sua formazione geologica erano rifiuti. Rifiuti di carbone, rifiuti vegetali, avanzi di ossa, di stoviglie, rifiuti grossi e rifiuti sminuzzati: ogni sorta di rifiuti.»

Un ricordo passeggero della signora Veneering, a questo punto induce Mortimer a rivolgerle la sua prossima mezza dozzina di parole; dopo di che si rivolge di nuovo altrove, prova Twemlow e si accorge che non risponde, alla fine riprende con i Cuscinetti che lo accolgono con entusiasmo.

«La morale - credo che sia la giusta espressione - di questa persona esemplare, da cui traeva la sua più alta gratificazione, era maledire i suoi parenti più stretti e mandarli fuori di casa. Avendo iniziato, com'era naturale, rendendo queste attenzioni alla moglie del suo cuore, si trovò poi a suo agio nel concedere un analogo riconoscimento alle pretese di sua figlia. Scelse un marito per lei, del tutto a suo piacimento e non gradito alla figlia, e proseguì assegnandole una dote, di non so quanti rifiuti, ma qualcosa di immenso.

A questo punto della vicenda, la povera ragazza fece rispettosamente intendere che era segretamente fidanzata con quel personaggio popolare che i romanzieri e i versificatori chiamano l'Altro, e che un tale matrimonio avrebbe rovinato il suo cuore e la sua vita: in breve, l'avrebbe messa, su larga scala, nel giro d'affari di suo padre. Immediatamente il venerabile genitore - in una fredda notte d'inverno, si dice - la maledisse e la scacciò di casa.»

A questo punto, il Chimico Analitico (che evidentemente ha un'opinione di livello molto basso della storia di Mortimer) concede un po' di vino ai Cuscinetti; che, di nuovo misteriosamente agendo tutti e quattro insieme, lo incamerano lentamente con una peculiare torsione di godimento, mentre gridano in coro: «Per piacere, continuate!»

«Le risorse pecuniarie di Un Altro erano, come sono usualmente, di natura molto limitata. Credo di non usare un'espressione troppo forte quando dico che Un Altro era al verde. Comunque egli sposò la signorina, e vissero in una povera dimora, probabilmente con un portico ornato di caprifoglio e altri rampicanti intrecciati, fino alla sua morte. Debbo indirizzarvi al cancelliere del distretto in cui si trovava la povera dimora, per la causa certificata della morte; ma il dolore e la preoccupazione precoci possono aver avuto a che fare con essa, anche se potrebbero non apparire nelle pagine a righe e nei moduli a stampa. Indiscutibilmente questo fu il caso di Un Altro, perché fu così devastato dalla perdita della sua giovane moglie che se fosse sopravvissuto a lei per un anno sarebbe stato già tanto per lui.»

C'è un qualcosa nell'indolente Mortimer, che sembra suggerire che se la buona società può in qualche caso permettersi di commuoversi, egli, di buona società, potrebbe avere la debolezza di essere colpito da ciò che qui racconta. Questo è nascosto con grandi sforzi, ma è dentro di lui.

Anche il cupo Eugene non è privo di un tocco affine; perché, quando quella terribile Lady Tippins dichiara che se Un Altro fosse sopravvissuto, avrebbe dovuto essere in cima alla lista dei suoi amanti - e anche quando la signorina matura alza le spalle, e ride per qualche commento privato e confidenziale del giovanotto maturo - la sua tristezza si aggrava a tal punto che egli scherza abbastanza ferocemente con il suo coltello da dessert.
Mortimer continua.
«Adesso dobbiamo tornare, come dicono i romanzieri e come tutti vorremmo che non facessero, all'uomo di Non-si-sa-dove. Essendo un ragazzo di quattordici anni, educato senza spendere troppo a Bruxelles quando avvenne l'espulsione di sua sorella, passò un po' di tempo prima che ne sentisse parlare - probabilmente da lei stessa, perché la madre era morta; ma questo non lo so. Immediatamente egli fuggì dalla scuola e venne qui. Doveva essere un ragazzo pieno di coraggio e risorse, per arrivar qui con quel che gli restava di un sussidio di cinque soldi alla settimana: ma in qualche modo lo fece e piombò addosso al padre per perorare la causa di sua sorella. Il venerabile genitore ricorre prontamente all'anatema e lo scaccia di casa. Il ragazzo, sbalordito e spaventato, prende il volo, va in cerca di fortuna, sale a bordo di una nave, e alla fine tocca terra tra i vigneti del Capo di Buona Speranza: piccolo proprietario, contadino, coltivatore, come volete chiamarlo.»
A questo punto si sente un tramestìo nell'ingresso e si sente picchiettare alla porta della sala da pranzo. Il Chimico Analitico va alla porta, conferisce irosamente con lo sconosciuto che ha bussato, mostra di calmarsi quando sa il motivo del bussare e va via.
«Così è stato scoperto, solo l'altro giorno, dopo essere stato espatriato circa quattordici anni.»
Un Cuscinetto, sbalordendo improvvisamente gli altri tre, si stacca, e affermando la sua individualità chiede: «Come scoperto, e perché?»
«Ah! È vero. Grazie per avermelo ricordato. Il venerabile padre muore.»
Lo stesso Cuscinetto, imbaldanzito dal successo, dice: «Quando?»
«L'altro giorno. Dieci o dodici mesi fa.»
Lo stesso Cuscinetto chiede con eleganza: «Di che?»
Ma qui perisce un malinconico esemplare; essendo considerato dagli altri tre Cuscinetti con uno sguardo di pietra e non attirando ulteriore attenzione da parte di alcun mortale.
«Il venerabile genitore,» ripete Mortimer con un ricordo passeggero che ci sia una Veneering a tavola e per la prima volta si rivolge a lui, «muore.»
Veneering gratificato ripete gravemente «muore», incrocia le braccia e aggrotta la fronte per ascoltare con fare giudiziario, ma eccolo di nuovo abbandonato in questo tetro mondo.
«Il suo testamento è stato trovato,» dice Mortimer, catturando lo sguardo del cavallo a dondolo della signora Podsnap. «È datato subito dopo la fuga del figlio. Lascia la più bassa della gamma delle montagne dei rifiuti, con una sorta di casa d'abitazione ai suoi piedi, a un vecchio servo che è unico esecutore testamentario, e tutto il resto della proprietà - che è molto considerevole - al figlio. Dispone di essere seppellito con certe strane cerimonie e precauzioni contro il suo ritorno in vita, su cui non ho bisogno di annoiarvi, e questo è tutto... tranne...» e così finisce.
Il Chimico Analitico torna, tutti lo guardano. Non perché qualcuno voglia guardarlo, ma proprio per la subdola influenza in natura che spinge l'umanità ad approfittare della minima opportunità di guardare qualsiasi cosa, piuttosto che la persona che le parla.
«Tranne che l'eredità del figlio è subordinata al suo sposare una ragazza, che alla data del testamento era una bambina di quattro o cinque anni, e che ora è una giovane donna da sposare. La pubblicità sui giornali e le indagini hanno ritrovato il figlio nell'uomo di Non-si-sa-dove, e in

questo momento, sta tornando a casa da lì - senza dubbio, in uno stato di grande stupore - per ottenere una grande fortuna e per prendere moglie.»

La signora Podsnap domanda se la signorina è una signorina dal fascino personale. Mortimer dichiara di non essere in grado di fare rapporto.

Il signor Podsnap domanda che cosa ne sarebbe di questa grande fortuna in caso di mancato rispetto della condizione matrimoniale. Mortimer risponde che una speciale clausola testamentaria dispone che in tal caso tutto vada al vecchio servitore sopra menzionato, escludendo completamente il figlio. Inoltre, che se il figlio non fosse vissuto, lo stesso vecchio servitore sarebbe stato l'unico legatario universale.

La signora Veneering è appena riuscita a svegliare Lady Tippins da un sonno abbastanza profondo, deviando abilmente una serie di piatti e stoviglie verso le sue nocche sul tavolo; quando tutti, tranne Mortimer stesso, si accorgono che il Chimico Analitico, con un aspetto spettrale, gli sta offrendo un foglio piegato. La curiosità trattiene la signora Veneering qualche istante.

Mortimer, nonostante tutte le arti del Chimico, si ritempra placidamente con un bicchiere di Madera e non si accorge affatto del documento che cattura l'attenzione generale, finché Lady Tippins (che ha l'abitudine di risvegliarsi totalmente incosciente), ricordandosi improvvisamente dove si trova e recuperando la percezione degli oggetti che la circondano, dice: «Uomo più falso di Don Juan[14], perché non prendi il biglietto del commendatore?» Dopo di che il Chimico fa avanzare il biglietto sotto il naso di Mortimer, che si guarda attorno e dice: «Che cos'è?»

Il Chimico Analitico si china e sussurra.

«Chi?» dice Mortimer.

Il Chimico Analitico si china e sussurra di nuovo.

Mortimer lo fissa e apre il biglietto. Lo legge, lo rilegge, lo gira per guardare lo spazio vuoto all'esterno, lo rilegge una terza volta.

«Questo arriva in un modo straordinariamente opportuno,» dice Mortimer finalmente, guardando tutti intorno alla tavola con aria alterata, «questa è la conclusione della storia dello stesso uomo di prima.»

«Già sposato?» qualcuno ipotizza.

«Rinunzia a sposarsi?» congettura un altro.

«Un codicillo tra i rifiuti?» aggiunge un terzo.

«No, no,» dice Mortimer, «cosa notevole, vi sbagliate tutti. La storia è più completa e assai più emozionante di quanto immaginassi. L'uomo è annegato!»

III. Un altro uomo

Mentre le gonne delle signore scomparivano su per la scala di casa Veneering, Mortimer, uscendo dietro di loro dalla sala da pranzo, entrò in una biblioteca di libri nuovi di zecca, con rilegature nuove di zecca, generosamente dorate, e chiese di vedere il messaggero che aveva portato il biglietto. Era un ragazzo di circa quindici anni.

Mortimer guardò il ragazzo, e il ragazzo guardò i pellegrini nuovi, sul muro, che andavano a Canterbury[15] in una cornice dorata più grande della processione, più imponente del paesaggio.

«Di chi è questa scrittura?»

«La mia, signore.»

«Chi ti ha detto di scriverlo?»

«Mio padre, Jesse Hexam.»

«È lui che ha trovato il cadavere?»
«Sì, signore.»
«Che cosa fa tuo padre?»
Il ragazzo esitò, guardò con aria di rimprovero i pellegrini, come se essi lo avessero coinvolto in una certa difficoltà, poi disse, stirando con la mano una piega della gamba destra dei pantaloni: «Si guadagna da vivere lungo il fiume.»
«È lontano?»
«Cosa è lontano?» chiese il ragazzo, in guardia, e di nuovo sulla strada per Canterbury.
«Per andare da tuo padre.»
«È un bel tratto, signore. Sono venuto in carrozza e aspetta di essere pagata. Potremmo prenderla per tornare indietro prima di averla pagata, se vuole. Prima sono andato al suo ufficio, secondo le istruzioni delle carte trovate in tasca, e lì ho visto solo un tipo della mia età che mi ha mandato qui.»
C'era uno strano miscuglio nel ragazzo, di incompleta natura selvaggia e di civiltà non completa. La sua voce era rauca e rude, la sua faccia era ruvida, rude la sua piccola figura; ma era più pulito di molti ragazzi del suo tipo e la sua calligrafia, sebbene grande e tonda, era buona. Egli poi guardava il dorso dei libri con una curiosità sveglia che andava al di là della rilegatura. Nessuno che sa leggere guarda mai un libro, anche se chiuso in uno scaffale, come chi non sa leggere.
«Sono state prese delle misure, sai, ragazzo, per accertare se era possibile rianimarlo?» chiese Mortimer mentre cercava il suo cappello.
«Non lo domanderebbe, signore, se conoscesse in che stato era. Gli eserciti di Faraone, che annegarono nel Mar Rosso, non erano in condizioni peggiori. Se Lazzaro fosse stato solo a metà di tale condizione, sarebbe stato il più grande di tutti i miracoli.»
«Ehi!» gridò Mortimer volgendosi col cappello in testa, «ti sembra di essere a casa nel Mar Rosso, mio giovane amico?»
«Lo leggiamo con l'insegnante a scuola,» disse il ragazzo.
«E Lazzaro?»
«Sì, anche lui. Ma non lo dica a mio padre! Non avremmo più pace se si toccasse questo argomento. È un'idea di mia sorella.»
«Devi avere una buona sorella.»
«Non è per niente cattiva,» disse il ragazzo; «ma il massimo che sa fare è conoscere le lettere, e sono io che gliel'ho insegnato.»
Il cupo Eugene era entrato, con le mani in tasca, e aveva assistito all'ultima parte del dialogo. Quando il ragazzo pronunciò quelle parole con disprezzo verso la sorella, lo prese piuttosto bruscamente per il mento, e gli alzò il volto per guardarlo.
«Beh, sono sicuro, signore» disse il ragazzo, resistendogli «spero che mi conoscerete un'altra volta.»
Eugene non si degnò di alcuna risposta, ma propose a Mortimer: «Vengo con te, se vuoi?» Così tutti e tre andarono via nella carrozza che aveva portato il ragazzo; i due amici (da ragazzi erano stati compagni di scuola) all'interno, a fumar sigari; il mesaggero fuori accanto al conducente.
«Vediamo,» disse Mortimer mentre andavamo, «da cinque anni, Eugene, sono sull'onorevole ruolo degli avvocati dell'Alta Corte di Cancelleria, e degli avvocati di Common Law[16]; e a parte le istruzioni gratuite che mi dà per il suo testamento (in media una volta ogni due settimane) Lady Tippins che non ha nulla da lasciare, non ho mai avuto un briciolo di un affare tranne questo affare romantico.»

«Ed io,» disse Eugene, «mi sono abilitato da sette anni, e non ho mai avuto nessun affare, né mai ne avrò. E se ne avessi, non saprei come sbrigarli.»
«Riguardo a quest'ultimo particolare,» replicò Mortimer, con grande compostezza, «sono lontano dall'avere qualche vantaggio su di te.»
«Detesto,» disse Eugene mettendo le gambe sul sedile di fronte, «detesto la mia professione.»
«Ti incomodo se metto su anche le mie?» replicò Mortimer. «Grazie. Io detesto la mia.»
«Mi fu imposta,» disse il cupo Eugene, «perché era sottinteso che volevamo un avvocato in famiglia. Ne abbiamo uno prezioso!»
«Mi fu imposta,» disse Mortimer, «perché era sottinteso che nella mia famiglia ci voleva un legale. E ne abbiamo uno prezioso!»
«Siamo in quattro con i nostri nomi dipinti su un montante della porta a destra di un buco nero chiamato insieme di camere,» disse Eugene; «e a ognuno di noi spetta un quarto di un impiegato - Cassim Baba[17] nella grotta dei ladroni - e Cassim è l'unica persona rispettabile del gruppo.»
«Sono uno da solo, uno» disse Mortimer, «molto in alto su un'orribile scala che guarda un cimitero, e ho un impiegato tutto per me, e lui non ha null'altro da fare che guardare il cimitero, e cosa succederà di lui quando sarà arrivato alla maturità, non lo posso concepire. Se in quel nido malandato di corvi stia meditando cose sagge, o tramando un omicidio; se crescerà, dopo tante meditazioni per illuminare i suoi simili, o per avvelenarli, è l'unico punto di interesse per me, per la mia visione professionale. Mi fai accendere? grazie.»
«Allora gli idioti,» disse Eugene, appoggiandosi allo schienale, incrociando le braccia, fumando a occhi chiusi, e parlando con voce leggermente nasale, «gli idioti parlano di energia. Se c'è una parola nel dizionario, fra l'A e la Z, che aborro, è questa: energia. È una superstizione così convenzionale, tale chiacchiera da pappagalli! Che diavolo! Dovrò precipitarmi in strada, prendere per il collo la prima persona d'aspetto ricco che incontri, dovrò scuoterla e dirgli: "Fa' subito causa a qualcuno, cane, e prendimi come avvocato o ti ucciderò?" Eppure questa sarebbe energia.»
«Proprio il mio punto di vista sul caso, Eugene. Ma fammi vedere una buona opportunità, mostrami qualcosa per cui vale davvero la pena di essere energico, e ti mostrerò l'energia.»
«E anche io» disse Eugene. Ed è abbastanza probabile che diecimila altri giovanotti, nel giro del distretto postale di Londra, facessero la stessa affermazione piena di speranza nel corso della stessa serata.
Le ruote giravano e rotolarono giù dal Monumento, e accanto alla Torre, e lungo i Docks[18], giù per Ratcliffe[19], e per Rotherhithe[20], là dove sembrava che dai terreni più alti fosse scesa ad accumularsi la feccia dell'umanità, come una specie di fogna morale che si fosse fermata lì fino a quando il suo stesso peso non la costringesse a superare i banchi e a sprofondare nel fiume. Dentro e fuori tra le navi che sembravano essere sulla terraferma e le case che sembravano essere a galla - tra pennoni che fissavano finestre e finestre che fissavano le navi - le ruote girarono, finché non si fermarono in un angolo buio, lavato dal fiume e per il resto non lavato affatto, dove il ragazzo scese e aprì lo sportello.
«Il resto lo dovete fare a piedi, signore; non è molto cammino.» Parlava al singolare, escludendo esplicitamente Eugene.
«Questo posto è maledettamente fuori di mano,» disse Mortimer scivolando sulle pietre e i rifiuti della riva, mentre il ragazzo girava bruscamente l'angolo.
«Ecco la casa di mio padre, signore; dove c'è luce.»
L'edificio era basso e dava l'idea di esser stato un tempo un mulino. C'era sul davanti una

sporgenza di legno marcio, che sembrava indicare dove una volta erano le pale, ma tutto era reso indistinto dall'oscurità della notte. Il ragazzo alzò il chiavistello della porta ed essi passarono subito in una stanza circolare e bassa, dove un uomo stava davanti a un fuoco rosso, guardandolo, mentre una ragazza sedeva, impegnata in lavori di cucito. Il fuoco era in un braciere arrugginito, non fissato al focolare; e una comune lampada, a forma di radice di giacinto, fumava e diffondeva la luce nel collo di un bottiglia di terracotta sulla tavola.

C'era in un angolo un letto di legno, una specie di cuccetta, e in un altro angolo una scala di legno che conduceva di sopra, così rozza e ripida che era poco meglio di una scala a pioli. Due o tre vecchie coppie di remi erano contro il muro e da un'altra parte una piccola credenza che faceva una mostra ridottissima degli articoli più comuni di stoviglie e pentole. Il tetto della stanza non era intonacato, ma era formato dal pavimento della stanza sovrastante.

Questo, essendo molto vecchio, nodoso, con giunture e travi a vista, dava un aspetto più basso alla camera; e tetto, e pareti e pavimento, allo stesso modo ricchi di vecchie macchie di farina, minio (o qualche macchia simile che probabilmente avevano acquisito quando era un deposito) e umidi, allo stesso modo davano un aspetto di decomposizione.

«Il signore, papà.»

La figura davanti al fuoco rosso si voltò, alzò la testa arruffata e guardò come un uccello da preda.

«Lei è il cavalier Mortimer Lightwood, vero, signore?»

«Il mio nome è Mortimer Lightwood. Quello che avete trovato,» disse Mortimer, guardando con una certa riluttanza il giaciglio, «è qui?»

«Non posso dire qui, ma vicino. Faccio tutto in regola. Ho informato della circostanza la polizia e la polizia

ne ha preso possesso. Non c'è tempo da perdere, da nessuna parte. La polizia l'ha già fatto stampare, ed ecco cosa la stampa ne dice.»

Alzando la bottiglia con dentro la lampada, la tenne vicina a un foglio appeso al muro, che aveva l'intestazione della polizia, TROVATO UN CORPO. I due amici lessero l'avviso sul muro, mentre Gaffer li guardava tenendo la lampada in mano.

«Solo documenti sull'uomo sfortunato, a quanto vedo,» disse Lightwood, guardando la descrizione di ciò che era stato trovato, allo scopritore. «Solo carte.»

Qui la ragazza si alzò col lavoro in mano e andò sulla porta. «Niente denaro,» incalzò Mortimer, «solo tre soldi in uno dei taschini.»

«Tre. *Pence*[21]. Spiccioli,» disse Gaffer Hexam, in tre frasi.

«Le tasche dei calzoni vuote, e rivoltate.»

Gaffer Hexam annuì. «Ma è comune. Che si tratti del flusso della marea o no, non posso dire. Ora, qui,» spostando la luce verso un altro cartello simile, «anche le sue tasche furono trovate vuote e girate alla rovescia. E qui,» e spostando la luce verso un altro, «anche questo fu trovato con le tasche vuote e rovesciate. E anche questo. E anche quello. Non so leggere, e non ne ho bisogno, perché li riconosco dal posto sul muro. Questo era un marinaio, con due ancore e una bandiera e G. F. T. sul braccio. Guardate e vedete se non è così.»

«Giusto.»

«Questa era la giovane donna con gli stivali grigi e la biancheria segnata con una croce. Guardate e vedete se non è vero».

«Giusto.»

«Questo è quello che aveva un brutto taglio sull'occhio. Questi sono le due giovani sorelle che erano legate insieme con un fazzoletto. Questo è il vecchio ubriaco, con un paio di pantofole e

un berretto da notte, che si era offerto - si è saputo dopo - di fare un buco nell'acqua per un quarto di rum preso in precedenza, e mantenne la sua parola per la prima e ultima volta nella sua vita. Tanti begli avvisi nella stanza, vedete; ma li conosco tutti. Sono abbastanza studioso!»
Agitò la lampada su tutto, come a simboleggiare la luce della sua intelligenza accademica, poi lo posò sul tavolo e si alzò dietro di essa guardando intensamente i suoi visitatori. Aveva la speciale particolarità di alcuni rapaci, che quando aggrottava la fronte, la sua cresta arruffata era più alta.
«Non ha trovato tutto questo da solo; no?» chiese Eugene.
Al che l'uccello da preda replicò lentamente: «E quale è il vostro nome, ora?»
«Questo è un mio amico,» intervenne Mortimer Lightwood. «Il signor Eugene Wrayburn.»
«Il signor Eugene Wrayburn, vero? E che cosa mi avrebbe chiesto il signor Eugene Wrayburn?»
«Vi ho chiesto semplicemente se li avete trovati tutti voi.»
«Io rispondo a lei semplicemente: gran parte di loro.»
«Pensate che ci siano state molte violenze e rapine, prima, in questi casi?»
«Non lo immagino affatto,» replicò Gaffer. «Non sono di quelli che fanno supposizioni. Se doveste vivere come me a tirare fuori dal fiume ogni giorno della vita, potresti non essere molto portato a supporre. Devo mostrare la via?»
Mentre apriva la porta, in seguito a un cenno di Lightwood, un viso estremamente pallido e alterato apparve sulla soglia: il volto di un uomo molto agitato.
«Scomparso qualcuno?» chiese Gaffer Hexam, fermandosi di colpo; «o trovato qualcuno? che?»
«Mi sono perso!» rispose l'uomo, in modo frettoloso e ansioso.
«Perso?»
«Io ... io sono uno sconosciuto e non conosco la strada. Io - io - voglio trovare il luogo dove posso vedere quanto descritto qui. È possibile che io possa conoscerlo.» Ansimava e riusciva a malapena a parlare; ma mostrò una copia dell'avviso appena stampato che era ancora bagnato sul muro.
Forse la novità dell'avviso, o forse l'accuratezza dell'osservazione del suo aspetto generale, guidò Gaffer a una pronta conclusione.
«Questo signore, il signor Lightwood, si occupa dell'affare.»
«Il signor Lightwood?»
Ci fu una pausa, durante la quale Mortimer e il nuovo arrivato si esaminarono.
Nessuno dei due conosceva l'altro.
«Penso, signore,» disse Mortimer, rompendo quel silenzio imbarazzante con il suo disinvolto autocontrollo, «che mi avete fatto l'onore di pronunciare il mio nome.»
«L'ho ripetuto dopo quest'uomo.»
«Avete detto che siete straniero in Londra.»
«Un estraneo assoluto.»
«State cercando il signor Harmon?»
«No.»
«Allora credo di potervi assicurare che siete impegnato in un incarico infruttuoso, e non troverete ciò che temete di trovare. Verrete con noi?»
Girando attraverso alcuni vicoli fangosi che avrebbero potuto essere stati depositati dall'ultima avversa marea, arrivarono alla cancellata e al lampione luminoso di una stazione di polizia; dove trovarono un
Ispettore notturno, con penna, inchiostro e righello, che aggiornava il suo registro in un ufficio imbiancato, scrupolosamente come se fosse in un monastero in cima a una montagna, e non ci

fosse nessuna furia ululante di una donna ubriaca che batteva contro la porta di una cella nel cortile sul retro.

Con la stessa aria di un recluso molto dedito allo studio, si distolse dai registri per fare a Gaffer un diffidente cenno di saluto, che significava chiaramente: «Ah, sappiamo tutto di te e un giorno eccederai»; e per informare il signor Mortimer Lightwood e amici, che li avrebbe assistiti immediatamente. Poi finì di completare il lavoro che aveva in mano (si poteva pensare che stesse decorando un messale, tanto era calmo), in modo molto ordinato e metodico, non mostrando la minima consapevolezza della donna che stava picchiando con maggiore violenza, e gridava in modo terrificante minacciando il fegato di un'altra donna.

«Una lanterna,» disse l'Ispettore di notte, prendendo le sue chiavi. Un deferente agente porse la lanterna. «Ora, signori.»

Con una delle chiavi aprì una specie di grotta fredda alla fine del cortile e tutti vi entrarono. Ne uscirono rapidamente, nessuno parlò, tranne Eugene che bisbigliò a Mortimer: «Non è molto peggio di Lady Tippins.»

Quindi, tornarono alla biblioteca imbiancata del monastero – con quella del fegato che continuava a urlare, e più forte di prima, mentre essi guardavano senza parlare lo spettacolo per cui erano venuti – e lì l'Abate riassunse le circostanze del caso. Nessun indizio su come il corpo era entrato nel fiume. Molto spesso non c'erano indizi. Era troppo tardi per sapere per certo se le lesioni risalivano a prima o dopo la morte; secondo un eccellente parere medico, prima; secondo un'altra opinione medica eccellente, dopo.

L'assistente di bordo della nave con la quale quel passeggero era arrivato in patria, era venuto a riconoscere il cadavere e poteva giurare sulla sua identità. Allo stesso modo poteva giurare sui vestiti. E poi, vedete, aveva anche i documenti. Com'era possibile che fosse completamente scomparso da quando aveva lasciato la nave, finché non era stato trovato nel fiume? Bene! Probabilmente c'era stato qualche giochetto. Probabilmente pensava che fosse un gioco innocuo, non era all'altezza delle cose, e si è rivelato un gioco fatale. L'inchiesta sarebbe stata aperta l'indomani, e nessun dubbio sul verdetto.

«Sembra che abbia colpito il tuo amico, che l'abbia fatto cadere completamente fuori dalle sue gambe», osservò il signor Ispettore, quando ebbe terminato il suo riassunto. «Certo, è stata una brutta esperienza!»

Questo fu detto a voce molto bassa e con uno sguardo indagatore (non il primo che aveva lanciato) allo sconosciuto.

Il signor Lightwood spiegò che non si trattava di un suo amico.

«Davvero?» disse il signor Ispettore porgendo l'orecchio, «e dove l'avete trovato?»

Il signor Lightwood spiegò ulteriormente.

Il signor Ispettore aveva fornito i suoi riassunti e aveva aggiunte queste parole, con i gomiti appoggiati alla scrivania, e le dita e il pollice della mano destra, puntati contro le dita e il pollice della sua sinistra. Il signor Ispettore non muoveva altro che i suoi occhi, quando aggiunse, alzando la voce: «Vi ha fatto svenire, signore! Sembra che non siate abituato a questo genere di lavoro?»

Lo straniero, che era appoggiato al camino con la testa abbassata, si guardò intorno e rispose: «No. È una vista orribile!»

«Si aspettava di identificarlo, mi è stato detto, signore?»

«Sì.»

«L'avete identificato?»

«No. È una vista orribile. Oh! Una vista orribile, orribile!»

«Chi pensavate che potesse essere?» domandò il signor Ispettore. «Descrivetecelo, signore. Forse possiamo aiutarvi.»

«No, no,» disse lo straniero, «sarebbe del tutto inutile. Buona notte.»

Il signor Ispettore non si era mosso, e non aveva dato ordini; ma l'agente scivolò contro la porticina, appoggiò il braccio sinistro lungo la parte superiore e con la mano destra volse la lanterna che aveva preso dal capo - in maniera del tutto casuale - sullo sconosciuto.

«È un amico che cercate, no? oppure cercate un nemico, no? altrimenti non sareste venuto qui, no? Bene, dunque, non è ragionevole chiedervi chi era?» così, il signor Ispettore.

«Dovete scusarmi per quel che vi dirò. Nessuno può capire meglio di voi come le famiglie preferiscano non rendere pubbliche le loro discordie e le loro disgrazie, se non quando sia sommamente necessario. Non dubito che assolviate il vostro dovere facendomi queste domande; ma voi non contesterete il mio diritto a esimermi da una risposta. Buona notte.»

Di nuovo si volse verso la porticina, dove l'agente, l'occhio al suo capo, restava muto come una statua.

«Almeno,» disse il signor Ispettore, «non obietterete a lasciarmi il vostro biglietto da visita, signore.»

«Non avrei nulla in contrario, se ne avessi uno, ma non ne ho.» Arrossì e si confuse molto mentre dava la risposta.

«Almeno,» disse il signor Ispettore, senza cambiar né voce né modi, «non avrete nulla in contrario a scriver qui il vostro nome e indirizzo?»

«Certo.»

Il signor Ispettore intinse una penna nel calamaio, e la pose abilmente sopra un pezzo di carta accanto a lui; poi riprese l'atteggiamento di prima. Lo sconosciuto s'avanzò fino al tavolo e scrisse con mano piuttosto tremante; il signor Ispettore senza mostrarlo prendeva nota d'ogni capello del suo capo mentre egli era chino a scrivere: «Signor Julius Handford, Caffè della Scacchiera, Palace Yard, Westminster.»

«Abitate là, suppongo, signore.»

«Abito là.»

«Dunque siete di fuori.»

«Eh? Sì... di fuori.»

«Buona notte, signore.»

L'agente spostò il braccio e aprì la porticina e il signor Julius Handford uscì.

«Agente!» disse il signor Ispettore, «prendete questo pezzo di carta, tenetelo d'occhio senza farvi vedere, accertate se abita davvero là, e scoprite tutto quello che potete su di lui.»

L'agente se n'era andato, e il signor Ispettore, tornato ad essere il tranquillo abate del monastero, intinse la penna nell'inchiostro e riprese i suoi registri. I due amici, che lo avevano osservato più divertiti dai suoi modi professionali che sospettosi del signor Julius Handford, si informarono, prima di andar via, se davvero credesse che ci fosse qualcosa di sospetto.

L'abate rispose con reticenza, non poteva dirlo. Se era un omicidio, chiunque potrebbe averlo fatto. Per il furto con scasso o il borseggio ci vuole apprendistato. Non è così, per l'omicidio. Potremmo essere tutti all'altezza. Aveva visto decine di persone venire per identificazioni e non ne aveva mai visto una colpita in quel modo particolare. Potrebbe, tuttavia, essere stato lo stomaco e non la mente. Se è così, stomaco al rum. Ma è sicuro ci fosse del rum in ogni cosa. Peccato che non ci sia una parola di verità in quella superstizione sui corpi che sanguinano quando vengono toccati dalla mano destra della persona che li ha uccisi; non ci sono mai stati segni dai corpi. C'è abbastanza baccano fatto da quella - starà buona per tutta la notte ora (qui riferendosi a colei che batteva colpi per il fegato), ma non si è mai ottenuto nulla dai cadaveri.

Non essendoci più niente da fare prima che si tenesse l'inchiesta il giorno dopo, gli amici se ne andarono insieme e Gaffer Hexam e suo figlio se ne andarono per la una strada diversa. Ma, arrivando all'ultima curva, Gaffer disse al suo ragazzo di tornare a casa mentre lui si fermava in una taverna dalla tenda rossa, che sporgeva in modo idropico sul terrapieno, «per una mezza pinta[22].»

Il ragazzo sollevò il chiavistello che aveva alzato prima e trovò sua sorella di nuovo seduta davanti al fuoco al suo lavoro. Ella alzò la testa al suo entrare.

«Dove sei andata, Liz?»

«Fuori al buio.»

«Non ce n'era bisogno. Andava tutto bene.»

«Uno di quei signori, quello che non parlava mentre stette qui, mi guardava fissamente; e avevo paura che mi potesse leggere in volto. Ma su! Non preoccuparti, Charley! Sono stata in timore per un altro motivo quando hai detto a tuo padre che sapevi scrivere un po'.»

«Ah! ma gli ho fatto credere che scrivevo così male, che sarebbe stato strano che qualcuno potesse leggere. E quando scrivevo più adagio e mi imbrattavo di più le dita, il babbo era più contento, mentre mi guardava.»

La ragazza mise da parte il lavoro, e spostando la sua sedia vicino a quella del fratello, accanto al fuoco, gli posò gentilmente un braccio sulla spalla.

«Trarrai il massimo dal tuo tempo, Charley, non è vero?»

«Certo! andiamo! mi piace. Non ti pare?»

«Sì, Charley, sì. Lavori duro per imparare, lo so. E anch'io un po', Charley, e mi ingegno un po' e cerco di arrangiarmi (a volte mi sveglio di notte per pensarci) per mettere insieme uno scellino[23] oggi e uno domani, per far credere al babbo che tu cominci a guadagnarti la vita lungo il fiume.»

«Tu sei la preferita del babbo, e puoi fargli credere qualunque cosa.»

«Vorrei poterlo fare, Charley! Perché se potessi fargli credere che imparare sia una buona cosa e che avremmo potuto condurre vite migliori, io sarei 'quasi contenta di morire'.»

«Non parlare tanto della morte, Liz.»

Ella incrociò le mani sulla spalla di lui, vi posò la sua bella guancia bruna, guardando il fuoco, e continuò pensierosa: «Di sera, Charley, quando tu sei a scuola, e il babbo...

«... dai Sei allegri facchini[24]» intervenne il ragazzo, con un cenno del capo verso l'osteria.

«Sì. Allora, quando siedo a guardare il fuoco, mi sembra di vedere nel carbone che brucia... come dove c'è quel bagliore ora...»

«Quello è gas,» disse il ragazzo, «che viene da un pezzetto di foresta che stava sotto il fango, che stava sotto l'acqua al tempo dell'arca di Noè. Guarda qui! se prendo l'attizzatoio così e scavo un po'...»

«Non toccarlo, Charley, o sarà tutto in fiamme. Quello che intendo io è quel bagliore diffuso lì vicino, che va e viene. Quando lo guardo di sera, mi sembra di vedere dei quadri, Charley.»

«Vediamo un quadro,» disse il ragazzo. «Dimmi dove guardare.»

«Ah! ci vogliono i miei occhi, Charley.»

«Taglia corto allora e dimmi che cosa vedono i tuoi occhi.»

«Beh, ci siamo io e te, Charley, quando eri un bel bambino che non ha mai conosciuto una mamma.»

«Non dire che non ho mai conosciuto la mamma,» intervenne il ragazzo, «perché io ho conosciuto una sorellina che era sia sorella che madre.»

La ragazza rise deliziata e gli occhi le si riempirono di lacrime di gioia, mentre egli le cingeva la vita e la teneva tra le braccia.

«Ci siamo io e te, Charley, quando papà era via al lavoro e ci chiudeva fuori per paura che ci bruciassimo o cadessimo dalla finestra, e noi sedevamo sulla soglia della porta, sedevamo su altri scalini, sedevamo sulla riva del fiume, andavamo in giro per far passare il tempo. Sei piuttosto pesante da portare, Charley, e io spesso sono obbligata a riposarmi. Qualche volta abbiamo sonno e ci addormentiamo insieme in un angolo, qualche volta abbiamo molta fame, a volte siamo un po' spaventati, ma quello che spesso è più duro per noi è il freddo. Ti ricordi, Charley?»

«Ricordo,» disse il ragazzo, stringendola a sé due o tre volte, «che mi raggomitolavo sotto un piccolo scialle, e lì faceva caldo.»

«A volte piove, e ci infiliamo sotto una barca o qualcosa del genere; a volte è buio e ci mettiamo tra i lampioni, seduti a guardar la gente che va per le strade. Alla fine, arriva il babbo e ci porta a casa. E la casa sembra un tal rifugio dopo esser stati fuori! E il babbo mi toglie le scarpe, e mi asciuga i piedi al fuoco, e mi fa sedere accanto a lui, mentre fuma la pipa, molto tempo dopo che tu sei a letto, e io noto che quella del babbo è una mano grande, ma non è mai pesante quando mi tocca, e che la voce del babbo è rude, ma non è mai arrabbiato quando mi parla. Poi io sono cresciuta, e a poco a poco il babbo si fida di me, e fa di me la sua compagna, e anche quando è del tutto fuori di sé, mai una volta mi colpisce.»

Il ragazzo che ascoltava a questo punto fece una specie di grugnito, come per dire: A me picchia però!

«Taglia corto di nuovo,» disse il ragazzo, «e danne uno per predire il futuro, un quadro del futuro.»

«Bene! Ci sono io che continuo a stare col babbo, vicino a lui, perché il babbo mi vuol bene, e io voglio bene a lui. Io non so nemmeno leggere un libro, perché, se avessi imparato, il babbo avrebbe pensato che io lo abbandonavo, e avrei perso la mia influenza. Ma non ho l'ascendente che vorrei avere, non posso fermare alcune cose orribili che cerco di fargli smettere, ma vado avanti, con la speranza e la fiducia che verrà il momento. Intanto so che per qualche cosa io sono un freno per il babbo e che se non gli fossi fedele, lui - per vendetta o per delusione, o per tutt'e due – diventerebbe violento e cattivo.»

«Dacci un assaggio delle immagini che predicono la fortuna su di me.»

«Stavo passando a loro, Charley,» disse la ragazza, che da quando aveva cominciato non aveva cambiato atteggiamento e ora scuoteva tristemente il capo, «tutte le altre conducevano a queste. Eccoti...»

«Dove sono io, Liz?»

«Ancora giù nel buco, presso la fiamma.»

«Sembra che ci sia il diavolo-e-tutti nell'incavo del bagliore,» disse il ragazzo, spostando lo sguardo dagli occhi di lei al braciere, che aveva un aspetto macabro da brutto scheletro con le gambe lunghe e sottili.

«Ci sei tu, Charley, che lavori a modo tuo, di nascosto dal babbo, a scuola; e ottieni dei premi; e vai avanti sempre meglio; e sei diventato un... Come l'hai chiamato quando me ne hai parlato?»

«Ah, ah! la profetessa non sa il nome!» gridò il ragazzo. Sembrava piuttosto soddisfatto di questa ignoranza da parte di quel buco, giù, presso il bagliore. «Allievo-insegnante.»

«Tu diventi un allievo-insegnante, e continui a far sempre meglio, e diventerai un maestro pieno di sapere e rispetto. Ma il segreto è venuto a conoscenza del padre molto tempo prima, e ti ha diviso da mio padre e da me.»

«Non è vero!»

«Sì, Charley. Vedo, per quanto semplice possa essere, che il tuo futuro non è il nostro, e che anche se papà potesse arrivare a perdonare la tua iniziativa (cosa che non potrebbe mai essere), il tuo futuro sarebbe oscurato dal nostro. Ma vedo anche, Charley...»

«Ancora così semplice come può essere, Liz?» domandò scherzosamente il ragazzo.

«Ah! Ancora. Un ottimo lavoro separare la tua strada dalla vita del babbo, e di aver fatto un nuovo e buono inizio. Quindi ecco, sono io, Charley, rimasta sola col babbo a farlo rigar dritto come meglio posso, cercando sempre di aver più ascendente su di lui, e sperando che per qualche fortunata occasione, o quando sia malato, o quando - non so cosa... - potrei convincerlo a desiderare di fare cose migliori.»

«Hai detto che non sai leggere un libro, Lizzie. La tua biblioteca è quel buco giù presso il bagliore, penso.»

«Sarei ben contenta se davvero sapessi leggere veri libri. Sento il desiderio di imparare molto, Charley. Ma ne avrei ancor di più, se non sapessi che c'è un legame tra me e mio padre...Ascolta! il passo di papà!»

Essendo ormai mezzanotte passata, l'uccello rapace andò dritto al nido. Il mezzogiorno successivo riapparve dai Sei allegri facchini, col ruolo, non nuovo per lui, di testimone davanti al giudice.

Il signor Mortimer Lightwood, oltre a sostenere il ruolo di testimone, aveva anche quello dell'eminente avvocato che assisteva i lavori per conto dei rappresentanti del defunto, come debitamente registrato sui giornali. Anche il signor Ispettore assisté alla seduta, e tenne per sé tutte le sue osservazioni. Il signor Julius Handford, poiché l'indirizzo che aveva dato era giusto, e essendo risultato il conto dell'albergo in regola coi pagamenti, sebbene non si sapesse più nulla di lui al suo albergo tranne che il suo stile di vita era molto ritirato, non era stato convocato, ed era presente solo nella mente del signor Ispettore.

Il caso fu reso interessante per il pubblico dalla deposizione del signor Mortimer Lightwood, sulle circostanze in cui il il defunto, il signor John Harmon, era tornato in Inghilterra (per parecchi giorni quelle circostanze furono servite a pranzo, come proprietà esclusiva, da Veneering, Twemlow, Podsnap e da tutti i Cuscinetti: tutti le raccontavano in modo diverso, con molte contraddizioni). Fu reso interessante anche dalla testimonianza di Job Potterson, maggiordomo della nave, e di un certo signor Jacob Kibble, passeggero, sul fatto che il defunto signor John Harmon portava, in una valigia con la quale era sbarcato, la somma riscossa per la vendita di una sua piccola proprietà fondiaria, e che la somma superava le settecento sterline, in contanti. Fu reso ancora più interessante per le straordinarie esperienze di Jesse Hexam che aveva recuperato dal Tamigi tanti cadaveri e in favore del quale un ammiratore estatico che si firmava «un amico della sepoltura» (forse un becchino), mandò al direttore del Times[25] diciotto francobolli per spese postali e cinque «dunque, signori».

Sulla base delle prove addotte davanti a loro, la giuria riscontrò che il corpo del signor John Harmon era stato scoperto fluttuare nel Tamigi, in avanzato stato di decomposizione e molto mal ridotto; e che il detto signor John Harmon aveva incontrato la morte in circostanze molto sospette, benché non ci fossero prove mostrate alla giuria per mano di chi e in che preciso modo fosse stato ucciso. Al verdetto, la giuria allegò una raccomandazione all'Ufficio degli Affari Interni (cosa che il signor Ispettore sembrava ritenere molto ragionevole) di offrire una ricompensa per la soluzione del mistero. Entro quarantotto'ore venne annunciato un premio di cento sterline, insieme con un'amnistia completa per colui o coloro che senza essere il vero o i veri autori del misfatto, ne fossero a conoscenza, e lo denunciassero, ecc. ecc. in debita forma.

Questo proclama rese il signor Ispettore ancora più zelante e lo fece andare a meditare su per le scalinate e le strade lungo il fiume, a perlustrare in barca mettendo insieme questo e quello. Ma dal modo come si mette insieme questo e quello, avrai una donna o un pesce divisi, oppure una sirena, combinati. E il signor Ispettore non riusciva a mettere insieme altro che una sirena, alla quale nessun giudice, nessuna giuria avrebbe mai creduto.

Così, a somiglianza delle maree che lo avevano portato a conoscenza degli uomini, il delitto Harmon - come veniva comunemente chiamato - andò su e giù, fluì e rifluì, ora in città, ora in campagna, ora tra i palazzi, ora tra le baracche, tra i signori dell'aristocrazia e tra i contadini, gli operai, i facchini, finché alla fine, dopo un lungo intervallo di tregua, giunse al mare e andò alla deriva.

IV. La famiglia di R. Wilfer

Reginald Wilfer è un nome con un suono piuttosto grandioso, che suggerisce di primo acchito ottoni nelle chiese di campagna, scorre in finestre di vetro colorato, e in generale i De Wilfer che vennero con Guglielmo il Conquistatore[26]. Perché è un fatto notevole nella genealogia che nessun Di Alcuno venne mai con Nessun altro. Ma la famiglia Reginald Wilfer era per estrazione e attività molto comune, tanto che i loro antenati avevano per generazioni vissuto modestamente sui Docks, nell'ufficio delle Accise e alla Dogana, la Custom House, e l'attuale R. Wilfer era un povero impiegato. Così povero, avendo limitato salario e illimitata famiglia, ch'egli non aveva ancora mai raggiunto il modesto oggetto della sua ambizione: che era di indossare un completo nuovo di vestiti, cappello e stivali inclusi, in una sola volta. Il suo cappello nero diventava marrone prima ch'egli potesse permettersi un cappotto, i suoi pantaloni erano sdruciti sulle cuciture e alle ginocchia, prima ch'egli potesse comprare un paio di stivali, e gli stivali erano logori prima ch'egli potesse regalarsi nuovi pantaloni; e nel frattempo che cercava di rinnovare il cappello, quel brillante articolo moderno diventava un antico rudere di varie epoche.

Se il classico cherubino potesse mai crescere ed essere vestito, potrebbe essere fotografato come un ritratto di Wilfer. Il suo aspetto paffuto, liscio, innocente, era la ragione per cui lo si trattava sempre con condiscendenza, se non alterigia. Uno sconosciuto che fosse entrato nella sua povera casa verso le dieci di sera, sarebbe restato sorpreso di trovarlo seduto a cena (a quell'ora). Era così fanciullesco nelle sue curve e proporzioni, che il suo vecchio maestro di scuola, incontrandolo a Cheapside[27], non avrebbe potuto resistere alla tentazione di picchiarlo sul posto. In breve, egli era il classico cherubino, dopo il supposto colpo appena accennato, piuttosto grigio, con l'espressione piuttosto preoccupata, e in condizioni di decisa insolvenza. Era timido e riluttante a possedere il nome di Reginaldo, come nome troppo ambizioso e autoassertivo. Nelle firme usava solo la R iniziale, e confidava ciò che realmente rappresentava soltanto ad amici fidati, tenuti al silenzio. Da qui era sorta nei dintorni di Mincing Lane[28] l'abitudine scherzosa di coniare per lui nomi di battesimo con ogni sorta di aggettivi e participi che cominciassero per R. Alcuni di questi nomi erano più o meno appropriati: Rugginoso, Ritirato, Rubicondo, Rotondo, Roseo, Ridicolo, Ruminante; altri derivavano la loro originalità perché applicati al contrario: Rabbioso, Rumoroso, Ruggente, Ribaldo. Ma il suo nome popolare era Rumty, che gli era stato affibbiato in un momento di ispirazione da un gentiluomo dalle abitudini conviviali che aveva a che fare col commercio delle droghe, poiché era l'inizio di una canzone allegra che si cantava in coro, nell'esecuzione della quale quel gentiluomo aveva una parte così importante da assicurargli un

posto nel Tempio della Fama, e di cui l'intero carico espressivo era:
«*Rumty bizzarria, rema dow dow,*
Canta rumorosamente, dolcemente, inchinati wow wow!»
Così si riferivano a lui sempre, anche nelle più piccole lettere d'affari, come al «Caro Rumty,» al che egli rispondeva tranquillamente: «Cordialmente, R. Wilfer.»
Era impiegato nella drogheria di Chicksey, Veneering e Stobbles. Chicksey e Stobbles, gli antichi padroni, erano stati assorbiti tutti e due da Veneering, loro antico commesso viaggiatore e agente, il quale aveva segnalato la sua presa del potere supremo col mettere negli uffici una quantità di tramezzi di mogano lucidati alla francese con grandi vetrine, e un'enorme e luccicante targa alla porta.
R. Wilfer chiuse a chiave il suo cassetto una sera, e mettendosi in tasca il mazzo delle chiavi, come se fosse la sua trottola, si diresse verso casa. La sua casa era nella regione di Holloway[29], a nord di Londra, in quel tempo separata da questa da campi e alberi. Tra Battle Bridge[30] e quella parte del distretto di Holloway in cui viveva, c'era un tratto di Sahara suburbano, dove si cuocevano mattonelle e mattoni, si bollivano ossa, si battevano tappeti, si buttavano rifiuti, si facevano battaglie di cani, e dove gli appaltatori ammucchiavano i rifiuti. Costeggiando il confine di questo deserto, cammino che in ogni caso egli compiva, mentre i fuochi delle fornaci mandavano livide strisce nella nebbia, R. Wilfer sospirò e scosse la testa.
«Ahimè!» disse, «ciò che avrebbe potuto essere non è ciò che è!»
Con tale commento sulla vita umana, che indicava un'esperienza di essa non esclusivamente sua, egli fece del suo meglio per arrivare alla fine del suo tragitto.
La signora Wilfer era, naturalmente, una donna alta e spigolosa.
Poiché il suo signore era cherubico, ella era necessariamente imponente, secondo il principio per cui il matrimonio congiunge gli opposti.
Era molto attenta ad avvolgersi il capo in un fazzoletto da tasca, annodato sotto il mento. Sembrava considerare questo copricapo, in combinazione con un paio di guanti indossati dentro casa, nello stesso tempo come una specie di armatura contro la sfortuna (indossandolo invariabilmente quando di cattivo umore o difficoltà), e una specie di abito formale. Fu quindi con un po' di scoraggiamento che il marito la vide così eroicamente vestita mentre posava la candela nel piccolo ingresso e scendeva gli scalini del piccolo cortile per aprirgli il cancello.
Qualcosa era andato storto con la porta di casa, per cui R. Wilfer si fermò sui gradini, fissandola, e gridò:
«Ohè!»
«Sì», disse la signora Wilfer, «l'uomo è venuto lui stesso con un paio di tenaglie, l'ha tolta e l'ha portata via. Ha detto che poiché non aveva nessuna speranza di esser mai pagato per questa, e aveva un'ordinazione per un'altra targa di SCUOLA FEMMINILE, era meglio (dopo averla lucidata), nell'interesse di tutti.»
«Forse è così, mia cara, che ne pensi?»
«Tu sei il padrone qui, R. W.,» rispose la moglie. «Come pensi tu, non come penso io. Forse sarebbe stato meglio che quell'uomo avesse preso anche la porta?»
«Ma cara, non avremmo potuto fare a meno della porta.»
«Davvero?»
«Perché, mia cara, come avremmo fatto?»
«Come pensi tu, R. W., non come penso io.»
Con queste parole remissive la rispettosa moglie lo precedette giù per pochi gradini che

conducevano a una taverna, metà cucina, metà salotto, dove una ragazza di circa diciannove anni, con una figura e un viso estremamente graziosi, ma con un'espressione impaziente e petulante così nel volto come nelle spalle (che nel suo sesso e alla sua età sanno esprimere molto bene il malcontento), sedeva a giocare a dama con una ragazza più giovane, che era la più giovane di casa Wilfer. Per non ingombrare questa pagina con la descrizione particolareggiata dei Wilfer, basterà presentarli qui all'ingrosso, e dire che il resto della famiglia era, come si suol dire, «in giro per il mondo», in vari modi, e che erano molti. Così tanti che, quando uno dei suoi devoti figli andava a trovarlo, pareva che R. Wilfer generalmente dicesse a se stesso, dopo un calcolo mentale: «Oh! eccone un altro!» prima di aggiungere ad alta voce: «Come va, John?», o Susan, secondo i casi.

«Bene, pazzerelle,» disse R. W., «come va stasera? Quello che volevo dire, mia cara,» rivolgendosi alla signora Wilfer, già seduta in un angolo coi guanti, «era che, siccome abbiamo affittato così bene il primo piano, e siccome adesso non abbiamo nessun posto dove tu potresti insegnare a degli alunni, anche se gli alunni...»

«Il lattaio ha detto di conoscere due signorine di altissimo livello che erano alla ricerca di una struttura adeguata, e ha preso un biglietto da visita,» interruppe la signora Wilfer con severa monotonia, come se stesse leggendo ad alta voce un atto del Parlamento. «Di' a tuo padre se è stato lunedì scorso, Bella?»

«Ma non ne abbiamo mai più sentito parlare, ma',» disse Bella, la ragazza più grande.

«E per di più, mia cara» incalzò il marito, «se non hai posto per due persone...»

«Scusami,» interruppe di nuovo la signora Wilfer, «non erano due persone. Due giovani signore di alta rispettabilità. Di' a tuo padre, Bella, se il lattaio non ha detto così.»

«Mia cara, è la stessa cosa.»

«No, non lo è,» disse la signora Wilfer con la stessa impressionante monotonia. «Scusami!»

«Voglio dire, mia cara, che è la stessa cosa per quanto riguarda lo spazio. Per lo spazio. Se non hai spazio per due giovani persone, per quanto eminentemente rispettabili, cosa che non dubito, dove devono essere sistemate, queste due giovani persone? Non mi spingo più in là di questo. E solo considero» disse il marito rendendo l'accordo con un tono allo stesso tempo conciliante, lusinghiero, e argomentativo, «e son sicuro che tu sarai d'accordo, amore, solo considero la cosa da un punto di vista degli scolari, mia cara.»

«Non ho più niente da dire,» replicò la signora Wilfer, con un mite gesto rinunciatario dei guanti. «E' come tu pensi, R. W., non come penso io.»

A questo punto la signorina Bella, sbuffando, avendo perso tre dei suoi pezzi in un sol colpo, mentre per di più una pedina avversaria diventava dama, buttò la scacchiera ed i pezzi giù dal tavolo: e sua sorella si chinò a raccoglierli.

«Povera Bella!» disse la signora Wilfer.

«E povera Lavinia, forse, mia cara?» suggerì il signor R. W.

«Scusami,» disse la signora Wilfer, «no!»

Era una delle specialità di quella degna donna di avere l'incredibile potere di gratificare gli umori della sua mente splenetica o dispiaciuta esaltando la propria famiglia: cosa che così procedette a fare, nel caso in esame.

«No, R. W. Lavinia non ha conosciuto la prova che Bella ha dovuto conoscere. La prova che ha affrontato tua figlia Bella è forse senza precedenti, ed ella la ha sopportata, ti dirò, nobilmente. Quando vedi tua figlia Bella nel suo abito nero, abito ch'ella sola indossa di tutta la famiglia, e quando ricordi le circostanze che l'hanno condotta a indossarlo, e quando consideri come quelle circostanze sono state affrontate, allora, R. W., puoi posare la testa sul tuo cuscino e dire: povera

Lavinia!»
A questo punto la signorina Lavinia, dalla sua situazione in ginocchio sotto la tavola, intervenne dicendo che non voleva essere 'compatita da pa'' o da nessun altro'.
«Son sicura di no, mia cara,» replicò sua madre, «perché tu hai un ottimo spirito coraggioso. E tua sorella Cecilia ha un ottimo spirito coraggioso, di un altro tipo: uno spirito di pura devozione, uno spirito bel-lo! Il sacrificio di sé di Cecilia rivela un carattere puro e femminile, molto raramente eguagliato, mai superato. Ho in tasca una lettera di tua sorella Cecilia, ricevuta questa mattina - ricevuta tre mesi dopo il suo matrimonio, povera bambina! - in cui mi dice che suo marito deve inaspettatamente ospitare sotto il loro tetto la sua zia decaduta. "Ma io gli sarò fedele, mamma," mi scrive in modo commovente. "Non lo lascerò, non devo dimenticare che è mio marito. Che venga, sua zia!» Se questo non è patetico, se questa non è devozione femminile...» La buona signora agitò i guanti come per mostrare l'impossibilità di dire di più, e si legò il fazzoletto sul capo con un nodo più stretto sotto il mento.
Bella, che ora era seduta sul tappeto davanti al fuoco per scaldarsi, con gli occhi castani sul fuoco e un ciuffo di riccioli castani in bocca, rise, poi mise il broncio e pianse a metà.
«Sono sicura,» disse, «benché tu non abbia alcun sentimento per me, papà, che sono una delle più sfortunate ragazze che siano mai vissute. Tu sai come siamo poveri,» (è probabile ch'egli lo sapesse, avendo qualche motivo per saperlo!), «e che visione di ricchezza ho avuto e come è svanita, e come sono qui con questo ridicolo lutto, che odio! una specie di vedova che non si è mai sposata. Eppure tu non hai sentimenti per me. Sì, sì, non ne hai!»
Questo brusco cambiamento era causato dalla faccia del padre. Ella si fermò per tirarlo giù dalla sedia in un atteggiamento favorevole allo strangolamento, dandogli un bacio e una o due carezze sulle guance.
«Ma tu dovresti provare sentimenti per me, sai, papà.»
«Mia cara, lo so.»
«Sì, e dico che dovresti. Se solo mi avessero lasciata in pace e non mi avessero detto nulla, mi sarebbe importato molto meno. Ma quel cattivo signor Lightwood sente il dovere, a quanto dice, di scrivermi e dirmi che cosa mi attende, e allora io devo sbarazzarmi di George Sampson.»
Qui Lavinia, ritornando in superficie con l'ultimo pezzo recuperato, interruppe: «Non ti sei mai curata di George Sampson, Bella.»
«E ho detto di sì, signorina?» Poi, facendo di nuovo il broncio, con i riccioli in bocca: «George Sampson mi voleva molto bene, e mi ammirava molto, e sopportava tutto quello che gli facevo.»
«Sei stata abbastanza scortese con lui,» interruppe di nuovo Lavinia.
«E chi dice di no, signorina? Non mi propongo di essere sentimentale su George Sampson. Dico soltanto che George Sampson era meglio di niente.»
«Non gli hai mostrato che pensavi nemmeno questo,» interruppe ancora Lavinia.
«Tu sei una chiacchierona e un po' idiota,» replicò Bella, «o non faresti un discorso così da bambola. Che cosa ti aspettavi che facessi? Aspetta fin quando sarai una donna, e non parlare di quello che non capisci. Mostri solo la tua ignoranza!»
Poi piagnucolando di nuovo, e a intervalli mordendosi i riccioli e fermandosi a guardare quanti ne aveva morsi: «Che vergogna! Non c'è mai stato un caso così difficile! Non me ne preoccuperei tanto, se non fosse così ridicolo. Era già abbastanza ridicolo che uno sconosciuto venisse qui a sposarmi, che gli piacesse o no. Era abbastanza ridicolo sapere che incontro imbarazzante sarebbe stato, e come avremmo mai potuto fingere, uno di noi, di avere una inclinazione per l'altro. Era abbastanza ridicolo sapere che non mi sarebbe piaciuto... e come mi poteva piacere, quando

venivo assegnata a lui da un testamento, come una dozzina di cucchiai, quando tutto era tagliato e asciugato in anticipo, come le scorzette d'arancio? Che fiori d'arancio, davvero! Dichiaro di nuovo che è una vergogna! Quelle cose ridicole sarebbero state appianate dal denaro, perché il denaro lo amo, e lo voglio, lo voglio terribilmente. Odio essere poveri, e noi siamo poveri in modo avvilente, offensivo, miserabilmente poveri, bestialmente poveri.

Ma eccomi qua, lasciata con tutte le parti ridicole della restante situazione, con l'aggiunta di questo ridicolo vestito! E se si sapeva la verità, quando per tutta la città si parlava del delitto Harmon, e la gente si domandava se fosse un suicidio, oserei dire che quegli sfacciati, impudenti dei club e dei locali, scherzavano sul fatto che quella miserevole creatura avesse preferito un sepolcro d'acqua piuttosto che me. È ben probabile che si siano presi queste libertà, non mi meraviglierei. Io dichiaro ch'è proprio un caso penoso, e io sono una ragazza molto sfortunata. L'idea di essere una specie di vedova, e non sono mai stata sposata! E l'idea che son rimasta più povera che mai, dopo tutto, e per di più ho messo il lutto per un uomo che non ho mai visto, e che avrei odiato - tanto quanto egli era interessato - se l'avessi visto!»

I lamenti della signorina vennero interrotti a questo punto da una mano che bussava alla porta semiaperta della stanza. Aveva bussato già due o tre volte, ma non era stato udito.

«Chi è?» disse la signora Wilfer col suo tono da Atto del Parlamento. «Entrate!»

Entrò un signore, e la signorina Bella con un'esclamazione breve e vivace sgattaiolò via dal tappeto del focolare, e rimise al posto giusto sul collo i ricciolini masticati.

«La ragazza di servizio stava infilando la chiave nella porta quando sono arrivato e mi ha mandato qui, dicendo che ero atteso. Temo che avrei dovuto chiederle di annunciarmi.»

«Scusate,» rispose la signora Wilfer. «Ma no. Due delle mie figliole. R. W., questo è il signore che ha preso il tuo primo piano. È stato così gentile da prendere un appuntamento per stasera, quando tu saresti stato a casa.»

Un signore bruno. Trent'anni al massimo. Una faccia espressiva, che si potrebbe dir bella. Un atteggiamento alquanto brutto. Molto sforzato, riservato, diffidente, turbato. I suoi occhi si posarono un istante sulla signorina Bella, poi guardò a terra mentre si rivolgeva al padrone di casa.

«Signor Wilfer, siccome sono soddisfatto delle stanze, e della posizione e del prezzo, suppongo che un piccolo promemoria tra noi di due o tre righe, e un acconto, potrebbero vincolare l'affare? Vorrei mandare i mobili senza indugio.»

Due o tre volte, durante questo breve discorso, il cherubino che l'ascoltava aveva fatto movimenti paffuti verso una sedia. Il signore ora la prese, posando una mano esitante su un angolo del tavolo, mentre con l'altra mano, anch'essa esitante, portava la cima del cappello alle labbra, e se la metteva davanti alla bocca.

«Il signore, R. W.,» disse la signora Wilfer, «propone di affittare l'appartamento per un trimestre. Preavviso reciproco di tre mesi.»

«Posso chiederle, signore, - disse il padrone di casa, aspettandosi che la cosa fosse accettata come ovvia - qualche specie di referenza?»

«Penso,» replicò il signore dopo una pausa, «che le referenze non siano necessarie, né, per dire la verità, opportune, perché sono straniero a Londra. Io non chiedo nessuna referenza a voi, e forse perciò voi non ne chiederete nessuna a me. Questo sarà giusto per entrambi. In effetti, mostro più fiducia io, perché pagherò in anticipo quello che volete e porterò qui i miei mobili. Considerando che, se voi foste in difficoltà... questa è semplicemente una supposizione...»

Poiché la coscienza faceva arrossire R. Wilfer, la signora Wilfer venne in soccorso da un angolo

(si metteva sempre in qualche angolo maestoso), e disse con tono profondo: «Perfet-tamente.»
«Perché, allora io... potrei perderli.»
«Bene!» osservò allegramente R. Wilfer, «denaro e beni son sicuramente le migliori referenze.»
«Credi davvero che siano le migliori, pa'?» chiese la signorina Bella a bassa voce, e senza alzare gli occhi, mentre si scaldava un piede tenendolo sull'alare del caminetto.
«Tra le migliori, mia cara.»
«Io avrei pensato, da parte mia, che dovrebbe essere così facile aggiungerne di quelle del solito tipo,» disse Bella con un movimento dei suoi riccioli.
Il signore l'ascoltò con un'intensa attenzione sul volto, sebbene non alzasse gli occhi né cambiasse atteggiamento. Rimase seduto, immobile e silenzioso, finché il suo futuro padrone di casa accettò la sua proposta e portò l'occorrente per scrivere e concludere l'affare. Rimase seduto, immobile e silenzioso, mentre il padrone di casa scriveva.
Quando il contratto fu pronto in duplice copia (il padrone di casa ci aveva lavorato come un cherubino scrivano di qualche Vecchio Maestro, che convenzionalmente si chiamano «dubbi», il che significa per niente dubbi), fu firmato dalle parti contraenti, alla presenza di Bella come sprezzante testimone. I contraenti erano R. Wilfer e «l'esimio John Rokesmith».
Quando arrivò il turno di Bella per firmare, il signor Rokesmith, che ora era in piedi con una mano esitante sul tavolo, come quando era seduto, la guardò furtivamente, ma con attenzione. Guardò la graziosa figura che si chinava sul foglio e diceva: «Dove devo firmare, papà? Qui in questo angolo?»
Guardò i bei capelli castani, che ombreggiavano il viso civettuolo; guardò la firma energica e originale, audace per una donna, e poi si guardarono l'un l'altro.
«Le sono molto grato, signorina Wilfer.»
«Grato?»
«Le ho dato tanto disturbo.»
«A firmare? Sì, certo. Ma io sono la figlia del suo padron di casa, signore.»
Poiché non c'era nient'altro da fare, tranne pagare otto sterline di caparra, mettere in tasca il contratto, fissare il tempo dell'arrivo del mobilio e di lui stesso, e andarsene, il signor Rokesmith fece tutto questo per quanto goffamente, e fu accompagnato all'esterno dal suo padrone di casa. Quando R. Wilfer ritornò con il candeliere in mano in seno alla sua famiglia, trovò il seno agitato.
«Pa',» disse Bella, «abbiamo preso un assassino come inquilino.»
«Pa',» disse Lavinia, «abbiamo preso un ladro.»
«Lo vedo incapace nella sua vita di guardare in faccia nessuno,» disse Bella. «Non ho mai visto un simile spettacolo.»
«Mie care,» disse il padre, «è un signore diffidente, e direi che lo è particolarmente alla presenza di ragazze della vostra età.»
«Sciocchezze! La nostra età!» gridò Bella, con impazienza, «Che cosa a che fare con lui?»
«Inoltre, noi non siamo della stessa età: che età?» domandò Lavinia.
«Non ti importa, Lavvy,» replicò Bella; «aspetta finché non sarai di un'età per porre tali domande. Pa', nota le mie parole! Tra il signor Rokesmith e me c'è una naturale antipatia e una profonda diffidenza; e qualcosa ne verrà fuori!»
«Mia cara, e voi ragazze,» disse il cherubino-patriarca, «tra il signor Rokesmith e me c'è un affare di otto sterline, e ne verrà fuori qualcosa per la cena, se su questo punto siete d'accordo.»
Questo era un modo deciso e felice di dare una svolta all'argomento, poiché i banchetti erano rari in casa Wilfer, dove la monotona comparsa del formaggio olandese alle dieci di sera era

commentata piuttosto spesso dalla signorina Bella con un movimento delle spalle. In effetti, lo stesso modesto olandese sembrava consapevole della sua mancanza di varietà, e generalmente si presentava alla famiglia in uno stato di sudorazione apologetica. Dopo qualche discussione sui meriti relativi delle cotolette di vitello, delle animelle e dell'aragosta, fu pronunciata la decisione a favore delle cotolette di vitello. La signora Wilfer poi si spogliò solennemente del fazzoletto e dei guanti, come sacrificio preliminare alla preparazione della padella, e R. W. andò in persona a comprare la provvista. Tornò presto, portando la medesima in una fresca foglia di cavolo, dove abbracciava timidamente una fetta di prosciutto.

Melodiosi suoni non tardarono ad alzarsi dalla padella sul fuoco, almeno in apparenza, mentre la luce del fuoco danzava nelle dolci curve di un paio di bottiglie piene sul tavolo, per riprodurre musica da ballo appropriata.

La tovaglia fu posata da Lavvy. Bella, come riconosciuto ornamento della famiglia, impiegò ambo le mani per dare un'onda aggiuntiva ai suoi capelli, mentre sedeva sulla sedia più comoda, e di tanto in tanto lanciava ordini riguardanti la cena, come: «Molto scura, mamma»; oppure a sua sorella: «Metti a posto la saliera, signorina, e non fare il micio trasandato.»

Nel frattempo suo padre, che faceva risuonare il denaro del signor Rokesmith, mentre sedeva in attesa tra il coltello e la forchetta, osservò che sei di quelle sterline arrivavano proprio in tempo per il padrone, e le schierò in un piccolo mucchio sulla tovaglia bianca, per guardarle.

«Lo odio, il nostro padrone,» disse Bella.

Ma osservando un tratto triste sul volto di suo padre, andò a sedersi a tavola accanto a lui, e cominciò a ravviargli i capelli col manico di una forchetta. Era uno dei modi viziati della ragazza, quello di accomodare sempre i capelli della famiglia, forse perché i suoi erano così belli e occupavano così tanto della sua attenzione.

«Meriteresti una casa tutta tua, non è vero, povero pa'?»

«Non me la merito più di un altro, mia cara.»

«In ogni caso, io per prima la voglio più di un'altra,» disse Bella, tenendolo per il mento, mentre gli sistemava i capelli paglierini, «e mi dispiace che questo denaro se ne vada a quel Mostro che ne inghiotte tanto, quando noi abbiamo bisogno di ogni cosa. E se tu dici, come tu vuoi dire; lo so che vuoi dire così, pa': "Questo non è né ragionevole né onesto, Bella", allora io rispondo: "Forse no, papà, - molto probabilmente - ma è una delle conseguenze della povertà, e dell'odio totale e dell'esecrazione dell'essere poveri, e questo è il mio caso". «Ora, guarda che adorabile, pa'; perché non porti sempre i capelli così? E ecco le cotolette! Se la mia non è molto scura, mamma, non posso mangiarla, e devo rimediare per farla meglio.»

Tuttavia, poiché era scura, anche per i gusti di Bella, la giovane donna se ne servì graziosamente senza riconsegnarla alla padella, come pure fece, a tempo debito, delle due bottiglie: delle quali, una conteneva birra scozzese, e l'altra rum. Il profumo di quest'ultimo, con il benefico aiuto dell'acqua bollente e della scorza di limone, si diffuse per tutta la stanza, e si concentrò talmente intorno al caldo focolare, che il vento che passava sul tetto della casa se ne andava via caricato di un delizioso soffio, dopo aver ronzato come una grande ape su quel particolare comignolo.

«Pa',» disse Bella, sorseggiando la bevanda profumata e riscaldando la caviglia favorita, «quando il vecchio signor Harmon mi prese in giro a quel modo, (non per parlarne male, poiché è morto), perché credi che l'abbia fatto?»

«È impossibile dirlo, mia cara. Come ti ho detto innumerevoli volte da quando fu reso noto il suo testamento, non credo di aver mai scambiato più di cento parole col vecchio gentiluomo. Se il suo capriccio era di sorprenderci, ci è riuscito. Certamente aveva quell'intenzione.»

«E io battevo i piedi e gridavo la prima volta ch'egli mi notò, vero?» disse Bella contemplando la menzionata caviglia.

«Tu battevi i piedini, mia cara, e gridavi con la tua vocina, e mi picchiavi col tuo cappellino che ti eri tolto di dosso allo scopo,» rispose suo padre, come se il ricordo gli facesse gustar meglio il rum. «Facevi questo una domenica mattina, quando ti ho portato fuori, perché non andavo esattamente per la strada che tu volevi, quando il vecchio signore, seduto su una panca vicina, disse: "Questa è brava bambina, una bambina molto simpatica, una bambina promettente!" E così eri, mia cara.»

«E poi chiese il mio nome, vero pa'?»

«Poi chiese il tuo nome, mia cara, e il mio; e molte altre domeniche mattina, quando andavamo su quella strada, lo vedemmo di nuovo, e... e realmente questo è tutto.»

Dato che era tutto anche per il rum e l'acqua, o, in altre parole, dato che R. W. indicava con delicatezza che il suo bicchiere era vuoto, gettando indietro la testa e tenendo in piedi il bicchiere rovesciato appoggiandolo al naso e al labbro superiore, sarebbe stato caritatevole da parte della signora Wilfer di suggerire un rifornimento. Ma quell'eroina invece suggerì brevemente «ora di andare a letto», le bottiglie furono messe via e la famiglia si ritirò: ella scortata da un cherubino, come un santo severo in un dipinto, o semplicemente una matrona umana trattata allegoricamente.

«E a quest'ora domani,» disse Lavinia, quando le due ragazze furono sole nella loro stanza, «avremo qui il signor Rokesmith, e potremo aspettarci che ci tagli la gola.»

«Non è necessario che tu ti metta tra me e la candela,» ribatté Bella. «Questa è un'altra delle conseguenze dell'essere poveri! Pensare che una ragazza con una chioma così bella debba pettinarla con una misera candela e pochi centimetri di specchio!»

«Hai catturato George Sampson con quella, Bella, a dispetto della povertà dei tuoi abiti.»

«Tu piccola cosuccia! Ho catturato George Sampson! Non parlare di acchiappar la gente, signorina, fino a che non sia venuto il momento giusto che lo catturi - come dici - tu.»

«Forse è arrivato,» mormorò Lavvy, scuotendo la testa.

«Cosa hai detto?» domandò Bella, bruscamente. «Cosa hai detto, signorina?»

Poiché Lavvy rifiutava tanto di ripetere quanto di spiegare, Bella gradualmente si rivolse alla sua acconciatura con un soliloquio sulle miserie della Povertà, come esemplificato dal fatto di non avere niente da indossare, niente per andar in giro, niente con cui vestirsi, soltanto una brutta scatola, invece di un comodo tavolino fornito di tutto, e essere obbligati a prendere inquilini sospetti! Sull'ultima lamentela, che era il culmine, si dilungò un bel po'... e ancor di più si sarebbe dilungata, se avesse saputo che se il signor Julius Handford avesse avuto un gemello sulla terra, questi sarebbe stato il signor John Rokesmith.

V. La Pergola di Boffin

Di fronte a una casa londinese, una casa d'angolo non lontano da Cavendish Square[31], per alcuni anni era stato seduto un uomo con una gamba di legno, e con l'altro piede, quando faceva freddo, in una cesta, tirando avanti la sua vita in questo modo: ogni mattina alle otto si fermava a quell'angolo, portando una sedia, uno stenditoio, un paio di cavalletti, una tavola, una cesta e un ombrello, tutti legati insieme.

Dopo averli separati, la tavola e i cavalletti diventavano un banchetto, la cesta forniva i pochi articoli di frutta e dolciumi ch'egli offriva in vendita su di essa e diventava anche uno scaldapiedi, lo stendibiancheria dispiegato mostrava una scelta raccolta di ballate da mezzo penny e diventava un riparo: uno sgabello al centro diventava il suo posto per il resto della giornata. Tutte le condizini atmosferiche lo vedevano al palo. Questo deve essere interpretato in un doppio senso, poiché aveva escogitato che lo sgabello appoggiato a un lampione gli faceva da schienale. Quando pioveva egli apriva l'ombrello sulla sua merce, non su di sé; quando il tempo era asciutto, avvolgeva quello sbiadito articolo, lo legava con un filo di lana e lo metteva di traverso sotto i cavalletti: dove sembrava una pianta di lattuga malsana, che aveva perso in colore e freschezza quel che aveva guadagnato in dimensioni.

Aveva stabilito il suo diritto a quell'angolo con impercettibile gradazione. Non aveva mai variato di un centimetro il suo terreno, ma all'inizio si era installato con diffidenza in quel posto all'angolo della casa. Era un angolo ululante per il vento, nel periodo invernale; un angolo polveroso, nel periodo estivo; un angolo poco desiderabile il più delle volte. Frammenti di carta e paglia sbandati si alzavano generando tempeste là intorno, quando la strada principale era in pace; e il carro dell'acqua, come fosse ubriaco o miope, arrivava sbandando e sobbalzando intorno a lui, rendendolo fangoso quando tutto il resto era pulito.

Sulla parte anteriore del banchetto di vendita era appeso un piccolo cartello, simile a un supporto per teiera, con un'iscrizione in un piccolo testo:

Si fanno com Missioni fi Datissime Signore e Signori Vostro umile servo Silas Wegg.

Nel corso del tempo, l'uomo non solo aveva risolto con se stesso di fare su appuntamento delle commissioni per la casa all'angolo (però aveva ricevuto tali commissioni neanche una mezza dozzina di volte in un anno, e solo come vice di qualche servitore), ma anche che era uno degli addetti alla casa e doveva ad essa sudditanza ed era vincolato a farne lealmente e fedelmente gli interessi. Per questa ragione egli ne parlava sempre come della «Nostra Casa», e, sebbene la conoscenza dei suoi affari fosse soprattutto teorica e tutta sbagliata, affermava di essere nella sua fiducia. Per la stessa ragione non vedeva mai qualcuno a una delle sue finestre senza portare la mano al cappello. Tuttavia, egli sapeva così poco dei suoi abitanti, che dava loro nomi di sua invenzione, come: «signorina Elisabeth», «signorino George», «zia Jane», «zio Parker», - senza la minima evidenza per alcuna di tali denominazioni, e in particolare per l'ultima - ma ad esse, come naturale conseguenza, egli si era attaccato con grande ostinazione.

Sulla casa stessa esercitava lo stesso potere immaginario che sui suoi abitanti e sui loro affari. Non era mai stato dentro, oltre un pezzo di grosso tubo dell'acqua nero che si trascinava nella zona di passaggio di pietra umida, e aveva piuttosto l'aria di una sanguisuga sulla casa che si era ambientata meravigliosamente; ma questo non era impedimento alla sua organizzazione secondo un suo piano. Era una grande casa squallida con una quantità di finestre laterali oscure e locali interni vuoti, e questo gli costò un mondo di guai per disporlo (nella sua mente) in modo da rendere conto di tutto nel suo aspetto esteriore. Ma una volta fatta (questa fatica), egli ne fu pienamente soddisfatto, e si riposò persuaso di conoscere la casa anche ad occhi bendati, dagli abbaini con inferriate sull'alto tetto, ai due estintori di ferro davanti alla porta principale, che sembravano richiedere a tutti i visitatori vivaci di avere la gentilezza di spegnersi, prima di entrare.

Sicuramente, questa bancarella di Silas Wegg era la più ostica bancarella fra tutti le bancarelle improduttive di Londra. Faceva male al volto guardare le sue mele, mal di pancia a guardare le sue arance, mal di denti a guardar le sue noci. Di quest'ultima merce aveva sempre un mucchietto poco invitante, su cui giaceva un piccolo misurino di legno di cui non si poteva discernere la capacità, e che pareva rappresentare la misura legale del penny designata dalla Magna Charta[32].

Sia per il troppo vento dell'est oppure no, - era un angolo esposto a levante -, la bancarella, la merce e il custode erano aridi come il deserto. Wegg era un uomo nodoso, a grana fitta, con un viso scolpito in un materiale molto duro, che aveva tanto gioco espressivo quanto un sonaglio del guardiano notturno. Quando rideva, c'erano certi sussulti, e il sonaglio scattava. Per dir la verità era un uomo così legnoso, che sembrava aver preso la gamba di legno naturalmente, e poteva suggerire a un osservatore fantasioso, l'idea che ci si poteva aspettare che le gambe di legno diventassero due in circa sei mesi, se il suo sviluppo naturale non si fosse arrestato prematuramente. Il signor Wegg era una persona attenta, o, come diceva egli stesso, "poneva un potente sguardo per notare". Ogni giorno salutava i passanti regolari, mentre sedeva sul suo sgabello con le spalle al lampione; e del carattere adattabile di questi saluti, si vantava molto. Così, al parroco rivolgeva un inchino composto di laica deferenza e un leggero tocco di ombrosa preliminare meditazione in chiesa; al dottore, un inchino confidenziale, come a un gentiluomo cui egli chiedeva di prendere atto rispettosamente del suo interno; davanti alla Qualità si dilettava di umiliarsi; e per lo zio Parker, ch'era nell'esercito (almeno, così l'aveva sistemato) portava la mano aperta al lato del cappello nel modo militare, che quel vecchio signore dal viso infuriato, acceso e dagli occhi 'abbottonati', sembrava apprezzare in modo molto imperfetto. L'unico articolo di cui Silas si occupava senza troppa difficoltà era il pan di zenzero. Un certo giorno, che qualche disgraziato bambino aveva comprato l'umido cavallo di pan di zenzero (spaventosamente stantio) e la gabbia adesiva per uccelli, che era stata esposta per la svendita del giorno, egli aveva preso da sotto lo sgabello una scatola di latta per produrre un ricambio di quegli orribili esemplari, e stava per alzare il coperchio, quando disse tra sé, fermandosi: «Oh! eccoti di nuovo!»

Quelle parole si riferivano a un grosso vecchio con le spalle rotonde, un po' storto da un lato, in lutto, che si avvicinava comicamente verso l'angolo, con un cappotto color pisello e un grosso bastone. Indossava scarpe spesse, spesse ghette di cuoio e spessi guanti da tagliatore di siepi. Sia per quanto riguarda il suo vestito che per se stesso, era di corporatura come un rinoceronte sovrapposto, con pieghe alle guance, alla fronte, alle palpebre, alle labbra e alle orecchie; ma con occhi grigi luminosi, desiderosi, infantilmente indagatori, sotto le sopracciglia irregolari e il cappello a tesa larga. Un vecchio dall'aspetto molto strano, tutto sommato.

«Eccovi qui di nuovo,» ripeté il signor Wegg, meditabondo. «E che cosa sei, adesso? Sei nei Funns[33], o che? Siete venuto a stabilirvi in questo quartiere, ora, o siete proprietario in un altro quartiere? Vi trovate in circostanze favorevoli, o i movimenti di un inchino sono sprecati? Venite! Speculerò! Investirò in voi un inchino.»

E il signor Wegg, rimessa a posto la scatola di latta, fece di conseguenza, mentre si alzava per appendere la sua trappola di pan di zenzero per un altro bambino devoto. L'inchino fu ricambiato con: «Buongiorno, signore, giorno, giorno!»

(«Mi chiama signore!» disse il signor Wegg tra sé, «non comprerà. Un inchino sprecato!»)

«Giorno, giorno, giorno!»

«Sembra essere anche un 'vecchio gallo artistico',» disse il signor Wegg, come sopra. «Buongiorno a lei, signore.»

«Si ricorda di me, dunque?» chiese la nuova conoscenza, smettendo di procedere, tutto storto, davanti alla bancarella, e parlando in modo martellante, anche se con grande buonumore.

«L'ho vista passare diverse volte davanti alla nostra casa, signore, nell'ultima settimana o poco prima.»

«La nostra casa,» ripeté l'altro, «che significa?»

«Sì,» disse il signor Wegg accennando col capo, mentre l'altro puntava il rozzo indice del guanto destro verso la casa sull'angolo.

«Oh! Ora, cosa,» proseguì il vecchio in modo inquisitorio, e portando sul braccio sinistro il suo nodoso bastone come se fosse un bambino, «cosa le concedono, adesso?»
«È un lavoro che faccio per casa nostra,» replicò Silas, seccamente e con reticenza, «non è ancora stabilita un'indennità precisa.»
«Oh! Non è ancora stabilita un'indennità precisa? No? Non è ancora stabilita un'indennità precisa. Oh! Giorno, giorno, giorno!»
«Pare che sia un vecchio gallo rotto,» pensò Silas, rettificando la buona opinione iniziale, mentre l'altro si allontanava. Ma un momento dopo, tornò di nuovo indietro con la domanda: «Come ha quella gamba di legno?»
Il signor Wegg replicò (acidamente a questa domanda di carattere personale): «In un incidente.»
«Le piace?»
«Be', almeno non ho da tenerla al caldo,» rispose il signor Wegg, in una sorta di disperazione occasionata dalla singolarità della domanda.
«Non ha,» ripeté l'altro, rivolto al suo nodoso bastone, che abbracciò affettuosamente, «non ha, ah, ah, ah!... non ha da tenerla al caldo! Ha mai sentito il nome di Boffin?»
«No,» disse il signor Wegg, che stava diventando irrequieto sotto questo esame. «Non ho mai sentito il nome di Boffin.»
«Le piace?»
«Ebbene, no,» replicò il signor Wegg, di nuovo vicino alla disperazione, «non posso dire che mi piaccia.»
«Perché non le piace?»
«Io non so perché no,» ribatté il signor Wegg, avvicinandosi al delirio, «ma non mi piace affatto.»
«Bene, le dirò qualche cosa che la farà dispiacere di quello che ha detto,» disse lo sconosciuto sorridendo. «Il mio nome è Boffin.»
«Non posso farci niente!» replicò il signor Wegg. Implicando a suo modo l'aggiunta offensiva: «e se potessi, non lo farei.»
«Ma, c'è un'altra possibilità per voi,» disse il signor Boffin, sorridendo ancora: «Le piace il nome di Nicodemus? Ci pensi. Nick, o Noddy.»
«Non è, signore,» rispose il signor Wegg, mentre si sedeva sul suo sgabello con un'aria di gentile rassegnazione unita a un candore malinconico, «non è un nome col quale potrei desiderare di sentirmi chiamare dalle persone che rispetto; ma potrebbero esserci persone che non farebbero le stesse obiezioni. Non so perché.» aggiunse il signor Wegg per prevenire un'altra domanda.
«Noddy Boffin,» disse quel signore, «Noddy. È il mio nome. Noddy... o Nick... Boffin. E lei come si chiama?»
«Silas Wegg. Ma non so,» disse il signor Wegg, sforzandosi per prendere la stessa precauzione di prima, «non so perché Silas e non so perché Wegg.»
«Ora, Wegg,» disse il signor Boffin, abbracciando più stretto il suo bastone, «voglio farle una specie di offerta. Si ricorda quando mi ha visto la prima volta?»
Il legnoso Wegg lo guardò con occhio meditativo, e anche con un'aria addolcita per la possibilità di profitto. «Mi lasci pensare. Non sono del tutto sicuro. Eppure generalmente non mi sfugge nulla, davvero. È stato un lunedì mattina, quando il garzone del macellaio era stato in casa nostra per degli ordini e mi comprò una ballata di cui non conosceva la melodia, e io gliela ricordai?»
«Giusto, Wegg, giusto! Ma ne comprò più di una.»
«Sì, certo, signore; ne comprò parecchie; e desiderando spender al meglio il suo denaro, chiese la mia opinione per farsi guidare nella scelta, ed esaminammo insieme la collezione. Di sicuro

l'abbiamo fatto. Lui stava qui, come potrebbe essere, e io stavo qui, come potrebbe essere, e là c'era lei, signor Boffin, proprio identico, con lo stesso bastone sotto lo stesso braccio, e la stessa schiena verso di noi. Proprio sicuro!» aggiunse il signor Wegg, guardando un po' intorno al signor Boffin per portarsi alle spalle e identificare quest'ultima coincidenza straordinaria, «proprio la stessa schiena!»

«Che cosa crede che io facessi, Wegg?»

«Direi, signore, che lei guardava giù per la strada.»

«No, Wegg, io ascoltavo.»

«Davvero?» disse il signor Wegg dubbioso.

«Non era disonorevole, Wegg, perché lei cantava al macellaio, e nessuno canterebbe dei segreti a un macellaio per la strada, si sa.»

«Non mi è mai successo, finora, per quanto mi ricordi,» disse il signor Wegg con cautela. «Ma potrei farlo. Un uomo non può dire cosa potrebbe desiderare di fare un giorno o l'altro.» (Questo, per non perdere il piccolo vantaggio che poteva derivargli dalla confessione del signor Boffin).

«Bene,» ripeté Boffin, «io ascoltavo lei e lui. E che cosa... Non avete un altro sgabello, vero? Ho un po' il respiro grosso.»

«Non ne ho un altro, ma lei si accomodi su questo,» disse Wegg cedendogli il suo. «Per me è un piacere stare in piedi.»

«Oh!» esclamò il signor Boffin, in tono di gran gioia, mentre si sistemava, sempre tenendo stretto il bastone come un bambino, «è un posto piacevole, questo! E poi esser riparato da ogni lato da queste ballate, come dei paraocchi di fogli di carta! Ma è delizioso!»

«Se non mi sbaglio, signore,» accennò delicatamente il signor Wegg, con una mano appoggiata alla bancarella e chinandosi sul loquace Boffin, «lei alludeva a qualche proposta o altro che aveva in mente?»

«Ci sto arrivando! Tutto ok. Ci sto arrivando! Stavo per dire che quando ascoltai quella mattina, ascoltai con un'ammirazione pari all'esitazione. Io pensavo tra me: "Ecco un uomo con una gamba di legno... un letterato con..."»

«N - non proprio così, signore,» disse il signor Wegg.

«Come, lei conosce tutte queste canzoni, titolo e melodia, e se vuol leggerne o cantarne una qualsiasi, non ha che da mettersi gli occhiali sul naso, e via!» gridò il signor Boffin. «Lo vedo bene!»

«Bene, signore,» replicò il signor Wegg, con un consapevole cenno del capo, «diciamo letterato, allora.»

«Un letterato... con una gamba di legno... E tutto ciò che si stampa è chiaro per lui! Ecco quel che pensai tra me quella mattina,» proseguì il signor Boffin, sporgendosi avanti a descrivere con la destra, non ostacolato dallo stendibiancheria, l'arco più ampio che potesse fare: «Tutta la stampa chiara per lui! E lo è, non è vero?»

«Davvero, signore,» ammise modestamente il signor Wegg, «credo che non possiate mostrarmi un pezzo di stampa inglese che non sarei in grado di acciuffare e lanciare.»

«All'istante?» disse il signor Boffin.

«All'istante.»

«Lo sapevo! Quindi consideri questo: eccomi qua, senza gamba di legno, eppure la stampa mi è inaccessibile.»

«Davvero, signore?» replicò il signor Wegg con crescente autocompiacimento. «Educazione trascurata?»

«Tras-curata!» ripeté Boffin con enfasi. «Non c'è parola per questo. Voglio dire che se lei mi mostrasse un B, potrei arrivare fino al punto di rispondere con un "Boffin".»
«Andiamo, andiamo, signore,» disse il signor Wegg come per incoraggiarlo, «anche questo è già qualcosa.»
«È già qualcosa,» rispose il signor Boffin, «ma posso giurare che non è molto.»
«Forse non è tutto quello che una mente indagatrice potrebbe desiderare, signore,» ammise il signor Wegg.
«Adesso guardi qui. Mi sono ritirato dagli affari. Io e la signora Boffin, Henerietty Boffin, perché suo padre si chiamava Henery e sua madre Hetty, quindi ha capito, viviamo con poco, per volontà del genitore malandato.»
«Gentiluomo morto, signore?»
«No, vivo, non ve l'ho detto? Un genitore malandato? Bene, ormai è troppo tardi per iniziare a spalare e setacciare gli alfabeti e i libri di grammatica. Sto diventando un vecchio uccello, e voglio prendermela comoda. Ma voglio un po' di lettura - alcune belle letture, splendide, in uno spettacolo presuntuoso del Lord Mayor's Show[34] (probabilmente voleva dire sontuoso, ma era confuso da un'associazione di idee), che si adattino al mio punto di vista e che mi facciano passare un po' di tempo. Ma come posso avere quelle letture, Wegg? Solamente,» toccandolo sul petto con il pomo del suo grosso bastone, «pagando un uomo veramente qualificato per farlo, un tanto all'ora, diciamo due *pence*[35], per venire a farlo.»
«Ehm, lusingato, signore, davvero,» disse Wegg che cominciava a guardare se stesso sotto una luce completamente nuova. «Ehm, è questa la proposta alla quale alludeva, signore?»
«Sì, le piace?»
«Ci sto pensando, signor Boffin.»
«Non voglio,» disse Boffin con liberalità, «legare un letterato, un letterato con una gamba di legno, troppo stretto. Non litigheremo per un mezzo penny all'ora. Può scegliere lei le ore che vuole, quando ha finito di lavorare per questa casa qui. Vivo a Maiden Lane, in direzione di Holloway, e lei non ha che da andare prima a est, e poi a nord, quando ha finito qui, ed è lì. Due *pence* e mezzo all'ora,» disse Boffin, prendendo da una tasca un pezzetto di gesso e alzandosi dallo sgabello per farci sopra la somma a suo modo, «due lunghi e uno corto, due *pence* e mezzo; due corti fanno uno lungo, e due volte due lunghi fanno quattro lunghi, cinque lunghi in totale; sei sere per settimana a cinque lunghi per sera», e intanto segnava tutti separatamente, «e si arriva a trenta lunghi. Uno tondo! Mezza corona[36]!»
Mostrando questo risultato come un risultato ampio e soddisfacente, il signor Boffin cancellò i suoi segni col guanto umido, e si sedette di nuovo.
«Mezza corona,» disse Wegg meditando. «Sì. Non è molto, signore. Mezza corona.»
«Alla settimana, sa.»
«Alla settimana. Sì. Ma quanto fa per la fatica intellettuale, ... Non ha pensato alla poesia?» domandò il signor Wegg riflettendo.
«Sarebbe più caro?» domandò il signor Boffin.
«Sarebbe più caro,» replicò il signor Wegg. «Perché quando a qualcuno tocca macinar poesia una sera dopo l'altra, è giusto ch'egli si aspetti di essere pagato per l'effetto indebolente sulla sua mente.»
«A dir la verità, Wegg,» disse Boffin, «non stavo pensando alla poesia; tranne nella misura in cui: se dovesse succedere di tanto in tanto di sentirsi disposto a offrire a me e alla signora Boffin una delle sue ballate, allora cadremmo nella poesia.»

«La seguo, signore,» disse Wegg. «Ma non essendo un musicista di professione, sarei restio a impegnarmi in questo; e perciò se qualche volta cascassi nella poesia, vorrei chiederle di non considerar ciò più che un gesto di un amico.»

A questo punto, gli occhi del signor Boffin brillarono e scosse con sincerità la mano di Silas, protestando che era più di quanto avrebbe potuto chiedere e che lo trovava veramente molto gentile.

«Che cosa gliene pare delle condizioni, Wegg?» domandò poi il signor Boffin con palese ansietà. Silas, che aveva stimolato questa ansietà col suo modo così riservato e che cominciava a capire molto bene il suo uomo, replicò con un'aria, come se dicesse qualcosa di straordinariamente generoso e grande: «Signor Boffin, io non ho mai contrattato.»

«È quello che pensavo di lei,» disse il signor Boffin con ammirazione.

«No, signore, io non ho mai mercanteggiato e non lo farò. Perciò le vengo subito incontro, libero e leale... Facciamo il doppio!»

Il signor Boffin sembrava poco preparato a questa conclusione, ma annuì, con questa osservazione: «Lei sa meglio di me quello che dovrebbe essere, Wegg», e gli strinse di nuovo la mano.

«Potrebbe cominciare stasera?» domandò poi.

«Sì, signore,» disse il signor Wegg, attento a lasciare a lui tutta l'ansia. «Non ci vedo difficoltà, se lo desidera. È fornito dello strumento necessario?... Di un libro, signore?»

«L'ho comprato a una svendita,» disse il signor Boffin. «Otto volumi. Rosso e oro. Nastro viola in ogni volume per mantenere il segno dove si arriva. Lo conosce?»

«Il nome del libro, signore?» domandò Wegg.

«Pensavo che lei potesse conoscerlo anche senza di questo,» disse il signor Boffin lievemente deluso. «Il suo nome è Decadenza-e-fine-dell'Impero-Russiano.» (Il signor Boffin superò questi scogli con grande lentezza e grande cautela).

«Sì, davvero?» disse il signor Wegg annuendo con aria di riconoscere un amico.

«Lo conosce, Wegg?»

«Non mi ci sono imbattuto molto negli ultimi tempi, essendo stato impiegato in altro modo, signor Boffin,» fu la risposta del signor Wegg, «ma se lo conosco! Il vecchio, familiare declino e caduta dei russiani! Certo, signore! Da quando non ero più alto del suo bastone. Da quando mio fratello maggiore se ne andò di casa per arruolarsi nell'esercito. Nella quale occasione, come racconta la ballata che ne fu fatta:

"Accanto a quella porta del cottage, signor Boffin,
Una ragazza era in ginocchio;
Teneva in alto una sciarpa di neve, signore,
Che (mio fratello maggiore notò) svolazzò nella brezza.
Ha sospirato una preghiera per lui, signor Boffin;
Una preghiera che non ha mai sentito.
E mio fratello maggiore si appoggiava alla sua spada, Mr Boffin,
E asciugò una lacrima."

Molto colpito da queste circostanze di famiglia, e anche dalla disposizione amichevole del signor Wegg, come esemplificata dal cadere così presto nella poesia, il signor Boffin strinse di nuovo la mano di quel legnoso imbroglione e lo pregò di dire a che ora. Il signor Wegg disse le otto.

«Il posto dove abito,» disse il signor Boffin, «si chiama La Pergola. "La Pergola di Boffin", così lo chiamò la signora Boffin quando ne diventammo proprietari. Se lei dovesse incontrare qualcuno che non lo conosce con quel nome, (che quasi nessuno conosce), dopo aver camminato circa un miglio, o diciamo un miglio e un quarto, se crede, su per Maiden Lane e Battle Bridge, chieda della prigione di Harmony, e la metteranno sulla strada giusta. Io la aspetterò, Wegg,» disse il signor Boffin battendogli sulla spalla col più grande entusiasmo, «con grande gioia. Non potrò aver pace o pazienza finché lei non sarà venuto. La stampa è per me ormai a mia disposizione. Stasera un letterato, un letterato con una gamba di legno», e conferì a quella decorazione uno sguardo di ammirazione, come se fosse grandemente accresciuto il gusto della conquista delle capacità del signor Wegg - «inizierà a condurmi verso una nuova vita! Di nuovo la mano, Wegg. Giorno, giorno, giorno!»

Rimasto solo al suo banco mentre l'altro si allontanava, il signor Wegg si ritirò nel suo paravento, tirò fuori un piccolo fazzoletto da tasca di aspetto ruvido e penitenziale e si soffiò il naso con aria pensierosa. Inoltre, pur afferrando ancora quell'elemento, rivolse diversi sguardi pensierosi lungo la strada, dove la figura del signor Boffin rimpiccioliva. Ma una profonda gravità aveva preso posto sul suo volto. Perché, mentr'egli considerava dentro di sé che quel vecchio era un tipo di un'ingenuità rara, che questa era un'opportunità da coltivare, e che c'era da guadagnar denaro ben oltre i calcoli presenti, tuttavia faceva un compromesso con se stesso non ammettendo che il suo nuovo impiego fosse del tutto insolito, o che coinvolgesse qualcosa di ridicolo. Il signor Wegg sarebbe arrivato fino ad attaccare una bella lite con chiunque avesse messo in dubbio la sua profonda intimità con quei sudditi otto volumi di declino e caduta. La sua gravità era insolita, portentosa e incommensurabile, non perché avesse dubbi su se stesso, ma perché riteneva necessario prevenire ogni dubbio che gli altri potessero avere su di lui. E così si collocava in quella numerosissima classe di impostori, che sono altrettanto determinati a mantenere le apparenze con se stessi, quanto col loro prossimo. Allo stesso modo una certa aria di superiorità si impadronì del signor Wegg; un condiscendente senso di essere richiesto come espositore ufficiale di misteri. Questo non lo fece diventar più generoso nei suoi affari, ma piuttosto più meschino, tanto che, se fosse stato possibile che il misurino di legno contenesse meno noci del solito, avrebbe fatto così quel giorno. Ma quando scese la notte, e coi suoi occhi velati essa lo vide avanzare barcollando verso la Pergola di Boffin, egli era anche euforico.

La Pergola era difficile da trovare quanto raggiungere la Bella Rosmunda[37] senza una pista. Il signor Wegg, raggiunto il quartiere indicato, chiese della Pergola almeno una mezza dozzina di volte senza il minimo successo, finché si ricordò di chiedere della prigione di Harmony. Ciò fece cambiare prontamente l'umore di un signore rauco con un asino, che era dapprima rimasto molto perplesso.

«Ah, volete dire la vecchia prigione di Harmon, eh?» disse il signore rauco, che guidava l'asino stando sul carretto, con una carota al posto della frusta. «Perché non l'avete detto prima? Eddard ed io andiamo là. Salite!»

Il signor Wegg salì, e il signore rauco attirò la sua attenzione sul terzo personaggio lì presente, a questo modo: «Be', guardate le orecchie di Eddard. Che cos'è che avete detto? ditelo di nuovo. Sussurrate.»

«La Pergola di Boffin,» sussurrò il signor Wegg.

«Eddard! (state attento alle sue orecchie) vai alla Pergola di Boffin!»

Edoardo, con le orecchie distese all'indietro, rimase immobile.

«Eddard! (state attento alle sue orecchie) vai alla vecchia Harmon!»

Immediatamente Edoardo drizzò al massimo le orecchie, e si scosse con un tale passo che la conversazione del signor Wegg ne fu tutta disarticolata.

«È- stata- sempruna-prigione?» domandò il signor Wegg, tenendosi forte.

«Non una prigione vera e propria, dove potrebbero andare dei tipi come voi e me,» rispose la sua guida; «gli hanno dato questo nome a causa del vecchio Harmon che ci viveva da solo».

«E- perché- l'hanno- chiama-tarmo- Nia?» domandò Wegg.

«Perché non andava mai d'accordo con nessuno. Come un discorso di paglia[38]. La prigione di Harmon, prigione Armonia. Più o meno così.»

«Conoscete- il signorbof- Fin?» domandò Wegg.

«E come no? Tutti lo conoscono, qui intorno. Eddard lo conosce (state attento alle sue orecchie). Noddy Boffin, Eddard!»

L'effetto di questo nome fu così allarmante, poiché fece sparire temporaneamente la testa di Edoardo, gli fece buttare le zampe di dietro in aria, e accelerare considerevolmente il ritmo, aumentando le scosse, tanto che il signor Wegg dedicò esclusivamente la sua attenzione a resistere, rinunciando al suo desiderio di accertare se questo omaggio a Boffin doveva essere considerato lusinghiero o il contrario.

Dopo un po', Edoardo si fermò a un cancello, e Wegg non perse tempo a scivolar giù con molta discrezione dal retro del carro.

Era appena atterrato, che la sua guida di poco prima, agitando la carota, disse: «Cena, Eddard!», e lui, gli zoccoli posteriori, il carro, Edoardo, tutto sembrò volare in aria insieme, in una sorta di apoteosi.

Spingendo il cancello, ch'era socchiuso, Wegg si affacciò in un recinto dove alcuni alti e scuri tumuli si innalzavano contro il cielo, e dove il cammino verso la Pergola era indicato, come mostrava la luna, da due file parallele di cocci inseriti nella cenere. Una figura bianca che avanzava lungo questo sentiero, risultò essere non uno spettro, ma il signor Boffin, comodamente abbigliato per la ricerca del sapere, in un corto camiciotto bianco. Ricevuto il suo amico letterato con gran cordialità, lo condusse nell'interno della Pergola e lì lo presentò alla signora Boffin: una robusta signora di aspetto rubicondo e allegro, vestita (con costernazione del signor Wegg) con un abito da sera di satin nero, e con un grande cappello di velluto nero e piume.

«La signora Boffin, Wegg,» disse Boffin, «è ambiziosa per quanto riguarda la moda. E il suo apporto è tale che la migliora. Quanto a me non sono ancora tanto modaiolo, come potrei diventare. Henerietty, vecchia mia, questo è quel signore che sta per declamare il declino e la fine dell'impero russiano.»

«Spero e sono certa che vi farà bene a tutti e due,» disse la signora Boffin.

Era una stanza stranissima, arredata e ammobiliata più come una lussuosa sala da ballo amatoriale che qualsiasi altra cosa alla portata di Silas Wegg. Accanto al fuoco c'erano due casse di legno, una da una parte e una dall'altra, ciascuna con la sua tavola nello stesso stile. Su una di queste tavole, gli otto volumi erano disposti in fila l'uno accanto all'altro, come una batteria galvanica; sull'altra, certe bottiglie tozze di aspetto allettante sembravano alzarsi in punta di piedi per occhieggiare al signor Wegg oltre una fila di bicchieri e una coppetta di zucchero bianco. Sul fornello fumava un bollitore, presso al focolare riposava un gatto. Davanti al fuoco, tra le panche, un sofà, uno sgabello e un tavolino formavano un gruppo centrale dedicato alla signora Boffin. Erano vistosi di gusto e di colore, ma erano mobili da salotto che costavano cari e facevano una strana figura accanto alle panche e alle traballanti fiamme del gas del lampadario appeso al soffitto. C'era un tappeto a fiorami sul pavimento; ma invece di raggiungere il focolare, la sua lucente vegetazione si arrestava allo sgabello della signora Boffin, e dava luogo a una regione di sabbia e segatura. Il signor Wegg notò pure, con occhi ammirati, che mentre la regione floreale mostrava certi vani ornamenti come uccelli impagliati e frutti di cera sotto vetro, c'erano, nel territorio dove cessava la vegetazione, dei reparti compensativi dove si potevano chiaramente scorgere, tra altre cose solide, una gran torta quasi intera, e un bel pezzo di arrosto freddo. La stanza era grande, anche se bassa; e le pesanti cornici delle sue finestre antiquate, i travi pesanti del suo soffitto storto, parevano indicare che quella una volta era una casa di una certa importanza, isolata nella campagna.

«Le piace, Wegg?» domandò il signor Boffin coi suoi modi avventati.

«L'ammiro grandemente, signore,» disse Wegg. «Particolarmente comodo questo focolare, signore.»

«Capisce, Wegg?»

«Ebbene, in generale, signore...» Il signor Wegg cominciava lentamente e sapientemente, con la testa piegata da un lato, come fanno le persone evasive per cominciare, quando l'altro lo interruppe:

«Lei non capisce, Wegg, e glielo spiegherò. Questa sistemazione viene da un accordo reciproco tra la signora Boffin e me. La signora Boffin, come ho detto, ci tiene molto alla moda; io per ora no. Non cerco che la comodità, e quel tipo di comodità che sia di mio godimento.

Bene. A che servirebbe se la signora Boffin e io litigassimo su questo punto? Non abbiamo mai litigato, prima di diventar proprietari della Pergola di Boffin! e perché litigare ora che siamo divenuti proprietari della Pergola Boffin? Così la signora Boffin tiene la sua parte della stanza come vuole lei; e io tengo la mia come voglio. Per conseguenza abbiamo nello stesso tempo la compagnia; io impazzirei senza la signora Boffin, la moda, e la comodità. Se un po' per volta ci terrò anch'io alla moda, allora la signora Boffin un po' per volta guadagnerà terreno. Se la signora Boffin dovesse mai essere meno infatuata della moda di quanto lo sia adesso, allora il tappeto della signora Boffin perderebbe terreno. Se dovessimo continuare come siamo, be', così va bene, e dammi un bacio vecchia signora."

La signora Boffin che, sempre sorridendo, si era avvicinata e aveva infilato il suo braccio paffuto sotto quello del marito, obbedì molto volentieri. La moda, in forma del suo cappello di velluto nero e piume, tentò d'impedirlo, ma fu meritatamente schiacciata nello sforzo.

«Allora, Wegg,» disse il signor Boffin, passandosi la mano sulla bocca con aria di grande ristoro, «dei comincia a conoscerci per quali siamo. Questa Pergola è un luogo affascinante, ma lei la potrà apprezzare per gradi. È un posto di cui si scoprono i meriti a poco a poco, e ogni giorno uno nuovo. Su ognuno dei cumuli c'è un sentiero serpeggiante, che fa cambiare a ogni momento la prospettiva del cortile e del quartiere. Quando si arriva in cima, la vista che si ha delle case vicine è insuperabile. Si guarda nei locali del defunto padre della signora Boffin (articoli per cani), in basso, come in una casa nostra. E la cima dell'Alto Cumulo è incoronata da un pergolato a traliccio, dove se lei non leggerà ad alta voce molti libri d'estate, sì, e se non cascherà molte volte, da amico, anche nella poesia, la colpa non sarà mia. Bene, che cosa leggerà?»

«Grazie, signore,» rispose Wegg, come se per lui leggere non fosse affatto una novità. «Generalmente prendo del gin coll'acqua.»

«Mantiene la gola umida, vero, Wegg?» domandò il signor Boffin con entusiasmo innocente.

«N-no, signore,» replicò Wegg, freddamente, «difficilmente direi così, signore. Direi che la addolcisce. La addolcisce, ecco la parola che userei, signor Boffin.»

La sua vanagloria e la sua astuzia legnose tenevano proprio il passo esatto con le deliziate aspettative della sua vittima. Le visioni che si spalancavano alla mente mercenaria di Wegg, dei molti modi con cui si poteva trasformare quella conoscenza, non oscuravano mai l'idea fondamentale e naturale per un uomo insensibile e presuntuoso come lui, che non doveva offrirsi troppo a buon mercato. La moda della signora Boffin, divinità meno inesorabile dell'idolo di solito adorato con quel nome, non le impedì di versar da bere al suo ospite letterato, né di chiedere a Wegg se il risultato era di suo gradimento. Appena egli rispose gentilmente e prese posto sulla panca del letterato, il signor Boffin cominciò a comporsi come ascoltatore, sedendosi di fronte, con occhi esultanti.

«Mi dispiace privarvi della pipa, Wegg,» diss'egli riempiendo la sua, «ma lei non può fare queste due cose insieme. Oh! dimenticavo un'altra cosa! Quando lei viene qui la sera e guardandosi intorno nota in qualche posto qualcosa che per caso catturi la sua fantasia, lo dica.»

Wegg, che stava per mettersi gli occhiali, immediatamente li depose, con la vivace osservazione: «Ha letto i miei pensieri, signore. I miei occhi mi ingannano, o è quell'oggetto lassù una - una torta? Non può essere una torta.»

«Sì, è una torta, Wegg,» replicò il signor Boffin, con una occhiata un po' scoraggiata al Declino e fine.

«Ho perso il mio odore per la frutta, o è una torta di mele, signore?» domandò Wegg.

«È una pizza di carne e prosciutto,» disse il signor Boffin.

«Davvero, signore? Sarebbe difficile, signore, nominare una pizza che sia migliore di quella di carne e prosciutto,» disse il signor Wegg, annuendo con la testa in modo commosso.

«Ne vuole un po', Wegg?»

«Grazie, signor Boffin, credo di sì, su suo invito. Da nessun altro l'accetterei, in circostanze come questa; ma da lei, signore!... E la carne in gelatina, per di più, soprattutto se è un po' salata, come accade quando c'è il prosciutto, addolcisce la voce, addolcisce, molto la voce.» Il signor Wegg non disse come, ma parlava in generale, allegramente. Così, fu messa in tavola la pizza, e il degno signor Boffin esercitò la sua pazienza finché Wegg, esercitando il coltello e la forchetta, ebbe finito il piatto: approfittò solo dell'occasione per informare Wegg che, sebbene non fosse strettamente alla moda, lui (il signor Boffin) riteneva che esporre il contenuto della dispensa così in vista, fosse molto ospitale. Per il motivo che invece di dire, in un modo relativamente insignificante, a un visitatore, 'Ci sono tali e tali commestibili giù in dispensa; ne vuole?' egli seguiva il coraggioso modo pratico di dire: "Guardi gli scaffali, e, se vede qualcosa che le piace lì, lo dica".

E ora finalmente il signor Wegg scostò il piatto e si mise gli occhiali, e il signor Boffin accese la pipa, e guardò con occhi raggianti al mondo che si apriva dinanzi a lui, e la signora Boffin si accomodò in modo elegante sul sofà: come una che sarebbe stata parte del pubblico se avesse scoperto che poteva, e si sarebbe invece messa a dormire se avesse scoperto che non poteva.

«Ehm!» cominciò Wegg. «Questo, signor Boffin e signora, è il primo capitolo del primo volume della Decadenza e fine del...» qui guardò severamente il libro e si fermò.

«Che c'è, Wegg?»

«Bene, mi viene in mente, sa, signore,» disse Wegg con un'aria di riguardosa franchezza, dopo aver guardato di nuovo severamente il libro, «che lei ha fatto un piccolo sbaglio stamattina, che io avevo l'intenzione di correggere, solo che qualcosa me l'ha fatto uscir di testa. Mi pare che lei abbia detto Impero Russiano, no?»

«Russiano, non è così, Wegg?»

«No, signore. Romano. Romano.»

«Che differenza c'è, Wegg?»

«La differenza, signore?» Il signor Wegg vacillava e correva il rischio di un collasso, quando gli balenò un pensiero luminoso. «La differenza, signore? Ecco, mi mette in difficoltà, signor Boffin. Basti osservare che è meglio rimandare la differenza a un'altra occasione, quando la signora Boffin non ci onori della sua compagnia. Alla presenza della signora Boffin, signore, faremmo meglio a lasciarla perdere.»

Così il signor Wegg uscì dall'imbarazzo con un'aria assolutamente cavalleresca, e non solo, ma a forza di ripetere con virile delicatezza, «alla presenza della signora Boffin, signore, faremmo meglio a lasciarla perdere!» mise in imbarazzo Boffin, il quale sentì di esserai compromesso in modo molto penoso. Allora il signor Wegg in modo asciutto e risoluto, iniziò il suo compito; tirando dritto attraverso tutto ciò che incontrava; affrontando tutte le parole difficili, biografiche e geografiche; un po' scosso da Adriano[39], Traiano[40] e gli Antonini[41]; incespicando su Polibio[42], (ch'egli pronunziava Polly Beeious, e il signor Boffin pensò fosse una vergine romana, e alla signora Boffin parve lui il responsabile di quella necessità di lasciar perdere); pesantemente disarcionato da Tito Antonino Pio[43], si rialzò e galoppò allegramente con Augusto[44], e superò bene il terreno con Commodo[45], il quale, col nome di Commodious, venne giudicato dal signor Boffin affatto indegno della sua origine inglese, perché «non era stato all'altezza del suo nome» nel governo del popolo romano. Con la morte di questo personaggio, il signor Wegg terminò la sua prima lettura: ma durante la consumazione (del rito) parecchie eclissi totali della candela della signora Boffin dietro il suo disco di velluto nero, sarebbero state molto allarmanti, se non le avesse sempre accompagnate un forte odore di penne bruciate, ogni volta che le sue piume prendevano fuoco, il che produceva un effetto riparatore, e la svegliava. Il signor Wegg, che aveva letto macchinalmente, allegando poche idee al testo, uscì fresco dall'incontro; ma il signor Boffin, che aveva ben presto posato la sua pipa, senza finirla, e da allora era rimasto seduto fissando attentamente con gli occhi e con lo spirito le sconcertanti enormità dei romani, fu punito così severamente che a mala pena gli riuscì di augurare la buona notte al suo amico letterato, e di articolare «a domani».

«Commodious,» biascicò il signor Boffin guardando la luna, dopo aver accompagnato Wegg al cancello e averlo chiuso a chiave: «Commodious combatte in quel circo di animali feroci settecentotrentacinque volte, un solo protagonista! e come se questo non fosse abbastanza sorprendente, cento leoni si riversano in quel circo in una volta; e come se questo non fosse abbastanza, Commodious, in un altro personaggio, li ammazza tutti e cento! E come se questo non fosse abbastanza, Vittle-us[46] (un altro bel nome) si pappa in sette mesi roba per sei milioni di monete inglesi! Wegg se la prende con calma, ma in fede mia, per un vecchio uccello come me queste cose sono spaventose. E anche adesso che Commodious è stato strangolato, non vedo un modo per migliorare!» Volgendosi pensieroso verso la Pergola e scuotendo il capo, il signor Boffin aggiunse: «Stamattina non pensavo che ci fossero nemmeno la metà di questi Spaventi nella Stampa. Ma ormai ci sto in mezzo!»

VI. Alla deriva

L'osteria dei Sei allegri facchini, già menzionata come una bettola di aspetto piuttosto idropico, da molto tempo si era stabilizzata in uno stato di sana infermità. In tutta la sua costituzione non c'era un pavimento diritto, e nemmeno una linea retta; ma era sopravvissuta, e chiaramente mostrava di poter sopravvivere a molti edifici meglio rifiniti, a molti locali pubblici più eleganti. All'esterno, c'era un miscuglio fitto di sbilenche e corpulente finestre di legno, ammucchiate l'una sull'altra come un mucchio di arance rovesciate, con una sconnessa veranda di legno che incombeva sull'acqua; anzi tutta la casa, compresa l'asta della bandiera che si lamentava sul tetto, era incombente sull'acqua, ma sembrava che fosse entrata nelle condizioni di un subacqueo debole di cuore che si è fermato così a lungo sull'orlo che non entrerà mai più.

Questa descrizione si applica alla facciata sul fiume dei Sei allegri facchini. Il retro dell'edificio era così stretto, sebbene lì era l'ingresso principale, che rappresentava semplicemente il suo collegamento con la parte anteriore, come un manico di un ferro da stiro montato in posizione verticale sulla sua estremità più ampia. Questo manico stava in fondo a un intrico di vicoli e corti, quale landa selvaggia premuta così forte e vicina intorno all'osteria dei Sei allegri facchini da non lasciare neanche un centimetro di terreno sgombro oltre la sua porta. Per questo motivo, in combinazione con il fatto che la casa era quasi a galla nell'acqua alta, quando i Facchini facevano lavare da una famiglia la biancheria sottoposta a quell'operazione, di solito poteva essere vista asciugare su fili tesi attraverso le sale di ricevimento e le camere da letto.

Il legno che formava i comignoli, le travi, i tramezzi, i pavimenti e le porte dell'osteria dei Sei allegri facchini, sembrava nella sua vecchiaia carico di ricordi confusi della sua giovinezza. In molti punti era diventato nodoso e spaccato, alla maniera dei vecchi tronchi; erano spuntate delle gobbe; e qua e là sembrava atteggiarsi in una qualche somiglianza con dei rami. In questo stato di seconda infanzia, aveva l'aria di essere, a suo modo, loquace riguardo ai suoi primi anni di vita. Non senza ragione veniva spesso affermato dai regolari frequentatori dei Facchini, che quando la luce splendeva in pieno sulla grana di certi pannelli, e particolarmente su un vecchio armadio di noce nel bar, vi si potevano scorgere delle piccole foreste, minuscoli alberi come l'albero da cui derivavano, pieni di foglie ombrose.

Il bar dei Sei allegri facchini era un bar per intenerire il cuore. Lo spazio libero non era più grande di quello di una carrozza di piazza; ma nessuno avrebbe potuto desiderare che il bar fosse più grande, poiché quello spazio era così circondato da corpulenti barili e da bottiglie di vino raggianti d'uva finta in grappoli e da limoni nelle reti, e da biscotti nelle ceste, e da cortesi leve dei contenitori di birra che facevano profondi inchini quando i clienti venivano serviti con la birra, e dal formaggio in un angolo accogliente e dal tavolino della padrona di casa in un angolo ancora più accogliente vicino al fuoco, con la tovaglia perennemente stesa. Questo rifugio era diviso dal rude mondo per mezzo di una parete di vetro e da una mezza porta, con sopra un davanzale di piombo per la comodità del riposo del tuo liquore; ma, oltre questa mezza porta, l'accoglienza del bar sgorgava così tanto avanti che, anche se i clienti bevevano lì in piedi, al buio e al passaggio pieno di correnti d'aria dove erano urtati da altri clienti che passavano dentro e fuori, sembravano sempre bere sotto l'incantevole illusione che fossero nel bar stesso.

Per il resto, sia il bar che il salotto dei Sei allegri facchini davano sul fiume, avevano tendine rosse intonate ai nasi dei clienti abituali, ed erano forniti di comodi utensili di latta accanto al fuoco, come modelli di cappelli da pan di zucchero, fatti in quella forma che potevano, con le loro estremità appuntite, cercare per se stessi angoli luminosi nelle profondità dei carboni rossi, e così intiepidire la birra o riscaldare quelle bevande deliziose, il Purl, il Flip[47], e il Naso di Cane. La prima di queste misture frizzanti era una specialità dei Facchini, poiché una scritta sul montante della porta gentilmente faceva appello ai sentimenti: 'The Early Purl House'[48]. Perché sembra che si dovesse sempre prendere il Purl prima di ogni altra cosa: benché non sia possibile spiegare se ciò fosse consigliabile per ragioni direttamente gastriche, o per il fatto che come il primo uccello cattura il verme, così il primo Purl cattura il cliente. Rimane soltanto da aggiungere che nel manico del ferro da stiro, e di fronte al bar, c'era una stanza molto piccola, che aveva la forma di un cappello a tre punte, in cui nessun raggio diretto di sole, luna o stella era mai penetrato, ma che era superstiziosamente considerato come un santuario pieno di comfort e dell'illuminazione a gas, e sulla cui porta era dipinto un nome affascinante: Riservato.

La signorina Potterson, unica proprietaria e gerente dei Sei facchini, regnava sovrana sul suo trono, il Bar, e soltanto un uomo molto ubriaco le poteva contestare qualche cosa.

Ella si faceva chiamare «Signorina Abbey Potterson», e alcune teste dal lato dell'acqua, che come l'acqua (del fiume), non erano molto limpide, avevano messo in giro l'oscura diceria, ispirata dalla sua aria di dignità e fermezza, che quel nome fosse in qualche relazione con l'Abbazia di Westminster[49]. Ma Abbey non era che il diminutivo di Abigaille, nome col quale la signorina Potterson era stata battezzata nella chiesa di Limehouse[50], una sessantina di anni prima.

«Ora, badate, Riderhood,» diceva la signorina Abbey Potterson, puntando l'indice eloquente sopra la mezza porta, «che i Sei facchini non ne vogliono sapere affatto di voi, e preferiscono molto la vostra assenza alla vostra presenza; ma anche se foste il benvenuto qui come non lo siete, non dovreste bere nemmeno un'altra goccia qui stasera, dopo questa presente pinta di birra. Quindi sfruttatela al massimo.»

«Ma lei sa, signorina Potterson,» insinuò una voce molto docilmente, «che se mi comporto bene, lei non può fare a meno di servirmi, signorina.»

«Non posso!» disse Abbey, con un'espressione molto significativa.

«No, signorina Potterson. Perché, vede, la legge...»

«Sono la legge qui, amico mio,» replicò la signorina Abbey, «e ve ne convincerò subito se ne dubitate.»

«Non ho mai detto di dubitarne, signorina Abbey.»

«Tanto meglio per te.»

Abbey la suprema gettò il mezzo penny del cliente nella cassa, e mettendosi a sedere sulla poltrona del caminetto, riprese a leggere il giornale. Era una donna alta, dritta, gradevole, sebbene di aspetto severo, e aveva un'aria più da maestra di scuola che da padrona dei Sei allegri facchini. L'uomo dall'altra parte della mezza porta era uno di quelli che lavoravano sul fiume, con uno sguardo strabico, e la guardava come se fosse un alunno in disgrazia.

«Lei è molto crudele con me, signorina Potterson.»

La signorina Potterson leggeva il giornale con le sopracciglia contratte, e non lo curò finché egli non sussurrò: «Signorina Potterson! Signorina! Posso scambiare una mezza parola con lei?»

La signorina Potterson si degnò di volgere gli occhi di traverso verso il supplicante, e vide il cliente strofinarsi con le nocche la sua bassa fronte, e storcere il capo verso di lei come se chiedesse il permesso di gettarsi a capofitto oltre la mezza porta e scendere in piedi nel bar.

«Bene...» disse la signorina Potterson, con modi brevi quanto lei era lunga. «Dite questa mezza parola. Fuori.»

«Signorina Potterson! signorina! mi scusi se mi prendo la libertà di chiederle, è il mio carattere a cui si oppone?»

«Certamente,» disse la signorina Potterson.

«Forse lei ha paura di...»

«Io non ho paura di voi,» interruppe la signorina Potterson, «se è questo che volete dire.»

«Ma umilmente non lo dico, signorina Abbey.»

«E allora che cosa volete dire?»

«Lei è davvero così crudele con me, io volevo sapere soltanto se... se per caso lei ha qualche apprensione... o qualche credenza o supposizione che... la proprietà della sua azienda potrebbe non essere del tutto considerata sicura, se io frequentassi il suo locale regolarmente?»

«Perché lo volete sapere?»

«Bene, signorina Abbey, rispettosamente, non intendo offenderti, questo sarebbe una certa soddisfazione per la mente di un uomo, capire perché i Sei Facchini non devono essere liberamente aperti per me, ma devono esserlo per Gaffer.»

Il volto della padrona di casa si oscurò con un'ombra di perplessità, mentre rispondeva: «Gaffer non è mai stato dove siete stato voi.»

«Significa dove? che, signorina? Forse no. Ma forse potrebbe averlo meritato. Potrebbe essere sospettato di molto peggio di quanto io sia mai stato.»

«Chi lo sospetta?»

«Molti, forse. Uno, al di là di ogni dubbio: io.»

«Voi non contate molto,» disse la signorina Abbey Potterson corrugando di nuovo le sopracciglia con disprezzo.

«Ma io ero il suo collaboratore. Badate, signorina Abbey, io ero il suo collaboratore. In quanto tale, conosco più i pro e i contro di lui di chiunque altro. Noti questo! Sono l'uomo che era il suo collaboratore, e sono l'uomo che lo sospetta.»

«Allora,» suggerì la signorina Abbey, ma con un'ombra di perplessità più profonda di prima, «vi incriminate da solo.»

«No, non lo so, signorina Abbey. Perché, come stanno le cose? In questo modo. Quando ero il suo collaboratore, lui non era mai contento di me. Perché non potevo mai accontentarlo? Perché non avevo fortuna; perché non potevo trovarne abbastanza. Com'è andata la sua fortuna? Sempre bene. Noti! Sempre fortunato! Ah! Ci sono molti giochi, Miss Abbey, in cui c'è la possibilità, ma ce ne sono molti altri in cui c'è anche abilità, mescolata ad essa.»

«Quel Gaffer ha un'abilità nel trovare ciò che trova, chi lo dubita, uomo?» disse la signorina Abbey.

«Un'abilità nell'acquisire ciò che trova, forse,» disse Riderhood, scuotendo la sua testa malvagia.

La signorina Abbey corrugò la fronte verso di lui, mentre lui la sbirciava cupamente.

«Se sei sul fiume quasi ad ogni marea, e se vuoi trovare nel fiume un uomo o una donna, aiuterai molto la tua fortuna, signorina Abbey, picchiando in testa un uomo o una donna in anticipo e lanciandoli dentro.»

«Dio buono![51]» fu l'esclamazione involontaria della signorina Potterson.

«Intendiamoci!» continuò l'altro, allungandosi in avanti sulla mezza porta per far sentire le sue parole nel bar, perché la sua voce era come se la testa della scopa della sua barca fosse nella sua gola. «Lo dico io, signorina Abbey! E attenzione! Lo seguirò, signorina Abbey! E badi bene! Lo prenderò all'amo, alla fine, anche tra vent'anni! Chi è lui, da essere favorito insieme a sua figlia? Non ho una figlia anch'io?»

Con quell'atto, e sembrando aver parlato molto più ubriaco e più feroce di quanto era prima, il signor Riderhood prese la sua pinta e si avviò verso la taverna, barcollando.

Gaffer non c'era, ma c'era un raduno abbastanza grande degli alunni della signorina Abbey, che esibivano, quando l'occasione lo richiedeva, la più grande docilità. L'orologio batté le dieci, la signorina Abbey apparve sulla porta e rivolgendosi a una certa persona in una giacca scarlatta scolorita con «George Jones, il vostro tempo è scaduto. Ho detto a vostra moglie che sareste puntuale», Jones si alzò remissivamente, disse alla compagnia buonanotte e se ne andò. Alle dieci e mezzo, di nuovo sotto lo sguardo della signorina Abbey: «William Williams, Bob Glamour e Jonathan, il vostro tempo è scaduto,» William, Bob e Jonathan con la stessa mansuetudine si congedarono e sparirono. Meraviglia maggiore di questa, quando una persona dal naso a bottiglia e dal cappello smaltato, dopo una considerevole esitazione, ordinò un altro bicchiere di acqua e gin al cameriere, e la signorina Abbey, invece di mandarlo, apparve di persona dicendo: «Capitano Joey, lei ha avuto quanto può bastare,» non soltanto il capitano si strofinò lentamente le ginocchia e contemplò il fuoco senza proferire una parola di protesta, il resto della compagnia mormorò: «Sì, sì, capitano, la signorina Abbey ha ragione; si lasci guidare dalla signorina Abbey, capitano.» Nè la vigilanza della signorina Abbey fu comunque attenuata da questa sottomissione, ma piuttosto intensificata; infatti, guardandosi in giro, e scoprendo tra i volti deferenti della sua scuola altri due scolari bisognosi di ammonizione, ella così proferì: «Tom Tootle, è ora che un giovane che si deve sposare il mese prossimo, vada a casa a dormire. E non c'è bisogno di dargli una gomitata, signor Jack Mullins, perché io so che il tuo lavoro inizia domani presto, e io dico lo stesso a te. Perciò andate! Buona notte, da bravi!»

Dopo di ciò, Tootle arrossendo guardò Mullins e Mullins arrossendo guardò Tootle, per chiedersi chi dovesse alzarsi per primo; e alla fine si alzarono tutti e due insieme e se ne andarono con un grande sogghigno, seguiti dalla signorina Abbey, alla cui presenza nessuno della compagnia si prese la libertà di sorridere allo stesso modo.

In un locale del genere, il garzone dal grembiule bianco e dalle maniche della camicia disposte in un rotolo stretto su ciascuna spalla nuda, era un mero accenno alla possibilità di forza fisica, mostrata per una questione di stato e forma. Esattamente all'ora di chiusura, tutti i clienti che erano rimasti se ne andarono in buon ordine: la signorina Abbey stava in piedi alla mezza porta del bar, per tenere una cerimonia di rassegna e congedo. Tutti augurarono la buonanotte a Miss Abbey e Miss Abbey augurò la buonanotte a tutti, tranne a Riderhood. Il sapiente ragazzo, guardando in modo ufficiale, si formò la convinzione che quell'uomo fosse sempre più emarginato e scomunicato dai Sei allegri facchini.

«Bob Glibbery,» disse la signorina Abbey a questo ragazzotto, «corri da Hexam e di' a sua figlia Lizzie che ho bisogno di parlarle.»

Con esemplare rapidità Bob Gliddery partì e tornò. Lizzie lo seguì, mentre una delle due domestiche dei Sei allegri facchini preparava, sull'accogliente tavolino accanto al fuoco, la cena della signorina Potterson, a base di salsicce calde e purè di patate.

«Entra e siediti, ragazza,» disse la signorina Abbey. «Vuoi mangiare un po'?»

«No, grazie, signorina. Ho cenato.»

«Anch'io ho avuto il mio, mi pare,» disse la signorina Abbey, allontanando il piatto non assaggiato, «è più che sufficiente. Sono preoccupata, Lizzie.»

«Mi dispiace di questo, signorina.»

«E allora perché, in nome del cielo, lo fai!» disse bruscamente la signorina Abbey.

«Lo faccio, signorina?»

«Via, via. Non sembrare stupita. Avrei dovuto cominciare con una parola di spiegazione, ma la mia abitudine è andare sempre al sodo. Sono sempre stata un peperoncino. Tu, Bob Glibbery, metti la catena alla porta, e va' giù a cenare.»

Con un'alacrità che sembrava non meno riconducibile al fatto del peperoncino che alla cena, Bob obbedì, e si udirono i suoi stivali scendere verso il letto del fiume.

«Lizzie Hexam, Lizzie Hexam,» iniziò quindi la signorina Potterson, «quante volte ti ho dato l'occasione per chiarirti con tuo padre, e stare bene?»

«Molto spesso, signorina.»

«Molto spesso? Sì! Ed è come se avessi parlato al fumaiolo di ferro del più grande piroscafo che passa davanti ai Facchini.»

«No, signorina,» si difese Lizzie, «perché quello non potrebbe esservi grato, mentre io lo sono.»
«Giuro e dichiaro che mi vergogno quasi di me stessa per aver preso tanto interesse verso di te,» disse la signorina Abbey, meschinamente, «perché non credo che lo farei, se non fossi di bell'aspetto. Perché non sei brutta?»
Lizzie rispose a questa domanda difficile semplicemente con un'occhiata che voleva chiedere scusa.
«Tuttavia, non lo sei,» riprese la signorina Potterson, «quindi è inutile parlarne. Devo prenderti come sei. Che in effetti è quello che ho fatto. Ma vuoi dire che sei ancora ostinata?»
«Non ostinata, signorina, io spero.»
«Decisa (suppongo che così ti definisci), allora?»
«Sì, signorina. Risoluta.»
«Non c'è mai stata una persona ostinata, che si definirebbe così!» osservò la signorina Potterson, massaggiandosi il naso irritato. «Sono sicura che lo ammetterei, se io fossi un'ostinata; ma io sono un peperoncino, il che è diverso. Lizzie Hexam, Lizzie Hexam, ripensaci. Conosci il peggio di tuo padre?»
«Conosco il peggio di papà!» ella ripeté, spalancando gli occhi.
«Sai a quali sospetti è oggetto tuo padre? Conosci i sospetti che lo riguardano effettivamente?»
La consapevolezza di ciò che egli faceva abitualmente oppresse pesantemente la fanciulla, e abbassò lentamente gli occhi.
«Dimmi, Lizzie, lo sai?» esortò la signorina Abbey.
«La prego di dirmi quali sono i sospetti, signorina,» disse Lizzie dopo una pausa, con gli occhi a terra.
«Non è facile dirlo a una figlia, ma bisogna dirlo. Alcuni hanno pensato, dunque, che tuo padre aiuti fino alla morte alcuni di quelli che trova morti.»
Il sollievo di sentire ciò che era sicura era un falso sospetto, in luogo dell'atteso reale e vero, alleggerì così il cuore di Lizzie, che la signorina Abbey si stupì del suo comportamento. Ella alzò gli occhi rapidamente, scosse il capo, e, in una specie di trionfo, quasi rise.
«Quelli che parlano così, conoscono poco mio padre.»
(«La prende con tranquillità,» pensò la signorina Abbey, «la prende con straordinaria tranquillità!»)
«E forse,» disse Lizzie, mentre un ricordo le balenò in mente, «forse è qualcuno che ha rancore contro papà; qualcuno che ha minacciato papà! È Riderhood, Signorina?»
«Ebbene, sì.»
«Ah! Era il socio di papà, e papà ha rotto con lui, e adesso lui si vendica. Quando papà ha rotto con lui, io ero presente, e lui era molto arrabbiato per questo. E inoltre, signorina Abbey... non si lascerà mai sfuggire, se non per un grave motivo, ciò che sto per dirle?»
Si chinò in avanti per dirlo in un sussurro.
«Lo prometto,» disse la signorina Abbey.
«Fu la notte in cui fu scoperto il delitto di Harmon, per mezzo di papà, appena sopra il ponte. E proprio sotto il ponte, mentre stavamo remando verso casa, Riderhood uscì fuori dal buio con la sua barca. E tante e tante volte, dopo, quando si facevano tanti sforzi per scoprire l'autore del crimine, e non si riusciva mai a trovarlo, io pensavo dentro di me che potesse essere lo stesso Riderhood l'assassino, e ha lasciato di proposito che mio padre trovasse il corpo? Sembrava una cosa malvagia e crudele pensarlo; ma ora che egli cerca di accusare papà, torno a pensarci come se fosse la verità. Può essere una verità? Mi è stato messo in mente dal morto?»
Rivolse questa domanda più al fuoco che all'ostessa del Sei facchini, e diede tutt'intorno uno

sguardo turbato.
Ma la signorina Potterson, come una maestra abituata a riportare la scolaresca sull'argomento, pose la questione sotto una luce che era essenzialmente di questo mondo.

«Povera ragazza illusa,» disse, «non vedi che non puoi lasciar entrare nella tua mente il minimo sospetto su uno dei due, senza che il sospetto si estenda anche all'altro? Avevano lavorato insieme. Le loro imprese andavano avanti da un certo tempo. Anche ammettendo che sia come hai pensato tu, ciò che due avevano fatto insieme poteva venire familiare alla mente di uno dei due.»

«Lei non conosce papà, signorina, quando parla così. Già, già, non conosce papà.»

«Lizzie, Lizzie,» disse la signorina Potterson, «lascialo. Non c'è bisogno di romperla completamente con lui, ma lascialo. Allontanati da lui; non per quello che ti ho detto stasera - non esprimo giudizi su questo, e speriamo che non sia vero - ma per quello che ti ho già ripetuto prima. Non importa se è dovuto al tuo bell'aspetto o no, tu mi stai a cuore e voglio aiutarti. Lizzie, segui i miei consigli. Non buttarti via, ragazza mia, ma sii persuasa che devi essere rispettabile e felice.»

Con il sentimento sincero e il buon senso della sua supplica, la signorina Abbey si era addolcita in un tono rassicurante, e si spinse anche a cingere con un braccio la vita della ragazza. Ma ella rispose soltanto: «Grazie, grazie, non posso. Non lo farò. Non devo pensarci. Quanto più papà è nei guai, tanto più ha bisogno del mio appoggio.»

E allora la signorina Abbey, che, come tutte le persone dure quando si inteneriscono, sentiva di meritare un ragionevole compenso, subì una reazione e divenne gelida.

«Ho fatto quel che potevo,» disse, «e tu devi andare per la tua strada. 'Fatti il letto e sdraiatici sopra', come dice il proverbio. Ma di' a tuo padre una cosa: non deve più venir qui.»

«Oh, signorina, gli proibirà la casa dove so che è al sicuro?»

«I Facchini,» replicò la signorina Abbey, «devono pensare a se stessi, come anche gli altri. È stato un duro lavoro stabilire l'ordine qui, e fare dei Facchini quello che sono, ed è difficile ogni giorno e ogni notte mantenerlo così. I Facchini non devono avere una macchia che possa dargli una cattiva reputazione. Ho proibito la casa a Riderhood, e proibisco a Gaffer. Proibisco a entrambi, allo stesso modo. Da una parte Riderhood e dall'altra tu stessa, mi mostrate che ci sono dei sospetti contro entrambi, e non mi assumerò la responsabilità di decidere tra loro. Sono entrambi incatramati con una spazzola sporca, e non posso avere i Facchini incatramati con lo stesso pennello. Questo è tutto quello che so.»

«Buona notte, signorina,» disse Lizzie Hexam, tristemente.

«Ah!... Buona notte,» rispose la signorina Abbey, scuotendo la testa.

«Mi creda, signorina Abbey, le sono davvero grata lo stesso.»

«Posso credere a tante cose,» replicò la maestosa Abbey, e cercherò di credere anche a questo, Lizzie.»

La signorina Potterson non cenò quella sera, e solo la metà del suo solito bicchiere di Port Negus[52] caldo. E le domestiche - due robuste sorelle dagli occhi neri e fissi, facce rosse piatte e lucenti, il naso arrotondato, e spessi riccioli neri, come bambole - si scambiarono l'opinione che la signorina 'si fosse fatta pettinare i capelli nel modo sbagliato' da qualcuno. E il ragazzotto in seguito osservò che non era stato mai così 'spinto verso il letto', da quando la sua defunta madre accelerava sistematicamente la sua ritirata verso il letto con un attizzatoio.

Il rumore della catena con cui veniva chiusa la porta dietro di lei, disincantò Lizzie Hexam da quel sollievo che prima aveva provato. La notte era fredda e pungente; la solitudine delle rive del

fiume era malinconica; e c'era un suono come di espulsione in quel rumore di anelli di ferro, bulloni e lucchetto – sotto la mano della signorina Abbey. Mentre tornava a casa sotto il cielo basso, un senso di essere coinvolta in un'oscura ombra di Omicidio cadde su di lei; mentre il moto ondoso del fiume si infrangeva ai suoi piedi senza che ella vedesse da dove provenisse, così i suoi pensieri la spaventavano, sgorgando da un abisso invisibile e colpendola al cuore.
Che suo padre fosse sospettato senza fondamento, di questo era sicura. Sicura. Sicura. Eppure per quanto dentro di sé ripetesse quelle parole tutte le volte che voleva, il tentativo di ragionare e dimostrare che era sicura, veniva sempre dietro di queste e falliva. Riderhood aveva compiuto l'atto e intrappolato suo padre. Riderhood non aveva compiuto l'atto, ma aveva deciso, nella sua malignità, di volgere contro suo padre le apparenze che era pronto a distorcere. In entrambi i casi, egualmente e rapidamente, seguiva la spaventosa possibilità che suo padre, per quanto innocente, potesse esser considerato colpevole. Aveva sentito parlare di persone condannate a morte per delitti dei quali poi erano risultate innocenti, e quegli sfortunati non si erano trovati, già prima, nel pericoloso errore in cui si trovava suo padre. E poi nel migliore dei casi, l'inizio del suo essere messo a parte, dei sussurri contro di lui, e dell'essere evitato, era un fatto certo. Risaliva tutto a quella sera. E come il grande fiume nero con le sue sponde tetre si perse alla sua vista nell'oscurità, così ella si fermò sull'orlo del fiume, incapace di vedere l'immensa miseria vuota di una vita sospetta, lontano dai buoni e dai malvagi: ma sapeva che il fiume era là nell'oscurità, di fronte a lei, e si allungava verso il grande oceano, la Morte. Solo una cosa era chiara alla mente della ragazza. Abituata fin dall'infanzia a far prontamente ciò che si doveva fare, - che fosse ripararsi dal cattivo tempo, o difendersi dal freddo, o allontanare la fame, o qualsiasi altra cosa -, si scosse dalla meditazione e corse a casa.
La stanza era silenziosa, la lampada ardeva sulla tavola. Nella cuccetta, nell'angolo, suo fratello giaceva addormentato. Si chinò su di lui dolcemente, lo baciò e si avvicinò al tavolo.
«A giudicare dall'ora di chiusura della signorina Abbey, e dalla marea, deve essere l'una. La marea sta salendo. Papà è a Chiswick[53], non tornerà finché la marea non cominci a scendere, cioè verso le quattro e mezzo. Chiamerò Charley alle sei. Sentirò suonare le ore della campana della chiesa, mentre siedo qui.»
Molto silenziosamente, mise una sedia davanti allo scarso fuoco e si sedette, avvolgendosi nello scialle.
«La visione di Charley giù accanto al bagliore adesso non c'è. Povero Charley!»
La campana batté le due, e poi le tre, e poi le quattro, ed ella rimase là, con la pazienza di una donna, nel suo proposito. Sul mattino, tra le quattro e le cinque, si tolse le scarpe (per non destar Charley mentre andava in giro), ravvivò con parsimonia il fuoco, mise l'acqua a bollire, e preparò la tavola per la colazione.
Poi andò su per la scala con la lampada in mano, tornò giù di nuovo e andò ancora intorno senza far rumore, preparando un piccolo fagotto. Infine dalla sua tasca, e dal camino, e da un catino capovolto sul ripiano più alto, prese un mezzo penny, qualche sei *pence*, pochissimi scellini, e si mise a contarli faticosamente, ma senza rumore, e e silenziosamente e mettendone da parte un piccolo mucchio. Era ancora così impegnata, quando fu sorpresa da un «ohè!». Era suo fratello, seduto sul letto.
«Mi hai fatto sobbalzare, Charley.»
«Sobbalzare! Non mi hai fatto sobbalzare tu, quando ho aperto gli occhi un momento fa, e ti ho visto seduta lì, come il fantasma di una ragazza avara, nel cuore della notte?»
«Non è il cuor della notte, Charley. Son quasi le sei del mattino.»

«Davvero! Ma cosa stai combinando, Liz?»
«Sto ancora raccontando la tua sorte, Charley.»
«Sembra essere ben poca cosa, se è così,» disse il ragazzo. «Perché hai separato quel piccolo mucchio di soldi?»
«Per te, Charley.»
«Che cosa vuoi dire?»
«Alzati, Charley, lavati e vestiti, e poi te lo dirò.»
I suoi modi composti e la sua voce bassa e distinta avevano sempre influenza su di lui. La sua testa fu presto in una bacinella d'acqua, e di nuovo fuori, mentre la fissava poi attraverso un subbuglio dell'asciugamano.
«Non ho mai visto», asciugandosi come se fosse il suo più acerrimo nemico, «una ragazza come te. Qual è la mossa, Liz?»
«Sei quasi pronto per la colazione, Charley?»
«Puoi versarla. Ohè! Che vedo? Un fagotto!»
«Un fagotto, Charley.»
«Non vuoi dire anche che è per me?»
«Sì, Charley, proprio, infatti.»
Più serio nel volto e più lento nell'azione di quanto non fosse stato prima, il ragazzo finì di vestirsi e andò a sedersi al piccolo tavolo della colazione, con gli occhi stupiti rivolti a lei.
«Vedi, Charley caro, ho pensato che questo è il momento giusto perché tu vada via da noi. Passando oltre al benedetto scambio di saluti, sarai molto più felice, e lo farai molto meglio, ancor più che se fosse il mese prossimo, ancor più che se fosse la settimana prossima.»
«E come fai a saperlo?»
«Non so bene come, Charley, ma lo so.» Nonostante il modo di parlare immutato e la sua immutata compostezza, ella non osava quasi guardarlo, ma teneva gli occhi attenti a tagliare e imburrare il suo pane, a versare il suo tè, e ad altre piccole operazioni. «Papà resterà con me, Charley... farò quello che posso per lui... ma tu devi andare.»
«Non fai complimenti, mi pare,» borbottò il ragazzo, gettando il suo pane e burro qua e là, di cattivo umore. Ella non rispose.
«Ti dico una cosa,» disse il ragazzo scoppiando in un piagnucolio arrabbiato, «sei un'egoista, credi che non ce ne sia abbastanza per noi tre, e vuoi sbarazzarti di me.»
«Se credi che sia così, Charley... sì, allora lo credo anch'io, che sono un'egoista e penso che non ce ne sia abbastanza per tre di noi, e voglio sbarazzarmi di te.»
Fu solo quando il ragazzo si precipitò su di lei, e le gettò le braccia al collo, ch'ella perse il suo autocontrollo. Allora lo perse e pianse su di lui.
«Non piangere, non piangere! Son convinto di andare, Liz, son convinto. Lo so che mi mandi via per il mio bene.»
«Oh, Charley, Charley, il cielo sopra di noi sa che è così!»
«Sì, sì. Non badare a quello che ho detto. Non te ne ricordare. Dammi un bacio.»
Dopo un istante di silenzio ella lo lasciò andare, per asciugarsi gli occhi e riconquistare la sua forte influenza tranquilla.
«Ora, ascoltami, Charley caro. Tutti e due sappiamo che si deve far così, e solo io so che c'è una buona ragione per farlo subito. Va' dritto alla scuola, e di' che tu ed io siamo d'accordo... che non possiamo superare l'opposizione di papà... che papà non gli darà nessun fastidio, ma non ti riprenderà mai indietro. Sei un merito per la scuola, e le farai ancora più onore, ed essi ti

aiuteranno a guadagnarti da vivere. Mostra i panni che hai portato, e il denaro, e di' che io ne manderò dell'altro. Se non potrò ottenerne in altro modo, chiederò un piccolo aiuto a quei due signori che sono venuti qui quella sera.»

«Dico!» gridò suo fratello, impetuoso. «Non ce l'hai con quel tizio che mi ha preso per il mento! Non ce l'hai con quel Wrayburn!»

Forse una leggera sfumatura di rosso in più le arrossò il viso e la fronte, mentre con un cenno del capo ella gli posava una mano sulle labbra per farlo star zitto e attento.

«E soprattutto, bada a questo, Charley! Bada di parlar sempre bene di papà. Assicurati di dare sempre a papà tutto ciò che è dovuto. Non puoi negare che papà è contro la tua istruzione perché lui non ne ha; ma non lasciare che si dica niente altro contro di lui, e bada di dire, come sai, che tua sorella gli è devota. E se ti dovesse mai capitare di sentire contro papà qualche cosa che non sai, non sarà vero. Ricordati, Charley! Non sarà vero!»

Il ragazzo la guardò con un po' di dubbio e di sorpresa, ma ella continuò senza badargli. «Soprattutto ricorda! Non sarà vero! Non ho più niente da dire, Charley caro, tranne... Sii buono e studia, e pensa a certe cose della tua vita di un tempo qui, come se tu le avessi sognate l'altra notte. Addio, mio caro!»

Sebbene ella fosse così giovane, c'era in queste sue parole di commiato un amore che era molto più simile a quello di una madre che a quello di una sorella: il ragazzo ne fu piuttosto intenerito. Dopo averla stretta al petto con un grido appassionato, prese il suo fagotto e si precipitò fuori dalla porta, con un braccio sugli occhi. Il volto bianco del giorno d'inverno s'avanzava lentamente, velato da una nebbia gelida; e le ombre delle navi sul fiume lentamente si cambiarono in oggetti neri; e il sole, rosso sangue sulle paludi orientali, oltre alberi e pennoni oscuri, sembrava riempito con le rovine di una foresta che aveva dato alle fiamme. Lizzie, che attendeva suo padre, lo vide arrivare, e si fermò sulla strada rialzata perché egli la potesse vedere.

Non aveva niente con lui se non la sua barca, e venne avanti svelto.

Un gruppo di quelle creature umane anfibie, che sembrano avere un po' del misterioso potere di trarre sostentamento dalla marea solo guardandola, si riunì sulla strada. Come la barca di suo padre si arenò, essi parvero assorti nella contemplazione del fango, e si dispersero. Ella vide che l'evitarlo silenzioso era iniziato.

Anche Gaffer lo vide, quando mise il piede a terra e si guardò intorno. Ma si mise subito al lavoro per tirare in secco la barca e assicurarla, e lo fece velocemente, e portò via i remi e il timone e la corda. Portando tutto questo con l'aiuto di Lizzie, entrò nella sua dimora.

«Siediti vicino al fuoco, papà caro, mentre ti preparo la colazione. È già pronta da cucinare, solo che aspettavo te. Devi essere gelato.»

«Be', Lizzie, non sono uno splendore, questo è certo. E le mie mani sembravano inchiodate ai remi. Guarda come sono insensibili.» Qualcosa di suggestivo nel loro colore, e forse nel viso di lei, lo colpì mentre le alzava; voltò le spalle e abbassò le mani verso il fuoco.

«Non sei stato fuori in una questa brutta notte, spero, papà.»

«No, mia cara. Sdraiato a bordo di una chiatta, vicino a un ardente fuoco di carbone. Dov'è quel ragazzo?»

«C'è un goccio di brandy per il tuo tè, papà, se vuoi versartelo nel frattempo. Io giro questo pezzetto di carne. Se il fiume dovesse congelarsi sarebbe un problema, no, papà?»

«Ah! Ce n'è sempre abbastanza,» disse Gaffer, lasciando cadere il liquore nella tazza da una tozza bottiglia nera, facendolo cadere lentamente, perché sembrasse di più; «i problemi non mancano mai, come se fossero nell'aria. Non s'è ancora alzato, quel ragazzo?»

«La carne è pronta, ora, papà. Mangiala adesso che è calda e gradevole. Quando avrai finito, ci metteremo accanto al fuoco e parleremo.»

Ma egli si accorse che era elusiva: dopo aver lanciato un frettoloso sguardo arrabbiato verso la cuccetta, le tirò un angolo del grembiule e chiese: «Che ne è stato di quel ragazzo?»

«Papà, se cominci a mangiare mi siederò accanto a te e te lo dirò.»

Egli la guardò, mescolò il tè e bevve due o tre sorsi, poi tagliò un pezzo della bistecca calda col suo coltellino da tasca e disse, mentre mangiava: «Allora, che ne è stato di quel ragazzo?»

«Non ti arrabbiare, caro; sembra ch'egli abbia proprio un dono per l'apprendimento, papà.»

«Snaturato! Piccolo mendicante!» disse il genitore, agitando il coltello in aria.

«... E poiché ha questo dono, e non riesce altrettanto bene nelle altre cose, ha preso la decisione di andare un po' a scuola.»

«Snaturato! Piccolo mendicante!» disse di nuovo il genitore ripetendo il gesto di prima.

«... E sapendo che tu non hai niente da parte, papà, e non desiderando essere un peso per te, gradualmente ha deciso di andar a cercar fortuna con lo studio. È andato via stamattina, papà, e ha pianto molto prima di andarsene, e sperava che tu lo avresti perdonato.»

«Lascia che non si avvicini mai a me per chiedermi perdono,» disse il padre, accompagnando di nuovo le parole col gesto del coltello. «Non lasciarlo mai venire in vista dei miei occhi, né alla portata del mio braccio. Suo padre non è abbastanza buono per lui. Ha rinnegato suo padre. Suo padre quindi lo rinnega per sempre, come uno snaturato, un piccolo mendicante.»

Aveva allontanato il piatto. Con il naturale bisogno di un uomo forte e arrabbiato, di fare qualcosa di violento, aveva afferrato il coltello e colpiva con esso verso il basso la fine di ogni frase, come avrebbe fatto col pugno chiuso se non avesse avuto niente in mano.

«Meglio che se n'è andato. Meglio che se n'è andato, che se fosse rimasto. Ma che non torni mai più. Lascia che non metta mai la testa dentro questa porta. E non parlare mai più a suo favore, se non vuoi rinnegare anche tu tuo padre, se non vuoi che ciò che tuo padre dice di lui verrà a dire di te. Ora capisco perché quegli uomini laggiù si tenevano lontani da me. Si dicevano l'un l'altro: "Ecco che arriva l'uomo che non è abbastanza buono per suo figlio!" Lizzie!»

Ma ella lo fermò con un grido. Egli la guardò e la vide indietreggiare contro il muro con una faccia alquanto strana per lui, le mani sugli occhi.

«Padre, non farlo! Non posso sopportare di vederti colpire con quello. Mettilo giù!» Egli guardò il coltello, ma nel suo stupore lo teneva ancora.

«Papà, è troppo orribile. Oh! mettilo giù, mettilo giù!»

Sconcertato dal suo aspetto e dalla sua esclamazione, egli lo gettò via e si alzò con le mani aperte tese davanti a lui.

«Che ti è successo, Liz? Puoi credere che ti colpirei con un coltello?»

«No, papà, no; non mi faresti mai del male.»

«E a chi farei male?»

«A nessuno, caro papà. Te lo dico in ginocchio, a nessuno, ne sono sicura con tutto il cuore, con tutta l'anima! Ma era troppo orribile da sopportare, perché sembrava...» si coprì di nuovo il volto con le mani: «oh, sembrava...»

«Che cosa sembrava?»

Il ricordo della sua figura omicida, unito a tutto quello che aveva sopportato nella notte, e alla sua prova del mattino, la fece cadere ai suoi piedi, senza rispondere.

Non l'aveva mai vista così prima. L'alzò con tenerezza infinita, definendola la migliore delle figlie, «la mia povera carina creatura». Ne prese il capo sulle ginocchia e cercò di rianimarla. Ma poiché non ci riusciva, le appoggiò di nuovo la testa delicatamente, prese un cuscino e lo mise sotto i capelli scuri, cercò un po' di brandy sul tavolo. Non essendocene più, afferrò di fretta la bottiglia vuota e corse fuori alla porta.

Tornò in tutta fretta come era andato, con la bottiglia ancora vuota. Si inginocchiò accanto a lei, le prese la testa sul braccio e inumidì le sue labbra con le dita che aveva immerso nell'acqua; e intanto diceva furiosamente, guardandosi intorno ora oltre questa spalla, ora oltre quella: «C'è la peste, in questa casa? Me la porto attaccata ai vestiti? Cosa ci è piombato addosso? E chi l'ha provocato?»

VII. Il sig. Wegg bada a se stesso

Silas Wegg, sulla sua strada per l'Impero Romano, passa da Clerkenwell[54]. L'ora è la prima sera; il clima umido e crudo. Il signor Wegg ha un po' di tempo libero per fare un giro, perché chiude in anticipo la bancarella, ora che ad essa combina un'altra fonte di guadagno, e anche perché sente doveroso farsi aspettare con ansia alla Pergola. «Boffin sarà tutto desideroso di aspettarmi un po',» dice Silas, mentre cammina goffamente, strizzando prima l'occhio destro e poi il sinistro. Il che è qualcosa di superfluo, perché la natura glieli ha già strizzati abbastanza entrambi.

«Se le cose con lui vanno come mi aspetto,» prosegue Silas zoppicando e meditando, «non mi conviene fermarmi qui. Sarebbe poco rispettabile.» Animato da questa riflessione, arranca più in fretta, e guarda lontano davanti a sé, come spesso fa un uomo con un progetto ambizioso sospeso. Consapevole che una popolazione di gioiellieri ha il suo rifugio nei dintorni della chiesa di Clerkenwell, il signor Wegg è conscio di provare interesse e rispetto per simile vicinanza. Ma i suoi sentimenti a questo riguardo, dal punto di vista della stretta moralità, zoppicano come il suo passo; perché suggeriscono le delizie di un cappotto di invisibilità in cui camminare al sicuro con le pietre preziose e le casse degli orologi: ma fermano ogni più piccolo senso di colpa per la gente che perderebbe quelle stesse cose.

Non, però, verso le botteghe dove abili artefici lavorano perle e diamanti e oro e argento, rendendo le loro mani così ricche, che l'acqua arricchita in cui le lavano viene acquistata da altri che la raffinano; non verso questi il signor Wegg cammina, ma verso i negozi più poveri di piccoli commercianti al dettaglio di materie prime da mangiare, bere e riscaldarsi, quelli dei corniciai italiani e quelli dei barbieri, degli agenti di cambio e dei commercianti di cani e uccelli canori. Tra questi, in una stretta strada sporca dedicata a tali vocazioni, il signor Wegg sceglie una vetrina oscura con una candela di sego che arde debolmente, e tutto intorno c'è un mucchio d'oggetti che assomigliano vagamente a pezzi di cuoio e bastoncini secchi, ma tra i quali nulla è riconoscibile in modo distinto tranne la candela stessa nel suo vecchio candelabro di latta e due rane imbalsamate che combattono un duello con piccole spade. Zoppicando con nuovo vigore egli entra per un'entrata oscura e untuosa, spinge una piccola porta laterale scura e untuosa, che offre una certa resistenza, e segue la porta nel piccolo negozio untuoso e buio. È così buio che non si può distinguere niente su un piccolo bancone, tranne un'altra candela di sego in un altro vecchio candeliere di latta, vicino alla faccia di un uomo chinato in basso su una sedia.

Il signor Wegg annuisce alla faccia: «Buona sera.»

La faccia che guarda in su è una faccia giallastra con occhi atoni, sormontata da un groviglio di capelli rossastri e polverosi. Il proprietario della faccia non ha la cravatta, e ha aperto e rovesciato il colletto della camicia per lavorare con più facilità. Per lo stesso motivo non ha la giacca: soltanto un panciotto sbottonato sulla biancheria gialla. I suoi occhi sono come gli occhi affaticati di un incisore, ma lui non lo è; la sua espressione e la sua inclinazione sono come quelle di un calzolaio, ma non è quello.

«Buona sera, signor Venus. Non si ricorda?»

Con il lento sorgere del ricordo, il signor Venus si alza e prende la sua candela sul bancone e la tiene abbassata verso le gambe, quella naturale e quella artificiale, del signor Wegg.

«Per essere sicuro!» dice allora. «Come sta?»

«Wegg, lei sa,» spiega il gentiluomo.

«Sì, sì,» dice l'altro. «Amputato all'ospedale?»

«Proprio così,» dice il signor Wegg.

«Sì, sì,» fa Venus. «Come sta? Sieda accanto al fuoco, e si scaldi le… l'altra gamba.»

Il piccolo banco è così corto da dare accesso al caminetto, che se il banco fosse stato più lungo non sarebbe stato accessibile. Il signor Wegg si siede su una cassetta davanti al fuoco, e inala un odore caldo e confortevole che non è l'odore del negozio.

«Questo,» decide dentro di sé il signor Wegg, mentre prende una o due annusate correttive, «è odore di muffa, di cuoio, di piume, di cantina, di colla, di gomma, e,» fiutando ancora, «potrebbe essere anche odore di vecchi mantici.»

«Il mio tè è quasi pronto, e il mio muffin[55] è sul fornello, signor Wegg. Vuol favorire?»

Essendo una delle regole guida del signor Wegg nella vita di prendere sempre parte, dice che lo farà. Ma il piccolo negozio è così eccessivamente buio, così pieno di mensole nere e staffe e cantucci e angoli, che lui vede la tazza e il piattino del signor Venus solo perché sono vicini alla candela, e non vede da quale misterioso recesso il signor Venus ne produce un altro per sé finché non è sotto il suo naso.

Allo stesso tempo, Wegg percepisce un grazioso uccellino morto sdraiato sul banco, con la testa che pende da un lato contro il bordo del piattino del signor Venus, e un lungo filo di ferro rigido che gli trafigge il petto. Proprio come se fosse il pettirosso della favola di Cock Robin[56], l'eroe della ballata, e il signor Venus fosse il passero con l'arco e le frecce, e il signor Wegg la mosca con il piccolo occhio.

Il signor Venus si tuffa, e tira fuori un altro muffin, non ancora tostato; estraendo la freccia dal petto di Cock Robin, procede a infilarla nel muffin che accosta al fuoco in cima a quel crudele strumento. Quando è cotto, si tuffa di nuovo e tira fuori del burro con il quale completa la sua opera. Il signor Wegg che è un uomo abile, e che è sicuro della sua cena a breve, insiste perché il muffin lo mangi il suo ospite per indurlo in uno stato mentale di compiacenza ovvero, come si potrebbe dire, per ungerne gli ingranaggi. Mentre i muffin spariscono, a poco a poco cominciano ad apparire le mensole nere, i cantucci e gli angoli, e il signor Wegg acquista gradualmente un'imperfetta idea che sul ripiano del camino di fronte a lui ci sia un bambino indù dentro una bottiglia, curvo, con la sua grande testa nascosta sotto di sé, come se volesse immediatamente fare una capriola, se la bottiglia fosse stata abbastanza grande.

Quando ritiene che le ruote del signor Venus siano sufficientemente lubrificate, il signor Wegg si avvicina all'argomento chiedendo, mentre batte leggermente le due mani, per esprimere uno stato d'animo poco progettato: «E come me la sono passata, tutto questo tempo, signor Venus?»

«Molto male,» dice il signor Venus senza compromessi.

«Come? Sono ancora a casa?» domanda Wegg con aria sorpresa.

«Sempre a casa.»

Questo sembrerebbe segretamente gradito a Wegg, ma nasconde i suoi sentimenti e osserva: «Strano. A che cosa lo attribuisce?»

«Non lo so,» risponde Venus, che è un uomo smunto e malinconico, e parla con una voce debole e lamentosa, «a che cosa attribuirlo, signor Wegg. Non posso far di lei un "miscellaneo", in nessun modo. Per quanto io faccia, non puo' essere adatto. Chiunque abbia una conoscenza passabile la individuerebbe a uno sguardo e direbbe «Non va, non è adatta!".»

«Sì, ma, mannaggia, signor Venus,» obiettò Wegg con una certa irritazione, «non può essere personale e peculiare solo per me. Deve spesso succedere, con le "miscellanee".»

«Con le costole, ve lo concedo, sempre. Ma non con altro. Quando preparo una "miscellanea", so già in anticipo che non posso seguire la natura ed essere "miscellaneo" con le costole, perché ognuno ha le sue costole, e nessun altro uomo vi si adatterà; ma in tutti gli altri casi posso essere «miscellaneo». Ho appena mandato a casa una Bellezza, una Bellezza perfetta, a una scuola d'arte. Una gamba belga, una inglese e selezioni di altre otto persone. E non volete essere qualificato "miscellaneo"! Ma di diritto voi dovreste esserlo, signor Wegg.»

Silas si guarda una gamba il più intensamente possibile in quella luce fioca, e dopo una pausa, imbronciato, osserva tristemente che «dev'esser colpa degli altri». Poi domanda impaziente: «O come intende dire che avviene?»

«Non so come avvenga. Si alzi un momento. Tenga la luce.» Il signor Venus prende da un angolo vicino alla sua sedia le ossa di una gamba e di un piede, meravigliosamente bianche, e le mette insieme con squisita grazia. Le confronta con la gamba del signor Wegg, che lo guarda come se gli prendesse le misure per uno stivale da equitazione.

«No, io non so come sia, ma è così. Secondo il mio parere migliore, lei ha una deviazione in quell'osso. Non ho mai visto persone come lei.»

Il signor Wegg dopo aver guardato con diffidenza il proprio arto, e con sospetto il modello con cui è stato confrontato, fa il punto: «Scommetto una sterlina che non è inglese!»

«Una scommessa facile, quando ci imbattiamo così tanto in stranieri! No, appartiene a quel gentiluomo francese.»

Come quello accenna nell'oscurità a un punto dietro il signor Wegg, quest'ultimo con un leggero scatto cerca intorno «quel gentiluomo francese», che alla fine discerne essere rappresentato (molto a regola d'arte) solo dalle costole, ritte su uno scaffale in un altro angolo, come un pezzo di un'armatura o un paio di stralli.

«Oh!» dice il signor Wegg, con una sorta di senso di presentazione: «Oso dire che lei stava abbastanza bene nel suo paese, ma spero che non verranno sollevate obiezioni al fatto che io dica che non è ancora nato il francese a cui desidero essere abbinato.»

A questo punto la porta unta viene spinta violentemente verso l'interno e un ragazzo la segue, dicendo, dopo averla lasciata sbattere «Venuto per il canarino impagliato.»

«Tre scellini e nove *pence*,» risponde Venus; «hai il denaro?»

Il ragazzo tira fuori quattro scellini. Il signor Venus, sempre eccessivamente triste, ed emettendo dei suoni piagnucolosi, si guarda intorno alla ricerca del canarino impagliato. Nel prendere la candela per assistere la ricerca, il signor Wegg osserva che ha una comoda piccola mensola accanto alle ginocchia, dedicata esclusivamente a mani scheletriche, che hanno tutta l'apparenza di volerlo acchiappare. Da queste il signor Venus salva il canarino in una teca di vetro, e lo mostra al ragazzo.

«Ecco!» dice con voce lamentosa, «sembra che si animi. Su un ramo, prendendo la decisione di saltare! Prenditi cura di lui; è un esemplare adorabile... E tre che fanno quattro.»

Il ragazzo raccoglie il resto e ha già aperto la porta, tirandola per una striscia di cuoio inchiodata a quello scopo, quando Venus grida: «Fermalo! Torna indietro, giovane villano! Hai un dente tra quelle monete.»

«E come potevo sapere di averlo preso? Me l'ha dato lei. Non voglio nessuno dei suoi denti, ne ho abbastanza dei miei.» Il ragazzo gli risponde così, mentre cerca il dente tra il resto, e lo getta sul banco.

«Non prendermi in giro nel furbo orgoglio della tua giovinezza,» risponde il signor Venus in modo patetico. «Non infierire perché vedi che sono giù. Lo sono già abbastanza. Sarà caduto nella cassa, suppongo. Cadono dappertutto. Ce n'erano due nella tazza del caffè, a colazione. Molari.»

«Tanto piacere,» replica il ragazzo, «per che cosa gli dai i nomi?»

A questo, il signor Venus risponde semplicemente, scuotendo i capelli polverosi e strizzando gli occhi atoni: «Non prendermi in giro nel furbo orgoglio della tua giovinezza. Non battermi se sono giù. Non hai idea di come saresti piccolo venendo fuori, se avessi il tuo scheletro.»

Questa considerazione sembra avere il suo effetto sul ragazzo, perché se ne va brontolando.

«Oh, povero me, povero me!» sospira Venus, pesantemente, spegnendo la candela. «il mondo che sembrava così fiorito ha smesso di respirare. Lei sta guardando il negozio, signor Wegg, lasci ch'io le faccia luce. Il mio banco da lavoro. Il banco del mio apprendista. Utensili. Ossa, varie. Teschi, vari. Bambino indiano conservato. Come sopra, africano. Preparati in bottiglia, vari. Tutto ciò che è a portata di mano, ben conservato. Quelli ammuffiti in cima. Che cosa ci sia in quei cestini più su, non lo ricordo bene. Presumo ossa umane, varie. Gatti. Scheletro di bambino inglese. Cani. Anatre. Occhi di vetro, vari. Uccello mummificato. Pelle secca, varia. Oh, povero me! Questa è la vista panoramica generale.»

Avendo tenuto e agitato la candela in modo che tutti questi oggetti eterogenei sembravano farsi avanti obbedienti quando erano nominati e poi si ritiravano di nuovo, il signor Venus scoraggiato ripete: «Oh, povero me, povero me!» Poi riprende il suo posto e abbandonandosi allo sconforto, si versa dell'altro tè.

«Io dove sono?» chiede il signor Wegg.

«Lei è da qualche parte nel negozio sul retro, dall'altra parte del cortile, signore; e parlando abbastanza candidamente, vorrei non averla mai comprata dal portiere dell'ospedale.

«Ora, guardi, quanto mi ha pagato?»

«Beh,» risponde Venus, soffiando sul tè: la testa e il viso che scrutano nell'oscurità, sopra il fumo, quasi si stesse rivelando la vecchia originale ascesa della sua famiglia, «lei era in un gruppo vario, e non lo so.»

Silas espone il suo punto nella forma migliorata di: «Quanto prenderà per me?»

«Bene,» risponde Venus, soffiando ancora sul suo tè, «non sono preparato, da un momento all'altro, a dirglielo, signor Wegg.»

«Andiamo! Secondo il suo racconto, io non valgo molto», Wegg ragiona in modo persuasivo.

«Non per un lavoro "miscellaneo", ve lo concedo, signor Wegg; ma lei potrebbe rivelarsi ancora prezioso come...» Qui il signor Venus beve un sorso di tè, così caldo che lo fa quasi soffocare, e fissa gli occhi atoni che lacrimano: «come una Mostruosità, mi scuserete.»

Reprimendo uno sguardo indignato, indicativo di tutto tranne che della disposizione a scusarlo, Silas persegue il suo punto: «Credo che lei mi conosca, signor Venus, e credo che lei sappia che io non mercanteggio mai sul prezzo.»

Il signor Venus beve sorsi di tè caldo, chiudendo gli occhi a ogni sorso, e riaprendoli in maniera spasmodica, ma non si impegna ad accettare.

«Ho la prospettiva di di andare avanti nella vita e di migliorare la mia posizione con il mio lavoro indipendente,» dice Wegg con sentimento, «e non mi piacerebbe, le dico apertamente, non mi

piacerebbe in tali circostanze di essere ciò che potrei chiamare "disperso", una parte di me qui, e una parte di me lì, ma avrei il desiderio di raccogliere me stesso, come una persona signorile.»
«Al momento è una prospettiva, vero, signor Wegg? Dunque lei non ha il denaro per concludere l'affare su di lei? Allora le dirò ciò che farò con lei: rimanderò. Sono un uomo di parola, e non deve temere che io mi sbarazzi di lei. Temporeggerò. È una promessa. Oh! Povero me, povero me!»
Contento di accettare la promessa, e desiderando propiziarselo, il signor Wegg lo guarda mentre sospira e si versa dell'altro tè, e poi dice, cercando di dare alla voce un tono simpatico:
«Lei sembra molto giù, signor Venus. Gli affari vanno male?»
«Mai andati così bene.»
«Il suo lavoro è conosciuto?»
«Non sono mai stato così bene. Signor Wegg, non solo sono il primo nel settore, ma sono "il" mestiere. Puo' andare a comprare uno scheletro nel West End[57], se crede, e pagare il prezzo del West End, ma sarò io che ho deciso come metterlo insieme. Ho tanto da fare quanto è possibile fare, con l'assistenza del mio giovane, e ne provo orgoglio e piacere.»
Il signor Venus si confida così, con la mano destra protesa, il piattino fumante nella sinistra, lamentandosi come se stesse per scoppiare in un fiume di lacrime.
«Questo non è uno stato di cose che la faccia star giù, signor Venus.»
«Signor Wegg, so che non lo è. Non per designarmi come un artigiano senza eguali, signor Wegg, le dirò che ho continuato a migliorare la mia conoscenza dell'anatomia, tanto che di vista e di nome sono perfetto. Signor Wegg, se lei fosse portato qui smontato in un sacco per essere ricomposto, potrei dire anche bendato il nome delle ossa più piccole come delle più grandi, così velocemente appena le prendessi, e le ordinerei tutte, sistemerei le vertebre, in un modo che la sorprenderebbe e la affascinerebbe allo stesso tempo.»
«Bene,» osserva Silas (anche se non così prontamente come l'ultima volta), «questo non è un motivo per cui essere abbattuto, davvero. Non per lei di essere abbattutto, almeno.»
«Signor Wegg, lo so; signor Wegg, lo so che non lo è. Ma è il cuore che mi fa star giù, è il cuore! Sia così gentile da prendere questo cartoncino e leggerlo ad alta voce.»
Silas riceve in mano un cartoncino che Venus tira fuori da una formidabile confusione di un cassetto, e mettendosi gli occhiali legge:
«Signor Venus.»
«Sì, vada avanti.»
«Imbalsamatore di animali ed uccelli.»
«Sì, vada avanti.»
«Articolatore di ossa umane.»
«Questo è tutto,» con un gemito. «Questo è tutto, signor Wegg, ho trentadue anni, sono celibe. Signor Wegg, io l'amo. Ella è degna di essere amata da un monarca, signor Wegg!»
A questo punto, Silas è piuttosto allarmato, perché il signor Venus scatta in piedi e nell'urgenza dei suoi spiriti lo afferra stravolto per il bavero della giacca; ma il signor Venus chiedendo scusa si risiede, dicendo, con la calma della disperazione: «Ella disapprova il mio lavoro.»
«Ne conosce i profitti?»
«Ne conosce i profitti, ma non ne apprezza l'arte, e la disapprova. "Non desidero," scrive con la sua calligrafia, «considerarmi, né farmi considerare, in quella luce ossuta."»
Il signor Venus si versa dell'altro tè, con lo sguardo e l'atteggiamento della più nera desolazione.
«E così un uomo si arrampica sulla cima di un albero, signor Wegg, solo per vedere che di là non

c'è nessuna vista! Mi siedo qui di notte circondato dagli adorabili trofei della mia arte, e cosa hanno fatto per me? Mi hanno rovinato. Mi hanno condotto al punto di sentirmi dire che "non desidera considerarsi, né essere considerata, in quella luce ossuta"!»

Dopo aver ripetuto la fatale espressione, il signor Venus sorseggia dell'altro tè, e offre una spiegazione di ciò che fa. «Mi abbatte. Quando son giù del tutto, inizia la letargia. Insistendo fino all'una o alle due del mattino, ottengo l'oblio. Non mi permetto di trattenerla, signor Wegg. Non sono di compagnia per nessuno.»

«Non è per questo motivo,» dice Silas alzandosi, «ma perché ho un appuntamento. È ora che vada da Harmon.»

«Eh?» dice il signor Venus. «Harmon, sul Battle Bridge?»

Il signor Wegg ammette di essere diretto a quel porto.

«Dev'essere una buona cosa, se ha affari là. Ci sono un sacco di soldi in giro, lì.»

«Pensare,» dice Silas, «che lei l'ha capito subito, e lo sa. Meraviglioso!»

«Nient'affatto, signor Wegg. Il vecchio signore voleva saper la natura e il valore di tutto ciò che si trovava tra i rifiuti; e mi ha portato molte ossa, e piume, e non so che altro.»

«Davvero?»

«Sì. (Oh, povero me, povero me!) Ed è seppellito in questo quartiere, sa. Laggiù.»

Il signor Wegg non lo sa, ma fa come se lo sapesse, annuendo con la testa in modo affermativo. Segue anche con gli occhi il moto della testa di Venus: come per cercare una direzione per quel 'laggiù'.

«Mi sono interessato a quella scoperta nel fiume,» dice Venus. «(In quel tempo ella non mi aveva ancora scritto quel suo tagliente rifiuto). E ho lassù... non importa.»

Aveva alzato la candela all'altezza delle braccia verso uno degli oscuri scaffali, e il signor Wegg si era voltato a guardarlo, quando s'interruppe.

«Il vecchio gentiluomo era ben conosciuto qui intorno. Si raccontavano tante storie sul fatto che aveva nascosto ogni sorta di cose in quei mucchi di rifiuti. Io suppongo che non c'era nulla. Probabilmente lei lo sa, signor Wegg?»

«Oh, nulla,» dice Wegg, che non ha mai sentito una parola su questo.

«Non voglio trattenerla. Buona notte!»

Lo sfortunato signor Venus gli dà una stretta di mano e scuote la testa, poi si riaccomoda sulla sedia e procede a versarsi dell'altro tè.

Il signor Wegg, dandosi un'occhiata alle spalle mentre apre la porta tirando la cinghia, nota che quel movimento scuote il tal modo la pazzesca bottega, e fa divampare momentaneamente la fiamma della candela, tanto che i bambini - l'indù, l'africano e il britannico - le «ossa umane varie», il gentiluomo francese, i gatti verdi con gli occhi di vetro, i cani, le anatre, e tutto il resto della collezione, sembrano per un istante come paraliticamente animati; mentre lo stesso povero piccolo Cock Robin accanto al signor Venus si gira sul suo lato innocente. Un momento dopo il signor Wegg arranca sotto i lampioni a gas, in mezzo al fango.

VIII. Il signor Boffin a consulto

Chiunque fosse uscito, all'epoca della nostra storia, da Fleet Street[58] per andare al Temple[59], e avesse vagato sconsolato intorno al Temple fino a imbattersi in un cupo cimitero, e avesse alzato lo sguardo, alle cupe finestre che danno sul cimitero, fino alla più cupa di tutte, avrebbe visto un triste giovanotto e avrebbe subito capito, a prima vista, che quello era l'impiegato gestionale, l'impiegato junior, l'assistente legale, l'impiegato dei passaggi di proprietà, l'impiegato di cancelleria, l'impiegato di ogni settore e dipartimento del signor Mortimer Lightwood, nel frattempo chiamato sui giornali 'eminente avvocato'».

Il signor Boffin, che era stato molte volte in contatto con quella quintessenza d'impiegato, tanto sul suo terreno quanto alla Pergola, non ebbe difficoltà a identificarlo, quando lo vide lassù in quel polveroso nido d'aquila. Egli salì al secondo piano in cui era situata quella finestra, con la mente molto preoccupata dalle minacce che incombevano sull'Impero Romano, e molto rimpiangendo la morte dell'amabile Pertinace[60]: che proprio la sera prima aveva lasciato gli affari imperiali in uno stato di grande confusione, cadendo vittima della furia delle guardie pretoriane.

«'Giorno, 'giorno, 'giorno!» disse il signor Boffin con un cenno della sua mano, quando la porta dell'ufficio fu aperta dal tetro giovanotto, il cui nome, appropriato, era Blight[61]. «C'è il capo?»

«Il signor Lightwood le ha dato un appuntamento, penso, signore?»

«Non ho bisogno che me lo dia, sa» replicò il signor Boffin; io pago il mio, giovanotto.»

«Senza dubbio, signore. Vuol entrare? Il signor Lightwood in questo momento non c'è, ma credo che sarà qui tra pochissimo. Vuole entrare? Il signor Lightwood adesso non c'è, ma lo aspetto di ritorno a breve. Vuole accomodarsi nella stanza del signor Lightwood, signore, mentre io guardo sul nostro Libro degli Appuntamenti?»

Il giovane Blight mise in mostra un grande spettacolo di recupero dalla sua scrivania di un volume manoscritto lungo e sottile con la copertina scura, facendo scorrere il dito lungo gli appuntamenti della giornata, mormorando: «Signor Aggs, signor Baggs, signor Caggs, signor Daggs, signor Faggs, signor Gaggs, signor Boffin. Sì signore; giusto. Lei è un po' in anticipo, signore. Il signor Lightwood arriverà subito.»

«Non ho fretta,» disse il signor Boffin.

«Grazie, signore. Colgo l'occasione, se non le dispiace, per registrare il suo nome nel nostro Libro dei Clienti di oggi.» Il giovane Blight realizzò un altro grande spettacolo col cambiare il volume, prendere una penna, aspirarla, immergerla e ricapitolare le voci precedenti già scritte, come: «Signor Alley, signor Balley, signor Calley, signor Dalley, signor Falley, signor Galley, signor Halley, signor Lalley, signor Malley. E il signor Boffin.»

«Sistema rigoroso qui; eh, ragazzo mio?» disse il signor Boffin appena fu prenotato.

«Sì, signore,» rispose il giovane. «Non potrei farne a meno.»

Con questo probabilmente intendeva dire che la sua mente sarebbe stata fatta a pezzi senza questa finzione di avere un'occupazione. Non indossando nella sua cella d'isolamento catene da lucidare, e non essendo fornito di una tazza per bere che potesse scolpire, era ricorso all'espediente di apportare i cambiamenti alfabetici nei due volumi in questione, o di inserire un vasto numero di persone prendendole dall'Annuario, come se fossero transazioni d'affari con il signor Lightwood. Era tanto più necessario per il suo spirito perché, essendo di temperamento sensibile, era propenso a considerare particolarmente spiacevole per lui stesso il fatto che il suo padrone non avesse clienti.

«Da quanto tempo siete nella legge?» domandò il signor Boffin, con un balzo, nel suo solito modo curioso.

«Da tre anni, ormai, signore.»

«Dev'essere stato bello come esserci nato!» disse il signor Boffin, con ammirazione. «Vi piace?»

«Non è molto spiacevole,» replicò il giovane Blight, con un sospiro, come se la sua amarezza fosse passata.

«Che stipendio ricevete?»

«La metà di quello che potrei desiderare,» rispose il giovane Blight.
«Qual è il tutto che potreste desiderare?»
«Quindici scellini alla settimana,» disse il giovane.
«Quanto tempo potreste impiegare ora, a un ritmo medio, per diventare un giudice?» chiese il signor Boffin, dopo aver esaminato in silenzio la sua bassa statura.
Il giovane rispose che non aveva ancora elaborato quel piccolo calcolo.
«Immagino che non ci sia niente che vi impedisca di farlo?» disse il signor Boffin.
Il giovane rispose che praticamente, poiché aveva l'onore di essere un britannico che mai, mai, mai (sarà schiavo)[62], non c'era niente che potesse impedirgli di diventarlo. Però sembrava incline a sospettare che qualcosa potesse impedire la riuscita.
«Un paio di sterline vi aiuterebbero?» domandò il signor Boffin.
Su questo punto il giovane Blight non aveva alcun dubbio, perciò il signor Boffin gli fece un regalo di quella somma di denaro e lo ringraziò per la sua attenzione ai suoi (del signor Boffin) affari; che, aggiunse, erano ora, lui credeva, bell'e sistemati.
Poi il signor Boffin con il bastone all'orecchio, come uno Spirito Familiare che gli spiegasse l'ufficio, rimase seduto a fissare una piccola libreria di Giurisprudenza e Rapporti Giuridici, e la finestra, e un sacchetto blu vuoto, e un bastoncino di ceralacca, e una penna, e una scatola di ostie, e una mela, e un blocco per appunti - tutto molto polveroso - e un bel numero di macchie e chiazze d'inchiostro, e un astuccio per armi non perfettamente mascherato, che voleva fingere di essere qualcosa di legale, e una scatola di ferro con l'etichetta 'Eredità Harmon', finché non apparve il signor Lightwood.
Il signor Lightwood spiegò che veniva dal procuratore, con il quale era stato impegnato nelle transazioni degli affari del signor Boffin.
«E sembra che queste abbiano portato via una parte di lei!» disse il signor Boffin con commiserazione.
Il signor Lightwood, senza spiegare che la sua stanchezza era cronica, procedette con la sua esposizione che, essendo state rispettate alla lunga tutte le forme della legge, essendo stato prodotto il testamento del defunto Harmon, essendo stata provata la morte dell'erede prossimo di Harmon, e così via, essendosi mossa la Corte di Cancelleria, e così via, lui, il signor Lightwood, aveva ora il gran piacere, l'onore e la felicità, ancora una volta, e così via, di congratularsi col signor Boffin che veniva in possesso, come legatario residuo, di più di centomila sterline, come risultava dai libri del Governatore e del Consiglio della Banca d'Inghilterra, ancora ecc. e così via. «E quel ch'è particolarmente desiderabile nella proprietà, signor Boffin, è che questa non comporta problemi. Non ci sono tenute da gestire, né somme di un tanto per cento da restituire in tempi difficili (il che è un modo dispendioso di dare in pasto il proprio nome ai giornali), né elettori per cui diventare bolliti nell'acqua calda, né amministratori che tolgano la crema al latte prima di portarlo in tavola. Lei potrebbe mettere tutto in una cassetta domani mattina, e portarlo via – per dire - sulle Montagne Rocciose[63], per modo di dire. In quanto ogni uomo,» concluse il signor Lightwood con un sorriso indolente, «sembra essere sotto un fatale incantesimo che lo obbliga, prima o poi, a citare le Montagne Rocciose con un tono di estrema familiarità, spero che mi scuserà se la ho avvicinato alla battuta di quella gigantesca catena di noie geografiche.»
Senza seguire quest'ultima osservazione con molta attenzione, il signor Boffin lanciò lo sguardo perplesso prima al soffitto, poi al tappeto.
«Bene,» osservò, «non so che cosa dire, non c'è dubbio. Stavo quasi meglio prima. È una grande quantità di cui prendersi cura.»

«Mio caro signor Boffin, e allora non se ne prenda cura!»

«Eh?»

«Parlando ora,» replicò Mortimer, «con l'irresponsabile imbecillità di un privato, e non con la profondità di un consulente professionale, potrei dire che se la circostanza del suo essere troppo pesa sulla sua mente, ha il rifugio del conforto di poterla ridurre. E se dovesse essere preoccupato del problema di farlo, c'è l'ulteriore rifugio del conforto che un numero qualsiasi di persone potrà accollarsi questo problema.»

«Be', non lo vedo bene.» rispose il signor Boffin, sempre perplesso, «Non è soddisfacente, sa, quello che sta dicendo.»

«Esiste qualcosa di soddisfacente, signor Boffin?» domandò il signor Lightwood, alzando le sopracciglia.

«Ero abituato a trovarlo così,» rispose il signor Boffin con uno sguardo nostalgico. «Quando ero caposquadra alla Pergola, prima che fosse la Pergola, consideravo l'attività molto soddisfacente. Il vecchio era un terribile tartaro (lo dico, certo, senza mancare di rispetto alla sua memoria) ma la faccenda era piacevole da curare, da prima della luce del giorno al buio. È quasi un peccato,» disse il signor Boffin massaggiandosi un'orecchia, «che se ne sia andato e abbia fatto così tanti soldi. Sarebbe stato meglio per lui se non avesse smesso. Può star sicuro», facendo la scoperta tutto all'improvviso «che anch'egli la trovava una quantità grande di cui occuparsi!»

Il signor Lightwood tossì, non convinto.

«E a proposito di soddisfacente,» continuò il signor Boffin, «ebbene, Signore salvaci! quando arriviamo ad accumularlo pezzo a pezzo, un po' per volta, dov'è la soddisfazione per i soldi? Quando alla fine il vecchio fa bene al povero ragazzo, il povero ragazzo non ottiene nulla di buono. Si fa metter via proprio nel momento in cui sta per sollevare (come si potrebbe dire) la coppa alle labbra. Signor Lightwood, ora le voglio dire che io e la signora Boffin, per conto del povero, caro ragazzo, siamo stati contro il vecchio innumerevoli volte, fino a che egli ci ha chiamato con ogni nome che la sua lingua poteva proferire. L'ho visto, dopo che la signora Boffin gli aveva esposto le sue idee sulle rivendicazioni degli affetti naturali, prendere il cappellino della signora Boffin (ella generalmente ne indossava uno di paglia nera, poggiato per comodità in cima alla testa), e mandarlo roteando attraverso il cortile. Davvero. E una volta, quando lo fece in un modo che equivaleva a un affronto personale, gliene avrei dato, se la signora Boffin non si fosse messa in mezzo, con un afflusso di colore alle tempie. Il che la fece star male, signor Lightwood, la fece star male!»

Il signor Lightwood mormorò: «Uguale onore – la Signora Boffin, testa e cuore.»

«Lei capisce. Le dico questo,» proseguì il signor Boffin, «per mostrarle, ora che l'affare è concluso, che io e la signora Boffin siamo sempre stati, come era nostro dovere cristiano, amici dei bambini. Io e la signora Boffin eravamo amici della povera ragazza; io e la signora Boffin eravamo amici del povero ragazzo; io e la signora Boffin tenevamo testa al vecchio e ci aspettavamo ogni momento di uscir fuori dalle pene. Quanto alla signora Boffin,» disse il signor Boffin abbassando la voce, «non desidererebbe che si menzionasse, ora che è una persona alla moda, ma giunse fino al punto di dichiarargli, in mia presenza, che lui era un mascalzone dal cuore di pietra.»

Il signor Lightwood mormorò: «Vigoroso coraggio sassone... Gli antenati della signora Boffin... arcieri... Azincourt[64] e Crécy[65].»

«L'ultima volta che io e la signora Boffin abbiamo visto il povero ragazzo,» disse il signor Boffin riscaldandosi (come succede ai grassi), con tendenza a sciogliersi, «era un bambino di sette anni. Perché quando tornò a casa a intercedere per sua sorella, io e la signora Boffin eravamo fuori a controllare un contratto per cose di campagna che doveva essere vagliato prima che fossero trasportate, e lui venne e se ne andò nel giro di un'ora. Le dico che era un bambino di sette anni. Stava andando via, tutto solo e desolato, a quella scuola straniera, e venne da noi, che stavamo oltre il cortile dell'attuale Pergola, per riscaldarsi al nostro fuoco. C'erano su di lui i suoi miseri abitucci da viaggio. C'era la sua misera valigetta fuori nel vento che faceva rabbrividire, che io dovevo portar per lui fino al piroscafo, poiché il vecchio non consentiva a spendere sei *pence* per una carrozza.

La signora Boffin, che allora era una bella giovane donna e il ritratto di una rosa in piena regola, gli sta accanto, s'inginocchia davanti al fuoco, si scalda le mani aperte, e gliele sfrega sul volto; ma vedendo le lacrime spuntare negli occhi del bambino, anche lei subito si mette a piangere, e se lo stringe al collo, come per proteggerlo, e mi grida: "Darei l'intero mondo, lo vorrei, per scappare con lui!". Non dico come quello mi ferì, ma allo stesso tempo mi fece aumentare il mio sentimento di ammirazione per la signora Boffin. Il povero bambino si aggrappa a lei per un po', come lei sta aggrappata a lui, e poi, quando il vecchio lo chiama, dice: "Devo andare! Dio vi benedica!" e per un momento stringe il suo cuore contro il suo petto, e ci guarda tutti e due, come se stesse in pena – in agonia. Che sguardo! Andai a bordo con lui, prima gli diedi qualche sorpresa che pensavo potesse piacergli, e lo lasciai addormentato nella sua cuccetta, e tornai dalla signora Boffin. Ma dirle ciò che volevo di come l'avevo lasciato, tutto era inutile: perché nel suo pensiero lei lo vedeva sempre con quello sguardo che ci aveva dato a tutti e due. Ma ci ha fatto bene. La signora Boffin e io non avevamo bambini nostri, e spesso desideravamo tanto di averne. Ma adesso non più. "Potremmo morire entrambi," dice la signora Boffin, "e altri occhi potrebbero vedere quello sguardo infelice negli occhi del nostro bambino." Così la notte, quando faceva molto freddo, o quando il vento mugghiava, o pioveva intensamente, lei si svegliava singhiozzando, e gridava sconvolta: "Non vedi la faccia di quel povero bambino? Oh, metti al sicuro quel povero bambino!" finché, col passar degli anni, lentamente anche questo finì, come molte cose fanno.»

«Mio caro signor Boffin, tutto si consuma a pezzi,» disse Mortimer con una leggera risata.

«Non mi spingerò fino al punto di dire tutto,» replicò il signor Boffin, che quei modi parevano irritare, «perché ci sono alcune cose che non ho mai trovato, tra i rifiuti. Bene, signore. Così io e la signora Boffin invecchiammo sempre più al servizio del vecchio, vivendo e lavorando piuttosto duramente, finché il vecchio fu trovato morto nel suo letto. Allora la signora Boffin ed io sigilliamo la sua cassetta, che stava sempre sulla tavola a lato del suo letto, e avendo spesso sentito parlare del Temple come del luogo dove gli avvocati sono disseminati, io vengo qui in cerca di un avvocato per consigli, e vedo il suo giovane d'ufficio su questo piano dove siamo ora, che dà la caccia alle mosche sul davanzale della finestra con il suo temperino, e gli faccio: ohè!, non avendo allora il piacere di conoscerla, e in questo modo mi procuro questo onore. Allora lei e il gentiluomo con quel fazzoletto scomodo al collo, che sta sotto l'archetto del cimitero di Saint Paul's...»

«Doctors' Commons[66],» osservò Lightwood.

«Avevo capito un altro nome,» disse il signor Boffin fermandosi, «ma lei lo sa meglio. Dunque lei e il dottor Scommons vi mettete al lavoro, e fanno quello che bisogna fare, e lei e il dottor Scommons fate i passi per trovare il povero ragazzo, e alla fine lo trovate, e io e la signora Boffin spesso ci scambiammo questa osservazione: "Lo rivedremo di nuovo, in circostanze felici." Ma non è stato così; e l'insoddisfazione maggiore è che, dopo tutto, il denaro non va a lui.»

«Ma va in ottime mani,» osservò Lightwood con una languida inclinazione della testa.

«Finisce nelle mani mie e della signora Boffin, precisamente oggi, ora, ed questo è quello che abbiamo pensato, dopo aver atteso proprio questo momento con un proposito. Signor Lightwood, ecco un malvagio crudele omicidio. Di questo delitto io e la signora Boffin profittiamo misteriosamente. Per la cattura e la condanna dell'assassino noi offriamo una ricompensa di un decimo dei nostri averi, una ricompensa di diecimila sterline.»

«Signor Boffin, è troppo.»

«Signor Lightwood, io e la signora Boffin abbiamo fissato la somma insieme, e insistiamo.»

«Ma lasci che le faccia presente,» replicò Lightwood, «parlando ora con profondità professionale e non con imbecillità individuale, che l'offerta di una ricompensa così immensa è una tentazione, da spingere a sospetti, da spingere a costruzioni di (false) circostanze, denunce forzate, un'intera cassetta di strumenti taglienti.»

«Bene,» disse il signor Boffin, un po' barcollante, «questa è la somma che abbiamo messo da parte per lo scopo. Se deve essere dichiarata apertamente nei nuovi avvisi che ora devono essere affissi a nostro nome...»

«A suo nome, signor Boffin, a suo nome.»

«Benissimo, a mio nome, che è lo stesso nome della signora Boffin, e significa entrambi, e deve essere considerato nel prepararli. Ma queste sono le prime istruzioni che io, nella qualità di proprietario del patrimonio, do al mio avvocato, appena entratone in possesso.»

«Il suo avvocato, signor Boffin,» rispose Lightwood, facendo una brevissima annotazione con una penna molto arrugginita, «è lieto di prendere le sue istruzioni. Ce ne sono altre?»

«Ce n'è solo un'altra, e non di più. Mi rediga un piccolo testamento compatto, quanto sia compatibile con la sua validità, col quale lascio tutta la proprietà "alla mia amata moglie, Henerietty Boffin, unica esecutrice". Lo faccia il più breve possibile, usando quelle parole; ma lo faccia stretto.»

Non riuscendo a comprendere le nozioni di testamento «stretto» del signor Boffin, Lightwood provò a modo suo.

«Chiedo scusa, ma la profondità professionale deve essere esatta. Quando lei dice stretto...»

«Voglio dire stretto,» spiegò il signor Boffin.

«Esattamente. E niente può essere più lodevole. Ma dev'essere stretto nel senso che vincoli la signora Boffin a qualcuna o quali condizioni?»

«Legare la signora Boffin?» interruppe il marito «ma cosa sta pensando? Ciò che voglio è che lei possa tenere tutto ben stretto, e nessuno glielo possa togliere.»

«Lei liberamente, per fare ciò che le piace? Lei assolutamente?»

«Assolutamente?» ripeté il signor Boffin con una breve robusta risata. «Eh! Penserei così! Sarebbe bello da parte mia che cominciassi a legare la signora Boffin a quest'ora del giorno!»

Quindi anche quell'istruzione fu presa dal signor Lightwood; e il signor Lightwood, dopo averla presa, stava per accompagnare fuori il signor Boffin, quando il signor Eugene Wrayburn quasi lo urtò sulla soglia. Di conseguenza il signor Lightwood disse, con la sua freddezza: «Lasciate che vi presenti l'uno all'altro», e aggiunse che il signor Wrayburn era un avvocato dotto in legge e che, in parte per affari d'ufficio, in parte per piacere, egli aveva raccontato al signor Wrayburn alcuni dei fatti interessanti della biografia del signor Boffin.

«Lietissimo,» disse Eugene, benché non lo mostrasse, «di conoscere il signor Boffin.»

«Grazie, signore, grazie,» rispose quel signore. «E quanto le piace, la legge?»

«Ehm... non particolarmente,» rispose Eugene.

«Troppo arida per lei, eh? Bene, credo che ci vogliano alcuni anni di applicazione, prima di padroneggiarla. Ma non c'è niente come il lavoro. Guardi le api.»

«Chiedo scusa,» rispose Eugene, con un sorriso riluttante, «mi scusi se le dico che io protesto sempre quando ci si riferisce alle api.»

«Davvero!» disse il signor Boffin.

«Mi oppongo per principio,» disse Eugene, «come bipede...»

«Come che?» domandò il signor Boffin.

«Come una creatura con due piedi; mi oppongo per principio, come creatura con due piedi, all'abitudine di riferirsi agli insetti e ai quadrupedi. Mi oppongo alla richiesta di riferirsi al modello, nel mio modo di agire, del modo d'agire dell'ape, o del cane, o del ragno, o del cammello. Ammetto senz'altro che il cammello, per esempio, è una persona estremamente morigerata; ma ha parecchi stomaci con cui intrattenersi, e io ne ho solo uno. Inoltre io non sono montato con una comoda e fresca cantina che conservi le mie bevande.»

«Ma io ho detto, sa» incalzò il signor Boffin, senza trovare altre parole, «"l'ape".»

«Proprio così. E posso farle presente che è poco giudizioso dire l'ape? Perché dobbiamo considerare l'intero caso. Ammettendo per un momento che ci sia qualche analogia tra un'ape e un uomo in camicia e pantaloni (cosa che nego), e che è stabilito che l'uomo impari dall'ape (cosa che anche nego), rimane sempre una domanda: che cosa deve imparare? A imitare? o ad evitare? Quando le sue amiche, le api, si preoccupano così tanto per la loro regina, e si distraggono completamente per il più piccolo movimento monarchico, noi uomini dobbiamo imparare la grandezza della ricerca[67], o la piccolezza della Corte Circolare[68]? Non son sicuro, signor Boffin, tranne che l'alveare possa essere satirico.»

«In ogni caso, lavorano,» disse il signor Boffin.

«S-sì,» rispose Eugene, in tono sprezzante, «davorano; ma non pensa che esagerino? Lavorano tanto più del necessario, producono tanto più di quel che possano mangiare, - sono così incessantemente noiose e ronzanti alla loro unica idea fino a quando la morte non arriva su di loro -, e non pensa che esagerino? E i lavoratori umani non dovranno aver mai vacanze, per causa delle api? E io non dovrò mai cambiar aria perché le api non lo fanno? Signor Boffin, per me il miele è ottimo per la prima colazione; ma considerato alla luce del punto di vista convenzionale del maestro di scuola e del moralista, protesto contro questa tirannica fandonia della sua amica ape. Col massimo rispetto per lei.»

«Grazie,» disse il signor Boffin. «'Giorno, 'giorno!»

Ma il degno signor Boffin corse via con la confortante impressione, di cui avrebbe potuto fare a meno, che c'era tanto carico di insoddisfazione, nel mondo, oltre a quello che aveva ricordato in relazione al patrimonio di Harmon. E stava continuando ad affrettarsi per Fleet Street con questo pensiero in mente, quando si accorse di essere seguito e osservato da un uomo di aspetto signorile.

«Ora, che c'è?» disse il signor Boffin, fermandosi di colpo, e troncando bruscamente le sue meditazioni, «qual è la novità?»

«Chiedo scusa, signor Boffin.»

«Anche il mio nome, eh? E come l'ha saputo? Io non la conosco.»

«No, signore, lei non mi conosce.»

Il signor Boffin lo guardò dalla testa ai piedi, e l'uomo guardò dalla testa ai piedi il signor Boffin.

«No,» disse il signor Boffin, dopo uno sguardo al marciapiede, come se questo fosse fatto di facce ed egli cercasse di confrontare quella dell'uomo, «io non la conosco.»

«Non sono nessuno,» disse l'uomo, «e non è probabile che io sia conosciuto; ma la ricchezza del signor Boffin...»

«Oh! Già si sa, eh?» borbottò il signor Boffin.

«E il modo romanzesco dell'acquisizione, lo rendono notevole. Mi è stato indicato l'altro giorno.»

«Bene,» disse il signor Boffin, «dovrei dire che sono stato una delusione per lei, quando l'ha saputo, se la sua cortesia le permette di confessarlo, perché sono ben consapevole di non essere molto da guardare. E che cosa può volere da me? Non è mica nella legge, no?»

«No, signore.»

«Non ha informazioni da dare, per una ricompensa?»

«No, signore.»

Potrebbe esserci stato un momentaneo rossore in faccia all'uomo, mentre dava l'ultima risposta, ma passò subito.

«Se non sbaglio, lei mi ha seguito fin dal mio avvocato e ha cercato di attirare la mia attenzione. Lo dica! Sì, oppure no?» domandò il signor Boffin piuttosto arrabbiato.

«Sì.»

«Perché l'ha fatto?»

«Se lei mi permette di camminarle accanto, signor Boffin, glielo dirò. Le dispiacerebbe voltare da questa parte - penso che si chiami l'Osteria di Clifford -, dove ci potremo intendere meglio che nella strada rumorosa?»

(«Ora,» pensò il signor Boffin, «se mi propone una partita ai birilli, o mi presenta un gentiluomo di campagna che ha ereditato da poco, o mi mostra un articolo di gioielleria che ha trovato, lo abbatterò con un pugno!» Con questa discreta riflessione, e portando il bastone tra le braccia proprio come fa Pulcinella[69], il signor Boffin entrò nella detta Osteria di Clifford.)

«Signor Boffin, stamattina mi trovavo a Chancery Lane[70], quando la vidi camminare davanti a me. Mi presi la libertà di seguirla, cercando di decidermi a parlarle, finché lei non entrò dall'avvocato. Poi aspettai di fuori che lei uscisse.»

(«Non sembra suonare come birilli, e nemmeno come gentiluomo di campagna, e nemmeno come gioielli,» pensò il signor Boffin, «ma non si può sapere.»)

«Ho paura che l'argomento sia ardito, ho paura che abbia poco dell'usuale pratica del mondo, ma mi azzardo a parlarne. Se lei mi domanda, o si domanda, che è più probabile, che cosa mi dia il coraggio, le rispondo che mi hanno assicurato fermamente che lei è un uomo retto e di comportamento semplice, con il più sereno dei cuori sereni, e che è fortunato di avere una moglie che si distingue per le stesse qualità.»

«Le sue informazioni sono giuste, per la signora Boffin, in ogni caso» rispose il signor Boffin mentre esaminava di nuovo il suo nuovo amico. C'era qualcosa di represso nei modi di quell'uomo strano, e camminava con gli occhi bassi - sebbene conscio, nonostante tutto, che il signor Boffin lo osservasse - e parlava con voce sommessa. Ma le parole gli venivano facili e la sua voce aveva un tono gradevole, per quanto controllato.

«Quando aggiungo che posso ora vedere da me ciò che la voce generale dice di lei, cioè che lei non è affatto cambiato per questa fortuna, e non si è insuperbito, confido che lei, in quanto uomo di natura aperta, non sospetterà che intendo lusingarla, ma crederà che tutto ciò che voglio dire è scusarmi, queste sono le mie uniche scuse per la mia attuale intrusione.»

(«Quanto?» pensò il signor Boffin. «Devono essere soldi, ma quanto?»)

«Lei probabilmente cambierà il suo modo di vivere, signor Boffin, nelle mutate circostanze. Probabilmente prenderà una casa più grande, avrà molte cose da sistemare, sarà assalito da una quantità di corrispondenza. Se mi mettesse alla prova come *secrétaire*...»

«Come che?» gridò il signor Boffin con gli occhi spalancati.

«Come *secrétaire*.»

«Bene,» disse il signor Boffin senza fiato, «questa è strana!»

«Oppure,» proseguì lo sconosciuto, meravigliandosi della meraviglia del signor Boffin, «se lei volesse prendermi in prova come uomo di fiducia, sotto qualsiasi nome, son sicuro che mi troverebbe fedele e riconoscente, e spero che mi troverebbe utile. Lei naturalmente può pensare che il mio scopo immediato sia il denaro. Non è così, perché io la servirei volentieri per un anno, due anni, per qualsiasi periodo che volesse, prima che il denaro possa essere preso in considerazione tra di noi.»

«Da dove viene, lei?» domandò il signor Boffin.

«Vengo,» replicò l'altro, incontrando il suo sguardo, «da molti paesi.»

Essendo le conoscenze che il signor Boffin aveva dei nomi e della situazione dei paesi stranieri non molto vaste, ma piuttosto confuse in qualità, egli modellò la successiva domanda in una forma elastica.

«Da... qualche posto particolare?»

«Sono stato in molti posti.»

«Che cosa faceva?» domandò il signor Boffin.

Anche in questo caso non fece grandi progressi, perché la risposta fu: «Sono stato uno studente e un viaggiatore.»

«Ma se non è una eccessiva libertà,» disse il signor Boffin, «che cosa fa, per vivere?»

«Ho menzionato,» replicò l'altro, con un'altra occhiata, e un sorriso, «quello che aspiro a fare. Sono stato spiazzato riguardo alcuni progetti che avevo, e posso dire che ora devo iniziare la vita.»

Il signor Boffin non sapeva bene come sbarazzarsi di questo aspirante, e sentendosi più imbarazzato perché i modi e l'aspetto rivendicavano una distinzione di cui il degno Mr Boffin temeva di poter lui stesso essere carente, quel gentiluomo diede uno sguardo, in cerca d'ispirazione, sulla vegetazione piena di muffa o riserva per gatti dell'osteria di Clifford (come c'era in quel tempo). C'erano passeri, c'erano gatti, c'erano marciume secco e marciume umido, ma in nessun modo un luogo che poteva suggerire un'idea.

«Per tutto questo tempo,» disse lo sconosciuto, tirando fuori un taccuino e prendendo un biglietto, «non le ho detto il mio nome. Il mio nome è Rokesmith. Alloggio da un certo signor Wilfer, a Holloway.»

Il signor Boffin lo fissò di nuovo.

«Padre della signorina Bella Wilfer?» diss'egli.

«Il mio padrone di casa ha una figlia che si chiama Bella. Sì, certamente.»

Ora, questo nome era stato più o meno nei pensieri di Mr Boffin la mattina e per i giorni precedenti, perciò disse: «Anche questo è singolare!» spalancando ancora gli occhi inconsciamente, oltre ogni limite di buone maniere, col biglietto in mano. «Ma, a proposito, suppongo è stato qualcuno di quella famiglia mi ha indicato?»

«No. Non sono mai uscito con nessuno di loro.»

«Ma avrà sentito parlare di me da loro.»

«No. Io sto nelle mie stanze, e ho poca comunicazione con loro.»

«Sempre più strano!» disse il signor Boffin. «Bene, signore, per dirle la verità non so proprio che cosa dirle.»

«Non dica niente,» replicò il signor Rokesmith; «mi permetta di tornare da lei tra qualche giorno. Non sono così irragionevole da pensare che lei possa accettarmi sulla fiducia a prima vista, e mi prenda addirittura dalla strada. Mi lasci venire da lei per un'ulteriore opinione, nel suo tempo libero.»

«È giusto, e non mi oppongo,» disse il signor Boffin; «ma a condizione che sia ben chiaro che non so se avrò mai bisogno di un gentiluomo che mi faccia da secretary... era secretary che ha detto, no?»

«Sì.»

Il signor Boffin spalancò di nuovo gli occhi e fissò il postulante dalla testa ai piedi, ripetendo: «Strano... E' sicuro che ha detto secretary? È sicuro?»

«Ho proprio detto *secrétaire*, son sicuro.»

«Secretary!...», ripeté il signor Boffin meditando sulla parola. «Non credo di aver mai bisogno di un secretary, o cosa, più di quanto abbia bisogno dell'uomo sulla luna. Io e la signora Boffin non abbiamo nemmeno deciso se cambieremo niente nel nostro modo di vivere. Le inclinazioni della signora Boffin tendono certamente alla Moda, ma essendo già sistemata in maniera modaiola alla Pergola potrebbe non apportare ulteriori modifiche. Tuttavia, signore poiché lei non fa premura, desidero incontrarla come dice, e ad ogni modo venga alla Pergola, se vuole. Chiami nel corso di una settimana o due. Allo stesso tempo, ritengo di dover dire, in aggiunta a quello che ho già detto, che ho al mio servizio un letterato, con una gamba di legno, da cui non ho idea di separarmi.»

«Mi dispiace sentire che in qualche modo sono stato preceduto,» rispose il signor Rokesmith che evidentemente lo aveva appreso con sorpresa, «ma forse potrebbero sorgere altri doveri?»

«Vede,» rispose il signor Boffin con un confidenziale senso di dignità, «quanto ai doveri del mio letterato, sono chiari. Professionalmente, declina e cade; e come amico, cade nella poesia.»

Senza osservare che questi doveri non sembravano affatto chiari alla stupefatta comprensione del signor Rokesmith, il signor Boffin proseguì: «E ora, signore, le auguro una buona giornata. Può venire alla Pergola in qualsiasi momento tra una settimana o due. Non è a più di un miglio da lei e il suo padrone di casa può indirizzarla. Ma poiché forse potrebbe non conoscerla con il nome nuovo di La Pergola di Boffin, gli dica, quando glielo chiede, che è di Harmon. Va bene?»

«Harmoon's,» ripeté il signor Rokesmith, che sembrava apparentemente aver colto imperfettamente la pronuncia, «o Harman's? Come si scrive?»

«Oh, per quanto riguarda l'ortografia,» replicò il signor Boffin con gran presenza di spirito, «a questo deve fare attenzione lei. Ma basta che glielo dica. 'Giorno, 'giorno, 'giorno!» E così se ne andò, senza voltarsi indietro.

IX. Il signor Boffin e la signora Boffin a consulto

Recandosi diritto verso casa, senza altri ostacoli, il signor Boffin arrivò alla Pergola e fece alla signora Boffin (in vestito da passeggio di velluto nero e piume, come un cavallo da tiro a lutto) un resoconto di tutto ciò che aveva detto e fatto dalla colazione in poi.

«Questo ci conduce, mia cara,» proseguì poi, «alla domanda che abbiamo lasciato irrisolta: e cioè se ci deve essere un nuovo avvicinamento alla Moda.»

«Ora, ti dirò quello che voglio, Noddy,» disse la signora Boffin, lisciando il suo vestito con un'aria di immenso divertimento, «io voglio la Società.»

«Società alla moda, mia cara?»

«Sì!» gridò la signora Boffin, ridendo con l'allegria di un bambino. «Sì! Non va bene che io sia tenuta qui come una statua di cera; è così?»

«La gente deve pagare per vedere le statue di cera, mia cara,» replicò il marito, «mentre (anche se saresti a buon mercato allo stesso prezzo) i vicini sono i benvenuti a vederti gratis.»

«Ma che c'entra,» disse l'allegra signora Boffin. «Quando lavoravamo come i nostri vicini, ci stavamo bene. Ora che non lavoriamo più, abbiamo smesso di andar bene l'un l'altro.»

«Come, pensi di iniziare a lavorare di nuovo?» accennò il signor Boffin.

«Fuori questione! Abbiamo avuto una grande fortuna, e dobbiamo fare ciò che è giusto per la nostra posizione; dobbiamo agire di conseguenza.»

Il signor Boffin, che aveva un profondo rispetto per la saggezza intuitiva di sua moglie, rispose, benché piuttosto pensieroso: «Suppongo che dobbiamo.»

«Non è stato fatto fino ad ora, e, di conseguenza, non ne è venuto niente di buono,» disse la signora Boffin.

«Vero, fino al tempo presente» assentì il signor Boffin, con la sua pensosità di prima, mentre si sedeva sulla sua panca. «Spero che il bene possa venire fuori in futuro. Riguardo a ciò, quale è il tuo punto di vista, vecchia signora?»

La signora Boffin, una creatura sorridente, ampia nel fisico e di natura semplice, con le mani giunte in grembo e un prosperoso doppio mento, iniziò a esporre le sue vedute.

«Dico, una bella casa in un buon quartiere, buone cose intorno a noi, buona vita e buona società. Dico, vivere secondo i nostri mezzi, senza stravaganze, ed essere felici.»

«Sì. Anch'io dico che bisogna essere felici,» asserì l'ancora pensieroso signor Boffin.

«Pietà di me![71]» esclamò la signora Boffin, ridendo e battendo le mani, e dondolandosi allegramente avanti e indietro, «quando penso a me in un cocchio giallo chiaro con un paio di cavalli, con finimenti d'argento alle ruote...»

«Oh, stavi pensando a questo, mia cara?»

«Sì!» gridò lei al colmo della gioia. «E con un cameriere su, dietro, con i piedi su una sbarra per evitare che le sue gambe vengano colpite dai raggi! E con un cocchiere su, davanti, che sprofonda in un sedile abbastanza grande per tre, tutto ricoperto di tappezzeria in verde e bianco! Con due cavalli bai che agitano la testa e alzando le zampe più in alto, trottano a lungo! E con te e me sdraiati dentro, belli come nove penny[72]! Oh! Dio mio! Ah, ah, ah, ah!»

La signora Boffin batté di nuovo le mani, si dondolò di nuovo, batté i piedi sul pavimento, e si asciugò dagli occhi le lacrime dovute alle risate.

«E quali, vecchia signora,» domandò il signor Boffin quando ebbe finito di ridere anche lui, simpateticamente «quali sono le tue vedute riguardo alla Pergola?»

«Chiuderla. Non separarsene, ma metterci qualcuno dentro, per mantenerla.»

«Qualche altro punto di vista?»

«Noddy,» disse la signora Boffin, avvicinandosi, dal suo divano alla moda, per mettersi accanto a lui sulla semplice panca e passando il suo braccio confortevole sotto quello di lui, «poi penso, e veramente ci ho pensato da tempo, alla ragazza delusa, lei che è stata così crudelmente delusa, sai, sia per lo sposo che per le ricchezze. Non credi che potremmo fare qualche cosa per lei? Farla venire a vivere con noi? O qualcosa del genere?»

«Mai una volta ho pensato al modo di far questo» gridò il signor Boffin, battendo il pugno sul tavolo, per l'ammirazione. «Che pensieri a tutto vapore, che ha questa vecchia signora. E non sa nemmeno lei, come fa. Nemmeno un motore a vapore!»

La signora Boffin gli tirò il suo orecchio più vicino, in riconoscimento di questo pezzo di filosofia, e poi disse, assumendo gradualmente un tono materno: «Ultima cosa, ma non la meno importante, ho un desiderio. Ti ricordi il caro piccolo John Harmon, prima che andasse a scuola? Laggiù, dall'altra parte del cortile, al nostro focolare? Ora che il denaro non può più rendergli beneficio, purtroppo, ed è toccato a noi, vorrei trovare qualche bambino orfano, e prenderlo e adottarlo, e chiamarlo John, e provvedere a lui. In qualche modo, mi renderebbe più serena, immagino. Di' che è solo un capriccio ...»

«Ma io non lo dico,» interruppe di nuovo il marito.

«No, caro, ma se lo dicessi...»

«Dovrei essere una bestia a dirlo,» interruppe di nuovo il marito.

«Questo è come dire che sei d'accordo? Buono e gentile da parte tua, e come te, caro! E non comincia a sembrarti bello, ora,» disse la signora Boffin, di nuovo radiosa nel suo modo avvenente dalla testa ai piedi, e lisciando di nuovo con immenso piacere la veste, «non comincia a sembrarti già bello pensare che un bambino diventerà più allegro e starà meglio e più felice, grazie a quel povero triste bambino di quel giorno? E non è bello sapere che il bene sarà fatto proprio col denaro del povero bambino triste?»

«Sì, ed è bello sapere che tu sei la signora Boffin,» disse suo marito, «ed è stata una cosa piacevole saper questo da tanti anni!» Era una rovina per le aspirazioni della signora Boffin, ma dopo aver così parlato, essi rimasero a sedere l'uno accanto all'altro: una coppia fuori moda, senza speranza. Quelle due persone ignoranti e non raffinate erano state guidate fino allora, nel viaggio della vita, da un senso religioso del dovere e dal desiderio di fare il bene. Nel cuore di entrambi si sarebbero potute rilevare diecimila debolezze e assurdità; diecimila vanità aggiuntive, possibilmente, nel cuore della donna. Ma la natura dura, rabbiosa e sordida di colui, che nei loro giorni migliori li aveva fatti lavorare così tanto, e con il minor compenso possibile, cosa che li avvicinava ai loro giorni peggiori, non era mai stato così ingiusto dal non riconoscere e rispettare la loro rettitudine morale. A dispetto di se stesso, in un conflitto continuo tra sé e loro, l'aveva rispettata. E questa è la legge eterna: perché spesso il male finisce e muore con chi lo fa, ma il bene mai.

Pur nei suoi propositi inveterati, il defunto carceriere della prigione di Harmony sapeva che i due fedeli servitori erano onesti e sinceri. Mentre si infuriava contro di loro e li ingiuriava per essersi opposti a lui con il discorso dell'onesto e vero, questo aveva scalfito il suo cuore di pietra, e aveva percepito l'impotenza di tutta la sua ricchezza per comprarli, s'egli avesse fatto questo tentativo. Quindi, anche mentre era il loro arcigno sorvegliante e non diceva mai loro una buona parola, aveva scritto i loro nomi nel suo testamento. Così, anche se era una sua dichiarazione quotidiana quella di dire che diffidava di tutta l'umanità - e davvero molto diffidava di tutti coloro che avevano una qualche somiglianza con lui -, egli era così sicuro che quelle due persone, sopravvivendogli, sarebbero stati degni di fiducia in ogni cosa, dalla più grande alla più piccola, quanto era sicuro di dover morire.

Il signore e la signora Boffin, seduti l'uno accanto all'altro, con la Moda ritirata a una distanza incommensurabile, si misero a discutere sul modo migliore per trovare il loro orfano. La signora Boffin suggerì un piccolo annunzio sui giornali, col quale si invitassero gli orfani che rispondevano a un'annessa descrizione a candidarsi alla Pergola in un giorno determinato; ma temendo saggiamente il signor Boffin l'ostruzione delle strade vicine da parte di sciami di orfani, questo disegno fu scartato. La signora Boffin allora suggerì di rivolgersi al Pastore della loro chiesa per un probabile orfano. Il signor Boffin pensò che questo piano fosse migliore, e decisero di far subito visita al reverendo, e di cogliere l'opportunità per far conoscenza con la signorina Bella Wilfer. Affinché queste visite potessero essere 'visite di stato', fu ordinato l'equipaggio della signora Boffin.

Questo consisteva in un vecchio e lungo cavallo dalla testa a martello, precedentemente utilizzato in azienda, attaccato a una carrozza a quattro ruote dello stesso periodo, da tempo utilizzata esclusivamente dal pollame della prigione di Harmony, come luogo di deposizione preferito di numerose galline discrete. Una dose inconsueta di mais al cavallo, e una mano di vernice e colore alla carrozza, quando entrambi toccarono come parte dell'eredità ai Boffin, avevano prodotto quello che il signor Boffin considerava un bel restauro nel complesso; ed essendo stato aggiunto un cocchiere, scelto nella persona di un lungo giovane dalla testa a martello, che faceva pariglia col cavallo, null'altro c'era da desiderare. Anche questi era stato utilizzato nel settore, ma ora era stato trasformato da un onesto sarto del distretto, in un perfetto sepolcro di pelo e ghette, sigillato con poderosi bottoni.

Dietro questo domestico, il signor e la signora Boffin presero posto nel compartimento posteriore del veicolo: che era sufficientemente comodo, ma aveva una tendenza poco dignitosa e allarmante, quando si passava per terreni difficili, ad allontanarsi dalla parte anteriore, come in un singhiozzo. Quando furono visti uscire dal cancello della Pergola, i vicini si fecero alle porte e alle finestre per salutare i Boffin. Fra quelli che erano sempre più lasciati indietro a guardare l'equipaggio, c'erano parecchi spiriti giovanili che lo acclamavano in tono stentoreo, con tali complimenti: «Nod-dy Bof-fin!» «Sol-di di Boffin!» «Abbasso i rifiuti, Bof-fin!» e altre espressioni del genere. Il giovanotto dalla testa a martello se la prendeva così a male per questo, che spesso compromettava la maestà della corsa col fermarsi all'improvviso, e far l'atto di scendere come per sterminare gli offensori; proposito dal quale si lasciava dissuadere soltanto dopo lunghe e vivaci discussioni coi suoi datori di lavoro.

Alla fine il distretto di Bower fu lasciato indietro e fu raggiunta la pacifica dimora del reverendo Frank Milvey. La dimora del reverendo Frank Milvey era una dimora molto modesta, perché il suo reddito era un reddito molto modesto. Egli era ufficialmente sempre disponibile per ogni vecchia maldestra che avesse sciocchezze da riferirgli, e ricevette prontamente i Boffin. Era un uomo piuttosto giovane, istruito in modo costoso e miseramente pagato, con una moglie piuttosto giovane e una dozzina di bambini molto piccoli.

Aveva la necessità di insegnare e tradurre dai classici, per sbarcare il lunario coi suoi scarsi mezzi, ma generalmente ci si aspettava che avesse più tempo libero della persona più oziosa della parrocchia e più denaro del più ricco. Accettava le inutili disuguaglianze e le incongruenze della sua vita con una sorta di sottomissione convenzionale che era quasi servile; e qualsiasi laico ardito avesse portato fardelli come i suoi con più dignità e buona grazia, avrebbe avuto da lui un piccolo aiuto.

Con volto paziente e modi pronti, eppure con un sorriso larvato che mostrava un'osservazione abbastanza rapida del vestito della signora Boffin, il signor Milvey nel suo piccolo studio - pieno di suoni e di grida come se i sei bambini del piano di sopra stessero venendo giù dal soffitto, e la zampa di montone che arrostiva al piano di sotto stesse salendo attraverso il pavimento - ascoltò la dichiarazione della signora Boffin sul suo desiderio di un orfano.

«Credo,» disse il signor Milvey, «che non hanno mai avuto bambini, loro, signori Boffin?»
«Mai.»
«Ma come i re e le regine delle fiabe, suppongo che ne hanno desiderato uno?»
«In generale, sì.»
Il signor Milvey sorrise di nuovo, mentre osservava tra sé: «Quei re e quelle regine desideravano sempre dei bambini.» Gli veniva in mente, forse, che se fossero stati dei curati, i loro desideri sarebbero andati nell'opposta direzione.
«Penso,» proseguì, «che faremmo meglio portare la signora Milvey nel nostro Consiglio. È indispensabile per me. Se permettete, la chiamo.»

Così il signor Milvey chiamò: «Margaretta, mia cara!» E la signora Milvey venne giù. Era una donna graziosa e vivace, un po' logorata dall'ansia, che aveva represso molti gusti raffinati e molte fantasie vivaci e sostituito al loro posto luoghi, scuole, minestre, flanella, carbone, e tutte le preoccupazioni dei giorni infrasettimanali, più la tosse domenicale di numerosi parrocchiani, giovani e vecchi. Altrettanto coraggiosamente il signor Milvey aveva soffocato dentro di sé molto che apparteneva ai suoi vecchi studi e ai suoi vecchi compagni, sostituendoli con i poveri e i loro figli con difficili briciole di vita.

«Il signore e la signora Boffin, mia cara, della cui fortuna hai sentito parlare.»

La signora Milvey con la grazia più inalterata del mondo, si congratulò con loro e fu felice di vederli. Pure, il suo volto accogliente, che era aperto così come percettivo, non era privo del sorriso latente di suo marito.

«La signora Boffin desidera adottare un bambino, mia cara.»

Siccome la signora Milvey sembrava piuttosto allarmata, suo marito aggiunse: «Un orfano, mia cara.»

«Oh!» disse la signora Milvey, rassicurata riguardo ai suoi bambini.

«E stavo pensando, Margaretta, che forse il nipotino della vecchia signora Goody potrebbe rispondere allo scopo.»

«Oh, mio caro Frank! non penso che andrebbe bene!»

«No?»

«Oh, no!»

La sorridente signora Boffin, sentendosi in dovere di prender parte alla conversazione, e affascinata dall'energica mogliettina e dal suo pronto interesse, a questo punto offrì i suoi ringraziamenti e domandò che cosa ci fosse contro di lui.

«Non credo,» disse la signora Milvey, guardando il suo reverendo marito, «- e credo che mio marito sarà d'accordo con me, se lo considererà di nuovo - che potreste tenere quell'orfano lontano dal tabacco da fiuto. Perché sua nonna prende tante once di tabacco e le lascia cadere su di lui, che ne è sempre tutto sporco.»

«Ma egli non vivrebbe più con sua nonna, allora, Margaretta,» disse il signor Milvey.

«No, Frank, ma sarebbe impossibile tenerla lontano dalla casa della signora Boffin; e quanto più ci fosse da mangiare e bere, tanto più spesso andrebbe. È una donna inopportuna. Spero che non sia troppo severo ricordare che lo scorso Natale ella bevve undici tazze di tè, e brontolò tutto il tempo. E non è una donna riconoscente, Frank. Ricordi che si è rivolta a una folla fuori da questa casa, per una ingiustizia da lei supposta, quando, una notte dopo che eravamo già andati a letto, ha riportato la sottoveste di flanella nuova che le era stato data, perché era troppo corta?»

«È vero,» disse il signor Milvey. «Non credo che andrebbe bene. Forse il piccolo Harrison...»

«Oh, Frank!» protestò l'enfatica moglie.

«Quello non ha la nonna, mia cara.»

«No, ma non credo che alla signora Boffin piacerebbe un orfano che strizza così tanto gli occhi.»

«Anche questo è vero,» disse il signor Milvey, diventando stravolto dalla perplessità. «Se una bambina potesse...»

«Ma, mio caro Frank, la signora Boffin vuole un bambino.»

«Questo è vero di nuovo,» disse il signor Milvey. «Tom Bocker è un caro ragazzo...» (pensosamente).

«Ma non credo, Frank,» insinuò la signora Milvey, dopo una piccola esitazione, «che la signora Boffin voglia un orfano di quasi diciannove anni, che guida un carro e innaffia le strade.»

Il signor Milvey capì il punto di vista della signora Boffin con uno sguardo; poiché quella signora sorridendo scuoteva i nastri e il cappello di velluto nero, osservò col morale basso: «Anche questo è vero.».

«Sono sicura,» disse la signora Boffin, preoccupata di dar tanto disturbo, «che se avessi saputo che avrei dato a lei, signore - e anche a lei, signora - tanti fastidi, non penso che sarei venuta.»

«Prego, non lo dica!» esortò la signora Milvey.

«No, non lo dica,» approvò il signor Milvey, «perché noi le siamo molto obbligati di aver dato a noi la sua preferenza.» La signora Milvey confermò: e davvero quella coppia gentile e coscienziosa parlava come se avesse tutto un magazzino redditizio di orfani, e stesse personalmente patrocinando. «Ma è un incarico pieno di responsabilità,» aggiunse il signor Milvey, «ed è difficile da assolvere. Nello stesso tempo, naturalmente siamo riluttanti a perdere l'occasione che loro ci offrono così gentilmente, e se potessero darci un giorno o due, per pensarci su... Sai, Margaretta, potremmo esaminare attentamente l'ospizio e la scuola dell'infanzia, e il tuo distretto.»

«Sì, certo!» disse l'esuberante mogliettina.

«Abbiamo degli orfani, lo so,» proseguì il signor Milvey, proprio con l'aria come se avesse aggiunto «all'ingrosso», e abbastanza ansiosamente come se ci fosse una grande competizione in quell'affare, ed egli avesse paura di perdere un'ordinazione, «lassù alle cave di argilla; sono adoperati da parenti o da amici, e temo che alla fine diventerebbe una transazione come fare un baratto. E anche se lei desse delle coperte, in cambio del bambino - o dei libri, o del combustibile - sarebbe impossibile evitare che poi essi scambiassero tutto con alcool.»

Di conseguenza, fu deciso che i coniugi Milvey avrebbero cercato un orfano probabilmente adatto, e il più libero possibile dalle precedenti obiezioni, e l'avrebbero comunicato alla signora Boffin. Poi il signor Boffin si prese la libertà di far sapere al signor Milvey che se il signor Milvey gli avesse fatto la gentilezza di essere perennemente il suo banchiere nella misura di 'una banconota da venti sterline o giù di lì', da spendere senza alcun rendiconto a lui, sarebbe stato di cuore obbligato. Al che, tanto il signor Milvey che la signora Milvey si mostrarono contentissimi, come se non avessero desideri propri, ma sapessero cos'era la povertà, solo vedendola nelle altre persone; e così il colloquio si concluse con soddisfazione e stima reciproca.

«Ora, vecchia signora,» disse il signor Boffin, quando ripresero il loro posto dietro il cavallo e l'uomo dalla testa a martello, «dopo aver fatto questa gradevole visita qui, proveremo dai Wilfer.»

Apparve, quando si presentarono al cancello della famiglia, che «provare dai Wilfer» era cosa più facilmente progettata che fatta, a causa dell'estrema difficoltà di entrare in quella struttura: tre tocchi alla campana non produssero nessun risultato esterno, sebbene ciascuno fosse seguito da rumori percepibili di corse affrettate all'interno. Al quarto strattone - amministrato vendicativamente dal giovane dalla testa a martello - apparve la signorina Lavinia, sbucando dalla casa come in modo casuale, con cappellino e parasole, come progettando di fare una passeggiata contemplativa. La signorina si stupì di trovare visitatori al cancello, ed espresse i suoi sentimenti con azione appropriata.

«Sono il signore e la signora Boffin!» urlò il giovanotto dalla testa a martello attraverso le sbarre del cancello, e scuotendole nello stesso tempo come se fosse una belva allo zoo. «Son qui da mezz'ora.»

«Chi avete detto?» domandò la signorina Lavinia.

«Il signore e la signora Boffin!» rispose il giovanotto, con un ruggito.

La signorina Lavinia inciampò sui gradini della porta di casa, inciampò giù con la chiave, inciampò attraverso il piccolo giardino, e aprì il cancello. «Prego entrino,» disse la signorina Lavinia in modo altero, «il nostro domestico è fuori.»

Il signore e la signora Boffin obbedendo e soffermandosi nella piccola sala, finché la signorina Lavinia venne a mostrar loro dove proseguire, percepirono tre paia di gambe in ascolto su per le scale. Le gambe della signora Wilfer, quelle della signorina Bella, e quelle del signor George Sampson.

«Il signore e la signora Boffin, vero?» disse Lavinia, con voce di avvertimento.

Tesa attenzione da parte delle gambe della signora Wilfer, della signorina Bella e del signor George Sampson.

«Sì, signorina.»

«Se vogliono venite, giù a queste scale, lo farò sapere alla mamma.»

Fuga precipitosa delle gambe della signora Wilfer, della signorina Bella, del signor George Sampson.

Dopo aver aspettato circa un quarto d'ora soli nel soggiorno di famiglia, che presentava tracce di essere stato in gran fretta messo in ordine dopo il pranzo, tanto che uno poteva chiedersi se era stato sistemato per i visitatori o non piuttosto preparato per il gioco della mosca cieca, il signore e la signora Boffin si accorsero dell'ingresso della signora Wilfer, maestosamente debole e con aria condiscendente per una fitta di dolore al fianco, che era il suo modo di ricevere visite.

«Perdonatemi,» disse la signora Wilfer, dopo i primi saluti, e non appena si fu sistemata il fazzoletto sotto il mento, ed ebbe agitato le mani guantate, «a che cosa debbo questo onore?»

«Per farla breve, signora,» rispose il signor Boffin, «forse lei conoscerà i nomi di me e della signora Boffin e che siamo venuti in possesso di una certa eredità.»

«Sì, ho sentito parlare, signore,» disse la signora Wilfer, con un cenno dignitoso del capo, «di questo caso.»

«E oso dire, signora,» proseguì il signor Boffin, mentre la signora Boffin aggiungeva cenni di conferma e sorrisi «che lei non mi pare molto disposta a prenderla bene.»

«Perdonino,» disse la signora Wilfer. «Sarebbe ingiusto riversare sui signori Boffin una calamità che fu senza dubbio una disposizione (del Cielo).» Queste parole erano rese ancora più efficaci da una serenamente eroica espressione di sofferenza.

«Questo è giusto, ne sono certo,» osservò l'onesto signor Boffin. «La signora Boffin ed io, signora, siamo gente semplice, non vogliamo fingere di nulla, né ancora girare e rigirare su qualcosa perché c'è sempre una via diretta a tutto. Perciò le abbiamo fatto questa visita per dirle che saremmo lieti di avere l'onore e il piacere di far conoscenza con sua figlia, e che saremmo contenti se sua figlia vorrà considerare la nostra casa assolutamente come la sua, senza differenza. In breve vogliamo allietare sua figlia, e darle l'opportunità di condividere i piaceri che intendiamo procurare a noi stessi. Vogliamo animarla un po', e portarla un po' in giro, e offrirle un cambiamento.»

«Ecco!» disse la signora Boffin dal cuore aperto. «Dio mio, facciamo che sia agiata.»

La signora Wilfer chinò la testa in modo sostenuto verso la sua visitatrice, e con maestosa monotonia rispose al signore: «Perdonatemi. Ho diverse figlie. Quale delle mie figlie debbo considerare favorita dalle gentili intenzioni del signor Boffin e della sua signora?»

«Ma non vede?» si intromise la sempre sorridente signora Boffin. «Naturalmente la signorina Bella, sa.»

«Oh!» disse la signora Wilfer con uno sguardo severo e poco convinto. «Mia figlia Bella è accessibile e parlerà lei stessa.» Poi aprì un poco la porta, dietro la quale intanto si sentì un rumore di passi precipitosi, e la buona signora fece il suo proclama: «Mandatemi la signorina Bella!»; il quale proclama, benché grandiosamente formale, e si potrebbe dire quasi araldico, fu pronunciato in realtà dalla signora Wilfer con i suoi materni occhi che con aria di rimprovero davano un'occhiata a quella signorina in carne ed ossa, e tanto più perché ella si stava rifugiando con difficoltà nello sgabuzzino sotto le scale, preoccupata dalla comparsa del signore e della signora Boffin.

«Le occupazioni di R. W., mio marito,» spiegò la signora Wilfer nel riprendere il suo posto, «lo tengono completamente impegnato in questo momento della giornata nella City, altrimenti avrebbe avuto l'onore di partecipare alla vostra accoglienza, sotto il nostro umile tetto.»

«Locali molto piacevoli!» disse il signor Boffin allegramente.

«Mi scusi, signore,» replicò la signora Wilfer correggendolo, «è la dimora di una povertà consapevole ma indipendente.»

Trovando piuttosto difficile portare avanti la conversazione per questa strada, il signore e la signora Boffin rimasero a guardare a mezz'aria, e la signora Wilfer rimase silenziosa, dando loro a capire che ogni respiro che dava le costava uno sforzo, che richiedeva di essere disegnato con un abnegazione raramente uguagliata nella storia, finché apparve la signorina Bella, che la signora Wilfer presentò e a cui spiegò il proposito dei visitatori.

«Sono molto obbligata, certamente,» disse la signorina Bella scuotendo i riccioli con aria distante, «ma dubito di aver la voglia di andar via.»

«Bella!» l'ammonì la signora Wilfer, «Bella, devi superare questo.»

«Sì, faccia come dice la mamma, e superi, cara,» incalzò la signora Boffin, «perché saremmo così contenti di averla, e perché lei è troppo carina per stare rinchiusa.»

E con ciò, quella simpatica creatura le diede un bacio, e le accarezzò le spalle. Intanto la signora Wilfer continuava a star seduta rigidamente, come un funzionario che assistesse a un colloquio prima dell'esecuzione.

«Stiamo per trasferirci in una bella casa,» disse la signora Boffin, che era abbastanza donna per compromettere il signor Boffin su quel punto, quando egli non poteva contestarlo molto; «e stiamo preparando una bella carrozza, e andremo dovunque e vedremo ogni cosa. E lei non deve,» mentre faceva sedere Bella accanto a sé, e le accarezzava la mano, «lei non deve sentire un'avversione per noi, perché sa, cara, noi non possiamo cambiare le cose.»

Per la naturale tendenza della giovinezza a cedere al candore e al temperamento dolce, la signorina Bella fu così commossa dalla semplicità di questo discorso che ricambiò sinceramente il bacio della signora Boffin. Niente affatto gradito però dalla brava donna di mondo di sua madre, che cercava di guadagnar terreno vantaggioso nell'obbligare i Boffin invece di essere obbligata.

«La mia figlia più piccola, Lavinia,» disse la signora Wilfer, lieta di fare una diversione, quando la signorina riapparve. «Il signor George Sampson, un amico di famiglia.»

L'amico di famiglia si trovava in quello stato di tenera passione che lo portava a considerare tutti gli altri come nemici della famiglia. Si mise in bocca il pomo del suo bastone, come un tappo, e si sedette: come se si sentisse pieno di sentimenti offensivi fino alla gola. E guardava i Boffin con occhi implacabili.

«Se ha piacere di portare sua sorella con sé, quando viene a star da noi,» disse la signora Boffin, «naturalmente noi saremmo lieti. Più sarà contenta lei, signorina Bella, più saremo contenti noi.»

«Oh, il mio consenso non ha alcuna importanza, immagino?» gridò la signorina Lavinia.

«Lavvy,» disse sua sorella, a bassa voce, «abbi la bontà essere vista e non sentita.»

«No,» replicò la pungente Lavinia. «Non sono una bambina, e non voglio non essere presa in considerazione dagli estranei.»

«Sì, che sei una bambina.»

«No, che non lo sono. "Porti sua sorella," proprio!»

«Lavinia!» disse la signora Wilfer. «Ferma! non ti permetterò di esprimere in mia presenza l'assurdo sospetto che degli estranei, non mi interessa quali siano i loro nomi, possano trattare con condiscendenza mia figlia. Hai il coraggio di supporre, ridicola ragazza, che il signore e la signora Boffin possano entrar qui a trattarci con condiscendenza; o che se lo facessero, potrebbero rimaner qui un solo istante senza che tua madre raccogliesse le rimanenti forze del suo corpo vitale per chiedere loro di andarsene? Conosci poco tua madre, se presumi di pensare così.»

«Va tutto bene,» cominciò a borbottare Lavinia, ma la signora Wilfer ripeté: «Aspetta! Non lo permetterò. Non sai come si trattano gli ospiti? Non capisci che supporre che questa signora e questo signore possano avere l'idea di trattare con condiscendenza un membro della tua famiglia, non importa quale, significa accusarli di un'impertinenza poco meno che folle?»

«Non si preoccupi di me e della signora Boffin, signora,» disse il signor Boffin sorridendo, «a noi non importa.»

«Perdonino, ma importa a me» replicò la signora Wilfer.

La signorina Lavinia fece una risatina e mormorò: «Ma certo.»

«E pretendo dalla mia temeraria figlia,» proseguì la signora Wilfer, con uno sguardo raggelante alla più giovane su cui non ebbe il minimo effetto, «che abbia la compiacenza di essere giusta verso sua sorella Bella; di ricordare che sua sorella Bella è molto ricercata; e che quando sua sorella Bella accetta delle attenzioni, ella considera che sta conferendo altrettanto onore,» questo lo disse con un brivido indignato «quanto ne riceve.»

Ma la signorina Bella intervenne e disse tranquillamente: «Posso parlare per me stessa, sai, mamma. Non è necessario che tu mi metta in mezzo, per favore.»

«Ed è molto bello mirare a me invece che agli altri,» disse l'incontenibile Lavinia, sprezzante; «ma mi piacerebbe chiedere a George Sampson che cosa dice lui.»

«Signor Sampson,» proclamò la signora Wilfer, vedendo che il giovanotto si toglieva il tappo, e fissandolo con occhi così cupi che egli si tappò di nuovo. «Signor Sampson, come amico di famiglia e frequentatore della casa, io presumo che lei sia troppo ben educato, per accogliere un simile invito.»

Questa magnificazione del giovane gentiluomo mosse la coscienziosa signora Boffin al pentimento di avergli fatto, nella sua mente, un'ingiustizia, e di conseguenza a dire che lei e il signor Boffin sarebbero sempre stati felici di vederlo; un'attenzione che lui generosamente riconobbe, rispondendo, con il tappo non rimosso: «Molto obbligato a voi, ma sono sempre occupato, giorno e notte.»

Tuttavia, poiché Bella compensava tutti gli inconvenienti rispondendo alle profferte dei Boffin in modo accattivante, quella coppia semplice era nel complesso ben soddisfatta, e propose alla detta Bella che non appena essi fossero stati in grado di riceverla nel modo adatto ai loro desideri, la signora Boffin sarebbe tornata per avvertirla del fatto. Questo accordo fu sancito dalla signora Wilfer con un mastoso gesto del capo e un ondeggiare dei guanti, come chi volesse dire: «I vostri demeriti non saranno rilevati, e sarete misericordiosamente accontentati, povera gente.»

«A proposito, signora,» disse il signor Boffin voltandosi indietro mentre se ne andava, «loro hanno un inquilino?»

«Un gentiluomo,» rispose la signora Wilfer, modificando l'espressione generica del signor Boffin, «occupa il nostro primo piano, senza dubbio.»

«Posso chiamarlo il Nostro Comune Amico,» disse il signor Boffin. «Bene, che genere di individuo è, il Nostro Comune Amico? le piace?»

«Il signor Rokesmith è molto puntuale, molto tranquillo, un inquilino molto desiderabile.»

«Perché,» spiegò il signor Boffin, «deve sapere che non conosco molto bene il Nostro Comune Amico, perché l'ho visto una volta sola. Lei ne fa una buona descrizione. È in casa?»

«Il signor Rokesmith è a casa,» disse la signora Wilfer. «Anzi,» indicandolo attraverso la finestra, «è là, al cancello del giardino. Aspettando voi, forse?»

«Forse,» replicò il signor Boffin. «Probabilmente mi ha visto entrare.»

Bella aveva seguito attentamente questo breve dialogo. Accompagnando la signora Boffin al cancello, ella osservò attentamente quel che seguì.

«Come sta, signore, come sta?» disse il signor Boffin. «Questa è la signora Boffin. Il signor Rokesmith, del quale ti ho parlato, mia cara.»

Ella gli diede buon giorno, ed egli si affrettò ad farla salire e ad accomodarsi, con mano sollecita.

«Arrivederci, per il momento, signorina Bella,» disse la signora Boffin, con un saluto cordiale. «Ci rivedremo presto! E spero che allora avrò il mio piccolo John Harmon da mostrarle.»

Il signor Rokesmith, che stava accanto alla carrozza, aggiustandole le pieghe del vestito, improvvisamente si guardò indietro, poi intorno, e poi la guardò, con una faccia così pallida che la signora Boffin gridò: «Misericordia!» E dopo un po': «Qual è il problema, signore?»

«Come può mostrarle i morti?» rispose il signor Rokesmith.

«E' solo un bambino adottato. Uno di cui ho parlato con lei. Sto per dargli quel nome!»

«Mi ha colto di sorpresa,» disse il signor Rokesmith, «e suonava come un presagio che lei parlasse di mostrare i morti a qualcuno così giovane e fiorente.»

Ora, Bella ormai sospettava che il signor Rokesmith la ammirasse. Se questa consapevolezza (perché era piuttosto questo che sospetto) la fece propendere per lui un po' di più, o un po' di meno, di quanto avesse fatto all'inizio; se la rendesse desiderosa di saperne di più su di lui, perché cercava di stabilire le ragioni della sua diffidenza, o perché cercava di liberarlo da questa; per lei i propri sentimenti erano ancora oscuri. Ma la maggior parte delle volte egli occupava gran parte della sua attenzione, e quell'incidente aveva colpito grandemente la sua attenzione.

Ciò che lui sapeva bene quanto lei, che ella sapeva bene quanto lui, quando furono lasciati insieme sul sentiero vicino al cancello del giardino.

«Quelle sono persone rispettabili, signorina Wilfer.»

«Li conosce bene?» domandò Bella.

Egli sorrise, quasi rimproverandola, ed ella arrossì, rimproverando se stessa: entrambi sapendo ch'ella aveva cercato di tendergli un tranello, se egli avesse dato una risposta non vera, quando egli disse: «Li conosco»

«Veramente, egli ci ha detto di averla vista una volta sola.»

«Veramente, supponevo così.»

Bella adesso era nervosa e sarebbe stata felice di ritirare la sua domanda.

«Avrà pensato che fosse strano che io, sentendomi molto interessato a lei, sia rimasto così scosso a quella che suonava come una proposta di portarla in contatto con l'uomo assassinato che giace nella sua tomba. Avrei dovuto capire, e ovviamente avrei dovuto capire subito, che non aveva quel significato. Ma il mio interesse per lei rimane.»

Rientrando in casa in uno stato meditativo, la signorina Bella fu ricevuta dall'irrefrenabile Lavinia con: «Ecco, Bella! Finalmente spero che tu abbia realizzato i tuoi desideri, grazie ai tuoi Boffin. Sarai abbastanza ricca, ora, coi tuoi Boffin. Potrai civettare quanto vorrai, dai tuoi Boffin. Ma non portare me, dai tuoi Boffin, questo ti dico, a te e anche ai tuoi Boffin!»

«Se,» disse il signor George Sampson, tirandosi fuori il tappo di malumore, «quel signor Boffin della signorina Bella viene ancora da me con le sue sciocchezze, io auguro solo che lui capisca, da uomo a uomo, che lo fa a suo per...» e stava per dire 'pericolo'; ma la signorina Lavinia, non avendo fiducia nelle sue capacità mentali e sentendo che la sua orazione non avrebbe avuto alcuna applicazione precisa in nessuna circostanza, gli mise di nuovo il tappo in bocca, con una sveltezza che gli fece lacrimare gli occhi.

E ora la degna signora Wilfer, che si era servita della sua figlia più piccola come di una figura laica per l'edificazione di questi Boffin, divenne mite con lei, e procedette a sviluppare l'ultimo esempio della sua forza di carattere, che era ancora in riserva. Questo consisteva nell'illuminare la famiglia con le sue notevoli capacità di fisionomista; capacità che terrorizzavano R. W. ogni volta che si presentavano, perché sempre gravide di tristezza e malanni di cui nessuna prescienza inferiore era a conoscenza. E così la signora Wilfer fece ora, perché, si noti, ella era gelosa dei Boffin, nello stesso momento in cui già stava già riflettendo come avrebbe esibito questi stessi Boffin e la loro ricchezza alle sue conoscenze che erano 'senza Boffin'.

«Delle loro maniere,» disse la signora Wilfer, «non dico niente. Del loro aspetto, non dico niente. Del disinteresse delle loro intenzioni verso Bella, non dico niente. Ma l'inganno, il riserbo, la trama oscura e subdola, scritti sul volto della Boffin, mi fanno rabbrividire.» Come prova incontrovertibile che quegli attributi funesti c'erano tutti, la signora Wilfer rabbrividì all'istante.

X. Un contratto di matrimonio

C'è eccitazione in casa Veneering. La signorina matura sta per sposare (cipria e tutto il resto) il giovane gentiluomo maturo, e uscirà per il matrimonio da casa Veneering, e i Veneering offriranno il pranzo.

L'Analitico, che obietta per principio a tutto ciò che succede sul posto, disapprova naturalmente questo matrimonio; ma del suo consenso si fa a meno, e un furgone col suo carico di piante da serra è alla porta, in modo che la festa di domani possa essere coronata di fiori.

La signorina matura è una possidente. Il giovane gentiluomo maturo è un possidente. Egli investe i suoi soldi. Egli va, con aria di condiscendenza dilettantesca, nella City, frequenta riunioni degli amministratori e ha a che fare con il traffico di azioni. Come è ben noto ai saggi della nostra generazione, la compravendita di azioni è l'unica cosa da fare a questo mondo. Non avere antenati, nessuna reputazione consolidata, nessuna produzione, nessuna idea, nessuna educazione; abbi azioni. Abbi abbastanza azioni da essere nel Consiglio Generale col nome in lettere maiuscole, oscillare su misteriosi affari tra Londra e Parigi ed essere grande. Da dove viene quel tale? Azioni. Dove va? Azioni. Quali sono i suoi gusti? Azioni. Ha dei princìpi? Azioni. Che cos'è che lo spinge al Parlamento? Azioni. Forse da solo non ha mai raggiunto il successo in nulla, non ha mai fatto niente, non ha mai prodotto niente? Sufficiente rispondere a tutto: Azioni. O potenti azioni! Per far squillare quelle immagini così in alto, per rendere noi i più piccoli insetti, come sotto l'effetto del giusquiamo o dell'oppio, per gridare notte e giorno: «Alleggeriteci del nostro denaro, sparpagliatelo per nostro conto, comprateci e vendeteci, rovinateci, solo vi supplichiamo di assidervi tra le potenze della terra e d'ingrassare su di noi!»

Mentre gli Amori e le Grazie[73] preparavano questa fiaccola per Imene[74], che deve essere accesa domani, il signor Twemlow ha avuto gravi sofferenze nella sua mente. Sembrerebbe che sia la signorina matura, sia il giovane gentiluomo maturo, debbano essere indubbiamente i più vecchi amici di Veneering. Suoi pupilli, forse? Eppure questo può difficilmente essere, perché sono più vecchi di lui. Veneering è stato sempre loro confidente, e ha fatto molto per convincerli all'altare. Ha raccontato a Twemlow di aver detto alla signora Veneering: «Anastasia, questo deve essere un matrimonio.» Ha raccontato a Twemlow di considerare Sophronia Akershem (la signorina matura) come una sorella, e Alfred Lammle (il giovane gentiluomo maturo) come un fratello. Twemlow gli ha chiesto se da ragazzo andava a scuola con Alfred? Egli ha risposto: «Non esattamente.» Se Sophronia era stata adottata da sua madre? Ha risposto: «Non proprio così.» La mano di Twemlow è andata alla fronte con aria smarrita.

Ma due o tre settimane fa, Twemlow, mentre sedeva davanti al suo giornale e al suo pane tostato e al suo tè leggero, nel cortile di stalla, a Duke Street, vicino Saint James, ha ricevuto un profumatissimo biglietto col monogramma del cappello a tre punte da parte della signora Veneering, che implorava il suo carissimo signor T., se non particolarmente impegnato quel giorno, di venire, con animo caritatevole, a fare il quarto a pranzo col caro signor Podsnap, per la discussione di un interessante argomento di famiglia: le ultime tre parole sottolineate doppiamente e seguite da una nota di ammirazione. E Twemlow ha risposto: «Non impegnato, e più che felice», è andato, e avviene questo: «Mio caro Twemlow,» dice Veneering, «da sua pronta risposta all'invito senza cerimonie di Anastasia, è proprio gentile, proprio da vecchio, vecchio amico. Lei conosce il nostro caro amico Podsnap?»

Twemlow dovrebbe conoscere il caro amico Podsnap che lo aveva messo in così grande confusione, e dice che lo conosce, e Podsnap ricambia. Apparentemente, Podsnap è stato così lavorato in breve tempo, tanto da credere di essere stato intimo della casa da molti, molti, molti anni. Nel modo più amichevole, si sente completamente a suo agio con le spalle al fuoco, avendo la postura di una statuetta del Colosso di Rodi[75]. Twemlow ha già notato altre volte, nel suo modo flebile, quanto presto gli ospiti di Veneering vengano infettati dalla mistificazione Veneering. Non che però abbia la minima idea che questo sia anche il suo caso.

«I nostri amici, Alfred e Sophronia,» prosegue Veneering, come un profeta velato. «I nostri amici, Alfred e Sophronia, sarete lieti di sentirlo, miei cari, stanno per sposarsi. Poiché mia moglie ed io lo riteniamo un affare di famiglia, di cui assumiamo l'intera direzione, naturalmente il nostro primo passo è comunicare il fatto agli amici di famiglia.»

(«Oh!» pensa Twemlow, con gli occhi su Podsnap, «allora siamo soltanto in due, e lui è l'altro.»)

«Speravo davvero,» continua Veneering, «di farvi incontrare Lady Tippins; ma ella è molto ricercata e sfortunatamente non può.»

(«Oh!» pensa Twemlow, con gli occhi vaganti, «allora ce ne sono tre di noi, e lei è la terza.»)

«Mortimer Lightwood,» riprende Veneering, «che voi entrambi conoscete, è fuori in città; ma scrive, col suo modo stravagante, che se gli chiediamo di fare il testimone dello sposo, quando la cerimonia avrà luogo, non rifiuterà, sebbene non veda in che modo vi abbia a che fare.»

(«Oh!» pensa Twemlow, rotando gli occhi, «allora ce ne sono quattro di noi, e lui è l'altro.»)

«Boots e Brewer,» osserva Veneering, «che anche conoscete, non li ho invitati oggi; ma li riservo per l'occasione.»

(«Allora,» pensa Twemlow, con gli occhi chiusi, «siamo in s...» Ma a questo punto ha un crollo, e non si riprende completamente fino alla fine del pranzo, quando l'Analitico è stato invitato a ritirarsi.)

«Siamo ora arrivati,» dice Veneering, «al punto, al vero punto della nostra piccola consultazione di famiglia. Sophronia, avendo perso sia il padre sia madre, non ha nessuno che la accompagni all'altare.»

«La accompagni lei,» dice Podsnap.

«Mio caro Podsnap, no. Per tre ragioni. Prima di tutto, perché non posso prendermi una parte così importante quando ho dei rispettabili amici di famiglia da ricordare. In secondo luogo, perché non sono così vanitoso da pensare che vada bene per la parte. In terzo luogo, perché Anastasia è un po' superstiziosa su questo argomento, ed è contraria che io accompagni qualcuno all'altare, finché il piccolo non sia abbastanza grande per sposarsi.»

«Cosa succederebbe se lo facesse?» domanda Podsnap alla signora Veneering.

«Mio caro signor Podsnap, è molto sciocco, lo so, ma ho un presentimento istintivo che se Hamilton accompagnasse all'altare qualcuno prima del bambino, non accompagnerebbe lui all'altare.» Così la signora Veneering, con le mani aperte e giunte: e ognuna delle sue otto dita aquiline erano così simili al suo naso aquilino che i gioielli nuovi di zecca su di esse parevano necessari allo scopo di distinguerli.

«Ma mio caro Podsnap,» disse Veneering, «c'è un amico di fiducia della nostra famiglia che io credo, e spero che lei sarà d'accordo con me, Podsnap, è l'amico al quale spetta quasi naturalmente questo piacevole dovere. Questo amico», e proferiva queste parole come se la compagnia fosse di centocinquanta persone, «è ora tra noi. Questo amico è Twemlow.»

«Certamente!» fa Podsnap.

«Questo amico,» ripete Veneering con maggior fermezza, «è il nostro caro e buon Twemlow. E non posso sufficientemente esprimerle, mio caro Podsnap, il piacere che provo a sentire l'opinione mia e di Anastasia così prontamente condivisa da lei, l'altro egualmente fidato e provato amico, che si trova nella posizione orgogliosa... voglio dire che sta orgogliosamente in quella posizione... ma dovrei dire piuttosto che mette Anastasia e me, nella orgogliosa posizione di averlo nella semplice posizione di padrino del pupo.» E davvero Veneering si sente molto sollevato nello scoprire che Podsnap non mostra gelosia dell'ascesa di Twemlow.

Così, accade che il furgone del giardiniere stia spargendo fiori sulle rosee ore e sulle scale, e che Twemlow stia osservando il terreno su cui domani dovrà recitare la sua parte illustre. Egli è già stato in chiesa e ha preso nota dei vari impedimenti della navata laterale, sotto gli auspici di un vedova estremamente triste che sposta i banchi e la cui mano sinistra sembra essere in uno stato di reumatismo acuto, ma in effetti è volontariamente raddoppiato per fungere da salvadanaio.

E ora Veneering esce dallo studio dove ha l'abitudine, quando è in stato contemplativo, di dedicare la sua mente all'intaglio e alla doratura dei pellegrini che vanno a Canterbury, per mostrare a Twemlow il piccolo annuncio fiorito ch'egli ha preparato per i giornali di moda, descrivendo come il diciassette corrente, nella chiesa di Saint James, il reverendo Blank Blank, assistito dal reverendo Dash Dash, ha unito nel vincolo di matrimonio il Cav. Alfred Lammle, di Sackville Street, Piccadilly[76], e Sophronia, figlia unica del defunto Cav. Orazio Akershem, dello Yorkshire. Anche che la bella sposa è andata alle nozze dalla casa del Cav. Hamilton Veneering, di Stucconia, ed è stata accompagnata all'altare dal Cav. Melvin Twemlow di Duke Street, Saint James, cugino in secondo grado di Lord Snigsworth, di Snigsworthy Park. E mentre esamina questa composizione, Twemlow fa qualche opaco approccio alla percezione che se il reverendo Blank Blank e il reverendo Dash Dash non riescono, dopo questa presentazione, ad essere iscritti sull'elenco degli amici più cari e più vecchi di Veneering, non dovranno ringraziare altri che se stessi.

Dopo di che, appare Sophronia (che Twemlow ha visto due volte nella sua vita), per ringraziare Twemlow di prendere il posto del defunto Cav. Orazio Akershem, apertamente dello Yorkshire. E dopo di lei appare Alfred (che Twemlow ha visto una volta nella sua vita), per fare la stessa cosa, e fa una sorta di pastoso luccichio, come se fosse costruito solo per il lume di candela e fosse stato lasciato uscire alla luce del giorno per qualche grave errore. Dopo di che, arriva la signora Veneering, con il diffuso aspetto aquilino, e con evidenti piccole protuberanze nel suo umore, come la piccola protuberanza evidente sul ponte del suo naso. «Spossata dalla preoccupazione e dall'eccitazione» (così ella dice al suo caro signor Twemlow), e con riluttanza rianimata dal curaçao[77] dell'Analitico. Dopo di che, le damigelle d'onore cominciano ad arrivare per ferrovia, da varie parti del paese, e arrivano come adorabili reclute arruolate da un sergente che non è presente; perché al loro arrivo al centro Veneering, si trovano in una caserma di sconosciuti.

Quindi, Twemlow torna a casa in Duke Street, vicino Saint James, per mangiare un piatto di brodo di montone con dentro una braciola e uno sguardo al cerimoniale del matrimonio, perché domani intervenga nel posto giusto; ed è giù di umore, e sente noioso il cortile della scuderia, ed è distintamente consapevole di un colpo nel suo cuore, datogli dalla più adorabile delle adorabili damigelle. Perché il povero piccolo innocuo gentiluomo una volta ha avuto una cotta, come tutti noi, ed ella non ha corrisposto (come spesso succede), ed egli pensa che l'adorabile damigella d'onore somiglia alla sua innamorata di un tempo (cosa che non è affatto), e che se la sua amata non avesse sposato un altro per denaro, ma avesse sposato lui per amore, lui e lei sarebbero stati felici (cosa che non sarebbero stati), e che lei ha ancora un'affezione per lui (mentre la sua durezza è proverbiale). Rimuginando accanto al fuoco, con la sua testolina secca tra le manine secche, e i piccoli gomiti secchi sulle piccole secche ginocchia, Twemlow è malinconico. «Nessuna adorabile che mi tenga compagnia qui!» egli pensa. «Nessuna adorabile al club! Un vuoto, un vuoto, un vuoto, mio Twemlow!» E così si addormenta, e ha sobbbalzi galvanici dappertutto.

La mattina dopo, per tempo, quell'orribile vecchia Lady Tippins (relitto del defunto Sir Thomas Tippins, nominato cavaliere erroneamente al posto di qualcun altro da Sua Maestà il Re Giorgio III, tanto che durante lo svolgimento della cerimonia il Re si compiacque graziosamente di osservare: «Come, come, come? chi, chi, chi? perché, perché, perché?») comincia a farsi tingere e verniciare per l'interessante occasione. Ella ha la reputazione di dare intelligenti resoconti delle cose, e deve andar presto da quelle persone, miei cari, per non perder nulla del divertimento. Dove può essere celato, nel cappello e nei drappi annunciati col suo nome, qualche frammento della donna reale, è forse conosciuto dalla sua cameriera; ma potresti facilmente comprare tutto quello che vedi di lei, a Bond Street[78]: oppure si potrebbe farle lo scalpo e sbucciarla e grattarla e far di lei due Lady Tippins, e ancora non arrivare all'articolo genuino. Ella ha un grande occhialino d'oro, Lady Tippins, per sorvegliare gli avvenimenti. Se ne avesse uno per occhio, questo potrebbe servire a tener su l'altra palpebra ricadente, e ad apparire più uniforme. Ma perenne giovinezza è nei suoi fiori artificiali, e la sua lista di amanti è piena.

«Mortimer, sciagurato,» dice Lady Tippins, girando l'occhialino tutto intorno, «dov'è il suo incarico, lo sposo?»

«Parola d'onore,» replica Mortimer, «non lo so, e non me ne curo.»

«Miserabile! È questo il modo di fare il suo dovere?»

«Oltre all'impressione ch'egli debba sedersi sulle mie ginocchia e che io debba incoraggiarlo in certi punti della cerimonia, come si fa con il pugile protagonista nei combattimenti a premio, l'assicuro che non ho idea di quel che sia il mio dovere,» replica Mortimer.

Anche Eugene è in attesa, con un'aria pervasiva d'aver immaginato che la cerimonia fosse un funerale, e di essere rimasto deluso. La scena è la sacrestia della chiesa di Saint James, con un gran numero di vecchi registri di cuoio sugli scaffali, che potrebbero essere rilegati con (la pelle di) Lady Tippins.

Ma udite! Una carrozza al cancello, e l'uomo di Mortimer arriva, sembra piuttosto un Mefistofele[79] spurio e un membro non riconosciuto della famiglia di quel signore. Lady Tippins esaminandolo con l'occhialino, lo trova un bell'uomo, e certamente una bella preda. Mortimer lo osserva, molto giù umore, mentr'egli si avvicina: «Credo che sia l'amico, mannaggia a lui!»

Altre carrozze ai cancelli, e il resto dei personaggi. Che Lady Tippins, in piedi su un cuscino, esamina col suo occhialino, così commentando: «Sposa: cinquantaquattro se al giorno, trenta scellini a iarda[80], velo quindici sterline, il fazzoletto è un regalo. Damigelle: tenute sottotono, per paura di eclissare la sposa, quindi non giovani, dodici e mezzo a iarda, fiori di Veneering, quella col naso a patatina piuttosto carina, ma troppo attenta alle sue calze, cappellini da tre sterline e dieci. Twemlow: un benedetto sollievo per quel caro uomo se fosse davvero sua figlia, nervoso anche con la scusa che potrebbe esserlo. Signora Veneering; mai visto un velluto simile, diciamo duemila sterline in tutto, assoluta vetrina di gioielliere, il padre doveva essere un usuraio, o come potevano fare queste persone? Presenti sconosciuti, scialbi.»

Cerimonia compiuta, registro firmato, Lady Tippins scortata fuori dal sacro edificio da Veneering, le carrozze tornate a Stucconia, i servi con cortesia e fiori, raggiunta casa Veneering, magnifici saloni. Qui i Podsnap aspettano la festa felice: il signor Podsnap con le sue spazzole per capelli al meglio; quel cavallo a dondolo imperiale, la signora Podsnap, maestosamente vivace.

Qui ci sono anche Boots e Brewer, e gli altri due Cuscinetti; ogni Cuscinetto con un fiore all'occhiello, i capelli arricciati e i guanti abbottonati stretti, apparentemente venuti pronti, se accadesse qualche cosa allo sposo, a sposarsi immediatamente. Qui è anche la zia della sposa, la sua parente più prossima: una vedova tipo Medusa[81], con un berretto di pietra, che infligge sguardi di pietrificazione ai suoi simili. Qui pure il tutore della sposa: un d'uomo d'affari alimentato a torte di semi, con occhiali a forma di luna, oggetto di molto interesse. Poiché Veneering si lancia su questo tutore come sul suo più vecchio amico (che fa sette, pensa Twemlow), e si ritira confidenzialmente con lui nella serra, si capisce che Veneering è il co-tutore, e stanno organizzando il patrimonio. I Cuscinetti vengono persino sentiti sussurrare: «Tren-ta-mi-la-ster-li-ne!» con uno schiocco e un gusto degno delle migliori ostriche. Gli sconosciuti scialbi, sorpresi di scoprire come intimamente conoscono Veneering, raccolgono il coraggio, incrociano le braccia e incominciano a contraddirlo prima di colazione. Intanto la signora Veneering, portando in braccio il bambino vestito da damigella d'onore, svolazza tra la compagnia emettendo lampi multicolori dai suoi diamanti, smeraldi e rubini.

L'Analitico, avendo raggiunto nel corso del tempo ciò che sente dovuto a se stesso nel portare a una conclusione dignitosa parecchi litigi che aveva in corso coi garzoni del pasticciere, annunzia la colazione. Sala da pranzo non meno magnifica del salotto; tavole superbe; tutti i cammelli esposti e tutti carichi. Splendida torta, coperta di cupidi, argento, e di nodi dei veri amanti. Splendido braccialetto tirato fuori da Veneering prima di scendere e infilato al braccio della sposa. Eppure nessuno sembra considerare i Veneering molto di più che se fossero un padrone di casa e una padrona di casa tollerabili, che facessero le cose a mo' di affare a un tanto a persona. Lo sposo e la sposa parlano e ridono per conto loro, come è stato sempre il loro modo; e i Cuscinetti si fanno strada fra i piatti con perseveranza sistematica come è stato sempre il loro modo; e gli scialbi sconosciuti sono estremamente benevoli l'uno per l'altro negli inviti a prendere bicchieri di champagne; ma la signora Podsnap, inarcando la sua criniera e dondolando come non mai, ha intorno più pubblico deferente rispetto alla signora Veneering; e Podsnap manca poco che faccia lui gli onori di casa.

Un'altra triste circostanza è che Veneering, che ha da un lato l'accattivante Tippins e dall'altro la zia della sposa, trova immensamente difficile mantenere la pace. Perché Medusa, oltre all'inconfondibile pietrificazione per l'affascinante Tippins, segue ogni vivace osservazione fatta da quella cara creatura, con uno sbuffo udibile: che può essere riferibile a un raffreddore di testa cronico, ma può anche essere riconducibile all'indignazione e al disprezzo. E questo sbuffo, essendo regolare nella sua riproduzione, alla fine arriva ad essere atteso dalla compagnia, che fa pause imbarazzanti quando si fa attendere, e, aspettandolo, lo rendono più enfatico quando viene. La zia pietrosa ha anche un modo ingiurioso di rifiutare tutti i piatti dai quali si serve Lady Tippins: dicendo a voce alta, quando le son presentati: «No, no, no, non per me. Portate via!» Come con lo scopo prefissato di sottintendere un timore che se si nutrisse di carni simili, potrebbe diventare come quell'incantatrice, che sarebbe un fatale compimento. Conscia della sua nemica, Lady Tippins tenta uno o due sortite giovanili, e impiega l'occhialino; ma sulla calotta impenetrabile e sulla sbuffante armatura di quella pietrosa zia, rimbalzano impotenti.

Un' altra circostanza deplorevole è che gli scialbi sconosciuti si sostengono a vicenda, nel rimanere non impressionati. Persistono a non lasciarsi spaventare dai cammelli d'oro e d'argento, e si sono uniti per sfidare i secchi del ghiaccio riccamente incisi. Sembrano anche uniti nel riflettere vagamente sull'opinione che il padrone di casa e la padrona di casa trarranno un buon profitto da questo, e si comportano quasi come dei clienti. Né c'è influenza compensativa nelle adorabili damigelle d'onore; perché interessandosi molto poco della sposa, e per niente l'una dell'altra, quelle amabili creature diventano, ciascuna per suo conto, deprecabilmente contemplative dei cappellini presenti. Mentre il testimone dello sposo, esausto sullo schienale della sua sedia, sembra approfittare dell'occasione per contemplare in modo penitenziale tutto il male che ha fatto: essendo la differenza tra lui e il suo amico Eugene, che quest'ultimo, invece, sullo schienale della sua sedia, sembra contemplare tutto il male che gli piacerebbe fare - in particolar modo ai presenti.

Nel quale stato di cose, le solite cerimonie si ripiegano e si affievoliscono e la splendida torta tagliata dalla bella mano della sposa non ha che un aspetto indigesto. Tuttavia, tutto ciò che è indispensabile dire vien detto, e tutto ciò che è indispensabile fare vien fatto (compresi gli sbadigli, gli addormentamenti e i risvegli inconsapevoli di Lady Tippins), e c'è una preparazione affrettata per il viaggio nuziale verso l'isola di Wight[82], e l'aria esterna brulica di bande di ottoni e di spettatori. Nel cospetto dei quali, la maligna stella dell'Analitico ha preordinato la pena e il ridicolo che gli capiteranno. Perché, mentr'egli sta sui gradini a incoraggiare la partenza degli sposi, viene improvvisamente raggiunto da un colpo straordinario su un lato della sua testa, con una pesante scarpa, che un Cuscinetto all'ingresso, imbevuto di champagne e disordinato nella mira, ha preso in prestito al garzone del pasticciere nell'eccitazione del momento, per lanciarla alla coppia in partenza come augurio propizio.

Quindi tutti risalgono negli splendidi salotti – tutti arrossiti per la colazione, come se avessero preso la scarlattina in modo socievole – e lì gli sconosciuti associati fanno cose maligne alle ottomane con le loro gambe e rovinano quanto più possibile la splendida mobilia.

E così Lady Tippins, del tutto incerta se oggi è l'altro ieri, o dopo domani, o la settimana prossima, sparisce; e Mortimer Lightwood ed Eugene spariscono e Twemlow sparisce, e la zia pietrosa se ne va - ella rifiuta di sparire, e si mostra rocciosa fino all'ultimo - e anche gli sconosciuti lentamente se ne vanno, e tutto è finito.

Tutto finito, cioè, per il momento. Ma c'è un altro tempo a venire, e arriva dopo circa due settimane, e arriva al signor e alla signora Lammle sulle sabbie di Shanklin, nell'isola di Wight.

Il signore e la signora Lammle hanno camminato per un po' sulla spiaggia di Shanklin, e si può vedere dalle loro orme che non si danno il braccio, e che seguono un percorso diritto, e che camminano di cattivo umore; perché la signora ha fatto piccoli buchi rapidi nella sabbia umida, davanti a lei, col suo parasole, e il signore ha trascinato il bastone dietro di lui. Come se fosse proprio della famiglia di Mefistofele, e camminasse con una coda pendente.

«Tu intendi dirmi, Sophronia...» egli comincia così dopo un lungo silenzio, quando Sophronia arrossisce violentemente e si rivolge a lui: «Non attribuire a me, signore. Io chiedo a te: tu intendi dirmi?...»

Il signor Lammle ammutolisce di nuovo, e camminano come prima. La signora Lammle apre le narici e si morde il labbro di sotto; il signor Lammle si prende le basette rossicce con la sinistra, e tenendole stretti, guarda furtivamente con cipiglio la sua amata da un folto cespuglio rossiccio.

«Son io che intendo dire?» la signora Lammle ripete dopo un po' con indignazione. «Attribuirlo a me! Falsità poco virile!»

Il signor Lammle si ferma, lascia andare le basette, e la guarda: «Cosa?»

La signora Lammle risponde sdegnosa, senza fermarsi, e senza volgersi indietro: «Meschinità.»

Egli di nuovo accanto a lei dopo uno o due passi, ribatte: «Non è quello che hai detto. Hai detto falsità.»

«E se lo avessi detto?»

«Non c'è nessun 'se' in questo caso. L'hai detto.»

«L'ho detto, dunque. E con ciò?»

«Con ciò?» dice il signor Lammle. «Hai la sfacciataggine di proferire a me quella parola?»

«La sfacciataggine, anche!» replica la signora Lammle, guardandolo in faccia con freddo disprezzo.

«Di grazia, come osi, signore, proferire a me una simile parola?»

«Non l'ho detta.»

Poiché questo risulta essere vero, la signora Lammle si lancia sulla risorsa femminile di dire: «Non mi importa che cosa hai proferito o non hai proferito.»

Dopo un po' di cammino in più e dopo un po' di silenzio in più, il signor Lammle rompe quest'ultimo.

«Continua pure a tuo modo. Reclami il diritto di chiedermi se voglio dirti qualcosa, ma che cosa?»

«Che tu hai proprietà.»

«No.»

«Allora mi hai sposato con finzioni ingannevoli.»

«Sia pure. Poi viene che cosa intendi dire tu. Vuoi dire che sei una donna con proprietà?»

«No.»

«Allora mi ha sposato con finzioni ingannevoli.»

«Se tu sei stato un cacciatore di dote così ottuso da ingannare se stesso, o così avido e rapace da esser troppo disposto a farsi ingannare dalle apparenze, è colpa mia, signor avventuriero?» domanda la signora, con grande asprezza.

«Ho chiesto a Veneering, e mi ha detto che eri ricca.»

«Veneering!» con gran disprezzo. «E che cosa ne sa Veneering di me?»

«Non era il tuo tutore?»

«No. Non ho altri tutori che quello da te visto il giorno in cui mi hai sposata fraudolentemente. E il suo compito non è molto gravoso, perché è solo un'annualità di centoquindici sterline. Credo che ci siano come spiccioli anche alcuni scellini e *pence*, se sei molto meticoloso.»

Il signor Lammle rivolge alla compagna delle sue gioie e dei suoi dolori uno sguardo per niente amorevole, e brontola qualche cosa; ma si controlla.

«Domanda per domanda, è il mio turno di nuovo, signora Lammle. Che cosa ti ha fatto credere che io fossi un uomo con proprietà?»
«Tu me l'hai fatto credere. Vuoi negare forse di esserti sempre presentato a me in quell'aspetto?»
«Ma anche tu hai domandato a qualcuno. Andiamo, signora Lammle, ammissione per ammissione. Hai domandato a qualcuno?»
«Ho domandato a Veneering.»
«E Veneering ne sapeva tanto su di me, quanto ne sapeva su di te, o quanto qualcuno sappia su di lui.»
Dopo un altro po' di cammino silenzioso, la sposa si ferma di colpo, per dire in maniera passionale: «Mai dimenticherò i Veneering, per questo!»
«Nemmeno io,» replica lo sposo.
Con ciò continuano a camminare. Lei, facendo quei buchi rabbiosi nella sabbia; lui, trascinando quella coda sconsolata. La marea è bassa e sembra che li abbia gettati insieme in alto sulla nuda riva. Un gabbiano arriva rasente alle loro teste e li schernisce. C'era una superficie dorata sulle scogliere brune, ma ora ecco sono solo terra umida. Un boato di scherno proviene dal mare, e le onde lontane s'innalzano l'una sull'altra per guardare gli impostori in trappola, e partecipare alle capriole maliziose ed esultanti.
«Fingi di credere,» riprende la signora Lammle, severa «quando dici che io t'ho sposato per vantaggi mondani, che ci fosse una ragionevole probabilità che ti sposassi per te stesso?»
«Di nuovo ci sono i due lati della domanda, signora Lammle. Che cosa pretendi di credere, tu?»
«Così prima m'inganni e poi mi insulti!» grida la signora col petto ansimante.
«Niente affatto, non ho cominciato io. La domanda a doppio taglio era tua.»
«Era mia!» ripete la sposa, e il suo parasole si rompe nelle mani rabbiose.
Il colore di lui diventa bianco livido, e chiazze spettrali sono venute alla luce intorno al naso, come se il diavolo in persona l'avesse toccato qua e là col suo dito, negli ultimi pochi momenti. Ma lui ha il potere di reprimersi, lei no.
«Buttalo via,» raccomanda freddamente riguardo al parasole; «l'hai reso inservibile; sembri ridicola.»
Al che lei lo chiama con rabbia "un villano intenzionale", e così scaglia lontano da lei l'arnese rotto come se volesse che lo colpisse, cadendo. Le impronte delle dita sono ancora più bianche per un istante, ma cammina al suo fianco.
Ella scoppia in lacrime, dichiarandosi la più disgraziata, la più ingannata, la più bistrattata delle donne. Poi dice che se avesse il coraggio di uccidersi, lo farebbe. Poi lo chiama vile impostore. Poi gli domanda perché, nella delusione della sua bassa speculazione, egli non la uccida con le sue mani, nelle presenti circostanze favorevoli. Poi piange di nuovo. Poi si arrabbia di nuovo e fa qualche accenno ai truffatori. Alla fine si siede a piangere su un blocco di pietra, e passa attraverso tutti gli umori, conosciuti e sconosciuti, propri del suo sesso, tutti in una volta. In attesa dei cambiamenti di lei, quei suddetti segni sul suo volto sono andati e venuti, ora qui ora là, come i bianchi tasti di un flauto su cui l'esecutore diabolico ha suonato una melodia. Anche le sue labbra livide si aprono alla fine, come se egli fosse affannato avendo corso. Ma non lo è.
«Ora, alzati, signora Lammle, e parliamo ragionevolmente.»
Ella è seduta sulla pietra e non gli dà ascolto.
«Alzati, ti dico.»
Alzando la testa, ella lo guarda in volto con disprezzo, e ripete: «Tu mi dici! Mi dici, davvero!»
Ella finge di non sapere che gli occhi di lui la fissano mentre abbassa di nuovo il capo; ma tutta

l'intera figura rivela che lo sa ed è a disagio.

«E' abbastanza! Andiamo! Mi senti? Alzati!»

Dandogli la mano, ella si alza e riprendono a camminare; ma questa volta con il viso rivolto verso il luogo dove risiedono.

«Signora Lammle, entrambi abbiamo cercato di ingannare e entrambi siamo stati ingannati. Abbiamo cercato di mordere entrambi, e siamo stati morsi entrambi. In poche parole, ecco com'è la situazione.»

«Mi hai cercato...»

«Tsk! facciamola finita. Sappiamo molto bene come è andata. Perché dovremmo parlarne, quando tu ed io non possiamo camuffarlo? Andiamo avanti. Io sono deluso e ho fatto una brutta figura.»

«E io no?»

«Anche... E stavo per dirlo, se avessi aspettato un momento. Anche tu sei delusa e hai fatto una brutta figura.»

«Una figura offesa!»

«Tu sei adesso abbastanza calma, Sophronia, per vedere che non puoi essere stata offesa, senza avere offeso me allo stesso modo; e perciò questa semplice parola non serve allo scopo. Se mi volgo indietro, mi domando come posso essere stato così stupido da prenderti così tanto sulla fiducia»

«E se io mi volgo indietro...» grida la sposa interrompendolo.

«E se ti volti indietro, ti domandi come puoi essere stata... mi scusi per la parola?»

«Certamente, con tanta ragione.»

«... Così sciocca da fare con me un passo così grande sulla fiducia. Ma la sciocchezza è stata commessa da entrambe le parti. Io non posso sbarazzarmi di te, e tu non puoi sbarazzarti di me. Che cosa seguirà?»

«Vergogna e miseria,» risponde amaramente la sposa.

«Non so. Segue una comprensione reciproca e credo che può avvantaggiarci. Qui dividerò il mio discorso (dammi il braccio, Sophronia) in tre parti, per renderlo più corto e più chiaro. Prima di tutto, è sufficiente che sia stato fatto, senza la mortificazione di far sapere che è stato fatto. Quindi accettiamo di tenere il fatto per noi. Sei d'accordo?»

«Sì, se è possibile.»

«Possibile? Abbiamo finto abbastanza bene l'uno con l'altro. E non possiamo, uniti, far finta col mondo? D'accordo. In secondo luogo proviamo rancore verso i Veneering, e proviamo rancore per tutte le altre persone da augurargli che siano ingannati, come siamo stati ingannati noi stessi. D'accordo?»

«Sì. D'accordo.»

«E veniamo facilmente al terzo punto. Tu mi hai chiamato avventuriero, Sophronia. E così sono. In poche parole non lusinghiere, così sono. E così sei anche tu, mia cara. Tanti, così sono. Siamo d'accordo di tenerci il segreto per noi, e di lavorare insieme per la riuscita dei nostri progetti?»

«Che progetti?»

«Qualsiasi progetto ci possa portar denaro. Quando dico i nostri piani, intendo il nostro interesse comune. D'accordo?»

Ella risponde dopo un po' d'esitazione: «Credo di sì. D'accordo.»

«Fatto subito, vedi! Ora, Sophronia, solo un'altra mezza dozzina di parole. Noi conosciamo l'un l'altro perfettamente. Non esser tentata di rimproverarmi con la conoscenza del passato che hai di me, perché è identico alla conoscenza passata che ho di te, e rimproverandomi, rimproveri te stessa, e io non voglio sentir parlare di questo. Con questa buona comprensione stabilita fra noi, è meglio non parlarne più. Per concludere: oggi hai mostrato la tua tempra, Sophronia. Non tradirti nel farlo di nuovo, perché anch'io ho un diavolo di carattere.»

Quindi, la coppia felice, con questo promettente contratto di matrimonio così firmato, sigillato e consegnato, torna a casa. Se, quando quelle infernali impronte delle dita che c'erano sull'aspetto bianco e senza fiato del Cav. Alfred Lammle, esse indicavano il proposito di sottomettere la sua cara moglie, la signora Lammle, privandola completamente di ciò che rimaneva di ogni realtà o finzione di autostima, lo scopo sembrerebbe essere stato al momento raggiunto. La signorina matura ha molto poco bisogno di cipria, ora, per la sua faccia depressa, mentr'egli l'accompagna, nella luce del sole che tramonta, alla loro dimora di beatitudine.

XI. Podsnapperie

Il signor Podsnap era facoltoso, e stava molto in alto nell'opinione del signor Podsnap. Cominciando con una buona eredità, aveva sposato un'altra buona eredità, e aveva prosperato straordinariamente con le assicurazioni di marina, ed era molto soddisfatto. Non riusciva mai a capire perché non fossero tutti molti soddisfatti, ed era consapevole che egli costituiva un brillante esempio sociale coll'essere particolarmente soddisfatto di tutte le cose, e sopra tutto di se stesso. Così felicemente convinto dei suoi meriti e della sua importanza, il signor Podsnap aveva stabilito che qualsiasi cosa non gli interessasse, egli la estromettesse dall'esistenza. C'era una dignitosa conclusione - per non dire una gran convenienza - in questo modo di sbarazzarsi delle cose sgradevoli, che aveva contribuito molto a collocare il signor Podsnap nel suo posto elevato nella soddisfazione del signor Podsnap. «Non ne voglio sapere niente; non scelgo di discuterne; non lo ammetto!» Il signor Podsnap aveva perfino acquisito un particolare gesto del braccio destro per ripulire il mondo dai suoi problemi più difficili, spazzandoli dietro di lui (e di conseguenza a picco) con quelle parole e col viso arrossato. Perché erano un affronto per lui.

Il mondo del signor Podsnap non era un mondo molto grande, dal punto di vista morale; e nemmeno da quello geografico: visto che anche se i suoi affari erano basati sul commercio con le altre nazioni, egli considerava le altre nazioni, con quell'importante riserva, uno sbaglio e dei loro costumi e usanze osservava definitivamente: «Non inglesi!» quando subito, con un gesto del braccio e un rossore al viso, li spazzava via. Altrove, il mondo si alzava alle otto, si radeva con cura alle otto e un quarto, faceva colazione alle nove, andava nella City alle dieci, tornava a casa alle cinque e mezzo, e cenava alle sette. Le nozioni del signor Podsnap sulle Arti in generale si potrebbero formulare così: Letteratura, caratteri grandi, rispettosamente descrittivi di gente che si alza alle otto, si rade con cura alle otto e un quarto, fa colazione alle nove, va nella City alle dieci, torna a casa alle cinque e mezzo, e cena alle sette. Pittura e scultura: modelli e ritratti rappresentanti professori dell'arte di alzarsi alle otto, radersi con cura alle otto e un quarto, andare nella City alle dieci, tornare a casa alle cinque e mezzo, e cenare alle sette. Musica: un rispettabile spettacolo (senza variazioni) di strumenti a corda e a fiato, seducentemente espressivi di alzarsi alle otto, di radersi con cura alle otto e un quarto, di far colazione alle nove, di andare nella City alle dieci, di tornare a casa alle cinque e mezzo, e di cenare alle sette.

Nient'altro da concedersi a quei vagabondi delle Arti, a pena di scomunica.

Nient'altro doveva esserci, in nessun luogo!

Essendo un uomo così eminentemente rispettabile, il signor Podsnap era consapevole che gli era richiesto prendere la Provvidenza sotto la sua protezione. Di conseguenza sapeva sempre esattamente cosa la Provvidenza voleva dire. Uomini inferiori e meno rispettabili potevano non essere all'altezza di quel compito, ma il signor Podsnap era sempre all'altezza. Ed era molto notevole (e doveva essere molto comodo) che ciò che la Provvidenza intendeva, era invariabilmente ciò che intendeva il signor Podsnap.

Si può dire che questi fossero gli articoli di una fede e di una scuola che il presente capitolo si prende la libertà di chiamare, dal suo uomo rappresentativo, Podsnapperie. Erano confinate in limiti ristretti, come la testa dello stesso signor Podsnap era stretta dal colletto della camicia; e venivano enunciate con suono sfarzoso che sapeva dello scricchiolio delle scarpe dello stesso signor Podsnap.

C'era una signorina Podsnap. E quel giovane cavallo a dondolo era stata addestrata nell'arte di sua madre di impennarsi in modo maestoso, senza mai andare avanti. Ma l'alta azione dei genitori non le era ancora stata impartita, e in verità non era che una damigella sottodimensionata, con spalle alte, umore basso, gomiti freddi e una superficie del naso ruvida, che sembrava portare occasionali occhiate gelide dall'infanzia alla femminilità, e ritirarsi di nuovo, sopraffatta dall'acconciatura di sua madre e da suo padre tutto intero, schiacciata dal solo peso morto delle Podsnapperie.

Una certa istituzione nella mente del signor Podsnap che egli chiamava la «piccola» si può considerare incarnata nella signorina Podsnap, sua figlia. Era un'istituzione scomoda ed esigente, poiché richiedeva che tutto ciò che era nell'universo venisse limato e adattato a lei. La domanda su ogni cosa era, avrebbe portato un rossore sulla guancia della giovane? E l'inconveniente della giovane era che, secondo il signor Podsnap, sembrava sempre pronta ad arrossire quando non ce n'era bisogno affatto. Pareva non ci fosse una linea di demarcazione tra la piccola eccessivamente innocente, e le più colpevoli cognizioni di un'altra persona. A parola del signor Podsnap, le tinte più sobrie, incolore, bianco, lilla, grigio, diventavano tutte rosso fiammante, per questo ostico Toro di giovane persona.

I Podsnap abitavano in un angolo ombroso adiacente Portman Square[83]. Erano un tipo di persone che, dovunque abitassero, stavano all'ombra di sicuro. La vita della signorina Podsnap era stata, dal suo primo apparire sul nostro pianeta, di un assetto del tutto ombroso; perché era probabile che la piccola del signor Podsnap non potesse ottenere nulla di buono dallo stare insieme alle altre giovani persone, ed era stata perciò confinata nella compagnia non molto congeniale di persone più anziane e di mobili massicci. Le prime visioni del mondo, avendole la signorina Podsnap viste riflesse soprattutto nelle scarpe di suo padre, e nelle tavole di noce o di palissandro degli oscuri salotti, e nei loro oscuri specchi giganteschi, erano di forma cupa. Non c'era dunque da stupirsi se ora, quando la maggior parte dei giorni andava in carrozza solennemente su e giù per il parco accanto a sua madre, in un grande e alto phaeton[84] color crema pasticcera, ella sembrava, dietro il riparo della carrozza, una povera piccola sconsolata che si è seduta sul letto per dare uno sguardo spaventato alle cose in generale, e desidera molto fortemente cacciare di nuovo la testa sotto il copriletto.

Disse il signor Podsnap alla signora Podsnap: «Georgiana ha quasi diciott'anni.» Disse la signora Podsnap al signor Podsnap, assentendo: «Quasi diciotto.»

Disse il signor Podsnap allora alla signora Podsnap: «Mi pare proprio che dovremmo avere un po' di gente al compleanno di Georgiana.»

Disse la signora Podsnap allora al signor Podsnap: «E questo ci permetterà di ricambiare gli inviti a tanta gente cui siam debitori.»

Così avvenne che il signore e la signora Podsnap chiesero l'onore della compagnia per la cena a diciassette amici 'del cuore'; e che essi sostituirono altri amici 'del cuore' a quelli degli originali diciassette poiché profondament dispiaciuti che un impegno precedente impedisse loro di avere l'onore di cenare con il signore e la signora Podsnap in virtù del loro gentile invito; e che la signora Podsnap disse di tutti quegli inconsolabili personaggi, mentre li cancellava con una matita dalla sua lista: «Invitato, in ogni caso, e ce ne siamo sbarazzati»; e che così si sbarazzarono con successo di molti amici 'del cuore', e sentirono le loro coscienze molto alleggerite.

C'erano ancora altri amici 'del cuore' che non avevano diritto a essere invitati a cenare, ma potevano pretendere solo di essere invitati a prendere una coscia di montone cotto a vapore, alle nove e mezza. Per sbarazzarsi di questi meritevoli, la signora Podsnap aggiunse al pranzo un piccolo e veloce intrattenimento, e passò al negozio di articoli musicali per prenotare un automa ben guidato che suonasse quadriglie per un ballo in casa.

Il signor Veneering e la signora Veneering, e gli sposi nuovi di zecca dei Veneering, erano della compagnia; ma casa Podsnap non aveva nient'altro in comune coi Veneering. Il signor Podsnap poteva tollerare il gusto di un uomo-fungo, da poco spuntato, che era nel bisogno di tal genere di cose, ma egli ne era molto al di sopra.

L'orrenda solidità era la caratteristica dell'argenteria dei Podsnap. Tutto era stato fatto per sembrare il più pesante possibile, e per occupare più spazio possibile. Ogni cosa diceva vanagloriosamente: «Qui hai tanto di me nella mia bruttezza come se fossi solo piombo; ma sono così tante once di metallo prezioso che valgono così tanto all'oncia; - non ti piacerebbe sciogliermi?» Un corpulento centro tavola a cavalcioni, chiazzato dappertutto come se fosse scoppiato in un'eruzione piuttosto che essere stato decorato, mandava questo messaggio da un'antiestetica piattaforma argentata al centro del tavolo. Quattro secchielli da ghiaccio d'argento, ciascuno fornito di quattro teste fisse, con ogni testa che portava in modo invadente un grande anello d'argento in ciascuna delle sue orecchie, trasmettevano lo stesso sentimento su e giù per la tavola, e lo trasmettevano alle panciute saliere argentate. Tutti i grandi cucchiai e le forchette d'argento facevano spalancare le bocche dei commensali espressamente allo scopo di spingere giù per la gola quello stesso sentimento con ogni boccone che essi mangiassero.

La maggior parte degli ospiti era come l'argenteria e includeva diversi articoli ponderosi ma mai che pesassero così tanto. Ma fra di loro c'era un gentiluomo straniero, che il signor Podsnap aveva invitato dopo molte discussioni con se stesso - credendo che l'intero continente europeo fosse in congiura mortale contro la piccola - e c'era una strana disposizione, non solo da parte del signor Podsnap, ma di ogni altro, come se fosse un bambino duro d'orecchio.

Per una delicata concessione a questo straniero nato sfortunatamente, il signor Podsnap, nel riceverlo, aveva presentato sua moglie come «Madame Podsnap»; e anche sua figlia come «Mademoiselle Podsnap», con una certa inclinazione di aggiungere «ma fille» ma, comunque, in quella impresa audace si era controllato. Essendo i Veneering in quel momento gli unici altri arrivi, egli aveva aggiunto (in un modo di spiegazione condiscendente) «Monsieur Vey-nair-reeng», e aveva allora ceduto all'inglese.

«Quanto le piace Londra?» il signor Podsnap domandava ora nel suo ruolo di ospite, come se stesse somministrando qualcosa della natura di una polvere o di una pozione, o qualcosa del genere, al bambino sordo. «London, Londres, London?»

Il gentiluomo straniero l'ammirava.

«La trova molto grande?» disse il signor Podsnap con un ampio gesto. Il gentiluomo straniero la trovava molto grande.

«E molto ricca?»

Il signore forestiero la trovava, senza dubbio, 'énormément riche'.

«Enormously rich, noi diciamo,» replicò il signor Podsnap, in maniera condiscendente. «I nostri avverbi inglesi non terminano in -mong, e noi pronunciamo il "ch" come se fosse preceduto da un "t". Noi diciamo "Ritch".»

«Riiitch,» ripeté il gentiluomo straniero.

«E lei trova, signore,» seguitò il signor Podsnap con dignità, «molti esempi che la colpiscono, della nostra Costituzione britannica, per le strade della metropoli del mondo, Londra, Londres, London?»

Il gentiluomo straniero chiese scusa, ma non capiva completamente.

«La Costitution britannique,» spiegò il signor Podsnap, come se insegnasse in una scuola d'infanzia. «Noi diciamo British, ma loro dicono britannique, come lei sa» (conciliante, come se non fosse colpa sua). «La Costituzione, signore.»

Il gentiluomo straniero disse: «Mais, sì; le conosco.»

Un signore occhialuto, giallastro e giovanile, con la fronte bitorzoluta, seduto su una sedia supplementare a un angolo della tavola, fece molta sensazione a questo punto, col dire ad alta voce: «Esker», poi si fermò del tutto.

«Mais oui,» disse il gentiluomo straniero, volgendosi verso di lui: «Est-ce que? Quoi donc?[85]»

Ma il gentiluomo dalla fronte bitorzoluta per il momento aveva consegnato tutto quel che si trovava dietro i suoi bitorzoli, e non parlò più.

«Io stavo chiedendo,» disse il signor Podsnap, riprendendo il filo del discorso, «se lei ha osservato nelle nostre strade, come diciamo noi, sul nostro pavé, come dite voi, qualche segno...»

Il gentiluomo straniero si scusò con paziente cortesia. «Ma cos'è Tokenz?»

«Segni, lei sa, apparenze... tracce.»

«Ah! Di un "orse"?» domandò il gentiluomo straniero.

«Lo chiamiamo *horse*,» disse il signor Podsnap, con sopportazione. «In Inghilterra, Angleterre, noi aspiriamo la "h", e diciamo "*horse*". Solo le nostre classi inferiori dicono "orse"!»

«Scusi,» disse il gentiluomo straniero, «sbaglio sempre!»

«La nostra lingua,» disse il signor Podsnap, con la graziosa consapevolezza di aver sempre ragione, «è difficile. La nostra è una lingua copiosa, e ardua per gli stranieri. Non proseguirò nella mia domanda.»

Ma il bitorzoluto gentiluomo, riluttante a rinunciare, di nuovo follemente disse: "Esker" e di nuovo non parlò più.

«Mi limitavo a fare riferimento,» spiegò il signor Podsnap, con un senso di benemerita proprietà della domanda, «alla nostra Costituzione, signore. Noi inglesi siamo molto orgogliosi della nostra Costituzione, signore. Ci fu conferita dalla Provvidenza. Nessun altro paese è stato così favorito.»

«E 'ozer' paesi?...» stava cominciando il gentiluomo straniero, quando il signor Podsnap, lo rimise di nuovo a posto.

«Noi non diciamo 'ozer', diciamo '*other*': le lettere sono "t" e "h". Lei dice "tay" ed "aish", sa (sempre con clemenza). Il suono è th, th!»

«E gli altri paesi,» dice il gentiluomo straniero pronunciando *other* col th, «come fanno?»

«Fanno, signore,» replicò il signor Podsnap, scuotendo gravemente il capo, «fanno...Mi dispiace di essere costretto a dirlo... Fanno come lo fanno.»

«Una piccola particolarità della Provvidenza,» disse il gentiluomo straniero ridendo, «perché la frontiera non è larga.»

«Indubbiamente,» assentì il signor Podsnap. «Ma è così. Era l'Atto costitutivo della Terra.

Quest'isola è stata favorita, signore, con la totale esclusione degli altri paesi... quali possa accadere che siano. E se i presenti fossero tutti inglesi, direi,» aggiunse il signor Podsnap guardando attorno i suoi compatrioti e parlando solennemente adeguandosi al tema, «che c'è nell'inglese una combinazione di qualità, una modestia, una indipendenza, una responsabilità, una quiete, uniti all'assenza di ogni cosa calcolata che possa richiamare il rossore sulle guance di una giovane persona, che si cercherebbero invano tra le Nazioni della Terra.»

Dopo aver consegnato questo breve riassunto, il viso del signor Podsnap arrossì, mentr'egli pensava alla remota possibilità ch'esso non fosse del tutto idoneo a qualche prevenuto cittadino d'altri paesi; e col suo gesto favorito del braccio destro egli buttò via il resto dell'Europa e le intere Asia, Africa e America.

L'uditorio fu molto edificato da questo insieme di parole, e il signor Podsnap, sentendo di essere in una forma piuttosto ragguardevole, diventò sorridente e loquace.

«Si è sentito qualcos'altro, Veneering,» domandò, «del fortunato erede?»

«Niente di più,» rispose Veneering, «dopo che ha preso possesso dell'eredità. Mi han detto che la gente ora lo chiama il Netturbino d'oro. Le ho accennato tempo fa, credo, che la signorina il cui promesso sposo fu assassinato è figlia di un mio impiegato?»

«Sì, me l'ha detto,» disse Podsnap; «e, a proposito, vorrei che lo raccontasse di nuovo qui, perché è una coincidenza curiosa che la prima notizia della scoperta sia stata portata direttamente alla sua tavola (quando io ero là), ed è curioso che uno dei suoi impiegati vi sia implicato. Lo racconti di nuovo, vuole?»

Veneering era più che pronto a farlo, perché aveva estremamente prosperato dopo il delitto Harmon, e aveva trasformato la distinzione sociale ch'esso gli aveva conferito nel vantaggio di fare parecchie dozzine di amici del cuore nuovi di zecca. In effetti, un altro successo così fortunato quasi l'avrebbe sistemato in un modo che lo avrebbe soddisfatto. Così, rivolgendosi al più simpatico dei suoi vicini, mentre la signora Veneering si assicurava il secondo più simpatico, si tuffò nel caso, e ne riemerse venti minuti dopo con un Direttore di banca tra le braccia. Nel frattempo, la signora Veneering si era tuffata nelle stesse acque per un ricco Agente di navigazione, e l'aveva riportato su, sano e salvo, per i capelli. Poi la signora Veneering dovette raccontare, a un cerchio più ampio di persone, come era stata a vedere la ragazza, e come ella era veramente carina, e (considerando il suo stato) presentabile. E fece questo con una dimostrazione così riuscita delle sue otto dita aquiline e dei gioielli che le cingevano, tanto da impossessarsi felicemente di un Ufficiale generale, di sua moglie e di sua figlia, che andavano alla deriva, e non soltanto ripristinò la loro vivacità, che si era interrotta, ma li rese amici briosi nel giro di un'ora.

Anche se il signor Podsnap avrebbe in generale molto disapprovato i Corpi nei fiumi come argomento di conversazione non idoneo con riferimento alle guance della piccola, egli aveva, come si può dire, una parte in quella vicenda, che lo rendeva compartecipe. Poiché i vantaggi di questo erano immediati, anche, perché trattenevano la compagnia dalla tacita contemplazione dei secchielli da ghiaccio, questo lo ripagava ed egli era soddisfatto.

E ora l'odore del montone in un bagno di vapore, avendo ricevuto un'infusione di selvaggina, e pochi tocchi finali di dolci e di caffè, era quasi pronto: e gli invitati arrivarono, ma non prima che il discreto automa si fosse messo dietro le aste del pianoforte, e aveva l'aspetto di un prigioniero che languisse in una prigione di palissandro. E chi più piacente, ora, chi meglio assortito del signor Alfred Lammle e della sua signora, lui tutto sfavillante, lei tutta graziosa contentezza, che entrambi a intervalli occasionali si scambiavano delle occhiate da compagni di gioco, che giocassero una partita contro tutta l'Inghilterra.

Non c'era molta gioventù tra gli invitati; ma non c'era gioventù (a eccezione della piccola) negli articoli delle Podsnapperie. Invitati calvi incrociavano le braccia e parlavano col signor Podsnap sul tappeto davanti al caminetto; invitati dalle basette sottili, col cappello in mano, balzavano verso la signora Podsnap e poi si ritiravano; invitati vaganti che andavano in giro a guardare nelle scatole e nei vasi ornamentali, come se avessero il sospetto di qualche ladrocinio da parte dei Podsnap, e si aspettassero di trovarvi in fondo qualcosa che avevano perduto; invitate del gentil sesso sedevano in silenzio, mettendo a confronto le spalle d'avorio. Per tutto questo tempo, e sempre, la povera piccola signorina Podsnap, i cui piccoli sforzi (se ne avesse fatto qualcuno) erano inghiottiti dalla magnificenza del dondolio di sua madre, si teneva quanto poteva lontano dalla vista e dal pensiero degli invitati, e sembrava contare i molti altri tristi giorni futuri simili a quello.

In qualche modo si era fatto capire, come un articolo segreto delle proprietà di stato delle Podsnapperie, che non si doveva dir nulla su quel giorno. Di conseguenza, si tacque il genetliaco della giovane madamigella, e lo si riguardò come se si fosse d'accordo che sarebbe stato meglio se lei non fosse mai nata.

I Lammle erano così legati ai cari Veneering che per qualche tempo non poterono allontanarsi da quegli ottimi amici; ma alla fine o un sorriso eloquente da parte del signor Lammle o un cenno molto segreto di una delle sue sopracciglia rossicce - uno dei due certamente - parve dire alla signora Lammle: «Perché non giochi?» Ed ella, guardandosi intorno, vide la signorina Podsnap, e sembrando dire in risposta: «Quella carta?», e avendone ricevuto un «Sì», andò a sedersi accanto alla signorina Podsnap.

La signora Lammle era più che felice di rifugiarsi in un angolo per una piccola chiacchierata tranquilla.

Prometteva di essere una chiacchierata davvero molto tranquilla, perché la signorina Podsnap rispose con un tremito: «Oh! davvero, è molto gentile, ma ho paura che non parlerò.»

«Iniziamo,» disse l'insinuante signora Lammle col suo miglior sorriso.

«Oh! ho paura che mi troverà ben poco interessante. Ma Mamma parla!» Lo si vedeva chiaramente, perché allora Ma parlava al suo solito galoppo, con testa e criniera arcuate, occhi e narici aperti.

«Appassionata di lettura, forse?»

«Sì. Almeno io ... non proprio così tanto,» rispose la signorina Podsnap.

«M-m-m-m-musica?» la signora Lammle era così insinuante che premise una mezza dozzina di *emme* alla parola prima di proferirla tutta.

«Non ho il coraggio di suonare, anche se sapessi. La Ma suona.»

(Esattamente allo stesso galoppo e con una certa fiorente apparenza di fare qualcosa, Ma lo faceva, infatti,

di tanto in tanto, dondolandosi sullo strumento).

«Certamente le piace ballare?»

«Oh, no, non mi piace,» disse la signorina Podsnap.

«No? Con la sua gioventù e le sue attrattive? Veramente, mia cara, lei mi sorprende!»

«Non posso dire,» osservò la signorina Podsnap, dopo aver esitato considerevolmente, e rubando parecchi sguardi timidi alla faccia accuratamente truccata della signora Lammle «quanto mi sarebbe potuto piacere, se fossi stata un... lei non lo dirà a nessuno, vero?»

«Mia cara! Mai!»

«No, sono sicura che non lo dirà. Allora non posso dire quanto mi sarebbe potuto piacere, se fossi stata uno spazzacamino il giorno di maggio.»

«Oddio!» fu l'esclamazione che lo stupore suscitò nella signora Lammle.

«Ecco, sapevo che si sarebbe stupita. Ma non ne parlerà, vero?»

«Parola mia, amor mio,» disse la signora Lammle, «ora che le parlo, mi fa dieci volte desiderosa di conoscerla bene, più di prima, quando stavo laggiù seduta a guardarla. Come vorrei che fossimo proprio amiche! Mi consideri una vera amica. Su! Non mi immagini come una di quelle scontrose vecchie signore maritate, mia cara; mi sono sposata solo l'altro giorno, sa; sono vestita come una sposa ora, vede. Cosa diceva degli spazzacamini?»

«Ssst... Ma' sentirà.»

«Non può sentire, dov'è.»

«Non sia troppo sicura di questo,» disse la signorina Podsnap, a voce più bassa. «Bene, quello che volevo dire, è che sembrano divertirsi.»

«E che forse anche lei si divertirebbe, se fosse uno di loro?»

La signorina Podsnap annuì in modo significativo.

«Allora non si diverte, adesso?»

«E come è possibile?» disse la signorina Podsnap. «Oh, è una cosa così terribile! Se fossi abbastanza cattiva - e forte - da uccidere qualcuno, ucciderei il mio cavaliere.»

Questa era una visione completamente nuova dell'arte di Tersicore[86] come socialmente praticata, tanto che la signora Lammle guardò la sua giovane amica con un po' di stupore. La sua giovane amica sedeva nervosamente a giocherellare con le dita in un atteggiamento immobilizzato, come se stesse cercando di nascondere i gomiti. Ma quest'ultimo oggetto utopico (essendo a maniche corte) sembrava sempre essere il grande scopo inoffensivo della sua esistenza.

«Sembra orribile, no?» disse la signorina Podsnap con la faccia contrita.

La signora Lammle, non sapendo bene cosa rispondere, ricorse a uno sguardo sorridente d'incoraggiamento.

«Ma è, ed è sempre stata» proseguì la signorina Podsnap, «una tale prova, per me! Ho così paura di essere brutta. Ed è così terribile! Nessuno sa quanto ho sofferto a casa di Madame Sauteuse, dove ho imparato a ballare e a far inchini di presentazione e altre cose terribili - o almeno dove cercarono d'insegnarmele -. La mamma sa farle.»

«In ogni caso, amor mio,» disse la signora Lammle in tono rassicurante, «è finito.»

«Sì, è finito,» replicò la signorina Podsnap, «ma non c'è niente da guadagnare. È peggio qui che da Madame Sauteuse. Là c'era la mamma e qui c'è la mamma; ma là non c'era il papà, e non c'erano invitati, e non c'erano veri partner. Oh, c'è la mamma che parla all'uomo al pianoforte! Oh, ecco che la mamma va da qualcuno! Oh, so che lo porterà da me! Oh, per piacere no, per piacere no, per piacere no! Oh, stai lontano, stai lontano, stai lontano!» La signorina Podsnap proferì queste pie giaculatorie con gli occhi chiusi, e la testa reclinata indietro contro il muro.

Ma l'orco avanzava pilotato dalla mamma, e Ma' disse: «Georgiana, il signor Grompus», e l'orco strinse la sua vittima e la portò via al suo castello, per far la coppia di testa. Poi l'automa pieno di discrezione che aveva esaminato il suo terreno, suonò un pezzo senza fioriture e senza tono, e sedici discepoli della Podsnapperia eseguirono le figure di - uno: alzarsi alle otto e radersi con cura alle otto e un quarto; - due: far colazione alle nove; - tre: andare nella City alle dieci; - quattro: tornare a casa alle cinque e mezzo; - cinque: cenare alle sette; e la grande *chaîne*[87].

Mentre erano in corso queste solennità, il signor Alfred Lammle (il più amorevole dei mariti) si avvicinò alla sedia della signora Lammle (la più amorevole delle mogli), e chinandosi sullo schienale, scherzò per alcuni secondi col braccialetto della signora Lammle. Leggermente in contrasto con questo breve gioco spensierato, si sarebbe potuta notare sulla faccia della signora Lammle una certa oscura attenzione, mentr'ella diceva alcune parole con gli occhi sul panciotto del signor Lammle, e sembrava ricevere in risposta delle istruzioni. Ma tutto fu fatto (velocemente) come un alito su uno specchio.

E ora, la grande *chaîne* fissò l'ultimo anello, l'automa pieno di discrezione smise di suonare, e i sedici a due per due fecero una passeggiata tra i mobili. E qui l'incoscienza dell'orco Grompus fu piacevolmente evidente; perché quel mostro di compiacenza, credendo di fare una cosa gradita alla signorina Podsnap, prolungò al massimo delle possibilità un racconto peripatetico di una riunione di tiro con l'arco; mentre la sua vittima, in testa al corteo dei sedici che girava lentamente attorno, come un funerale rotante, non alzò mai gli occhi, tranne una volta, per lanciare alla signora Lammle un'occhiata di intensa disperazione.

Alla fine la processione fu sciolta dall'arrivo improvviso di una noce moscata, davanti alla quale la porta del salotto si spalancò come se fosse una palla di cannone; e mentre quell'articolo profumato, disperso in diversi bicchieri di acqua calda colorata, girava tra la compagnia, la signorina Podsnap tornò al suo posto accanto alla sua nuova amica.

«Oh, buon Dio,» disse la signorina Podsnap. «È finito! Spero che lei non mi abbia guardata.»

«Perché no, mia cara?»

«Oh, so tutto su di me,» disse la signorina Podsnap.

«Le dirò io qualcosa che so su di lei, mia cara,» rispose la signora Lammle coi suoi modi affascinanti, «e cioè, che è del tutto non necessario che lei sia timida.»

«Ma' non lo è,» disse la signorina Podsnap. «... La detesto! Va' via!» Queste parole furono lanciate sottovoce al galante Grompus, che le aveva tributato un sorriso insinuante nel passarle vicino.

«Mi scusi, ma io vedo quasi, mia cara signorina Podsnap...» cominciava la signora Lammle, quando fu interrotta dalla signorina: «Se stiamo per diventare vere amiche (e credo che lo saremo, perché lei è la sola persona che me lo abbia mai proposto) non dobbiamo esser spiacevoli. È già abbastanza spiacevole essere la signorina Podsnap, senza essere chiamata così. Mi chiami Georgiana.»

«Carissima Georgiana...» ricominciò la signora Lammle.

«Grazie,» disse la signorina Podsnap.

«Carissima Georgiana, scusami, ma io non vedo proprio, amor mio, perché, poiché la tua mamma non è timida, questa è una ragione per cui tu lo debba essere.»

«Veramente non la vedi?» domandò la signorina Podsnap, tirandosi le dita in modo turbato, e gettando furtivamente occhiate ora alla signora Lammle, ora al pavimento. «Allora forse non lo è?»

«Mia carissima Georgiana, ti rimetti troppo prontamente alla mia povera opinione. In verità non è nemmeno un'opinione, mia cara, perché è solo la confessione di una mia ottusità.»

«Oh, non sei tu che sei ottusa,» replicò la signorina Podsnap. «Io sono ottusa, ma tu non avresti potuto farmi parlare, se tu lo fossi.»

Qualche piccolo rimorso di coscienza in risposta a questa percezione di lei ottenne lo scopo di far affiorare abbastanza rossore sul viso della signora Lammle, rendendolo più brillante, mentre sedeva sorridendo alla sua cara Georgiana col suo miglior sorriso e scuoteva la testa con affettuosa giocosità. Non che significasse qualcosa, ma a quella Georgiana sembrava piacere.

«Quello che voglio dire,» proseguì Georgiana, «è che poiché la mamma è così dotata di imponenza e il papà è così dotato di maestosità e ci sono tante cose imponenti ovunque - voglio dire ovunque sono io, almeno - forse ciò mi rende così priva di imponenza e spaventata... Lo dico molto male...

Non so se tu puoi capire ciò che voglio dire?»
«Perfettamente, carissima Georgiana!» La signora Lammle stava procedendo con tutte le sue astuzie rassicuranti, quando la testa della signorina Podsnap d'improvviso andò di nuovo contro il muro, e i suoi occhi si chiusero.
«Oh! Ecco Ma' che parla con un signore col monocolo! Oh, lo so che lo sta portando qui! Oh, non me lo portare, non me lo portare! Oh, sarà mio cavaliere con tutto il monocolo nell'occhio! Oh, che cosa farò?» Questa volta Georgiana accompagnò le sue giaculatorie pestando i piedi sul pavimento, ed era del tutto in una situazione quasi disperata. Ma non c'era scampo alla maestosa produzione della signora Podsnap, che esibiva uno sconosciuto che camminava lentamente, con un occhio ridotto all'estinzione, e l'altro incorniciato e lustrato, che, avendo guardato giù da quell'organo, come se scorgesse la signorina Podsnap in fondo a un pozzo perpendicolare, la portò alla superficie, e se ne andò via con lei. E allora il prigioniero del pianoforte suonò un altro pezzo, che esprimeva le sue tristi aspirazioni alla libertà, e altri sedici eseguirono i melanconici movimenti di prima, e colui che camminava lentamente portò la signorina Podsnap a fare una passeggiata tra i mobili, come se avesse avuto un'idea completamente originale.
Nel frattempo un personaggio vagante di comportamento mansueto, che si era spinto fino al tappeto del caminetto, cacciandosi tra i capi tribù riuniti lì in conferenza con il signor Podsnap, pose fine al vigore e al fiorire del signor Podsnap con un'osservazione altamente maleducata: niente meno che un riferimento alla circostanza che negli ultimi tempi una mezza dozzina di persone erano morte di fame, per la strada. Era chiaramente inopportuno dopo cena. Non era adatto alle guance della piccola. Non era di buon gusto.
«Non ci credo,» disse il signor Podsnap, lasciandolo alle spalle.
L'uomo mansueto aveva paura che dovessero prenderlo come dimostrato, perché c'erano le inchieste e i resoconti del cancelliere.
«Allora è stata colpa loro,» disse il signor Podsnap.
Veneering e altri anziani delle tribù lodarono questa via d'uscita. Subito una scorciatoia e una via larga. L'uomo dal comportamento mite fece intendere che davvero sarebbe sembrato dai fatti, come la fame fosse stata imposta ai colpevoli, - come, nella loro miserabile maniera, avessero fatto deboli proteste contro di essa - come si sarebbero presi la libertà di allontanarla se avessero potuto, come avessero preferito non morire di fame nel complesso, se perfettamente gradito a tutte le parti.
"Non c'è," disse il signor Podsnap rosso di rabbia; «non c'è un paese al mondo, signore, dove si provveda ai poveri così nobilmente come in questo paese.»
L'uomo mite era completamente disposto ad ammetterlo, ma forse così rese la cosa ancora peggiore, dimostrando che doveva esserci qualcosa di spaventosamente sbagliato da qualche parte.
«Dove?» disse il signor Podsnap.
L'uomo mite accennò: «Non sarebbe bene provare, molto seriamente, a scoprire dove? »
«Ah!» disse il signor Podsnap. «Facile dire 'da qualche parte'; non è così facile a dirsi dove! Ma capisco a cosa vuole arrivare. Lo sapevo fin dall'inizio. Centralizzazione. No. Mai con il mio consenso. Non inglese.»
Un mormorio di consenso si levò dai capi tribù, come a dire: «Lo hai in pugno! Tienilo stretto!» Egli non era a conoscenza (l'uomo mansueto si sottometteva) di voler arrivare a nessuna «izzazione». Non c'era nessuna «izzazione» favorita che conoscesse. Ma certamente era più preoccupato da queste terribili occorrenze, più che dai nomi, di quante sillabe fossero. Poteva egli

chiedere, il morire di indigenza e abbandono era necessariamente inglese?

«Lei sa quale sia la popolazione di Londra, immagino,» disse il signor Podsnap. L'uomo mite disse sì, ma supponeva che non ci fosse assolutamente niente a che fare con questo, se le sue leggi fossero ben amministrate.

«E lei sa, almeno spero che lei sappia,» disse il signor Podsnap severamente, «che la Provvidenza ha dichiarato che avrai i poveri sempre con te?»

L'uomo mite anche sperava di saperlo.

«Mi fa piacere sentirlo,» disse il signor Podsnap con aria funesta. «Mi fa piacere sentirlo. Ciò la renderà cauto quando volerà in faccia alla Provvidenza[88].»

In riferimento a quella frase convenzionale assurda e irriverente, della quale, disse l'uomo mite, il signor Podsnap non era responsabile, non c'era timore che egli, l'uomo mite, facesse una cosa così impossibile; ma...

Ma il signor Podsnap sentiva che era giunto il momento per scaricare con la sua fiorente eloquenza questo uomo mansueto per sempre. E perciò disse: «Devo rinunciare a proseguire questa penosa discussione. Non è piacevole per i miei sentimenti, è ripugnante per i miei sentimenti. Ho detto che non ammetto queste cose. Ho anche detto che se accadono (non che io le ammetta), la colpa è di quegli stessi che ne soffrono. Non è da me,» il signor Podsnap sottolineò con forza quel 'me', come per aggiungere implicitamente che poteva darsi che potesse andar bene per 'te', «non è da me condannare l'operato della Provvidenza. Lo conosco bene, ho fiducia, ho accennato a quali sono le intenzioni della Provvidenza. Inoltre,» disse il signor Podsnap, arrossendo fino ai capelli-spazzole, con una forte convinzione di aver ricevuto un affronto personale, «l'argomento è molto spiacevole. Arriverò al punto di dire che è odioso. Non è un argomento da trattarsi tra le nostre mogli e le nostre piccole, ed io...» Terminò con quello svolazzo del braccio che significava, molto più chiaramente delle parole: «E io lo rimuovo dalla faccia della terra.»

Contemporaneamente a questa estinzione del fuoco inefficace dell'uomo mansueto, Georgiana lasciava il tipo che camminava lentamente su una sezione del sofà, in una via con divieto di transito del salotto sul retro, per trovare la propria via d'uscita, e tornò dalla signora Lammle. E chi avrebbe dovuto essere con la signora Lammle? ma il signor Lammle. Così affezionato a lei!

«Alfred, amor mio, ecco la mia amica. Carissima Georgiana, ti deve piacere l'amicizia di mio marito come la mia.»

Il signor Lammle era fiero di essere così presto contraddistinto da questa speciale raccomandazione per ottenere l'amicizia della signorina Podsnap; ma se il signor Lammle fosse incline a essere geloso delle amicizie della sua cara Sophronia, egli sarebbe geloso dei suoi sentimenti nei confronti della signorina Podsnap.

«Chiamala Georgiana, tesoro,» intervenne sua moglie.

«Verso...devo? Georgiana.» Il signor Lammle pronunciò quel nome con un delicato gesto della mano destra, dalle labbra verso l'esterno. «Perché non ho mai visto Sophronia (che non è tipo da simpatie improvvise) così attratta e affascinata come lo è da - dovrei una volta di più? - da Georgiana.»

L'oggetto di questo omaggio sedeva abbastanza a disagio nel riceverlo, poi disse volgendosi alla signora Lammle, molto imbarazzata: «Mi domando per che cosa ti piaccio! Sono sicura che non lo so.»

«Carissima Georgiana, per te stessa. Per la differenza da tutto quello che ti circonda.»

«Bene! può darsi! Perché io penso che anche tu mi piaccia per la differenza da tutto quello che mi circonda,» disse Georgiana, con un sorriso di sollievo.

«Dobbiamo andarcene con gli altri,» osservò la signora Lammle, alzandosi e mostrando riluttanza, in mezzo alla dispersione generale. «Siamo vere amiche, Georgiana cara?»

«Vere.»

«Buona notte, cara ragazza!»

Ella aveva fatto nascere un'attrazione in quella ritrosa creatura su cui i suoi occhi sorridenti si fissavano, perché Georgiana le tenne a lungo la mano mentre le rispondeva con un tono segreto e mezzo spaventato:

«Non mi dimenticare quando sarai andata via. E torna presto. Buona notte.»

Incantevole vedere il signor e la signora Lammle andar via con tanta grazia, e scendere le scale così amorevolmente e dolcemente. Non proprio così affascinante vedere i loro volti sorridenti spegnersi e imbronciarsi mentre si sedevano di malumore negli angoli separati della loro piccola carrozza. Certo però che quello era un retroscena che nessuno vedeva e che nessuno doveva vedere.

Alcuni veicoli grandi e pesanti, costruiti sul modello dell'argenteria dei Podsnap, portarono via gli articoli pesanti degli ospiti, che mai avevano pesato tanto; e gli articoli meno preziosi se ne andarono in vari modi; e l'argenteria dei Podsnap fu messa a letto. Mentre il signor Podsnap stava con le spalle al caminetto del salotto, tirandosi su il colletto della camicia, come un vero e proprio gallo del pollaio che letteralmente 'piumeggia' in mezzo alle sue ricchezze, nulla l'avrebbe stupito più di un annuncio che la signorina Podsnap, o qualsiasi altra «piccola» nata e cresciuta correttamente, non si potesse riporre allo stesso modo dell'argenteria, non si potesse tirar fuori come l'argenteria, lucidare come l'argenteria, contare, pesare e valutare come l'argenteria.

Che una tale «piccola» potesse forse sentire nel suo cuore la morbosa mancanza di qualsiasi cosa più giovane dell'argenteria, o meno monotono dell'argenteria; o che i pensieri di una tale «piccola» potessero tentare di evadere dalla regione limitata a nord, a sud, ad est e ad ovest dall'argenteria: ecco una fantasia mostruosa ch'egli avrebbe immediatamente allontanata col suo 'svolazzo'. Questo forse in qualche modo derivava dall'essere la «piccola» del signor Podsnap che arrossiva, tutta guance, per così dire: mentre c'è la possibilità che ci possano essere altre giovani persone con un'organizzazione più complessa.

Se il signor Podsnap, tirandosi su il colletto della camicia, avesse solo potuto sentire che veniva chiamato «quel tipo», in un certo breve dialogo che si teneva tra il signore e la signora Lammle, nei loro opposti angoli della piccola carrozza, tornando a casa!

«Sophronia, sei sveglia?»

«È probabile che io stia dormendo, signore?»

«Molto probabile, penso, dopo la compagnia di quel tipo. Ascolta quello che sto per dirti.»

«Sono stata attenta a quello che mi hai già detto, no? Cosa che d'altronde ho fatto tutta la sera.»

«Ascolta, ti dico» (alzando la voce) «quello che sto per dirti. Tieniti stretta quella ragazza idiota. Tienila sotto il pollice[89]. L'hai stretta, e non devi lasciarla andare. Hai sentito?»

«Ti ho sentito.»

«Prevedo che ci sia denaro da ricavare da questo, oltre al gusto di abbassare l'orgoglio di quel tipo[90]. Ciascuno di noi deve del denaro all'altro, sai.»

La signora Lammle trasalì a questo ricordo, ma solo quanto bastò per agitare di nuovo i suoi profumi e le sue essenze nell'atmosfera della piccola carrozza mentre si sistemava un'altra volta nel suo angolo oscuro.

XII. Il sudore della fronte di un uomo onesto

Il signor Mortimer Lightwood e il signor Eugene Wrayburn consumavano insieme, nell'ufficio del signor Lightwood, una cenetta presa in caffetteria. Avevano di recente deciso di abitare insieme. Avevano preso una casetta da scapolo nei pressi di Hampton[91], sulle rive del Tamigi, con un prato e una rimessa per la barca, e tutte le cose andavano bene e potevano fluttuare con la corrente durante l'estate e la Lunga Vacanza[92].

Non era ancora estate, ma primavera; e non era la gentile primavera eterea e mite come nelle stagioni del Thomson[93], ma una primavera pungente con un vento orientale, come nelle stagioni di Johnson, Jackson, Dickson, Smith, e Jones (i comuni mortali inglesi). Il vento stridente non si accontentava di soffiare, ma segava; e mentre segava la segatura turbinava dappertutto. Ogni strada era un pozzo da sega[94] e non c'era chi segasse in alto (top-sawyer); ogni passante era un segatronchi (under-sawyer), con la segatura che lo accecava soffocandolo.

Quella misteriosa moneta cartacea che circola per Londra quando il vento soffia, roteava qua e là e ovunque. Da dove può venire, dove può andare? Si blocca su ogni cespuglio, fluttua dentro ogni albero, s'impiglia volando tra i fili elettrici, penetra in ogni recinto, beve ad ogni pompa, si avvolge in ogni grata, trema su ogni appezzamento erboso, cerca invano riposo dietro le legioni di binari di ferro. A Parigi, dove nulla è sprecato, benché sia una città dispendiosa e lussuosa, ma dove delle meravigliose formiche umane sbucano fuori da non si sa che buchi, e raccolgono ogni scarto, non esiste una cosa del genere. Lì non soffia altro che polvere. Là occhi acuti e stomachi ampi sfruttano anche il vento orientale e ne traggono profitto.

Il vento segava e la segatura turbinava. Gli arbusti torcevano le loro molte mani, lamentandosi di essere stati troppo persuasi dal sole a germogliare; le giovani foglie soffrivano; i passeri si pentivano dei loro matrimoni precoci, come fanno gli uomini e le donne; i colori dell'arcobaleno erano distinguibili, ma non in una primavera floreale, bensì sulla faccia della gente che il vento punzecchiava e tormentava. E sempre il vento segava, la segatura sempre turbinava.

Quando le sere primaverili sono troppo lunghe e luminose per essere tenute fuori, e quel tempo è prevalente, la città che il signor Podsnap, in modo così esplicativo, chiamava LONDON, Londres, Londra, è al suo peggio. Una tale città nera e stridula, che unisce le qualità di una casa fumosa e di una moglie che rimprovera; una città così cruda; una città così disperata, con nessuna dimora nella plumbea volta del suo cielo! Una città così assediata, investita dalle Forze di Palude dell'Essex e del Kent[95]. Così i due vecchi compagni di scuola pensavano che fosse, quando, terminata la cena, si voltarono verso il fuoco a fumare. Il giovane Blight se n'era andato, il cameriere del ristorante se n'era andato, i piatti e le pietanze se n'erano andati, il vino se ne stava andando... ma non nella stessa direzione.

«Il vento risuona quassù,» disse Eugene mentre rianimava il fuoco, «come se avessimo un faro. Vorrei che lo avessimo!»

«Non credi che ci annoierebbe?» domandò Lightwood.

«Non più di qualsiasi altro posto. E non ci sarebbe nessun distretto giudiziario dove andare. Ma questa è una considerazione egoistica, del tutto mia personale.»

«E non verrebbero clienti,» aggiunse Lightwood. «Non che questa sia una considerazione egoistica, del tutto mia personale.»

«Se fossimo su una roccia isolata nel mare in tempesta,» disse Eugene mentre fumava con gli occhi puntati sul fuoco, «Lady Tippins non potrebbe scoraggiarci venendo a trovarci, o meglio ancora, potrebbe farlo, e venire sommersa. La gente non ci potrebbe invitare per i pranzi di nozze.

Non ci sarebbero Precedenti su cui battere la testa, tranne il Precedente, compito molto facile, di tener la luce accesa. E sarebbe emozionante cercare i relitti.»

«Ma d'altra parte,» suggerì Lightwood, «potrebbe esserci un grado di uniformità nella nostra vita.»

«Ho pensato anche a quello,» disse Eugene, come se davvero avesse considerato il soggetto nelle sue varie articolazioni con un occhio agli affari, «ma sarebbe una monotonia limitata e definita. Non si estenderebbe oltre due persone. Ora, io mi domando, Mortimer, se una monotonia definita con quella precisione e limitata in quella misura, non sarebbe più sopportabile della monotonia illimitata dei propri simili.»

Lightwood rise e passò il vino, e osservò: «Avremo un'opportunità, nella nostra estate in barca, di sperimentarlo.»

«Un esperimento imperfetto,» acconsentì Eugene con un sospiro, «ma così faremo. E spero che non ci metteremo troppo alla prova l'uno all'altro.»

«Ora, riguardo al tuo rispettabile padre,» disse Lightwood, per condurre l'amico all'argomento che avevano espressamente stabilito di discutere: sempre la più scivolosa anguilla da afferrare tra le anguille degli argomenti.

«Sì, riguardo al mio rispettabile genitore,» accettò Eugene, mentre si accomodava sulla sua poltrona. «Avrei preferito affrontare il mio rispettabile genitore a lume di candela, richiedendo l'argomento un po' di brillantezza artificiale; ma lo affronteremo all'oscurità del crepuscolo, ravvivata dal bagliore di Wallsend[96].»

Riattizzò il fuoco mentre parlava, e quando questo arse, riprese: «Il mio rispettabile genitore ha trovato nei dintorni della parentela una moglie per il suo generalmente-poco-rispettabile figlio.»

«Con un po' di denaro, naturalmente?»

«Con un po' di denaro, naturalmente, o non l'avrebbe trovata. Il mio rispettabile padre... permettimi di abbreviare questa rispettosa ripetizione sostituendola in futuro con M. R. F.[97], che suona militare, e piuttosto come il duca di Wellington[98].»

«Che tipo assurdo sei tu, Eugene!»

«Ma no, ti assicuro. M. R. F. ha sempre provveduto nel modo più chiaro (come dice lui) all'avvenire dei suoi figli, col predisporre fin dall'ora della nascita di ciascuno di essi, e talvolta anche prima, quello che la vocazione e il corso della vita della piccola vittima devota dovesse essere. Per me M. R. F. predispose che fossi l'avvocato ch'io sono (con la piccola aggiunta di un'enorme clientela, che non si è vista), e anche l'uomo sposato che non sono.»

«La prima me l'hai detta spesso.»

«La prima te l'ho detta spesso. Ma considerandomi abbastanza incongruo nel mio prestigio legale, ho fino ad ora represso il mio destino domestico. Tu conosci M. R. F., ma non bene come me. Se lo conoscessi bene come me, ti divertirebbe.»

«Parole filiali, Eugene!»

«Perfettamente così, credimi; e con ogni sentimento di affettuosa deferenza verso M. R. F. Ma se mi diverte, non posso farci niente Quando nacque mio fratello maggiore, naturalmente il resto di noi sapeva (voglio dire che il resto di noi avrebbe saputo, se fossimo già venuti in esistenza) ch'egli era l'erede degli Imbarazzi di Famiglia - ma davanti alla gente lo chiamiamo Patrimonio di famiglia. Quando poi stava per nascere il mio secondo fratello, "questo", disse M. R. F., «sarà una piccola colonna della chiesa.» Nacque precedente fu una colonna della chiesa, molto traballante. Il mio terzo fratello fece la sua comparsa con un notevole anticipo sull'appuntamento con mia madre; ma M. R. F. non fu colto di sorpresa, e immediatamente lo dichiarò Circumnavigatore. Fu lanciato in Marina, ma non ha circumnavigato. Mi annunziai io, e fui sistemato con i risultati altamente soddisfacenti incarnati davanti a te. Quando il mio fratello più piccolo aveva mezz'ora di vita, M. R. F. stabilì che dovesse essere un genio della meccanica, e così via. Per questo dico che M. R. F. mi diverte.»

«E riguardo alla sposa, Eugene?»

«Qui M. R. F. finisce di divertirmi, perché le mie intenzioni sono contrarie, riguardo alla sposa.

«La conosci? »

«Nient'affatto.»

«Non avresti fatto meglio a vederla?»

«Mio caro Mortimer, tu conosci bene il mio carattere. Ti pare che io potrei andare laggiù, con un'etichetta: "IDONEO. IN VISIONE", e incontrar la signora, etichettata in modo simile? Qualunque cosa certo, con gran piacere, per eseguire i piani di M. R. F., tranne il matrimonio. Potrei forse sopportarlo? Io, che mi annoio così presto, così costantemente, così fatalmente?»

«Ma tu non sei un tipo coerente, Eugene.»

«In vulnerabilità alla noia,» replicò quel degno giovane, «ti assicuro che sono il più coerente del genere umano.»

«Come, proprio un momento fa ti stavi soffermando sui vantaggi di una monotonia a due.»

«In un faro. Rendimi giustizia nel ricordare la condizione: in un faro.»

Mortimer rise di nuovo, ed Eugene, dopo aver riso anche lui per la prima volta, come se si trovasse in una riflessione piuttosto divertente, ricadde nella sua solita tristezza, e disse con aria assonnata, gustando il suo sigaro: «No, non c'è niente da fare; una delle consegne profetiche di M. R. F. deve rimanere per sempre insoddisfatta. Con tutta la mia buona volontà, deve sottomettersi al fallimento.»

Mentre parlavano si era fatto più buio, e il vento continuava a segare e la segatura a turbinare, fuori dalle finestre più pallide. Il sottostante sagrato della chiesa si stava già immergendo nella penombra, e le tenebre si stavano insinuando fino ai tetti tra i quali stavano. «Come se,» disse Eugene, «si levassero i fantasmi del cimitero.»

Era andato alla finestra con il sigaro in bocca, per esaltare il suo sapore, confrontando l'ambiente del focolare con l'esterno, quando si fermò a metà del suo cammino verso la poltrona e disse: «A quanto pare uno dei fantasmi si è smarrito e si presenta qui per avere indicazioni. Guarda quel fantasma!»

Lightwood, la cui schiena era verso la porta, girò la testa, e lì, nell'oscurità dell'ingresso, c'era qualcosa che somigliava a un uomo: a cui rivolse la domanda non inappropriata: «Chi diavolo siete?»

«Chiedo scusa, comandanti,» rispose lo spettro, con un sussurro rauco 'a doppia canna'[99], «uno di loro non è l'avvocato Lightwood?»

«Cosa significa non bussare alla porta?» domandò Mortimer.

«Chiedo scusa, direttori,» rispose il fantasma, come prima, «ma probabilmente non sapevate che la porta era aperta.»

«Che cosa volete?»

A questo punto il fantasma rispose di nuovo con voce roca, nella sua doppia canna: «Chiedo scusa, direttori, ma uno di loro è l'avvocato Lightwood?»

«Uno di noi lo è,» disse il proprietario con quel nome.

«Benissimo, direttori miei,» replicò il fantasma, mentre chiudeva accuratamente la porta della stanza, «affare stuzzicante.»

Mortimer accese le candele; queste mostrarono un visitatore dal brutto aspetto, con uno sguardo strabico, e mentre parlava, armeggiava con un vecchio, fradicio cappello di pelo, informe e malridotto, che sembrava un animale peloso, qualche cane o gatto, cucciolo o gattino, annegato e in decomposizione.

«Allora,» disse Mortimer, «che c'è?»

«Direttori miei,» replicò l'uomo con un tono che intendeva essere adulatorio, «chi di loro due è l'avvocato Lightwood?»

«Sono io.»

«Avvocato Lightwood,» abbassandosi a lui con aria servile, «io sono un uomo che si procura da vivere, che cerca di procurarsi da vivere col sudore della sua fronte. Per non correre il rischio d'essere frodato del sudore della mia fronte, a scanso di equivoci, vorrei, prima di proseguire, che lei giurasse.»

«Non faccio giuramenti, amico.»

Il visitatore, tutt'altro che fiducioso su questa affermazione, mormorò ostinatatamente: «Alfred David.»

«È il vostro nome?» domandò Lightwood.

«Il mio nome? No» rispose l'uomo «voglio prendere un Alfred David.»

(Eugene, che fumava e lo contemplava, capì che voleva significare un *affidavit*[100].)

«Vi dico, buon uomo,» disse Lightwood col suo riso indolente, «che io non ho niente a che fare coi giuramenti.»

«Vi può imprecare contro,» spiegò Eugene, «e anch'io. Ma non possiamo fare niente di più per voi.»

Molto sconcertato da questa informazione, l'uomo armeggiò per parecchio con il cane o gatto, cucciolo o gattino annegato, e guardò da uno dei due direttori all'altro dei due direttori, mentre rifletteva profondamente. Alla fine si decise: «Allora si deve mettere giù.»

«Dove?» domandò Lightwood.

«Qui, con penna e calamaio.»

«Innanzitutto, facci sapere cosa riguarda il tuo affare.»

«Si tratta,» disse l'uomo, facendo un passo avanti, abbassando la sua voce roca, e schermandola con la mano, «che sono circa dalle cinque alle diecimila sterline di ricompensa. Ecco di cosa si tratta. Si tratta di un omicidio. Ecco di che si tratta.»

«Avvicinatevi al tavolo. Sedete. Volete un bicchier di vino?»

«Sì,» disse l'uomo, «e non li ingannò, direttori.»

Gli diedero il vino. Alzando il gomito rigido, egli si versò il vino in bocca, lo inclinò nella guancia destra, come dicendo: «Cosa ne pensi?», lo inclinò sulla guancia sinistra, come a dire: «E tu cosa ne pensi?», e finalmente lo deviò nello stomaco, come per domandare anche a quello: «E tu cosa ne pensi?»

Per concludere, fece schioccare le labbra, come se avessero risposto tutti e tre: «Ne pensiamo bene!»

«Ne volete un altro?»

«Sì,» ripeté, «e non vi ingannò, direttori.» E ripeté anche gli altri procedimenti.

«Ora,» cominciò Lightwood, «come vi chiamate?»

«Be', eccola piuttosto veloce, avvocato Lightwood,» rispose l'uomo a mo' di rimostranza. «Non vede, avvocato Lightwood? Lei va troppo in fretta. Sto per guadagnare da cinque a diecimila sterline col sudore della mia fronte; e se un pover'uomo rende giustizia al sudore della sua fronte, le pare che possa permettermi di separarmi da una cosa come il mio nome senza che venga messo giù?»

Ritardando il giudizio di quell'uomo su poteri vincolanti di penna, carta e calamaio, Lightwood fece un cenno d'assenso al cenno di proposta di Eugene, di prendere in mano quegli strumenti magici. Eugene li portò sul tavolo e si sedette come un impiegato o un notaio.

«Ora,» disse Lightwood, «come vi chiamate?»

Ma un'ulteriore precauzione era ancora dovuta al sudore della fronte di quell'onesto uomo.

«Avvocato Lightwood,» egli contrattò, «vorrei avere quell'altro direttore come testimone che quello che ho detto, l'ho detto. Perciò l'altro direttore, vuol avere la bontà di darmi il suo nome e il suo indirizzo?»

Eugene, sigaro in bocca e penna in mano, gli lanciò il suo biglietto da visita. Dopo averlo letto lentamente, l'uomo ne fece un piccolo rotolo e lo legò ancora più lentamente a un'estremità del fazzoletto da collo.

«Ora,» disse Lightwood per la terza volta, «se avete completato del tutto i vostri vari preparativi, amico mio, e avete accertato pienamente che i vostri spiriti sono freddi e che non avete nessuna fretta, come vi chiamate?»

«Roger Riderhood.»

«Abitazione?»

«Limehou's Hole.»

«Professione o occupazione?»

Non così disinvolto con questa risposta come con le due precedenti, il signor Riderhood diede la definizione «personaggio di fiume».

«Qualcosa contro di voi?» disse tranquillamente Eugene, mentre scriveva.

Piuttosto reticente, il signor Riderhood rispose evasivamente, con aria innocente, che credeva che l'altro direttore avesse detto qualcosa.

«Mai nei guai?» disse Eugene.

«Una volta.» (Potrebbe succedere a qualsiasi uomo, aggiunse incidentalmente il signor Riderhood.)

«Accusato di…?»

«Del portafoglio di un marinaio» disse Mr Riderhood. «Mentre in realtà ero il migliore amico del tipo e ho cercato di prendermi cura di lui.

«Col sudore della vostra fronte?» domandò Eugene.

«Finché grondò come pioggia,» disse Roger Riderhood.

Eugene si appoggiò allo schienale della sua sedia, e fumava guardando con aria negligente l'informatore, e la sua penna pronta a ridurlo in maggiore scrittura. Anche Lightwood fumava, con i suoi occhi negligentemente girati verso l'informatore.

«Adesso fatemi metter giù altro,» disse Riderhood, dopo che ebbe rigirato tra le mani più e più volte il suo cappello fradicio, e che lo ebbe spazzolato nel verso sbagliato (se avesse avuto un verso giusto). «Io do l'informazione che l'uomo che ha commesso il delitto Harmon è Gaffer Hexam, colui che trovò il cadavere. La mano di Jesse Hexam, comunemente chiamato Gaffer sul fiume e lungo la riva, è la mano che ha commesso quel fatto. La sua mano e nessun'altra.»

I due amici si scambiarono un'occhiata con facce più serie di quanto avevano mostrato fino allora.

«Diteci su quali basi muovete questa accusa,» disse Mortimer Lightwood.

«Sulla base,» rispose Riderhood, asciugandosi il viso con la manica, «che io ero il compagno di Gaffer, e l'ho sospettato per molti lunghi giorni e molte buie notti. Sulla base che conoscevo i suoi modi. Sulla base del fatto che ho rotto la partnership perché vedevo il pericolo; e li avverto che sua figlia potrà raccontare un'altra storia al riguardo, per quel che posso dire, ma loro sanno quale ne sarà il valore, perché è capace di raccontare bugie, il mondo intorno e il cielo ampio, per salvare suo padre. Sulla base del fatto che tutti l'hanno capito, lungo il fiume. Sulla base del fatto che è stato allontanato da tutti, perché è stato lui. Sulla base del fatto che io giurerò che è stato lui. Sul fatto che potete portarmi dove volete, e farmelo giurare. Non voglio tirarmi indietro per paura delle conseguenze. Ho preso la mia decisione. Portatemi ovunque.»

«Tutto questo è nulla,» disse Lightwood.

«Nulla?» ripeté Riderhood, indignato e stupito.

«Semplicemente nulla. Non è importante che tu sospetti quest'uomo del crimine. Puoi farlo per qualche motivo, oppure puoi farlo senza motivo, ma non può essere condannato in base al tuo sospetto.»

«Non ho detto – mi appello all'altro direttore come mio testimone - non ho detto dal primo minuto che ho aperto la bocca su questa sedia qui, del-mondo-eterno-e-senza fine» (evidentemente egli usava quelle parole come le più prossime, in quanto a vigenza, a un *affidavit*) «che ero disposto a giurare che è stato lui? Non ho detto di portarmi a giurare dove volete? Non lo dico adesso? Non lo negherà, avvocato Lightwood?»

«Sicuramente no; ma vi offrite solo di giurare il vostro sospetto, e io dico che non basta giurare il vostro sospetto.»

«Non abbastanza, non è vero, avvocato Lightwood?» egli domandò con cautela.

«No, categoricamente.»

«E io ho detto io che era abbastanza? Ora, mi rivolgo all'altro direttore. Ora su! Ho detto così?»

«Di certo non ha detto che non aveva altro da dire,» osservò Eugene a bassa voce, senza guardarlo, «qualunque cosa lui sembrasse implicare.»

«Ah!» gridò l'informatore, percependo trionfante che l'osservazione era generalmente a suo favore, anche se apparentemente non la capiva appieno. «Fortuna per me che ho un testimone!»

«Avanti, allora,» disse Lightwood, «dite quello che dovete dire. Nessun ripensamento.»

«Allora lasciatemi mettere giù!» gridò il delatore, impaziente e ansioso. «Lasciatemi mettere giù, perché, per San Giorgio e il Drago[101], ci sto arrivando, adesso! Non fate niente per frodare un uomo onesto dei frutti del sudore della sua fronte! Do l'informazione, dunque, che mi ha detto lui che l'ha fatto. È abbastanza?»

«State attento a quello che dite, amico mio,» rispose Mortimer.

«Avvocato Lightwood, stia attento lei a quello che dico; perché penso che sarà responsabile lei di seguire l'accusa!» Poi, battendo lentamente e solennemente la mano destra aperta sul palmo della sinistra: «Io, Roger Riderhood, Lime'us Hole, personaggio di fiume, le dico, avvocato Lightwood, che l'uomo Jesse Hexam, comunemente detto Gaffer sul fiume e sulle due rive, mi ha raccontato di essere stato lui. E in più, me l'ha detto con le sue stesse labbra di averlo fatto. E in più, ha detto di aver compiuto l'atto. E lo giuro!»

«Dove ve l'ha detto?»

«Fuori,» replicò Riderhood, battendo sempre una mano sull'altra, con la testa ostinatamente di traverso, e gli occhi vigili che dividevano la loro attenzione tra i suoi due ascoltatori, «fuori dalla porta dei Sei allegri facchini, verso un quarto dopo mezzanotte - ma in coscienza non mi impegno a giurare una questione di cinque minuti in più o in meno, - la notte in cui egli trovò il corpo. I Sei allegri facchini non scapperanno. Se si scopre che non era ai Sei allegri facchini quella notte a mezzanotte, io sono un bugiardo.»

«Che cosa ha detto?»

«Ve lo dirò (metta giù, altro comandante, non chiedo di meglio). Lui uscì per primo; io uscii per ultimo: potrebbe essere un minuto dopo di lui, potrebbe essere mezzo minuto, potrebbe essere un quarto di minuto; non posso giurare questo, e quindi non lo farò. Questo è conoscere gli obblighi di un Alfred David, non è vero?»
«Andate avanti.»
«Lo trovai in attesa di parlarmi. Mi dice: "Rogue Riderhood," - perché questo è il nome con cui sono per lo più chiamato, - non per il suo significato, perché non ne ha, ma perché è simile a Roger.»
«Questo non importa.»
«Mi scusi, avvocato Lightwood, è una parte della verità, e come tale, mi importa, mi deve importare, e mi importerà. "Rogue Riderhood," mi dice, "sono corse parole tra noi, sul fiume, stasera". Che era vero: domandi a sua figlia! "Io ho minacciato" dice, "di pestarti le dita con una tavola della mia barca, o di prendere di mira il tuo cervello col gancio. L'ho fatto perché guardavi troppo attentamente quello che avevo a rimorchio, come se fossi sospettoso, e perché ti aggrappavi al bordo della mia barca." Io gli dico: "Lo so, Gaffer." E lui mi dice: "Rogue Riderhood, sei un uomo su una dozzina[102]" - penso dicesse come in un punteggio, ma su questo punto non son certo, non posso giurarlo, quindi prendi la cifra più bassa perché gli obblighi di Alfred David sono importanti. – "E," dice, "quando i tuoi compagni sono in giro, che si tratti delle loro vite o dei loro orologi, la tua parola è sempre acuta. Hai avuto dei sospetti?" Io dico: "Li ho avuti, Gaffer; e per di più ne ho ancora." Gli prende un tremito e mi dice: "Di che cosa?" Io dico: "Di un gioco scorretto." Gli prende un tremito ancora più forte, e dice: "C'è stato un gioco scorretto. L'ho fatto per il suo denaro. Non tradirmi!" Queste sono state le parole che ha usato.»
Ci fu un silenzio, rotto soltanto dalla brace che cadeva nella griglia. Un'opportunità di cui l'informatore approfittò per passarsi su tutta la testa, il collo, la faccia, il suo berretto bagnato, non migliorando molto il suo aspetto.
«Che altro?» domandò Lightwood.
«Di lui, vuol dire, avvocato Lightwood?»
«Di qualsiasi cosa allo scopo.»
«Beato chi vi capisce, ora, direttori miei,» disse l'informatore in modo insinuante, propiziandosi entrambi, benché avesse parlato uno solo.
«Che cosa? non è ancora abbastanza?»
«Gli avete chiesto come lo fece, dove lo fece, quando lo fece?»
«Lungi da me, avvocato Lightwood! La mia mente era così turbata che non avrei voluto saper niente di più, no, nemmeno per la somma che mi aspetto di guadagnare, grazie a voi, col sudore della mia fronte, come ho già detto due volte. Avevo messo fine alla nostra collaborazione. Avevo interrotto il rapporto. Non ho potuto annullare ciò che è stato fatto; e quando lui mi prega e mi implora: "Vecchio socio, sulle mie ginocchia, non separarti da me!", io rispondo soltanto: "Non dir mai più neanche una parola a Rogue Riderhood, non guardarlo più in faccia!" e io evito quell'uomo.»
Avendo dato a queste parole un crescendo per farle salire più in alto e andare lontano, Rogue Riderhood si versò un altro bicchier di vino, non invitato, e pareva che lo masticasse, mentre col bicchiere mezzo vuoto in mano, guardava fisso le candele.
Mortimer diede un'occhiata ad Eugene, ma Eugene sedeva contemplando la sua carta, come non volesse dargli uno sguardo di risposta. Mortimer si volse di nuovo all'informatore e gli disse: «La

vostra mente è stata turbata da molto tempo, amico?»

Dando al suo vino un'ultima masticazione e inghiottendolo, l'informatore rispose con una sola parola:

«Diavolo![103]»

«Quando si è fatto tutto quel trambusto, quando è stata offerta la ricompensa del governo, quando la polizia era in allerta, quando tutto il paese parlava di quel delitto!» disse Mortimer, impaziente.

«Ah!» intervenne il signor Riderhood, molto adagio e con voce roca, con parecchi cenni del capo come se riandasse indietro nel tempo: «Certo che avevo problemi nella mia mente allora!»

«Quando le congetture si scatenarono, quando si diffondevano i sospetti più stravaganti, quando a qualsiasi ora del giorno avrebbero potuto esserci una mezza dozzina di persone innocenti messe in prigione![104]» disse Mortimer un po' animato.

«Ah!» intervenne come prima il signor Riderhood, «Certo che avevo problemi nella mia mente allora!»

«Ma allora,» disse Eugene, disegnando una testa di donna sul foglio dove scriveva, e ritoccandola ad intervalli, «non c'era l'opportunità di guadagnare tanto denaro, vede.»

«L'altro direttore colpisce nel segno, avvocato Lightwood! È questo che mi ha convinto. Tante e tante volte ero combattuto di scaricarmi da quel peso, ma non riuscivo. Una volta fui quasi vicino a dirlo alla signorina Abbey Potterson, la padrona dei Sei allegri facchini - la casa c'è sempre, non scapperà - e lei vive là, non è probabile che muoia d'un colpo prima che voi ci andiate... chiedetegielo! - ma non riuscivo a farlo. Alla fine, esce fuori il nuovo annuncio col suo legittimo nome, avvocato Lightwood, stampato sopra, e allora ho fatto questa domanda al mio intelletto: Devo avere la mente così turbata per sempre? Non me ne libererò mai? Dovrò sempre pensare più a Gaffer che a me stesso? Se lui ha una figlia, non ho anch'io una figlia?»

«E l'eco rispose...?» suggerì Eugene.

«"Devi,"» disse il signor Riderhood con tono deciso.

«Chiedendo per inciso, nello stesso tempo, di che età?» domandò Eugene.

«Sì, direttore. Ventidue l'ottobre scorso. E allora ho detto a me stesso: "Per quanto riguarda i soldi, è una pentola di soldi."»

«Perché è una bella quantità davvero,» disse il signor Riderhood candidamente, «perché negarlo?»

«Udite!» disse Eugene, ritoccando il suo disegno.

«È una pentola di soldi; ma è un peccato per un uomo che lavora, che inzuppa di lacrime ogni crosta del pane che guadagna - o se non con loro, con il raffreddore che prende in testa - è un peccato per quell'uomo, guadagnarselo? Dite che sia qualcosa di male. "Questo mi son detto energicamente, come un obbligo doveroso" - come si può dire, sarebbe come incolpare l'avvocato Lightwood di aver offerto la ricompensa. Ed era in me incolpare l'avvocato Lightwood? No.»

«No,» disse Eugene.

«Certamente no, direttore,» ammise il signor Riderhood. «Così ho liberato la mia mente per togliermi quel peso e per guadagnare col sudore della mia fronte ciò che mi è stato offerto. E per di più,» aggiunse diventando improvvisamente assetato di sangue, «voglio averlo! E ora le dico, una volta per tutte, avvocato Lightwood, che Jesse Hexam, detto comunemente Gaffer, la sua mano e nessun'altra, ha compiuto il fatto, e c'è la sua stessa confessione a me. E io lo lascio a lei, e voglio che sia preso. Stanotte!»

Dopo un altro silenzio, rotto soltanto dalla caduta delle braci sulla grata, che attirava l'attenzione dell'informatore come se fosse un tintinnio di monete, Mortimer Lightwood si chinò sul suo amico e gli sussurrò: «Suppongo di dover andare con questo tizio dal nostro imperturbabile amico alla stazione di polizia.»

«Penso,» disse Eugene, «non ci sia modo di evitarlo.»

«Gli credi?»

«Credo che sia un vero mascalzone. Ma può dire la verità, per il suo scopo e solo per questa occasione.»

«Non mi sembra.»

«Lui no,» disse Eugene. «Ma neanche il suo ex-socio, ch'egli denuncia, è una persona incantevole. La verità che in apparenza sono entrambi spietati[105]. Vorrei chiedergli una cosa.»

L'argomento di questa conversazione era seduto a guardare le ceneri, cercando con tutta la sua forza di ascoltare ciò veniva detto, ma fingendo astrazione quando "i due direttori" lo guardavano.

«Avete nominato (due volte, mi pare) una figlia di questo Hexam,» disse Eugene ad alta voce. «Non volete dire che ella abbia una colpevole conoscenza del crimine?»

L'onesto uomo, dopo aver riflettuto - forse considerando come la sua risposta potesse influenzare i frutti del sudore della sua fronte – rispose, senza riserve: «No.»

«E non coinvolgete nessun'altra persona?»

«Non coinvolgo io, è Gaffer che è coinvolto,» fu la risposta ostinata e determinata. «Non pretendo di sapere di più delle sue parole per me, che furono: "Sono stato io." Quelle furono le sue parole.»

«Voglio vederci chiaro, Mortimer,» sussurrò Eugene alzandosi. «Come andremo?»

«Camminiamo,» sussurrò Lightwood, «e diamo a questo tipo il tempo di pensarci su.»

Dopo aver scambiato la domanda e la risposta, si prepararono per uscire e il signor Riderhood si alzò. Mentre spegneva le candele, Lightwood prese il bicchiere nel quale aveva bevuto quell'onesto signore, e come se fosse una cosa normale, lo gettò freddamente nel caminetto, dove si ruppe in frammenti.

«Ora, se voi fate strada,» disse Lightwood, «il signor Wrayburn ed io vi seguiremo. Sapete dove andare, penso.»

«Credo di sì, avvocato Lightwood.»

«Allora andate avanti.»

Il personaggio di fiume si calcò il cappello malandato sulle orecchie con tutte e due le mani, e curvando ancor più le spalle di quanto lo avesse fatto curvo la natura, con il cupo e persistente trascinarsi con cui si muoveva, scese le scale, girò lungo la chiesa del Temple, traversò fino a Whitefriars[106], e proseguì per la strada lungo il fiume.

«Guarda che aria da miserabile,» disse Lightwood, seguendolo.

«Mi sembra piuttosto un boia,» rispose Eugene, «ha intenzioni innegabili in questo verso.» Dissero poco altro mentre lo seguivano. Egli camminava davanti a loro come avrebbe potuto fare un Fato malvagio, ed essi lo tenevano d'occhio, ma sarebbero stati ben contenti di perderlo di vista. Andava avanti, sempre alla stessa distanza da loro, e alla stessa velocità. Curvo contro l'aspro cattivo tempo e il vento implacabile, egli non era respinto più di quanto si affrettasse avanti, ma teneva duro come il destino che avanza. Quando furono circa a metà del loro viaggio, vi fu una forte grandinata, che in pochi i minuti colpì le strade e le imbiancò. Non fece differenza per lui. La vita di un uomo che deve essere arrestato e la ricompensa ottenuta per questo richiedevano dei chicchi di grandine ben più grossi e più fitti di quelli, per arrestare questo proposito. Egli li fece scricchiolare, passandovi sopra, e lasciando nel fango, nella grandine che si scioglieva in fretta, delle impronte che erano buchi informi; si sarebbe potuto pensare, seguendolo, che la stessa forma di umanità fosse scomparsa dai suoi piedi.

Le raffiche continuavano, e la luna lottava contro le nuvole che si spostavano velocemente, e il disordine selvaggio che regnava lassù rendeva di nessuna importanza i tristi piccoli tumulti per le strade. Non già che il vento spazzasse via tutti gli attaccabrighe in posti riparati, come aveva spazzato la grandine che ancora si attardava in mucchi ovunque ci fosse riparo; ma sembrava che le strade fossero assorbite dal cielo, e la notte fosse tutta nell'aria.

«Se ha avuto tempo di pensarci su,» disse Eugene, «non ha avuto tempo di pensarci meglio, o di cambiar idea, se questo è meglio. Non c'è segno di ripensamento; e se riconosco il posto, dobbiamo essere vicino all'angolo dove scendemmo quella notte.»

Infatti, alcune brusche svolte li portarono alla riva del fiume, dove quella notte erano scivolati sulle pietre, e dove ora scivolavano ancor di più; il vento veniva contro di loro, inclinato, dalla corrente e dai meandri del fiume, in modo furioso.

Con quell'abitudine di mettersi sotto la protezione di qualsiasi riparo che i personaggi di fiume acquisiscono, il personaggio di fiume in oggetto si mise al riparo dei Sei allegri facchini, prima di parlare.

«Guardi qui intorno, avvocato Lightwood, quelle tende rosse. Sono i Sei facchini, la casa di cui le ho detto che non sarebbe scappata. Ed è scappata?»

Senza mostrarsi molto colpito da questa straordinaria conferma delle prove dell'informatore, Lightwood domandò quali altri affari avessero lì.

«Volevo che lei vedesse i Facchini di persona, avvocato Lightwood, per giudicare se sono un bugiardo. E ora andrò a vedere coi miei occhi la finestra di Gaffer, così possiamo sapere se si trova casa.»

Con questo sgattaiolò via.

«Tornerà, immagino?» mormorò Lightwood.

«Sì! e andrà fino in fondo,» mormorò Eugene. Infatti tornò dopo un intervallo molto breve.

«Gaffer è fuori, e la sua barca non c'è. Sua figlia è a casa, seduta a guardare il fuoco. Ma c'è della cena che si prepara, così Gaffer è aspettato. E posso anche dire dove andrà tra poco, facile abbastanza, attualmente.»

Poi fece un cenno e fece di nuovo strada, e giunsero alla stazione di polizia, ancora fresca, pulita e stabile come prima, tranne la fiamma della sua lampada, - che essendo solo una fiamma, e assegnata alla Forza Pubblica solo come cosa esterna, oscillava al vento.

Inoltre, entro le porte, il signor Ispettore era ai suoi studi come un tempo. Lui riconobbe gli amici nell'istante in cui ricomparvero, ma la loro ricomparsa non ebbe effetto sulla sua compostezza. Nemmeno la circostanza che Riderhood fosse la loro guida lo emozionò, a parte che, mentre intingeva la penna nell'inchiostro sembrava, per un movimento del mento, che proponesse a quel personaggio, senza guardarlo, la domanda: 'Cosa hai fatto, ultimamente?'

Mortimer Lightwood gli chiese, sarebbe stato così bravo a guardare quelle note? Dandogli quelle di Eugene. Dopo aver letto le prime righe, il signor Ispettore passò a quello (per lui) straordinario picco di emozione tanto che disse: 'Uno di voi due signori ha un pizzico di tabacco con sé?' Avendo saputo che nessuno dei due l'aveva, fece altrettanto bene senza e continuò a leggere.

"Avete sentito queste letture?" poi chiese all'uomo onesto.

«No,» disse Riderhood.

«Allora fareste meglio a sentire.» E così lesse tutto ad alta voce, con tono ufficiale.

«Ora, queste note sono corrette, per quanto riguarda le informazioni qui riportate e le prove che intendete dare?» domandò quando ebbe finito di leggere.

«Sì. Corrette,» rispose il signor Riderhood, «come lo sono io. Io non posso dire di più di loro.»

«Prenderò io stesso quest'uomo,» disse il signor Ispettore a Lightwood. Poi a Riderhood: «È a casa? Dov'è? Cosa fa? Vi siete dato da fare per informarvi di tutto, senza dubbio.»

Riderhood disse ciò che sapeva, e promise di scoprire in pochi minuti quello che non sapeva.

«Fermi,» disse il signor Ispettore, «finché non vi dico: non dobbiamo sembrare di essere impegnati in un'azione di polizia. Voi due signori obiettate niente a fare finta di prendere un bicchiere di qualcosa in mia comagnia ai Facchini? Locale ben tenuto e padrona di casa di tutto rispetto.»

Essi risposero che sarebbero stati felici di sostituire una realtà alla finzione, che, nel complesso, sembrava essere tutt'uno con il significato dell'Ispettore.

«Molto bene,» diss'egli, prendendo il cappello dall'attaccapanni e mettendosi in tasca un paio di manette come se fossero i suoi guanti. «Agente!» L'agente salutò. «Sapete dove trovarmi?» L'agente salutò di nuovo. «Riderhood, quando avrete visto che lui sia tornato a casa, venite alla finestra della saletta, bussate due volte, e aspettatemi. Andiamo, signori.»

Mentre quei tre uscivano insieme, e Riderhood si trascinava per la sua diversa strada sotto la lampada tremolante, Lightwood domandò all'Ispettore cosa ne pensasse.

Il signor Ispettore rispose, con la dovuta generalità e reticenza, che era sempre più probabile che un uomo avesse fatto una cosa cattiva, che non l'avesse fatto. Che lui stesso aveva "fatto i conti" con Gaffer parecchie volte, ma non era mai riuscito a portarlo a un'incriminazione vera e propria. Che se quella storia era vera, era vera solo in parte. Che quei due, entrambi tipi loschi, avrebbero potuto entrare, insieme e in quasi egual misura, in quella storia; ma che questo aveva «individuato» l'altro, per salvar se stesso e ottenere il denaro.

«E io credo,» aggiunse il signor Ispettore per concludere, «che se tutto gli va bene, c'è una discreta possibilità che lo ottenga. Ma ecco qua i Facchini, signori, dove sono le luci, mi raccomando, cambiamo argomento. Non possono far niente di meglio che essere interessati a qualche partita di calce proveniente dai vicino Northfleet, e mostrarsi preoccupati che un po' di calce sia finita in cattiva compagnia, come avviene sulle chiatte.»

«Senti, Eugene?» disse Lightwood sulla sua spalla. «Tu sei profondamente interessato alla calce.»

«Senza la calce,» replicò quell'impassibile avvocato, «da mia esistenza non sarebbe illuminata da un solo raggio di speranza.»

XIII. Alla caccia dell'uccello da preda

I due mercanti di calce, con la loro scorta, entrarono nei domini della signorina Abbey Potterson, alla quale la scorta, (presentando loro e i loro pretesi affari sulla mezza-porta del bar, in modo confidenziale) proferì la sua richiesta figurata di fare accendere «un boccone di fuoco» nella saletta. Sempre ben disposta ad assistere le autorità costituite, la signorina Abbey ordinò a Bob Gliddery di accompagnare i signori in quel ritiro e di ravvivarlo prontamente col fuoco e la luce a gas. Di questo compito Bob, guidando la fila, con le braccia nude e un po' di carta fiammeggiante, si sbrigò così celermente, che la saletta sembrò balzar fuori da un sonno oscuro e abbracciare gli ospiti calorosamente, nel momento in cui oltrepassarono gli architravi della sua ospitale porta.

«Sanno riscaldare molto bene lo sherry, qui,» disse il signor Ispettore, come parte delle informazioni locali. «Forse a voi signori potrebbe piacere una bottiglia?»

Essendo stata la risposta: «Certamente», Bob Gliddery ricevette le istruzioni del signor Ispettore, e partì in uno stato crescente di alacrità generata dal rispetto per la maestà della legge.

«È un fatto sicuro,» disse il signor Ispettore, «che quest'uomo dal quale abbiamo avuto le nostre informazioni», e col pollice sulla spalla indicò Riderhood, «da un certo tempo ha dato all'altro uomo un cattivo appellativo, che deriva dalle vostre barche di calce, e che di conseguenza quell'altro è stato evitato da tutti. Non dico cosa significhi o dimostri, ma è un fatto certo. Ne ho avuto notizia la prima volta da una mia conoscente», indicando vagamente, con il pollice sopra la spalla, la signorina Abbey, «proprio qui accanto.»

Allora probabilmente il signor Ispettore non era del tutto impreparato alla loro visita di quella sera? Accennò Lightwood.

«Bene, vedono,» disse il signor Ispettore, «si trattava di fare una mossa. Non serve muoverti se non sai quale sia la tua mossa. Faresti meglio di gran lunga a stare fermo. Quanto a quest'affare della calce, certo avevo l'idea che essa giacesse tra quei due; ho sempre avuto questa idea. Tuttavia sono stato costretto ad aspettare l'inizio e non sono stato così fortunato da averlo. Quest'uomo dal quale abbiamo avuto le nostre informazioni, si è mosso, e se non incontra un impedimento può fare una corsa e arrivare primo. Può darsi che ci sia qualcosa di considerevole per quello che arriverà secondo, e non dico chi può o non può provare a raggiungerlo. C'è un dovere da compiere, e lo compirò, in ogni caso, al meglio del mio giudizio e della mia abilità.»

«Parlando come spedizioniere di calce...» cominciò Eugene.

«Cosa che nessun uomo ha diritto di fare meglio di lei, lei lo sa,» disse il signor Ispettore.

«Spero di sì,» disse Eugene. «Mio padre è stato spedizioniere di calce prima di me, e mio nonno prima di lui... in effetti siamo una famiglia immersa nella calce fino alle corone delle nostre teste, da parecchie generazioni... e vi prego di osservare che se si potesse ritrovare questa calce sparita, senza che fosse presente nessuna giovane parente di nessun distinto signore dedito al traffico della calce (cosa che ho cara quasi come la mia vita) penso che la cosa potrebbe essere di maggior gradimento per gli astanti che assistono... cioè ai bruciatori di calce.»

«Anch'io preferirei molto così!» disse Lightwood spingendo da parte il suo amico con una risata.

«Sarà fatto, signori, se può essere fatto convenientemente,» disse il signor Ispettore, con freddezza. «Non c'è alcun desiderio da parte mia di causare qualsiasi angoscia in quell'alloggio. Anzi, mi dispiace per quella casa.»

«C'era un ragazzo in quella casa,» osservò Eugene. «C'è ancora?»

«No,» disse il signor Ispettore. «Ha lasciato quei lavori. E' altrimenti occupato.»

«Allora sarà lasciata sola?» domandò Eugene. Il signor Ispettore disse: «Resterà sola.»

La ricomparsa di Bob con una caraffa fumante interruppe la conversazione. Ma sebbene la brocca emanasse un profumo delizioso, il suo contenuto non aveva ancora ricevuto quel felice tocco finale che era la rifinitura eccellente dei Sei allegri facchini nelle occasioni importanti come quella. Bob portava nella mano sinistra uno di quei recipienti di ferro, a foggia di cappello a pan di zucchero, prima menzionati: in cui svuotò la brocca e la cui estremità appuntita spinse in profondità giù nel fuoco, lasciandolo così per qualche istante mentre lui scomparve e ricomparve con tre bicchieri brillanti. Dopo averli posati sulla tavola e essersi chinato sul fuoco, giustamente consapevole della natura impegnativa del suo dovere, osservò i cerchi del vapore, fino allo speciale istante in cui si spinse a tirare su il recipiente e gli fece fare un delicato giro, facendogli emettere un leggero sibilo. Quindi versò di nuovo il contenuto nella brocca; tenne sospesi un momento in successione i tre brillanti bicchieri sul vapore della caraffa; finalmente li riempì tutti e tre, e con chiara coscienza aspettò l'applauso per le sue creature.

Questo fu concesso (l'Ispettore propose un pensiero molto opportuno «all'industria della calce»),

e Bob si ritirò per riferire gli elogi degli ospiti alla signorina Abbey, nel bar. Qui si può ammettere in confidenza che, essendo stato la saletta ben chiusa durante l'assenza di Bob, non sembrava esserci il minimo motivo per l'elaborato mantenimento della stessa commedia della calce. Solo che era stata considerata dal signor Ispettore come così insolitamente soddisfacente, e così carica di virtù misteriose, che nessuno dei suoi ospiti si era permesso di metterla in discussione. A questo punto si sentirono due colpi all'esterno della finestra. Il signor Ispettore, fortificandosi frettolosamente con un altro bicchiere, uscì fuori con passo senza rumore e con aspetto calmo. Come uno potrebbe andare a esaminare il tempo e l'aspetto generale del corpi celesti.
«Ciò sta diventando spiacevole, Mortimer,» disse Eugene a bassa voce. «Non mi piace.»
«Neanche a me,» disse Lightwood. «Andiamo?»
«Stando qui, restiamoci. Tu devi vedere come va, e io non me ne andrò. Inoltre, quella ragazza sola con i capelli scuri occupa i miei pensieri. Fu poco più che un'occhiata che avemmo di lei l'altra volta, eppure stasera io quasi la vedo che aspetta accanto al fuoco. Ti senti un po' come un'oscura combinazione di un traditore e di un borsaiolo, quando pensi a quella ragazza?»
«Piuttosto» rispose Lightwood. «E tu?»
«Molto.»
La loro scorta ritornò dentro e riferì. Privato delle varie luci e ombre della calce, il suo rapporto voleva dire che Gaffer era via con la sua barca, che si supponeva stesse facendo la sua vecchia vigilanza; che era aspettato con l'ultima acqua alta; che avendola persa per chissà quale ragione, non era, date le sue abitudini, da aspettarsi che tornasse prima della prossima acqua alta, o poteva essere un'ora più tardi; che la figlia, osservata dalla finestra, sembrava appunto aspettarlo non tanto presto, perché la cena non stava cuocendo, ma pronta per esser cucinata; che l'acqua alta ci sarebbe stata verso l'una, e adesso erano appena le dieci; che non c'era altro da fare se non sorvegliare e aspettare; che l'informatore stava già vegliando nell'istante del presente rapporto, ma che due teste erano meglio di una (specialmente quando la seconda era quella dell'Ispettore); e che perciò intendeva sorvegliare anche lui. E poiché stare accovacciati al riparo di una barca tirata in secca, in una notte di vento freddo e impetuoso, e quando il tempo variava a volte con raffiche di grandine, poteva essere troppo faticoso per i dilettanti, il signor Ispettore concluse con la raccomandazione che i due gentiluomini sarebbero dovuti rimanere, almeno per un po', nei loro attuali alloggi, che erano resistenti alle intemperie e caldi.
Essi non erano propensi a contestare questa raccomandazione, ma volevano sapere dove avrebbero potuto unirsi agli osservatori quando fossero disposti. Piuttosto che affidarsi a una descrizione verbale del luogo, che poteva fuorviare, Eugene (con un senso meno pesante di problemi personali di quanto avesse di solito) sarebbe uscito col signor Ispettore, avrebbe preso nota del punto e poi sarebbe tornato indietro.
Sulla sabbiosa riva del fiume, tra i sassi viscidi di una strada rialzata - non la strada rialzata speciale che conduceva ai Sei allegri facchini, che aveva un approdo tutto suo, ma un'altra, un po' più in là, e molto vicina al vecchio mulino a vento che era la dimora dell'uomo denunciato - c'erano alcune barche; alcune ormeggiate e che già cominciavano a galleggiare; altre tirate su, oltre la portata della corrente. Sotto una di queste ultime, il compagno di Eugene scomparve. E quando Eugene ebbe notato la sua posizione rispetto alle altre barche, e si fu assicurato di non poter sbagliare, volse lo sguardo alla casa dove, come gli era stato detto, la ragazza dai capelli neri sedeva sola accanto al fuoco.
Poteva vedere la luce del fuoco splendere attraverso la finestra. Forse era la luce che lo spingeva a guardare dentro. Forse era uscito con l'intenzione espressa. Poiché quella parte della riva aveva

erba che vi cresceva sopra, non era difficile avvicinarsi senza nessun rumore di passi: non c'era che da arrampicarsi su per una facciata irregolare di fango abbastanza solido, alta tre o quattro piedi, per giungere all'erba e alla finestra. Egli giunse alla finestra in questo modo.

Ella non aveva altra luce che quella del fuoco. La lampada spenta era sul tavolo. La ragazza sedeva sul pavimento e guardava il braciere, col volto appoggiato alla mano. C'era come una specie di pellicola o sfarfallio sul suo viso, che in un primo momento egli ritenne essere l'irregolare luce del fuoco; ma a una seconda occhiata, vide che ella stava piangendo. Triste e solitario spettacolo, mostrato a lui dall'alzarsi e dall'abbassarsi del fuoco.

Era una piccola finestra di quattro pezzi di vetro, e non aveva tende: l'aveva scelta perché la finestra più grande, lì vicino, le aveva. Gli mostrava la stanza, con gli avvisi sul muro riguardo agli annegati, che apparivano e sparivano a tratti; ma egli lanciò un'occhiata fuggevole verso di loro, mentre a lei aveva guardato a lungo e con intensità. Una nota di colore molto intensa, con il cupo rossore delle sue guance e la splendente lucentezza dei suoi capelli, anche se triste e solitaria, che piangeva vicino all'alzarsi e all'abbassarsi del fuoco.

Ella balzò su. Egli era stato così immobile, ch'era sicuro di non essere stato lui che l'aveva disturbata, e si ritirò semplicemente dalla finestra e stette lì accanto nell'ombra del muro. Ella aprì la porta e disse con voce allarmata: «Papà, mi stavi chiamando?» e di nuovo: «Papà!», e ancora una volta, dopo aver ascoltato: «Papà, pensavo di averti sentito chiamare due volte prima!»

Nessuna risposta. Quando ella rientrò dalla porta, egli si lasciò cadere sulla riva e tornò indietro, tra la melma e presso il nascondiglio, fino da Mortimer Lightwood: a cui raccontò ciò che aveva visto della ragazza, e come la faccenda stesse diventando davvero molto triste.

"Se il vero colpevole si sente in colpa come me," disse Eugene, «dev'essere notevolmente a disagio.»

«Potere della segretezza,» suggerì Lightwood.

«Non sono affatto obbligato a fare diventare me un Guy Fawkes[107] e uno spione, entrambi contemporaneamente» disse Eugene. «Dammi ancora un po' di quella roba.» Lightwood lo aiutò con ancora un po' di quella roba, ma si era raffreddata, e non rispondeva bene.

«Puah!» disse Eugene, sputandola nella cenere. «Sa di acqua di fiume.»

«Hai così familiarità con il sapore dell'acqua del fiume?»

«Mi sembra di sì, stasera. Mi sento come se fossi stato mezzo annegato e ne avessi bevuto un gallone[108].»

«Potere della località,» suggerì Lightwood.

«Sei molto dotto, stasera, tu e i tuoi poteri,» replicò Eugene. «Quanto tempo dovremo restare qui?»

«Quanto, secondo te?»

«Se dipendesse da me, direi un minuto,» replicò Eugene, «perché gli Allegri facchini non sono il posto più allegro ch'io abbia conosciuto. Ma suppongo che stiamo meglio qui finché non ci mandino via con gli altri tipi sospetti, a mezzanotte.»

Quindi attizzò il fuoco, e si sedette su un lato del camino. Suonarono le undici, ed egli fece credere di sistemarsi pazientemente. Ma a poco a poco sentì un'irrequietezza in una gamba, e poi nell'altra gamba, e poi in un braccio, e poi nell'altro braccio, e poi nel mento, e poi nella schiena, e poi nella fronte, e poi tra i capelli, e poi nel naso; e poi si allungò sdraiato su due sedie e gemette, con un gemito; e poi balzò su.

«Questo posto brulica di insetti invisibili di diabolica attività, ho il solletico e spasmi dappertutto. Nella mia mente, ora ho commesso un furto con scasso nelle circostanze più meschine, e i mirmidoni[109] della giustizia sono alle mie calcagna.»

«Sto altrettanto male,» disse Lightwood, sedendosi di fronte a lui, con la testa rovesciata, dopo aver eseguito alcune meravigliose evoluzioni, durante le quali la sua testa era stata la parte più bassa di lui.

«Questa irrequietezza è iniziata da molto. Per tutto il tempo che tu sei stato fuori, mi son sentito come Gulliver sparato dai lillipuziani[110].»

«Non va bene, Mortimer, dobbiamo andare all'aperto. Dobbiamo unirci al nostro caro amico e fratello Riderhood. E tranquillizziamoci facendo un patto. La prossima volta (in prospettiva della nostra pace della mente) commetteremo noi il crimine, invece di prendere il criminale. Lo giuri?»

«Certamente.»

«Giurato! Lascia che appaia, la Tippins. La sua vita è in pericolo.»

Mortimer suonò il campanello per pagare il conto, e Bob apparve per trattare quella faccenda con lui: a Bob Eugene chiese, nella sua spontanea stravaganza, se gli sarebbe piaciuto un posto nel commercio della calce?

«Grazie signore, no, signore,» disse Bob. «Ho una buona posizione qui, signore.»

«Se cambi idea in qualsiasi momento,» rispose Eugene, «vieni dove lavoro, e troverai sempre un posto alla fornace.»

«Grazie, signore,» disse Bob.

«Questo è il mio socio,» disse Eugene, «che tiene i libri e si occupa dei salari. Il salario di una giusta giornata di lavoro è sempre il motto del mio socio.»

«E' un ottimo motto, signori» disse Bob, ricevendo il compenso e disegnando con la mano destra un arco che partiva dalla testa, come avrebbe tirato fuori una pinta di birra dal contenitore della birra.

«Eugene,» lo apostrofò Mortimer, ridendo di cuore quando furono di nuovo soli «come fai a essere così ridicolo?»

«Sono di un umore ridicolo,» disse Eugene; «io sono un tipo ridicolo. Tutto è ridicolo! Andiamo!»

A Mortimer Lightwood passò per la mente che un certo cambiamento nel suo amico, meglio espresso forse come un'intensificazione di tutto ciò che era più selvaggio, più negligente e sconsiderato del suo amico, era avvenuto in lui nell'ultima mezz'ora o giù di lì. Abituato completamente a come lui era, trovava ora in lui qualcosa di nuovo e di sforzato che era per il momento sconcertante. Questo passò nella sua mente e se ne andò subito; ma lo ricordò più tardi.

«È là che sta lei, vedi?» disse Eugene quando furono sulla riva, sferzati dal vento che ruggiva. «C'è la luce del suo fuoco.»

«Vado a sbirciare dalla finestra,» disse Mortimer.

«No, non farlo!» disse Eugene prendendolo per il braccio, «meglio non fare uno spettacolo, di lei. Vieni dal nostro onesto amico.»

Lo condusse al posto di guardia, ed entrambi si abbassarono e si insinuarono al riparo della barca; un rifugio migliore di quello che sembrava prima, essendo direttamente in contrasto con il vento che soffiava e il notte rigida.

«Il signor Ispettore è in casa?» sussurrò Eugene.

«Son qui, signore.»

«E il nostro amico dalla fronte sudata è lì nell'angolo più lontano? Bene. Successo nulla?»

«Sua figlia è uscita, pensando di averlo sentito chiamare, a meno che fosse un segnale per lui di tenersi alla larga. Sarebbe potuto essere.»

«Avrebbe potuto essere 'Rule Britannia'[111],» borbottò Eugene, «ma non lo era. Mortimer!»
«Son qui! (dall'altra parte del signor Ispettore.)»
«Due furti con scasso adesso e un falso!»
Con questa indicazione del suo stato d'animo depresso, Eugene tacque.
Rimasero tutti in silenzio a lungo. Come la piena del fiume saliva, e l'acqua diventava più vicina a loro, i rumori sul fiume erano più frequenti, ed essi ascoltavano di più. Ascoltavano il girar delle ruote dei battelli a vapore, il tintinnio delle catene di ferro, lo scricchiolio di blocchi, il lavoro misurato dei remi, e l'occasionale abbaiare violento di qualche cane di passaggio a bordo, che sembrava annusarli nel loro nascondiglio. La notte era così scura che, oltre le luci di prua e i colombieri[112] che scivolavano avanti e indietro, essi non potevano distinguere le grosse masse scure che li portavano; e di quando in quando qualche chiatta spettrale, con una gran vela nera come un braccio di avvertimento, sorgeva d'improvviso molto vicino a loro, passava e svaniva. Durante il tempo della loro vedetta, l'acqua vicino a loro era spesso agitata da qualche impulso che veniva di lontano. Spesso credevano che quei colpi e quello sciacquio indicassero la barca che aspettavano, che toccava terra; e più di una volta sarebbero balzati in piedi, se non fosse stato per l'immobilità dell'informatore, che, abituato al fiume, restava tranquillo al suo posto.
Il vento portava via il suono della grande moltitudine degli orologi delle chiese della città, perché erano tutti sottovento; ma c'erano campane sopravvento che dicevano loro: è l'una, sono le due, sono le tre. Senza il loro aiuto avrebbero potuto sapere a quale punto era la notte, dal ritirarsi della marea, testimoniato dalla comparsa di una striscia di riva bagnata nera sempre più ampia e dall'emergere della strada lastricata, dal fiume, un poco alla volta.
Col passare del tempo, questa attività furtiva divenne sempre più dubbia. Poteva sembrare come quell'uomo avesse avuto un avvertimento di ciò che si tramava contro di lui, o aveva avuto paura? I suoi movimenti avrebbero potuto essere pianificati per guadagnare per lui, aumentando la distanza, dodici ore di vantaggio? L'onesto uomo che aveva speso il sudore della fronte diventò inquieto, e cominciò a lamentarsi con amarezza della propensione dell'umanità a imbrogliarlo, - lui, impegnato nella dignità del Lavoro!
Il loro riparo era stato scelto in modo che mentre potevano guardare il fiume, potevano guardare la casa. Nessuno era entrato e nessuno era uscito, da quando la ragazza aveva creduto che il padre la chiamasse. Nessuno poteva passare dentro o fuori senza essere visto.
«Ma alle cinque farà luce,» disse il signor Ispettore, «e allora saremo visti noi.»
«Guardi qui,» disse Riderhood, «cosa dice di questo? Egli può essersi nascosto dentro o fuori, o può essersi limitato a tenersi tra due o tre ponti, per ore.»
«Cosa ne pensi?» disse il signor Ispettore, stoico ma contrariato.
«Egli può star facendo così anche in questo momento.»
«Cosa ne pensi?» ripeté il signor Ispettore.
«La mia barca è tra quelle, qui al pontile.»
«E cosa volete fare con la vostra barca?» disse il signor Ispettore.
«E se la prendessi e andassi a dare un'occhiata intorno? Conosco i suoi modi e gli angoli che probabilmente predilige. So dove sarebbe a una tale ora della marea, e dove sarebbe in un tale altro momento. Non sono stato il suo socio? Non c'è bisogno di nessuno di loro. Non c'è bisogno che loro si mostrino o che si muovano. Posso spingerla via senza aiuto; e quanto a me, se mi vede, io sono sempre attorno, con qualunque tempo.»
«Avreste potuto avere un'idea peggiore,» disse il signor Ispettore, dopo una breve riflessione.
«Provate.»

«Un momento. Decidiamo. Se avrò bisogno di lei andrò sotto i Facchini e le farò un fischio.»
«Se posso permettermi di dare un consiglio al mio onorevole e valoroso amico, la cui conoscenza delle questioni navali è lungi dall'essere da me messa in dubbio,» interloquì Eugene con grande attenzione, «sarebbe, quello di fare un fischio, avvertire di un mistero, e invitare a illazioni. Il mio onorevole e valoroso amico mi scuserà, io credo, se, come membro indipendente, ho espresso un'osservazione che io sento di dovere a questa casa e al paese.»
«Era l'altro direttore o l'avvocato Lightwood?» domandò Riderhood. Perché parlavano mentre erano tutti accovacciati o distesi, senza vedere i volti l'uno dell'altro.
«In risposta alla domanda avanzata dal mio onorevole e valoroso amico,» disse Eugene, che stava sdraiato supino col cappello sulla faccia, come atteggiamento altamente espressivo di vigilanza, «non posso avere esitazione nel rispondere (non essendo incoerente con il pubblico servizio) che quegli accenti erano gli accenti dell'altro direttore.»
«Avete una vista discretamente buona, no, direttore? Avete tutti una vista discretamente buona, no?» domandò l'informatore.
Tutti.
«Allora, se io vado a approdare sotto i Facchini e mi fermo là, non c'è bisogno di fischiare. Vi accorgerete che c'è un granello di qualcosa o di un'altra, là; capirete che sono io, e verrete giù per il pontile fino a me. Capito tutti?»
Capito tutti.
«Allora si va!»
In un attimo, egli si diresse barcollando, col vento che lo colpiva violentemente di fianco, verso la sua barca; in pochi istanti divenne manifesto, mentre strisciava lungo il fiume sotto la riva dove stavano.
Eugene si era alzato sui gomiti per seguirlo nell'oscurità. «Vorrei che la barca del mio onorevole e valoroso amico,» mormorò sdraiandosi di nuovo e parlando nel suo cappello, «fosse dotata di tanta filantropia da capovolgersi e sommergerlo! - Mortimer!»
«Mio onorevole amico.»
«Tre furti con scasso, due falsi, e un assassinio a mezzanotte.»
Ma a dispetto di avere quei pesi sulla coscienza, Eugene fu un po' rianimato dall'ultimo leggero cambiamento nelle circostanze dell'affare. Così anche i suoi due compagni. Un cambiamento era già qualche cosa. L'apprensione sembrava avere preso una nuova durata e essere ricominciata da una data recente. C'era un qualcosa di addizionale da ricercare. Erano tutti e tre più nettamente in allerta, meno intorpiditi dalle deprimenti influenze del luogo e del tempo.
Più di un'ora era passata, ed essi stavano addirittura sonnecchiando, quando uno dei tre - ciascuno disse d'esser stato lui, e di non aver dormicchiato - intravide Riderhood nella sua barca al luogo concordato. Balzarono in piedi, uscirono dal rifugio, e scesero da lui. Quand'egli li vide arrivare, portò la barca lungo il pontile in modo che essi, in piedi su di esso, gli potessero parlare sussurrando, all'ombra della massa oscura dei Sei allegri facchini profondamente addormentati.
«Sarei felice di capirlo!» diss'egli, fissandoli.
«Capire che cosa? L'avete visto?»
«No.»
«E che cosa avete visto?» domandò Lightwood. Perché Riderhood li stava fissando in un modo molto strano.
«Ho visto la sua barca.»
«Non vuota?»

«Sì, vuota. E per di più... alla deriva. E per di più... con un remo perso. E per di più... il remo rimasto era incastrato nei teli ed era spezzato. E per di più... la barca è stata guidata dalla corrente tra due file di chiatte. E per di più... è di nuovo fortunato, perdio se non lo è!»

XIV. L'uccello da preda abbattuto

Freddo sulla riva, nel freddo intenso di quella situazione plumbea delle ventiquattr'ore quando la forza vitale di tutti gli esseri viventi più nobili e più belli è al minimo, quando ciascuno dei tre vigilanti guardò il volto vacuo degli altri due e tutti e tre guardarono il volto vacuo di Riderhood nella sua barca.

«La barca di Gaffer, Gaffer di nuovo fortunato, e ancora niente Gaffer!» così diceva Riderhood, fissando sconsolato.

Come se di comune accordo, tutti volsero gli occhi verso la luce del fuoco che splendeva attraverso la finestra. Era più debole e scialba. Forse il fuoco, come la vita animale e vegetale superiore ch'esso aiuta a sostenere, ha la maggiore tendenza alla morte, quando la notte sta morendo e il giorno non è ancora nato.

«Se fossi io ad avere nelle mani la legge di questo lavoro qui,» ringhiò Riderhood, con un minaccioso scuotere la testa, «perdio se non facessi acchiappare quella lì, in ogni caso!»

«Sì, ma non ce l'hai, la legge,» disse Eugene. Con qualcosa di così improvvisamente feroce, in lui, che l'informatore rispose sottomesso: «Bene bene, bene, altro direttore, non ho detto che ce l'ho. Un uomo può parlare.»

«E i parassiti possono tacere,» disse Eugene. «Tieni a freno la lingua, topo d'acqua!»

Stupito dall'insolito calore dell'amico, Lightwood lo fissò, e poi disse: «Che può essere successo a quell'uomo?»

«Non riesco a immaginare. A meno che non si sia buttato in acqua.» L'informatore si passò la mano sulla fronte mestamente mentre lo diceva, seduto sulla sua barca e sempre fissando sconsolato.

«Avete legato la sua barca?»

«È abbastanza sicura finché il livello dell'acqua non scende. Non potrei renderla più sicura di così. Venite sulla mia a vedere voi stessi.»

Ci fu un po' di ritardo nell'accettare, perché il carico sembrava troppo per quella barca; ma Riderhood protestò che «ne aveva portati una mezza dozzina, morti e vivi, prima d'ora, e la barca non si era immersa nell'acqua con la poppa più di quanto facesse allora, per dire»; essi presero posto con cautela nella vecchia imbarcazione e interruppero la strana discussione. Mentr'essi stavano così facendo, Riderhood sedeva nella sua barca fissando sempre sconsolato.

«Tutto ok. Avviatevi!» disse Lightwood.

«Andiamo, perdio!» ripeté Riderhood, prima di allontanarsi. «Se se n'è andato ed è scappato, avvocato Lightwood, ce n'è abbastanza perché io mi comporti in maniera differente. Ma lui è sempre stato un truffatore, al diavolo! Sempre un imbroglione infernale, è stato. Nulla schietto, nulla in piazza. Che vigliacco, che disonesto! Non affrontare mai una cosa, né realizzarla come un uomo!»

«Ehi! Fermo!» gridò Eugene (si era ripreso subito dopo l'imbarco), mentre urtavano violentemente contro un palo; e poi a voce più bassa modificò l'augurio di poco prima così: «Spero che la barca del mio onorevole e valoroso amico sia dotata di tanta filantropia, da non capovolgersi e sommergerci! Fermo, fermo! Siediti vicino, Mortimer. Ecco di nuovo la grandine.

Guarda come vola, come un branco di gatti selvatici, contro gli occhi di Riderhood!»
In effetti Riderhood ne traeva il pieno beneficio, e così era percosso, per quanto chinasse il capo basso e cercasse di non offrire alla grandine nient'altro che il suo berretto rognoso, che si fermò sotto la protezione di una fila di imbarcazioni, e rimasero là fino che fu finita. La burrasca si era alzata come un messaggero dispettoso prima del mattino: le tenne dietro una scia di squarci irregolari di luce, che lacerava le nuvole oscure, finché esse mostrarono un grande buco grigio, il giorno.

Erano tutti tremanti, e ogni cosa attorno a loro sembrava tremare: lo stesso fiume, le barche, le antenne, le vele, come il fumo mattutino che era ancora sulla riva. Neri dall'umidità e alterati alla vista da macchie bianche di grandine e nevischio, gli edifici raggruppati sembravano più bassi del solito, come se si fossero rannicchiati e si fossero rimpiccioliti per il freddo. Si poteva vedere pochissima vita su entrambe le sponde, le finestre e le porte erano chiuse, e le scritte in bianco e nero sopra moli e magazzini «sembravano», disse Eugene a Mortimer, «come iscrizioni sulle tombe di imprese morte».

Mentre scivolavano lentamente, tenendosi presso la riva e infilandosi avanti e indietro tra le imbarcazioni attraverso vicoli d'acqua, in un modo furtivo, che sembrava essere il modo normale di procedere del loro barcaiolo, tutti gli oggetti tra i quali scivolavano erano così enormi in contrasto con la loro malandata barca, da minacciare di schiacciarla. Nessun scafo di nave, con i suoi cavi di ferro arrugginiti fuoriuscenti dai buchi di cubìa[113] a lungo scoloriti dalle lacrime arrugginite del ferro, che non sembrasse essere lì con una cattiva intenzione. Nessuna polena che non si protendesse in avanti con un aspetto minaccioso per investirli. Nessuna chiusa, nessuna scala graduata dipinta su un palo o su un muro per mostrare la profondità dell'acqua che non sembrasse dire, come il lupo spaventosamente faceto nel letto della nonna: «Questo è per affogarvi, miei cari.» Nessuna pesante chiatta nera, con i suoi fianchi spaccati e rigonfi incombenti su di loro, che non paresse succhiare il fiume con avidità, per succhiare anche loro. E tutto così vantava l'influenza dell'acqua nel danneggiare - il rame scolorito, il legno marcio, la pietra a nido d'ape, il deposito verde umido - tanto che le conseguenze del dopo essere stati schiacciati, inghiottiti e annegati, apparivano così brutte all'immaginazione come l'evento principale.

Circa una mezz'ora di questo lavoro, e poi Riderhood tirò i remi in barca, si alzò e si aggrappò a una chiatta, e, spostandosi lentamente a mano a mano sul fianco dell'imbarcazione, un po' per volta spinse la sua barca sotto la prua di quella, in un tranquillo angolo nascosto d'acqua schiumosa. E, spinta in quell'angolo, incastrata com'egli aveva descritto, c'era la barca di Gaffer; quella barca con la macchia ancora in essa somigliante a una forma umana bendata.

«Adesso ditemi che sono un bugiardo!» disse l'onesto uomo.

(«Con una morbosa aspettativa,» mormorò Eugene a Lightwood, «che qualcuno gli dica finalmente la verità.»)

«Questa è la barca di Hexam,» disse il signor Ispettore. «La conosco bene.»

«Guardate il remo rotto. Vedete che l'altro non c'è. E adesso ditemi che sono un bugiardo!» disse l'onesto uomo.

Il signor Ispettore passò in quella barca. Eugene e Mortimer guardavano.

«E guardate ora!» aggiunse Riderhood strisciando a poppa, e mostrando una corda tesa legata per trainare qualche cosa fuoribordo. «Non avevo detto che aveva avuto fortuna un'altra volta?»

«Tirate su,» disse il signor Ispettore.

«Facile a dire 'tirate su',» rispose Riderhood, «non così facile farlo. La sua fortuna si è andata a guastarsi sotto la chiglia dei barconi. Ho cercato di tirarla su l'altra volta, ma non ci sono riuscito.

Guardate come è tesa la corda!»

«Devo averlo su,» disse il signor Ispettore. «Porterò questa barca a riva, con la sua fortuna. Provate con calma, adesso.»

Egli provò con calma ora, ma la fortuna resisteva, non voleva venire.

«Devo averlo e anche la barca» disse il signor Ispettore, tirando la corda.

Ma ancora la fortuna resisteva, non voleva venire.

«Stia attento,» disse Riderhood. «Può sfigurarlo. O farlo a pezzi.»

«Non farò nessuna delle due cose, nemmeno alla vostra nonna,» disse il signor Ispettore. «Ma devo averlo. Vieni!» aggiunse, con tono di persuasione e di autorità nello stesso tempo, all'oggetto nascosto nell'acqua, mentre tirava la corda, di nuovo. «Non va bene questo genere di scherzo, sai. Devi venir su, io devo averti.»

C'era così tanta virtù in questa intenzione distinta e decisa di averlo, che cedette un po', anche mentre la corda veniva tirata.

«Te l'ho detto,» disse il signor Ispettore togliendosi il cappotto e appoggiandosi bene sopra la poppa con aria risoluta. «Vieni!»

Era un genere di pesca orribile, ma non sconcertava il signor Ispettore più che se si fosse trovato a pescare una sera d'estate in una barchetta, in qualche rassicurante diga in alto sul fiume tranquillo. Dopo alcuni minuti e qualche istruzione come «allentala un po' in avanti» e «ora allentala un pochino a poppa,» e simili, disse tranquillamente: «Tutto bene!» e la corda e la barca furono liberate insieme.

Accettando la mano offerta da Lightwood per aiutarlo ad alzarsi, il signor Ispettore si rimise il cappotto e disse a Riderhood: «Passatemi quei vostri remi di riserva, e la porterò fino alle scalette più vicine. Andate avanti, e tenetevi in acque del tutto aperte, cosicché non m'impigli di nuovo.»

Le sue istruzioni furono seguite, e giunsero subito a riva; due in una barca e due nell'altra.

«Ora,» disse il signor Ispettore di nuovo a Riderhood, quando furono tutti sulle pietre fangose, «voi avete più pratica di me in questo, più di quanta ne abbia io. Dovreste essere un migliore operaio. Sganciate la corda da traino, e vi aiuteremo a tirare.»

Riderhood di conseguenza entrò nella barca. Sembrava che avesse avuto appena un momento di tempo per toccare la corda o guardare oltre la poppa, quando tornò indietro barcollando, pallido come il mattino, e disse ansimando: «Perdio, me l'ha fatta!»

«Cosa intendete?» domandarono tutti.

Egli indicò la barca alle sue spalle e ansimava tanto che si lasciò cadere sulle pietre per riprendere fiato.

«Gaffer, me l'ha fatta. È Gaffer!»

Essi corsero alla corda, lasciandolo ad ansimare lì. Dopo poco il corpo dell'uccello da preda, morto da qualche ora, giaceva disteso sulla riva, con un nuovo temporale che infuriava, raggrumando i chicchi di grandine tra i suoi capelli bagnati.

Padre, mi stavi chiamando? Padre! Pensavo di averti sentito chiamare me due volte, prima! Parole senza risposta ormai, queste, dal lato sulla terra della tomba. Il vento soffia beffardo su di lui, lo frusta con le estremità sfilacciate del suo vestito e i suoi capelli frastagliati, cerca di girarlo mentre giace sulla schiena e di forzare la sua faccia verso il sole nascente, affinché si vergogni di più. Un momento di quiete e il vento è confidenziale e curioso con lui; alza e fa ricadere uno straccio; si nasconde palpitante sotto un altro straccio; corre agilmente tra i suoi capelli e la sua barba. Poi con slancio lo schernisce crudelmente. Padre, eri tu che mi chiamavi? Eri tu, senza voce e morto? Eri tu, così colpito, che giaci qui in un mucchio di stracci? Eri tu, battezzato verso la Morte, con queste impurità volanti ora gettate sulla tua faccia? Perché non parli, padre? Fradicia sul viscido suolo dove sei disteso, è proprio la tua forma. Hai mai visto un corpo così fradicio, nella tua barca? Parla, padre. Parla ai venti, i soli ascoltatori che ti siano rimasti!

«Ora vedete,» disse il signor Ispettore, dopo matura riflessione e posando un ginocchio in terra accanto al cadavere, dopo che ebbero guardato dall'alto, in piedi, l'uomo annegato, come lui tante volte aveva guardato molti altri uomini, «il modo in cui è successo. Naturalmente a loro, signori, difficilmente è sfuggito ch'egli veniva trascinato per il collo e le braccia.»

Essi avevano aiutato ad allentare la corda e naturalmente non era sfuggito.

«E avranno già osservato, o lo osserveranno adesso, che questo nodo, che era stretto ermeticamente intorno al collo dalla forza delle proprie braccia, è un nodo scorsoio»: tenendolo in alto per mostrarlo.

Abbastanza chiaro.

«Allo stesso modo avranno osservato come aveva fissato l'altro capo di questa corda alla sua barca.»

La corda aveva ancora le curve e le rientranze, dov'era stata avvolta e legata.

«Ora vedete,» disse il signor Ispettore, «vedete come s'è svolta la faccenda. È una notte agitata e tempestosa, e quest'uomo, questo che fu un uomo...» chinandosi per togliergli dai capelli alcuni chicchi di grandine con un lembo della sua giacca bagnata, «... là! Adesso è più simile a se stesso, sebbene sia gravemente ammaccato, - quest'uomo rema sul fiume, al suo solito modo. Porta con sé questo rotolo di corda. Egli porta sempre con sé questo rotolo di corda: è ben conosciuto a me come era conosciuto lui stesso. A volte lo lasciava in fondo alla barca. A volte se lo appendeva largo al collo. Quest'uomo era vestito sempre leggero; - vedete?» alzando il fazzoletto da collo sopra il suo petto, e cogliendo l'occasione per asciugare con esso le labbra del morto. «E quando pioveva o gelava, o soffiava il vento freddo, era solito infilarsi questo rotolo di corda intorno al collo. Ieri sera ha fatto così. Peggio per lui! Si aggira con la sua barca, quest'uomo, finché è congelato. Le sue mani», prendendone una, che ricadde come un peso di piombo, «diventano insensibili. Vede fluttuare un oggetto che potrebbe essere un affare. Si prepara a metterlo al sicuro. Srotola un capo della corda che vuol assicurare con qualche giro alla sua barca, e fa abbastanza giri per essere sicuro che non si sciolga. Fa questo troppo sicuro, come avviene! Impiega più tempo del solito a farlo, avendo le mani intorpidite. Il suo oggetto si sposta prima che lui sia pronto del tutto. Lo afferra, pensa che si assicurerà almeno il contenuto delle tasche, nel caso debba separarsi da esso, si piega sulla poppa, e in una di questi forti raffiche, o nel moto ondoso di due piroscafi contrari, o nel non essere abbastanza preparato, o per tutti o la maggior parte o alcuni di questi motivi, barcolla, si sbilancia, e cade a testa in giù nell'acqua. Ora vedete! Quest'uomo sa nuotare, può farlo! e subito fa qualche bracciata.

Ma in tale movimento, le braccia si aggrovigliano nella corda, che tira il nodo scorsoio sul collo, e via. L'oggetto ch'egli si aspettava di rimorchiare galleggia via, e la sua stessa barca lo rimorchia morto, fin dove l'abbiamo trovato, tutto impigliato nella sua stessa corda. Mi domanderete cos'è che so sulle tasche? Per prima cosa, vi dirò di più, c'era del denaro in quelle tasche. Come lo so? Semplice e soddisfacente. Perché ce l'ha qui.» Il conferenziere sollevò la mano strettamente serrata del morto.

«Che cosa si deve fare con i resti?» domandò Lightwood.

«Se non si oppone a stargli accanto mezzo minuto, signore, manderò qui il più vicino dei nostri uomini, che verrà e si occuperà di lui. Lo chiamo ancora lui, vedete?» disse il signor Ispettore, guardando indietro mentre se ne andava, con un sorriso filosofico sulla forza dell'abitudine.

«Eugene,» disse Lightwood... e stava per aggiungere: «Possiamo aspettare a poca distanza», quando, volgendo il capo, si accorse che non c'era là nessun Eugene.

Alzò la voce e chiamò: "Eugene! Ohi!" Ma nessun Eugene rispose.

Adesso era giorno chiaro, ed egli si guardò intorno. Ma nessun Eugene era in vista.

Il signor Ispettore ritornò rapidamente giù per le scale di legno con un agente di polizia, e Lightwood gli domandò se aveva visto il suo amico lasciarli. Il signor Ispettore non poteva dire precisamente di averlo visto andar via, ma aveva notato che era inquieto.

«Singolare e divertente, signore, il vostro amico.»

«Vorrei che non facesse parte del suo singolare intrattenimento sgusciarsene via in queste circostanze deprimenti a quest'ora del mattino!» disse Lightwood. «Possiamo bere qualcosa di caldo?»

Potevano, e lo fecero. Nella cucina di un'osteria con un gran caminetto. Ebbero brandy con acqua calda, e si rianimarono meravigliosamente. Il signor Ispettore, dopo aver annunciato al signor Riderhood la sua intenzione ufficiale di «tenere gli occhi su di lui», lo fece stare in un angolo del camino, come un ombrello bagnato, e non mostrò altro interessamento esterno e visibile, tranne che per ordinare un servizio separato d'acquavite e acqua anche per lui: apparentemente fuori dai fondi pubblici.

Mentre Mortimer Lightwood sedeva davanti al fuoco ardente, con l'impressione di bere acquavite ed acqua lì dov'era, nel sonno, e nello stesso tempo bevendo sherry bruciato ai Sei allegri facchini, e di stare sdraiato sotto la barca sulla riva del fiume, e di sedere nella barca che Riderhood remava, e di ascoltare la conferenza recentemente conclusa, e di dover pranzare nel Temple con uno sconosciuto che si presentava come M. R. G. Eugene Gaffer Harmon, e diceva di abitare a Grandinata... Mentre passava attraverso queste curiose vicende di vicissitudini di stanchezza e torpore, disposte sulla scala di una dozzina di ore al secondo, si rese conto di rispondere ad alta voce a una comunicazione di pressante importanza che non gli era stata mai fatta, e la trasformò in un colpo di tosse vedendo il signor Ispettore. Perché egli sentiva, con una certa naturale indignazione, che altrimenti quel funzionario avrebbe potuto sospettarlo di aver chiuso gli occhi, o di essersi distratto.

«Qui, proprio davanti a noi, vede,» disse il signor Ispettore.

«Vedo,» disse Lightwood, con dignità.

«E ha preso anche lui acquavite e acqua, vede?» disse il signor Ispettore, «poi se ne è andato a gran velocità.»

«Chi?» disse Lightwood.

«Non sa? il suo amico.»

«Lo so,» rispose, di nuovo con dignità.

Mortimer Lightwood, dopo aver sentito dire, attraverso una nebbia, nella quale il signor Ispettore si profilava vago e grande, che quell'ufficiale prendeva su di sé il compito di preparare la figlia del morto alla notizia di ciò che era successo nella notte, e in generale prendeva tutto su di sé, incespicò nel sonno fino a un parcheggio di vetture pubbliche, ne chiamò una, e era entrato nell'esercito, aveva commesso un reato militare che comportava la pena di morte, era stato processato da una corte marziale che lo aveva giudicato colpevole, aveva sistemato i suoi affari, e aveva marciato per giungere al luogo dove doveva essere fucilato, prima che lo sportello fosse chiuso.

Duro lavoro remare in carrozza attraverso la città fino al Temple, per una tazza di valore compreso tra cinque e diecimila sterline, data dal signor Boffin; e duro lavoro che si protrae in una lunghezza incommensurabile fino a Eugene (dopo averlo salvato con una corda dal marciapiede che correva) per scappare in quel modo straordinario! Ma Eugene fornì delle scuse così ampie, ed era così pentito, che quando Lightwood scese dalla carrozza, diede al vetturino un particolare incarico, di prendersi molta cura di lui. Il quale vetturino (che sapeva che dentro non c'era nessun passeggero) lo fissò in modo stupefatto.

Insomma, le fatiche di quella notte avevano così stancato e logorato questo protagonista, da farlo diventare un mero sonnambulo. Era troppo stanco per riposare nel sonno, finché fu stanco anche di essere troppo stanco, e piombò nell'oblio. Tardi nel pomeriggio si svegliò, e con una certa ansietà mandò di lì a poco a vedere nell'alloggio di Eugene, per chiedergli se fosse ancora alzato. Oh sì, era in piedi. In effetti, non era andato a letto. Era appena tornato a casa. Ed eccolo qua, a seguire da vicino le calcagna del messaggero.

«Che spettacolo trasandato, scarmigliato, con occhi inettati di sangue è questo!» gridò Mortimer.

«Sono così arruffate, le mie piume?» disse Eugene, dirigendosi con disinvoltura allo specchio. «Sì, sono piuttosto scarmigliate. Ma considera. Che notte per il mio piumaggio!»

«Che notte?» ripeté Mortimer. «Che ne è stato di te stamattina?»

«Mio caro,» disse Eugene, sedendosi sul letto, «sentivo che eravamo talmente annoiati l'uno dell'altro, che una continuazione ininterrotta di quelle relazioni doveva inevitabilmente terminare col nostro volo verso punti opposti della Terra. Sentivo anche di aver commesso tutti i delitti del Calendario di Newgate[114]. Quindi, per considerazioni mescolate di amicizia e crimine, ho fatto una passeggiata.»

XV. Due nuovi servitori

Il signor Boffin e la sua signora sedevano dopo colazione nella Pergola, in preda alla prosperità. Il volto del signor Boffin rivelava Affanno e Complicazione. Davanti a lui c'erano molte carte disordinate, e le guardava così fiduciosamente come un innocente borghese potrebbe guardare una folla di truppe che gli fosse stato richiesto, con cinque minuti di preavviso, di manovrare e passare in rivista. Era stato impegnato in alcuni tentativi di prendere appunti di queste carte, ma era stato disturbato (come spesso lo sono gli uomini del suo stampo), dal suo pollice estremamente diffidente e desideroso di correzioni: quell'indaffarato membro si era così spesso interposto per imbrattare i suoi appunti, che questi erano poco più leggibili delle sue varie impronte lì impresse; che oscuravano anche il suo naso e la sua fronte. È curioso considerare, in casi simili a quello del signor Boffin, come l'inchiostro sia a buon mercato, e come possa essere fatto per andar lontano. Come un grano di muschio profumerà un cassetto per molti anni, e ancora non perde nulla di apprezzabile del suo peso originale, così mezzo soldo d'inchiostro poteva macchiare il signor Boffin fino alla radice dei suoi capelli e ai polpacci delle sue gambe, senza tracciare una linea sulla carta davanti a lui, o apparire diminuito nel calamaio.

Il signor Boffin era in così gravi difficoltà letterarie che i suoi occhi erano prominenti e fissi, e il suo respiro rumoroso, quando, con gran sollievo della signora Boffin, che osservava quei sintomi con allarme, suonò il campanello del cortile.

«Chi è, mi chiedo!» disse la signora Boffin.

Il signor Boffin trasse un lungo respiro, posò la penna, guardò i suoi appunti come dubitando se avesse il piacere della loro conoscenza, e sembrò, in una seconda lettura del loro aspetto, essersi confermato nella sua impressione di non conoscerli, quando fu annunciato dal giovanotto dalla testa a martello: «Il signor Rokesmith.»

«Oh!» disse il signor Boffin. «Oh! Davvero? Il Nostro e dei Wilfer Comune Amico, mia cara. Sì. Fallo entrare.»
Comparve il signor Rokesmith.
«Si sieda, signore,» disse il signor Boffin, stringendogli la mano. «La signora Boffin, che conosce già. Bene, signore, sono piuttosto impreparato alla sua visita, perché, per dirle la verità, sono stato così impegnato con una cosa e l'altra, che non ho avuto tempo di esaminare la sua proposta.»
«Ci scusiamo per entrambi: per il signor Boffin, e anche per me» disse la sorridente signora Boffin. «Ma, Dio mio! Possiamo parlarne ora, no?»
Il signor Rokesmith si inchinò, la ringraziò, e disse che lo sperava.
«Fatemi vedere,» riprese il signor Boffin, con la mano sul mento. «Era *secrétaire*, che lei aveva detto, no?»
«Ho detto *secrétaire*,» assentì il signor Rokesmith.
«Rimasi piuttosto perplesso, quel giorno,» disse il signor Boffin, «e anche la signora Boffin rimase piuttosto perplessa, quando ne parlammo più tardi, perché (per non far un mistero di quel che credevamo) noi abbiamo sempre creduto che un secreté fosse un mobile, per lo più di mogano, foderato di feltro verde o di pelle, con parecchi piccoli cassetti. Bene, lei non penserà che mi prendo una libertà quando dico che certamente lei non lo è.»
«Certamente no,» disse il signor Rokesmith. Ma lui aveva usato la parola nel senso di *stewart*.
«Bene, quanto a uno Steward, vede,» replicò il signor Boffin, sempre con una mano sul mento, «la difficoltà è che la signora Boffin ed io non andremo mai sull'acqua. Essendo entrambi cattivi marinai, vorremmo uno *steward*, se ci andassimo; ma generalmente c'è n'è uno fornito su ogni nave.»
Il signor Rokesmith spiegò di nuovo; definendo i doveri che chiedeva di assumersi come quelli di sovrintendente generale, o direttore di casa, o supervisore, o uomo d'affari.
«Be', per esempio, su!» disse il signor Boffin di slancio. «Se lei assumesse questo impiego, che cosa farebbe?»
«Terrei i conti esatti di tutte le spese autorizzate da lei, signor Boffin. Scriverei le sue lettere, sotto la sua direzione. Tratterei i suoi affari con le persone che lei paga o impiega. Sistemerei,» con uno sguardo al tavolo e un mezzo sorriso, «le sue carte...»
Il signor Boffin si strofinò l'orecchio inchiostrato e guardò la moglie.
«... e le organizzerei in modo d'averle sempre in ordine, per un'immediata consultazione, con un'indicazione dei loro contenuti su ciascuna di esse.»
«Le dico una cosa,» disse il signor Boffin, accartocciando lentamente nella mano i suoi appunti macchiati, «se si rivolgerà a queste carte qui, e vedrà quello che può fare di loro, io saprò meglio quel che posso fare di lei.»
Detto, fatto. Lasciando il suo cappello e i guanti, il signor Rokesmith si sedette tranquillamente al tavolo, sistemò le carte aperte in un mucchio ordinato, le esaminò ciascuna in successione, le piegò, le etichettò sulla parte esterna, le sistemò in un secondo mucchio, e quando il secondo mucchio fu completo e il primo finito, prese dalla sua tasca un pezzo di spago e le legò con mano notevolmente abile, con una continua curva circolare.
«Bene!» disse il signor Boffin. «Molto bene. Adesso sentiamo di che cosa trattano; vuol essere così gentile?»
John Rokesmith lesse i suoi appunti ad alta voce. Erano tutti sulla casa nuova. Preventivo del decoratore, tanto. Preventivo per i mobili, tanto. Preventivo per mobili d'ufficio, tanto. Preventivo per il costruttore di carrozze, tanto. Preventivo per il commerciante di cavalli, tanto.

Preventivo per il produttore di finimenti, tanto. Preventivo dell'orefice, tanto. Totale, tanto. Poi veniva la corrispondenza. Accettata l'offerta del signor Boffin in tale data, e in tal senso. Rifiutata la proposta del signor Boffin in tale data, e in tal senso. Per quanto riguarda il progetto del signor Boffin, in tale altra data, e in tale altro senso. Tutto preciso e metodico.

«Ordine impeccabile![115]» disse il signor Boffin, dopo aver controllato ciascuna scritta muovendo la mano come uno che battesse il tempo. «E non so come faccia lei con l'inchiostro, perché è così pulito[116], dopo averlo usato. Ora, una lettera. Sì,» disse il signor Boffin, fregandosi le mani con piacevole ammirazione infantile, «proviamo una lettera, adesso.»

«A chi la devo indirizzare, signor Boffin?»

«A chiunque. A lei.»

Il signor Rokesmith scrisse velocemente, e poi lesse ad alta voce: «Il signor Boffin presenta i suoi complimenti al signor Rokesmith, e dice che ha deciso di dare al signor Rokesmith la possibilità di metterlo alla prova, nel compito ch'egli desidera occupare. Il signor Boffin accetta la proposta del signor John Rokesmith, nel posporre, a tempo indefinito, ogni considerazione sul salario. È ben inteso che il signor Boffin non è in nessun modo impegnato su questo punto. Il signor Boffin ha semplicemente da aggiungere ch'egli confida nell'assicurazione data dal signor John Rokesmith di essere fedele ed utile. Il signor John Rokesmith assumerà per favore immediatamente i suoi compiti.»

«Bene! Ora, Noddy!» gridò la signora Boffin battendo le mani, «ben fatto!»

Il signor Boffin era non meno felice, anzi, nel suo cuore considerava sia la composizione stessa che l'espediente che vi aveva dato origine, come un monumento molto notevole dell'ingegnosità umana.

«Ed io ti dico, mio caro,» disse la signora Boffin, «che se non concludi subito col signor Rokesmith, e di nuovo ti imbatti in un pasticcio con cose mai pensate né fatte prima da te, ti verrà un'apoplessia - oltre a rovinare la tua biancheria - e mi spezzerai il cuore.»

Il signor Boffin abbracciò sua moglie per queste parole di saggezza, e poi, congratulandosi col signor John Rokesmith per la brillantezza dei suoi risultati, gli diede la mano come pegno delle loro nuove relazioni. Così fece anche la signora Boffin.

«Ora,» disse il signor Boffin, che nella sua sincerità sentiva che non poteva avere un gentiluomo al suo servizio per cinque minuti senza riporre un po' di fiducia in lui, «bisogna che lei entri un po' di più nei nostri affari, Rokesmith. Le ho accennato, quando ho fatto la sua conoscenza, o per meglio dire quando lei ha fatto la mia, che le inclinazioni della signora Boffin stava orientandosi verso la Moda, ma che non sapevo quanto potessimo o non potessimo diventare alla moda. Bene! La signora Boffin ha vinto e stiamo andando nell'eleganza rapidamente e completamente[117].»

«L'ho piuttosto dedotto, signore,» replicò John Rokesmith, «dal livello su cui deve essere mantenuta la sua nuova casa.»

«Sì,» disse il signor Boffin, «dev'essere fantastica. Il fatto è che il mio letterato mi ha indicato una casa con la quale egli è, posso dire, connesso... alla quale si interessa...»

«Come proprietà?» domandò John Rokesmith.

«No,» disse il signor Boffin, «non esattamente; una specie di legame di famiglia.»

«In società?» suggerì il Segretario.

«Ah!» disse il signor Boffin. «Forse. Ad ogni modo, mi disse che sulla casa c'era un cartello: "Palazzo eminentemente aristocratico da vendere o da affittare". Io e la signora Boffin andammo a vederlo, e trovandolo senza dubbio eminentemente aristocratico (benché un po' troppo alto e

triste, che dopotutto potrebbe essere parte della sua stessa caratteristica) lo prendemmo. Il mio letterato fu così gentile da cadere in un affascinante pezzo di poesia in quell'occasione, nel quale si complimentava con la signora Boffin sul venire in possesso... Come era, mia cara?»
La signora Boffin rispose:
«La gaia, gaia e festosa scena,
Le sale, le sale di luce abbagliante.»
«Questo è tutto. E questo fu reso più grazioso dal fatto che nel palazzo ci sono realmente due sale, una davanti e una di dietro, oltre a quella dei domestici. Allo stesso modo egli cadde in un altro bel pezzo di poesia, di certo, dichiarando la misura in cui sarebbe disposto a portare la signora Boffin in giro, nel caso dovesse mai accadere che fosse giù di umore in casa. La signora Boffin ha una meravigliosa memoria. Lo ripeterai, mia cara?»
La signora Boffin accondiscese, e recitò i versi in cui quella gentile proposta era stata fatta, proprio nel modo come li aveva ricevuti:
"Ti dirò come pianse la fanciulla, signora Boffin,
Quando il suo vero amore fu ucciso, signora,
E come dormiva il suo spirito distrutto, signora Boffin,
E mai si svegliò più, signora.
Ti dirò (se gradito al signor Boffin)
come avanzò il destriero vicino,
E lasciò lontano il suo signore;
E se il mio racconto
(che spero possa scusare il signor Boffin)
Dovesse farla sospirare
Suonerò la chitarra leggera."
«Corretto alla lettera!» disse il signor Boffin. «E penso che questa poesia ci presenti entrambi, in un bel modo.»
L'effetto della poesia sul Segretario fu evidentemente sbalorditivo e il signor Boffin si confermò nella sua alta opinione di questi versi, e fu molto soddisfatto.
«Ora, lei vede, Rokesmith,» egli continuò, «un letterato - e con una gamba di legno – è suscettibile alla gelosia. Perciò voglio trovare modi e mezzi adeguati per non suscitare la gelosia di Wegg, tenendo lei nel suo ufficio, e lui nel suo.»
«Buon Dio!» gridò la signora Boffin. «Quello che dico è che il mondo è abbastanza ampio per tutti noi!»
«Hai ragione, mia cara,» disse il signor Boffin, «se si tratta di un mondo non letterario. Ma se è così, non è così. E devo tenere a mente che ho assunto Wegg nel tempo in cui non avevo idea di essere alla moda o di lasciare la Pergola. Lasciare che lui si senta in qualche modo offeso, sarebbe essere colpevoli di una meschinità, sarebbe comportarsi come se ci fossimo lasciati montar la testa dalle sale di luce abbagliante. Che Iddio non voglia! Rokesmith, cosa diremo sul suo abitare con noi?»
«In questa casa?»
«No, no. Per questa casa ho altri progetti. Nella casa nuova.»
«Come piace a lei, signor Boffin. Sono completamente a sua disposizione. Lei sa dove abito al momento.»
«Bene!» disse il signor Boffin, dopo aver considerato il punto; «penso che lei potrebbe restare dov'è, per il momento, e decideremo dopo. Lei cominci subito a prendere in carico tutto ciò che

riguarda la casa nuova, va bene?»
«Molto volentieri. Inizierò oggi stesso. Può darmi l'indirizzo?»
Il signor Boffin lo ripeté, e il Segretario lo scrisse nel suo taccuino. La signora Boffin approfittò dell'occasione che fosse così occupato, per avere una migliore osservazione del suo viso di quanto non avesse ancora fatto. La sua impressione fu favorevole, perché fece un cenno da parte al signor Boffin: «Mi piace».
«Procurerò che tutto sia ben organizzato[118], signor Boffin.»
«Grazie. Mentre è qua, le dispiace dare un'occhiata alla Pergola?»
«Mi piacerebbe molto. Ho sentito così tanto parlare della sua storia.»
«Andiamo!» disse il signor Boffin. E lui e la signora Boffin si avviarono avanti.
Una casa triste, la Pergola, con squallidi segni di essere stata tenuta, attraverso la sua lunga esistenza come la prigione Harmony, in condizioni miserevoli. Senza vernice, senza carta sui muri, senza mobili, senza esperienza di vita umana. Qualunque cosa sia costruita dall'uomo per l'impiego umano, deve, come ogni creazione naturale, adempiere allo scopo della sua esistenza, o presto perirà. Quella vecchia casa era stata devastata - più dall'abbandono di quel che lo sarebbe stata dall'uso, perché venti anni d'uso valgono un anno di abbandono. Una certa magrezza ricade sulle case non sufficientemente intrise di vita (come se esse se ne nutrissero), il che era molto evidente qui. La scala, le balaustre, le ringhiere, avevano un'aspetto scarno - un'aria di essere denudati fino all'osso – così come i pannelli dei muri e gli stipiti delle porte e delle finestre. Gli scarsi mobili prendevano parte a questo; se non ci fosse stata pulizia in quel luogo, la polvere - in cui si stavano disfacendo tutti - sarebbe rimasta sui pavimenti in uno spesso strato; e quelli, sia nel colore che nella grana, erano usurati come vecchi volti che erano rimasti molto soli. La stanza da letto dove il vecchio avaro aveva perso la sua presa sulla vita, era rimasta com'egli l'aveva lasciata. C'era sempre il vecchio orrendo letto a baldacchino, senza tendaggi e con un bordo superiore di ferro e punte simile a una prigione; e c'era il vecchio copriletto *patchwork*. C'era la vecchia scrivania strettamente chiusa, sfuggente in cima come una fronte cattiva e misteriosa; c'era il vecchio tavolo ingombrante con le gambe ritorte, a lato del letto; e su di esso c'era la scatola nella quale era stato conservato il testamento. Alcune vecchie sedie con le coperture rattoppate, sotto le quali la stoffa più preziosa per essere preservata aveva lentamente perso la sua qualità di colore senza trasmettere piacere a nessun occhio, stavano contro il muro.
Una forte somiglianza familiare era in tutte queste cose.
«La stanza è stata mantenuta in questo modo, Rokesmith,» disse il signor Boffin, «per il ritorno del figlio. Insomma, tutto in casa è stato mantenuto esattamente come l'abbiamo avuto, perché lui vedesse e approvasse.»
«Anche adesso, niente è cambiato tranne la nostra stanza sotto le scale che ha appena lasciato. Quando il figlio è tornato a casa per l'ultima volta nella sua vita, e per l'ultima volta nella sua vita ha visto suo padre, molto probabilmente fu in questa stanza che si incontrarono.»
Mentre il segretario si guardava intorno, i suoi occhi si posarono su una porta laterale in un angolo.
«Un'altra scala,» disse il signor Boffin, aprendo la porta, «che conduce nel cortile. Passeremo di qui, se le fa piacere vedere il cortile, ed è tutto sulla strada. Quando il figlio era un piccolo bambino, era su e giù per queste scale che per lo più veniva e andava da suo padre. Era molto timoroso di suo padre. L'ho visto seduto su queste scale, alla sua maniera timida, povero bambino, tante volte! Spesso io e la signora Boffin l'abbiamo consolato, mentre sedeva su queste scale col suo libriccino!»
«Ah! e anche la sua povera sorella,» disse la signora Boffin. «Ed ecco il posto soleggiato sul muro

bianco dove un giorno essi misurarono la loro statura l'uno all'altro. Con le loro piccole mani scrissero i loro nomi qui, solo con una matita; ma i loro nomi sono qui ancora, e i poveri cari andati via per sempre.»

«Dobbiamo aver cura di questi nomi, vecchia signora,» disse il signor Boffin. «Dobbiamo aver cura dei nomi. Non verranno cancellati nel nostro tempo, né ancora, se possiamo evitarlo, nel tempo dopo di noi. Poveri bambini!»

«Ah! poveri bambini!» disse la signora Boffin.

Essi avevano aperto la porta in fondo alle scale, che dava sul cortile, e si fermarono alla luce del sole, a guardare gli scarabocchi di due malferme mani infantili due o tre gradini su per la scala. C'era qualcosa in questo semplice ricordo di un'infanzia delusa, e nella tenerezza della signora Boffin, che commosse il Segretario.

Il signor Boffin poi mostrò al suo nuovo uomo d'affari i cumuli, il suo particolare cumulo che gli era stato lasciato in eredità per testamento, prima di acquisire l'intera proprietà.

«Sarebbe stato abbastanza per noi,» disse il signor Boffin, «nel caso che fosse piaciuto a Dio di risparmiare l'ultima di quelle due giovani vite e dolorose morti. Non volevamo il resto.»

Ai tesori del cortile, all'esterno della casa e all'edificio indipendente che il sig. Boffin indicò come residenza di se stesso e di sua moglie durante i molti anni del loro servizio, il Segretario guardò con interesse. Non fu che dopo che il signor Boffin gli ebbe mostrato tutte le meraviglie della Pergola una seconda volta, che egli si ricordò di avere dei doveri da compiere altrove.

«Lei non ha istruzioni da darmi, signor Boffin, riguardo a questo luogo?»

«Nessuna, Rokesmith. No.»

«Posso chiedere senza sembrare impertinente, se ha intenzione di venderlo?»

«No, certamente. In ricordo del nostro vecchio padrone, dei figli del nostro vecchio padrone, e del nostro vecchio servizio, io e la signora Boffin intendiamo conservarlo com'è.»

Gli occhi del Segretario si posarono sulle collinette in modo così significativo, che il signor Boffin disse, come per rispondere a un'osservazione: «Sì, sì, quella è un'altra cosa. Le posso vendere, quelle, per quanto mi dispiacerebbe vedere il quartiere privato di loro. Sembrerà solo una povera pianura morta senza i cumuli. Tuttavia non dico che ho intenzione di tenerle sempre lì, per il fine della bellezza del paesaggio. Non c'è fretta per questo; questo è tutto quello che dico per ora. Io non sono istruito in molte cose, Rokesmith, ma sono molto istruito in fatto di rifiuti. Posso dire il valore delle collinette per ogni frazione, e so come possono essere smaltite al meglio, e so pure che non hanno danni a restare dove sono. Lei si farà vedere domani, sarà così gentile?»

«Ogni giorno. E prima potrò sistemarla nella casa nuova, al completo, meglio sarà soddisfatto, signore?»

«Beh, non è che ho una fretta mortale,» disse il signor Boffin, «solo che quando paghi le persone perché sembrino attive, fa piacere sapere che lo sono sul serio. Non è di questa opinione, lei?»

«Certo!» rispose il Segretario; e così si ritirò.

«Ora,» disse il signor Boffin tra sé, dedicandosi alle sue regolari serie di giri del cortile, «se riesco a rendere la cosa gradevole a Wegg, i miei affari andranno lisci.»

L'uomo di bassa astuzia aveva, naturalmente, acquisito un'autorità sull'uomo di grande semplicità. L'uomo meschino aveva, ovviamente, la meglio sull'uomo generoso. Quanto durino queste conquiste, è un'altra questione; ma che siano messe in atto, è esperienza quotidiana, nemmeno se prosperino lontano dalla stessa Podsnapperia.

Il non intrigante Boffin era stato così invischiato dall'astuto Wegg che la sua mente gli fece sorgere il timore che egli fosse davvero un uomo molto intrigante nel proporsi di fare qualcosa di più per

Wegg. Gli pareva (così abile era Wegg) che egli stava tramando nell'oscurità, quando in realtà stava facendo la vera cosa che Wegg stava tramando per ottenere che lui facesse. E così, mentre mentalmente stava rivolgendo la più gentile delle facce gentili a Wegg, quella mattina, non era affatto sicuro di non meritare in qualche modo l'accusa di voltargli le spalle[119].

Per queste ragioni il signor Boffin passò solo ore d'ansia finché venne la sera, e con la sera il signor Wegg, che barcollava senza fretta verso l'Impero Romano. Più o meno in quel periodo il signor Boffin era diventato profondamente interessato alle fortune di un grande capo militare a lui noto come Bully Sawyers, ma forse meglio conosciuto per la fama e di più facile identificazione da parte degli studiosi classici, col nome meno britannico di Belisarius[120]. Anche l'interesse per la carriera di quel generale impallidiva agli occhi del signor Boffin, di fronte al chiarimento della sua coscienza nei riguardi di Wegg; e così quando il letterato, dopo aver mangiato e bevuto secondo l'abitudine, fino a che fu tutto acceso, prese su il libro con la solita introduzione cinguettante: «E ora, signor Boffin, andiamo a decadere e a finire, signore!», il signor Boffin lo fermò.

«Si ricorda, Wegg, quando la prima volta le dissi che volevo farle una specie di offerta?»

«Mi lasci prendere il mio berretto da considerazione, signore,» rispose il letterato posando il libro aperto, a faccia in giù. «Quando lei mi disse la prima volta che voleva farmi una specie di offerta? Ora mi lasci pensare» (come se ce ne fosse la minima necessità). «Sì, certo che mi ricordo, signor Boffin. È stato al mio angolo. Certo che è stato lì! Lei prima mi aveva chiesto se mi piaceva il suo nome, e il Candore mi aveva costretto a rispondere negativamente. Poco pensavo allora, signore, come quel nome mi sarebbe diventato familiare!»

«Spero che sarà più familiare ancora, Wegg.»

«Davvero, signor Boffin? Molto obbligato, certamente. È il suo piacere, signore, che decadiamo e finiamo?» con la finta di prender su il libro.

«Un attimo ancora, Wegg. In effetti, ho un'altra proposta da farle.»

Il signor Wegg (che da diverse notti non aveva avuto altro in mente) si tolse gli occhiali con aria di blanda sorpresa.

«E spero che le piacerà, Wegg.»

«Grazie, signore,» rispose quell'individuo pieno di reticenza. «Spero che si possa dimostrarlo. Sotto tutti i punti di vista, ne son sicuro.» (Questo lo disse come un'aspirazione filantropica.)

«Che cosa pensa,» disse il signor Boffin, «di non tener più la bancarella, Wegg?»

«Credo, signore,» rispose Wegg, «che mi piacerebbe che mi mostrassero il gentiluomo pronto a farne valere la pena!»

«Eccolo qua,» disse il signor Boffin.

Il signor Wegg stava per dire: «Mio Benefattore!» e aveva detto «mio Bene...» quando fu preso da un magniloquente cambiamento.

«No, signor Boffin, non lei, signore. Chiunque, ma non lei. Non abbia paura, signor Boffin, che io debba contaminare con le mie umili occupazioni l'edificio che il suo denaro ha comprato. Sono consapevole, signore, che non starebbe bene che io continuassi il mio piccolo commercio sotto le finestre della sua magione. Ci ho già pensato, e ho preso le mie misure. Nessun bisogno ch'io sia comprato, signore. Potrebbe lo stare a Stepney Fields[121] essere considerato invadente? Se non è abbastanza lontano, posso andare più lontano. Nelle parole della canzone del poeta, che non ricordo troppo bene:

"Gettato nel vasto mondo, condannato a peregrinare e a vagare,
Privo dei miei genitori, privo di una casa,
Un estraneo a qualcosa che si chiama gioia,

Ecco il piccolo Edmund, il povero contadino."
«... E allo stesso modo,» disse il signor Wegg, riparando la mancanza di diretta applicazione nell'ultima riga, «mi vedo su un piano simile!»
«Ma no, Wegg, no, Wegg, no, no!» protestò l'eccellente Boffin. «Lei è troppo sensibile.»
«So di esserlo, signore,» rispose Wegg, con ostinata magnanimità. «Conosco i miei difetti. Sono sempre stato, fin da bambino, troppo sensibile.»
«Ma ascolti,» proseguì lo Netturbino d'oro; «mi stia a sentire, Wegg. Lei si è messo in testa che io intendo congedarlo.»
«È vero, signore,» rispose Wegg, ancora con ostinata magnanimità. «Conosco i miei difetti. Lungi da me il negarli. Me lo son messo in testa.»
«Ma io non intendo questo.»
L'assicurazione non sembrava confortante tanto per il signor Wegg, quanto il signor Boffin voleva che lo fosse. Anzi, un apprezzabile allungamento del suo volto avrebbe potuto essere osservato mentre rispondeva: «Non è vero, signore?»
«No,» proseguì il signor Boffin; «perché ciò indicherebbe, come capisco io, che lei non farebbe più nulla per meritarsi il suo denaro. Ma lei continuerà, lei continuerà.»
«Questo, signore,» rispose il signor Wegg, rallegrandosi coraggiosamente, «è tutto un altro paio di scarpe. Ora, la mia indipendenza come uomo è di nuovo elevata. Allora, io non più

«Piangi per l'ora
Quando alla pergola dei Boffin,
Il signore della valle venne con offerte;
Né la luna nasconde la sua luce
Dai cieli questa notte,
E piange dietro le sue nuvole
su ogni individuo nel presente
disonore per la compagnia.»

«La prego di procedere, signor Boffin.»
«Grazie, Wegg, sia per la sua fiducia in me, sia per le sue frequenti cadute nella poesia, entrambe prove di amicizia. Bene, dunque; la mia idea è che lei rinunci alla bancarella, e io potrei metterla alla Pergola qui, per tenerla per noi. È un posto piacevole; e un uomo con carboni, candele e una sterlina alla settimana potrebbe stare nel trifoglio, cioè ottimamente[122] qui.».
«Ehm! Forse quell'uomo, signore, - diremo quell'uomo, per semplificare la discussione -» il signor Wegg fece una sorridente dimostrazione di grande perspicuità qui «forse che quell'uomo, signore, dovrebbe inserire ogni sua capacità in questo, o qualsiasi altra capacità sarebbe considerata extra? Supponiamo ora (ai fini della discussione) che quell'uomo sia impiegato come lettore; diciamo (ai fini della discussione) di sera. Forse che la sua paga di lettore di sera sarebbe aggiunta all'altra somma, che, adottando il suo linguaggio, chiameremo trifoglio; o sarebbe incorporata in quella somma, o trifoglio?»
«Bene,» disse il signor Boffin, «suppongo che sarebbe aggiunta.»
«Suppongo di sì, signore. Lei ha ragione, signore. Esattamente le mie opinioni, signor Boffin.»
A questo punto Wegg si alzò, e tenendosi in equilibrio sulla sua gamba di legno, oscillò verso la sua preda con la mano tesa. «Signor Boffin, lo consideri fatto. Non dica altro, signore, non una parola di più. La mia bancarella ed io siamo separati per sempre. La collezione delle ballate sarà riservata in futuro allo studio privato, con lo scopo di rendere la poesia tributaria.» Wegg era così fiero di aver trovato quella parola che la disse di nuovo, con lettera maiuscola. «Tributaria,

all'amicizia. Signor Boffin, non permetta a se stesso di essere a disagio per il dolore acuto che mi dà il separarmi dalla mia bancarella e dalla mia merce. Una emozione simile fu sopportata dal mio stesso padre quando fu promosso per i suoi meriti dalla sua occupazione di barcaiolo a un lavoro governativo. Il suo nome di battesimo era Thomas. Le sue parole in quell'occasione (ero allora un bambino, ma così profonda fu la loro impressione su di me, che le imparai a memoria) furono:
"Allora addio, mia barca ben costruita,
Remi, cappotto e distintivo addio!
Mai più a Chelsea Ferry,
Il tuo Thomas farà un incantesimo!"
«... mio padre l'ha superato, signor Boffin, e anch'io lo farò.»
Mentre proferiva queste espressioni di commiato, Wegg deludeva continuamente il signor Boffin, per la sua mano che gesticolava nell'aria. Finalmente la slanciò verso il suo benefattore, che la prese e sentì liberata la sua mente da un grande peso: osservando che poiché avevano sistemato in modo così soddisfacente i loro affari comuni, ora sarebbe stato lieto di esaminare quelli di Bully Sawyers. Il quale, in effetti, era stato lasciato la sera prima in una posizione svantaggiata, e, per la cui imminente spedizione contro i Persiani, il tempo non era stato affatto favorevole tutto il giorno. Il signor Wegg riprese dunque i suoi occhiali. Ma Bully Sawyers non doveva essere della festa quella sera; perché, prima che Wegg avesse trovato il segno, si sentì sulle scale il passo della signora Boffin, così inusualmente frettoloso e pesante, che il signor Boffin sarebbe sobbalzato al solo suono, anticipando alcuni eventi molto fuori dal corso comune, anche se ella non lo avesse chiamato in tono agitato. Il signor Boffin si precipitò fuori, e la trovò sulla scala oscura, ansimante, con una candela accesa in mano.
«Che succede, mia cara?»
«Non lo so, non lo so, ma vorrei che tu venissi di sopra.»
Molto sorpreso, il signor Boffin andò di sopra e accompagnò la signora Boffin nella loro camera: una seconda grande stanza sullo stesso piano della stanza in cui era morto il vecchio proprietario. Il signor Boffin si guardò tutto intorno e non vide niente di più insolito che vari articoli di lino piegati su una gran cassapanca, che la signora Boffin aveva cominciato a sistemare.
«Che c'è, mia cara? Perché sei spaventata! Hai paura?»
«Non sono certo il tipo,» disse la signora Boffin, mentre si sedeva su una sedia, per riaversi, e prendeva il braccio del marito; «ma è molto strano!»
«Che cosa, mia cara?»
«Noddy, le facce del vecchio e dei due bambini sono dappertutto in questa casa stasera.»
«Ma cara!» esclamò il signor Boffin, ma non senza una certa impressione di disagio che gli scendeva lungo la schiena.
«Lo so che deve sembrarti sciocco, ma è così.»
«Dove ti pare di averle viste?»
«Non so se proprio le ho viste da qualche parte. Le ho sentite.»
«Toccate?»
«No, sentite nell'aria. Stavo sistemando quelle cose sulla cassapanca, e non pensavo né al vecchio né ai bambini, ma cantavo tra me, quando d'un tratto ho sentito che c'era una faccia che emergeva dal buio.»
«Quale faccia?» domandò suo marito guardandosi intorno.
«Per un momento è stata quella del vecchio, poi è diventata più giovane. Per un momento è stata quella di entrambi i bambini, e poi è diventata più vecchia. Per un momento è stata una faccia

sconosciuta, e poi è stata tutte le facce.»

«E poi se n'è andata?»

«Sì; e poi se n'è andata.»

«Dov'eri, allora, vecchia signora?»

«Qui, alla cassapanca. Bene, ho avuto la meglio su questa cosa, e ho continuato a sistemare, ho continuato a cantare tra me e me. "Mio Dio!" mi son detta, «penserò a qualcos'altro, qualcosa di piacevole, e lo scaccerò dalla testa.» Così ho pensato alla casa nuova e alla signorina Bella Wilfer, e ho pensato rapidamente con quel lenzuolo in mano, quando all'improvviso, i volti sembravano nascosti tra le sue pieghe, e l'ho lasciato cadere.»

Dato che giaceva ancora sul pavimento dove era caduto, il signor Boffin lo raccolse e lo posò sulla cassapanca.

«E poi sei corsa giù per le scale?»

«No, ho pensato di provare in un'altra stanza, e di sbarazzarmene. Mi sono detta: "Andrò e camminerò lentamente su e giù per la stanza del vecchio tre volte, da un capo all'altro, e poi l'avrò vinta." Sono entrata con la candela in mano, ma nel momento in cui mi sono avvicinata al letto, l'aria si è addensata con loro.»

«Con le facce?»

«Sì, e ho anche sentito che erano al buio dietro la porticina laterale e sulla scaletta, fluttuando nel cortile. Allora ti ho chiamato.»

Il signor Boffin, perso nello stupore, guardava la signora Boffin. La signora Boffin, persa nella sua tremante incapacità di capire la faccenda, guardava il signor Boffin.

«Io credo, mia cara,» disse il Netturbino d'oro, «che mi sbarazzerò subito di Wegg, per la notte, perché sta per venire ad abitare qui, e potrebbe venire in mente, a lui o a qualcun altro, se sentisse questo e si sentisse in giro, che la casa sia infestata dagli spiriti. Mentre noi sappiamo di no. Vero?»

«Non avevo mai avuto la sensazione in casa prima,» disse la signora Boffin; «e sono stata da sola, a tutte le ore della notte. Sono stata qui quando c'era la Morte, son stata qui quando il Delitto fu una nuova parte delle sue avventure, e non ho mai avuto paura.»

«E non l'avrai mai più, mia cara,» disse il signor Boffin. «Dipende dall'aver pensato a lungo e con attenzione a quell'oscuro affare.»

«Sì, ma perché non ho avuto paura prima?» chiese la signora Boffin.

Questo colpo alla filosofia del signor Boffin poteva essere soddisfatto da questo signore solo con l'osservazione che tutto ciò che è, deve iniziare ad un certo punto. Poi, prendendo il braccio della moglie sotto il suo, perché non fosse lasciata sola e non si agitasse di nuovo, scese a congedare Wegg. Il quale, essendo un po' sonnolento dopo il suo abbondante il pasto, e costituzionalmente di temperamento sfuggente, fu abbastanza contento di zoppicar via, senza fare quello che era venuto a fare ed era pagato per fare.

Il signor Boffin poi si mise il cappello, e la signora Boffin lo scialle, e la coppia, provvista inoltre di un mazzo di chiavi e di una lanterna accesa, andò dappertutto nella casa squallida - una casa triste dappertutto, - tranne le loro due stanze - dalla cantina al comignolo. Non ritenendosi soddisfatti di dar così tanta caccia alle fantasie della signora Boffin in casa, perlustrarono anche il cortile e gli edifici annessi e le collinette. E, posata la lanterna, quando ebbero finito, ai piedi di una delle collinette, camminarono comodamente avanti e indietro per una passeggiata serale, al fine che le torbide ragnatele nel cervello della signora Boffin potessero esser soffiate via.

«Allora, mia cara!» disse il signor Boffin, quando rientrarono per cena. «Quella era la cura, vedi. E' stato del tutto efficace, vero?»

«Sì, caro,» disse la signora Boffin, mettendo da parte lo scialle. «Non sono più nervosa. Non sono per niente turbata, ora. Andrei ovunque per la casa come sempre. Ma...»
«Eh?» disse il signor Boffin.
«Ma devo solo chiudere gli occhi...»
«E poi cosa?»
«Ebbene, allora,» disse la signora Boffin, con gli occhi chiusi e toccandosi pensierosamente la fronte con la sinistra, «allora, eccole qua! La faccia del vecchio, e diventa più giovane. I volti dei due bambini, e diventano più vecchi. Una faccia che non conosco. E poi tutte le facce!»
Riaprendo gli occhi, e vedendo la faccia del marito dall'altra parte del tavolo, si sporse avanti per dargli un colpetto sulla guancia, e si sedette a cena, dichiarando che quella era la faccia migliore del mondo.

XVI. Affidàti e ricordi

Il Segretario non perse tempo nel mettersi al lavoro, e ben presto la sua vigilanza e il suo metodo lasciarono il segno negli affari del Netturbino d'oro. La sua serietà nel determinare e capire la lunghezza, la larghezza e la profondità di ogni compito che gli veniva sottoposto dal suo datore di lavoro, era speciale quanto la sua prontezza nell'effettuare transazioni. Non accettava informazioni né spiegazioni di seconda mano, ma voleva padroneggiare tutto ciò che gli era affidato. Una parte della condotta del Segretario, alla base di tutto il resto, avrebbe potuto provocare i sospetti di un uomo che conoscesse il mondo meglio del Netturbino d'oro. Il Segretario non era per niente curioso o invadente come potrebbe essere un segretario, ma niente che fosse meno di una comprensione completa di tutti gli affari lo avrebbe accontentato. Il Segretario si guardava bene dal far troppe domande o dal mettersi troppo in mezzo, ma non si accontentava di conoscer le cose a metà, voleva saper tutto fino in fondo. Ben presto divenne evidente (dalla conoscenza che mostrava) che doveva essere stato nell'ufficio dove il testamento Harmon era stato registrato e doveva averlo letto. Preveniva le considerazioni del signor Boffin quando doveva essere consigliato su questo o quell'argomento, dimostrando che lo conosceva già e lo capiva. E faceva così senza alcun tentativo di nasconderlo, sembrando soddisfatto che facesse parte del suo dovere prepararsi in tutti i modi possibili per il massimo adempimento.
Questo avrebbe potuto destare - sia ripetuto - qualche vaga diffidenza in un uomo più esperto del mondo di quanto lo fosse il Netturbino d'oro. D'altra parte, il Segretario era perspicace, discreto e silenzioso, anche se zelante come se gli affari fossero stati suoi. Non mostrava amore per il comando o per il maneggio del denaro, ma preferiva chiaramente rimettere l'una e l'altra cosa al signor Boffin. Se, nella sua limitata sfera, cercava il potere, era il potere della conoscenza; il potere derivante da una perfetta comprensione del suo lavoro.
Come sul volto del Segretario c'era una nube senza nome, così nei suoi modi c'era un'ombra ugualmente indefinibile. Non era imbarazzato, come quella prima sera in casa Wilfer: ora era abitualmente senza imbarazzo, eppure quel qualcosa restava. Non che i suoi modi fossero cattivi, come in quell'occasione: ora erano molto buoni, in quanto modesto, gentile e pronto. Eppure quel qualcosa non lo abbandonava mai. È stato scritto di uomini che hanno subito una crudele prigionia, o che hanno attraversato una terribile prova, o che per autoconservazione hanno ucciso una creatura indifesa, che la registrazione di ciò non è mai svanita dal loro aspetto fino alla morte. C'era qualche ricordo del genere in lui?
Egli mise un suo ufficio temporaneo nella nuova casa, e tutto andava bene sotto la sua mano, con

una sola eccezione. Egli si opponeva manifestamente a comunicare con l'avvocato del sig. Boffin. Due o tre volte, che c'era stata qualche piccola occasione di farlo, egli aveva rimesso il compito al signor Boffin. E ben presto il suo sottrarsi fu così evidente, che il signor Boffin gli chiese il motivo della sua riluttanza.
«È così,» ammise il Segretario, «preferirei di no.»
Aveva obiezioni personali verso il signor Lightwood?
«Non lo conosco.»
Aveva sofferto per procedimenti legali?
«Non più di altri uomini,» fu la sua breve risposta.
Aveva qualche pregiudizio contro la razza degli avvocati?
«No. Ma mentre sono al suo servizio, signore, preferirei che mi esentasse dall'interferire tra l'avvocato e il cliente. Certamente se lei insiste, signor Boffin, son pronto a obbedire. Ma considererei un gran favore se lei non insistesse senza un'urgente necessità.»
Ora, non si poteva dire che ci fosse un'urgente necessità, perché Lightwood non aveva per le mani altri affari che quelli che ancora permanevano e languivano sul criminale sconosciuto, e quelli che provenivano dall'acquisto della casa. Molti altri affari che sarebbero potuti arrivare fino a lui ora si fermavano dal Segretario, sotto la cui amministrazione essi erano smaltiti molto più in fretta e in modo più soddisfacente che se fossero caduti nel dominio del giovane Blight. Il Netturbino d'oro questo lo capiva bene. Anche la questione che aveva nelle mani allora non richiedeva la presenza personale del Segretario, perché equivaleva a niente di più che: poiché la morte di Hexam rendeva non redditizio il sudore della fronte dell'uomo onesto, questi aveva deciso, rimescolando le carte, di non voler affatto inumidirsi la fronte per nulla, con quel duro sforzo che è noto negli ambienti legali come 'bestemmiare attraverso un muro di pietra'[123]. Di conseguenza, quella nuova luce si era spenta. Ma la diffusione dei vecchi fatti aveva portato qualche interessato a suggerire che sarebbe stato bene, prima che fossero riconsegnati a un lugubre scaffale – ora probabilmente per sempre - di indurre o costringere quel signor Julius Handford a riapparire ed essere interrogatoe. E poiché tutte le tracce del signor Julius Handford si erano perse, Lightwood si rivolse al suo cliente perché lo autorizzasse a cercarlo per mezzo di pubblici annunci.
«Lei ha obiezioni anche a scrivere a Lightwood, Rokesmith?»
«Niente affatto, signore.»
«Allora forse gli può scrivere una riga, e gli dirà che è libero di fare cosa gli piace. Ma non penso che si otterrà molto.»
«Penso anch'io che non si otterrà molto,» disse il Segretario.
«Tuttavia, può fare quello che vuole.»
«Gli scriverò immediatamente. Mi permetta di ringraziarla per aver ceduto così premurosamente alla mia ritrosia. Potrebbe sembrare meno irragionevole, se confesso che sebbene non conosca il signor Lightwood, ho uno sgradevole ricordo associato a lui. Non è colpa sua, lui non è affatto da biasimare per questo, e non conosce nemmeno il mio nome.»
Il signor Boffin archiviò la questione con un cenno o due. La lettera fu scritta, e il giorno dopo c'era un annunzio sui giornali sul signor Julius Handford. Questi era invitato a mettersi in comunicazione col signor Mortimer Lightwood, come possibile mezzo per promuovere i fini di giustizia, e veniva offerta una ricompensa a chiunque fosse in grado di indicare dove fosse, e lo comunicasse al detto signor Mortimer Lightwood, nel suo ufficio nel Temple. Ogni giorno per sei settimane questo annuncio apparve in testa a tutti i giornali, e ogni giorno per sei settimane il

Segretario, quando lo vedeva, diceva tra sé, nel tono con cui l'aveva detto al suo datore di lavoro, 'Non credo che si otterrà molto!'

Tra le sue prime occupazioni, la ricerca di quell'orfano voluto dalla signora Boffin occupava un posto cospicuo. Dal primo momento della sua assunzione, egli mostrò un particolare desiderio di compiacerla, e sapendo che quello le stava a cuore, egli se ne occupò con instancabile alacrità e interesse.

Il signore e la signora Milvey avevano trovato che la ricerca era difficile. O un orfano idoneo era del sesso sbagliato (ciò che avveniva quasi sempre), o era troppo vecchio, o troppo giovane, o troppo malato, o troppo sporco, o troppo abituato a stare in strada, o troppo propenso a scappare; o si riscontrò impossibile completare la transazione filantropica senza comprare l'orfano. Perché, nell'istante in cui ci si rendeva conto che qualcuno voleva l'orfano, spuntava un suo parente affettuoso che metteva un prezzo sulla sua testa. La repentinità dell'aumento di un orfano sul mercato non poteva essere messa in parallelo ai rialzi più pazzi della Borsa. Era scontato del cinquemila per cento il mattino alle nove, presso la balia, quando faceva una torta di sabbia in giardino, e (essendo stato chiesto di lui) a mezzogiorno faceva già premio per un cinquemila per cento. Il mercato era truccato in vari modi astuti. Furono messe in circolazione scorte contraffatte. Alcuni genitori rappresentavano se stessi come morti, e portavano essi stessi i loro orfani. Le scorte di veri orfani venivano sottratte fraudolentemente dal mercato. Quando gli emissari appostati allo scopo annunciavano che il signor Milvey e la signora Milvey si stavano avvicinando al cortile, tutti gli orfani venivano immediatamente nascosti, e se ne rifiutava l'esposizione, salvo una condizione solitamente stabilita dai mediatori come "un gallone di birra". Allo stesso modo, fluttuazioni simili alla selvaggia natura dei Mari del Sud erano provocate dai titolari degli orfani, che li trattenevano, per poi precipitarne sul mercato una dozzina insieme. Ma il principio uniforme alla base di tutte queste varie operazioni era la compravendita; e tale principio non poteva essere riconosciuto dal signor e dalla signora Milvey.

Alla fine, giunsero notizie al reverendo Frank che si poteva trovare un incantevole orfano a Brentford[124]. Uno dei defunti genitori (un tempo suoi parrocchiani) aveva una povera nonna vedova in quella graziosa cittadina, e lei, la signora Betty Higden, aveva allevato l'orfano con cure materne, ma non poteva permettersi di tenerlo.

Il Segretario propose alla signora Boffin o di andar lui stesso per fare un'indagine preliminare su quest'orfano, o di condurla lì, perché si potesse formare subito la sua opinione. La signora Boffin scelse quest'ultima possibilità, e una mattina si misero in viaggio in una carrozza presa a nolo, portando il giovanotto dalla testa a martello dietro di loro.

La dimora della signora Betty Higden non era facile da trovare, trovandosi in insediamenti della fangosa Brentford così intricati, che essi lasciarono il loro equipaggio all'insegna delle Tre Gazze, e andarono in cerca di essa a piedi. Dopo molte domande e molti insuccessi, fu indicata loro una casetta molto piccola in fondo a un vicolo, con una tavola attraverso la porta aperta, agganciato alla quale tavola, per le ascelle, era un giovane gentiluomo di tenera età, che pescava nel fango con un cavallo di legno senza testa e uno spago. In questo giovane sportivo, caratterizzato da una testa ramata ricciuta e dalla sua aria simpatica, il Segretario riconobbe l'orfano.

Sfortunatamente successe che quando essi accelerarono il loro ritmo, l'orfano, dimenticata nell'ardore del momento ogni considerazione di sicurezza personale, si sbilanciò e cadde in strada. Essendo un orfano di conformazione paffuta, prese a rotolare giù fino al rigagnolo prima ch'essi potessero tirarlo su. Fu salvato dal rigagnolo da John Rokesmith, e quindi il primo incontro con la signora Higden fu inaugurato dalla maldestra circostanza del loro possesso - si sarebbe detto a prima vista un possesso illegittimo - dell'orfano, sottosopra e viola in volto. Anche la tavola attraverso la porta, fungendo da trappola sia per i piedi della signora Higden che usciva, sia per quelli della signora Boffin e di John Rokesmith che entravano, aumentava notevolmente la difficoltà della situazione, alla quale gli strilli dell'orfano imprimevano un carattere lugubre e inumano.

All'inizio fu impossibile spiegarsi, perché l'orfano «tratteneva il respiro»: un modo d'agire terribile al massimo, che super-induceva nell'orfano una rigidità color piombo e un silenzio mortale, a confronto dei quali le sue grida erano musica che produceva il massimo del godimento. Ma a mano a mano che il bambino si riprendeva, la signora Boffin presentò gradualmente se stessa; e la pace sorridente fu gradualmente ricondotta nella casa della signora Betty Higden.

Allora si notò che era una casa piccola, con dentro un gran mangano[125], al manico della quale macchina stava un ragazzo molto lungo, con una testa molto piccola e una bocca aperta di dimensioni sproporzionate, la quale sembrava assistere i suoi occhi nel fissare i visitatori. In un angolo sotto il mangano, su un paio di sgabelli, se ne stavano due piccolissimi bambini: un maschio e una femmina; e quando il ragazzo molto lungo, in un intervallo del suo fissare, fece fare un giro al mangano, era allarmante vedere come questo si lanciava contro quei due innocenti, come una catapulta progettata per la loro distruzione, ritirandosi inoffensivamente quando era a meno di un pollice dalle loro teste. La stanza era pulita e ordinata. Aveva un pavimento di mattoni e una finestra di vetri diamantati e una balza appesa sotto la mensola del caminetto e corde fissate dal basso verso l'alto all'esterno del finestra su cui i fagioli scarlatti sarebbero cresciuti nella prossima stagione, se i Fati fossero stati propizi. Per quanto propizi potessero essere stati a Betty Higden nelle stagioni che erano passate, in materia di fagioli, essi non erano stati molto favorevoli in materia di monete; perché era facile vedere che era povera. Era una di quelle donne anziane, la signora Betty Higden, che, per mezzo della forza di un'indomabile risolutezza, e di una robusta costituzione, combattono molti anni, sebbene ogni anno che sia venuto con il suo nuovo affanno soffia fresco contro di lei, affaticata da questo; una vecchia attiva, con vivaci occhi scuri e una faccia risoluta, ma anche una dolce creatura; una donna non dal ragionamento logico, ma Dio è buono, e in Cielo i cuori possono contare come le teste.

«Sì, certo!» diss'ella, quando si iniziò il discorso. «La signora Milvey ha avuto la gentilezza di scrivermi una lettera, signora, e l'ho fatta leggere da Sloppy[126]. Era una bella lettera. Ma lei è una signora affabile.»

La signora Boffin e Rokesmith guardarono il ragazzo lungo, che sembrava indicare, con una dilatazione anche più vasta degli occhi e della bocca, che era in lui che si manifestava Sloppy.

«Perché io,» disse Betty, «deve sapere, non so molto bene leggere i caratteri scritti a mano, anche se posso leggere la mia Bibbia e la maggior parte dei caratteri a stampa. E mi piacciono i giornali. Lei non ci crederà, ma Sloppy è un bravo lettore di giornali. Legge i resoconti della polizia, con diverse voci secondo chi scrive.»

I visitatori considerarono un gesto di cortesia guardare di nuovo Sloppy, il quale, guardandoli a sua volta, gettò improvvisamente indietro la testa, aprì la bocca in tutta la sua larghezza e rise forte e a lungo. Qui i due innocenti, con il loro cervello in apparente pericolo, risero, e rise la signora Higden, e rise l'orfano, e risero anche i due ospiti. Ciò che era più allegro di quanto fosse intelligibile. Quindi Sloppy, sembrando essere colto da una mania o una furia industriosa, si voltò verso il mangano, e lo lanciò contro le teste degli innocenti con un tale scricchiolio e ronzio che la signora Higden lo fermò.

«Questi signori non possono sentire nemmeno loro stessi parlare, Sloppy. Aspetta un po', aspetta un po'!»

«E' quel caro bambino che lei ha in grembo?» disse la signora Boffin.

«Sì, signora. Questo è Johnny.»

«Johnny, anche!» gridò la signora Boffin, volgendosi al Segretario. «Già Johnny si chiama! Uno dei due nomi scelti da dare! Che bel bambino!»

Col mento piegato verso il basso nella sua timida maniera infantile, il bambino guardava furtivamente, con i suoi occhi azzurri, la signora Boffin, e protendeva una mano grassottella e piena di fossette fino alle labbra della vecchia, che gliela baciava di quando in quando.

«Sì, signora, è un bel bambino, è un caro, diletto bambino, è il figlio della figlia della mia ultima figlia. Ma anche lei se n'è andata, come tutto il resto.»

«Quelli non sono suo fratello e sua sorella?» disse la signora Boffin.

«Oh, buon Dio, no, signora. Quelli sono in affido.»

«In affido?» ripeté il Segretario.

«Lasciati a me, signore, per essere sorvegliati. Gestisco un centro d'affido. Ne posso prendere soltanto tre, per via del mangano. Ma i bambini mi piacciono, e quattro *pence* alla settimana sono quattro *pence*. Venite qua, Toddles e Poddles.»

Toddles era il soprannome del bambino; Poddles, quello della bambina. Con i loro piccoli passi incerti, attraversarono la stanza, mano nella mano, come se stessero attraversando una strada estremamente difficile, intersecata da ruscelli, e dopo essere stati accarezzati sulla testa dalla signora Betty Higden, balzarono sull'orfano, rappresentando drammaticamente un tentativo di portarlo, cantando, in cattività e schiavitù. Tutti e tre i bambini si divertirono al massimo con questo gioco, e il partecipe Sloppy rise di nuovo alto e forte. Quando fu opportuno interrompere il gioco, Betty Higden disse: «Andate ai vostri posti, Toddles e Poddles», ed essi tornarono mano nella mano attraverso il paese, e sembrò che trovassero i ruscelli piuttosto gonfi per le piogge tardive.

«E il signore, o il signorino, Sloppy?» disse il Segretario, incerto se fosse un uomo, un ragazzo, o cosa.

«Un figlio dell'amore,» rispose Betty Higden, abbassando la voce. «I genitori mai conosciuti: trovato nella strada. È stato allevato nel...» con un brivido di ripugnanza, «... nella Casa.»

«La Casa dei poveri?» disse il Segretario.

La signora Higden assunse quel suo vecchio viso risoluto e annuì cupamente.

«Non le piace farne menzione.»

«Non mi piace farne menzione?» rispose la vecchia. «Uccidetemi piuttosto di portarmi là. Gettate questo grazioso bambino sotto le zampe dei cavalli da tiro, o un carro carico, piuttosto che portarlo là. Venite qui e trovateci tutti moribondi, e date fuoco dove noi giaciamo, e bruciateci con tutta la casa finché siamo un mucchio cenere, piuttosto che portare là uno dei nostri cadaveri!»

Uno spirito sorprendente in quella donna sola, dopo tanti anni di duro lavoro e di vita dura, gentiluomini e signori e onorevole Comitato! Come la chiamiamo nei nostri grandiosi discorsi? Indipendenza britannica piuttosto perversa? È questa, o qualcosa del genere?

«Non ho mai letto sui giornali,» disse la donna, coccolando il bambino, «- Dio aiuti me e i miei simili! - come le persone sfinite che si riducono ad andarvi, vengono mandati da un posto all'altro[127] allo scopo di stancarli. Non ho mai letto come sono mandate via, mandate via, mandate via - come sono rimproverate, rimproverate, rimproverate, per il ricovero, o il dottore, o una goccia di medicina, o un pezzo di pane?

Non ho mai letto come gli venga il mal di cuore per questo e ci rinuncino, dopo essersi lasciati andare così in basso, e come dopo tutto muoiono per strada per mancanza di aiuto? E allora io dico che spero di morire come tutti gli altri, e morirò senza quella disgrazia.»

Assolutamente impossibile, miei signori e gentiluomini dell'onorevole Comitato, ricondurre queste perverse persone alla logica, con ogni sforzo di saggezza legislativa?

«Johnny, mio bello,» continuò la vecchia Betty, accarezzando il bambino e piangendo su di lui più che parlargli, «la tua vecchia nonna Betty è più vicina agli ottanta che ai settanta anni. Non ha mai implorato né ha avuto un centesimo dei soldi dell'Unione in tutta la sua vita. Ha pagato le tasse e ha pagato molto quando aveva i soldi per pagarle; lavorava quando poteva, e moriva di fame quando doveva. Prega che alla nonna rimanga tanta forza alla fine (ella è forte per una vecchia, Johnny), da alzarsi dal letto e correre a nascondersi, e morire in un buco, piuttosto di cadere nelle mani di quei crudeli di cui leggiamo, quelli che imbrogliano e fanno correre, impensieriscono e stancano, disprezzano e disonorano il povero onesto!»

Un brillante successo, signori e gentiluomini e onorevole Comitato, aver portato questo nella mente del migliore dei poveri! Con tutto il rispetto, potrebbe valere la pena pensarci in qualche momento occasionale? La paura e l'orrore che la signora Betty Higden mandò via dal suo volto risoluto alla fine di questa digressione, mostravano quanto seriamente lo aveva inteso.

«E lavora per lei?» domandò il Segretario, riportando gentilmente il discorso al signor o signorino Sloppy.

«Sì,» disse Betty, con un sorriso di buon umore e un cenno del capo. «E anche bene.»

«Abita qui?»

«Vive più qui che altrove. Si sapeva che non era nient'altro che un illegittimo, e dapprima venne da me come Affidato. Mi interessai presso il signor Blogg, il sacrestano, per averlo come affidato, vedendolo per caso in chiesa, e pensando di poter fare qualcosa per lui. Perché allora era una debole creatura rachitica.»

«È chiamato con il suo nome vero?»

«Beh, vede, parlando abbastanza correttamente, non ha un vero nome. Ho sempre capito che ebbe quel nome perché lo trovarono in una notte umida.»

«Sembra un tipo simpatico.»

«Dio vi benedica, signore, non c'è niente di lui che non è simpatico,» rispose Betty, «e può giudicare quanto sia simpatico, portando il suo sguardo lungo la sua altezza.»

Sloppy era di fattura sgraziata. Troppo sviluppato in lunghezza, troppo poco in larghezza, e con troppi angoli appuntiti. Una di quelle creature di uomini dinoccolati, nati per essere indiscretamente candidi nella rivelazione dei bottoni: ogni bottone che egli aveva abbagliava il pubblico in misura del tutto soprannaturale. Un notevole capitale di ginocchi e di gomiti e di polsi e di caviglie, aveva Sloppy, ma non sapeva come disporlo per aver il miglior vantaggio, perché li investiva sempre in titoli sbagliati, e così mettendosi in circostanze imbarazzanti. Numero Uno dei Soggetti Privati della squadra degli Sgraziati del rango e dell'archivio della vita, era Sloppy, eppure aveva le sue luccicanti idee di restare fedele ai colori della bandiera.

«E adesso,» disse la signora Boffin, «riguardo a Johnny...»

Mentre Johnny, con il mento in dentro e le labbra imbronciate, si adagiava in grembo a Betty, fissando sui visitatori i suoi occhi azzurri, proteggendosi dalla loro osservazione con un braccino a fossette, la vecchia Betty prese una delle sue fresche mani grassocce nella sua destra raggrinzita, e prese a batterla delicatamente sulla sua raggrinzita sinistra.

«Sì, signora, riguardo a Johnny...»

«Se lei mi affida quel caro bambino,» disse la signora Boffin, con una faccia che invitava alla fiducia, «avrà la migliore delle case, le migliori cure, la migliore educazione, gli amici migliori. Piaccia a Dio ch'io sia per lui una vera e buona madre!»

«Le sono grata, signora, e questo caro bambino le sarebbe grato anche lui se fosse abbastanza grande per capire.» Ancora leggermente battendo la sua manina sulla sua. «Non vorrei oscurare la luce del caro bambino, se avessi tutta la mia vita davanti a me invece di pochissima. Ma spero che lei non se la prenderà a male, se io sono attaccata a questo bambino più che le parole possano dire, perché lui è l'ultima creatura che mi è rimasta.»

«Prendermela a male, mia cara? ma è possibile? E lei è stata così tenera con lui da portarlo qui in casa!»

«Ne ho visti tanti,» disse Betty, ancora con quel lieve battito sulla sua mano dura e rugosa, «tanti di loro sul mio grembo. E se ne sono andati tutti, tranne questo! Mi vergogno di sembrare così egoista, ma non lo sono sul serio. Sarà la sua fortuna, lui sarà un signore, quando io sarò morta. Io... io... non so cosa mi prende. Io... mi faccio forza. Non ci faccia caso!» Il lieve battito cessò, la bocca risoluta cedette, e la bella faccia vecchia e forte si abbandonò alla debolezza e alle lacrime. Ora, con gran sollievo degli estranei, non appena il sensibile Sloppy vide la sua protettrice in quelle condizioni, gettando indietro la testa e spalancando la bocca, alzò la voce e mugghiò. Questa nota allarmante di qualcosa di sbagliato immediatamente terrorizzò Toddles e Poddles, e non appena si udirono i loro urli straordinari, anche Johnny, curvandosi in modo improprio e colpendo la signora Boffin con un paio di scarpe noncuranti, divenne preda della disperazione. L'assurdità della situazione portò il suo pathos al massimo. La signora Betty Higden si riprese in un momento, e riportò tutto all'ordine così velocemente che Sloppy, interrompendo di colpo un muggito polisillabico, trasferì la sua energia al mangano, fece diversi giri penitenziali prima che potesse essere fermato.

«Là, là, là!» disse la signora Boffin, quasi considerandosi, lei così gentile, la più spietata delle donne. «Non se ne farà niente. Nessuno si deve spaventare. Siamo tutti a nostro agio, non è vero, signora Higden?»

«Sicuro e certo che lo siamo,» rispose Betty.

«E non c'è davvero fretta, sa,» disse la signora Boffin con una voce più bassa. «Si prenda il tempo per pensarci, mia cara!»

«Non abbia più paura per me, signora,» disse Betty. «Ci ho pensato per bene ieri. Non so cosa mi sia preso poco fa, ma non succederà più»

«Bene, allora Johnny avrà più tempo per pensarci,» replicò la signora Boffin; «il bel bambino avrà il tempo di abituarsi. E lo farà abituare di più, se pensa bene di questo, vero?»

Betty accettò allegramente e prontamente.

«Buon Dio,» gridò la signora Boffin, guardandosi intorno raggiante, «vogliamo rendere tutti felici, non tristi! E forse lei mi farà sapere come inizia ad abituarsi, e come vanno le cose?»

«Manderò Sloppy.» disse la signora Higden.

«E questo signore che è venuto con me gli pagherà il suo disturbo,» disse la signora Boffin. «E, signor Sloppy, ogni volta che viene a casa mia, sia sicuro che non se ne andrà mai senza aver mangiato un buon pranzo a base di carne, birra, verdure e budino.»

Questo illuminò ulteriormente lo stato degli affari; perché il molto simpatico Sloppy, prima spalancò gli occhi e ghignò, poi scoppiò a ridere fragorosamente, Toddles e Poddles seguirono il suo esempio, e Johnny li surclassò. T. e P., considerando queste favorevoli circostanze per la ripresa di quella drammatica calata su Johnny, ancora una volta attraversarono tutto il paese mano nella mano per una spedizione di bucanieri; e dopo aver combattuto nell'angolo del camino dietro la sedia della signora Higden, con grande valore da entrambe le parti, quei pirati disperati tornarono mano nella mano ai loro sgabelli, sul letto asciutto di un torrente di montagna.

«Lei deve dirmi che cosa posso fare per lei, Betty, amica mia,» disse la signora Boffin confidenzialmente, «se non oggi, la prossima volta.»

«Grazie lo stesso, signora, ma per me non ho bisogno di nulla. Posso lavorare. Sono forte. Posso camminare per venti miglia, se devo farlo.»

La vecchia Betty era fiera, e lo disse con uno scintillio negli occhi luminosi.

«Sì, ma ci sono alcune piccole comodità con cui non starebbe peggio,» rispose la signora Boffin. «Dio vi benedica, anch'io non sono nata signora.»

«Mi sembra,» disse Betty sorridendo, «che lei sia nata signora, e una vera signora, o non è mai nata una signora. Ma non potrei accettare niente da lei, mia cara. Non ho mai accettato niente da nessuno. Non è che non sia grata, ma mi piace di più guadagnarmelo.»

«Su, su!» rispose la signora Boffin. «Ho parlato solo di piccole cose, o io non mi sarei presa la libertà.»

Betty si portò la mano della visitatrice alle labbra, come riconoscimento della risposta delicata. La sua figura era formidabilmente dritta, e il suo sguardo formidabilmente sicuro di sé, mentre, in piedi davanti alla sua ospite, si spiegava meglio: «Se avessi potuto tenere questo caro bambino senza il timore, che ho sempre, che arrivi al destino che le ho detto, non lo avrei mai potuto separare da me, neanche per lei. Perché lo amo, lo amo, lo amo! Amo mio marito morto da tempo e andato, in lui; io amo i miei figli morti e andati, in lui; amo i miei giorni giovanili e pieni di speranza, morti e passati, in lui. Non potrei vendere questo amore, e guardar lei nel suo viso gentile e luminoso. È un dono gratuito. Io non ho bisogno di nulla. Quando la forza mi verrà meno, se posso solo morire rapidamente e in silenzio, io sarò del tutto contenta. Sono stata tra i miei morti e quella vergogna di cui ho parlato: e ciò è stato tenuto lontano da tutti loro. Cucito nella mia veste», e si portò una mano al petto, «c'è giusto quello che basterà per farmi giacere nella tomba. Guardi soltanto che sia speso bene, così che fino alla fine io resti libera da quella crudeltà e quella vergogna, e lei avrà fatto molto più che una piccola cosa per me, e tutto quello che in questo mondo ha importanza per il mio cuore.»

La signora strinse la mano della signora Betty Higden. Non ci fu più il lasciarsi andare alla debolezza del viso risoluto.

Miei signori e gentiluomini e onorevole Comitato, era proprio una faccia ferma come le nostre, e quasi altrettanto dignitosa.

E ora, Johnny doveva essere indotto a occupare una temporanea posizione sulle ginocchia della signora Boffin. Non accadde fino a quando non fu indispettito dalla competizione con i due minuscoli affidati, vedendoli successivamente elevati a quel posto e poi ritirarsi da esso senza danno, che poté essere indotto con ogni mezzo a lasciare le gonne della signora Betty Higden; verso la quale egli esibì, anche quando nell'abbraccio della signora Boffin, la sua intensa brama per la signora Betty Higden, spirituale e corporea, la prima espressa da un viso molto cupo, quest'ultima dalle braccia tese. Tuttavia, una descrizione generale dei meravigliosi giocattoli che si celavano in casa della signora Boffin conciliava questo orfano dalla mentalità mondana fino al punto di indurlo a guardarla, accigliato, con un pugno in bocca, e perfino a ridacchiare, quando fu menzionato un cavallo riccamente bardato su ruote con il dono miracoloso di galoppare verso le pasticcerie. Essendo ripreso questo suono dagli affidati, crebbe in un trio frenetico che diede soddisfazione generale.

Così l'intervista fu considerata un vero successo, la signora Boffin fu compiaciuta, e tutti furono soddisfatti. Non da ultimo, Sloppy, che si impegnò a ricondurre i visitatori nel modo migliore alle Tre Gazze, e che il giovanotto dalla testa a martello molto disdegnò.

Con questa faccenda così messa in moto, il Segretario riportò la signora Boffin alla Pergola, e trovò da occuparsi alla casa nuova fino a sera. Se, quando venne la sera, prese una strada che conduceva al suo alloggio per una via che passava dai campi con il disegno di trovare la signorina Bella Wilfer in quei campi, non è così certo come il fatto che ella ci andasse regolarmente a quell'ora. E, peraltro, è certo che lei fosse lì. Non più in lutto, la signorina Bella era vestita con i più graziosi colori che potesse mettere insieme. Non si può negare ch'ella era almeno graziosa come loro, e che lei e il vestito stavano molto bene insieme. Ella stava leggendo mentre camminava, e naturalmente si deve ritenere, dal suo non mostrare alcuna cognizione dell'avvicinamento del signor Rokesmith, che non sapesse ch'egli si stava avvicinando.

«Eh?» disse la signorina Bella, alzando gli occhi dal libro, quando lui si fermò davanti a lei: «Oh! è lei.»

«Solo io. Una bella serata!»

«Eh?» disse Bella guardandosi freddamente intorno. «Suppongo di sì, ora che lei lo ha detto. Non stavo pensando alla sera.»

«Così concentrata sul libro?»

«Sì-i-i,» rispose Bella con uno strascico d'indifferenza.

«Una storia d'amore, signorina Wilfer?»

«Oh caro, no, o non potrei leggerla. Si tratta più di denaro che di altro.»

«E dice che il denaro è meglio di ogni altra cosa?»

«Parola mia,» replicò Bella, «non mi ricordo che cosa dice, ma lei può trovarlo coi suoi occhi, se vuole, signor Rokesmith. Non lo voglio più.»

Il Segretario prese il libro - ella aveva sventolato i fogli come se fossero un ventaglio - e le camminò accanto.

«Sono incaricato di un messaggio per lei, signorina Wilfer.»

«Impossibile, credo!» disse Bella, con un altro accento strascicato.

«... da parte della signora Boffin. Ella desidera che io assicuri lei del piacere che ella ha nel trovare che sarà pronta a riceverla tra una settimana o due al massimo.»

Bella volse il capo verso di lui, con le sopracciglia graziosamente insolenti inarcate e con le palpebre abbassate. Come per dire: «E come è arrivato a questo messaggio?»

«Stavo aspettando l'opportunità di dirle che sono il Segretario del signor Boffin.»

«Ne so quanto prima,» disse la signorina Bella, altezzosamente, «perché non so che cosa sia un Segretario. Non che significhi qualcosa.»

«No, certo.»

Uno sguardo di sfuggita al suo viso, mentre le camminava accanto, gli mostrò ch'ella non si era aspettata il suo pronto assenso a quella frase.

«Allora lei sarà sempre là, signor Rokesmith?» ella domandò, come se questo fosse un inconveniente.

«Sempre, no. Molto spesso là? Sì.»

«Povera me!» mormorò Bella con un tono di disappunto.

«Ma la mia posizione di Segretario sarà molto diversa dalla sua come ospite. Lei saprà poco o niente di me. Io tratterò gli affari, lei tratterà cose piacevoli. Io avrò il mio stipendio da guadagnare, e lei non avrà altro da fare che divertirsi ed essere attraente.»

«Attraente, signore?» disse Bella, di nuovo con le sopracciglia alzate e le palpebre abbassate. «Io

non la capisco.»
Senza rispondere a questo punto, il signor Rokesmith continuò: «Mi scusi; quando la vidi la prima volta col suo vestito nero...»
(«Ecco!» fu l'esclamazione mentale della signorina Bella. «Cosa dicevo a casa? Tutti notavano quel ridicolo lutto!»)
«Quando la vidi la prima volta col suo vestito nero, non riuscivo a capire quella differenza tra lei e la sua famiglia. Spero di non esser stato impertinente se ho meditato su molto.»
«Spero di no, ne sono sicura,» disse la signorina Bella in modo arrogante. «Ma dovrebbe sapere meglio come ha meditato su quello.»
Il signor Rokesmith chinò la testa con aria di disapprovazione, e continuò.
«Da quando mi sono stati affidati gli affari del signor Boffin, sono necessariamente giunto a capire il piccolo mistero. Mi azzardo a osservare che mi sento persuaso che gran parte della sua perdita possa essere rimediata. Ovviamente parlo solo della ricchezza, signorina Wilfer. La perdita di un perfetto estraneo, il cui valore, o inutilità, non posso stimare - né lei nemmeno -, è fuori questione. Ma questi eccellenti signore e signora sono così pieni di semplicità, così pieni di generosità, così ben disposti verso di lei, e così desiderosi di ... come dire? - di fare ammenda per la loro fortuna, che lei deve solo rispondere.»
Mentre la guardava con un altro sguardo di sfuggita, egli vide sul suo volto un certo ambizioso trionfo, che nessuna pretesa freddezza poteva nascondere.
«Poiché ci siamo trovati sotto lo stesso tetto per un'accidentale combinazione di circostanze, che stranamente si estende alle nuove relazioni future, mi sono preso la libertà di dire queste poche parole. Non le considera invadenti, spero?» disse il Segretario con deferenza.
«Davvero, signor Rokesmith, non posso dire come le considero,» rispose la signorina. «Queste notizie sono assolutamente nuove per me, e possono essere fondate del tutto sulla sua immaginazione.»
«Vedrà!»
Questi stessi campi erano di fronte ai locali dei Wilfer. La discreta signora Wilfer, guardando ora fuori dalla finestra e scorgendo sua figlia in colloquio coll'inquilino, subito si legò la testa e uscì per una passeggiata casuale.
«Stavo dicendo alla signorina Wilfer,» disse John Rokesmith, appena la maestosa signora si avvicinò, «che sono diventato, per un caso strano, il Segretario del signor Boffin o il suo uomo d'affari.»
«Io non ho l'onore,» rispose la signora Wilfer, agitando i guanti nel suo stato cronico di dignità e vago uso improprio, «di una intima conoscenza col signor Boffin, e non spetta a me congratularmi con quel signore per l'acquisto che ha fatto.»
«Abbastanza povero» disse Rokesmith.
«Mi perdoni,» disse la signora Wilfer. «I meriti del signor Boffin possono essere altamente distinti - più distinti di quanto l'aspetto della signora Boffin potrebbe implicare -, ma sarebbe follia di umiltà considerarlo degno di un assistente migliore.»
«Lei è molto buona. Dicevo anche alla signorina Wilfer che è attesa a breve nella nuova residenza in città.»
«Avendo tacitamente acconsentito,» disse la signora Wilfer, scrollando maestosamente le spalle e agitando di nuovo i guanti, «all'assenso di mia figlia verso le attenzioni offerte dalla signora Boffin, non interpongo nessuna obiezione.»
A questo punto la signorina Bella fece le sue rimostranze: «Non dir sciocchezze, ma', per favore.»

«Calma!» disse la signora Wilfer.

«No, mamma, non voglio essere resa così ridicola. Non interpongo obiezioni!»

«Io dico,» ripeté la signora Wilfer con un ampio accesso di grandezza, «che non intendo opporre obiezioni. Se la signora Boffin (il cui aspetto non potrebbe essere condiviso neppure per un momento da nessun discepolo di Lavater[128]),» con un brivido, «cerca di illuminare la sua nuova residenza in città con le attrattive di una mia figlia, sono contenta che le venga concessa la compagnia di questa mia figlia.»

«Lei, signora, usa la parola che ho usato anch'io,» disse Rokesmith con un'occhiata a Bella, «quando lei parla delle attrattive della signorina Wilfer là.»

«Mi scusi,» replicò la signora Wilfer con spaventosa solennità, «ma non ho finito.»

«Per carità, mi scusi lei.»

«Stavo per dire,» proseguì la signora Wilfer, che evidentemente non aveva avuto la minima idea di dire altro, «che quando uso il termine attrattive, lo uso con la qualificazione che non intendo in nessun altro modo, comunque.»

L'eccellente signora fornì questa luminosa delucidazione delle sue opinioni con un'aria di grande compiacimento verso i suoi ascoltatori, e di grande sua distinzione. Per cui la signorina Bella fece una piccola risata sprezzante, e disse: «Ne abbiamo abbastanza di questo, ne sono certa, su tutti i fronti! Abbia la bontà, signor Rokesmith, di portare il mio affetto alla signora Boffin...»

«Scusami!» gridò la signora Wilfer. «Complimenti!»

«Affetto!» ripeté Bella, battendo un poco il piede.

«No!» disse la signora Wilfer con monotonia. «Complimenti.»

«Diciamo l'affetto della signorina Wilfer, e i complimenti della signora Wilfer,» propose il Segretario, come compromesso.

«E sarò molto lieta di venire, quando lei sarà pronta per me. Prima è, meglio è.»

«Un'ultima parola, Bella,» disse la signora Wilfer, «prima di scendere nell'appartamento di famiglia. Confido che, come mia figlia, sarai sempre consapevole che sarà garbato in te, quando ti associ al signore e la signora Boffin a parità di condizioni, ricordare che il Segretario, il signor Rokesmith, in quanto inquilino di tuo padre, ha diritto alla tua buona parola.»

La condiscendenza con cui la signora Wilfer espresse questa proclamazione di patrocinio era meravigliosa, come la rapidità con quale l'inquilino aveva perso la sua casta diventando Segretario. Egli sorrise mentre la madre si ritirò verso le scale; ma il suo volto si adombrò, quando la figlia la seguì.

«Così insolente, così leggera, così capricciosa, così venale, così noncurante, così difficile da trattare, così difficile rivolgersi a lei!» diss'egli amaramente.

E aggiunse, mentre saliva al piano di sopra: «Eppure così carina, così carina!» E aggiunse subito, mentre camminava su e giù per la sua camera: «E se sapesse!»

Ella sapeva che lui stava scuotendo la casa camminando avanti e indietro; e dichiarò che un'altra delle miserie dell'essere poveri era quella di non potersi sbarazzare di un inquietante Segretario che andava avanti e indietro, avanti e indietro, sconcertante in alto nel buio, come un fantasma.

XVII. Palude squallida

E ora, nelle fiorenti giornate estive, ecco il signor e la signora Boffin stabiliti nel palazzo eminentemente aristocratico, e guardate che varietà di creature striscianti, avanzanti, svolazzanti e ronzanti, intorno a loro, attratte dalla polvere d'oro del Netturbino d'oro!

I primi tra quelli che lasciano il loro biglietto da visita alla porta eminentemente aristocratica, prima ancora che sia verniciata del tutto, sono i Veneering: senza fiato, si potrebbe immaginare, per l'impetuosità della loro corsa sui gradini eminentemente aristocratici. Un biglietto da visita la signora Veneering, due biglietti da visita il signor Veneering, e un biglietto da visita coniugale i coniugi Veneering, per aver l'onore d'invitare il signor Boffin e la signora Boffin a un pranzo con le migliori solennità dell'Analitico. L'incantevole Lady Tippins lascia il suo biglietto da visita. Twemlow lascia i suoi. Un'altra carrozza alta color crema pasticcera, che viene avanti in maniera solenne, lascia quattro biglietti, e cioè due del signor Podsnap, uno della signora Podsnap, e uno della signorina Podsnap. Tutto il mondo, le sue mogli e le sue figlie, lasciano un biglietto. Qualche volta le mogli del mondo hanno un tal numero di figlie, che i loro biglietti si leggono come un Lotto Miscellaneo in una vendita all'asta; comprendendo la signora Tapkins e le signorine Tapkins, la signorina Frederica Tapkins, la signorina Antonina Tapkins, la signorina Malvina Tapkins e la signorina Euphemia Tapkins. Nello stesso tempo, la stessa signora lascia il biglietto della signora Henry George Alfred Swoshle, nata Tapkins; anche, un biglietto, la signora Tapkins è in Casa il Mercoledì, Musica, a Portland Place[129].

La signorina Bella Wilfer diventa una residente, per un periodo indefinito, della dimora eminentemente aristocratica. La signora Boffin conduce la signorina Bella dalla sua modista e dalla sua sarta, ed ella diventa magnificamente vestita. I Veneering si accorgono con tempestivo rimorso di aver dimenticato di invitare la signorina Bella Wilfer. Uno della signora Veneering e uno dei coniugi Veneering chiedono immediatamente quell'onore aggiuntivo e fanno penitenza nella scatola bianca sul tavolo. Allo stesso modo, la signora Tapkins scopre la sua omissione, e con prontezza la ripara, per se stessa, per le signorine Tapkins, per la signorina Frederica Tapkins, per la signorina Antonina Tapkins, per la signorina Malvina Tapkins e per la signorina Euphemia Tapkins. Così pure per la signora Henry George Alfred Swoshle, nata Tapkins. Allo stesso modo, per la signora Tapkins che è in Casa il Mercoledì, Musica, a Portland Place.

I cataloghi dei commercianti bramano e i commercianti stessi desiderano la polvere d'oro del Netturbino d'oro. Quando la signora Boffin e la signorina Wilfer passano in carrozza, o quando il signor Boffin passa col suo passo a trotto lento, il pescivendolo si toglie il cappello con un'aria di riverenza fondata sulla convinzione. I suoi dipendenti si puliscono le dita sui grembiuli di lana prima di osare toccare le loro fronti per un saluto al signor Boffin o alla signora. Il salmone a bocca aperta e la triglia dorata giacente sul marmo sembrano girar gli occhi di lato, come alzerebbero le mani, se le avessero, in atto di ammirata adorazione. Il macellaio, sebbene sia un uomo corpulento e prosperoso, non sa più che fare con se stesso; così ansioso è di esprimere umiltà, quando è scoperto dai Boffin che passano, prendendo l'aria in un boschetto di montoni. Regali sono fatti ai servi dei Boffin, e insulsi sconosciuti con biglietti da visita commerciali, incontrando detti servitori per strada, offrono un'ipotetica corruzione. Come: «Supponendo che dovessi essere favorito con un ordine del signor Boffin, mio caro amico, varrebbe la pena...» - di fare una certa cosa che spero possa non risultare del tutto sgradevole ai tuoi sentimenti.

Ma nessuno lo sa così bene come il segretario, che apre e legge le lettere, che trattamento è fatto all'uomo segnato da un tratto di notorietà. Oh, le varietà di polvere per uso oculare, offerte in cambio della polvere d'oro del Netturbino d'oro! Cinquantasette chiese da erigersi con mezze corone, quarantadue canoniche da riparare con scellini, ventisette organi da costruire con monetine da mezzo penny, dodici centinaia di bambini da allevare offrendo francobolli. Non che la mezza corona, lo scellino, il mezzo penny, o il francobollo, provenienti dal signor Boffin, siano particolarmente graditi, ma è così ovvio che è lui quello che può colmare il disavanzo. E le opere di beneficenza, mio fratello in Cristo! Quelle che versano in maggiori difficoltà, son quelle che badano meno a spese in fatto di carta e di stampa. Ecco una lettera che ha tutta l'aria di essere privata, scritta com'è su carta spessa, e sigillata con corona ducale: «Al Signor Cav. Nicodemus Boffin. Caro signore, ho accettato di presiedere l'imminente pranzo annuale della Fondazione Familiare, e sono profondamente colpito dall'immensa utilità di questa nobile istituzione e dalla grande importanza ch'essa sia sostenuta da un ruolo di benemeriti che dimostrino al pubblico l'interesse che le portano gli uomini più popolari e più distinti. Pertanto ho pensato di chiederLe di cogliere quest'occasione di diventare benemerito. Mi permetto di chiederLe una risposta favorevole per il 14 c. m., e mi dichiaro, caro signore, il suo dev.mo Linseed. P. S.: Il contributo del benefattore si riduce a tre ghinee[130].» Molto amichevole tutto ciò, da parte del duca di Linseed, e molto accorto il poscritto in quei bei caratteri litografati! L'indirizzo al Sig. Cav. Nicodemus Boffin presenta però una certa individualità, sia pur pallida, e in calligrafia completamente diversa. Ci vogliono due nobili conti e un visconte, in azione combinata, per informare il cav. Nicodemus Boffin, con uno stile altrettanto fiorito, che una stimabile dama dell'Inghilterra occidentale ha offerto di donare alla Società per i sussidi ai membri senza pretese del medio ceto, una borsa di venti sterline, se venti altre persone avranno donato in precedenza una borsa di cento sterline ciascuna. E quei nobiluomini fanno notare con molta benevolenza che se il Cav. Nicodemus Boffin volesse offrire due o più borse, ciò andrebbe proprio d'accordo col progetto della nobile dama dell'Inghilterra occidentale, purché ogni borsa fosse intestata al nome della sua onorata e rispettata famiglia.

Queste sono le richieste collettive. Ma ci sono, inoltre, i mendicanti individuali, e il Segretario si sente venir meno quando si tratta di rispondere a questi. E bisogna pur rispondere in qualche modo, perché tutti allegano documenti (almeno li chiamano così, ma rispetto a veri documenti questi sono come il vitello tritato rispetto a un vitello[131], la cui mancata restituzione significherebbe la loro rovina. Cioè essi sono già completamente rovinati, ma in quel caso lo sarebbero ancor più. Tra questi corrispondenti ci sono parecchie figlie di ufficiali generali, avvezze da gran tempo a tutte le comodità della vita (ma non all'ortografia), le quali non pensavano certo, quando i loro bravi padri guerreggiavano nella Penisola, che un giorno si sarebbero dovute rivolgere a coloro ai quali la Provvidenza, nella sua imperscrutabile saggezza, ha elargito la benedizione del denaro, e fra i quali esse scelgono, come l'ultima speranza di una povera fanciulla, il Cav. Nicodemus Boffin, del cui cuore sanno che non ne esiste uno migliore. Il Segretario apprende anche che la confidenza tra marito e moglie si direbbe molto rara quando ci sia bisogno d'aiuto, tanto numerose sono le mogli che prendono la penna per chiedere del denaro al signor Boffin senza che lo sappiano i loro affezionati mariti, i quali non permetterebbero mai una cosa simile; mentre, d'altra parte, son così numerosi i mariti che prendono la penna per chiedere al signor Boffin del denaro a insaputa delle loro mogli, le quali cadrebbero immediatamente in deliquio, se mai avessero il minimo sospetto di una simile cosa. E poi ci sono gli ispirati. Questi si trovavano, proprio ieri sera, a meditare sull'ultimo pezzetto di candela, che, quando fosse finito, li avrebbe lasciati al buio per il resto delle loro notti, quando sentirono sussurrare, certamente da qualche angelo, il nome del Cav. Nicodemus Boffin, che accese nei loro cuori un raggio di speranza, o meglio ancora, di fiducia, che da gran tempo non conoscevano più. Non dissimili da questi sono quelli che scrivono per suggerimento di un amico. Essi stavano cenando ieri sera, con una patata fredda e un po' d'acqua, alla luce triste e oscillante di un fiammifero, nel loro tugurio (molti mesi d'affitto arretrato, spietata padrona che minaccia di metterli sul lastrico «come un cane»), quando un amico che passava per caso ebbe la buona idea di dir loro: «Scrivi subito al cav.

Nicodemus Boffin», e non volle accettar proteste. Poi ci sono i dignitosi indipendenti. Questi, nei giorni dell'abbondanza, avevano sempre considerato il denaro come una cosa spregevole, e non sono ancora riusciti a superare quest'unico impedimento sulla via della ricchezza: ma non vogliono l'elemosina del Cav. Nicodemus Boffin, ohibò; no, signor Boffin: il mondo li può chiamare orgogliosi, orgogliosi pezzenti se si vuole, ma essi non accetterebbero la sua elemosina se lei gliela offrisse; un prestito, signore (a quattordici giorni data, interesse calcolato al cinque per cento per anno, da devolvere a qualsiasi istituto di beneficenza lei voglia indicare), ecco tutto quello che le chiedono, e se lei ha la bassezza di rifiutarlo, stia pur certo di esser disprezzato da questi cuori magnanimi. E ci sono quelli che amano trattare i loro affari con molta precisione. Questi porranno fine ai loro giorni martedì all'una meno un quarto, se nel frattempo non avranno ricevuto un vaglia del Cav. Nicodemus Boffin; se non arriverà prima dell'una meno un quarto di martedì, è inutile mandarlo, perché essi saranno già nel «gelo della morte» (non senza aver esposto in un memoriale particolareggiato, tutta la crudeltà del caso). E ci sono anche quelli con un piede sulla staffa, ma non nel senso proverbiale. Questi sono già a cavallo, e pronti a partire sulla via dell'abbondanza. La meta è davanti a loro, la strada è nelle migliori condizioni, hanno calzato gli speroni, il destriero è pronto, ma all'ultimo momento, per mancanza di una piccolezza (un orologio, un violino, un telescopio astronomico, una macchina elettrica) debbono smontare per sempre, a meno che non ricevano l'equivalente in denaro, dal Cav. Nicodemus Boffin. Meno particolareggiate sono le richieste degli azzardati. Questi, ai quali generalmente bisogna indirizzare la risposta con un nome convenzionale, a un ufficio postale di campagna, scrivono con calligrafia femminile: «Una persona che deve tener l'incognito, ma il cui nome, se fosse rivelato, sorprenderebbe il Cav. Nicodemus Boffin, si permette di chiedere l'invio immediato di duecento sterline. La povera umanità esercita il più nobile dei suoi privilegi, rivolgendosi fiduciosa all'inaspettata ricchezza del Cav. Boffin.»

Questa è la squallida palude nella quale sorge la casa nuova, e contro la quale tutti i giorni lotta il Segretario con tutte le sue forze. E ci sarebbe ancora da ricordare tutta la gente che ha fatto invenzioni inutili, tutte le mille trappole dei trappolieri che cercano di trappolare i trappolabili: ma questi si possono considerare come gli alligatori della squallida palude, e sono sempre in agguato per tirar giù il Netturbino d'oro.

Ma la casa vecchia? Non ci sono complotti contro il Netturbino d'oro, là? Non ci sono pesci del genere degli squali, nelle acque della Pergola? Forse no. Eppure, Wegg vi si è stabilito, e si direbbe, a giudicare dalla sua attività segreta, che accarezzi la speranza di fare una scoperta. Perché quando un uomo con una gamba di legno si stende bocconi per terra, a guardare sotto i letti; e si arrampica su per una scala a pioli, come qualche strano uccello con una gamba sola, a ispezionare la cima degli armadi e dei guardaroba; e si fornisce di una verga di ferro per far buchi e sondaggi nei mucchi di rifiuti, è probabile ch'egli si aspetti di trovare qualche cosa.

Libro II. Uccelli di una piuma[132]

I. Di carattere educativo

La scuola in cui il giovane Charley Hexam aveva cominciato a imparare qualcosa dai libri: le strade sono, per gli alunni della sua condizione, l'Istituzione Preparatoria in cui molto di quello che non si dimenticherà mai è appreso senza e prima del libro, era una miserabile soffitta in un brutto cortile. La sua atmosfera era opprimente e sgradevole: era affollata, rumorosa e confusa; metà degli alunni cadeva addormentata, o in uno stato di risveglio stupefatto; l'altra metà li aiutava a mantenere quelle condizioni, con un continuo ronzio monotono, come se si esibissero, fuori tempo e fuori tono, su una sorta di cornamusa rudimentale. Gli insegnanti, animati esclusivamente da buone intenzioni, non avevano alcuna idea di un metodo, e quel deplorevole guazzabuglio era il risultato dei loro sforzi volenterosi.

Era una scuola per tutte le età, e per ambo i sessi. Questi erano tenuti separati, e i primi erano divisi in sezioni squadrate. Ma tutto l'insieme era permeato dalla pretesa cupamente ridicola che ogni alunno fosse infantile e innocente. Questa finzione, molto incoraggiata dalle visitatrici, portava a obbrobriose assurdità. Ci si aspettava che giovani donne cresciute nei vizi più comuni e peggiori, si professassero affascinate dal Libro del bravo bambino, dalle Avventure della piccola Margery che abitava nella casetta di paese vicino al mulino; che rimproverava severamente e schiacciava moralmente il mugnaio quando lei aveva cinque anni e lui cinquanta; che divideva la sua zuppa d'avena con gli uccellini gorgheggianti; che rinunciava a una nuova cuffietta di seta per il fatto che le rape non portano berretti di seta, né le pecore che le mangiano; che intrecciava la paglia ed elargiva i più tristi discorsi a tutti i passanti, in ogni sorta di periodi fuori stagione.

Così pure giovani impacciati e massicci accattoni erano indirizzati alle esperienze di Thomas Twopence, che, avendo deciso (in circostanze di insolite atrocità) di non derubare di diciotto *pence* il suo particolare amico e benefattore, alla fine giungeva al possesso soprannaturale di tre scellini e mezzo, e viveva in una luce splendida anche in seguito. (Si noti che il benefattore non faceva una bella fine.) Parecchi peccatori spavaldi avevano scritto la loro biografia con la stessa sollecitazione; e appariva sempre dalle lezioni di quelle vanagloriose persone che dovevi fare il bene, non perché era buono, ma perché eri tu che dovevi farne una buona cosa. Al contrario, il libro sul quale si insegnava a leggere agli adulti (se mai potevano farlo) era il Nuovo Testamento: e a forza di inciampare nelle sillabe e di aprir gli occhi sbalorditi sulle particolari sillabe quando veniva il loro turno, finivano coll'ignorare del tutto quella storia sublime, come se non ne avessero mai sentito parlare. Un estremamente e confusamente sconcertante guazzabuglio di scuola, infatti dove spiriti neri e grigi, spiriti rossi e bianchi, facevano confusione, confusione, confusione, tutte le sere. E particolarmente ogni domenica sera. Perché allora un piano inclinato di bambini sfortunati veniva consegnato al più noioso e al peggiore dei volenterosi insegnanti, a quello che nessuno dei più grandi avrebbe sopportato. Il quale, prendendo posizione sul pavimento davanti a loro come capo giustiziere, sarebbe stato assistito da un ragazzo 'volontario', per dire convenzionalmente, come assistente giustiziere.

Quando e dove è iniziato per primo il sistema convenzionale che un bambino stanco o disattento in una classe dovesse avere la faccia appianata verso il basso da una mano focosa, o quando e dove il ragazzo convenzionalmente volontario ha visto per la prima volta tale sistema in funzione, infiammandosi di sacro zelo per metterlo in opera, non importa. La funzione del giustiziere capo era di resistere, e quella dell'accolito era di balzare sui bambini dormienti, o sbadiglianti, o irrequieti, o piagnucolanti, e lisciare le loro povere facce: a volte con una mano, come se ungesse loro le basette; a volte con entrambe le mani, applicate a mo' di paraocchi. E così il guazzabuglio sarebbe stato in azione in questo reparto per un'ora fatale; il relatore strascicava sui 'Miei caaari bambiiini' diciamo, ad esempio, della bella visita al Sepolcro; e ripetendo la parola Sepolcro (comunemente usato tra i bambini) cinquecento volte e mai una volta suggerendo cosa significasse; e il ragazzo convenzionalmente volontario appianava via a destra e a sinistra, come un infallibile commento; l'intero caldo letto di bambini arrossati ed esausti, che si scambiano morbillo, eruzioni cutanee, pertosse, febbre e disturbi di stomaco, come se fossero riuniti in un

Grande Mercato proprio per quello scopo.

Anche in questo tempio delle buone intenzioni, un ragazzo eccezionalmente intelligente, ed eccezionalmente determinato a imparare, poteva imparare qualcosa, e una volta imparata, la poteva impartire molto meglio degli insegnanti; poiché era più consapevole di loro, e non nello svantaggio in cui essi si trovavano nei confronti degli allievi più scaltri. In questo modo avvenne che Charley Hexam fosse cresciuto nel guazzabuglio, avesse insegnato nel guazzabuglio, e dal guazzabuglio fosse passato a una scuola migliore.

«Quindi vuoi andare a vedere tua sorella, Hexam?»

«Per favore, signor Headstone.»

«Ho una mezza idea di venire con te. Dove vive tua sorella?»

«Ma, veramente non si è ancora sistemata, signor Headstone. Preferirei che non la vedesse finché non si è sistemata, se per lei è lo stesso.»

«Senti un po', Hexam», e il signor Bradley Headstone, maestro stipendiato altamente certificato, infilò l'indice della mano destra in un occhiello della giacca del ragazzo, guardandolo con estrema attenzione. «Spero che tua sorella sia per te una buona compagnia.»

«Perché lo mette in dubbio, signor Headstone?»

«Non ho detto che lo metto in dubbio.»

«No, signore, lei non l'ha detto.»

Bradley Headstone si guardò il dito di nuovo, lo estrasse dall'occhiello e se lo guardò più da vicino, lo morse un po', e lo guardò di nuovo.

«Vedi, Hexam, tu sarai uno di noi. A suo tempo è sicuro che tu passerai l'esame in modo encomiabile, e diventerai uno di noi. Allora la questione è...»

Il ragazzo aspettò la questione a lungo, mentre il maestro guardava un nuovo lato del suo dito, lo mordeva, e lo guardava di nuovo, tanto che alla fine il ragazzo ripeté: «La questione è, signore?»

«Se non sia meglio che tu la lasci bene da sola.»

«E' meglio lasciar da sola mia sorella, signor Headstone?»

«Non dico questo, perché non lo so. Ma mi rimetto a te. Ti chiedo di pensarci. Voglio che tu ci rifletta. Tu sai quanto bene stai facendo qui.»

«Dopo tutto, lei mi ha mandato qui,» disse il ragazzo con uno sforzo.

«Percependo la necessità di questo,» riconobbe il maestro, «e abituandosi del tutto alla separazione. Sì.»

Il ragazzo, con un ritorno alla riluttanza di prima, o lotta, o qualsiasi cosa fosse, parve discutere tra sé e sé. Alla fine disse, alzando gli occhi in faccia al maestro: «Vorrei che lei venisse con me e la vedesse, signor Headstone, anche se non è sistemata. Vorrei che lei venisse con me, a coglierla alla sprovvista, e giudicarla da sé.»

«Sei sicuro che non preferiresti prepararla?» domandò il maestro.

Il ragazzo disse orgogliosamente: «Mia sorella Lizzie non vuole nessuna preparazione. Ciò che ella è, è, signor Headstone, e si mostra come è. Non c'è finzione in mia sorella.» La sua fiducia in lei stava più facilmente in lui dell'indecisione con la quale aveva lottato due volte. Era la sua natura migliore che voleva restarle fedele, se anche la sua parte peggiore lo rendeva del tutto egoista. E ancora la natura migliore ebbe la meglio.

«Bene, posso liberarmi questa sera,» disse il maestro. «Sono pronto a venire con te.»

«Grazie, signor Headstone. E io sono pronto ad andare.»

Bradley Headstone, nella sua dignitosa giacca nera, e il dignitoso panciotto nero, la dignitosa camicia bianca, la dignitosa regolare cravatta nera, i dignitosi pantaloni sale e pepe, con il dignitoso orologio d'argento in tasca, e con una decente fascia attorno al collo, aveva l'aspetto di un giovanotto di ventisei anni perfettamente dignitoso. Non era mai stato visto con un altro vestito, eppure c'era una certa rigidità nel modo di indossarlo, come se ci fosse una carenza di adattamento tra lui e quello, che ricordava dei meccanici nei loro vestiti della festa. Egli aveva acquistato meccanicamente una bella provvista delle conoscenze di un insegnante. Era in grado di fare meccanicamente dei calcoli mentali, di cantare all'impronta meccanicamente, di suonare meccanicamente vari strumenti a fiato, e anche di suonare meccanicamente il grande organo della chiesa. Dai primi anni dell'infanzia, la sua mente era stata un luogo di immagazzinamento meccanico. La sistemazione del suo magazzino all'ingrosso, in modo da poter sempre far fronte alle domande dei rivenditori al dettaglio - la storia qui, la geografia lì, l'astronomia a destra, l'economia politica a sinistra, la storia naturale, la fisica, il disegno, la musica, la matematica e chissà che più, tutte ai loro diversi posti - questa preoccupazione aveva conferito al suo aspetto un'aria preoccupata; mentre l'abitudine di far domande e riceverne gli aveva dato dei modi sospettosi, o meglio l'atteggiamento che potrebbe essere descritto come quello di uno che stia in agguato. C'era una specie di preoccupazione radicata sul suo viso. Era una faccia di una persona dall'intelletto lento e distratto per natura, che aveva faticato duramente per ottenere ciò che aveva ottenuto, e ora doveva mantenere ciò che aveva ottenuto. Sembrava sempre a disagio per timore che qualcosa dovesse mancare dal suo magazzino mentale, e faceva bilanci per rassicurare se stesso. La soppressione di così tanto per far posto a così tanto gli aveva conferito un atteggiamento sforzato, a prescindere. Era ancora visibile in lui abbastanza di ciò che era forza animale, e di ciò che era ardente (per quanto solo fumo) da suggerire che se al giovane Bradley Headstone, quand'era un povero ragazzo, fosse stata offerta la possibilità di navigare, non sarebbe stato l'ultimo uomo dell'equipaggio di una nave. Riguardo alla sua origine, si sentiva fiero, malinconico e triste, e desiderava che fosse dimenticata. E poca gente la conosceva.

In alcune visite al Guazzabuglio la sua attenzione era stata attratta da quel ragazzo, Hexam. Un ragazzo che innegabilmente poteva essere un allievo-insegnante; e che innegabilmentee avrebbe fatto onore al maestro che l'avesse istruito. Combinate a queste considerazioni ci potevano essere stati altri ricordi del povero ragazzo di un tempo, che nessuno doveva ora mai nominare. Sia come sia, con fatica egli si era adoperato per portare gradualmente il ragazzo alla sua scuola e gli aveva procurato qualche incarico da adempiere là, che rimborsassero il vitto e l'alloggio. Queste erano le circostanze che avevano condotto Bradley Headstone e Charley Hexam a trovarsi insieme in quella sera d'autunno. Autunno, sì, perché metà anno era già venuto e andato da quando l'Uccello da preda era morto sulla riva del fiume.

Le scuole - perché esse erano duplici, come i sessi - erano giù in quella parte della pianura verso il Tamigi dove le contee del Kent e del Surrey s'incontrano, e dove le linee ferroviarie ancora attraversano gli orti che presto scompariranno sotto di loro.

Le scuole erano costruite di recente, e ce n'erano così tante come loro in tutto il paese, che si sarebbe potuto pensare che si trattasse di un solo un edificio inquieto, con il dono dello spostamento del palazzo di Aladino[133]. Erano in un quartiere che sembrava un quartiere giocattolo costruito con blocchi presi da una scatola di un bambino dalla mente particolarmente incoerente, e messi su non importa come: qui un lato di una nuova strada; là, una grande osteria solitaria che non si affaccia da nessuna parte; qui, un'altra strada incompiuta e già in rovina; là, una chiesa; qui, un immenso magazzino nuovo; là, una vecchia villa fatiscente; e poi un miscuglio di fossati neri, di scintillanti filari di cetrioli, di terreni lussureggianti, di orti ben coltivati, un viadotto di mattoni, un canale ad arco, e un disordine di sudiciume e di nebbia. Come se il bambino avesse dato un calcio al tavolo e se ne fosse andato a dormire.

Ma anche tra gli edifici scolastici, tra gli insegnanti e gli alunni, tutti secondo un modello e tutti generati alla luce dell'ultimo Vangelo secondo la Monotonia, il vecchio schema in cui tante fortune sono state plasmate nel bene e nel male, viene fuori. Si manifesta nella signorina Peecher, la maestra, che innaffia i suoi fiori proprio mentre Bradley Headstone esce dalla porta. Si manifesta nella signorina Peecher, la maestra che innaffia i fiori nel piccolo angolo polveroso di giardino annesso alla sua piccola residenza ufficiale, che ha finestrine simili a punte di spillo, e porticine simili a copertine di libri di scuola.

Piccola, rilucente, ordinata, metodica e florida, era la signorina Peecher; dalle guance di ciliegia e dalla voce melodiosa. Un piccolo puntaspilli, una piccola casalinga, un libricino, una piccola cassetta da lavoro, una piccola serie di tavole e pesi e misure, e una piccola donna, tutto in uno. Ella può scrivere un saggio su qualsiasi argomento, lungo esattamente come la lavagna, cominciando in alto a sinistra da una parte, e finendo in basso a destra dall'altra, e il saggio sarebbe rigorosamente secondo regola. Se il signor Bradley le avesse mandato una proposta di matrimonio in forma scritta, ella avrebbe risposto probabilmente con un piccolo saggio esauriente sul tema, lungo esattamente quanto la lavagna, ma certamente avrebbe risposto di sì. Perché ella lo amava. Il dignitoso cordoncino che girava intorno al collo di lui e si prendeva cura del dignitoso orologio d'argento, era oggetto della sua invidia. Così la signorina Peecher avrebbe cinto quel collo, e si sarebbe presa cura di lui. Di lui, insensibile. Perché lui non amava la signorina Peecher.

L'alunna preferita della signorina Peecher, che l'aiutava nei piccoli lavori domestici, le stava vicino con un contenitore d'acqua per riempire il suo piccolo innaffiatoio, e indovinava sufficientemente lo stato degli affetti della signorina Peecher, per ritenere necessario che lei stessa si innamorasse del giovane Charley Hexam. Così ci fu una doppia palpitazione, tra le doppie aiuole e le doppie siepi di fiori, quando il maestro e l'alunno guardarono sul piccolo cancello.

«Una bella sera, signorina Peecher!» disse il maestro.

«Bellissima, signor Headstone,» disse la signorina Peecher. «Va a fare una passeggiata?»

«Hexam ed io faremo una lunga passeggiata.»

«Tempo ideale,» osservò la signorina Peecher, «per una lunga passeggiata.»

«La nostra è piuttosto per affari che per semplice piacere,» disse il maestro.

La signorina Peecher capovolse il suo innaffiatoio, e molto attentamente ne scosse le poche ultime gocce su un fiore, come se ci fosse una virtù speciale in loro che lo facessero crescere prodigiosamente come una pianta di fagioli di Jack[134] prima che facesse mattina, poi chiese il rifornimento d'acqua alla sua allieva, che stava parlando con Charley.

«Buona sera, signorina Peecher,» disse il maestro.

«Buona sera, signor Headstone,» disse la maestra.

La pupilla era stata, nel suo stato di pupilla, così imbevuta della vecchia abitudine scolastica di alzare un braccio come per chiamare una carrozza o un omnibus, ogni volta che sentiva che aveva un'osservazione tra le mani da offrire alla signorina Peecher, che spesso ricorreva a quel segnale anche nelle loro relazioni domestiche, e alzò il braccio.

«Bene, Mary Anne?» disse la signorina Peecher.

«Se permette, signorina, Hexam ha detto che andavano a trovare sua sorella.»

«Ma non può essere, mi pare,» replicò la signorina Peecher, «perché il signor Headstone non può aver affari con lei.»

Mary Anne alzò di nuovo la mano.

«Su, Mary Anne?»

«Se permette, signorina, forse è un affare di Hexam?»
«Può essere,» disse la signorina Peecher. «Non ci avevo pensato. Ma non è importante.»
Mary Anne di nuovo alzò la mano.
«Bene, Mary Anne?»
«Dicono che sia molto bella.»
«Oh, Mary Anne, Mary Anne!» replicò la signorina Peecher, arrossendo leggermente e scuotendo la testa, un po' di malumore. «Quante volte ti ho detto di non usare questa vaga espressione, di non parlare in generale? Quando dici dicono, cosa intendi? essi, che parte del discorso?»
Mary Anne agganciò il braccio destro dietro di lei con la mano sinistra, come in fase di interrogazione, e rispose: «Pronome personale.»
«Che persona, essi?»
«Terza persona.»
«Che numero, essi?»
«Numero plurale.»
«E allora quanti vuoi intendere, Mary Anne, due, o di più?»
«Mi scusi, signorina,» disse Mary Anne sconcertata, ora che ci ripensava, «ma non so se intendo più del suo fratello stesso.» E così dicendo sganciò il braccio.
«Ne ero convinta,», rispose la signorina Peecher, sorridendo di nuovo. «Ora prego, Mary Anne, sta' attenta un'altra volta. Egli dice è molto differente da essi dicono, ricordati. Differenza tra egli dice ed essi dicono? Dimmela.»
Mary Anne agganciò immediatamente dietro di lei il braccio destro con la mano sinistra – un atteggiamento assolutamente necessario alla situazione - e rispose: «Uno è modo indicativo, tempo presente, terza persona singolare, verbo attivo dire. L'altro è modo indicativo, tempo presente, terza persona plurale, verbo attivo dire.»
«Perché verbo attivo? Mary Anne?»
«Perché è seguito da un pronome nel caso accusativo, signorina Peecher.»
«Davvero molto bene,» osservò la signorina Peecher, incoraggiante. «Davvero, non potrebbe andar meglio. Non dimenticare di metterlo in pratica, un'altra volta, Mary Anne.» Detto questo, la signorina Peecher finì di innaffiare i fiori, e rientrò nella sua piccola residenza ufficiale, e fece un aggiornamento dei principali fiumi e le principali montagne del mondo, larghezza, profondità ed altezza, prima di prendere le misure di un suo vestito come occupazione personale.
Bradley Headstone e Charley Hexam giunsero debitamente al lato del Surrey del ponte di Westminster[135], lo attraversarono, e si diressero lungo la riva del Middlesex[135], verso Milbank. In questa regione ci sono una certa stradina, chiamata via della Chiesa, e una certa piazzetta cieca, chiamata Smith Square, nel centro del quale ultimo rifugio c'è una bruttissima chiesa con quattro torri ai quattro angoli, che generalmente somiglia a un mostro pietrificato, spaventoso e gigantesco, supino con le gambe in aria. Trovarono un albero in un angolo, poi la bottega di un fabbro, un deposito di legname e un commerciante di ferro vecchio. Che cosa significassero una porzione di caldaia arrugginita e una gran ruota di ferro mezzo seppellite nel cortiletto del commerciante, pareva che nessuno lo sapesse, o lo volesse sapere. Come il mugnaio di discutibile allegria della canzone, *"Essi non si curavano di Nessuno, e Nessuno si curava di loro."*
Dopo aver fatto il giro di questo posto, e aver notato che c'era una specie di riposo mortale su di esso, più come se avesse preso del laudano[136], che caduto in un sonno naturale, si fermarono al punto dove la strada e la piazza si univano, e dove c'erano poche casette tranquille in fila. Charley Hexam alla fine si diresse verso di queste, e davanti a una di queste si fermò.

«Deve esser qui che vive mia sorella, signore. È qui che è venuta per un alloggio temporaneo, subito dopo la morte di papà.»
«Quante volte l'hai vista da allora?»
«Beh, solo due volte, signore,» rispose il ragazzo, con la riluttanza di prima; «ma questo è dovuto tanto a lei, quanto a me.»
«Come si mantiene?»
«È sempre stata una brava cucitrice e gestisce un magazzino di forniture per marinai.»
«Lavora mai nel suo alloggio qui?»
«Qualche volta, ma le sue ore regolari e la sua occupazione regolare sono sul suo luogo di lavoro, credo, signore. Questo è il suo numero.»
Il ragazzo bussò a una porta, e la porta si aprì prontamente con lo scatto e un suono secco. Una porta del salotto all'interno di un piccolo ingresso era aperta e faceva vedere un bambino - un nano - una ragazza – un qualcosa: sedeva su una bassa poltroncina vecchio stile, che aveva davanti una specie di piccolo banco da lavoro.
«Non posso alzarmi,» disse la bambina, «perché la mia schiena non va e le mie gambe sono strane. Ma sono io la persona della casa.»
«C'è qualcun altro in casa?» domandò Charley Hexam con gli occhi spalancati.
«Nessuno è in casa, al momento,» rispose la bambina, con una disinvolta affermazione di dignità, «tranne la persona della casa. Che cosa volete, giovane?»
«Volevo vedere mia sorella.»
«Molti giovani hanno una sorella,» rispose la bambina. «Ditemi il vostro nome, giovane.»
La piccola figura strana, e la faccina strana, ma non brutta, con i suoi luminosi occhi grigi, erano così acuti, che l'asperità delle sue maniere sembrava inevitabile: come se, venendo fuori da quella forma, dovesse essere tagliente.
«Mi chiamo Hexam.»
«Ah, davvero?» disse la persona della casa. «Avevo pensato che potesse esserlo. Sua sorella sarà qui tra circa un quarto d'ora. Sono molto affezionata a sua sorella. È una mia amica particolare. Prenda una sedia. E il nome di questo signore?»
«Il signor Headstone, il mio maestro.»
«Prenda una sedia, e prima vuol chiudere la porta di strada, per favore? Non posso farlo molto bene io, perché la mia schiena non va e le mie gambe sono così strane.»
Essi obbedirono in silenzio e la piccola figura continuò con il suo lavoro di gommatura e incollaggio, mettendo insieme, con un pennello di pelo di cammello, alcuni pezzi di cartone e di legno sottile, precedentemente tagliati in varie forme. Le forbici e i coltelli che erano sul banco mostravano che la bambina stessa li aveva tagliati; e i pezzetti rilucenti di velluto, di seta, di nastri, sparsi anch'essi sul banco, indicavano che debitamente imbottiti (e c'era anche materiale per imbottire), ella li avrebbe ricoperti elegantemente. La destrezza delle sue agili dita era notevole e, mentre univa accuratamente due bordi sottili dando loro un piccolo morso, lanciava un'occhiata ai visitatori da dietro gli angoli dei suoi occhi grigi con uno sguardo che esaltava tutta la sua acutezza.
«Non sapete dirmi il nome del mio mestiere, ci scommetto» disse, dopo parecchie di quelle osservazioni.
«Lei fa dei puntaspilli,» disse Charley.
«E che altro faccio?»
«Nettapenne,» disse Bradley Headstone.

«Ah, ah! e che altro faccio? Lei è un maestro, ma non me lo sa dire.»
«Lei fa qualche cosa,» egli rispose, indicando un angolo del banchetto, «con la paglia, ma non so che cosa.»
«Bravo lei!» gridò la persona della casa. «Faccio puntaspilli e nettapenne solo per utilizzare i rifiuti. Ma la paglia appartiene davvero ai miei affari. Riprovi. Che cosa faccio con la mia paglia?»
«Sottopiatti.»
«Un maestro, e dice sottopiatti! Le do un indizio per il mio commercio, in un gioco di parole. Amo il mio amore con la B perché è bella; odio il mio amore con la B perché è sfacciata, l'ho presa all'insegna Blu Boar e l'ho trattata con Berretti, si chiama Buttafuori e vive a Bedlam. Ora, cosa faccio con la mia paglia?»
«Cuffie da donna?»
«Belle signore,» disse la persona della casa, con un cenno di assenso. «Bambole. Io sono una sarta per bambole.»
«Spero che sia un buon mestiere.»
La persona della casa scrollò le spalle e scosse la testa. «No. Pagato poco. E spesso ho così poco tempo! Ho avuto una bambola che si sposava, la settimana scorsa, e sono stata costretta a lavorare tutta la notte. E non va bene per me, perché la mia schiena non va, e le mie gambe sono così strane.»
Essi guardarono la piccola creatura con meraviglia che non diminuiva, e il maestro disse: «Mi dispiace che le sue belle signore siano così sconsiderate.»
«Con loro è così,» disse la persona della casa, scrollando di nuovo le spalle.
«E non si prendono cura dei loro vestiti, e non si mantengono mai nella stessa moda per un mese. Lavoro per una bambola con tre figlie. Buon Dio, è abbastanza per rovinare il marito!» A questo punto la persona della casa fece una piccola risata strana e diede loro un'altra occhiata con la coda dell'occhio. Aveva un mento da elfo, capace di grande espressione; e ad ogni volta che dava questo sguardo, sollevava il mento. Come se gli occhi e il mento fossero mossi dagli stessi fili.
«E' sempre impegnata come ora?»
«Più impegnata. Ora sono in un periodo stagnante. Ho terminato un grande ordine per lutto, l'altro ieri. La bambola per cui lavoro ha perso il canarino.» La persona della casa fece un'altra piccola risata, e poi scosse parecchie volte la testa, con aria moralizzatrice: «Oh, questo mondo, questo mondo!»
«E' sola tutto il giorno?» chiese Bradley Headstone. «Nessuno dei bambini vicini...?»
«Ah, signore!» gridò la persona della casa con un piccolo strillo, come se quella parola l'avesse punta, «non parli di bambini. Non posso sopportare i bambini. Conosco i loro trucchi e le loro maniere.» Disse questo con una piccola scossa rabbiosa del suo pugno stretto davanti agli occhi. Forse non c'era bisogno dell'esperienza di un insegnante, per accorgersi che la sarta delle bambole era incline a sentire amaramente la differenza tra lei e gli altri bambini. Ma sia il maestro che l'alunno intesero così.
«Sempre correre in giro e strillare, sempre giocare e litigare, sempre salterellare e saltellare sul marciapiede e usare il gesso per i loro giochi. Oh! Conosco i loro trucchi e le loro maniere!» Agitando il pugno come prima. «E questo non è tutto. Spesso chiamano il nome attraverso il buco della serratura di una persona, e imitano la schiena e le gambe di una persona. Oh! Conosco i loro trucchi e le loro maniere! e vi dirò cosa farei per punirli. Ci sono delle porte sotto la chiesa della piazza, porte nere che conducono a volte nere. Bene! Io aprirei una di quelle porte nere, li butterei dentro tutti quanti, poi chiuderei la porta, e dal buco della serratura soffierei dentro del

pepe.»

«E a che cosa servirebbe soffiar dentro del pepe?» domandò Charley Hexam.

«Per farli starnutire,» disse la persona della casa «per farli lacrimare» E quando tutti starnutissero e avessero gli occhi infiammati, io li deriderei attraverso il buco della serratura. Proprio come loro, con i loro trucchi e le loro maniere, deridono una persona attraverso il buco della serratura!»

Una scossa insolitamente enfatica del suo piccolo pugno chiuso davanti ai suoi occhi parve calmare la mente della persona della casa; perché ora aggiunse, con ritrovata compostezza: «No, no, no. Niente bambini per me. Datemi gli adulti.»

Era difficile indovinare l'età di quella strana creatura, perché la sua povera figura non offriva nessun indizio e la sua faccia era nello stesso tempo così giovane e così vecchia. Dodici o al massimo tredici anni, potrebbe essere vicino al vero.

«Mi son sempre piaciuti gli adulti,» ella continuò, «e ho sempre cercato la loro compagnia. Così sensibili. Siedono così tranquilli. Non vanno saltellando e facendo capriole intorno! E voglio sempre stare tra gli adulti e nessun altro, fino a quando mi sposerò. Suppongo che dovrò decidermi a sposarmi, un giorno o l'altro.»

Ascoltò un passo fuori che aveva catturato il suo orecchio, e ci fu un lieve bussare alla porta. Tirando una maniglia a portata di mano, disse con una risatina compiaciuta: «Ora qui, per esempio, c'è una persona adulta che è la mia più cara amica!» E Lizzie Hexam, vestita di nero, entrò nella stanza. «Charley! tu!»

Prendendolo tra le braccia alla vecchia maniera - di cui egli sembrava un po' vergognarsi - ella non vide nessun altro.

«Su, su, su, Liz, va bene, mia cara. Guarda! c'è il signor Headstone che è venuto con me.»

I suoi occhi si incontrarono con quelli del maestro, che evidentemente si aspettava d'incontrare un differente genere di persona, e i due mormorarono una o due parole di saluto. Ella era un po' agitata da quella visita inattesa, e il maestro non era a suo agio. Ma egli non lo era mai, del tutto.

«Ho detto al signor Headstone che tu non eri ancora sistemata, Liz, ma è stato così gentile da mostrare l'interesse di venire, e così l'ho portato con me. Come sei bella!» Anche Bradley sembrava pensarla così.

«Ah! Non è vero, non è vero?» gridò la persona della casa, riprendendo il suo lavoro, sebbene il crepuscolo stesse calando velocemente. «Ti credo che lo è! Ma continuate la chiacchierata, tutti voi:

Uno, due e tre,
mia com-pa-gnia
E non badate a me.»

- accompagnando questa rima improvvisata con tre colpetti del suo indice sottile.

«Non mi aspettavo una tua visita, Charley,» disse sua sorella. «Credevo che se avessi voluto vedermi, me l'avresti fatto sapere, incaricandomi di venire da qualche parte vicino alla scuola, come ho fatto l'ultima volta.» E rivolgendosi a Bradley Headstone: «Ho visto mio fratello vicino alla scuola, signore, perché è più facile per me andar lì che per lui venir qui. Lavoro a metà strada tra i due luoghi.»

«Non vi vedete molto spesso,» disse Bradley, senza migliorare nella facilità di comunicazione.

«No.» scuotendo piuttosto tristemente la testa «Ma Charley va sempre bene, signor Headstone?»

«Non potrebbe far meglio. Considero la sua carriera abbastanza semplice davanti a lui.»

«Lo speravo. Son così grata. Ben fatto, caro Charley! È meglio per me non venire (tranne quando mi vuole) e mettermi tra lui e le sue prospettive. La pensa così, signor Headstone?»

Consapevole che il suo allievo-insegnante stava aspettando la sua risposta, e che lui stesso aveva suggerito al ragazzo di tenersi alla larga da questa sorella, ora che la vedeva per la prima volta di persona, Bradley Headstone balbettò:
«Suo fratello è molto occupato, sa. Deve lavorar sodo. Si deve dire che meno la sua attenzione viene deviata dal lavoro, meglio sarà per il suo futuro. Quando si sarà sistemato, bene, allora... Allora sarà un'altra cosa.»
Lizzie scosse di nuovo il capo, e rispose con un sorriso tranquillo: «Io gli ho sempre consigliato come lo consiglia lei. Non è vero, Charley?»
«Beh, non importa adesso,» disse il ragazzo. «Come va?»
«Benissimo, Charley. Non mi manca nulla.»
«Hai una tua stanza, qui?»
«Oh, sì. Di sopra. Ed è tranquilla, piacevole, e ariosa.»
«E ha sempre l'uso di questa stanza per i visitatori,» disse la persona della casa, portandosi il minuscolo pugno ossuto davanti all'occhio e guardandovi attraverso come fosse un occhialino da teatro, col mento e gli occhi in quel bizzarro accordo. «Sempre questa camera, per le visite. Non è vero, Lizzie cara?»
Accadde che Bradley Headstone notò un leggerissimo gesto della mano di Lizzie Hexam, come per fermare la sarta delle bambole. E accadde che quest'ultima lo notasse nello stesso istante; per cui fece una specie di binocolo con le sue due mani, lo guardò attraverso di essa, e gridò, scuotendo la testa in modo sconcertante: «Aha! l'ho beccato a spiare, no?»
Poteva finir lì, in ogni modo, ma Bradley Headstone notò anche che subito dopo, Lizzie, che non si era tolta la cuffia, piuttosto precipitosamente propose di uscire all'aria aperta, perché la stanza stava diventando buia. Uscirono; i visitatori salutarono la sarta delle bambole, che lasciarono sprofondata nella poltrona con le braccia incrociate, cantando tra sé con una dolce vocina pensierosa.
«Camminerò lungo il fiume,» disse Bradley. «Sarete felici di parlare tra voi.» Non appena la sua figura imbarazzata proseguì dinanzi a loro tra le ombre della sera, il ragazzo disse alla sorella con aria petulante: «Quando ti sistemerai in una specie di posto cristiano, Lizzie? Pensavo che l'avessi già fatto.»
«Sto molto bene dove sono, Charley.»
«Molto bene dove sei! Mi vergogno di aver portato con me il signor Headstone. Come hai potuto entrare in compagnia di quella piccola strega?»
«All'inizio per caso, sembrava, Charley. Ma credo che debba essere stato qualcosa di più che il caso, perché quella bambina... Ti ricordi quegli annunci sui muri di casa?»
«Al diavolo gli annunci sui muri, a casa! Io li voglio dimenticare, quegli annunci sui muri di casa, e sarebbe meglio per te fare lo stesso,» borbottò il ragazzo. «Bene, che dici di loro?»
«Quella bambina è la nipote del vecchio.»
«Che vecchio?»
«Il terribile vecchio ubriaco, in pantofole e berretto da notte.»
Il ragazzo chiese, fregandosi il naso in un modo che esprimeva a metà l'irritazione per aver sentito così tanto, e a metà la curiosità di saperne di più: «Come hai fatto a scoprirlo? Che ragazza sei!»
«Il padre della bambina lavora nella ditta dove lavoro io: è così che l'ho saputo, Charley. Il padre è come il nonno, debole creatura tremante e miserabile, che cade a pezzi, mai sobrio. Ma anche un bravo operaio, nel lavoro che fa. La mamma è morta. Quella povera creatura sofferente è diventata quella che è, circondata da ubriachi dalla sua culla... se ne ha mai avuto una, Charley.»

«Non vedo che cosa tu abbia a che fare con lei, in ogni modo» disse il ragazzo.
«No, Charley?» Il ragazzo guardava ostinatamente il fiume. Erano a Millbank[137], e il fiume scorreva alla loro sinistra. Sua sorella gli toccò leggermente la spalla, e glielo indicò.
«Come risarcimento - restituzione - lasciamo perdere la parola, lo sai cosa voglio dire. La tomba di tuo padre!»
Ma egli non rispose con alcuna tenerezza. Dopo un silenzio scontroso, proruppe in un tono avverso: «Sarà una cosa molto difficile, Liz, se, quando cercherò di ottenere il mio meglio nel mondo, tu mi tiri indietro!»
«Io, Charley?»
«Sì tu, Liz. Perché non puoi lasciare che il passato sia passato? Perché non puoi, come mi diceva il signor Headstone proprio stasera, circa un'altra cosa, lasciarlo stare? Quello che dobbiamo fare, è voltare le nostre facce in una nuova direzione, e proseguire dritto.»
«E non guardare mai indietro? Nemmeno per cercare di fare ammenda?»
«Tu sei una tale sognatrice,» disse il ragazzo con la petulanza di prima. «Tutto questo andava bene quando sedevamo accanto al fuoco, quando guardavamo in quel buco presso la fiamma, ma adesso guardiamo il mondo reale.»
«Ah, allora stavamo guardando nel mondo reale, Charley!»
«Capisco quello che vuoi dire, ma non sei giustificata. Non voglio, mentre mi innalzo, scrollarti di dosso, Liz. Voglio portarti su con me. È questo che voglio fare, e intendo farlo. So quel che ti debbo. Gliel'ho detto al signor Headstone proprio stasera: "Dopo tutto, è mia sorella che mi ha portato qui." E dunque, non mi tirare indietro, non trattenermi. È tutto quello che ti chiedo, e certo non è eccessivo.»
Ella lo aveva guardato con fermezza e aveva risposto con compostezza: «Non sono qui per egoismo, Charley. Per stare bene non potrei essere troppo lontano da quel fiume.»
«Né potresti esserne troppo lontana per farmi piacere. Smettiamola ugualmente. Perché tu dovresti preoccupartene più di me? Io ne sto lontano[138].»
«Non riesco a liberarmene, credo,» disse Lizzie, passandosi una mano sulla fronte. «Non è mio scopo continuare a vivere in questo modo.»
«Ecco qua, Liz! sogni di nuovo! Alloggi di tua propria iniziativa con un ubriaco - un sarto, suppongo - o qualcosa del genere - e di una bizzarra piccola storta, bambina o vecchia, o qualunque cosa sia, e poi parli come se fossi stata attratta o guidata lì. Ora, sii più concreta.»
Era stata abbastanza concreta, con lui, nella sofferenza e nello sforzo per lui; ma gli pose soltanto una mano sulla spalla - non in tono di rimprovero - e gli diede due o tre colpetti. Ella era abituata a far così, per calmarlo quando lo portava in giro, un bambino così pesante come lei stessa! Negli occhi di Charley spuntarono delle lacrime.
«Parola mia, Liz,» passandosi il dorso della mano sugli occhi «voglio essere un buon fratello per te, e provarti che so quello che ti devo. Tutto quello che dico è che spero che controllerai un po' le tue fantasie per riguardo mio. Io avrò una scuola, e allora tu verrai a vivere con me e dovrai controllare le tue fantasie: dunque, perché non ora? Su, dimmi che non ti ho irritata.»
«Non l'hai fatto, Charley, non l'hai fatto.»
«E di' che non ti ho fatto male.»
«No, Charley, non mi hai fatto male.» Ma questa risposta fu meno pronta.
«Dimmi che sei sicura che non volevo farlo. Andiamo! Il signor Headstone si è fermato, e sta guardando dal parapetto la marea, per far capire che è ora di andare. Dammi un bacio, e dimmi che sai che non volevo offenderti.»

Ella glielo disse, e si abbracciarono; poi proseguirono e si avvicinarono al maestro.

«Ma andiamo per la strada di tua sorella» osservò, quando il ragazzo gli disse che era pronto. Con un gesto goffo e impacciato, le offrì il braccio, rigidamente. La mano era quasi dentro il suo braccio, quando ella la tirò indietro. Egli si guardò intorno di soprassalto, quasi pensasse ch'ella avesse scorto qualcosa che le ripugnasse, nel tocco momentaneo.

«Non rientrerò subito,» disse Lizzie. «E voi avete un lungo cammino davanti a voi e camminerete più in fretta senza di me.»

Poiché erano ormai vicini al ponte di Vauxhall[139], essi decisero, di conseguenza, di prendere quella strada sul Tamigi e la lasciarono. Bradley Headstone le diede la mano, ed ella lo ringraziò per la cura che aveva di suo fratello. Il maestro e l'allievo proseguirono rapidi e silenziosi. Avevano quasi traversato il ponte, quando un signore, camminando con freddezza, venne verso di loro, con un sigaro in bocca, il mantello buttato indietro, e le mani dietro la schiena. Qualcosa nei suoi modi trascurati, e in una certa aria pigramente arrogante con la quale si avvicinava occupando il doppio del marciapiede che un altro avrebbe potuto pretendere, attirò immediatamente l'attenzione del ragazzo. Mentre il gentiluomo passava, il ragazzo lo guardò attentamente, e poi si fermò, guardandolo mentre si allontanava.

«Chi è, che lo fissi?» domandò Bradley.

«Perché!» disse il ragazzo, con un cipiglio confuso e meditabondo sulla sua faccia. «È quel Wrayburn!» Bradley Headstone scrutò il ragazzo con la stessa attenzione che il ragazzo aveva dedicato al gentiluomo.

«Le chiedo scusa, signor Headstone, ma non ho potuto far a meno di domandarmi che cosa mai l'abbia portato qui.» Anche se lo disse come se il suo stupore fosse passato - riprendendo allo stesso tempo il cammino -, al maestro non sfuggì ch'egli si volse ancora indietro dopo aver parlato, e che lo stesso cipiglio perplesso e meditabondo era evidente sul suo viso.

«Non sembra che ti piaccia, il tuo amico, Hexam?»

«Non mi piace,» disse il ragazzo.

«Perché no?»

«Mi prese per il mento in un modo proprio impertinente, la prima volta che l'ho visto,» disse il ragazzo.

«Di nuovo, perché?»

«Per niente. O - è più o meno lo stesso - perché qualcosa che mi è capitato di dire su mia sorella non gli ha fatto piacere.»

«Allora conosce tua sorella?»

«A quel tempo non la conosceva,» disse il ragazzo, riflettendo ancora cupamente.

«E adesso?»

Il ragazzo era così confuso che guardò il signor Bradley Headstone, mentre camminavano fianco a fianco, senza tentare di rispondergli fin quando la domanda fu ripetuta; allora egli annuì col capo, e rispose: «Sì, signore.»

«Sta andando a vederla, immagino.»

«Non può essere!» esclamò il ragazzo. «Non la conosce abbastanza. Mi piacerebbe coglierlo in flagrante!»

Dopo aver camminato per un po', più rapidamente di prima, il maestro disse, stringendo con la mano il braccio dell'allievo tra il gomito e la spalla: «Tu stavi per dirmi qualche cosa su quella persona. Come hai detto che si chiama?»

«Wrayburn, Eugene Wrayburn. È quello che chiamano avvocato, senza niente da fare. La prima

volta che venne al nostro vecchio posto fu quando mio padre viveva ancora. Venne per affari; non che fossero affari suoi - non ha mai avuto affari - ma fu portato da un suo amico.»
«E le altre volte?»
«C'è stata solo un'altra volta di cui sono a conoscenza. Quando mio padre morì per quell'incidente, per caso lui fu tra quelli che lo trovarono. Stava girovagando, suppongo, prendendosi delle libertà con i menti dei ragazzi; ma era lì, in qualche modo. Fu lui che portò la notizia a mia sorella, il mattino presto, e condusse la signorina Abbey Potterson, una vicina, per aiutarlo a dare la notizia. Stava gingillandosi attorno alla casa quando sono stato portato nel pomeriggio - non sapevano dove trovarmi, finché non persuasero mia sorella a dir dov'ero - e poi se ne andò.»
«E questo è tutto?»
«Questo è tutto, signore.»
Bradley Headstone lasciò andare gradualmente il braccio del ragazzo, come se fosse pensieroso, e camminarono fianco a fianco, come prima. Dopo un lungo silenzio, Bradley riprese il discorso: «Suppongo ... tua sorella...» con una curiosa interruzione sia prima che dopo le parole, «non abbia ricevuto quasi nessun insegnamento, vero?»
«Quasi nessuno, signore.»
«Sacrificata, senza dubbio, alle obiezioni di suo padre. Le ricordo nel tuo caso. Eppure... tua sorella... non ha certo l'aspetto di un'ignorante, e non parla da ignorante.»
«Lizzie ha tanta mente come i migliori, signor Headstone. Troppa forse, senza istruzione. Usavo dire che il fuoco a casa erano i suoi libri, perché aveva sempre tante fantasie - e, a pensarci, certe volte erano delle fantasie molto sagge - quando si metteva a guardare il fuoco.»
«Questo non mi piace,» disse Bradley Headstone.
L'allievo fu un po' sorpreso da quell'osservazione così improvvisa, decisa ed emotiva, ma la considerò una prova dell'interesse del maestro verso di lui. Questo lo incoraggiò a dire: «Non mi son mai sentito di dirglielo apertamente, signor Headstone, e lei mi è testimone che non potevo decidermi a parlarne nemmeno stasera prima di uscire... ma è una cosa penosa pensare che se avrò successo, come spero, sarò, non dico disonorato... perché non voglio dire disonorato, ma... piuttosto mi troverò in imbarazzo, se si verrà a sapere... da una sorella che è stata molto buona per me.»
«Sì,» disse Bradley Headstone con aria biascicata, perché la sua mente sembrava soffermarsi a malapena su quel punto, così senza scosse scivolò verso un altro argomento. «E c'è anche da considerare un'altra possibilità. Un uomo che si è fatto strada nel mondo potrebbe un giorno giungere ad ammirare tua sorella... e col tempo potrebbe anche giungere a pensare di sposarla, tua sorella... e sarebbe un triste inconveniente e una pena pesante per lui se, una volta superate nella sua mente le altre differenze di condizione e le altre considerazioni che vi si oppongono, questa differenza e questa considerazione, restassero in piena forza.»
«Questo è più o meno quello che volevo dir io, signore.»
«Sì, sì,» disse Bradley Headstone, «ma tu hai parlato di un semplice fratello. Invece il caso che ho supposto io, sarebbe molto più grave. Infatti un ammiratore, un marito, stringerebbe questo legame volontariamente, e sarebbe obbligato, per di più, a farlo sapere a tutti: che non è il caso di un fratello. Dopo tutto, sai, nel tuo caso si deve dire che non ne hai colpa: mentre nel suo, si direbbe con ugual ragione che sarebbe colpa sua.»
«È vero, signore. Qualche volta, dopo che Lizzie è rimasta libera per la morte di papà, ho pensato che una ragazza come lei potrebbe subito acquisire più che abbastanza per superare gli esami. E

qualche volta ho pensato anche che forse la signorina Peecher...»
«Per questo scopo io non consiglierei la signorina Peecher,» l'interruppe Bradley Headstone con un ritorno della maniera decisa di prima.
«Sarebbe così gentile da pensarci per me, signor Headstone?»
«Sì, Hexam, sì. Ci penserò. Ci penserò seriamente. Ci penserò bene.»
Dopo di che, camminarono senza quasi più parlare, fino alla scuola. Là, una delle piccole finestre della linda signorina Peecher, come la punta di uno spillo, era illuminata; e in un angolo lì vicino stava Mary Anne, guardando, mentre la signorina Peecher, presso la tavola, cuciva intorno al piccolo busto che stava realizzando col cartamodello marrone per il suo vestito.
(N.B. La signorina Peecher e le alunne della signorina Peecher non erano molto incoraggiate, dal governo, nell'arte non scolastica del cucito.)
Mary Anne, con la faccia rivolta alla finestra, alzò il braccio.
«Che c'è, Mary Anne?»
«Il signor Headstone sta tornando a casa, signorina.»
Dopo circa un minuto, Mary Anne salutò di nuovo. «Sì, Mary Anne, che c'è?»
«È entrato e ha chiuso a chiave la porta, signorina.»
La signorina Peecher represse un sospiro, mentre metteva a posto il suo lavoro per andare a letto, e trafisse quella parte del vestito dove sarebbe stato il cuore, se il vestito le fosse stato addosso, con un ago pungente, pungente.

II. Ancora educativo

La persona della casa, sarta di bambole e produttrice di puntaspilli e nettapenne ornamentali, sedeva nella sua bassa e bizzarra poltroncina, cantando nel buio, finché non tornò Lizzie. La persona della casa aveva conseguito quella dignità quando era ancora in molto tenera età, essendo l'unica persona della casa degna di fiducia.
«Bene, Lizzie - Mizzie - Vizzie,» disse, interrompendo il canto, «che notizie ci sono fuori di casa?»
«Che notizie in casa?» replicò Lizzie accarezzando scherzosamente i lunghi luminosi capelli biondi, che crescevano molto rigogliosi e belli sulla testa della sarta delle bambole.
«Fammi vedere, disse il cieco. Dunque, l'ultima notizia è che non ho intenzione di sposare tuo fratello.»
«No?»
«No-o!» e scosse la testa e il collo. «Non mi piace, il ragazzo.»
«Cosa dici del maestro?»
«Dico che penso che sia fatto su misura.»
Lizzie finì di sistemare con cura i bei capelli sulle spalle deformi e poi accese una candela. Essa mostrò il salottino squallido, ma ordinato e pulito. Ella mise la candela sulla mensola del caminetto, lontana dagli occhi della sarta delle bambole, poi aprì la porta della camera e la porta di casa, e girò la piccola sedia bassa verso l'aria esterna. Era una notte afosa, e questa era un'intesa nei giorni di bel tempo, quando la giornata di lavoro era finita. Per completare, ella si sedette su una sedia al lato della poltroncina e in modo protettivo infilò sotto il braccio la mano libera che le si avvicinò.
«Questo è quello che la tua amata Jenny Wren chiama il momento più bello del giorno e della notte,» disse la persona della casa. Il suo vero nome era Fanny Cleaver, ma da tempo ella aveva scelto di conferire a se stessa la denominazione di signorina Jenny Wren[140].

«Ho pensato,» continuò Jenny, «mentre ero seduta al lavoro oggi, come sarebbe bello se potessi avere la tua compagnia finché non sarò sposata, o almeno corteggiata. Perché quando verrò corteggiata, gli farò fare alcue delle cose che fai tu per me. Lui non mi potrebbe spazzolare i capelli come fai tu, o aiutarmi a salire e scendere le scale come te, e non potrebbe far nulla come te; ma potrebbe portarmi a casa il lavoro e prendere le ordinazioni, nel suo modo maldestro. E anch'egli lo farà. Lo farò trottare, posso dirlo!»

Jenny Wren aveva le sue vanità personali - felicemente per lei - e nessuna intenzione era più forte nel suo petto che le varie prove e i vari tormenti che a tempo debito dovevano essere inflitti a 'lui'.

«Dovunque possa essere proprio adesso, e chiunque possa essere,» disse la signorina Wren, «io conosco i suoi trucchi e i suoi modi, e lo avverto di stare attento!»

«Non credi di essere piuttosto dura con lui?» chiese la sua amica, sorridendo e accarezzandole i capelli.

«Neanche un po',» rispose la saggia signorina Wren, con un'aria di grande esperienza. «Mia cara, loro non si preoccupano di te, quei tipi, se non sei dura con loro. Ma stavo dicendo se avrei potuto avere la tua compagnia. Ah! Che grande Se! Non è vero?»

«Non ho intenzione di separarmi dalla compagnia, Jenny.»

«Non dirlo, o te ne andrai subito.»

«Sono così poco affidabile?»

«Ci si può fidare di te più che dell'oro e dell'argento.» Come disse questo, la signorina Wren s'interruppe, girò gli occhi e il mento e sembrò prodigiosamente consapevole: «Aha!

Chi viene qua?
un granatiere.
Cosa vuole?
Un bicchiere di birra.»

«... E nient'altro al mondo, mia cara!»

La figura di un uomo si fermò sul marciapiede davanti alla porta esterna. «È il signor Eugene Wrayburn, non è vero?» disse la signorina Wren.

«Così si dice,» fu la risposta.

«Lei può entrare, se è buono.»

«Io non sono buono,» disse Eugene, «ma entrerò.»

Diede la mano a Jenny Wren e diede la mano a Lizzie, e se ne stette appoggiato alla porta accanto a Lizzie. Stava passeggiando col suo sigaro, disse (che era finito e andato, a quest'ora) e aveva fatto un giro per ritornare in quella direzione in modo da far loro visita mentre passava. Ella non aveva visto suo fratello, stasera?

«Sì,» disse Lizzie, i cui modi erano un po' turbati.

Graziosa condiscendenza da parte di nostro fratello! Il signor Eugene Wrayburn pensava di aver superato 'il mio giovane gentiluomo' sul ponte laggiù. Chi era l'amico con lui?

«Il maestro.»

«Sicuro. Lo sembrava proprio.»

Lizzie sedeva così immobile che non si sarebbe potuto dire dove si manifestasse il suo essere turbata; eppure non si poteva dubitarne. Eugene era disinvolto come sempre; ma forse, mentr'ella sedeva con gli occhi abbassati, sarebbe potuto essere un po' più percettibile che la sua attenzione fosse concentrata su di lei in certi momenti, più di quanto di solito si concentrasse su qualsiasi altro argomento in qualsiasi tempo, altrove.

«Non ho niente da segnalare, Lizzie,» disse Eugene. «Ma avendole promesso di tenere sempre d'occhio il signor Riderhood tramite il mio amico Lightwood, mi piace di tanto in tanto rinnovare l'assicurazione che mantengo la mia promessa, e che mantengo il mio amico sul bersaglio.»
«Non l'avrei mai dubitato, signore.»
«In generale, confesso che sono un uomo di cui dubitare, in verità,» rispose freddamente Eugene.
«E perché?» domandò l'acuta signorina Wren.
«Perché, mia cara,» disse il leggero Eugene, «sono un pessimo cane pigro.»
«E allora perché non si ravvede, e fa il bravo cane?» domandò la signorina Wren.
«Perché, mia cara,» rispose Eugene, «perché non c'è nessuno che meriti che io lo faccia. Ha considerato il mio suggerimento, Lizzie?» Questo a voce più bassa, ma solo come se fosse una questione più seria; non per escludere la persona della casa.
«Ci ho pensato, signor Wrayburn, ma non son riuscita a decidere di accettarla.»
«Falso orgoglio!» disse Eugene.
«Penso di no, signor Wrayburn. Spero di no.»
«Falso orgoglio!» ripeté Eugene. «Perché, che altro è? La cosa non vale nulla di per sé. La cosa non vale niente per me. Che cosa può valere per me? Lei sa quanto lo consideri. Per una volta mi propongo di essere di qualche utilità a qualcuno - cosa che non sono mai stato in questo mondo, e mai lo sarò in nessun'altra occasione - col pagare una persona qualificata, del suo sesso e della sua età, tanti (o meglio così pochi) sprezzevoli scellini, perché venga qui certe sere nella settimana, a darle quell'istruzione di cui lei non avrebbe bisogno se non fosse stata una figlia e una sorella con spirito d'abnegazione. Lei sa che è bene avere un'istruzione, altrimenti non si sarebbe dedicata tanto a farla avere a suo fratello. E allora perché non averla: soprattutto quando anche la nostra amica signorina Jenny qui ne trarrebbe vantaggio? Se proponessi di essere io l'insegnante, o di assistere alle lezioni - ovviamente fuori luogo! - ma, quanto a questo, io potrei anche essere dall'altra parte il globo, o affatto non sul globo. Falso orgoglio, Lizzie. Perché il vero orgoglio non disonorerebbe, né si lascerebbe disonorare dal suo ingrato fratello. Un vero orgoglio non avrebbe sopportato dei maestri di scuola qui, come dei medici, per esaminare un brutto caso. Il vero orgoglio si metterebbe al lavoro e lo farebbe. Lei lo sa molto bene, perché sa che il suo vero orgoglio lo farebbe domani, se lei avesse i modi e i mezzi che il suo falso orgoglio non mi permette di offrirle. Ottimo. Non aggiungo che questo: il suo falso orgoglio fa torto a lei e fa torto al suo defunto padre.»
«Come, a mio padre, signor Wrayburn?» ella chiese, con viso ansioso.
«Come, a suo padre? Lo chiede? Perpetuando le conseguenze dell'ostinazione cieca e ignorante di suo padre. Decidendo di non rimediare al torto che le ha fatto. Determinando che la deprivazione alla quale l'ha condannata, e che le ha imposto, gli sarà sempre attribuita.»
Successe che era una corda delicata da suonare, in lei che aveva parlato così a suo fratello, poco prima. Suonava anche in modo molto più forzato, a causa del correlato cambiamento di colui che parlava: il nuovo aspetto di serietà, di completa convinzione, di risentimento ferito per il sospetto, di interesse generoso e non egoistico. Tutte queste qualità, in lui di solito così leggero e spensierato, ella sentiva che erano inseparabili da qualche tocco dei loro opposti nel suo stesso cuore. Ella pensava, se lei, così al di sotto di lui e così diversa, rifiutasse questa offerta disinteressata, a causa del vano dubbio che egli la cercasse o desse ascolto a un'attrazione personale che poteva avere per lei? La povera ragazza, pura di cuore e di intenti, non poteva sopportare di pensarlo. Sprofondando davanti ai suoi stessi occhi, poiché sospettava di avergli fatto un'offesa empia e grave, chinò il capo e scoppiò in lacrime silenziose.

«Non si affligga,» disse Eugene molto, molto gentilmente. «Spero che non sia stato io ad angosciarla. Non intendevo altro che mettere la materia nella sua vera luce dinanzi a lei, anche se riconosco di essere stato abbastanza egoista, perché ora sono amareggiato.»

Amareggiato di renderle un servizio. Di cos'altro poteva egli essere amareggiato?

«Questo non mi spezzerà il cuore,» esclamò Eugene ridendo; «non resterà con me più di quarantott'ore; ma sono genuinamente amareggiato. Avevo immaginato di fare questa piccola cosa per lei e per la nostra amica signorina Jenny. La novità di fare qualcosa di utile, per quanto minima, aveva il suo fascino. Ora vedo che avrei potuto far meglio. Avrei potuto interessarmi a far tutto soltanto per la nostra amica signorina J. Avrei potuto innalzarmi, moralmente, a Eugene il Generoso. Ma, sulla mia anima, non voglio fronzoli, e piuttosto che provare, preferisco essere amareggiato.»

Se intendeva seguire nel profondo ciò che era nei pensieri di Lizzie, ciò fu fatto abilmente.

Se invece li seguì per una mera coincidenza fortuita, ciò fu fatto da un caso diabolico.

«Si è aperto davanti a me in modo così naturale,» disse Eugene. «La palla sembrava così gettata nelle mie mani per sbaglio! Avviene che io all'inizio fossi stato messo in contatto con lei nelle due occasioni che sa. Avviene che io potessi prometterle di vigilare su quel falso accusatore, Riderhood. Avviene che ho potuto darle un po' di consolazione nell'ora più triste della sua angoscia, quando le ho assicurato che non gli credevo. Nella stessa occasione le dico che sono il più pigro e l'ultimo degli avvocati, ma che sono meglio di nessuno, in un caso che ho annotato con la mia mano, e che lei può esser sempre sicura del mio migliore aiuto, e tra parentesi anche di quello di Lightwood, nei suoi sforzi per discolpare suo padre. Quindi, gradualmente mi viene voglia di poterla aiutare - così facilmente! - per scagionare suo padre da quell'altra colpa che io ho menzionato pochi minuti fa, e che è vera e reale. Spero di essermi spiegato; perché sono veramente dispiaciuto di averla afflitta. Odio affermare di avere buone intenzioni, ma intendevo davvero agire onestamente e semplicemente, e voglio che lei lo sappia.»

«Non ne ho mai dubitato, signor Wrayburn,» disse Lizzie, tanto più pentita, quanto meno egli rivendicava.

«Sono molto contento di sentirlo. Sebbene se lei avesse capito del tutto le mie intenzioni fin dal principio, non avrebbe rifiutato. Pensa che l'avrebbe fatto?»

«Io... non so cosa dovrei, signor Wrayburn.»

«Bene! e allora perché ora rifiuta di capirlo?»

«Non è facile per me parlare con lei,» replicò Lizzie piuttosto confusa, «perché lei vede subito le conseguenze di quello che dico, non appena lo dico.»

«Accetti tutte le conseguenze,» rise Eugene, «e cancelli la mia amarezza. Lizzie Hexam, quanto è vero che la rispetto, e che le sono amico e un povero diavolo di gentiluomo, dichiaro che neanche ora capisco perché lei esiti ancora.»

C'era una tale apparenza di apertura, sincerità, insospettabile generosità, nelle sue parole e nei suoi modi, che conquistò la povera ragazza; e non solo la conquistò, ma ancora una volta la fece sentire come se fosse stata influenzata dalle qualità opposte, e in primo luogo dalla vanità.

«Non avrò più esitazioni, signor Wrayburn. Spero che lei non penserà il peggio di me per aver esitato tanto. Per me e per Jenny... mi lasci rispondere per te, Jenny cara?»

La piccola creatura era appoggiata all'indietro, attenta, coi gomiti puntati sui braccioli della sua sedia, e il mento sulle mani. Senza mutare atteggiamento, ella rispose «Sì» così improvvisamente che piuttosto sembrava che avesse tagliato il monosillabo più che pronunciarlo.

«Per me e per Jenny, accetto con riconoscenza la sua gentile offerta.»

«D'accordo! Archiviato!» disse Eugene, porgendo a Lizzie la mano che aveva prima agitato leggermente come per allontanare l'intero argomento. «Mi auguro che non succeda spesso che sia fatto così tanto di così poco.»

Quindi si mise a chiacchierare scherzosamente con Jenny Wren. «Ho idea di sistemare una bambola, signorina Jenny,» disse.

«Farebbe meglio a non farlo» rispose la sarta.

«Perché no?»

«E' sicuro che la romperebbe. Tutti voi bambini lo fate.»

«Ma questo fa bene al commercio, sa, signorina Wren,» replicò Eugene. «Tanto quanto la rottura delle promesse e dei contratti e degli impegni di ogni genere fa bene al mio mestiere.»

«Non lo so questo,» rispose la signorina Wren; «ma lei farebbe meglio a prendere con la metà un nettapenne, diventare industrioso e usarlo.»

«Be', se fossimo tutti industriosi come lei, piccola Persona Occupata, dovremmo iniziare a lavorare non appena potessimo andare carponi, e sarebbe una brutta cosa!»

«Vuol dire,» rispose la piccola, con un rossore soffuso sul viso, «brutta cosa per la schiena e le gambe?»

«No, no, no» disse Eugene impressionato - per rendergli giustizia - al pensiero di scherzare sulla sua infermità. «Male per gli affari, male per gli affari. Se tutti ci mettessimo a lavorare non appena potessimo usare le nostre mani, sarebbe tutto finito per le sarte delle bambole.»

«C'è qualcosa, in questo,» rispose la signorina Wren; «qualche volta lei ha una specie di idea nella sua zucca.» Poi cambiando tono: «A proposito di idee, Lizzie mia,» (stavano sedute l'una accanto all'altra come all'inizio), «mi chiedo come mai quando lavoro, lavoro, e lavoro, tutta sola, d'estate, sento un profumo di fiori.»

«Come una persona normale, direi,» suggerì languidamente Eugene poiché si stava stancando della persona della casa, «lei sente profumo di fiori perché c'è profumo di fiori.»

«No,» disse la piccola creatura, appoggiando un braccio sul bracciolo della sedia, appoggiando il mento su quella mano, e guardando con aria assente davanti a lei; «questo non è un quartiere fiorito. E' tutt'altro. Eppure, mentre sono seduta al lavoro, sento il profumo di chilometri di fiori. Profumo di rose, tanto che mi sembra di vedere petali di rose che giacciono a mucchi, grandi quantità, sul pavimento. Sento l'odore dei petali caduti, tanto che io metto giù la mano - così - e aspetto di sentirne il fruscio. Sento il profumo delle rose di siepe, bianche e rosa, e di ogni sorta di fiori tra i quali non sono mai stata. Perché ho visto davvero pochissimi fiori, nella mia vita.»

«È piacevole avere queste fantasie, cara Jenny!» disse la sua amica; con uno sguardo a Eugene, come se gli avesse chiesto se erano stati dati alla bambina come un compenso per tutto ciò che le mancava.

«Così penso, Lizzie, quando vengono da me. E gli uccelli che sento! Oh!» gridò la piccola creatura tendendo la mano e guardando verso l'alto, «come cantano!»

Ci fu per un momento nel suo volto e nel suo gesto qualcosa d'ispirato e di bello.

Poi il mento piombò di nuovo pensieroso sulla mano.

«Oserei dire che i miei uccelli cantano meglio degli altri uccelli, e i miei fiori odorano più degli altri fiori. Perché quando ero piccola,» in un tono come se fossero passati secoli, «i bambini che vedevo di solito il mattino presto, erano molto differenti da tutti gli altri che ho mai visto. Non erano come me: non erano infreddoliti, ansiosi, cenciosi, picchiati; non soffrivano mai. Non erano come i figli dei vicini; non mi facevano mai tremar tutta creando rumori striduli, e non mi hanno mai preso in giro. Quanti erano, anche! Tutti in abiti bianchi, con qualcosa di lucente agli orli e sulla testa, che non sono mai stata capace di imitarli col mio lavoro, anche se lo conosco così bene. Usavano venire giù in lunghe splendenti file inclinate, e dicevano tutti insieme: "Chi è questa nel dolore? Chi è questa nel dolore?" Quando io dicevo chi ero, mi rispondevano: «Vieni a giocare con noi!» Quando dicevo: «Io non gioco mai! Io non posso giocare!» mi venivano tutti intorno e mi portavano su, rendendomi leggera. Poi era tutto un comfort e un riposo, finché mi riportavano giù di nuovo, e dicevano tutti insieme: «Abbi pazienza, che ritorneremo.» Ogni volta che tornavano, io sapevo che stavano arrivando, prima ancora di vedere le lunghe file luminose, perché li sentivo chiedere tutti insieme, già da lontano: «Chi è questa nel dolore? Chi è questa nel dolore?» e allora io gridavo: «O bambini benedetti, sono io, povera. Abbiate pietà di me. Prendetemi e rendetemi leggera!"»

A poco a poco, mentre progrediva in questo ricordo, la mano si sollevò, lo sguardo estatico di prima tornò, e divenne bellissima. Dopo essersi così fermata un attimo, in silenzio, con un sorriso sul suo volto come se ascoltasse, si guardò intorno e tornò in sé.

«Che povero divertimento pensa, vero, signor Wrayburn? Lei può ben sembrare stanco di me. Ma è sabato sera, e non voglio trattenerla.»

«Vale a dire, signorina Wren,» osservò Eugene, ben pronto a trarre profitto dal suggerimento, «che desidera che me ne vada?»

«Bene, è sabato sera,» rispose, «e il mio bambino sta tornando a casa. E il mio bambino è un fastidioso e cattivo bambino, e mi costa un mondo di rimproveri. Preferirei che lei non vedesse il mio bambino.»

«Una bambola?» disse Eugene, non capendo, e cercando un spiegazione.

Ma Lizzie, con le sue sole labbra, plasmò le due parole: «Suo padre», ed egli non indugiò più. Si congedò subito. All'angolo della strada si fermò per accendere un altro sigaro, e forse per chiedere a se stesso che cosa stesse facendo. Se così, la risposta fu indefinita e vaga. Come può sapere che cosa stia facendo, chi è incurante di quello che fa?

Un uomo inciampò contro di lui mentre si allontanava, e borbottò alcune scuse piagnucolose. Seguendolo con lo sguardo, Eugene lo vide entrare nella porta dalla quale era uscito lui poco prima.

Quando quell'uomo entrò barcollando nella stanza, Lizzie si alzò per andarsene.

«Non se ne vada, signorina Hexam,» diss'egli con aria molto sottomessa, parlando con voce roca e con difficoltà. «Non voli via da un uomo sfortunato con uno stato di salute in frantumi. Renda a un povero invalido l'onore della sua compagnia. Non è... non è contagioso.» Lizzie mormorò che aveva da fare nella sua stanza, e se ne andò di sopra.

«Come sta la mia Jenny?» disse l'uomo timidamente. «Come sta la mia Jenny Wren, la più brava delle bambine, oggetto degli affetti più cari di un invalido dal cuore spezzato?»

Al che la persona della casa, allungando un braccio in atto di comando, rispose con insensibile asprezza: «Vattene! Vattene nel tuo angolo! Vattene subito nel tuo angolo!»

Il miserabile spettacolo fece come se avesse accennato un po' di rimostranza, ma non osando resistere alla persona della casa, sebbene la migliore, ci ripensò, e andò a sedere su una particolare sedia di disonore.

«Oh-h-h!» gridò la persona della casa puntando il suo piccolo dito. «Brutto vecchio ragazzo! Oh-h-h, cattiva, malvagia creatura! Che cosa hai intenzione di dire?»

La figura tremante, snervata e scomposta dalla testa ai piedi, protese un po' le mani, come per fare un'apertura di pace e di riconciliazione. Lacrime d'abiezione erano nei suoi occhi e coloravano di macchie rosse le sue guance. Il labbro di sotto, gonfio e livido, gli tremava in un vergognoso lamento. L'intera e indecorosa logora rovina, dalle scarpe rotte agli scarsi capelli precocemente grigi, si umiliava. Non con alcun senso degno di essere chiamato un senso, di questo terribile capovolgimento dei ruoli di genitore e figlio, ma in una pietosa rimostranza per tenersi lontano da un rimprovero.

«Conosco i tuoi trucchi e le tue maniere,» gridò la signorina Wren, «Lo so dove sei stato!» (ciò che in effetti non richiedeva gran discernimento per scoprirlo). «Oh, vecchio tipo disgraziato!»

Il respiro stesso della figura era spregevole, mentre si affaticava e rantolava in quell'operazione, come un orologio guasto.

«Schiava, schiava, schiava, dalla mattina alla sera,» proseguì la persona della casa, «e tutto per questo! Che cosa intendi dire?» C'era qualcosa in quell'enfatizzato "Cosa" che assurdamente spaventava la figura. Tutte le volte che la persona della casa preparava il suo modo di arrivarci – anzi non appena egli si accorgeva che la parola stava per arrivare - crollava in misura extra.

«Vorrei che tu fossi stato preso e rinchiuso,» disse la persona della casa. «Vorrei che fossi stato inserito in celle e buchi neri, e travolto da topi, ragni e scarafaggi. Conosco i loro trucchi e le loro maniere, e ti avrebbero solleticato piacevolmente. Non ti vergogni di te stesso?»

«Sì, mia cara,» balbettò il padre.

«E allora,» disse la persona della casa, terrorizzandolo con il radunare i suoi spiriti e le sue forze prima di ricorrere all'enfatica parola: «Che cosa intendi dire?»

«Circostanze sulle quali non avevo controllo,» fu la richiesta di attenuanti della miserabile creatura.

«Te le do io le circostanze e ti controllerò, anche,» replicò la persona della casa, parlando con veemente asprezza, «se parli in questo modo. Ti darò in carico alla polizia, ti farò dare una multa di cinque scellini, quando tu non puoi pagare, e io non pagherò denaro per te, così sarai internato per tutta la vita. Ti piacerebbe essere internato per tutta la vita?»

«Non mi piacerebbe. Povero vecchio malandato. Non preoccuparti di nessuno a lungo,» pianse la disgraziata figura.

«Vieni vieni!» disse la persona della casa, picchiettando sul tavolo vicino lei in modo professionale e scuotendo la testa e il mento; «sai bene quello che devi fare. Metti giù il denaro in questo istante.»

La figura obbediente cominciò a frugare nelle sue tasche.

«Hai speso una fortuna del tuo salario, son sicura!» disse la persona della casa. «Mettilo qui! Tutto quello che ti resta! Ogni centesimo!»

Che fatica egli fece per metterlo insieme, dalle sue tasche a forma di orecchie di cane! Aspettandosi di averlo in questa tasca, e non trovandolo; o non aspettandoselo in quella tasca, e trovandone un po'; non trovando alcuna tasca dove un'altra tasca avrebbe dovuto esserci!

«Questo è tutto?» chiese la persona della casa, quando un confuso mucchio di penny e scellini giacque sul tavolo.

«Non ne ho più,» fu la mesta risposta, con un concordante scuotimento del capo.

«Fammi esserne sicura. Sai cosa devi fare. Gira tutte le tue tasche al rovescio, e lasciale così!» gridò la persona della casa.

Egli obbedì. E se qualcosa avrebbe potuto farlo sembrare più abietto o più tristemente ridicolo di prima, sarebbe stato il suo mostrare se stesso in quel modo.

«Qui non ci sono che sette scellini e otto *pence* e mezzo!» esclamò la signorina Wren dopo aver ridotto il mucchio all'ordine. «Oh, vecchio figliol prodigo! Adesso morirai di fame.»

«No, non farmi morire di fame,» egli incalzò piagnucolando.

«Se ti trattassero come meriteresti,» disse la signorina Wren, «saresti nutrito con spiedini di carne di gatto; - solo gli spiedini, dopo che i gatti hanno mangiato la carne. Comunque, va' a letto.»

Quand'egli uscì barcollando dal suo angolo, per obbedire, protese di nuovo entrambe le mani e supplicò: «Circostanze sulle quali nessun controllo...»
«Vattene a letto!» gridò la signorina Wren interrompendolo. «Non mi parlare. Non ti perdonerò. Va' a letto in questo momento!» Vedendo un altro enfatico "Cosa" sulla sua strada, egli lo evitò obbedendo e si sentì trascinarsi pesantemente su per le scale e chiudere la sua porta e gettarsi sul letto. Dopo un poco Lizzie scese giù.
«Vogliamo cenare, Jenny cara?»
«Ah, benedici e salvaci, abbiamo bisogno di qualcosa che ci faccia andare avanti,» rispose la signorina Jenny scrollando le spalle.
Lizzie appoggiò un panno sul piccolo banco (più comodo per la persona della casa di un normale tavolo), e vi posò sopra i cibi semplici che erano abituate ad avere, poi accostò uno sgabello per sé.
«Adesso a cena! A che cosa stai pensando, Jenny cara?»
«Stavo pensando,» ella rispose uscendo da uno studio approfondito con se stessa, «a cosa farei a lui se si rivelasse un ubriacone.»
«Oh, ma lui non lo sarà,» disse Lizzie. «Te ne occuperai tu, in anticipo.»
«Cercherò di occuparmene in anticipo, ma potrebbe ingannarmi. Oh, mia cara, tutti quei tipi con i loro trucchi e le loro maniere per ingannare!» con il piccolo pugno in piena azione. «E se è così, te lo dico io cosa penso che farei. Mentre lui dorme, renderei incandescente un cucchiaio, e farei bollire un liquore in una pentola, e lo toglierei dal fuoco mentre fuma, e gli aprirei la bocca con l'altra mano - ma forse lui dormirebbe già con la bocca aperta e pronta - e glielo verserei in gola, per riempirlo di vesciche e soffocarlo.»
«Son sicura che non faresti una cosa così orribile,» disse Lizzie.
«Non dovrei? Bene, forse non dovrei. Ma mi piacerebbe.»
«Sono altrettanto sicura che non ti piacerebbe.».
«Non mi piacerebbe nemmeno? Bene, tu di solito sai di più. Solo che tu non sei vissuta sempre in mezzo all'ubriachezza come è toccato a me... e la tua schiena non è cattiva, e le tue gambe non sono strane!»
Mentre proseguivano la cena, Lizzie cercò di accompagnarla a quello stato più bello e migliore. Ma il fascino era rotto. La persona della casa era la persona di una casa piena di vergogne e di affanni, con una camera al piano superiore in cui quella figura umiliata infettava persino il sonno innocente con sensuale brutalità e degradazione. La sarta delle bambole era diventata una piccola bizzarra megera; del mondo, materiale; della terra, terrena.
Povera sarta delle bambole! Quante volte era stata trascinata in basso dalle mani che avrebbero dovuto sollevarla; quante volte era stata guidata male quando si perdeva sulla strada della vita e chiedeva una guida! Povera, povera piccola sarta delle bambole!

III. Un bel lavoro

Un bel giorno Britannia, seduta a meditare (forse nell'atteggiamento in cui è presentata sulla moneta di rame), scopre all'improvviso che vuole Veneering al Parlamento. Le viene in mente che Veneering è un «uomo rappresentativo» - cosa che non può in questi giorni essere messa in dubbio - e che i fedeli Comuni di Sua Maestà sono incompleti senza di lui. Così Britannia fa sapere a un legale di sua conoscenza che, se Veneering "metterà giù" cinquemila sterline, potrà far seguire il suo nome da un paio di lettere maiuscole al prezzo estremamente basso di duemilacinquecento per lettera. È chiaramente sottinteso tra Britannia e il legale che nessuno deve prendere le cinquemila sterline, ma che queste, una volta messe giù, spariranno per un'evocazione magica o per incanto.

Il legale di fiducia di Britannia si reca direttamente da quella signora fino ai Veneering con quest'incarico: Veneering si dichiara molto lusingato, ma chiede un po' di respiro per accertare «se i suoi amici si raduneranno intorno a lui». Soprattutto, dice, conviene che sia chiaro, in una emergenza di questa importanza, «se i suoi amici si raduneranno intorno a lui». Il legale nell'interesse della sua cliente non può concedere molto tempo a quello scopo, poiché la signora pensa che c'è qualcuno pronto a mettere giù seimila sterline; ma dice che concederà a Veneering quattro ore.

Veneering allora dice alla signora Veneering: «Dobbiamo lavorare!» e si precipita in una carrozza Hansom[141]. Nello stesso istante la signora Veneering cede il bambino alla bambinaia; preme le mani aquiline sulla fronte, per sistemare la mente palpitante all'interno; ordina un'altra carrozza; e ripete con aria assorta e devota, un misto di Ofelia[142] e di qualsiasi altra donna dell'antichità autoimmolatasi che potreste preferire: «Dobbiamo lavorare!»

Veneering, avendo incaricato il suo cocchiere di caricare sulle persone in strada come la guardia di Napoleone a Waterloo[143], questi avanza furiosamente verso Duke Street, nei pressi di Saint James. Là egli trova Twemlow nel suo alloggio, uscito fresco dalle mani di un artista segreto che gli ha fatto qualcosa ai capelli con i tuorli d'uovo. Poiché il processo richiede che Twemlow, per due ore dopo l'applicazione, lasci che i suoi capelli rimangano dritti sul capo e si asciughino gradualmente, egli è in uno stato appropriato per ricevere delle notizie sorprendenti; rassomigliando a un celebre monumento di Fish Street Hill[144], come al re Priamo[145] in una certa occasione incendiaria che non è del tutto sconosciuta ai classici come questione precisa.

«Mio caro Twemlow,» dice Veneering afferrandogli tutte e due le mani, «come il più caro e il più vecchio dei miei amici...»

(«Allora non ci possono essere più dubbi al riguardo in futuro» pensa Twemlow, «e sono io!»)

«Crede lei che Lord Snigsworth, suo cugino, darebbe il suo nome come membro del mio Comitato? Non arrivo fino a chiedere la Sua autorità; chiedo solo il suo nome. Crede che mi darebbe il suo nome?»

Improvvisamente scoraggiato, Twemlow risponde: «Non credo che lo farebbe.»

«Le mie opinioni politiche,» dice Veneering che precedentemente non era a conoscenza di averne alcuna, «sono identiche a quelle di Lord Snigsworth, e forse per una questione di pubblico sentimento e pubblico principio, Lord Snigsworth potrebbe darmi il suo nome.»

«Potrebbe essere così,» dice Twemlow, «ma...» E mentre si gratta la testa perplesso, dimentico dei tuorli d'uovo, è ancor più sconcertato quando si accorge di come sia appiccicoso.

«Tra amici così vecchi e intimi come noi,» prosegue Veneering, «in questo caso non ci dovrebbero essere riserve. Mi prometta che se le chiedo di fare per me qualche cosa che non le piaccia, o sente la minima difficoltà nel farlo, me lo dirà liberamente.»

Questo, Twemlow è così gentile da prometterlo, con ogni apparenza vivamente intenzionato a mantenere la sua parola.

«Avreste obiezioni a scrivere a Snigsworthy Park, e chiedere questo favore a Lord Snigsworth? Ovviamente se mi fosse concesso, io saprei di doverlo solo a lei; mentre nello stesso momento lei lo presenterebbe a Lord Snigsworth su motivazioni pubbliche. Avrebbe qualche obiezione?»

Twemlow con la mano sulla fronte dice: «Lei ha preteso una promessa da parte mia.»

«Sì, mio caro Twemlow.»

«E lei si aspetta che io la mantenga con onore.»

«Sì, mio caro Twemlow.»

«Tutto sommato, allora... stia a sentire,» esorta Twemlow con grande gentilezza, come se nel caso che non si fosse dovuto sommar tutto, egli l'avrebbe fatto immediatamente, «tutto sommato, devo pregarla di dispensarmi dal rivolgere qualsiasi comunicazione a Lord Snigsworth.»

«Dio la benedica, la benedica!» dice Veneering; terribilmente deluso, ma afferrandogli di nuovo tutte e due le mani, in modo particolarmente caloroso.

Non c'è da meravigliarsi se il povero Twemlow si rifiuti di infliggere una lettera al suo nobile cugino (che ha la gotta nel carattere), visto che il suo nobile cugino, che gli concede una piccola rendita annuale con la quale egli vive, vuole una contropartita, con estrema severità, come dice la frase; sottoponendolo, quando Twemlow si reca in visita a Snigsworthy Park, a una specie di legge marziale: gli ordina di appendere il cappello a un determinato attaccapanni, di sedersi su una sedia determinata, di parlare di determinati argomenti con persone determinate, e di compiere determinati servizi, come quello di cantare le lodi della Vernice di Famiglia (per non dire Quadri), e di astenersi dal più prelibato dei Vini di Famiglia, a meno che espressamente invitato a partecipare.

«Una cosa, tuttavia, io posso fare per lei,» dice Twemlow; «posso lavorare per lei.»

Veneering lo benedice di nuovo.

«Andrò,» dice Twemlow, in una veloce crescita di vigore, «andrò al circolo; vediamo: che ora è?»

«Le undici meno venti.»

«Sarò al circolo,» dice Twemlow, «alle dodici meno dieci, e non lo lascerò tutto il giorno.»

Veneering sente che gli amici si stanno radunando intorno a lui, e dice: «Grazie, grazie. Lo sapevo che potevo contar su di lei. L'ho detto ad Anastasia proprio ora, prima di uscir di casa per venire da lei - naturalmente il primo amico che ho visitato per una cosa così importante, mio caro Twemlow - l'ho detto ad Anastasia: "Dobbiamo lavorare!"»

«Ha ragione, ha ragione,» risponde Twemlow. «Mi dica: sta lavorando?»

«Sì, anche lei» dice Veneering.

«Bene!» grida Twemlow, da quel piccolo gentiluomo educato che è. «Il tatto di una donna è inestimabile. Avere il gentil sesso con noi, è avere tutto con noi.»

«Ma lei non mi ha ancora detto,» osserva Veneering, «che cosa pensa del mio ingresso alla Camera dei Comuni.»

«Io penso,» risponde Twemlow, con sentimento, «che sia il miglior circolo di Londra.»

Veneering di nuovo lo benedice, si precipita giù per le scale, si precipita nella sua Hansom, e ordina al cocchiere di caricare sul Pubblico Britannico e piombare nella City.

Frattanto Twemlow, in una veloce crescita di vigore, mette giù i capelli come può - il che non gli riesce molto bene, perché, dopo queste applicazioni glutinose essi sono recalcitranti e hanno su di loro una superficie un po' nella natura della pasticceria - e arriva al circolo per l'ora stabilita. Al circolo si assicura prontamente un'ampia finestra, materiale per scrivere, e tutti i giornali, e si sistema; immobile, per essere rispettosamente contemplato dal Pall Mall[146]. A volte, quando entra qualcuno che gli fa un cenno del capo, Twemlow dice: «Conosce Veneering?» L'altro dice: «No. È socio del circolo?» Twemlow dice: «Sì. In arrivo per il distretto di Pocket-Breaches[147].» L'altro dice: «Ah! Spero che ne valga la pena!» Poi sbadiglia, e se ne va. Verso le sei del pomeriggio, Twemlow comincia a persuadersi di essere veramente stanco del lavoro, e pensa che è molto dispiaciuto ch'egli non sia stato allevato per fare l'agente parlamentare.

Dopo Twemlow, Veneering si precipita alla sede degli affari di Podsnap. Trova Podsnap che legge il giornale, in piedi, e incline a cominciare un'orazione sulla sorprendente scoperta che ha fatto, quella che l'Italia non è l'Inghilterra. Supplica rispettosamente il perdono di Podsnap per aver interrotto il flusso delle sue parole di saggezza, e lo informa di ciò che è nell'aria. Dice a Podsnap che le loro opinioni politiche sono identiche. Lascia a intendere a Podsnap che lui, Veneering, ha formato le sue opinioni politiche stando seduto ai piedi di lui, Podsnap. Cerca seriamente di sapere se Podsnap si radunerà attorno a lui.

Podsnap dice, un po' severamente: «Ora, prima di tutto, Veneering, lei mi chiede un consiglio?» Veneering esita e dice che un così vecchio e un così caro amico...

«Sì, sì, va tutto bene,» dice Podsnap; «ma lei ha già deciso di prendere questo distretto di Pocket-Breaches nelle condizioni in cui si trova, o chiede la mia opinione se prenderlo o lasciarlo perdere?»

Veneering ripete che il desiderio del suo cuore e la sete della sua anima sono che Podsnap sia con lui.

«Ora, sarò chiaro con lei, Veneering,» dice Podsnap, aggrottando le sopracciglia. «Dedurrete che non mi interessa il Parlamento, dal fatto che io non ci sia?»

Ma, naturalmente, Veneering lo sa! Naturalmente, Veneering sa che se Podsnap decidesse di andarci, egli sarebbe lì in uno spazio di tempo che potrebbe essere definito come «un baleno» dalle persone leggere e sconsiderate.

«Per me non ne vale la pena,» prosegue Podsnap, diventando generosamente addolcito, «ed è tutt'altro che importante per la mia posizione. Ma non è mio desiderio costituirmi come legge per un altro uomo, diversamente posizionato. Lei pensa che ne valga la pena per lei, e che sia importante per la sua posizione. È così?» Sempre a condizione che Podsnap si radunerà intorno a lui, Veneering pensa che sia così.

«Allora lei non mi chiede un consiglio,» dice Podsnap. «Bene. Allora non glielo darò. Ma lei chiede il mio aiuto. Bene. Allora mi darò da fare per lei.» Veneering lo benedice immediatamente e lo informa che Twemlow sta già lavorando. Podsnap non approva del tutto che qualcuno stia già lavorando – riguardando la cosa piuttosto come una libertà - ma tollera Twemlow, e dice che quella vecchia zitella ha gli agganci giusti e non recherà danno.

«Oggi non ho niente di particolare da fare,» aggiunge Podsnap, «e mi incontrerò con alcune persone influenti. Mi ero impegnato per un pranzo, ma manderò la signora Podsnap, e mi libererò; e pranzerò con lei, Veneering, alle otto. È importante riportare i progressi e confrontare le note. Ora, vediamo. Lei dovrebbe avere una coppia di tipi attivi ed energici, dai modi signorili, da mandare intorno.»

Veneering, dopo aver riflettuto un po', pensa a Boots e Brewer.

«Che ho incontrato a casa sua,» dice Podsnap. «Sì, faranno molto bene. Lasci che ognuno di loro abbia una carrozza e vada in giro.»

Veneering immediatamente accenna che è una gran benedizione per lui possedere un amico capace di tali grandi suggerimenti amministrativi, ed è davvero entusiasta all'idea di mandare in giro Boots e Brewer, un'idea che ha un aspetto così elettorale e sembra terribilmente simile a un'attività commerciale. Lasciando Podsnap, al galoppo si precipita da Boots e Brewer, che con entusiasmo si radunano intorno a lui, e subito fuggono via in carrozza, prendendo opposte direzioni. Poi Veneering si reca dal legale che gode la fiducia di Britannia e con lui tratta alcune delicate questioni di affari, e pubblica un discorso agli elettori indipendenti di Pocket-Breaches, annunciando che verrà in mezzo a loro per i loro suffragi, come il marinaio torna nella casa della sua prima infanzia: una frase che non è meno buona per il fatto che non si è mai avvicinato a quel posto nella sua vita, e nemmeno ora sa distintamente dove sia.

La signora Veneering, durante le stesse ore movimentate, non è inattiva. Non appena la carrozza è pronta, tutta completa, ella vi sale, tutta completa, e proferisce la parola: «Da Lady Tippins.» Questa maga abita sopra il negozio di una bustaia, nel quartiere di Belgravia[148]: con un modello a grandezza naturale nella finestra al piano terra di un distinta bellezza in sottoveste blu, pizzo in mano, che guarda sopra le sue spalle verso la città con innocente sorpresa: e con ragione, perché si ritrova a vestirsi in quelle circostanze.

Lady Tippins è a casa? Lady Tippins è a casa, in una stanza oscurata, e con la schiena (come la dama della vetrina al pianterreno, sebbene per una ragione differente) sapientemente rivolta alla luce. Lady Tippins è così sorpresa di vedere la sua cara signora Veneering così presto - nel cuor della notte -, dice la graziosa creatura, che le sue palpebre si alzano quasi sotto l'influenza di tale emozione.

La signora Veneering le comunica disordinatamente che a Veneering è stata offerta Pocket-Breaches; che è tempo di radunarglisi attorno; che Veneering ha detto: «Dobbiamo lavorare!»; che lei è qui, come moglie e madre, per invitare Lady Tippins a mettersi al lavoro; che la carrozza è a disposizione di Lady Tippins per le necessità del lavoro; che lei, proprietaria del detto elegante equipaggio nuovo di zecca, tornerà a casa a piedi - coi piedi sanguinanti, se occorre - per mettersi al lavoro (senza specificare come) fino a crollare accanto alla culla del bambino.

«Amor mio,» dice Lady Tippins, «si calmi: lo faremo vincere.» E Lady Tippins realmente si mette al lavoro, e fa lavorare anche i cavalli di Veneering; perché ella scalpita per la città tutto il giorno, esortando tutti quelli che conosce e mostrando i suoi poteri d'intrattenimento e il suo ventaglio verde con immenso vantaggio, sventolandolo: «Mia cara anima, cosa ne pensa? Cosa crede che io sia? Non indovinerà mai. Fingo di essere un agente elettorale. E per quale posto di tutti i posti? Per Pocket-Breaches. E perché? Perché il più caro amico che ho al mondo lo ha comprato. E chi è il più caro amico che ho al mondo? Un uomo di nome Veneering. Senza dimenticare sua moglie, che è l'altra amica più cara che ho al mondo; e dichiaro positivamente di aver dimenticato il loro bambino, che è l'altro. E facciamo questa piccola farsa per mantenere le apparenze, e non è piacevole! Poi, mio prezioso bambino, il bello è che nessuno sa chi siano questi Veneering, e non conoscono nessuno, e hanno una casa da Fiabe del genio[149], e organizzano pranzi da Mille e una notte. E' curioso di conoscerli, mio caro? Mi dica che li conoscerà. Venga a pranzo da loro. Non la annoieranno. Dica chi vuole incontrare. Organizzeremo una festa tutta nostra e mi impegno a non farli interferire con lei per un solo momento. Ma davvero lei dovrebbe vedere i loro cammelli d'oro e d'argento. Io chiamo la loro tavola da pranzo La carovana. Venga a pranzo dai miei Veneering, i miei propri Veneering, mia proprietà esclusiva, gli amici più cari che ho il mondo! E soprattutto, mio caro, sia sicuro di promettermi il suo voto e il suo interessamento e ogni sorta di sostegno per Pocket-Breaches; perché non potevamo pensare di spendere sei *pence* per questo, amor mio, e possiamo solo consentire di essere portati dallo spontaneo Tizio dell'incorruttibile come-lo-chiamate.»

Ora, il punto di vista colto dall'ammaliante Lady Tippins, che questo stesso lavoro e questa mobilitazione siano per lo scopo di mantenere le apparenze, può avere qualcosa di vero, ma non è tutta la verità. Si fa di più, o si considera che si faccia di più – il che è lo stesso – prendendo carrozze e 'andando intorno' di quanto la bella Tippins immagini. Molte grandi e vaghe reputazioni sono state create solamente prendendo carrozze e andando intorno. Questo riesce bene particolarmente in tutti gli affari parlamentari. Se l'affare tra le mani è far entrare un uomo o lasciarlo fuori, o superarlo, o promuovere una ferrovia o ottenere una ferrovia, o che altro, nulla è ritenuto così efficace come perlustrare da nessuna parte con fretta furiosa; in breve, prender carrozze e andare intorno.

Probabilmente perché questa ragione è nell'aria, Twemlow, lontano da essere il solo a nutrire la persuasione di lavorare come un troiano, è superato da Podsnap, che a sua volta è superato da Boots e Brewer. Alle otto, quando tutti questi strenui lavoratori si riuniscono a cena dai Veneering, è sottinteso che le carrozze di Boots e Brewer non devono allontanarsi dalla porta, ma dei secchi d'acqua devono esser portati dal più vicino abbeveratoio e gettati immediatamente sulle gambe dei cavalli sul posto, per timore che Boots e Brewer abbiano un'occasione improvvisa per montare e andar via. Quei veloci messaggeri esigono che l'Analitico controlli che i loro cappelli siano depositati dove possono essere afferrati col preavviso di un istante; ed essi cenano (straordinariamente bene però) con l'aria dei vigili del fuoco al comando di una pompa, in attesa di informazioni di qualche tremenda conflagrazione.

La signora Veneering osserva debolmente, all'inizio della cena, che molti di questi giorni sarebbero troppi per lei.

«Molti di questi giorni sarebbero troppo per tutti noi,» dice Podsnap; «ma lo faremo vincere!»

«Lo faremo vincere,» dice Lady Tippins agitando sportivamente il ventaglio verde. «Veneering per sempre!»

«Lo faremo vincere!» dice Twemlow.

«Lo faremo vincere!» dicono Boots e Brewer.

A rigor di termini, sarebbe difficile mostrare perché non dovrebbero farlo vincere, perché Pocket-Breaches ha concluso il suo piccolo affare, e non c'è opposizione. Tuttavia, è concordato che loro devono "lavorare" fino all'ultimo, e che se non lavorassero, qualcosa d'indefinito accadrebbe. È parimenti convenuto che siano tutti esausti per il lavoro già fatto, e che hanno bisogno di essere così fortificati per il lavoro che li attende, da richiedere un rafforzamento particolare dalla cantina di Veneering. Perciò l'Analitico riceve l'ordine perché venga servita la crema delle creme delle sue botti, e così si scopre che il «radunarsi intorno» diventa piuttosto una parola dura per l'occasione. Lady Tippins prospettando giocosamente di inculcare la necessità di alzarsi attorno al caro Veneering; Podsnap sostenendo che bisogna urlare per lui; Boots e Brewer dichiarando la loro intenzione di circondarlo; e Veneering ringrazia i suoi fedeli amici uno alla volta e tutti insieme, con grande emozione, per tutto quel girotondo intorno a lui.

In questi momenti stimolanti, Brewer ha un'idea che è il grande successo della giornata. Egli consulta il suo orologio, e dice (come già Guy Fawkes) che si recherà alla Camera dei Comuni e vedrà come stanno le cose.

«Mi tratterrò nell'atrio circa un'ora,» dice Brewer con un'aria profondamente misteriosa, «e se le cose vanno bene, non tornerò, ma ordinerò la carrozza per domani alle nove.»

«Lei non potrebbe far meglio,» dice Podsnap.

Veneering si professa incapace di mostrare una riconoscenza adeguata a quest'ultimo servizio. Lacrime sono negli occhi affettuosi della signora Veneering. Boots mostra invidia, perde terreno ed è considerato come possessore di una mente di secondo grado. Si affollano tutti alla porta, per salutare Brewer. Brewer dice al cocchiere: «Bene, il tuo cavallo è abbastanza fresco?» guardando l'animale con esame critico. Il cocchiere risponde che il cavallo è fresco come il burro. «Fatelo correre, allora,» dice Brewer, «Camera dei Comuni.» Il cocchiere balza su, Brewer salta in carrozza, lo acclamano mentre se ne va, e il signor Podsnap dice: «Ricordi le mie parole, signore. Quell'uomo ha delle risorse; quello è un uomo che si farà strada nella vita.»

Quando arriva il momento per Veneering di fornire un pulito e appropriato farfugliare per gli uomini di Pocket-Breaches, solo Podsnap e Twemlow lo accompagnano in treno in quel posto remoto. Il legale di fiducia è alla stazione di Pocket-Breaches con una carrozza aperta, con sopra affisso un cartello stampato: «Veneering per sempre!», come se fosse un muro. Ed essi procedono gloriosamente, tra i sogghigni del popolo, fino a un piccolo, malandato Municipio che sembra avere le grucce, con delle cipolle e dei lacci di scarpe sotto di esso, che il legale gentiluomo dice sono un mercato; e dalla finestra centrale di quell'edificio, Veneering parla al mondo che lo ascolta. Nel momento in cui Veneering si toglie il cappello, Podsnap, come da accordo fatto con la signora Veneering, telegrafa a quella moglie e madre: «Ha incominciato.»

Veneering perde la sua strada nell'usuale Divieto di transito del discorso, e Podsnap e Twemlow dicono: «Ascoltate, ascoltate!», e talvolta, quando Veneering non riesce assolutamente a districarsi da qualche sfortunato Divieto di transito, «A-scol-tate, a-scol-tate!», con un'aria di scherzosa convinzione, come se l'ingenuità della cosa desse loro una sensazione di squisito piacere. Ma Veneering ha due argomenti straordinariamente buoni; così buoni che si ritiene gliele abbia suggerite il legale che gode la fiducia di Britannia, mentre brevemente conferivano sulle scale.

Il primo punto è questo. Veneering istituisce un confronto originale tra il Paese e una nave; chiamando opportunamente la nave: «Il Vascello dello Stato», e il ministro: «L'Uomo al Timone». L'obiettivo di Veneering è di far sapere a Pocket-Breaches che l'amico alla sua destra (Podsnap) è un uomo ricco. Di conseguenza si esprime così: «Dunque, signori, quando le travi del Vascello dello Stato sono malsicure, e l'Uomo al Timone è incapace, quei nostri grandi assicuratori navali, che rientrano tra i nostri principi mercantili di fama mondiale, sarebbero disposti ad assicurarlo, signori? Chi sottoscriverebbe per quello? Chi sosterrebbe un rischio? Chi ne avrebbe fiducia? Ebbene, signori, se mi appellassi all'onorevole amico alla mia destra, lui stesso tra i più grandi e i più rispettati esponenti di quella classe così grande e così rispettata, egli mi risponderebbe: No!»

Il secondo punto è questo. Il fatto significativo che Twemlow sia correlato a Lord Snigsworth, deve essere fatto conoscere. Veneering presuppone uno stato degli affari pubblici che probabilmente non potrebbe mai esistere (anche se questo non è del tutto certo, perché il suo quadro della situazione è incomprensibile, sia per lui che per il pubblico) e prosegue a questo modo: «Ebbene, signori, se io dovessi indicare un simile programma a qualsiasi classe della società, io dico che sarebbe accolto con derisione, sarebbe additato con disprezzo! Se indicassi un tal programma a uno qualsiasi dei degni ed intelligenti commercianti di questa città, - anzi, andrò sul personale, dirò della nostra città - che cosa mi risponderebbe? Mi risponderebbe: "Falla finita!" Ecco che cosa mi risponderebbe, signori. Nella sua onesta indignazione, mi risponderebbe: "Falla finita!" Ma supponiamo di salire più in alto nella scala sociale. Immaginiamo che io infili il braccio in quello del rispettabile amico alla mia sinistra, e camminando con lui per i boschi ancestrali della sua famiglia, e sotto i faggi estesi di Snigsworth Park, mi avvicini a quel nobile palazzo, attraversi il cortile, entri per la porta, salga le scale, e passando di stanza in stanza mi trovi infine all'augusta presenza del prossimo congiunto del mio amico, di Lord Snigsworth. E immaginiamo che io dica a quel venerabile conte: "Eccomi qui davanti alla Sua Signoria, signor conte, grazie alla presentazione del prossimo congiunto di Sua Signoria, il caro amico alla mia sinistra, per indicarle quel programma," e che cosa risponderebbe Sua Signoria? Ebbene, egli risponderebbe: "Falla finita!" Ecco che cosa risponderebbe, signori: "Falla finita!" Usando inconsciamente, in quelle alte sfere, lo stesso linguaggio del degno e intelligente commerciante della nostra città, il caro e prossimo congiunto dell'amico che ho alla mia sinistra, mi risponderebbe nel suo sdegno: "Falla finita!"» Veneering finisce con quest'ultimo successo, e il signor Podsnap telegrafa alla signora Veneering: «Ha finito.»

Poi si pranza in albergo con il legale di fiducia, e poi ci sono, in debita successione, nomina e dichiarazione. Infine il signor Podsnap telegrafa alla signora Veneering: «Lo abbiamo fatto vincere.»

Un'altra splendida cena li attende al loro ritorno nei saloni di casa Veneering, e li attende Lady Tippins, li attendono Boots e Brewer. C'è una modesta asserzione da parte di ognuno che ognuno da solo è riuscito a «farlo vincere»; ma soprattutto è ammesso da tutti che quel colpo di fortuna da parte di Brewer, che è uscito di casa quella notte per vedere come andavano le cose, è stato il colpo da maestro.

Un piccolo fatto toccante è raccontato dalla signora Veneering, nel corso della serata. La signora Veneering è abitualmente disposta a essere in lacrime, e ha una disposizione ancor maggiore dopo gli ultimi avvenimenti così eccitanti. Prima di alzarsi dalla tavola da pranzo con Lady Tippins, ella dice, in modo patetico ed esprimendo debolezza fisica: «Penserete tutti che sono una sciocca, lo so, ma devo dirlo. Mentre ero seduta presso la culla del bambino, la sera prima dell'elezione, il bambino era molto agitato, nel sonno.»

Il Chimico Analitico, che sta guardando cupamente, è preso dalla tentazione diabolica di dire: «Flatulenza» e vomitare la sua situazione; ma si reprime.

«Dopo un movimento quasi convulso, il bambino ha congiunto le manine e ha sorriso.»

La signora Veneering si ferma qui, e il signor Podsnap ritiene doveroso dire: «Chissà perché?»

«Può essere, mi sono chiesta,» dice la signora Veneering, guardandosi intorno per trovare il suo fazzoletto, «che le Fate abbiano raccontato al bambino che suo papà sarà presto un membro del Parlamento?»

La signora Veneering è così sopraffatta dal sentimento che tutti quanti si alzano per fare spazio a Veneering che fa il giro del tavolo per soccorrerla, e la porta via all'indietro, con i suoi piedi che strisciano in modo impressionante sul tappeto: dopo aver notato che il suo lavoro è stato troppo per la sua forza. Se le Fate hanno fatto menzione delle cinquemila sterline, e su ciò il bambino non era d'accordo, non è stato indagato.

Il povero piccolo Twemlow, completamente restaurato, è molto commosso, e continua ad essere molto commosso anche dopo esser rincasato al sicuro sopra il cortile di stalla a Duke Street, nei pressi di Saint James. Ma lì, sul suo divano, una tremenda considerazione irrompe sul mite gentiluomo, che porta alla disfatta tutte le considerazioni più morbide.

«Santo cielo! Ora che ho tempo di pensarci, non ha mai visto i suoi elettori in tutto questo tempo, finché non li abbiamo visti insieme!»

Dopo aver camminato per la stanza in preda all'angoscia, con la mano sulla fronte, l'innocente Twemlow torna al suo divano e geme: «Diventerò pazzo, o morirò, di quest'uomo. Si è imbattuto in me troppo tardi. Non sono abbastanza forte per sopportarlo!»

IV. Cupido sollecitato

Per usare il freddo linguaggio del mondo, la signora Lammle migliorò rapidamente la conoscenza della signorina Podsnap. Per usare il caldo linguaggio della signora Lammle, lei e la sua dolce Georgiana ben presto diventarono una cosa sola: nel cuore, nella mente, nel sentimento, nell'anima.

Ogni qual volta Georgiana poteva sottrarsi alla schiavitù delle Podsnapperie; poteva buttar via le coperte da viaggio della carrozza color crema pasticcera; poteva ritirarsi dal campo del dondolio della madre, e (per così dire), salvare i suoi poveri piedini gelati dall'essere dondolati; ella si rifugiava dalla sua amica, la signora Lammle. La signora Podsnap non si opponeva affatto. Come una consapevolmente "splendida donna", abituata a sentirsi così denominare dagli osteologi anziani che proseguivano i loro studi ai pranzi in società, poteva fare a meno di sua figlia. Il signor Podsnap, da parte sua, quando era informato dove era Georgiana, si inorgogliva della clientela dei Lammle. Che essi, poiché incapaci di afferrarlo, dovessero afferrare rispettosamente l'orlo del suo mantello; che essi, non potendo godere nella gloria di lui, il sole, cercassero la pallida luce riflessa dell'annacquata luna nuova sua figlia; appariva del tutto naturale, conveniente e appropriato. Ciò gli dava un'opinione migliore sulla discrezione dei Lammle di quella che aveva prima, poiché mostrava che essi apprezzassero il valore delle relazioni. Così Georgiana si rifugiava dalla sua amica, e il signor Podsnap andava fuori a pranzo, e a pranzo, e ancora a pranzo, sottobraccio alla signora Podsnap; sistemando la sua ostinata testa nella cravatta e nel colletto della camicia, proprio come se egli si stesse esibendo sul flauto del dio Pan[150], in suo stesso onore, la marcia trionfale, guarda il Podsnap conquistatore arriva, suonate le trombe, suonate il tamburi! Era un tratto del carattere del signor Podsnap (e in una forma o in un'altra lo si vedrà sempre pervadere le profondità e le secche della Podsnapperia), ch'egli non poteva sopportare un accenno di disprezzo nei riguardi di qualsiasi suo amico o conoscente. «Come osate?» sembrava ch'egli volesse dire, in quel caso. «Cosa intendete? Io ho dato la licenza a questa persona. Questa persona ha ottenuto un 'mio' certificato. Attraverso questa persona voi colpite me, Podsnap il Grande. E non è che io curi particolarmente la dignità di questa persona, ma è che curo particolarmente quella di Podsnap.» Così, se qualcuno in sua presenza si fosse permesso di dubitare della solidità dei Lammle, egli si sarebbe estremamente offeso. Non che nessuno osasse tanto, perché Veneering, il deputato, era sempre l'autorità sul loro essere molto ricchi, e forse ci credeva. Come in effetti avrebbe potuto crederci, se avesse voluto, per tutto ciò che sapeva della questione.

La casa dei Lammle in Sackville Street, Piccadilly, non era che una residenza temporanea. Andava abbastanza bene, così essi informavano i loro amici, per il signor Lammle quando era scapolo, ma ora non andava più bene. Quindi essi cercavano sempre sontuose residenze nelle migliori condizioni, ed erano sempre molto vicini ad affittarne o comprarne una, ma senza mai concludere l'affare. In questo modo si erano fatti una brillante piccola reputazione. La gente diceva, vedendo una sontuosa residenza vacante: «La cosa giusta per i Lammle!» e scriveva ai Lammle per informarli, e i Lammle andavano sempre a vederla, ma disgraziatamente non rispondeva mai esattamente ai loro desideri. Insomma, essi ebbero tante delusioni, che cominciarono a pensare che sarebbe stato necessario costruire una sontuosa residenza. E a questo modo, si fecero un'altra brillante reputazione; molte persone di loro conoscenza diventarono in anticipo insoddisfatte delle loro case, e invidiose dell'inesistente edificio Lammle.

I bei mobili e gli arredi della casa di Sackville Street erano ammucchiati uno sull'altro sopra le scale scheletriche, e se sussurravano sempre, di sotto il loro carico di tappezzeria: «Eccoci qua nell'armadio!», era per pochissime orecchie, e certo mai per la signorina Podsnap.

Ciò di cui la signorina Podsnap era particolarmente affascinata, accanto alle grazie della sua amica, era la felicità della sua vita da sposata. Questo era spesso il loro argomento di conversazione.

«Sono sicura,» disse la signorina Podsnap, «che il signor Lammle è come un innamorato. Almeno io... così penso che sia.»

«Georgiana, mia cara!» disse la signora Lammle, alzando un dito, «sta' attenta!»

«Oh, povera me!» esclamò arrossendo la signorina Podsnap. «Che cosa ho detto adesso?»

«Alfred, sai,» disse la signora Lammle scuotendo scherzosamente il capo. «Non dovevi mai più dire "il signor Lammle", Georgiana.»

«Oh, Alfred, allora. Meno male che non sia peggio. Avevo paura di aver detto qualcosa di scioccante. Dico sempre qualcosa di sbagliato, alla mamma.»

«E a me, Georgiana carissima?»

«No, non a te; tu non sei la mamma. Vorrei che lo fossi!» La signora Lammle concesse un sorriso dolce e amorevole alla sua amica, che Miss Podsnap restituì come meglio poteva. Stavano facendo colazione nel salottino della signora Lammle.

«E quindi, carissima Georgiana, Alfred corrisponde alla tua idea di innamorato?»

«Non dico questo, Sophronia,» rispose Georgiana, cominciando a nascondere i suoi gomiti. «Non ho alcuna nozione di un innamorato. Gli odiosi disgraziati che la mamma mi mette intorno per tormentarmi, non sono degli innamorati. Volevo soltanto dire che il signor...»

«Di nuovo, carissima Georgiana?» «Che Alfred...» «Suona molto meglio, mia cara.» «... ti vuol tanto bene. Ti tratta sempre con tale delicata galanteria e attenzioni. Su, non è vero?»

«Davvero, mia cara,» disse la signora Lammle, con una espressione piuttosto singolare che le attraversava il volto. «Credo che mi ami, completamente quanto io lo amo.» «Oh, che felicità!» esclamò la signorina Podsnap. «Ma sai, mia Georgiana,» riprese subito la signora Lammle, «che c'è qualcosa di sospetto nella tua entusiastica simpatia per la tenerezza di Alfred?»

«Bontà divina, no! Spero di no!»

«Non si potrebbe pensare,» disse la signora Lammle maliziosamente, «che il cuoricino della mia Georgiana...»

«Oh, no!» l'implorò arrossendo la signorina Podsnap. «Per piacere, no! Ti assicuro, Sophronia, che ho fatto le lodi di Alfred perché è tuo marito, e ti ama tanto.»

Lo sguardo di Sophronia fu come se una luce piuttosto nuova si fosse accesa su di lei. Essa sfumò in un sorriso un po' freddo, e disse, con gli occhi sul tavolo e le sopracciglia alzate: «Ti sbagli completamente, amor mio, nell'ipotizzare il significato delle mie parole. Ciò che io insinuavo era che il cuoricino della mia Georgiana stava diventando conscio di un certo vuoto.»

«No, no, no,» disse Georgiana. «Non vorrei che nessuno mi dicesse una cosa in quel modo per non so quante migliaia di sterline.»

«In quel modo, Georgiana?» domandò la signora Lammle, ancora sorridendo freddamente, con gli occhi sul tavolo, e le sopracciglia alzate.

«Tu lo sai,» replicò la povera piccola signorina Podsnap. «Credo che io andrei fuori di testa, Sophronia, per l'irritazione, la timidezza e l'avversione, se qualcuno mi parlasse così. E' abbastanza per me vedere come tu e tuo marito siate innamorati. Questa è una cosa differente. Ma non potrei sopportare di avere intorno qualcosa di quel genere. Dovrei supplicare e pregare che la persona venga portata via e calpestata.»

«Ah! ecco Alfred.» Dopo essere entrato inosservato, egli si appoggiò scherzosamente allo schienale della sedia di Sophronia, e quando la signorina Podsnap lo vide, egli si portò alle labbra una delle ciocche vaganti di Sophronia, e mandò un bacio da essa alla signorina Podsnap.

«Che cos'è questa storia di mariti e avversioni?» domandò l'accattivante Alfred.

«Perché, si dice,» replicò sua moglie, «che chi ascolta non sente mai niente di buono su se stesso, e tu invece... ma prego, da quanto tempo è che sei qui?»

«Arrivato in questo momento, carissima.»

«Allora posso continuare... Ma se fossi arrivato un momento o due prima, avresti sentito i tuoi elogi proferiti da Georgiana.»

«Solo se dovessero essere chiamati elogi, cosa che in realtà non credo che fossero,» esclamò la signorina Podsnap in agitazione, «per esser così devoto a Sophronia.»

«Sophronia!» mormorò Alfred. «Vita mia!» E le baciò la mano. In cambio ella gli baciò la catena dell'orologio.

«Ma non ero io, spero, che dovevo essere portato via e calpestato?» disse Alfred, tirando una sedia in mezzo a loro.

«Domandalo a Georgiana, amor mio,» rispose sua moglie. Alfred fece un toccante appello a Georgiana.

«Oh, non era nessuno,» replicò la signorina Podsnap. «Non aveva senso.»

«Ma se sei determinato a saperlo, mio caro Indagatore, come suppongo che sei,» disse la felice e innamorata Sophronia, sorridendo, «era colui che si azzardasse ad aspirare a Georgiana.»

«Sophronia, amor mio,» protestò il signor Lammle facendosi più serio, «dici veramente?»

«Alfred, amor mio,» rispose sua moglie, «oso dire che Georgiana non l'ha detto sul serio, ma io sì.»

«Ora questo,» disse il signor Lammle, «mostra le combinazioni accidentali che ci sono nelle cose! Potresti credere, mia carissima, che son venuto qui, con il nome di un aspirante della nostra Georgiana sulle labbra?»

«Naturalmente, Alfred,» disse la signora Lammle, «posso credere a tutto quello che mi dici.»

«Ah, cara! E io a tutto quello che dici tu.»

Com'erano deliziosi questi scambi, e gli sguardi che li accompagnavano! Ora, se lo scheletro sulle scale avesse colto questa opportunità, per esempio, di gridare: «Sono qua, soffocando nell'armadio!»

«Ti do la mia parola d'onore, mia cara Sophronia...»

«E io so cos'è, amore,» diss'ella.

«Sì, cara... Parola d'onore che entrando qui stavo quasi pronunciando il nome del giovane Fledgeby. Racconta a Georgiana, carissima, del giovane Fledgeby.»

«Oh, no, no! Per piacere, no!» gridò la signorina Podsnap, tappandosi le orecchie con le dita. «Preferisco di no.»

La signora Lammle rise nel suo modo più gaio, e scostando le mani di Georgiana, che non fecero resistenza, le strinse scherzosamente tra le sue, a braccia tese, e ora accostandole, ora separandole, proseguì:

«Devi sapere, cara piccola oca adorata, che c'era una volta una certa persona chiamata il giovane Fledgeby. E questo giovane Fledgeby, che era di un'eccellente famiglia, e ricco, conosceva due altre certe persone molto attaccate l'una all'altra, e chiamate Alfred e Sophronia Lammle. Così questo giovane Fledgeby, trovandosi una notte a teatro, vede con Alfred e Sophronia Lammle una certa eroina chiamata...»

«No, non dire Georgiana Podsnap!» implorò la poverina quasi in lacrime. «Per piacere, no! Oh, di', di', di' qualche altra! Non Georgiana Podsnap! Oh, no, no, no!»

«Nessun'altra,» disse la signora Lammle, ridendo disinvolta, e piena di affettuose lusinghe, aprendo e chiudendo le braccia di Georgiana Podsnap, come se fossero le aste di un compasso, «tranne la mia piccola Georgiana Podsnap. Così questo giovane Fledgeby va da quell'Alfred Lammle e dice...»

«Oh, per piace-e-e-re, no!» gridò Georgiana, come se la supplica fosse stata compressa dalla sua potente pressione. «Io lo odio, per averlo detto!»

«Perché aver detto che cosa, mia cara?» rise la signora Lammle.

«Oh, non so che cosa ha detto,» gridò Georgiana furibonda, «ma lo odio lo stesso per averlo detto.»

«Mia cara,» disse la signora Lammle, sempre ridendo nel suo modo più accattivante, «il povero giovane dice soltanto di esser stato colpito[151].»

«Oh, cosa dovrò mai fare!» disse Georgiana. «Oh, mio Dio, che matto dev'essere!»

«... E implora di essere invitato a pranzo, e di fare il quarto a teatro la prossima volta. E così domani verrà a pranzo da noi e andrà con noi all'Opera. Questo è tutto. Tranne che, mia cara Georgiana, - e cosa penserai di questo! - egli è infinitamente più timido di te e ha molto più paura di te, di quanto tu abbia mai avuto di chiunque in tutti i tuoi giorni!»

In preda a un turbamento mentale, la signorina Podsnap continuava a rabbrividire e pizzicare un po' le sue mani, ma non poté fare a meno di ridere all'idea che qualcuno avesse paura di lei. Con quel vantaggio, Sophronia la lusingò e la rianimò con molto successo, e poi l'insinuante Alfred la lusingò e la rianimò e le promise che ogni volta ch'ella desiderasse un servizio simile da parte sua, avrebbe portato fuori il giovane Fledgeby e lo avrebbe calpestato. Così rimasero amichevolmente d'accordo che il giovane Fledgeby sarebbe venuto per ammirare Georgiana, e Georgiana sarebbe stata ammirata dal giovane Fledgeby; e Georgiana, con la sensazione completamente nuova nel cuore dell'avere quella prospettiva davanti a lei, e con molti baci della sua cara Sophronia al presente, precedette di sei piedi quelli di un domestico scontento (un genere di articolo che arrivava sempre per lei quando tornava a casa) alla dimora di suo padre.

La coppia felice rimase sola, e la signora Lammle disse a suo marito: «Se ho ben capito questa ragazza, signore, il vostro fascino pericoloso ha prodotto alcuni effetti su di lei. Mi affretto a segnalare la conquista perché immagino che il vostro piano sia per voi più importante della vostra vanità.»

C'era uno specchio sul muro davanti a loro, e i suoi occhi lo sorpresero che sorrideva affettatamente. Ella diede a quell'immagine riflessa uno sguardo carico del più profondo disprezzo, e l'immagine lo ricevette nello specchio. Subito dopo si guardarono tranquillamente, come se loro, i mandanti, non avessero preso parte a quella transazione espressiva. Può darsi che la signora Lammle cercasse in qualche modo di scusare la sua condotta a se stessa, col denigrare la povera piccola vittima di cui parlava con acrimonioso disprezzo. Ma può anche darsi che questo non le riuscisse affatto, perché è molto difficile resistere alla fiducia, ed ella sapeva che ella aveva quella di Georgiana.

Non fu detto altro tra la coppia felice. Pare che i cospiratori, una volta che hanno stabilito un'intesa, possono non essere troppo affezionati a ripetere i termini e gli oggetti della loro cospirazione. Venne il giorno seguente; venne Georgiana; e venne Fledgeby.

Georgiana aveva già visto una buona parte della casa e dei suoi frequentatori. C'era una certa bella stanza con un tavolo da biliardo - una stanza a piano terra, che occupava un cortile - e che avrebbe potuto essere l'«ufficio», o la «biblioteca» del signor Lammle, ma non era chiamata con nessuno dei due nomi, ma semplicemente come «la stanza del signor Lammle», così che sarebbe stato difficile determinare, per teste femminili più forti di quelle di Georgiana, se i suoi frequentatori erano uomini di piacere o uomini d'affari. Tra la stanza e gli uomini c'erano dei forti punti di generale somiglianza. L'una e gli altri erano troppo appariscenti, troppo grossolani, troppo odorosi di sigari e troppo dediti ai cavalli; quest'ultima caratteristica essendo esemplificata nella stanza dalle sue decorazioni, e negli uomini dalla loro conversazione. Cavalli che saltavano in alto sembravano necessari a tutti gli amici del signor Lammle - tanto necessari quanto la loro transazione comune di affari in modo zingaresco e in ore inopportune del mattino e della sera, e in fretta e furia. C'erano amici che sembravano andare e venire sempre attraverso il Canale della

Manica, a fare commissioni per la Borsa, di azioni greche, spagnole, indiane, messicane e alla pari e con premio e con sconto e tre quarti e sette ottavi. C'erano altri amici che sembravano sempre gironzolare e oziare dentro e fuori dalla City, sulle questioni della Borsa, e greca e spagnola e indiana e messicana e pari e premio e sconto e tre quarti e sette ottavi. C'erano degli altri amici che sembravano sempre impegnati a gironzolare per la City per certi affari di Borsa e di azioni greche, spagnole, indiane, messicane e alla pari e con premio e con sconto e tre quarti e sette ottavi. Erano tutti indaffarati, vanagloriosi, e indefinitamente rilassati; e tutti mangiavano e bevevano molto; e mentre mangiavano e bevevano, facevano scommesse. Tutti quanti parlavano di somme di denaro, ma nominavano soltanto la somma, e lasciavano sottinteso che fosse denaro, dicendo per esempio: «Quarantacinquemila Tom», o «Duecento e ventidue su ogni singola quota del lotto, Joe.» Sembrava ch'essi dividessero il mondo in due classi di persone: quelle che stavano facendo delle fortune enormi, e quelle che stavano per essere enormemente rovinate. Essi avevano sempre fretta, eppure sembrava che non avessero niente di tangibile da fare; eccetto alcuni di loro (questi, per lo più asmatici e dalle labbra grosse), che erano sempre impegnati a dimostrare al resto, con portamatite d'oro che potevano trattenere a malapena a causa dei grandi anelli sugli indici, come si doveva far soldi. E infine, tutti quanti imprecavano contro i loro stallieri, e gli stallieri non erano così rispettosi o perfetti come gli altri servitori: sembrando in qualche modo di non essere all'altezza del compito di stalliere poiché i loro padroni non erano all'altezza del compito di gentiluomo.

Ma il giovane Fledgeby non era nessuno di questi. Il giovane Fledgeby aveva guance color di pesca, o una guancia dal color pesca e del colore del muro rosso rosso rosso sul quale le pesche crescono, ed era un giovane impacciato, dai capelli color sabbia, dagli occhi piccoli, estremamente magro (i suoi nemici avrebbero detto allampanato), e incline all'autoesame riguardo alle sue basette e ai suoi baffi. Mentre cercava il baffo che ansiosamente aspettava, Fledgeby subiva notevoli fluttuazioni di umore, che andavano lungo l'intera scala tra la fiducia e la disperazione. C'erano volte in cui si lanciava, esclamando: «Per Giove, eccoli, finalmente!» C'erano altre volte in cui, essendo ugualmente depresso, si poteva vederlo scuotere la testa e perdere la speranza. Vederlo in quei momenti, appoggiato alla mensola di un caminetto, come a un'urna che contenesse le ceneri della sua ambizione, con la guancia che non sarebbe germogliata, sulla mano che lo aveva condannato a quella certezza, era uno spettacolo penoso.

Non così fu visto Fledgeby in questa occasione. Abbigliato in modo superbo, con il suo cappello di gala sotto il braccio, concluso speranzosamente il suo autoesame, egli aspettava l'arrivo della signorina Podsnap chiacchierando con la signora Lammle. Per un faceto omaggio alla pochezza della sua conversazione, e alla natura convulsa dei suoi modi, i suoi amici intimi si erano messi d'accordo di conferirgli (senza che lo sapesse), il titolo onorario di «Fascinoso Fledgeby».

«Tempo caldo, signora Lammle,» disse il Fascinoso Fledgeby. La signora Lammle pensava che non fosse caldo come il giorno prima. «Forse no,» disse il Fascinoso Fledgeby, con grande prontezza di risposta, «ma penso che domani ci sarà un caldo infernale.»

Poi lanciò un'altra frase brillante: «Oggi è uscita, signora Lammle?» La signora Lammle rispose, per un breve giro.

«Alcune persone,» disse Fascinoso Fledgeby, «sono abituate a fare lunghi viaggi; ma generalmente mi sembra che se li fanno troppo lunghi, esagerano.»

Essendo in tale predisposizione, avrebbe potuto superare se stesso nella battuta successiva, se non fosse stata annunziata la signorina Podsnap. La signora Lammle volò ad abbracciare la sua piccola Georgy, e quando i primi trasporti finirono, presentò Fledgeby. Il signor Lammle venne sulla scena per ultimo, perché era sempre in ritardo, e così i frequentatori erano sempre in ritardo; poiché tutte le mani erano legate e costrette a far tardi a causa di notizie private intorno alla Borsa, e di azioni greche, spagnole, indiane, messicane e alla pari e con premio e con sconto e tre quarti e sette ottavi.

Un bel piccolo pranzo fu servito subito e il signor Lammle sedette scintillante all'estremità del tavolo, col cameriere dietro la sua sedia, e i persistenti dubbi di quest'ultimo riguardo il suo salario dietro di lui. I massimi poteri di scintillio del signor Lammle dovevano essere requisiti oggi, perché il Fascinoso Fledgeby e Georgiana non soltanto erano impressionati l'uno dall'altro, senza parlare, ma impressionavano l'un l'altro con atteggiamenti sorprendenti: Georgiana, seduta di fronte a Fledgeby, facendo tali sforzi per nascondere i suoi gomiti, che erano totalmente incompatibili con l'uso di coltello e forchetta; e Fledgeby, seduto di fronte a Georgiana, evitando di guardarla in ogni modo possibile, e rivelando lo sconvolgimento della sua mente col tastarsi i baffi col cucchiaio, col bicchiere di vino, col pane. Così il signor Lammle e la signora Lammle dovevano suggerire, e così è come suggerirono.

«Georgiana,» disse il signor Lammle a bassa voce, sorridendo, e tutto scintillante come un Arlecchino, «lei non è del solito umore. Perché non è del solito umore, Georgiana?»

Georgiana balbettò che era più o meno la stessa di come era in generale, non era consapevole di essere diversa.

«Non consapevole di essere diversa!» replicò il signor Lammle. «Lei che è sempre così naturale e spontanea con noi, mia cara Georgiana! Lei che è un tale sollievo dalla folla che è tutta uguale! Lei che è l'incarnazione della gentilezza, la semplicità, la sincerità!»

La signorina Podsnap guardò la porta, come se considerasse confusamente di cercare rifugio da quei complimenti con la fuga.

«Ora,» disse il signor Lammle alzando un po' la voce, «sarò giudicato dal nostro amico Fledgeby.»

«Oh, no!» emise debolmente la signorina Podsnap; allora la signora Lammle si assunse il compito di suggeritore.

«Scusami, Alfred caro, ma non posso separarmi dal signor Fledgeby proprio ora. Devi attendere un momento. Il signor Fledgeby e io siamo impegnati in una discussione personale.»

Fledgeby doveva averla condotto da parte sua con immensa arte, perché non si era manifestata alcuna evidenza che avesse pronunciato una sola sillaba.

«Una discussione, Sophronia, amor mio? Che discussione? Fledgeby, io son geloso. Che discussione, Fledgeby?»

«Glielo devo dire, signor Fledgeby?» domandò la signora Lammle.

Cercando di sembrare che egli ne sapesse qualcosa, Fascinoso replicò: «Sì, glielo dica.»

«Allora stavamo discutendo, se lo vuoi sapere, Alfred,» disse la signora Lammle, «se il signor Fledgeby sia del suo usuale umore.»

«Come, ma questo è proprio il punto che stavamo discutendo io e Georgiana, riguardo a lei stessa, Sophronia! E che cosa ha detto Fledgeby?»

«Oh, una cosa probabile è che sto per dirvi tutto, signore, senza che voi mi diciate niente! Che cosa ha detto Georgiana?»

«Georgiana ha detto che si comportava come al solito, e io ho detto che non era così.»

«Esattamente quello che ho detto io al signor Fledgeby,» esclamò la signora Lammle.

Tuttavia non funzionava. Non si guardavano l'un l'altro. No, nemmeno quando lo scintillante ospite propose che il quartetto bevesse un bicchier di vino adeguatamente scintillante. Georgiana portò gli occhi dal suo bicchiere di vino al signor Lammle e alla signora Lammle; ma non poteva, non doveva, non voleva, guardare il signor Fledgeby. Il Fascinoso portò gli occhi dal suo bicchiere alla signora Lammle e al signor Lammle; ma non poteva, non doveva, non voleva, guardare Georgiana. Era necessario un ulteriore sollecito. Cupido doveva colpire nel segno. Il direttore lo aveva iscritto nel cartellone per la parte, ed egli doveva recitare.

«Sophronia, mia cara,» disse il signor Lammle, «non mi piace il colore del tuo vestito.»

«Mi appello al signor Fledgeby,» disse la signora Lammle.

«E io mi appello a Georgiana,» disse il signor Lammle.

«Georgy, amor mio,» disse in disparte la signora Lammle alla sua cara amica, «io conto che tu non passerai all'opposizione. Dunque, signor Fledgeby?»

Il Fascinoso desiderava sapere se quel colore non si chiamasse «color-rosa»? Sì, disse il signor Lammle, egli s'intendeva veramente di tutto: era realmente color rosa. Il Fascinoso intendeva che «color rosa» significasse «del colore delle rose» (In questo opinione fu calorosamente supportato dal signor Lammle e dalla signora Lammle). Il Fascinoso aveva sentito il termine «Regina dei Fiori» applicato alla rosa: allo stesso modo si poteva dire che quella tenuta era la «Regina dei vestiti». («Molto felice, Fledgeby,» disse il signor Lammle.) Ciononostante, l'opinione del Fascinoso era che tutti hanno gli occhi per vedere - o almeno una gran maggioranza li ha - e che... e... e... La sua opinione definitiva consisté in parecchi «e», e nient'altro dopo.

«Oh, signor Fledgeby,» disse la signora Lammle, «abbandonarmi in questo modo! Oh, signor Fledgeby, abbandonare il mio povero denigrato rosa, e manifestare per il blu!»

«Vittoria, vittoria!» gridò il signor Lammle, «il tuo vestito è condannato, cara mia.»

«Ma che» la signora Lammle stese nascostamente la sua mano affettuosa verso quella della sua cara amica, e disse: «che dice Georgiana?»

«Ella dice,» rispose il signor Lammle facendosi interprete dei suoi pensieri, «che ai suoi occhi tu stai bene con qualsiasi colore, Sophronia, e che se lei avesse potuto prevedere di ricevere un complimento così carino per il vestito suo, ne avrebbe indossato uno di un altro colore. Ma io le posso dire, in risposta, che questo non l'avrebbe salvata, perché qualsiasi colore ella avesse indossato, sarebbe stato il colore di Fledgeby. Ma cosa dice Fledgeby?»

«Egli dice,» rispose la signora Lammle facendosi interprete dei suoi pensieri, e accarezzando il dorso della mano della sua cara amica come se fosse Fledgeby ad accarezzarla, «che non era un complimento, ma un piccolo naturale atto di omaggio, al quale egli non ha potuto resistere.» Ed esprimendo più sentimento, come se ci fosse più sentimento da parte di Fledgeby: «E ha ragione, ha ragione!»

Eppure no, neanche adesso, volevano guardarsi l'un l'altro.

Sembrando digrignare i suoi denti d'oro, e le borchie, gli occhi, i bottoni, tutti in una volta, il signor Lammle rivolse segretamente uno sguardo cupo sui due, espressivo di un intenso desiderio di riunirli battendo loro la testa l'uno contro l'altra.

«Lei ha già sentito l'opera di stasera, Fledgeby?» egli domandò, fermandosi molto presto per evitare di continuare con un «maledetto!»

«Eh, no, non esattamente,» disse Fledgeby. «In verità, non ne conosco una nota.»

«E neanche tu la conosci, Georgy?» disse la signora Lammle.

«N-no,» rispose Georgiana debolmente, per la coincidenza simpatetica.

«Ma allora,» disse la signora Lammle, affascinata dalla scoperta che derivava dalle premesse, «nessuno di voi due la conosce! Meraviglioso!»

Perfino il vile Fledgeby sentì che era giunto il momento in cui doveva sferrare un colpo. E lo sferrò dicendo, un po' alla signora Lammle e un po' all'aria circostante: «Mi considero molto fortunato di essere stato scelto dal...»

Mentre si fermava di colpo, il signor Lammle, guardando fuori dal cespuglio dei suoi baffi color zenzero, gli suggerì la parola: «Destino».

«No, non avevo intenzione di dire quello,» disse Fledgeby. «Stavo per dire il Fato. Considero una vera fortuna che il Fato abbia scritto nel libro del... - nel libro di sua proprietà - che io debba andare a sentire quell'opera per la prima volta, nella memorabile circostanza... di andare con la signorina Podsnap.»

Al che Georgiana rispose, intrecciando i due mignoli l'uno con l'altro e rivolgendosi alla tovaglia: «Grazie, ma in generale io non ci vado con nessuno tranne te, Sophronia, e questo mi piace molto.»

Contento giocoforza di quel successo, per il momento, il signor Lammle accompagnò la signorina Podsnap fuori della stanza, come se le aprisse la porta della gabbia, e la signora Lammle li seguì. Il caffè fu servito al piano di sopra, e il signor Lammle tenne d'occhio Fledgeby finché la tazzina della signorina Podsnap fu vuota, e allora gli fece cenno con un dito (come se quel giovane signore fosse un lento cane da riporto) di andarla a prendere. Egli compì quest'impresa, non solo senza fallire, ma anche con l'originale abbellimento di informare la signorina Podsnap che il tè verde era coniderato dannoso per i nervi. Ma a questo punto la signorina Podsnap lo spiazzò involontariamente, balbettando: «Oh, davvero? E come agisce?», cosa ch'egli non era preparato a delucidare.

Quando fu annunziata la carrozza, la signora Lammle disse: «Non si occupi di me, signor Fledgeby, le mie gonne e il mio mantello tengono occupate entrambe le mie mani; dia il braccio alla signorina Podsnap.» Egli glielo diede, la signora Lammle li seguì, e ultimo venne il signor Lammle, che seguiva selvaggiamente il suo piccolo gregge, come un mandriano.

Ma egli fu tutto scintillio e luccichio nel palco all'opera, ed egli e la sua cara moglie stabilirono una conversazione tra Fledgeby e Georgiana nel seguente modo ingegnoso e abile. Si erano seduti in quest'ordine: la signora Lammle, il Fascinoso Fledgeby, Georgiana, il signor Lammle. La signora Lammle faceva a Fledgeby delle importanti osservazioni, che richiedevano solo risposte monosillabiche. Il signor Lammle faceva lo stesso con Georgiana. A volte la signora Lammle si inclinava avanti per rivolgersi al signor Lammle, a tal fine.

«Alfred, mio caro, il signor Fledgeby dice molto giustamente, a proposito dell'ultima scena, che la vera costanza non richiederebbe alcuno stimolante come il palco ritiene necessario.» Al che il signor Lammle rispondeva: «Sì, Sophronia, amor mio, ma, come mi ha fatto osservare Georgiana, la donna non aveva sufficienti motivi per conoscere i sentimenti del gentiluomo.» E la signora Lammle ribatteva: «È verissimo, Alfred; ma il signor Fledgeby sottolinea...» questo. E Alfred obiettava: «Senza dubbio, Sophronia, ma Georgiana osserva acutamente...» quello. Attraverso questo espediente i due giovani conversarono lungamente, e si impegnarono in una gran varietà di sentimenti delicati, senza aver aperto bocca una volta, tranne che per dire sì o no, e anche questo, non direttamente l'uno all'altro.

Fledgeby si congedò dalla signorina Podsnap allo sportello della carrozza, e i Lammle l'accompagnarono a casa sua e durante il viaggio la signora Lammle le fece coraggio, con i suoi modi affettuosi e protettivi, dicendo a intervalli: «Oh, piccola Georgiana, piccola Georgiana!» Il che non era molto, ma il tono aggiungeva: «Hai asservito il tuo Fledgeby.»

E così finalmente i Lammle tornarono a casa, e la signora si sedette di malumore e stanca, guardando il suo tenebroso signore impegnato in un atto di violenza con una bottiglia d'acqua di soda, come se stesse strizzando il collo di qualche creatura sfortunata e ne stesse versando il sangue nella sua gola. Mentre si asciugava i baffi gocciolanti, in modo da orco, egli incontrò i suoi occhi, e facendo una pausa, disse, con una voce non molto gentile: «Bene?»

«Era necessario uno sciocco così completo, per il tuo piano?»

«So cosa sto facendo. Non è così stupido come credi.»

«Un genio, forse?»

«Tu sogghigni, forse; e assumi un'aria di superiorità, forse! Ma ti dico questo: quando quel giovanotto è toccato nell'interesse, si appiccica come una sanguisuga dei cavalli. Quando si tratta di denaro, quel giovane è all'altezza del diavolo.»

«Tiene testa anche a voi?»

«Sì. È quasi abile come tu pensi che sia io. Non ha nessuna qualità della giovinezza in lui, come hai potuto vedere oggi. A proposito di denaro però, è tutt'altro che uno sciocco. E' realmente uno stupido, suppongo, in altre cose; ma risponde molto bene al suo scopo.»

«In ogni caso, la ragazza ha del denaro suo proprio?»

«Sì, in ogni caso ha soldi per conto suo. Hai fatto così bene oggi, Sophronia, che rispondo alla domanda, anche se tu sai che disapprovo tali domande. Hai fatto così bene oggi, Sophronia, che devi essere stanca. Va' a letto.»

V. La sollecitazione di Mercurio

Fledgeby meritava l'elogio del signor Alfred Lammle. Era il più meschino bastardo esistente, con un solo paio di gambe. L'istinto (parola che tutti capiscono bene) cammina generalmente a quattro zampe, ma la ragione sempre con due, perciò la pochezza su quattro zampe non può mai raggiungere la perfezione della pochezza su due.

Il padre di questo giovane signore era un usuraio, che aveva intrattenuto affari professionali con la madre di questo giovane gentiluomo quando quest'ultimo aspettava di nascere nelle immense e oscure anticamere del mondo presente. La signora, una vedova, non potendo pagare l'usuraio, lo sposò; e a tempo debito, Fledgeby fu convocato dalle vaste oscure anticamere, per venire e essere presentato al Cancelliere generale. Sarebbe una speculazione piuttosto curiosa chiedersi come avrebbe fatto Fledgeby, in caso contrario, a passare il suo tempo libero fino al Giorno del Giudizio.

La madre di Fledgeby offese la sua famiglia sposando il padre di Fledgeby. È uno dei risultati più facili nella vita metterti in urto con la tua famiglia quando la tua famiglia vuole sbarazzarsi di te. La famiglia della madre di Fledgeby era già molto offesa con lei perché era povera, e ruppe con lei perché era diventata relativamente ricca. La famiglia della madre di Fledgeby era la famiglia Snigsworth. Ella aveva anche l'alto onore di essere cugina di Lord Snigsworth, cugina così remota nel grado che il nobile conte non avrebbe avuto nessuna compunzione nel rimuoverla ancora una volta e lasciarla cadere del tutto fuori dal recinto della cuginanza; ma tuttavia era sua cugina.

Tra le sue transazioni prematrimoniali con il padre di Fledgeby, la madre di Fledgeby aveva ricevuto molti soldi da lui a condizioni svantaggiose con un certo interesse reversibile. Poiché la reversione[152] avvenne subito dopo che si sposarono, il padre di Fledgeby s'impadronì del denaro a suo esclusivo uso e beneficio. Ciò portò a soggettive divergenze di opinione, per non dire oggettivi scambi di cavastivali, di tavole da backgammon[153], e di altri missili domestici simili, tra il padre di Fledgeby e la madre di Fledgeby, e questi portarono la madre di Fledgeby a spendere quanto più denaro poteva, e il padre di Fledgeby a cercare di fare tutto il possibile per trattenerla. Di conseguenza la fanciullezza di Fledgeby fu tempestosa; ma i venti e le onde si placarono nella tomba, e Fledgeby fiorì solo.

Egli viveva nel palazzo Albany[154], addirittura, Fledgeby, e manteneva un aspetto elegante. Ma il suo fuoco giovanile era tutto composto di scintille che provenivano dalla mola di un arrotino, e mentre le scintille volavano via, si spegnevano, e non riscaldavano mai nulla, state sicuri che Fledgeby aveva i suoi strumenti sulla mola e la girava con occhio guardingo.

Il signor Alfred Lammle venne a palazzo Albany a far colazione con Fledgeby. C'erano sulla tavola una esigua teiera, un'esigua pagnotta, due esigui pezzetti di burro, due esigue fettine di pancetta, due miserevoli uova, e un'abbondanza di belle porcellane, comprate di seconda mano in un affare.

«Cosa ne pensa di Georgiana?» domandò il signor Lammle.

«Ecco, le dirò,» disse Fledgeby, molto deliberatamente.

«Lo faccia, ragazzo mio.»

«Lei mi fraintende,» disse Fledgeby. «Non voglio dire che le parlerò di quello. Voglio dire, le dirò qualcos'altro.»

«Mi dica qualunque cosa, vecchio amico!»

«Ah, ma lei mi fraintende di nuovo,» disse Fledgeby. «Voglio dire che non le dirò nulla.»

Il signor Lammle scintillò verso di lui ma si acciglio anche, verso di lui.

«Stia a sentire,» disse Fledgeby, «lei è profondo e preparato. Se io sia profondo o no, non importa. Io non sono preparato, ma posso fare una cosa, Lammle, posso tenere a freno la lingua. E ho intenzione di farlo sempre.»

«Lei è un tipo che la sa lunga, Fledgeby.»

«Forse o forse no. Se sono un tipo dalla lingua corta, può essere la stessa cosa. Dunque, Lammle, non risponderò a nessuna domanda.»

«Mio caro amico, era la più semplice domanda nel mondo.»

«Non importa. Sembra così, ma le cose non sono sempre quello che sembrano. Ho visto interrogare un uomo come testimone, a Westminster Hall[155]. Le domande che gli facevano sembravano le più semplici del mondo, ma si cambiarono in qualcosa di più di quello, dopo che lui ebbe risposto. Ottimo. Allora avrebbe dovuto tenere a freno la lingua. Se avesse tenuto la sua lingua a freno, si sarebbe tenuto lontano dai guai in cui si è imbattuto.»

«Se io avessi tenuto a freno la lingua, lei non avrebbe mai visto l'oggetto della mia domanda,» osservò Lammle, rannuvolandosi.

«Ora, Lammle,» disse il Fascinoso Fledgeby, tastandosi con calma i baffi, «non voglio. Non voglio essere trascinato in una discussione. Non posso gestire una discussione. Ma riesco a tenere a freno la lingua.»

«Davvero?» Il signor Lammle ricorse alla tattica di propiziarselo. «Dovevo pensare che poteva! Perché, quando certi tipi di nostra conoscenza bevono, e lei beve con loro, quanto più essi diventano loquaci, tanto più lei diviene silenzioso. Quanto più essi si lasciano andare, tanto più lei si chiude.»

«Non obietto, Lammle,» rispose Fledgeby, con un interno riso soffocato, «di essere capito, anche se mi oppongo a essere interrogato. Questo è certamente il mio modo di fare.»

«E quando io e tutti gli altri discutiamo le nostre iniziative, nessuno di noi sa mai quali iniziative siano le sue!»

«E nessuno di voi lo saprà mai da me, Lammle,» rispose Fledgeby con un altro risolino soffocato; «questo è certamente il mio modo di fare.»

«Certo che lo è, lo so!» ribatté Lammle con uno slancio di sincerità, una risata e stendendo le mani come per mostrare al mondo l'uomo eccezionale che era Fledgeby. «Se non l'avessi saputo del mio Fledgeby, avrei potuto proporre il nostro piccolo patto di vantaggio, al mio Fledgeby?»

«Ah,» osservò il Fascinoso, scuotendo maliziosamente la testa. «Ma non mi lascio prendere neanche in questo modo. Non sono vanitoso. Questo genere di vanità non paga, Lammle. No, no, no. I complimenti mi fanno solo tenere a freno la mia lingua di più.»

Alfred Lammle spinse via il suo piatto (nessun grande sacrificio, per la circostanza che ci fosse così poco dentro), si mise le mani in tasca, si appoggiò allo schienale della sedia, e contemplò Fledgeby in silenzio. Poi estrasse lentamente la sinistra dalla tasca, si lisciò i baffi, continuando a contemplarlo in silenzio. Poi senza fretta ruppe il silenzio dicendo lentamente: «Cosa diavolo ha questo tipo, stamattina?»

«Ora, stia a sentire, Lammle,» disse il Fascinoso Fledgeby, con il luccichio più meschino nei suoi occhi più meschini: che erano troppo vicini l'uno all'altro, a proposito; «stia a sentire, Lammle. Lo so molto bene che non ho dimostrato di essere avvantaggiato, ieri sera, come lei e sua moglie - che considero una donna molto intelligente e simpatica – hanno fatto. Non ritengo di far bella figura in quel genere di circostanze. So molto bene che voi due avete fatto una bella figura e vi siete comportati egregiamente. Ma non per questo viene a parlarmi come se fossi la sua bambola e il suo burattino, perché non lo sono.»

«E tutto questo,» gridò Alfred, dopo aver studiato con uno sguardo la meschinità di quell'uomo ch'era contento di avere il più vile degli aiuti, eppure era così meschino da rivolgersi così, «tutto questo per una semplice, naturale domanda!»

«Lei avrebbe dovuto aspettare finché ritenessi opportuno di dire qualcosa io riguardo a me stesso. Non mi piace che lei mi venga addosso con le sue Giorgiane, come se fosse il suo proprietario e anche il mio.»

«Ebbene, quando lei avrà nella mente la gentile predisposizione di dire qualcosa al riguardo di se stesso,» rispose Lammle, «la prego, lo faccia.»

«L'ho già fatto. Ho detto che loro hanno gestito egregiamente. Tanto lei quanto sua moglie. Se continueranno a gestire così, io continuerò a fare la mia parte. Soltanto non canti vittoria.»

«Canto vittoria!» esclamò Lammle, alzando le spalle.

«E non si metta in testa,» proseguì l'altro, «che le persone siano le sue marionette perché in particolari momenti non fanno bella figura come lei, con l'aiuto di una moglie molto intelligente e molto simpatica. Tutto il resto continua ad andare e lasci che la signora Lammle continui a fare. Ora, ho tenuto la mia lingua a freno quando mi è parso opportuno, e ho parlato quando mi è parso opportuno, e basta. E ora la domanda è,» proseguì Fledgeby con estrema riluttanza: «vuole un altro uovo?»

«No, non lo voglio,» disse Lammle bruscamente.

«Forse ha ragione, e si troverà meglio senza,» riprese il Fascinoso, con l'animo molto sollevato. «Chiederle se vuole un'altra fetta di lardo, sarebbe una piaggeria senza senso, perché poi avrebbe sete tutto il giorno. Vuole ancora un po' di pane e burro?»

«No, non ne voglio,» ripeté Lammle.

«Allora io sì» disse il Fascinoso. E non era soltanto una replica per il gusto di farla, ma era un'allegra e convincente conseguenza diretta del suo rifiuto: perché se Lammle si fosse rivolto di nuovo al pane, sarebbe stato così pesantemente visitato, secondo Fledgeby, da rendere necessaria un'astinenza a parte sua, almeno per il resto di quel pasto, se non per tutto il successivo.

Se quel giovane signore (perché non aveva che ventitré anni) combinasse con il vizio dell'avarizia di un vecchio, uno qualsiasi dei vizi di munificenza di un giovane, era un punto controverso, tanto onoratamente manteneva il suo programma. Era sensibile al valore delle apparenze come investimento, e amava vestirsi bene; ma aveva fatto un affare per ogni oggetto intorno a lui, dalla giacca sulla sua schiena alla porcellana sul tavolo della colazione; e ogni affare, poiché rappresentava la rovina o la perdita di qualcuno, acquisiva un fascino particolare per lui. Era una parte della sua avarizia accettare, entro limiti ristretti, di scommettere alle corse; se vinceva, spingeva più avanti gli affari; se perdeva, moriva di fame fino alla volta successiva. Perché mai il denaro dovesse essere così prezioso per un asino ch'era troppo rozzo e gretto per scambiarlo per qualche cosa di soddisfacente, è strano; ma non c'è un animale così disposto a caricarsene, quanto l'asino che sulla faccia del cielo e della terra non vede scritte che le tre lettere L.S.D.[156]: non già Lusso, Sensualità e Dissolutezza, ciò che spesso esse indicano, ma le tre aride iniziali[157]. La quintessenza di una volpe è di rado paragonabile alla quintessenza di un asino, nell'allevamento del denaro.

Il Fascinoso Fledgeby fingeva di essere un giovanotto che viveva con le sue proprietà, ma in segreto si sapeva ch'egli era una specie di fuorilegge nel campo dell'intermediazione di cambiali, e che prestava denaro ad alto interesse, in vari modi. La cerchia delle sue conoscenze più strette, della cerchia del signor Lammle, più o meno tutti avevano un po' dei fuorilegge, per quanto riguarda i loro vagabondaggi nella allegra foresta degli Intrallazzi, nei dintorni del Mercato Azionario e della Borsa Valori.

«Suppongo che lei, Lammle,» disse Fledgeby mangiando il suo pane e burro, «sia sempre stato attratto dal genere femminile.»

«Sempre,» rispose Lammle, notevolmente cupo per il trattamento recente.

«Le viene naturale, eh?» disse Fledgeby.

«Il sesso si compiace di piacermi, signore,» disse Lammle imbronciato, ma con l'aria di uno che non ha saputo aiutare se stesso.

«Fatta una cosa molto buona, col matrimonio, eh?» domandò Fledgeby.

L'altro sorrise (un brutto sorriso), e batté un colpetto sul suo naso.

«Il mio defunto genitore combinò un pasticcio,» disse Fledgeby. «Ma Gior... si chiama Georgiana o Giorgina?»

«Georgiana.»

«Pensavo ieri che non sapevo che ci fosse un nome simile. Pensavo che dovesse finire in ina.»

«Perché?»

«Perché, tu suoni, se vuoi, la Concertina, sa,» replicò Fledgeby, riflettendo molto lentamente. «E tu hai, quando te la prendi, la scarlattina. E puoi venir giù da un pallone con un parac... no, non puoi. Bene, di' Giorgetta... voglio dire Georgiana.»

«Stavi per fare un commento su Georgiana...?» accennò Lammle di cattivo umore dopo aver aspettato invano.

«Stavo per fare un commento su Georgiana, signore,» disse Fledgeby, per niente contento che gli si ricordasse che aveva dimenticato di finire il discorso, «che ella non sembra affatto violenta. Non sembra dell'ordine di quelle che beccano.»

«Ha la dolcezza della colomba, signor Fledgeby.»

«Naturalmente lei dice così,» rispose Fledgeby, stuzzicato, dal momento che il suo interesse era toccato da un altro. «Ma sa, la reale prospettiva è questa: ciò che io dico, non quello che dice lei. E io dico, avendo negli occhi il mio defunto genitore e la mia defunta madre, che Georgiana non sembra essere un tipo da beccare.»

Il rispettabile signor Lammle era un prepotente, di natura e di usuale comportamento.

Accorgendosi, mentre gli affronti di Fledgeby si accumulavano, che il tono conciliante non rispondeva allo scopo, ora rivolse un'occhiata accigliata nei piccoli occhi di Fledgeby, per vedere l'effetto del trattamento opposto. Soddisfatto di ciò che aveva visto, ebbe uno scoppio di collera violentissima, e batté la mano sul tavolo, facendo tintinnare e ballare la porcellana cinese.

«Lei è un tipo molto offensivo, signore,» gridò il signor Lammle, alzandosi in piedi, «lei è un mascalzone altamente offensivo. Cosa intende, con questo comportamento?»

«Dico,» protestò Fledgeby, «non si alteri.»

«Lei è un tipo molto offensivo, signore,» ripeté il signor Lammle. «Lei è un mascalzone altamente offensivo!»

«Dico, su!» esortò Fledgeby sgomento.

«Perché, rozzo e volgare vagabondo!» disse il signor Lammle, guardandolo ferocemente. «Se il vostro servo fosse qui per darmi sei *pence* dei vostri soldi per farmi pulirmi gli stivali dopo, - perché voi non valete questa spesa - vi prenderei a calci.»

«No, non lo farebbe,» piagnucolò Fledgeby. «Son sicuro che ci penserebbe meglio.»

«Le dico una cosa, signor Fledgeby,» disse Lammle avanzando verso di lui. «Poiché avete l'ardire di contraddirmi, mi farò valere un po'. Datemi qua il naso!»

Fledgeby invece lo coprì con la mano, e disse, ritirandosi: «La prego di no!»

«Datemi il naso, signore» ripeté Lammle.

Sempre coprendosi quella caratteristica, e indietreggiando, il signor Fledgeby riprese (apparentemente con un severo raffreddore di testa): «La prego, la prego, no!»

«E questo tipo,» esclamò Lammle fermandosi e ampliando il petto al massimo, «questo tipo presume, dopo che l'ho scelto fra tutti i giovani che conosco, per una vantaggiosa opportunità! Questo tipo presume, perché io ho nella mia scrivania, qui vicino, una sporca nota di sua mano, per una maledetta somma pagabile se si verifica un certo evento, il qual evento dipende soltanto da me e da mia moglie! Questo tipo, Fledgeby, presume di essere impertinente con me, Lammle. Mi dia il naso, signore!»

«No! Fermo! Le chiedo scusa,» disse Fledgeby umilmente.

«Che cosa dite, signore?» domandò il signor Lammle, sembrando troppo furibondo per capire.

«Vi chiedo scusa,» ripeté Fledgeby.

«Ripetete queste parole più forte, signore. La giusta indignazione di un gentiluomo ha mandato a ribollire il sangue in testa. Non vi sento.»

«Io dico,» ripeté Fledgeby, con laboriosa cortesia esplicativa, «dico che le chiedo scusa.»

Il signor Lammle si fermò. Poi disse, buttandosi su una sedia: «Come uomo d'onore, sono disarmato.»

Il signor Fledgeby prese anche lui una sedia, sebbene in modo meno dimostrativo, e scostò con lenti movimenti la mano dal naso. Una naturale diffidenza lo assalì, volendo soffiarselo, dopo così poco tempo dall'aver assunto un ruolo personale e delicato, per non dire pubblico. Ma un po' per volta vinse i suoi scrupoli, e con modestia si prese quella libertà sotto cui era una protesta implicita.

«Lammle,» disse furtivamente, dopo che ciò fu fatto, «spero che siamo di nuovo amici?»

«Signor Fledgeby,» rispose Lammle, «non ne parliamo più.»

«Devo essermi spinto troppo oltre nel rendermi sgradevole,» disse Fledgeby, «ma non intendevo farlo.»

«Non dica altro, non dica altro!» ripeté il signor Lammle in modo maestoso. «Mi dia... Fledgeby trasalì - la sua mano.»

Si strinsero la mano; e da parte del signor Lammle, in particolare, ne seguì grande amabilità. Perché egli era quasi altrettanto vile quanto l'altro, ed era stato in egual pericolo di cadere nel secondo posto per sempre, quando poi al momento giusto aveva ripreso coraggio, per agire in base alle informazioni trasmessegli dall'occhio di Fledgeby.

La colazione terminò in un'intesa perfetta. Le incessanti macchinazioni dovevano essere portate avanti dal signor Lammle e dalla signora Lammle; si doveva fare la corte al posto di Fledgeby e la conquista gli doveva essere assicurata; egli da parte sua ammetteva molto umilmente i suoi difetti riguardo alle arti sociali più delicate, e chiedeva di essere sostenuto al massimo dai suoi due abili coadiutori.

Il signor Podsnap prese poco in considerazione le trappole e gli affanni che minacciavano la sua Giovane Persona. Egli la riteneva perfettamente al sicuro nel Tempio della Podsnapperia, rifugiandosi nella pienezza del tempo quando lei, Georgiana, avrebbe sposato lui, Fitz-Podsnap, ed egli con tutti i suoi beni terreni le avrebbe conferito la dote. Avrebbe richiamato il rossore sulle guance della Giovane Persona avere a che fare con tali materie, salvo per sapere come essere diretta, e con i beni mondani di cui esser dotata come da regolamento. Chi concede a questa donna di sposarsi con quest'uomo? Io, Podsnap. Guai a chi osasse pensare che una creatura meno importante possa mettersi in mezzo!

Era un giorno festivo, e Fledgeby non si riprese e non recuperò la temperatura normale del naso fino al pomeriggio. Dirigendosi verso la City in quel pomeriggio festivo, egli camminò contro un flusso vivente che ne usciva; e così quando svoltò nei dintorni di St. Mary Axe[158], vi trovò una calma e un riposo che lì prevalevano. Una casa gialla incombente con la facciata intonacata davanti alla quale si fermò era silenziosa anch'essa. Le persiane erano tutte abbassate, e la scritta Pubsey & Co. pareva sonnecchiare nella vetrina dell'agenzia a piano terra, che dava sulla strada assonnata. Fledgeby bussò e suonò, Fledgeby suonò e bussò, ma non venne nessuno. Fledgeby attraversò la strada stretta e guardò in su alle finestre, ma nessuno guardò in giù a Fledgeby. Si arrabbiò, attraversò di nuovo la strada stretta e tirò il campanello di casa come se fosse il naso della casa, ed egli avesse preso spunto dalla sua recente esperienza. Il suo orecchio al buco della serratura gli sembrò allora dargli la certezza che qualcosa si muoveva dentro. Il suo occhio al buco della serratura sembrò confermare il suo orecchio, per cui con rabbia tirò di nuovo il naso di casa, e tirò e tirò e continuò a tirare, finché un naso umano non apparve sulla soglia buia.

«Ora, signore,» gridò Fledgeby, «che scherzi son questi?»

Si rivolgeva a un vecchio ebreo in un vecchio cappotto, molto lungo, e con tasche ampie. Un vecchio venerabile, dalla testa calva e lucida in cima, e con lunghi capelli grigi che scendevano lungo i lati e si confondevano con la barba. Un uomo che con un grazioso atto di omaggio orientale chinò la testa e allungò le mani con i palmi verso il basso, come per deprecare l'ira di un superiore.

«Che cosa facevate?» disse Fledgeby infuriandosi contro di lui.

«Generoso padrone cristiano,» implorò l'ebreo, «poiché è festa, non aspettavo nessuno.»

«Festa, dice!» disse Fledgeby entrando. «Che c'entrano le feste, qui? Chiudete la porta.»

Col suo precedente gesto il vecchio obbedì. Nell'ingresso era appeso il suo cappello scolorito a tesa larga e dalla sommità bassa, antiquato quanto il suo cappotto; e nell'angolo lì vicino c'era il suo bastone: non un bastone da passeggio, ma un vero bordone da pellegrino. Fledgeby passò nell'ufficio contabile, si appollaiò su uno sgabello, e inclinò il suo cappello. C'erano leggere scatole sugli scaffali dell'ufficio contabile, e erano appese collane di perline finte. C'erano campioni di orologi economici e campioni di vasi di fiori economici. Giocattoli stranieri, tutti.

Appollaiato sullo sgabello con il cappello inclinato sulla testa e una delle gambe penzoloni, la giovinezza di Fledgeby a malapena contrastava vantaggiosamente con l'età dell'uomo ebreo, che stava con la sua testa nuda china, e i suoi occhi (che sollevava solo quando parlava) per terra. I suoi vestiti erano consumati fino alla tonalità ruggine del cappello all'ingresso, ma sebbene avesse un aspetto trasandato, non appariva cattivo. Ora Fledgeby, per quanto non fosse trasandato, aveva un aspetto cattivo.

«Non mi avete detto che cosa stavate facendo, signore,» disse Fledgeby, grattandosi il capo con l'orlo del suo cappello.

«Signore, stavo respirando l'aria.»

«In cantina, per questo non udivate?»

«In cima alla casa.»

«Sulla mia anima! Questo è un modo di fare affari.»

«Signore,» rappresentò il vecchio con aria grave e paziente, «ci devono essere due parti per una transazione di affari e la vacanza mi ha lasciato solo.»

«Ah! Non posso essere acquirente e anche venditore. Questo è ciò che dicono gli ebrei; non è vero?»

«Almeno diciamo il vero, se diciamo così,» rispose il vecchio con un sorriso.

«Il tuo popolo ha bisogno di dir la verità, ogni tanto, perché mente abbastanza,» osservò il Fascinoso Fledgeby.

«Signore,» rispose il vecchio con enfasi, ma con calma, «c'è molta falsità negli uomini di tutte le denominazioni.»

Piuttosto colpito, il Fascinoso Fledgeby diede un'altra grattatina alla sua testa d'intellettuale, col cappello, per guadagnar tempo e riprendersi.

«Per esempio,» continuò, come se fosse stato lui l'ultimo a parlare, «chi tranne voi ed io, ha mai sentito parlare di un povero ebreo?»

«Gli ebrei,» disse il vecchio, alzando gli occhi dal pavimento, col sorriso di prima. «Essi sentono spesso parlare di poveri ebrei, e sono molto buoni con loro.»

«Preoccupati di questo!» replicò Fledgeby. «Sapete quel che voglio dire. Se poteste, voi vorreste persuadermi che voi siete un povero ebreo. Vorrei che mi confessaste quanto sottraeste in realtà al mio defunto genitore. Avrei una migliore opinione di voi.»

Il vecchio si limitò a chinare il capo, e allungò le mani come prima.

«Non continuate a atteggiarvi come una scuola di sordomuti,» disse l'ingegnoso Fledgeby, «ma esprimetevi come un cristiano, o quanto meglio potete.»

«Avevo avuto malattie e disgrazie, ed ero così povero,» disse il vecchio, «da dovere irrimediabilmente a vostro padre il capitale e gli interessi. Il figlio ereditando fu così generoso, da condonarmi tutto e mettermi qui.»

Fece un piccolo gesto come per baciare l'orlo di una veste immaginaria indossata dal nobile giovane davanti a lui. Era fatto con umiltà, ma pittorescamente e non umiliante per chi lo faceva.

«Non dite di più, vedo,» disse Fledgeby, guardandolo come se gli avesse fatto piacere provare l'effetto di estrarre uno o due denti doppi, «e quindi è inutile che ve lo domandi. Ma confessatelo, Riah: chi vi crede povero adesso?»

«Nessuno,» disse il vecchio.

«Adesso avete ragione,» assentì Fledgeby.

«Nessuno,» ripeté il vecchio con un gesto grave e lento del capo. «Tutti credono che sia una favola. Se io dicessi: "Questo piccolo stravagante ufficio non è mio"», con un movimento esile della sua mano agile intorno a lui, per indicare i vari oggetti sugli scaffali; «è un piccolo affare di un giovane gentiluomo cristiano, che mi ha messo qui, suo servo, come incarico di fiducia, e al quale devo render conto di ogni singola perla, si metterebbero a ridere. Quando nell'affare più grande che riguarda il denaro io dico a quelli che chiedono in prestito i soldi...»

«Ohè, vecchio mio,» lo interruppe Fledgeby, «spero che fate attenzione a quello che dite loro!»

«Signore, io non dico loro niente di più di quello che sto per ripetere. Quando io dico: "Non posso prometterlo, non posso rispondere per un altro, devo vedere il mio principale, non ho i soldi, sono un uomo povero e questo non resta con me", sono così increduli e così impazienti, che a volte mi maledicono nel nome di Jehova.»

«Questo è dannatamente buono, ecco!» disse il Fascinoso Fledgeby.

«E altre volte dicono: "Non si può fare a meno di questi trucchi, signor Riah? Andiamo, andiamo, signor Riah, conosciamo le arti del vostro popolo" - del mio popolo! - «Se i soldi devono essere prestati, prendeteli, prendeteli; se non devono essere prestati, tenetelo e ditelo.» Non mi credono mai.»

«Va bene» disse il Fascinoso Fledgeby.

«Dicono: "Sappiamo, signor Riah, sappiamo. Dobbiamo solo guardarvi, e lo sappiamo."»

«Oh, sei bravo, per questo posto,» pensò Fledgeby, «e bravo io a a metterti qui! Posso essere un po' lento, ma sono sicuramente bravo.»

Nemmeno una sillaba di questa riflessione si modellò in alcun frammento del respiro del signor Fledgeby, per timore che tendesse ad aumentare il prezzo del suo servitore. Ma guardando il vecchio mentre se ne stava tranquillo con la testa china e gli occhi abbassati, sentì che rinunciare a un centimetro della sua calvizie, o a un centimetro dei suoi capelli grigi, o a un centimetro del suo cappotto, o a un centimetro delle falde del suo cappello, o a un centimetro del suo bastone da pellegrino, sarebbe stato perdere centinaia di sterline.

«State a sentire, Riah,» disse Fledgeby, addolcito da quelle considerazioni di autoapprovazione, «Voglio dedicarmi un po' di più all'acquisto di cambiali irregolari. Guardate in quella direzione.»

«Signore, sarà fatto.»

«Dando un'occhiata ai conti, trovo quel ramo di attività paga abbastanza equamente, e sono pronto ad estenderlo, e non son così scemo da lasciarmi sfuggire una bella occasione. Mi piace sapere allo stesso modo gli affari delle persone. Perciò, state attento.»

«Signore, lo farò di sicuro.»

«Fatelo sapere nei quartieri giusti, che comprerete cambiali in massa, - a peso, addirittura - quando vedete una buona possibilità di fare affari su tutta la partita. E c'è ancora una cosa. Venite da me con i libri per il controllo periodico come al solito, alle otto di lunedì mattina.»

Riah tirò fuori dal petto dei fogli piegati e prese nota.

«È tutto quello che volevo dire al momento,» continuò Fledgeby con aria riluttante, alzandosi dallo sgabello, «tranne che vorrei che tu prendessi l'aria dove puoi sentire la campana, o il battente, uno dei due o entrambi. A proposito, come fate a prendere aria in cima alla casa? Spingete fuori la testa da un comignolo?»

«Signore, là ci sono delle lastre di piombo, e vi ho fatto un piccolo giardino.»

«Per seppellirvi il vostro denaro, vecchio imbroglione?»

«Lo spazio di un'unghia del pollice di giardino potrebbe contenere il tesoro che seppellisco, padrone,» disse Riah. «Dodici scellini a settimana, anche quando sono il salario di un vecchio, si seppelliscono da soli.»

«Mi piacerebbe davvero sapere quanto avete» rispose Fledgeby, per il quale il diventare ricco con

quel salario e la gratitudine era una commedia molto conveniente. «Ma andiamo! Diamo uno sguardo al vostro giardino sulle tegole, prima che me ne vada!»
Il vecchio fece un passo indietro, ed esitò.
«Veramente, signore, ho compagnia, là.»
«Tu hai, per Bacco!» disse Fledgeby. «Suppongo che vi sia capitato di sapere di chi sono questi locali!»
«Signore, sono suoi, e io sono il suo servo qui.»
«Oh! credevo che l'aveste dimenticato,» replicò Fledgeby, con gli occhi sulla barba di Riah come se sentisse la sua; «avere compagnia nei miei locali, sai!»
«Venga su a vedere gli ospiti, signore. Spero che ammetterà che non possono far nulla di male.»
Passandogli davanti con una cortese riverenza, assolutamente diversa da qualsiasi altra azione che il signor Fledgeby avrebbe potuto impartire nella sua vita alla testa e alle mani, il vecchio cominciò a salire le scale. Mentre saliva su, col palmo della mano sulla ringhiera, e il suo lungo soprabito nero, una vera palandrana, che sovrastava ogni successivo gradino, avrebbe potuto essere il leader in qualche pellegrinaggio di ascesa devozionale alla tomba di un profeta. Non turbato da nessuno di tali deboli immaginazioni, il Fascinoso Fledgeby si limitò a speculare sul tempo della vita in cui era iniziata la sua barba, e pensò ancora una volta che era bravo per il suo incarico. Alcuni ultimi scalini di legno li condussero, chinandosi sotto un basso tetto dell'attico, in cima alla casa. Riah si fermò, e voltandosi verso il suo padrone, indicò le sue ospiti.
Lizzie Hexam e Jenny Wren. Per le quali, forse per un vecchio istinto della sua razza, il gentile ebreo aveva steso un tappeto. Sedute su quello, di fronte a nulla di più romantico che un comignolo affumicato, sul quale era stato condotto un instabile rampicante, erano assorte entrambe alla lettura di un libro; entrambe con la faccia attenta; Jenny Wren con la più furba, Lizzie con la più perplessa. Un altro o due libricini erano lì per terra vicino a loro, e un comune cesto di comune frutta, e un altro cesto pieno di fili di perline e di ritagli di decorazioni. Poche cassette di semplici fiori e di sempreverdi completavano il giardino; e una selva avvolgente di vecchi comignoli facevano roteare i loro cappucci e aleggiavano il loro fumo, come se imbrigliassero e sventolassero se stessi e guardassero intorno con gaia sorpresa.
Togliendo gli occhi dal libro, per mettere alla prova la sua memoria di qualcosa, Lizzie fu la prima a vedersi osservata. Come ella si alzò, anche la signorina Wren se ne accorse, e disse, rivolgendosi con impertinenza al supremo signore dei locali: «Chiunque lei sia, non posso alzarmi, perché la schiena non va, e le gambe sono strane.»
«Questo è il mio padrone,» disse Riah, facendosi avanti.
(«Non somiglia a nessun padrone,» osservò la signorina Wren tra sé, con un rapido moto del mento e degli occhi.)
«Questa, signore,» proseguì il vecchio, «è una sarta per piccole persone. Lo spieghi al padrone, signorina.»
«Bambole; questo è tutto,» disse Jenny brevemente. «Molto difficile, anche, perché le loro figure sono così incerte. Non si sa mai dove abbiano la vita.»
«La sua amica,» riprese il vecchio indicando Lizzie, «è tanto industriosa quanto virtuosa. Ma quello lo sono entrambe. Son sempre al lavoro, presto e tardi, signore, presto e tardi; e nei ritagli di tempo, come oggi che è festa, studiano sui libri.»
«Non molto buono per andare avanti» osservò Fledgeby.
«Dipende dalle persone!» disse la signorina Wren bruscamente.
«Ho conosciuto le mie ospiti, signore,» proseguì l'ebreo, con lo scopo evidente di interrompere

la sarta, «perché venivano qui a comprare i nostri articoli danneggiati o rifiutati per la modisteria della signorina Jenny. I nostri ritagli finiscono nella migliore compagnia, signore, sulle sue piccole clienti dalle guance di rosa, che li portano tra i capelli, e sui loro abiti da ballo, e perfino (così mi dice) quando son presentate a corte.»

«Ah!» disse Fledgeby, sulla cui intelligenza questa fantasia circa le bambole richiedeva grande impegno. «Ed ella ha comprato quel cestino oggi, suppongo?»

«Suppongo di sì,» rispose la signorina Wren, «e pagando anche per quello, molto probabilmente!»

«Fatemi dare uno sguardo,» disse il sospettoso padron di casa. Riah glielo porse. «Quanto, per questo?»

«Due preziosi scellini d'argento,» disse la signorina Wren. Riah confermò con due cenni del capo, mentre Fledgeby lo guardava. Un accenno del capo per ogni scellino.

«Bene,» disse Fledgeby, frugando nel contenuto del cestino coll'indice, «il prezzo non è così male. Le va bene la valutazione, signorina Cosa-è?»

«Provi Jenny,» suggerì la signorina con gran calma.

«Lei ha avuto una buona valutazione, signorina Jenny; e il prezzo non è così male. E lei,» disse Fledgeby rivolgendosi all'altra ospite, «dei compra qualcosa qui, signorina?»

«No, signore.»

«E non vende niente, signorina?»

«No, signore.»

Guardando Fledgeby di traverso, Jenny mise la sua mano su quella dell'amica e la tirò giù, in modo che si chinasse accanto a lei in ginocchio.

«Siamo grate di essere venute qui per riposarci, signore,» disse Jenny. «Vede, lei non sa che cosa sia per noi questo riposo. Vero, Lizzie? E' la quiete, è l'aria.»

«La quiete!» ripeté Fledgeby, con un volgere sdegnoso del capo verso il frastuono della City. «E l'aria!» Con un «puah» per il fumo.

«Ah!» disse Jenny. «Ma è così in alto. E vedi le nuvole che passano sulle strade strette, non curandosi di loro, e vedi le frecce dorate del sole che indicano le montagne nel cielo da cui viene il vento, e senti come se fossi morta.»

La piccola creatura guardò in su, sorreggendo la sua piccola mano trasparente.

«Come ti senti quando sei morta?» domandò Fledgeby, molto perplesso.

«Oh, così tranquilla!» gridò la piccola creatura, sorridendo. «Oh, così tranquilla e così grata! E senti le persone che sono vive che gridano e lavorano, e si chiamano l'un l'altra, giù nelle vicine strade oscure, e sembra di averne così pietà! Ed è come se una simile catena è caduta da te, e una così strana felicità dolorosa viene su di te!»

I suoi occhi caddero sul vecchio, che, con le mani giunte, tranquillamente guardava davanti a sé.

«Perché è stato solo ora,» disse la piccola creatura indicandolo, «che mi sembrava di vederlo uscire dalla tomba! E' uscito su da quella porta bassa così curvo e malandato, poi ha preso fiato e si è raddrizzato, e si è guardato intorno verso il cielo, nel vento; e la sua vita nell'oscurità era finita!... Finché fu richiamato alla vita,» ella aggiunse, dando intorno e a Fledgeby uno sguardo acuto. «Perché l'ha richiamato alla vita?»

«Comunque è stato tanto in ritardo per venire,» borbottò Fledgeby.

«Ma lei non è morto, sa,» disse Jenny Wren. «Scenda giù alla vita!»

Il signor Fledgeby sembrava di considerarlo piuttosto un buon suggerimento, e con un cenno si voltò. Mentre Riah lo seguiva per accompagnarlo giù per le scale, la piccola gridò all'ebreo in tono argentino: «Non andartene per molto. Torna indietro, e sii morto!» E ancora mentre scendevano, sentirono la piccola dolce voce ripetere sempre più debolmente, per metà chiamando e per metà cantando: «Torna indietro, e sii morto! Torna indietro, e sii morto!»

Quando raggiunsero l'ingresso, Fledgeby, fermandosi all'ombra dell'ampio vecchio cappellaccio, e prendendo in mano meccanicamente il bastone da pellegrino, disse al vecchio: «È una bella ragazza, quella che ha la testa a posto.»

«Tanto buona quanto bella,» rispose Riah.

«Ad ogni modo,» osservò Fledgeby con un fischio secco, spero che non sia abbastanza cattiva da portare un individuo fino alla porta e a tenere i locali aperti. Voi state attento. State allerta, e non fate altre conoscenze, quantunque belle. Naturalmente vi tenete sempre il mio nome per voi?»

«Certamente, signore.»

«Se ve lo chiedono, dite che è Pubsey, o dite che è Co., o dite quel che vi pare, ma questo è.»

Il servo riconoscente - nella cui razza la gratitudine è profonda, forte e duratura - chinò il capo, e realmente si portò davvero l'orlo della sua giacca alle labbra: sebbene così leggermente che colui che l'indossava non se ne accorse.

Così, il Fascinoso Fledgeby se ne andò per la sua strada, esultante per l'astuta intelligenza con la quale aveva vinto un ebreo, e il vecchio se ne tornò su per le scale, in un modo differente. Mentre saliva, il richiamo o la canzone ricominciò a risuonare nelle sue orecchie e, guardando in alto, vide il volto della piccola creatura che guardava in basso fuori da una gloria dei suoi lunghi e brillanti capelli biondi, che ripeteva musicalmente, come una visione: «Torna indietro, e sii morto! Torna indietro, e sii morto!»

VI. Un enigma senza risposta

Il signor Mortimer Lightwood e il signor Eugene Wrayburn sedevano di nuovo insieme nel Temple. Questa sera, comunque, essi non erano insieme nell'ufficio dell'eminente avvocato, ma in un'altra squallida serie di camere di fronte ad esso sullo stesso secondo piano; sulla cui porta esterna, nera come quella di una prigione, appariva la scritta:

PRIVATO
SIG. EUGENE WRAYBURN SIG. MORTIMER LIGHTWOOD
(gli uffici del signor Ligthwood sono di fronte)

Le apparenze indicavano che questa struttura era un'istituzione molto recente. Le lettere bianche dell'iscrizione erano estremamente bianche e estremamente forti all'odorato, l'aspetto dei tavoli e delle sedie era troppo fiorente (come quelle di Lady Tippins) perché ci si potesse credere, e i tappeti e i tappetini sembravano slanciarsi in faccia a chi guardava nell'insolita prominenza della loro struttura. Ma il Temple, avvezzo a smorzare tanto la natura morta quanto la vita umana che ha molto a che fare con essa, avrebbe avuto ben presto la meglio su tutto ciò.

«Bene!» disse Eugene da un lato del fuoco. «Mi sento abbastanza comodo. Spero che il tappezziere possa fare lo stesso!»

«Perché no?» domandò Lightwood, dall'altro lato del fuoco.

«Già,» proseguì Eugene, ripensandoci, «non conosce i nostri affari pecuniari, e quindi forse potrebbe trovarsi in una felice disposizione di mente.»

«Lo pagheremo» disse Mortimer.

«Davvero?» rispose Eugene, indolentemente sorpreso. «Non dirai sul serio?»

«Per parte mia, Eugene, intendo pagarlo,» disse Mortimer, in tono leggermente offeso.

«Ah! Anch'io intendo pagarlo,» replicò Eugene. «Ma allora intendo così tanto che io – che io non intendo...»

«E cioè?»

«Così tanto che io intendo solo e sempre intenderò solo, e nulla più, mio caro Mortimer. È lo stesso.»

Il suo amico, sdraiato su una poltrona lo guardò, sdraiato anche lui su una poltrona, mentre allungava le gambe sul tappeto avanti al focolare, e disse, con lo sguardo divertito che Eugene Wrayburn sapeva sempre risvegliare in lui senza sembrare di farlo o preoccuparsene: «Ad ogni modo, i tuoi capricci hanno aumentato il conto.»

«Chiama le virtù domestiche capricci!» esclamò Eugene, alzando gli occhi al soffitto.

«Questa nostra cucina molto completa,» disse Mortimer, «in cui niente sarà mai cucinato...»

«Mio caro, carissimo Mortimer,» rispose l'amico, alzando pigramente un po' la testa per guardarlo, «quante volte ti ho fatto notare che la cosa importante è la sua influenza morale?»

«La sua influenza morale su un tipo come te!» esclamò Lightwood, ridendo.

«Fammi il favore,» disse Eugene, alzandosi con solennità, «di venire a ispezionare quella caratteristica della nostra struttura che hai avventatamente denigrato.» E così dicendo, prese una candela, condusse il suo compagno nella quarta camera della serie di camere - una piccola stanza stretta - che era molto completamente e ben arredata come cucina. «Guarda,» disse Eugene, «recipiente da farina in miniatura, mattarello, scatola per le spezie, mensola per i contenitori marroni, tagliere, macinacaffè, credenza finemente arredata con stoviglie, pentole e padelle, spiedo girevole, un affascinante bollitore, un'armamentario di copri-piatti. L'influenza morale di questi oggetti, sulla formazione delle virtù domestiche, può avere un'immensa influenza su di me; non su di te, perché tu sei un caso senza speranza, ma su di me. In effetti, ho l'idea che io senta le virtù domestiche già formarsi. Fammi il piacere di passare nella mia stanza da letto. Questo è un *secrétaire*, vedi, tutto un astruso casellario di solido mogano, uno spazio per ogni lettera dell'alfabeto. A qual uso li dedico, questi spazi? Io ricevo un conto, diciamo da Jones. Lo sistemo accuratamente nel *secrétaire*, Jones, e lo metto nello spazio della lettera J. È come se fosse una ricevuta ed è altrettanto soddisfacente per me. E vorrei proprio, Mortimer,» sedendosi sul letto con l'aria di un filosofo che fa una lezione a un discepolo, «che il mio esempio potesse indurti a coltivare abitudini di puntualità e di metodo; e, per mezzo delle influenze morali con le quali ti ho circondato, incoraggiare la formazione delle virtù domestiche.»

Mortimer rise di nuovo, coi suoi soliti commenti: «Come puoi essere così comico, Eugene; e che tipo assurdo sei tu!» Ma quando la sua risata finì, c'era qualcosa di serio, se non di ansioso, sul suo volto. Nonostante quell'aria di stanchezza e di indifferenza ch'era diventata la sua seconda natura, era molto attaccato all'amico. Si era basato su Eugene a scuola, quand'erano ancora ragazzi; e a quest'ora lo imitava non meno, lo ammirava non meno, lo amava non meno, di quanto facesse in quei giorni passati.

«Eugene,» diss'egli, «se potessi trovarti serio per un minuto, vorrei provare a dirti una parola seria.»

«Una parola seria?» ripeté Eugene. «Le influenze morali incominciano a lavorare. Continua.»

«Bene, lo farò,» rispose l'altro, «benché tu non sia ancora serio.»

«In questo desiderio di serietà,» mormorò Eugene, con l'aria di uno che sta meditando profondamente, «rintraccio l'influenza felice del piccolo recipiente da farina e del macinacaffè. Gratificante.»

«Eugene,» riprese Mortimer, ignorando la lieve interruzione, e posando una mano sulla spalla di Eugene, poiché lui, Mortimer, stava in piedi davanti a Eugene seduto sul letto, tu mi stai nascondendo qualche cosa.»

Eugene lo guardò, ma non disse nulla.

«Per tutta l'estate scorsa mi hai tenuto nascosto qualcosa. Prima che iniziassimo la nostra vacanza in barca, tu ne eri interessato come non ti ho visto mai visto su qualsiasi altra cosa da quando abbiamo remato per la prima volta insieme. Ma quando sono cominciate le vacanze te ne importava molto poco, spesso lo trovavi un peso e una seccatura, ed eri costantemente via. Ora, andava abbastanza bene una mezza dozzina di volte, una dozzina di volte, venti volte, dirmi nella tua strana maniera, che io conosco così bene e piace così tanto, che le tue sparizioni erano precauzioni contro il nostro annoiarsi l'uno dell'altro; ma ovviamente dopo un po' ho cominciato a capire che coprivano qualcosa. Non domando che cosa, perché tu non me l'hai detto, ma il fatto è così. Dimmi, non è vero?»

«Ti do la mia parola d'onore, Mortimer,» rispose Eugene, dopo una pausa seria di pochi istanti, «che non lo so.»

«Non lo sai, Eugene?»

«Non lo so, sulla mia anima. So meno di me stesso che della maggior parte delle persone nel mondo, e non lo so.»

«Hai in mente qualche piano?»

«Piano? Non penso di averlo.»

«In ogni caso, hai qualche argomento di interesse per cui non eri là, no?»

«Realmente non posso dirlo,» rispose Eugene scuotendo la testa con aria assente, dopo un'altra pausa di riflessione. «A volte ho pensato di sì; altre volte ho pensato di no. Ora, sono stato propenso a perseguire un tale soggetto; ora ho sentito che era assurdo e che mi stancava e mi imbarazzava. Assolutamente non posso dirlo. Francamente e onestamente io vorrei se potessi.»

Così dicendo, posò a sua volta una mano sulla spalla dell'amico, appena si alzò in piedi dal letto, e disse: «Devi prendere il tuo amico così com'è. Tu sai chi sono, mio caro Mortimer. Sai quanto sono terribilmente suscettibile alla noia. Sai che quando sono diventato abbastanza uomo per trovare che ero un enigma incarnato, mi sono annoiato fino all'ultimo grado cercando di scoprire cosa pensavo. Sai che alla fine ho rinunciato e ho smesso di indovinare di più. E allora come posso mai darti la risposta che io non ho trovato? La vecchia rima dell'infanzia dice: "Indovina, indovina - non puoi dirmi forse cosa potrebbe essere?" E la mia risposta è: "No, sulla mia vita, non so."»

Nella risposta c'era così tanto di incredibilmente vero, per la conoscenza che egli aveva di questo Eugene completamente sbadato, che Mortimer non poteva riceverla come un mero pretesto. Inoltre, era stato detto con un'aria coinvolgente di apertura e di speciale trattamento all'unico amico che apprezzava, uscendo dalla irresponsabile indifferenza.

«Andiamo, caro ragazzo!» disse Eugene. «Proviamo l'effetto del fumare. Se mi illumina del tutto su questa domanda, ti rivelerò tutto senza riserve.»

Ritornarono nella stanza dalla quale erano venuti e, trovandola calda, aprirono una finestra. Accesero i sigari, e si affacciarono alla finestra a fumare e a guardare il chiaro di luna che risplendeva nella corte sottostante.

«Nessuna illuminazione,» riprese Eugene dopo alcuni minuti di silenzio. «Mi scuso sinceramente, mio caro Mortimer, ma non viene niente.»

«Se non viene niente,» rispose Mortimer, «non ne può venire niente. Quindi spero che questo possa valere per tutto il tempo e che non ci sia niente in vista. Niente di dannoso per te, Eugene, o,..»

Eugenio lo trattenne un attimo con la mano sul braccio, intanto prese un pezzo di terra da un vecchio vaso di fiori sul davanzale della finestra e lo scagliò abilmente a un piccolo punto di luce di fronte; avendo fatto ciò con sua soddisfazione, disse: «O?...»

«O di dannoso per qualcun altro.»

«Come,» disse Eugene prendendo un altro pezzetto di terra e scagliandolo con gran precisione contro il punto precedente, «come, dannoso per qualcun altro?»

«Non lo so.»

«E,» disse Eugene, tirando, mentre diceva la parola, un altro colpo, «per chi altro?»

«Non lo so.»

Controllandosi, con un altro pezzetto di terra in mano, Eugene guardò l'amico con aria interrogativa e un po' sospettosa. Là sul suo volto non c'era alcun significato nascosto o semi-espresso.

«Due vagabondi in ritardo nei labirinti della legge», disse Eugene, attratto dal suono dei passi e abbassando lo sguardo mentre parlava, «vagano nel cortile. Esaminano lo stipite della porta del numero uno, cercando il nome che essi vogliono. Non trovandolo al numero uno passano al numero due. Sul cappello del vagabondo numero due, il più piccolo, faccio cadere questa pallottola. Colpendolo sul cappello, fumo serenamente, e mi immergo nella contemplazione del cielo.»

Entrambi i passanti guardarono su verso la finestra; ma dopo essersi scambiati uno o due borbottii, presto si applicarono agli stipiti delle porte di seguito. Sembrava che avessero scoperto quello che volevano, perché sparirono dalla vista entrando nel portone. «Quando usciranno,» disse Eugene, «mi vedrai abbatterli entrambi»; e così preparò due pallottole per quello scopo.

Non aveva calcolato che cercassero il suo nome, o quello di Lightwood. Ma o l'uno o l'altro sembravano essere in questione, perché ora bussarono alla porta.

«Sono io in servizio, stasera,» disse Mortimer. «Resta dove sei, Eugene.» Non richiedendo di essere persuaso ulteriormente, rimase lì, fumando tranquillo, e per niente curioso di sapere chi aveva bussato, finché Mortimer non gli parlò dall'interno la stanza e lo toccò. Allora, volgendo la testa, trovò che i due visitatori erano il giovane Charley Hexam e il maestro; entrambi in piedi di fronte a lui, ed entrambi riconosciuti a colpo d'occhio.

«Ti ricordi questo giovane ragazzo, Eugene?» disse Mortimer.

«Lascia che lo guardi,» rispose Wrayburn freddamente. «Oh, sì, sì, me lo ricordo!» Non aveva intenzione di ripetere quella precedente azione di prenderlo per il mento, ma il ragazzo lo aveva sospettato, e alzò il braccio con uno scatto rabbioso. Ridendo, Wrayburn guardò Lightwood per avere una spiegazione di quella strana visita.

«Dice che ha qualcosa da dire.»

«Sicuramente deve essere per te, Mortimer.»

«Così ho pensato, ma lui dice di no. Dice che è per te.»

«Sì, ho da dire,» intervenne il ragazzo, «e intendo dire quello che voglio dire, signor Eugene Wrayburn!»

Passando gli occhi su di lui, come se non ci fosse nulla dove lui stava, Eugene guardò Bradley Headstone. Con consumata indolenza, si rivolse a Mortimer, chiedendo: «E chi può essere, quest'altra persona?»

«Io sono l'amico di Charles Hexam,» disse Bradley, «sono il maestro di Charles Hexam.»

«Caro signore, lei dovrebbe insegnare ai suoi alunni le buone maniere,» rispose Eugene. Fumando tranquillamente, egli appoggiò un gomito sulla mensola del caminetto, al lato del fuoco, e guardò il maestro. Era uno sguardo crudele, nel suo freddo disdegno, come se il maestro fosse un individuo di nessun valore. Il maestro lo guardò e anche quello era uno sguardo crudele, sebbene di tipo diverso, perché era pieno di ardente gelosia e di fiera rabbia.

Da notare, né Eugene Wrayburn, né Bradley Headstone guardarono affatto il ragazzo. Per tutto il dialogo seguente, quei due, indipendentemente da chi parlasse o a chi si rivolgessero, continuarono a guardarsi. C'era un qualche segreto, una sicura percezione tra loro, che li metteva l'uno contro l'altro in tutti i modi.

«Sotto alcuni notevoli aspetti, signor Eugene Wrayburn,» disse Bradley rispondendogli con labbra pallide e tremanti, «i sentimenti naturali dei miei alunni sono più forti del mio insegnamento.»

«Sotto molti aspetti, oso dire,» rispose Eugene, godendosi il sigaro, «che siano alti o bassi non ha importanza. Lei conosce correttamente il mio nome. Per favore qual è il suo?»

«Non le può interessare molto saperlo, ma...»

«È vero,» l'interruppe Eugene, interrompendolo bruscamente dopo il suo errore. «Non m'importa affatto di conoscerlo. Posso dire maestro, che è un titolo molto rispettabile. Lei ha ragione, maestro.»

Queste parole pungenti non ebbero piccola parte nell'irritare Bradley Headstone, che aveva parlato in un momento di rabbia. Cercò di frenare le labbra in modo da evitare che tremassero, ma tremavano veloci.

«Signor Eugene Wrayburn,» disse il ragazzo, «vorrei dirle una cosa. Lo voglio così tanto, che per questo abbiamo cercato il suo indirizzo sulla guida, e siamo stati nel suo ufficio, e dal suo ufficio siam venuti qui.»

«Lei si è dato molto disturbo, maestro,» osservò Eugene, soffiando via la leggera cenere del sigaro. «Spero che le risulti utile.»

«E son lieto di parlare,» proseguì il ragazzo, «in presenza del signor Lightwood, perché è attraverso il signor Lightwood che lei ha conosciuto mia sorella.» Solo per un momento Wrayburn tolse gli occhi dal maestro, per notar l'effetto delle ultime parole su Mortimer, il quale, stando in piedi dall'altra parte del fuoco, non appena quella parola fu detta, girò il volto verso il fuoco e lo fissò. «Allo stesso modo, è stato per mezzo del signor Lightwood che l'ha vista di nuovo, perché lei era con lui quella notte che fu trovato mio padre, e così io l'ho trovata il giorno dopo con lei. Dopo di allora, lei l'ha vista spesso. Lei ha visto mia sorella sempre più spesso. E io voglio sapere perché.»

«Ma ne valeva la pena, maestro,» mormorò Eugene, con l'aria di un consigliere disinteressato, «disturbarsi tanto per nulla! Lei dovrebbe saperlo meglio di me, ma io penso di no.»

«Io non so, signor Wrayburn, perché lei,» rispose Bradley con impeto crescente, «si rivolge a me...»

«Davvero?» disse Eugene. «Allora non lo farò.»

Lo disse in modo così provocatorio nella sua perfetta placidità, che la mano rispettabile che stringeva il rispettabile nastrino del rispettabile orologio, glielo avrebbe potuto avvolgere intorno alla gola per strangolarlo. Eugene non ritenne che valesse la pena di dire un'altra parola, ma rimase, con la testa appoggiata sulla mano, a fumare e a guardare imperturbabile il furibondo Bradley Headstone, e la sua mano contratta, finché Bradley fu sul punto d'impazzire.

«Signor Wrayburn,» proseguì il ragazzo, «noi non soltanto sappiamo questo che le ho rinfacciato, ma ne sappiamo di più. Mia sorella non sa ancora che lo abbiamo scoperto, ma è così. Io e il signor Headstone avevamo un piano per l'educazione di mia sorella, perché si compisse sotto la guida e il controllo del signor Headstone, il quale è molto più competente, qualunque cosa lei possa pretendere di pensare, mentre fuma, di quanto potrebbe riuscire lei, se ci provasse. Allora che cosa scopriamo? Che cosa scopriamo, signor Lightwood? Ebbene, scopriamo che mia sorella ha già qualcuno che le insegna, senza che noi lo sappiamo. Scopriamo che mentre mia sorella offre un orecchio freddo e riluttante ai nostri piani per la sua educazione, i piani di suo fratello e del signor Headstone, che è l'autorità più competente, come dimostrerebbero facilmente i suoi certificati, che potrebbero essere prodotti, mia sorella approfitta volontariamente e di buon grado di altri piani. Sì, e preoccupandosene, anche, perché so quali sforzi comportano. E così il signor Headstone! Bene! Qualcuno paga per questo, è un pensiero che ci viene spontaneo; e chi paga? Ci applichiamo per trovarlo, signor Lightwood, e troviamo che è il suo amico, il signor Eugene Wrayburn qui, che paga. E allora mi domando che diritto ha di farlo, e cosa intende con questo, e come si permette di prendersi questa libertà senza il mio consenso, quando io sto migliorando la mia posizione nella società con i miei sforzi e con l'aiuto del signor Headstone, e non ho diritto che venga proiettata alcuna oscurità sulle mie prospettive, o qualsiasi imputazione alla mia rispettabilità, tramite mia sorella?»

La debolezza fanciullesca di questo discorso, unita al suo grande egoismo, lo rendeva davvero povero. Eppure Bradley Headstone, abituato al piccolo pubblico della scuola, e non avvezzo ai modi più grandi degli uomini, mostrava per esso una sorta di esultanza.

«Ora lo dico al signor Eugene Wrayburn,» proseguì il ragazzo, costretto ad usare la terza persona, dalla disperazione di rivolgersi a lui direttamente, «che mi oppongo al fatto che abbia qualche conoscenza con mia sorella, e gli chiedo di lasciar perdere del tutto. Egli non deve mettersi in testa che io abbia paura che mia sorella si prenda cura di lui...» (Come il ragazzo sogghignò, il maestro sogghignò, ma Eugene soffiò via la leggera cenere del sigaro, di nuovo.)

«Ma io mi oppongo e basta. Sono più importante per mia sorella di quanto lei pensi. Come mi elevo io, intendo elevare lei. Ella lo sa, e deve guardare a me per le sue prospettive. Ora io capisco molto bene tutto questo, e anche il signor Headstone lo capisce. Mia sorella è una ragazza eccellente, ma ha qualche idea romantica: non su cose come il signor Eugene Wrayburn, ma sulla morte di mio padre e altre cose di quel genere. Il signor Wrayburn incoraggia queste idee per darsi importanza, e così lei pensa che dovrebbe essergli grata, e forse le piace anche esserlo. Ora io non voglio che lei sia grata a lui, o a nessun altro tranne che a me, eccetto il signor Headstone. E dico al signor Wrayburn che se non fa attenzione a quello che dico, sarà peggio per mia sorella. Se lo metta bene in testa, e sia sicuro di questo: peggio per lei!»

Seguì una pausa in cui il maestro sembrava molto imbarazzato.

«Posso suggerire, maestro,» disse Eugene, togliendosi dalle labbra il sigaro che si consumava in fretta, per guardarlo «che ora può portar via il suo alunno.»

«E signor Lightwood,» aggiunse il ragazzo, con la faccia che gli bruciava per la rabbia di non ottenere nessun genere di risposta o attenzione, «spero che lei prenda nota di quello che ho detto al suo amico, e di quello che il suo amico ha udito da me, parola per parola, per quanto pretenda il contrario. Lei è tenuto a prenderne atto, signor Lightwood, perché, come ho già ricordato, è stato lei il primo a portare il suo amico alla presenza di mia sorella, e se non fosse stato per lei, noi non l'avremmo mai visto. Dio sa che mai nessuno di noi l'avrebbe voluto, non più di quanto mancherà mai a nessuno di noi. Adesso, signor Headstone, poiché il signor Eugene Wrayburn è stato obbligato a sentire ciò che gli dovevo dire, e non ne ha potuto fare a meno, e poiché io ho detto tutto fino all'ultima parola, noi abbiamo fatto quello che volevamo fare, e possiamo andare.»

«Scendi giù, e lasciami un momento, Hexam,» egli rispose. Il ragazzo obbedì e se ne andò fuori dalla stanza con un'aria indignata e facendo quanto più rumore poteva; e Lightwood andò alla finestra e vi si appoggiò, guardando fuori.

«Non mi ritiene più prezioso della terra che ha sotto i piedi,» disse Bradley a Eugene, parlando con un tono attentamente ponderato e misurato, o non avrebbe potuto parlare affatto.

«Le assicuro, maestro, che non penso a lei,» rispose Eugene.

«Questo non è vero,» replicò l'altro, «lei lo sa bene.»

«Questo è grossolano,» ribatté Eugene, «ma lei non lo sa meglio.»

«Signor Wrayburn, almeno io so molto bene che sarebbe inutile che mi opponessi a lei con parole insolenti o modi prepotenti. Quel ragazzo che è appena uscito potrebbe farla vergognare in una mezza dozzina di branche della conoscenza in mezz'ora, ma lei può buttarlo via come un inferiore, e può fare altrettanto con me, senza dubbio, lo so in anticipo.»

«Forse,» osservò Eugene.

«Ma io non sono un ragazzo,» disse Bradley, stringendo i pugni, «e sarò ascoltato, signore.»

«Come maestro,» disse Eugene, «lei è sempre ascoltato. Questo dovrebbe accontentarla.»

«Ma non mi accontenta,» replicò l'altro, bianco per la rabbia. «Crede lei che un uomo, perché si è formato per i doveri ch'io compio, e perché si sorveglia e si reprime quotidianamente per compierli bene, abbia dismesso la natura umana?»

«Suppongo che lei, a giudicare da quel che vedo,» disse Eugene, «sia troppo impulsivo per essere un buon maestro di scuola.» E mentre parlava, gettò via ciò che restava del sigaro.

«Impulsivo con lei, signore, lo ammetto. Impulsivo con lei, signore, e rispetto me stesso per esserlo. Ma non faccio l'indemoniato con i miei alunni.»

«Con i suoi insegnanti, dovrebbe dire,» rispose Eugene.

«Signor Wrayburn.»

«Maestro.»

«Signore, mi chiamo Bradley Headstone.»

«Come ha detto un momento fa, caro signore, il suo nome non può interessarmi. Ora, che altro?»

«Ancora questo. Oh, che sfortuna è la mia,» gridò Bradley interrompendosi per asciugarsi il sudore, mentre tremava dal capo ai piedi, «che non riesco a controllarmi così tanto apparire più forte di quel che sono, quando un uomo che in tutta la sua vita non ha provato quello che io provo in un giorno, può così comandare a se stesso!» Disse queste parole con vera angoscia, e continuò persino con un errante movimento delle sue mani come per straziarsi. Eugene Wrayburn lo guardava, come se iniziasse a trovarlo uno studio piuttosto divertente.

«Signor Wrayburn, desidero dirle qualcosa da parte mia.»

«Andiamo, andiamo, maestro,» rispose Eugene con un languido approccio all'impazienza, mentre l'altro lottava di nuovo con se stesso; «dica quello che deve dire. E mi lasci ricordarle che la porta è aperta, e il suo giovane amico l'aspetta per le scale.»

«Quando ho accompagnato qui quel giovane, signore, l'ho fatto con lo scopo di aggiungere, come uomo che non può essere messo da parte, nel caso che non prendesse sul serio il ragazzo, che il suo istinto è corretto e giusto.» Così si espresse Bradley Headstone, con grande sforzo e difficoltà.

«Questo è tutto?» domandò Eugene.

«No, signore,» disse l'altro, rosso in volto e furibondo. «Lo sostengo fortemente nella sua disapprovazione per le sue visite a sua sorella e nella sua opposizione alla sua ingerenza – e peggio - in ciò che ha assunto di fare lei stesso per lei.»

«Questo è tutto?» domandò Eugene.

«No, signore. Ho deciso di dirle che non è giustificato in questo modo d'agire, ed è offensivo per sua sorella.»

«Lei è il suo maestro, oltre che di suo fratello?... O forse le piacerebbe esserlo?» disse Eugene.

Fu come un colpo seguito dal sangue, nella sua corsa verso il volto di Bradley Headstone, così rapido come se fosse stato assestato con un pugnale.

«Che cosa vuol dire con questo?» fu quanto poté pronunciare.

«Un'ambizione abbastanza naturale,» disse Eugene con freddezza. «Lungi da me l'idea di dire diversamente. La sorella che è forse un po' troppo spesso sulle sue labbra è così differente da tutte le persone alle quali ella è stata abituata, e dall'umile gente oscura attorno a lei, che la sua è proprio un'ambizione naturale.»

«Lei mi getta la mia oscurità di natali tra i denti, signor Wrayburn?»

«Difficilmente può essere, perché non so nulla al riguardo, maestro, e non cerco di saperne nulla.»

«Lei mi rinfaccia la mia origine,» disse Bradley Headstone; «lei fa delle insinuazioni sulla mia educazione. Ma io le dico, signore, che mi sono fatto strada all'infuori di entrambe e a dispetto di entrambe, e ho diritto di essere considerato un uomo migliore di lei, con migliori ragioni d'essere fiero.»

«Come io possa rinfacciarle ciò di cui non sono a conoscenza, o come possa gettarle delle pietre che non sono mai state nelle mie mani, è un problema per dimostrare l'ingenuità di un maestro di scuola,» rispose Eugene. «E questo è tutto?»

«No, signore. Se lei crede che quel ragazzo...»

«Che veramente sarà stanco di aspettare,» disse Eugene, educatamente.

«Se crede che quel ragazzo non abbia amici, signor Wrayburn, lei inganna se stesso. Io sono suo amico, e così lei mi troverà.»

«E lei troverà che il suo amico la aspetta sulle scale,» osservò Eugene.

«Lei può aver promesso a se stesso, signore, di poter fare quello che voleva, qui, perché aveva a che fare con un semplice ragazzo senza esperienza, senza amici e senza assistenza. Ma l'avverto che questo calcolo è sbagliato. Lei ha a che fare anche con un uomo. Lei ha a che fare con me. Io lo sosterrò, e se sarà necessario, chiederò riparazione per lui. Il mio cuore e la mia mano sono in questa causa, e sono aperti per lui.»

«E - che coincidenza - anche la porta è aperta,» osservò Eugene.

«Disprezzo le sue sfuggenti scappatoie, e disprezzo lei,» disse il maestro. «Nella meschinità della sua natura insulta la meschinità della mia nascita. E io disprezzo lei per questo. Ma se lei non approfitta di questa visita e agisce di conseguenza, mi troverà più amaramente sul serio contro di lei come potrei esserlo se la ritenessi degno di un secondo pensiero da parte mia.»

Con una consapevole cattiva grazia e modi bruschi, andò via con queste parole, mentre Wrayburn continuava a guardarlo con disinvoltura e con calma, e la pesante porta si chiuse come la porta di una fornace sulle sue vampate di rabbia rosse e bianche.

«Un curioso monomaniaco,» disse Eugene. «Quell'uomo sembra credere che tutti abbiano conosciuto sua madre!»

Mortimer Lightwood stava ancora alla finestra, dove si era ritirato per delicatezza, e quando Eugene lo chiamò, iniziò a percorrere la stanza lentamente.

«Mio caro amico,» disse Eugene, accendendo un altro sigaro, «temo che questi miei visitatori inaspettati siano stati fastidiosi. Se come compensazione (scusa l'espressione legale di un avvocato) tu vuoi invitare la Tippins a prendere il tè, m'impegno a farle la corte.»

«Eugene, Eugene, Eugene,» rispose Mortimer, continuando a camminare su e giù per la stanza, «Mi dispiace per questo. E pensare che son stato così cieco!»

«Come, cieco, caro ragazzo?» domandò il suo impassibile amico.

«Quali sono state le tue parole quella notte, nell'osteria lungo il fiume?» disse Lightwood,

fermandosi. «Che cosa mi hai chiesto? Se mi sentivo nella oscura combinazione di un traditore e un borseggiatore quando pensavo a quella ragazza?»
«Mi sembra di ricordare questa espressione» disse Eugene.
«E tu, come ti senti, adesso, se pensi a lei?»
L'amico non diede una risposta diretta, ma osservò, dopo poche boccate del sigaro: «Non confondere la situazione. Non c'è in tutta Londra una ragazza migliore di Lizzie Hexam. Non ce n'è una migliore tra le persone della mia casa; non ce n'è una migliore tra le tue.»
«Concesso. Cosa ne consegue?»
«Ecco,» disse Eugene, guardandolo con aria dubbia mentre gli passava accanto, verso l'altro capo della stanza, «mi hai messo di nuovo a risolvere l'enigma al quale ho rinunziato.»
«Eugene, hai intenzione di sedurre e abbandonare quella ragazza?»
«Mio caro amico, no.»
«Hai intenzione di sposarla?»
«Mio caro amico, no.»
«Hai intenzione di inseguirla?»
«Mio caro amico, non progetto niente. Non ho nessun disegno. Sono incapace di progettare. Se concepissi un piano, io dovrei abbandonarlo rapidamente, stremato dall'operazione.»
«Oh, Eugene, Eugene!»
«Mio caro Mortimer, non quel tono di malinconico rimprovero, ti supplico. Che cosa posso fare di più che dirti tutto ciò che so, e riconoscere la mia ignoranza di ciò che non so? Come fa quella piccola vecchia canzone, che sotto la pretesa di essere allegra, è in realtà di gran lunga la più lugubre che abbia mai sentito nella mia vita?

"Via la malinconia,
Né dolorosi cambiamenti risuonano
sulla vita e sulla follia umana,
Ma allegramente allegramente canta
Lla - llà."

Non cantiamo «*lal-là*», mio caro Mortimer (che in fondo è insignificante), ma cantiamo che rinunziamo del tutto a sciogliere l'enigma.»
«Sei in comunicazione con questa ragazza, Eugene, ed è vero ciò che dicono queste persone?»
«Ammetto entrambe le cose al mio onorevole e dotto amico.»
«Allora cosa ne verrà fuori? Che stai facendo? Dove vuoi arrivare?»
«Mio caro Mortimer, si potrebbe pensare che il maestro ha lasciato dietro di lui un'infezione catechizzante. Sei turbato dal desiderio di un altro sigaro. Prendi uno di questi, ti prego. Accendilo col mio che è in perfetto ordine! Così! Ora rendimi giustizia, e riconosci che faccio tutto quello che posso per migliorare me stesso, e che tu ne hai una prova in quegli attrezzi domestici, che, quando li hai guardati solo come in uno specchio scuro, tu sei stato sbrigativamente - devo dire sbrigativamente - incline a sminuire. Consapevole delle mie mancanze, io mi sono circondato di influenze morali, espressamente intese a promuovere la formazione delle virtù domestiche. A quelle influenze e all'influsso positivo del mio amico d'infanzia, affidami con i tuoi migliori auguri.»
«Ah, Eugene!» disse Lightwood affettuosamente, ora in piedi vicino lui, in modo che entrambi stavano in una nuvoletta di fumo; «vorrei che tu rispondessi alle mie tre domande! Cosa ne verrà fuori? Che cosa stai facendo? Dove vuoi arrivare?»
«Mio caro Mortimer,» rispose Eugene, sventolando via leggermente con la mano il fumo, per la

migliore esposizione della sua sincerità di viso e modi, «credimi, vorrei rispondere subito, se potessi. Ma per poterlo fare dovrei risolvere prima il fastidioso enigma che ho abbandonato da tempo. Eccolo qua: Eugene Wrayburn.» Toccandosi la fronte e il petto. «Indovina, indovina - non puoi dirmi forse cosa potrebbe essere? - No, sulla mia vita, non posso. E mi arrendo!»

VII. Nel quale si origina una mossa amichevole

L'accordo fra il signor Boffin e il suo letterato, il signor Silas Wegg, fu così alterato per le abitudini alterate della vita del signor Boffin, poiché l'Impero Romano di solito declinava al mattino e nella villa di famiglia eminentemente aristocratica, piuttosto che la sera, come un tempo, e nella Pergola di Boffin. Tuttavia c'erano delle occasioni in cui il signor Boffin, cercando un breve rifugio dalle lusinghe della moda, si recava lui stesso alla Pergola dopo il tramonto, per arrivare prima che Wegg se ne partisse, e lì, sulla vecchia panca, inseguivano le sorti al ribasso di quei padroni del mondo snervati e corrotti che erano ormai allo stremo[159].

Se Wegg fosse stato pagato peggio per il suo incarico, o meglio qualificato per assolverlo, avrebbe considerato queste visite lusinghiere e gradevoli; ma, avendo la posizione di un imbroglione profumatamente remunerato, se ne risentì. Questo era abbastanza secondo le regole, perché il servo incompetente, da chiunque sia impiegato, è sempre contro il padrone. Anche quei governatori nati, persone nobili e giustamente onorevoli, che sono stati i più imbecilli in posti importanti, si sono mostrati uniformemente i più avversi (a volte con diffidente sfiducia, a volte con insulsa insolenza) al loro datore di lavoro. Ciò che in tal modo è vero del padrone e del servo negli affari pubblici, è egualmente vero dei servi e padroni privati in tutto il mondo.

Quando il signor Silas Wegg ottenne finalmente libero accesso alla «Nostra Casa», come era solito chiamare la villa fuori dalla quale si era seduto senza riparo così a lungo, e quando alla fine la trovò in tutti i particolari tanto diversa dai suoi piani mentali, come secondo la natura delle cose avrebbe potuto essere, quel personaggio lungimirante e ambizioso, per farsi valere e intravedendo la possibilità di un risarcimento, simulò di indulgere in una melanconica tensione di meditazione sul triste passato; come se la casa e lui insieme avessero avuto un declino.

«E questa, signore,» diceva Silas al suo benefattore, scuotendo tristemente il capo meditabondo, «era una volta la Nostra Casa! Questo, signore, è l'edificio dove ho visto tante volte passare e ripassare quelle grandi creature, la signorina Elizabeth, il signorino George, la zia Jane e lo zio Parker! - i cui nomi erano stati inventati da lui stesso -. E si è giunti a questo, davvero! Ah, povero me! povero me!»

Così teneri erano i suoi lamenti, che il gentile signor Boffin era abbastanza dispiaciuto per lui, e quasi si sentiva dubbioso che nell'acquistare la casa gli avesse fatto un danno irreparabile.

Due o tre colloqui diplomatici, frutto di grande sottigliezza da parte del signor Wegg, che avevano assunto la maschera di una disattenta resa a un combinazione fortuita di circostanze che lo avevano spinto verso Clerkenwell, gli avevano permesso di completare il suo patto con il sig Venus.

«Me la porti alla Pergola,» disse Silas, quando l'affare fu concluso, «il prossimo sabato sera, e se un amichevole bicchiere di vecchio Giamaica[160] caldo potrebbe soddisfare i suoi gusti, non sono uomo da lesinarlo.»

«Lei sa bene che io sono una scadente compagnia, signore,» rispose il signor Venus, «ma sia così.» Stando così le cose, ecco sabato sera, ed ecco il signor Venus che viene, e suona alla porta della Pergola.

Il signor Wegg apre il cancello, scorge una specie di bastone di carta marrone sotto il braccio del signor Venus, e osserva con tono asciutto: «Oh! ho pensato che forse sareste potuto venire con una carrozza.»

«No, signor Wegg,» risponde Venus, «io non sono superiore a un pacco.»

«Superiore a un pacco!» dice Wegg, con una certa insoddisfazione. Ma non brontola apertamente: «Un certo genere di pacco potrebbe essere superiore a lei.»

«Ecco qui il suo acquisto, signor Wegg,» dice Venus, porgendoglielo gentilmente, «e sono contento di restituirlo alla fonte da cui... proveniva.»

«Grazie,» dice Wegg. «Ora questo affare è concluso, posso dirle amichevolmente che ho i miei dubbi che, se io avessi consultato un avvocato, lei avrebbe potuto evitare di restituirmi questo articolo; ma lo dico solo dal punto di vista legale.»

«Lei pensa così, signor Wegg? L'ho comprato con un libero contratto.»

«Non si può comperare carne e sangue umani nel nostro paese, signore; non vivi, non si può» dice Wegg scrollando il capo. «E allora chiedo, un osso?»

«Dal punto di vista legale?» domandò Venus.

«Dal punto di vista legale.»

«Non son competente a parlare di questo, signor Wegg,» dice Venus arrossendo e alzando un po' la voce; «ma all'atto pratico, penso di essere competente a parlare; all'atto pratico l'avrei vista... mi permette di dire oltre?»

«Io non andrei oltre, se fossi in lei,» suggerisce pacificamente il signor Wegg.

«Prima che avessi dato quel pacchetto nelle sue mani senza essere pagato l'importo per questo. Non pretendo di sapere come il punto di diritto può essere, ma sono completamente fiducioso sul punto di fatto.»

Dato che il signor Venus è irritabile (senza dubbio a causa del suo disappunto in amore), e poiché non è intenzione del signor Wegg farlo uscire dalle staffe, quest'ultimo gentiluomo osserva con tono rassicurante: «L'ho detto solo come piccola questione; l'ho detto solo ipoteticamente.»

«E allora io preferirei, signor Wegg, che un'altra volta lo dicesse penn'oteticamente[161],» risponde il signor Venus, «perché, le dico candidamente, non mi piacciono le sue piccole questioni.»

Arrivato nel frattempo nel soggiorno del signor Wegg, illuminato nella fredda sera dalla luce del gas e del fuoco, il signor Venus si addolcisce e si complimenta con lui per la sua dimora; approfittando dell'occasione per ricordare a Wegg, che lui, Venus, glielo aveva detto, che aveva avuto una buona occasione.

«Tollerabile,» replica Wegg, «ma tenga a mente, signor Venus, che non c'è oro senza la sua lega. Si versi da bere e prenda una sedia nell'angolo del camino. Vi esibirete su una pipa, signore?»

«Non sono che un esecutore indifferente, signore,» risponde l'altro, «ma le farò compagnia con una boccata o due ogni tanto.» Così, il signor Venus si versa da bere, e Wegg si versa da bere, il signor Venus accende e fuma, e Wegg accende e fuma.

«E c'è lega anche in questo vostro metallo, signor Wegg, lei stava osservando?»

«Mistero» risponde Wegg. «Non mi piace quello, signor Venus. Non mi piace che la vita dei precedenti abitanti di questa casa sia stata sopraffatta, nella cupa oscurità, e non si sa chi è stato.»

«Forse ha qualche sospetto, signor Wegg?»

«No» risponde quel gentiluomo. «So chi è che ne approfitta, ma sospetti non ne ho.»

Detto questo, il signor Wegg fuma e guarda il fuoco con un'espressione risoluta di carità; come se avesse afferrato quella virtù cardinale per le gonne, proprio nel momento in cui ella sentiva il doloroso dovere di andarsene da lui ed egli la tenesse con grande forza.

«Allo stesso modo,» riprende Wegg, «ho osservazioni che posso offrire su alcuni punti e parti; ma non ho addebiti da fare, signor Venus. Ecco un'immensa fortuna che cade dalle nuvole su una persona che non sarà nominata. Ecco un'indennità settimanale, con un certo carico di carboni, che cade dalle nuvole su di me. Chi di noi è il migliore? Non la persona che non sarà nominata. Questa è una mia osservazione, ma non ne faccio un addebito. Io prendo la mia indennità e un certo carico di carbone. Egli si prende la sua fortuna. È così che funziona.»

«Sarebbe una buona cosa per me, se potessi vedere le cose nella calma luce, come fa lei, signor Wegg.»

«Stia a sentire ancora,» prosegue Silas, con un gesto oratorio della pipa e della gamba di legno: quest'ultima avendo la tendenza poco dignitosa di farlo ribaltare dalla sua sedia, «ecco un'altra osservazione, signor Venus, non accompagnata da un addebito. Si può chiacchierare su colui che non sarà nominato. E si chiacchiera. Colui che non sarà nominato, avendo me alla sua destra, che naturalmente cerco di essere promosso più in alto, e si potrebbe forse dire meritevole di essere promosso più in alto...»

(Il signor Venus mormora che egli dice che è così.)

«... Colui che non sarà nominato, in queste circostanze, mi ignora, e pone uno sconosciuto che parla sopra la mia testa. Quale di noi due è il migliore? Quale di noi due può ripetere più poesie? Quale di noi due, al servizio di colui che non sarà nominato, ha messo mano di più ai Romani, sia civili che militari, finché è diventato rauco come se fosse stato svezzato e da allora allevato con la segatura? Non lo sconosciuto che parla. Eppure la casa è per lui libera come se fosse sua, e ha la sua stanza, e si è messo in una buona posizione, e ne trae circa mille sterline all'anno. Io sono esiliato alla Pergola, per essere sempre trovato ogni qualvolta si vuole, come un pezzo di mobilia. Il merito, quindi, non vince. È così che funziona. Io lo osservo, perché non posso fare a meno di osservarlo, essendo abituato a osservare con un potente sguardo di preavviso, ma non mi oppongo. Mai qui prima, signor Venus?»

«Non dentro il cancello, signor Wegg.»

«E' stato allora al cancello, signor Venus?»

«Sì, signor Wegg, e ho guardato dentro per curiosità.»

«Ha mai visto qualcosa?»

«Nient'altro che il cortile dei rifiuti.»

Il signor Wegg gira gli occhi tutto intorno per la camera, con quella sempre insoddisfatta ricerca del suo, e poi li rotea tutto intorno al signor Venus; come se sospettoso di aver qualcosa da scoprire su di lui.

«Eppure, signore,» prosegue, «siccome lei conosceva il vecchio signor Harmon, si sarebbe potuto pensare che sarebbe stato educato, anche da parte sua, il chiamarlo. E lei è per natura una persona educata, lei.»

(Quest'ultima clausola è un complimento addolcente per il signor Venus.)

«È vero, signore,» risponde Venus ammiccando con i suoi deboli occhi, e passando le dita tra la chioma polverosa, «ero così, prima che una certa scoperta mi inacidisse. Lei capisce a che cosa alludo, vero, signor Wegg? A una certa dichiarazione scritta rispetto al non desiderare di essere considerata sotto una certa luce. Da allora tutto è fuggito, tranne il fiele.»

«Non tutto,» dice il signor Wegg, in un tono di cordoglio sentimentale.

«Sì, signore,» risponde Venus, «tutto. Il mondo potrebbe considerarlo crudele, ma io sarei del tutto pronto a dar dentro al mio miglior amico. Davvero, prontissimo!»

Involontariamente facendo un passo con la sua gamba di legno per proteggersi, mentre il signor

Venus balza in piedi nell'enfasi della sua asociale dichiarazione, il signor Wegg si ribalta sulla schiena, sedia e tutto, ed è salvato dall'innocuo misantropo, in uno stato sconnesso e sfregandosi mestamente la testa.

«Oh, lei ha perso l'equilibrio, signor Wegg,» dice Venus, porgendogli la pipa.

«Ed era ora di farlo,» brontola Silas, «quando gli ospiti, senza una parola di preavviso, si comportano con l'improvvisa intelligenza di un Jack-in-box[162]! Non venga volando fuori dalla sua sedia così, signor Venus!»

«Mi scusi, signor Wegg, sono così inacidito?»

«Sì, ma accidenti,» dice Wegg polemicamente, «una persona con una mente ben governata può essere inacidita da seduto! E quanto al considerare sotto una certa luce, ci sono luci accidentate e ossute. Nelle quali - sfregandosi di nuovo la sua testa - disapprovo di considerarmi.»

«Lo terrò a mente, signore.»

«Se lei sarà così bravo», e il signor Wegg lentamente abbandona il suo tono ironico e la persistente irritazione, e riprende la sua pipa. «Stavamo dicendo del vecchio signor Harmon che era un suo amico.»

«Non un amico, signor Wegg. Conosciuto soltanto per parlare e avere qualche piccolo affare con lui, di tanto in tanto. Un tipo molto curioso, signor Wegg, riguardo a ciò che si trovava nei rifiuti. Così curioso, come geloso dei suoi segreti.»

«Ah, lo trovava chiuso?» risponde Wegg con aria avida.

«Ne ha sempre avuto l'aspetto e le maniere.»

«Ah!» con un altro roteare degli occhi. «Per quanto riguarda ciò che si trovava nei rifiuti, ora. Gli ha mai sentito dire come lo trovava, mio caro amico? Vivendo in questa casa misteriosa, si vorrebbe sapere. Per esempio, dove trovava le cose? O per esempio, come si comportava? Se iniziava dalla cima dei monticelli, o se iniziava dal fondo? Se dava dei colpi», la pantomima di Wegg è qui abile ed espressiva, «o scavava? Lei direbbe che scavava, mio caro signor Venus; oppure, come uomo, direbbe che dava colpetti?»

«Non dovrei dire né l'uno né l'altro, signor Wegg.»

«Come amico, perché, signor Venus, - se ne versi ancora - perché?»

«Perché io credo, signore, che quello che si trovava, si trovava nella cernita e vagliatura. Tutti i monticelli sono stati selezionati e setacciati?»

«Lei li vedrà, e mi dirà la sua opinione. Se ne versi ancora.»

In ogni occasione del suo dire «se ne versi ancora» il signor Wegg, con un salto sulla sua gamba di legno, spinge la sua sedia sempre più vicino; più come se proponesse che lui e il signor Venus si alleassero, che di riempire i bicchieri.

«Come ho detto, quando si vive in una casa misteriosa,» dice Wegg quando l'altro ha agito secondo la sua ospitale preghiera, «si gradirebbe sapere. Sarebbe propenso a dire ora, come un fratello, ch'egli abbia mai nascosto cose tra i rifiuti, così come le ha trovate?»

«Signor Wegg, nell'insieme, direi che avrebbe potuto.»

Il signor Wegg dà un colpo sugli occhiali, ed esamina con ammirazione il signor Venus dalla testa ai piedi.

«Come mortale egualmente a me, la cui mano prendo nella mia per la prima volta in questo giorno, dopo aver ignorato inspiegabilmente quell'atto così pieno di fiducia illimitata che lega un compagno a un amico,» dice Wegg tenendo il palmo del signor Venus in fuori, piatto e pronto per essere colpito, e ora colpendolo. «Come tale, e nient'altro, perché io disprezzo ogni legame più basso tra me e l'uomo che cammina con il viso eretto che solo io posso chiamare mio gemello... in considerazione e per conseguenza di questo legame di fiducia... che cosa pensa che possa aver nascosto?»

«E' solo una supposizione, signor Wegg.»

«Come un essere con la mano sul cuore,» grida Wegg, e l'apostrofe non è meno impressionante per il fatto che la mano in realtà si trova sul suo rum e acqua, «traduca in linguaggio le sue supposizioni, e le porti fuori, signor Venus!»

«Era quel tipo di vecchio, signore,» risponde lentamente l'anatomista pratico, dopo aver bevuto, «che dovrei giudicare probabile che cogliesse le opportunità offerte da questo posto, per stivare del denaro, degli oggetti di valore, forse dei documenti.»

«Come uno che è sempre stato un ornamento per la vita umana,» dice il signor Wegg, alzando di nuovo il palmo del signor Venus come se volesse predire la sua fortuna con la chiromanzia; «come quello a cui il poeta potrebbe avere messo su gli occhi, mentre scriveva le parole della marina nazionale:

"Timone al vento, ora è vicino a lei,
Braccio del pennone e braccio del pennone, ella mente!
Di nuovo io grido, signor Venus, dalle un'altra dose
L'uomo si avvolge e si aggrappa, o ella fuggirà!"

... vale a dire, considerato alla luce della vera "Quercia inglese"[163], mi spieghi, signor Venus, l'espressione "documenti"!»

«Visto che il vecchio signore generalmente ripudiava i parenti prossimi e soffocava i suoi affetti naturali,» risponde il signor Venus, «molto probabilmente ha fatto un buon numero di testamenti e codicilli.»

Il palmo di Silas Wegg scende con uno schiocco sonoro sul palmo di Venus, e Wegg esclama in modo sontuoso: «Gemelli nel pensiero come nel sentimento! Se ne versi ancora un po'!»

Il signor Wegg, avendo ora spinto la sua gamba di legno e la sua sedia proprio di fronte al signor Venus, mescola rapidamente per tutti e due, dà all'ospite il suo bicchiere, tocca l'orlo di quello col suo, se lo porta alle labbra, lo mette giù, e stendendo le mani sulle ginocchia dell'ospite, così gli parla: «Signor Venus! Non è che mi opponga a essere sorpassato da uno sconosciuto, anche se considero lo sconosciuto come un tipo più che ambiguo. Non è per lo scopo di far del denaro, benché il denaro sia sempre il benvenuto. Non è per me, anche se non sono così altezzoso di essere al di sopra di qualcosa che può farmi fare una buona svolta. È per la causa della giustizia.»

Il signor Venus ammiccando passivamente con i suoi deboli occhi contemporaneamente, chiede: «Che cosa, signor Wegg?»

«La mossa amichevole, che ora le propongo. Lei vede la mossa, signore?»

«Finché lei non l'avrà fatta notare, signor Wegg, non posso dire se la vedo o no.»

«Se in questa casa c'è qualcosa da trovare, troviamola insieme. Facciamo la mossa amichevole di metterci d'accordo di cercarla insieme. Facciamo la mossa amichevole di metterci d'accordo di dividerne i profitti in parti eguali tra di noi. Per la causa della giustizia.» Così Silas, assumendo un'aria nobile.

«Allora,» dice il signor Venus guardando in su dopo aver meditato con i capelli tra le mani, come se avesse potuto fissare l'attenzione soltanto fissando la sua testa, «se qualcosa dovesse essere dissepolto da sotto i rifiuti, sarebbe tenuto segreto tra lei e me? Sarebbe così, signor Wegg?»

«Questo dipenderebbe da quello che fosse, signor Venus. Diciamo che fosse denaro, o argento, o gioielli: potrebbe essere nostro come di qualsiasi altro.»

Il signor Venus si strofina un sopracciglio, interrogativamente.

«Per la causa della giustizia, sarebbe così. Perché sarebbe inconsapevolmente venduto con gli altri rifiuti, e l'acquirente avrebbe ottenuto quello che non avrebbe mai pensato di avere e mai ha comprato. E cosa sarebbe questo, signor Venus, se non la causa dell'errore?»

«Supponiamo che siano documenti,» propone il signor Venus.

«In base a ciò che contenessero, dovremmo offrirci di inviarli alle parti più interessate» risponde Wegg, prontamente.

«Per la causa della giustizia, signor Wegg?»

«Sempre così, signor Venus. Se le parti dovessero usarli nella causa del torto, quello sarebbe il loro atto e azione. Signor Venus. Io ho un'opinione di lei, signore, alla quale non è facile dare voce. Da quando son venuto da lei quella sera, quando lei, come posso dire, fluttuava con la sua mente potente nel tè, ho sentito che lei doveva essere svegliato con un obiettivo. Con questa mossa amichevole, signore, lei avrà uno scopo glorioso, che la risveglierà.»

Poi il signor Wegg prosegue con lo spiegare ciò che è stato al primo posto nella sua mente astuta: le qualifiche del signor Venus per una tale ricerca. Discorre sulle abitudini pazienti del signor Venus e la delicata manipolazione; sulla sua abilità nel mettere insieme cose piccole; sulla sua conoscenza dei vari tessuti e delle varie fibre; sulla probabilità che piccole indicazioni lo portino alla scoperta di grandi occultamenti. «Per quanto mi riguarda,» dice Wegg, «io non sono bravo in questo. Sia quando mi son messo a scavare in profondità, sia quando ho dato solo piccoli colpi, non l'ho potuto fare con un tocco così delicato che non si vedesse che avevo scombussolato i monticelli. Ben diversa la cosa sarebbe con lei, andando a lavorare (come farebbe lei) come un amico, che ha santamente fatto la promessa di una mossa amichevole con suo fratello.» Poi il signor Wegg commenta modestamente la mancanza di adattamento di una gamba di legno per scale e simili trespoli aerei, e anche accenna a una tendenza intrinseca di quella finzione legnosa, quando viene chiamata in azione al fine di una passeggiata su un pendio incoerente, di attaccarsi nel cedevole punto d'appoggio e ancorare il suo proprietario in quel punto. Poi, lasciando questa parte dell'argomento, fa un commento sullo speciale fenomeno che prima ancora d'installarsi alla Pergola, fu proprio dal signor Venus che aveva sentito parlare per la prima volta della leggenda delle ricchezze nascoste nei monticelli. «Che,» osserva Wegg con aria vagamente compunta, «certamente ha un suo significato.» Alla fine, egli ritorna alla causa della giustizia, prefigurando cupamente la possibilità che qualcosa sia portato alla luce per incriminare il signor Boffin (di cui ancora una volta ammette candidamente che non si può negare che ha tratto profitto da un omicidio), e anticipando la denuncia del signor Boffin alla vendetta della giustizia, da parte di loro due. E questo, sottolinea espressamente il signor Wegg, non affatto per amore della ricompensa, anche se sarebbe una mancanza di principio il non accettarla.

A tutto questo, il signor Venus, con la sua chioma di capelli impolverati piegati dietro alla maniera delle orecchie di un terrier, assiste profondamente. Quando il signor Wegg, avendo finito, spalanca le braccia, come per mostrare al signor Venus quanto il suo petto sia nudo, e poi le piega in attesa di una risposta, il signor Venus gli ammicca con entrambi gli occhi un po' prima di parlare.

«Vedo che lei ha provato da solo, signor Wegg,» dice quando parla, «ha già sperimentato le difficoltà della ricerca.»

«No, difficilmente si può dire che abbia provato,» risponde Wegg, un po' colpito dall'accenno. «Ho appena sfiorato. Sfiorato.»

«E trovato nulla, oltre alle difficoltà?»

Wegg scuote la testa.

«Non so proprio cosa rispondere, signor Wegg» osserva Venus dopo aver rimuginato per un po'.
«Dica di sì,» propone Wegg con naturalezza.
«Se non fossi inacidito, la mia risposta sarebbe no. Ma poiché sono inacidito, signor Wegg, e spinto alla follia e alla disperazione sconsiderate, credo che è sì.»
Wegg ripropone allegramente i due bicchieri, ripete la cerimonia di far tintinnare i loro bordi, e dentro di sé brinda con grande cordialità alla salute e al successo nella vita della giovane donna che ha ridotto il signor Venus in quel comodo stato della mente. Gli articoli della mossa amichevole vengono quindi recitati e concordati separatamente. Non sono che segretezza, fedeltà e perseveranza. L'accesso alla Pergola dovrà essere sempre libero al signor Venus per le sue ricerche, e ogni precauzione dovrà essere presa perché esse non attirino l'attenzione del vicinato.
«C'è un rumore di passi!» esclama Venus.
«Dove?» grida Wegg, sobbalzando.
«Fuori. Sst!» Essi sono nell'atto di ratificare il trattato della mossa amichevole, stringendosi la mano. Si distaccano lentamente, accendono le pipe, che si sono spente, e si appoggiano indietro sulle loro sedie. Senza dubbio, un passo. Si avvicina alla finestra, e una mano bussa sul vetro.
«Entrate!» grida Wegg, e vuol dire 'entrate dalla porta'. Ma la pesante finestra vecchio stile si apre lentamente e una testa si mostra lentamente fuori dallo sfondo scuro della notte.
«Per favore, c'è qui il signor Silas Wegg? Oh! Lo vedo!»
I due della mossa amichevole non avrebbero potuto essere molto a loro agio neanche se il visitatore fosse entrato nel modo consueto. Ma appoggiandosi con la parte superiore del petto alla finestra, e fissandoli dalle tenebre, essi trovano il visitatore estremamente imbarazzante. Specialmente il signor Venus, che si leva la pipa di bocca, butta la testa indietro, e fissa colui che guarda come se fosse il suo bambino indù venuto a prenderlo per portarlo a casa.
«Buona sera, signor Wegg. La serratura del cancello del cortile dovrebbe essere controllata, per favore; non chiude.»
«È il signor Rokesmith?» balbetta Wegg.
«Sì, è il signor Rokesmith. Non si disturbi. Non entro. Ho solo un messaggio per lei, che ho accettato di portarle mentre vado a casa. Ero incerto se entrare dal cancello senza suonare; non sapendo se c'era un cane da guardia.»
«Vorrei averlo,» borbotta Wegg, volgendogli la schiena mentre si alza in piedi. «Sst! Zitto, signor Venus! Lo sconosciuto di cui abbiam parlato prima.»
«È qualcuno che conosco?» domanda il Segretario fissandolo.
«No, signor Rokesmith. Un mio amico. Passa la serata con me.»
«Oh, chiedo scusa. Il signor Boffin desidera farle sapere che egli non si aspetta che lei resti in casa, ogni sera, per il caso che lui venga. Gli è venuto in mente che forse, senza averne intenzione, le sue visite erano un legame per lei. In futuro, se verrà senza preavviso, coglierà l'occasione per trovarla, e sarà lo stesso se non la troverà. Ho accettato di dirglielo passando di qua. Questo è tutto.»
Detto questo, e un «buona notte», il Segretario chiude la finestra e sparisce. Essi stanno in ascolto, e odono i suoi passi dirigersi al cancello, odono il cancello chiudersi dietro di lui.
«E per quell'individuo, signor Venus,» osserva Wegg quando l'altro si è del tutto allontanato, «io son stato messo in disparte! Mi lasci domandare che cosa pensa di lui?»
Apparentemente il signor Venus non sa cosa pensare di lui, perché fa diversi sforzi per rispondere, senza consegnare nessuna altra espressione articolata tranne: «Un aspetto singolare.»
«Un aspetto doppio, lei vuol dire, signore,» rettifica Wegg, giocando amaramente sulla parola.

«Questo è il suo aspetto. Qualsiasi quantità di aspetto singolare io posso avere, ma non un doppio aspetto! Quella è una mente subdola, signore.»

«C'è qualcosa contro di lui?» chiede Venus.

«Qualcosa contro di lui?» ripete Wegg. «Qualcosa? Qual sollievo sarebbe per i miei sentimenti - come uomo - se non fossi schiavo della verità, e non mi sentissi obbligato a rispondere: ogni cosa!»

Guardate in quali meravigliosi rifugi sentimentali, struzzi senza piume immergono le loro teste! È una compensazione morale così indicibile per Wegg, essere sopraffatto dalla considerazione che il signor Rokesmith ha una mente subdola!

«In questa notte di stelle, signor Venus,» egli osserva, quando accompagna il socio della mossa amichevole oltre il cortile, ed entrambi sono al peggio per aver brindato ancora e ancora; «in questa notte di stelle, pensare che gli sconosciuti di cui parlammo, e le menti subdole, possano andarsene a casa sotto il cielo, come se fossero onesti!»

«Lo spettacolo di quegli astri,» dice il signor Venus, guardando in su col cappello spostato all'indietro, «mi fa pesare le sue parole schiaccianti, che ella non desiderava considerarsi né essere considerata in quello...»

«Lo so, lo so! Non è necessario ripeterle,» dice Wegg stringendo la sua mano.

«Ma pensi come quelle stelle mi fortificano nella causa della giustizia contro qualcuno che non sarà nominato. Non è che io sopporti la malizia. Ma guardi come splendono con vecchi ricordi! Vecchi ricordi di che cosa, signore?»

Il signor Venus comincia a ripetere lugubremente: «Delle sue parole, scritte di suo pugno, che lei non desidera considerarsi, e nemmeno...» quando Silas lo interrompe con dignità.

«No, signore! Ricordi della Nostra Casa, del signorino George, della zia Jane, dello zio Parker, tutti perduti! Tutti offerti in sacrificio al favorito della fortuna e al verme dell'ora![164]»

VIII. In cui si verifica una fuga d'amore innocente

Il favorito della fortuna e il verme dell'ora, o, con un linguaggio meno tagliente, il Cav. Nicodemus Boffin, il Netturbino d'oro, si era trovato così bene nella sua villa di famiglia eminentemente aristocratica, come probabilmente mai era stato. Non poteva fare a meno di accorgersi che, come un eminentemente aristocratico formaggio di famiglia, esso era di gran lunga troppo grande per i suoi bisogni, e alimentava una infinita quantità di parassiti; ma si accontentava di considerare quell'inconveniente sulla sua proprietà come un perpetuo onere sull'eredità. Tanto più si sentiva rassegnato, quanto più la signora Boffin si divertiva completamente, e la signorina Bella era deliziata. Quella giovane donna era, senza dubbio, un'acquisizione per i Boffin. Era troppo carina per essere poco attraente ovunque, e anche di gran lunga veloce di comprensione, per essere sotto tono nella sua nuova carriera. Se questo migliorasse il suo cuore poteva essere una questione di gusti, era una domanda aperta; ma per toccare un'altra questione di gusto, per quanto riguarda il miglioramento del suo aspetto e dei suoi modi, non poteva esserci alcuna domanda.

E così presto accadde che la signorina Bella iniziò a impostare bene la signora Boffin; e anche di più, la signorina Bella cominciò a sentirsi a disagio, come se fosse responsabile, quando vedeva la signora Boffin comportarsi in modo sbagliato. Non già che una disposizione così dolce, una natura così sana potessero mai comportarsi in modo veramente sbagliato, nemmeno tra le grandi autorità che andavano a far loro visita, le quali convenivano che essi erano «deliziosamente volgari» (cosa che certamente non era il caso di dire di loro), ma quando ella faceva una scivolata sul ghiaccio della società, sul quale tutti i figli della Podsnapperia, con un'anima signorile da salvare, devono pattinare in tondo o scorrere in lunghe file, ella inciampava inevitabilmente sulla signorina Bella (così quella giovane donna si sentiva) e le causava grande confusione, sotto gli sguardi degli interpreti più abili impegnati in quegli esercizi sul ghiaccio.

All'età della signorina Bella non c'era da aspettarsi ch'ella esaminasse molto attentamente la congruità e la stabilità della sua posizione in casa del signor Boffin. E poiché non aveva mai risparmiato le critiche alla sua vecchia casa quando non ne aveva un'altra con cui fare confronti, così non era una novità l'ingratitudine e il disprezzo nel preferire di gran lunga la casa nuova.

«Un uomo inestimabile è Rokesmith,» disse il signor Boffin, dopo circa due o tre mesi. «Ma non riesco a capirlo.»

Nemmeno Bella lo capiva, quindi trovò l'argomento piuttosto interessante.

«Si prende più cura dei miei affari, mattina, pomeriggio e sera,» disse il signor Boffin, «di quanto cinquanta uomini messi insieme potessero o volessero; eppure ha dei modi suoi che sono come legare al palo di un'impalcatura proprio dall'altra parte della strada e anche quando sto camminando quasi a braccetto con lui.»

«Posso chiederle come mai, signore?» domandò Bella.

«Bene, mia cara,» disse il signor Boffin, «non vuol avere nessun'altra compagnia, tranne lei. Quando abbiamo delle visite, desidererei che lui avesse il suo regolare posto a tavola, come noi; ma no, lui non vuole.»

«Se si considera al di sopra di noi,» disse la signorina Bella, con una leggera scossa del capo, «lo lascerei solo.»

«Non è quello, mia cara,» rispose il signor Boffin, pensandoci su. «Non si considera al di sopra.»

«Forse si ritiene al di sotto,» suggerì Bella. «Se è così, dovrebbe conoscersi meglio.»

«No, mia cara, non è nemmeno quello» ripeté il signor Boffin, scuotendo il capo dopo averci pensato su di nuovo; «Rokesmith è un uomo modesto, ma non si considera al di sotto.»

«Allora cosa prende in considerazione, signore?» domandò Bella.

«Accidenti se lo so!» disse il signor Boffin. «All'inizio sembrava come fosse solo Lightwood che non voleva incontrare. E ora sembra che riguardi tutti, tranne lei.»

«Oh!» pensò la signorina Bella. «Infatti! E' così, è così!» Perché il signor Mortimer Lightwood aveva pranzato da loro due o tre volte, e lei l'aveva incontrato altrove, e lui le aveva mostrato qualche attenzione. «Piuttosto eccezionale che un Segretario - e inquilino di Pa - mi faccia oggetto della sua gelosia!»

Il fatto che la figlia di Pa dovesse essere così sprezzante nei confronti dell'inquilino di Pa era strano, ma nella mente di quella ragazza viziata c'erano anomalie ancora più strane: viziata prima dalla povertà e poi dalla ricchezza. Sebbene questo sia parte della storia, tuttavia, lasciamolo sbrogliare a loro.

«Un poco troppo, credo,» rifletteva sdegnosamente la signorina Bella, «che l'inquilino di Pa abbia delle rivendicazioni su di me, e che tenga lontane le persone idonee! Un po' troppo, anzi, che me ne diano notizia proprio il signor Boffin e la signora Boffin, informati da un semplice Segretario e inquilino di Pa!»

E tuttavia non era passato molto tempo da quando Bella si era sentita agitata dalla scoperta che sembrava piacere a quello stesso Segretario e inquilino. Ah! Ma allora non erano ancora entrate in gioco la villa eminentemente aristocratica e la sarta della signora Boffin.

Nonostante le sue maniere apparentemente ritirate, era una persona molto invadente, questo Segretario e inquilino, secondo l'opinione della signorina Bella. Sempre una luce nel suo ufficio quando tornavamo a casa dallo spettacolo o dall'opera, e sempre alla porta della carrozza per dar loro la mano. Sempre una irritante radiosità sul viso della signora Boffin, e un'abominevole allegra accoglienza di lui, come se fosse possibile seriamente approvare ciò che l'uomo aveva in mente.

«Non m'incarica mai, signorina Wilfer,» disse il Segretario, incontrandola per caso sola nel gran salotto, «di commissioni per casa sua. Sarò sempre felice di eseguire qualsiasi suo ordine in questa direzione.»

«Scusi, che cosa vuol dire, signor Rokesmith?» domandò la signorina Bella con le palpebre languidamente abbassate.

«Per "casa"? intendo dire la casa di suo padre a Holloway.»

Ella arrossì in seguito alla risposta, così abilmente proferita, che le parole sembravano essere solo una semplice risposta, data in pura buona fede, e disse in tono piuttosto più enfatico e tagliente: «Di quali commissioni e comandi parla?»

«Solo piccole parole di ricordo come presumo che lei abbia inviato in un modo o nell'altro,» rispose il Segretario, col tono di prima. «Sarebbe un piacere per me se lei me ne rendesse latore. Come lei sa, io vado e vengo tra le due case ogni giorno.»

«Non è necessario che lei me lo ricordi, signore.»

Era stata troppo svelta in questa petulante sortita all'inquilino di Pa; ed ella se ne accorse quando incontrò il suo sguardo tranquillo.

«Essi non mandano – qual era la sua espressione? - molte parole di ricordo, a me,» disse Bella, affrettandosi a rifugiarsi in un torto subìto.

«Essi mi domandano spesso di lei, e io do loro quelle poche notizie che posso.»

«Spero che siano date sinceramente,» esclamò Bella.

«Spero che lei non ne dubiti, perché sarebbe decisamente contro di lei, se così fosse.»

«No, non ne dubito. Mi merito il suo rimprovero, che è molto giusto, infatti. Mi scusi, signor Rokesmith.»

«Dovrei pregarla di non farlo, ma questo mostra che lei ha una superiorità ammirevole,» egli rispose con serietà. «Mi perdoni, non ho potuto fare a meno di dirlo. Per tornare a ciò da cui ho divagato, mi lasci aggiungere che forse essi credono che io le porti i loro saluti, faccia le loro piccole commissioni, e simili. Ma io mi trattengo dal disturbarla, poiché lei non me lo chiede mai.»

«Andrò domani, signore,» disse Bella, guardandolo come s'egli l'avesse rimproverata, «a vederli.»

Egli domandò, con una certa esitazione: «Lo dice a me, o a loro?»

«A chi le pare.»

«A tutti e due? Devo portare il messaggio?»

«Può, se vuole, signor Rokesmith. Messaggio o non messaggio, andrò a vederli domani.»

«Allora glielo dirò.»

Egli si soffermò un momento, come per darle l'opportunità di prolungare la conversazione, se desiderava. Ma poiché ella rimase silenziosa, egli la lasciò. Due particolari del piccolo colloquio furono considerati molto curiosi dalla signorina Bella, quando fu sola di nuovo. Il primo era ch'egli senza dubbio l'aveva lasciata con un'aria di pentimento su di lei, e un sentimento di pentimento nel suo cuore. Il secondo era ch'ella non aveva avuto intenzione o pensiero di tornare a casa, finché non glielo aveva annunziato come un progetto prestabilito.

«Cosa posso intendere con questo, o cosa può intendere con esso?» fu la sua indagine mentale. «Egli non ha nessun diritto di esercitare alcun potere su di me, e come arrivo a pensarlo, quando non mi importa di lui?»

La signora Boffin aveva insistito che Bella facesse la sua spedizione dell'indomani in carrozza, e così ella andò a casa con grande splendore. La signora Wilfer e la signorina Lavinia avevano molto ipotizzato sulla probabilità o improbabilità che lei venisse in quello stato sfarzoso, e vedendo la carrozza dalla finestra alla quale si trovavano per osservarla di nascosto, convennero di trattenerla alla porta il più a lungo possibile, per la mortificazione e confusione dei vicini. Poi passarono nella solita stanza familiare, a ricevere la signorina Bella con una conveniente manifestazione d'indifferenza.

La stanza di soggiorno sembrava molto piccola e mediocre, e la scala verso il basso per la quale si raggiungeva sembrava molto stretta e sbilenca. La piccola casa e tutte le sue sistemazioni erano in un povero contrasto con la villa eminentemente aristocratica. «Posso difficilmente credere,» pensò Bella, «che io abbia mai sopportato di vivere in questo posto.»

La triste maestà da parte della signora Wilfer e l'innata insolenza da parte di Lavinia non risolsero la questione. Bella era nel bisogno naturale di avere un po' di aiuto, e non lo ebbe.

«Questo,» disse la signora Wilfer, presentando una guancia per essere baciata, così cordiale e comprensiva come il rovescio di un cucchiaio, «è un vero onore! Probabilmente troverai tua sorella Lavvy cresciuta, Bella.»

«Ma',» interloquì la signorina Lavinia, «non ci possono essere obiezioni al tuo tono irritante, perché Bella se lo merita abbondantemente; ma davvero devo chiederti di non trascinarti in queste assurdità ridicole come il mio essere cresciuta quando ormai ho già passato l'età della crescita.»

«Io stessa sono cresciuta ancora,» proclamò fieramente la signora Wilfer, «dopo sposata.»

«Benissimo, Ma,» rispose Lavinia, «allora penso che avresti fatto molto meglio a lasciar perdere.»

Lo sguardo altero col quale la maestosa donna ricevette questa risposta, avrebbe potuto imbarazzare un avversario meno impertinente, ma non ebbe nessun effetto su Lavinia; la quale, lasciando la genitrice al godimento di qualsiasi quantità di sguardo feroce potesse ritenere adeguata alle circostanze, s'avvicinò alla sorella, imperturbabile.

«Spero che non ti considererai troppo disonorata, Bella, se ti do un bacio? Bene! E come stai, Bella? E come stanno i tuoi Boffin?»

«Silenzio!» esclamò la signora Wilfer. «Zitta! Non sopporterò questo tono di frivolezza.»

«Buon Dio! E allora, come stanno i tuoi Spoffins?» disse Lavvy, «dal momento che mamma si oppone così tanto ai tuoi Boffins.»

«Ragazza impertinente! Sfacciata!» disse la signora Wilfer, con spaventosa severità.

«Non m'importa se sono una sfacciata o una sfinge,» rispose Lavinia freddamente, scuotendo la testa; «è proprio la stessa cosa per me, e fra l'una e l'altra non c'è differenza, per me; ma io so questo... che non crescerò più dopo che sarò sposata!»

«No? tu, no?» ripeté la signora Wilfer con solennità.

«No, mamma, non crescerò, niente potrà indurmi.»

La signora Wilfer, dopo aver sventolato i guanti, diventò maestosamente patetica. «Ma c'era da aspettarselo,» così parlò. «Una delle mie figlie mi abbandona per l'orgoglio e la ricchezza, e un'altra delle mie figlie mi disprezza. È abbastanza appropriato.»

«Mamma,» s'intromise Bella, «il signor Boffin e la signora Boffin sono ricchi, senza dubbio; ma non hai diritto di dire che siano orgogliosi. Devi saper benissimo che non lo sono affatto.»

«In breve, Ma,» disse Lavinia, balzando sul nemico senza una parola preavviso, «devi saperlo benissimo (e se non lo sai, vergogna per te) che il signor Boffin e la signora Boffin sono proprio l'assoluta perfezione.»

«Veramente,» rispose la signora Wilfer, ricevendo cortesemente la figlia che aveva disertato, «si direbbe che siamo tenuti a pensarla come te. E questa, Lavinia, è la ragione per cui mi oppongo a un tono di frivolezza. La signora Boffin (della cui fisionomia non posso mai parlare con la compostezza che vorrei conservare), e tua madre non sono in termini di intimità. Non si può supporre neppure per un momento che lei e suo marito osino presumere di parlare di questa famiglia come "i Wilfer". Perciò non posso accondiscendere a parlar di loro come «i Boffin». No, un tal tono - chiamatelo di familiarità, o di leggerezza, o di eguaglianza, o di quel che volete -, implicherebbe quegli scambi sociali che non esistono. Mi son resa intelligibile?»

Senza dare la minima attenzione a questa domanda, benché espressa in una maniera imponente e forense, Lavinia ricordò a sua sorella: «Dopo tutto, sai, Bella, tu non ci hai detto come siano i tuoi Come-si-chiamano.»

«Non voglio parlar di loro qui,» rispose Bella, trattenendo l'indignazione e battendo il piede sul pavimento. «Sono troppo gentili e troppo buoni per essere trascinati in queste discussioni.»

«Perché esprimersi così?» domandò la signora Wilfer, con pungente sarcasmo.

«Perché adottare una forma di discorso tortuosa? È gentile e premuroso; ma perché farlo? Perché non dire apertamente che sono troppo gentili e troppo buoni per noi? Comprendiamo l'allusione, ma perché travestire la frase?»

«Ma',» disse Bella, battendo il piede, «dici abbastanza per fare impazzire un santo, e così Lavvy.»

«Sfortunata Lavvy!» gridò la signora Wilfer, con un tono di commiserazione, «tutti se la prendono con lei. Mia povera bambina!» Ma Lavvy, con la rapidità della sua precedente diserzione, ora rimbalzò sull'altro nemico: commentando molto bruscamente «Non trattarmi con condiscendenza, mamma, perché posso prendermi cura di me stessa.»

«Mi chiedo solo,» riprese la signora Wilfer, rivolgendosi alla figlia più grande, più sicura nel complesso della più giovane, del tutto ingestibile, «come tu abbia avuto tempo e voglia di staccarti dal signor Boffin e dalla signora Boffin per venirci a trovare. Mi stupisco solo che le nostre rivendicazioni, in confronto con le rivendicazioni superiori del signor Boffin e della signora Boffin, abbiano avuto qualche peso. Mi pare che dovrei esserti grata per aver guadagnato così tanto, nella competizione col signor Boffin e la signora Boffin.» La buona signora sottolineava con amara enfasi la prima lettera della parola Boffin, come se essa rappresentasse la sua obiezione principale contro i possessori di quel nome, e avrebbe sopportato molto di più un nome come Doffin, Moffin, o Poffin.

«Ma',» disse Bella, con rabbia, «tu mi obblighi a dire che mi dispiace veramente di esser venuta a casa, e che non ci verrò più, tranne quando sia qui il povero caro Pa. Perché Pa è troppo magnanimo per provare invidia o disprezzo verso i miei generosi amici, e Pa è abbastanza delicato e gentile per ricordare il tipo di piccola pretesa che essi pensavano che avessi su di loro, e la posizione insolitamente difficile nella quale, senza alcun mio atto, ero stato posta. E io ho sempre voluto bene al povero caro Pa più che a tutti voi messi insieme, e sempre gliene voglio, e sempre gliene vorrò!»

Qui Bella, non traendo conforto dal suo grazioso cappellino e dal suo abito elegante, scoppiò in lacrime.

«Io penso, R.W.» gridò la signora Wilfer, alzando gli occhi e apostrofando l'aria, «che se tu fossi presente, sarebbe una prova per i tuoi sentimenti sentir disprezzare tua moglie e la madre dei tuoi figli, sia pure nel tuo nome. Ma il fato, ti ha risparmiato questo, R.W., qualunque cosa abbia ritenuto opportuno infliggerle!»

Qui la signora Wilfer scoppiò in lacrime.

«Io odio i Boffin!» protestò la signorina Lavinia. «Non mi interessa chi si oppone al fatto che siano chiamati Boffin. Io li chiamerò i Boffin. I Boffin, i Boffin, i Boffin! E dico che sono dei

Boffin guerrafondai, e io dico che i Boffins hanno messo Bella contro di me, e lo dico in faccia ai Boffin,» (questo non è molto esatto, ma la signorina è eccitata), «che sono dei Boffin detestabili, dei Boffin poco raccomandabili, dei Boffin odiosi, dei Boffin orrendi. Ecco!»

Qui la signorina Lavinia scoppiò in lacrime.

Il cancello del giardino anteriore tintinnò e si vide arrivare il Segretario a passo svelto su per i gradini. «Lasciate che io gli apra la porta,» disse la signora Wilfer, alzandosi con maestosa rassegnazione mentre scuoteva la testa e si asciugava gli occhi «dal momento non abbiamo nessuna ragazza di servizio per far così. Non abbiamo da nascondere nulla. Se egli vede queste tracce di emozione sulle nostre guance, lasciamo che le interpreti come può.»

Con queste parole ella uscì. Pochi istanti dopo rientrò, proclamando nel suo modo araldico: «Il signor Rokesmith è latore di un pacchetto per la signorina Bella Wilfer.»

Il signor Rokesmith seguì immediatamente il suo nome, e naturalmente vide subito che c'era qualcosa che non andava. Ma discretamente fece finta di non veder nulla, e si rivolse alla signorina Bella.

«Il signor Boffin intendeva mettere questo pacchetto per lei nella carrozza, stamattina. Voleva che lei lo avesse, come piccolo ricordo che aveva preparato - è solo una borsa, signorina Wilfer -, ma poiché non è riuscito a fare come desiderava, io mi sono offerto di portarglielo.»

Bella lo prese e lo ringraziò.

«Abbiamo litigato un po', signor Rokesmith, ma non più di quanto facevamo; lei conosce i nostri modi piacevoli tra noi stessi. Lei mi trova giusto mentre sto per andarmene. Addio, mamma. Addio, Lavvy!» E con un bacio a ciascuna delle due, la signorina Bella si volse verso la porta. Il Segretario avrebbe voluto accompagnarla, ma poiché la signora Wilfer avanzò e disse con dignità: «Mi scusi! Mi permetta di usufruire del mio diritto naturale di accompagnare mia figlia all'equipaggiamento che l'attende», egli chiese scusa e si fece indietro. Era proprio un magnifico spettacolo vedere la signora Wilfer spalancare la porta di casa e chiamare ad alta voce, protendendo i guanti: «il domestico della signora Boffin!» Al quale, non appena egli si presentò, ella pronunciò la breve ma maestosa carica: «La signorina Wilfer, esca!» E così gliela consegnò, come un Luogotenente della Torre che rinunciasse a un prigioniero politico. L'effetto di questo cerimoniale fu di paralizzare per circa un quarto d'ora i vicini, e fu molto migliorato dalla degna signora che rimase per tutto quel tempo a prendere aria, in una sorta di trance splendidamente serena, sul gradino più alto.

Quando Bella fu seduta in carrozza aprì il pacchetto. Esso conteneva una graziosa borsetta, e la borsetta conteneva un biglietto da cinquanta sterline. «Questa sarà un'allegra sorpresa per il povero caro Pa,» disse Bella, «gliela porterò io stessa nella City!»

Poiché non sapeva l'esatta località del luogo degli affari di Chicksey Veneering e Stobbles, ma sapeva che era nei pressi di Mincing Lane, si fece condurre all'angolo di quella strada oscura. Da lì inviò «il domestico della signora Boffin» alla ricerca dell'ufficio di Chicksey Veneering e Stobbles, con un messaggio che diceva che se R. Wilfer poteva uscire, c'era una signora in attesa che sarebbe stata felice di parlare con lui. Il recapito di queste misteriose parole pronunziate dalla bocca di un domestico, provocarono una tale eccitazione nell'ufficio, che fu designata istantaneamente una giovane vedetta che seguisse Rumty, osservasse la signora, e tornasse col suo rapporto. Né l'agitazione fu in qualche modo diminuita, quando la vedetta tornò precipitosamente con la notizia che la signora era «una ragazza super in una carrozza superba».

Lo stesso Rumty, con la penna dietro l'orecchio sotto il cappello scolorito, arrivò allo sportello della carrozza senza fiato, e venne quasi trascinato nel veicolo su per la cravatta, e abbracciato quasi fino al soffocamento, prima di riconoscere sua figlia. «Mia cara bambina!» disse ansimando, tutto scombussolato, «buon Dio! che bella donna sei! Pensavo che fossi stata scortese e avessi dimenticato tua madre e tua sorella.»

«Sono appena stata a vederli, caro Pa.»

«Oh! E come... come hai trovato tua madre?» domandò R.W., dubbiosamente.

«Molto spiacevole, Pa, e anche Lavvy.»

«A volte ne sono un po' soggette,» ammise il paziente cherubino; «ma spero che sarai stata tollerante, Bella, mia cara.»

«No. Anch'io sono stata antipatica, Pa; siamo state tutte insieme antipatiche. Ma io voglio che tu venga a pranzare con me da qualche parte, Pa caro.»

«Beh, mia cara, ho già preso parte a ... se si può menzionare un articolo del genere in questa superba carrozza ... a una... salsiccia,» rispose R. Wilfer, abbassando modestamente la voce proferendo la parola, e guardando i finimenti color canarino.

«Oh, ma non è niente, Pa!»

«Veramente, non è tanto quanto si potrebbe desiderare che fosse, mia cara,» egli ammise, passandosi la mano sulla bocca.

«Eppure, quando delle circostanze incontrollabili si frappongono tra noi e i Piccoli Tedeschi[165], non possiamo far meglio che portare la mente a essere contenta delle...» e di nuovo abbassò la voce per deferenza verso la carrozza, «salsicce!»

«Oh, povero buon Pa, ti prego, ti scongiuro, ottieni un congedo per il resto del giorno, e vieni a passarlo con me!»

«Bene, mia cara, tornerò a chiedere il permesso.»

«Ma prima che tu torni dentro,» disse Bella, che lo aveva già preso per il mento, gli aveva tolto il cappello, e aveva cominciato a sistemargli i capelli nel vecchio modo, «dimmi che sei sicuro che, sebbene io sia stordita e sconsiderata, non ti ho mai offeso, vero, Pa?»

«Mia cara, lo dico con tutto il cuore. E parimenti posso osservare,» suo padre accennò delicatamente, con uno sguardo al finestrino, «che forse si può ritenere che attiri l'attenzione uno che si fa pettinare in pubblico da una donna adorabile in un equipaggio elegante in Fenchurch Street[166]?»

Bella rise e gli rimise il cappello. Ma quando se ne andò via barcollando col suo aspetto di ragazzo, la sua povertà e la sua allegra pazienza le fecero venire le lacrime agli occhi. «Odio quel Segretario che ha pensato questo di me,» ella si disse, «eppure mi sembra mezzo vero!»

Suo padre tornò indietro, più che mai simile a un ragazzo all'uscita da scuola. «Tutto bene, mia cara. Permesso dato subito. Veramente fatto molto gentilmente!»

«Ora, dove possiamo trovare qualche posto tranquillo, Pa, nel quale io ti possa aspettare mentre tu vai a fare una commissione per me, se mando via la carrozza?»

Ciò richiedeva una riflessione. «Vedi, mia cara,» egli spiegò, «davvero tu sei diventata una donna così adorabile, che dovrebbe essere un posto molto tranquillo.» Alla fine suggerì: «Vicino al giardino presso la Trinity House, a Tower Hill[167].» Così, furono condotti là, e Bella congedò la carrozza; inviando alla signora Boffin una nota scritta a matita, che era con suo padre.

«Adesso, Pa, attento a quello che sto per dire, prometti e fai voto d'essere di obbediente.»

«Prometto e faccio voto, mia cara.»

«E non far domande. Prendi questa borsa; vai al più vicino posto dove tengono tutto il meglio, già fatto; compra e indossa l'abito più bello, il cappello più bello e il più bel paio di stivali lucenti (pelle verniciata, papà, attenzione!) che possono essere ottenuti con i soldi; e torna da me.»

«Ma, mia cara Bella...»
«Bada, Pa!» puntando l'indice contro di lui allegramente. «Hai promesso e giurato. È uno spergiuro, sai.»
C'erano lacrime negli occhi del piccolo ingenuo, ma lei li baciò e li asciugò (sebbene anche i suoi fossero bagnati), ed egli se ne andò via di nuovo barcollando. Dopo mezz'ora, tornò indietro trasformato così brillantemente che Bella fu obbligata a camminargli intorno in ammirazione estatica venti volte, prima che potesse far passare il suo braccio attraverso il suo, e stringerglielo con gioia.
«Ora, papà,» disse Bella, abbracciandolo forte, «porta questa bella donna a pranzo.»
«Dove andremo, mia cara?»
«Greenwich[168]!» disse Bella, con vigore. «E assicurati di trattare questa bella donna con quel che c'è di meglio.»
Mentre andavano a prendere il battello, R.W. disse timidamente: «Non desidereresti, mia cara, che tua madre fosse qui?»
«No, papà, perché voglio averti tutto per me, oggi. Io sono stata sempre la tua piccola favorita, a casa, e tu sei stato sempre il mio. Siamo scappati insieme spesso, prima d'ora; non è vero, Pa?»
«Ah, certo che l'abbiam fatto! Molte domeniche, quando tua madre era - era un po' soggetta a quello,» disse il padre ripetendo la delicata espressione di prima, dopo una pausa per tossire.
«Sì, e ho paura di esser stata raramente, o mai, buona come avrei dovuto. Ti ho costretto a portarmi in braccio, ancora e ancora, quando avresti dovuto farmi camminare; e spesso ti guidavo a trottare con me, quando avresti preferito di gran lunga sederti e leggere il tuo giornale: no?»
«Qualche volta, qualche volta. Ma, buon Dio! che bambina eri tu! Che compagna che eri!»
«Compagna? È proprio quello che voglio essere oggi, Pa!»
«Non c'è dubbio che ci riuscirai, amor mio. I tuoi fratelli e le tue sorelle, tutti mi hanno fatto compagnia, quando era la loro volta, in certa misura, ma solo in certa misura. Tua madre è stata, per tutta la vita, una compagna che qualsiasi uomo potrebbe - potrebbe ammirare - e - e affidare i suoi detti alla memoria e ... formarsi su quelli... se egli ...»
«Se gli piacesse il modello?» suggerì Bella.
«Beh, sì,» egli rispose, riflettendoci, non molto contento della frase. «O forse potrei dire: se fosse in lui. Supponendo, ad esempio, che un uomo volesse essere sempre in marcia, troverebbe tua madre una compagna inestimabile. Ma se avesse avuto gusto di camminare, o se in qualsiasi momento avesse avuto il desiderio di trottare un po', qualche volta avrebbe avuto un po' di difficoltà di tenere il passo di tua madre. O piuttosto diciamo così, Bella,» aggiunse dopo un momento di riflessione. «Supponiamo che un uomo debba procedere nella vita, non diciamo con una compagna, ma diciamo con una melodia. Molto bene. Supponiamo che gli sia stata assegnata la Marcia funebre del "Saul"[169]. Bene. Sarebbe una melodia molto adatta per occasioni particolari - nessuna migliore - ma sarebbe difficile mantenere il tempo con il normale svolgimento degli affari domestici. Per esempio, se cenasse dopo una dura giornata con la Marcia funebre del Saul, è probabile che il suo cibo gli peserebbe notevolmente. Oppure, se di tanto in tanto egli avesse il desiderio di rallegrarsi un po' cantando una canzone comica o danzando una danza popolare, e fosse obbligato a farlo al suono della Marcia funebre del Saul, potrebbe trovarsi deluso nell'esecuzione delle sue allegre intenzioni.»
«Povero papà!» pensò Bella, mentre si aggrappava al suo braccio.
«Bene, quello ti dirò, mia cara,» proseguì il cherubino tranquillamente e senza alcuna intenzione di lamentarsi, «è che tu sei così adattabile, così adattabile.»

«In effetti temo di aver mostrato un carattere difficile, Pa. Ho paura di essermi lamentata molto e essere stata molto capricciosa. Io raramente o mai ci ho pensato prima. Ma proprio poco fa, quando stavo nella carrozza, e ti ho visto venire verso di me sul marciapiede, mi sono rimproverata.»
«Niente affatto, mia cara. Non parlare di una cosa del genere.»
Un uomo felice e loquace era papà quel giorno nei suoi vestiti nuovi. In tutto e per tutto, era forse il giorno più felice che avesse mai conosciuto in tutta la sua vita; senza nemmeno eccettuare quello in cui la sua eroica compagna s'era accostata all'altare nuziale al suono della Marcia funebre del Saul.
La piccola spedizione lungo il fiume fu deliziosa, e la piccola stanza con vista sul fiume in cui furono condotti per il pranzo era deliziosa. Tutto era delizioso. Il parco era delizioso, il *punch*[170] era delizioso, i piatti a base di pesce erano deliziosi, il vino era delizioso. Bella era più deliziosa di qualsiasi altro elemento della festa; facendo parlare Pa nella più gaia maniera, continuando a menzionare se stessa sempre come la «bella donna», stimolando Pa a ordinare le cose, dichiarando che la bella donna insisteva perché le fossero offerte: e in breve facendo sì che Pa fosse completamente estasiato dalla considerazione che lui era il papà di una figlia così affascinante.
E poi, mentre se ne stavano seduti a guardare le navi e i battelli a vapore che si dirigevano verso il mare con la marea che si stava abbassando, la bella donna immaginava tutti i tipi di viaggi per sé e per papà. Ora papà, nei panni del proprietario di una pesante carboniera a vela quadrata, stava virando verso Newcastle[171], per prendere i diamanti neri che costituivano la sua fortuna; ora, Pa stava andando in Cina con quella bella nave a tre alberi, per portare a casa l'oppio, con cui eliminerebbe per sempre Chicksey Veneering e Stobbles, e per portare a casa sete e scialli senza fine per la decorazione della sua affascinante figlia. Ora, il destino disastroso di John Harmon era tutto un sogno, ed egli era tornato a casa e aveva trovato nella donna adorabile il tipo adatto a lui, e la bella donna aveva trovato in lui il tipo adatto a lei, e stavano partendo per un viaggio, nella loro gagliarda barca, per prendersi cura dei loro vigneti, con stelle filanti che volavano in tutti i punti, una banda che suonava sul ponte e Pa sistemato nella grande cabina. Ora, John Harmon era di nuovo consegnato alla tomba, e un mercante di immensa ricchezza (di nome sconosciuto) aveva corteggiato e sposato la bella donna, ed egli era così enormemente ricco che tutto quello che si vedeva veleggiare o navigare sul fiume apparteneva a lui, ed egli aveva un'intera flotta di yacht per il diporto, e quel piccolo yacht d'un lusso sfacciato che si vedeva laggiù, con la grande vela bianca, si chiamava «Bella», in onore di sua moglie, che faceva ricevimenti a bordo, quando le piaceva, come una Cleopatra moderna. Poi, in quella nave trasporto truppe mentre ella stava arrivando a Gravesend[172], si sarebbe imbarcato un gran generale, di grande ricchezza (anche lui di nome sconosciuto), che non voleva sentir parlare di andare alla vittoria senza sua moglie, e la cui moglie era la bella donna, ed era destinata a diventare l'idolo di tutti i cappotti rossi e le giacche blu in alto e in basso. E poi di nuovo; si vedeva una nave trainata da un rimorchiatore? Bene. Dove si poteva pensare che andasse? Stava andando tra le barriere coralline e le noci di cacao e tutto quel genere di cose, ed era noleggiata da un fortunato individuo di nome Pa (che era a bordo, e molto rispettato da tutti), ed ella stava andando, per il suo unico profitto e vantaggio, a prendere un carico di legno profumato, il più bello che sia mai stato visto, e il più redditizio di cui si sia mai sentito parlare; e il suo carico sarebbe stata una fantastica fortuna, come in effetti dovrebbe essere. La bella donna che aveva acquistato la nave e l'aveva adattata espressamente per questo viaggio, era sposata con un principe indiano, che era Qualcosa-o-Altro, e indossava diversi scialli di cashmir, e diamanti e smeraldi brillanti nel suo

turbante, ed era meravigliosamente color caffè e straordinariamente devoto, anche se un po' troppo geloso. Così Bella continuava allegramente, in un modo perfettamente incantevole per papà, che era disposto a mettere la testa nella vasca d'acqua del Sultano come i mendicanti sotto la finestra dovevano infilare le loro teste nel fango.

«Suppongo, mia cara,» disse papà, dopo il pranzo, «che a casa potremmo venire alla conclusione che ti abbiamo perso per sempre?»

Bella scosse la testa. Non sapeva. Non poteva dire. Tutto quello che era in grado di riferire era che le era stato fornito molto generosamente tutto ciò che poteva desiderare, e ogni volta che accennava a lasciare il signore e la signora Boffin, essi non ne volevano sentir parlare.

«E ora, Pa», proseguì Bella, «ti farò una confessione. Sono la più venale piccola sciagurata che mai sia vissuta al mondo.»

«Non l'avrei mai pensato, di te, mia cara,» rispose suo padre, guardando prima se stesso e poi il dolce.

«Capisco cosa intendi, Pa, ma non è questo. Non è che io mi curi del denaro da tenere come denaro, ma ci tengo così tanto per quello che può comprare.»

«Davvero, penso che la maggior parte di noi faccia così,» rispose R.W.

«Ma non nella misura spaventosa con cui faccio io, Pa. Oh!» gridò Bella, accompagnando l'esclamazione con una torsione del suo mento con fossette, «io sono così venale!»

Con uno sguardo nostalgico, R.W. disse, non avendo qualcosa di meglio da dire: «E quando hai cominciato a sentire che lo diventavi, mia cara?»

«Così, papà. Questa è la parte terribile. Quando ero a casa e sapevo solo cosa significa essere poveri, brontolavo ma non ci facevo molta attenzione. Quando ero a casa aspettandomi di essere ricca, pensavo vagamente a tutte le grandi cose che avrei fatto. Ma quando sono stata delusa della mia splendida fortuna, e la vedevo di giorno in giorno in altre mani, e avevo davanti agli occhi quello che poteva davvero, allora sono diventata la venale piccola sciagurata che sono.»

«È una tua fantasia, mia cara.»

«Posso assicurarti che non è niente del genere, Pa!» disse Bella, scuotendo la testa, con le sue graziosissime sopracciglia alzate più in alto che poteva, e sembrando comicamente spaventata. «È un fatto. Faccio sempre progetti pieni di avarizia.»

«Buon Dio! Ma come?»

«Te lo dirò, Pa. Non me ne importa di dirtelo, perché noi siamo sempre stati i favoriti l'uno dell'altra, e perché tu non sei come un Pa, ma piuttosto come una specie di fratello minore con una cara venerabile paffutezza su di lui. E inoltre,» aggiunse Bella ridendo, mentre puntava un dito contro il suo viso, «perché ti ho in mio potere. Questa è una spedizione segreta. Se mai tu racconti qualcosa di me, io racconto qualcosa di te. Racconterò alla mamma che hai pranzato a Greenwich.»

«Bene, sul serio, mia cara,» osservò R.W., con una certa trepidazione, «potrebbe essere meglio non menzionarlo.»

«Ah, ah!» rise Bella. «Lo sapevo che non le sarebbe piaciuto, signore! Così tu tieni per te le mie confidenze, e io terrò per me le tue. Ma tradisci l'adorabile donna, e troverai in lei una serpe. Ora mi puoi dare un bacio, Pa, e vorrei dare un ritocco ai tuoi capelli, perché sono stati così terribilmente trascurati in mia assenza.»

R.W. presentò la sua testa all'operatore, e l'operatore continuò a parlare; nello stesso tempo sottoponendo ciocche separate dei capelli di lui attraverso un curioso processo, arrotolandole elegantemente sui suoi due indici rotanti, poi improvvisamente tirati fuori da esse in direzioni laterali opposte. A ciascuna di queste operazioni il paziente sussultava e ammiccava.

«Ho deciso che devo avere del denaro, Pa. Sento di non poterlo chiedere in elemosina, né prenderlo in prestito o rubarlo; perciò ho deciso che devo sposarlo.»

R.W. alzò gli occhi verso di lei, così come poteva sotto quelle circostanze operative, e disse con tono di rimostranza: «Mia ca-ra Bel-la.»

«Ho deciso, dico, papà, che per aver denaro devo sposar denaro. Perciò, cerco sempre denaro da attrarre.»

«Mi-a ca-a-a-ra Bel-la!»

«Sì, papà, questo è lo stato delle cose. Se mai ci fu un cospiratore venale i cui pensieri e progetti erano sempre in quella meschina occupazione, io sono quella creatura amabile. Ma non mi importa. Io odio e detesto essere povera, e se sposerò del denaro non sarò povera. Ora sei deliziosamente ricco, Pa, e nello stato di sbalordire il cameriere, e pagare il conto.»

«Ma, mia cara Bella, questo è molto preoccupante, alla tua età.»

«Te l'ho detto, Pa, ma tu non volevi crederci,» rispose Bella con una piacevole gravità infantile; «non è sconcertante?»

«Sarebbe proprio così, se tu sapessi appieno quello che hai detto, mia cara, o parlassi sul serio.»

«Bene, Pa, posso soltanto dirti che non intendo nient'altro. Parla con me d'amore!» disse Bella, con disprezzo: sebbene il suo viso e la sua figura certamente non rendevano l'argomento incongruo. «Parlami di draghi focosi! Ma parlami di povertà e ricchezza, e lì in effetti tocchiamo la realtà.»

«Mia ca-ra, questo sta cominciando a diventare terribile...» iniziava enfaticamente suo padre: ma lei lo fermò.

«Pa, dimmi. Hai sposato il denaro, tu?»

«Sai che non è così, mia cara.»

Bella canticchiò la Marcia funebre del Saul e disse che dopo tutto significava molto poco! Ma vedendo che lui restava serio e abbattuto, gli cinse il collo e lo baciò, facendolo tornare allegro.

«Non intendevo quell'ultimo tocco, Pa, è stato detto solo per scherzo. Ma adesso, senti! Tu non devi dire nulla di me, e io non dirò nulla di te. E ancora: ti prometto di non aver segreti per te, Pa, e puoi star sicuro che qualunque cosa venale succedesse, ti racconterò sempre tutto, in stretta confidenza.»

Felice di accontentarsi di questa concessione della bella donna, R. W. suonò il campanello e pagò il conto. «Ora, tutto quello che resta, Pa,» disse Bella arrotolando la borsa quando furono soli di nuovo, battendoci sopra con il suo piccolo pugno sul tavolo e mettendola in una delle tasche del suo nuovo panciotto, «è per te, per comprar dei regali per le persone di casa, per pagare i conti, e per dividerlo come ti pare, per spenderlo esattamente come ritieni opportuno. E per ultima cosa, sappi, Pa, che non è il frutto di nessun piano avaro. Forse, se lo fosse, la tua piccola sciagurata figlia venale non sarebbe così generosa.»

Dopo di che, gli tirò il cappotto con entrambe le mani e lo girò tutto di traverso per abbottonare quell'indumento sulla preziosa tasca del panciotto; poi annodò i nastri del cappellino sulle fossette in un modo molto consapevole; e lo portò indietro a Londra. Arrivata alla porta di casa Boffin, lo mise con la schiena contro la porta, lo prese teneramente per le orecchie come comode maniglie per il suo scopo, e lo baciò finché egli non colpì la porta con doppi colpi smorzati con la parte posteriore della testa. Ciò fatto, gli ricordò ancora una volta il loro patto, e si separò allegramente da lui. Non così allegramente, però, se le lacrime le riempirono gli occhi mentre egli se ne andava per la strada oscura. Non tanto allegramente, se ella ripeté più volte: «Ah, povero piccolo Pa! Ah, povero caro piccolo malandato Pa!», prima di avere il coraggio di bussare alla porta. Non tanto allegramente, se quei mobili di lusso sembravano fissarla in volto, come se insistessero per essere paragonati agli squallidi mobili di casa sua. Non tanto allegramente, se si sentì giù di umore fino a tardi nella sua stanza, e pianse con trasporto, poiché desiderava ora che il defunto vecchio John Harmon non avesse mai fatto un testamento che la riguardasse, ora che il defunto giovane John Harmon fosse vissuto per sposarla. «Cose contraddittorie da desiderare,» disse Bella, «ma la mia vita e la mia fortuna sono così piene di contraddizioni, nel complesso, che cosa mai posso aspettarmi di essere!»

IX. Nel quale l'orfano fa testamento

Il Segretario, mentre lavorava per tempo alla Squallida Palude il mattino dopo, fu avvertito che aspettava nella sala un giovane che aveva detto di chiamarsi Sloppy. Il cameriere che portava questa notizia, fece una pausa dignitosa prima di pronunciare il nome, per esprimere che era costretto a tale riluttanza dal giovane in questione, e che se il giovane avesse avuto il buon senso e il buon gusto di ereditare qualche altro nome, avrebbe risparmiato i sentimenti di lui, latore del messaggio.

«La signora Boffin sarà molto soddisfatta,» disse il Segretario in un modo perfettamente composto. «Fatelo entrare.» Il signor Sloppy, fatto entrare, rimase vicino alla porta: rivelando in varie parti della sua forma molti sorprendenti, confusi e incomprensibili bottoni.

«Sono contento di vedervi,» disse John Rokesmith, con un tono di allegro benvenuto. «Vi aspettavo.» Sloppy spiegò che aveva avuto intenzione di venir prima, ma l'orfano (di cui fece menzione come il nostro Johnny) era stato malato, e lui aveva aspettato, per portare la notizia che stesse bene.

«Allora adesso sta bene?» disse il Segretario.

«No,» disse Sloppy.

Il signor Sloppy avendo scosso la testa in misura considerevole, proseguì osservando che pensava che Johnny "le avesse prese" dagli affidati». Gli fu chiesto cosa volesse dire e rispose: «Quelle cose che gli son venute su e particolarmente sul petto.» Alla richiesta di spiegarsi, dichiarò che ce n'erano alcune più grandi di una moneta di sei *pence*. Pressato di spiegarsi meglio, affermò che erano più rosse di quanto il rosso potesse essere. «Ma fintanto che si rivolgono verso l'esterno, signore,» continuò Sloppy, «non è molto. E' il loro rivolgersi verso l'interno che deve essere evitato.»

John Rokesmith sperava che il bambino avesse avuto assistenza medica? Oh, sì, disse Sloppy, era stato portato una volta dal dottore. E come il dottore chiamava la malattia? gli chiese Rokesmith. Dopo una riflessione perplessa, Sloppy rispose, illuminandosi: «Ha detto una parola molta lunga che vuol dire macchie.» Rokesmith suggerì morbillo. «No,» disse Sloppy, convinto, «molto più lunga di quello, signore!» (Il signor Sloppy era orgoglioso di questo fatto, e sembrava ritenere che riflettesse il merito del povero piccolo paziente.)

«La signora Boffin sarà dispiaciuta di sentire questo,» disse Rokesmith.

«La signora Higden ha detto così, signore, quando gliel'ha tenuto nascosto, sperando che il nostro Johnny si riprendesse.»

«Ma spero che lo farà, no?» disse Rokesmith volgendosi vivacemente al messaggero.

«Spero così,» rispose Sloppy. «Tutto dipende dal loro rivolgersi dentro.» E poi continuò col dire sia che Johnny «le avesse prese» dagli affidati, sia che gli affidati «le avessero prese» da Johnny, gli affidati erano stati mandati a casa, e «le avevano prese». Inoltre, i giorni e le notti della signora Higden erano stati dedicati al nostro Johnny, che egli non si era mai allontanato dal suo grembo, e tutti i meccanismi del rullo erano stati affidati a lui, che perciò aveva avuto «piuttosto poco tempo». Quel goffo elemento di onestà era raggiante e arrossì nel dirlo, del tutto estasiato dal ricordo di essere stato utile.

«Ieri sera,» disse Sloppy, «quando io facevo andare il rullo, piuttosto tardi, il rullo sembrava andare come il respiro del nostro Johnny. Iniziava bene, poi appena andava avanti si scuoteva un po' e diventava instabile, poi quando tornava indietro al suo posto aveva un rantolo e andava pesantemente, poi veniva di nuovo liscio, e così è andato avanti fino a che io a malapena sapevo quale fosse il mangano e quale il nostro Johnny. E neanche il nostro Johnny lo sapeva, perché qualche volta, quando il rullo s'inceppava, diceva: "Soffoco, nonna!" e la signora Higden lo teneva in grembo e diceva: «Aspetta un po', Sloppy», e tutti ci fermavamo insieme. E quando il nostro Johnny riprendeva fiato di nuovo, io giravo di nuovo, e andavamo avanti insieme.»

Sloppy si era gradualmente espanso con la sua descrizione in uno sguardo fisso e un sorriso vacuo. Ora si contraeva, tacendo, in un fiotto di lacrime semi-represso e, con la scusa di essere sudato, passava la parte inferiore della manica sugli occhi con un movimento singolarmente goffo, laborioso e rotatorio.

«Questa è una disgrazia,» disse Rokesmith. «Devo andare ad avvertire la signora Boffin. Rimanete qui, Sloppy.»

Sloppy rimase lì, fissando il disegno del parato sul muro, finché il Segretario e la signora Boffin non tornarono insieme. E con la signora Boffin c'era una signorina (si chiamava Bella Wilfer) che valeva la pena di guardare, così pensò Sloppy, molto più che la più bella carta da parati.

«Ah, il mio povero caro e grazioso Johnny Harmon!» esclamò la signora Boffin.

«Sì, signora,» disse il simpatico Sloppy.

«Non credete che stia proprio tanto, tanto male, no?» domandò la buona signora con la sua solita cordialità. Messo davanti alla sua buona fede e trovandola in collisione con la sua inclinazione, Sloppy gettò indietro la testa ed emise un mellifluo lamento, completato da un'aspirazione nasale.

«Così male!» gridò la signora Boffin. «E Betty Higden che non me l'ha detto prima!»

«Credo che potrebbe essere stata diffidente, signora,» rispose Sloppy, esitante.

«Di cosa, per l'amor del cielo?»

«Credo che potrebbe essere stata diffidente, signora,» rispose Sloppy con sottomissione, «di mettere allo scoperto il nostro Johnny. Ci sono tanti guai nelle malattie, e tante spese, e lei ha visto anche tante cose su cui si potrebbe obiettare.»

«Ma non può mai aver pensato,» disse la signora Boffin, «che avrei lesinato al caro bambino qualcosa!»

«No, signora, ma può aver pensato (per abitudine) di temere di mettere Johnny allo scoperto, e può aver cercato di farlo uscire dalla malattia a sua insaputa.» Sloppy conosceva bene il suo terreno. Nascondersi nella malattia, come un animale inferiore; strisciare fuori dalla vista e raggomitolarsi e morire; era diventato l'istinto di questa donna. Stringersi tra le braccia il bambino ammalato che le era caro, e nasconderlo come un criminale, e tenerlo lontano da ogni cura che non fossero quelle che potevano dargli la sua tenerezza ignorante e la sua pazienza, questa era l'idea di amore materno, di fedeltà, di dovere di quella donna. I racconti vergognosi che leggiamo ogni settimana dell'anno cristiano, onorevoli signori e gentiluomini del Comitato, i racconti infami della mancanza di umanità di piccoli funzionari, non sono dimenticati dal popolo come li dimentichiamo noi. E da qui questi pregiudizi irrazionali, ciechi e ostinati, che stupiscono tanto la nostra magnificenza, e che non hanno maggior ragione di essere - Dio salvi la Regina e al diavolo i politici - di quanta ne ha il fumo che proviene dal fuoco!

«Non è un posto adatto per quel povero bambino,» disse la signora Boffin. «Ci dica, caro signor Rokesmith, la cosa migliore da fare.»

Egli ci aveva già pensato, e il consulto fu molto breve. Poteva spianare il cammino in mezz'ora, disse, e poi sarebbero andati a Brentford. «Per piacere, prendete anche me» disse Bella. Perciò fu ordinata una carrozza che li potesse portare tutti, e nel frattempo Sloppy fu intrattenuto, banchettando da solo nella stanza del Segretario, con una completa realizzazione di quella visione fantastica: carne, birra, verdura e budino. In conseguenza di che, i suoi bottoni divennero importuni al pubblico avviso più di prima, tranne due o tre nella regione della cintura, che si eclissarono modestamente in un ritiro sgualcito.

Puntuali all'orario arrivarono la carrozza e il Segretario. Questi sedette a cassetta, e Sloppy sul sedile esterno posteriore. Quindi, andarono come l'altra volta alle Tre gazze: la signora Boffin e la signorina Bella scesero, e tutti insieme da qui andarono a piedi dalla signora Betty Higden.

Ma andando per via si erano fermati in un negozio di giocattoli, e avevano comprato quel nobile destriero, la descrizione dei cui orpelli aveva conciliato l'altra volta l'orfano che era allora di idee mondane, e anche un'arca di Noè, e anche un uccello giallo con una voce artificiale, e anche un soldatino così ben vestito che se fosse stato a grandezza naturale i suoi compagni d'armi della Guardia non lo avrebbero potuto distinguere. Portando questi doni, essi alzarono il saliscendi della porta di Betty Higden, e la videro seduta nell'angolo più oscuro e più lontano, col povero Johnny in grembo.

«Come sta il mio ragazzo, Betty?» domandò la signora Boffin sedendosi accanto a lei.

«Sta male! sta male!» disse Betty. «Comincio ad aver paura che non sarà più né mio né suo. Tutti i suoi cari sono saliti alla gloria del cielo, e ho paura che vogliano attirarlo a loro, portandolo via!»

«No, no, no» disse la signora Boffin.

«Non so spiegarmi altrimenti perché continua a stringere la sua manina come se tenesse un dito che io non posso vedere. Guardi,» disse Betty aprendo le copertine che avvolgevano il bambino tutto rosso, e mostrando la manina destra chiusa sul petto. «Fa sempre così. Non bada a me.»

«Dorme?»

«No, credo di no. Dormi, Johnny mio?»

«No,» disse Johnny, con una tranquilla aria di pietà per se stesso, e senza aprire gli occhi.

«Ecco la signora, Johnny. E il cavallo.»

Johnny poteva tollerare la signora con la più completa indifferenza, ma non il cavallo. Aprendo i suoi occhi pesanti, lentamente mostrò un sorriso nel vedere quello splendido fenomeno, e voleva prenderlo tra le sue braccia. Poiché era troppo grande, fu messo su una sedia dove poteva tenerlo per la criniera e contemplarlo. Ciò che presto dimenticò di fare. Ma poiché Johnny mormorava qualche cosa con gli occhi chiusi, e la signora Boffin non sapeva cosa, la vecchia Betty rivolse il suo orecchio per ascoltare e si sforzò di capire. Chiedendogli di ripetere quello che aveva detto, lo fece due o tre volte, e poi venne fuori che doveva aver visto più di quanto pensassero quando aveva alzato lo sguardo per guardare il cavallo, perché il mormorio era: «Chi è la bella signora?[173]».

Ora, la bella signora era la signorina Bella, e certo l'osservazione del povero bambino l'avrebbe commossa di per se stessa; ma fu resa più patetica dall'ultimo intenerimento del suo cuore per il povero piccolo padre e i suoi scherzi sulla «amabile donna». Così il contegno di Bella fu molto tenero e molto naturale, quando s'inginocchiò sul pavimento di mattoni per abbracciare il bambino, e quando il bambino, con la naturale ammirazione dei piccoli per tutto ciò ch'è giovane e bello, accarezzò la 'bella signora'.

«Ora, mia cara e buona Betty,» disse la signora Boffin sperando di scorgere un'opportunità nel momento, e posando una mano sul suo braccio in modo persuasivo, «siamo venuti per prelevare Johnny da questo alloggio per dove potrà essere curato meglio.»

Immediatamente, e prima che si potesse pronunciare un'altra parola, la vecchia si alzò con gli occhi ardenti e si precipitò alla porta col bambino malato.

«Allontanatevi da me tutti voi!» gridò furiosamente. «Vedo che cosa intendete. Lasciatemi fare a modo mio, tutti voi. Piuttosto ucciderei il mio Bello, e ucciderei me.»

«Si calmi, si calmi!» disse Rokesmith confortandola. «Lei non ha capito.»

«Capisco fin troppo bene. Ne so troppo, signore. Sono tanti anni che ne rifuggo. No! Mai per me né per il bambino, finché c'è abbastanza acqua in Inghilterra per coprirci!»

Il terrore, la vergogna, il furore di orrore e ripugnanza che infiammavano il volto sciupato e lo esacerbavano del tutto, sarebbero stati una vista terribile, se incarnata in una sola vecchia creatura. Eppure "affiora" - come dice il nostro gergo - miei signori e gentiluomini e onorevole Comitato, in altri simili, piuttosto frequentemente!

«Mi hanno perseguitato tutta la vita, ma non mi prenderanno viva, né me né i miei,» gridò la vecchia Betty. «Ho chiuso con voi. Avrei barricato la porta e la finestra e sarei morta di fame prima di farvi entrare, se avessi saputo per cosa venivate.»

Ma dando uno sguardo al buon viso della signora Boffin, si calmò, e accovacciandosi vicino alla porta, chinandosi sul suo fardello per farlo star zitto, disse umilmente: «Forse le mie paure mi hanno fatto sbagliare. Se è così, me lo dicano, e il buon Dio mi perdoni! Io mi spavento subito, lo so, e la mia testa è leggera per la stanchezza e per la veglia.»

«Su, su, su!» rispose la signora Boffin. «Andiamo! Non ne parliamo più, Betty. È stato un errore, un errore. Ciascuno di noi avrebbe potuto farlo al suo posto, e si sarebbe sentito proprio come lei.»

«Dio la benedica!» disse la vecchia, tendendole la mano.

«Ora, ascolti, Betty,» proseguì la dolce anima compassionevole, e prendendo la mano con gentilezza, «quello che veramente volevo dire, e che avrei iniziato a dire prima, se fossi stata un po' più saggia e più pratica. Vogliamo portare Johnny in un posto dove non ci sono che bambini, un posto appositamente allestito per i bambini malati, dove ci sono dei bravi dottori e delle brave infermiere che passano la loro vita coi bambini, e parlano solo coi bambini, toccano solo i bambini, consolano e curano solo i bambini.»

«Esiste davvero un posto simile?» domandò la vecchia, con uno sguardo di meraviglia.

«Sì, Betty, sulla mia parola, e lei lo vedrà. Se la mia casa fosse un posto migliore per il caro bambino, lo porterei lì, ma davvero, davvero, non lo è.»

«Lei lo porterà,» rispose Betty baciando con fervore la mano che la confortava, «dove vuole, mia cara. Non sono così dura da non credere alla sua faccia e alla sua voce, e lo farò finché posso vedere e ascoltare.»

Ottenuta questa vittoria, Rokesmith si affrettò a trarne profitto, perché vedeva come deplorevolmente si era perso tempo. Egli spedì Sloppy a chiamare la carrozza alla porta; fece sì che il bambino fosse avvolto bene, disse alla vecchia Betty di mettersi il cappello, raccolse i giocattoli, consentendo al piccolo di comprendere che i suoi tesori dovevano essere trasportati con lui; e aveva preparato tutte le cose così rapidamente che erano pronti a salire in carrozza non appena essa apparve, e un minuto dopo erano in viaggio. Ma Sloppy fu lasciato a casa e sollevò il suo animo oppresso con un parossismo di lavoro al rullo.

All' Ospedale dei Bambini, il nobile destriero, l'arca di Noè, l'uccello giallo e l'ufficiale della guardia furono accolti altrettanto bene che il loro piccolo proprietario. Ma il dottore disse in disparte a Rokesmith: «Questo avrebbe dovuto essere giorni fa. Troppo tardi!»

Tuttavia vennero portati in una stanza pulita e ariosa, e lì Johnny tornò in sé, da un sonno o da uno svenimento o qualunque cosa fosse, e si trovò disteso in un tranquillo lettino, con una piccola tavola sul petto, sulla quale erano già sistemati, per fargli coraggio e dargli allegria, l'arca di Noè, il nobile destriero, l'uccello giallo; con l'ufficiale della guardia che compiva del tutto il suo dovere, con soddisfazione del suo paese come se fosse stato alla parata militare. E a capo del letto c'era un quadro a colori bello da vedere, che rappresentava per così dire un altro Johnny seduto sulle ginocchia di un angelo che sicuramente amava i piccoli bambini. E, fatto meraviglioso, trovarsi lì e vedere: Johnny era diventato uno di una piccola famiglia, tutti in tranquilli lettini (tranne due che giocavano a domino in due poltroncine al tavolino accanto al focolare): e su tutti i lettini c'erano piccole piattaforme sulle quali si potevano vedere delle case di bambole, dei cani lanosi con un meccanismo per abbaiare non molto dissimile dalla voce artificiale che pervadeva le viscere dell'uccello giallo, soldatini di piombo, tamburini turchi, servizi da tè in legno, e le ricchezze della terra.

Poiché Johnny mormorava qualche cosa nella sua placida ammirazione, l'infermiera che era a capo del suo letto gli domandò che cosa avesse detto. Sembrava ch'egli volesse sapere se tutti quelli fossero i suoi fratelli e sorelle? Così gli dissero di sì. Poi pare ch'egli volesse sapere se Dio li aveva riuniti lì tutti insieme. Così gli dissero di sì di nuovo. Poi capirono ch'egli voleva sapere se fossero usciti tutti dalla sofferenza. Così risposero di sì anche a quella domanda e gli fecero capire che la risposta includeva lui stesso. Le capacità di Johnny nell'arte della conversazione non erano ancora molto sviluppate nemmeno quando era in salute, tanto che ora, nella malattia, erano poco più che monosillabi. Ma bisognava lavarlo e curarlo, bisognava dargli delle medicine, e benché queste cure fossero fatte con mano mille volte più abile e più leggera di quelle che aveva avuto in tutta la sua vita così dura e breve, l'avrebbero per forza urtato e stancato, se non fosse per una circostanza straordinaria che attirò la sua attenzione. E cioè, l'apparizione nientemeno di tutte le coppie di animali della Creazione, sulla sua tavoletta, in cammino per entrare nell'arca: l'elefante che guidava, e la mosca, con un senso di insicurezza per la sua taglia, educatamente in retroguardia. Un fratellino che giaceva nel lettino accanto con una gamba rotta, fu così incantato da questo spettacolo che la sua gioia esaltava il coinvolgente interesse di Johnny, e così venne il riposo e il sonno.

«Vedo che lei non ha paura di lasciare il caro bambino qui, Betty,» sussurrò la signora Boffin.

«No, signora. Molto volentieri, con mille grazie, con tutto il mio cuore e anima.»

Così lo baciarono e lo lasciarono lì, e la vecchia Betty doveva venire di ritorno la mattina presto, e nessuno, tranne Rokesmith, sapeva certo di come il dottore avesse detto: "Avrebbe dovuto essere giorni fa. Troppo tardi!"

Ma poiché Rokesmith lo sapeva, e poiché sapeva che il suo pensiero sarebbe stato apprezzato dalla buona donna ch'era stata l'unica luce della fanciullezza del triste John Harmon morto e andato, decise che a tarda notte sarebbe tornato accanto al letto dell'omonimo John Harmon, a vedere come andava. La famiglia che Dio aveva riunito non dormiva tutta, ma erano tutti tranquilli. Di letto in letto, una donna con passo leggero camminava e un volto fresco e simpatico passava nel silenzio della notte. Una piccola testa qua e là si alzava nella luce soffusa, per essere baciata mentre il viso passava - perché questi piccoli pazienti sono molto affettuosi - e poi si lasciava persuadere a rimettersi a dormire di nuovo. Il piccolo dalla gamba rotta era irrequieto e gemeva; ma dopo un po' si voltò verso il letto di Johnny per farsi coraggio con la vista dell'arca, e si addormentò. Sulla maggior parte dei letti, i giocattoli erano ancora raggruppati come i bambini li avevano lasciati l'ultima volta prima di mettersi giù a dormire, e, nella loro innocente e grottesca incongruenza, avrebbero potuto rappresentare i sogni dei bambini.

Anche il dottore venne a vedere come stava Johnny. Egli e Rokesmith stavano in piedi, guardando verso di lui con compassione.

«Che c'è, Johnny?» domandò Rokesmith, mettendogli un braccio intorno al collo mentre egli si agitava.

«Lui!» disse il piccolo. «Questi!»

Il dottore capiva prontamente i bambini, e prendendo il cavallo, l'arca, l'uccello giallo, il soldato della guardia dal letto di Johnny, li mise dolcemente sul letto del suo prossimo vicino, il piccolo dalla gamba rotta.

Con un sorriso stanco eppure compiaciuto, e con un movimento come per allungare la sua piccola figura per riposare, il bambino si sollevò sul braccio che lo sosteneva, e cercando con le labbra la faccia di Rokesmith, disse: «Un bacio per la bella signora.» Avendo ora lasciato in eredità tutto ciò di cui poteva disporre e sistemato i suoi affari in questo mondo, Johnny, parlando così, lo lasciò.

X. Un successore

Alcuni dei parrocchiani del reverendo Frank Milvey erano molto a disagio nelle loro menti, perché erano invitati a seppellire i loro morti con eccessive speranze. Ma il reverendo Frank era propenso a credere che si poteva ritenere che una o due altre cose (su trentanove, all'incirca) avrebbero dovuto turbare la loro coscienza ancor di più, se ci avessero pensato allo stesso modo, e perciò era tranquillo. Invero, il reverendo Frank Milvey era un uomo tollerante, che vedeva molte tristi deformazioni e piaghe nella vigna nella quale lavorava, ma non credeva che esse lo rendessero molto più saggio. Era persuaso soltanto che quanto più sapeva lui nel suo piccolo limitato modo umano, tanto meglio poteva immaginare in lontananza cosa l'onniscienza poteva sapere.

Perciò, se il reverendo Frank avesse dovuto leggere le parole che turbavano alcuni dei suoi fedeli, e toccavano proficuamente innumerevoli cuori, in un caso peggiore di quello di Johnny, l'avrebbe fatto con la pietà e l'umiltà della sua anima. Leggendo quelle parole per Johnny, pensava ai suoi sei bambini, e non alla sua povertà, e le leggeva cogli occhi umidi. E molto seriamente lui e la sua brillante mogliettina, che l'aveva ascoltato, guardarono in basso nella piccola fossa e tornarono a casa a braccetto. C'era dolore nella casa aristocratica, e c'era gioia alla Pergola. Il signor Wegg sosteneva che se si voleva un orfano, non era un orfano egli stesso? e si poteva desiderare di meglio? E perché vagare per i cespugli di Brentford in cerca di orfani che non avevano alcun diritto su di te, e non avevano fatto alcun sacrificio per te, quando c'era lì pronto un orfano che alla tua causa aveva dato la signorina Elizabeth, il signorino George, la zia Jane e lo zio Parker?

Dunque il signor Wegg ridacchiò, quando udì la notizia. Anzi, fu addirittura affermato, in seguito, da un testimone che per il momento rimarrà senza nome, che nella solitudine della Pergola egli tirò fuori la sua gamba di legno, alla maniera del balletto da palcoscenico, ed eseguì una trionfante piroetta di scherno sulla gamba genuina che gli restava.

In quel tempo, i modi di John Rokesmith verso la signora Boffin erano più i modi di un giovane verso una madre, che quelli di un Segretario nei confronti della moglie del suo datore di lavoro. Egli le aveva sempre mostrato una devota, affettuosa deferenza, che pareva esser nata proprio il giorno della sua assunzione; tutto ciò che in lei era strano, negli abiti come nei modi, sembrava che non fosse strano per lui; talvolta egli aveva fatto una faccia tranquillamente divertita in sua compagnia, ma comunque sembrava che il piacere che gli davano il suo temperamento cordiale e la sua natura radiosa, avrebbe potuto esprimersi in modo altrettanto naturale in una lacrima come in un sorriso. La completa simpatia al desiderio della signora Boffin di avere un piccolo John Harmon da proteggere e da allevare, egli la mostrava in ogni atto e parola: e ora che quel desiderio era deluso, egli trattava l'argomento con virile tenerezza e rispetto, per cui ella non poteva mai ringraziarlo abbastanza. «Ma io la ringrazio, signor Rokesmith,» disse la signora Boffin, «la ringrazio con tutto il cuore. Lei ama i bambini.»

«Spero che tutti li amino.»

«Tutti dovrebbero,» disse la signora Boffin, «ma non tutti noi facciamo quello che dovremmo, vero?»

John Rokesmith rispose: «Alcuni di noi suppliscono alle carenze degli altri. Lei amava molto i bambini, mi ha detto il signor Boffin.»

«Non più di lui, ma è il suo modo di fare, e attribuisce tutto il bene a me. Lei parla piuttosto tristemente, signor Rokesmith.»

«Davvero?»

«A me sembra così. Ha avuto molti fratelli, lei?» Egli scosse la testa.

«Figlio unico?»

«No, ce n'era un altro. Morto molto tempo fa.»

«Suo padre e sua madre sono vivi?»

«Morti.»

«E il resto dei suoi parenti?»

«Morti... se mai ne ho avuti. Non ne ho mai sentito parlare.»

A questo punto del dialogo entrò Bella con passo leggero. Ella si fermò un momento alla porta, esitando se dovesse entrare o ritirarsi; perplessa, scoprendo che non era stata notata.

«Ora, non badi ai discorsi di una vecchia signora,» disse la signora Boffin, «ma mi dica. È abbastanza sicuro, signor Rokesmith, di non aver mai avuto un delusione in amore?»

«Del tutto sicuro. Perché me lo domanda?»

«Perché, per questa ragione: talvolta lei ha una specie di comportamento sotto tono, che non è quello della sua età. Lei non ha ancora trent'anni, no?»

«Non li ho ancora.»

Ritenendo giunto il momento di far conoscere la sua presenza, Bella tossì qui per attirare l'attenzione, chiese scusa e disse che sarebbe andata via, temendo di avere interrotto qualche questione di affari.

«No, non andare,» rispose la signora Boffin, «perché stiamo per parlare di affari, invece di averlo iniziato a fare, e tu ne fai parte altrettanto ora, mia cara Bella, quanto me. Ma voglio che il mio Noddy si consulti con noi. Qualcuno sarebbe così bravo da trovare il mio Noddy per me?»

Rokesmith partì per quella commissione, e poco dopo tornò accompagnato dal signor Boffin al suo trotto. Bella sentiva un po' di vaga trepidazione, circa il soggetto di quella consultazione, finché la signora Boffin lo annunciò. «Su, vieni a sedere accanto a me, mia cara,» disse quella degna persona accomodandosi sulla larga ottomana al centro della stanza e cingendo col braccio la vita di Bella, «e tu, Noddy, siediti qua, e lei, signor Rokesmith, si sieda lì. Ora, vedete, quello che voglio dirvi è questo. Il signore e la signora Milvey mi hanno inviato la più gentile nota possibile (che il signor Rokesmith mi ha letto proprio adesso ad alta voce, perché non sono brava coi caratteri scritti a mano) e mi offrono di trovarmi un altro bambino cui io potrei dare un nome e adottare ed educare. Bene. Questo mi ha dato da pensare.»

(«E lei è come una macchina a vapore,» mormorò il signor Boffin in una parentesi d'ammirazione «quando una volta cominci. Forse non le può essere facile cominciare, ma una volta che ha cominciato, è come una macchina a vapore.»)

«... Questo mi ha dato da pensare, dico» ripeté la signora Boffin, cordialmente raggiante sotto l'influenza dei complimenti di suo marito, «e ho pensato due cose. Prima di tutto, ora son diventata timorosa di risuscitare il nome di John Harmon. È un nome sfortunato, e credo che mi rimprovererei molto se lo dessi di nuovo a un altro caro bambino, e si dimostrasse di nuovo sfortunato.»

«Ma se,» proponendo gravemente il caso al parere del suo Segretario, «se si può chiamarla superstizione, questa?»

«Si tratta di un sentimento della signora Boffin,» disse gentilmente Rokesmith.

«Quel nome è sempre stato sfortunato. Ora ha questa nuova sfortunata associazione ad esso collegata. Quel nome è morto. Perché farlo rivivere? Posso chiedere alla signorina Wilfer che cosa ne pensa?»

«Non è stato un nome fortunato, per me,» disse Bella, arrossendo, «o almeno non lo è stato, finché non son venuta qui... ma non è questo il punto. Poiché avevamo dato quel nome a quel povero bambino, e quel povero bambino mi ha mostrato tanto affetto, mi pare che sarei gelosa, di chiamare così un altro bambino. Penso che dovrei sentirmi come se il nome mi sia divenuto caro, e che non abbia il diritto di usarlo più.»

«Ed è questa anche la sua opinione?» domandò il signor Boffin che osservava il volto del Segretario, e di nuovo si rivolgeva a lui.

«Dico di nuovo che si tratta di sentimenti,» rispose il Segretario. «Mi pare che il sentimento della signorina Wilfer sia molto femminile e grazioso.»

«Adesso di' la tua opinione, Noddy,» disse la signora Boffin.

«La mia opinione, vecchia signora,» rispose il Netturbino d'oro, «è la tua opinione.»

«Allora,» disse la signora Boffin, «siamo d'accordo di non risuscitare più il nome di John Harmon, ma di lasciarlo riposare nella tomba. E', come dice il signor Rokesmith, una questione di sentimenti. Ma, Dio mio, quante cose sono questione di sentimenti! Bene, e così arrivo alla seconda cosa che ho pensato. Dovete sapere, mia cara Bella, e lei, signor Rokesmith, che quando rivelai la prima volta al signor Boffin il mio pensiero di adottare un orfano in ricordo di John Harmon, dissi anche a mio marito che era un conforto pensare che il povero bambino avrebbe goduto del denaro di John Harmon, e sarebbe stato protetto dalla desolazione di John Harmon.»

«Udite, udite!» gridò il signor Boffin. «Proprio così!»

«Un momento, Noddy mio caro, perché devo dire ancora un'altra cosa,» rispose la signora Boffin. «Quella era la mia intenzione, ne son sicura, così come è ancora ora la mia intenzione. Ma questa piccola morte mi ha fatto porre la domanda, seriamente, se non ero troppo propensa a compiacere me stessa. Altrimenti, perché ho cercato così tanto un bambino carino e un bambino abbastanza di mio gradimento? Volendo far del bene, perché non farlo per se stesso, mettendo da parte i miei gusti e le mie preferenze?»

«Forse,» disse Bella, e forse lo disse con particolare convinzione per via delle curiose relazioni che c'erano state una volta tra lei e l'assassinato, «forse, nel risuscitare il nome, lei non voleva che andasse a un bambino meno interessante dell'originale. Le interessava molto, lo so.»

«Bene, mia cara,» rispose la signora Boffin, dandole una stretta, «sei gentile a trovare questa ragione, e spero che sia stato come tu dici, e veramente credo che fino a un certo punto sia stato così, ma ho paura che questo non sia tutto. Ad ogni modo, questo ormai non c'entra, perché abbiamo finito con il nome.»

«Per erigerlo come ricordo,» suggerì Bella, pensierosa.

«Hai detto bene, mia cara, per erigerlo come ricordo. Dunque ho pensato che se prendo un altro orfano a cui provvedere, non deve essere un animale domestico né un giocattolo per me, ma una creatura da aiutare per il suo bene.»

«Non bello, dunque?» disse Bella.

«No,» rispose la signora Boffin, con decisione.

«E neanche attraente?» disse Bella.

«No,» rispose la signora Boffin, «Non necessariamente così. È così che può accadere. Un ragazzo ben disposto viene sulla mia strada, che forse può mancare di tali vantaggi per andare avanti nella vita, ma è onesto e industrioso e richiede una mano amica e la merita. Se io faccio sul serio e ho proprio deciso di non essere egoista, bisognerà che mi occupi di lui.»

A questo punto il cameriere, i cui sentimenti erano stati già feriti nell'occasione precedente, si avvicinò a Rokesmith chiedendo scusa, e annunciò il discutibile Sloppy.

I quattro membri del consiglio si guardarono l'un l'altro e si fermarono. Poi Rokesmith chiese: «Lo facciamo accomodare qui, signora?»

«Sì,» disse la signora Boffin. Al che il cameriere scomparve, ricomparve presentando Sloppy e si ritirò molto disgustato.

La premura della signora Boffin aveva vestito il signor Sloppy di un completo di nero, su cui il sarto aveva ricevuto indicazioni personali da Rokesmith di spendere la massima astuzia della sua arte, al fine di occultare i bottoni che tenevano insieme e sostenevano. Ma così molto più potenti erano le fragilità della forma di Sloppy rispetto alle più forti risorse della scienza sartoriale, che ora egli si trovava davanti al Consiglio come un perfetto Argo[174] in fatto di bottoni: splendenti e ammiccanti e luccicanti e scintillanti da un centinaio di occhi metallici, verso gli spettatori abbagliati. Il gusto artistico di qualche cappellaio sconosciuto gli aveva messo sulla testa un cappello di larga capacità, che era scanalato dietro, dalla corona del cappello all'orlo, e che terminava in un fiocco nero, per il quale l'immaginazione si rimpicciolivia sconcertata e la ragione si ribellava. Alcuni poteri speciali di cui erano dotate le sue gambe avevano già tirato su i pantaloni lucidi alle caviglie e li avevano insaccati alle ginocchia; mentre doni simili delle sue braccia gli avevano sollevato le maniche della giacca dai polsi e le avevano accumulate sui gomiti. Così esposto, con gli abbellimenti aggiuntivi di una coda molto piccola alla sua giacca, e un abisso spalancato allo stomaco, Sloppy si presentò.

«E come sta Betty, mio buon ragazzo?» gli domandò la signora Boffin.

«Grazie, signora,» disse Sloppy, «va abbastanza bene e manda i suoi doveri, e tante grazie per il tè e tutti i favori, e desidera conoscere lo stato di salute della famiglia.»

«Siete arrivato adesso, Sloppy?»

«Sì, signora.»

«Allora non avete ancora pranzato?»

«No, signora. Ma intendo farlo. Perché non ho dimenticato il suo bell'annuncio che non sarei mai andato via senza un bel pranzo di carne, birra e budino... No, ce n'erano quattro, mi ricordo che ho contato i piatti l'altra volta: carne, uno; birra, due; verdura, tre; e che cos'era il quarto?... Ah, sì, il budino, ecco il quarto!» Qui Sloppy gettò indietro la testa, spalancò la bocca e rise estasiato.

«Come stanno i due poveri piccoli in affido?» domandò la signora Boffin.

«Hanno superato, signora, e vanno avanti alla grande.»
La signora Boffin guardò gli altri tre membri del consiglio, poi disse, facendo un cenno col dito: «Sloppy!»
«Sì, signora.»
«Venite avanti, Sloppy. Vi piacerebbe di pranzar qui tutti i giorni?»
«Con tutti e quattro, signora? Oh, signora!» I sentimenti di Sloppy l'obbligarono a stringere il cappello e a contrarre una gamba all'altezza del ginocchio.
«Sì. E vi piacerebbe di essere sempre curato qui, se foste volonteroso e meritevole?»
«Oh, signora!... Ma c'è la signora Higden,» disse Sloppy, controllandosi nel suo rapimento, indietreggiando e scuotendo la testa con estrema serietà. «C'è la signora Higden. La signora Higden va avanti a tutto. Nessuno potrà mai essermi amico migliore di come è stata la signora Higden. E io debbo ricambiare, la signora Higden. Come farebbe la signora Higden se io non l'aiutassi?» Al solo pensiero della signora Higden in questa inconcepibile afflizione, il volto di Sloppy diventò pallido e manifestò le emozioni più dolorose.
«Hai tutte le ragioni possibili, Sloppy,» disse la signora Boffin, «e lontano sia da me dirti il contrario. Ci penseremo. Se potremo aiutare in qualche altro modo la signora Higden, verrete qui e vi prenderete cura di lei per tutta la vita e sarete in grado di mantenerla in altri modi che con il rullo.»
«Quanto a quello, signora,» rispose l'estatico Sloppy, «il lavoro col rullo potrebbe essere fatto di notte, non le pare? Potrei star qui di giorno e là di notte. Io non ho bisogno di dormire, proprio no. E anche se di tanto in tanto dovessi volere una strizzatina d'occhio o due,» aggiunse Sloppy dopo un momento di riflessione e in tono di scusa, «potrei farlo lavorando. Tante volte l'ho fatto, e l'ho gradito meravigliosamente!»
Sotto l'impulso riconoscente del momento, il signor Sloppy baciò la mano della signora Boffin, poi si staccò un po' da quella buona creatura per poter avere abbastanza spazio per i suoi sentimenti, rovesciò il capo, spalancò la bocca, ed emise un lugubre ululato. Ciò deponeva a favore della tenerezza del suo cuore, ma suggeriva che qualche volta avrebbe potuto dar fastidio ai vicini: tanto più che un cameriere aprì la porta, chiese scusa, trovando che non c'era bisogno di lui, ma si scusò sulla base del fatto che "pensava che fossero i gatti".

XI. Alcuni affari di cuore

La piccola signorina Peecher, dalla sua piccola casa di abitazione ufficiale, con le sue piccole finestre come crune di aghi, e le sue piccole porte come copertine di libri di scuola, era davvero molto attenta all'oggetto dei suoi tranquilli affetti. L'amore, anche se si dice che sia afflitto da cecità, è un vigile guardiano, e la signorina Peecher gli aveva dato doppio incarico sul signor Bradley Headstone. Non era che fosse naturalmente portata a fare la spia - non era affatto incline a segreti, complotti o meschinità - ma era semplicemente che ella amava l'irresponsabile Bradley con tutta la scorta di un amore primitivo e domestico, che non era mai stato esaminato o certificato da lei. Se la sua fedele lavagna avesse avuto le meravigliose qualità nascoste della carta simpatica[175], e la sua matita quelle dell'inchiostro invisibile, molti piccoli trattati ideati per stupire gli alunni sarebbero venuti fuori di botto attraverso le somme asciutte, durante il periodo scolastico, sotto l'influenza del riscaldamento del cuore di Miss Peecher. Perché spesso, quando non c'era scuola, e il suo tranquillo tempo libero e la sua tranquilla casetta erano sue, ella voleva affidare alla sua confidenziale lavagna un'immaginaria descrizione di come, nel crepuscolo di una sera profumata, avrebbero potuto essere osservate due figure, in un angolo dell'orto dietro la casa, delle quali una, che aveva forma maschile, si chinava sull'altra, che aveva forma femminile, di bassa statura e di una certa compattezza, e sospirava a bassa voce le parole: «Emma Peecher, vuoi tu essere mia?», dopo di che la testa della forma femminile si posava sulla spalla della forma maschile, e gli usignoli iniziavano a cantare. Benché in modo invisibile, e insospettabile alle alunne, Bradley Headstone pervadeva anche gli esercizi scolastici. Si trattava di Geografia? Egli sarebbe venuto trionfante volando davanti alla lava del Vesuvio e dell'Etna, e avrebbe bollito indenne nelle sorgenti calde dell'Islanda, e avrebbe fluttuato maestosamente lungo il Gange e il Nilo. La Storia raccontava di un re degli uomini? Guardatelo coi suoi pantaloni sale e pepe, con la custodia dell'orologio intorno al collo. Si dovevano trascrivere copie? Nella B e nella H maiuscole la maggior parte delle ragazze sotto l'insegnamento della signorina Peecher erano di mezzo anno avanti rispetto a tutte le altre lettere l'alfabeto. E il Calcolo Mentale, amministrato da Miss Peecher, spesso consacrava se stesso a fornire a Bradley Headstone un guardaroba di dimensioni favolose: ottantaquattro cravatte a due e novantacinque; due volte dodici dozzine d'orologi d'argento a quattro sterline, quindici scellini e sei soldi; settantaquattro cappelli neri a diciotto scellini, e molte altre simili cose superflue. Il vigile guardiano, usando le sue opportunità quotidiane di girare gli occhi in direzione di Bradley, ben presto avvertì la signorina Peecher che Bradley era più preoccupato del solito, e più dedito a passeggiare con un viso abbassato e riservato, mentre rigirava nella sua mente qualche problema difficile, che non era il programma scolastico. Mettendo insieme questo e quello - cioè registrando sotto la voce «questo» le apparenze presenti e la sua intimità con Charley Hexam, e classificando sotto la voce «quello» la visita a sua sorella, il guardiano riferì alla signorina Peecher il suo forte sospetto che la sorella fosse alla base di tutto.

«Mi domando,» disse la signorina Peecher, mentre scriveva il suo rapporto settimanale un pomeriggio di vacanza, «come si chiama la sorella di Hexam?»

Mary Anne, al suo lavoro di cucito, presente e attenta, alzò il suo braccio.

«Sì, Mary Anne.»

«Si chiama Lizzie, signorina.»

«Mi pare difficile che si chiami Lizzie, Mary Anne,» rispose la signorina Peecher, con una voce armoniosamente istruttiva. «È un nome cristiano Lizzie, Mary Anne?»

Mary Anne posò il lavoro, si alzò, agganciò una mano all'altra dietro la schiena, come sotto catechizzazione, e rispose: «No, è un'alterazione, signorina Peecher.»

«Chi le ha dato quel nome?» stava continuando la signorina Peecher per pura forza d'abitudine, quando si controllò, poiché Mary Anne manifestava un'impazienza teologica di mettere in mezzo i padrini e le madrine, e disse: «Voglio dire, di quale nome è un'alterazione?»

«Elizabeth o Eliza, signorina Peecher.»

«Bene, Mary Anne. Se ci fosse qualche Lizzie nella primitiva chiesa cristiana, dobbiamo considerarlo molto dubbio, molto dubbio.» La signorina Peecher era estremamente saggia qui. «Per parlar correttamente, diciamo, allora, che la sorella di Hexam è chiamata Lizzie; non che si chiami così. Non è vero, Mary Anne?»

«Sì, signorina Peecher.»

«E dove,» proseguì la signorina Peecher, compiaciuta nella sua piccola trasparente finzione di condurre l'esame in un modo semiufficiale a beneficio di Mary Anne, non il suo, «dove vive questa giovane donna che è chiamata, ma non si chiama, Lizzie? Pensaci, ora, prima di rispondere.»

«A Church Street, Smith Square[176], vicino a Mill Bank, signorina.»

«A Church Street, Smith Square, vicino a Mill Bank,» ripeté la signorina Peecher, come se avesse già posseduto il libro in cui si trovava scritto. «Proprio così. E a che occupazione si dedica questa giovane donna, Mary Anne? Pensaci pure.»

«Ha un posto di fiducia in un negozio di forniture nella City, signorina.

"Oh!" disse la signorina Peecher pensandoci su: ma poi subito aggiunse con tono di conferma: «In un negozio di forniture nella City. Sì?»

«E Charley...», stava proseguendo Mary Anne, quando la signorina Peecher la fissò.

«Voglio dire Hexam, signorina Peecher.»

«Pensavo che volessi dirlo, Mary Anne. Sono lieta di sentirlo. E Hexam?...»

«Dice,» proseguì Mary Anne, «che non è contento di sua sorella, che sua sorella non si lascia guidare dai suoi consigli, ma persiste nel farsi guidare da quelli di un altro, e che...»

«Il signor Headstone attraversa il giardino!» esclamò la signorina Peecher, arrossendo e con uno sguardo allo specchio. «Hai risposto molto bene, Mary Anne. Stai acquisendo un'eccellente abitudine di organizzare chiaramente i tuoi pensieri. Va bene.»

La discreta Mary Anne riprese il suo posto e il suo silenzio, e cuciva, cuciva, e stava cucendo, quando entrò l'ombra del maestro prima di lui, che annunziava come egli potesse essere aspettato istantaneamente.

«Buona sera, signorina Peecher,» diss'egli, seguendo la sua ombra e prendendone il posto.

«Buonasera, signor Headstone. Mary Anne, una sedia.»

«Grazie,» disse Bradley, sedendosi nella sua maniera forzata. «Non è che una visita veloce. Sono entrato, passando di qua, per chiederle un favore nella sua qualità di vicina.»

«Ha detto passando di qua, signor Headstone?» domandò la signorina Peecher.

«Passando di qua per andare a... dove devo andare.»

«Church Street, Smith Square, vicino a Mill Bank,» ripeté la signorina Peecher, nei suoi pensieri.

«Charley Hexam è andato a prendere uno o due libri di cui ha bisogno, e probabilmente tornerà prima di me. Poiché in casa non c'è nessuno, mi son preso la libertà di dirgli che avrei lasciato la chiave qui. Mi permette gentilmente di fare così?»

«Certamente, signor Headstone. Va a fare una passeggiata serale, signore?»

«Un po' per una passeggiata e un po' per... per affari.»

«Affari a Church Street, Smith Square, vicino a Mill Bank,» ripeté la signorina Peecher a se stessa.

«Detto questo,» proseguì Bradley posando la chiave sul tavolo, «devo andar già via. C'è niente che possa fare per lei, signorina Peecher?»

«Grazie, signor Headstone. In quale direzione?»

«In direzione di Westminster.»

«Mill Bank,» ripeté ancora una volta la signorina Peecher tra sé. «No, grazie, signor Headstone, non la disturberò.»

«Non mi disturberebbe» disse il maestro.

«Ah!» rispose la signorina Peecher, ma non ad alta voce, «lei invece disturba molto me!» e nonostante i suoi modi tranquilli e il suo sorriso tranquillo, la signorina Peecher era piena di preoccupazioni quando lui se ne andò per la sua strada.

Ella era nel giusto riguardo la sua destinazione. Egli tenne un percorso diritto verso la casa della sarta delle bambole, per quanto la saggezza di suoi antenati, esemplificata nella costruzione dell'intrico delle vie, glielo consentiva, e camminava con la testa abbassata in cui martellava un'idea fissa. Era stata la sua idea inamovibile da quando aveva posato i suoi occhi su di lei. Gli sembrava che tutto ciò che poteva reprimere in se stesso l'aveva represso, come tutto ciò che poteva frenare in se stesso l'aveva frenato, ed era venuto il tempo - in fretta, in un momento - in cui il suo potere di autocontrollo si era allontanato. «Amore a prima vista» è una banale espressione su cui si è discusso sufficientemente; ma in certe nature dove il fuoco cova sotto la cenere, come quella di quest'uomo, quella passione divampa in fiamme, innalzandosi come fa un incendio sotto la furia del vento, mentre le altre passioni, grazie al loro dominio, possono essere tenute in catene. Come esiste una moltitudine di caratteri deboli e inclini a imitare, sempre pronta a impazzire per la prima idea sbagliata che viene introdotta (e ai giorni nostri generalmente per qualche forma di tributo a Qualcuno per qualcosa che non ha mai fatto, o, se fatta, che è stata fatta da Qualcun Altro) - così questi caratteri meno comuni possono stare calmi per anni, pronti a prorompere in fiamme nel giro di un istante.

Il maestro andava per la sua strada, pensando e ripensando, e la sua faccia preoccupata mostrava la percezione di essere vinto in una dura lotta. Veramente, nel suo petto indugiava una vergogna piena di risentimento, per l'essere vinto da questa passione per la sorella di Charley Hexam, benché proprio negli stessi momenti egli si concentrasse sull'oggetto di portare la passione a un esito coronato di successo.

Egli apparve davanti al tavolino della sarta delle bambole, che sedeva sola al suo lavoro.

«Oh!» pensò quel furbo e giovane personaggio, «sei tu, eh? Conosco i tuoi trucchi e le tue maniere, amico mio!»

«La sorella di Hexam,» disse Bradley Headstone, «non è ancora tornata a casa?»

«Lei è proprio un indovino,» rispose la signorina Wren.

«Aspetterò, se non le dispiace, perché voglio parlarle.»

«Ah, sì?» rispose la signorina Wren. «Sieda. Spero che sia reciproco.»

Bradley guardò con diffidenza verso la faccia furba che si piegava di nuovo sul lavoro, e disse, cercando di vincere il dubbio e l'esitazione: «Spero che lei non voglia dire che la mia visita non sarà gradita alla sorella di Hexam?»

«Su! Non la chiami così. Non posso sopportare che lei la chiami così,» rispose la signorina Wren facendo schioccare le dita in una scarica di schiocchi d'impazienza, «perché non mi piace Hexam.»

«Davvero?»

«No.» La signorina Wren arricciò il naso, per esprimere antipatia. «Egoista. Pensa soltanto a se stesso. Come tutti voi.»

«Come tutti noi? Allora neanch'io le piaccio?»

«Così così,» rispose la signorina Wren con una scrollata di spalle e una risata. «Non so molto, di lei.»

«Ma non sapevo che fossimo tutti così,» disse Bradley rispondendo all'accusa, un po' offeso. «Non vorrà dire, alcuni di noi?»

«Significa,» rispose la piccola creatura, «tutti tranne lei. Ah, ora guardi un po' in faccia questa signora. Questa è la signora Verità. L'Onorevole. Completamente vestita.»

Bradley diede un'occhiata alla bambola ch'ella teneva su per fargliela osservare, mentre prima era stata a faccia in giù sul tavolino, mentr'ella con un ago e il filo le allacciava il vestito sulla schiena, poi guardò da quella a lei.

«Metto l'onorevole signora T. sul mio tavolino in quest'angolo contro il muro, dove i suoi occhi azzurri possono brillare su di lei,» proseguì la signorina Wren così facendo, e facendo con il suo ago due piccoli tocchi in aria verso di lui, come se glielo avesse puntato negli occhi, «e la sfido a dirmi, in presenza della signora T. come testimone, che cosa è venuto a fare qui.»

«A vedere la sorella di Hexam.»

«Non mi dica!» rispose la signorina Wren aguzzando il mento. «Ma per conto di chi?»

«Suo.»

«Oh, signora T.!» esclamò la signorina Wren. «Lo sente!»

«Per ragionare con lei,» proseguì Bradley, per metà assecondando quello che veniva detto, e per metà arrabbiato per quello che non veniva detto, «nel suo interesse.»

«Oh, signora T.!» esclamò la sarta.

«Nel suo interesse,» ripeté Bradley scaldandosi, «e in quello di suo fratello, e come persona assolutamente disinteressata.»

«Davvero, signora T.,» osservò la sarta, «se siamo a questo punto, dobbiamo davvero voltarvi con la faccia al muro.» Aveva appena fatto ciò che arrivò Lizzie Hexam, e mostrò una certa sorpresa di veder lì Bradley Headstone e Jenny che scuoteva il suo piccolo pugno davanti ai suoi occhi, e l'onorevole signora T. con la faccia al muro.

«C'è qui una persona perfettamente disinteressata, cara Lizzie,» disse la consapevole signorina Wren, «che è venuta a parlare con te nell'interesse tuo e di tuo fratello. Pensa un po'. Son sicura che non ci dovrebbe essere una terza parte presente a una cosa così gentile e così seria; e perciò se vuoi portar su la terza parte al piano di sopra, mia cara, la terza parte si ritirerà.»

Lizzie prese la mano che la sarta delle bambole le tendeva allo scopo di essere aiutata ad andarsene, ma la guardò solo con un sorriso interrogativo e non fece altro movimento.

«La terza parte zoppica terribilmente, sai, se è lasciata sola;» disse la signorina Wren, «la schiena le fa male e le sue gambe sono così strane; perciò non può andarsene con grazia a meno che tu non la aiuti, Lizzie.»

«Non può far niente di meglio che restare dov'è,» rispose Lizzie, lasciando andare la mano di lei, e posando leggermente la sua sui riccioli di Jenny. E poi a Bradley: «Da parte di Charley, signore?»

In un modo irresoluto, e dandole furtivamente un'occhiata imbarazzata, Bradley si alzò per darle una sedia, poi ritornò sulla sua.

«A rigor di termini,» diss'egli, «vengo da Charley, perché me ne sono andato da lui solo poco fa; ma non sono incaricato da Charley. Vengo per un mio atto spontaneo.»

Con i gomiti sul tavolo, e il mento sulle mani, la signorina Wren sedeva a guardarlo con un vigile sguardo obliquo. Anche Lizzie, nel suo modo diverso, sedeva a guardarlo.

«Il fatto è,» cominciò Bradley, con la bocca così secca che aveva qualche difficoltà ad articolare le parole: la consapevolezza della cosa rendeva i suoi modi ancora più sgraziati e indecisi, «la verità è che poiché Charley non ha segreti con me (per quanto ne sappia) mi ha confidato tutta questa faccenda.» Si fermò, e Lizzie chiese: «Che faccenda, signore?»

«Io pensavo,» rispose il maestro, dandole un'altra occhiata furtiva, e sembrava che cercasse invano di sostenere il suo sguardo; perché abbassava il suo non appena incontrava gli occhi di lei, «che fosse superfluo, quasi da essere impertinente, darne una definizione. La mia allusione era alla faccenda che lei ha messo da parte i progetti di suo fratello per lei, e ha dato la preferenza a quelli del signor... credo che si chiami Eugene Wrayburn.»

Sottolineò questo punto di non essere certo del nome, con un altro sguardo imbarazzato, che abbassò come l'ultimo. Poiché nessuno diceva nulla dall'altro lato, doveva ricominciare, e ricominciò con nuovo imbarazzo.

«I progetti di suo fratello mi furono comunicati quando egli ci pensò per la prima volta. Per essere precisi, egli me ne parlò l'ultima volta che sono stato qui, mentre tornavamo a casa insieme, e quando io... quando era ancor fresca in me l'impressione di aver visto sua sorella.»

Potrebbe non esserci alcun significato, ma la piccola sarta a questo punto tolse una delle sue mani di sostegno dal mento, e pensierosamente girò l'onorevole signora T. con il viso rivolto verso di loro. Ciò fatto, riprese il suo precedente atteggiamento.

«Io approvai la sua idea,» disse Bradley, posando lo sguardo imbarazzato sulla bambola, e senza accorgersene lasciandoglielo più a lungo che su Lizzie, «sia perché suo fratello avrebbe dovuto essere naturalmente lui l'ideatore di qualsiasi progetto del genere, e sia perché speravo di essere in grado di promuoverlo io stesso. Avrei provato un piacere inesprimibile, avrei avuto un interesse inesprimibile, nel promuoverlo. Perciò devo riconoscere che quando suo fratello fu deluso, fui deluso anch'io. Desidero evitare i malintesi e i sotterfugi, e perciò lo riconosco apertamente.»

Sembrava aver preso coraggio per essere arrivato così lontano. Ad ogni modo proseguì con molta più fermezza e con forte enfasi: sebbene con una curiosa disposizione a stringere i denti, e con un curioso movimento di avvitamento della mano destra nel palmo della sua sinistra, come l'azione di chi fosse stato fisicamente ferito e non volesse gridare.

«Sono un uomo di sentimenti forti e ho sentito profondamente la delusione. La sento molto profondamente. Io non mostro quello che sento: alcuni di noi sono obbligati per abitudine a dominarsi. A tenerlo dentro. Ma torniamo a suo fratello. Egli ha preso la faccenda così a cuore, che ha protestato (ha protestato in mia presenza) con il signor Eugene Wrayburn, se così si chiama. Ha protestato, senza alcun esito. Come chiunque non sia cieco riguardo il reale carattere del signor - del signor Eugene Wrayburn - potrebbe supporre prontamente.» Guardò nuovamente Lizzie e sostenne lo sguardo. La sua faccia passò dal rosso acceso al bianco, e dal bianco di nuovo al rosso acceso, fino a perdurare in un bianco mortale.

«Finalmente ho deciso di venir qui da solo e di fare appello a lei. Ho deciso di venir qui da solo, e d'invitarla a recedere dalla via scelta, e invece di fidarsi di un semplice sconosciuto - una persona dal comportamento insolente verso suo fratello e gli altri - preferire suo fratello e l'amico di suo fratello.»

Lizzie Hexam aveva mutato colore mentre lo mutava lui, e la sua faccia ora esprimeva una certa rabbia, ora molta antipatia, e anche un pizzico di paura. Tuttavia gli rispose con molta fermezza.

«Non posso dubitare, signor Headstone, che la sua visita non abbia delle buone intenzioni. Lei è stato un così buon amico per Charley, che non ho diritto di dubitarne. Non ho nulla da dire a Charley, tranne che ho accettato l'aiuto al quale tanto si oppone, prima che lui facesse qualsiasi progetto per me, o almeno certamente prima che io ne conoscessi qualcuno. Mi fu offerto con premura e delicatezza, e c'erano ragioni che avevano un peso per me, che dovrebbero essere care a Charley quanto a me. Non ho altro da dire a Charley su questo argomento.»

Le labbra di Bradley tremavano e stette in disparte, mentre seguiva questo che era per lui un ripudio; limitandosi lei a parlare del fratello.

«Avrei detto a Charley, se fosse venuto da me,» ella riprese, come se avesse avuto un ripensamento, «che Jenny ed io troviamo la nostra insegnante molto capace e molto paziente, e che si dà gran pena per noi. Tanto che le abbiamo detto che speriamo in pochissimo tempo di poter continuare da sole. Charley s'intende d'insegnanti. E io gli avrei detto, per sua soddisfazione, che la nostra proviene da un istituto dove si formano regolarmente gli insegnanti.»

«Mi piacerebbe chiederle,» disse Bradley Headstone, macinando lentamente le parole, come se venissero da un mulino arrugginito; «mi piacerebbe chiederle, se posso senza offesa, se lei si sarebbe opposta... no, piuttosto mi piacerebbe dire, se posso senza offesa, che avrei voluto avere io l'occasione di venir qui con suo fratello e dedicare al suo servizio le mie povere capacità e la mia poca esperienza.»

«Grazie, signor Headstone.»

«Ma io temo,» egli proseguì, dopo una pausa, aggrappandosi furtivamente con una mano alla seduta della sua sedia come se avesse voluto farla a pezzi, e osservando cupamente che gli occhi di lei erano abbassati, «temo che i miei umili servizi non avrebbero incontrato molto favore?»

Ella non rispose, e il povero disgraziato colpito sedeva lottando con se stesso in una foga di passione e di tormento. Dopo un po' tirò fuori il fazzoletto e si asciugò la fronte e le mani.

«C'è soltanto più una cosa che devo dire, ma è la più importante. C'è una ragione contro questa faccenda. C'è una relazione personale legata con questa faccenda, non ancora spiegata. Potrebbe - non dico che dovrebbe - potrebbe indurla a pensare in modo diverso. Procedere nelle circostanze attuali è fuori questione. Per piacere, è d'accordo che ci sarà un altro colloquio su questo argomento?»

«Con Charley, signor Headstone?»

«Con... Sì,» rispose scoppiando, «sì! Anche con lui, va bene. Per piacere, è d'accordo che deve esserci un altro colloquio in circostanze più favorevoli, prima che l'intero caso possa essere regolato?»

Lizzie scosse la testa, e disse: «Io non capisco che cosa significa, signor Headstone.»

«Limiti il mio significato per il momento,» egli la interruppe, «al fatto che parleremo di tutto questo un'altra volta.»

«Ma quale caso, signor Headstone? Cosa vuole?»

«Sarà... sarà informata nell'altro colloquio.» Poi disse, come in uno scoppio di disperazione incontenibile: «Io... io lascio tutto incompleto! C'è un incantesimo su di me, mi pare!» E poi aggiunse, quasi come se chiedesse pietà: «Buona notte!»

Le tese la mano. Come lei, con manifesta esitazione, per non dire riluttanza, la toccò, uno strano tremito passò su di lui e il suo volto, di un pallore mortale, si contrasse dolorosamente. Poi se ne andò.

La sarta delle bambole sedeva con il suo atteggiamento immutato, guardando la porta dalla quale era uscito, finché Lizzie non spinse la panca da parte e si sedette vicino a lei. Poi, guardando Lizzie come in precedenza aveva guardato Bradley e la porta, la signorina Wren diede un colpo molto improvviso e acuto, a cui a volte si abbandonavano le sue mascelle, si appoggiò allo schienale della sedia con le braccia conserte e si espresse così: «Ehm! Se lui - voglio dire naturalmente, mia cara, il soggetto che verrà a corteggiarmi quando sarà il momento - se lui fosse quel genere di uomo, potrebbe risparmiarsi il disturbo. Non sarebbe adatto per andare attorno e rendersi utile. Prenderebbe fuoco e scoppierebbe improvvisamente, facendolo.»

«E così ti libereresti di lui,» disse Lizzie, assecondandola.

«Non così facilmente,» rispose la signorina Wren. «Non salterebbe in aria da solo. Mi porterebbe su con lui. Conosco i suoi trucchi e le sue maniere.»

«Vuoi dire che avrebbe piacere di farti del male?» domandò Lizzie.

«Non potrebbe proprio esattamente volerlo, mia cara,» rispose la signorina Wren, «ma un sacco di polvere da sparo tra i fiammiferi accesi di lucifero nella stanza vicina potrebbe anche essere qui.»

«È un uomo molto strano,» disse Lizzie sopra pensiero.

«Vorrei che fosse un uomo così strano da essere totalmente straniero!» rispose l'arguta piccola.

Era l'occupazione regolare di Lizzie, quando erano sole di sera, spazzolare e lisciare i lunghi capelli biondi della sarta delle bambole, e così ella sciolse un nastro che glieli teneva all'indietro quando lavorava, ed essi si riversarono come una bella pioggia sulle povere spalle che avevano gran bisogno di quell'ornamento. «Non ora, cara Lizzie,» disse Jenny. «Stiamo un po' a discorrere accanto al fuoco.» E con queste parole, ella a sua volta sciolse i capelli neri della sua amica, che le caddero per il loro stesso peso in due ricchi ammassi sopra il petto. Col pretesto di confrontare i colori e ammirare il contrasto, Jenny riuscì così con un semplice tocco o due delle sue agili mani, ad appoggiare una guancia su una di quelle due masse oscure, oscurando la vista coi suoi riccioli raggruppati così da non poter vedere altro che il fuoco, mentre il fine bel volto di Lizzie era illuminato senza ostacoli dalla malinconica luce.

«Parliamo,» disse Jenny, «del signor Eugene Wrayburn.»

Qualcosa luccicava tra i capelli biondi appoggiati a quelli neri; e se non era una stella - il che non poteva essere - era un occhio; e se era un occhio, era l'occhio di Jenny Wren, lucente e vigile come quello dell'uccello da cui aveva preso il nome.

«Perché, del signor Wrayburn?» domandò Lizzie.

«Per la semplice ragione che così sono dell'umore. Mi domando se è ricco!»

«No, non è ricco.»

«Povero?»

«Credo di sì, per un gentiluomo.»

«Ah, certamente! È un gentiluomo! Non è del nostro genere, no?»

Una scossa della testa, una scossa pensierosa della testa e la risposta, a bassa voce: «Oh, no, oh, no!»

La sarta delle bambole teneva un braccio intorno alla vita dell'amica. Accomodando il braccio, ella approfittò furtivamente dell'occasione per soffiarle contro i propri capelli che cadevano sul viso; così che il suo occhio, sotto le ombre più chiare, brillava più intensamente e appariva più vigile.

«Quando lui arriverà, non sarà un gentiluomo; se lo fosse, lo manderei subito a far le valige. Ad ogni modo lui non è il signor Wrayburn. Io non l'ho affatto affascinato. Mi domando se qualcuna lo abbia fatto, che ne dici, Lizzie?»

«È molto probabile.»

«È molto probabile? Mi chiedo chi?»

«Non è forse probabile che qualche signorina si sia innamorata di lui, e che lui possa amarla teneramente?»

«Forse, non so. Che cosa penseresti di lui, Lizzie, se tu fossi una signora?»

«Una signora, io?» ella ripeté ridendo. «Che fantasia!»

«Sì. Ma dimmi: proprio come una fantasia, così per esempio.»

«Una signora, io! Io povera ragazza ch'ero avvezza a remare per il povero papà sul fiume. Io che avevo condotto il povero papà su e giù per il fiume proprio quella notte in cui lo vidi per la prima volta. Io che fui così intimidita dal suo sguardo, che mi alzai e uscii fuori!»

(«Lui ti ha guardata, anche quella notte, benché tu non fossi una signora!» pensò la signorina Wren.)

«Una signora, io!» continuò Lizzie a bassa voce, con gli occhi sul fuoco. «Con la tomba del povero padre non ancora sgombrata dall'immeritata macchia e dalla vergogna, e lui che cerca di purificarla per me! Una signora, io!»

«Solo come una fantasia, così per esempio,» insisté la signorina Wren.

«Troppo per me, mia cara, troppo! La mia fantasia non è abile ad andare così lontano.» Il fuoco basso splendeva su di lei, e mostrava il suo volto sorridente, pensieroso e assorto.

«Ma io sono dell'umore, e devo essere allietata, Lizzie, perché dopo tutto io sono una povera piccola cosa, e ho avuto una dura giornata con il mio bambino cattivo. Guarda nel fuoco, come ho udito dirti che solevi fare quando vivevi in quella vecchia casa paurosa che una volta era un mulino a vento. Guarda giù nel... qual era il nome, quando predicevi la sorte a tuo fratello, che non mi piace?»

«Il buco presso la fiamma?»

«Ah, quello è il nome! Puoi trovarci dentro una signora, lo so.»

«Più facilmente posso trovarla di quanto possa immaginarla come me, Jenny.»

L'occhio brillante guardava sempre in su, mentre la faccia pensierosa guardava in giù.

«Bene?» disse la sarta delle bambole, «d'abbiamo trovata, la nostra signora?» Lizzie accennò di sì e disse: «Dovrà esser ricca?»

«Sarà meglio che lo sia, poiché lui è povero.»

«È molto ricca. Dovrà esser bella?»

«Anche tu lo sei, e dunque lei deve esserlo.»

«È molto bella.»

«E che cosa dice di lui?» domandò la signorina Jenny a bassa voce, sorvegliando, nel silenzio che si era fatto, la faccia che guardava il fuoco.

«Ella è contenta, contenta di esser ricca, perché lui possa avere il suo denaro. È contenta, contenta di esser bella, perché lui possa esser fiero di lei. Il suo povero cuore...»

«Eh? Il suo povero cuore?» disse la signorina Wren.

«Il suo cuore... è dato a lui, con tutto l'amore e la sincerità. Ella sarebbe felice di morire con lui, o meglio ancora, di morire per lui. Ella sa che lui ha dei difetti, ma lei pensa che siano nati grazie al suo essere come uno scacciato, per la mancanza di qualcosa di cui fidarsi, di cui prendersi cura e di cui pensare bene. E dice, questa signora ricca e bella alla quale, io non mi potrò mai avvicinare: "Lascia solo ch'io riempia quel vuoto, lascia solo ch'io ti mostri quanto poco m'importa di me, prova solo che mondo di cose farò e sopporterò per te, e spero che tu potrai diventare alla fine molto migliore di quello che sei, attraverso me che son tanto peggiore, di me che difficilmente posso pensare accanto a te."»

Poiché la faccia che guardava il fuoco era diventata esaltata e immemore nel rapimento di queste parole, la piccola creatura, sgombrando del tutto, con la mano libera, i capelli biondi, l'aveva guardata con intensa attenzione e con un po' di paura. Ora che Lizzie cessò di parlare, la personcina abbassò di nuovo il capo, e gemette: «Oh, povera me, povera me!»

«Soffri, cara Jenny?» domandò Lizzie come se si fosse svegliata.

«Sì, ma non è il solito dolore. Posami giù, posami giù. Non andare fuori dalla mia vista stanotte. Chiudi la porta e stammi vicina.» Poi volse la faccia dall'altra parte e disse tra sé in un sussurro: «Mia Lizzie, la mia povera Lizzie! O miei bambini benedetti, venite giù nelle lunghe oblique file luminose, e venite per lei, non per me! Ella ha molto più bisogno di me del vostro aiuto, bambini benedetti!» Aveva allungato le braccia con quello sguardo più alto e migliore, e ora si voltò di nuovo e le piegò attorno al collo di Lizzie, e si dondolò sul petto di Lizzie.

XII. Altri uccelli da preda

Rogue Riderhood viveva nel profondo e nell'oscurità di Limehouse Hole, tra i costruttori di navi, di alberi, di remi e i produttori di carrucole, e i costruttori di barche e le velerie, come in una specie di stiva di nave piena di personaggi in riva al mare, alcuni non migliori di lui, altri molto molto meglio e nessuno molto peggio. La gente dell'Hole, benché in generale non fosse molto esigente nella scelta delle proprie compagnie, era piuttosto ritrosa riguardo all'onore di coltivare la conoscenza di Rogue; più spesso dandogli la spalla fredda che la mano calda, e raramente o mai bevendo con lui se non a sue spese. Una parte dell'Hole, infatti, conteneva tanto spirito pubblico e virtù privata che nemmeno questa forte leva avrebbe potuto indurla ad avere una buona amicizia con un accusatore corrotto. Ma poteva esserci l'inconveniente, in questa magnanima moralità, che i suoi esponenti ritenessero che un vero testimone davanti alla giustizia fosse un cattivo vicino e un personaggio maledetto quanto un testimone falso.

Se non fosse stato per la figlia ch'egli spesso nominava, il signor Riderhood avrebbe trovato l'Hole una semplice tomba, quanto ai mezzi che gli avrebbero permesso di guadagnarsi da vivere. Ma la signorina Pleasant[177] Riderhood aveva una certa piccola posizione e delle conoscenze in Limehouse Hole. Sulla più piccola delle piccole scale, era un prestatore su pegno senza licenza, gestendo quello che era comunemente chiamato un Negozio di Deposito, prestando somme insignificanti su oggetti di proprietà insignificanti depositati presso di lei come garanzia. Nel suo ventiquattresimo anno di età, Pleasant era già al quinto anno di questo tipo di commercio. La sua defunta madre aveva avviato l'attività, e alla sua morte Pleasant si era trovata in possesso di un capitale segreto di quindici scellini per insediarvisi. L'esistenza di tale capitale
in un cuscino fu l'ultima comunicazione confidenziale intelligibile fatta a lei dalla defunta, prima di soccombere all'idropisia per il tabacco da fiuto e il gin, incompatibile ugualmente con la coerenza e l'esistenza.

Perché battezzata Pleasant, forse la defunta signora Riderhood sarebbe stata in grado di spiegare in qualche momento, o forse no. Sua la figlia non aveva informazioni su quel punto. Si ritrovò Pleasant e non poteva farci niente. Non era stata consultata sulla questione, non più che sulla questione del suo arrivo in queste parti terrestri, per volere un nome. Similmente, si era trovata a possedere quello che si chiama in termini colloquiali un «occhio storto» (derivato dal padre), che forse avrebbe rifiutato se i suoi sentimenti sull'argomento fossero stati considerati. Comunque non era di aspetto decisamente brutto, sebbene ansioso, scarno, di una carnagione scura e sebbene dimostrasse tutti gli anni che aveva.

Come alcuni cani ce l'hanno nel sangue, o sono addestrati, a inseguire alcune creature fino a un certo punto, così - non per fare il confronto irrispettosamente - Pleasant Riderhood ce l'aveva nel sangue, o era stata addestrata, a considerare i marinai, entro certi limiti, come sue prede. Mostratele un uomo con una giacca blu e, in senso figurato, ella puntava immediatamente su di lui. Eppure, tutto sommato, non era di mente malvagia o disposizione scortese. Perché tante cose dovrebbero essere considerate riguardo le sue sfortunate esperienze. A mostrare a Pleasant Riderhood un matrimonio per la strada, ella vi vedeva solo due persone che si erano procurate una regolare licenza per litigare e picchiarsi. A mostrarle un battesimo, lei vedeva un piccolo personaggio pagano a cui era stato conferito un nome del tutto superfluo, in quanto sarebbe comunemente appellato con qualche epiteto abusivo: il quale piccolo personaggio non era minimamente voluto da nessuno, e sarebbe stato spintonato e colpito da tutti fino a quando non fosse diventato abbastanza grande da spintonare e colpire a sua volta. A mostrarle un funerale, ella vedeva una cerimonia dispendiosa, del tipo di una mascherata in nero, che conferiva una temporanea rispettabilità agli esecutori, e una spesa immensa, e che rappresentava l'unica festa formale mai data dal defunto. A mostrarle un padre, ella non vedeva che un duplicato del suo, il quale fin da quando era bambina era stato preso da impeti e sussulti di compiere il suo dovere verso di lei, il quale dovere era sempre incorporato nella forma di un pugno o di una cinghia di cuoio, e quando veniva compiuto, la danneggiava. Considerate tutte queste cose, perciò, Pleasant

Riderhood non era molto, molto cattiva. C'era in lei perfino un tocco di romanticismo - di quel romanticismo che potrebbe insinuarsi in Limehouse Hole - e forse in certe sere d'estate, quando se ne stava a braccia conserte sulla porta del suo negozio, guardando dalla strada puzzolente al cielo dove il sole stava tramontando, avrebbe potuto avere visioni vaporose di isole lontane nei mari del sud o altrove (non essendo geograficamente accurata), dove sarebbe bene girovagare con un congeniale compagno tra boschetti di alberi del pane, in attesa che le navi salpassero dai porti vuoti della civiltà. Perché i marinai, essendone il meglio, erano essenziali per l'Eden di Miss Pleasant.

Non era una sera d'estate quando ella si affacciò alla piccola porta del suo negozio, quando un certo uomo in piedi contro la casa sul lato opposto della strada si accorse di lei. Era una fredda brutta sera ventosa, dopo il tramonto. Pleasant Riderhood condivideva con la maggior parte delle donne dell'Hole la particolarità che i suoi capelli erano un groviglio irsuto, che scendeva costantemente dietro, e non avrebbe mai potuto intraprendere alcuna impresa senza prima averlo ruotato in posizione. In quel particolare momento, essendo di recente venuta sulla soglia per dare un'occhiata fuori, ella stava avvolgendoli con entrambe le mani in questo modo. E così prevalente era la moda, che in occasione di una rissa o altro disturbo nell'Hole, si potevano vedere le signore accorrere da tutti i quartieri universalmente mentre si avvolgevano i capelli dietro, mentre si avvicinavano, e molte di loro, nella fretta del momento, portavano il loro pettinini in bocca. Era un miserabile piccolo negozio, con un tetto che ogni uomo che vi stava in piedi poteva toccare con la sua mano; poco meglio di una cantina o di una grotta, scendendo tre gradini. Eppure, nella sua vetrina male illuminata, tra un paio di fazzoletti distesi, una vecchia giacca da marinaio, e pochi orologi e bussole senza valore, un barattolo di tabacco e due pipe incrociate, una bottiglia di liquore di noci, e alcuni orribili dolci, tutti disagi che servivano da schermo al principale affare del Negozio di Deposito, era esposta la scritta: Pensione del Marinaio.

Notando Pleasant Riderhood alla porta, l'uomo attraversò così in fretta, ch'ella stava ancora avvolgendosi i capelli quando lui si fermò accanto a lei.

«È a casa vostro padre?» diss'egli.

«Penso che lo sia,» rispose Pleasant, abbassando le braccia. «Entrate.»

Era una risposta provvisoria, poiché quell'uomo aveva l'aspetto di un marinaio. Suo padre non era a casa, e Pleasant lo sapeva. «Accomodatevi accanto al fuoco,» furono le sue parole ospitali quando lo fece entrare; «gli uomini della vostra professione sono sempre i benvenuti, qui.»

«Grazie,» disse l'uomo.

I suoi modi erano quelli di un marinaio e le sue mani erano le mani di un marinaio, tranne che erano lisce. Pleasant aveva buon occhio per i marinai, e notò il colore e la consistenza delle mani non rovinate, per quanto scottate dal sole, così come subito notò la loro inconfondibile scioltezza e flessibilità, mentre egli sedeva in basso con il braccio sinistro gettato con noncuranza sulla gamba sinistra sopra il ginocchio, e il braccio destro gettato con altrettanta noncuranza sul bracciolo della sedia di legno, con la mano mezza aperta e mezza chiusa, come se avesse appena lasciato andare una corda.

«Cercate forse una pensione?» domandò Pleasant, osservandolo da un lato del camino.

«Non conosco ancora bene i miei piani,» rispose l'uomo.

«State cercando un negozio di deposito?»

«No,» disse l'uomo.

«No,» confermò Pleasant, «avete troppi vestiti addosso per quello. Ma se aveste bisogno dell'uno o dell'altro, qui ci sono tutti e due.»

«Sì, sì!» disse l'uomo, guardandosi intorno. «Lo so. Sono già stato qui.»
«Avete lasciato qualche cosa in deposito, quando siete stato qui l'altra volta?» domandò Pleasant, pensando all'interesse e al capitale.
«No.» L'uomo scosse la testa.
«Sono abbastanza sicura che non avete mai alloggiato qui.»
«No,» l'uomo scosse la testa di nuovo.
«E che cosa avete fatto qui l'altra volta che ci siete stato?» domandò Pleasant. «Perché non mi ricordo di voi.»
«Non è affatto probabile che possiate. Mi son fermato alla porta, una notte, lì sullo scalino più basso, mentre un mio compagno di bordo entrava per parlare a vostro padre. Mi ricordo bene di questo posto.» Guardando attorno in modo molto curioso.
«Potrebbe essere stato molto tempo fa?»
«Sì, un bel po' fa. Quando rientrai dal mio ultimo viaggio.»
«Allora non siete stato per mare ultimamente?»
«No. Da allora sono stato nell'infermeria e sono stato impiegato a terra.»
«Allora, sicuro, questo spiega le vostre mani.»
L'uomo con uno sguardo acuto, un sorriso veloce e un cambio di modo, subito rispose: «Siete una buona osservatrice. Sì. Questo spiega le mie mani.»
Pleasant fu un po' turbata da quello sguardo, e lo ricambiò sospettosamente. Non solo il suo cambio di maniere fu, anche se molto improvviso, abbastanza controllato, ma i suoi modi precedenti, che riprese, avevano una certa repressa sicurezza e un senso di potere che era quasi minaccioso.
«Tarderà a lungo, vostro padre?» egli domandò.
«Non lo so. Non posso dire.»
«Poiché immaginavate che fosse a casa, sembrerebbe che sia uscito proprio ora, com'è?»
«Credevo che fosse tornato a casa,» spiegò Pleasant.
«Oh! credevate che fosse tornato? Allora è fuori da un po', com'è?»
«Non voglio ingannarvi. Papà è sul fiume nella sua barca.»
«Al vecchio lavoro?» domandò l'uomo.
«Non so che cosa volete dire,» disse Pleasant, facendo un passo indietro. «Che cosa diavolo volete?»
«Non voglio far del male a vostro padre. Non voglio dire che potrei, se lo volessi. Voglio parlargli. Non c'è molto in questo, vero? Non ci saranno segreti per voi. Sarete presente. E chiaramente, signorina Riderhood, non c'è niente da avere da me, o da fare di me. Non sono buono per il Negozio di deposito, né sono buono per la pensione, non sono bravo a nulla nel vostro modo per la misura di sei pence. Mettete da parte l'idea e noi andremo avanti insieme.»
«Ma siete un marinaio?» rispose Pleasant, come se quella fosse una ragione sufficiente perché fosse bravo per qualcosa a suo modo.
«Sì e no. Lo sono stato, e posso esserlo di nuovo. Ma non sono per voi. Mi credete sulla parola?»
La conversazione era arrivata a un punto critico che giustificava che i capelli di Miss Pleasant scendessero giù. Scesero di conseguenza, e lei li rigirò, guardando l'uomo da sotto la fronte piegata. Nel fare il punto sui suoi abiti nautici abituati alle intemperie, pezzo per pezzo, fece il punto su un formidabile coltello in una guaina alla sua cintola, a portata di mano, e di un fischietto che pendeva intorno al suo collo, e di un corto bastone con la testa nodosa e dentellata che faceva capolino da una tasca della sua ampia giacca esterna o dall'abito. Stava seduto guardandola

tranquillamente; ma con quelle appendici che si rivelavano parzialmente e con una quantità di capelli e baffi irti del color della stoppa, aveva un aspetto formidabile.

«Mi crederete sulla parola?» ripeté.

Pleasant rispose con un breve cenno muto. Egli lo ricambiò con un altro breve cenno muto. Poi si alzò e si mise in piedi davanti al fuoco con le braccia conserte, guardando giù di tanto in tanto, mentre lei, con le braccia conserte, si appoggiava a un angolo del caminetto.

«Per ingannare il tempo finché non viene vostro padre, ditemi,» disse egli, «per favore, ci sono molte rapine e uccisioni di marinai lungo il fiume, ora?»

«No,» disse Pleasant.

«Nessuno?»

«A volte si fanno denunce di questo tipo, intorno a Ratcliffe e a Wapping[178], e da quelle parti. Ma chissà quante sono vere?»

«Certo, non si sa, e non sembra necessario.»

«È quel che dico io,» disse Pleasant. «Dov'è il motivo? Benedetti marinai, non è che possano mai mantenere quello che hanno, anche senza questo.»

«Avete ragione. I loro soldi potrebbero essere presto tirati fuori da loro, senza violenza,» disse l'uomo.

«Certo che è facile,» disse Pleasant; «poi s'imbarcano di nuovo e ne guadagnano dell'altro. Ed è anche la miglior cosa che possano fare, imbarcarsi appena possibile. Non stanno mai così bene come quando sono in mare.»

«Vi dirò perché vi ho fatto questa domanda,» proseguì l'uomo, alzando gli occhi dal fuoco. «Anch'io fui assalito una volta, a quel modo, e lasciato per morto.»

«No?» disse Pleasant. «Dove è successo?»

«È successo,» rispose l'uomo con aria meditabonda, passandosi la mano destra sul mento, e sprofondando l'altra in una tasca della ruvida giacca, «è successo in qualche posto qui vicino, per quel che ricordo. Non credo che sia stato neanche a un miglio da qui.»

«Eravate ubriaco?» domandò Pleasant.

«Ero stordito, ma non per aver bevuto. Non avevo bevuto, voi capite. Fu un boccone.»

Pleasant scosse la testa con aria grave, per far capire che conosceva quel sistema, ma decisamente lo disapprovava.

«Il commercio onesto è una cosa,» diss'ella, «ma questa è un'altra cosa. Nessuno ha diritto di comportarsi con un marinaio a quel modo.»

«Questo sentimento vi fa onore,» rispose l'uomo con un ghigno, e aggiunse sottovoce: «tanto più che non credo che vostro padre lo condivida... Sì, ho passato un brutto momento, quella volta. Ho perso tutto e ho lottato duramente per la mia vita, debole com'ero!»

«Avete ottenuto che i colpevoli siano stati puniti?» domandò Pleasant.

«Ne seguì una tremenda punizione,» disse l'uomo, più seriamente, «ma non è stata colpa mia.»

«Di chi, dunque?» domandò Pleasant.

L'uomo indicò verso l'alto con l'indice e, lentamente ritraendo quella mano, vi sistemò di nuovo il mento, mentre guardava il fuoco. Portando su di lui l'occhio ereditato dal padre, Pleasant Riderhood si sentì ancor più a disagio: i suoi modi erano così misteriosi, così gravi, era così padrone di sé.

«Ad ogni modo,» disse la damigella, «son contenta che siano stati puniti, così dico. Il commercio onesto con i marinai ha una cattiva fama per colpa di questi fatti di violenza. Sono altrettanto contraria agli atti di violenza fatti agli uomini di mare, come possono esserlo gli stessi uomini di mare. Sono della stessa opinione di mia madre, quand'era viva. Affari onesti, soleva dire mia madre, ma non furti e non pugni.» Quanto al commercio, la signorina Pleasant avrebbe preso - e in vero prendeva, quando poteva, - almeno trenta scellini alla settimana, per una pensione che sarebbe stata cara per cinque scellini, e parimenti conduceva gli affari del deposito con principi altrettanto equi; tuttavia aveva quella tenerezza di coscienza e quei sentimenti di umanità che la spingevano, quando le sue idee sul commercio venivano contrariate, a prender le difese dei marinai, perfino contro suo padre, al quale altrimenti si opponeva di rado.

Ma ella fu qui interrotta dalla voce di suo padre che esclamava con rabbia: «Su, pettegola!» e dal cappello di suo padre scagliato pesantemente dalla sua mano e che le colpì il viso. Abituata a tali occasionali manifestazioni del suo senso del dovere paterno, Pleasant si asciugò il viso con i capelli (che naturalmente si erano sciolti), e poi li tirò su. Questa era un'altra comune procedura da parte delle signore dell'Hole, quando riscaldate da alterco verbale o pugilistico.

«Beato se credo che una pettegola come te abbia imparato a parlare!» brontolò il signor Riderhood, chinandosi per prendere il cappello e facendo una finta verso di lei con la testa e il gomito destro, perché quel delicato argomento dei marinai derubati provocava il suo straordinario risentimento, ed era anche di cattivo umore. «E su che cosa stai pettegolando? Non hai nient'altro da fare che incrociare le braccia e pettegolare tutta la sera?»

«Lasciatela stare,» intervenne l'uomo. «Stava solo parlando con me.»

«Lasciatela stare voi!» replicò il signor Riderhood squadrandolo dal capo ai piedi. «Non sapete che è mia figlia?»

«Sì.»

«E non sapete che non voglio che mia figlia faccia la pettegola? E non voglio nemmeno pettegolezzi da parte di nessun uomo? E chi siete poi voi, e che cosa volete?»

«Come posso dirvelo finché non tacete?» rispose l'altro ferocemente.

«Bene,» disse il signor Riderhood un po' sgomento. «Son disposto a fare silenzio per ascoltare. Ma non fate il pettegolo con me.»

«Avete sete, voi?» domandò l'uomo, con lo stesso tono brusco e sbrigativo, dopo aver restituito il suo sguardo.

«Perché, naturalmente» disse il signor Riderhood. «Io ho sempre sete!» (indignato per l'assurdità della domanda).

«Che cosa volete bere?» domandò l'uomo.

«Vino di Sherry[179],» rispose il signor Riderhood, con lo stesso tono brusco, «se ne siete capace.»

L'uomo mise la mano in tasca, tirò fuori una mezza sterlina, e chiese alla signorina Pleasant di fare il favore di andare a prenderne una bottiglia. «Col tappo di sughero chiuso,» egli aggiunse con enfasi, guardando il padre.

«Prenderò il mio Alfred David,» brontolò il signor Riderhood, rilassandosi in un sorriso oscuro, «che sapete una mossa. Vi conosco, io? N-n-no, non vi conosco.»

L'uomo ripeté: «No, voi non mi conoscete.» E stettero a guardarsi l'un l'altro in modo abbastanza burbero, finché tornò Pleasant.

«Ci sono dei bicchierini sullo scaffale,» disse Riderhood a sua figlia. «Dammi quello senza piede. Io mi guadagno da vivere col sudore della mia fronte, e per me va bene.» Questo aveva un'apparenza di modesta autocommiserazione; ma presto si scoprì che a causa dell'impossibilità di tenere il bicchiere in piedi mentre conteneva qualsiasi cosa, doveva essere svuotato non appena riempito, e il signor Riderhood riusciva a bere nella proporzione di tre a uno.

Tenendo in mano il suo calice di Fortunato[180], il signor Riderhood si sedette su un lato del tavolo davanti al fuoco, e lo strano uomo dall'altra parte: Pleasant occupava uno sgabello tra quest'ultimo e il caminetto. Lo sfondo, composto di fazzoletti, giacche, camicie, cappelli e altri vecchi articoli «in deposito», aveva una vaga generale somiglianza con ascoltatori umani; specialmente là dove c'era una lucente tuta impermeabile nera, col cappello, appesa, somigliante a un goffo marinaio che dava le spalle alla compagnia, che era così curioso di ascoltare, che si era fermato a questo scopo con il cappotto mezzo infilato, e le sue spalle alzate fino alle orecchie nell'azione incompiuta.

Il visitatore dapprima tenne la bottiglia contro la luce della candela, e poi esaminò la parte superiore del tappo. Soddisfatto di constatare che la bottiglia non era stata manomessa, prese lentamente dal taschino un coltello a serramanico arrugginito con un cavatappi nel manico, e aprì la bottiglia. Ciò fatto, guardò il tappo, lo sfilò dal cavatappi, posò l'uno e l'altro separatamente sul tavolo, e con l'estremità del nodo da marinaio del suo fazzoletto da collo, spolverò l'interno del collo della bottiglia. Tutto con gran cura.

In un primo momento Riderhood stava seduto con il suo bicchiere senza piedi allungato per la lunghezza del braccio per farlo riempire, mentre lo sconosciuto così tranquillo sembrava assorto nei suoi preparativi. Ma gradualmente il suo braccio tornò indietro e il bicchiere si abbassò e abbassò fino a quando lui lo appoggiò a testa in giù sul tavolo. Negli stessi momenti la sua attenzione si concentrava sul coltello. E quando l'uomo tese la bottiglia per riempire tutti i bicchieri, Riderhood si alzò in piedi, si chinò sul tavolo per guardar più da vicino il coltello, e guardò fissamente da quello a lui.

«Che cosa c'è?» domandò l'uomo.

«Perché, io conosco questo coltello!» disse Riderhood.

«Sì, oso dire di sì.»

Gli fece cenno di alzare il bicchiere e lo riempì. Riderhood lo vuotò fino all'ultima goccia e ricominciò:

«Quel coltello lì...»

«Un momento,» disse l'uomo compostamente. «Volevo fare un brindisi a vostra figlia. Alla vostra salute, signorina Riderhood.»

«Quel coltello era il coltello di un marinaio che si chiamava George Radfoot.»

«Sì.»

«Quel marinaio lo conoscevo bene.»

«Sì.»

«Che cosa gli è accaduto?»

«La morte è arrivata per lui. La morte è venuta in una forma orribile. Sembrava,» disse l'uomo, «molto orribile dopo.»

«Dopo che?» disse Riderhood con uno sguardo accigliato.

«Dopo che è stato ucciso.»

«Ucciso? Chi l'ha ucciso?»

Rispondendo solo con un'alzata di spalle, l'uomo riempì il bicchiere senza piedi, e Riderhood lo vuotò: guardando con stupore da sua figlia al suo visitatore.

«Non vorrete raccontare a un uomo onesto...» stava ricominciando, col bicchiere vuoto in mano, quando il suo occhio fu attirato dalla giacca dello sconosciuto. Si chinò sul tavolo per vederla più da vicino, toccò la manica, girò il polsino per guardare la fodera (l'uomo, nella sua perfetta compostezza, non fece la minima obiezione), ed esclamò: «È mia convinzione che anche questa giacca è di George Radfoot!»

«Avete ragione. La portava l'ultima volta che l'avete visto... e l'ultima volta che lo vedrai, in questo mondo.»

«È mia convinzione che vogliate dirmi in faccia che l'avete ucciso!» esclamò Riderhood, ma, tuttavia, permettendo al suo bicchiere di essere riempito di nuovo.

L'uomo rispose solo con un'altra scrollata di spalle, e non mostrò nessun segno di confusione.

«Vorrei poter morire se sapessi cosa combinare con questo tizio!» disse Riderhood dopo averlo fissato, e dopo aver gettato giù nella gola il suo ultimo bicchiere. «Fateci sapere cosa pensare di voi. Dite qualcosa di chiaro.»

«Sì,» rispose l'altro, sporgendosi in avanti sul tavolo, e parlando in una bassa e solenne voce. «Che bugiardo siete voi!»

L'onesto testimone si alzò, e fece come se volesse gettare il bicchiere in faccia all'uomo. Poiché l'uomo non sussultò e si limitò ad agitare il suo indice metà consapevolmente, metà minacciosamente, il pezzo di onestà ci ripensò e si rimise a sedere, mettendo anche il bicchiere giù.

«E quando siete andato da quell'avvocato laggiù nel Temple con quella storia inventata,» disse lo sconosciuto, con una sufficiente aria di sicurezza che esasperava, «potevate avere i più fondati sospetti sul conto di un vostro amico, lo sapete. E penso che li avevate, lo so.»

«Io, i miei sospetti? Di quale amico?»

«Ditemi di nuovo di chi era questo coltello?»

«Era posseduto da ed era proprietà di... quello che ho menzionato prima,» disse Riderhood, eludendo stupidamente la menzione vera e propria del nome.

«Ditemi di nuovo di chi era questa giacca?»

«Quell'articolo di vestiario ugualmente apparteneva a, ed era indossato da... quello che ho menzionato prima» fu di nuovo la stupida scappatoia Old Bailey.[181]

«Ho il sospetto che voi gli abbiate dato il merito dell'atto e che si tenesse abilmente nascosto. Ma c'era poca intelligenza nel suo tenersi fuori mano. L'intelligenza sarebbe stata nel tornare solo per un momento alla luce del sole.»

«Le cose stanno andando a un buon punto,» borbottò il signor Riderhood alzandosi in piedi, non sopportando di stare fermo, «se un bullo che porta gli abiti dell'uomo morto, un bullo armato delle armi del morto, viene in casa di un onest'uomo che si guadagna il pane col sudor della sua fronte, e fa questo genere di accuse senza rima e senza motivo[182]! Perché avrei dovuto avere i miei sospetti su di lui?»

«Perché lo conoscevate,» rispose l'uomo, «perché eravate stato con lui, e conoscevate il suo vero carattere sotto l'apparenza onesta; perché la notte che poi avete avuto motivo di credere essere la notte stessa dell'omicidio, è entrato qui, nel giro di un'ora dopo aver lasciato la sua nave al molo e ti ha chiesto in quale alloggio potesse trovare una stanza. Non c'era uno sconosciuto con lui?»

«Prenderò il mio Alfred David eterno[183] e senza fine che voi non eravate con lui,» rispose Riderhood. «Parlate alla grande, lo fate, ma le cose sembrano piuttosto cupe contro di voi, secondo me. Voi mi accusate di nuovo che George Radfoot è stato perso di vista, e che non si è più pensato a lui. Cos'è questo per un marinaio? Perché ce ne sono cinquanta, lontano dagli occhi e dalla mente, dieci volte più di lui - perché hanno dato nomi falsi, si sono imbarcati di nuovo alla fine del viaggio di andata, e cose così - e ricompaiono alla luce quasi ogni giorno qui, e nessuno si cura di questo. Domandate a mia figlia. Potevate continuare a spettegolare abbastanza con lei, se non fossi entrato io. Spettegolate un po' con lei su questo punto! Voi, e i vostri sospetti sui miei sospetti su di lui! Quali sono i miei sospetti su di voi? Mi dite che George Radfoot è stato ucciso. Io vi domando chi è stato, e come l'avete saputo. Voi portate il suo coltello e indossate la sua giacca. Io vi domando come ve ne siete impadronito! Consegnatemi quella bottiglia là!» Qui il signor Riderhood sembrò di agire sotto la virtuosa illusione che la bottiglia fosse di sua proprietà. «E tu,» aggiunse rivolto a sua figlia mentre riempiva il suo bicchiere senza piede, «se non volessi sprecare del buon sherry su di te, te lo getterei addosso, per aver spettegolato con quest'uomo. È con tali pettegolezzi che i tipi come lui si formano i loro sospetti, mentre io me li formo in base a argomentazioni, e dall'essere naturalmente un uomo onesto, e sudando alla fronte come un onest'uomo dovrebbe.» Qui si riempì di nuovo il bicchiere senza piede, rimase a rigirarsi in bocca metà del suo contenuto e guardò nell'altro mentre faceva rotolare lentamente il vino nel bicchiere; mentre Pleasant, i cui empatici capelli si erano sciolti quando il padre l'aveva apostrofata, li riaccomodava molto nello stile della coda di un cavallo quando va al mercato per essere venduto.

«Bene, avete finito?» domandò lo strano uomo.

«No,» rispose Riderhood, «non ho finito, anzi. Su, allora! Voglio sapere come George Radfoot è morto, e come mai voi avete la sua roba.»

«Se mai lo saprete, non lo saprete adesso.»

«E poi voglio sapere,» proseguì Riderhood, «se intendete addebitare quell'omicidio come-si-chiama...»

«Il delitto Harmon, papà,» suggerì Pleasant.

«No, pettegola!» le gridò di rimando. «Tieni la bocca chiusa!... Voglio sapere, da voi, signore, se addebitate a George Radfoot quel delitto?»

«Se mai lo saprete, non lo saprete adesso.»

«Forse l'avete fatto voi stesso!» disse Riderhood con un gesto minaccioso.

«Io solo,» rispose l'uomo scuotendo il capo fieramente, «conosco i misteri di quel delitto. Io solo so che la vostra storia inventata non può essere vera. Io solo so che dev'essere assolutamente falsa, e che voi dovete sapere che è assolutamente falsa. Son venuto qui stasera per dirvi quello che so fino a un certo punto, ma non di più.» Il signor Riderhood, con l'occhio strabico sul visitatore, meditò per alcuni istanti, quindi riempì nuovamente il bicchiere e si rovesciò il contenuto in gola in tre riprese. Poi disse alla figlia, posando bruscamente il bicchiere: «Chiudi a chiave e stai lì! Se sapete tutto questo, signore», e mentre parlava si mise tra lui e la porta, «perché non siete andato dall'avvocato Lightwood?»

«Anche questo è noto solo a me» fu la fredda risposta.

«Non sapete che, se non avete fatto voi l'azione, quello che potete dire vale da cinque a diecimila sterline?» domandò Riderhood.

«Lo so molto bene, e quando reclamerò il denaro, voi lo dividerete.»

L'onesto uomo si fermò, e si fece un po' più vicino all'uomo, e un po' più lontano dalla porta.

«Lo so,» ripeté l'uomo con calma, «come so bene che voi e George Radfoot eravate insieme in più di un affare losco; come so bene che voi, Roger Riderhood, avete gettato un'accusa contro un innocente per denaro insanguinato; come so bene che posso - e giuro che lo farò - posso denunciarvi, ed essere personalmente la prova contro di voi, se voi mi sfidate!»

«Papà!» gridò Pleasant dalla porta. «Non lo sfidare! Lascialo fare! Non metterti in altri guai, papà!»

«Vuoi smetterla, pettegola, ti chiedo?» gridò il signor Riderhood mezzo fuori di sé, tra i due. Poi, con tono conciliante e strisciante: «Signore! voi non avete ancora detto che cosa volete da me. È giusto, è degno di voi, parlare di sfida, prima che voi diciate che cosa volete da me?»

«Non voglio molto,» disse l'uomo. «Quella vostra accusa non deve essere lasciata per metà fatta e per metà non fatta. Cosa è stato fatto per il denaro insanguinato deve essere completamente disfatto.»

«Sì, ma, compagno...»

«Non mi chiamate compagno,» disse l'uomo.

«Capitano, allora» continuò Riderhood, «là! Non vi opporrete a capitano. È un titolo onorevole, e voi lo sembrate del tutto. Capitano! Non è morto quell'uomo? Ora ve lo chiedo chiaramente. Non è morto, Gaffer?»

«Sì,» rispose l'altro con impazienza, «sì, è morto. E allora?»

«Le parole possono ferire un uomo morto, capitano? Ti chiedo solo onestamente.»

«Possono ferire la memoria di un uomo morto e possono ferire i suoi figli, che son vivi. Quanti figli aveva, quell'uomo?»

«Volete dire Gaffer, capitano?»

«E di chi stiamo parlando?» rispose l'altro, con un movimento del piede, come se Rogue Riderhood stesse iniziando a strisciare davanti a lui nel corpo oltre che nello spirito, e lui lo disdegnasse. «Ho sentito parlare di una figlia e di un figlio. Chiedo informazioni; chiedo a vostra figlia; preferisco parlar con lei. Quanti figli ha lasciato, Hexam?»

Pleasant guardò suo padre per chiedergli il permesso di parlare, e quel galantuomo esclamò con grande amarezza: «Perché diavolo non rispondi al capitano? Puoi pettegolare abbastanza quando non si vuole che pettegoli, donna perversa!»

Così incoraggiata, Pleasant spiegò che c'erano soltanto Lizzie, la figlia in questione, e il giovane. Tutti e due molto rispettabili, ella aggiunse.

«È terribile che questo stigma si attacchi a loro,» disse il visitatore, che la considerazione rendeva così inquieto che si alzò, e camminò avanti e indietro, borbottando: «Terribile! Imprevisto? Come poteva essere previsto!» Poi si fermò e domandò ad alta voce: «Dove vivono?»

Pleasant spiegò che solo la figlia abitava col padre al momento della morte accidentale, e che subito dopo aveva lasciato il quartiere.

«Lo so,» disse l'uomo, «perché sono stato nel luogo in cui abitavano al tempo dell'inchiesta. Potreste scoprire per me in modo discreto dove vive adesso?»

Pleasant non aveva dubbi che potesse farlo. In quanto tempo, ella pensava? In un giorno. Il visitatore disse che andava bene e sarebbe tornato a prendere l'informazione, confidando che gliel'avrebbe procurata. Riderhood aveva ascoltato questo dialogo in silenzio, poi disse al capitano molto ossequiosamente.

«Capitano! Riguardo a quelle mie parole infelici sul conto di Gaffer, è piuttosto da tenere a mente che Gaffer è sempre stato un gran mascalzone, e che la sua condotta era una condotta da ladro. Allo stesso modo, quando sono andato da loro due direttori, l'avvocato Lightwood e l'altro direttore, con le mie informazioni, potrei essere stato un po' troppo ansioso per la causa della giustizia, o (per dirla in un altro modo) un poco eccitato da quei sentimenti che scuotono un uomo, quando una pentola di soldi sta andando in giro, per far sì che possa mettere la sua mano in quella pentola di soldi, per il bene della sua famiglia. Oltre a ciò, mi pare che il vino di quei due direttori era... non dirò drogato, ma un vino che rendeva eloquenti. E c'è un'altra cosa da ricordare, capitano. Son rimasto attaccato a quelle parole quando Gaffer non c'era più, e ho detto fieramente a quei due direttori: "Direttori, di quello di cui vi ho informato ancora vi informo, confermo quanto è stato messo giù?" No, io ho detto, franco e aperto – non confusamente, badi, capitano! -: «Potrei essermi sbagliato, ci ho pensato, forse non è stato scritto giusto qua o là, e non voglio giurare nel bene e nel male, preferisco perdere la vostra stima che farlo.» «E per quel che ne so,» concluse il signor Riderhood, come prova ed evidenza al personaggio, «ho effettivamente perso la stima di molte persone - anche la sua, capitano, se ho capito le sue parole - ma preferisco così che giurare il falso. Ecco; se questa è una cospirazione, mi chiami cospiratore.»

«Firmerete», disse il visitatore, prestando pochissima attenzione a questa orazione, «una dichiarazione che l'accusa era completamente falsa, e la povera ragazza la avrà. La porterò con me per la vostra firma, quando verrò qui di nuovo.»

«Quando la possiamo aspettare, capitano?» domandò dubbiosamente Riderhood, mettendosi di nuovo tra lui e la porta.

«Abbastanza presto per voi. Non vi deluderò; non abbiate paura.»

«Potrebbe essere incline a lasciare un nome, capitano?»

«No, per niente. Non ho tale intenzione.»

«Firmerete è una parola un po' dura,» riprese Riderhood, sempre dondolandosi tra lui e la porta, mentre lui si faceva avanti. «Quando lei dice che un uomo "deve" firmare questo e quello e l'altro, capitano, lei glielo ordina in un modo grandioso, non le sembra?»

L'uomo si fermò e lo fissò con rabbia.

«Papà, papà,» supplicò Pleasant dalla porta, portando la mano alle labbra tremanti, «no! Non ti mettere di nuovo nei guai!»

«Mi ascolti, capitano, mi ascolti! Quello che volevo ricordarle, capitano, prima che lei se ne vada,» disse il signor Riderhood con fare furtivo, scostandosi dal suo posto, «erano le sue belle parole circa la ricompensa.»

«Quando la chiederò,» disse l'uomo, con un tono che sembrava sottintendere alcune parole come: tu, cane! intese molto distintamente, «la condividerete.»

Guardando fisso Riderhood, disse ancora una volta a bassa voce, questa volta con una sorta di cupa ammirazione per lui come una perfetta figura di male: «Che bugiardo siete!» e, scuotendo il capo due o tre volte dopo quel complimento, uscì dal negozio. Ma a Pleasant disse gentilmente buona notte.

L'uomo onesto che si guadagnava da vivere con il sudore della fronte rimase in uno stato simile allo stupore, finché il bicchiere senza piede e la bottiglia non finita gli si presentarono alla mente. Dalla sua mente li convogliò nelle sue mani, e così convogliò l'ultimo bicchiere di vino nel suo stomaco. Subito prese l'uno e l'altro, e tracannò tutto il vino che restava. Quando ciò fu fatto, lui si svegliò con una chiara percezione che il pettegolare fosse la sola cosa responsabile di quanto era accaduto. Perciò, per non trascurare i suoi doveri di padre, gettò a Pleasant un paio di stivaloni che ella evitò abbassandosi; e poi pianse, poverina, usando i suoi capelli come un fazzoletto.

XIII. Un 'a solo' e un 'duetto'

Il vento soffiava così forte quando quell'uomo uscì dal negozio nel buio e nella sporcizia di Limehouse Hole, che quasi lo ricacciò dentro. Le porte sbattevano violentemente, le lampade tremolavano o si spegnevano, le insegne oscillavano nelle loro cornici, l'acqua dei rigagnoli, dispersa dal vento, volava come gocce di pioggia. Indifferente alle intemperie, anzi preferendole al tempo migliore perché liberava le strade, l'uomo si guardò intorno con uno sguardo attento.

«Questo posto lo conosco,» mormorò. «Non sono mai stato qui dopo quella notte, e non ci sono mai stato prima di quella notte, ma questo posto lo riconosco. Chissà quale strada prendemmo quando uscimmo da quel negozio. Voltammo a destra come ho voltato, ma non posso ricordarmi nient'altro. Siamo andati per questo vicolo? O giù per quella stradina?»

Provò l'uno e l'altra, ma tutti e due lo confusero allo stesso modo, e tornò allo stesso punto. «Ricordo che c'erano dei pali fuori dalle finestre superiori su cui stavano asciugando dei vestiti, e mi ricordo un'osteria bassa, dalla quale veniva, attraverso uno stretto passaggio, il raschiare di un violino e uno scalpiccio di piedi. Ma ci sono tutte queste cose nella stradina, e ci sono tutte queste cose nel vicolo. E io non ho altro in mente che un muro, un portone oscuro, una rampa di scale e una stanza.»

Provò una nuova direzione, ma non ne fece nulla; muri, porte buie, rampe di scale e stanze erano troppo abbondanti. E, come la maggior parte delle persone così perplesse, descrisse più e più volte un cerchio, e si ritrovò nel punto da cui era partito. «Questo è come quello che ho letto nei racconti delle fughe dalle prigioni,» diss'egli, «dove le piccole tracce dei fuggitivi nella notte sembrano sempre prendere la forma del grande mondo rotondo sul quale essi vagano: come se fosse una legge segreta.»

A questo punto egli cessò di essere l'uomo dai baffi e dai capelli color della stoppa che aveva attirato gli sguardi della signorina Pleasant, e sebbene restando avvolto in una giacca da marinaio, diventò tanto simile a quel signor Julius Handford perduto e ricercato, quanto mai nessun uomo fu simile a un altro in questo mondo. Nelle tasche interne del cappotto ripose il capelli e baffi irti, in un attimo, mentre il vento favorevole si dirigeva con lui in un luogo solitario da cui aveva spazzato via i passanti. Eppure in quello stesso momento egli era anche il Segretario, il Segretario del signor Boffin. Perché anche John Rokesmith era tanto simile a quel signor Julius Handford perduto e ricercato, quanto mai nessun uomo fu simile a un altro in questo mondo.

«Non ho idea della scena della mia morte,» diss'egli. «Non conta quello adesso. Ma dopo aver rischiato di esser scoperto avventurandomi qui, sarei stato contento di seguire una parte del percorso di allora.» Con queste parole singolari abbandonò la sua ricerca, uscì dal quartiere di Limehouse Hole, e prese la strada oltre la chiesa di Limehouse. Al gran cancello di ferro del cimitero, si fermò e guardò dentro. Guardò su, all'alta torre che resisteva al vento in modo spettrale, guardò le bianche tombe tutt'intorno, abbastanza simili ai morti nei loro lenzuoli funebri, e contò i nove colpi della campana dell'orologio.

«È una sensazione che non molti mortali hanno provato,» diss'egli, «quella di guardare un cimitero, in una selvaggia notte ventosa, e di sentire che non ho il mio posto tra i vivi, come loro non lo hanno, e di sapere perfino che giaccio sepolto in qualche altro posto, come loro stanno sepolti qui. Non riesco ad abituarmici. Uno spirito che una volta fu un uomo difficilmente può sentirsi più straniero e più solo di me, che vado tra gli uomini senza ch'essi mi riconoscano.

«Ma questo è il lato irreale della situazione. Ha un lato reale, così difficile che, benché io ci pensi tutti i giorni, non riesco mai a pensarci a fondo. Ora, posso decidere di pensarci mentre torno a casa. Lo so che lo evito, come molti - e forse la maggior parte degli uomini - evitano di fare, pensando alla loro strada attraverso la loro più grande perplessità. Cercherò di fare il punto della situazione. Non evitarlo, John Harmon; non evitarlo; pensaci!

«Quando venni in Inghilterra, attratto dal paese con cui non avevo altro che associazioni miserabili, per la notizia della mia bella eredità, giuntami all'estero, sono tornato, rifuggendo dal denaro di mio padre, rifuggendo dalla memoria di mio padre, diffidente di essere costretto a un matrimonio mercenario, diffidente delle intenzioni di mio padre che mi spingeva a quel matrimonio, diffidente di diventare già avaro, diffidente di stare allentando in me la gratitudine per quei due cari, nobili, onesti amici che erano stati la sola luce del sole nella mia vita infantile e in quella della mia infelice sorella. Tornai timido, irresoluto, spaventato da me stesso e tutti qui, non conoscendo nulla tranne la miseria che la ricchezza di mio padre aveva sempre causato. Ora fermati, e ripensaci un po', John Harmon. È così? E' esattamente così.

«A bordo, come terzo ufficiale, c'era George Radfoot. Non sapevo nulla di lui. Il suo nome mi è diventato noto per la prima volta circa una settimana prima di salpare, perché sono stato avvicinato da uno degli impiegati dell'agente marittimo come "signor Radfoot". Era un giorno che ero andato a bordo a guardare i preparativi che si facevano per me, e l'impiegato, giungendo dietro di me mentre ero sul ponte, mi batté su una spalla e disse: "Guardi qua, signor Radfoot", riferendosi ad alcune carte che aveva in mano. E il mio nome divenne noto per la prima volta a Radfoot, attraverso un altro impiegato nel giro di un giorno o due, che, mentre la nave era ancora in porto, arrivando dietro di lui, gli diede un colpetto sulla spalla e cominciò: "Chiedo scusa, signor Harmon..." Credo che fossimo simili di statura e di corporatura, ma in nient'altro, e non eravamo sorprendentemente simili, anche sotto questi aspetti, quando stavamo insieme e si poteva fare un confronto.

«Tuttavia, due o tre parole amichevoli su questi sbagli servirono facilmente per una presentazione, e faceva caldo, e lui mi aiutò ad ottenere una cabina fresca sul ponte, accanto alla sua, e la sua prima scuola era stata a Bruxelles, come la mia, e aveva imparato il francese come l'avevo imparato io, e aveva una piccola storia su se stesso da raccontare - Dio solo sa quanto ci fosse di vero e quanto di falso - che somigliava alla mia. Anch'io ero stato marinaio. Così entrammo in confidenza, e ancor più facilmente perché lui e tutti quelli a bordo avevano saputo dalle dicerie generali per cosa stavo andando in Inghilterra. Così, gradualmente, egli si rese conto del mio malessere mentale, e del desiderio in quel momento di vedere e formulare un giudizio sulla mia moglie assegnataria, prima ch'ella potesse conoscere me per me stesso; anche per provare la signora Boffin e farle una bella sorpresa. Così fu stabilito il piano secondo il quale ci saremmo forniti di comuni abiti da marinaio (poiché era in grado di guidarmi per Londra) e ci saremmo diretti al quartiere di Bella Wilfer per metterci sulla sua strada e approfittare di qualche occasione favorevole, e saremmo stati a vedere che cosa sarebbe successo. Se non succedeva niente, io non sarei stato in condizioni peggiori e ci sarebbe stato solo un breve ritardo nel presentarmi a Lightwood. È andata proprio così, no? Sì, esattamente così.

«Il suo vantaggio in tutto questo era che per un certo tempo io sarei stato dato per perso. Poteva essere per un giorno o due, ma dovevo esser perso di vista al momento dello sbarco, altrimenti ci sarebbe stato il riconoscimento, l'annuncio del mio arrivo, e il fallimento del piano. Perciò sbarcai con la mia valigia in mano - come l'assistente di bordo Potterson e il signor Jacob Kibble, mio compagno di viaggio, ricordarono in seguito -, e lo aspettai al buio presso quella stessa chiesa di Limehouse che ora è dietro di me.

«Dato che avevo sempre evitato il porto di Londra, conoscevo la chiesa solo per aver visto la sua guglia dalla nave. Forse potrei ricostruire, se fosse utile ricercarlo, la strada che feci verso quella venendo dal fiume, da solo; ma come noi due andammo da essa al negozio di Riderhood, non lo so, non più di quanto sappia che giri abbiamo preso o ripreso, dopo averlo lasciato. L'itinerario fu di proposito confuso, senza dubbio.

«Ma devo continuare a riflettere sui fatti ed evitare di confonderli con le mie speculazioni. Sia che mi abbia condotto per una via diretta o tortuosa, a cosa serve ora? Sta' saldo, John Harmon.

«Quando ci siamo fermati da Riderhood, e lui ha fatto a quel mascalzone una o due domande, pretendendo di riferirsi solo agli alloggi nei quali c'era una sistemazione per noi, avevo il minimo sospetto di lui? Nessuno. Certamente nessuno fino a dopo, quando ho avuto la prova. Penso che deve aver avuto da Riderhood in un giornale, la droga, o qualunque cosa fosse, che dopo mi ha stordito, ma sono tutt'altro che sicuro. L'unica cosa di cui mi sentivo sicuro nell'accusarlo questa notte era la vecchia compagnia nella furfanteria tra di loro. La loro non mascherata intimità, e il personaggio che ora so che è Riderhood, fa sì che non è affatto avventuroso. Ma non sono sicuro riguardo alla droga. Pensando alle circostanze su cui io fondo il mio sospetto, sono solo due. Uno: ricordo che passò una piccola carta piegata da una tasca all'altra, dopo che siamo usciti, che non aveva toccato prima. Due: ora so che Riderhood è stato precedentemente accusato di essere coinvolto nella rapina di un marinaio sfortunato, a cui era stato dato un qualche veleno.

«È mia convinzione che non possiamo aver percorso un miglio da quel negozio, prima che arrivassimo al muro, al portone scuro, alla rampa di scale e alla stanza. La notte era particolarmente buia, e pioveva intensamente. Mentre ripenso alle circostanze, sento la pioggia che schizza sul pavimento di pietra del passaggio, che non era al coperto. La camera si affacciava sul fiume, o su un bacino, o su un ruscello, ed era bassa marea. Avendo tenuto il controllo del tempo fino a quel punto, so dall'ora che doveva esserci bassa marea; poi mentre si stava preparando il caffè, tirai indietro la tenda (una tenda marrone scuro) e, guardando fuori, lo seppi dal tipo di riflesso sottostante delle poche luci dei dintorni, che si riflettevano nel fango lasciato dalla marea.

«Aveva sotto il braccio una borsa di tela, contenente uno dei suoi abiti. Non avevo con me il cambio dei vestiti esterni, poiché dovevo comprare un vestito da marinaio. "Lei è molto bagnato, signor Harmon," posso ancora sentirlo, "e io sono completamente asciutto sotto questo buon impermeabile. Metta su questi miei vestiti. Potrebbe scoprire provandoli che risponderanno al suo scopo domani, come gli abiti di marinaio che desidera comprare, se non meglio. Mentre lei si cambia, io mi affretterò per il caffè ben caldo." Quando tornò, avevo addosso i suoi vestiti, e c'era un uomo nero con lui, che indossava una giacca di tela, come un maggiordomo, che mise il caffè fumante in un vassoio sul tavolo, e non mi guardò mai in faccia. Sono finora letterale ed esatto? Letterale ed esatto, ne sono certo.

«E ora passo a impressioni strane e squilibrate; sono così forti, che mi affido a loro; ma ci sono spazi tra di loro di cui io non so nulla e non sono pervasi da alcuna idea di tempo.

«Avevo bevuto del caffè, quando al senso della mia vista egli cominciò a dilatarsi immensamente, e qualcosa mi ha spinto a correre verso di lui. Abbiamo avuto una lotta vicino alla porta. Egli mi sfuggì, perché non sapevo dove colpire, nel vorticoso giro della stanza, e il lampo di fiamme di fuoco tra di noi. Sono caduto. Mentre giacevo impotente a terra, fui rovesciato da un piede. Fui trascinato per il collo in un angolo. Sentii parlare degli uomini. Altri piedi mi fecero rotolare. Vidi una figura simile alla mia stesa sul letto con i miei vestiti. Quello che avrebbe potuto essere, per quanto io sapessi, un silenzio di giorni, settimane, mesi, anni, fu rotto da una violenta lotta di uomini in tutta la stanza. La figura simile a me è stata assalita e la mia valigia era nelle sue mani. Fui calpestato e qualcuno mi cadde addosso. Sentii un rumore di colpi, e pensai che fosse un taglialegna che abbattesse un albero. Non avrei potuto dire che il mio nome fosse John Harmon... non l'avrei potuto pensare... non lo sapevo... ma quando sentii i colpi, pensai al taglialegna e alla sua ascia, e avevo un'idea confusa di giacere in una foresta.

«Questo è ancora corretto? Ancora corretto, con l'eccezione che non posso probabilmente esprimerlo a me stesso senza usare la parola "io". Ma non ero io. Non esisteva nessuna cosa simile a me, per quanto ne sapessi.

«Fu soltanto dopo una scivolata verso il basso attraverso qualcosa come un tubo, e poi un gran rumore e uno scintillio e uno scoppiettio come di fuochi, che la consapevolezza venne su di me. "Questo è l'annegamento di John Harmon! John Harmon, lotta per la tua vita! John Harmon, raccomandati al cielo, e salva te stesso!" Penso di aver gridato ad alta voce in una grande agonia, e poi quel qualcosa di pesante, orribile, inintelligibile svanì, ed ero io che stavo lottando da solo nell'acqua.

«Ero molto debole e spossato, spaventosamente oppresso dalla sonnolenza, e portato via in fretta dalla marea. Guardando l'acqua nera, vedevo le luci che mi passavano accanto sulle due sponde del fiume, come se fossero ansiose di andarsene e di lasciarmi morire nell'oscurità. La marea stava andando giù, ma allora non sapevo niente di su o giù. Quando, guidando me stesso in salvo con l'assistenza del Cielo davanti alla feroce forza dell'acqua, fui bloccato finalmente da una barca ormeggiata, una di una fila di barche su un terrapieno, fui risucchiato sotto di lei e risalii, vivo, dall'altra parte.

«Sono stato a lungo in acqua? Abbastanza a lungo da essere raggelato fino al cuore, ma non so quanto tempo. Eppure il freddo fu provvidenziale, perché furono l'aria fredda della notte e la pioggia che mi rianimarono quando caddi svenuto sulle pietre della riva. Naturalmente si pensò che io fossi caduto in acqua ubriaco mentre mi dirigevo all'osteria a cui apparteneva l'approdo; perché io non avevo nessuna idea di dove fossi, e non riuscivo a parlare - perché il veleno che mi aveva intontito, mi aveva anche tolto la parola - e supponevo che la notte fosse la notte precedente, poiché era ancora buio e pioveva. Ma avevo perso ventiquattr'ore.

«Ho controllato spesso i miei calcoli e devono essere due le notti in cui rimasi sdraiato a riprendermi in quel pub. Vediamo. Sì. Sono sicuro che fu mentre giacevo lì in quel letto, che entrò nella mia testa il pensiero di trasformare il pericolo che avevo attraversato nel vantaggio di essere per un certo tempo creduto scomparso misteriosamente, e di mettere alla prova Bella. Il timore di essere imposti l'uno all'altra perpetuando il destino che sembrava essere caduto sulle ricchezze di mio padre - il destino che quelle avrebbero dovuto condurre nient'altro che al male, - si faceva sentire fortemente sulla timidezza morale che data dalla mia infanzia con la mia povera sorella.

«Poiché tuttora non riesco a capire quel lato del fiume dove ho raggiunto la riva, essendo il lato opposto a quello su cui sono stato intrappolato, non lo capirò mai, ora. Anche in questo momento, mentre mi lascio il fiume alle spalle, tornando a casa, non posso concepire che scorra tra me e quel punto, o che il mare sia dove è. Ma questo non è da pensare; questo è un salto al tempo presente... Non avrei potuto farlo, se non fosse stato per la fortuna nella cintura impermeabile intorno al mio corpo. Non una grande fortuna, quaranta e dispari sterline per l'erede di centomila e dispari! Ma era abbastanza. Senza di essa, mi sarei dovuto rivelare. Senza di essa, non sarei mai potuto andare a quel caffè dello Scacchiere[184], né prendere alloggio dalla signora Wilfer.

«Per circa dodici giorni ho vissuto in quell'albergo, prima della notte in cui ho visto il cadavere di Radfoot alla stazione di polizia. L'inesprimibile orrore mentale che ho sopportato, come una delle conseguenze del veleno, fa sembrare l'intervallo molto più lungo, ma so che non può essere stato più lungo. Quella sofferenza si è poi gradualmente affievolita sempre più, da allora, e mi è solo tornata a sbalzi, e spero di esserne libero, ora; ma anche adesso, qualche volta devo pensare, costringermi e fermarmi prima di parlare, o non potrei dire le parole che voglio dire.

«Ancora una volta mi allontano dal pensarci fino in fondo. Non devo essere tentato di interrompermi, così lontano dalla fine. Su, avanti dritto!

«Esaminavo tutti i giorni i giornali per trovare notizie della mia sparizione, ma non ne vedevo. Uscito quella sera a passeggiare (perché mi tenevo ritirato finché c'era luce), trovai una folla riunita intorno a un cartellone affisso a Whitehall[185]. Questo descriveva me, John Harmon, trovato morto e mutilato nel fiume, in circostanze quanto mai sospette, descriveva i miei abiti, le carte nelle mie tasche, e indicava dove giaceva il corpo, per il riconoscimento. Senza freno, imprudentemente mi affrettai là, e là - all'orrore della morte da cui ero scampato, davanti ai miei occhi nella sua forma più spaventosa, si aggiunse l'inconcepibile orrore che mi tormentava in quel momento quando la sostanza velenosa era ancora forte su di me, - percepii che Radfoot era stato assassinato da mani sconosciute per i soldi per i quali mi avrebbe ucciso, e probabilmente che eravamo stati gettati entrambi nel fiume dallo stesso luogo buio nella stessa marea oscura, quando il flusso scorreva profondo e forte.

«Quella notte quasi rinunciai al mio mistero, sebbene non sospettassi di nessuno, non potessi offrire alcuna informazione, non sapessi assolutamente nulla, tranne che l'uomo assassinato non ero io, ma Radfoot. Il giorno dopo mentre esitavo, e il giorno dopo mentre esitavo ancora, sembrava che tutto il paese fosse determinato di avermi morto. L'inchiesta mi dichiarò morto, il governo mi proclamò morto; non potevo ascoltare dal mio focolare per cinque minuti i rumori esterni, senza che mi arrivasse alle orecchie la notizia che ero morto.

«Così John Harmon morì, e Julius Handford sparì, e nacque John Rokesmith. Stanotte John Rokesmith ha avuto l'intenzione di riparare un torto che non avrebbe mai potuto immaginare possibile, giuntogli all'orecchio attraverso i discorsi di Lightwood che gli hanno riferito, e al quale è deciso, per ogni considerazione, a porre rimedio. In ciò l'intento di John Rokesmith persevererà, come è suo dovere.

«Ora, ho considerato tutto? Tutto fin qui? Niente omesso? No, niente. Ma oltre questo tempo? Pensare al futuro è un compito più difficile anche se molto più breve che pensare attraverso il passato. John Harmon è morto. Dovrebbe tornare in vita?

«Se sì, perché? Se no, perché?

«Supponiamo prima di sì. Per illuminare la giustizia umana sull'offesa di una persona che ormai è molto al di là di essa, ma che forse ha una madre vivente. Per illuminarla con le luci di un andito di pietra, una rampa di scale, una tenda marrone scuro, un uomo nero. Per prendere possesso del denaro di mio padre, e con esso comprare sordidamente una bellissima creatura che amo - non posso evitarlo; la ragione non c'entra niente; l'amo contro la ragione - ma che potrebbe subito amarmi per motivi di interesse, come porebbe amare il mendicante sull'angolo della sua strada. Che utilità per quel denaro e quanto degno dei suoi vecchi usi sbagliati!

«Ora, supponiamo di no. Le ragioni per cui John Harmon non dovrebbe tornare in vita. Perché ha permesso passivamente che quei due cari, vecchi, fedeli amici entrassero in possesso della sua proprietà. Perché li vede felici di ciò, vede che ne fanno buon uso, e cancellano la vecchia ruggine e le macchie di quel denaro. Perché essi hanno virtualmente adottato Bella, e provvederanno per lei. Perché c'è abbastanza affetto nella sua natura, e abbastanza calore nel suo cuore, per svilupparsi in qualcosa di durevolmente buono, in condizioni favorevoli. Perché i suoi difetti sono stati aggravati dal suo posto nel testamento di mio padre, ed ella sta già diventando migliore. Perché il suo matrimonio con John Harmon, dopo quello che ho sentito dalle sue stesse labbra, sarebbe una scioccante presa in giro, cosa di cui sia lei che io dobbiamo esser sempre coscienti, e che la degraderebbe nella sua mente, e me davanti alla mia, e ciascuno di noi davanti a quella dell'altro. Perché se John Harmon torna in vita e non la sposa, la proprietà ricade nelle stesse mani che l'hanno ora.

«Che cosa ne avrei? Morto, ho trovato i veri amici della mia vita altrettanto sinceri, teneri e fedeli come quando ero vivo, e che rendono la mia memoria un incentivo a buone azioni compiute nel mio nome. Morto, ho trovato ch'essi, quando avrebbero potuto ignorare il mio nome, e passare avidamente sulla mia tomba per gli agi e la ricchezza, s'indugiano invece lungo il cammino, come bambini dal cuore semplice, per ricordare il loro amore per me quando ero un povero bambino spaventato. Morto, ho sentito dalla donna che sarebbe stata mia moglie, se fossi vissuto, la ripugnante verità che io l'avrei comprata, senza ch'ella si curasse di me, come un sultano compra una schiava.

«Che cosa ne avrei? Se i morti potessero sapere, o se veramente sapessero come li trattano i vivi, chi, tra le schiere di morti ha trovato sulla terra una fedeltà disinteressata più di quella che ho trovato io? E questo non è abbastanza per me? Se fossi tornato, quelle nobili creature mi avrebbero accolto, avrebbero pianto, avrebbero rinunziato con gioia a tutto. Non sono tornato, ed essi sono passati al mio posto senza guastarsi. Restino pure al mio posto, e Bella resti nel suo.

«Quale corso per me, dunque? Questo: vivere la stessa tranquilla vita di Segretario, evitando accuratamente le possibilità di riconoscimento, finché essi non si siano abituati di più alla loro nuova posizione, e finché il grande sciame di truffatori sotto molti nomi non abbia trovato qualche nuova preda. Per quel tempo, il metodo che sto stabilendo in tutti i loro affari, riguardo al quale farò ogni giorno nuovi sforzi per renderglielo familiare ad entrambi, sarà, posso sperarlo, come una macchina in perfetto ordine, che potranno far andare avanti loro. So che se avessi bisogno di qualcosa, non avrei che da chiederla alla loro generosità. Quando arriverà il momento giusto, chiederò loro nulla più di quel che basti a rimettermi nel mio precedente percorso di vita, e John Rokesmith lo percorrerà così contento come può. Ma John Harmon non tornerà più indietro.

«Se io possa mai, nei giorni a venire lontano, avere alcun dubbio che Bella mi avrebbe potuto accettare per amor mio, se glielo avessi chiesto apertamente, allora glielo chiederò apertamente; dimostrando al di là di ogni dubbio ciò che già so fin troppo bene. E ora ho pensato a tutto, dall'inizio alla fine, e la mia mente è più tranquilla.»

Il morto che viveva era stato così profondamente impegnato in questo soliloquio, che non aveva badato né al vento né alla strada, e aveva resistito al primo e aveva proseguito la seconda istintivamente. Ma ora che era arrivato alla City, dove c'era una stazione di carrozze, si fermò, incerto se andare a casa sua o dai Boffin. Decise di passare prima dai Boffin, pensando che era meno probabile che la giacca da marinaio, che aveva sul braccio, attirasse l'attenzione se lasciata lì, che se portata a Holloway: sia la signora Wilfer che la signorina Lavinia erano voracemente curiose di toccare ogni articolo che appartenesse all'inquilino.

Arrivato a casa Boffin, scoprì che il signor Boffin e la signora erano fuori, ma la signorina Wilfer era nel salotto. Era rimasta a casa perché non si sentiva tanto bene, e aveva domandato, in serata, se il signor Rokesmith fosse nella sua stanza.

«Portate i miei saluti alla signorina Wilfer, e ditele che sono qui ora.»

I complimenti della signorina Wilfer arrivarono in cambio, e, se non era un problema, il signor Rokesmith sarebbe stato così gentile da recarsi da lei prima di andarsene? Non era un problema, e il signor Rokesmith salì da lei.

Oh, era molto carina, era molto, molto carina! Se il padre del defunto John Harmon avesse lasciato al figlio il denaro senza condizioni, e il figlio si fosse acceso per suo conto per quell'amabile ragazza, e avesse avuto la felicità che lei lo amasse, come sarebbe stato adorabile!

«Povera me! Non sta bene, signor Rokesmith?»

«Sto benissimo. Ma mi dispiace di aver saputo, quando sono tornato, che lei non sta bene.»

«Un nonnulla. Avevo mal di testa - ora sparito - e non era del tutto adatto per un teatro caldo, quindi sono rimasta a casa. Le ho domandato se non stesse bene perché sembra così pallido.»

«Davvero? Ho avuto una serata intensa.»

Ella stava su una bassa ottomana davanti al fuoco, con un gioiello di piccolo tavolino accanto a lei, e un libro, e il suo lavoro, accanto a lei. Ah, come sarebbe stata diversa la vita del defunto John Harmon se avesse potuto avere il felice privilegio di prender posto su quella ottomana, di mettere il suo braccio attorno a quella vita e dirle: «Spero che questo tempo sia stato lungo senza di me! Che dea domestica sembri, mia cara!»

Ma il presente signor Rokesmith, molto diverso dal defunto John Harmon, rimase in piedi a distanza. A poca distanza rispetto dello spazio, ma a grande distanza rispetto alla separazione.

«Signor Rokesmith,» disse Bella, prendendo il lavoro ed esaminandolo tutto attorno agli angoli, «volevo dirle qualcosa quando avrei potuto averne l'opportunità, come spiegazione del motivo per cui sono stata scortese con lei l'altro giorno. Lei non ha diritto di giudicarmi male, signore.»

Il piccolo movimento brusco con cui ella gli lanciò uno sguardo, a metà sensibilmente ferito, e a metà stizzoso, sarebbe stato molto ammirato dal compianto John Harmon.

«Lei non sa come io penso bene di lei, signorina Wilfer.»

«In verità, deve avere un'alta opinione di me, signor Rokesmith, quando crede che nella prosperità trascuri e dimentichi la mia vecchia casa!»

«Io credo così?»

«In ogni caso, l'ha creduto, signore,» rispose Bella.

«Mi son preso la libertà di ricordarle una piccola dimenticanza in cui era incorsa, una dimenticanza leggera e naturale. Non era altro che questo.»

«E io mi permetto di chiederle, signor Rokesmith,» disse Bella, «perché si è preso quella libertà? - Spero che non ci sia offesa nella frase; è la sua, ricordi.»

«Perché sono veramente, intensamente, profondamente interessato a lei, Miss Wilfer. Perché desidero vederla sempre al meglio. Perché io... devo continuare?»

«No, signore,» rispose Bella con il viso in fiamme, «lei ha detto più che abbastanza. La prego di non andare avanti. Se lei ha un po' di generosità, un po' di onore, non dirà altro.»

Il defunto John Harmon, guardando il viso orgoglioso con gli occhi bassi, e il respiro veloce che provocava la caduta dei capelli castani sul bel collo, probabilmente sarebbe rimasto in silenzio.

«Desidero parlarle una volta per tutte, signore,» disse Bella, e non so come dirglielo. Sono rimasta seduta qui tutta questa sera, desiderando parlare con lei e determinando di parlarle e sentendo che io devo farlo. La prego di darmi un momento di tempo.» Egli restò in silenzio, mentre ella rimase con il viso distolto e a volte facendo un leggero movimento come se volesse girarsi e parlare. Alla fine lo fece.

«Lei sa qual è la mia posizione qui, signore, e sa qual è la mia posizione a casa mia. Devo parlarle per me, poiché non c'è nessuno vicino a me a cui potrei chiedere di farlo. Non è generoso da parte sua, non è onorevole da parte sua, il modo di comportarsi con me come fa lei.»

«Non è generoso, non è onorevole aver devozione per lei, essere affascinato da lei?»

«Assurdo!» disse Bella. Il defunto John Harmon avrebbe potuto giudicare quello una ripulsa piuttosto offensiva e altezzosa.

«Ora mi sento obbligato a continuare,» proseguì il Segretario, «anche se è solo per spiegarmi e per difendermi. Io spero, signorina Wilfer, che non sia imperdonabile - anche per me - fare un'onesta dichiarazione di onesta devozione per lei.»

«Un'onesta dichiarazione!» ripeté Bella con enfasi.

«E' qualcosa di diverso?»

«Devo chiederle, signore,» disse Bella rifugiandosi in un tocco di opportuno risentimento, «di non farmi delle domande. Mi deve scusare se mi rifiuto di sottopormi a un interrogatorio.»

«Oh, signorina Wilfer, questo non è per niente benevolo. Non le ho chiesto altro se non ciò che ha suggerito la sua stessa enfasi. Tuttavia, rinuncio anche a questa domanda. Però, quello che ho dichiarato lo confermo. Non posso annullare la dichiarazione del mio sincero e profondo attaccamento a lei, e non l'annullo.»

«Io la rifiuto, signore,» disse Bella.

«Sarei cieco e sordo, se non fossi preparato a questa risposta. Perdoni l'offesa, perché essa porta con sé la sua punizione.»

«Che punizione?» domandò Bella.

«La mia resistenza non è forse una punizione? Ma mi scusi, non volevo sottoporla nuovamente a un interrogatorio.»

«Lei approfitta di una mia parola frettolosa,» disse Bella con una punta di auto-rimprovero, «per farmi sembrare... non so cosa. Ho parlato senza riflessione quando l'ho usata. Se era cattiva, mi dispiace; ma lei la ripete dopo averci riflettuto, e sembra che sia per me essere almeno non migliore. Per il resto, la prego che possa essere capito, signor Rokesmith, che c'è una fine di questo tra noi, ora e per sempre.»

«Ora e per sempre,» ripeté Rokesmith.

«Sì, mi appello a lei, signore,» proseguì Bella riprendendo coraggio, «di non insistere. La prego di non approfittare della sua posizione in questa casa per rendere angosciante e sgradevole la mia. La prego di smettere la sua abitudine di farmi dei complimenti fuori luogo tanto evidenti alla signora Boffin quanto a me.»

«Ho fatto questo?»

«Mi pare di sì,» rispose Bella. «Ad ogni modo non è colpa sua, se non l'ha fatto, signor Rokesmith.»

«Spero che si sbagli in questa sua impressione. Mi dispiacerebbe molto se ci fosse qualcosa di vero. Ma penso di no. Per il futuro non si preoccupi. È tutto finito.»

«Mi fa molto piacere sentirlo,» disse Bella. «Ho ben altri progetti per la mia vita, e perché dovrebbe lei sprecare la sua?»

«La mia!» disse il Segretario. «La mia vita!»

Il suo tono curioso fece sì che Bella guardasse il curioso sorriso con cui egli lo disse. Non c'era più quando egli guardò di rimando. «Mi perdoni, signorina Wilfer» egli proseguì, mentre i loro sguardi si incontrarono. «Lei ha usato alcune parole dure, per le quali non dubito che lei abbia una giustificazione nella mente, che non capisco. Ingeneroso e disonorevole. In cosa?»

«Preferirei che non me lo chiedesse,» disse Bella, con gli occhi chini, ma con aria altezzosa.

«Preferirei non chiedere, ma la domanda mi viene imposta. Gentilmente spieghi; o se non gentilmente, giustamente.»

«Oh, signore!» disse Bella alzando gli occhi verso i suoi, dopo una piccola lotta per dominarsi, «è generoso e onorevole usare il potere qui che il favore del signor e della signora Boffin e la sua abilità nel suo ufficio le danno, contro di me?»

«Contro di lei?»

«È generoso e onorevole formare un piano per gradualmente portare la loro influenza su una causa che le ho mostrato che non mi piace, e che le dico che rigetto totalmente?»

Il defunto John Harmon avrebbe potuto sopportare una quantità di cose, ma un sospetto come questo l'avrebbe ferito al cuore.

«Sarebbe generoso e onorevole entrare al suo posto, se l'ha fatto, perché non so se l'ha fatto, e spero che lei non l'abbia ... anticipando, o sapendo in anticipo, che sarei dovuta venire qui, e progettando di prendermi con questo svantaggio?»

«Questo vantaggio meschino e crudele,» disse il Segretario.

«Sì,» assentì Bella.

Il Segretario stette zitto per un po', poi disse semplicemente: «Lei si sbaglia in pieno, signorina Wilfer, si sbaglia straordinariamente. Non posso dire, però, che sia colpa sua. Se io meriti da lei cose migliori, lei non lo sa.»

«Almeno, signore,» rispose Bella, con un ritorno alla sua indignazione di prima, «lei sa benissimo la storia del mio essere qui. Ho sentito dire dal signor Boffin che lei conosce ogni riga e parola di quel testamento, come conosce tutti i suoi affari. E non era abbastanza che fossi oggetto di un testamento come un cavallo, o un cane, o un uccello, ma doveva cominciare anche lei a disporre di me nella sua mente, a fare dei calcoli su di me, appena avevo smesso di essere la chiacchiera e la risata della città? Devo per sempre essere resa proprietà di estranei?»

«Mi creda,» rispose il Segretario, «lei si sbaglia straordinariamente.»

«Dovrei essere felice di saperlo,» rispose Bella.

«Dubito che lo farà mai. Buona notte. Naturalmente starò attento a nascondere ogni traccia di questo colloquio ai coniugi Boffin, finché rimango qui. Mi creda, ciò di cui lei si è lamentata, è finito per sempre.»

«Allora son contenta di averle parlato, signor Rokesmith. È stato doloroso e difficile, ma è stato fatto. Se l'ho ferito, spero che mi vorrà perdonare. Sono inesperta e impulsiva, e sono stata viziata un po'; ma veramente non sono così cattiva come oso dire di apparire, o come mi crede.»

Egli lasciò la stanza quando Bella ebbe detto questo, placandosi nel suo ostinato modo incoerente. Rimasta sola, ella si sprofondò sull'ottomana, e disse: «Non sapevo che la bella donna fosse un simile drago!» Poi si alzò, si guardò nello specchio, e disse alla sua immagine: «Hai rinforzato decisamente il tuo carattere, piccola sciocca!» Quindi, fece una passeggiata impaziente verso l'altra estremità della stanza e all'indietro, dicendo: «Vorrei che Pa fosse qui per parlargli di un matrimonio interessato; ma è meglio che sia via, povero caro, perché so che se fosse qui gli tirerei i capelli.» Poi buttò via il lavoro, e buttò via il libro, e si sedette e canticchiò una melodia, la stonò e litigò con quella.

E John Rokesmith che cosa fece?

Scese nella sua stanza e seppellì molti John Harmon a molte profonde braccia[186] addizionali. Prese il cappello e uscì, e mentre si dirigeva a Holloway o in qualche altro posto - senza badare dove andasse - ammassò cumuli e cumuli di terra sulla tomba di John Harmon. Il suo camminare non lo riportò a casa che all'alba. Ed era stato così impegnato tutta la notte, ad ammucchiare e impilare pesi e pesi di terra sopra la tomba di John Harmon, che a quel tempo John Harmon giaceva sepolto sotto un'intera catena alpina; e ancora il sagrestano Rokesmith accumulò montagne sopra di lui, alleggerendo il suo lavorare con il canto funebre: «Copritelo, schiacciatelo, trattenetelo!»

XIV. Forza di propositi

Il compito di sagrestano di ammassare terra sopra John Harmon per tutta la notte non era favorevole al sonno profondo; ma alla fine Rokesmith ebbe un po' di riposo al mattino, e si alzò rafforzato nel suo proposito. Era tutto finito adesso. Nessun fantasma avrebbe disturbato la pace del signor e della signora Boffin; invisibile e senza voce, lo spettro avrebbe guardato ancora un po' lo stato di esistenza dal quale si era allontanato, e poi avrebbe cessato per sempre di abitare le scene nelle quali non aveva posto.

Riesaminò tutto di nuovo. Era caduto nella condizione in quale si trovava, come molti uomini

cadono in molte condizioni, senza percepire il potere cumulativo delle circostanze separate. Quando, nella sfiducia generata dalla sua infanzia miserabile e dall'azione per il male - mai ancora per il bene nella sua conoscenza di allora - di suo padre e delle ricchezze di suo padre in tutto ciò che era sotto la loro influenza, concepì l'idea del suo primo inganno, doveva essere innocuo, doveva durare solo pochi ore o giorni, era per coinvolgere solo la ragazza imposta a lui in modo così capriccioso e al quale egli era così capricciosamente imposto, ed onestamente le sue intenzioni erano buone nei suoi confronti. Perché, se avesse trovato che ella era infelice per la prospettiva di quel matrimonio (perché il suo cuore era rivolto a un altro, o per qualsiasi altra ragione), egli avrebbe detto seriamente: «Questo è un altro dei vecchi usi perversi dei soldi che provocano miseria. Lascerò che vada a quelli che sono stati per me e per mia sorella gli unici protettori ed amici.» Quando la trappola in cui era caduto superò la sua prima intenzione, in quanto si trovò descritto come morto dalle autorità di polizia sulle mura di Londra, accettò confusamente l'aiuto che si era riversato su di lui, senza considerare come esso sembrasse fissare i Boffin nella loro assunzione dell'eredità. Quando li aveva visti e li aveva conosciuti, e anche dal suo punto di osservazione privilegiato non era riuscito a trovare alcun difetto in loro, si era chiesto: «E dovrò tornare in vita per spossessare persone come queste?» Non c'era niente di buono nel metterli contro quella prova dura. Aveva sentito dalle labbra di Bella, quando stava bussando alla porta quella notte in cui aveva preso l'alloggio, che il matrimonio sarebbe stato da parte sua completamente d'interesse. Poi l'aveva messa alla prova, nel suo stato di persona sconosciuta e presunto Segretario, ed ella non solo aveva respinto le sue proposte, ma se n'era risentita. Doveva avere la vergogna di comprarla, o la meschinità di punirla? Eppure, se fosse tornato in vita e avesse accettato la condizione dell'eredità, avrebbe fatto la prima cosa; e se fosse tornato in vita e avesse rifiutato la condizione, avrebbe fatto la seconda.
Un'altra conseguenza che non aveva mai prefigurato era l'implicazione di un uomo innocente nel suo presunto omicidio. Egli avrebbe ottenuto dall'accusatore una ritrattazione completa, avrebbe rimediato al torto; ma chiaramente non si sarebbe mai potuto fare il torto se egli non avesse mai pianificato un inganno. Quindi, qualunque inconveniente o angoscia mentale l'inganno gli costasse, era pentito e risoluto di accettare le sue conseguenze e senza lamentarsi. Così John Rokesmith al mattino, e questo seppellì John Harmon ancora molte braccia più in profondità di quanto fosse stato seppellito nella notte.
Uscendo prima di quanto era abituato a fare, incontrò il cherubino alla porta. La strada del cherubino era per un certo tratto anche la sua, e camminarono insieme.
Era impossibile non notare il cambiamento nell'aspetto del cherubino. Il cherubino ne era molto consapevole, ed osservò modestamente: «Un regalo di mia figlia Bella, signor Rokesmith.»
Le parole diedero al Segretario un colpo di piacere, perché lui ricordava le cinquanta sterline e amava ancora la ragazza. Senza dubbio era una prova di debolezza – qualche autorità ritiene che sia sempre una prova di debolezza - ma egli amava la ragazza.
«Non so se le è capitato di leggere qualche libro di viaggi in Africa, signor Rokesmith,» disse R.W.
«Ne ho letti parecchi.»
«Bene, allora lei sa che di solito c'è un re George o un re Boy, o un re Sambo, o un re Bill, o Bull, o Rum, o Junk, o qualunque nome gli abbiano dato i marinai.»
«Dove?» domandò Rokesmith.
«In qualsiasi posto. In qualsiasi posto dell'Africa, voglio dire. Quasi dappertutto, cioè; perché i re neri sono a buon mercato - e credo,» disse R.W., con un'aria di scusa, «sgradevoli.»
«Sono proprio della sua opinione, signor Wilfer. Stava per dire …?»

«Stavo per dire che il re è generalmente vestito solo con un cappello londinese, o un paio di bretelle di Manchester, o una spallina, o una giacca militare con le gambe nelle maniche, o qualcosa del genere.»

«Proprio così,» disse il Segretario.

«In confidenza, le assicuro, signor Rokesmith,» osservò l'allegro cherubino, «che quando in casa c'era tutta la mia famiglia, e dovevo provvedere a tutti, usavo ricordare molto spesso quei re. Lei non può avere un'idea, come scapolo, della difficoltà che ho avuto di indossare più di un buon articolo per volta.»

«Posso facilmente crederlo, signor Wilfer.»

«Lo dico soltanto,» disse R.W. con uno slancio caloroso, «per darle una prova dell'affetto gentile, delicato e premuroso di mia figlia Bella. Se fosse stata un po' viziata, non mi sarei meravigliato molto, date le circostanze. Ma no, nemmeno un po'. Ed è così carina! Spero che lei sia d'accordo con me nel trovarla molto carina, signor Rokesmith.»

«Certamente. Chiunque lo sarebbe.»

«Lo spero,» disse il cherubino. «Anzi, non ne ho nessun dubbio. Questo è un grande progresso per lei nella vita, signor Rokesmith. Una grande apertura delle sue prospettive.»

«La signorina Wilfer non potrebbe avere degli amici migliori del signor Boffin e della signora Boffin.»

«Impossibile!» disse compiaciuto il cherubino. «Davvero comincio a credere che le cose vanno molto bene come sono. Se il signor John Harmon fosse vissuto...»

«È meglio morto,» disse il Segretario.

«No, non mi spingerò fino al punto di dirlo,» obiettò il cherubino un po' sorpreso da quel tono molto deciso e impietoso, «ma poteva darsi che lui non piacesse a Bella, o Bella non piacesse a lui, o cinquanta cose, mentre ora spero ch'ella possa scegliere da sola.»

«Forse che... poiché lei ripone in me la fiducia di parlare dell'argomento, scuserà la domanda: forse che... ella ha già... scelto?» balbettò il Segretario.

«Oh caro, no!» rispose R.W.

«Talvolta le signorine,» azzardò Rokesmith, «scelgono senza menzionare la loro scelta ai loro padri.»

«Non in questo caso, signor Rokesmith. Tra mia figlia Bella e me c'è un'alleanza regolare e un patto di fiducia. È stato ratificato solo l'altro giorno. La ratifica risale a... questi,» disse il cherubino, dando una tiratina ai risvolti della sua giacca e alle tasche dei calzoni. «Oh no, non ha scelto. Certo, il giovane George Sampson, al tempo che il signor John Harmon...»

«Ch'io vorrei non fosse mai nato!» disse il Segretario con la fronte cupa.

R.W. lo guardò sorpreso, come se pensasse che avesse contratto un inesplicabile rancore contro il povero defunto, e continuò: «Nei giorni che il signor John Harmon veniva ricercato, il giovane George Sampson certamente gironzolava intorno a Bella, e Bella lo lasciava gironzolare. Ma non è stata mai una cosa seria, e meno che mai ora. Perché Bella è ambiziosa, signor Rokesmith, e credo di poter predire che sposerà una fortuna. Questa volta, vede, ella avrà la persona e il denaro davanti a lei insieme, e potrà fare la sua scelta a occhi aperti. Questa è la mia strada. Mi dispiace molto di separarmi così presto. Buon giorno, signore!» Il Segretario proseguì il suo cammino, non molto rallegrato da questa conversazione, e arrivando a casa Boffin, trovò Betty Higden che lo aspettava.

«Le sarei molto grata, signore,» disse Betty, «se potessi essere così audace da avere una parola o due con lei.» Avrebbe potuto dire tutte le parole che voleva, le disse; e la fece entrare nella sua camera, e la fece sedere.

«Si tratta di Sloppy, signore,» disse Betty. «Ed è per questo che son venuta qui sola. Non desiderando che lui sappia cosa sto per dirle, l'ho messo al lavoro presto e son venuta qui.»

«Lei ha un'energia meravigliosa,» rispose Rokesmith. Lei è giovane come me.»

Betty Higden scosse gravemente la testa. «Sono forte per la mia età, signore, ma non giovane, grazie a Dio!»

«È grata di non essere giovane?»

«Sì, signore. Se fossi giovane, sarebbe necessario passare tutto di nuovo, e la fine sarebbe molto lontana, non le pare? Ma non badi a me, si tratta di Sloppy.»

«E che cosa deve dirmi, Betty?»

«È solo questo, signore. Non può essere tolta dalla sua testa da nessuno dei miei poteri, l'idea che può fare bene presso i suoi gentili signora e signore e fare il suo lavoro per me, tutti e due insieme. Non può. Per essere messo su una strada che lo condurrebbe a guadagnarsi una buona vita e ad andare avanti, egli deve rinunciare a me. Bene; non vuole.»

«Lo rispetto per questo,» disse Rokesmith.

«Davvero, signore? Io non so cosa fare. Eppure non è bene lasciarlo fare a modo suo. Così, poiché lui non rinuncia a me, sarò io che rinuncerò a lui.»

«Come, Betty?»

«Sto per scappare via da lui.»

Con uno sguardo attonito alla vecchia faccia indomita e agli occhi lucenti, il Segretario ripeté: «Scappar via da lui?»

«Sì, signore,» disse Betty con un cenno del capo. E nel gesto, nella bocca risoluta, c'era un vigore di intenti di cui non si poteva dubitare.

«Andiamo, andiamo,» disse il Segretario. «Dobbiamo parlarne di questo. Prendiamoci il nostro tempo, e cerchiamo di capire il vero senso del caso e la vera rotta, per gradi.»

«Ora, stia a sentire, mio caro,» rispose la vecchia Betty. «Chiedendo scusa di essere così familiare, ma essendo in un momento della vita che potrei quasi essere sua nonna due volte. Stia a sentire. È un povero e duro vivere quello che si ricava da questo lavoro che sto facendo ora, e se non ci fosse stato Sloppy non so come avrei potuto farlo così a lungo. Ma appena ci mantiene a tutti e due. Ora che sono sola - che anche Johnny è andato - preferirei essere presto in piedi e stancarmi fuori, piuttosto che star seduta a piegare e ripiegare accanto al fuoco. E le dirò perché. C'è uno stato di apatia in me a volte, che questo genere di vita favorisce, e non mi piace. Ora mi sembra di avere Johnny tra le braccia - ora sua madre - ora la madre di sua madre - ora mi sembra di essere io stessa una bambina e di stare di nuovo in braccio a mia madre - allora divento intorpidita, pensiero e sensi, finché mi alzo dalla mia sedia, impaurita di diventare come i poveri vecchi che chiudono negli ospizi, come si possono qualche volta vedere quando li lasciano uscire dalle quattro mura per riscaldarsi al sole, trascinandosi per le strade tutti spaventati. Ero una ragazza agile, e sono sempre stata attiva, come ho detto alla signora Boffin, la prima volta che ho visto il suo buon viso. Posso ancora camminare per venti miglia, se devo farlo. Preferirei molto camminare che diventare intorpidita e triste. Sono una buona magliaia e posso fare molte piccole cose da vendere. Un prestito da parte dei suoi signori, venti scellini per un cesto, sarebbe una fortuna, per me. A girare per il paese e stancarmi un po', terrò lontano il torpore, e mi guadagnerò il pane col mio lavoro. E che altro posso volere?»

«Ed è questo il suo piano,» disse il Segretario, «per scappar via?»

«Me ne mostri uno migliore! Mio caro, me ne mostri uno migliore! Perché, lo so benissimo,» disse la vecchia Betty Higden, «e lo sa benissimo anche lei, che i suoi signori mi farebbero stare come una regina per il resto della mia vita, se fosse che potremmo accordarci tra noi per fare così. Ma non possiamo accordarci per fare così. Non ho ancora mai accettato l'elemosina, né l'ha accettata ancora nessuno che mi appartenga. E ciò sarebbe davvero abbandonare me stessa e abbandonare i miei figli morti e andati, e abbandonare i loro figli morti e andati, per creare alla fine una contraddizione.»

«Alla fine potrebbe essere giustificabile e inevitabile,» insinuò gentilmente il Segretario con un leggero accento sull'ultima parola.

«Spero che non lo sarà mai! Non è che intendo offendere con l'essere comunque orgogliosa,» disse la vecchia con semplicità, «ma io voglio essere così e utile a me stessa fino alla mia morte.»

«E di sicuro,» aggiunse il Segretario come un conforto per lei, «Sloppy aspetterà con impazienza la sua opportunità di essere per lei quello che lei è stata per lui.»

«Fidatevi di lui per questo, signore!» disse Betty allegramente. «Anche se bisogna che faccia presto al riguardo, perché divento vecchia. Ma sono forte, e i viaggi e il cattivo tempo non mi hanno fatto ancora mai male! Ora, sia così gentile da parlare per me ai suoi signori, e dica loro ciò ch'io chiedo alla loro gentilezza che mi lascino fare, e perché lo chiedo.»

Il Segretario sentì che non c'era modo di contraddire ciò che spingeva quella brava vecchia eroina, e subito si recò dalla signora Boffin a raccomandarle di lasciare che Betty Higden facesse a suo modo, almeno per il momento. «Sarebbe molto più soddisfacente per il suo cuore gentile, lo so,» le disse, «provvedere a lei, ma potrebbe essere un dovere rispettare questo spirito indipendente.»

La signora Boffin non era contraria alla considerazione posta davanti a lei. Anche lei e suo marito avevano lavorato, e avevano portato la loro fede semplice e il loro onore puri attraverso i cumuli di rifiuti. Se avevano un dovere verso Betty Higden, certamente quel dovere doveva essere compiuto.

«Ma, Betty,» disse la signora Boffin, quando accompagnò Rokesmith di ritorno nella sua stanza, e la illuminò con la luce del suo viso radioso, «ammesso tutto il resto, credo che io non andrei via.»

«Sarebbe più facile per Sloppy,» disse la signora Higden scuotendo il capo, «sarebbe più facile anche per me. Ma sia come lei vuole.»

«Quando se ne andrebbe?»

«Ora» fu la risposta pronta e brillante «oggi, mia cara, o domani. Dio la benedica, ci sono abituata. Conosco bene molte parti del paese. Quando non c'era nient'altro da fare, ho lavorato prima d'ora in molti orti, e anche nelle coltivazioni di luppolo.»

«Se do il mio consenso al suo andar via, Betty - come il signor Rokesmith pensa io debba fare...»

Betty lo ringraziò con un inchino riconoscente.

«... non dobbiamo perderla di vista. Non dobbiamo lasciarla sparire. Dobbiamo sapere tutto riguardo a lei.»

«Sì, mia cara, ma non attraverso la scrittura di lettere, perché la scrittura di lettere - in effetti, la scrittura di ogni genere non era molto praticata da quelli come me quando ero giovane. Ma io andrò avanti e indietro. Non abbia paura, che non perderò l'occasione di dare uno sguardo al suo viso così vivificante. Inoltre,» disse Betty con logica buona fede, «avrò un debito da saldare, a poco a poco, e naturalmente questo mi riporterebbe indietro, se nient'altro lo facesse.»

«Deve essere fatto?» domandò la signora Boffin, ancora riluttante, al Segretario.

«Penso di sì.»

Dopo ulteriori discussioni si decise che doveva essere fatto, e la signora Boffin convocò Bella per annotare i piccoli acquisti che erano necessari per avviare Betty nel commercio.

«Non si preoccupi per me, mia cara,» disse la fiera vecchietta osservando il volto di Bella, «quando prenderò posto col mio lavoro pulito, impegnato e fresco, in qualche mercato di campagna, guadagnerò un sei *pence* più sicuro che mai dalla moglie del contadino lì.»

Il Segretario colse l'occasione per toccare la questione pratica delle capacità del signor Sloppy. «Sarebbe diventato un magnifico ebanista,» disse la signora Betty Higden, «se ci fosse stato il denaro necessario.» Lo aveva visto maneggiare gli strumenti che aveva preso in prestito per riparare il rullo o per mettere insieme i pezzi di un mobile rotto, in modo sorprendente. Per quanto riguarda la costruzione di giocattoli per gli affidati, dal nulla, lo aveva fatto quotidianamente. E una volta una dozzina di persone si erano riunite nel vicolo per vedere l'accuratezza con cui accomodava i pezzi rotti di uno strumento musicale di una scimmia che apparteneva a uno straniero. «Va bene,» disse il Segretario, «non sarà difficile trovargli un mestiere.»

Ormai che John Harmon era seppellito sotto montagne, il Segretario quello stesso giorno decise di finire i suoi affari e di farla finita con lui. Egli stese un'ampia dichiarazione da far firmare a Rogue Riderhood (sapendo che avrebbe potuto ottenere la sua firma, facendogli un'altra e molto più breve visita serale) e poi considerò a chi avrebbe consegnato quel documento. Al figlio di Hexam, o alla figlia? Decise prontamente per la figlia. Ma sarebbe stato meglio evitare di vedere la figlia, perché il figlio aveva visto Julius Handford, - egli poteva non essere stato molto attento - e ci poteva essere stato forse un confronto di note tra il figlio e la figlia, che potevano risvegliare un sospetto assopito e condurre a conseguenze. «Potrei perfino essere arrestato come coinvolto nel mio stesso assassinio!» pensò egli. Pertanto, meglio inviarlo alla figlia sotto copertura per posta. Pleasant Riderhood s'era impegnata a trovare dove la figlia vivesse, e non c'era bisogno che la dichiarazione fosse accompagnata da una sola parola di spiegazione. Fin qui, tutto liscio.

Ma tutto quello che sapeva della figlia, derivava dai resoconti della signora Boffin di ciò che ella aveva udito dal signor Lightwood, che sembrava avere una reputazione per il suo modo di raccontare le storie, e aveva reso questa storia tutta sua.

La cosa lo interessava, e gli sarebbe piaciuto trovare i mezzi di saperne di più, - sapere per esempio se ella avesse ricevuto il documento a discarico, e se l'avesse soddisfatta - aprendo qualche canale del tutto indipendente da Lightwood: che allo stesso modo aveva visto Julius Handford, aveva fatto delle inserzioni pubbliche per Julius Handford, che di tutti gli uomini lui, il Segretario, doveva evitare di più.

«Ma con cui il normale corso delle cose mi può portare da un momento all'altro faccia a faccia, qualunque giorno della settimana, a qualunque ora del giorno.»

Ora, bisognava cercare qualche probabile mezzo per aprire un simile canale. Il ragazzo Hexam si preparava con un maestro. Il Segretario lo sapeva perché il contributo della sorella per quella sistemazione sembrava essere la parte migliore del resoconto su quella famiglia. Quel giovane Sloppy aveva bisogno di un po' d'istruzione. Se lui, il segretario, avesse ingaggiato quel maestro per impartirgliela, il canale poteva essere aperto. Il punto successivo era, ma la signora Boffin conosceva il nome del maestro? No, però sapeva dove era la scuola. Era abbastanza. Il Segretario scrisse prontamente al maestro di quella scuola, e quella sera stessa Bradley Headstone rispose di persona.

Il Segretario comunicò al maestro quale era l'oggetto, si trattava di mandargli per delle lezioni serali occasionali un giovanotto che il signor Boffin e la signora Boffin desideravano aiutare per un laborioso e utile posto nella vita. Il maestro era disposto a prendersi in carico tale allievo. Il

Segretario domandò le condizioni. Il maestro comunicò le condizioni. Accettato, d'accordo.

«Posso chiederle, signore,» disse Bradley Headstone, «alla buona opinione di chi devo una raccomandazione a lei?»

«Lei saprà che io non sono il padrone, qui. Io sono il Segretario del signor Boffin. Il signor Boffin è un signore che ha ereditato una proprietà di cui lei può aver avuto qualche notizia: la proprietà Harmon.»

«Il signor Harmon,» disse Bradley, che sarebbe stato molto più smarrito di quanto non fosse, se avesse saputo con chi parlava, «fu assassinato, e trovato nel fiume.»

«Fu assassinato e trovato nel fiume.»

«Non fu...»

«No» l'interruppe il Segretario sorridendo, «non è stato lui che l'ha raccomandato. Il signor Boffin ha sentito parlare di lei da un certo signor Lightwood. Credo che lei conosca il signor Lightwood, o ne abbia sentito parlare.»

«Conosco di lui quanto desidero sapere, signore. Non ho conoscenza del signor Lightwood, e non ne desidero. Non ho obiezioni verso il sig. Lightwood, ma io ho un'obiezione particolare verso alcuni degli amici del signor Lightwood – in breve, con uno dei suoi amici. Col suo grande amico.»

Riusciva a stento a pronunciare le parole, anche allora e lì, così feroce era diventato (pur reprimendosi con infiniti sforzi), quando il comportamento incurante e sprezzante di Eugene Wrayburn si presentò davanti alla sua mente. Il segretario vide che qui c'era una forte emozione su un punto dolente, e avrebbe fatto una deviazione dal discorso, ma Bradley lo continuava nel suo modo impacciato.

«Non ho difficoltà a dire il nome di quell'amico,» diss'egli ostinatamente. «La persona che disapprovo è il signor Eugene Wrayburn.»

Il Segretario si ricordava. Nel suo ricordo disturbato di quella notte quando stava lottando contro la bevanda drogata, non c'era che un'immagine vaga della persona di Eugene; ma ricordava il suo nome, e il suo modo di parlare, e come era andato con loro per vedere il corpo, dove si era messo e cosa aveva detto.

«Prego, signor Headstone, come si chiama,» domandò, cercando di nuovo di cambiar discorso, «la sorella di Hexam?»

«Si chiama Lizzie,» disse il maestro, con una violenta contrazione di tutto il volto.

«È una giovane donna di carattere straordinario; non è vero?»

«È abbastanza straordinaria da essere molto superiore al signor Eugene Wrayburn - sebbene anche una persona ordinaria possa esserlo,» disse il maestro; «e spero che lei non penserà che sia impertinente, signore, se le chiedo perché mette insieme quei due nomi.»

«Per puro caso,» rispose il Segretario. «Osservando che il signor Wrayburn era un argomento sgradevole per lei, ho cercato di parlar d'altro: ma con non molto successo, parrebbe.»

«Lei conosce il signor Wrayburn, signore?»

«No.»

«Allora non devo pensare che lei abbia messo i due nomi insieme sull'autorità di qualche sua rappresentazione?»

«No, certo.»

«Mi son preso la libertà di chiederlo,» disse Bradley con gli occhi fissi al pavimento, «perché è capace di fare qualsiasi rappresentazione, nella spavalda leggerezza della sua insolenza. Io... io spero che lei non mi fraintenda, signore. Io... io mi interesso molto a questi due, fratello e sorella, e l'argomento risveglia in me sentimenti molto forti. Sentimenti molto, molto forti.» Con mano tremante, Bradley tirò fuori il fazzoletto e si asciugò la fronte.

Il Segretario pensò, guardando il viso del maestro, che aveva effettivamente aperto un canale qui, e che era un canale inaspettatamente buio, profondo e tempestoso, e difficile da sondare. All'improvviso, in mezzo alle sue emozioni turbolente, Bradley si fermò e sembrò sfidare il suo sguardo. Come se improvvisamente gli chiedesse: «Che cosa vede in me?»

«Il fratello, il giovane Hexam, è stata la sua vera raccomandazione qui,» disse il Segretario, tornando tranquillamente al punto, «perché il signor Boffin e la signora Boffin sono venuti a sapere per mezzo del signor Lightwood, ch'egli è un suo alunno. Tutto quello che le ho chiesto riguardo al fratello e alla sorella, o a ciascuno dei due, l'ho chiesto per mio conto, per l'interesse all'argomento, e non in veste ufficiale, o per conto del signor Boffin. Come mai mi interessi a loro, non c'è bisogno di spiegarlo. Lei sa il collegamento del padre con la scoperta del corpo del signor Harmon.»

«Signore,» rispose Bradley, veramente molto agitato, «conosco tutte le circostanze di quel caso.»

«Mi dica per favore, signor Headstone,» disse il Segretario. «La sorella soffre di qualsiasi stigma a causa dell'impossibile accusa - infondata sarebbe una parola migliore - che è stata fatta contro il padre, e sostanzialmente ritirata?»

«No, signore,» rispose Bradley, con una specie di rabbia.

«Sono molto contento di sentirlo.»

«La sorella,» disse Bradley, separando con gran cura le parole, e parlando come se le ripetesse da un libro, «non soffre alcun discredito che possa respingere un uomo dal carattere ineccepibile, che ha fatto per sé ogni passo della sua vita, dal posizionare lei al suo stesso livello. Non dirò: "di innalzarla" al suo stesso livello; ma dico: "di mettervela". Non c'è nessuna diceria sul conto della sorella, a meno che disgraziatamente non se ne procuri da sola. Quando un tale uomo non è scoraggiato dal considerarla come sua pari, e quando si è convinto che non ci siano macchie in lei, penso che il fatto debba essere interpretato come piuttosto significativo.»

«Ed esiste un uomo simile?» domandò il Segretario.

Bradley Headstone aggrottò le ciglia, sporse la sua grande mascella inferiore, fissò il pavimento con un'aria di decisione che non sembrava necessaria per l'occasione, e rispose: «E c'è un uomo del genere.»

Il Segretario non aveva né una ragione né una scusa per prolungare quella conversazione, che finì così. Tre ore dopo, la testa color stoppa si tuffò di nuovo nel negozio di deposito, e quella sera stessa la ritrattazione di Rogue Riderhood viaggiò con la posta all'indirizzo giusto di Lizzie Hexam. Tutti questi avvenimenti tennero così occupato John Rokesmith, che non fu fino al giorno dopo che vide Bella di nuovo. Pareva che si fosse tacitamente convenuto tra di loro di tenersi a distanza per quanto possibile, senza però attirare l'attenzione del signor Boffin o della signora Boffin a qualsiasi cambiamento significativo nel loro modo di fare. I preparativi per il commercio della vecchia Betty Higden favorivano quest'atteggiamento dei due, poiché tenevano Bella occupata e interessata, e occupavano l'attenzione generale.

«Io credo,» disse Rokesmith mentre tutti stavano intorno alla vecchietta che riempiva il suo cestino ordinato, tranne Bella, che, in ginocchio sul pavimento, si dava da fare intorno al cesto posato su una sedia, «che almeno lei potrebbe tenere in tasca, signora Higden, una lettera che io potrei scrivere per lei che semplicemente affermi, a nome del signor e della signora Boffin, che sono suoi amici; non dirò i suoi patroni, perché a loro non piacerebbe.»

«No, no, no,» disse il signor Boffin; «nessun patronato! Guardiamoci bene da quello, qualunque cosa pensiamo!»

«Ce ne sono già abbastanza di patroni in giro, anche senza di noi, non è vero, Noddy?» disse la signora Boffin.

«Puoi dirlo, vecchia signora!» rispose il Netturbino d'oro. «Anche troppi, davvero!»

«Ma alla gente talvolta piace essere patrocinata; non le pare, signor Boffin?» domandò Bella guardando in su.

«No. E se essi lo fanno, mia cara, dovrebbero imparare meglio,» disse il signor Boffin. «Patroni e Patronesse, e Vice-Patroni e Vice-Patronesse, e Patroni defunti e defunte Patronesse, ed ex-Vice-Patroni ed ex-Vice-Patronesse, che significa tutto ciò che è nei libri degli enti di beneficenza che vengono a diluviare su Rokesmith mentre si siede in mezzo a loro quasi fino al collo! Se il signor Tom Noakes dà i suoi cinque scellini, non è un mecenate, e se la signora Jack Styles dà i suoi cinque scellini, non è una patronessa? Di cosa diavolo si tratta? Se non è una impudente sfacciataggine, come lo chiamereste?»

«Non ti riscaldare, Noddy,» esortò la signora Boffin.

«Riscaldare!» gridò il signor Boffin. «Ce n'è abbastanza da far fumare un uomo. Non posso andare in nessun posto, senza che mi invitino a esser patron. Non voglio esser patrono. Se compro un biglietto per uno spettacolo floreale o uno spettacolo musicale, o qualsiasi tipo di spettacolo, e pago abbondantemente, perché dovrei essere un patrono o una patronessa, come se i patroni e le patronesse mi facessero un regalo? Se c'è una cosa buona da fare, non può essere fatta per i propri meriti? Se c'è una brutta cosa da fare, potranno mai aggiustarla i patroni e le patronesse? Eppure, quando una nuova istituzione sta per essere costruita, mi sembra che i mattoni e la malta non siano che di metà dell'importanza rispetto ai patroni e alle patronesse; no, e nemmeno gli scopi dell'istituzione. Vorrei che qualcuno mi potesse dire se gli altri paesi hanno un numero di patroni dell'estensione del nostro! E quanto ai Patroni e alle Patronesse, mi meraviglio che non si vergognino di loro stessi. Non sono mica pillole o lozioni per capelli o ricostituenti del sistema nervoso, da gonfiarsi a quel modo!»

Avendo pronunciato queste argomentazioni, il signor Boffin si mise a trotterellare secondo la sua consueta abitudine, e trotterellò di ritorno fino al posto dal quale aveva iniziato.

«Quanto alla lettera, Rokesmith,» disse il signor Boffin, «lei ha completamente ragione[187]. Le dia quella lettera, gliela faccia prendere, gliela metta in tasca con la forza. Potrebbe ammalarsi. Lei sa che potrebbe ammalarsi,» disse il signor Boffin. «Non lo neghi, signora Higden, con la sua ostinazione; lei sa che potrebbe.»

La vecchia Betty rise, e disse che avrebbe preso la lettera e sarebbe stata grata.

«Così va bene,» disse il signor Boffin. «Andiamo! È ragionevole. E non ringrazi noi, perché non ci avremmo mai pensato, ma il signor Rokesmith.» La lettera fu scritta, letta e consegnata a Betty.

«Allora, come si sente?» disse il signor Boffin. «Le piace?»

«La lettera, signore?» disse Betty. «Sì, è una bella lettera!»

«No, no, no, non la lettera,» disse il signor Boffin. «L'idea. È sicura d'essere abbastanza forte per portare avanti l'idea?»

«Sarò più forte, e terrò meglio lontano l'intorpidimento a questo modo, che in qualsiasi altra via lasciata a me, signore.»

«Non dica che nessuna via è stata lasciata aperta, sa» disse il signor Boffin, «perché ci sarebbero tanti altri infiniti modi. Una governante sarebbe molto opportuna laggiù alla Pergola, per esempio. Non le piacerebbe vedere la Pergola, e conoscere un letterato in pensione che si chiama Wegg, e vive là - con una gamba di legno?»

La vecchia Betty resistette anche contro questa tentazione, e si mise ad aggiustarsi il cappello nero e lo scialle.

«Non la lascerei andare, ora che ci siamo, dopo tutto,» disse il signor Boffin, «se non sperassi che questo possa fare un uomo e un operaio di Sloppy, nel più breve tempo in cui mai fu creato un uomo e un operaio. Ma che cosa ha lì, Betty, una bambola?»

Era il soldato della guardia che era stato in servizio sul letto di Johnny. La vecchia solitaria mostrò di cosa si trattava, e se lo rimise tranquillamente nel vestito. Poi, con gratitudine, si congedò dalla signora Boffin, e dal signor Boffin, e da Rokesmith, e poi mise le braccia rugose intorno al collo giovane e fiorente di Bella, e disse, ripetendo le parole di Johnny: «Un bacio per la bella signora.»

Dalla porta il Segretario guardava la bella signora così abbracciata, e continuò a guardarla ancora quando rimase sola, mentre la vecchia determinata, con i suoi occhi luminosi e fermi, arrancava per le strade, lontano dalla paralisi e dall'ospizio.

XV. L'intero caso fin qui

Bradley Headstone persisteva saldamente nell'avere quel secondo colloquio con Lizzie Hexam. Nel pattuirlo, era stato spinto da un sentimento molto vicino alla disperazione, e quel sentimento rimaneva. Fu subito dopo il suo colloquio col Segretario, che lui e Charley Hexam uscirono una buia sera, non passati inosservati alla signorina Peecher, per compiere quel disperato colloquio.

«Quella sarta delle bambole,» disse Bradley, «non è favorevole né a me né a te, Hexam.»

«Una piccola marmocchia impertinente, signor Headstone! Sapevo bene che si sarebbe messa in mezzo, se avesse potuto, e avrebbe certamente colpito con qualcosa di impertinente. È stato per questo motivo che ho proposto di andare stasera a incontrare mia sorella nella City.»

«Così immaginavo,» disse Bradley, infilandosi i guanti sulle mani nervose, mentre camminava. «Così immaginavo.»

«Nessuno tranne mia sorella,» proseguì Charley, «poteva scovare una compagna così straordinaria. Lo ha fatto per la sua ridicola fantasia di sacrificarsi per qualcuno. Me lo ha detto lei, quella sera che ci siamo andati.»

«E perché dovrebbe sacrificarsi per la sarta delle bambole?» domandò Bradley.

«Oh!» disse il ragazzo arrossendo. «Una delle sue idee romantiche! Ho cercato di convincerla, ma non ci son riuscito. Tuttavia, quello che dobbiamo fare è di riuscire stasera, signor Headstone, e poi tutto il resto seguirà.»

«Sei ancora ottimista, Hexam.»

«Certo che lo sono, signore. E come no? Abbiamo tutto dalla nostra parte.»

«Tranne tua sorella, forse,» pensò Bradley. Ma lo pensò solo, tristemente, e non disse nulla.

«Tutto dalla nostra parte,» ripeté il ragazzo con fiducia infantile. «Rispettabilità, un'eccellente parentela per me, il buon senso, tutto!»

«A dire il vero, tua sorella si è sempre dimostrata una sorella devota,» disse Bradley, volendo sostenersi anche su questo basso livello di speranza.

«Naturalmente, signor Headstone, io ho una grande influenza su di lei. E ora che lei mi ha onorato della sua fiducia e mi ha parlato per primo, le dico di nuovo che abbiamo tutto dalla nostra parte.»

E Bradley pensò di nuovo: «Tranne tua sorella, forse.»

Una sera grigia, disseccata dalla polvere, nella città di Londra, non ha un aspetto che incoraggi la speranza. I magazzini e gli uffici chiusi hanno un'aria di morte su di loro, e il terrore nazionale per i colori conferisce un'aria di lutto. Le torri e i campanili delle numerose chiese incastonate tra le case, buie e squallide come il cielo che sembra scendere su di loro, non sono sollievo alla tristezza generale; una meridiana sul muro di una chiesa ha l'aspetto, nella sua inutile sfumatura nera, di avere fallito nella sua attività imprenditoriale e di avere interrotto per sempre i pagamenti; malinconicamente poveri e derelitti domestici e portinai, spazzano verso i rigagnoli malinconiche cartacce e rifiuti, e tanti altri più poveri e derelitti malinconicamente li esplorano, cercando e chinandosi e frugando per qualcosa da vendere. La folla che si allontana dalla City è come una folla di prigionieri che fuggano dalla loro prigione, e la lugubre prigione di Newgate, sembra una fortezza altrettanto adatta al potente Lord Mayor[188] come sua dimora statale.

In una sera del genere, quando la polvere della città entra nei capelli e negli occhi e nella pelle, e quando le foglie cadute dei pochi alberi infelici della città si frantumano negli angoli sotto le ruote del vento, il maestro e l'allievo emersero nella regione di Leadenhall[189], scrutando verso est in cerca di Lizzie. Poiché erano arrivati un po' troppo presto si appostarono in un angolo, aspettando ch'ella apparisse. Il migliore tra noi non starà molto bene, appostato in un angolo, e Bradley usciva da quello svantaggio davvero molto poveramente.

«Eccola che arriva, signor Headstone! Andiamo avanti e incontriamola!»

Mentre le si avvicinavano, ella li vide venire, e parve piuttosto turbata. Ma salutò il fratello con il consueto calore, e toccò la mano tesa di Bradley.

«Ma dove stai andando, caro Charley?» ella gli domandò poi.

«In nessun posto. Siamo venuti apposta per incontrarti.»

«Per incontrarmi, Charley?»

«Sì. Ti accompagneremo un pezzetto. Ma non prendiamo le grandi strade principali dove passano tutti e non ci possiamo parlare. Passiamo per le viuzze più tranquille. Ecco un bel cortile pavimentato intorno a questa chiesa, e anche tranquillo. Andiamo di qua.»

«Ma non è sulla nostra strada, Charley.»

«Sì che lo è,» rispose il ragazzo, petulante. «È sulla mia strada, e la mia strada è la tua.»

Ella non aveva lasciato andare la sua mano, e ancora tenendogliela, lo guardò con una specie di supplica. Egli evitò i suoi occhi, col pretesto di dire: «Andiamo, signor Headstone.»

Bradley camminava al suo fianco, non a quello di lei, e il fratello e la sorella camminavano mano nella mano. La corte pavimentata li condusse al cimitero della chiesa: una corte lastricata, quadrata, con in mezzo un cumulo di terra alto quanto il petto di una persona, delimitato da un parapetto di ferro. Qui, convenientemente e salutarmente elevati rispetto al livello dei vivi, stavano i morti e le lapidi; alcune di queste ultime pendenti dalla perpendicolare, come se si vergognassero delle bugie che dicevano.

Percorsero una volta tutto questo luogo, in modo forzato e a disagio, finché il ragazzo si fermò e disse: «Lizzie, il signor Headstone ha qualcosa da dirti. Non desidero esser di disturbo né a te né a lui, così andrò a fare una piccola passeggiata e poi tornerò. So in modo generale che cosa intende dirti il signor Headstone, e l'approvo molto, come spero - e anzi non dubito - che anche tu farai. Non ho bisogno di dirti, Lizzie, che io ho molti obblighi verso il signor Headstone, e che sono molto desideroso che egli riesca in tutto ciò che intraprende. Come spero - e anzi non dubito - che sia anche tu.»

«Charley,» rispose sua sorella, trattenendogli la mano mentre egli cercava di ritirarla, «credo che faresti meglio a restare. Credo che il signor Headstone farebbe meglio a non dire quello che pensa di dire.»

«Perché, come fai a sapere di cosa si tratta?» rispose il ragazzo.

«Forse non lo so, ma...»

«Forse non lo sai? No, Liz, penserei di no. Se sapessi cosa sia, mi daresti una risposta molto differente. Su, andiamo, sii ragionevole. Mi chiedo se tu non ricordi che il signor Headstone ci sta guardando?»

Ella gli permise di separarsi da lei, ed egli dopo aver detto: «Su, Liz, sii una ragazza ragionevole e una buona sorella», se ne andò. Ella rimase sola con Bradley Headstone, e non fu fino a quando lei alzò gli occhi, che egli parlò.

«Io dissi,» cominciò, «l'ultima volta che l'ho vista, che c'era qualcosa non spiegato e che potrebbe forse influenzarla. Questa sera sono venuto per spiegarlo. Spero che lei non mi giudichi dal mio modo esitante di parlarle. Mi vede nel mio più grande svantaggio. È molto sfortunato per me il fatto che desidero che lei mi veda al mio meglio, e che so che mi vede al mio peggio.» Ella andò avanti lentamente quando si fermò, ed egli proseguì lentamente accanto a lei.

«Sembra egoistico iniziare dicendo così tante cose su di me,» riprese, «ma qualunque cosa io le dica sembra anche alle mie stesse orecchie, inferiore a quello che voglio dire e diverso da quello che voglio dire. Non posso evitarlo. Così è. Lei è la mia rovina.»

Ella trasalì al suono delle ultime parole appassionate e ai gesti appassionati delle sue mani, con cui erano accompagnate.

«Sì! Lei è la mia rovina, la mia rovina, la mia rovina. Io non ho più risorse in me, non ho più fiducia, non ho più padronanza su di me, quando lei mi è vicino o nei miei pensieri. E io penso sempre a lei, ormai. Non mi sono liberato di lei da quando l'ho vista la prima volta. Oh, quello è stato un giorno disgraziato per me! Quella è stata una giornata disgraziata e miserabile!»

Un tocco di pietà per lui si mescolava alla sua antipatia per lui ed ella disse: «Signor Headstone, mi dispiace di averle fatto del male, ma non ne ho mai avuto l'intenzione.»

«Ecco!» egli gridò disperato. «Ora sembra ch'io l'abbia rimproverata, invece di rivelarle lo stato della mia mente! Mi sopporti. Mi sbaglio sempre quando si tratta di lei. È il mio destino.»

Lottando con se stesso, e a volte guardando in su alle finestre deserte delle case, come se sui loro vetri sporchi ci fosse scritto qualcosa che lo potesse aiutare, egli percorse al suo fianco tutto il marciapiede, prima di parlar di nuovo.

«Devo cercare di dare espressione a ciò che ho in mente; deve essere detto. Sebbene lei mi veda così confuso - anche se lei mi rende così impotente - io la prego di credere che c'è molta gente che mi giudica bene; c'è qualcuno che ha molta stima di me; e sulla mia strada ho raggiunto una posizione che è considerata degna di essere raggiunta.»

«Certo, signor Headstone, ci credo. Certo, l'ho sempre saputo da Charley.»

«La prego di credere che se dovessi offrire la mia casa così com'è, la mia posizione così com'è, i miei affetti così come sono, a qualsiasi delle più considerate, delle più qualificate, delle più distinte tra le giovani donne impegnate nella mia professione, qualunque di loro probabilmente accetterebbe. Anche prontamente accetterebbe.»

«Non ne dubito,» disse Lizzie, con gli occhi al suolo.

«A volte ho pensato di fare quell'offerta e di sistemarmi come fanno molti uomini della mia classe: io da un lato di una scuola, mia moglie dall'altra, entrambi interessati allo stesso lavoro.»

«E perché non lo ha fatto?» domandò Lizzie. «Perché non lo fa?»

«È molto meglio che non l'abbia fatto. L'unico granello di conforto che ho avuto in queste molte settimane,» egli disse, parlando sempre appassionatamente e, quando più enfatico, ripetendo quel suo precedente gesto delle mani, che era come gettare il sangue del suo cuore in gocce verso il basso davanti a lei, sulle pietre del selciato; «l'unico granello di conforto che ho avuto in queste molte settimane è che non l'ho mai fatto. Perché se l'avessi fatto, e se lo stesso incantesimo fosse

venuto su di me per la mia rovina, so che avrei spezzato quel legame come se fosse stato un filo.»
Ella gli diede un'occhiata piena di paura, e fece come per indietreggiare. Egli rispose come se ella avesse parlato.

«No! Non sarebbe stato volontario da parte mia, non più di quanto è volontario in me essere qui adesso. Lei mi attira. Se fossi chiuso in una sicura prigione, lei mi trascinerebbe fuori. Romperei i muri per venire da lei. Se giacessi in un letto d'ammalato, lei mi tirerebbe su... per barcollare ai suoi piedi e cadere lì.» L'energia selvaggia dell'uomo, ora completamente liberata, era assolutamente terribile. Si fermò e posò la mano su un pezzo del bordo del recinto sepolcrale, come se avesse voluto rimuoverne una pietra.

«Nessuno sa fino a che non verrà il momento, quali sono gli abissi dentro di lui. Per alcuni uomini non arriva mai; restino in pace e siano grati! Per me, l'ha portato lei; su di me, l'ha forzato; e il fondo di questo mare impetuoso» disse battendosi il petto, «è stato sollevato da allora.»

«Signor Headstone, ho udito abbastanza. Mi permetta di fermarla. Sarà meglio per lei e meglio per me. Cerchiamo mio fratello.»

«Non ancora. Devo parlare. Sono stato in tormenti da quando mi sono fermato l'altra volta. Lei è spaventata. È un'altra delle mie disgrazie, che io non possa parlare a lei, o di lei, senza inciampare a ogni sillaba, o senza perdere completamente il controllo e diventar pazzo. Ecco uno che viene ad accendere le lampade. Ma se ne andrà subito. La prego, facciamo ancora un giro della piazza. Lei non ha ragione di aver paura; mi posso dominare, e mi dominerò.»

Ella cedette alla sua richiesta - come avrebbe potuto fare altrimenti! - e percorsero il marciapiede in silenzio. Ad una ad una le luci si accendevano, facendo sembrare ancor più lontana la fredda, grigia torre della chiesa, ed essi furono soli di nuovo. Non disse altro finché non ebbero raggiunto il posto dove si era interrotto; lì, si fermò di nuovo, e di nuovo afferrò la pietra. Nel dire quello che disse poi, non guardò la ragazza; ma guardava e stringeva la pietra.

«Lei sa che cosa sto per dirle. Io l'amo. Ciò che altri uomini possono intendere quando usano quell'espressione, non posso dirlo; ciò che io intendo, è che sono sotto l'influenza di una tremenda attrazione a cui ho resistito invano e che mi domina. Lei mi potrebbe spingere al fuoco, lei mi potrebbe spingere nell'acqua, lei mi potrebbe spingere sulla forca, mi potrebbe spingere a qualunque morte, a tutto ciò che ho evitato maggiormente, a qualsiasi sottomissione e disonore. Questa, e la confusione dei miei pensieri, così che non son più adatto a nulla, è quello che intendevo con l'essere la mia rovina. Ma se lei desse una risposta favorevole alla mia offerta di matrimonio, lei potrebbe spingermi a qualsiasi bene - a ogni bene - con eguale forza. La mia posizione è assolutamente agiata, e non le mancherebbe nulla. La mia reputazione è abbastanza alta, e sarebbe uno scudo per la sua. Se lei mi vedesse al mio lavoro, capace di farlo bene, e rispettato da tutti, potrebbe perfino avere una sorta di orgoglio per me; farei del mio meglio per fare che sia così. Tutte le considerazioni a cui potrei aver pensato contro questa offerta, le ho superate, e lo faccio con tutto il cuore. Suo fratello mi favorisce al massimo, ed è probabile che possiamo vivere e lavorare insieme; ad ogni modo è certo ch'egli avrebbe sempre la mia migliore guida e il mio aiuto. Non so se potrei dir di più, se mi ci provassi. Potrei soltanto indebolire ciò che ho già detto abbastanza male. Aggiungo soltanto che se ha una qualsiasi richiesta che io sia serio, sono assolutamente serio, terribilmente serio.»

La malta in polvere da sotto la pietra che aveva divelto, sbatté sul marciapiede per confermare le sue parole.

«Signor Headstone...»

«Zitta! La imploro, prima di rispondermi, di girare intorno questo posto ancora una volta. Questo le darà un minuto di tempo per pensare, e a me un minuto per mettere insieme un po' di forza d'animo.» Di nuovo ella cedette alla sua richiesta, di nuovo tornarono indietro allo stesso punto, di nuovo egli afferrò la pietra.

«È», disse, con la sua attenzione apparentemente assorbita dalla pietra, «sì o no?»

«Signor Headstone, la ringrazio sinceramente, la ringrazio con gratitudine, e spero che lei possa trovar presto una degna moglie ed essere molto felice. Ma è no.»

«Non è necessario un po' di tempo per riflettere, qualche settimana, qualche giorno?» egli domandò, con lo stesso tono mezzo soffocato.

«Assolutamente nessuno.»

«Ha proprio deciso, e non c'è possibilità di alcun cambiamento in mio favore?»

«Ho proprio deciso, signor Headstone, e sono obbligata a risponderle che sono certa che non ce n'è.»

«Allora,» diss'egli, cambiando improvvisamente tono e voltandosi verso di lei, e portando la sua mano serrata sulla pietra con una forza tale che rese le nocche graffiate e sanguinanti, «allora spero di non ucciderlo mai!»

Lo sguardo cupo di odio e vendetta con cui proruppero le parole dalle sue labbra livide, e con cui stava in piedi tendendo la sua mano imbrattata come se avesse in mano un'arma e avesse appena sferrato un colpo mortale, le fece così paura che si voltò per correre lontano. Ma egli la prese per il braccio.

«Signor Headstone, mi lasci andare. Signor Headstone, devo chiamar aiuto!»

«Son io quello che dovrebbe chiamar aiuto,» diss'egli; «lei non sa come ne ho bisogno.»

L'aspetto del suo viso mentre lei si ritrasse, guardandosi intorno per cercare suo fratello e incerta sul da farsi, avrebbe potuto estorcerle un grido nel giro di un istante; ma all'improvviso egli si fermò e si controllò completamente, come se avesse fatto così la Morte stessa. «Ecco! Vede che mi son ripreso, mi ascolti.»

Con gran dignità e coraggio, mentre ricordava la sua vita autosufficiente e il suo diritto di essere libera da responsabilità nei confronti di quest'uomo, lasciò il braccio dalla sua presa e rimase a guardarlo in modo diretto. Non era mai stata così bella, ai suoi occhi. Un'ombra scese su di loro mentre egli la guardava, come se ella attirasse tutta la luce da loro su di sé.

«Questa volta, almeno, non lascerò nulla di non detto,» egli continuò, incrociando le mani davanti a lui, chiaramente per evitare che venisse tradito da un qualsiasi gesto impetuoso; «questa volta almeno non sarò torturato da ripensamenti di un'occasione perduta. Il signor Eugene Wrayburn.»

«Era di lui che parlava con la sua rabbia e la sua violenza ingovernabili?» domandò Lizzie concitata. Egli si morse le labbra, la guardò, e non disse una parola.

«Era il signor Wrayburn quello che lei minacciava?

Egli si morse le labbra di nuovo, la guardò, e non disse una parola.

«Lei mi ha chiesto di ascoltarla, e non parla. Mi lasci cercare mio fratello.»

«Rimanga! Non ho minacciato nessuno.» Lei abbassò un istante lo sguardo sulla sua mano insanguinata. Egli portò quella mano alla bocca, l'asciugò sulla manica, e di nuovo incrociò le mani. «Il signor Eugene Wrayburn,» ripeté.

«Perché ripete quel nome ancora e ancora, signor Headstone?»

«Perché è l'argomento del poco che mi resta da dire. Osservi! Non ci sono minacce. Se pronuncio una parola di minaccia, mi fermi, mi impedisca di parlare. Il signor Eugene Wrayburn.»

Una minaccia peggiore di quella trasmessa dal suo modo di pronunciare il nome, difficilmente avrebbe potuto sfuggirgli. «La perseguita. Lei accetta i suoi favori. E' disposta abbastanza ad ascoltarlo. Lo so, così bene come egli agisce.»

«Il signor Wrayburn è stato premuroso e buono con me, signore,» disse Lizzie, fieramente, «in relazione alla morte e alla memoria del mio povero padre.»

«Senza dubbio. Naturalmente è un uomo molto gentile, molto buono, il signor Eugene Wrayburn.»

«Credo che non la riguardi,» disse Lizzie con un'indignazione che non poteva reprimere.

«Oh sì, mi riguarda. Qui è in errore. Mi riguarda molto da vicino.»

«Cosa può essere per lei?»

«Può essere un rivale per me, tra le altre cose» disse, Bradley.

«Signor Headstone,» rispose Lizzie, col volto in fiamme, «è una vigliaccheria parlarmi in questo modo. Ma questo mi rende capace di dirle che lei non mi piace, e che non mi è mai piaciuto, fin dal primo momento, e che nessun altro essere umano ha nulla a che fare con l'effetto che lei ha prodotto su di me.»

La sua testa si chinò per un momento, come sotto un peso, e poi egli alzò di nuovo lo sguardo, inumidendosi le labbra. «Volevo finire di dirle quel poco che mi resta. Io sapevo tutta questa storia del signor Eugene Wrayburn, da quando lei ha cominciato ad attirarmi. Ho lottato contro questa consapevolezza, ma senza successo. Non ha fatto differenza per me. Con il signor Eugene Wrayburn nella mia mente, ho continuato. Con il signor Eugene Wrayburn nella mia mente, le ho parlato proprio ora. Con il signor Eugene Wrayburn nella mia mente, sono stato messo da parte e cacciato via.»

«Se mi risponde con quei nomi dopo che io l'ho ringraziata per la sua proposta e l'ho rifiutata, è colpa mia, signor Headstone?» disse Lizzie, compassionevole per l'amara lotta che egli non riusciva a nascondere, quasi quanto ne fosse disgustata e allarmata.

«Non mi lamento,» egli replicò, «dico soltanto le cose come stanno. Ho dovuto lottare col rispetto di me stesso, quando ho accettato di essere attirato da lei a dispetto del signor Wrayburn. Lei può immaginare quanto sia basso il rispetto di me stesso, ora.» Ella era ferita e arrabbiata; ma si trattenne in considerazione della sua sofferenza e del suo essere amico di suo fratello.

«Il mio amor proprio sta sotto i suoi piedi,» disse Bradley, aprendo le mani suo malgrado, e accennando ferocemente con entrambe verso le pietre del marciapiede. «Se lo ricordi! Il mio amor proprio è sotto i piedi di quell'uomo, che lo calpesta ed esulta su di esso.»

«Non lo fa!» disse Lizzie.

«Lo fa!» disse Bradley. «Sono stato davanti a lui faccia a faccia, e mi ha schiacciato nella polvere del suo disprezzo, mi ha calpestato. Perché? Perché sapeva con trionfo cosa c'era in serbo per me stasera.»

«Oh, signor Headstone, parla abbastanza follemente.»

«Del tutto controllato. So troppo bene cosa dico. Ora ho detto tutto. Non ho usato minacce, ricordi; non ho fatto altro che mostrarle come stanno le cose; come stanno le cose finora.»

In quel momento, suo fratello apparve nelle vicinanze. Ella balzò verso di lui e lo prese per mano. Bradley li seguì, e pose la sua mano pesante sulla spalla opposta del ragazzo.

«Charley Hexam, vado a casa. Devo tornare a casa da solo, stasera, e tacere in camera senza che nessuno mi parli. Dammi mezz'ora di vantaggio e lasciami stare, finché non mi troverai al mio lavoro in mattinata. Sarò al mio lavoro domani mattina come al solito.»

Stringendogli le mani, egli emise un breve spettrale grido soffocato, e se ne andò. Il fratello e la sorella rimasero a guardarsi l'un l'altro accanto a un lampione in quel cimitero solitario, e il volto del ragazzo si rannuvolò e si oscurò, mentr'egli diceva con tono aspro: «Che significa questo? Che cosa hai fatto al mio migliore amico? Fuori la verità!»

«Charley!» disse sua sorella, «parla un po' più gentilmente!»

«Non sono dell'umore per considerazioni o per sciocchezze del genere,» rispose il ragazzo. «Che cosa hai fatto? Perché il signor Headstone è andato via da noi in quel modo?»

«Mi ha chiesto... Tu sai che mi ha chiesto... di essere sua moglie, Charley.»

«Ebbene?» disse il ragazzo, impaziente.

«E io sono stata costretta a dirgli che non posso essere sua moglie.»

«Sei stata costretta a dirglielo!» ripeté il ragazzo rabbiosamente, tra i denti, e spingendola via brutalmente. «Sei stata costretta a dirglielo! Ma sai che vale cinquanta di te?»

«Può facilmente essere così, Charley, ma io non posso sposarlo.»

«Vuoi dire che ti rendi conto che non puoi apprezzarlo, e che non lo meriti, suppongo?»

«Voglio dire che non mi piace, Charley, e che non lo sposerò mai.»

«Parola mia,» esclamò il ragazzo, «sei un bel tipo di sorella, tu! Parola mia, sei un bel pezzo di disinteresse! E così tutti i miei sforzi per cancellare il passato e di innalzarmi nel mondo, e di innalzarti con me, devono essere annullati dai tuoi capricci, eh?»

«Io non ti rimprovererò, Charley.»

«Ma sentitela!» esclamò il ragazzo guardando attorno nell'oscurità. «Non mi rimprovererà! Fa del suo meglio per distruggere la mia fortuna e la sua, e non mi rimprovererà! Su, dimmi anche, allora, che non rimprovererai al signor Headstone d'essere sceso dalla sfera di cui è un ornamento e di essersi buttato ai tuoi piedi, per essere rifiutato da te!»

«No, Charley, ti dirò soltanto, come ho detto a lui, che lo ringrazio per averlo fatto, che mi dispiace che l'abbia fatto e che spero che lo farà molto meglio, e sia felice.»

Un tocco di compunzione colpì il cuore indurito del ragazzo mentre la guardava, la sua piccola bambinaia paziente da bambino, la sua paziente amica, consigliera e protettrice della fanciullezza, la sorella dimentica di se stessa che aveva fatto ogni cosa per lui. Il suo tono si moderò, ed egli infilò il braccio sotto il suo.

«Su, andiamo, Lizzie, non litighiamo: siamo ragionevoli e parliamo di questo come fratello e sorella. Mi ascolterai?»

«Oh, Charley,» ella rispose, attraverso le lacrime che le spuntavano, «non ti ascolto e odo tante parole dure?»

«Allora mi dispiace. Su, Liz! Mi dispiace sinceramente. Solo che tu mi fai sragionare. Ora vedi. Il signor Headstone ti è perfettamente devoto. Mi ha detto nel modo più tenace che non è mai più stato come prima, per un solo minuto, da quando lo portai la prima volta a vederti. La signorina Peecher, una nostra maestra, carina, giovane e tutto, si sa che è molto presa da lui, ma lui non vuol nemmeno guardarla, nemmeno sentirne parlare. Dunque la sua devozione per te deve essere disinteressata; non è vero? Se sposasse la signorina Peecher, egli si troverebbe molto meglio, sotto tutti i punti di vista, che se sposasse te. Bena allora; non ha niente da guadagnare da questo, vero?»

«Niente, lo sa il cielo!»

«Benissimo, allora,» disse il ragazzo, «questo è qualcosa a suo favore, e una grande cosa. Poi vengo io. Il signor Headstone mi ha sempre fatto progredire, e ha molto in suo potere, e ovviamente se fosse mio cognato non mi aiuterebbe di meno, ma mi farebbe andare avanti di più. Il signor Headstone viene e si confida con me, in maniera molto delicata, e dice: "Spero che il mio matrimonio con tua sorella sarebbe gradevole, Hexam, e utile per te?" Io gli rispondo: "Non c'è niente al mondo che mi possa far più piacere, signor Headstone." Il signor Headstone dice: "Allora posso fare affidamento sulla tua intima conoscenza di me per una tua buona parola con tua sorella, Hexam?" E io dico: "Certamente, signor Headstone, e io ho naturalmente molta influenza su di lei." È così, non è vero, Liz?»

«Sì, Charley.»

«Ben detto! Ora, vedi, iniziamo ad andare avanti, nel momento in cui cominciamo a parlarne davvero, come fratello e sorella. Molto bene. Poi vieni tu. Come moglie del signor Headstone ti troveresti in una posizione molto rispettabile, avresti nella società un posto molto migliore di quello che hai adesso, e saresti lontana, una buona volta, dal fiume e dalle vecchie cose sgradevoli che gli appartengono, e ti libereresti una buona volta delle sarte delle bambole e dei loro padri ubriachi, e cose del genere. Non ch'io voglia screditare la signorina Wren; oserei dire che va tutto molto bene a modo suo; ma la sua strada non è la tua come moglie del signor Headstone. Dunque vedi, Lizzie, per tutti e tre i motivi, per il signor Headstone, per me, per te, niente potrebbe essere migliore o più desiderabile.»

Stavano camminando lentamente mentre il ragazzo parlava, e qui egli si fermò, per vedere che effetto aveva fatto. Gli occhi di sua sorella erano fissi su di lui; ma siccome non mostravano cedimenti, e lei rimaneva silenziosa, egli riprese a camminare. C'era un po' di scoraggiamento nel suo tono mentre riprendeva, sebbene cercasse di nasconderlo.

«Avendo così tanta influenza su di te, Liz, quanta ne ho io, forse avrei dovuto fare di meglio e avere una piccola chiacchierata con te in prima istanza, prima che il signor Headstone parlasse per se stesso. Ma veramente tutto ciò sembrava così chiaro e innegabile a suo favore, e sapevo che tu sei sempre stata così ragionevole e assennata, che io ho considerato che non ne valesse la pena. Molto probabilmente è stato un mio errore. Comunque è presto sistemato. Tutto ciò che occorre fare per sistemare le cose è dirmi subito che posso andare a casa e dirlo al signor Headstone che quello che è accaduto non è definitivo, e che tutto andrà bene tra breve.»

Si fermò di nuovo. Il volto pallido di lei si volse verso di lui con ansia e con tenerezza, ma ella scosse la testa.

«Non puoi parlare?» disse il ragazzo bruscamente.

«Non sono molto disposta a parlare, Charley. Se devo, devo. Non posso autorizzarti a dire una cosa del genere a Mr Headstone: non posso permetterti di dire una cosa del genere a Mr Headstone. Niente resta da dirgli da parte mia, dopo quello che ho detto una buona volta per tutte, stasera.»

«E questa ragazza,» gridò Charley, scostandola da sé con disprezzo, di nuovo «si dice mia sorella!»

«Charley, caro, è la seconda volta che quasi mi colpisci. Non esser ferito dalle mie parole. Non voglio dire - non voglia il cielo! - che tu ne abbia avuto l'intenzione, ma forse a malapena sai con quale improvviso cambiamento ti sei allontanato da me.»

«Comunque,» disse il ragazzo, senza badare alla rimostranza, e perseguendo la propria mortificata delusione, «so che cosa significa tutto questo, e tu non mi disonorerai.»

«Significa quello che ti ho detto, Charley, e niente di più.»

«Non è vero,» disse il ragazzo con tono violento, «e tu sai che non è vero. Vuol dire il tuo prezioso signor Wrayburn, questo è ciò che significa.»

«Charley! Se ricordi i nostri vecchi giorni insieme, finiscila!»

«Ma tu non mi disonorerai,» proseguì ostinatamente il ragazzo. «Sono deciso che dopo che sono uscito dal fango, tu non mi tirerai giù. Non puoi disonorarmi se non ho niente a che fare con te, e non avrò nulla a che fare con te per il futuro.»

«Charley! In molte notti come questa, e molte notti peggiori, mi sono seduta sui sassi della strada, calmandoti tra le mie braccia. Ritira quelle parole senza nemmeno dire che ti dispiace per loro, e le mie braccia sono ancora aperte per te, e così il mio cuore.»

«Non le ritirerò. Le ripeto. Sei una inveterata cattiva ragazza, e una falsa sorella, e ho chiuso con te. Per sempre, io ho chiuso con te!»

Egli alzò la sua mano ingrata e sgarbata come per mettere una barriera tra lui e lei, e fuggì via e la lasciò. Ella rimase impassibile nello stesso punto, silenziosa e immobile, finché il rintocco dell'orologio della chiesa non la scosse e si volse. Ma poi, con la rottura della sua immobilità, arrivò anche il fiotto delle lacrime, che il cuore freddo del ragazzo egoista aveva come congelato. E: «Oh, se giacessi qui con i morti!...» e «Oh, Charley, Charley, questa doveva essere la fine delle nostre immagini nel fuoco!» furono tutte le parole che disse, mentre metteva il viso tra le mani sul bordo di pietra.

Una figura passò e proseguì, ma si fermò e si volse a guardarla. Era la figura di un vecchio con la testa china, indossava un cappello a tesa larga con la cupola bassa e una lunga palandrana. Dopo aver esitato un po', la figura si voltò e, avanzando con un'aria di gentilezza e compassione, disse: «Mi scusi se le parlo, ma lei ha qualche dispiacere. Non posso proseguire la mia strada e lasciarla qui a piangere da sola, come se non ci fosse niente in questo posto. Posso aiutarla? Posso fare qualcosa per consolarla?»

Ella alzò il capo al suono di quelle parole gentili, e rispose senza esitare: «Oh, signor Riah, è lei?»

«Figlia mia,» disse il vecchio, «sono sbalordito! Le ho parlato come a una sconosciuta. Mi dia il braccio, mi dia il braccio. Cosa l'addolora? Chi l'ha fatto? Povera ragazza, povera ragazza!»

«Mio fratello ha litigato con me,» singhiozzò Lizzie, «e mi ha abbandonata per sempre!»

«È un cane ingrato,» disse l'ebreo, con rabbia. «Lo lasci andare. Scuoti la polvere dai tuoi piedi e lascialo andare. Vieni, figlia mia! Vieni a casa con me - è solo dall'altra parte della strada - e prenditi un po' di tempo per recuperare la tua pace e per asciugare gli occhi, e poi ti farò compagnia lungo la strada. Perché è molto più tardi del solito, e presto sarà tardi e la via è lunga e c'è tanta gente in giro, stasera.» Ella accettò il sostegno che le aveva offerto, e lentamente uscirono dal sagrato. Stavano per sbucare nella via principale, quando un'altra figura che gironzolava insoddisfatta, e guardando su e giù per la strada, e tutto intorno, si fermò ed esclamò: «Lizzie! Dove sei stata? Perché? Cosa c'è?»

Mentre Eugene Wrayburn si rivolgeva così a lei, ella si avvicinò all'Ebreo, e chinò la testa.

L'ebreo guardò tutto Eugene con uno sguardo acuto, chinò gli occhi al suolo, e stette zitto.

«Lizzie, che succede?»

«Signor Wrayburn, non posso dirglielo, ora. Non posso dirglielo stasera, se mai potrò dirglielo. Per favore, mi lasci.»

«Ma, Lizzie, son venuto espressamente per raggiungerla. Sono venuto per accompagnarla a casa, dopo aver cenato in un caffè di questo quartiere e conoscendo i suoi orari. E ho camminato in su e in giù,» aggiunse, «come un intendente; oppure,» con uno sguardo a Riah, «come un vecchio rigattiere.»

L'ebreo alzò gli occhi e diede ad Eugene un'altra occhiata.

«Signor Wrayburn, la prego, la prego, mi lasci col mio protettore. E ancora una cosa. Per favore, faccia attenzione!»

«Misteri di Udolpho![190]» disse Eugene con uno sguardo meravigliato. «Posso permettermi di domandare, in presenza dell'anziano signore, chi è questo gentile protettore?»

«Un amico fidato,» disse Lizzie.

«Lo sostituirò nella sua fiducia,» replicò Eugene. «Ma, Lizzie, mi vuol dire che è successo?»

«Riguarda suo fratello,» disse il vecchio, alzando gli occhi di nuovo.

«Riguarda suo fratello?» rispose Eugene con un superficiale disprezzo. «Suo fratello non merita un pensiero, e ancor meno una lacrima. Che cosa le ha fatto suo fratello?»

Il vecchio alzò gli occhi di nuovo, con uno sguardo serio a Wrayburn, e uno sguardo serio a Lizzie, che ancora teneva gli occhi bassi. Entrambi erano così pieni di significato che anche Eugene controllò il suo atteggiamento leggero, e si limitò a un pensieroso «ehm!».

Con aria di perfetta pazienza il vecchio, restando muto e tenendo gli occhi bassi, stava fermo, trattenendo il braccio di Lizzie, come se, nella sua abitudine alla resistenza passiva, sarebbe stato tutt'uno per lui se fosse rimasto lì immobile tutta la notte.

«Se il signor Aaron[191]» disse Eugene, che presto trovò questo fatto faticoso «sarà abbastanza buono da lasciarmi il suo incarico, sarà abbastanza libero per qualsiasi impegno che potesse avere alla Sinagoga. Signor Aaron, vuole avere questa gentilezza?»

Ma il vecchio rimase immobile.

«Buona sera, signor Aaron,» disse Eugene cortesemente, «non vogliamo trattenerla.» Poi, volgendosi a Lizzie: «Il nostro amico Aaron è forse un po' sordo?»

«Il mio udito è buonissimo, signor cristiano,» rispose il vecchio con calma; «ma stasera sentirò solo una voce che mi chieda di lasciare questa damigella prima di averla portata a casa sua. Se ella lo richiede, lo farò. Non lo farò per nessun altro.»

«Posso domandarle perché, signor Aaron?» disse Eugene, del tutto indisturbato nella sua disinvoltura.

«Mi scusi. Se ella me lo chiede, glielo dirò.» ripeté il vecchio «Non lo dirò a nessun altro.»

«Io non glielo chiedo,» disse Lizzie, «e la prego di accompagnarmi a casa. Signor Wrayburn, stasera ho avuto un'amara prova, e spero che lei non mi giudicherà ingrata, né misteriosa, né volubile. Non lo sono affatto. Sono infelice. La prego, si ricordi di quello che le ho detto. La prego, la prego, stia attento.»

«Mia cara Lizzie,» egli rispose a bassa voce, chinandosi su di lei dall'altro lato, «a che cosa? a chi?»

«A uno che di recente ha visto e ha fatto arrabbiare.»

Egli fece schioccare le dita e rise. «Andiamo,» disse, «poiché non può esser meglio, il signor Aaron ed io divideremo questo incarico, e la accompagneremo a casa insieme. Il signor Aaron da quella parte, io da questa. Se perfettamente gradito al signor Aaron, la scorta ora procederà.»

Egli conosceva il suo potere su di lei. Sapeva che non avrebbe insistito perché la lasciasse. Sapeva che, poiché le sue paure per lui erano state suscitate, si sarebbe preoccupata se lui fosse stato fuori dalla sua vista. Nonostante la sua apparente leggerezza e disattenzione, sapeva qualunque cosa avesse scelto di conoscere dei moti del cuore di lei. E andando avanti al suo fianco, così allegramente, a prescindere da tutto quello che era stato sollecitato contro di lui; così superiore nelle sue battute e nell'autocontrollo alla cupa costrizione del suo corteggiatore e all'egoistica petulanza di suo fratello; così fedele a lei, come sembrava, quando il suo familiare era infedele; che vantaggio immenso, che schiacciante influenza, era sua quella notte! E si aggiunga, povera ragazza, che l'aveva sentito offendere per causa sua, e che aveva sofferto per lui e la meraviglia che i suoi toni occasionali di serio interesse (abbandonando la sua disattenzione, come se fossero assunti per calmarla), quel suo tocco più leggero, il suo sguardo più leggero, la sua stessa presenza accanto a lei nella buia strada comune, erano come scorci di un mondo incantato, che era naturale per gelosia e malizia e ogni meschinità non poterne sopportare lo splendore, e deridere, come potevano fare le anime cattive.

Poiché nessuno disse più nulla di riparare in casa di Riah, andarono direttamente all'alloggio di Lizzie. Un po' prima della porta di casa, ella si separò da loro, ed entrò da sola.

«Signor Aaron,» disse Eugene, quando rimasero soli nella strada, «con molti ringraziamenti per la sua compagnia, non mi resta che dirle, a malincuore, addio.»
«Signore,» rispose l'altro, «le auguro buona notte, e vorrei che lei non fosse così spensierato.»
«Signor Aaron,» rispose Eugene, «le auguro buona notte, e vorrei (poiché lei è un po' triste) che lei non fosse così pensieroso.»
Ma ora, ora che per quella sera aveva finito di recitare la sua parte, quando, voltando la schiena all'ebreo, uscì di scena, era pensieroso anche lui. «Come diceva il catechismo di Lightwood?» mormorava, mentre si fermava per accendere il sigaro. «Che cosa ne verrà? Che cosa stai facendo? Dove stai andando? Lo sapremo presto adesso. Ah!» Con un grave sospiro.
Il grave sospiro fu ripetuto, come da un'eco, un'ora dopo, quando Riah, ch'era rimasto seduto al buio sui gradini in un angolo di fronte alla casa, si alzò e riprese pazientemente il suo cammino, muovendosi cauto per le strade col suo abito antico, come il fantasma del Tempo trascorso.

XVI. Un anniversario

Lo stimabile Twemlow, mentre si veste nei suoi alloggi sulla scuderia in Duke Street, presso Saint James, e ascolta i cavalli di sotto intenti alla loro toeletta, si ritrova nel complesso in una posizione svantaggiata rispetto ai nobili animali in livrea. Infatti, da una parte, non ha un inserviente che lo schiaffeggi rumorosamente e gli chieda con accenti burberi di andare su e andare giù, d'altra parte, non ha affatto un inserviente; e poiché le articolazioni delle dita del mite gentiluomo e le altre articolazioni funzionano in modo irregolare al mattino, potrebbe ritenere piacevole anche essere legato col volto alla porta della sua camera, quindi essere lì abilmente sfregato, strofinato, lavato, lucidato e vestito, mentre lui stesso prenda solo passivamente parte a queste operazioni faticose. Come se la cavi l'affascinante Tippins quando si adorna per lo smarrimento dei sensi degli uomini, è noto solo alle Grazie e alla sua cameriera; ma forse anche quella attraente creatura, sebbene non ridotta all'autodipendenza di Twemlow, potrebbe fare a meno del buon trattamento che accompagna il restauro quotidiano delle sue attrattive, visto che per quanto riguarda il suo viso e il suo collo questa adorabile divinità è, per così dire, una specie di diurna aragosta, che perde un guscio ogni mattina, e ha bisogno di rimanere in un luogo ritirato fino a che la nuova crosta si indurisca.
Comunque, Twemlow si è finalmente rivestito di colletto e cravatta e polsini fino alle nocche, ed esce per andare a colazione. E a colazione con chi se non con i suoi vicini, i Lammles di Sackville Street, che gli hanno comunicato che incontrerà il suo lontano parente, il signor Fledgeby. Il terribile Snigsworth potrebbe renderlo tabù e proibire Fledgely, ma il pacifico Twemlow ragiona, 'se è mio parente non l'ho voluto io, e incontrare un uomo non è conoscerlo'.
È il primo anniversario del felice matrimonio dei coniugi Lammle, e la celebrazione è una colazione, perché un pranzo sulla scala di sontuosità desiderata non può essere fatto in limiti più ristretti rispetto a quelli dell'inesistente residenza sontuosa di cui così molte persone sono follemente invidiose. Così, Twemlow cammina su Piccadilly con non poca rigidità, conscio di esser stato una volta molto più eretto nella figura, e meno in pericolo di essere investito dai veloci veicoli. Di certo era nei giorni in cui egli sperava che il temuto Snigsworth gli avrebbe permesso di far qualcosa, o di esser qualcuno nella vita, e prima che quel magnifico tartaro emanasse l'ukase[192]: «Poiché non si distinguerà mai, deve essere un povero gentiluomo-pensionato dei miei, e con il presente si consideri pensionato.»
Ah, mio Twemlow! Dimmi, piccolo debole grigio personaggio, quali pensieri sono nel tuo petto

oggi, la Fantasia? - così ancora chiami chi ti ha ferito il cuore quando era verde e la tua testa bruna – e se è meglio o peggio, più doloroso o meno, credere alla tua Fantasia oggi, piuttosto che sapere ch'ella è un avido coccodrillo corazzato, con nessuna capacità di immaginare il delicato, sensibile e tenero cuore sotto il tuo panciotto, tranne che di colpirlo dritto con un ferro da calza? E dimmi allo stesso modo, mio Twemlow, se sia più felice essere un parente povero dei ricchi, o stare nella fanghiglia invernale dando da bere ai cavalli da tiro nella vasca poco profonda vicino alla stazione delle carrozze, così vicino alla quale metti il tuo piede incerto. Twemlow non dice nulla e va avanti. Mentre si avvicina alla porta dei Lammles, giunge una piccola carrozza con un solo cavallo, contenente Tippins la divina. La Tippins, abbassando il finestrino, loda scherzosamente la vigilanza del suo cavaliere che è lì ad aspettarla per darle la mano. Twemlow le dà la mano con tanta cortese gravità come se fosse qualcosa di autentico, e procedono di sopra. La Tippins tutta fuori fase con le gambe, e cercando di esprimere che quegli articoli instabili stanno solo saltellando nella loro spensieratezza nativa.

E cara signora Lammle e caro signor Lammle, come state, e quando andate ... in un posto come-si-chiama - Guy, conte of Warwick, sai ... cos'è? Dun Cow[193] - per reclamare il premio in pancetta affumicata? E Mortimer, il cui nome è stato cancellato per sempre dalla mia lista di amanti, prima per il motivo di volubilità e poi di vile abbandono, come sta, sciagurato? E signor Wrayburn, lei qui! Per cosa può venire, perché siamo tutti molto sicuri in anticipo che non parlerà! E Veneering, Onorevole, come vanno le cose a casa, e quando farà finire per noi quelle persone terribili? E Signora Veneering, mia cara, può essere vero che lei scende in quel luogo soffocante notte dopo notte, per ascoltare la prosa di quegli uomini? A proposito, Veneering, perché non fa anche lei qualche prosa, perché non ha ancora aperto bocca, e noi moriamo dalla voglia di sentire che cosa può dirci. Signorina Podsnap, felice di vederla. Il papà è qui? No! La mamma nemmeno? Oh! Signor Boots! Contentissima! Signor Brewer! Questa è una riunione del gruppo. - Così la Tippins, e ispeziona Fledgeby e gli sconosciuti col suo occhialino d'oro, mormorando mentre si gira e si rigira, nel suo modo innocente e vertiginoso, qualcun altro che conosco? No, penso di no. Nessuno lì. Nessuno là. Nessuno da nessuna parte!

Il signor Lammle, tutto scintillante, presenta il suo amico Fledgeby quasi morente per l'onore della presentazione a Lady Tippins. Fledgeby, presentato, ha l'aria di star per dire qualche cosa, ha l'aria di star per dir nulla, ha un'aria successivamente di meditazione, di rassegnazione, e di desolazione, indietreggia su Brewer, fa il giro di Boots, e sfuma nello sfondo estremo, tastandosi i baffi, come se potessero essere cresciuti da come erano cinque minuti prima. Ma Lammle lo fa uscire di nuovo prima che abbia accertato completamente la sterilità del terreno. Sembrerebbe essere in cattive condizioni, Fledgeby; perché Lammle lo rappresenta ancora una volta come morente. Adesso sta morendo, per il bisogno di presentazione a Twemlow. Twemlow offre la sua mano. Sono contento di vederla. «Sua madre, signore, era una parente della mia.»

«Credo di sì,» dice Fledgeby, «ma mia madre e la sua famiglia erano solo in due.»

«Lei sta in città?» domanda Twemlow.

«Sempre,» dice Fledgeby.

«Le piace la città» dice Twemlow. Ma vien messo a tappeto da Fledgeby che la prende abbastanza male e risponde: No, non gli piace la città. Lammle cerca di interrompere la forza della caduta, sottolineando che ad alcune persone non piace la città. Fledgeby ribatte che non ha mai sentito parlare di questo caso, ma solo del suo, e Twemlow è di nuovo colpito pesantemente.

«Non c'è nulla di nuovo, stamattina, suppongo?» dice Twemlow tornando a segno con grande spirito.

Fledgeby non ha sentito nulla.

«No, non c'è una parola di nuovo,» dice Lammle.

«Neanche una briciola,» aggiunge Boots.

«Nemmeno un atomo,» echeggia Brewer. E tutti e tre hanno parlato insieme.

In qualche modo sembra che l'esecuzione di questo piccolo pezzo concertato sollevi gli spiriti generali come con un senso del dovere compiuto, e mette la compagnia in moto. Tutti sembrano più uguali di prima, per la calamità di essere nella compagnia di tutti gli altri. Anche Eugene, che sta in piedi vicino a una finestra, facendo dondolare di malumore la nappa di una tenda, le dà ora una spinta più veloce, come se si sentisse meglio.

Annunciata la colazione. Tutto in tavola appariscente e sgargiante, ma con un'aria autoaffermante temporanea e nomade sulle decorazioni, come vantandosi che saranno molto più appariscenti e sgargianti nella sontuosa residenza. Il cameriere particolare del signor Lammle sta dietro la sua sedia, l'Analitico dietro la sedia di Veneering: esempi calzanti che tali camerieri appartengono a due categorie diverse: una che diffida dei conoscenti del suo padrone, e l'altra che diffida dello stesso padrone. Il cameriere di Lammle, della seconda categoria. Apparendo essere perso nella meraviglia e nello scoraggiamento perché la polizia ci metta tanto tempo per venire a prendere il suo padrone per qualche accusa di prima grandezza.

L'On. Veneering a destra della signora Lammle; Twemlow alla sua sinistra; la signora Veneering, m.d.O. (moglie dell'Onorevole), e Lady Tippins, a destra e a sinistra del signor Lammle. Ma state sicuri, che nel raggio del fascino dell'occhio e del sorriso del signor Lammle, c'è Georgiana. E state sicuri che vicino alla piccola Georgiana, anche lui sotto l'ispezione dello stesso gentiluomo dal color dello zenzero, siede Fledgeby. Più di due o tre volte durante la colazione, il signor Twemlow si volge improvvisamente verso la signora Lammle, e poi le dice: «Chiedo scusa!» Questo non è il solito comportamento di Twemlow, perché è oggi il suo comportamento? La verità è che Twemlow ha avuto ripetutamente l'impressione che la signora Lammle stia per parlargli, e voltandosi scopre che non è così, e soprattutto che ha gli occhi puntati su Veneering. Strano che questa impressione rimanga in Twemlow dopo che si è accorto che non è esatta: eppure è così. Lady Tippins, partecipando abbondantemente dei frutti della terra (compreso nella categoria il succo d'uva) diventa più vivace, e si applica per suscitare scintille da parte di Mortimer Lightwood. È sempre inteso tra gli iniziati che quell'amante infedele deve essere piantato al tavolo di fronte a Lady Tippins, che poi lo colpirà con il fuoco della conversazione. In un intervallo della sua masticazione e deglutizione, Lady Tippins, contemplando Mortimer, ricorda che fu in casa dei nostri cari Veneering, e in presenza di tutta la compagnia che è sicuramente tutta qui, che egli raccontò loro la storia di quell'uomo-di-Non-si-sa-dove, che in seguito è diventata così orribilmente interessante, e così volgarmente popolare.

«Sì, Lady Tippins,» conferma Mortimer, «come si dice sulla scena, 'Proprio così!'»

«E allora ci aspettiamo,» risponde l'incantatrice, «che lei mantenga la sua reputazione, e ci racconti qualche altra cosa.»

«Lady Tippins, quel giorno mi sono sfinito per tutta la vita, e non c'è niente più da togliermi.»

Mortimer elude a questo modo, con la sensazione che altrove sia Eugenio e non lui che fa il buffone, e in quelle compagnie in cui Eugene si ostina a star zitto, lui, Mortimer, è solo il doppio dell'amico che ha imitato.

«Ma,» dice la fascinosa Tippins, «ho deciso di tirarle fuori qualche altra cosa. Traditore! Che cos'è quello che ho sentito, di un'altra sparizione?»

«Poiché è lei che ne ha sentito parlare,» dice Lightwood, «forse ce la dirà.»

«Via, mostro!» risponde Lady Tippins. «Il suo stesso Netturbino d'oro mi ha indirizzato a lei!»

Il signor Lammle, intervenendo a questo punto, proclama ad alta voce che c'è un seguito alla storia dell'uomo-di-Non-si-sa-dove. Un gran silenzio segue l'annuncio.

«Vi assicuro,» dice Lightwood girando lo sguardo intorno alla tavola, «che non ho nulla da raccontare.» Ma poiché Eugene aggiunge a bassa voce: «Su, dillo, dillo!», egli si corregge aggiungendo: «Nulla che valga la pena.»

Boots e Brewer percepiscono immediatamente che questo è immensamente degno di nota e diventano educatamente chiassosi. Anche Veneering è visitato da una percezione dello stesso effetto. Ma si capisce che la sua attenzione è ormai piuttosto esaurita, e difficile da mantenere, perché questo è il tono della Camera dei Comuni.

«Vi prego, non vi prendete il disturbo di preparavi ad ascoltare,» dice Mortimer Lightwood, «perché io avrò finito molto prima che voi abbiate preso un atteggiamento comodo. È come...»

«È come la filastrocca dei bambini,» lo interrompe Eugene impaziente:

"*Vi racconto una storia*
Di Jack a Manory,
E ora la mia storia è iniziata;
Ve ne racconto un'altra
Di Jack e suo fratello,
E ora la mia storia è finita!"

«Su, avanti! e finisci!»

Eugenio lo dice con un tono di irritazione nella voce, mentre se ne sta sprofondato nella sua sedia e guarda con aria minacciosa Lady Tippins, che gli fa un cenno del capo come il suo caro Orso, e insinua scherzosamente che lei (una proposizione evidente) è la Bella, e lui la Bestia.

«Il riferimento,» comincia Mortimer, «che suppongo sia stato fatto dalla mia onorevole e bella schiavista che mi sta di fronte, è la seguente circostanza. Ultimamente, la giovane donna, Lizzie Hexam, figlia del defunto Jesse Hexam, altrimenti Gaffer, quello che sarà ricordato aver trovato il corpo dell'uomo-di-Non-si-sa-dove, ha ricevuto misteriosamente, ella non sapeva da chi, un'esplicita ritrattazione delle accuse mosse contro suo padre, da parte di un altro tipo sulla riva del fiume, dal nome di Riderhood. Nessuno aveva creduto a quelle accuse, perché il buon Rogue Riderhood - sono tentato di parafrasare ricordando l'affascinante lupo che avrebbe reso alla società un grande servizio se avesse divorato il padre e la madre del signor Riderhood nella loro infanzia! - aveva precedentemente giocato veloce e sciolto con le suddette accuse, e, infatti, le ha abbandonate. Tuttavia, la ritrattazione che ho menzionato ha trovato la sua strada nelle mani di Lizzie Hexam, con l'aspetto insolito di essere stata favorita da un certo messaggero anonimo in mantello scuro e cappello floscio, ed è stata da lei inoltrata, per la riabilitazione del padre, al signor Boffin, mio cliente. Perdonate la mia fraseologia d'ufficio, ma poiché non ho mai avuto un altro cliente, e con ogni probabilità non ne avrò mai più, sono piuttosto orgoglioso di lui come di una curiosità naturale probabilmente unica.»

Sebbene sia tranquillo come al solito in superficie, Lightwood non è del tutto tranquillo come al solito sotto sotto. Con l'aria di non badare affatto a Eugene, sente che l'argomento non è del tutto sicuro per lui.

«La curiosità naturale che costituisce l'unico ornamento del mio museo professionale,» egli prosegue, «dopo di ciò desidera che il suo Segretario - un individuo della specie del paguro o dell'ostrica, e il cui nome mi pare sia Chokesmith, ma questo non importa affatto, diciamo Artichoke[194] - debba mettersi in comunicazione con Lizzie Hexam. Artichoke si dichiara pronto a farlo, tenta di farlo, ma non ci riesce.»

«Perché fallisce?» chiede Boots.

«Come fallisce?» chiede Brewer.

«Scusate,» risponde Lightwood, «devo rimandare la risposta per un momento, o avremo un anticlimax[195]. Artichoke fallisce completamente, il mio cliente mi trasferisce l'incarico: il suo scopo è quello di promuovere gli interessi dell'oggetto della sua ricerca. Io cerco di mettermi in comunicazione con lei; mi capita persino di possedere alcuni mezzi speciali» con uno sguardo a Eugene «per mettermi in comunicazione con lei; ma anch'io fallisco, perché è svanita.»

«Svanita!» è l'eco generale.

«Scomparsa,» dice Mortimer. «Nessuno sa come, nessuno sa quando, nessuno sa dove. E così finisce la storia a cui si riferiva l'onorevole e bella schiavista che mi sta di fronte.»

La Tippins, con un piccolo grido ammaliante, manifesta l'opinione che tutti quanti finiremo assassinati nei nostri letti. Eugene la guarda come se qualcuno di noi sarebbe abbastanza per lui. La signora Veneering, m.d.O., osserva che questi misteri della società infondono la paura di lasciare sola Baby. L'On. Veneering desidera essere informato (con una certa aria d'occasione come se vedesse il Giusto Onorevole Gentiluomo a capo del Dipartimento dell'Interno davanti a lui) se si debba intendere che la persona scomparsa sia stata portata via da uno spirito, oppure che sia stata altrimenti danneggiata. Invece di Lightwood, risponde Eugene, e risponde frettolosamente e seccamente: «No, no, no, non vuol dir questo; egli vuol dire scomparsa volontariamente, ma del tutto, completamente.»

Tuttavia, non si deve permettere che il grande argomento della felicità dei coniugi Lammle svanisca con le altre sparizioni - con la scomparsa dell'assassino, la scomparsa di Julius Handford, la scomparsa di Lizzie Hexam - e perciò Veneering deve richiamare le pecore presenti al recinto da cui si sono allontanate. Chi più adatto di lui a parlare della felicità del signor Lammle e della signora Lammle, essendo loro i più cari e i più vecchi amici ch'egli abbia al mondo; e quale pubblico più adatto a ricevere le sue confidenze, che quell'uditorio, nome collettivo dai molti significati, composto di persone che sono tutte i più vecchi e i più cari amici ch'egli abbia al mondo? Così Veneering, senza la formalità di alzarsi in piedi, si lancia in un discorso familiare, che gradualmente sfuma in una cantilena parlamentare e continua, nel quale egli vede a quella tavola il suo caro amico Twemlow, che in quello stesso giorno, dodici mesi prima, affidò al suo caro amico Lammle la bella mano della sua cara amica Sophronia; e anche vede a quella tavola i suoi cari amici Boots e Brewer, il cui radunarsi intorno a lui in un periodo in cui la sua cara amica Lady Tippins allo stesso modo si radunò intorno a lui - sì, e al primo posto - non potrà mai dimenticare mentre la memoria gli rimane salda. Ma sente il dovere di confessare che manca a quella tavola il suo caro vecchio amico Podsnap, sebbene egli sia molto ben rappresentato dalla sua cara giovane amica Georgiana. E inoltre egli vede a quella tavola (questo annuncia con sfarzo, come se esultasse per i poteri di uno straordinario telescopio) il suo amico, il signor Fledgeby, s'egli gli permette di chiamarlo così. Per tutte queste ragioni, e molte altre ancora ch'egli sa benissimo che saranno venute certamente in testa a persone della vostra eccezionale acutezza, lui è qui per dichiarare a voi che il tempo è arrivato quando, con i nostri cuori nei nostri bicchieri, con le lacrime nei nostri occhi, con le benedizioni sulle nostre labbra, e in generale con una profusione di prosciutto e spinaci nelle nostre dispense emotive, dovremmo uno e tutti bere ai nostri cari amici Lammles, augurandogli molti anni felici come gli ultimi, e tanti tanti amici congeniali uniti come i presenti. E questo vuole aggiungere: che Anastasia Veneering (che è immediatamente udita singhiozzare) è formata sullo stesso modello della sua vecchia amica

prescelta Sophronia Lammle, in quanto anch'ella è devota all'uomo che l'ha corteggiata e conquistata, e assolve nobilmente i suoi doveri di moglie.
Non vedendo miglior modo di finire, Veneering a questo punto tira forte le redini al suo Pegaso[196] oratorio e piega verso il basso con un semplice: «Lammle, Dio ti benedica!»
Poi Lammle. Troppo di lui in ogni modo; in modo invadente troppo naso di una sbagliata forma grossolana, e il suo naso nella sua mente e nei suoi modi; troppo sorriso per essere sincero; troppo cipiglio per essere falso; troppi denti grandi da essere visibili contemporaneamente senza suggerire un morso. Egli vi ringrazia, cari amici, dei vostri gentili auguri, e spera di riceverVi - forse alla prossima diletta occasione di questo genere - in una residenza più adatta ai vostri meriti e ai riti dell'ospitalità. Non dimenticherà mai che da Veneering ha visto per la prima volta Sophronia. Sophronia non dimenticherà mai che da Veneering lo vide per la prima volta. Ne parlarono subito dopo essere sposati, e si trovarono d'accordo che non l'avrebbero dimenticato mai. In una parola, essi devono a Veneering la loro unione. Essi sperano di poter mostrare il loro senso di riconoscenza un giorno («No, no!» fa Veneering) - oh, sì, sì, e vi faccia affidamento, lo faranno se possono! Il suo matrimonio con Sophronia non è stato un matrimonio d'interesse, e neanche il matrimonio di Sophronia con lui è stato un matrimonio d'interesse; ella aveva la sua piccola fortuna, egli aveva la sua piccola fortuna: hanno unito le loro piccole fortune: è stato un matrimonio di pura inclinazione e adeguatezza. Grazie! Sophronia e lui amano molto la compagnia dei giovani; ma lui non è sicuro che la loro casa sia adatta a giovani che si propongano di restar scapoli, poiché la contemplazione della loro felicità domestica potrebbe indurli a cambiare idea. Non si riferisce a nessuno dei presenti: e meno che mai alla loro carissima piccola Georgiana. Grazie ancora una volta! E, a proposito, non si riferisce nemmeno al suo amico Fledgeby. Ringrazia Veneering per il tono di sensibilità con cui si è riferito al loro comune amico Fledgeby, perché considera quel gentiluomo con la massima stima. Grazie. Davvero (ritornando inaspettatamente a Fledgeby), più lo conoscete, più desiderate di conoscerlo. Grazie ancora! In nome della sua cara Sophronia e a nome suo proprio, grazie a tutti!
La signora Lammle è rimasta seduta perfettamente immobile, con gli occhi chini sulla tovaglia. Quando il discorso del signor Lammle finisce, Twemlow ancora una volta si volge involontariamente a lei, non ancora guarito da quell'impressione ricorrente che lei stia per parlargli. Questa volta ella sta per parlargli davvero. Veneering sta parlando col vicino che gli sta accanto dall'altra parte, ed ella gli parla a bassa voce.
«Signor Twemlow.»
Egli risponde: «Mi scusi, sì?» Ancora un poco dubbioso, perché lei non lo guarda.
«Lei ha il cuore di un gentiluomo, e so che posso fidarmi di lei. Mi da' l'opportunità di dirle qualche parola quando, quando passeremo di sopra?»
«Certamente. Sarò onorato.»
«Ma, per favore, non se ne faccia accorgere, e non pensi che sia incoerente se i miei modi saranno più noncuranti delle mie parole. Posso essere controllata.»
Intensamente stupito, Twemlow si porta una mano sulla fronte e sprofonda nella sua sedia meditando. La signora Lammle si alza. Tutti si alzano. Le signore salgono le scale. I gentiluomini presto le seguono. Fledgeby ha dedicato quest'intervallo a osservare le basette di Boots, quelle di Brewer, quelle di Lammle, e a considerare qual sorta di basette gradirebbe produrre da se stesso per attrito, se solo il Genio della guancia avesse dato risposta al suo sfregamento.
Nel salotto, i gruppi si formano come al solito. Lightwood, Boots, e Brewer, svolazzano come falene intorno a quella candela di cera gialla - tremolante, e con qualche accenno di un lenzuolo

avvolgente - Lady Tippins. Gli estranei coltivano l'On. Veneering e la signora Veneering, m.d.O. Lammle sta in un angolo a braccia conserte, come Mefistofele, con Georgiana e Fledgeby. La signora Lammle, seduta su un sofà presso a una tavola, attira l'attenzione di Twemlow su un album di ritratti nella sua mano.

Il signor Twemlow si mette a sedere su un divano davanti a lei, e la signora Lammle gli mostra un ritratto. «Ha ragione di essere sorpreso,» gli dice a bassa voce, «ma vorrei che lei non lo mostrasse.» Twemlow turbato, sforzandosi di non sembrare così, lo sembra molto di più.

«Credo, signor Twemlow, che lei non abbia mai visto quel suo lontano parente prima d'oggi?»

«No, mai.»

«Ora che lei l'ha visto, vede cos'è? Non è fiero di lui?»

«A dir la verità, signora Lammle, no.»

«Se lei sapesse di più sul suo conto, sarebbe meno propenso a riconoscerlo come parente. Ecco un altro ritratto. Cosa ne pensa?»

Twemlow ha giusto la presenza di spirito che basta a fargli dire ad alta voce: «Molto somigliante, straordinario!»

«Lei ha notato, forse, a chi dedica le sue attenzioni: lo vede dov'è ora, e quanto è impegnato?»

«Sì, ma il signor Lammle...» Ella gli dà un'occhiata che egli non può capire, e gli mostra un altro ritratto.

«Molto bello, vero?»

«Meraviglioso!» dice Twemlow.

«Così somigliante che sembra quasi una caricatura, no? - Signor Twemlow, mi è impossibile dirle quale lotta c'è stata nella mia mente prima di decidermi a parlarle come le parlo ora. È solo nella convinzione che posso fidarmi di lei che non mi tradirà mai, che io posso procedere. Mi prometta sinceramente che non tradirà mai la mia confidenza - che la rispetterà, anche se potrebbe non rispettarmi più a lungo - e io sarò soddisfatta come se lei avesse giurato.»

«Signora, sull'onore di un povero gentiluomo...»

«Grazie. Non posso desiderare di più. Signor Twemlow, la imploro di salvare quella bambina!»

«Quale bambina?»

«Georgiana. Ella sarà sacrificata. Sarà persuasa e sposerà quel suo parente. È un affare combinato, una speculazione monetaria. Ella non ha né forza di volontà né carattere sufficienti per aiutarsi da sola, ed è sull'orlo di essere venduta alla miseria per la vita.»

«Sorprendente! Ma che cosa posso farci io, per impedirlo?» domanda Twemlow, turbato e sconcertato al massimo grado.

«Ecco un altro ritratto. E non è bello, le pare?»

Stupefatto dal modo leggero in cui ella gettava la testa all'indietro per guardare in modo critico, Twemlow percepisce ancora vagamente l'opportunità di gettare indietro la testa, e lo fa. Anche se egli vede il ritratto non più che se fosse in Cina. «Decisamente, non buono,» dice la signora Lammle. «Rigido ed esagerato!»

«Ed es...» ma Twemlow, nel suo stato sconvolto, non può governare la parola, e finisce con un «... attamente così.»

«Signor Twemlow, la sua parola avrà un peso con il suo pomposo, auto-accecato padre. Lei sa quanto stima la sua famiglia. Non perda tempo. Lo avverta.»

«Ma avvertirlo contro chi?»

«Contro di me.»

Per buona fortuna, Twemlow in questo momento critico riceve uno stimolante. Lo stimolante è

la voce di Lammle.
«Sophronia, mia cara, che ritratti stai mostrando a Twemlow?»
«Personaggi pubblici, Alfred.»
«Mostragli l'ultimo mio.»
«Sì, Alfred.» Ella posa quell'album, ne prende un altro, volta le pagine, e mostra a Twemlow il ritratto.
«Questo è l'ultimo ritratto del signor Lammle. Le pare ben fatto? - Metta in guardia suo padre contro di me. Me lo merito, perché ho preso parte al progetto fin dal principio. È un piano di mio marito, del suo parente, e mio. Glielo dico soltanto per mostrarle come è necessario che quella povera sciocchina affezionata sia aiutata e salvata. Lei non ripeterà questo a suo padre. Lei mi risparmierà, fin qui, e risparmierà mio marito. Perché, per quanto la celebrazione di quest'oggi non sia che una burla, è pur mio marito, e dobbiamo vivere. - Non le sembra somigliante?» Twemlow, in uno stato sbalordito, finge di confrontare il ritratto nella sua mano con l'originale che guarda verso di lui dal suo angolo mefistofelico.
«Molto bello davvero!» sono infine le parole che Twemlow con grande difficoltà proferisce.
«Sono contenta che lo pensa. Nel complesso, io stessa lo considero il migliore. Gli altri sono così scuri. Ora qui, per esempio, ce n'è un altro del signor Lammle.»
«Ma io non capisco, non vedo come fare,» balbetta Twemlow, mentre vacilla sul libro con il monocolo davanti all'occhio. «Come posso avvertire suo padre, e non dirgli tutto? Dirgli quanto? Dirgli quanto poco? I o... io... mi sto perdendo.»
«Gli dica che sono una combina-matrimoni; gli dica che sono una donna abile e intrigante; gli dica che secondo lei sua figlia stia meglio lontano dalla mia casa e dalla mia compagnia. Gli dica qualunque cosa del genere su di me: sarà tutto vero. Lei sa come suo padre sia pieno di sé, come può facilmente far sì che la sua vanità sia allarmata. Gli dica quel tanto da dargli l'allarme e renderlo attento a lei, e mi risparmi il resto. Signor Twemlow, percepisco la mia improvvisa degradazione ai suoi occhi; familiare come sono con la mia degradazione ai miei occhi, io sento acutamente il cambiamento che deve essere avvenuto riguardo me nei suoi, in questi ultimi momenti. Ma confido nella sua lealtà verso di me completamente come quando ho iniziato. Se lei sapesse quante volte sono stata sul punto di parlarle, oggi, avrebbe quasi pietà di me. Non voglio una nuova promessa nei miei riguardi, perché sono soddisfatta, e sarò sempre soddisfatta della promessa che mi ha fatto. Non posso azzardarmi a dirle di più, perché vedo che sono sorvegliata. Se lei vuol dare un po' di pace alla mia mente con l'assicurazione che interverrà presso suo padre e salverà quella ragazza inoffensiva, chiuda l'album prima di restituirmelo -, e io saprò che cosa significa, e le sarò grata dal profondo del cuore. - Alfred, il signor Twemlow trova che l'ultimo sia migliore di tutti, ed è proprio d'accordo con te e con me.»
Alfred si fa avanti. I gruppi si sciolgono. Lady Tippins si alza per andarsene e la signora Veneering la segue. Per un momento, la signora Lammle non si volge verso di loro, ma resta a guardar Twemlow che guarda il ritratto di Alfred attraverso il monocolo. Un momento dopo, Twemlow lascia cadere il monocolo per tutta la lunghezza del suo cordoncino, si alza, chiude il libro con un'enfasi che fa sobbalzare quella fragile creaturina delle fate, la Tippins. E poi: arrivederci e arrivederci! E affascinante occasione degna dell'età dell'oro, e altre cose riguardo la fetta di pancetta affumicata, e simili complimenti; e Twemlow attraversa Piccadilly barcollando, con la mano alla fronte, ed è quasi investito da un rosso carrello postale, e finalmente si lascia cadere al sicuro nella sua poltrona, buon innocente gentiluomo, con la mano ancora sulla fronte e la testa in un vortice.

Libro III. Una lunga strada

I. Inquilini in Queer Street[197]

Era una giornata nebbiosa a Londra e la nebbia era fitta e scura. La Londra animata, cogli occhi che bruciavano e i polmoni irritati, sbatteva le palpebre, ansimava e soffocava; la Londra inanimata era uno spettro fuligginoso, diviso nel proposito tra essere visibile o invisibile, così non essendo completamente nessuno dei due. Le luci del gas si accendevano nei negozi con un'aria sparuta e sfortunata, come sapendo di essere creature notturne che non avevano affari all'esterno, sotto il sole; mentre il sole stesso, quando per alcuni istanti si mostrava debolmente attraverso i vortici di nebbia che giravano intorno, si mostrava come se si fosse spento e fosse crollato piatto e freddo. Anche nella campagna circostante era una giornata nebbiosa, ma lì la nebbia era grigia, mentre a Londra, a partire dalle linee di confine, era giallo scuro, e un po' più dentro la città, marrone, e poi più marrone, poi più marrone, finché nel cuore della City - che chiamano Saint Mary Axe - era di un nero rugginoso. Da qualsiasi punto dell'alto crinale di terra verso nord, si sarebbe potuto discernere che gli edifici più alti facevano una lotta saltuaria per tenere le loro teste sopra il mare nebbioso, e soprattutto quello della grande cupola di Saint Paul sembrava dura a morire; ma questo non era percepibile nelle strade ai loro piedi, dove l'intera metropoli era un ammasso di vapore carico di un suono soffocato di ruote e come avvolgente un catarro gigantesco.

Alle nove di una tale mattina, la sede degli affari di Pubsey & Co. non era tra gli oggetti più vivaci anche di Saint Mary Axe - che non è un posto molto vivace - con una luce a gas singhiozzante nella finestra dell'ufficio di contabilità e un flusso di nebbia furioso che si insinuava per strangolarla attraverso il buco della serratura della porta principale. Ma la luce si spense, e la porta principale si aprì, e Riah uscì con una borsa sotto il braccio.

Quasi nell'atto di uscire dalla porta, Riah si addentrò nella nebbia, e fu perso agli occhi di Saint Mary Axe. Ma gli occhi di questa storia possono seguirlo verso occidente, per Cornhill, Cheapside, Fleet Street e lo Strand[198], fino a Piccadilly e all'Albany. Là egli camminava col suo passo lento e misurato, il bastone in mano, la palandrana fino ai talloni; e più di un passante, volgendosi a guardare quella venerabile figura già persa nella nebbia, pensava che fosse qualche figura ordinaria vista confusamente, in cui la fantasia e la nebbia avevano impresso una somiglianza passeggera.

Arrivato alla casa dove il padrone aveva le sue stanze al secondo piano, Riah salì le scale e si fermò alla porta del Fascinoso Fledgeby. Facendo a meno del campanello e del battente, bussò alla porta con la cima del suo bastone, e, dopo aver ascoltato, si sedette sulla soglia. Era caratteristico della sua sottomissione abituale, sedersi sulla buia fredda scala, come molti dei suoi antenati probabilmente si erano seduti nelle prigioni sotterranee, sopportando quello che si abbatteva su di loro così come poteva accadere.

Dopo un po', quando era diventato così freddo da soffiare volentieri sopra le sue dita, si alzò e bussò di nuovo con il suo bastone, e ascoltò di nuovo, e di nuovo si sedette ad aspettare. Tre volte ripeté questi gesti, finché le sue orecchie in ascolto furono salutate dalla voce di Fledgeby che gridava, dal letto: «Ferma questo baccano! Vengo e apro subito!» Ma, invece di venire subito, cadde in un dolce sonno per qualche quarto d'ora in più, durante il quale intervallo addizionale Riah si sedette sulle scale e aspettò con perfetta pazienza. Alla fine la porta fu aperta e il signor Fledgeby ritirando il drappeggio si immerse di nuovo nel letto. Seguendolo a rispettosa distanza, Riah passò nella stanza da letto, dove un fuoco era stato acceso da qualche tempo, e ora ardeva vivacemente.

«Ma, che ora della notte intendi chiamarla?» domandò Fledgeby voltandosi sotto le coperte e presentando un confortevole baluardo di spalle al vecchio infreddolito.

«Signore, sono le dieci e mezza passate del mattino.»

«Che diavolo! Allora ci dev'essere una nebbia rara.»

«Molto nebbioso, signore.»

«E freddo, allora?»

«Freddo e amaro,» disse Riah, estraendo un fazzoletto e asciugandosi l'umidità dalla barba e i lunghi capelli grigi, mentre stava al limite del tappeto, con i suoi occhi sul gradevole fuoco. Con un tuffo di gioia, Fledgeby si sistemò di nuovo.

«Della neve, o brina, o fango? O qualcosa del genere?» chiese.

«No, signore, no. Non così male. Le strade sono abbastanza pulite.»

«Non devi vantartene,» rispose Fledgeby. «Ma ti vanti sempre di qualcosa. Hai i libri là?»

«Sono qui, signore.»

«Benissimo. Ripenserò l'argomento generale nella mia mente per un minuto o due, e mentre lo faccio puoi svuotare la borsa e preparati per me.»

Con un altro comodo tuffo, il signor Fledgeby si addormentò di nuovo. Il vecchio, dopo aver obbedito alle sue indicazioni, si sedette sul bordo di una sedia e, unendo le mani davanti a sé, cedette gradualmente alla influenza del calore e si assopì. Fu svegliato da Fledgeby che gli apparve dritto ai piedi del letto, con pantofole turche, pantaloni turchi color di rosa (acquistati a buon mercato da qualcuno che li aveva frodati a qualcun altro) e una giacca e un berretto che corrispondevano a quel colore. In quel costume non avrebbe lasciato nulla a desiderare, se fosse stato ulteriormente equipaggiato con una sedia senza fondo, una lanterna e un mucchio di fiammiferi.

«Ora, vecchio!» gridò il Fascinoso, con la sua leggera irriverenza. «Che furbacchione sei davanti al prossimo, seduto lì con gli occhi chiusi. Ma non dormi. Prendi una donnola e prendi un ebreo![199]»

«Veramente, signore, temo di aver sonnecchiato.» disse il vecchio.

«No, tu!» rispose Fledgeby con uno sguardo astuto. «Una buona mossa per molti, oserei dire, ma non mi prenderà alla sprovvista. Non è una cattiva idea, però, se vuoi sembrare indifferente nel condurre un affare. Oh, sei un furbacchione!»

Il vecchio scosse la testa, ripudiando gentilmente l'imputazione, e soppresse un sospiro, e andò al tavolo al quale il signor Fledgeby si stava ora versando una tazza di fumante e profumato caffè da una caffettiera che era pronta sul fornello. Era uno spettacolo edificante, il giovane sulla sua poltrona che prendeva il suo

caffè, e il vecchio con la testa grigia china, in piedi in attesa dei suoi comodi.

«Ora!» disse Fledgeby. «Prendi i conti in mano e dimostra con le cifre come non è possibile ricavare di più. Prima di tutto, accendi la candela.»

Riah obbedì, quindi prese una borsa dal petto e riferendosi alla somma nei conti di cui lo si rendeva responsabile, la contò sul tavolo. Fledgeby la ricontò di nuovo con grande cura, e fece risuonare ogni sovrana[200].

«Suppongo,» disse, prendendone una per osservarla da vicino, «che tu non abbia alleggerito nessuna di queste; ma è un'arte della tua gente, e tu la conosci. Capisci quanto sudore comporta una sterlina, non è vero?»

«Lo capisco quanto lei, signore,» rispose il vecchio con le mani negli opposti polsini delle sue larghe maniche, mentre stava in piedi accanto alla tavola, osservando con deferenza il volto del padrone. «Posso prendermi la libertà di dire qualcosa?»

«Puoi,» permise con condiscendenza Fledgeby.

«Lei, signore - senza volerlo - sicuramente senza volerlo - a volte non mescola il genere di lavoro con cui guadagno onestamente nel suo impiego, con il genere con cui secondo i suoi pregiudizi io mi comporterei?»

«Non trovo che valga la pena di sottilizzare così da fare un'indagine» rispose freddamente il Fascinoso.

«Non per giustizia?»

«Disturbare la giustizia!» disse Fledgeby.

«Non per generosità?»

«Ebrei e generosità!» disse Fledgeby. «È una buona connessione! Tira fuori le tue ricevute, e non fare chiacchiere di Gerusalemme.» Le ricevute furono prodotte e per la mezz'ora successiva il sig Fledgeby concentrò la sua sublime attenzione su di loro. Esse e i conti furono tutti trovati corretti, e i libri e i documenti ripresero i loro posti nella borsa.

«Ora» disse Fledgeby, «parliamo del ramo di attività dell'intermediazione delle fatture; il ramo che mi piace di più. Che titoli insoluti ci sono da comprare, e a che prezzo? Hai la tua lista di ciò che è sul mercato?»

«Signore, una lunga lista,» rispose Riah tirando fuori un taccuino, e prendendo dal suo contenuto una carta ripiegata, che, una volta dispiegata, divenne un foglio di carta da lettere ricoperto da una fitta scrittura.

«Wow!» fischiò Fledgeby, mentre lo prendeva in mano. «Queer Street è piena di inquilini al presente! Questi devono essere smaltiti in pacchi; no?»

«In pacchi, come stabilito» rispose il vecchio, guardando oltre le spalle del padrone; «in blocco.»

«La metà del blocco sarà carta straccia, si sa in anticipo,» disse Fledgeby. «Puoi ottenerlo al prezzo della carta straccia? Questo è il punto.»

Riah scosse la testa e Fledgeby abbassò i suoi piccoli occhi sull'elenco. In quel momento cominciarono a scintillare, e non appena divenne conscio del loro luccichio, guardò da sopra la sua spalla alla faccia grave sopra di lui e si spostò verso la mensola del camino. Facendone una scrivania, rimase lì con le spalle al vecchio, scaldandosi le ginocchia, esaminando l'elenco a suo piacimento e spesso ritornando su alcune righe, come se fossero particolarmente interessanti. In quei momenti guardava nello specchio del camino per vedere se il vecchio l'osservasse. Egli non l'osservava affatto, ma, consapevole dei sospetti del suo datore di lavoro, rimaneva con i suoi occhi a terra.

Il signor Fledgeby era così amabilmente impegnato, quando si udì un passo alla porta esterna, e si udì che la porta si apriva frettolosamente. «Ascolta! È opera tua, Magnificenza d'Israele!» disse Fledgeby; «non l'hai chiusa.» Poi si udì il passo all'interno e la voce del signor Alfred Lammle gridò ad alta voce: «Siete qui da qualche parte, Fledgeby?» Al che Fledgeby, dopo aver ammonito Riah a bassa voce di notare i segnali che gli avrebbe dato, rispose: «Son qui!» e aprì la porta della stanza da letto.

«Entrate!» disse Fledgeby. «Questo signore è solo di Pubsey and Co. di Saint Mary Axe, e sto cercando di trattare per uno sfortunato amico per una questione di cambiali in protesto. Ma realmente Pubsey & Co. sono così severi con i loro debitori, così irremovibili, che mi sembra che sto perdendo il mio tempo. Non posso fare niente nei rapporti con lei da parte del mio amico, signor Riah?»

«Non sono che il rappresentante di un altro, signore,» rispose l'ebreo a bassa voce. «Faccio come mi è stato ordinato dal mio padrone. Non è mio il capitale investito nell'attività. Non è mio il profitto che ne deriva.»

«Ah, ah, ah!» rise Fledgeby. «Lammle?»

«Ah, ah, ah!» rise Lammle. «Sì, naturalmente. Sappiamo.»

«Diabolicamente buono, non è vero, Lammle?» disse Fledgeby, indicibilmente divertito dal gioco nascosto.

«Sempre lo stesso, sempre lo stesso!» disse Lammle. «Signor...»

«Riah, della ditta Pubsey & Co. di Saint Mary Axe,» disse Fledgeby mentre si asciugava le lacrime che gli scendevano dagli occhi, così raro era il suo godimento per il suo scherzo segreto.

«Il signor Riah è tenuto a osservare le forme invariabili[201] fatte e fornite per questi casi,» disse Lammle.

«È solo il rappresentante di un altro!» gridò Fledgeby. «Fa quello che gli ordina il suo principale! Non è il suo capitale che è investito nell'attività commerciale! Oh, questa è buona! Ah, ah, ah!»

Lammle si unì alla risata, con l'aria di saperla lunga; e più faceva entrambe le cose, più squisito lo scherzo segreto diventava per il signor Fledgeby.

«Comunque,» disse il Fascinoso asciugandosi di nuovo gli occhi, «se andiamo avanti in questo modo, sembreremo quasi prenderci gioco del signor Riah, o di Pubsey and Co. di Saint Mary Axe, o di qualcuno: il che è lontano dalla nostra intenzione. Signor Riah, se avesse il gentilezza di entrare nella stanza accanto per qualche istante mentre io parlo con l'onorevole Lammle qui, vorrei provare a trattare con lei ancora una volta prima che se ne vada.»

Il vecchio, che non aveva mai alzato gli occhi per tutto il tempo dell'intero affare della commedia del signor Fledgeby, s'inchinò in silenzio e uscì dalla porta che Fledgeby gli aprì. Dopo averla chiusa dietro di lui, Fledgeby tornò da Lammle, che stava in piedi con le spalle al fuoco della camera da letto, con una mano sotto le falde del cappotto, e tutti i suoi baffi nell'altra.

«Salve!» disse Fledgeby. «C'è qualcosa che non va!»

«Come lo sapete?» domandò Lammle.

«Perché voi lo mostrate,» rispose Fledgeby con una rima involontaria.

«Bene allora; c'è,» disse Lammle, «c'è qualcosa che non va; l'intera cosa non va.»

«Dico!» protestò il Fascinoso molto lentamente, sedendosi con le mani sulle ginocchia e guardando l'amico dallo sguardo torvo che volgeva la schiena al fuoco.

«Vi dico, Fledgeby,» ripeté Lammle con un gesto della mano destra, «che tutto è andato a male. Il gioco è finito.»

«Che gioco è finito?» domandò Fledgeby, lentamente come prima, e più duramente.

«Il gioco. Il nostro gioco. Leggete questo.»

Fledgeby prese un biglietto dalla mano protesa di Lammle e lo lesse ad alta voce:

«Al Cav. Alfred Lammle. Signore, permetta alla signora Podsnap e a me di esprimere il nostro comune senso di gratitudine per le gentili attenzioni della signora Lammle e di lei verso nostra figlia Georgiana. Ci permetta anche di rifiutarle completamente per il futuro, e di comunicarle il nostro desiderio definitivo che le nostre due famiglie possano diventare completamente estranee. Ho l'onore di essere, signore, il vostro più obbediente e molto umile servo John Podsnap.»

Fledgeby guardò i tre larghi lati bianchi di questa nota, quasi così a lungo e seriamente come la parte scritta; e poi guardò Lammle, che rispose con un altro movimento ampio della sua mano destra.

«Di chi è questo?» disse Fledgeby.

«Impossibile immaginarlo,» disse Lammle.

«Forse,» suggerì Fledgeby, dopo aver riflettuto con la fronte molto scontenta, «qualcuno ha affibbiato a voi una cattiva reputazione.»

«O a voi,» disse Lammle, con un cipiglio più profondo.

Il signor Fledgeby sembrava sul punto di qualche espressione di ribellione, quando alla sua mano capitò di toccare il suo naso. Un certo ricordo connesso a quella caratteristica operò come un avvertimento tempestivo, lo prese pensieroso tra pollice e indice, e rifletté. Lammle intanto lo guardava con occhi furtivi.

«Bene!» disse Fledgeby. «Questo non migliorerà con il parlarne. Se mai troveremo chi è stato, marchieremo quella persona. Non c'è altro da dire, tranne che voi vi siete impegnato a fare cose che le circostanze vi impediscono di fare.»

«E che vi siete impegnato a fare ciò che avreste potuto portare a termine in questo tempo, se aveste fatto un uso più tempestivo delle circostanze.» ringhiò Lammle.

«Ah! Questa,» osservò Fledgeby, con le mani nei pantaloni turchi, «è questione d'opinioni.»

«Signor Fledgeby,» disse Lammle, con un tono provocante, «devo capire che in qualche modo mi addossate la responsabilità, o alludete a una insoddisfazione per me, in questo affare?»

«No,» disse Fledgeby, «a patto che voi abbiate portato in tasca la mia cambiale, e ora me la consegniate.»

Lammle la tirò fuori, non senza riluttanza. Fledgeby la guardò, la riconobbe, la attorcigliò e la gettò nel fuoco. Entrambi la guardarono mentre ardeva, si spegneva e volava in cenere leggera come piuma su per il camino.

«Ora, signor Fledgeby,» disse Lammle come prima, «debbo capire che in qualche modo mi addossate la responsabilità o alludete a una insoddisfazione per me, in questo affare?»

«No,» disse Fledgeby.

«Definitivamente e senza riserve, no?»

«Sì.»

«Fledgeby, la mia mano.»

Il signor Fledgeby la prese, e disse: «E se mai dovessimo scoprire chi ha fatto questo, marchieremo quella persona. E nel modo più amichevole, lasciatemi menzionare un'altra cosa. Non so quali siano le vostre circostanze, e non lo chiedo. Avete subito una perdita in questo affare. Molti uomini sono passibili di essere coinvolti, a volte, e potreste esserlo, o potreste non esserlo. Ma qualunque cosa facciate, Lammle, non cadete mai, mai, mai, vi prego nelle mani di Pubsey and Co. nella stanza accanto, perché sono tritatutto. Scorticatori e tritatutto, mio caro Lammle,» ripeté Fledgeby con un piacere particolare, «e vi spelleranno centimetro per centimetro, dalla nuca alla pianta del piede, e ridurranno ogni centimetro della vostra pelle in polvere dentifricia. Avete visto chi è quel Riah. Non cadete mai nelle sue mani, Lammle, ve ne prego da amico!»

Il signor Lammle, rivelando un certo allarme per la solennità di questa affettuosa implorazione, domandò perché diavolo sarebbe dovuto cadere nelle mani di Pubsey & Co.

«A dir la verità, mi sono sentito un po' a disagio,» disse il candido Fledgeby, «dal modo in cui quell'ebreo vi ha guardato quando ha sentito il vostro nome. Non mi piacevano i suoi occhi. Ma potrebbe essere stata la fantasia accesa di un amico. Ovviamente se siete sicuro di non avere garanzie personali in giro, che potreste non essere del tutto pronto a ripagare, e che possono essere finite nelle sue mani, deve essere stata una fantasia. Tuttavia, non mi piaceva il suo occhio.»

Il meditabondo Lammle, con certe macchie bianche che andavano e venivano sul naso palpitante, sembrava come se un diavoletto tormentoso lo stesse pizzicando.

Fledgeby, che lo guardava con uno spasmo nella sua faccia meschina che doveva essere un sorriso, assomigliava molto all'aguzzino che pizzicava.

«Ma non devo farlo aspettar troppo,» disse Fledgeby, «o si vendicherà sul mio sfortunato amico. Come sta la vostra intelligente e simpatica moglie? Sa che siamo stati abbattuti?»

«Le ho mostrato la lettera.»

«Molto sorpresa?» disse Fledgeby.

«Credo che lo sarebbe stata di più,» rispose Lammle, «se ci fosse stata più sollecitudine in voi!»

«Oh! Me lo attribuisce?»

«Signor Fledgeby, non voglio che le mie parole siano fraintese.»

«Non vi arrabbiate, Lammle,» disse Fledgeby, con un tono sottomesso, «perché non è il caso. Ho fatto solo una domanda. Dunque, non lo addebita a me? Per fare un'altra domanda.»

«No, signore.»

«Benissimo,» disse Fledgeby, comprendendo perfettamente che ella lo addebitava a lui. «Portatele i miei omaggi. Arrivederci!» Si strinsero la mano, e Lammle se ne andò riflettendo. Fledgeby lo accompagnò fino alla nebbia, e tornato al camino e meditando con il viso rivolto al fuoco, allargò ampiamente le gambe dei pantaloni turchi color di rosa, e meditativamente piegò le ginocchia, come se stesse andando su di loro.

«Tu hai un paio di baffi, Lammle, che non mi sono mai piaciuti,» mormorò Fledgeby, «e che il denaro non può produrre; sei vanaglorioso delle tue maniere e della tua conversazione; volevi tirarmi il naso e mi hai fatto entrare in un fallimento, e tua moglie dice che ne sono la causa. Ti farò rotolare giù. Lo farò, anche se non ho baffi», e qui strofinò i punti in cui sarebbero dovuti stare, «e niente buone maniere e niente conversazione!»

Avendo così sollevato la sua mente nobile, raccolse le gambe dei pantaloni turchi, si raddrizzò sulle ginocchia e gridò a Riah nella stanza accanto: «Ehi, signore!» Alla vista del vecchio che rientrava con un aspetto gentile mostruosamente in contrasto con il carattere che gli aveva attribuito, il signor Fledgeby fu così divertito nuovamente, che esclamò, ridendo: «Bene! Bene! Parola mia, straordinariamente bene!»

«Ora, vecchio mio,» proseguì Fledgeby quando ebbe finito di ridere, «acquisterete questi lotti che segnalo con la mia matita - c'è un segno di spunta lì, e segno di spunta lì, e segno di spunta lì, e scommetto due *pence* che dopo continuerai a spremere quei cristiani come l'ebreo che sei. Adesso, vorrai un assegno o dirai che lo vuoi, anche se hai abbastanza capitale da qualche parte, se solo si sapesse dove, ma saresti pepato, salato e grigliato su una graticola prima di confessarlo ... e quell'assegno lo scriverò.»

Quando ebbe aperto un cassetto e ne ebbe preso una chiave per aprire un altro cassetto, in cui c'era un'altra chiave che apriva un altro cassetto, in cui c'era un'altra chiave che apriva un altro cassetto, nel quale c'era il libretto degli assegni; e quando ebbe scritto l'assegno; e quando, invertendo il processo di chiavi e cassetti, ebbe messo di nuovo al sicuro il suo libretto d'assegni; fece cenno al vecchio, con l'assegno piegato, di venire a prenderlo.

«Vecchio,» disse Fledgeby, quando l'ebreo l'ebbe messo nel portafogli e mentre infilava questo nel petto dei suoi indumenti esterni; «E per i miei affari basta così. Ora una parola su affari che non sono esattamente miei. Dov'è lei?»

Con la mano non ancora ritirata dal petto della sua veste, Riah trasalì e si fermò.

«Oh!» disse Fledgeby. «Non te lo aspettavi! Dove l'avete nascosta?»

Mostrando di essere stato colto di sorpresa, il vecchio guardò il suo maestro con un po' di confusione passeggera, che divertì molto il padrone.

«È nella casa di Saint Mary Axe, di cui io pago l'affitto e le tasse?» domandò Fledgeby.
«No, signore.»
«È nel tuo giardino in cima a quella casa - è salita per essere morta, o qualunque sia il gioco?» domandò Fledgeby.
«No, signore.»
«E dov'è, allora?»
Riah chinò gli occhi a terra, come se stesse valutando se lui poteva rispondere alla domanda senza violare la fiducia, e poi in silenzio li sollevò in faccia a Fledgeby, come se non potesse.
«Andiamo!» disse Fledgeby. «Non insisterò, per ora. Ma lo voglio sapere e lo saprò, intendiamoci. Cosa stai combinando?»
Il vecchio, con un gesto di scusa della testa e delle mani, come non comprendendo il significato del padrone, gli rivolse uno sguardo di muta richiesta.
«Non puoi essere un imbroglione galante,» disse Fledgeby, «Perché sei un "regolare pietà dei dolori", sai - se conosci qualche rima cristiana - "le cui membra tremanti lo hanno portato a", eccetera. Siete uno dei Patriarchi, una vecchia carta traballante, e non puoi essere innamorato di questa Lizzie!»
«Oh signore!» protestò Riah. «Oh, signore, signore, signore!»
«Allora perché,» rispose Fledgeby con una leggera sfumatura di rossore, «non dici del tutto la ragione per cui hai il cucchiaio nella zuppa?»
«Signore, le dirò la verità. Ma (mi perdoni per il patto) è una confidenza sacra. E' rigorosamente sull'onore.»
«Anche l'onore!» gridò Fledgeby, con una smorfia di disprezzo. «Onore tra Ebrei. Bene. Taglia corto.»
«E' sull'onore?» pattuì ancora il vecchio con rispettosa fermezza.
«Oh, certamente. Onore brillante» disse Fledgeby. Il vecchio, mai invitato a sedersi, stava con una mano onesta adagiata sullo schienale della poltrona del giovane. Il giovane era seduto guardando il fuoco col volto curioso di ascoltare, pronto a controllarlo e a coglierlo in fallo.
«Taglia corto,» disse Fledgeby, «Inizia con il motivo.»
«Signore, non ho altro motivo che l'aiuto a chi è senz'aiuto.»
Il signor Fledgeby poteva esprimere i sentimenti che questa affermazione incredibile aveva dato origine nel suo petto, solo con un prodigiosamente lungo sbuffo derisorio.
«Come abbia fatto conoscenza con quella signorina, e come abbia avuto modo di stimarla e rispettarla, l'ho detto quando lei l'ha vista nel mio povero giardino sul tetto,» disse l'ebreo.
«Davvero?» disse Fledgeby poco convinto. «Bene, forse è vero, può darsi.»
«Più l'ho conosciuta, e più mi sono interessato ai suoi casi. C'è stata una crisi. L'ho trovata assalita da un fratello ingrato ed egoista, assediata da un innamorato impossibile, da un altro innamorato più potente e più audace, circondata dagli inganni del suo stesso cuore.»
«Sta con uno dei due, poi?»
«Signore, era più che naturale ch'ella avesse un'inclinazione per lui, perché lui aveva molti e grandi vantaggi. Ma non era del suo rango, e di sposarla non aveva intenzione. I pericoli si stavano avvicinando a lei, e il cerchio si stava rapidamente rabbuiando, quando io, essendo come ha detto, signore, troppo vecchio e malandato per essere sospettato di qualsiasi sentimento per lei tranne quello di un padre - intervenni e consigliai la fuga. Le dissi: "Figlia mia, ci sono momenti di pericolo morale quando la più difficile e virtuosa risoluzione da prendere è la fuga, e quando il coraggio più eroico è la fuga." Mi rispose che aveva avuto questo nei suoi pensieri, ma non sapeva

dove fuggire senza aiuto, e non c'era nessuno che la potesse aiutare. Le ho mostrato che c'era qualcuno, c'ero io. E se n'è andata.»

«Cosa ne hai fatto?» domandò Fledgeby tastandosi le guance.

«L'ho sistemata,» disse il vecchio, «a distanza»; con un ampio movimento verso l'esterno dall'una all'altra delle sue due mani aperte alla lunghezza del braccio «a distanza, presso alcuni della nostra gente, dove la sua industriosità le sarebbe stata utile, e dove lei poteva sperare di esercitarla, inattaccata da qualsiasi parte.»

Gli occhi di Fledgeby si erano staccati dal fuoco per osservare il gesto delle sue mani quando aveva detto: 'a distanza'. Fledgeby allora cercò (ma senza alcun successo) d'imitare quel gesto, mentre scuoteva la testa e diceva: «L'hai messa in quella direzione, vero? Oh vecchio imbroglione furbacchione!»

Con una mano sul petto, e l'altra sulla poltrona, Riah, senza giustificarsi, aspettava altre domande. Ma che fosse inutile interrogarlo su quel punto riservato, Fledgeby, con i suoi occhietti troppo vicini, vedeva benissimo.

«Lizzie,» disse Fledgeby guardando di nuovo il fuoco e poi guardando su. «Ehm, Lizzie. Non mi avete detto il cognome, nel vostro giardino sul tetto. Io sarò più comunicativo con te. Il cognome è Hexam.»

Riah chinò il capo in segno di assenso.

«Guarda,» disse Fledgeby. «Ho un'idea che so qualcosa di quel ragazzo che la lusinga, quello potente. Ha a che fare con la legge?»

«Nominalmente, credo che sia la sua professione.»

«Lo pensavo. Si chiama qualcosa come Lightwood?»

«Signore, niente affatto.»

«Su, vecchio, ditemi il nome,» disse Fledgeby strizzando i suoi occhi in un occhiolino.

«Wrayburn.»

«Per Giove!» gridò Fledgeby. «Quello, è? Pensavo che potesse essere l'altro, ma non avrei mai pensato, nemmeno per sogno, a quello. Non ho nulla da obiettare per il vostro non cooperare con uno dei due, furbacchione, perché sono abbastanza presuntuosi tutti e due; ma quello è un cliente fantastico come non ho mai incontrato. Inoltre ha la barba, e se ne vanta. Ben fatto, vecchio. Va' avanti e prospera!»

Rincuorato da queste lodi inaspettate, Riah chiese se c'erano altre istruzioni per lui.

«No,» disse Fledgeby, «adesso puoi sgambettare, Judah, e annaspare sugli ordini che hai ricevuto.»

Congedato con queste simpatiche parole, il vecchio prese il suo cappello largo e il bastone, e lasciò la gran presenza del padrone: più come se fosse una creatura superiore che benediceva benevolmente il signor Fledgeby, che il povero dipendente su cui egli metteva il suo piede. Rimasto solo, Fledgeby chiuse a chiave la porta esterna e tornò al fuoco.

«Ben fatto tu!» disse il Fascinoso a se stesso. «Potresti esser lento; ma vai sicuro!» Ripeté queste parole due o tre volte con gran soddisfazione, mentre allargava di nuovo le gambe dei pantaloni turchi e piegava le ginocchia.

«Un colpo accurato, mi lusinga!» continuò il suo soliloquio. «E un ebreo abbattuto con esso! Sì, quando ho sentito raccontare quella storia in casa Lammle, non ho fatto un salto da Riah. Non un accenno. L'ho preso un po' per volta.» In questo era abbastanza preciso; essendo la sua abitudine non saltare, o balzare, o affrontare con impeto, qualsiasi cosa nella vita, ma strisciare su tutto.

«L'ho preso,» proseguì Fledgeby tastandosi i baffi che non venivano mai, «un po' per volta. Se i tuoi Lammles o i tuoi Lightwood lo avessero preso in ogni caso, gli avrebbero chiesto se lui non aveva niente a che fare con la scomparsa di quella ragazza. Ho conosciuto un modo migliore di agire. Avendo aspettato dietro la siepe e avendolo messo alla luce, l'ho colpito e l'ho messo giù direttamente. Oh, non vuol dir molto essere un ebreo, in una partita contro di me!»

Un'altra piega secca al posto di un sorriso, a questo punto rese il suo viso storto.

«Quanto ai cristiani,» proseguì Fledgeby, «state attenti, compagni cristiani, specialmente voi che alloggiate in Queer Street! Io ho preso la via di Queer Street ora, e vedrete alcuni giochi lì! Acquistare un gran potere su di voi, mentre voi non ne sapete niente, sapendo come stimate voi stessi, varrebbe quasi la pena di spenderci su dei soldi. Ma quando si tratta di spremere un profitto da voi nell'affare, è qualcosa di simile!»

Con questa apostrofe il signor Fledgeby procedette in modo appropriato a spogliarsi delle sue vesti turche e a rivestirsi con abbigliamento cristiano. Durante la quale operazione e le sue abluzioni mattutine e l'unzione di se stesso con l'ultimo infallibile preparato per la produzione di capelli rigogliosi e lucenti sull'umano aspetto (essendo i ciarlatani gli unici saggi in cui credeva oltre gli usurai), la nebbia torbida si chiuse intorno a lui e lo zittì nel suo abbraccio fuligginoso. Se non lo avesse più lasciato uscire, il mondo non avrebbe avuto perdite irreparabili, ma avrebbe potuto facilmente sostituirlo prendendolo dalla sua scorta di riserva a portata di mano.

II. Un amico considerato in un nuovo aspetto

La sera di quello stesso giorno nebbioso, quando le persiane gialle della finestra di Pubsey & Co. furono chiuse sul lavoro della giornata, l'ebreo Riah uscì ancora una volta per Saint Mary Axe. Ma questa volta non portava nessuna borsa, e non era vincolato agli affari del suo padrone. Passò sul London Bridge e tornò sulla riva del Middlesex da quella di Westminster, e così, sempre procedendo a stento nella nebbia, giunse alla porta della sarta delle bambole. La signorina Wren lo aspettava. Egli la vedeva attraverso la finestra alla luce del suo fuoco basso, accuratamente ricoperto di cenere umida in modo che potesse durare più a lungo e sprecare meno quando lei era fuori - seduta ad aspettarlo col suo cappellino. Il suo colpetto al vetro risvegliò lei dalla solitudine meditabonda in cui sedeva, e arrivò al porta per aprirla; aiutando i suoi passi con una piccola stampella.

«Buona sera, madrina!» disse la signorina Jenny Wren.

Il vecchio rise e le porse il braccio su cui appoggiarsi.

«Non vuol entrare a scaldarsi un po', madrina?» domandò la signorina Wren.

«No se siete pronta, Cenerentola, mia cara.»

«Bene!» esclamò la signorina Wren, deliziata. «Ora lei è proprio un intelligente vecchio ragazzo! Se dessimo premi in questa azienda (ma conserviamo solo spazi vuoti), dovresti avere la prima medaglia d'argento, per avermi prelevato così presto.» Mentre così diceva, la signorina Wren tolse la chiave dalla serratura e se la mise in tasca, poi chiuse la porta energicamente e poi si assicurò che non si aprisse, mentre si trovavano entrambi sulla soglia. Soddisfatta che la sua dimora fosse al sicuro, pose una mano attraverso il braccio del vecchio e si preparò a maneggiare la sua stampella con l'altra. Ma la chiave era uno strumento di proporzioni così gigantesche che prima di partire Riah si offerse di portarla lui.

«No, no, no, la porterò io!» rispose la signorina Wren. «Sono terribilmente sbilenca, sa, e se la ripongo in tasca aggiusterà la nave. Per farti entrare in un segreto, madrina, ho la mia tasca sul mio lato alto, allo scopo.»

Con questo cominciarono ad arrancare nella nebbia.

«Sì, è stato davvero acuto da parte tua, madrina,» riprese la signorina Wren con grande approvazione, «capirmi. Ma vedete, siete proprio così come la fata madrina nei libriccini luminosi! Sembrate così differente dal resto delle persone, e così come se vi foste cambiato in quella forma, proprio in questo momento, per qualche benevolo oggetto. Oh!» gridò la signorina Jenny avvicinando la faccia a quella del vecchio, «Posso vedere i tuoi lineamenti, madrina, dietro la barba!»

«La fantasia fa sì che io possa trasformare anche altri oggetti, Jenny?»

«Ah, certamente! Se soltanto prendeste in prestito il mio bastone e toccaste questo pezzo di pavimentazione - questa pietra sporca che il mio piede picchietta - potrebbero uscire una carrozza e sei cavalli. Dico! Credetelo!»

«Con tutto il cuore,» rispose il buon vecchio.

«E vi dirò che cosa devo chiedervi, madrina? Devo chiedervi di farmi la gentilezza di dare un colpetto al mio bambino, e cambiarlo del tutto. Oh, il mio bambino è stato così cattivo, così cattivo negli ultimi tempi! Mi preoccupa quasi fuori di ragione. Non ha fatto nessun lavoro, negli ultimi dieci giorni. Ha avuto anche delle allucinazioni, e si è immaginato che quattro uomini color di rame, vestiti di rosso, volevano gettarlo in una fornace ardente.»

«Ma questo è pericoloso, Jenny!»

«Pericoloso, madrina? Il mio bambino cattivo è sempre pericoloso, più o meno. Sarebbe capace», qui la piccola creatura guardò indietro sopra la sua spalla al cielo, «di dar fuoco alla casa proprio in questo momento. Non so chi lo vorrebbe, un bambino simile, per parte mia! E' inutile scuoterlo. L'ho scosso finché son diventata stordita. "Perché non pensi ai Comandamenti e non rispetti i genitori, cattivo vecchio ragazzo?" dicevo a lui tutto il tempo. Ma lui si limitava a piagnucolare e a fissarmi.»

«E che cosa bisognerà cambiare, dopo di lui?» domandò Riah con una voce scherzosa ma compassionevole.

«Parola mia, madrina, ho paura che dopo di questo dovrò essere egoista, e chiedervi di rimettermi a posto le gambe e la schiena. È una cosa da poco, per voi, madrina, con il vostro potere, ma è molto per me, povera debole dolente!»

Non c'erano queruli lamenti nelle sue parole, ma non erano per questo meno toccanti.

«E poi?»

«Sì, e poi... lo sapete, madrina. Salteremo tutti e due nel tiro a sei e andremo da Lizzie. Questo mi ricorda, madrina, di farti una domanda seria. Voi siete così saggio che di più non si può essere (perché vi hanno allevato le fate), e potete dirmi questo: è meglio aver avuto una buona cosa e averla perduta, o è meglio non averla avuta mai?»

«Spiegatevi, figlioccia.»

«Adesso mi sento molto più solitaria e impotente senza Lizzie, di quanto mi sentivo prima di conoscerla.» (Le lacrime erano nei suoi occhi mentre diceva così.)

«Qualche amata compagnia svanisce dalla maggior parte delle vite, mia cara,» disse l'ebreo. «Quella di una moglie, e di una bella figlia, e di un figlio pieno di promesse, è sparita dalla mia vita... ma la felicità c'è stata.»

«Ah!» disse la signorina Wren pensierosa e per nulla convinta, e spezzando l'esclamazione con quella sua piccola ascia tagliente; «allora vi dico io che cambiamento sarebbe meglio che faceste per cominciare, madrina. Fareste meglio a cambiare "è" in "era" ed "era" in "è", e tenerli così.»

«Sarebbe adatto al tuo caso? Non staresti sempre soffrendo poi?» chiese il vecchio con tenerezza.

«Giusto!» esclamò la signorina Wren con un altro scatto. «Mi avete fatto diventare più saggia, madrina. No,» aggiunse col suo curioso moto del mento e degli occhi «non c'è bisogno di essere una gran fata, per questo.»

Così conversando, e dopo aver attraversato il Westminster Bridge, essi attraversarono il terreno che Riah aveva recentemente attraversato, e nuovo terreno allo stesso modo; poi, dopo aver riattraversato il Tamigi sul London Bridge, andarono lungo il fiume e tennero quella via ancora più nebbiosa.

Ma prima, mentre procedevano, Jenny portò il venerabile amico accanto alla vetrina di un negozio di giocattoli illuminata in modo brillante, e disse: «Ora guardatele! Tutto il mio lavoro!»

Questo si riferiva a un semicerchio abbagliante di bambole in tutti i colori dell'arcobaleno, che erano vestite per la presentazione a corte, per andare al ballo, per uscire in carrozza, per andare a cavallo, per andare a spasso, per andare a sposarsi, per andare ad aiutare altre bambole a sposarsi, per tutti gli eventi festosi della vita.

«Belle, belle, belle!» disse il vecchio battendo le mani. «Un gusto molto elegante!»

«Sono contenta che vi piacciano,» rispose la signorina Wren orgogliosamente. «Ma il divertimento è, madrina, come faccio a far provare i miei vestiti alle grandi signore! Anche se è la parte più difficile dei miei affari, e lo sarebbe anche se la mia schiena non fosse così malandata e le mie gambe così strane.»

Egli la guardò come se non capisse quello che diceva.

«Dio ti benedica, madrina!» disse la signorina Wren, «devo correre per la città a tutte le ore. Se si trattasse soltanto di star seduta al mio banchetto, ritagliando e cucendo, sarebbe un lavoro relativamente facile; ma è la prova dalle grandi signore che mi affatica.»

«Come, la prova?» domandò Riah.

«Che madrina trasognata siete voi, dopo tutto!» rispose la signorina Wren. «Guardate. C'è un ricevimento, o un gran giorno nel parco, o una mostra, o una fiera, o quel che vi piace. Benissimo. Mi infilo tra la folla e mi guardo intorno. Quando vedo una gran signora molto adatta per i miei affari, io dico: "Tu fai per me, mia cara!" e ne prendo particolare nota. Poi corro a casa, e taglio e imbastisco. Poi un altro giorno, torno di corsa indietro per provare, e poi la guardo di nuovo con particolare attenzione. A volte lei chiaramente sembra dire: "Come mi sta fissando quella piccola creatura!" e qualche volta questo le piace e a volte no, ma molto più spesso sì che no. Tutto il tempo dico solo a me stessa: "Devo stringere un pochino di qua; far pendere un po' di là"; e ne faccio una perfetta schiava, facendole provare il vestito della mia bambola. Le feste serali sono il lavoro più faticoso per me, perché c'è solo una porta da cui avere una visione completa, e con lo zoppicare tra le ruote delle carrozze e le gambe dei cavalli, mi aspetto di essere investita qualche notte. Tuttavia, eccole lì, lo stesso. Quando si dirigono nella sala, dopo essere scese dalla carrozza, e intravedono la mia piccola fisionomia che spunta nella pioggia da dietro il mantello di un poliziotto, oso dire che pensano che io sia meravigliata e ammiri con tutti i miei occhi e il mio cuore, ma non pensano che stanno lavorando solo per le mie bambole! C'era Lady Belinda Whitrose. Le ho fatto fare il doppio compito in una notte. Ho detto quando è uscita dalla carrozza, "Tu fai per me, mia cara!" e sono corsa dritto a casa e l'ho tagliata e imbastita. Sono tornata di nuovo e ho aspettato dietro agli uomini che chiamavano le carrozze. Era anche una notte molto brutta. Alla fine, "La carrozza di Lady Belinda Whitrose! Lady Belinda Whitrose sta scendendo!" E l'ho fatta provare - oh! e nota anche questo - prima che lei si sedesse. Quella è Lady Belinda appesa per la vita, troppo vicino al lampione per una bambola di cera, con le punte dei piedi rivolte verso l'interno.»

Dopo aver camminato per un po' lungo il fiume, Riah chiese la strada per una certa taverna chiamata Sei allegri facchini. Seguendo le indicazioni ricevute, arrivarono, dopo due o tre interruzioni perplesse per valutare la situazione, e alcuni incerti sguardi intorno, alla porta dei domini di Miss Abbey di Potterson.

Uno sguardo attraverso la porzione di vetro della porta rivelò loro le glorie del bar e la stessa signorina Abbey seduta sul suo comodo trono, che leggeva il giornale. Alla quale, con deferenza, si presentarono. Togliendo gli occhi dal suo giornale e fermandosi con una espressione sospesa nel volto, come se dovesse finire il paragrafo per le mani prima di intraprendere qualsiasi altra attività, la signorina Abbey domandò, con una leggera asprezza: «Allora, che cosa vi interessa?»

«Potremmo vedere la signorina Potterson?» domandò il vecchio, scoprendosi il capo.

«Non soltanto potreste, ma potete vederla, e la vedete,» rispose l'ostessa.

«Potremmo parlare con lei, signora?»

A questo punto gli occhi di Miss Abbey si erano già impossessati della piccola figura della signorina Jenny Wren. Per l'osservazione più attenta della quale, Miss Abbey mise da parte il giornale, si alzò e guardò oltre la mezza porta del bar. La stampella sembrava supplicare per la sua proprietaria il permesso di entrare e riposare accanto al fuoco; quindi, la signorina Abbey aprì la mezza porta e disse, come rispondendo alla stampella: «Sì, entrate, e riposatevi accanto al fuoco.»

«Mi chiamo Riah,» disse il vecchio con un gesto cortese, «e la mia professione è nella City. Questa giovane signorina...»

«Fermatevi un momento,» l'interruppe la signorina Wren. «Darò alla signora il mio biglietto da visita.» Lo estrasse dalla tasca con una certa aria, dopo aver lottato con la gigantesca chiave della porta che era salita sopra e lo teneva giù. La signorina Abbey, con evidenti segni di stupore, prese il minuscolo documento, e trovò che vi si leggeva in modo conciso così:

SIGNORINA JENNY WREN SARTA DI BAMBOLE
Le bambole sono curate a domicilio

«Buon Dio!» esclamò la signorina Potterson, fissandola. E lasciò cadere il biglietto.

«Ci siamo presi la libertà di venire, io e la mia giovane compagna, signora,» disse Riah, «in nome di Lizzie Hexam.»

La signorina Potterson si stava chinando per allentare i nastri del cappellino della sarta delle bambole. Si guardò intorno piuttosto irosamente e disse: «Lizzie Hexam è una giovane molto orgogliosa.»

«Sarebbe così orgogliosa di godere la sua buona opinione, signorina Potterson,» rispose abilmente Riah, «che prima di lasciar Londra per...»

«Per dove, in nome del Capo di Buona Speranza?» domandò la signorina Potterson come se credesse che fosse emigrata.

«Per la campagna,» fu la cauta risposta. «... Ci fece promettere di venire a mostrarle un foglio, che ci ha lasciato in mano per questo scopo speciale. Io sono un malandato amico di Lizzie, che ha iniziato a conoscerla dopo che ella lasciò questo quartiere. Per qualche tempo è vissuta con la mia giovane compagna, ed è stata un'amica utile e disponibile per lei. Molto necessario, signora» aggiunse a bassa voce. «Mi creda, sa, molto necessario.»

«Posso crederlo,» disse la signorina Abbey, con uno sguardo addolcito alla povera creatura.

«E se esser superbi significa avere un cuore che non indurisce mai, un carattere che non si stanca mai, e un tatto che non ferisce mai,» intervenne la signorina Wren, arrossendo, «allora è superba. Ma se no, non lo è.»

Il suo scopo prefissato di contraddire a bruciapelo Miss Abbey fu così lungi dall'offendere quella terribile autorità, da suscitare un grazioso sorriso.

«Hai ragione, bambina,» disse la signorina Abbey, «di parlar bene di quelli che meritano il tuo bene.»

«Giusto o sbagliato,» brontolò la signorina Wren, impercettibilmente, con un gesto visibile del mento, «io intendo farlo, e potresti prendere una decisione anche tu, vecchia signora.»

«Ecco la carta, signora,» disse l'ebreo, consegnando nelle mani della signorina Potterson il documento originale steso da Rokesmith e firmato da Riderhood. «Vuol, leggerlo, per favore?»

«Ma, prima di tutto,» disse la signorina Abbey, «hai mai assaggiato il liquore alla frutta, bambina?» La signorina Wren scosse il capo.

«Ti piacerebbe assaggiarlo?»

«Mi piacerebbe, se è buono,» rispose la signorina Wren.

«Lo proverai. E se lo troverai buono, lo miscelerò per te con l'acqua calda. Metti i tuoi poveri piedini vicino al fuoco. E' una fredda, fredda sera, e la nebbia sale.» Mentre la signorina Abbey l'aiutava a voltare la sedia, il suo cappellino allentato cadde sul pavimento. «Però, che bei capelli!» gridò la signorina Abbey. «Sono abbastanza per fare parrucche per tutte le bambole nel mondo. Che quantità!»

«Chiama questo quantità?» rispose la signorina Wren. «Puah, che cosa dirà del resto?» Mentre parlava, slegò una fascia e un ruscello dorato cadde su di lei e sulla sedia e fluì verso il basso a terra. L'ammirazione della signorina Abbey sembrava accrescere la sua perplessità. Fece cenno all'ebreo di avvicinarsi, mentre prendeva dalla sua nicchia la bottiglia del liquore alla frutta, e sussurrò: «Bambina o donna?»

«Bambina in quanto agli anni,» fu la risposta, «donna per fiducia in se stessa ed esperienza.»

«State parlando di me, brava gente,» pensava la signorina Wren seduta nella sua pergola dorata, riscaldando i suoi piedi. «Non riesco a sentire cosa dite, ma conosco i vostri trucchi e le vostre maniere!»

Il liquore alla frutta, gustato con un cucchiaio, si armonizzava perfettamente con il palato della signorina Jenny, una quantità ragionevole fu mescolata dalle abili mani della signorina Potterson, a cui partecipò anche Riah. Dopo questo preliminare, la signorina Abbey lesse il documento; e, tutte le volte che lei alzava le sopracciglia così facendo, la vigile signorina Jenny accompagnava l'azione con un sorso espressivo ed enfatico di liquore e acqua.

«Per quanto riguarda questo,» disse la signorina Abbey Potterson, dopo averlo letto diverse volte e averci pensato, «è chiaro (cosa che non c'era molto bisogno di dimostrare) che Rogue Riderhood è un furfante. Ho i miei dubbi che sia il furfante che abbia fatto da solo il misfatto; ma non mi aspetto di poter chiarire questi dubbi molto presto. Credo di aver sbagliato col padre di Lizzie, ma non con Lizzie stessa; perché, quando le cose volgevano al peggio, ho avuto fiducia in lei, le ho parlato con tutta franchezza e ho cercato di persuaderla a venire a rifugiarsi qui. Sono molto dispiaciuta di aver fatto un torto a un uomo, soprattutto quando non può essere annullato; non dimenticando che se lei verrà dai Facchini, dopotutto, quel ch'è fatto è fatto, troverà una casa ai Facchini e un'amica ai Facchini. Ella conosce la signorina Abbey da molto tempo, ricordateglielo, e sa com'è probabile che la casa e l'amica si rivelino. Generalmente io parlo poco e bene, o poco e male secondo come può essere e come le opinioni variano,» osservò la signorina Abbey, «e questo è tutto quello che volevo dire, e anche abbastanza.»

Ma prima che il liquore di frutta e l'acqua calda fossero finiti, la signorina Abbey pensò che le sarebbe piaciuto tenere con sé una copia del documento. «Non è lungo, signore,» disse a Riah, «e forse non le dispiacerebbe annotarlo.» Il vecchio si mise volentieri i suoi occhiali, e, in piedi alla piccola scrivania nell'angolo dove la signorina Abbey archiviava le sue ricevute e conservava le sue bottigliette campione (i conti a debito dei clienti erano interdetti dalla oculata amministrazione dei Facchini), scrisse la copia in un bel carattere rotondo. Mentr'egli stava là scrivendo nella sua calligrafia metodica, la sua antica figura simile a uno scriba intento al lavoro, e la piccola sarta delle bambole seduta nella sua pergola dorata davanti al fuoco, Miss Abbey dubitava di non aver sognato quelle due rare figure nel bar dei Sei Allegri Facchini, e non si sarebbe poi svegliata un momento dopo per accorgersi ch'erano sparite.

Miss Abbey aveva fatto due volte l'esperimento di chiudere gli occhi e riaprirli, trovando ancora lì le figure, quando, come un sogno, un baccano confuso si levò nella sala pubblica. Mentr'ella si alzava, e tutti e tre si guardavano in faccia, divenne un rumore di voci concitate e di passi agitati; poi si sentì che tutte le finestre venivano aperte frettolosamente, e grida e strilli che arrivavano in casa provenendo dal fiume. Ancora un momento e Bob Gliddery arrivò sferragliando lungo il passaggio, con il rumore di tutti i chiodi degli stivali che si condensava in ogni singolo chiodo.

«Che c'è?» domandò la signorina Abbey.

«Un incidente nella nebbia. Non c'è mai stata tanta gente nel fiume!» rispose Bob.

«Dite loro di metter su tutti i bollitori!» gridò la signorina Abbey. «Guardate che la caldaia sia piena. Preparate un bagno. Mettete qualche coperta vicino al fuoco. Riscaldate qualche bottiglia d'acqua. Abbiate i vostri sensi con voi, ragazze che state giù in cucina e usateli!» Mentre la signorina Abbey forniva in parte queste istruzioni a Bob, che aveva afferrato per i capelli, e la cui testa aveva battuto contro il muro, come ingiunzione generale alla vigilanza e alla presenza di spirito - e in parte gridava alla cucina - la compagnia che era nel locale, spingendosi l'un l'altro, si precipitò sulla strada rialzata, e il rumore esterno aumentò.

«Andiamo a vedere,» disse la signorina Abbey ai suoi visitatori. Tutti e tre passarono in fretta nel locale pubblico ormai vuoto, e poi a una delle finestre della veranda in legno a strapiombo sul fiume.

«Qualcuno laggiù sa cosa è successo?» domandò la signorina Abbey con la sua voce autoritaria.

«È un piroscafo, signorina Abbey,» gridò una figura sfocata nella nebbia.

«È sempre un piroscafo, signorina Abbey,» gridò un altro.

«Quelle sono le sue luci, Miss Abbey, che vedete lampeggiare laggiù,» gridò un altro ancora.

«La nave sta soffiando fuori il vapore, signorina Abbey, e quello è che rende ancora peggiori la nebbia e il rumore, non vede?» esclamò un altro.

Le barche erano messe in acqua, le torce si accendevano, la gente correva tumultuosamente al bordo dell'acqua. Qualcuno cadeva in acqua con un tonfo, e veniva tirato fuori con uno scoppio di risate. Furono chiamate le barche da traino. Un grido per un salvagente passò di bocca in bocca. Era impossibile rendersi conto di che cosa succedesse sul fiume, perché ogni barca che veniva messa in acqua si perdeva di vista molto presto. Nulla era chiaro se non che il vapore impopolare era assalito con rimproveri da tutte le parti. Era l'Assassino, diretto alla Baia della Forca; era l'Omicida, diretto alla Colonia Penale; il suo capitano doveva essere processato per la vita; il suo equipaggio investiva con piacere gli uomini su barche a remi; schiacciava i lampionai del Tamigi con le sue pale; i suoi fumaioli incendiavano i beni della gente; era sempre stato, e sarebbe sempre stato, motivo di distruzione su qualcuno o qualcosa, secondo la maniera di tutti i suoi simili. L'intera massa della nebbia brulicava di tali insulti, pronunciati in toni di universale raucedine. E intanto le luci del piroscafo si muovevano spettralmente un po', mentre era fermo, aspettando il risultato di quale incidente fosse accaduto. Ora, iniziarono ad accendersi delle luci blu. Queste facevano una macchia luminosa intorno a lui, come se avesse dato fuoco alla nebbia, e nella macchia – mentre le grida cambiavano il loro tono e diventavano più agitate e più eccitate - si potevano vedere le ombre di uomini e barche muoversi, mentre voci gridavano: «Là!» «Di nuovo lì» «Ancora un paio di colpi!» «Urrà!»

«Attenzione!» «Resisti!» «Tirate su!» e altri comandi del genere. Infine, con pochi sprazzi ricadenti di fuoco azzurro, la notte si richiuse di nuovo nell'oscurità, si sentirono girare le ruote del piroscafo e le sue luci scivolarono senza scosse in direzione del mare.

Alla signorina Abbey e ai suoi due compagni pareva che molto tempo era stato così occupato. Ora c'era tanta gente che andava verso la riva sotto la casa come prima ce n'era stata nel verso opposto, ed era solo sulla prima barca della corsa in arrivo che si sapeva cosa era successo.

«Se quello è Tom Tootle,» proclamò Miss Abbey, nel suo più imperioso tono di comando, «venga subito qui sotto.» Il sottomesso Tom obbedì, seguito da una folla.

«Che cosa c'è, Tootle?» domandò la signorina Abbey.

«È un piroscafo straniero, signorina, ha mandato a fondo un barchino.»

«Quanti, nel barchino?»

«Un uomo, signorina Abbey.»

«Trovato?»

«Sì, è stato sott'acqua per lungo tempo, signorina; ma hanno agganciato il corpo.»

«Fatelo portar qui. Tu, Bob Gliddery, chiudi la porta, e mettiti dietro, e non aprire finché non te lo dico. C'è qualcuno della polizia?»

«Qui, signorina Abbey,» fu la risposta ufficiale.

«Quando l'avranno portato dentro, tenete fuori la folla, va bene? E aiutate Bob Gliddery a chiuderli fuori.»

«Va bene, signorina Abbey.»

L'autocratica padrona rientrò in casa con Riah e la signorina Jenny e dispose quelle forze, una su entrambi i lati, dentro la mezza porta del bar, come dietro una protezione.

«Voi due state qui vicino,» disse la signorina Abbey, «e non avrete danni e lo vedrete portar dentro. Bob, tu sta' accanto alla porta.»

Quella sentinella, che alla svelta diede alle maniche arrotolate della sua camicia un extra e un ultimo tocco finale alle sue spalle, obbedì. Suono di voci che si avvicinano, suono di passi che avanzano. Senza lentezza e senza parlare. Pausa momentanea. Due colpi particolarmente bruschi o urti alla porta, come se il morto arrivando disteso sulla schiena la colpisse con le piante dei suoi piedi immobili.

«Quella è la barella, o la portantina, a seconda di quale delle due stanno trasportando,» disse la signorina Abbey, con orecchio esperto. «Apri tu, Bob!»

Porta aperta. Passo pesante di uomini carichi. Una battuta d'arresto. Una corsa. Interruzione della corsa. Porta chiusa. Stivali perplessi dalle anime contrariate di estranei delusi.

«Entrate, uomini!» disse la signorina Abbey; perché era così potente con i suoi sottoposti che anche allora i portatori attendevano il suo permesso. «Primo piano.» Essendo l'entrata bassa e le scale basse, essi presero il fardello che avevano posato, in modo da portarlo in basso anch'esso. La figura distesa, di passaggio, giaceva a malapena all'altezza della mezza porta.

La signorina Abbey si ritrasse quando lo vide. «Ah, buon Dio!» diss'ella, volgendosi ai suoi due compagni, «è proprio quell'uomo che ha fatto la dichiarazione che abbiamo appena avuto nelle nostre mani. Quello è Riderhood!»

III. Lo stesso amico considerato sotto più di un aspetto

Effettivamente, è proprio Riderhood e nessun altro, o è il guscio esterno e l'involucro di Riderhood e nessun altro, che è portato su, nella stanza da letto del primo piano della locanda della signorina Abbey. Rogue è sempre stato agile nel girare e ruotare, ora è abbastanza rigido; e non senza molto strascichio di piedi degli accompagnatori e inclinazione della sua bara in questo modo e in quel modo, e pericolo anche del suo scivolare via e di cadere del tutto dalle balaustre, può essere portato sulle scale.

«Cercate un dottore,» disse la signorina Abbey. E poi: «Andate a prendere sua figlia.» Per entrambe le commissioni partono rapidi messaggeri. Il messaggero in cerca del dottore incontra il dottore a metà strada, che arriva sotto la scorta della polizia. Il dottore esamina la carcassa umida e pronuncia, con poche speranze, che vale la pena provare a rianimarla. Tutti i mezzi migliori sono subito in azione, e tutti i presenti danno una mano, e un cuore e l'anima. Nessuno ha il minimo rispetto per l'uomo; per tutti loro è stato oggetto di evitamento, sospetto e avversione; ma la scintilla della vita dentro di lui è curiosamente separabile da lui ora, ed essi hanno un profondo interesse per lui, probabilmente perché è la vita, ed essi sono viventi e devono morire. In risposta alla domanda del dottore di come sia successo, e chi sia da incolpare, Tom Tootle dà il suo verdetto, inevitabile incidente e nessuno da incolpare tranne il sofferente. «Si aggirava furtivamente sulla sua barca,» dice Tom, «perché aggirarsi, per non dir male del morto, era il modo di fare dell'uomo, quando si trovò giusto di traverso davanti alla prua del piroscafo, che lo ha tagliato in due.» Il linguaggio del signor Tootle è così altamente figurativo, riguardo lo smembramento, poiché con quello si riferisce alla barca, e non all'uomo. Perché l'uomo giace intero davanti a loro.

Il capitano Joey, il cliente abituale dal naso a bottiglia e il cappello verniciato, è un allievo della tanto rispettata vecchia scuola, e (essendosi insinuato nella stanza nell'esecuzione dell'importante servizio di portare il fazzoletto da collo dell'annegato), favorisce al dottore un sagace suggerimento vecchio-scolastico che il corpo dovrebbe essere appeso per i talloni «come il montone in un negozio di macellaio» e dovrebbe quindi, come manovra particolarmente scelta per favorire una facile respirazione, essere rotolato sulle botti. Questi frammenti di saggezza degli antenati del capitano vengono ricevuti con una tale muta indignazione da parte di Miss Abbey, che lei immediatamente afferra il capitano per il bavero e lo espelle senza una parola dalla scena, senza che lui osi protestare.

Rimangono allora lì ad assistere il dottore e Tom, soltanto quegli altri tre abituali clienti: Bob Glamour, William Williams e Jonathan (il cognome del quale, se ne ha uno, è sconosciuto agli uomini), che sono abbastanza. La signorina Abbey, dopo aver dato uno sguardo intorno per assicurarsi che non manchi nulla, discende nel bar, ad attendere i risultati insieme al gentile ebreo e alla signorina Wren.

Se non te ne sei andato per sempre, Riderhood, sarebbe interessante sapere dove ti nascondi attualmente. Questa massa molle di mortalità su cui lavoriamo così duramente con una perseveranza così paziente, non dà alcun segno di te. Se te ne sei andato per sempre, Rogue, è un momento solenne, e se torni indietro non lo è certo di meno. No, nell'attesa e nel mistero di quest'ultima domanda, che implica quella di dove tu possa essere ora, c'è una solennità anche aggiunta a quella della morte, che a noi che siamo presenti fa sì che ugualmente abbiamo paura di guardarti e di distogliere lo sguardo da te, e che fa sobbalzare quelli al piano di sotto al minimo rumore di una tavola scricchiolante nel pavimento. Fermi! Quella palpebra ha tremato? Così il dottore, con il fiato corto, e osservando attentamente, si chiede. No. Quella narice si è contratta? No. Se si sospende questa respirazione artificiale, posso sentire qualche lieve battito sotto la mia mano sul petto? No. Ancora e ancora. No. No. Ma provate lo stesso, ancora, e ancora. Guardate! Un segno di vita! Un segno indubitabile di vita! La scintilla può bruciare e spegnersi, o potrebbe brillare ed espandersi, ma guardate! Il quattro ragazzi rudi, vedendo, versano lacrime. Né in questo mondo né nell'altro mondo Riderhood potrebbe mai strappare una lacrima al loro ciglio; ma un'anima umana che lotta tra i due può farlo facilmente. Egli lotta per tornare indietro. Ora è quasi qui, ora è di nuovo lontano. Ora lotta con maggior forza per tornare indietro. E ancora - come tutti noi, quando sveniamo - come tutti noi, ogni giorno della nostra vita quando ci svegliamo - istintivamente non vuole essere restituito alla coscienza di questa esistenza, e vorrebbe essere lasciato dormiente, se potesse.

Bob Gliddery ritorna con Pleasant Riderhood che era fuori casa quando la si cercava, e difficile da trovare. Ella ha uno scialle sulla testa, e la prima cosa che fa, quando se lo toglie piangendo e fa un inchino alla signorina Abbey, è avvolgere i capelli.

«Grazie, signorina Abbey, di aver qui mio padre.»

«Devo dire, ragazza, che non sapevo chi fosse,», risponde la signorina Abbey; «ma credo che sarebbe stato press'a poco lo stesso anche se lo avessi saputo.»

La povera Pleasant, rianimata da un sorso di brandy, viene fatta entrare nella stanza del primo piano. Ella non saprebbe esprimere molto sentimento, nei riguardi di suo padre, se fosse chiamata a pronunciare l'orazione funebre, ma ha per lui una tenerezza molto più grande di quella che lui ha mai avuto per lei, e piange amaramente quando lo vede disteso privo di sensi e chiede al dottore a mani giunte: «Non c'è speranza, signore? Oh, povero papà! È morto il povero papà?»

A lei il dottore, inginocchiato accanto al corpo, occupato e vigile, replica senza voltarsi: «Adesso, ragazza mia, a meno che non hai l'autocontrollo per stare perfettamente in silenzio, non posso permetterti di restare nella stanza.»

Pleasant, di conseguenza, si asciuga gli occhi con i capelli, che hanno nuovamente bisogno di essere sistemati e, mentre lo fa nel solito modo, osserva con terrorizzato interesse tutto ciò che accade. Ma la sua naturale capacità di donna la mette presto in grado di dare un po' di aiuto. Anticipando il desiderio del dottore di questo o quello, lo ha tranquillamente pronto per lui, e così a poco a poco le è affidato l'incarico di sostenere la testa di suo padre sul suo braccio.

È qualcosa di così nuovo per Pleasant vedere suo padre oggetto di simpatia e interesse, trovare qualcuno molto disposto a tollerare la sua compagnia in questo mondo, per non dire supplicare di appartenergli in modo pressante e rassicurante, che le dà una sensazione mai sperimentata prima. Qualche idea vaga che se le cose potessero rimanere a lungo così sarebbe un cambiamento di tutto rispetto, galleggia nella sua mente. Anche una vaga idea che il vecchio male sia soffocato in lui, e che se dovesse tornare felicemente a riprendere la sua occupazione della forma vuota che giace sul letto, il suo spirito sarà diverso. In questo stato d'animo bacia le labbra di pietra, e crede del tutto che la mano impassibile che ella accarezza rivivrà in una mano tenera, se rivivrà mai.

Dolce illusione per Pleasant Riderhood. Ma tutti si occupano di lui con un interesse così straordinario, la loro ansietà è così viva, la loro vigilanza è così grande, la loro gioia eccitata cresce così intensamente a mano a mano che i segni di vita si rafforzano, che come può resisterle, poverina! Ed ecco che ora egli comincia a respirare naturalmente, e si stira, e il dottore dichiara ch'è tornato indietro da quel viaggio inesplicabile dove egli si è fermato sulla strada buia, e che è qui.

Tom Tootle, che è il più vicino al dottore quando questi dice così, gli prende con fervore la mano.

Bob Glamour, William Williams e il Jonathan del nessun cognome, tutti si stringono la mano l'uno con l'altro e anche al dottore. Bob Glamour si soffia il naso, il Jonathan senza cognome è mosso a fare altrettanto, ma non avendo fazzoletto, abbandona quello sfogo delle sue emozioni. Pleasant versa lacrime di piacere, che meritano il suo nome, e la sua dolce illusione è al massimo. C'è intelligenza negli occhi del padre. Vuole fare una domanda. Si chiede dove sia. Diglielo!

«Papà, sei stato investito sul fiume, e ora sei dalla signorina Abbey Potterson.» Egli guarda sua figlia con gli occhi spalancati, guarda tutto intorno, chiude gli occhi e giace addormentato sul suo braccio. L'illusione di breve durata inizia a svanire. Quella faccia bassa, cattiva, inespressiva sta emergendo dalle profondità del fiume, o da chissà quali altre profondità, di nuovo in superficie. Man mano che lui diventa più caldo, diventano più freddi il dottore e gli altri quattro uomini. Mentre i suoi lineamenti si ammorbidiscono con la vita, i loro volti e i loro cuori s'induriscono verso di lui.

«Ce la farà, ora» dice il dottore lavandosi le mani, e dando al paziente un'occhiata con crescente sfavore.

«Molti uomini migliori,» sentenzia Tom Tootle scuotendo gravemente il capo, «non hanno avuto la sua fortuna.»

«Si spera che faccia un uso migliore della sua vita,» dice Bob Glamour, «di quanto mi aspetto che farà.»

«O di quanto abbia fatto prima,» aggiunge William Williams.

«Ma no, non lui!» dice Jonathan senza cognome, concludendo il quartetto.

Parlano a bassa voce a causa di sua figlia, ma ella vede che si sono allontanati tutti e che stanno in gruppo dall'altra parte della stanza, evitandolo. Sarebbe troppo sospettare che si dispiacciano che non sia morto quando hanno fatto così tanto per lui, ma chiaramente avrebbero desiderato aver avuto un soggetto migliore a cui concedere le loro pene. La notizia viene comunicata alla signorina Abbey nel bar, che riappare sulla scena e contempla il redivivo da lontano, tenendo col dottore un colloquio sussurrato. La scintilla di vita era molto interessante mentre era sospesa, ma ora che si è ristabilita in Riderhood sembra esserci un desiderio generale che le circostanze fossero ammesse svilupparsi verso chiunque altro, piuttosto che verso quel gentiluomo.

«Tuttavia,» dice, la signorina Abbey per rallegrarli, «avete fatto il vostro dovere di uomini buoni e veri, e fareste meglio a scendere e prendere qualcosa a spese dei Facchini.» Lo fanno tutti, lasciando la figlia a guardare il padre. A lei, in loro assenza, si presenta Bob Gliddery.

«Le sue orecchie sembrano strane; non è vero?» dice Bob dopo aver esaminato il paziente.

Pleasant fa un debole cenno di assenso.

«Le sue orecchie sembreranno ancora più strane quando si sveglia; non è vero?» dice Bob.

Pleasant spera di no. Perché?

«Quando si troverà qui, sapete,» spiega Bob. «Perché la signorina Abbey gli ha proibito la casa e gli ha ordinato di starne lontano. Ma quello che si può chiamare il fato gli ha ordinato di ritornare. E questo è strano, no?»

«Non sarebbe venuto qui di sua volontà,» risponde la povera Pleasant, con uno sforzo per un po' di orgoglio.

«No,» risponde Bob. «Né sarebbe stato lasciato entrare, se l'avesse fatto.»

Ora la breve illusione è completamente svanita. Chiaramente come vede sul suo braccio il vecchio padre, non migliorato, Pleasant vede che tutti lì si terranno lontani da lui quando riprenderà conoscenza.

«Lo porterò via appena possibile,» pensa Pleasant con un sospiro. «E' meglio a casa.»

Adesso tutti ritornano, e aspettano che riprenda coscienza così saranno tutti contenti di sbarazzarsi di lui. Alcuni vestiti sono stati presi per farglieli indossare, poiché i suoi sono saturi d'acqua, e il suo vestito attuale è composto da coperte. Egli è sempre più a disagio, come se la prevalente antipatia lo avesse raggiunto da qualche parte nel sonno e si sia manifestata a lui; il paziente finalmente riapre gli occhi, ed è assistito dalla figlia a mettersi a sedere sul letto.
«Ebbene, Riderhood,» dice il dottore. «Come vi sentite?»
Egli risponde burbero: «Niente di cui vantarsi.» Essendo, infatti, tornato alla vita in uno stato insolitamente cupo.
«Non voglio fare una predica, ma spero,» dice il dottore scuotendo gravemente il capo, «che questa salvezza possa avere un buon effetto su di voi, Riderhood.»
Il ringhio scontento della risposta del paziente non è intelligibile; ma sua figlia potrebbe interpretare, se volesse, che quello che dice è: «Non voglio nessuna chiacchiera!»
Dopo di che, il signor Riderhood domanda la camicia, e se la infila (con l'aiuto di sua figlia) esattamente come se avesse appena avuto un combattimento.
«Non è stato un piroscafo?» le chiede fermandosi.
«Sì, papà».
«Avrò la legge contro di lui, arrestatelo, e gliela farò pagare!» Poi si abbottona la biancheria con aria arrabbiata, fermandosi due o tre volte per esaminarsi le braccia e le mani, come per vedere quale danno ha ricevuto nel combattimento. Quindi chiede ostinatamente gli altri indumenti, e lentamente li indossa, con un'apparenza di grande malevolenza nei confronti del suo defunto avversario e di tutti gli spettatori. Ha l'impressione che il naso stia sanguinando, e più volte vi passa il dorso della mano e cerca il risultato in un modo pugilistico, rafforzando notevolmente quell'incongruente somiglianza.
«Dov'è il mio berretto di pelo?» domanda con voce aspra quando ha indossato tutti i panni.
«Nel fiume,» qualcuno risponde.
«E non c'era nessun uomo onesto a raccoglierlo? Ovviamente c'era, e se l'è subito squagliata. Siete un gruppo singolare, tutti voi!» Così, Mr Riderhood: prendendo dalle mani di sua figlia, con speciale asprezza, un berretto prestato e brontolando se lo tira giù sulle orecchie. Poi alzandosi in piedi sulle gambe malferme, appoggiandosi pesantemente lei, e ringhiando: «Stai ferma, puoi? Che cosa! Devi anche barcollare, tu?», e prende la sua partenza fuori dal ring dove ha avuto quel piccolo risvolto con la Morte.

IV. Un felice ritorno del giorno

Il signor Wilfer e la signora Wilfer avevano visto l'anniversario del giorno del loro matrimonio un buon quarto di secolo di più che non il signor Lammle e la signora Lammle, ma ancora ne celebravano la ricorrenza in seno alla loro famiglia. Non che queste celebrazioni risultassero mai qualcosa di particolarmente gradevole, e che la famiglia fosse mai rimasta delusa da quella circostanza a causa di aver atteso con ansia il ritorno del giorno di buon auspicio con ottimistiche aspettative di piacere. Il giorno era amministrato moralmente, piuttosto come un digiuno che come una festa, consentendo alla signora Wilfer di mantenere un cupo stato oscuro, che presentava quella donna solenne nelle sue tinte più scelte.
Lo stato della nobile dama in quelle deliziose occasioni era composto da eroica resistenza ed eroico perdono. Fosche indicazioni dei matrimoni molto migliori che avrebbe potuto fare, brillavano in contrasto alla terribile malinconia della sua compostezza, e mostravano a tratti il

cherubino come un piccolo mostro inspiegabilmente favorito dal Cielo, che aveva ottenuto un dono per il quale molti, superiori a lui, avevano lottato e litigato invano. Così fermamente si era affermata questa sua posizione verso il suo tesoro, che quando arrivava l'anniversario lo trovava sempre in uno stato disposto alle scuse. Non è impossibile che la sua umile contrizione lo portasse a volte al punto di rimproverare severamente se stesso per essersi preso la libertà di aver sposato sua moglie, un tipo così superiore.

Per quanto riguarda i figli dell'unione, la loro esperienza di queste feste era stata sufficientemente spiacevole da indurli ogni anno a desiderare, da quando erano usciti dalla più tenera infanzia, o che Ma avesse sposato qualcun altro invece del tanto preso in giro Pa, o che Pa avesse sposato qualcun'altra invece di Ma. Quando solo due sorelle rimasero in casa, la mente audace di Bella, all'avvicinarsi dell'ultima di queste occasioni, arrivò al punto di chiedersi con buffa irritazione «che cosa sulla terra mai Pa avesse potuto trovare in Ma, per indurlo a diventare tanto sciocco da chiederle di sposarlo».

L'anno che gira porta ora il giorno nella sua ordinata sequenza, Bella arriva con la carrozza dei Boffin per assistere alla celebrazione. Era l'usanza di famiglia quando ricorreva il giorno, di sacrificare un paio di polli sull'altare di Imene; e Bella aveva inviato un nota in anticipo, per comunicare che avrebbe portato con lei quelle offerte votive. Così, Bella e i polli, con le energie combinate di due cavalli, due uomini, quattro ruote, e un cagnolino da carrozza, simile a un budino di prugne, con un collare scomodo come se fosse stato quello di George IV[202], furono trasportati presso la porta dell'abitazione dei genitori. Essi furono lì ricevuti dalla signora Wilfer in persona, la cui dignità in questa, come nelle occasioni più speciali, era accentuata da un misterioso mal di denti. «Non avrò bisogno della carrozza, stasera,» disse Bella, «al ritorno andrò a piedi.» Il domestico della signora Boffin si toccò il cappello, e nell'atto della partenza ebbe un'occhiataccia rivoltagli dalla signora Wilfer, destinata a portare nella profondità della sua audace anima la certezza che, qualunque fossero i suoi sospetti privati, i domestici maschi in livrea non erano rarità lì.

«Bene, cara Ma,» disse Bella, «come stai?»

«Sto così bene,» rispose la signora Wilfer, «come ci si può aspettare.»

«Povera me, Ma,» disse Bella, «parli come se uno fosse appena nato!»

«È esattamente quello che ha fatto mamma,» intervenne Lavvy dietro la spalla materna, «da quando ci siamo alzati questa mattina. È tutto molto da ridere, Bella, ma è impossibile concepire qualcosa di più esasperante.» La signora Wilfer, con uno sguardo troppo pieno di maestà per essere accompagnato da qualsiasi parola, scortò entrambe le sue figlie in cucina, dove il sacrificio doveva essere allestito.

«Il signor Rokesmith,» disse con aria rassegnata, «è stato così gentile da mettere il suo soggiorno a nostra disposizione oggi. Tu dunque, Bella, sarai ospitata nell'umile abitazione dei tuoi genitori, così in accordo con il tuo attuale stile di vita, che ci saranno per il tuo ricevimento un salotto e una sala da pranzo. Tuo padre ha invitato il signor Rokesmith a dividere il nostro modesto pranzo. Scusandosi a causa di un impegno particolare, egli ha offerto l'uso del suo appartamento.»

Bella era a conoscenza che Rokesmith non aveva altri impegni di quelli nel suo ufficio in casa Boffin, ma approvava che rimanesse alla larga. «Ci saremmo soltanto messi in imbarazzo l'uno all'altro,» pensò, «e lo facciamo già abbastanza spesso.»

Eppure ella aveva una sufficiente curiosità per la sua stanza, tanto da raggiungerla nel minor ritardo possibile e controllarne attentamente i contenuti. Era arredata con gusto anche se in modo economico, e organizzata in modo molto ordinato. C'erano scaffali e mensole di libri, inglesi, francesi, italiani; e in una cartella sullo scrittoio c'erano fogli e fogli di promemoria e di calcoli in cifre, evidentemente riferiti alla proprietà Boffin. Su quel tavolo inoltre, accuratamente sostenuto da tela, verniciato, montato e arrotolato come una mappa, c'era il cartello descrittivo dell'uomo assassinato che era venuto da lontano per essere suo marito. Indietreggiò per questa sorpresa spettrale, e si sentì molto spaventata mentre lo arrotolava e lo legava di nuovo su. Sbirciando qua e là, si imbatté in una stampa, una graziosa testa di donna, elegantemente incorniciata, appesa in un angolo vicino alla poltrona.

«Oh, davvero, signore!» disse Bella dopo essersi fermata a rimuginare davanti a quella. «Oh, davvero, signore! Immagino di poter indovinare a chi pensi che rassomigli. Ma ti dirò a cosa assomiglia molto di più... Alla tua impudenza!» Ciò detto, se ne andò: non solo perché era offesa, ma perché non c'era nient'altro da guardare.

«Ora, Ma,» disse Bella riapparendo in cucina con ancora qualche traccia di rossore, «tu e Lavvy credete che io sia una splendida buona a nulla, ma intendo provarvi il contrario. Oggi voglio essere Cuoca.»

«Zitta!» rispose la sua maestosa madre. «Non posso permetterlo. Cuoca, con quell'abito!»

«Per quanto riguarda il mio vestito, Ma,» rispose Bella, cercando allegramente in un cassetto, «intendo mettere un grembiule e coprirlo su tutto il davanti; e quanto al permesso, intendo farne a meno.»

«Tu cucini?» disse la signora Wilfer. «Tu che non hai mai cucinato quando eri a casa?»

«Sì, Ma,» rispose Bella, «questo è precisamente lo stato delle cose.»

Si cinse con un grembiule bianco, e alacremente con nodi e spilli ne creò una pettorina, vicina e stretta sotto il mento, come se questa l'avesse presa al collo per baciarla.

Su questa pettorina le sue fossette sembravano deliziose, e sotto di esse la sua bella figura non lo era meno. «Adesso, mamma,» disse Bella, scostandosi i capelli dalle tempie con tutte e due le mani, «che cosa bisogna fare prima?»

«Prima,» rispose solennemente la signora Wilfer, «se insisti in ciò che io non posso non considerare un comportamento del tutto incompatibile con la carrozza in cui sei arrivata...»

(«Che faccio, Ma.»)

«Prima, allora, metti i polli sul fuoco.»

«Cer-ta-men-te!» gridò Bella; «e infarinarli, e infilarli allo spiedo, ed eccoli!», facendoli girare a un ritmo eccezionale. «Cosa c'è dopo, Ma?»

«Poi,» disse la signora Wilfer agitando i guanti, esprimendo l'abdicazione a malavoglia dal trono culinario, «vorrei consigliare un esame della pancetta nella casseruola sul fuoco, e anche delle patate mediante l'applicazione di una forchetta. La preparazione della verdura diventerà ulteriormente necessaria se persisti in questo comportamento sconveniente.»

«Come naturalmente faccio, Ma!»

Persistendo, Bella faceva attenzione a una cosa e ne dimenticava un'altra, e faceva attenzione all'altra e dimenticava una terza, e ricordando la terza veniva distratta dalla quarta, e faceva ammenda ogni volta che sbagliava dando agli sfortunati polli un giro in più, che rendeva estremamente dubbiosa la loro possibilità di essere mai cotti. Ma era anche divertente cucinare. Nel frattempo la signorina Lavinia, oscillando tra la cucina e l'opposta stanza, preparò il tavolo da pranzo in quest'ultima camera. Questo ufficio ella (sempre facendo le faccende domestiche con riluttanza) eseguiva con una serie sorprendente di urti e colpi; mettendo la tovaglia come se stesse sollevando il vento, posando i bicchieri e le saliere come se stesse bussando alla porta, e urtando coltelli e forchette in una schermaglia a mo' di suggestivo conflitto corpo a corpo.

«Guarda Ma,» sussurrò Lavinia a Bella quando ciò fu fatto e stavano davanti ai polli che arrostivano. «Se uno fosse il più rispettoso figlio esistente (ovviamente nel complesso si spera che lo sia), non è abbastanza da far venire voglia di colpirla con qualcosa di legno, seduta lì ritta in un angolo!»

«Pensa soltanto,» rispose Bella, «se il povero Pa dovesse sedersi con la schiena dritta in un altro angolo.»

«Mia cara, egli non potrebbe farlo,» disse Lavinia. «Pa ciondolerebbe subito. Ma in effetti non credo che ci sia mai stata una creatura umana che abbia potuto tenersi così dritta come mamma, o mettere una tale quantità di esasperazione in una schiena. Qual è il problema, Ma? Non stai bene, Ma?»

«Senza dubbio sto benissimo» rispose la signora Wilfer, volgendo gli occhi sulla sua ultima nata, con sdegnosa fortezza. «Che cosa dovrei avere?»

«Non sembri molto vispa, Ma!» rispose l'ardita Lavinia.

«Vispa?» ripeté la genitrice. «Vispa? Da dove viene questa bassa espressione, Lavinia? Se non mi lamento, se sono silenziosamente soddisfatta del mio, lascia che sia sufficiente per la mia famiglia.»

«Bene, Ma,» rispose Lavvy, «dal momento che mi costringi a forza, io devo rispettosamente avere il permesso di dire che la tua famiglia è senza dubbio molto obbligata nei tuoi confronti per avere un annuale mal di denti il giorno del tuo matrimonio e ciò è molto disinteressato da parte tua ed è un'immensa benedizione per loro. Eppure, nel complesso, è possibile che si sia troppo presuntuosi anche di quel beneficio.»

«Tu sei l'incarnazione della sfacciataggine,» disse la signora Wilfer. «Parli così a me? Proprio oggi, fra tutti i giorni dell'anno? Per favore, lo sai che ne sarebbe stato di te, se non avessi concesso la mia mano a R. W., tuo padre, in questo giorno?»

«No, Ma,» rispose Lavinia, «non lo so davvero; e, con il massimo rispetto per le tue capacità e informazioni, dubito molto che anche tu lo sappia.»

Se o meno il forte vigore di questa incursione contro un punto debole delle trincee della signora Wilfer avesse potuto sbaragliare quell'eroina in quel momento, è reso incerto dall'arrivo di una bandiera di tregua nella persona del signor George Sampson: invitato alla festa come amico di famiglia, i cui affetti si era capito che erano in corso di trasferimento da Bella a Lavinia, e che Lavinia teneva - forse in ricordo del suo cattivo gusto nell'averla trascurata in prima istanza - sotto un giogo di sferzante disciplina.

«Mi congratulo con lei, signora Wilfer,» disse il signor George Sampson, che aveva meditato questo discorso conciso mentre veniva, «per questo giorno.» La signora Wilfer lo ringraziò con un magnanimo sospiro, e di nuovo divenne una preda che non opponeva resistenza a quell'imperscrutabile mal di denti.

«Sono sorpreso,» disse il signor George Sampson debolmente, «che la signorina Bella si abbassi a cucinare.»

Qui la signorina Lavinia calò sul giovane gentiluomo sfortunato con l'osservazione schiacciante che in ogni caso non si trattava di affari che lo riguardassero.

Questo dispose il signor Sampson a un malinconico isolamento di spirito, fino all'arrivo del cherubino, il cui stupore per l'occupazione della bella donna fu fantastico. Tuttavia, ella si ostinò a servire la cena così come l'aveva cucinata, e poi si sedette, senza pettorina e senza grembiule, per prenderne parte come un'ospite illustre: la signora Wilfer rispose per prima all'allegro: «Per quello che stiamo per ricevere» del marito, con un sepolcrale 'Amen', calcolato per deprimere l'appetito più forte.

«Ma perché mai» disse Bella, mentre osservava tagliare i polli «sono rosei nell'interno, mi chiedo, Pa? E' la varietà?»

«No, non credo che è la varietà, mia cara,» rispose il padre. «Credo piuttosto che sia perché non sono cotti.»

«Dovrebbero esserlo,» disse Bella.

«Sì, lo so che dovrebbero esserlo, mia cara,» rispose suo padre, «ma... non lo sono.»

Così, lo spiedo fu requisito, e il cherubino dal buon carattere, che era spesso impiegato come un non-cherubino nella sua famiglia, come se fosse stato alle dipendenze di alcuni dei Vecchi Maestri[203], si impegnò a grigliare i polli. Infatti, tranne che per quanto riguarda il guardare fissamente (una branca del servizio pubblico a cui il cherubino pittorico è molto dedito), questo cherubino domestico compiva tante funzioni casuali quanto il suo prototipo; con la differenza, diciamo, che si esibiva con un pennello per la crema delle scarpe sugli stivali della famiglia, invece di esibirsi su enormi strumenti a fiato e contrabbassi, e che si comportava con allegra alacrità per uno scopo molto utile, invece di gironzolare nell'aria con le intenzioni più vaghe.

Bella lo aiutò nella sua cottura supplementare e lo rese molto felice, ma lo mise anche in un terrore mortale chiedendogli, quando si sedettero di nuovo a tavola, come immaginava che cucinassero i polli nei pranzi di Greenwich, e se credeva che fossero davvero pranzi così piacevoli come diceva la gente.

I suoi ammiccamenti nascosti e i cenni di rimostranza, in risposta, fecero ridere la birichina Bella fino a soffocarne, e allora Lavinia fu obbligata a batterle sulla schiena, e poi rise ancora di più. Ma sua madre era un ottimo correttivo all'altro capo del tavolo; e il padre, nell'innocenza del suo buon carattere, ad intervalli le chiedeva: «Mia cara, temo che tu non ti stia divertendo?»

«Perché mai, R. W.?» ella rispondeva sonoramente.

«Perché, mia cara, tu sembri un po' di cattivo umore.»

«Niente affatto,» era la risposta, esattamente nello stesso tono.

«Vuoi prendere un po' di petto di pollo[204], cara?»

«Grazie, prenderò tutto quello che vuoi, R. W.»

«Bene, ma mia cara, ti piace?»

«Mi piace così come mi piace qualsiasi cosa, R. W.»

La donna maestosa avrebbe poi, con l'apparenza meritoria di dedicarsi al bene generale, proseguito il suo panzo come se stesse nutrendo qualcun altro per elevati motivi pubblici.

Bella aveva portato il dolce e due bottiglie di vino, spargendo così uno splendore senza precedenti sull'occasione. La signora Wilfer fece gli onori del primo bicchiere proclamando: «R.W., alla tua salute!»

«Grazie, mia cara. Alla tua.»

«Alla salute di Pa e Ma,» disse Bella.

«Scusa,» intervenne la signora Wilfer protendendo un guanto. «No. Credo di no. Ho bevuto alla salute di tuo padre. Tuttavia, se insisti a includermi, non posso in segno di gratitudine offrire obiezioni.»

«Ma per Giove, Ma,» si intromise l'audace Lavvy, «non è questo il giorno che ha fatto di te e di papà una cosa sola? Non capisco proprio.»

«Da qualsiasi altra circostanza il giorno possa essere contrassegnato, non è il giorno, Lavinia, in cui permetterò a una mia figlia di avventarsi su di me. Ti prego - no, ti ordino! - di non avventarti. R. W., è opportuno ricordare che sei tu che devi comandare, e io devo obbedire. È casa tua, e tu sei padrone alla tua tavola. Alla salute tua e mia!» E brindò con terribile freddezza.

«Davvero ho un po' paura, mia cara,» accennò docilmente il piccolo cherubino, «che tu non ti stia divertendo.»

«Al contrario,» rispose la signora Wilfer, «affatto. Perché non dovrei divertirmi?»

«Pensavo, mia cara, che forse la tua faccia potrebbe...»

«La mia faccia potrebbe essere un martirio, ma che importerebbe, e chi se ne accorgerebbe, se io sorridessi?»

Ed ella sorrise: manifestamente gelando il sangue nelle vene del signor George Sampson, facendo così. Perché quel giovanotto, scorgendo il suo occhio sorridente, fu talmente sconvolto dalla sua espressione, da perdersi completamente nei suoi pensieri concernenti che cosa mai avesse potuto fare, lui, per averlo su di sé.

«La mente si abbandona naturalmente,» disse la signora Wilfer, «dovrei dire in una fantasticheria, o devo dire in una retrospettiva? in una giornata come questa.»

Lavinia, che sedeva con aria di sfida a braccia conserte, rispose (ma che non si udisse): «Per amor di Dio, di' quello che ti piace di più, Ma, e falla finita.»

«La mente,» proseguì la signora Wilfer con tono oratorio, «naturalmente ritorna al papà e alla mamma - io alludo qui ai miei genitori - a un periodo anteriore all'alba di questo giorno. Ero considerata alta; forse lo ero. Papà e mamma erano indiscutibilmente alti. Io ho raramente visto donne migliori di mia madre; mai di mio padre.»

L'irriducibile Lavinia osservò ad alta voce: «Chiunque fosse il nonno, non era una donna.»

«Tuo nonno,» rispose la signora Wilfer con uno sguardo terribile e in un tono terribile, «era quello che io descrivo che sia stato, e avrebbe messo a terra qualcuno dei suoi nipoti che avesse osato metterlo in dubbio. Una delle più care speranze della mamma era che io mi unissi a un alto membro della società. Potrebbe essere stata una debolezza, ma se è così, è stata ugualmente la debolezza, credo, di re Federico di Prussia[205].» Queste osservazioni erano dirette al signor George Sampson, il quale non aveva il coraggio di affrontare un combattimento singolo, ma si nascondeva con il petto sotto il tavolo e gli occhi abbassati; e la signora Wilfer continuò, con una voce sempre più severa e imponente, fino a quando non avrebbe costretto quello scansafatiche a farsi avanti: «La mamma sembra aver avuto un presentimento indefinibile di ciò che è accaduto in seguito, perché spesso mi raccomandava: "Un uomo piccolo no. Promettimelo, figlia mia, non un uomo piccolo. Mai, mai, mai sposare un uomo piccolo!" Anche papà mi faceva notare (egli aveva un umorismo straordinario) «che una famiglia di balene non poteva allearsi con le sardine». La sua compagnia era molto ricercata, come si può supporre, dalle intelligenze del tempo, e la nostra casa era il loro abituale punto di ritrovo. Ho conosciuto addirittura tre incisori di rame che si scambiavano le più squisite battute di spirito e risposte per le rime lì, in una sola volta.» (A questo punto il signor George Sampson si proclamò prigioniero, e disse, con un movimento a disagio sulla sedia, che tre era un gran numero e doveva essere stato molto divertente.) «Tra i membri più notevoli di quel circolo distinto, c'era un gentiluomo alto sei piedi. Egli non era un incisore.» (Qui il signor George Sampson disse, comunque senza alcuna ragione: «Naturalmente no.») «Questo signore fu così gentile da onorarmi di attenzioni che non potevo non comprendere.» (Qui il sig. Sampson mormorò che quando si arrivava a questo, si poteva sempre dire così)

«Io annunziai immediatamente a tutti e due i miei genitori che quelle attenzioni erano fuori luogo, e che non potevo incoraggiare la sua corte. Mi domandarono se era troppo alto? Risposi che non era troppo alto di statura, ma d'intelletto. Nella nostra casa, dissi, il tono era troppo brillante, la pressione era troppo alta, per essere mantenuta da me, una semplice donna, nella vita domestica di tutti i giorni. Ricordo bene che la mamma strinse le mani ed esclamò: "Questa finirà per sposare un uomo piccolo!"» (Il signor Sampson diede un'occhiata alla sua ospite e scosse la testa con aria scoraggiata.) «In seguito arrivò al punto di predire che avrei sposato un piccolo uomo la cui mente sarebbe stata al di sotto della media, ma era in quello che potrei definire un parossismo di delusione materna. Entro un mese,» disse la signora Wilfer abbassando la voce come se raccontasse una terribile storia di fantasmi, «entro un mese vidi per la prima volta R.W., mio marito. Entro un anno lo sposai. È naturale per la mente ricordare queste oscure coincidenze, nel presente giorno.»

Il signor Sampson, finalmente liberato dalla sorveglianza dell'occhio della signora Wilfer, ora trasse un lungo respiro, e rese l'originale e suggestiva osservazione che non c'era alcuna spiegazione per questo tipo di presentimenti. R.W. si grattò la testa e si guardò con aria di scusa tutto intorno al tavolo fino a quando non giunse a sua moglie, quando, osservando come era avvolta da un velo più cupo di prima, egli ancora una volta accennò: «Mia cara, ho proprio paura che non ti diverta molto.» A cui ella replicò ancora una volta: «Al contrario, R. W. Affatto.»

La posizione del povero signor Sampson in quel piacevole intrattenimento era davvero pietosa. Perché non solo era esposto senza difesa alle arringhe della signora Wilfer, ma riceveva i massimi affronti per mano di Lavinia; la quale, in parte per mostrare a Bella che lei (Lavinia) poteva fare quello che voleva con lui, e in parte per fargli pagare il fatto che ammirava ancora visibilmente la bellezza di Bella, lo trattava come un cane. Illuminato da un lato dalle maestose grazie dell'oratoria della signora Wilfer e oscurato dall'altro dai controlli e dal cipiglio della giovane donna a cui si era dedicato nella sua defenestrazione, le sofferenze di questo giovane gentiluomo erano dolorose da vedere. Se in quei frangenti la sua mente vacillava sotto di loro, può essere addotto, come attenuante della sua debolezza, che era costituzionalmente una mente messa in ginocchio e mai molto forte sulle sue gambe.

Le rosee ore furono così ingannate finché non fu il momento per Bella di tornare sotto la scorta di Pa. Le fossette furono debitamente legate nei nastri del cappellino e preso congedo, essi uscirono all'aria aperta, e il cherubino trasse un lungo respiro come se lo trovasse rinfrescante.

«Bene, caro Pa,» disse Bella, «l'anniversario può considerarsi concluso.»

«Sì, mia cara,» rispose il cherubino, «un altro di essi è passato.»

Bella avvicinò il suo braccio al suo mentre camminavano, e gli diede una serie di pacche consolatorie. «Grazie, mia cara,» diss'egli come se ella avesse parlato, «sto benissimo, mia cara. Bene, e come va, Bella?»

«Non sono migliorata affatto, Pa.»

«No davvero?»

«No, papà. Al contrario, sono peggiorata.»

«Signore!» disse il cherubino.

«Sono peggiorata, papà. Faccio così tanti calcoli di quanto devo avere all'anno quando mi sposerò, e quanto è il minimo che posso riuscire a fare con quello, che sto cominciando ad avere le rughe sul naso. Hai notato delle rughe sul naso questa sera, Pa?» Pa rise a questo, e Bella gli diede due o tre scosse.

«Non riderete, signore, quando vedrete la vostra bella donna diventare smunta. Faresti meglio a prepararti in tempo, te lo posso dire. Non sarò in grado di tenere a lungo la mia avidità di denaro fuori dai miei occhi, e quando lo vedrai, te ne dispiacerà, e ti starà bene, perché ti ho avvertito in tempo. Adesso, signore, siamo entrati in un legame di fiducia. Non hai niente da rivelare?»

«Credevo che fossi tu quella che ha da rivelare qualcosa, amor mio.»

«Oh, davvero, signore? E allora perché non me l'avete chiesto nel momento in cui siamo usciti? Le confidenze di una bella donna non devono essere ignorate. Comunque, questa volta ti perdono, e sta' a sentire, Pa. Questo...» Bella pose il mignolo della destra prima sul suo labbro e poi su quello del padre, «è un bacio per te. E adesso io ho intenzione di dirti seriamente - fammi vedere quanti - quattro segreti. Attento! Segreti seri, gravi, pesanti. Rigorosamente tra noi.»

«Numero uno, mia cara?» disse suo padre, sistemandole il braccio comodamente e in modo confidenziale.

«Il numero uno,» disse Bella, «ti sorprenderà, Pa. Chi pensi mi abbia...» - era confusa qui nonostante il suo modo allegro di iniziare - «fatto una proposta?»

Pa la guardò in faccia, guardò per terra, la guardò in faccia di nuovo, e dichiarò che non avrebbe mai potuto indovinare.

«Il signor Rokesmith.»

«Non mi dire, mia cara!»

«Il signor Ro-ke-smith, Pa!» disse Bella separando le sillabe con enfasi. «Che ne dici?»

Pa rispose tranquillamente con la contro-domanda: «Che cosa gli hai detto tu, mia cara?»

«Gli ho detto di no,» rispose Bella bruscamente. «Naturalmente.»

«Sì, naturalmente,» disse suo padre con aria meditabonda.

«E gli ho detto che lo consideravo come un tradimento di fiducia da parte sua, un affronto per me,» disse Bella.

«Sì, certo. Sono davvero sbalordito. Mi chiedo come si sia impegnato senza vedere prima di più riguardo la sua strada. Ma ora che ci penso, sospetto che ti ha sempre ammirata, mia cara.»

«Anche un cocchiere da poco mi può ammirare,» osservò Bella con un po' della maestà di sua madre.

«È molto probabile, amor mio. Il numero due, cara?»

«Il numero due, papà, ha lo stesso scopo, anche se non è così assurdo. Il signor Lightwood mi farebbe la proposta, se glielo permettessi.»

«Allora capisco, cara, che tu non intendi lasciarglielo fare?»

Bella disse di nuovo, con l'enfasi di prima: «Ma, naturalmente, no!», e suo padre si sentì obbligato a far eco: «Naturalmente, no.»

«Non mi interessa.» disse Bella.

«Basta così,» l'interruppe suo padre.

«No, papà, non basta,» riprese Bella dandogli altre due o tre scosse. «Non ti ho detto che piccola disgraziata mercenaria io sono? E' che non ha né denaro né clienti né aspettative, nient'altro che debiti.»

«Ah,» disse il cherubino, un po' depresso. «Il numero tre, mia cara?»

«Il numero tre, Pa, è una cosa migliore. È una cosa generosa, una cosa nobile, una cosa deliziosa. Me l'ha detto la stessa signora Boffin, come un segreto, con le sue labbra gentili - e labbra più sincere non si sono mai aperte o chiuse in questo mondo, ne son sicura - che vogliono vedermi fare un bel matrimonio; e che se mi sposo col loro consenso mi daranno una bella dote.» Qui la ragazza riconoscente scoppiò a piangere proprio di cuore.

«Non piangere, mia cara,» le disse suo padre, portandosi lui stesso le mani agli occhi; «è scusabile in me essere un po' sopraffatto quando trovo che la mia cara figlia prediletta, dopo tante delusioni, è così ben provvista, così in alto nel mondo; ma tu non piangere, tu non piangere. Sono molto grato. Mi congratulo con te con tutto il cuore, mia cara.» Il buon ometto tenero si asciugò gli

occhi, qui Bella gli mise le braccia al collo e lo baciò teneramente sulla strada maestra, dicendogli appassionatamente che era il migliore dei padri e il migliore degli amici, e che la mattina del suo matrimonio sarebbe andata giù in ginocchio davanti a lui e gli avrebbe chiesto scusa per averlo sempre preso in giro o esser sembrata insensibile al valore di un tale paziente, comprensivo, geniale, giovane cuore fresco. Ad ogni aggettivo raddoppiava i baci, e alla fine coi baci gli fece volar via il cappello, e poi rise smodatamente quando il vento lo prese ed egli gli corse dietro.
Quand'egli ebbe ricuperato il cappello e il fiato, ed ebbero ripreso il cammino insieme, il padre le disse allora: «Il numero quattro, mia cara?»
L'espressione di Bella cambiò, nel mezzo della sua allegria. «Dopo tutto, forse avrei fatto meglio a rimandare il numero quattro, Pa. Fammi provare una volta di più, anche se per un tempo breve, e sperare che non sia davvero così.»
Il cambiamento in lei fece aumentare l'interesse del cherubino per il numero quattro, ed egli disse tranquillamente: «Può non essere così, mia cara? Può non essere come, mia cara?» Bella lo guardò sopra pensiero e scosse il capo. «Eppure so benissimo che è così, Pa. Lo so fin troppo bene.»
«Amor mio,» rispose suo padre, «mi fai stare proprio a disagio. Hai detto di no a qualcun altro, mia cara?»
«No, Pa.»
«Di sì a qualcuno, allora?» egli insinuò, alzando le sopracciglia.
«No, Pa.»
«C'è qualcun altro pronto a correre il rischio di un sì o di un no, se tu glielo permetti?»
«Non che io sappia, Pa.»
«O forse c'è qualcuno che non vuol correre quel rischio, mentre tu vorresti?» disse il cherubino come ultima risorsa.
«Ma no, naturalmente, no, Pa.» disse Bella, dandogli un'altra scossa o due.
«No, naturalmente no,» confermò il cherubino. «Mia cara Bella, temo o di non dormire stanotte, o devo insistere per il numero quattro.»
«Oh, papà, non c'è niente di buono nel numero quattro! Mi dispiace così tanto, sono così riluttante a crederci, ho cercato così seriamente di non vederlo, ed è molto difficile da dire, anche a te. Ma il signor Boffin è stato viziato dalla prosperità e sta cambiando ogni giorno.»
«Mia cara Bella, spero e confido di no.»
«Anch'io ho sperato e confidato di no, papà; ma ogni giorno cambia per il peggio e il peggio. Non con me, con me è press'a poco lo stesso di sempre, con gli altri che lo circondano. Sotto i miei occhi egli diventa sospettoso, capriccioso, duro, tirannico, ingiusto. Se mai un brav'uomo è stato rovinato dalla fortuna, quello è il mio benefattore. Eppure, papà, pensa come é terribile il fascino del denaro! Lo vedo e odio questo, e lo temo, e non lo so, ma quei soldi potrebbero farmi fare un cambiamento molto peggiore. Eppure il denaro è in tutti i miei pensieri e i miei desideri; e tutta la vita che metto davanti a me è soldi, soldi, soldi e cosa possono fare i soldi della vita!»

V. Il Netturbino d'oro cade in una cattiva compagnia

La colpa era del piccolo ingegno brillante e pronto di Bella Wilfer, o era il Netturbino d'oro che passava attraverso la fornace della prova e lasciava fuori scorie? Le cattive notizie viaggiano veloci. Lo sapremo ben presto.
La sera stessa del suo ritorno a casa dal Felice Anniversario, accadde qualcosa che Bella seguì da vicino con gli occhi e con le orecchie. C'era un appartamento a lato della villa Boffin, noto come

camera del signor Boffin. Molto meno grandioso del resto della casa, era molto più comodo, essendo pervaso da una certa aria di intimità familiare, che il dispotismo della tappezzeria aveva esiliato in quel punto quando si trovò di fronte inesorabilmente agli appelli del signor Boffin di dedicarsi per misericordia a qualsiasi altra camera, tranne quella. Così, anche se una stanza di situazione modesta - perché le sue finestre davano sul vecchio angolo di Silas Wegg - e senza pretese di velluto, raso o doratura, si era stabilita in una posizione domestica analoga a quella di un semplice vestaglia o di un paio di pantofole; e ogni volta che la famiglia voleva trascorrere una serata particolarmente piacevole davanti al caminetto, essi se la godevano, come tradizione deve essere, nella stanza del signor Boffin. Il signor e la signora Boffin furono segnalati seduti in questa stanza, quando Bella tornò. Entrandovi, vi trovò anche il Segretario; sembrava che vi fosse in veste ufficiale, perché stava in piedi con alcune carte in mano vicino a una tavola con alcune candele schermate, alla quale il signor Boffin era seduto, adagiato nella sua poltrona.

«E' impegnato, signore,» disse Bella, esitando alla porta.

«Niente affatto, mia cara, niente affatto. Tu sei una di noi. Entra, entra. Ecco la vecchia signora al solito posto.»

La signora Boffin aggiunse un cenno e un sorriso di benvenuto alle parole del marito, e Bella prese un libro e si sedette nell'angolo accanto al fuoco, presso al tavolo da lavoro della signora Boffin. Il signor Boffin stava dal lato opposto.

«Ora, Rokesmith,» disse il Netturbino d'oro battendo il pugno così bruscamente sul tavolo per richiamare la sua attenzione mentre Bella girava le foglie del suo libro, che ella trasalì «dove eravamo?»

«Lei stava dicendo, signore,» rispose il Segretario con aria un po' riluttante, e con uno sguardo verso gli altri presenti, «che pensava fosse giunto il momento di fissare il mio stipendio.»

«Non esitate a chiamarla paga, caro mio,» disse il signor Boffin vivacemente. «Che diavolo! Non ho mai parlato di stipendio quando ero in servizio!»

«La mia paga,» disse il Segretario correggendosi.

«Rokesmith, non siete superbo, spero?» osservò il signor Boffin dandogli un'occhiata di traverso.

«Spero di no, signore.»

«Perché io non lo sono stato mai, quando ero povero,» disse il signor Boffin. «La povertà e la superbia non stanno affatto bene insieme. Tenga a mente. Come possono andar bene insieme? Perché è ragionevole. Un uomo, essendo povero, non ha niente di cui essere orgoglioso. Non ha senso.»

Con un lieve moto del capo, e uno sguardo un po' sorpreso, il Segretario parve assentire formando con le labbra le sillabe della parola «nonsenso».

«Ora, riguardo a questi stessi salari,» disse il signor Boffin, sedete.» Il Segretario si sedette.

«Perché non vi siete seduto prima?» domandò il signor Boffin diffidente. «Spero che non sia stato per superbia. Ma parliamo della paga. Ora, mi sono informato, e dico duecento all'anno. Che ne pensate? Pensate sia abbastanza?»

«Grazie, è una proposta giusta.»

«Non dico,» continuò il signor Boffin, «ma può essere più che abbastanza. E vi dirò perché, Rokesmith. Un proprietario, come sono io, ha il dovere di considerare il prezzo sul mercato. Dapprincipio non me ne sono occupato tanto quanto avrei dovuto; ma poi ho fatto conoscenza con altri proprietari, e ho preso dimestichezza coi doveri della proprietà. Non devo far salire i prezzi sul mercato, perché sembrerebbe che il denaro non è cosa per me. Una pecora vale tanto, sul mercato, e devo dare tanto, non più. Un Segretario vale tanto, sul mercato, e devo dare tanto, non più. Tuttavia, non mi dispiace allungare un punto con voi.»

«Signor Boffin, lei è molto buono,» rispose il Segretario con uno sforzo.

«Allora fissiamo la cifra,» disse il signor Boffin, «a duecento all'anno. Allora la cifra è fissata. Non ci deve essere nessun malinteso su quello che compro per duecento all'anno. Se pago per una pecora, compro una pecora completa. Così pure, se pago per un Segretario, io lo compro completo.»

«In altre parole, lei compra tutto il mio tempo?»

«Certo che sì. State a sentire,» disse il signor Boffin, «non è che io voglia occupare tutto il vostro tempo: potete prendere un libro per un minuto o due, quando non avete niente di meglio da fare, benché io pensi che troverete quasi sempre qualche cosa di utile da fare. Ma voglio tenervi a disposizione. È opportuno tenervi sempre pronto, in questi locali. Perciò, tra la vostra colazione e la vostra cena, io aspetto di trovarvi in casa.» Il Segretario s'inchinò.

«Nei tempi passati, quando ero a servizio io stesso,» disse il signor Boffin, «io non potevo andare in giro a mio piacimento e non aspettatevi di andare in giro a vostro piacimento. Ci avete piuttosto preso l'abitudine, ultimamente; ma forse era per mancanza di una giusta precisazione tra di noi. Ora, ci sia una giusta precisazione tra noi, e sia così. Se volete uscire, chiedetemi il permesso.» Il Segretario si inchinò di nuovo. I suoi modi erano a disagio e stupiti, e si riteneva umiliato.

«Farò appendere un campanello,» disse il signor Boffin, «da questa stanza alla vostra, e quando avrò bisogno di voi, suonerò. Non mi viene in mente altro da dire in questo momento.»

Il Segretario si alzò, raccolse le sue carte e si ritirò. Gli occhi di Bella lo seguirono fino alla porta, si puntarono sul signor Boffin sprofondato con aria di compiacenza nella sua poltrona, e si abbassarono sul libro.

«Ho lasciato che quel tipo, quel mio giovane,» disse il signor Boffin mettendosi a trotterellare su e giù per la camera, «si mettesse sopra il suo lavoro. Non deve. Devo farlo scendere un po'. Un proprietario ha dei doveri verso gli altri proprietari, e deve badare bene ai suoi inferiori.»

Bella sentiva che la signora Boffin era a disagio, e che gli occhi di quella buona creatura cercavano di scoprire dal suo viso quale attenzione aveva dato a questo discorso, e che impressione aveva fatto su di lei. Per questo motivo gli occhi di Bella si abbassarono più assorti sul libro, ed ella voltò una pagina con aria di profondo interesse.

«Noddy,» disse la signora Boffin, dopo aver interrotto pensierosamente il suo lavoro.

«Mia cara,» rispose il Netturbino d'oro, interrompendo il trotto.

«Scusami se te lo dico, Noddy, ma davvero! Non sei stato un po' troppo duro col signor Rokesmith, stasera? Non sei stato un po', proprio un poco poco, non del tutto come era il tuo vecchio essere?»

«Ma, mia cara, spero sia così!» rispose il signor Boffin allegramente, se non con fierezza.

«Speri sia così, caro?»

«I nostri vecchi sé non andrebbero bene qui, vecchia signora. Non te ne sei ancora accorta? I nostri vecchi sé non sarebbero adatti a nulla qui se non a essere derubati e comandati. I nostri vecchi sé non erano persone ricche; i nostri nuovi sé lo sono; è una bella differenza.»

«Ah,» disse la signora Boffin, smettendo di nuovo di lavorare per tirare un lungo sospiro e guardare il fuoco. «Una bella differenza.»

«E dobbiamo essere all'altezza di questa differenza,» proseguì suo marito; «dobbiamo essere degni del cambiamento, ecco quello che dobbiamo essere. Dobbiamo badare alla nostra roba, ora, contro tutti (perché le mani di tutti sono stese per immergersi nelle nostre tasche), e dobbiamo ricordarci che il denaro procura denaro, come procura tutto il resto.»

«Poiché parli di ricordarci,» disse la signora Boffin col lavoro abbandonato, gli occhi sul fuoco, e il mento sulla mano, «ti ricordi, Noddy, di aver detto al signor Rokesmith, la prima volta che venne a vederci alla Pergola e tu lo assumesti come Segretario, di avergli detto che se al Cielo fosse piaciuto di far arrivare sano e salvo John Harmon alla sua fortuna, avremmo potuto accontentarci dell'unico monticello che era la nostra eredità, e non avremmo mai voluto il resto?»
«Sì, ricordo, vecchia signora. Ma non avevamo ancora.provato che cosa volesse dire avere tutto il resto. Le nostre scarpe nuove erano arrivate a casa, ma non le avevamo messe. Le indossiamo adesso, le indossiamo e dobbiamo fare un passo di conseguenza.»
La signora Boffin riprese il suo lavoro, e fece scorrere l'ago in silenzio.
«Quanto a Rokesmith, a quel mio giovane» disse il signor Boffin abbassando la voce e guardando verso la porta con l'apprensione di essere ascoltato da qualcuno che origliasse, «succede con lui come con i camerieri. Mi sono accorto che o bisogna strapazzarli, o essi strapazzano noi. Se non sei imperioso con loro, non crederanno che tu sia migliore di loro stessi, se così buono, dopo le storie (per lo più bugie) che hanno sentito dire dei tuoi inizi. Non c'è niente, o l'irrigidirsi o l'essere gettato via. Credimi sulla parola, vecchia signora.»
Bella si azzardò a guardarlo un momento, furtivamente, attraverso le ciglia, e vide una nuvola scura di sospetto, cupidigia e presunzione, che adombrava il volto una volta aperto.
«In ogni modo,» disse il signor Boffin, «questo non è divertente per la signorina Bella. Non è vero, Bella?»
Una Bella ingannatrice era quella, che lo guardava con una pensierosa aria astratta, come se la sua mente fosse tutta assorta nel suo libro, e lei non avesse sentito una sola parola!
«Ah! È meglio essere occupata che prestare attenzione a quello,» disse il signor Boffin. «Va bene, va bene. Specialmente perché tu non hai nessun bisogno che ti si dica quanto vali, mia cara.»
Arrossendo un po' per questo complimento, Bella rispose: «Spero, signore, che non mi giudichi vanitosa.»
«Nemmeno un poco, mia cara,» disse il signor Boffin. «Ma penso che sia molto degno di nota in te, alla tua età, essere così al passo con il ritmo del mondo, e sapere cosa fare. Hai ragione. Cercare i soldi, mio amore. Il denaro è l'articolo. Guadagnerai soldi con il tuo bell'aspetto, e con i soldi che io e la signora Boffin avremo il piacere di affidarti, e vivrai e morirai ricca. Questo è lo stato del vivere e del morire!», disse il signor Boffin in un modo untuoso. «R-r-icchi!»
C'era un'espressione di angoscia sul viso della signora Boffin, mentre, dopo aver guardato suo marito, si rivolgeva alla figlia adottiva e diceva: «Non ci badare, mia cara!»
«Eh!» gridò il signor Boffin. «Cosa? Non ci badare?»
«Non voglio dir questo,» disse la signora Boffin con uno sguardo preoccupato. «Quello che voglio dire è che Bella non creda che tu non sia buono e generoso come il migliore degli uomini. No, devo dirlo, Noddy, tu sei sempre il migliore degli uomini.»
Ella fece questa dichiarazione, come se egli stesse obiettando: cosa che di certo egli non fece in alcun modo.
«E quanto a te, mia cara Bella,» disse la signora Boffin, sempre con quell'espressione angosciata, «è così attaccato a te, qualunque cosa dica, che il tuo stesso padre non ha un interesse più vero per te e difficilmente puoi piacergli più di quanto piaci a lui.»
«Dice anche!» gridò il signor Boffin. «Qualunque cosa dica! Ma come, io lo dico apertamente! Dammi un bacio, cara bambina, nel dirmi Buonanotte, e lasciami confermare quello che ti dice la mia vecchia signora. Ti voglio molto bene, mia cara, e sono interamente d'accordo con te, e tu e io avremo cura che tu sia ricca. Questo tuo bell'aspetto (di cui hai diritto di essere fiera, ma tu

non lo sei, sai), vale molto denaro, e tu ne guadagnerai. Il denaro che avrai ti procurerà dell'altro denaro, e guadagnerai denaro anche con quello. C'è una palla d'oro ai tuoi piedi. Buona notte, mia cara.»

In qualche modo, Bella non era così contenta di quell'assicurazione e di quelle prospettive, come avrebbe potuto essere. In qualche modo, quando abbracciò la signora Boffin e le disse buona notte, provò un senso d'indegnità, a vedere la faccia ancora ansiosa della buona donna e il suo evidente desiderio di scusare il marito. «Perché? Che bisogno c'è di scusarlo?» pensava Bella, sedendosi nella sua camera. «Quello che ha detto è molto ragionevole, ne son sicura, e molto vero, ne son sicura. È soltanto quello che mi dico spesso. Non mi piace allora? No, non mi piace, e benché sia il mio generoso benefattore, io lo disprezzo per quello. Ma allora,» disse Bella, ponendo severamente la domanda a se stessa nello specchio come al solito, «allora cosa intendi con questo, piccola bestiola inconsistente?»

Poiché lo specchio conservava un discreto silenzio ministeriale quando gli furono chieste spiegazioni, Bella andò a letto con una stanchezza nel suo spirito che era più della stanchezza della mancanza di sonno. E la mattina dopo guardò di nuovo la nuvola e il rafforzamento della nuvola sul volto del Netturbino d'oro. Da un po' di tempo aveva cominciato a essere la sua frequente accompagnatrice nelle sue passeggiate mattutine per le strade, e fu a quel tempo che egli fece di lei una compagna per il suo impegno in una curiosa ricerca. Avendo lavorato duramente in una noiosa clausura per tutta la vita, provava una gioia infantile nel guardare i negozi. Era stata una delle prime novità, uno dei primi piaceri della sua libertà, ed era ugualmente il piacere di sua moglie. Per molti anni le loro uniche passeggiate a Londra erano state fatte la domenica quando i negozi erano chiusi; e quando ogni giorno della settimana diventò una vacanza, traevano un godimento dalla varietà e fantasia e bellezza delle esposizioni nelle vetrine, che sembrava incapace di esaurirsi. Come se le strade principali fossero un gran teatro, e lo spettacolo fosse infantilmente nuovo per loro, il signor Boffin e la signora Boffin, dal principio della loro intimità con Bella, erano stati costantemente in prima fila, affascinati da tutto ciò che vedevano e applaudendo vigorosamente. Ma ora l'interesse del signor Boffin cominciò a concentrarsi sulle vetrine dei librai; e per di più (perché quello in sé non sarebbe stato molto) su un genere particolare di libri.

«Guarda qui, mia cara,» il signor Boffin le diceva, trattenendo il braccio di Bella davanti alla vetrina di un libraio; «tu sai leggere a prima vista, e i tuoi occhi sono tanto acuti quanto luminosi. Su, guarda bene dappertutto, mia cara, e dimmi se vedi un libro su un avaro.»

Se Bella vedeva un libro del genere, il signor Boffin si precipitava immediatamente a comprarlo. E ancora, se non lo trovavano, cercavano un altro libraio e il signor Boffin diceva: «Ora, guardati bene tutto intorno, se c'è la vita di un avaro, o qualche libro del genere; qualunque vita di strani personaggi che siano stati avari.» Bella, così diretta, esaminava la vetrina con la massima attenzione, mentre il signor Boffin esaminava il suo viso. Non appena ella indicava qualche libro intitolato «Vita eccentrica di...», «Aneddoti su strani personaggi», «Ricordi di uomini straordinari» o qualunque cosa di quel tipo, il volto del signor Boffin si illuminava ed egli si precipitava dentro a comprare quel libro. Dimensioni, prezzo, qualità, non contavano. Qualsiasi libro che sembrava promettere una possibilità di biografia avara, il signor Boffin lo comprava senza l'indugio di un momento e se lo portava a casa. Successe che fu informato da un libraio che una parte del Registro Annuale era dedicata ai "personaggi", e il signor Boffin acquistò subito tutta la serie di quella geniale collezione, e cominciò a portarla a casa poco alla volta, affidando un volume a Bella, e portandone tre lui stesso. Il completamento di questo lavoro li occupò per circa due settimane. Quando il compito fu finito, il signor Boffin, con il suo appetito per gli avari stuzzicato invece che sazio, ricominciò a cercare.

Ben presto divenne inutile dire a Bella che cosa dovesse cercare, e tra lei e il signor Boffin fu stabilita un'intesa per cui ella era sempre alla ricerca di Vite di avari. Giorno dopo giorno, essi girovagavano insieme per la città, proseguendo questa singolare ricerca. Poiché la letteratura "avara" non era abbondante, la percentuale di fallimenti rispetto ai successi poteva essere di cento a uno; tuttavia il signor Boffin, mai stanco, rimase così avaro per gli avari com'era stato al primo esordio. Era curioso che Bella non vedeva mai quei libri in casa, né aveva mai udito dal signor Boffin una parola di riferimento al loro contenuto. Sembrava risparmiare i suoi avari come essi avevano risparmiato il loro denaro. Come essi ne erano stati avidi e segreti, e l'avevano nascosto, così egli era avido di loro, e segreto su di loro, e li nascondeva. Ma oltre ogni dubbio doveva essere notato, e fu notato molto chiaramente da parte di Bella, che, come proseguiva nell'acquisizione di tristi documenti con l'ardore di Don Chisciotte[206] per i libri di cavalleria, cominciava a spendere il suo denaro con mano più parsimoniosa. E spesso quando lui usciva da un negozio con qualche nuovo resoconto di uno di quei miserabili pazzi, quasi rifuggiva dall'astuta secca risatina con cui le prendeva di nuovo il braccio e si allontanava al trotto. Non sembrava che la signora Boffin conoscesse questa inclinazione. Egli non vi faceva allusione, tranne nelle passeggiate mattutine quando lui e Bella erano sempre soli; e Bella, in parte sotto l'impressione che egli l'avesse presa implicitamente nella sua fiducia, e in parte nel ricordo del viso ansioso della signora Boffin quella notte, aveva lo stesso riserbo.

Mentre questi eventi erano in corso, la signora Lammle scoprì che Bella aveva un'influenza affascinante su di lei. I Lammle, presentati dapprincipio dai cari Veneering, facevano visita ai Boffin in tutte le grandi occasioni, e la signora Lammle dapprima non se n'era accorta, ma ora questo fatto la colpì tutto in una volta. Era una cosa assolutamente straordinaria (diceva alla signora Boffin); era follemente suscettibile al potere della bellezza, ma non era affatto solo questo; non aveva mai saputo resistere a una naturale grazia di modi, ma non era affatto solo questo; era più di quello, e non c'era nome per l'indescrivibile estensione e il grado della sua attrazione verso quella ragazza affascinante. Questa ragazza affascinante, sentendosi ripetere quelle parole dalla signora Boffin (che era orgogliosa che ella fosse ammirata, e avrebbe fatto qualsiasi cosa per darle piacere), naturalmente riconobbe nella signora Lammle una donna di intuizione e gusto. Ricambiando questi sentimenti, essendo molto gentile con la signora Lammle, diede a quella signora il modo per migliorare così questa sua occasione, che il fascino divenne reciproco, anche se sempre con un'apparenza di maggiore sobrietà da parte di Bella che da parte dell'entusiasta Sophronia.

Comunque, erano così spesso insieme che, per un po', la carrozza dei Boffin ospitò la signora Lammle più spesso della signora Boffin: una preferenza di cui quest'ultima anima degna non era affatto gelosa, osservando placidamente: «La signora Lammle è una compagna più giovane per lei di me, e per Giove! ella è più alla moda.»

Ma tra Bella Wilfer e Georgiana Podsnap c'era questa differenza, tra le altre, che Bella non correva nessun rischio di essere affascinata da Alfred. Non si fidava di lui e non le piaceva. In effetti, la sua percezione era così sveglia e il suo spirito di osservazione così acuto, che dopotutto diffidava anche di sua moglie, sebbene con la sua vertiginosa vanità e caparbietà spingeva via la sfiducia in un angolo della sua mente, e la teneva bloccata lì. La signora Lammle mostrava il più amichevole interesse che Bella facesse un buon matrimonio. La signora Lammle diceva, in modo allegro, che doveva davvero mostrare alla sua bella Bella che tipo di ricche creature lei e Alfred avevano a portata di mano, che sarebbero cadute ai suoi piedi come uno schiavo.

Presentatasi l'occasione adatta, la signora Lammle produsse di conseguenza i più passabili di quei febbrili, vanagloriosi e indefinitamente disinvolti signori che erano sempre in giro per la città per questioni di Borsa e di titoli greci e spagnoli e indiani e messicani e alla pari e a premio e a sconto e a tre quarti e a sette ottavi.

Che nel loro modo gradevole rendevano omaggio a Bella come se ella fosse un composto di brava ragazza, cavallo di razza, draga ben costruita e pipa notevole. Ma senza il minimo effetto, sebbene anche le attrattive del signor Fledgeby fossero messe sul piatto della bilancia.

«Temo, cara Bella,» disse la signora Lammle un giorno in carrozza, «che tu sarai molto difficile da accontentare.»

«Io non mi aspetto di essere accontentata, cara,» disse Bella, con un languido sguardo verso di lei.

«Veramente, amor mio,» rispose Sophronia scuotendo il capo e sorridendo col migliore dei suoi sorrisi, «non sarebbe molto facile trovare un uomo degno delle tue attrattive.»

«La questione non è un uomo, mia cara,» disse Bella con freddezza, «ma una sistemazione.»

«Amor mio,» rispose la signora Lammle, «la tua prudenza mi stupisce... Dove hai studiato così bene la vita?... Hai ragione. In un caso come il tuo, l'oggetto è una sistemazione adatta. Tu non puoi discendere a una posizione minore di quella che hai in casa Boffin, e anche se la tua bellezza da sola non potesse procurartela, c'è da credere che il signor Boffin e la signora Boffin...»

«Oh, lo hanno già fatto!» l'interruppe Bella.

«Ma no, davvero?»

Un po' irritata dal sospetto di aver parlato precipitosamente, e con un po' di sfida verso la propria irritazione, Bella decise di non tirarsi indietro.

«Cioè,» spiegò, «mi hanno detto che intendono darmi una dote come loro figlia adottiva, se è questo che vuol dire. Ma non ne parli.»

«Parlarne!» rispose la signora Lammle, come se fosse piena di sentimenti risvegliati alla suggestione di una tale impossibilità. «Par-lar-ne!»

«Non mi dispiace dirglielo, signora Lammle...» cominciò Bella di nuovo.

«Amor mio, chiamami Sophronia, se no io non ti posso più chiamare Bella.»

Con un piccolo, breve, petulante «oh!», Bella l'accontentò. «Oh! Sophronia, dunque. Non mi dispiace dirtelo, Sophronia, che io sono convinta di non avere cuore, come la gente lo chiama; e penso che questo genere di cose sia senza senso.»

«Brava ragazza!» mormorò la signora Lammle.

«E così,» proseguì Bella, «per quanto riguarda il cercare di accontentare me stessa, non lo faccio; tranne che per l'unico aspetto che ho menzionato. Sono indifferente a tutto il resto.»

«Ma non puoi fare a meno di piacere, Bella,» disse la signora Lammle riprendendosi, con uno sguardo malizioso e il migliore dei suoi sorrisi «non puoi fare a meno di avere un marito fiero di te e che ti ammiri. Potrebbe non interessarti accontentare te stessa, e potresti non preoccuparti di accontentare lui, ma non puoi agire liberamente quanto al piacere: sei costretta a farlo, tuo malgrado, mia cara; quindi ci si potrebbe chiedere se non puoi accontentare anche te stessa, se puoi.»

Ora, la stessa grossolanità di questa adulazione spinse Bella a dimostrare che lei effettivamente piaceva.

Aveva il sospetto che stesse sbagliando - anche se aveva un presagio indistinto che in seguito potesse derivarne qualche danno, non pensava a quali conseguenze avrebbe davvero portato - ma andò avanti con fiducia.

«Non parlare di piacere a qualcuno a dispetto di se stessi, cara.» disse Bella «Ne ho avuto abbastanza».

«Sì?» gridò la signora Lammle. «E' già confermato quello che ho detto, Bella?»

«Non ci badare, Sophronia, non ne parleremo più. Non mi chiedere niente.» Questo significava evidentemente: «Chiedimi subito», e la signora Lammle fece come le era stato richiesto.

«Dimmi, Bella. Su, mia cara. Quale essere irritante è stato fastidiosamente attratto dalle tue affascinanti gonne e con difficoltà mandato via?»

«Irritante davvero, e niente di cui vantarsi,» disse Bella, «ma non me lo chiedere.»

«Devo indovinare?»

«Non indovineresti mai. Che ne diresti del nostro Segretario?»

«Dio mio! Il Segretario eremita, che striscia sempre per le scale sul retro e non si vede mai?»

«Non so se strisci su e giù per le scale sul retro,» disse Bella, piuttosto sprezzante, «oltre a non sapere se non fa tale cosa; e quanto a non vederlo mai, sarei contenta di non averlo mai visto, sebbene sia visibile quanto te. Ma gli sono piaciuta (per colpa dei miei peccati!) e ha avuto la sfacciataggine di dirmi così.»

«Il tipo non ti ha mai fatto una dichiarazione, mia cara Bella!»

«Ne sei sicura, Sophronia?» disse Bella. «Io no. Anzi, son sicura del contrario.»

«L'uomo dev'essere matto» disse la signora Lammle con una specie di rassegnazione.

«Sembrava essere cosciente,» rispose Bella scuotendo il capo, «e aveva molto da dire sul suo conto. Gli ho detto la mia opinione sulla sua dichiarazione e sulla sua condotta e l'ho congedato. Naturalmente tutto questo è stato molto fastidioso, per me, molto spiacevole. Tuttavia è rimasto un segreto. Questa parola mi ricorda di osservare, Sophronia, che sono arrivata a dirti il segreto, e che conto su di te per non parlarne mai.»

«Parlarne!» ripeté la signora Lammle col tono di prima. «Par-lar-ne!»

Questa volta Sophronia era così sincera che sentì necessario chinarsi in avanti nella carrozza e dare a Bella un bacio. Un bacio del genere di quello di Giuda, perché ella pensava, mentre ancora stringeva la mano di Bella dopo averglielo dato: «Secondo la tua stessa presentazione, sei una vanitosa ragazza senza cuore, gonfiata dall'infatuata follia di uno spazzino, non cambierò certo la mia opinione su di te. Se mio marito, che mi manda qui, dovesse creare piani per fare di te una vittima, di certo non lo contrasterei nuovamente.» E in quello stesso momento Bella pensava: «Perché sono sempre in guerra con me stessa? Perché le ho detto, come se fossi stata costretta, quello che sapevo da sempre di dover trattenere per me? Perché sto facendo amicizia con questa donna accanto a me, nonostante i sussurri contro di lei che sento nel mio cuore?» Come al solito, non ci fu risposta nello specchio quando tornò a casa e gli sottopose queste domande. Forse, se avesse consultato qualche oracolo migliore, il responso sarebbe potuto essere più soddisfacente, ma ella non lo fece, e tutte le cose conseguenti sfilarono in marcia una dopo l'altra.

Su un punto connesso con la sorveglianza che ella aveva sul signor Boffin, si sentiva molto curiosa, e la domanda era se anche il segretario lo osservava e seguiva il cambiamento sicuro e costante in lui, come faceva lei? Il suo rapporto molto limitato con il sig. Rokesmith rendeva difficile scoprirlo.

La loro comunicazione, ora, in nessun momento si estendeva oltre la conservazione delle ordinarie apparenze davanti ai coniugi Boffin; e se per caso Bella e il Segretario era lasciati da soli insieme, egli immediatamente si ritirava. Consultava il suo viso quando poteva farlo di nascosto, mentre lavorava o leggeva, ma non poteva capire niente. Sembrava sottomesso; ma aveva acquisito una forte padronanza di atteggiamento, e, ogni volta che il signor Boffin gli parlava in presenza di Bella, o qualunque rivelazione su se stesso il signor Boffin facesse, il volto del Segretario cambiava non più di un muro. Una fronte leggermente aggrottata, che non esprimeva altro che un'attenzione quasi meccanica, e una compressione della bocca, che avrebbe potuto essere una difesa contro un sorriso sdegnoso - questo lo vedeva dalla mattina alla sera, di giorno in giorno, di settimana in settimana, monotono, invariabile, fisso, come in un pezzo di scultura.

Il peggio della questione era che ciò, insensibilmente e in modo molto irritante (come Bella si lamentava tra sé, nella sua maniera un po' impetuosa), facesse sì che la sua osservazione del signor Boffin implicava una continua osservazione del signor Rokesmith.

«Non attirerà un suo sguardo?» «Può essere possibile che questo non gli faccia impressione?» Domande del genere che Bella si proponeva, spesso molte volte in un giorno, quante erano le ore. Impossibile sapere. Sempre la stessa faccia fissa.

«Può essere così vile da vendere la sua vera natura per duecento all'anno?» Bella pensava. E poi: «Ma perché no? È soltanto una questione di prezzo, come per tanti altri. Credo che anch'io mi venderei, se ne ottenessi abbastanza.» E così ricominciava la guerra con se stessa.

Una sorta di illeggibilità, anche se di tipo diverso, invadeva la faccia del sig. Boffin. La sua antica semplicità di espressione era mascherata da una certa astuzia che assorbiva in sé anche il suo buonumore. Il suo stesso sorriso era astuto, come se avesse studiato i sorrisi tra i ritratti dei suoi avari. Tranne qualche scoppio d'impazienza di quando in quando, qualche brusca affermazione della sua autorità, il suo buon umore rimaneva in lui, ma ora era unito a una specie di sordida diffidenza; e benché i suoi occhi scintillassero e tutta la sua faccia ridesse, stava seduto tenendosi tra le sue proprie braccia, come se avesse avuto l'intenzione di accumulare anche se stesso, e dovesse stare a malincuore sempre sulla difensiva.

Col prestare attenzione a quelle due facce, e col sentirsi consapevole che quella furtiva occupazione doveva lasciare una traccia anche su se stessa, Bella cominciò a pensare che non ci fosse un viso candido o naturale tra tutti tranne quello della signora Boffin. Nondimeno era molto meno radioso di un tempo, riflettendo fedelmente la sua ansia e il dispiacere per ogni linea di cambiamento nel Netturbino d'oro.

«Rokesmith,» disse il signor Boffin una sera che erano di nuovo tutti nella sua camera, e che lui e il Segretario avevano esaminato alcuni conti, «io sto spendendo troppo denaro. O almeno, voi state spendendo troppo per me.»

«Lei è ricco, signore.»

«Non lo sono,» disse il signor Boffin. La prontezza della risposta era vicina a dire al Segretario che lui aveva mentito. Ma non portò nessun cambiamento sulla sua faccia impassibile.

«Vi dico che non sono ricco,» ripeté il signor Boffin, «e basta.»

«Lei non è ricco, signore?» ripeté il Segretario con parole misurate.

«Bene,» rispose il signor Boffin, «se lo sono, è affar mio. Ma non voglio continuare a spendere a questo modo per far piacere a voi o a qualsiasi altro. Non vi piacerebbe, se fosse il vostro denaro.»

«Anche in quel caso impossibile, signore, io...»

«Tenete a freno la lingua,» disse il signor Boffin. «Non vi piacerebbe, in nessun caso. Via! Non volevo essere rude, ma voi mi fate perdere la calma, e dopo tutto, il padrone sono io. Vi chiedo scusa. Non avevo intenzione di dirvi di tenere a freno la lingua. Ma solo, non mi contraddite. Vi è mai capitato di leggere la vita del signor Elwes[207]?» riferendosi finalmente al suo argomento preferito.

«L'avaro?»

«Ah, la gente lo chiamava "avaro". Le persone chiamano sempre gli altri qualcosa. Avete mai letto niente di lui?»

«Mi par di sì.»

«Egli non ammise mai di essere ricco, eppure avrebbe potuto comprarmi due volte. Avete mai sentito di Daniele Dancer[208]?»

«Un altro avaro? Si.»

«Era uno bravo,» disse il signor Boffin, «e aveva una sorella degna di lui. Nemmeno loro si sono mai definiti ricchi. Se si fossero definiti ricchi, molto probabilmente non lo sarebbero stati.»

«Vissero e morirono in modo molto miserabile. Non è vero, signore?»

«No, non so ciò che essi facessero,» disse il signor Boffin seccamente.

«Allora non sono gli avari che intendo io. Quei miserabili disgraziati...»

«Non fate nomi, Rokesmith,» disse il signor Boffin.

«... Quel fratello e quella sorella esemplari... - vissero e morirono nella più disgustosa e sporca degradazione.»

«Erano contenti così,» disse il signor Boffin, «e credo che non avrebbero potuto fare di più se avessero speso il loro denaro. Ma comunque, io non voglio buttare il mio. Moderate le spese. Il fatto è che voi non siete abbastanza qui, Rokesmith. Ci vuole un'attenzione costante nelle più piccole cose. Alcuni di noi moriranno all'ospizio, se no.»

«Come le persone che ha citato,» osservò tranquillamente il Segretario, «pensavano che avrebbero fatto, se ricordo bene, signore.»

«E molto apprezzabile anche in loro,» disse il signor Boffin. «Molto indipendente in loro. Ma non preoccupiamoci di loro, adesso. Avete dato avviso che lascerete il vostro alloggio?»

«Sotto la sua direzione, l'ho fatto, signore.»

«Allora state a sentire,» disse il signor Boffin, «pagate l'affitto del trimestre - pagare il trimestre sarà la cosa più conveniente, alla fine, - e venite qui subito, in modo che possiate essere sempre sul posto, giorno e notte, e mantenere basse le spese. Mi addebiterete l'affitto del trimestre, e cercheremo di farlo rientrare da qualche parte. Voi avete dei bei mobili, no?»

«I mobili delle mie camere sono miei.»

«Così non ne dovremo comprare. Se per caso voi doveste pensare», con uno sguardo di peculiare astuzia, «di essere così onorevolmente indipendente come rendere un sollievo per la vostra mente, e di cedermi quei mobili alla luce di una compensazione con l'affitto dell'alloggio, per stare tranquillo, state tranquillo. Io non ve lo chiedo, ma non mi opporrei se voi lo sentiste un dovere per voi stesso. Quanto alla vostra camera, scegliete una camera vuota nella parte superiore della casa.»

«Qualunque camera andrà bene,» disse il Segretario.

«Potete scegliere,» disse il signor Boffin, «e sarà come otto o dieci scellini alla settimana aggiunti al vostro reddito. Non ve li detrarrò; spero che voi riusciate a rimediare largamente mantenendo le spese basse. E adesso, se volete farmi luce, andiamo nel vostro ufficio a scrivere due o tre lettere.»

Sul viso chiaro e generoso della signora Boffin, Bella aveva visto tracce di una fitta al cuore mentre si svolgeva questo dialogo, che non aveva il coraggio di volgere gli occhi su di lei quando furono lasciate sole. Fingendo di essere intenta a ricamare, si sedette a lavorare col suo ago finché la sua mano impegnata non fu fermata dalla mano della signora Boffin che vi si posava leggermente su. Cedendo al tocco, sentì la sua mano portata alle labbra di quell'anima buona, e su di essa sentì cadere una lacrima.

«Oh, il mio amato marito!» disse la signora Boffin. «Questo è duro da vedere e sentire. Ma credimi,

mia cara Bella, a dispetto di tutto il cambiamento in lui, è il migliore degli uomini.»
Egli tornò indietro nel momento in cui Bella aveva preso la mano, per confortarla tra le sue.
«Eh?» diss'egli, guardandole con sospetto dalla porta. «Che cosa ti sta dicendo?»
«La sta solo lodando, signore,» disse Bella.
«Lodando? Ne sei sicura? Non mi rimproverava perché sto sulle difese contro una massa di predoni che potrebbero risucchiarmi ogni più piccola cosa? Non mi rimproverava perché cerco di mettere insieme un piccolo gruzzolo?» Si avvicinò a loro, e sua moglie incrociò le mani sulle sue spalle e scosse la testa mentre se la prendeva tra le mani.
«Via, via, via,» disse il signor Boffin, non senza gentilezza, «non te la prendere, vecchia signora.»
«Ma io non posso sopportare di vederti così, mio caro.»
«Sciocchezze! Ricordati che non siamo più quelli di una volta. Ricordati che dobbiamo schiacciare o essere schiacciati. Ricorda, dobbiamo tenere il nostro. Ricorda, i soldi fanno soldi. Non essere a disagio, Bella, bambina mia; non essere dubbiosa. Quanto più risparmierò, tanto più avrai.»
Bella pensava che fosse un bene per sua moglie che stesse meditando con il suo viso affettuoso sulla spalla di lui; perché c'era un lampo astuto dentro i suoi occhi mentre diceva tutto questo, che sembrava gettare una sgradevole luce sul suo cambiamento, e renderlo moralmente più brutto.

VI. Il Netturbino d'oro cade nella peggiore compagnia

Era accaduto che il signor Silas Wegg ora frequentasse raramente il favorito della fortuna e il verme dell'ora, a casa sua (del verme e del favorito), ma aveva ricevuto istruzioni generali di aspettarlo entro un certo margine di ore alla Pergola. Il signor Wegg prese questa disposizione con grande risentimento, perché le ore fissate erano le ore serali e quelle che considerava preziose per il progresso della mossa amichevole. Ma era piuttosto nella natura delle cose, egli rimarcò amaramente al signor Venus, che il *parvenu* che aveva calpestato quelle eminenti creature, la signorina Elizabeth, il signorino George, la zia Jane e lo zio Parker, dovesse vessare il suo letterato. Dopo che l'Impero Romano pervenne alla sua distruzione, il signor Boffin apparve in una carrozza con la Storia Antica del Rollin[209], un lavoro prezioso che essendo trovato in possesso di proprietà letargiche, venne interrotto, all'incirca nel periodo in cui l'intero esercito di Alessandro il Macedone[210] (forte in quel tempo di circa quarantamila uomini) scoppiò in lacrime simultaneamente quand'egli fu preso da un attacco di brividi dopo un bagno.
Allo stesso modo, languendo le Guerre degli Ebrei[211], sotto la guida del signor Wegg, il signor Boffin arrivò in un'altra carrozza con Plutarco[212]: le cui Vite trovò in seguito estremamente divertenti, anche se sperava che Plutarco non si aspettasse che egli credesse a tutte loro. Cosa credere, nel corso delle sue letture, era davvero la principale difficoltà letteraria del signor Boffin. Per un certo tempo la sua mente fu divisa tra metà, tutto o nessuno; alla fine, quando, da uomo moderato, decise di attenersi alla metà, la domanda rimaneva ancora, quale metà? E questo intoppo non lo superò mai.
Una sera - quando Silas Wegg si era ormai abituato all'arrivo del padrone in carrozza, accompagnato da qualche storico profano carico di nomi impronunciabili di popoli incomprensibili e di discendenza impossibile, che conducevano guerre per un numero illimitato di anni con un numero infinito di sillabe, e portando in giro schiere e ricchezze illimitate, con la massima facilità, oltre i confini della geografia, - una sera passò l'ora solita e il padrone non comparve. Dopo mezz'ora di tolleranza, il signor Wegg si recò alla porta esterna e fece un fischio,

trasmettendo al signor Venus, se per caso a portata di voce, la notizia del suo essere a casa e disimpegnato. Dal riparo di un muro vicino, allora emerse il signor Venus.

«Fratello d'armi,» disse il signor Wegg, di ottimo umore, «benvenuto!» Per tutta risposta, il signor Venus gli disse un «buonasera» piuttosto asciutto.

«Entrate, fratello,» disse Silas, battendogli una mano sulla spalla, «e sedete al mio focolare. Come dice la ballata?

"Nessuna malizia da temere, signore,
E nessuna falsità da temere,
Ma la verità per deliziarmi, signor Venus,
E ho dimenticato cosa applaudire.
Li toddle de om dee.
E qualcosa da guidare
Il mio non è un focolare, signore,
Il mio non è un focolare."

Con questa citazione (che era più vicina, riguardo alla sua accuratezza, più allo spirito che alle parole), il signor Wegg condusse il suo ospite al focolare.

«E tu vieni, fratello,» disse il signor Wegg con un calore ospitale, «tu vieni come non so che cosa... sì, proprio così... non ti riconoscerei da quello... spargendo un alone tutt'intorno a te.»

«Che genere di alone?» domandò il signor Venus.

«Spero, signore» rispose Silas, «che sia il vostro alone.»

Il signor Venus sembrava dubbioso su questo punto e guardava il fuoco piuttosto malcontento.

«Dedicheremo la sera, fratello,» proseguì Wegg, «a continuare la nostra mossa amichevole. E poi, scagliando al suolo una coppa colma di vino - alludo al preparare rum e acqua - ci impegneremo l'uno con l'altro. Come dice il poeta?

"E non è necessario signor Venus che la tua bottiglia sia nera,
perché sicuramente lo sarà la mia,
E prenderemo un bicchiere con dentro una fetta di limone
a cui sei favorevole,
Per i vecchi tempi."

Questo flusso di citazioni e di ospitalità in Wegg indicava che aveva osservato una particolare tendenza a lamentarsi di Venus.

«Ecco, quanto alla mossa amichevole,» osservò quest'ultimo gentiluomo, fregandosi le ginocchia stizzosamente, «una delle mie obiezioni è che non muove niente.»

«Roma, fratello,» rispose Wegg, «una città che (potrebbe non essere generalmente noto) cominciò con due gemelli e una lupa; e finì nel marmo imperiale: non fu costruita in un giorno[213].»

«Ho detto che lo fu?» disse Venus.

«No, non l'avete detto. Bella risposta»

«Ma io dico,» proseguì Venus, «che sono stato preso dai miei trofei di anatomia, sono chiamato a scambiare le mie varietà umane d'ogni sorta per semplici ceneri di carbone d'ogni sorta, e non ne viene fuori nulla. Io penso che devo arrendermi.»

«No, signore,» si ribellò Wegg con entusiasmo. «No, signore!

"Carica, Chester, carica,
Avanti, signor Venus, avanti!"

Non dite mai di arrendervi, signore! Un uomo delle vostre capacità!»

«Non è tanto a dirlo che mi oppongo, quanto a farlo,» rispose il signor Venus. «E dovendo farlo in un modo o nell'altro, non posso permettermi lo spreco del mio tempo per andare a tentoni tra la cenere per niente.»

«Ma pensate quanto poco tempo avete dedicato alla 'mossa', signore, dopo tutto,» incalzò Wegg. «Sommate tutte le sere occupate così: quanto vengono a fare? E voi, signore, voi che vi armonizzate con me nelle opinioni, nelle visioni e nei sentimenti, voi con la pazienza di incastrare sui fili l'intera struttura della società - alludo allo scheletro umano - voi cedete così presto!»

«Non mi piace,» rispose il signor Venus tristemente, mentre chinava il capo tra le ginocchia e metteva in mostra i capelli color polvere. «E non c'è incoraggiamento ad andare avanti.»

«Non incoraggiano, quei tumuli?» disse il signor Wegg allungando la sua mano destra con aria di ragionamento solenne. «Quei tumuli che ci guardano dall'alto?»

«Sono troppo grandi,» brontolò Venus. «Che cos'è un graffio qui e un raschiare lì, un colpo in questo posto e uno scavare nell'altro, per loro. Oltretutto: cosa abbiamo trovato?»

«Che cosa abbiamo trovato?» gridò Wegg, felice di poter acconsentire. «Ah! Questo ve lo concedo, camerata: nulla. Ma al contrario, camerata, che cosa possiamo trovare? Qui me lo concederete anche voi: tutto.»

«Non mi piace,» rispose Venus stizzosamente, come prima. «Mi ci sono messo senza pensarci sufficientemente. E inoltre: non li conosce abbastanza bene anche il vostro signor Boffin, i tumuli? E non conosceva abbastanza bene il vecchio defunto e le sue abitudini? E ha mai mostrato alcuna aspettativa di trovarvi qualche cosa?» In quel momento si udirono le ruote di una carrozza.

«Ecco, dovrei essere restio,» disse il signor Wegg con aria di sopportare pazientemente un torto, «a pensare così male di lui, da supporlo capace di venire a quest'ora della sera. Eppure sembra proprio lui.»

Il campanello del cortile suonò.

«È lui,» disse il signor Wegg, «ed è capace di questo. Mi dispiace, perché avrei voluto conservare un minuscolo frammento di rispetto per lui.»

Intanto si sentì il signor Boffin che chiamava allegramente dal cancello: «Ohè, Wegg, ohè!»

«Restate a sedere, signor Venus,» disse Wegg. «Può darsi che non si fermi.» E poi gridò: «Ohè, signore, ohè! Vengo subito, signore. Un mezzo minuto, signor Boffin. Venendo, signore, così veloce come la mia gamba mi consente.» E così, mostrando un'allegra alacrità, andò zoppicando al cancello con una luce, e là, attraverso la finestra di una carrozza, scorse il signor Boffin dentro, bloccato tra i libri.

«Qui, datemi una mano, Wegg!» disse il signor Boffin tutto eccitato. «Non posso uscire finché la via non è liberata. Questo è il Registro Annuale, Wegg, in una carrozza piena di volumi. Lo conoscete?»

«Conosco il Registro degli Animali, signore?» rispose l'Impostore, che aveva colto il nome in modo imperfetto. «Per una scommessa irrisoria potrei trovare qualsiasi animale, lì dentro, bendato, signor Boffin.»

«E qui c'è il Museo mirabile di Kirby[214],» disse il signor Boffin, «e i Caratteri di Caulfield[215], e quelli di Wilson[216]. Che caratteri, Wegg, che caratteri! Ne voglio sentire uno o due di loro stasera. È incredibile in quali posti mettevano le ghinee, avvolte in stracci. Afferrate quella pila di volumi, Wegg, o crollerà e cadrà nel fango. Non c'è nessuno nei dintorni, per aiuto?»

«C'è un mio amico, signore, che aveva intenzione di passare la serata con me, quando ho rinunciato ad aspettarvi - molto contro la mia volontà -, per questa sera.»

«Chiamatelo,» disse il signor Boffin in agitazione, «diteli di venire a darci una mano. Non fate cadere quello che avete sotto il braccio. È il Dancer. Lui e sua sorella fecero timballi con una pecora morta che trovarono mentre facevano una passeggiata. Dov'è il vostro amico? Oh, ecco il vostro amico. Volete essere così gentile da aiutare Wegg e me con questi libri? Ma non prendete Jemmy Taylor di Southwark[217], né Jemmy Wood di Gloucester[218]. Questi sono i due Jemmy. Li porterò io stesso.» Senza smettere di parlare e di agitarsi, in uno stato di grande eccitazione, il signor Boffin diresse il trasporto e la sistemazione dei libri, sembrando essere addirittura fuori di sé, finché non furono posati tutti sul pavimento, e la carrozza fu congedata.

«Là!» disse il signor Boffin guardandoli avidamente. «Eccoli lì, come i ventiquattro violinisti, tutti in fila. Mettetevi gli occhiali, Wegg, so dove trovare i migliori, e avremo un assaggio subito di quello che abbiamo davanti a noi. Come si chiama il vostro amico?»

Il signor Wegg presentò il suo amico come il signor Venus.

«Eh?» gridò il signor Boffin a sentire quel nome. «Di Clerkenwell?»

«Di Clerkenwell, signore,» disse il signor Venus.

«Ma io ho sentito parlare di voi!» gridò il signor Boffin. «Ho sentito di voi al tempo del vecchio. Voi lo conoscevate. Avete mai comprato qualcosa da lui?» Con notevole impazienza.

«No, signore,» rispose Venus.

«Ma vi mostrava delle cose, no?»

Il signor Venus, con uno sguardo all'amico, rispose affermativamente.

«Che cosa vi mostrava?» domandò il signor Boffin mettendo le mani dietro la schiena e protendendo avidamente la testa. «Vi mostrava scatole, astucci, taccuini, pacchi, qualcosa chiusa a chiave o sigillata, qualcosa legata?» Il signor Venus scosse il capo.

«Siete un intenditore di porcellana?» Il signor Venus scosse di nuovo il capo.

«Perché, se vi avesse mai mostrato una teiera, sarei lieto di saperlo,» disse il signor Boffin. E poi, con la mano destra sulle labbra, ripeté sopra pensiero: «Una teiera, una teiera», e guardò i libri sul pavimento, come se sapesse che ci fosse qualcosa di interessante connesso con una teiera, da qualche parte in loro.

Il signor Wegg e il signor Venus si guardavano l'un l'altro meravigliati; e il signor Wegg, mentre si metteva gli occhiali, spalancò gli occhi sopra i bordi e si batté un lato del naso: come ammonimento a Venus di tenersi per la massima parte completamente sveglio.

«Una teiera,» ripeté il signor Boffin continuando a meditare e a esaminare i libri, «una teiera, una teiera. Siete pronto, Wegg?»

«Sono al vostro servizio, signore,» rispose quel gentiluomo, mettendosi a sedere come al solito sulla panca, e mettendo la gamba di legno sotto la tavola davanti a lui. «Signor Venus, volete rendervi utile e sedervi accanto a me per smoccolare le candele?»

Venus aderì all'invito mentre lo si stava ancora dando, Silas lo picchiettò con la sua gamba di legno, per richiamare la sua particolare attenzione verso il signor Boffin, che in piedi meditava davanti al fuoco, nello spazio tra le due sedie.

«Hem, hem!» tossì il signor Wegg per attirare l'attenzione del datore di lavoro. «Desidera cominciare con un animale, signore, dal Registro?»

«No,» disse il signor Boffin. «No, Wegg.» Dopo di che, tirato fuori un libriccino dal taschino della giacca, lo porse con gran cura al letterato e gli chiese: «Come si chiama questo, Wegg?»

«Questo, signore,» rispose Silas aggiustandosi gli occhiali e leggendo il frontespizio, «questo libro è intitolato Merryweather[219], Vite e aneddoti di avari. Signor Venus, volete rendervi utile e avvicinarmi un po' le candele, signore?» Disse così per avere un'occasione speciale di dare un'occhiata significativa al suo camerata.

«Quali di loro ha, in questo gruppo?» domandò il signor Boffin. «Potete scoprirlo abbastanza facilmente?»

«Bene, signore,» rispose Silas, guardando l'indice e girando lentamente le pagine del libro, «direi che ci sono qui tutte, signore; ce n'è un bell'assortimento, signore; il mio occhio vede quella di John Overs[220], signore, di John Little, signore, di Dick Jarrel, John Elwes, il reverendo signor Jones di Blewbury, Vulture Hopkins[221], Daniel Dancer...»

«Dateci Dancer, Wegg,» disse il signor Boffin.

Con un altro sguardo al camerata, Wegg cercò e trovò il punto.

«Pagina cento e nove, signor Boffin. Capitolo ottavo. Sommario dei capitoli: "Sua nascita e sue proprietà, Suoi abiti ed aspetto esterno. La signorina Dancer e le sue grazie femminili. La casa dell'avaro. La scoperta di un tesoro. Storia dei timballi di montone. L'idea della morte di un avaro. Bob, il cane dell'avaro. Griffith e il suo padrone. Come girare un soldo. Un sostituto del fuoco. I vantaggi di tenere una tabacchiera. L'avaro muore senza una camicia. I tesori di un letamaio..."»

«Eh? Cosa?» domandò il signor Boffin.

«I tesori, signore,» ripeté Silas leggendo molto distintamente, «di un letamaio. Signor Venus, volete avere la gentilezza di usare gli smoccolatoi, signore?» Questo, per assicurarsi l'attenzione al suo aggiungere, solo con le labbra: «I monticelli!»

Il signor Boffin spinse una poltrona nello spazio dove stava, si sedette e disse, fregandosi le mani furbescamente: «Dateci Dancer.»

Il signor Wegg lesse la biografia di quell'uomo eminente, attraverso le sue varie fasi di avarizia e sporcizia, attraverso la morte della signorina Dancer per una dieta malsana di gnocchi freddi, e attraverso il tenere, da parte del signor Dancer, i suoi stracci insieme per mezzo di cordicelle di paglia, e il riscaldarsi il pranzo sedendovisi sopra, fino al consolante episodio del suo morire nudo in un sacco. Dopo di che, continuò a leggere come segue: «La casa, o piuttosto il mucchio di rovine dove era vissuto il signor Dancer, e che alla sua morte passò di diritto al capitano Holmes, era un miserabile e degradato edificio, perché non era più stato riparato da mezzo secolo.» (Qui il signor Wegg dà un'occhiata al camerata e alla stanza dove stanno, che non era stata riparata da gran tempo.) «Ma benché povera nell'aspetto esterno, quella casa in rovina era molto ricca nell'interno. Ci vollero molte settimane per esplorarla tutta, e il capitano Holmes trovò molto piacevole il compito di ficcarsi nei tesori segreti dell'avaro.» (Il signor Wegg ripeté «tesori segreti», e diede al camerata un altro colpetto.) «Uno dei più ricchi scrittoi del signor Dancer è risultato essere in un letamaio nella stalla; una somma di poco meno di duemilacinquecento sterline erano contenute in questo ricco pezzo di letame; e in una vecchia giacca, accuratamente legata e saldamente inchiodata alla mangiatoia, in banconote e oro sono state trovate inoltre cinquecento sterline.» (Qui la gamba di legno del signor Wegg si mosse in avanti sotto il tavolo, e si elevò lentamente mentre continuava a leggere.) «Furono scoperte diverse ciotole piene di ghinee e mezze ghinee; e in momenti diversi, cercando negli angoli della casa si trovarono vari pacchi di banconote. Alcuni erano stipati nelle fessure del muro.» (Qui il signor Venus guardò il muro.) «Gli involti erano nascosti sotto i cuscini e le fodere delle sedie.» (Il signor Venus guardò sulla panca sotto di sé.) «Alcuni riposavano comodamente sul rovescio dei cassetti; banconote per un importo di seicento sterline furono trovate ordinatamente ripiegate all'interno di una vecchia teiera. Nella stalla il capitano trovò delle anfore piene di vecchi dollari e di scellini. Non si trascurò di esplorare nel camino, che ripagò molto bene il disturbo, perché in diciannove buchi diversi, tutti pieni di fuliggine, si trovarono varie somme di denaro, che ammontavano a più di duecento sterline.»

Durante la lettura la gamba di legno del signor Wegg si era gradualmente elevata sempre di più, ed egli dava gomitate al signor Venus col suo gomito opposto sempre più profonde, fino a quando alla fine la conservazione del suo equilibrio divenne incompatibile con le due azioni, e allora si lasciò cadere di lato su quel gentiluomo, schiacciandolo contro il bordo della cassapanca. Né nessuno dei due, per alcuni secondi, fecero uno sforzo per riprendersi; tutti e due rimanendo in una specie di svenimento pecuniario.

Ma la vista del signor Boffin seduto sulla poltrona che si abbracciava, con gli occhi fissi sul fuoco, agì da ricostituente. Facendo finta di starnutire per coprire i loro movimenti, il signor Wegg con uno spasmodico «E-ccì!» tirò su se stesso e il signor Venus in modo magistrale.

«Su, qualcosa in più,» disse il signor Boffin avidamente.

«John Elwes è il prossimo, signore. È di suo gradimento leggere John Elwes?»

«Ah!» disse il signor Boffin, «sentiamo che cosa ha fatto John.»

Sembrava che non avesse nascosto nulla, quindi se ne andò in modo piuttosto piatto. Ma una signora esemplare di nome Wilcocks, che aveva stivato oro e argento in un recipiente per sottaceti in un orologio a pendolo, un barattolo pieno di tesori in un buco sotto le sue scale e una quantità di denaro in un vecchia trappola per topi, ravvivò l'interesse. A lei successe un'altra signora, che affermava di essere povera, la cui ricchezza fu trovata racchiusa tra piccoli ritagli di carta e vecchi stracci. A lei seguì un'altra signora, che di mestiere vendeva mele, che aveva risparmiato una fortuna di diecimila sterline e l'aveva nascosta «qua e là, nelle fessure e negli angoli, dietro i mattoni e sotto il pavimento». Poi un gentiluomo francese, che aveva stipato il suo camino, piuttosto a scapito dei suoi poteri di tiraggio, con «una valigia di cuoio, contenente ventimila franchi, monete d'oro e una grande quantità di pietre preziose», come scoperto da uno spazzacamino dopo la sua morte. Con questi passaggi il signor Wegg arrivò a un'istanza conclusiva delle gazze ladre in forma umana: «Molti anni fa viveva a Cambridge una vecchia coppia di avari di nome Jardine: essi avevano due figli: il padre era un avaro perfetto, e alla sua morte si trovarono mille ghinee nascoste nel suo letto. I due figli crebbero avari come il padre. Quando avevano circa vent'anni, cominciarono a lavorare a Cambridge come mercanti di stoffe, e così continuarono fino alla loro morte. Il negozio dei signori Jardine era il più sporco di tutti i negozi di Cambridge. I clienti andavano raramente ad acquistare, tranne forse per curiosità. I fratelli erano esseri dall'aspetto decisamente indecoroso. Infatti, benché fossero circondati da vivaci indumenti, prodotto principale del loro commercio, indossavano gli stracci più sporchi. Si dice che non avessero un letto, e che per risparmiare la spesa dormissero sempre su un mucchio di tela di imballaggio, sotto il bancone. Nelle loro faccende domestiche erano meschini all'estremo. Un arrosto di carne non abbellì la loro tavola per vent'anni. Eppure, quando il primo dei fratelli morì, l'altro, con sua grande sorpresa, trovò ingenti somme di denaro che erano state nascoste anche a lui.»

«Ecco!» gridò il signor Boffin. «Anche a lui, sentite! Erano solo due di loro, eppure l'uno nascondeva la sua roba all'altro.»

Il signor Venus, che dal momento della presentazione dell'avaro francese era rimasto curvo a guardar su per il camino, fu richiamato all'attenzione da quella frase, e si prese la libertà di ripeterla.

«Vi piace?» domandò il signor Boffin, volgendosi d'improvviso.

«Scusi?»

«Vi piace quello che Wegg sta leggendo?»

Il signor Venus rispose che lo trovava molto interessante.

«Allora tornate ancora,» disse il signor Boffin, «ad ascoltare qualcosa in più. Venite quando vi piace; venite dopodomani, mezz'ora prima. C'è molto di più; non c'è fine.»

Il signor Venus espresse i suoi ringraziamenti e accettò l'invito.

«E' meraviglioso quello che è stato nascosto una volta e l'altra,» disse il signor Boffin rimuginando, «proprio meraviglioso.»

«Significa, signore,» osservò Wegg con una faccia propiziatoria, per farlo parlare, e con un altro colpetto al suo amico e fratello, «nel senso dei soldi?»

«Denaro,» disse il signor Boffin, «sì, e documenti.»

Il signor Wegg, in un languido trasporto, cadde di nuovo sul signor Venus, e di nuovo, riprendendosi, mascherò le sue emozioni con uno starnuto.

«E-cci! Ha detto anche documenti, signore? Nascosti, signore?»

«Nascosti e dimenticati,» disse il signor Boffin. «Perché il libraio che mi ha venduto il Museo delle Meraviglie... dov'è il Museo delle Meraviglie?» In un attimo fu in ginocchio sul pavimento, frugando avidamente tra i libri.

«Posso aiutarla, signore?» domandò Wegg.

«No, ce l'ho, è qui,» disse il signor Boffin, spolverandolo con la manica della giacca. «Volume quarto. So che era il volume quarto, quello da cui il libraio mi ha letto un pezzo. Cercatelo, Wegg.»

Silas prese il libro e voltò le pagine.

«Eccezionale pietrificazione, signore?»

«No, non è quello,» disse il signor Boffin. «Non può essere stata una pietrificazione.»

«Memorie del generale John Reed, detto comunemente la Candela che cammina, signore? Con un ritratto.»

«No, neanche lui,» disse il signor Boffin.

«Interessante caso di una persona che inghiottì una moneta da una corona, signore?»

«Per nasconderla?» domandò il signor Boffin.

«Ma, no, signore,» rispose Wegg consultando il testo. «Pare che sia stato un incidente. Oh, dev'essere questo: Singolare scoperta di un testamento, dopo vent'anni.»

«Questo è,» gridò il signor Boffin, «leggetelo!»

«Un caso assolutamente straordinario,» lesse Silas Wegg ad alta voce, «venne trattato recentemente in un processo a Maryborough, in Irlanda. In breve, si trattava di questo: Robert Baldwin, nel marzo del 1782, fece il suo testamento, col quale divideva le terre ora in questione tra i figli del suo figlio più giovane; subito dopo le sue facoltà mentali gli vennero meno, e diventò del tutto infantile e morì, sopra gli ottant'anni. L'imputato, il figlio maggiore, subito dopo rivelò che suo padre aveva distrutto il testamento; e non essendo trovato nessun testamento, egli entrò in possesso delle terre in questione, e così le cose rimasero per ventuno anni, mentre l'intera famiglia durante tutto quel tempo credette che il padre fosse morto senza testamento. Ma dopo ventuno anni la moglie dell'imputato morì, e lui subito dopo, all'età di settantotto anni, sposò una donna molto giovane: il che causò una certa ansia ai suoi due figli, le cui espressioni piuttosto forti esasperarono così il padre, che nel suo risentimento fece un testamento per diseredare il figlio maggiore, e nel suo impeto d'ira lo mostrò al suo secondo figlio, che decise immediatamente di impossessarsene e di distruggerlo, al fine di preservare la proprietà a suo fratello. Con questo scopo, egli scassinò la scrivania di suo padre, e trovò... non il testamento di suo padre, ch'egli cercava, ma quello del nonno, che era stato del tutto dimenticato in famiglia.»

«Ecco!» disse il signor Boffin. «Guardate come gli uomini mettono via e dimenticano, o intendono distruggere e non lo fanno! "Poi aggiunse sottovoce: «Sor-pren-den-te!" E mentre girava gli occhi tutto intorno alla stanza, anche Wegg e Venus girarono gli occhi tutto intorno alla stanza. Poi Wegg, da solo, fissò gli occhi su Mr Boffin che guardava di nuovo il fuoco; come se avesse intenzione di balzare su di lui e chiedere i suoi pensieri o la sua vita.

«Tuttavia, il tempo è finito, per stasera,» disse il signor Boffin agitando una mano, dopo una pausa di silenzio. «Di più, dopodomani. Allineate i libri sugli scaffali, Wegg. Oso dire che il signor Venus sarà così gentile da aiutarvi.»

Mentre parlava, si ficcò la mano nel petto del suo cappotto, e lottò con qualche oggetto lì che era troppo grande per essere tirato fuori facilmente. Quale non fu lo stupore dei due compari della mossa amichevole quando questo oggetto finalmente emergente, si rivelò essere una vecchia lanterna cieca!

Senza notare affatto l'effetto prodotto da quel piccolo strumento, il signor Boffin lo posò sulle ginocchia, tirò fuori una scatola di fiammiferi, accese lentamente la candela della lanterna, soffiò sul fiammifero acceso, e lo buttò nel fuoco. Poi annunziò: «Vado, Wegg, a fare un giro intorno alla casa e nel cortile. Non ho bisogno di voi. Io e questa stessa lanterna abbiamo fatto centinaia ... migliaia ... di tali giri nel nostro tempo insieme.»

«Ma non posso pensare, signore - per nessun motivo, non posso...» Wegg stava cominciando educatamente, quando il signor Boffin, che si era alzato ed stava andando verso la porta, si fermò: «Vi ho detto che non vi voglio, Wegg.» Wegg sembrò intelligentemente pensieroso, come se non fosse accaduto alla sua mente, fino a quel momento, di esser convinta della circostanza. Non aveva nient'altro da fare che lasciare uscire il signor Boffin, e chiudere la porta dietro di lui. Ma, nell'istante in cui questi era dall'altra parte, Wegg afferrò Venus con entrambe le mani e disse in un sussurro soffocato, come se fosse stato strangolato: «Signor Venus, deve essere seguito, deve essere osservato, non deve essere perso di vista per un momento.»

«Perché?» domandò il signor Venus soffocando anche lui.

«Camerata, potete aver notato che io ero un po' eccitato, quando siete venuto, stasera. Ho trovato qualche cosa.»

«Che cosa avete trovato?» domandò Venus, afferrandolo anche lui con tutte e due le mani, così che stavano intrecciati come un paio di assurdi gladiatori.

«Non c'è tempo per dirvelo adesso. Penso che sia andato a cercare questo. Dobbiamo tenerlo d'occhio all'istante.»

Liberandosi l'un l'altro, si avvicinarono furtivamente alla porta, l'aprirono piano e sbirciarono fuori. Era una notte nuvolosa e l'ombra nera delle collinette rendeva più scuro il cortile buio. «Se non è un doppio imbroglione, perché la lanterna cieca? Avremmo potuto vedere cosa faceva, se avesse portato una luce. Piano, da questa parte.»

Con cautela, lungo il sentiero che era delimitato da frammenti di stoviglie ridotte in polvere, i due lo seguirono furtivamente. Lo potevano sentire al suo particolare trotto, che schiacciava i detriti frammentati mentre procedeva. «Conosce il posto a memoria,» mormorò Silas, «e non ha bisogno di accendere la lanterna, mannaggia!» Ma egli l'accese, quasi in quello stesso istante, e fece lampeggiare la sua luce sulla prima delle collinette.

«È quello il punto?» domandò Venus in un sussurro.

«È caldo,» disse Silas con lo stesso tono. «Molto caldo. E' vicino. Penso che lo cercherà. Che cos'è che ha in mano?»

«Una pala,» rispose Venus. «E sa come adoperarla, ricorda, cinquanta volte meglio di noi due.»

«Se lo cerca e non lo trova, compagno, che faremo? suggerì Wegg.

«Prima di tutto, aspettiamo di vedere che cosa fa,» disse Venus. Un consiglio opportuno, davvero,

perché il signor Boffin oscurò di nuovo la lanterna e la collinetta tornò buia. Dopo pochi secondi, fece di nuovo luce, e lo si vide ai piedi della seconda collinetta, che alzava lentamente la lanterna a poco a poco, per tutta la lunghezza del braccio, come per esaminare le condizioni di tutta la superficie.
«Non può essere anche quello il punto?» disse Venus.
«No,» disse Wegg, «sta diventando freddo.»
«Mi sembra,» sussurrò Venus, «che voglia scoprire se qualcuno ha scavato da queste parti.»
«Silenzio!» rispose Wegg, «è sempre più freddo. Ora gela!» Questa esclamazione gli scappò perché il signor Boffin aveva di nuovo oscurato la lanterna, poi l'aveva riaccesa ed era visibile ai piedi della terza collinetta.
«Caspita, sta salendo!» disse Venus.
«Pala e tutto!» disse Wegg.
Al trotto più agile, come se la pala sopra la sua spalla lo stimolasse rianimando vecchie associazioni, il signor Boffin saliva per «la passeggiata serpentina» su per la collinetta che aveva descritto a Silas Wegg in occasione del loro inizio del declinare e cadere. Cominciando a salire, aveva oscurato la lanterna. I due lo seguivano, chinandosi in basso, perché le loro figure non si stagliassero contro il cielo quando egli avesse di nuovo aperto la lanterna. Il signor Venus prese il comando, trainando il signor Wegg, in modo che la sua gamba refrattaria potesse essere prontamente districata da eventuali insidie che avrebbe potuto scavare da sola. Riuscirono a capire che il Netturbino d'oro si era fermato per prender fiato. Naturalmente anch'essi si fermarono all'istante.
«Questa è la sua collinetta,» sussurrò Wegg appena riprese fiato, «questa qui.»
«Ma tutti e tre sono sue,» rispose Venus.
«Così pensa; ma egli usa chiamare questo la sua, perché è la prima che gli fu lasciata; quella che è stato il suo legato quando poi ha preso tutto per testamento.»
«Quando mostra la luce di nuovo,» disse Venus vigilando sulla sua figura oscura tutto il tempo, «mettetevi giù e tenetevi più vicino.»
Boffin andò più su, e i due lo seguirono. Giunto in cima alla collinetta, rifece luce, ma solo parzialmente, e posò la lanterna al suolo. Un palo nudo e sbilenco segnato dalle intemperie era stato piantato nelle ceneri lì, ed era stato lì da molti anni. La lanterna stava vicino al palo, illuminandone pochi piedi della parte inferiore, e un po' della superfice della cenere tutt'intorno, e poi spargeva in aria un'inutile piccola chiara scia di luce.
«Non potrà mai scavare il palo!» bisbigliò, Venus mentre si buttavano giù stretti stretti.
«Forse è cavo, e pieno di qualche cosa,» sussurrò Wegg.
Egli si mise a scavare, qualunque fosse lo scopo, perché si rimboccò le maniche, si sputò sulle mani, e poi continuò con l'esperienza del vecchio scavatore che era. Non aveva alcun disegno sul palo, tranne che prima di iniziare aveva misurato la lunghezza della pala a partire da esso, né era suo scopo di scavare in profondità. Una dozzina di colpi esperti furono sufficienti. Quindi si fermò, guardò in basso nella cavità, si chinò su di essa e tirò fuori quella che sembrava essere una normale bottiglia: una di quelle bottiglie di vetro a collo corto, con spalle alte e nelle quali si dice che l'Olandese mantenga il suo coraggio. Non appena ebbe fatto questo, spense la lanterna, ed essi poterono udire che riempiva il buco al buio. Poiché le ceneri vengono facilmente spostate da una mano abile, le spie lo presero come un suggerimento per scappare in tempo utile. Di conseguenza, il signor Venus scivolò oltre il signor Wegg e lo rimorchiò giù. Ma la discesa del signor Wegg non fu compiuta senza qualche inconveniente personale, perché la sua gamba

ostinata si conficcò tra le ceneri quasi a metà strada, e il tempo stringeva, e il signor Venus si prese la libertà di sollevarlo dalla sua pastoia per il colletto: ciò che lo obbligò a fare il resto del viaggio sulla schiena, con la sua testa avvolta nelle pieghe del suo cappotto e la sua gamba di legno per ultima, come impedimento. Il signor Wegg fu così sconcertato da questo modo di viaggiare, che quando si trovò in piano con i suoi impianti intellettuali più in alto, fu completamente inconsapevole della sua posizione, e non aveva la minima idea di dove si trovasse la sua residenza, finché il signor Venus non lo spinse dentro.

Anche allora barcollò in tondo, fissando ottusamente intorno a lui, finché il signor Venus con una spazzola dura non spazzolò i suoi sensi in lui e la polvere fuori da lui.

Il signor Boffin scese con calma, perché questo processo di spazzolatura era stato ben completato, e il signor Venus aveva avuto il tempo di riprendere fiato, prima che riapparisse. Che avesse la bottiglia da qualche parte intorno a lui non si poteva dubitare; dove, non era così chiaro. Indossava un grande cappotto ruvido, abbottonato, e poteva essere in una mezza dozzina delle sue tasche.

«Che problema c'è, Wegg?» disse il signor Boffin. «Siete pallido come una candela.» Il signor Wegg replicò, con esattezza letterale, che si sentiva come se avesse fatto un capitombolo.

«La bile,» disse il signor Boffin, soffiando sulla luce della lanterna, chiudendola e riponendola nel petto del cappotto come prima. «Siete soggetto a disturbi di bile, Wegg?» Il signor Wegg rispose di nuovo, con stretta aderenza alla verità, che non pensava di aver mai provato una sensazione simile nella sua testa, e qualcosa di simile nella stessa misura.

«Curatevi domani, Wegg,» disse il signor Boffin, «per essere in ordine per la prossima sera. A proposito, questo posto presto avrà un perdita, Wegg.»

«Una perdita?»

«Perderà le collinette.» I soci della mossa amichevole fecero uno sforzo così evidente per non guardarsi l'un l'altro, che avrebbero anche potuto fissarsi reciprocamente con tutta la loro forza.

«Si è separato da loro, signor Boffin?» domandò Silas.

«Sì, e se ne andranno. La mia sarà la prima.»

«Intende la piccola delle tre, con il palo in cima, signore.»

«Sì,» disse il signor Boffin massaggiandosi l'orecchio alla vecchia maniera, con quel nuovo tocco di furbizia aggiunto. «Ha guadagnato il suo. Inizierà a essere portata via domani.»

«E' andato a salutare il suo vecchio amico, signore? chiese Silas, scherzosamente.

«No,» disse il signor Boffin. «Che cosa diavolo vi viene in testa?»

Fu così improvviso e rude, che Wegg, che si era avvicinato sempre più vicino, per protendere il dorso della mano ed esplorare alla ricerca della superficie della bottiglia, si ritirò di due o tre passi.

«Senza offesa, signore,» disse Wegg umilmente, «senza offesa.»

Il signor Boffin lo guardò come un cane potrebbe guardare un altro cane che desidera il suo osso; e effettivamente rispose con un ringhio basso, come un cane avrebbe potuto rispondere.

«Buonanotte» disse, dopo essere sprofondato in un silenzio lunatico, con le mani strette dietro di lui e i suoi occhi sospettosi che giravano su Wegg. «No! Fermatevi. Conosco la strada e non voglio luce.»

L'avarizia, e le letture serali sull'avarizia, e l'effetto eccitante di ciò che aveva visto, e forse l'afflusso del suo sangue malcondizionato al cervello nella discesa di prima, condussero Silas Wegg a un punto tale di cupidigia insaziabile, che quando la porta si richiuse egli vi si precipitò trascinando Venus con sé.

«Non deve andarsene,» gridò. «Dobbiamo lasciarlo andare? Ha con sé quella bottiglia. Dobbiamo avere quella bottiglia!»

«Come, la prendereste con la forza?» disse Venus trattenendolo.

«Perché no? Sì, lo farei! Gliela prenderei con la forza, gliela prenderei ad ogni costo! Hai così paura di un vecchio da lasciarlo andar via, codardo?»

«Ho tanta paura di te, da non lasciarti andare,» borbottò Venus stringendolo ostinatamente tra le braccia.

«Lo avete sentito?» rispose Wegg. «L'avete sentito dire che ha deciso di toglierci tutto? L'avete sentito dire, bastardo, che stava per far sgombrare le collinette, quando senza dubbio l'intero posto sarà rovistato? Se non avete il coraggio di un topo per difendere i vostri diritti, ce l'ho io. Lasciatemi andare dietro di lui!»

Dato che nella sua natura selvaggia stava lottando con forza per questo, il signor Venus ritenne opportuno sollevarlo, gettarlo e cadere con lui; ben sapendo che, una volta giù, non si sarebbe rialzato facilmente con la sua gamba di legno. Quindi entrambi rotolarono sul pavimento e, mentre lo facevano, il signor Boffin chiuse il cancello.

VII. La mossa amichevole assume una posizione forte

I due della mossa amichevole sedevano eretti sul pavimento, ansimando e guardandosi l'un l'altro, dopo che il signor Boffin aveva sbattuto il cancello e se n'era andato. Negli occhi deboli di Venus e in tutti i ciuffi dei suoi capelli colorati dalla polvere rossastra, c'era una marcata sfiducia nei confronti di Wegg e la determinazione di buttarglisi addosso alla minima occasione. Nella faccia a grana rude di Wegg, e nella sua figura rigida e legnosa (sembrava un giocattolo di legno tedesco[222]) era espressa una conveniente riconciliazione, che non era spontanea. Entrambi erano arrossati, agitati e arruffati dalla lotta recente; e Wegg, nel cadere a terra, aveva ricevuto una botta che gli ronzava nella parte posteriore della sua amata testa, che strofinava con un'aria di essere rimasto molto - ma sgradevolmente - stupito. Ognuno rimase in silenzio per un po' di tempo, lasciando che l'altro cominciasse.

«Fratello,» disse Wegg alla fine, rompendo il silenzio, «voi avevate ragione e io mi sbagliavo. Mi sono dimenticato di me stesso.»

Il signor Venus aggiustò consapevolmente la sua ciocca di capelli, come se stesse pensando che il signor Wegg si era ricordato di se stesso nell'apparire per una volta senza alcun travestimento.

«Ma, camerata,» proseguì Wegg, «non è stato vostro destino conoscere la signorina Elizabeth, il signorino George, la zia Jane, e nemmeno lo zio Parker.»

Il signor Venus ammise di non aver mai conosciuto quelle distinte persone, e aggiunse che in realtà non aveva mai tanto desiderato l'onore della loro conoscenza.

«Non dite così, camerata,» rispose Wegg. «No, non dite così! Perché, senza averli conosciuti, non potete mai sapere fino in fondo cosa signifìchi essere portati alla follia dalla vista dell'Usurpatore.»

Offrendo queste parole di scusa come se riflettessero un grande merito per lui stesso, il signor Wegg si trascinò a forza di braccia fino a una sedia in un angolo della stanza, e là, dopo una varietà di sgraziati saltelli, raggiunse la posizione perpendicolare. Anche il signor Venus si alzò.

«Camerata,» disse Wegg, «mettetevi a sedere. Camerata, che volto parlante è il vostro!»

Il signor Venus involontariamente si passò una mano sul volto e guardò la sua mano, come per vedere se qualcuna delle sue proprietà vocali fosse venuta via.

«Perché io capisco chiaramente, badate,» proseguì Wegg, accompagnando le parole con un gesto del dito, «so chiaramente quale domanda i vostri lineamenti espressivi mi rivolgono.»

«Che domanda?» disse Venus.

«La domanda,» rispose Wegg con una sorta di gioiosa affabilità, «perché io non vi ho detto prima che avevo trovato qualche cosa. Il vostro volto parlante mi dice: "Perché non me l'hai comunicato, appena sono entrato stasera? Perché lo hai dissimulato fino a quando non hai pensato che il signor Boffin andasse a cercare proprio quello?" Il vostro volto parlante,» disse Wegg, «si esprime più chiaramente del linguaggio. Ora, potete leggere sulla mia faccia che risposta vi do?»

«No, non posso,» disse Venus.

«Lo sapevo! E perché no?» rispose Wegg con lo stesso gioioso candore. «Perché io non pretendo di avere un volto parlante. Perché mi rendo ben conto delle mie manchevolezze. Non tutti gli uomini hanno gli stessi doni. Ma io posso rispondere con le parole. E con quali parole? Queste. Volevo farvi una SOR-PRE-SA deliziosa!»

Avendo così allungato ed enfatizzato la parola 'sorpresa', il sig. Wegg strinse l'amico e il fratello con entrambe le mani, e poi lo batté su entrambe le ginocchia, come un affettuoso mecenate che lo pregava di non menzionare un servizio così piccolo come quello che era stato il suo felice privilegio di rendere.

«Il vostro volto parlante,» disse Wegg, «dopo questa risposta che lo soddisfa, chiede soltanto: "Che cosa hai trovato?" Sì, ho sentito che dice le parole!»

«Ebbene?» rispose Venus seccamente, dopo aver aspettato un po' invano, «se sentite che proferisce le parole, perché non rispondete?»

«Ascoltatemi!» disse Wegg. «Sto per rispondervi. Ascoltatemi! Uomo e fratello, compagno nei sentimenti come nelle imprese e nelle azioni, ho trovato una cassetta.»

«Dove?»

«Ascoltatemi!» disse Wegg. (Cercava di tenere per sé tutto quello che poteva, e ogni volta che era costretto a divulgare qualcosa, prorompeva in uno zampillo radioso di «Ascoltatemi!».)

«Un certo giorno, signore...»

«Quando?» disse Venus bruscamente.

«N-no,» rispose Wegg scuotendo il capo in atto allo stesso tempo di ossequio, di preoccupazione e di scherzo. «No, signore! Non è il vostro volto così espressivo che fa questa domanda. È la vostra voce, soltanto la vostra voce. Continuiamo. In un certo giorno, signore, mi è capitato di camminare nel cortile - facendo il mio giro solitario - sì, con le parole di un amico di famiglia che adattò il famoso "Tutto bene" in forma di duetto:

"Abbandonato, come ricorderai Mr Venus, dalla Luna declinante
Quando le stelle, ti verrà in mente prima che ne parli,
proclamano il mezzogiorno triste della notte,
Su una torre, un forte o un terreno di tende,
La sentinella percorre il suo giro solitario,
La sentinella cammina!"

... in quelle circostanze, signore, mi è capitato di camminare nel cortile nel primo pomeriggio, e per caso avevo in mano una verga di ferro, con la quale ero abituato a volte a ingannare la monotonia di una vita letteraria, quando l'ho sbattuta contro un oggetto che non è necessario disturbarti nominandolo...»

«È necessario! Quale oggetto?» domandò Venus con un tono irato.

«Ascoltatemi!» disse Wegg. «La pompa. Quando l'ho sbattuta contro la pompa, e ho scoperto, non solo che la parte superiore era allentata e aperta con un coperchio, ma che qualcosa dentro faceva rumore. Quel qualcosa, compagno, ho scoperto essere una piccola cassa piatta oblunga. Devo dire ch'era leggera in modo deludente?»

«C'erano dentro delle carte.» disse Venus.

«Ecco che la vostra faccia parlante parla!» gridò Wegg. «C'era una carta. La cassetta era chiusa a chiave, legata e suggellata, e sulla parte esterna c'era un'etichetta di pergamena con la scritta: "Mio testamento, John Harmon, temporaneamente depositato qui."»

«Dobbiamo conoscerne il contenuto,» disse Venus.

«... Ascoltatemi!» gridò Wegg. «Ho detto così e ho rotto la scatola.»

«Senza venire da me!» esclamò Venus.

«Proprio così, signore,» rispose Wegg blando e allegro. «Vedo che mi seguite. Udite, udite, udite! Avevo deciso, come il vostro acuto buon senso percepisce, che se dovevate avere una sorpresa, doveva essere una sorpresa completa. Dunque, mio caro, come mi avete onorato di anticipare, ho esaminato il documento. Regolarmente eseguito, regolarmente assistito, molto breve. Poiché non ha mai avuto amici, e ha sempre avuto una famiglia ribelle, lui, John Harmon, lascia a Nicodemus Boffin la collinetta piccola, che è abbastanza per lui, e dà tutto il resto e il residuo della sua proprietà alla Corona.»

«La data del testamento che è stato mostrato, deve essere considerata,» osservò Venus. «Può essere posteriore a questo.»

«Ascoltatemi!» gridò Wegg. «Anch'io dissi così. Ho pagato uno scellino (non vi preoccupate di darmi la metà) per esaminare quel testamento. Fratello, è datato mesi prima di questo. Ed ora, come compagno, e come socio nella mossa amichevole,» aggiunse Wegg prendendolo benevolmente di nuovo con entrambe le mani, e battendolo di nuovo su entrambe le ginocchia, «ditemi, ho completato il mio lavoro d'amore con vostra perfetta soddisfazione e siete sorpreso?»

Il signor Venus contemplò il compagno e il socio con occhi dubbiosi, poi rispose seccamente: «Questa è davvero una grande notizia, signor Wegg. Non si può negare. Ma avrei potuto desiderare che me la diceste prima dello spavento che avete avuto stasera, e avrei potuto desiderare che mi aveste chiesto come socio quello che dovevamo fare, prima di pensare che stavate dividendo una responsabilità.»

«Ascoltatemi!» gridò Wegg, «Sapevo che lo avreste detto. Ma da solo ho sopportato l'ansia, e da solo ne sopporterò la colpa!» Questo con un'aria di grande magnanimità.

«Su,» disse Venus, «vediamo questo testamento e questa cassetta.»

«Devo capire, fratello,» rispose Wegg con considerevole riluttanza, «che è vostro desiderio vedere questo testamento e que...»

Il signor Venus colpì il tavolo con la mano.

«Ascoltatemi!» disse Wegg. «Ascoltatemi! Vado a prenderli.»

Dopo essere stato assente per un po', come se nella sua cupidigia potesse difficilmente decidersi a produrre il tesoro al suo partner, egli tornò con una vecchia cappelliera di cuoio, nella quale aveva riposto l'altra scatola, per la migliore conservazione delle apparenze ordinarie, e per disarmare il sospetto.

«Ma non mi piace affatto aprirla qui,» disse Silas a bassa voce, guardandosi intorno. «Potrebbe tornare, potrebbe essere ancora qui; non sappiamo cosa stia combinando, dopo quello che abbiamo visto.»

«C'è qualcosa in questo,» assentì Venus, «andiamo a casa mia.»

Geloso della custodia della cassetta, eppure timoroso di aprirla lì in quelle circostanze, Wegg esitava. «Andiamo, vi dico,» ripeté Venus riscaldandosi, «andiamo a casa mia.» Non sapendo come rifiutarsi, il signor Wegg alla fine proruppe: «Ascoltatemi! Certamente!» Così chiuse a chiave la Pergola e se ne andarono: il signor Venus prendendolo per il braccio e tenendolo stretto con notevole tenacia.

Trovarono la solita luce fioca nella vetrina del negozio del signor Venus, che rivelava imperfettamente al pubblico la solita coppia di rane imbalsamate, spada in mano, con la loro questione d'onore ancora irrisolta. Il signor Venus aveva chiuso la porta del suo negozio quando era uscito, e ora l'aprì con la chiave e la richiuse non appena furono dentro; ma non prima di aver messo su e fissato le persiane della vetrina. «Nessuno può entrare se non gli apro,» disse, «e non potremmo star più comodi che qui.» Così rastrellò le ceneri ancora calde nella grata arrugginita e fece un fuoco e accese la candela sul piccolo bancone. Appena il fuoco iniziò a gettare i suoi bagliori tremolanti qua e là sulle pareti unte e scure, il bambino indù, il bambino africano, il bambino inglese articolato, l'assortimento di teschi e il resto della collezione arrivarono dalle loro varie stazioni come se fossero stati tutti fuori, come il loro padrone, e fossero puntuali a un appuntamento generale per assistere al segreto. Il gentiluomo francese era cresciuto notevolmente dall'ultima volta che il signor Wegg l'aveva visto, essendo ora sistemato con un paio di gambe e una testa, sebbene le sue braccia fossero ancora in sospeso. A chiunque la testa fosse appartenuta in origine, Silas Wegg avrebbe considerato un favore personale se non gli fossero mancati tanti denti. Silas si sedette in silenzio sulla cassa di legno davanti al fuoco, e Venus lasciandosi andare sulla sua sedia bassa, tirò fuori da un insieme di mani scheletrite il vassoio del tè e le tazze e mise su il bollitore. Dentro di sé Silas approvò questi preparativi, confidando che potessero finire con il diluire l'intelletto del signor Venus.

«Ora, signore,» disse Venus, «tutto è sicuro e tranquillo. Vediamo la scoperta.»

Con mani ancora riluttanti, e non senza diversi sguardi verso le mani scheletriche, come se sospettasse che un paio di loro potesse fare un balzo avanti e afferrare il documento, Wegg aprì la cappelliera e fece vedere la cassa, aprì la cassa e fece vedere il testamento. Ne tenne ben stretto un angolo, mentre il signor Venus, preso l'altro angolo, lo scrutava con estrema attenzione.

«Avevo ragione nel mio resoconto, socio?» disse il signor Wegg alla fine.

«Sì, socio» disse il signor Venus.

Dopo di che, il signor Wegg fece un leggero, grazioso movimento, come per ripiegarlo, ma il signor Venus si tenne il suo angolo.

«No, signore,» disse il signor Venus, ammiccando con gli occhi deboli e scuotendo la testa «no, socio.» «La domanda ora sorge: chi si prenderà cura di questo. Sapete chi si prenderà cura di questo, compagno?»

«Io,» disse Wegg.

«Oh caro, no, compagno,» rispose Venus. «È uno sbaglio. Lo conserverò io. Ora, guardate qui, signor Wegg. Non voglio litigare con voi, e ancor meno voglio avere qualche attività anatomica con voi.»

«Che cosa volete dire?» disse Wegg velocemente.

«Voglio dire, compagno,» rispose Venus lentamente, «che è quasi impossibile che un uomo si senta in uno stato più amabile nei confronti di un altro uomo di quanto sia io nei vostri confronti in questo momento. Ma sono sul mio terreno, circondato dai trofei della mia arte, e i miei strumenti sono molto maneggevoli.»

«Che cosa volete dire, signor Venus?» domandò di nuovo Wegg.

«Sono circondato, come ho osservato,» disse il signor Venus placidamente, «dai trofei della mia arte. Sono numerosi, il mio stock di ossa umane d'ogni genere è grande, il negozio è abbastanza ben stipato, e proprio adesso non ho nessun bisogno di altri trofei della mia arte. Ma la mia arte mi piace, e so come esercitarla.»

«Nessuno meglio di voi,» assentì Wegg con un'aria un po' preoccupata.

«C'è la miscellanea di vari esemplari umani,» disse Venus, «(anche se potreste non pensarlo), nella cassa sulla quale siete seduto. C'è un'altra miscellanea di vari esemplari umani nel bell'armadietto dietro la porta.» E con un cenno al signore francese: «Vuole ancora un paio di braccia. Non dico che io abbia fretta, però.»

«State vagando nella vostra mente, collega» protestò Silas.

«Mi scuserete se divago,» rispose Venus; «qualche volta mi succede. La mia arte mi piace, e so come esercitarla, e intendo avere la conservazione di questo documento.»

«Ma che cosa c'entra questo con la vostra arte, compagno?» domandò Wegg con un tono insinuante.

Il signor Venus ammiccò contemporaneamente con i suoi occhi cronicamente affaticati, e aggiustando il bollitore sul fuoco, disse fra sé con voce cupa: «Tra un paio di minuti bollirà.»

Silas Wegg lanciò un'occhiata al bollitore, guardò gli scaffali, guardò il gentiluomo francese dietro la porta, e si rimpicciolì un po' quando guardò il signor Venus che ammiccava con i suoi occhi rossi e si tastava la tasca del panciotto - come cercando un bisturi, diciamo - con la mano libera. Lui e Venus erano necessariamente seduti vicini, poiché ciascuno teneva un angolo del documento, che era della grandezza di un comune foglio di carta.

«Compagno,» disse Wegg in tono ancora più insinuante di prima. «Propongo di tagliarlo a metà e di tenerne ciascuno una parte.»

Venus scosse la sua ciocca di capelli e rispose: «Non andrebbe bene mutilarlo, compagno. Potrebbe sembrare annullato.»

«Compagno,» disse Wegg dopo un silenzio, durante il quale si erano contemplati l'un l'altro, «il vostro volto parlante non dice che avete intenzione di suggerire una via di mezzo?»

Venus scosse la ciocca di capelli e rispose: «Compagno, questa carta me l'avete tenuta nascosta una volta e non me la terrete nascosta più. Vi offro in custodia la scatola e l'etichetta, ma la carta la custodirò io.»

Silas esitò ancora un po', poi lasciò andare improvvisamente il suo angolo, e riprendendo il tono allegro e benigno esclamò: «Che cosa è la vita senza fiducia? Che cos'è un uomo, se non ha onore? Siete il benvenuto, compagno, in uno spirito di fiducia e confidenza.»

Continuando a strizzare entrambi i suoi occhi contemporaneamente - ma con aria di comunicare con se stesso e senza alcuna dimostrazione di trionfo -, il signor Venus piegò la carta lasciata nella sua mano, e la chiuse a chiave in un cassetto dietro di lui, poi intascò la chiave. Quindi propose: «Una tazza di tè, compagno?» A cui Wegg rispose: «Grazie, compagno», e il tè fu preparato e versato.

«Ora,» disse Venus, soffiando sul tè versato nel piattino, e guardandolo come un amico confidenziale, «arriva la domanda, qual è la via da seguire?»

Su questo punto, Silas Wegg aveva molto da dire. Silas aveva da dire che si permetteva di ricordare al compagno, fratello e socio, i passi impressionanti che avevano letto quella sera; e l'evidente parallelo che il signor Boffin faceva nella sua mente tra quelli e il defunto proprietario della Pergola, e le presenti circostanze della Pergola; la bottiglia; la cassetta. Che la fortuna del suo fratello e compagno, e la sua, erano fatte, evidentemente, in quanto ormai non avevano che da dare un prezzo al documento, e ottenere quel prezzo dal favorito della sorte e verme dell'ora: il quale ora appariva meno pupillo e molto più verme di quello che si fosse mai pensato prima. Che

per lui era chiaro che quel prezzo si poteva esprimere con una sola espressiva parola, e questa parola era: 'Metà'. Che ora sorgeva la domanda: quando chiedere la 'Metà'? Che, qui egli aveva un piano d'azione da raccomandare, con una clausola condizionale. Che il piano d'azione era di mentire con pazienza; che essi avrebbero lasciato che un po' per volta le collinette venissero livellate e portate via, pur conservando a se stessi l'opportunità di seguire il processo - che sarebbe, egli aveva concepito, nel porre la fatica e il costo dello scavo quotidiano su qualcun altro, mentre essi di notte potevano usare il completo sommovimento della polvere per le proprie indagini private - e che, quando le collinette se ne fossero andate, ed essi avessero sfruttato quelle possibilità solo per il loro vantaggio comune, essi avrebbero dovuto poi, e non prima, far saltare in aria il favorito e il verme. Ma qui veniva la clausola condizionale, e richiedeva su di essa tutta l'attenzione del suo compagno e fratello e socio. Non si doveva permettere che il favorito e verme portasse via qualcosa di quella che ormai si poteva considerare la loro comune proprietà. Quando lui, il signor Wegg, aveva visto il favorito impossessarsi fraudolentemente di quella bottiglia, il cui prezioso contenuto era sconosciuto, lo aveva riguardato alla luce di un semplice ladro e, come tale, l'avrebbe spogliato del suo guadagno illecito senza la giudiziosa interferenza del suo camerata, fratello e compagno. Perciò, la clausola condizionale ch'egli proponeva era, che se il favorito fosse tornato nella sua ultima maniera furtiva, e se essendo sorvegliato strettamente egli fosse stato trovato in possesso di qualche altra cosa, non importa quale, la spada affilata che incombeva sulla sua testa avrebbe dovuto essergli istantaneamente mostrata, avrebbe dovuto essere rigorosamente esaminato per quanto riguarda ciò che sapeva o sospettava, avrebbe dovuto essere trattato severamente da loro, i suoi padroni, e avrebbe dovuto essere mantenuto in uno stato di abietta soggezione e schiavitù morale fino al momento in cui avrebbero ritenuto opportuno permettergli di acquistare la sua libertà al prezzo della metà dei suoi averi.
Se, disse il signor Wegg a mo' di perorazione, egli aveva sbagliato nel dire semplicemente 'Metà', confidava che il camerata, fratello e socio non avrebbe esitato a correggerlo e a rimproverare la sua debolezza. Poteva essere più consono ai diritti delle cose, dire 'Due terzi'; poteva essere più consono ai diritti delle cose dire 'Tre quarti'. Su questi punti era sempre aperto alle correzioni.
Il signor Venus, avendo diffuso la sua attenzione su questo discorso con tre successivi piattini di tè, espresse la sua concordanza alle opinioni avanzate. Incoraggiato da ciò, il signor Wegg protese la mano destra e dichiarò che quella era una mano che «non aveva ancora mai...» Senza entrare in più minuti particolari, il signor Venus, attaccato al suo tè, professò la sua convinzione, come la cortesia gli imponeva, che era una mano che non aveva ancora mai... Ma si accontentò di guardarla, e non se la portò sul cuore.
«Fratello,» disse Wegg, quando si fu stabilita questa felice comprensione, «vorrei chiedervi una cosa. Vi ricordate la notte in cui ho guardato qui per la prima volta e ho trovato che immergevate la vostra mente potente nel tè?»
Ancora bevendo tè, il signor Venus annuì in segno di assenso.
«Ed eccovi seduto, signore,» proseguì Wegg con un'aria di pensierosa ammirazione, «come se non aveste mai smesso! Eccovi seduto, signore, come se aveste una capacità illimitata di assorbire l'articolo fragrante! Eccovi seduto, signore, in mezzo alle vostre opere, sembrando come foste stato chiamato da "Casa, Dolce casa", e steste celebrando l'azienda!

"Un esilio dallo splendore domestico abbaglia invano,
Ti do ancora i tuoi umili preparativi,
Gli uccelli impagliati così dolcemente che non ci si può aspettare
che arrivino alla tua chiamata,

Dagli questi con la tranquillità più cara di tutti.
Casa, casa, casa, dolce casa!"

... per quanto sia orribile,» aggiunse il signor Wegg in prosa mentre guardava tutto intorno al negozio, «tutto sommato, non c'è posto come questo.»

«Avete detto che volevate chiedermi qualche cosa, ma non me l'avete chiesta,» osservò il signor Venus con modi molto antipatici.

«La pace del vostro spirito,» disse Wegg, offrendogli la sua solidarietà nel dolore, «da pace del vostro spirito era scarsa, quella sera. Come sta andando? Va meglio?»

«Ella non vuole,» rispose il signor Venus con un'aria mista comicamente di ostinazione indignata e di tenera malinconia, «non vuole considerarsi, né essere considerata, in quella luce particolare. Non c'è più niente da dire.»

«Ah, caro me, caro me,» esclamò Wegg con un sospiro, ma osservandolo mentre fingeva di tenergli compagnia guardando il fuoco, «tale è la donna! E mi ricordo che avete detto, quella sera, seduto lì come io siedo qui, che quando la pace del vostro spirito cominciò a essere turbata, cominciaste allora a interessarvi a quest'affare. Che coincidenza!»

«Suo padre,» riprese Venus, e poi si fermò per bere un po' di tè, «suo padre vi era coinvolto.»

«Non avete detto il suo nome, mi pare, signore?» osservò Wegg sopra pensiero. «No, quella sera non avete detto il suo nome.»

«Pleasant Riderhood.»

«Davvero!» gridò Wegg. «Pleasant Riderhood. C'è qualcosa di commovente in questo nome. Pleasant! Buon Dio! Pare che esprima ciò che avrebbe potuto essere se non avesse dato quella risposta spiacevole, e ciò che non è, in conseguenza di averla data. Sarebbe forse un balsamo per le vostre piaghe, signor Venus, chiedervi come avete fatto la sua conoscenza?»

«Ero giù in riva al fiume,» disse Venus sorbendo un altro sorso di tè e ammiccando al fuoco tristemente, «in cerca di pappagalli...» bevendo un altro sorso e fermandosi.

Il signor Wegg accennò, per tener desta la sua attenzione: «Difficilmente avreste potuto essere fuori per sparare ai pappagalli, nel clima britannico, signore?»

«No, no, no,» disse Venus irritato. «Ero giù in riva al fiume in cerca di pappagalli portati a casa dai marinai, per comprarli e impagliarli.»

«Ah, sì, sì, signore.»

«E in cerca di un paio di bei serpenti a sonagli, da articolare per un Museo... quando fui condannato a incontrarla e avere a che fare con lei. È stato proprio al momento di quella scoperta nel fiume. Suo padre aveva visto il corpo rimorchiato sul fiume. Ho reso la popolarità della materia un motivo per tornare a migliorare la conoscenza, e da allora non sono più stato l'uomo che ero. Le mie stesse ossa sono diventate flaccide meditando su questo. Se potessero essere portate a me sciolte, per essere ordinate, difficilmente potrei avere la faccia di rivendicarle come mie. A tal punto sono caduto in basso!»

Il signor Wegg, meno interessato di quello ch'era stato prima, lanciò uno sguardo particolare a uno scaffale nel buio.

«Perché mi ricordo, signor Venus,» disse in un tono di amichevole commiserazione, «(perché ricordo ogni parola che proviene da voi, signore) ricordo che quella sera avete detto, vi eravate alzato là... e poi le vostre parole sono state: Non importa.»

«... Il pappagallo che le ho comprato,» disse Venus, con uno scoraggiato alzarsi e abbassarsi dei suoi occhi. «Sì, giace lì, su un fianco, secco; tranne che per il suo piumaggio, molto simile a me. Non ho mai avuto il coraggio di imbalsamarlo, e ora non lo avrò mai.»

Con faccia delusa, Silas mentalmente assegnò quel pappagallo a regioni più che tropicali e sembrando per il momento di aver perso il potere d'interessarsi ai dolori del signor Venus, si abbassò per sistemare la gamba di legno come preparazione alla partenza: le sue esibizioni ginniche di quella sera avendone messo a dura prova l'assetto.

Dopo che Silas ebbe lasciato il negozio, cappelliera in mano, ed ebbe lasciato il sig. Venus ad abbassarsi fino al punto d'oblio con il necessario quantitativo di tè, si tormentava enormemente nella sua mente ingenua per aver preso quell'artista in società con lui. Sentiva amaramente di esser andato troppo oltre all'inizio, quando aveva strappato al signor Venus semplici accenni di poco conto, ora dimostratisi completamente privi di valore per il suo scopo. Cercando modi e mezzi per sciogliere la relazione senza perdite di denaro, rimproverandosi di esser stato indotto con una confessione a svelare il suo segreto e complimentando se stesso oltre misura per la sua fortuna puramente accidentale, egli ingannò la distanza tra Clerkenwell e il palazzo del Netturbino d'oro. Perché Silas Wegg pensava che fosse del tutto fuori questione che potesse adagiare in pace la testa sul cuscino, senza prima svolazzare sopra la casa del signor Boffin nel ruolo superiore di Genio Malvagio. Il potere (a meno che non sia il potere dell'intelletto o della virtù) ha sempre la più grande attrazione per le nature più basse; e la semplice sfida all'inconsapevole facciata della casa, con il suo potere di strappare via il tetto della famiglia che vi abitava come se fosse il tetto di un castello di carte, era un piacere che aveva fascino per Silas Wegg.

Mentr'egli si aggirava sul lato opposto della strada, esultante, arrivò la carrozza.

«Presto ci sarà una fine per te,» disse Wegg, minacciandola con la cappelliera. «La tua vernice sta svanendo.»

La signora Boffin scese ed entrò in casa.

«Attenta a una caduta, mia Lady Netturbina,» disse Wegg. Bella scese con leggerezza e le corse dietro.

«Come siamo veloci!» disse Wegg. «Non correrai così allegramente alla tua vecchia casa malandata, ragazza mia. Dovrai andare lì, però.»

Dopo un po', uscì fuori il Segretario.

«Sono stato scavalcato da te,» disse Wegg. «Ma tu faresti meglio a provvedere un'altra sistemazione, giovanotto.»

L'ombra del signor Boffin passò sulle cortine di tre grandi finestre mentr'egli trotterellava lungo la stanza, e passò di nuovo quand'egli tornò indietro.

«Ohè!» gridò Wegg. «Sei lì, vero? Dov'è la bottiglia? Daresti la tua bottiglia per la mia scatola, Netturbino!»

Dopo aver preparato la sua mente per il sonno, si voltò verso casa. Tale era l'avidità del tipo, che la sua mente era andata ben oltre la metà, a due terzi, a tre quarti, e passò direttamente alla spoliazione di tutto. «Anche se non potrebbe farlo,» considerò a mente più fredda mentre tornava. «È quello che gli succederebbe se non ci pagasse. Non otterremmo nulla da quello.»

Giudichiamo così gli altri da noi stessi, che non gli era mai entrato in testa prima, il pensiero che Boffin potesse non pagarli, e dimostrarsi onesto, e preferire la miseria. Gli provocò un leggero tremore mentre gli passava in mente; ma molto lieve, perché il triste pensiero svanì subito.

«È diventato troppo amante del denaro per quello,» disse Wegg, «è diventato troppo amante del denaro.»

La frase si trasformò in un verso ritmico mentre vacillava lungo i marciapiedi. Per tutto il viaggio di ritorno a casa camminò goffamente per le strade che risuonavano, battendo il ritmo, piano con il suo piede e forte con la sua gamba di legno. «È diventato troppo amante del denaro per quello, è diventato troppo amante del denaro.»

Anche il giorno dopo Silas si calmò con questa frase melodiosa, quando fu chiamato ad alzarsi dal letto all'alba, per aprire il portone e far entrare il treno di carri e cavalli che veniva a portare via la collinetta piccola. E per tutto il giorno, mentre sorvegliava senza un momento di distrazione quel lento processo che prometteva di protrarsi per molti giorni e molte settimane, ogni volta che (per non essere soffocato dalla polvere) perlustrava un piccolo spazio pieno di cenere che si era riservato allo scopo, senza togliere gli occhi di dosso agli scavatori, ancora camminava al ritmo di: «È diventato troppo amante del denaro per quello, è diventato troppo amante del denaro.»

VIII. La fine di un lungo viaggio

Il treno di carri e cavalli andava e veniva tutto il giorno dall'alba al tramonto, facendo poca o nessuna differenza quotidiana sul mucchio di cenere, tuttavia, con il passare dei giorni, si vide che il mucchio andava lentamente diminuendo. Miei signori, gentiluomini e onorevoli consiglieri, quando nel corso dello spalare la polvere e rastrellare la cenere avete ammucchiato una montagna di pretenziosi fallimenti, dovete partire con i vostri onorevoli cappotti per rimuoverla, e mettervi al lavoro con la potenza di tutti i cavalli della regina e di tutti gli uomini della regina, o quella verrà precipitosamente giù e ci seppellirà vivi.

Sì, davvero, miei signori, gentiluomini e onorevoli consiglieri, adattando il vostro catechismo a quest'occasione, e con l'aiuto di Dio così dovete fare. Perché quando siamo arrivati al punto che con un enorme tesoro a disposizione per soccorrere i poveri, la maggior parte dei poveri detesta le nostre carità, si nasconde da noi e ci fa vergognare col morire di fame in mezzo a noi, è uno stato impossibile di assistenza sociale, impossibile da continuare.

Potrebbe non essere così scritto il Vangelo secondo la Podsnapperia; potete non trovare queste parole nel testo di un vostro sermone, nei Rapporti del Consiglio di Commercio; ma questa è stata la verità sin da quando sono state gettate le fondamenta dell'universo, e sarà la verità fino a quando le fondamenta dell'universo saranno scosse dal Costruttore.

Questa presuntuosa nostra opera, che fallisce a causa della sua paura verso il povero di professione, il robusto demolitore di finestre e il violento che strappa i vestiti, colpisce con una pugnalata crudele e malvagia il malato sofferente, ed è un orrore per i meritevoli e gli sfortunati. Dobbiamo correggerla, signori, gentiluomini e onorevoli consiglieri, o nella sua ora malvagia rovinerà ognuno di noi.

La vecchia Betty Higden affrontava il suo pellegrinaggio come molte creature oneste, donne e uomini, aspramente se la cavano nel loro cammino faticoso lungo le strade della vita. Guadagnarsi pazientemente di che vivere una vita libera e povera, e morire in silenzio, non toccata dalle mani dell'Ospizio: questa era la sua massima speranza in questo mondo.

Da quando se n'era andata non si era più saputo nulla di lei in casa del signor Boffin. Il tempo era stato aspro, e le strade erano state cattive, ma il suo spirito era alto. Un animo meno convinto avrebbe potuto essere soggiogato da tali influenze negative; ma il prestito per il poco che le occorreva non era stato in alcun modo ripagato, ed era andata peggio di quanto aveva previsto, e fu messa alla prova per portare avanti le sue ragioni e mantenere la sua indipendenza.

Anima fedele! Quando aveva parlato al Segretario di un «torpore che la prendeva certe volte», la sua forza d'animo gli aveva fatto dare poca importanza alla cosa. Spesso e sempre più spesso, le veniva addosso; più scuro e sempre più oscuro, come l'ombra della Morte che avanza. Che l'ombra dovesse essere oscura, nel venirle incontro, come l'ombra di qualcosa di concreto, era in armonia con le leggi del mondo fisico, perché tutta la Luce che splendeva su Betty Higden era oltre la Morte.

La povera vecchia creatura aveva preso il corso dell'alto Tamigi come direzione generale; era il luogo dove si trovava la sua ultima casa, e che aveva conosciuto e amata da ultimo. Aveva girovagato per un po' nelle vicinanze della sua abitazione abbandonata, e aveva venduto, lavorato a maglia e venduto, e aveva tirato avanti. Nelle piacevoli città di Chertsey, Walton, Kingston e Staines[223], la sua figura divenne abbastanza nota per poche settimane, poi passò oltre di nuovo. Prendeva il suo posto nelle piazze del mercato, dove c'erano tali cose, nei giorni di mercato; altre volte si metteva nella parte più movimentata (che era raramente molto movimentata) della piccola tranquilla Strada Principale; altre volte ancora esplorava le strade periferiche alla ricerca di grandi case, e chiedeva il permesso al portiere di entrare con il suo cesto, e non sempre lo otteneva. Ma le signore in carrozza compravano frequentemente qualcosa dei suoi pochi articoli, e mostravano simpatia per i suoi occhi luminosi e le sue parole piene di speranza. Da questi e dal suo vestito pulito si originò la favola che ella stesse bene al mondo: uno potrebbe dire, per il suo rango, ricca. Poiché dà una comoda spiegazione che non costa niente a nessuno, questa classe di favole è stata a lungo popolare.

In quelle piacevoli cittadine sul Tamigi si può sentire il rumore dell'acqua che cade sopra gli sbarramenti, e anche, quando il tempo è calmo, il fruscio dei giunchi; e dal ponte si può vedere il giovane fiume, con le fossette come un bambino, che scivola scherzosamente tra gli alberi, non inquinato dalle contaminazioni che lo aspettano nel suo corso, e ancora fuori dall'udito del profondo richiamo del mare. Forse troppo pretendere che Betty Higden facesse simili pensieri; no; ma ella sentiva il tenero fiume sussurrare a molti come lei: «Vieni da me, vieni da me! Quando la crudele vergogna e il terrore che hai evitato per così tanto tempo, ti assalgono, vieni da me! Io sono l'Ufficiale di soccorso nominato dall'ordinanza eterna per svolgere il mio lavoro; e non sono tenuto in alcuna stima quando lo evito. Il mio grembo è più morbido di quello dell'infermiera dei poveri; la morte tra le mie braccia è più pacificatrice che tra i reparti per i poveri. Vieni da me!»

C'era spazio in abbondanza anche per le fantasie più delicate, nella sua mente non istruita. Quei gentiluomini e i loro figli dentro quelle bene case, potevano pensare, guardandola, cosa era essere davvero affamato, avere davvero freddo? Provavano per lei un po' della meraviglia che ella provava per loro? Benedetti i cari bambini che ridono! Se avessero potuto vedere Johnny malato tra le sue braccia, avrebbero gridato pietà? Se avessero potuto vedere Johnny morto in quel lettino, l'avrebbero capito? Dio benedica quei cari bambini per lui, comunque! Così le case più umili nelle piccole strade, con la luce interna del focolare che brillava sui vetri quando fuori il crepuscolo imbruniva. Quando le famiglie si radunavano là dentro, per la notte, era soltanto una sciocca fantasia quella che le faceva sembrare un po' duro, da parte loro, chiudere le persiane e oscurare la fiamma? E i negozi illuminati e le congetture, se il padrone e la padrona che prendevano il tè nel retrobottega in prospettiva, non così in fondo che non potesse arrivare fin lì sulla strada la fragranza del tè e del pane tostato, misto allo splendore della luce, mangiavano o bevevano o indossavano quello che essi vendevano, con il gusto maggiore perché avevano fatto affari? E il cimitero, su un lato del solitario cammino che la portava dove avrebbe dormito... «Ah, povera me! I morti ed io siamo proprio soli in questo buio, con questo tempo! Ma tanto meglio per tutti coloro che stanno al caldo in casa!»

Quell'anima semplice non provava invidia e amarezza per nessuno, non aveva rancore verso nessuno.

Ma la vecchia ripugnanza per l'Ospizio cresceva in lei a mano a mano che si indeboliva, ed essa trovava cibo più sostanzioso di quanto ella non ne avesse nei suoi vagabondaggi. Ora era colpita dal vergognoso spettacolo di qualche creatura desolata - o alcuni miserabili gruppi cenciosi dell'uno o dell'altro sesso, o di entrambi, con bambini tra di loro, rannicchiati insieme come i parassiti più piccoli per un po' di calore – che aspettavano e si attardavano su qualche porta, mentre il designato evasore della fiducia pubblica compiva il suo ignobile compito di cercare di stancarli e sbarazzarsene. Ora era colpita da qualche povera persona decente, come lei, che compiva a piedi un pellegrinaggio di molte faticose miglia per andare a trovare qualche desolato parente o amico che era stato caritatevolmente acchiappato e trasportato in un grande e deserto Ospizio, così lontano da casa sua come la Prigione della Contea (la cui lontananza è sempre la peggiore punizione per i piccoli delinquenti rurali), e istituzione più punitiva della prigione per il cibo, l'alloggio, le cure degli infermi. A volte sentiva leggere un giornale, e imparava come il cancelliere generale elencava le unità che nell'ultima settimana erano morte di fame e per esposizione alle intemperie; per il quale quell'angelo della registrazione sembrava avere un regolare posto fisso nella sua somma, come se fossero i mezzi penny in un bilancio. Di tutte queste cose ella sentiva parlare, mentre noi, signori, gentiluomini e onorevoli consiglieri, nella nostra inavvicinabile magnificenza non le udiamo, e da tutte queste cose fuggiva ella con le ali di una furiosa disperazione.

Non si deve ritenere questo un modo di dire. La vecchia Betty Higden, per quanto stanca, per quanto indolenzita, balzava su e veniva guidata lontano dal risvegliato terrore di cadere nelle mani della Carità. È un notevole miglioramento cristiano l'aver fatto diventare il Buon Samaritano una Furia che perseguita; ma era così in questo caso, ed è così in molti, molti, molti casi.

Due incidenti si misero insieme per intensificare la vecchia irragionevole ripugnanza - abbiamo concesso in un passo precedente che fosse irragionevole, perché le persone sono sempre irragionevoli e invariabilmente si impegnano a produrre tutto il loro fumo senza fuoco. Un giorno stava seduta in una piazza del mercato su una panca davanti a una locanda, con la sua piccola merce da vendere, quando il torpore contro cui lottava le venne addosso così forte che la scena se ne andò davanti ai suoi occhi; quando tornò in sé, si trovò per terra, con la testa sostenuta da qualche buona donna del mercato, e una piccola folla intorno a lei.

«State meglio, adesso, madre?» domandò una delle donne. «Pensate di poter stare bene, adesso?»

«Allora sono stata male?» domandò la vecchia Betty.

«Avete avuto come uno svenimento, o un attacco,» fu la risposta. «Non vi dibattevate, madre, ma eravate rigida e insensibile.»

«Ah,» disse Betty ricordandosi, «è il torpore. Mi viene, a volte.» Era andato? le chiesero le donne.

«Adesso non c'è più,» disse Betty. «Sarò più forte di prima. Molte grazie a voi, mie care, e quando diventerete vecchie come lo sono io, possano gli altri fare altrettanto per voi.»

L'aiutarono ad alzarsi, ma non poteva ancora stare in piedi, ed esse la sostennero quando si sedette di nuovo sulla panchina.

«La mia testa è un po' leggera e i miei piedi sono un po' pesanti,» disse la vecchia Betty chinando il capo assonnato sul petto della donna che le aveva parlato prima. «Torneranno entrambi in modo naturale tra un minuto. Non c'è nessun problema.»

«Domandatele,» dissero alcuni contadini lì vicino, che erano usciti dalla locanda dove pranzavano, «chi le appartiene.»

«Ci sono persone che ti appartengono, madre?» le domandò la donna.

«Sì, certo,» rispose Betty. «Ho sentito il signore dirlo, ma io non potevo rispondere abbastanza velocemente. Ci sono molti che mi appartengono. Non temere per me, mia cara.»

«Ma ce ne sono qui vicino?» dissero le voci degli uomini. Le voci delle donne ripeterono quanto era detto prolungando il suono.

«Abbastanza vicino,» disse Betty alzandosi. «Non abbiate paura per me, vicini.»

«Ma non siete in grado di viaggiare. Dove state andando?» fu il successivo coro compassionevole ch'ella udì.

«Andrò a Londra, quando avrò venduto tutto,» disse Betty, alzandosi con difficoltà. «Ho dei buonissimi amici a Londra. Non voglio niente. Non subirò alcun danno. Grazie. Non abbiate paura per me.»

Un passante ben intenzionato, con le gambe gialle e la faccia viola, disse con voce rauca sopra la sua sciarpa rossa, mentre si alzava in piedi, «non dovrebbe essere lasciata andare».

«Per amore del Signore non intromettetevi!» gridò la vecchia Betty, ripresa da tutti i suoi vecchi timori. «Sto del tutto bene, ora, e me ne andrò in questo momento.»

Prese su il suo cesto, mentre parlava, e stava spingendosi fuori dal cerchio con passo incerto, quando lo stesso passante la trattenne per una manica e le disse di andare con lui dal medico della parrocchia. Facendosi forza al massimo grado della sua risolutezza, la povera donna tremante si liberò con una scossa, quasi furiosamente, e prese a correre. E non si sentì sicura finché non ebbe frapposto un miglio o due di strade secondarie tra sé e la piazza del mercato: allora strisciò sotto un cespuglio, come un animale inseguito, a nascondersi e riprender fiato. E fu solo allora che per la prima volta osò ricordare come aveva guardato oltre la sua spalla prima di uscire fuori città, e aveva visto l'insegna del Leone Bianco appesa dall'altra parte della strada, e le bancarelle svolazzanti del mercato e la vecchia chiesa grigia, e la piccola folla che la osservava ma non cercando di seguirla.

Il secondo pauroso incidente fu questo. Era stata di nuovo male, ed era stata meglio per qualche giorno, e camminava lungo una strada dalla parte che toccava il fiume, e che nella cattiva stagione era così spesso inondata, che c'erano alti pali bianchi per segnare il percorso.

Una barca veniva rimorchiata verso di lei, ed ella si sedette sulla riva per riposarsi e guardarla. Come la corda si allentò per un riflusso della corrente e si immerse nell'acqua, le venne una tal confusione nella testa che pensava di vedere le forme dei suoi figli e nipoti morti che popolavano la barca, agitando solennemente le braccia verso di lei; poi, quando la corda si tese di nuovo e si sollevò, facendo cadere dei diamanti, sembrò vibrare in due corde parallele, che la colpivano con un suono acuto, benché lei fosse lontana. Quando riaprì gli occhi non c'era più nessuna barca, né più il fiume, né la luce del giorno, e un uomo che lei non aveva mai visto prima teneva una candela vicino al suo viso.

«Su, signora,» disse questi, «da dove venite, e dove andate?»

La povera anima confusamente rispose con un'altra domanda: dov'era?

«Io sono la Chiusa,» disse l'uomo.

«La Chiusa?»

«Sono il vice-guardiano della chiusa, in servizio, e questa è la casa della chiusa. Guardiano o vice-guardiano è tutt'uno, mentre l'altro è all'ospedale. Di che parrocchia siete?»

«Parrocchia!» Subito si alzò dal letto a scomparsa, cercando freneticamente il suo cesto e guardandolo spaventata.

«Ve lo chiederanno giù in città,» disse l'uomo. «Essi non vi permetteranno di essere più che una paziente occasionale lì. Vi passeranno alla vostra comunità, signora, a tutta velocità. Non siete in condizione di essere presa da parrocchie estranee eccetto che come occasionale.»

«È stato di nuovo il torpore,» mormorò Betty Higden, con una mano alla testa.

«Era un torpore, non c'è dubbio,» rispose l'uomo, ma avrei pensato che torpore fosse una parola troppo mite, se me l'avessero detta quando vi abbiamo portata qui. Avete degli amici, signora?»
«I migliori amici, padrone.»
«Vorrei raccomandarvi di rivolgervi a loro, se pensate che possano fare qualche cosa per voi,» disse il vice-guardiano. «Avete del denaro?»
«Solo un po' di denaro, signore.»
«Volete tenerlo?»
«Certo che voglio!»
«Bene, sapete,» disse il vice-guardiano scrollando le spalle con le mani in tasca e scuotendo la testa con un'aria imbronciata e minacciosa, «le autorità parrocchiali giù in città ve lo prenderanno, se ci andrete, potete prendere il vostro Alfred David.»
«Allora non ci andrò.»
«Vi faranno pagare, tanti soldi quanti avrete,» proseguì il vice, «per l'assistenza come occasionale e per il passaggio alla vostra parrocchia.»
«Grazie gentilmente, padrone, per il tuo avvertimento, grazie per il tuo rifugio e buona notte.»
«Ferma un po',» disse il vice, mettendosi tra lei e la porta. «Perché siete tutta un tremito, e perché avete tanta fretta, signora?»
«Oh, padrone, padrone,» rispose Betty Higden, «ho lottato contro l'Ospizio e me ne sono tenuta lontana per tutta la vita, e voglio morire libera!»
«Non so,» disse il vice con decisione, «se dovrei lasciarvi andare. Sono un onest'uomo che si guadagna da vivere col sudore della sua fronte, e posso avere dei guai, se vi lascio andare. Ho passato dei guai prima d'ora, per Giove! e so che cosa significa, e devo stare attento. Vi potrebbe riprendere di nuovo il vostro torpore, di qui a mezzo miglio - o mezzo quarto, se è per questo - e allora si domanderebbe: perché quel bravo vice-guardiano l'ha lasciata andare, invece di metterla al sicuro all'Ospizio? Questo è ciò che un uomo della sua posizione avrebbe dovuto fare, verrebbe detto,» disse il vice-guardiano, insistendo astutamente sulla corda del suo terrore; «l'avrebbe dovuta metterla al sicuro all'Ospizio. È questo che ci si sarebbe aspettati da un uomo dei suoi meriti.»
Poiché egli stava sempre davanti alla porta, la povera vecchia logorata dalle preoccupazioni e dal cammino scoppiò in lacrime, giunse le mani e lo pregò come se fosse proprio in agonia.
«Come vi ho detto, padrone, ho i migliori amici. Questa lettera vi mostrerà che dico la verità, ed essi vi saranno grati per me.»
Il vice-guardiano aprì la lettera con volto molto serio, che non subì alcun cambiamento mentre ne osservava il contenuto. Ma avrebbe potuto subirlo se fosse stato in grado di leggerla.
«Che quantità di spiccioli, signora,» disse con aria assorta, dopo aver pensato un po', «potreste chiamare un po' di denaro?»
Svuotandosi frettolosamente la tasca, la vecchia Betty lasciò sul tavolo uno scellino, e due pezzi da sei *pence* e pochi penny.
«Se dovessi lasciarvi andare invece di consegnarvi al sicuro alla Parrocchia,» disse il vice, contando il denaro con gli occhi, «potrebbe essere vostro libero desiderio lasciarlo lì dietro di voi?»
«Prendetelo, padrone, prendetelo, va bene, e grazie!»
«Sono un uomo,» disse il vice, restituendole la lettera e intascando le monete, una per una, «che si guadagna da vivere col sudore della sua fronte»; e si passò la manica sulla fronte, come se quella particolare frazione dei suoi umili guadagni fosse il risultato di un lavoro davvero faticoso e di virtuosa operosità; «e non vi ostacolerò. Andate dove vi piace.»

Ella fu fuori dalla casa della chiusa appena egli le diede questo permesso, e i suoi passi vacillanti furono di nuovo sulla strada. Ma aveva paura di tornare indietro e paura di andare avanti: vedendo da cosa era fuggita, nel chiarore del cielo delle luci della cittadina davanti a lei, e lasciandosi dietro un confuso orrore dappertutto, come se ella l'avesse sfuggito in ogni pietra di ogni mercato; e percorse le strade secondarie, tra le quali si confuse e si smarrì. Quella notte si rifugiò presso un buon Samaritano nella sua ultima forma accreditata, cioè un pagliaio di un contadino; e se - forse vale la pena di pensarci, miei confratelli cristiani - il buon Samaritano fosse 'passato dall'altra parte' davvero in quella notte solitaria, ella avrebbe piuttosto ringraziato l'Alto dei Cieli se fosse riuscita a sfuggirgli.

Il mattino la trovò di nuovo in piedi, ma in rapido declino per quanto riguarda la chiarezza dei suoi pensieri, anche se non per la fermezza del suo proposito. Comprendendo che la sua forza la stava abbandonando, e che la lotta della sua vita era quasi finita, non poteva neanche ragionare sui mezzi per tornare dai suoi protettori, e nemmeno formare l'idea. Il terrore prepotente e l'orgogliosa testarda decisione che esso aveva generato in lei di morire non degradata, erano le due impressioni distinte lasciate nella sua mente debole.

Sostenuta soltanto dal sentimento che era decisa a vincere nella sua lotta che durava da tutta la vita, ella andava avanti.

Era giunto il momento, ora, in cui non sentiva nemmeno i bisogni di questa piccola vita. Non avrebbe potuto ingoiare cibo, anche se fosse stato apparecchiato per lei un tavolo nel campo lì vicino. Il giorno era freddo e umido, ma ella non se ne accorgeva quasi. Si trascinava avanti, povera anima, come un criminale che ha paura di essere preso, e sentiva poco al di là del terrore di cadere mentre era ancora giorno e di essere trovata viva. Non aveva paura che sarebbe vissuta per un'altra notte. Cuciti sul petto della sua veste, i soldi per pagare la sua sepoltura erano ancora intatti.

Se avesse potuto resistere tutto il giorno, e poi giacere fino a morire sotto la copertura dell'oscurità, sarebbe morta indipendente. Se fosse stata catturata prima, i soldi sarebbero stati presi da lei in quanto povera che non ne aveva diritto, e sarebbe stata portata al maledetto ricovero. Ottenendo di finire come voleva, la lettera sarebbe stata trovata sul suo petto, insieme ai soldi, e i gentiluomini avrebbero detto, quando gli fosse stata restituita: "Apprezzava questa lettera, la vecchia Betty Higden; ne ha avuto cura; e mentre viveva, lei non avrebbe mai lasciato che fosse infangata cadendo nelle mani di quelli che considerava con orrore." Ragionamento molto illogico, insignificante e sciocco, questo; ma i viaggiatori nella valle dell'ombra della morte sono adatti ad essere deboli di mente; e i vecchi malandati di bassa condizione hanno un modo di ragionare così mediocre come vivono, e senza dubbio prenderebbero la nostra legge sui poveri più filosoficamente, se avessero un reddito di diecimila all'anno.

Così, tenendosi sulle strade laterali ed evitando l'approccio umano, quella vecchia ostinata si nascose, e se la cavò per tutta quella triste giornata. Eppure era così diversa in generale dai vagabondi che si nascondono, che a volte, con l'avanzare della giornata, c'era un fuoco luminoso nei suoi occhi, e un battito più veloce nel suo cuore debole, come se avesse detto esultante: «Il Signore mi vedrà superare questo!»

Da quali mani visionarie fu condotta in quel viaggio per fuggire al Samaritano; da quali voci, zittite nella tomba, sembrava che ella fosse interpellata; come immaginasse il bambino morto di nuovo tra le sue braccia, e come innumerevoli volte si aggiustasse lo scialle per tenerlo caldo; che varietà infinita di forme di torre, tetto e campanile prendessero gli alberi; quanti furiosi cavalieri cavalcavassero dietro di lei gridando: «Eccola che va! Fermatela! Fermati, Betty Higden!» e svanissero appena le si avvicinavano; siano queste cose non raccontate.

Andando avanti e nascondendosi, nascondendosi e andando avanti, la povera creatura innocua, come se fosse un'assassina e tutto il paese le stesse dietro, consumò il giorno e guadagnò la notte. «Campi irrigati, o qualcosa del genere,» aveva mormorato a volte, durante il pellegrinaggio del giorno, quando aveva alzato la testa e preso nota degli oggetti reali attorno a lei. Ora sorse nell'oscurità un grande edificio pieno di finestre illuminate. Il fumo usciva da un alto camino sul retro e si udiva il suono di una ruota idraulica al lato. Tra lei e l'edificio c'era uno specchio d'acqua, che rifletteva le finestre illuminate, e sul margine più vicino c'era una fila d'alberi. «Ringrazio umilmente il Potere e la Gloria,» disse Betty Higden, alzando le mani rugose, «che son giunta alla fine del mio viaggio!»

Strisciò tra gli alberi fino al tronco di un albero da dove poteva vedere, al di là di alcuni alberi e rami frapposti, le finestre illuminate, sia nella loro realtà che nel loro riflesso nell'acqua. Mise il suo piccolo cestino ordinato al suo fianco e si lasciò cadere a terra, sostenendosi contro l'albero. Le venne in mente il piede della Croce, e si affidò a Colui che era morto su di essa. Le sue forze resistettero per permetterle di sistemare la lettera sul suo petto, in modo che si potesse vedere che aveva un foglio lì. Aveva resistito per questo, e si abbandonò quando ciò fu fatto.

«Sono al sicuro qui,» fu l'ultimo suo confuso pensiero. «Quando mi troveranno morta ai piedi di questa croce, chi mi troverà sarà qualcuno della mia condizione; qualcuno di quelli che lavorano tra quelle luci. Non posso più vedere le finestre illuminate, ora, ma esse sono lì. Sono grata per tutto!»

Il buio se n'era andato, e una faccia si chinava su di lei. «Non è mica la bella signora?»

«Non capisco che cosa dite. Lasciate che vi bagni di nuovo le labbra con questo brandy. Sono andata a prenderlo. Pensavate che fossi andata lontano?» È il viso di una donna, ombreggiato da una quantità di ricchi capelli scuri, è il volto serio di una donna giovane e bella. Ma io non sono più sulla terra, e questo deve essere un angelo.

«È molto che sono morta?»

«Non capisco che cosa dite. Lasciate che vi bagni ancora le labbra. Ho fatto più in fretta che ho potuto, ma non ho portato nessuno indietro con me, per non farvi morire dallo spavento di vedere degli sconosciuti.»

«Non sono morta?»

«Non posso capire che cosa dite. La vostra voce è così bassa e spezzata che non posso sentire le parole. Mi sentite?»

«Sì.»

«Avete detto di sì?»

«Sì.»

«Venivo via dal lavoro, proprio ora, lungo il sentiero, lì, (ho fatto il turno di notte stanotte), quando ho sentito un gemito, e vi ho trovata qui distesa.»

«Che lavoro, cara?»

«Mi avete chiesto che lavoro? Alla cartiera.»

«Dov'è?»

«La vostra faccia è rivolta al cielo, e non la potete vedere. È qui vicino. Potete vedere la mia faccia, qui, tra voi e il cielo?»

«Sì.»

«Posso sollevarvi un po'?»

«Non ancora.»

«Nemmeno alzare la vostra testa sul mio braccio? Lo farò adagio adagio, un po' per volta. Lo sentirete a malapena.»

«Non ancora. Carta. Lettera.»

«Questa carta sul petto?»

«Dio vi benedica!»

«Lasciatevi bagnare ancora le labbra. Devo aprirla? Leggerla?»

«Dio vi benedica!» Ella legge con sorpresa, e guarda con una nuova espressione di aumentato interesse la faccia immobile presso la quale è inginocchiata.

«Conosco questi nomi. Ne ho sentito parlare spesso.»

«La manderete, mia cara?»

«Non vi posso capire. Lasciatevi bagnare ancora le labbra e la fronte. Così. Oh, poverina, poverina!» Queste parole attraverso le sue lacrime che cadono rapidamente. «Che cosa mi avete chiesto? Aspettate, che accosterò l'orecchio molto vicino.»

«La manderete, mia cara?»

«Se la manderò a quelli che l'hanno scritta? È questo che volete? Sì, certamente.»

«Non la darete a nessun altro che a loro?»

«No.»

«Anche voi diventerete vecchia, un giorno, e verrà anche per voi l'ora della morte, mia cara: non la darete a nessun altro che a loro?»

«No, molto solennemente.»

«Nemmeno all'Ospizio?» con uno sforzo convulso.

«No, molto solennemente.»

«E non lascerete che quelli dell'Ospizio mi tocchino, e nemmeno che mi guardino?» con un altro sforzo.

«No, fedelmente.»

Uno sguardo di gratitudine e di trionfo illumina il vecchio viso consunto. Gli occhi, che sono stati oscuramente fissi nel cielo, si volgono, pieni d'espressione, verso il volto compassionevole da cui le lacrime scendono e un sorriso è sulle labbra invecchiate mentre chiedono: «Come ti chiami, mia cara?»

«Mi chiamo Lizzie Hexam.»

«Devo essere sfigurata dal dolore. Hai paura di darmi un bacio?»

La risposta è la pronta pressione delle sue labbra sulla bocca fredda ma sorridente.

«Dio ti benedica! Adesso tirami su, amor mio.»

Lizzie Hexam sollevò delicatamente la testa grigia segnata da tante stagioni e l'innalzò fino al Cielo.

IX. Qualcuno diventa oggetto di una predizione

«Ti diamo grazie di cuore perché Ti è piaciuto liberare questa nostra sorella dalle miserie di questo mondo peccaminoso.» Così leggeva il reverendo Frank Milvey, con una voce non serena, poiché il suo cuore gli faceva sorgere un dubbio che non tutto andava bene tra noi e la nostra sorella - o diciamo la nostra sorella nella Legge - La Legge dei Poveri - e così a volte leggiamo queste parole in un modo orribile, su nostra sorella e anche nostro fratello. E Sloppy - a cui la coraggiosa defunta non aveva mai voltato la schiena fino a quando non era scappata da lui, sapendo che altrimenti egli non si sarebbe separato da lei -, Sloppy non poteva nella sua coscienza trovare ancora il ringraziamento di cuore che era richiesto. Un po' egoista, Sloppy, eppure scusabile, si può umilmente sperare, perché la nostra sorella era stata più che una madre per lui. Quelle parole venivano lette sulle ceneri di Betty Higden, in un angolo di un cimitero vicino al fiume; in un cimitero così oscuro che lì non c'erano nient'altro che cumuli d'erba, e nemmeno una sola lapide. Potrebbe non essere un affare del tutto irragionevole per gli scavatori e gli scalpellini, in un'età che registra tutto, se mettessimo un segno alle loro tombe a spese comuni; in modo che una nuova generazione possa sapere chi era chi: così che il soldato, il marinaio, l'emigrante, tornando a casa, potesse essere in grado di identificare il luogo di riposo di padre, madre, amico, o promessa sposa. Perché alziamo gli occhi e diciamo che siamo tutti uguali nella morte, e potremmo voltarli alla terra e mettere in pratica il detto in questo mondo, adesso. Sarebbe sentimentale, forse? Ma cosa dite voi, miei signori, gentiluomini e onorevoli consiglieri, non troveremo un buon posto libero per un piccolo sentimento, se lo vediamo nella nostra gente?

Vicino al reverendo Frank Milvey, mentre leggeva, c'erano la sua piccola moglie, il Segretario John Rokesmith, e Bella Wilfer. Questi, oltre a Sloppy, erano le persone in lutto presso l'umile tomba. Non un penny era stato aggiunto ai soldi cuciti nel suo vestito: quello che il suo spirito onesto aveva progettato così a lungo, fu realizzato.

«Ho un pensiero in testa,» disse Sloppy appoggiandosi, inconsolabile, contro la porta della chiesa, quando tutto fu finito, «ho un pensiero in questa mia testa miserabile che a volte avrei potuto girare un po' più forte per lei, e ora mi ferisce pensarlo.»

Il reverendo Frank Milvey, per confortare Sloppy, gli spiegò come i migliori di noi fossimo più o meno negligenti nei nostri giri ai nostri rispettivi rulli - alcuni di noi molto - e come fossimo tutti un equipaggio esitante, vacillante, debole e incostante.

«Lei non lo era, signore,» disse Sloppy, prendendo questo consiglio spirituale piuttosto male, a nome della sua defunta benefattrice. «Parliamo per noi stessi, signore. Ha svolto qualunque compito avesse dovuto fare. E' andata fino in fondo con me, con gli affidati, con se stessa, con tutto. O signora Higden, signora Higden, lei era una donna, una madre e una lavoratrice tra un milione di milioni!»

Con queste sincere parole, Sloppy levò la sua testa sconsolata dalla porta della chiesa e la portò fino alla tomba nell'angolo, e ve la depose e pianse tutto solo. «Non è una tomba molto povera,» disse il reverendo Frank Milvey passandosi una mano sugli occhi, «se ha una figura familiare su di essa. Più ricca, penso, di quanto potrebbe essere con la maggior parte delle sculture dell'Abbazia di Westminster!»

Lo lasciarono piangere senza disturbarlo, e uscirono dal cancelletto. La ruota idraulica della cartiera era udibile lì, e sembrava avere un'influenza ammorbidente sulla luminosa scena invernale. Erano arrivati poco prima, e Lizzie Hexam ora disse loro quel poco che poteva aggiungere alla lettera in cui aveva accluso la lettera del sig. Rokesmith e aveva chiesto le loro istruzioni. Questo era semplicemente come avesse sentito il gemito e quello che era successo dopo, e come aveva ottenuto il permesso di mettere i resti in quel dolce, fresco, vuoto magazzino del mulino da cui li avevano appena accompagnati al cimitero; e come le ultime richieste fossero state eseguite religiosamente.

«Non avrei potuto fare tutto, o quasi tutto, da sola,» disse Lizzie. «Non mi sarebbe mancata la volontà, ma non ne avrei mai avuto il potere, senza il nostro dirigente.»

«Non è certo l'ebreo che ci ha ricevuti?» disse la signora Milvey.

(«Mia cara,» osservò suo marito tra parentesi, «perché no?»)

«Quel signore certamente è ebreo,» disse Lizzie, «e la signora, sua moglie, è ebrea, e per la prima volta sono stata portata a far la loro conoscenza da un ebreo. Ma penso che non ci possano essere persone più gentili al mondo.»

«Già, ma supponete che cerchino di convertirvi!» suggerì la signora Milvey, infervorandosi nel suo piccolo buon modo, come moglie di un pastore.

«Per fare cosa, signora?» domandò Lizzie con un modesto sorriso.

«Di farvi cambiar religione,» disse la signora Milvey.

Lizzie scosse il capo, sempre sorridendo. «Non mi hanno mai chiesto quale sia la mia religione. Mi hanno chiesto la mia storia, e io gliel'ho raccontata. Mi hanno chiesto di essere industriosa e fedele, e io gliel'ho promesso. Fanno molto volentieri e allegramente il loro dovere verso tutti noi che lavoriamo qui, e cerchiamo di fare il nostro verso di loro. In verità fanno molto di più del loro dovere nei nostri confronti, perché sono meravigliosamente attenti verso di noi in molti modi.»

«È facile vedere che voi siete una favorita, mia cara,» disse la piccola signora Milvey, non del tutto contenta.

«Sarebbe molto ingrato da parte mia dire che non lo sono,» rispose Lizzie, «perché sono stata già promossa a un posto di fiducia, qui. Ma questo non cambia il fatto ch'essi seguono la loro religione e lasciano a ciascuno di noi la sua. Non ci parlano mai della loro, e non ci parlano mai della nostra. Se io fossi l'ultima operaia della cartiera, sarebbe proprio lo stesso. Non mi hanno mai chiesto che religione seguisse quella poverina.»

«Mio caro,» disse la signora Milvey in disparte al reverendo, «vorrei che tu le parlassi.»

«Mia cara,» disse il reverendo in disparte alla sua buona mogliettina, «io penso che lo lascerò a qualcun altro. Le circostanze sono difficilmente favorevoli. Ci sono un sacco di chiacchieroni in giro, mio amore, e presto ella ne troverà uno.»

Mentre si svolgeva questo colloquio, sia Bella che il Segretario osservavano Lizzie Hexam con grande attenzione. Portato faccia a faccia per la prima volta con la figlia del suo presunto assassino, era naturale che John Harmon avesse le sue ragioni segrete per un attento esame del suo volto e dei suoi modi. Bella sapeva che il padre di Lizzie era stato accusato ingiustamente del crimine che aveva avuto un'influenza così grande sulla sua stessa vita e sulla sua sorte; e il suo interesse, benché non avesse molle segrete, come quello del Segretario, era egualmente naturale. Tutti e due si erano aspettati di vedere qualche cosa di molto differente dalla vera Lizzie Hexam, e così accadde ch'ella divenne il mezzo inconsapevole per unirli. Perché, dopo aver camminato con lei verso la casetta del lindo villaggio vicino alla cartiera, dove Lizzie aveva un alloggio con un coppia di anziani impiegati nello stabilimento, e dopo che la signora Milvey e Bella erano salite per vedere la sua stanza ed erano scese, suonò la campana del mulino. Questo richiamò Lizzie al lavoro, e lasciò il Segretario e Bella piuttosto imbarazzati nella piccola strada davanti alla casa: mentre la signora Milvey era impegnata a inseguire i bambini del villaggio e a indagare per sapere se erano in pericolo di diventare figli d'Israele; e mentre il reverendo Frank era impegnato - per dire la verità - nell'evadere quel ramo delle sue funzioni spirituali, per essere furtivamente fuori di vista.

Alla fine Bella disse: «Se non parlassimo meglio dell'incarico che abbiamo assunto, signor Rokesmith?»

«Ma certo,» disse il Segretario.

«Suppongo,» disse Bella esitando, «che siamo entrambi incaricati, o noi non dovremmo essere entrambi qui?»

«Suppongo di sì,» rispose il Segretario.

«Quando io ho proposto di venire col signor Milvey e la signora Milvey,» disse Bella, «la signora Boffin mi ha pregato di fare così in modo che potessi darle il mio piccolo resoconto su Lizzie Hexam - non che il mio resoconto valga niente, signor Rokesmith, tranne che sarebbe di una donna, ma questa è una ragione che per lei potrebbe essere trascurabile.»

«Il signor Boffin,» disse il Segretario, «mi ha ordinato di venire per lo stesso scopo.» Mentre parlavano stavano lasciando la stradina e uscivano nel paesaggio boscoso in riva al fiume.

«Le ha fatto buona impressione, signor Rokesmith?» proseguì Bella, consapevole di prendere tutte le iniziative.

«Ottima impressione.»

«Ne sono così contenta! Qualcosa di molto raffinato nella sua bellezza, vero?»

«Il suo aspetto è molto sorprendente.»

«C'è un'ombra di tristezza su di lei che è piuttosto toccante. Almeno, io... io non voglio far prevalere la mia opinione, sa, signor Rokesmith,» disse Bella scusandosi e giustificandosi in un timido e carino modo; «io le sto chiedendo un parere.»

«Ho notato quella tristezza. Spero che non sia,» disse il Segretario abbassando la voce, «il risultato della falsa accusa che è stata ritirata.»

Dopo essere andati un po' oltre senza parlare, Bella, dopo aver dato uno o due sguardi furtivi al Segretario, improvvisamente disse: «Oh, signor Rokesmith, non sia duro con me, non sia severo, sia generoso! Voglio parlare con lei in condizioni di parità.»

Il Segretario si illuminò all'improvviso, e rispose: «Sul mio onore, non avevo pensiero se non per lei. Mi sono sforzato di essere riservato, per timore che lei potesse interpretare male il mio essere più naturale. Ecco. È passato.»

«Grazie,» disse Bella tendendogli la sua manina. «Mi perdoni!»

«No!» gridò il Segretario vivacemente. «Perdoni lei me!» Perché c'erano lacrime negli occhi di Bella, ed erano più belle alla sua vista (benché lo colpissero nel cuore anche come una specie di rimprovero) di qualunque altro scintillio nel mondo.

Quando ebbero camminato un po' oltre: «Lei voleva parlarmi,» disse il Segretario, senza più quell'ombra che aveva prima, «di Lizzie Hexam. E anch'io stavo per parlargliene, se avessi potuto cominciare.»

«Ora che lei può cominciare, signore,» rispose Bella, con uno sguardo che sembrava mettere in corsivo la parola "può" mettendo una delle sue fossette sotto, «che cosa voleva dire?»

«Lei ricorda certamente che nella sua breve lettera alla signora Boffin - breve, ma contenente tutto allo scopo - ella chiedeva che sia il suo nome sia il suo luogo di residenza fossero tenuti rigorosamente segreti tra noi.» Bella fece un cenno di assenso.

«Il mio dovere è scoprire perché ha fatto quella richiesta. Il signor Boffin mi ha dato l'incarico di scoprire, e io stesso sono molto desideroso di scoprire se quell'accusa ritirata lascia ancora qualsiasi macchia su di lei. Voglio dire se questo la colloca in qualche modo in svantaggio verso chiunque, anche verso se stessa.»

«Sì,» disse Bella annuendo pensierosa; «capisco. Mi sembra che questo sia saggio e premuroso.»

«Forse lei non si è accorta, signorina Wilfer, che quella ragazza ha per lei lo stesso interesse che lei ha per quella ragazza. Proprio come lei è attratta dalla sua bell... dall'aspetto e dai modi, così ella è attratta dai suoi.»

«Non me ne sono accorta davvero,» rispose Bella, di nuovo enfatizzando con una fossetta, «e avrei dovuto darle il merito di...»

Il Segretario con un sorriso alzò la mano, interponendo così chiaramente 'non poteva avere un gusto migliore', tanto che il rossore di Bella divenne più acceso per la piccola civetteria che era stata notata.

«E così,» riprese il Segretario, «se lei parlasse da sola con lei prima di andarcene da qui, sono abbastanza sicuro che sorgerebbe tra voi una naturale e facile fiducia. Naturalmente nessuno le chiederebbe di tradirla, e naturalmente lei non lo farebbe, se glielo chiedessero. Ma se non si oppone di porle questa domanda - per accertarci dei suoi sentimenti in questa questione - può farlo con molto più grande vantaggio di me o di chiunque altro. Il signor Boffin è ansioso sull'argomento. E io sono,» aggiunse il Segretario dopo un momento, «per un motivo speciale, molto ansioso.»

«Sarò felice, signor Rokesmith,» rispose Bella, «di essere utile in qualche modo; perché sento, dopo la triste scena di oggi, di essere abbastanza inutile in questo mondo.»

«Non dica questo,» disse il Segretario.

«Oh, ma è così che la penso,» rispose Bella alzando le sopracciglia.

«Nessuno è inutile in questo mondo,» ribatté il Segretario, «quando alleggerisce il fardello a qualcun altro.»

«Ma l'assicuro che io non lo faccio!» disse Bella, quasi piangendo.

«Nemmeno a suo padre?»

«Il mio caro, tenero Pa, dimentico di sé, facilmente soddisfatto! Oh, sì! Egli crede così.»

«E' abbastanza ch'egli pensi così,» disse il Segretario. «Scusi l'interruzione: non mi piace sentire che lei si svaluti così.»

«Ma anche lei una volta mi ha giudicato male, signore,» pensò Bella, imbronciandosi, «e spero che sia soddisfatto delle conseguenze che sono ricadute sul suo capo!» Tuttavia non disse nulla di quel genere, ma qualcosa di completamente diverso.

«Signor Rokesmith, mi sembra che sia passato tanto tempo dall'ultima volta che ci siamo parlati con franchezza, che mi sento imbarazzata nell'affrontare un altro argomento. Il signor Boffin. Lei sa che gli sono molto grata, vero? Lei sa che ho per lui un vero rispetto, e gli sono molto legata per la sua grande generosità. Lei lo sa, vero?»

«Indiscutibilmente. E so anche che lei è la sua compagnia preferita.»

«Questo rende,» disse Bella, «molto difficile parlarne. Ma... le pare che la tratti bene?»

«Lei vede come mi tratta,» rispose il Segretario con un'aria paziente e tuttavia fiera.

«Sì, e lo vedo con dolore,» disse Bella con molta energia. Il Segretario le diede uno sguardo così raggiante, che se l'avesse ringraziata cento volte, non avrebbe potuto dire tutto ciò che quello sguardo diceva.

«Lo vedo con dolore, e a volte mi sento proprio infelice,» continuò Bella. «Infelice, perché non posso sopportare che si pensi che io lo approvi o vi partecipi in qualche modo. Infelice, perché io non posso sopportare di essere costretta ad ammettere a me stessa che la fortuna sta rovinando il signor Boffin.»

«Signorina Wilfer,» disse il Segretario col volto raggiante, «se sapesse con quanto piacere io scopro che la ricchezza non rovina lei, si renderebbe conto che questo mi ricompensa per qualsiasi affronto di qualsiasi altra mano!»

«Oh, non parli di me,» disse Bella, dandosi col guanto un impaziente colpetto. «Lei non mi conosce bene come...»

«Come si conosce lei?» suggerì il Segretario, accorgendosi che si era fermata. «Lei si conosce?»

«Certo mi conosco abbastanza,» disse Bella con un'aria deliziosa di esser pronta a riconoscere di essere un brutto affare, «e non miglioro, ad esser conosciuta bene. Ma torniamo al signor Boffin.»

«Che il signor Boffin non mi tratti e non mi consideri più come una volta, bisogna ammetterlo,» osservò il Segretario «troppo evidente per negarlo.»

«È disposto a negarlo, signor Rokesmith?» domandò Bella con aria di meraviglia.

«Non dovrei essere contento di farlo, se potessi: sebbene fosse solo per il mio amor proprio?»

«Davvero,» rispose Bella, «dev'essere molto duro, per lei, e... Mi promette, per favore, che non prenderà a male quello che sto per dirle?»

«Glielo prometto con tutto il cuore.»

«... E talvolta,» disse Bella, con qualche esitazione, «lei deve sentirsi umiliato nella sua stessa stima, no?»

Accennando di sì con un movimento del capo, ma sembrando che non lo fosse, il Segretario rispose: «Ho delle ragioni molto forti, signorina Wilfer, che m'inducono a sopportare gli inconvenienti della mia posizione nella casa dove abitiamo tutti e due. Mi creda, non sono motivi d'interesse, benché io sia, per una serie di strane fatalità, decaduto dal posto che avevo una volta nella vita. Se quello che lei vede con una simpatia così gentile e così buona, dovrebbe da una parte fare inalberare il mio orgoglio, ci sono altre considerazioni (che lei non può vedere) che mi spingono a sopportare con pazienza. E queste considerazioni sono di gran lunga più forti.»

«Penso di aver notato, signor Rokesmith,» disse Bella, guardandolo con curiosità, come se non lo capisse del tutto, «che lei si reprima, e si obbliga a recitare passivamente una parte.»

«Ha ragione. Mi reprimo, e mi costringo a recitare una parte. Non è che io mi sottometta per docilità di spirito. Ho uno scopo ben definito.»

«E buono, spero,» disse Bella.

«E buono, spero,» egli ripeté, guardandola fisso.

«Talvolta mi sono immaginata, signore,» disse Bella distogliendo gli occhi, «che la grande considerazione che lei ha per la signora Boffin sia un motivo molto potente per lei.»

«Ha ragione di nuovo: è così. Farei qualsiasi cosa per lei, sopporterei qualsiasi cosa per lei. Non ci sono parole per esprimere quanto stimi quella brava, brava donna.»

«Come faccio anch'io! Posso chiederle ancora una cosa, signor Rokesmith?»

«Qualsiasi cosa.»

«Naturalmente lei vede che la signora Boffin soffre del cambiamento del marito, no?»

«Lo vedo tutti i giorni, come lo vede lei, e mi addolora di darle dolore.»

«Darle dolore?» ripeté Bella con vivacità, alzando le sopracciglia.

«Generalmente sono io la causa infelice di tutto.»

«Forse ella dice anche a lei, come dice spesso a me, che a dispetto di tutto egli è il migliore degli uomini.»

«Mi accade spesso di sentirla dire così a lei, con la sua bella e onesta devozione al marito,» rispose il Segretario con lo sguardo fisso di prima, «ma non posso affermare ch'ella dica così a me.»

Bella rispose per un momento allo sguardo fermo con un'occhiata sognante e meditabonda delle sue, e poi, scuotendo diverse volte la testa, come un filosofo con le fossette (della migliore scuola) che stesse moralizzando sulla Vita, sospirò leggermente, e si arrese che le cose in generale fossero un brutto affare, come in precedenza era stata incline ad arrendersi riguardo a se stessa. Ma, nonostante tutto, fecero una passeggiata molto piacevole. Gli alberi erano privi di foglie, e il fiume era privo delle sue ninfee; ma il cielo non era privo del suo bell'azzurro, e l'acqua lo rifletteva, e un venticello delizioso correva con la corrente, increspando la superficie. Forse non è mai stato ancora realizzato da mani umane un vecchio specchio che, se tutte le immagini che ha a suo tempo riflesse potessero passare di nuovo sulla sua superficie, possa evitare di rivelare qualsiasi scena di orrore o angoscia. Ma pareva che il grande specchio sereno del fiume potesse riprodurre tutto quello che aveva specchiato tra le sue placide rive, e riportare alla luce solo ciò che era piacevole, pastorale, e fiorente.

Così essi camminarono parlando della tomba appena riempita e di Johnny, e di molte cose. Così al loro ritorno incontrarono la vivace signora Milvey che veniva a cercarli, con la gradevole notizia che non c'era paura per i bambini del villaggio, essendoci una scuola cristiana in paese e nessuna cattiva interferenza giudaica con essa tranne che piantare il suo giardino. Così tornarono al villaggio quando Lizzie Hexam veniva dalla cartiera, e Bella si staccò dagli altri per andarle a parlare nella sua casa.

«Temo che sia una stanza povera, per lei,» disse Lizzie con un sorriso di benvenuto, mentre le offriva il posto d'onore accanto al fuoco.

«Non così povera come lei pensa, mia cara,» rispose «se lei sapesse tutto.» In effetti, anche se raggiunta da una prodigiosa stretta scala a chiocciola, che sembrava essere stata eretta in un camino bianco puro, e sebbene molto bassa di soffitto e molto rozza di pavimento, e piuttosto piccola per quanto riguarda le proporzioni della sua finestra a grate, era una stanza più piacevole di quella stanza disprezzata quella volta a casa, in cui Bella si era lamentata per la prima volta delle miserie di prendere inquilini.

La giornata si stava chiudendo quando le due ragazze si guardarono l'un l'altra vicino al caminetto. La stanza scura era rischiarata dal fuoco. La griglia poteva sembrare il vecchio braciere, e il bagliore poteva sembrare la vecchia cavità scavata dal bagliore.

«È del tutto nuovo, per me, ricevere una visita di una signora così vicina alla mia età, e così bella come lei» disse Lizzie. «È un piacere, per me, guardarla.»

«Non ho più niente per cominciare,» rispose Bella arrossendo, «perché volevo dire che per me è un piacere guardarla, Lizzie. Ma possiamo cominciare senza un inizio, no?»

Lizzie prese la graziosa manina che le veniva offerta, con altrettanta franchezza.

«Ora, cara,» disse Bella, avvicinandole un po' di più la sedia, e prendendo il braccio di Lizzie come se stessero uscendo a fare una passeggiata insieme, «ho l'incarico di dirle qualche cosa, e oso dire che sbaglierò, ma non lo farò se posso evitarlo. È a proposito della lettera che lei ha scritto al signor Boffin e alla signora Boffin, e questo è quello che è. Vediamo. Oh, sì. E questo è quello che è.»

Con questo esordio, Bella espose la richiesta di Lizzie che riguardava la segretezza, e parlò delicatamente di quella falsa accusa e della sua ritrattazione, e chiese se poteva domandare di essere informata se ci fosse qualsiasi rapporto, vicino o remoto, con tale richiesta. «Sento, mia cara,» piuttosto sorpresa ella stessa per il modo professionale con cui stava andando avanti, «che l'argomento dev'essere penoso, per lei, ma sono coinvolta anch'io; perché - non so se lei lo possa sapere o sospettare - io sono la ragazza che secondo quel testamento avrebbe dovuto sposare quello sfortunato signore, se gli fosse piaciuto farlo. Quindi sono stata trascinata nell'argomento senza il mio consenso, e lei è stata trascinata in esso senza il suo consenso, e c'è ben poca differenza tra noi due.»

«Ero ben sicura,» disse Lizzie, «che lei era la signorina Wilfer di cui ho sentito tanto parlare. Può dirmi chi è il mio amico sconosciuto?»

«Amico sconosciuto, mia cara?» disse Bella.

«Chi ha contraddetto l'accusa contro il povero padre, e mi ha mandato la carta scritta.»

Bella non ne aveva mai sentito parlare. Non aveva idea di chi potesse essere.

«Mi avrebbe fatto piacere ringraziarlo,» proseguì Lizzie. «Ha fatto molto per me. Devo sperare

che mi permetta di ringraziarlo un giorno. Lei mi ha chiesto se c'è qualcosa a che fare tra...»
«Questo o l'accusa stessa,» disse Bella.
«Capisco. Ha qualcosa a che fare con il mio desiderio di vivere del tutto in segreto e ritirata qui? No.»
Mentre Lizzie Hexam scosse la testa nel dare questa risposta e mentre il suo sguardo cercò il fuoco, c'era una tranquilla risoluzione nelle sue mani intrecciate, che non sfuggì agli occhi luminosi di Bella.
«Ha vissuto molto da sola?» domandò Bella.
«Sì. La solitudine non è una novità per me. Stavo sempre sola per tanto tempo, di giorno e di notte, quando era vivo il povero papà.»
«Ha un fratello, mi è stato detto?»
«Ho un fratello, ma non va più d'accordo con me. Ma è un ragazzo molto bravo, tuttavia, e si è fatto strada con le sue capacità. Non mi lamento di lui.» Mentre lo diceva, con gli occhi fissi sul bagliore del fuoco, ci fu un'istantanea ombra di angoscia sul suo viso. Bella approfittò di quel momento per toccarle la mano.
«Lizzie, vorrei che lei mi dicesse se ha qualche amica della sua età.»
«Ho vissuto un tipo di vita così solitario, che non ne ho mai avuto,» rispose.
«E nemmeno io,» disse Bella. «Non che la mia vita sia stata solitaria, perché avrei desiderato talvolta che lo fosse un po' di più, invece di avere Ma che va avanti come la Musa Tragica con un dolore al viso negli angoli maestosi, e Lavvy che è dispettosa, anche se ovviamente sono molto affezionata a tutte e due loro. Vorrei che lei potesse diventarmi amica, Lizzie. Pensa potrebbe? Non ho quello che chiamano carattere, mia cara, più di un canarino, ma so di essere degna di fiducia.»
La natura caparbia, giocosa, affettuosa, incostante per mancanza di impegno per qualche scopo importante, e capricciosa perché era sempre svolazzante tra le piccole cose, era tuttavia affascinante.
Per Lizzie era così nuova, così graziosa, nello stesso tempo così femminile e così infantile, che la conquistò completamente. E quando Bella ripeté: «Le pare che sia possibile, Lizzie?» con le sopracciglia alzate, la testa chinata da una parte con aria interrogativa, e uno strano dubbio in cuore, Lizzie mostrò oltre ogni dubbio che era possibile.
«Mi dica, mia cara,» disse Bella «qual è il problema e perché vive così?»
Lizzie iniziò subito, come preludio: «Lei deve avere molti innamorati...», quando Bella la fermò con un piccolo grido di meraviglia.
«Ma cara, non ne ho nessuno!»
«Neanche uno?»
«Bene, forse uno sì,» disse Bella, «ma non so davvero. Ne avevo uno, ma cosa ne pensa in questo momento non posso dirlo. Forse ne ho mezzo (senza contare naturalmente quell'idiota di George Sampson). Tuttavia, non badi a me. Voglio sapere di lei.»
«C'è un certo uomo,» disse Lizzie, «un uomo appassionato e furibondo, che dice di amarmi, e gli devo credere. È un amico di mio fratello. Ho avuto avversione per lui dentro di me quando mio fratello lo portò la prima volta da me; ma l'ultima volta che l'ho visto mi ha terrorizzato più di quanto possa dire.» Qui si fermò.
«È venuta qui per fuggire da lui, Lizzie?»
«Son venuta qui subito dopo che lui mi ha spaventata tanto.»
«E qui, ha ancora paura di lui?»

«Generalmente io non sono paurosa, ma di lui ho sempre paura. Ho paura di leggere un giornale o di sentir parlare di ciò che avviene a Londra, per timore che abbia commesso qualche violenza.»
«Ma allora non è per lei che ha paura, mia cara?» disse Bella, dopo aver riflettuto su quelle parole.
«Avrei paura anche per me, se dovessi incontrarlo qui. Mi guardo sempre bene intorno, quando vado e vengo di notte.»
«Ha paura che possa fare qualcosa contro se stesso, a Londra, mia cara?»
«No. Potrebbe essere abbastanza feroce anche da fare violenza a se stesso, ma non penso a quello.»
«Ma allora sembrerebbe quasi, cara,» disse Bella con un'aria un po' curiosa, «che ci sia qualcun altro!»
Lizzie si mise le mani davanti al viso per un momento prima di rispondere: «Le parole sono sempre nelle mie orecchie e il colpo che ha inferto a un muro di pietra mentre le diceva è sempre davanti ai miei occhi. Ho cercato strenuamente di pensare che non valga la pena ricordare, ma non posso minimizzare. La sua mano gocciolava sangue, mentr'egli mi diceva: "Allora spero di non ucciderlo mai!"»
Piuttosto sorpresa, Bella fece una cintura delle sue braccia intorno alla vita di Lizzie, e poi chiese piano, con voce morbida, mentre entrambe guardavano il fuoco: «Ucciderlo! Quest'uomo è così geloso, allora?»
«Di un signore,» disse Lizzie. «... Non so nemmeno come dirglielo... di un signore molto al di sopra di me e della mia condizione, che mi portò la morte di mio padre, e dopo di allora ha mostrato un interesse verso di me.»
«La ama?» Lizzie scosse il capo.
«La apprezza?» Lizzie non scosse più il capo e premette una mano sulla sua cintura vivente.
«È attraverso la sua influenza che l'ha fatta venir qui?»
«Oh, no! E per tutto il mondo non vorrei che egli sapesse che sono qui, o trovasse il minimo indizio su dove trovarmi.»
«Ma, cara Lizzie, perché?» domandò Bella, sbalordita da questa esplosione. Ma poi aggiunse rapidamente, leggendo il viso di Lizzie: «No, non mi dica perché. È stata una domanda sciocca la mia, lo vedo, lo vedo.»
Ci fu silenzio tra loro. Lizzie, con la testa abbassata, portò lo sguardo sul bagliore del fuoco dove si erano nutrite le sue prime fantasie, e la sua prima fuga da quella triste vita alla quale aveva strappato suo fratello, prevedendo la sua ricompensa.
«Adesso lei sa tutto,» disse, alzando gli occhi verso Bella. «Niente è stato tralasciato. È questa la ragione per cui vivo nascosta qui, con l'aiuto di un vecchio che mi è amico davvero. Per una breve parte della mia vita a casa con mio padre, sapevo di cose - non mi chieda cosa - contro cui ho messo la mia faccia e ho cercato di migliorare. Non credo di aver potuto fare di più, quindi, senza lasciare andare la mia presa su mio padre; ma a volte queste cose giacciono pesanti nella mia mente. Facendo tutto per il meglio, spero di poterle vanificare.»
«E vanificare anche,» disse Bella con dolcezza, «questa debolezza per uno che non ne è degno.»
«No, non la voglio cancellare,» rispose Lizzie arrossendo, «e non voglio credere, né credo, che lui non ne sia degno. Che cosa ci guadagnerei da ciò, e quanto ci perderei!»
Le piccole espressive sopracciglia di Bella si rivolsero per un certo tempo al fuoco, piuttosto scontente, prima ch'ella riprendesse: «Non pensi che io insista, Lizzie; ma non ci guadagnerebbe in pace e speranza e anche nella libertà? Non sarebbe meglio non vivere una vita segreta in clandestinità e non essere esclusa dalla sua natura e dalle sue sane prospettive? Mi scusi se glielo

chiedo, ma non sarebbe nessun guadagno?»

«Il cuore di una donna che... che ha quell'inclinazione di cui lei ha parlato,» rispose Lizzie, «chiede forse di guadagnar qualche cosa?»

La domanda era così direttamente in contrasto con le opinioni di Bella sulla vita, come esposte a suo padre, che lei disse internamente: «Ecco, piccola miserabile mercenaria! Lo senti? Non ti vergogni di te stessa?» e le slacciò la cintura delle braccia, espressamente per dare a lei stessa un colpo penitenziale nel fianco.

«Ma lei ha detto, Lizzie,» riprese poi, tornando all'argomento dopo il castigo che si era inflitto, «che per di più ci perderebbe qualcosa. Le dispiacerebbe dirmi che cosa perderebbe, Lizzie?»

«Perderei alcuni dei migliori ricordi, dei migliori incoraggiamenti, e dei migliori oggetti, che porto nella mia vita quotidiana. Perderei la mia convinzione che se fossi stata sua pari, e lui mi avesse amato, io avrei provato con tutte le mie forze a renderlo migliore e più felice, come mi avrebbe reso. Perderei quasi tutto il valore che attribuisco al poco apprendimento che ho, che è tutto dovuto a lui, e di cui ho vinto le difficoltà, affinché non potesse credere che fosse stato gettato via. Perderei una specie di ritratto di lui - o di quello che avrebbe potuto essere, se fossi stata una signora, e lui mi avesse amato - che è sempre con me, e che io in qualche modo sento prima di fare una cosa cattiva o sbagliata. Tralascerei di apprezzare il ricordo che non mi ha fatto altro che bene da quando l'ho conosciuto e che ha fatto un cambiamento dentro di me, come - come il cambiamento nella grana di queste mani, che erano ruvide e screpolate, dure e marroni quando continuavo a remare il fiume con mio padre, e sono ammorbidite e rese flessibili da questo nuovo lavoro, come le vede adesso.»

Esse tremavano, ma non per debolezza, mentre ella le mostrava.

«Mi capisca, mia cara,» continuò. «Non ho mai sognato la possibilità che lui sia per me, su questa terra, niente di più di quella specie di ritratto, di cui son sicura che lei non potrebbe capire l'importanza se il capirlo non fosse già nel suo cuore. Non ho mai sognato la possibilità di essere sua moglie, più di quanto l'abbia fatto lui: e le parole non possono essere più forti di così. Eppure lo amo. Lo amo così tanto, così teneramente, che quando qualche volta penso che la mia vita non potrà essere che infelice, ne sono fiera e contenta. Sono fiera e contenta di soffrire qualcosa per lui, anche se a lui non gliene viene nessun vantaggio, e non lo saprà mai, né se ne prenderà cura.»

Bella era affascinata dalla profonda, generosa passione di quella ragazza o donna della sua età, che si rivelava coraggiosamente nella fiducia nella sua comprensiva percezione della sua verità. Eppure ella non aveva mai sperimentato niente del genere, né pensato all'esistenza di qualcosa di simile.

«Era tardi in una notte disgraziata,» disse Lizzie, «che i suoi occhi si posarono su di me per la prima volta, nella mia vecchia casa presso il fiume, molto diversa da questa. I suoi occhi forse non mi vedranno più. Preferirei che non mi vedessero più, e spero che non mi vedranno. Ma non vorrei che la loro luce fosse tolta alla mia vita, per nulla che la vita mi possa dare. Le ho detto tutto, ora, mia cara. Se mi sembra un po' strano averle rivelato il mio segreto, non me ne dispiace. Non pensavo certo di farne parola con nessuno, prima che lei venisse qui, ma lei è venuta, e ho cambiato idea.»

Bella la baciò sulla guancia e la ringraziò calorosamente della fiducia. «Vorrei soltanto,» disse Bella, «esserne più meritevole.»

«Più meritevole?» ripeté Lizzie con un sorriso incredulo.

«Non intendo riguardo al tenerlo per me,» disse Bella, «perché mi potrebbero fare a pezzi prima che io ne dica una sillaba: però non c'è merito in questo, perché per natura sono ostinata come un mulo. Quello che voglio dire è, Lizzie, che sono solo un semplice impertinente esempio di presunzione, e lei mi fa vergognare.»

Lizzie le tirò su i bei capelli bruni che le cadevano sulla fronte, tanta era la violenza con cui Bella scuoteva il capo, e le disse, mentre così faceva: «Mia cara!»

«Oh, sì, mi chiami pure mia cara,» disse Bella con un piagnucolio infantile, «ne sono ben contenta: ma non me lo merito affatto. Ma sono una così cattiva cosa!»

«Mia cara!» ripeté ancora Lizzie.

«Una bestiolina così superficiale, fredda, mondana, limitata!» disse Bella, tirando fuori il suo ultimo aggettivo con forza in crescendo.

«Non crede,» domandò Lizzie col suo sorriso tranquillo, essendo i capelli ora assicurati, «che io pensi meglio?»

«Pensa meglio, davvero?» disse Bella. «Davvero crede che io sia meglio? Oh, sarei così contenta se avesse ragione lei, ma ho proprio paura di sapere come sono!»

Lizzie le domandò, ridendo apertamente, se avesse mai visto la sua faccia o sentito la sua stessa voce?

«Credo di sì,» rispose Bella. «Mi guardo nello specchio ogni momento, e chiacchiero come una gazza.»

«Io ho visto la sua faccia e ho sentito la sua voce, ad ogni modo,» disse Lizzie, «e mi hanno tentato di dirle - con la certezza che non sto sbagliando - quello che pensavo non avrei mai dovuto dire a nessuno. Le sembra grave?»

«No, spero di no,» disse Bella, fermandosi in qualcosa tra una risata umoristica e un sospiro umoristico.

«Una volta avevo l'abitudine di leggere il futuro nel fuoco,» disse Lizzie scherzosamente, «per far piacere a mio fratello. Devo dirle che cosa vedo laggiù, dove la fiamma brilla?»

Si erano alzate, e stavano davanti al caminetto, essendo giunto il momento di separarsi; ciascuna aveva cinto con un braccio la vita dell'altra per salutarla.

«Devo dirle,» domandò Lizzie, «che cosa vedo laggiù?»

«Una limitata piccola b?» suggerì Bella, inarcando le sopracciglia.

«Un cuore che vale la pena di conquistare, e che sarà conquistato. Un cuore che una volta conquistato passa attraverso il fuoco e l'acqua per il vincitore, e mai cambia e non si scoraggia mai.»

«Il cuore di una ragazza?» domandò Bella, accompagnando con le sopracciglia. Lizzie annuì. «E la persona a cui appartiene...»

«È la sua,» suggerì Bella.

«No, più chiaramente e distintamente sua.»

Così il colloquio finì con piacevoli parole da ambo le parti, con ripetute affermazioni da parte di Bella che erano amiche, e la promessa che sarebbe presto venuta di nuovo in quella parte del paese. Dopo di che, Lizzie tornò alle sue occupazioni, e Bella corse alla piccola locanda per riunirsi alla sua compagnia.

«Lei ha l'aria piuttosto seria, signorina Wilfer,» fu la prima osservazione del Segretario.

«Mi sento piuttosto seria» rispose la signorina Wilfer.

Non aveva nient'altro da dirgli tranne che il segreto di Lizzie Hexam non aveva niente a che vedere con la crudele accusa, né con la ritrattazione. Oh sì però! disse Bella: poteva dire un'altra cosa, e cioè che Lizzie aveva gran desiderio di ringraziare l'amico sconosciuto che le aveva mandato la ritrattazione scritta. Davvero? osservò il Segretario. Ah, gli domandò Bella, egli non aveva nessuna idea su chi potesse essere quell'amico sconosciuto? Egli non aveva nessuna idea. Erano ai limiti della contea di Oxford[224], così lontano si era spinta la povera Betty Higden. Dovevano ritornare col treno di lì a poco, e poiché la stazione era a portata di mano, il reverendo Frank e la sua signora, Sloppy, Bella e il Segretario si misero in cammino. Poche strade di campagna sono abbastanza larghe per cinque persone, così Bella e il Segretario rimasero indietro.

«Può credere, signor Rokesmith,» disse Bella, «che mi sembra che siano passati degli anni interi da quando sono entrata nell'abitazione di Lizzie Hexam?»

«Abbiamo fatto molte cose in un giorno,» rispose lui, «e nel cimitero lei era molto commossa. Sarà molto stanca.»

«No, non sono stanca affatto. Non ho espresso bene cosa intendo. Non voglio dire che mi sembra che sia passato molto tempo, ma che mi sembra che siano successe molte cose... a me, sa.»

«In bene, spero.»

«Lo spero anch'io,» disse Bella.

«Lei ha freddo, sento che trema. La prego, mi permetta di metterle questo mio mantello. Posso metterlo sopra questa spalla senza sciupare il vestito? Ora sarà troppo pesante e troppo lungo. Mi lasci portare questa estremità sul mio braccio, poiché non ha un braccio da darmi.» Ma sì, lei lo aveva. Come lo tirò fuori, nel suo stato ovattato, Dio solo sa; ma lei lo tirò fuori in qualche modo - eccolo lì - e lo fece passare attraverso quello del segretario.

«Ho avuto con Lizzie un colloquio lungo e interessante, signor Rokesmith, ed ella ha avuto piena fiducia in me.»

«Non poteva farne a meno,» disse il Segretario.

«Mi domando come lei ha potuto,» disse Bella, fermandosi bruscamente e guardandolo, «dirmi proprio quello che mi ha detto ella al riguardo!»

«Desumo che deve essere perché sento proprio come ella sentiva al riguardo.»

«E come è stato, vuol dire, signore?» domandò Bella riprendendo a camminare.

«Che se lei si proponeva di guadagnarsi la sua fiducia - come quella di qualsiasi altro - poteva star sicura di riuscirci.»

A questo punto la ferrovia strizzò consapevolmente un occhio verde, e ne aprì uno rosso ed essi dovettero correre per non perdere il treno. Poiché Bella, così avviluppata, non poteva correre facilmente, il Segretario dovette aiutarla. Quando ella prese il posto opposto a quello di lui nell'angolo della carrozza, la luminosità del suo viso era così affascinante da vedere, che quando lei esclamò: «Che belle stelle! Che magnifica notte!», il Segretario disse di sì, ma pareva che preferisse guardare la notte e le stelle riflesse nella luce del suo bel visino, piuttosto che guardare dal finestrino.

O bella signora, affascinante bella signora! Se potessi essere l'esecutore testamentario della volontà di Johnny! Se avessi almeno il diritto di pagare il tuo legato e di avere la tua ricevuta!

Qualcosa di questo genere si mischiava certo al fischio del treno quando passava per le stazioni, e tutti i loro occhi verdi si chiudevano consapevolmente mentre si aprivano quelli rossi quando si preparavano a far passare la bella signora.

X. Sentinelle in giro

«E quindi, signorina Wren,» disse il signor Eugene Wrayburn «non posso persuaderla a vestire una bambola per me?».

«No,» rispose la signorina Wren seccamente, «se ne vuole una, se la vada a comprare al negozio.»

«E la mia bella giovane figlioccia,» disse il signor Wrayburn lamentosamente, «laggiù nella contea di Hertford[225]...»

(«Nella contea delle Fandonie[226], volete dire, penso,» lo interruppe la signorina Wren.)

«... dev'essere messa nella stessa fredda posizione del pubblico generale, e non deve ricavare nessun beneficio dalla mia conoscenza privata con la Sarta di Corte?»

«Se è un vantaggio per la sua bella figlioccia - oh, che prezioso padrino che ha! -» replicò la signorina Wren pungendolo in aria con il suo ago, «essere informata che la Sarta di Corte conosce bene tutti i vostri trucchi e le vostre maniere, può informarla per posta, con i miei complimenti.»

La signorina Wren era impegnata nel suo lavoro a lume di candela, e il signor Wrayburn, mezzo divertito e mezzo irritato, e tutto pigro e sfaccendato, stava vicino al suo banchetto a guardare. Il figlio problematico della signorina Wren era nell'angolo in profonda disgrazia, esibendo grande miseria nello stadio tremante della prostrazione per l'alcol.

«Uffa, ragazzo disonorevole!» esclamò la signorina Wren, attratta dal suono dei suoi denti che battevano, «Vorrei che cadessero tutti nella tua gola e giocassero a dadi nello stomaco! Puah, bambino malvagio! Bèe, bèe, pecora nera!» Mentre la signorina Wren accompagnava ciascuno di questi rimproveri con un colpo minaccioso del piede, la miserabile creatura protestò con un piagnucolio. «Pagare cinque scellini per te, davvero!» continuò la signorina Wren. «Quante ore pensi che io ci metta, a guadagnare cinque scellini, ragazzo infame? Non piangere così, o ti tirerò una bambola. Pagare cinque scellini di multa per te, proprio! Bel modo, penso! Darei cinque scellini allo spazzino, per portarti via nel carrello dei rifiuti.»

«No, no,» gemette quell'essere inverosimile, «per favore!»

«È abbastanza per spezzare il cuore di sua madre, questo ragazzo,» disse la signorina Wren, appellandosi quasi a Eugene. «Vorrei non essermene occupata mai. Sarebbe più affilato del dente di un serpente, se non fosse così opaco come una fossa d'acqua. Guardatelo: è un bello spettacolo per gli occhi di un genitore!»

Sicuramente, nel suo stato peggiore di quello di un suino (perché i suini almeno ingrassano, col loro gozzovigliare, e sono buoni da mangiare), egli era un bello spettacolo per gli occhi di chiunque. «Un vecchio bambino scompigliato e malandato,» disse la signorina Wren giudicandolo con grande severità, «buono a nulla, tranne essere messo nel liquore che lo distrugge, e messo in una grande bottiglia di vetro come spettacolo per gli altri bambini malandati secondo il suo modello... Se non ha considerazione per il suo fegato, non ne ha nessuna per sua madre!»

«Sì... -derazione, oh, non...» gridò il soggetto di queste osservazioni rabbiose.

«Oh non e oh non,» proseguì la signorina Wren, «è oh sì e oh sì, invece! E perché lo fai?»

«Non lo farò più. No davvero. Per piacere...»

«Ecco,» disse la signorina Wren, coprendosi gli occhi con la mano. «Non posso sopportare di guardarti. Sali le scale e portami la cuffia e lo scialle. Renditi utile in qualche modo, ragazzaccio, e fammi avere la stanza libera invece della tua compagnia, per mezzo minuto.»

Obbedendole, se ne andò e Eugene Wrayburn vide le lacrime scendere dalle dita della piccola creatura mentre teneva la mano davanti ai suoi occhi. Gli dispiaceva, ma la sua commiserazione non spinse la sua sconsideratezza a fare qualsiasi cosa tranne il dispiacersi.

«Vado all'Opera Italiana[227] a far delle prove,» disse la signorina Wren dopo un po', togliendosi via le mani dagli occhi e ridendo sarcasticamente per nascondere che aveva pianto, «devo vedere le sue spalle prima che io vada via, signor Wrayburn. Lasci che le dica prima, una volta per tutte, che non serve a niente il suo farmi visita. Non avrebbe quello che vuole, da me, no, nemmeno se portasse con sé delle tenaglie per strapparlo.»

«È così ostinata sull'argomento del vestito della bambola per la mia figlioccia?»

«Ah,» rispose la signorina Wren con un moto vivace del mento, «sono così ostinata. E naturalmente si tratta di un vestito per bambola, o di un indirizzo[228], quello che lei preferisce. Se ne vada e lasci perdere!»

Il suo fardello degradato era tornato giù, e le stava dietro col cappellino e lo scialle.

«Dammeli e torna nel tuo angolo in castigo, vecchia cosa cattiva!» disse la signorina Wren, volgendosi e seguendolo con lo sguardo. «No, no, non voglio il tuo aiuto. Va' nel tuo angolo, in questo momento!»

Il miserabile, sfregandosi debolmente il dorso delle sue mani vacillanti dai polsi in giù, si trascinò nel suo posto di disonore; ma non senza uno sguardo curioso a Eugenio che gli passava davanti, accompagnato da quella che sembrava potesse essere un'azione del suo gomito, se qualsiasi azione di qualsiasi arto o articolazione avesse avuto, avesse risposto veramente alla sua volontà. Non prestandogli particolare attenzione più che quella di allontanarsi istintivamente dal contatto sgradevole, Eugene, con un pigro saluto alla signorina Wren, chiese di accendere il suo sigaro e se ne andò.

«Adesso, tu, vecchio figliol prodigo,» disse Jenny scuotendo il capo e il piccolo indice enfatico contro il suo fardello, «sta' seduto finché ritorno. Osa uscire dal tuo angolo per un solo istante mentre sono via, e saprò il motivo per cui.» Con questo ammonimento, spense le candele da lavoro, lasciandolo alla sola luce del fuoco, e messa in tasca la grossa chiave e presa la stampella, uscì.

Eugene si diresse pigramente verso il Temple, fumando il sigaro, e non vide più la sarta delle bambole, perché per caso avevano preso lati opposti della strada. Camminava lentamente, e si fermò a Charing Cross[229] a guardarsi intorno, con poco interesse per la folla come chiunque potrebbe avere, e stava per proseguire, quando l'oggetto più inaspettato catturò i suoi occhi. Era nientemeno il cattivo ragazzo della signorina Wren, che cercava di comporre la sua mente ad attraversare la strada. Uno spettacolo più ridicolo e miserevole di quel disgraziato vacillante che faceva incursioni instabili sulla carreggiata, e altrettanto spesso barcollava di nuovo indietro, oppresso dal terrore di veicoli ch'erano molto lontani o non erano da nessuna parte, le strade non avrebbero potuto mostrarlo. Più e più volte, quando la strada era perfettamente sgombra, egli partiva, arrivava a metà, descriveva un anello, si girava e tornava indietro; quando avrebbe potuto attraversare e riattraversare una dozzina di volte. Poi si fermava tremante sul bordo del marciapiede, guardando la strada da una parte e dall'altra, mentre decine di persone lo urtavano, e attraversavano e proseguivano. Stimolato un po' per volta dalla vista di tanti successi, faceva un altro tentativo, un altro giro, tutto tranne avere il piede sul marciapiede opposto, quando vedeva o immaginava qualcosa che si avvicinava, e barcollando tornava indietro. Là rimaneva a fare preparativi spasmodici come per un grande balzo, e alla fine decideva di partire proprio al momento sbagliato, e riceveva improperi dai conducenti, e indietreggiava ancora una volta e rimaneva nel vecchio posto tremando, con l'intero procedimento che doveva essere ripetuto.

«Mi sembra,» osservò Eugene freddamente, «che è probabile il mio amico sia piuttosto in ritardo se ha un appuntamento tra le mani.» E con quest'osservazione se ne andò e non ci pensò più.

Lightwood era a casa quando arrivò all'appartamento, e aveva cenato da solo lì. Eugenio accostò una sedia al fuoco accanto al quale si trovava bevendo il suo vino e leggendo il giornale della sera, e portò un bicchiere, e lo riempì per amor di buona compagnia.

«Mio caro Mortimer, tu sei il ritratto esplicito della laboriosità soddisfatta, che riposa (a credito) dopo le virtuose fatiche della giornata.»

«Mio caro Eugene, tu sei il ritratto esplicito dell'ozio scontento, che non riposa affatto. Dove sei stato?»

«Sono stato in città,» rispose Wrayburn. «Sono tornato in questo momento, coll'intenzione di consultare il mio avvocato così intelligente e così rispettato, sulla condizione dei miei affari.»

«Il tuo intelligente e rispettato avvocato è dell'opinione che i tuoi affari vadano male, Eugene.»

«Anche se,» disse Eugene pensieroso, «si può aprire una discussione sul fatto che questo possa essere detto in modo intelligente, ora, degli affari di un cliente che non ha niente da perdere e che non può essere costretto a pagare.»

«Sei caduto nelle mani degli ebrei, Eugene.»

«Mio caro ragazzo,» rispose il debitore, prendendo il bicchiere con gran dignità, «essendo caduto in precedenza nelle mani di alcuni dei Cristiani, posso sopportarlo con filosofia.»

«Ho avuto un colloquio, oggi, Eugene, con un ebreo che sembra deciso a pressarci duramente. Un vero shylock[230], un vero patriarca. Un pittoresco vecchio ebreo dai capelli grigi e dalla barba grigia, con gran cappello e palandrana.»

«No,» disse Eugene fermandosi nel posare il bicchiere, «sicuramente non il mio degno amico Aronne?»

«Si fa chiamare Riah.»

«A proposito,» disse Eugene, «mi viene in mente - senza dubbio con un istintivo desiderio di riceverlo nel grembo della nostra Chiesa - che l'ho chiamato Aronne.»

«Eugene, Eugene,» rispose Lightwood, «sei più comico del solito. Di' quello che volevi.»

«Semplicemente, mio caro, che io ho il piacere e l'onore di avere la conoscenza diretta del patriarca da te descritto, e che lo chiamo "signor Aronne", perché questo nome mi sembra ebraico, espressivo, appropriato e cortese. Nonostante la quale forte ragione per essere il suo nome, potrebbe non essere il suo nome.»

«Credo che tu sia il tipo più buffo che esista sulla faccia della terra,» disse Lightwood ridendo.

«Niente affatto, ti assicuro. Ha detto che mi conosceva?»

«No. Ha detto soltanto che si aspettava di essere pagato da te.»

«Il che sembra,» osservò Eugene con grande serietà, «come non mi conosca. Spero che non si tratti del mio degno amico Aronne, perché per dir la verità, Mortimer, temo ch'egli abbia un pregiudizio contro di me. Ho il sospetto che abbia avuto una parte nella misteriosa sparizione di Lizzie.»

«Tutto,» rispose Lightwood con impazienza, «sembra, per fatalità, portarci a Lizzie. "In città" come hai detto poco fa, vuol dire "in cerca di Lizzie", Eugene.»

«Il mio avvocato, sapete,» disse Eugene volgendosi a parlare ai mobili della stanza, «è un uomo di infinito giudizio.»

«Non è così, Eugene?»

«No, è vero, Mortimer.»

«Eppure, Eugene, tu sai che non ti importa davvero di lei.»

Eugene Wrayburn si alzò, si mise le mani in tasca, e posò un piede sulla griglia del caminetto, dondolandosi lentamente e guardando il fuoco. Dopo una pausa prolungata, rispose: «Questo non lo so. Ti devo chiedere di non dire così, come se lo dessimo per scontato.»

«Ma se ti importa di lei, tanto più dovresti lasciarla a se stessa.»

Dopo essersi fermato di nuovo come prima, Eugene disse: «Neanche questo lo so. Ma dimmi. Mi hai mai visto prendermi tanta cura di una cosa, come della sua sparizione? Te lo chiedo per informazione.»

«Mio caro Eugene, vorrei averlo sempre fatto!»

«Allora non l'hai fatto? Proprio così. Confermi la mia impressione. Sembra che mi importi di lei? Chiedo, per informazioni.»

«Sono io che ti chiedo informazioni, Eugene,» disse Lightwood con tono di rimprovero.

«Caro ragazzo, lo so, ma non sono in grado di darle. Ho sete di informazioni. Cosa voglio dire? Se il mio prendere così tanta cura per recuperarla non significa che ci tengo a lei, cosa significa? *"Se Peter Piper ha beccato un pizzico di peperone sottaceto, dov'è il becco"*, ecc.?[231]» Anche se lo disse allegramente, lo disse con un viso perplesso e curioso, come se davvero non sapesse cosa fare di lui stesso. «Guarda fino alla fine...» cominciava a fare rimostranze Lightwood, quando Eugene colse a volo le parole: «Ah! Vedi! È esattamente quello che sono incapace di fare. Come sei acuto, Mortimer, a trovare il mio punto debole. Quando eravamo a scuola insieme, io imparavo le lezioni all'ultimo momento, giorno per giorno e pezzo per pezzo; ora siamo tutti e due nella vita insieme, io imparo le mie lezioni allo stesso modo. Nel compito di oggi non sono arrivato più in là di questo punto: desidero trovare Lizzie, e ho intenzione di trovarla, e ricorrerò a tutti i mezzi che si offrono per trovarla. Leciti o illeciti, tutti i mezzi sono uguali, per me. Io ti chiedo, a titolo d'informazione, che cosa significa questo? Quando l'avrò trovata ti potrò chiedere, sempre a titolo d'informazione: "Cosa intendo fare adesso?" Ma sarebbe prematuro in questa fase, e non è nel mio carattere.»

Lightwood scuoteva il capo, disapprovando l'aria con la quale il suo amico aveva parlato - un'aria così capricciosamente aperta e combattiva come quasi a togliere a quello che diceva l'apparenza di evasione -, quando si udì uno strascichio alla porta esterna e poi un indeciso bussare, come se una mano cercasse il battente.

«La gioventù allegra del vicinato,» disse Eugene, «che io sarei felice di lanciare da questa elevazione nel cimitero sottostante, senza cerimonie intermedie, probabilmente ha spento la luce. Stasera sono in servizio e mi occuperò della porta.»

Il suo amico aveva appena avuto il tempo di ricordare la scintilla senza precedenti di determinazione con cui aveva parlato di trovare quella ragazza, e che era svanita da lui con il respiro delle parole pronunciate, quando Eugenio tornò, introducendo un'ombra vergognosa di un uomo, tremante dalla testa ai piedi e con trasandati vestiti unti e macchiati.

«Questo interessante signore,» disse Eugene, «è figlio... – cerca di essere il figlio di tanto in tanto, perché ha le sue colpe - di una signora di mia conoscenza. Mio caro Mortimer... il signor Dolls[232].» Eugene non aveva nessuna idea di quale fosse il suo nome, sapendo che quello della piccola sarta era falso, ma lo presentò con disinvoltura con il primo appellativo suggerito dalle sue associazioni d'idee.

«Deduco, mio caro Mortimer,» proseguì Eugene mentre Lightwood fissava l'indecente visitatore, «dal contegno del signor Dolls, - che talvolta è complicato -, ch'egli vuol farmi qualche comunicazione. Ho detto al signor Dolls che tu ed io ci fidiamo l'uno dell'altro, e gli ho chiesto di esporre le sue idee qui.»

Poiché il soggetto miserabile pareva molto imbarazzato di quel che rimaneva di un cappello che aveva in mano, Eugene lo lanciò con disinvoltura verso la porta e fece sedere l'uomo su una sedia.

«Sarà necessario, credo,» osservò, «caricare il signor Dolls, prima che gli possa essere chiesto qualcosa per qualsiasi scopo mortale. Brandy, signor Dolls, o... ?»

«Tre soldi di rum,» disse il signor Dolls. Una giudiziosamente piccola quantità del liquore gli fu data in un bicchiere da vino, ed egli iniziò a portarsela alla bocca, con tutti i tipi di esitazioni e giravolte durante il cammino.

«I nervi del signor Dolls,» osservò Eugene a Lightwood, «sono considerevolmente a pezzi. E ritengo nel complesso opportuno fumigare il signor Dolls.»

Prese la paletta dal camino, vi mise sopra un po' di brace, e da una scatola sulla mensola prese alcune pasticche, che sistemò sopra; poi, con grande compostezza, cominciò ad agitare placidamente la paletta davanti al signor Dolls, per tagliarlo fuori dalla sua compagnia.

«Il Signore benedica la mia anima, Eugene,» gridò Lightwood ridendo di nuovo, «che pazzo tipo sei! Perché questa creatura viene a visitarti?»

«Lo sentiremo,» disse Wrayburn, molto attento alla sua faccia. «Allora. Parlate. Non abbiate paura. Dichiarate i vostri affari, Dolls.»

«Signor Wrayburn!» disse l'uomo con voce spessa e roca. «Lei è il signor Wrayburn, no?» Con uno sguardo stupido.

«Certo che lo sono. Guardatemi. Che cosa volete?»

Il signor Dolls collassò sulla sedia e disse con un fil di voce: «Tre soldi di rum.»

«Vuoi farmi il favore, caro Mortimer, di caricare di nuovo il signor Dolls?» disse Eugene. «Io sono occupato con la fumigazione.»

Una quantità simile a prima fu versata nel suo bicchiere ed egli la portò alle labbra in simili modi tortuosi. Dopo aver bevuto, il signor Dolls, con un'evidente paura di accasciarsi di nuovo a meno che non si affrettasse, procedette con gli affari.

«Signor Wrayburn. Ho provato a darle un colpetto, ma lei non ha capito. Lei vuole quell'indirizzo. Vuol sapere dove abita. Sì, signor Wrayburn?»

Con uno sguardo al suo amico, Eugenio rispose alla domanda seriamente: «Sì.»

«Io sono un uomo,» disse il signor Dolls cercando di colpire se stesso sul petto, ma portando la sua mano in prossimità del suo occhio, «per farlo. Sono l'uomo capace di farlo.»

«Che cosa siete capace di fare?» domandò Eugene, ancora seriamente.

«Di darle quell'indirizzo.»

«Ce l'avete?»

Con un laborioso sforzo di dignità e fierezza, il signor Dolls dondolò il capo per un certo tempo, suscitando le più alte aspettative, poi rispose, come se fosse l'osservazione più felice che probabilmente ci si potesse aspettare da lui: «No.»

«Che cosa volete dire allora?»

Il signor Dolls, collassando nel modo più sonnolento dopo quell'ultimo trionfo intellettuale, ripeté: «Tre soldi di rum.»

«Caricalo di nuovo, mio caro Mortimer,» disse Wrayburn, «caricalo di nuovo.»

«Eugene, Eugene,» disse Lightwood a bassa voce, mentre accondiscendeva, «puoi piegarti all'uso di uno strumento come questo?»

«Ho detto,» fu la risposta, con la scintilla di determinazione di prima, «che la vorrei trovare con ogni mezzo, lecito o illecito. Questo è illecito e io me ne servirò... se non sono prima tentato di rompere la testa del signor Dolls con il fumigatore. Potete ottenere quell'indirizzo? È questo che volete dire? Parlate. Se siete venuto per questo, dite quanto volete.»

«Dieci scellini... Tre soldi di rum,» disse il signor Dolls.

«Li avrete.»

«Quindici scellini... Tre soldi di rum,» disse il signor Dolls, facendo un tentativo di irrigidirsi.

«Li avrete. Fermatevi qui. Come otterrete l'indirizzo di cui parlate?»

«Io sono uomo,» disse il signor Dolls con maestà, «da averlo, signore.»

«Come lo avrete, vi domando?»

«Sono un vedovo bistrattato,» disse il signor Dolls, «fatto arrabbiare dal mattino alla sera. Mi chiama con dei nomi. Fa quattrini come la Zecca, e non mette mai tre soldi per il rum.»

«Avanti!» fece Eugene, toccandogli con la paletta la testa tremante, che era affondata sul petto. «Che viene dopo?»

Facendo un dignitoso tentativo di riunirsi, ma, per così dire, lasciando cadere una mezza dozzina di pezzi di se stesso mentre tentava invano di prenderne uno, il signor Dolls, dondolando la testa da un lato all'altro, considerava il suo interlocutore con quello che supponeva essere un arrogante sorriso e uno sguardo sprezzante.

«Mi considera un semplice bambino, signore. Non sono un semplice bambino, signore. Uomo. Uomo di talento. Lettere passano fra di loro. Lettere del postino. Facile per il talento dell'uomo ottenere la direzione, come ottenere la propria direzione.»

«Trovatelo, allora!» disse Eugene, aggiungendo molto di cuore ma sottovoce: «Bruto! trovalo e portamelo, e guadagna il denaro per sessanta tre soldi di rum, e bevili tutti, uno sull'altro, e bevi a morte con tutta la velocità possibile.» Le ultime clausole di queste istruzioni speciali le rivolse al fuoco, mentre gli restituiva la brace che gli aveva tolto, e rimetteva a posto la paletta.

Il signor Dolls fece ora la scoperta del tutto inaspettata che era stato insultato da Lightwood e aveva dichiarato il suo desiderio di "chiarire con lui le cose" subito, e lo sfidò ad affrontarlo, scommettendo generosamente una sovrana contro mezzo penny. Dopo di che, il signor Dolls si mise a piangere, e poi mostrò una tendenza spiccata ad addormentarsi. Quest'ultima manifestazione, essendo di gran lunga la più allarmante, poiché minacciava di prolungare il suo soggiorno nell'appartamento, necessitava di misure vigorose. Eugene raccolse il suo cappello logoro con il pinze, glielo batté sulla testa e, prendendolo per il bavero, tutto questo a distanza di un braccio - lo condusse giù per le scale e fuori dal portone in Fleet Street. Lì, voltò il viso verso ovest e lo lasciò.

Quando tornò indietro, Lightwood era in piedi accanto al fuoco, meditabondo in modo sufficientemente depresso.

«Mi laverò fisicamente le mani da Mr. Dolls,» disse Eugene, «e torno subito da te, Mortimer.»

«Preferirei molto che te le purificassi moralmente, Eugene,» rispose Mortimer.

«Così vorrei anch'io,» disse Eugene. «Ma vedi, caro mio, non posso fare senza di lui.»

Dopo uno o due minuti riprese la sua sedia, del tutto disinvolto come al solito, e stuzzicò il suo amico per essere sfuggito così a stento alla prodezza del loro muscoloso visitatore.

«Non posso divertirmi su questo tema,» disse Mortimer irrequieto. «Puoi rendere divertenti per me quasi tutti i temi, Eugene, ma non questo.»

«Bene,» gridò Eugene, «me ne vergogno un po' anch'io, e perciò cambiamo argomento.»

«È così deplorevolmente subdolo,» disse Mortimer, «È così indegno di te, questo servirsi di uno spione così vergognoso!»

«Abbiamo cambiato argomento!» esclamò Eugene vivacemente. «Ne abbiamo trovato uno nuovo con quella parola: spiare. Non essere come Patience su un caminetto che guarda accigliato Dolls[233], ma siediti e ti dirò qualcosa che troverai davvero divertente. Prendi un sigaro. Guarda il mio. Lo accendo, tiro una boccata, mando fuori il fumo - è Dolls - è andato - ed essendo andato, tu sei di nuovo un uomo.»

«Il tuo argomento,» disse Mortimer dopo aver acceso un sigaro, e confortandosi con uno o due boccate, «era "spie", Eugene.»

«Esattamente. Non è buffo che non esco mai dopo il tramonto, senza trovare che sono scortato, sempre da una spia, e spesso da due?»

Lightwood si tolse il sigaro dalle labbra sorpreso e guardò il suo amico, come con un sospetto latente che ci dovesse essere uno scherzo o un significato nascosto nelle sue parole.

«Sul mio onore, no» disse Wrayburn rispondendo a quello sguardo e sorridendo con disinvoltura. «Non mi meraviglio che tu lo supponga, ma sul mio onore, no. So quello che dico. Non esco mai dopo il tramonto, senza trovarmi nella ridicola situazione di essere seguito e osservato a distanza, sempre da una spia, e spesso da due.»

«Sei sicuro, Eugene?»

«Sicuro? Caro mio, sono sempre gli stessi.»

«Ma non c'è nessun processo contro di te. Minacciano solo. Non hanno fatto niente. Inoltre, sanno dove trovarti, e io ti rappresento. Perché prendersi il disturbo?»

«Osservate la mente legale,» osservò Eugene volgendosi di nuovo ai mobili come a un uditorio, con aria d'indolente estasi. «Osservate la mano del tintore, che assimila se stesso a ciò per cui lavora, - o lavorerebbe, se qualcuno gli desse qualcosa da fare. Rispettabile avvocato, non è così. Il maestro è in giro.»

«Il maestro?»

«Sì! A volte il maestro e l'allievo sono entrambi in giro. Quanto presto arrugginisci in mia assenza! Non hai ancora capito? Quei tipi che erano qui una notte. Sono loro le vedette di cui parlavo, che mi fanno l'onore di scortarmi dopo il tramonto.»

«Da quanto tempo sta succedendo?» domandò Lightwood, contrapponendo alle risa dell'amico un volto serio.

«Ho l'impressione che stia succedendo da quando una certa persona se n'è andata. Probabilmente, è successo un po' di tempo prima che lo notassi: il che porterebbe circa a quel tempo.»

«Pensi ch'essi credano che tu l'abbia convinta ad andare via?»

«Mio caro Mortimer, conosci la natura avvincente delle mie occupazioni professionali; non ho davvero avuto il tempo di pensare a proposito.»

«Gli hai domandato che cosa vogliono? Hai protestato?»

«Perché dovrei domandargli che cosa vogliono, caro amico, quando sono indifferente a ciò che vogliono? Perché dovrei esprimere un'obiezione, quando non mi oppongo?»

«Sei nel tuo stato d'animo più spericolato. Ma hai chiamato la situazione proprio ora, ridicola; e la maggior parte degli uomini si oppone a questo, anche quelli che sono del tutto indifferenti a tutto il resto.»

«Mi affascini, Mortimer, con la tua interpretazione delle mie debolezze. (A proposito, quella stessa parola, 'interpretazione', nel suo uso critico, mi affascina sempre. L'interpretazione dell'attrice di una cameriera, l'interpretazione della ballerina di un brano con cornamusa, l'interpretazione di una canzone da parte di un cantante, l'interpretazione del mare da parte di un pittore di marine, l'interpretazione del tamburo di un passaggio strumentale, sono frasi sempre giovani e piacevoli.) Stavo dicendo della tua percezione delle mie debolezze. Ammetto la debolezza dell'obiezione a occupare una posizione ridicola, e quindi trasferisco la posizione alle spie.»

«Vorrei, Eugene, che parlassi in modo un po' più sobrio e chiaro, fosse solo per la considerazione del mio stato d'animo meno a proprio agio di quanto sei tu.»

«Allora in modo sobrio e chiaro, Mortimer, induco il maestro alla follia. Rendo il maestro così ridicolo e così consapevole di essere reso ridicolo, che lo vedo irritato e agitato da ogni poro quando ci incrociamo. L'amabile occupazione è stata il conforto della mia vita, dal giorno in cui mi hanno trattato nel modo che non è necessario ricordare. Ne ho tratto un conforto inesprimibile. Faccio così: io esco dopo il tramonto, passeggio un po', guardo una vetrina e guardo

furtivamente attorno alla ricerca del maestro. Prima o poi, mi accorgo che il maestro è di guardia; a volte accompagnato dal suo promettente allievo; più spesso, senza pupillo. Dopo essermi assicurato che mi sta osservando, lo conduco in giro, per tutta Londra. Una volta vado a est, un'altra a nord, in poche notti faccio il giro della bussola. Qualche volta vado a piedi, qualche altra prendo una carrozza, prosciugando le tasche del maestro che mi segue in carrozza. Nel corso del giorno studio e percorro le più strane viuzze non transitabili con carrozze. Con un'aria di mistero veneziano cerco quelle viuzze di notte, scivolo tra di loro per mezzo di cortili oscuri, tento il maestro di scuola a seguirmi, mi volto all'improvviso e mostro di averlo visto prima che possa ritirarsi. Poi siamo l'uno di fronte all'altro e gli passo avanti come ignaro della sua esistenza, e subisce strazianti tormenti. Allo stesso modo, io cammino a grandi passi per una breve strada, giro rapidamente l'angolo, e, allontanandomi dal suo campo visivo, torno rapidamente indietro. Lo sorprendo che arriva sul posto, di nuovo gli passo avanti come se fossi ignaro della sua esistenza, e di nuovo è sottoposto a tormenti strazianti. Notte dopo notte la sua delusione è acuta, ma la speranza sgorga eterna nel petto scolastico e mi segue di nuovo l'indomani. Così io godo i piaceri della caccia, e traggo gran beneficio da quel salutare esercizio. E quando non godo i piaceri della caccia, per quel che ne so io lui sorveglia la porta del Temple tutta la notte.»
«Questa è una storia straordinaria,» osservò Lightwood che l'aveva ascoltata con seria attenzione. «Non mi piace.»
«Tu sei un po' malinconico, mio caro,» disse Eugene, «sei anche stato troppo sedentario. Vieni e godi i piaceri della caccia.»
«Vuoi dire che credi che stia spiando adesso?»
«Non ne ho il minimo dubbio.»
«L'hai visto, stasera?»
«Ho dimenticato di cercarlo l'ultima volta che sono uscito,» rispose Eugene con la massima indifferenza, «ma oso dire che c'era. Vieni! Sii uno sportivo inglese, e vieni a godere i piaceri della caccia. Ti farà bene.»
Lightwood esitò; ma, cedendo alla sua curiosità, si alzò.
«Bravo!» gridò Eugene alzandosi anche lui; «o, se è meglio ch'io dica: "Yoicks[234]", considera che io abbia detto "Yoicks". Attento ai piedi, Mortimer, perché metteremo alla prova le tue scarpe. Quando sei pronto, io lo sono: o bisogna che io dica "Heilà" e allo stesso modo "Hark Forward, Hark Forward, Tantivy[235]"?»
«Niente ti farà essere serio?» disse Mortimer ridendo pur nella sua serietà.
«Io sono sempre serio, ma proprio ora sono un po' eccitato dal fatto glorioso che il vento del sud e il cielo nuvoloso proclamano una serata di caccia. Pronto? Anch'io. Spegnamo la luce e chiudiamo la porta, e scendiamo in campo.»
Mentre i due amici uscivano dal Temple e si dirigevano verso la pubblica via, Eugene chiese con uno sfoggio di cortese urbanità in quale direzione Mortimer vorrebbe che fosse la corsa? «C'è un terreno piuttosto difficile intorno a Bethnal Green[236],» disse Eugene, «e non abbiamo preso quella direzione ultimamente. Qual è la tua opinione su Bethnal Green?» Mortimer acconsentì a Bethnal Green, e voltarono verso est. «Ora, quando arriveremo al cimitero di St. Paul,» proseguì Eugene, «indugeremo apposta, e ti farò vedere il maestro.» Ma lo videro tutti e due prima di arrivarci; solo, che li seguiva furtivamente nell'ombra delle case, sul lato opposto della strada.
«Sta' attento[237],» disse Eugene, «perché me ne vado subito. Non ti viene in mente che i ragazzi della felice Inghilterra cominceranno a deteriorarsi, sotto il profilo educativo, se questo dura a lungo? Il maestro non può badare a me e anche ai suoi ragazzi. Sei attento? Me ne vado.»

A che ritmo andasse, per sfiatare il maestro; come poi andasse lentamente e gironzolasse per sottoporre la sua pazienza a un altro tipo di resistenza; che strade astruse prendesse, senza altri obiettivi sulla terra che deluderlo e punirlo; e come lo stancasse con ogni tocco di ingegnosità che il suo eccentrico umorismo poteva escogitare; tutto questo Lightwood notò con un sentimento di stupore, che quell'uomo così sbadato potesse essere attento, e quell'uomo così pigro potesse prendersi tanti pensieri. Alla fine, ormai alla terza ora nei piaceri della caccia, quando ebbe portato in giro il povero disgraziato che li seguiva di nuovo nella City, Eugene portò Mortimer per certi passaggi oscuri, lo fece girare per una piccola corte quadrata, lo fece girare subito di nuovo ed essi andarono quasi a sbattere contro Bradley Headstone.

«E vedi, come stavo dicendo, Mortimer,» osservò Eugene ad alta voce, con la massima calma, come se non ci fosse nessuno lì vicino che li sentiva: «Vedi, come ti dicevo, subendo tormenti strazianti.»

Non era una frase troppo forte per quell'occasione. Sembrando più un cacciato che non un cacciatore, sconcertato, esausto, con lo sfinimento sul volto della speranza delusa e dell'odio e della rabbia che lo consumavano, con le labbra bianche, gli occhi sbarrati, i capelli arruffati, segnati dalla gelosia e dell'ira, e torturandosi col fatto che egli mostrava tutto questo ed essi ne esultavano, egli passò accanto a loro nel buio, come una testa sparuta sospesa nell'aria: così completamente la forza della sua espressione cancellava la sua figura. Mortimer Lightwood non era un uomo molto impressionabile, ma quella faccia lo impressionò. Ne parlò più di una volta, lungo il resto della strada verso casa, e più di una volta dopo che vi arrivarono. Erano a letto nelle rispettive stanze, da due o tre ore, quando Eugene fu mezzo svegliato udendo un passo che andava attorno, e poi fu svegliato completamente dalla vista di Lightwood che gli stava accanto.

«Niente che non va, Mortimer?»

«No.»

«Che fantasia ti prende, allora, di andare in giro di notte?»

«Sono orribilmente vigile.»

«Come mai, mi chiedo!»

«Eugene, non posso perdere di vista la faccia di quel tizio.»

«Strano,» disse Eugene con una leggera risata, «io no.» E si voltò dall'altra parte e si riaddormentò.

XI. Nel buio

Non c'era sonno per Bradley Headstone quella notte in cui Eugene Wrayburn si girava così facilmente nel suo letto; non c'era sonno per la piccola signorina Peecher. Bradley consumava le ore solitarie, e consumava se stesso, aggirandosi per il luogo dove il suo incurante rivale dormiva sognando; la piccola signorina Peecher le consumava ascoltando il tornare a casa del maestro del suo cuore, e con dolore presagiva che molto non andava con lui. Andava male con lui ancora più di quanto potesse reggere la piccola scatola da lavoro dei pensieri di Miss Peecher, semplicemente organizzata, non dotata di alcun oscuro e cupo recesso. Perché lo stato dell'uomo era incline all'omicidio. Lo stato dell'uomo era incline all'omicidio, ed egli lo sapeva. Di più; egli lo esacerbava, con una sorta di piacere perverso simile a quello che l'uomo malato ha a volte nell'irritare una ferita sul suo corpo. Legato tutto il giorno alla manifestazione della disciplina su se stesso, sottomesso all'esecuzione della sua routine di giochi educativi, circondato da una folla borbottante, si scatenava di notte come un selvaggio animale mal addomesticato. Durante il suo autocontrollo quotidiano, era il suo compenso, non il suo problema, dare uno sguardo al suo stato notturno, e alla libertà del suo essere appagato. Se i grandi criminali dicessero la verità - cosa che, essendo grandi criminali, non fanno - molto raramente racconterebbero le loro lotte contro il crimine. Le loro lotte sono verso di esso. Essi urtano contro le ondate opposte, per guadagnare la riva insanguinata, per non ritirarsi da essa. Quell'uomo capiva perfettamente di odiare il rivale con tutte le sue più forti e peggiori forze, e che se lo avesse inseguito fino a Lizzie Hexam, questo suo agire non sarebbe mai servito a lui stesso con lei, né a lei. Tutti le sue pene erano sostenute al fine di potersi infuriare alla vista della figura detestata nella compagnia e nel favore di lei, nel suo nascondiglio. Ed egli sapeva anche quale suo atto sarebbe seguito se l'avesse fatto, come sapeva che sua madre lo aveva partorito. Anche assumendo che avrebbe potuto non ritenere necessario fare espressa menzione a se stesso di quella familiare verità non più che quell'altra. Sapeva altrettanto bene di nutrire la sua ira e il suo odio, e che accumulava provocazione e auto-giustificazione, poiché era reso lo sport notturno dello spericolato e insolente Eugene. Sapendo tutto questo, e continuando per quella strada con infinita resistenza, pene e perseveranza, poteva la sua anima oscura dubitare di dove sarebbe arrivato?

Sconcertato, esasperato e stanco, indugiò di fronte al cancello del Temple quando si chiuse su Wrayburn e Lightwood, discutendo con se stesso se doveva tornare a casa per quel tempo o doveva controllare più a lungo. Posseduto nella sua gelosia dall'idea fissa che Wrayburn era a conoscenza del segreto, anche se non fosse stato escogitato del tutto da lui, Bradley era altrettanto fiducioso di avere finalmente la meglio su di lui se avesse perseverato testardamente, come avrebbe potuto - e spesso era stato così - padroneggiare qualsiasi branca di studio sulla via della sua vocazione, con un simile persistente lento processo. Uomo dalle passioni rapide e di intelligenza pigra, ciò gli era servito spesso e avrebbe dovuto servirlo di nuovo. Un sospetto gli attraversò la mente mentre si appoggiava su un portone con gli occhi sul cancello del Temple, che forse ella era addirittura nascosta in quelle stanze. Ciò poteva fornire un'altra ragione per le passeggiate senza scopo di Wrayburn, e poteva essere. Ci pensò e ci ripensò, finché decise di salire furtivamente su per le scale, se il guardiano lo avesse lasciato passare, e mettersi in ascolto. Quindi, la testa smunta sospesa nell'aria svolazzò sulla strada, come lo spettro di una delle tante teste tanto tempo prima issate sul vicino Temple Bar[238], e si fermò davanti al guardiano.

Il guardiano lo guardò e domandò: «Per chi?»

«Il signor Wrayburn.»

«È molto tardi.»

«È tornato col signor Lightwood, lo so, circa due ore fa. Ma se è andato a letto, metterò un foglio nella sua cassetta delle lettere. Sono atteso.»

Il guardiano non disse altro, e aprì il cancello, benché piuttosto dubbioso. Comunque vedendo che lo sconosciuto andava dritto e veloce nella direzione giusta, sembrò soddisfatto.

La testa smunta fluttuò su per le scale buie, e piano si abbassò più vicino al pavimento fuori dalla porta esterna delle stanze. Le porte delle stanze all'interno sembravano essere aperte. Provenivano raggi di lume di candela da una di loro, e c'era il suono di un passo che andava in giro. C'erano due voci. Le parole che pronunciavano non erano distinguibili, ma erano entrambe voci di uomini. In pochi istanti le voci tacquero, e non ci fu alcun rumore di passi, e la luce all'interno si spense. Se Lightwood avesse potuto vedere la faccia che lo teneva sveglio, a fissarlo e ad ascoltare nell'oscurità fuori dalla porta mentre egli ne parlava, sarebbe potuto essere meno disposto a dormire, per il resto della notte.

«Non c'è,» disse Bradley, «ma può esserci stata.» La testa si alzò alla sua precedente altezza da terra, fluttuò di nuovo giù per le scale e passò il cancello. C'era un uomo lì, in colloquio con il guardiano.

«Oh!» disse il guardiano. «Eccolo qua!» Capendo che era lui l'interessato, Bradley guardò dal guardiano all'uomo.

«Quest'uomo è venuto a lasciare una lettera per il signor Lightwood,» spiegò il guardiano, mostrandola nelle sue mani, «e stavo dicendo che una persona era appena salita negli alloggi del signor Lightwood. Può essere forse la stessa cosa?»

«No,» disse Bradley, dando un'occhiata all'uomo, che gli era sconosciuto.

«No,» confermò l'uomo sgarbatamente; «da mia lettera - l'ha scritta mia figlia, ma è mia - riguarda i miei affari, e i miei affari non sono affari di nessun altro.»

Bradley uscì dal cancello con passo incerto, sentì chiuderlo dietro di lui, e udì il passo dell'uomo che veniva dietro di lui.

«Mi scusi,» disse l'uomo, che sembrava aver bevuto e inciampò su di lui piuttosto che toccarlo, per attirare la sua attenzione; «ma forse lei conosce l'altro direttore?»

«Chi?» chiese Bradley.

«L'altro» rispose l'uomo, indicando all'indietro sopra la sua spalla destra con il pollice destro «direttore?» «Non so cosa intende dire.»

«Perché, guardate qui», agganciando la sua affermazione alle dita della mano sinistra con l'indice della sua destra. «Ci sono due direttori, no? Uno e uno, due - Avvocato Lightwood, il mio primo dito, è uno, non è vero? Bene; potreste conoscere il mio dito medio, l'altro?»

«Lo conosco abbastanza bene,» disse Bradley, con un'espressione accigliata e uno sguardo distante davanti a lui, «quanto voglio conoscerne.»

«Hurrà!» gridò l'uomo, «hurrà, l'altro l'altro direttore! Hurrà, l'altrissimo direttore! Sono della stessa opinione.»

«Non fate tanto rumore a quest'ora morta della notte. Di cosa state parlando?»

«Stia a sentire, altrissimo direttore» rispose l'uomo con voce roca e confidenziale «L'altro direttore ha sempre fatto i suoi scherzi contro di me, a causa, come credo, del mio essere un uomo onesto che mi guadagno da vivere con il sudore della mia fronte. Ciò che egli non è e non fa.»

«Che cosa mi importa?»

«Altrissimo direttore,» rispose l'uomo col tono dell'innocenza offesa, «se non l'interessa più udirmi, non mi oda più. Lei ha cominciato. Lei ha detto, e allo stesso modo mostrati piuttosto chiaro, come non era affatto amichevole con lui. Ma non cerco di forzare la mia compagnia e neanche le mie opinioni su nessun uomo. Sono un uomo onesto, questo è ciò che sono. Mettetemi al banco degli imputati ovunque - non mi interessa dove - e io dico: "Signore, io sono un onest'uomo." Mettetemi nel banco dei testimoni ovunque - non mi interessa dove - e io dico lo stesso a sua Signoria, e bacio il Libro. Non bacio il polsino del mio cappotto; bacio il Libro.»

Non fu tanto per deferenza a queste forti testimonianze di carattere, come nella sua irrequieta ricerca di qualsiasi modo o aiuto verso la scoperta su cui si era concentrato, che Bradley Headstone rispose: «Non c'è bisogno di offendersi. Non volevo fermarvi. Eravate troppo rumoroso nella strada pubblica, questo è tutto.»

«Altrissimo direttore,» rispose il signor Riderhood, placato e misterioso, «io so che cosa vuol dire parlare ad alta voce, e so che cosa vuol dire a voce bassa. Naturalmente lo so. Sarebbe strano che non lo sapessi, dato che sono stato battezzato col nome di Roger, che ho preso da mio padre, che l'ha preso da suo padre, anche se chi dei nostri familiari l'ha preso per primo, naturalmente non ti raggirerò in alcun modo impegnandomi a dirlo. E desiderando che la tua salute possa essere migliore del tuo aspetto, che il tuo interno deve essere davvero brutto se è sullo stesso piano del tuo fuori.»

Sorpreso dall'implicazione che il suo viso rivelasse troppo della sua mente, Bradley si sforzò di spianare la sua fronte. Poteva valere la pena sapere quali fossero gli affari di questo strano uomo con Lightwood, o Wrayburn, o entrambi, a un'ora così insolita. Si ripropose di scoprirlo, perché l'uomo poteva rivelarsi un messaggero tra Wrayburn e Lizzie.

«Avete fatto tardi questa visita al Temple» osservò, con un goffo spettacolo di disinvoltura.

«Ch'io possa morire,» gridò il signor Riderhood con una risata rauca, se non stavo per dire le stesse parole a lei, altrissimo direttore!»

«È successo così per me,» disse Bradley, guardandosi intorno sconcertato.

«Ed successo così anche a me,» disse Riderhood. «Ma non mi dispiace dirle come. Perché dovrei preoccuparmi di dirglielo? Sono un vice-guardiano della chiusa sul fiume, e ieri non sono stato in servizio, e lo sarò domani.»

«Sì?»

«Sì, e son venuto a Londra a badare ai miei affari privati. I miei affari privati sono di essere nominato guardiano titolare, di prima mano, e poi avere i miei diritti da un piroscafo sul fiume che mi ha fatto annegare. Non voglio essere annegato e non essere pagato!»

Bradley lo guardò, come se stesse affermando di essere un fantasma.

«Il piroscafo,» disse ostinatamente il signor Riderhood, «mi ha investito e mi ha annegato. L'intervento da parte di altri mi ha salvato; ma non sono stato io a chiedergli di salvarmi, né il vapore gliel'ha mai chiesto. Voglio essere pagato per la vita che il piroscafo mi ha tolta.»

«È questo l'affare che vi ha portato a casa del signor Lightwood nel mezzo della notte?» domandò Bradley guardandolo con diffidenza.

«Questo, e per ottenere uno scritto per diventare guardiano titolare della chiusa. Essendo richiesta una raccomandazione scritta, chi altro può darmela? Come dico nella lettera per mano di mia figlia, col segno di mia mano per renderla valida legalmente: "Chi tranne lei, avvocato Lightwood, può farmi questo certificato, e chi se non lei può agire per i danni contro il piroscafo per mio conto? Perché (come dico sotto il mio segno personale) ho avuto abbastanza fastidi con lei e col suo amico. Se lei, avvocato Lightwood, mi avesse sostenuto bene e veramente, e se l'altro direttore mi avesse messo per iscritto correttamente (io dico col mio segno), avrei avuto molto denaro al presente, invece di avere un carico di cattivi nomi rivolti a me, ed essere costretto a rimangiare le mie parole, che è un'insoddisfacente specie di cibo per l'appetito di qualsiasi uomo. E se parla del mezzo della notte, altrissimo direttore,» brontolò il signor Riderhood concludendo il monotono riassunto dei suoi torti, «lanci il suo occhio su questo fagotto qui sotto il mio braccio e ricordi che sto tornando alla mia chiusa, e che il Temple si trova sulla mia strada.»

La faccia di Bradley Headstone era cambiata durante quel discorso, e aveva guardato quell'uomo con un'attenzione più sostenuta. «Sapete,» diss'egli dopo una pausa durante la quale avevano proseguito l'uno accanto all'altro, «che credo che potrei dirvi il vostro nome, se provassi?»

«Me lo dimostri,» fu la risposta, accompagnata da un arresto e uno sguardo. «Provi.»

«Il vostro nome è Riderhood.»

«Sia benedetto se non lo è,» rispose il galantuomo, «ma io non so il vostro.»

«Questa è tutta un'altra cosa,» disse Bradley, non ho mai pensato che voi lo sapeste.»

Mentre Bradley camminava meditabondo, Rogue camminava al suo fianco brontolando.

Il senso del brontolio era questo: «Quel Rogue Riderhood, perbacco! sembra essere di proprietà pubblica, ora, e che ogni uomo sembra credersi libero di gestire il suo nome come se fosse una pompa di strada!»

Il senso della meditazione era questo: «Qui c'è uno strumento. Posso servirmene?»
Avevano camminato lungo lo Strand, poi in Pall-Mall[239], ed avevano risalito la collina verso l'angolo di Hyde Park[240]. Bradley Headstone seguendo il ritmo e la guida di Riderhood, e lasciandogli indicare la direzione. Così lenti erano i pensieri del maestro, e così indistinti i suoi propositi quando non erano tributari di quello scopo assorbente, o piuttosto quando, come alberi scuri sotto un cielo tempestoso, essi delineavano il lungo panorama alla fine del quale vedeva quelle due figure di Wrayburn e Lizzie su cui i suoi occhi erano fissi, che almeno un buon mezzo miglio fu percorso prima che parlasse di nuovo. Anche allora, fu solo per chiedere: «Dov'è la vostra chiusa?»
«Venti miglia e dispari - diciamo venticinque miglia e dispari, a monte» fu la cupa risposta.
«Come si chiama?»
«Chiusa del Mulino di Plashwater.»
«Supponiamo che io vi offra cinque scellini, che direste?»
«Mah, li prenderei,» disse Riderhood.
Il maestro si mise una mano in tasca e ne tirò fuori due mezze corone e le mise nel palmo di Mr Riderhood: che si fermò davanti a una vicina soglia per farle risuonare, prima di confermarne il ricevimento.
«C'è una cosa su di lei, altrissimo direttore,» disse Riderhood riprendendo il cammino, «che sembra bene e va oltre: lei è un uomo dal denaro pronto. Ora,» dopo aver messo accuratamente in tasca le due monete, nel lato più lontano dal suo nuovo amico, disse: «Per che cosa questo?»
«Per voi.»
«Bene, questo lo sapevo, naturalmente,» disse Riderhood, come se la cosa fosse fuori discussione. «Ovviamente so benissimo che nessun uomo sano di mente supporrebbe che qualcosa potrebbe farmeli dare indietro quando l'avessi presi una volta. Ma cosa volete per questo?»
«Non so se voglio qualcosa per questo. O se voglio qualcosa per questo, non so cosa sia.» Bradley diede questa risposta con un tono imperturbabile, vacuo, come parlando tra sé, che il signor Riderhood trovò straordinario.
«Voi non avete simpatia per questo Wrayburn,» disse Bradley, arrivando al nome in modo riluttante e forzato, come se vi fosse trascinato.
«No.»
«E nemmeno io.»
Riderhood fece un cenno col capo, e domandò: «È per questo?»
«Tanto per questo quanto per qualsiasi altra cosa. È una cosa su cui ci dobbiamo mettere d'accordo, su un argomento che occupa così tanto dei pensieri di qualcuno.»
«Non sono d'accordo,» rispose Riderhood seccamente. «No! Non va, altrissimo direttore, e non serve a niente sembrare come se capisse che ero d'accordo. Io le dico che questo brucia in lei. Brucia in lei, la corrode e la avvelena.»
«Di' che lo fa,» rispose Bradley con le labbra tremanti, «non ce n'è motivo?»
«Abbastanza motivi, scommetto una sterlina!» gridò il signor Riderhood.
«Non avete dichiarato voi stesso che quel tipo vi ha coperto con ogni sorta di provocazioni, di insulti e affronti o qualcosa del genere? A me ha fatto lo stesso. E' fatto di insulti e di affronti velenosi, dalla cima della testa alla pianta del piede. Siete così ottimista o così stupido da non sapere che lui e quell'altro tratteranno la vostra domanda con disprezzo e accenderanno i loro sigari con quella?»
«Non mi stupirei se lo facessero, perbacco!» disse Riderhood, cominciando ad arrabbiarsi.

«Se lo facessero! Lo faranno. Lasciate che vi faccia una domanda. Io so qualche cosa di più del vostro nome, su di voi. So qualche cosa di Gaffer Hexam. Quando avete visto l'ultima volta sua figlia?»

«Quando ho visto l'ultima volta sua figlia, altrissimo direttore?» ripeté il signor Riderhood, diventando intenzionalmente più lento nella comprensione, quanto più l'altro accelerava nel suo discorso.

«Sì. Non quando le avete parlato, quando l'avete vista, in qualsiasi posto.»

Rogue aveva ottenuto l'indizio che voleva, anche se lo tenne con una mano maldestra. Guardando perplesso il viso appassionato, come se stesse cercando di calcolare una somma nella sua mente, rispose lentamente: «Non l'ho più vista... nemmeno una volta... dal giorno della morte di Gaffer.»

«La conoscete bene, di vista?»

«Dovrei pensare di sì, nessuno meglio.»

«E conoscete bene anche lui?»

«Chi, lui?» domandò Riderhood, togliendosi il cappello e strofinandosi la fronte, mentre rivolgeva uno sguardo opaco al suo interlocutore.

«Al diavolo il nome! Vi è così simpatico, quel nome, che volete sentirlo di nuovo?»

«Oh! lui!» disse Riderhood, che aveva abilmente condotto il maestro di scuola in questo angolo, affinché potesse di nuovo prendere atto della sua faccia posseduta dal male. «Lo riconoscerei tra mille.»

«Li avete...» Bradley cercava di parlare con calma; ma se poteva dominare la voce, non poteva dominare la faccia, «li avete mai visti insieme?»

(Rogue teneva ora l'indizio con tutte e due le mani)

«Li ho visti insieme, altrissimo direttore, proprio quel giorno che Gaffer fu rimorchiato a terra.» Bradley avrebbe potuto tener nascosto un'informazione riservata agli occhi acuti di un'intera classe curiosa, ma non poteva nascondere agli occhi dell'ignorante Riderhood la domanda nascosta dentro al suo petto. «Devi parlar chiaro se vuoi che ti risponda,» pensava Rogue ostinatamente, «non voglio fare il volontario.»

«Bene! Era insolente anche con lei?» domandò Bradley dopo una lotta con se stesso, «o con lei si mostrava gentile?»

«Ha dimostrato di essere molto gentile con lei,» disse Riderhood. «Perbacco, adesso io...» Il suo volo per la tangente fu indiscutibilmente naturale. Bradley lo guardò per capire il motivo.

«Adesso che ci penso,» disse il signor Riderhood evasivamente (perché stava sostituendo quelle parole con: «Adesso che vi vedo così geloso») «forse lo fece apposta a sbagliare quando scriveva la mia deposizione, per essere dolce con lei!»

La bassezza di confermarlo in quel sospetto, o la simulazione (perché Riderhood non poteva realmente averlo preso in considerazione) era un'estensione del confine oltre il quale il maestro era arrivato. La bassezza di comunicare ed intrigare con colui che aveva cercato di mettere quella macchia sul nome di Lizzie, e anche su suo fratello, era realizzata. L'ampiezza della linea è più lontana, si estende oltre. Egli non rispose, ma continuò a camminare col capo chino.

Che cosa avrebbe potuto guadagnare da questa conoscenza, non riusciva a elaborarlo nei suoi pensieri lenti e confusi. Quell'uomo aveva un rancore contro l'oggetto del suo odio, e questo era qualcosa; ma era meno di quanto potesse aspettarsi, poiché non dimorava in quell'uomo una rabbia e un risentimento così mortali come ardevano nel suo proprio petto. Quell'uomo la conosceva, e per qualche occasione fortunata poteva vederla, o, sentire parlare di lei; questo era qualcosa, come arruolare un paio di occhi e orecchie in più. Quell'uomo era cattivo e abbastanza disposto a essere al suo servizio. Questo era qualcosa, perché il suo stato e il suo scopo erano tanto negativi quanto negativi potevano essere, ed egli sembrava trarre un vago sostegno dal possesso di uno strumento congeniale, anche se avrebbe potuto non essere mai usato.

Improvvisamente si fermò, e domandò a Riderhood, di punto in bianco, se sapeva dove ella si trovasse. Chiaramente, non lo sapeva. Domandò a Riderhood se era disposto, nel caso che avesse qualche notizia della ragazza, o di Wrayburn che la cercava o la frequentava, ad andare da lui per informarlo, se fosse stato pagato per questo? Riderhood sarebbe stato davvero molto disponibile. Era contro tutti e due, disse con una bestemmia, e perché? Perché entrambi si erano messi tra lui e il suo guadagnarsi da vivere col sudore della sua fronte.

«Allora non ci vorrà molto tempo,» disse Bradley Headstone dopo qualche altro discorso in tal senso, «prima che ci rivediamo. Qui è strada di campagna, ed ecco il giorno. Entrambi mi sono arrivati addosso di sorpresa.»

«Ma, altrissimo direttore,» disse il signor Riderhood, «io non so dove trovarla.»

«Non importa. Io so dove trovar voi, e verrò alla vostra chiusa.»

«Ma, altrissimo direttore,» insistette di nuovo il signor Riderhood, «nessuna fortuna è mai venuta ancora da una amicizia asciutta. Bagniamola, con la bocca piena di rum e latte, altrissimo direttore.»

Bradley acconsentendo andò con lui in un locale che apriva presto, infestato da odori sgradevoli di fieno ammuffito e paglia stantia, dove carretti di ritorno, uomini di fattoria, bruti scarni, uccelli di razza da birra, e certi notturni volatili umani che fluttuavano verso casa per appollaiarsi, stavano a consolarsi dopo le loro diverse attività; e dove nessuno degli uccelli notturni che volteggiavano intorno al bar trasandato mancò di discernere con un solo sguardo nell'uccello notturno con piume rispettabili devastato dalla passione, il peggior uccello notturno di tutti.

Un'ispirazione di affetto per un carrettiere mezzo ubriaco che andava per la sua strada portò il signor Riderhood ad essere elevato su un alto mucchio di ceste sopra un carro, e a proseguire il suo viaggio sdraiato sulla schiena con la testa sul suo fagotto. Bradley poi si voltò per tornare sui suoi passi, e a poco a poco si allontanò per vie poco percorse, e a poco a poco raggiunse la scuola e la casa. Si alzò il sole per trovarlo lavato e spazzolato, metodicamente vestito con decenti cappotto e gilet neri, decente formale cravatta nera e pantaloni pepe e sale, con il suo decente orologio d'argento in tasca e il suo dignitoso fermacapelli al collo: un cacciatore scolastico vestito per il campo, con il suo fresco branco che strilla e abbaia intorno a lui.

Eppure molto più stregato delle miserabili creature di quei tempi tanto lamentati, che si accusavano di cose impossibili sotto la contagiosità dell'orrore e le influenze fortemente suggestive della tortura, era stato cavalcato duramente dagli spiriti maligni in quella notte che era appena trascorsa. Era stato spronato, frustato e pesantemente affaticato.

Se una testimonianza di quello sport avesse usurpato i luoghi dei pacifici testi della Sacra Scrittura sul muro, i più attenti dei suoi scolari avrebbero potuto spaventarsi e fuggire via dal maestro.

XII. Guai importanti

Sorse il sole, scaldando tutta Londra, e nella sua gloriosa imparzialità anche condiscendente a suscitare scintille prismatiche nel baffi del signor Alfred Lammle mentre sedeva a colazione. Il signor Alfred Lammle aveva necessità di un po' di brillantezza dall'esterno, perché aveva l'aria di essere abbastanza spento dentro, e sembrava tristemente scontento.

La signora Lammle sedeva di fronte al suo signore. La felice coppia di truffatori, con il gradevole vincolo tra loro che ciascuno aveva truffato l'altro, sedeva malinconica osservando la tovaglia. Le cose sembravano così cupe nella sala della colazione, anche se sul lato soleggiato di Sackville Street, che tutti i commercianti che avessero guardato attraverso le tende avrebbero potuto accogliere il suggerimento di inviare i loro conti e insistere per questi. Ma questo, in effetti, la maggior parte dei commercianti l'aveva già fatto, senza il suggerimento.

«Mi sembra,» disse la signora Lammle, «che non hai mai avuto un soldo da quando ci siamo sposati.»

«Quello che ti sembra,» disse il signor Lammle, «che sia stato il caso, può forse essere stato il caso. Non importa.»

Era una specialità dei coniugi Lammle, o accade anche con altre coppie di innamorati? In questi dialoghi matrimoniali essi non si rivolgevano mai l'uno all'altro, ma sempre a una presenza invisibile che sembrava essere stanziata a metà strada tra di loro. Forse lo scheletro nell'armadio viene fuori per parlare, in tali occasioni domestiche?

«Non ho mai visto denaro in casa,» disse la signora Lammle allo scheletro, «tranne la mia rendita annuale. Lo giuro.»

«Non c'è bisogno che tu ti prenda il disturbo di giurarlo,» disse il signor Lammle allo scheletro; «di nuovo, non importa. Non hai mai messo la tua rendita in un conto migliore.»

«Conto migliore? In che modo?» domandò la signora Lammle.

«Nel modo di ottenere credito e vivere bene,» disse il signor Lammle.

Forse lo scheletro fece una risata di disprezzo, quando gli furono affidate quella domanda e quella risposta; certamente la signora Lammle la fece, e anche il signor Lammle.

«E cosa succederà, adesso?» domandò la signora Lammle allo scheletro.

«Succederà un crollo,» rispose il signor Lammle alla stessa autorità.

Dopo di che, la signora Lammle guardò con disprezzo lo scheletro, ma senza portare lo sguardo sul signor Lammle, e abbassò gli occhi. Dopo di che, il signor Lammle fece esattamente la stessa cosa, e abbassò i suoi occhi. Poiché poi entrò un cameriere col pane tostato, lo scheletro si ritirò nell'armadio e vi si chiuse.

«Sophronia!» disse il signor Lammle quando il cameriere si fu ritirato. E poi, molto più forte: «Sophronia!»

«Bene?»

«Ascoltami, per piacere.» La guardò severamente finché ella non si mise ad ascoltarlo, e allora proseguì: «Voglio consultarmi con te. Su, su, non scherziamo più. Conosci la nostra lega e alleanza. Dobbiamo lavorare insieme per il nostro comune interesse, e tu sei una mano sapiente come me. Non saremmo qui insieme, se tu non lo fossi. Che cosa deve essere fatto? Siamo chiusi in un angolo. Che cosa faremo?»

«Non hai un piano che ci porti qualcosa?»

Il signor Lammle s'immerse nei baffi per riflettere, e ne venne fuori senza speranza: «No; come avventurieri siamo obbligati a giocare a giochi avventati per avere possibilità di vincite elevate, e c'è stata una corsa della fortuna contro noi.»

Ella stava riprendendo: «Non hai nulla...» quand'egli la fermò.

«Noi, Sophronia, noi, noi, noi.»

«Non abbiamo nulla da vendere?»

«Un po' il diavolo. Ho consegnato a un ebreo una fattura di vendita di questi mobili, e potrebbe prenderli domani, oggi, adesso. Li avrebbe presi prima d'ora, credo, se non fosse per Fledgeby.»

«Cosa c'entra Fledgeby?»

«Lo conosceva. Mi aveva messo in guardia contro di lui prima ancora che io cadessi tra le sue grinfie. Non aveva potuto convincerlo, allora, a favore di un altro.»

«Vuoi dire che Fledgeby lo ha ammorbidito nei tuoi confronti?»

«Nostri, Sophronia. Nostri, nostri, nostri.»

«Nei nostri confronti?»

«Voglio dire che l'ebreo non ha ancora fatto quello che avrebbe potuto fare, e che Fledgeby si prende il merito di averlo trattenuto.»

«Tu credi a Fledgeby?»

«Sophronia, io non credo a nessuno. Non ho mai più creduto a nessuno, da quando ho creduto a te. Ma ne ho tutta l'aria.»

Avendole ricordato questo fatto del passato come risposta alle sue ribelli osservazioni allo scheletro, il signor Lammle si alzò da tavola - forse, per nascondere meglio un sorriso e una o due chiazze bianche sul naso -, fece un giro sul tappeto e si fermò accanto al fuoco. «Se avessimo potuto impacchettare quella bestia con Georgiana... Ma comunque, quello è latte versato.»

Mentre Lammle, in piedi, stringendo le pieghe della vestaglia con la schiena al fuoco, parlava così e guardava sua moglie, questa diventò pallida e abbassò gli occhi al suolo. Con un senso di slealtà nei suoi confronti, e forse con un senso di pericolo personale - perché aveva paura di lui, persino paura della sua mano e paura del suo piede, anche se non le aveva mai fatto violenza - si affrettò a mettere se stessa proprio davanti ai suoi occhi.

«Se potessimo farci prestare del denaro, Alfred...»

«Chiedere denaro, prendere in prestito denaro o rubare denaro. Sarebbe tutt'uno per noi, Sophronia,» l'interruppe il marito.

«Allora, potremmo resistere a questo?»

«Senza dubbio. Per offrire un'altra osservazione originale e indubitabile, Sophronia, due più due fa quattro.»

Ma, vedendo che stava girando qualcosa nella mente di lei, raccolse di nuovo i lembi della sua vestaglia e, mettendoseli sotto un braccio e raccogliendo i suoi ampi baffi nell'altra mano, tenne gli occhi su di lei, in silenzio.

«È naturale, Alfred,» diss'ella, guardandolo in volto con una certa timidezza, «che in queste circostanze si pensi alla gente più ricca che conosciamo, e alla più semplice.»

«Proprio così, Sophronia.»

«I Boffin.»

«Proprio così, Sophronia.»

«Non c'è niente da fare con loro?»

«Che cosa si può far con loro, Sophronia?» Ella si immerse di nuovo nei suoi pensieri, e lui la tenne d'occhio come prima.

«Naturalmente ho ripetutamente pensato ai Boffin, Sophronia,» egli riprese, dopo un inutile silenzio, «ma non ho trovato nessun modo. Sono ben sorvegliati. Quell'infernale Segretario si alza tra loro e ... le persone di merito.»

«Se si potesse sbarazzarsene?» diss'ella, illuminandosi un po', e dopo aver pensato ancora.

«Rifletti, Sophronia,» disse il marito che non la perdeva d'occhio, con aria di superiorità.

«Se si potesse togliere di mezzo il Segretario, e presentare la cosa come un servizio reso al signor Boffin?»

«Prenditi del tempo, Sophronia.» osservò il vigilante marito, in modo paternalistico.

«Se farlo uscire di mezzo potesse essere presentato sotto la luce di un servizio al signor Boffin?»

«Prenditi del tempo, Sophronia.»

«Abbiamo osservato, ultimamente, Alfred, che il vecchio sta diventando molto sospettoso e diffidente.»

«Avaro anche, mia cara; che è di gran lunga la cosa meno promettente per noi. Tuttavia, prenditi del tempo, Sophronia, prenditi del tempo.»

Ella si prese del tempo, e poi disse: «Supponiamo di doverci rivolgerci a quella sua tendenza di cui ci siamo resi abbastanza sicuri. Supponiamo che la mia coscienza...»

«E sappiamo che cosa è una coscienza, anima mia. Sì?»

«Supponiamo che la mia coscienza non mi permetta di trattenere per me stessa più a lungo quello che mi ha detto quella ragazza arrivista, del Segretario che le ha fatto una dichiarazione. Supponiamo che la mia coscienza debba obbligarmi a ripeterlo al signor Boffin.»

«Mi piace alquanto!» disse Lammle.

«Supponi che io lo ripeta al signor Boffin, come per insinuare che la mia sensibile delicatezza e l'onore ...»

«Parole molto buone, Sophronia.»

«Per insinuare che la nostra sensibile delicatezza, il nostro onore,» ella riprese, con un accento amaro sulla frase, «non ci permetterebbe di essere parti silenziose di fronte a un piano speculativo così venale da parte del Segretario, e quindi una grave violazione di fede nei confronti del suo confidente datore di lavoro. Supponiamo che avessi rivelato il mio virtuoso disagio al mio eccellente marito, e che egli abbia detto, nella sua integrità: "Sophronia, tu devi raccontare subito questo al signor Boffin."»

«Ancora una volta, Sophronia,» osservò Lammle, cambiando la gamba su cui si poggiava «mi piace alquanto!».

«Tu hai notato che è ben sorvegliato,» ella proseguì. «Lo penso anch'io. Ma se questo lo conducesse a licenziare il Segretario, sarebbe un punto debole.»

«Continua a esporre, Sophronia. Tutto questo comincia a piacermi moltissimo.»

«Avendogli, nella nostra impeccabile rettitudine, reso il servizio di aprirgli gli occhi sul tradimento della persona di cui si fidava, avremo stabilito un credito nei suoi riguardi e una confidenza con lui. Se può essere fatto molto o poco, dobbiamo aspettare - perché non possiamo farci niente - per vedere. Probabilmente ne trarremo il massimo che può essere fatto.»

«Probabilmente,» disse Lammle.

«Credi impossibile,» ella domandò, nello stesso modo freddo di complotto, «di poter sostituire il Segretario?»

«Non impossibile, Sophronia. Potebbe essere fatto. Ad ogni modo potrebbe essere abilmente perseguito.»

Annuì di aver compreso il suggerimento, mentre guardava il fuoco. «Il signor Lammle» disse pensierosa: non senza un leggero tocco di ironia: «Il signor Lammle sarebbe così felice di fare tutto ciò che è in suo potere. Il signor Lammle è lui stesso un uomo d'affari, oltre che un capitalista. Il signor Lammle è abituato a ricevere incarichi degli affari più delicati. Il signor Lammle che ha amministrato così ammirevolmente la mia piccola fortuna, ma che, senza dubbio, cominciò a costruire la sua reputazione con il vantaggio di essere un possidente, sopra ogni tentazione e oltre ogni sospetto.»

Il signor Lammle sorrise e le diede persino una pacca sulla testa.

Mentre stava in piedi accanto a lei, nel suo sinistro godimento del progetto, rendendolo l'oggetto dei suoi pensieri, sembrava avere sul viso il doppio del naso come non aveva mai avuto in vita sua. Egli rimase a riflettere e lei rimase seduta a guardare il fuoco polveroso senza muoversi, per qualche tempo. Ma quando egli cominciò a parlare di nuovo, ella alzò il capo con un sussulto, e lo ascoltò, come se avesse avuto in mente quel suo doppio gioco, e la paura della sua mano o del suo piede si fosse ravvivata in lei.

«Mi sembra, Sophronia, che tu abbia omesso una parte della questione. Ma forse no, perché le donne capiscono le donne. Non potremmo estromettere la stessa ragazza?»

La signora Lammle scosse il capo. «Ha una presa immensamente forte su entrambi, Alfred. Da non paragonare a quella di un segretario pagato.»

«Ma la cara bambina,» disse Lammle con un sorriso ambiguo, «avrebbe dovuto essere sincera, col suo benefattore e con la sua benefattrice. Il caro amore avrebbe dovuto avere una fiducia illimitata nel suo benefattore e nella sua benefattrice.»

Sophronia scosse il capo di nuovo.

«Bene! Le donne capiscono le donne,» disse il marito, piuttosto deluso. «Non insisto. Potrebbe essere la realizzazione della nostra fortuna fare piazza pulita di entrambi. Con me a gestire la proprietà, e mia moglie a gestire le persone ... Wow!»

Scuotendo il capo un'altra volta, ella rispose: «Non litigheranno mai con quella ragazza. Non la puniranno mai. Dobbiamo accettare la ragazza, contaci.»

«Insomma,» gridò Lammle, scrollando le spalle, «sia pure: solo ricordati sempre che non la vogliamo.»

«Ora, l'unica domanda che rimane è,» disse la signora Lammle. «Quando devo cominciare?»

«Non sarà mai troppo presto, Sophronia! Come ti ho detto, la condizione dei nostri affari è disperata e può essere fatta saltare in qualsiasi momento.»

«Devo trovare il signor Boffin solo, Alfred. Se sua moglie fosse presente, butterebbe olio sull'acqua. So che se sua moglie fosse lì, non riuscirei a portarlo a uno scoppio di collera. E quanto alla ragazza, poiché sto per tradire il suo segreto, è ugualmente fuori questione.»

«Non andrebbe bene scrivere per un appuntamento?» disse Lammle.

«No, certamente. Si domanderebbero l'un l'altro perché ho scritto, e voglio coglierli del tutto impreparati.»

«Chiamare e chiedere di vederlo da solo?» suggerì Lammle.

«Preferirei non fare neanche quello. Lascia fare a me. Lasciami la piccola carrozza per oggi e per domani (se oggi non riesco) e mi metterò in agguato.»

Questo era stato appena stabilito, quando una forma virile fu vista passare oltre le finestre e si sentì bussare e suonare.

«Ecco Fledgeby,» disse Lammle. «Ti ammira e ha una grande stima di te. Io sarò di sopra. Convincilo a usare la sua influenza sull'ebreo. Si chiama Riah, della ditta Pubsey & Co.»

Aggiungendo queste parole sottovoce, per timore che fossero udibili dalle orecchie dritte del signor Fledgeby, attraverso due buchi della serratura e la sala, Lammle, facendo segnali di discrezione al suo servo, salì piano le scale.

«Signor Fledgeby,» disse la signora Lammle, facendogli un'accoglienza molto cortese, «che piacere vederla! Il mio povero caro Alfred, che è molto preoccupato, ora, per i suoi affari, è uscito piuttosto presto. Caro signor Fledgeby, si sieda.» Il caro signor Fledgeby si sedette, e si accontentò (o, a giudicare dall'espressione del suo volto, non si accontentò) di controllare che non era successo niente di nuovo in termini di germogli di baffi da quando aveva girato l'angolo provenendo dall'Albany.

«Caro signor Fledgeby, era inutile accennarle che mio marito, il mio povero caro Alfred, è molto preoccupato per i suoi affari, in questi giorni, perché mi ha detto come lei gli è di aiuto in queste sue temporanee difficoltà, e che gran servizio gli ha reso.»

«Oh!» disse il signor Fledgeby.

«Sì,» disse la signora Lammle.

«Non sapevo,» osservò il signor Fledgeby, cercando una nuova parte della sua sedia, «se non che Lammle fosse riservato riguardo i suoi affari.»

«Non con me» disse la signora Lammle con gran sentimento.

«Oh, davvero?» disse Fledgeby.

«Non con me, caro signor Fledgeby. Io sono sua moglie.»

«Sì. Io... io l'ho sempre capito,» disse il signor Fledgeby.

«E come moglie di Alfred, posso, caro signor Fledgeby, tutto senza la sua autorità o conoscenza, come sono certa il suo discernimento percepirà, posso pregarla di continuare a rendergli quel gran servizio, e d'intervenire ancora una volta colla sua influenza presso il signor Riah, perché abbia ancora un po' di indulgenza? Il nome che ho sentito menzionare da Alfred, agitandosi nei suoi sogni, è Riah; non è così?»

«Il nome del creditore è Riah,» disse il signor Fledgeby, con un accento piuttosto intransigente sul suo sostantivo. «Saint Mary Axe. Ditta Pubsey & Co.»

«Oh, sì!» esclamò la signora Lammle, giungendo le mani con una specie d'impetuosità prorompente. «Pubsey & Co.!»

«La supplica del femminile...» cominciò il signor Fledgeby, ma si fermò così a lungo a cercare una parola con cui continuare, che la signora Lammle gli offrì dolcemente: «Cuore?»

«No,» disse il signor Fledgeby, «genere... è sempre ciò che un uomo è obbligato ad ascoltare, e vorrei che dipendesse solo da me. Ma questo Riah è un cattivo tipo, signora Lammle; lo è davvero.»

«Non se gli parla, caro signor Fledgeby.»

«Sulla mia anima e sul mio corpo, lo è!» disse il signor Fledgeby.

«Provi, provi ancora una volta, carissimo signor Fledgeby. Che cosa lei non può fare, se vuole?»

«Grazie,» disse Fledgeby, «lei è molto cortese a dir così. Non mi dispiace di provare di nuovo, su sua richiesta. Ma ovviamente io non posso rispondere delle conseguenze. Riah è un soggetto difficile, e quando dice che farà una cosa, la farà.»

«Esattamente!» gridò la signora Lammle, «e quando dice che aspetterà, aspetterà!»

(«Questa è una donna diabolicamente abile,» pensò Fledgeby. «Non ho visto quell'apertura, ma lei la vede e la taglia non appena è fatta.»)

«A dir la verità, caro signor Fledgeby,» continuò la signora Lammle con un tono molto interessante, «per non tenere segrete le speranze di Alfred, per lei che è tanto suo amico, c'è un lontano cambiamento di registro nel suo orizzonte.»

Questa metafora sembrò piuttosto misteriosa al Fascinoso Fledgeby, che disse: «C'è che cosa nel... Eh?»

«Alfred, caro signor Fledgeby, ha discusso con me questa stessa mattina prima di uscire, alcune prospettive che ha, che potrebbero cambiare del tutto l'aspetto dei suoi presenti problemi.»

«Veramente?» disse Fledgeby.

«Oh, sì!» A questo punto la signora Lammle mise in gioco il suo fazzoletto. «E lei sa, caro signor Fledgeby - lei che studia il cuore umano e studia il mondo -, sa come sarebbe triste perdere la posizione e il credito quando l'abilità di andare avanti per un po', potrebbe salvare tutte le apparenze.»

«Oh!» disse Fledgeby. «Allora lei crede, signora Lammle, che se Lammle avesse tempo non scoppierebbe?... Per usare un'espressione» il signor Fledgeby spiegò in tono di scusa «che è adottata nel mercato finanziario.»

«Sì, davvero. Certo, certo, sì.»

«Questo fa la differenza,» disse Fledgeby. «Mi farò un dovere di veder subito Riah.»

«Dio la benedica, carissimo signor Fledgeby!»

«Niente, niente,» disse Fledgeby. Ella gli diede la mano.

«La mano,» disse il signor Fledgeby, «di una donna bella e d'intelletto superiore, è sempre la ricompensa di...»

«Di una nobile azione!» disse la signora Lammle, estremamente ansiosa di sbarazzarsi di lui.

«Non era quello che stavo per dire,» rispose Fledgeby, che non avrebbe mai, in nessuna circostanza, accettato un'espressione suggerita, «ma lei è molto gentile. Posso imprimere un... uno... su? Buon giorno!»

«Posso contare sulla sua prontezza, carissimo signor Fledgeby?»

Disse Fledgeby, guardando indietro verso la porta e baciando rispettosamente la sua mano: «Può contarci.»

In effetti, il signor Fledgeby accelerò la sua incombenza di misericordia attraverso le strade, a una velocità così vivace che i suoi piedi avrebbero potuto essere dotati di ali da tutti gli spiriti buoni che aspettano la Generosità. Avrebbero potuto prendere posto anche nel suo petto, perché era lieto e felice. C'era un bel trillo fresco nella sua voce, quando, arrivando all'agenzia di Saint Mary Axe, e trovandola per il momento vuota, gridò ai piedi della scala: «Ohè, Giuda, che ci fate lassù?»

Il vecchio si presentò con la consueta deferenza.

«Ohè!» disse Fledgeby facendo un passo indietro e strizzando l'occhio. «Tu indichi guai, Gerusalemme!» Il vecchio alzò gli occhi con uno sguardo interrogativo.

«Proprio così!» disse Fledgeby. «Oh, peccatore! Oh, imbroglione! Che! Agirete in base a quell'atto di vendita di Lammle, no? Niente vi farà cambiare, vero? Non rimanderete nemmeno di un singolo minuto, no?» Incaricato di un'azione immediata dal tono e dall'aspetto del padrone che bisognava agire subito, il vecchio prese il cappello dal banco dove stava.

«Vi è stato detto che potrebbe farcela, se non andate per vincere, Ben-Sveglio? È così che tenete gli occhi aperti?» disse Fledgeby. «E non è il vostro gioco che ce la possa fare; non è vero? Avete la sicurezza e ce n'è abbastanza per pagarvi? Oh, giudeo?»

Il vecchio rimase per un momento irresoluto e incerto, come se potessero esserci ulteriori istruzioni di riserva «Vado, signore?» chiese alla fine, a bassa voce.

«Mi domanda se deve andare!» esclamò Fledgeby. «Mi chiede, come se lui non conoscesse il proprio scopo. Mi chiede, come se non avesse avuto il cappello pronto! Mi chiede, come se il suo vecchio occhio acuto - perché, taglia come un coltello - non stesse guardando il suo bastone da passeggio vicino alla porta!»

«Vado, signore?»

«Andate?» sogghignò Fledgeby. «Sì, andate! Sgambettate, Giuda!»

XIII. Il lupo malvagio[241]

Il fascinoso Fledgeby, rimasto solo nell'agenzia, passeggiava con il cappello da una parte, fischiettando e indagando nei cassetti, e curiosando qua e là per cercare ogni più piccola prova di essere stato imbrogliato, ma non riusciva a trovarne nessuna. «Non è merito suo, se non m'imbroglia,» commentò strizzando l'occhio, «ma delle mie precauzioni.» Poi, con pigra grandezza, affermò i suoi diritti di essere il padrone di Pubsey & Co colpendo il suo bastone sugli sgabelli e sulle casse, e sputando nel caminetto, e poi andò con aria regale alla finestra e guardò nella strada stretta, al di sopra delle imposte di Pubsey & Co. Come un cieco con più sensi di uno solo, ciò gli ricordò ch'era solo nell'agenzia, con la porta aperta. Si stava muovendo per chiuderla, per timore che fosse identificato ingiustamente con la struttura, quando fu fermato da qualcuno che stava entrando. Questo qualcuno era la sarta delle bambole, con un cestino infilato nel braccio e la stampella in mano. I suoi occhi acuti le avevano fatto riconoscere il signor Fledgeby prima che il signor Fledgeby la vedesse, ed egli fu bloccato nel suo proposito di chiudere la porta, non tanto perché ella vi si stava avvicinando, quanto perché ella lo favorì con una pioggia di gesti, appena lo vide. Ella migliorò questo vantaggio arrancando su per i gradini con tale celerità che prima che il signor Fledgeby potesse prendere misure per non farle trovare nessuno a casa, erano faccia a faccia nell'agenzia.

«Spero che lei stia bene, signore,» disse la signorina Wren. «Il signor Riah c'è?»

Fledgeby si era lasciato cadere su una sedia, nell'atteggiamento di chi aspetta stancamente. «Suppongo che tornerà presto,» rispose; «se n'è andato e mi ha lasciato ad aspettarlo, in un modo strano. Non la ho già vista?»

«Sì, una volta... se aveva la vista,» rispose la signorina Wren; la clausola condizionale sottovoce.

«Quando stavate facendo dei giochi sul tetto della casa. Mi ricordo. Come sta la sua amica?»

«Io ho più di un'amica, spero,» rispose la signorina Wren. «Quale?»

«Non importa,» disse il signor Fledgeby strizzando un occhio. «Nessuno dei suoi amici, tutti i suoi amici. Sono abbastanza tollerabili?»

Un po' confusa, la signorina Wren eluse la spiritosaggine e si sedette in un angolo dietro la porta, col cestino in grembo. Dopo un po', disse, rompendo un lungo e paziente silenzio: «Le chiedo scusa, signore, ma sono abituata a trovare il signor Riah a quest'ora, e quindi vengo generalmente a quest'ora. Voglio solo comprare i miei poveri due scellini di scarti. Forse mi lascerà gentilmente prenderli e me ne andrò al lavoro.»

«Lasciarglieli prendere?» disse Fledgeby volgendo la testa verso di lei; perché era stato seduto a sbattere le palpebre alla luce e ad toccarsi la guancia. «Beh, non crederà davvero che io abbia qualcosa a che fare con il luogo o l'attività commerciale; no?»

«Crederlo?» esclamò la signorina Wren. «L'ha detto lui, quel giorno, che lei era il padrone!»

«L'ha detto quel vecchio gallo nero? L'ha detto Riah? Beh, direbbe qualsiasi cosa.»

«Va bene, ma anche lei l'ha detto,» rispose la signorina Wren. «O almeno ha assunto un'aria da padrone, e non l'ha contraddetto.»

«Un altro dei suoi espedienti,» disse il signor Fledgeby con una fredda e sprezzante scrollata di spalle. «È fatto di scherzi. Mi disse: "Salga in cima alla casa, signore, e le mostrerò un ragazza affascinante. Ma la chiamerò padrone." Così salii in cima alla casa, e lui mi mostrò la bella ragazza (valeva moltissimo la pena di guardarla) e fui chiamato padrone. Non so perché. Oso dire che non lo sa neanche lui. Ama lo scherzo per il gusto in sé, essendo,» disse il signor Fledgeby guardandosi un po' intorno per cercare una frase espressiva, «il più furbacchione di tutti i furbacchioni.»

«Oh la mia testa!» gridò la sarta delle bambole tenendosela con tutte e due le mani come se si stesse spezzando: «Non sa quello che dice!»

«È possibile, mia piccola donna,» rispose Fledgeby, «ed è così, glielo assicuro.»

Questo ripudio non era solo un atto di deliberata linea di condotta da parte di Fledgeby, nel caso in cui fosse sorpreso da qualsiasi altro visitatore, ma fu anche una replica contro la signorina Wren per la sua eccessiva acutezza, e un piacevole esempio del suo umorismo nei confronti del vecchio ebreo. «Egli ha una cattiva reputazione come vecchio ebreo, e viene pagato per l'uso di essa, e avrò il valore dei miei soldi da lui.» Questo era la riflessione abituale di Fledgeby nel modo di fare affari, ed era stato acuto proprio allora perché presumeva che il vecchio gli nascondesse un segreto: sebbene non disapprovava affatto il segreto stesso, che infastidiva qualcun altro che a lui non piaceva.

La signorina Wren con un'espressione abbattuta sedeva dietro la porta a guardare pensierosa a terra, e il lungo e paziente silenzio subentrò ancora una volta per qualche tempo, quando l'espressione del viso del signor Fledgeby indicò che attraverso la parte superiore della porta, che era di vetro, egli aveva visto qualcuno esitare sulla soglia dell'ufficio. Poi si sentì un fruscio e un colpetto, poi un altro fruscio e un altro colpetto. Poiché Fledgeby non se ne interessò, la porta fu finalmente aperta dolcemente, e il viso asciutto di un mite piccolo signore anziano guardò dentro. «Il signor Riah?» disse questo visitatore molto educatamente.

«Io lo sto aspettando, signore,» rispose Fledgeby. «È uscito e mi ha lasciato qui. Lo aspetto di ritorno da un momento all'altro. Forse lei farebbe meglio a prendere una sedia.»

Il gentiluomo prese una sedia, e si portò una mano alla fronte come se fosse in uno stato d'animo malinconico. Il signor Fledgeby lo guardò di sottecchi, e pareva gustar molto il suo atteggiamento.

«Una bella giornata, signore,» disse Fledgeby.

Il piccolo gentiluomo rinsecchito era così assorto nelle sue riflessioni malinconiche che non notò l'osservazione finché il suono della voce di Fledgeby non si era ormai spento nel locale. Allora trasalì, e disse: «Scusi, signore. Temo che mi abbia parlato?»

«Dicevo,» osservò Fledgeby, un po' più forte di prima, «che è una bella giornata.»

«Le chiedo scusa. Le chiedo scusa. Sì.»

Di nuovo il piccolo gentiluomo rinsecchito portò la mano alla fronte, e di nuovo il signor Fledgeby sembrò divertirsi di questo fatto. Quando il gentiluomo cambiò atteggiamento con un sospiro, Fledgeby parlò con un ghigno.

«Il signor Twemlow, penso?»

Il gentiluomo rinsecchito parve molto sorpreso.

«Ho avuto il piacere di pranzare con lei dai Lammle,» disse Fledgeby. «Ho perfino l'onore di essere un po' suo parente. Un posto inaspettato questo per incontrarci! Ma quando si va nella City, non si mai con chi ci si possa imbattere. Spero che lei stia bene, e si diverta.»

Potrebbe esserci stato un tocco di impertinenza nelle ultime parole; d'altra parte, potrebbe essere stata solo la grazia nativa dei modi del signor Fledgeby. Il signor Fledgeby sedeva su uno sgabello, coi piedi sulla traversa di un altro sgabello, e il cappello in testa. Il signor Twemlow si era scoperto quando era entrato, ed era rimasto così.

Ora, il coscienzioso Twemlow, sapendo bene che cosa aveva fatto per contrastare i piani del caro Fledgeby, era particolarmente sconcertato da questo incontro. Si sentiva tanto a disagio quanto può esserlo un vero gentiluomo. Si sentiva in dovere di comportarsi rigidamente verso Fledgeby, e gli fece un inchino distaccato. Fledgeby rimpiccioli ancor di più i suoi piccoli occhi nel prendere nota speciale dei suoi modi. La sarta delle bambole sedeva nel suo angolo dietro la porta, con gli occhi a terra e le mani incrociate sul suo cesto, tenendo in mezzo la sua stampella, e sembrava non badare a nulla.

«È da molto tempo,» brontolò Fledgeby, guardando il suo orologio. «Che ora fa, lei, signor Twemlow?»

Il signor Twemlow faceva le dodici e dieci, signore.

«Ora esatta,» approvò Fledgeby. «Spero, signor Twemlow, che i suoi affari qui possano essere di carattere più gradevole dei miei.»

«Grazie, signore,» disse Twemlow.

Fledgeby di nuovo fece ancora più piccoli gli occhi già piccoli, e guardò con gran compiacimento Twemlow, che batteva timidamente sul banco con una lettera piegata.

«Quel che conosco del signor Riah,» disse Fledgeby, con un'espressione molto denigratoria del nome, «mi porta a pensare che questo sia un locale per affari sgradevoli. Ho sempre saputo che è la vite più pungente e graffiante di Londra.»

Il signor Twemlow prese nota dell'osservazione con un piccolo inchino distaccato. Questo evidentemente lo rendeva nervoso.

«Tant'è vero,» proseguì Fledgeby, «se non fosse per aiutare un amico, nessuno potrebbe trovarmi qui ad aspettare un solo minuto. Ma se si hanno degli amici in difficoltà, bisogna stargli al fianco. Questo è ciò che dico, e ciò che faccio.»

L'equanime Twemlow sentiva che quel sentimento, indipendentemente da chi lo manifestava, richiedeva il suo cordiale assenso. «Ha perfettamente ragione, signore,» esclamò con vivacità. «Lei indica un percorso generoso e virile.»

«Lieto di avere la sua approvazione,» rispose Fledgeby. «È una coincidenza, signor Twemlow»; qui discese dal suo trespolo e si avvicinò a lui, «che gli amici per i quali mi trovo qui oggi, siano gli amici nella cui casa ho incontrato lei! I Lammle. Lei è una signora molto attraente e simpatica, vero?»

La coscienza fece impallidire il gentile Twemlow. «Sì,» disse, «lo è.»

«E quando questa mattina mi ha chiesto di venire a provare cosa potessi fare per pacificare il loro creditore, questo signor Riah - su cui certamente ho acquisito un po' d'influenza nelle transazioni commerciali per un altro amico, ma niente di quanto ella suppone - e quando una donna come quella mi ha parlato come il suo più caro signor Fledgeby, e ha versato lacrime - cosa potevo fare, sa?»

Twemlow ansimò: «Nient'altro che venire.»

«Nient'altro che venire. E così son venuto. Ma perché mai,» disse Fledgeby mettendosi le mani in tasca e fingendo una profonda riflessione, «perché mai Riah sia partito improvvisamente, quando gli ho detto che i Lammle lo pregavano di trattenere un atto di vendita che aveva su tutti i loro effetti; e perché mai se ne sia andato dicendo che sarebbe tornato subito; e perché mai mi abbia lasciato solo ad aspettarlo per tanto tempo, non lo so capire.»

Il cavalleresco Twemlow, Cavaliere del Cuore Semplice, non era in grado di offrire alcun suggerimento. Era troppo contrito, troppo pieno di rimorso. Per la prima volta nella sua vita aveva fatto qualcosa di nascosto, e aveva sbagliato. Si era segretamente interposto contro questo giovane fiducioso, per nessuna miglior reale ragione che i modi del giovane non erano i suoi. Ma il giovane fiducioso cominciò ad ammucchiare carboni ardenti sulla sua testa sensibile.

«Le chiedo scusa, signor Twemlow; vede che conosco la natura degli affari che vengono trattati qui. C'è qualcosa che posso fare per lei qui? Lei è stato educato da gentiluomo, e non da uomo d'affari», un altro tocco di possibile impertinenza a questo punto; «e forse lei è tutto tranne un povero uomo d'affari. Cos'altro c'è da aspettarsi.»

«Sono anche un uomo d'affari più povero di quanto non sia un uomo, signore,» rispose Twemlow, «e difficilmente potrei esprimere la mia mancanza in un modo più forte. Non capisco nemmeno chiaramente la mia posizione nella questione per cui sono portato qui. Ma ci sono ragioni che rendono molto delicato accettare la sua assistenza. Sono notevolmente, notevolmente poco incline all'idea di approfittarne. Non me lo merito.»

Buona creatura infantile! Condannato a un passaggio attraverso il mondo da vie così strette, poco illuminate, e raccogliendo così poche chiazze o macchie sulla strada!

«Forse,» disse Fledgeby, «lei potrebbe essere un po' restio alle confidenze su questo argomento, perché è stato educato da gentiluomo.»

«Non è questo, signore,» rispose Twemlow, «non è questo. Spero di distinguere il vero orgoglio dal falso orgoglio.»

«Io non sono affatto orgoglioso, per quanto mi riguarda» disse Fledgeby, «e forse non divido le cose così bene da distinguere uno dall'altro. Ma so che questo è un posto dove anche un uomo d'affari ha bisogno del suo ingegno, e se il mio potesse esserle di qualche aiuto, lei è il benvenuto.»

«Lei è molto... buono,» disse Twemlow, esitando. Ma sono del tutto riluttante...»

«Non ho la vanità,» proseguì Fledgeby con uno sguardo sgraziato, «di pensare che il mio ingegno possa esserle d'aiuto in società, ma qui potrebbe. Lei coltiva la società, e la società coltiva lei, ma il signor Riah non è la società. In società, il signor Riah è oscuro; eh, signor Twemlow?»

Twemlow, molto turbato, e con la mano che svolazzava nei pressi della fronte, rispose: «Del tutto vero.»

Il giovanotto fiducioso lo pregò di dichiarare il suo caso. L'innocente Twemlow, immaginandosi che Fledgeby sarebbe rimasto stupito da ciò che avrebbe rivelato, e non concependo nemmeno per un istante la possibilità che ciò avvenisse tutti i giorni, ma convinto che quello fosse un terribile fenomeno che si verificava nel corso dei secoli, raccontò come egli avesse avuto un amico, ora morto, un ufficiale civile sposato, con famiglia, che aveva voluto denaro per un cambio di luogo dopo un cambio di incarico, e come egli, Twemlow, avesse garantito per lui, col risultato consueto, ma agli occhi di Twemlow quasi incredibile, che gli era rimasto da ripagare ciò che non aveva mai avuto. Come, nel corso degli anni, egli avesse ridotto il capitale di somme insignificanti, «avendo», disse Twemlow, «sempre osservato una grande economia, essendo in godimento di un reddito fisso di entità limitata e che dipende sulla munificenza di un certo nobile», e come avesse sempre pagato l'interesse che ne derivava, con puntuali versamenti. Come fosse giunto a considerare, nel corso del tempo, questo unico debito della sua vita come un normale svantaggio trimestrale, e non peggio, quando "il suo nome" era in qualche modo caduto in possesso del signor Riah, che aveva mandato l'avviso per riscattarlo pagando per intero, in un'unica grossa somma, o avrebbe comportato enormi conseguenze.

Questo, con ricordi confusi di come fosse stato portato in qualche ufficio per 'confessare il giudizio' (come egli ricordava la frase), e come era stato portato in un altro ufficio dove la sua vita fu assicurata da qualcuno non del tutto estraneo al commercio di sherry, che egli ricordava meglio per la straordinaria circostanza che possedeva uno Stradivario[242] che voleva vendere, e anche una Madonna, formò la somma e la sostanza del racconto del signor Twemlow. Attraverso il quale giganteggiava l'ombra del terribile Snigsworth, guardato alla lontana dai prestatori di denaro come la Sicurezza nella Nebbia, e che minacciava Twemlow col suo bastone baronale.

Il signor Fledgeby ascoltò tutto con la modesta gravità che si addiceva a un giovanotto fiducioso che sapeva già tutto in anticipo, e quando fu finito, scosse il capo con aria seria. «Non mi piace, signor Twemlow,» disse Fledgeby, «non mi piace che Riah chieda il capitale. Se ha deciso di chiederglielo, deve accadere.»

«Ma supponendo, signore,» disse Twemlow abbattuto, «che io non possa?»

«Allora,» rispose Fledgeby, «lei deve andarci, sa.»

«Dove?» domandò Fledgeby debolmente.

«In prigione,» rispose Fledgeby. Dopo di che, il signor Twemlow chinò il capo innocente sulla mano, ed emise un piccolo gemito di angoscia e disonore.

«Tuttavia,» disse Fledgeby, come se prendesse coraggio, «speriamo che le cose non si mettano così male. Se lei me lo permette, io dirò al signor Riah, quando viene, chi è lei, e gli dirò che è un mio amico, dirò la mia per lei, invece che lei parli per se stesso: potrei essere in grado di farlo in modo più professionale. Non la considererà una libertà?»

«La ringrazio ancora e ancora, signore,» disse Twemlow. «Io sono fortemente poco incline ad avvalermi della sua generosità, sebbene la mia impotenza cede. Perché non posso fare a meno di sentire che - per metterlo nella forma di discorso più mite - che non ho fatto nulla per meritarmelo.»

«Dove mai può essere?» brontolò Fledgeby riferendosi di nuovo all'orologio.

«Per cosa può essere uscito? Lo ha mai visto, lei, signor Twemlow?»

«Mai.»

«È un ebreo completo al guardarlo, ma è un ebreo più completo quando si ha a che fare con lui. E' peggio quando è calmo. Se è tranquillo, lo prenderò come un brutto segno. Lo tenga d'occhio quando entra, e, se è tranquillo, non sia fiducioso. Eccolo! - Sembra calmo.»

Con queste parole, ch'ebbero l'effetto di mettere il povero Twemlow in una penosa agitazione, il signor Fledgeby si ritirò al posto che occupava prima, e il vecchio entrò nell'agenzia.

«Ebbene, signor Riah,» disse Fledgeby, «pensavo che lei si fosse perduto!»

Il vecchio, guardando lo sconosciuto, rimase immobile. Percepì che il suo padrone stava guidando il discorso agli ordini che egli doveva ricevere, e aspettò di capirli.

«Pensavo davvero,» ripeté Fledgeby lentamente, «che lei si fosse perduto, signor Riah. Ma, ora che la guardo... Ma no, lei non può averlo fatto, non può averlo fatto!»

Col cappello in mano, il vecchio alzò il capo e guardò Fledgeby con aria scoraggiata, come cercando di sapere quale nuovo fardello morale avrebbe dovuto sopportare.

«Non può essersi precipitato fuori per dare il via a tutto, e mettere in moto quell'atto di vendita di Lammle?» disse Fledgeby. «Dica di no, signor Riah!»

«Signore, l'ho fatto» rispose il vecchio a bassa voce.

«Oh, povero me!» gridò Fledgeby. «Oh, oh, oh! Caro, caro, caro! Lo sapevo che lei era un tipo difficile, signor Riah, ma non avrei proprio mai pensato che fosse così intrattabile!»

«Signore,» disse il vecchio, con grande inquietudine, «io faccio quello che mi dicono di fare. Io non sono il padrone, qui. Sono soltanto l'agente di un superiore, e non ho scelta, nessun potere.»

«Non lo dica,» rispose Fledgeby, esultando dentro di sé vedendo come il vecchio protendeva le mani, con un'azione contratta di difesa contro la costruzione tagliente dei due osservatori. «Non canti la storia del mestiere, signor Riah. Lei ha diritto di farsi rimborsare i suoi crediti, se è determinato a farlo, ma non pretenda ciò che ognuno del suo stato finge regolarmente. Almeno, non lo faccia con me. Perché dovrebbe, signor Riah? Lei sa che io so tutto di lei.»

Il vecchio raccolse un lembo della sua palandrana con la mano che aveva libera, e diede a Fledgeby uno sguardo assorto.

«E non,» disse Fledgeby, «non, glielo chiedo come un favore, signor Riah, non sia così diabolicamente mite, perché so cosa seguirà se lo sarà. Guardi qui, signor Riah. Questo signore è il signor Twemlow.» Il vecchio si voltò verso di lui e s'inchinò. Quel povero agnello si inchinò di ritorno; educato e terrorizzato.

«Ho avuto un tale fallimento,» proseguì Fledgeby, «cercando di far qualcosa per il mio amico

Lammle, che ho ben poche speranze di riuscire a far qualcosa per il mio amico (e anche parente), il signor Twemlow. Ma io so che se lei può fare un piacere a qualcuno, è proprio a me che lo può fare, e non fallirò per mancanza di tentativi, e inoltre l'ho promesso al signor Twemlow. Dunque, signor Riah, questo è il signor Twemlow. Sempre in regola con gli interessi, sempre puntuale, sempre pagando nel suo piccolo. E adesso, perché vuole pressarlo? Non può avere alcun livore contro il signor Twemlow! Perché non essere calmo con il signor Twemlow?»

Il vecchio guardò nei piccoli occhi di Fledgeby in cerca di un segno che lo lasciasse essere paziente con il signor Twemlow; ma non c'era nessun segno in loro.

«Il signor Twemlow non è in relazione con lei, signor Riah,» disse Fledgeby, «e lei non può mai sapere come durante la sua vita si sia comportato da gentiluomo e si è tenuto stretto alla sua famiglia. Se il signor Twemlow ha disprezzo per gli affari, che cosa può importare a lei?»

«Ma scusi,» intervenne la gentile vittima, «non ne ho affatto. Lo considererei presunzione.»

«Su, signor Riah!» disse Fledgeby. «Non è un bel dire? Su! Si metta d'accordo con me per il signor Twemlow.»

Il vecchio cercò di nuovo qualche segno di permesso per risparmiare il povero piccolo gentiluomo. No. Il signor Fledgeby intendeva che fosse torturato.

«Mi dispiace molto, signor Twemlow,» disse Riah, «ma ho le mie istruzioni. Non sono investito di alcuna autorità per modificarli. La somma dev'essere pagata.»

«Vuol dire per intero, e subito, signor Riah?» domandò Fledgeby perché le cose fossero del tutto esplicite.

«Per intero, signore, e subito,» fu la risposta di Riah.

Il signor Fledgeby scosse il capo e guardò il signor Twemlow con aria triste; e senza parlare espresse questo sentimento nei riguardi della venerabile figura che gli stava davanti con gli occhi a terra: «Che mostro d'israelita è costui!»

«Signor Riah,» disse Fledgeby.

Il vecchio alzò gli occhi ancora una volta verso i piccoli occhi di di Fledgeby, con una nuova speranza che potesse esserci ancora il segno in arrivo.

«Signor Riah, non serve a niente nascondere il fatto. Dietro il caso del signor Twemlow c'è un certo personaggio molto importante, e lei lo sa.»

«Lo so,» ammise il vecchio.

«Ora lo metterò come un semplice punto di affari, signor Riah. Lei è proprio determinato (come semplice punto di affari) o ad avere la garanzia del detto gran personaggio, o il denaro del detto gran personaggio?»

«Pienamente determinato,» rispose Riah, leggendo nel volto del padrone, e avendo imparato il libro.

«Non le interessa affatto, e anzi, mi sembra piuttosto divertito,» disse Fledgeby con particolare ipocrisia, «del grande sconquasso e del litigio che si svilupperà tra il signor Twemlow e il detto gran personaggio?»

Questo non richiedeva risposta, e non ne ricevette. Il povero signor Twemlow, che aveva tradito i più acuti terrori mentali dal momento in cui il suo nobile parente si era profilato nella prospettiva, si alzò con un sospiro per prendere commiato. «La ringrazio moltissimo, signore,» disse, offrendo al signor Fledgeby la sua mano febbrile. «Mi ha reso un servizio che non meritavo. Grazie, grazie.»

«Non ne parli,» rispose Fledgeby. «Finora è stato un fallimento, ma gli starò dietro e parlerò ancora al signor Riah.»

«Non si illuda, signor Twemlow» disse l'ebreo, rivolgendosi direttamente a lui per la prima volta.

«Lei non ha speranze. Non deve attendersi nessuna clemenza qui. Deve pagare per intero, e non pagherà mai abbastanza presto, o sarà sottoposto a pesanti accuse. Non faccia assegnamento su di me. Denaro, denaro, denaro.» Dette queste parole con tono enfatico, prese atto del cenno del capo che il signor Twemlow, sempre educato, gli fece, e l'amabile, piccolo, degno gentiluomo prese commiato con il morale a terra.

Il Fascinoso Fledgeby era così allegro, quando Twemlow ebbe lasciato l'agenzia, che non poté far niente di meglio che andare alla finestra, appoggiare le braccia sul telaio delle imposte, e fare una risata silenziosa, volgendo le spalle al suo subordinato. Quando si volse con un aspetto composto, il subordinato stava ancora allo stesso posto, e la sarta delle bambole sedeva dietro la porta con uno sguardo pieno di orrore.

«Ohi!» gridò il signor Fledgeby, «lei dimentica questa signorina, signor Riah, ed ella ha aspettato abbastanza. Le venda i suoi ritagli, per piacere, e le dia una buona misura se può indurre la sua mente a fare una cosa liberale per una volta.»

Stette un po' a guardare, mentre l'ebreo le riempiva il cestino dei soliti stracci ch'ella usava comprare; ma tornandogli la vena d'allegria, fu costretto a volgersi di nuovo alla finestra e ad appoggiare i gomiti sulle imposte.

«Ecco, mia cara Cenerentola,» disse il vecchio in un sussurro, e con uno sguardo spossato, «il cestino è pieno, ora. Dio vi benedica, e andate!»

«Non mi chiami "cara Cenerentola",» rispose la signorina Wren. «Oh, madrina crudele!»

Scosse contro il suo viso quel suo piccolo indice enfatico, con più sdegno e più forza di rimprovero di quando lo puntava contro il suo triste vecchio bambino, a casa.

«Lei non è affatto la madrina,» diss'ella. «Lei è il lupo della foresta, il lupo malvagio! E se mai la mia cara Lizzie sarà venduta e tradita, saprò chi l'ha venduta e tradita!»

XIV. Il signor Wegg trama contro il signor Boffin[243]

Dopo aver assistito a qualche altra esposizione sulla vita degli Avari, il signor Venus divenne quasi indispensabile per le serate alla Pergola. La circostanza di avere un altro ascoltatore di meraviglie spiegate da Wegg, o, per così dire, un altro calcolatore per radunare le ghinee trovate in teiere, camini, scaffali e mangiatoie, e altre simili banche di deposito, sembrava aumentare notevolmente il godimento del signor Boffin; e Silas Wegg, da parte sua, sebbene di temperamento geloso, che in circostanze ordinarie avrebbe potuto essere risentito per il fatto che l'anatomista acquistasse favore, era molto ansioso di tenere d'occhio quel gentiluomo - per timore che essendo troppo lasciato a se stesso, avrebbe potuto essere tentato di giocare brutti scherzi con il prezioso documento in sua custodia - e non perdeva mai l'opportunità di raccomandarlo all'attenzione del signor Boffin come terzo partito la cui compagnia era molto da desiderare. Ora il signor Wegg lo gratificava regolarmente con un'altra amichevole dimostrazione nei suoi confronti. Dopo che ogni seduta era finita e il padrone se ne era andato, il signor Wegg invariabilmente vedeva il signor Venus a casa dello stesso. A dire il vero, invariabilmente chiedeva di essere rinfrescato con una vista del documento di cui si trovava ad essere comproprietario; ma non mancava mai di sottolineare che era il grande piacere che traeva dalla società in miglioramento col signor Venus che insensibilmente lo attraeva di nuovo a Clerkenwell, e che, trovandosi ancora una volta attratto in quel luogo dai poteri sociali del sig. V., avrebbe chiesto il permesso di affrontare quel piccolo incidente di procedura, come questione di forma.

«Perché io so bene, signore,» aggiungeva il signor Wegg, «che un uomo dalla vostra mente delicata vorrebbe essere controllato ogni volta che se ne presenti l'opportunità, e non spetta a me respingere i vostri sentimenti.»

All'incirca in questo periodo era molto evidente una certa ruggine nel signor Venus, che non diventava mai lubrificato dall'olio del signor Wegg, ma che girava sotto la vite in modo scricchiolante e rigido. Mentre assisteva alle serate letterarie, arrivò persino, in due o tre occasioni, a correggere il signor Wegg quando pronunciava grossolanamente male una parola, o rendeva un passaggio senza senso; tanto che il signor Wegg prese a sorvegliare il suo comportamento nel corso della giornata, e a prendere accordi per aggirare le rocce di notte invece di correre dritto su di loro. Diventò particolarmente timido nei riguardi del minimo riferimento anatomico, e se vedeva un osso davanti, si sarebbe spinto a qualsiasi distanza piuttosto che menzionarne il nome. I destini avversi avevano stabilito quella sera che la barca che procedeva a fatica del signor Wegg venisse assediata da polisillabi e imbarazzata tra un completo arcipelago di parole difficili. Poiché era necessario fare sondaggi ogni minuto e provare il percoso con la più grande cautela, l'attenzione dell'onorevole Wegg era pienamente impiegata. Il signor Venus prese vantaggio da quella difficoltà per passare un pezzetto di carta nella mano del signor Boffin, e mettersi un dito sulle labbra.

Quando il signor Boffin tornò a casa la notte, scoprì che il foglio conteneva il biglietto da visita del signor Venus e queste parole: «Sarei felice di essere onorato da una visita che riguarda i suoi affari, sul crepuscolo in prima serata.»

La sera successiva vide il signor Boffin sbirciare le rane imbalsamate nella vetrina del signor Venus, e vide il signor Venus mentre notava il signor Boffin con la prontezza di uno in allerta, e mentre faceva cenno al gentiluomo di entrare. Il signor Boffin entrò, e fu invitato a sedersi sulla cassa di «miscellanee umane» davanti al fuoco, e lo fece, guardandosi intorno con occhi ammirati. Essendo il fuoco basso e irregolare, e il crepuscolo cupo, sembrava che l'intero assortimento stesse ammiccando e sbattendo le palpebre con entrambi gli occhi, come faceva il signor Venus. Il signore francese, benché non avesse occhi, non era affatto indietro, ma appariva, mentre la fiamma si alzava e si abbassava, aprire e chiudere i suoi non occhi, con la regolarità dei cani e delle anatre e degli uccelli dagli occhi di vetro. I bambini dalla testa grossa erano altrettanto cortesi nel prestare il loro grottesco aiuto all'effetto generale.

«Vede, signor Venus, che non ho perso tempo,» disse il signor Boffin. «Sono qui.»

«E' qui, signore,» confermò il signor Venus.

«Non mi piace la segretezza,» proseguì il signor Boffin, «o almeno non mi piace in generale, ma oso dire che mi mostrerà una buona ragione per essere stato misterioso finora.»

«Credo di sì, signore,» rispose Venus.

«Bene,» disse Boffin. «Lei non aspetta Wegg, lo prendo per garantito?»

«No, signore, non aspetto nessuno tranne la presente compagnia.»

Il signor Boffin si guardò intorno, come se accettasse sotto quel nome inclusivo il gentiluomo francese e la cerchia di amici tra i quali egli non si muoveva, e ripeté: «La presente compagnia.»

«Signore,» disse il signor Venus, «prima di parlare dell'affare, dovrò chiederle la sua parola d'onore che siamo in forma riservata.»

«Aspettiamo un momento e capiamo cosa significa l'espressione.» disse il signor Boffin. «In forma riservata per quanto tempo? In forma riservata per sempre e un giorno?»

«Capisco la sua osservazione, signore,» disse il signor Venus, «lei pensa che possa considerare l'affare, quando lo saprà, di natura incompatibile con la riservatezza da parte sua?»

«Potrei» disse il signor Boffin con uno sguardo cauto.

«Vero, signore. Bene, signore,» osservò Venus dopo essersi passato una mano tra i capelli polverosi, per illuminare le sue idee. «Mettiamola in un altro modo: io le rivelo l'affare, e lei mi dà la sua parola d'onore di non far nulla, e di non menzionare il mio nome, a mia insaputa.»

«Sembra giusto,» disse il signor Boffin. «Su questo sono d'accordo.»

«Ho la sua parola d'onore, signore?»

«Mio caro amico,» rispose il signor Boffin, «lei ha la mia parola, e come può averla, senza anche il mio onore, non lo so. Nella mia vita ho fatto molti mucchi di immondizie, ma non ho mai saputo che le due cose andassero in mucchi separati.»

Questa osservazione sembrò piuttosto imbarazzare il signor Venus. Esitò e disse: «Verissimo, signore»; e poi di nuovo: «Verissimo, signore», prima di riprendere il filo del discorso.

«Signor Boffin, se le confesso che sono caduto in un progetto di cui lei era il soggetto, e di cui non avrebbe dovuto essere il soggetto, mi permetta di menzionare e la prego di prendere in considerazione favorevole, che allora ero in uno stato d'animo depresso.»

Il Netturbino d'oro, con le mani incrociate sulla cima del suo poderoso bastone, con il mento appoggiato sulle mani, e qualcosa di malizioso e stravagante negli occhi, fece un cenno col capo e disse: «Proprio così, Venus.»

«Quel progetto, signore, è stato una cospirativa violazione della sua fiducia, a tal punto che avrei dovuto dirglielo subito. Ma non l'ho fatto, signor Boffin, e ci sono caduto.»

Senza muovere un occhio o un dito, il signor Boffin fece un altro cenno col capo, e ripeté placidamente: «Proprio così, Venus.»

«Non che io fossi molto appassionato in quello, signor Boffin,» continuò l'anatomista penitente, «né che io abbia mai considerato me stesso con qualcosa di diverso dal rimprovero, avendo deviato dai sentieri della scienza verso i sentieri di...» stava per dire: «della malvagità», ma non volendo essere troppo severo con se stesso, sostituì con grande enfasi: «del signor Wegg».

Placido e stravagante come sempre, il signor Boffin rispose: «Proprio così, Venus.»

«E ora, signore,» disse Venus, «dopo che le ho preparato la mente all'ingrosso, articolerò i dettagli.» Con questo breve esordio di carattere professionale, si addentrò nella storia della mossa amichevole, e la raccontò con sincerità. Si sarebbe potuto pensare che avrebbe provocato qualche spettacolo di sorpresa o rabbia, o altra emozione, da parte del signor Boffin, ma non estrasse nulla oltre il suo precedente commento: «Proprio così, Venus.»

«La ho stupita, signore, credo?» disse il signor Venus, facendo una pausa dubbiosa. Il signor Boffin rispose semplicemente come sopra: «Proprio così, Venus.»

A questo punto lo stupore era tutto dall'altra parte. Ma non continuò così. Perché quando Venus passò alla scoperta di Wegg, e da quella al loro aver visto entrambi il signor Boffin disseppellire la bottiglia olandese, il signor Boffin cambiò colore, cambiò atteggiamento, diventò quanto mai nervoso, e finì (quando finì Venus) col trovarsi in uno stato di manifesta ansietà, trepidazione e confusione.

«Ora, signore,» disse Venus terminando, «lei sa benissimo cosa c'era in quella bottiglia, e perché l'ha disseppellita e l'ha portata via. Su questo non pretendo di sapere niente di più di quello che ho visto. Tutto quello ch'io so è questo: sono fiero della mia professione, dopo tutto (sebbene sia stata seguita da un terribile inconveniente che si è fatto sentire nel mio cuore, e quasi ugualmente sul mio scheletro), e intendo vivere della mia professione. Mettendo lo stesso significato in altre parole, non intendo ricavare un solo centesimo disonesto con questa faccenda. Come miglior ammenda verso di lei, dopo quello che ho fatto, le faccio conoscere, come avvertimento, ciò che Wegg ha scoperto. La mia opinione è che Wegg, per tacere, non si accontenterà di un piccolo prezzo, e fondo la mia opinione sul fatto che ha iniziato a voler disporre della sua proprietà nel momento in cui si è reso conto del suo potere. Se valga la pena di metterlo a tacere a qualunque prezzo, lo deciderà lei, e prenderà le sue misure di conseguenza. Per quel che riguarda me, io non ho nessun prezzo. Se mi si chiederà di dir la verità, la dirò, ma non voglio fare di più di quello che ho fatto ora e ho finito.»

«Grazie, Venus!» disse il signor Boffin, con una stretta calorosa della mano; «grazie, Venus, grazie, grazie!» Poi si mise a camminare su e giù per la piccola bottega, in grande agitazione. «Ma stia a sentire, Venus,» riprese dopo un po', mettendosi di nuovo a sedere nervosamente, «se devo comprare Wegg, non lo comprerò di meno per il fatto che lei ne sia fuori. Invece di avere la metà dei soldi, - doveva essere la metà, suppongo? In parti eguali?»

«Doveva essere la metà, signore,» rispose Venus.

«Invece di quello, ora avrà tutto. Dovrò pagar lo stesso, se non di più. Perché lei mi dice che quello lì è un cane irragionevole, un mascalzone famelico.»

«Lo è» disse Venus.

«Non crede, Venus,» disse il signor Boffin con aria insinuante, dopo aver guardato per un po' il fuoco, «non sente come se... le piacerebbe fingere di essere nell'affare fino a quando Wegg non sia stato acquistato, e poi alleviare la sua mente consegnando a me cosa aveva fatto credere di intascare?»

«No, non mi pare, signore» rispose Venus, molto decisamente.

«Non per fare ammenda?» insinuò il signor Boffin.

«No, signore. A me sembra, dopo averci pensato bene, che la miglior riparazione, se sono uscito dalla piazza, è rientrare nella piazza.»

«Ehm!» fece con aria imbronciata il signor Boffin. «Quando dice la piazza, lei intende...»

«Intendo,» disse Venus brevemente e con forza, «da giustizia.»

«A me pare,» disse il signor Boffin mormorando sul fuoco con aria offesa, «che la giustizia è con me, se è da qualche parte. Ho molto più diritto io al denaro del vecchio, di quanto la Corona possa mai avere. Che cos'era la Corona per lui, eccetto le Tasse del Re? Mentre invece, io e mia moglie eravamo una sola cosa con lui.»

Il signor Venus, con la testa sulle mani, reso malinconico dalla contemplazione dell'avarizia del signor Boffin, mormorò soltanto, per meglio immergersi nel lusso di quel riquadro della sua mente: «Ella non voleva considerarsi, né essere considerata, sotto quell'aspetto.»

«E con che cosa vivrò,» domandò pietosamente il signor Boffin, «se mi tocca comprare la gente con quel poco che ho? E in che modo devo comportarmi? Quando devo tener pronto il denaro? Quando devo fare un'offerta? Non mi ha detto quando egli minacci di cadere in picchiata su di me.»

Venus spiegò a quali condizioni, e con quali propositi, il cadere in picchiata sul signor Boffin era rimandato fino a quando tutte le collinette fossero state portate via. Il signor Boffin ascoltava attentamente. «Immagino,» diss'egli con un barlume di speranza, «che sulla sincerità e sulla data di quel maledetto testamento non ci siano dubbi?»

«Nessun dubbio,» disse il signor Venus.

«Dove potrebbe essere depositato attualmente?» domandò il signor Boffin con tono lamentoso.

«È in mio possesso, signore.»

«Davvero?» egli gridò, con grande vivacità. «Ora, per qualsiasi somma liberale di denaro che potrebbe essere concordata, Venus, lo metterebbe nel fuoco?»

«No, signore, non potrei» lo interruppe il signor Venus.

«Neanche darmelo?»

«Sarebbe la stessa cosa. No, signore,» disse il signor Venus.

Il Netturbino d'oro sembrava sul punto di continuare con queste domande, quando fuori si sentì un rumore zoppicante, che veniva verso la porta. «Sst! Ecco Wegg!» disse Venus.

«Si metta dietro quel piccolo alligatore nell'angolo, signor Boffin, e giudichi da se stesso. Non accenderò una candela finché non se ne sarà andato; ci sarà soltanto la luce del fuoco; Wegg conosce bene l'alligatore, e non lo noterà in modo particolare. Tiri indietro le gambe, signor Boffin, al momento io vedo un paio di scarpe alla fine della coda. Metta bene la testa dietro il suo sorriso, signor Boffin, e starà comodo lì; troverà molto posto, dietro il suo sorriso. È un po' polveroso, ma è molto simile al colore del suo vestito. È pronto, signore?»

Il signor Boffin aveva appena avuto tempo di sussurrare una risposta affermativa, quando entrò Wegg zoppicando. «Compagno,» disse il gentiluomo con tono allegro, «come state?»

«Passabile,» rispose il signor Venus. «Non c'è molto di cui gloriarsi.»

«Dav-vero!» disse Wegg. «Mi dispiace, compagno, che non vi sentiate meglio; ma la vostra anima è troppo grande per il vostro corpo, signore. Ecco com'è. E come vanno i nostri titoli in commercio, compagno? Rilegatura sicura, reperto al sicuro, compagno? E' così?»

«Desiderate vederlo?» domandò Venus.

«Se non vi dispiace, compagno,» disse Wegg fregandosi le mani. «Voglio vederlo insieme con voi. Ovvero, in parole simili ad alcune che erano messe in musica qualche tempo fa:

"Ti auguro di vederlo con i tuoi occhi, E io mi impegnerò con i miei."

Voltando le spalle e girando una chiave, il signor Venus produsse il documento, tenendolo per il suo solito angolo. Il signor Wegg, tenendolo per l'angolo opposto, si sedette sulla cassa così recentemente liberata dal signor Boffin, e lo esaminò. «Va bene, signore,» ammise lentamente e malvolentieri, nella sua riluttanza a lasciare la presa, «va bene.» E guardò avidamente il suo socio mentre voltava di nuovo le spalle, e girava di nuovo la chiave.

«Non c'è niente di nuovo, immagino,» disse Venus, riprendendo la sua sedia bassa dietro il banco.

«Sì, c'è qualcosa di nuovo stamattina, signore,» rispose Wegg. «Quel furbo vecchio avido e brontolone...»

«Il signor Boffin?» domandò Venus con uno sguardo alla iarda o due di sorriso dell'alligatore.

«Al diavolo il 'signore'!» gridò Wegg cedendo alla sua onesta indignazione.

«Boffin, il Polveroso Boffin. Quella vecchia volpe borbottante e tritatutto stamattina ha mandato nel cortile, per intromettersi nella nostra proprietà, un suo servile strumento, un giovanotto chiamato Sloppy. Perdio, quando gli ho detto: "Giovanotto, che cosa volete? Questo cortile è privato," ha tirato fuori una carta di quell'altro mascalzone al servizio di Boffin, quello che mi ha scavalcato, e c'era scritto: "Questo per autorizzare Sloppy a sorvegliare il trasporto e ad assistere al lavoro." È un po' forte, penso, signor Venus?»

«Ricordatevi che non sa ancora che abbiamo delle rivendicazioni sulla proprietà,» suggerì Venus.

«Allora deve averne un accenno,» disse Wegg, «e uno forte che farà risvegliare un po' i suoi terrori. Dategli un pollice e si prenderà un braccio. Se lo lasciate da solo questa volta, poi cosa farà della nostra proprietà? Io le dico una cosa, signor Venus; si tratta di questo; devo essere prepotente con Boffin, o volerò in più pezzi. Non riesco a contenermi quando lo guardo. Ogni volta che lo vedo mettere la mano nella sua tasca, lo vedo mettermela in tasca. Ogni volta che lo sento far tintinnare i suoi soldi, lo sento prendere delle libertà con i miei soldi. La carne e il sangue non possono sopportarlo. No.» gridò il signor Wegg al colmo dell'esasperazione, «e andrò oltre. Una gamba di legno non può sopportarlo!»

«Ma signor Wegg,» fece Venus, «era una vostra idea che non bisogna farlo esplodere finché le collinette non siano state portate via.»

«Ma è stata anche una mia idea, signor Venus,» rispose Wegg, «che se fosse venuto a spiare e a fiutare intorno alla nostra roba, sarebbe stato minacciato, gli si sarebbe fatto capire che non ne ha nessun diritto, e sarebbe stato reso nostro schiavo. Non è stata una mia idea, signor Venus?»

«Sì, certamente, signor Wegg.»

«Certamente, come dite voi, compagno,» confermò Wegg, messo di buon umore dalla pronta ammissione. «Benissimo. Io considero l'aver messo nel nostro cortile uno dei suoi servili strumenti un atto di spiare e fiutare. E il suo naso sarà messo alla mola[244] per questo.»

«Non è stata colpa vostra, signor Wegg, devo riconoscerlo,» disse Venus, «se quella sera se ne è andato via con la bottiglia olandese.»

«Come parlate bene di nuovo, compagno! No, non è stata colpa mia. Gli avrei tolto quella bottiglia. Era da sopportare che egli venisse, come un ladro nell'oscurità, scavando tra la roba che era molto più nostra che sua (visto che potremmo privarlo di ogni granello di essa, se non ci darà la cifra da noi richiesta), e portando via un tesoro dalle sue viscere? No, non era da sopportare. Ed anche per questo il suo naso sarà messo alla mola.»

«Come proponete di fare, signor Wegg?»

«Per mettere il suo naso alla mola? Io propongo,» rispose quell'uomo stimabile «d'insultarlo apertamente. E se, guardandomi negli occhi, egli osa dare una parola in risposta, ribattere prima che possa prendere fiato: "Aggiunga un'altra parola, polveroso vecchio cane, e sarà un mendicante."»

«Immagini che non dica nulla, signor Wegg?»

«Allora,» rispose Wegg, «arriveremo ad intenderci con molti pochi problemi, e lo domerò e lo guiderò, signor Venus. Gli metterò le briglie e lo terrò stretto, e lo domerò e lo guiderò. Più forte la vecchia Polvere è guidata, di più pagherà, signore. E intendo essere pagato molto, signor Venus, ve lo prometto.»

«Parlate in modo del tutto vendicativo, signor Wegg.»

«Vendicativo, signore? E' per lui che io son decaduto e finito una sera dopo l'altra? E' per suo piacere che l'ho aspettato a casa tutte le sere, come un gioco di birilli, da mettere su e abbattere, da mettere su e abbattere, con qualunque palla - o libro - avesse scelto di portare contro di me? Valgo cento volte l'uomo che è, signore; cinquecento volte!»

Forse fu con l'intento malizioso di spingerlo verso la sua parte peggiore che il signor Venus sembrò come se ne dubitasse.

«Che cosa? Era al di fuori della casa attualmente occupata, per sua disgrazia, da quell'adulatore della fortuna e verme del momento,» disse Wegg ricorrendo ai suoi più forti termini di riprovazione, e colpendo il banco, «era davanti a quella casa che io, Silas Wegg, cinquecento volte l'uomo che egli mai sia stato, sedevo in qualsiasi condizione atmosferica, in attesa di una commissione o di un cliente? Fu proprio davanti a quella casa, che io, quando vendevo ballate da mezzo penny per vivere, lo vidi venire la prima volta, rotolando in mezzo al lusso? E dovrò io strisciare nella polvere perché lui mi calpesti? No!»

C'era un sogghigno sul volto orribile del gentiluomo francese sotto l'influenza della luce del fuoco, come se stesse calcolando quante migliaia di calunniatori e traditori schierano se stessi contro i fortunati, su premesse esattamente rispondenti a quelle del signor Wegg. Si sarebbe potuto pensare che i bambini dalla testa grossa si stessero ribaltando nei loro tentativi idrocefalici di contare quanti sono i figli degli uomini che con lo stesso procedimento trasformano i loro benefattori in aguzzini. Il sorriso di una yarda o due da parte dell'alligatore si sarebbe potuto investire di questo significato: «Tutto ciò era una conoscenza del tutto familiare nel profondo della melma, secoli fa.»

«Ma,» disse Wegg forse con una leggera percezione dell'effetto precedente, «il vostro volto parlante mi dice, signor Venus, che sono più cupo e brutale del solito. Forse ho permesso a me stesso di rimuginare troppo. Vattene, noioso affanno! È andato, signore! Io vi ho guardato, e l'impero riprende il suo dominio. Poiché, come dice la canzone, salvo rettifica, signore:
"Quando il cuore di un uomo è depresso dalle preoccupazioni,
La nebbia viene dissipata se appare Venus.
Come le note di un violino, dolcemente, signore, dolcemente,
Solleva i nostri spiriti e incanta le nostre orecchie."
Buona notte, signore.»

«Avrò una parola o due da dirle, signor Wegg, tra non molto,» disse Venus, «riguardo la mia partecipazione al progetto di cui abbiamo parlato.»

«Il mio tempo, signore,» rispose Wegg, «è vostro. Nel frattempo lasciate che sia pienamente inteso che non trascurerò di portare la mola, né ancora di portarvi il naso del Polveroso Boffin. Il suo naso una volta portato ad essa, sarà tenuto ad essa da queste mani, signor Venus, fino a che le scintille voleranno fuori a sprazzi.»

Con questa gradevole promessa, Wegg se n'andò zoppicando, e chiuse la porta del negozio dietro di lui.

«Aspetti finché accenda una candela, signor Boffin,» disse Venus, «e ne uscirà più facilmente.» Così, dopo aver acceso la candela e averla portata alla lunghezza di un braccio, il signor Boffin si disimpegnò dal sorriso dell'alligatore con un aspetto così abbattuto che non solo sembrava come se l'alligatore avesse tenuto tutto lo scherzo per sé, ma inoltre come se fosse stato concepito ed eseguito a spese del signor Boffin.

«È un tipo infido,» disse il signor Boffin spolverandosi le braccia e le gambe, poiché la compagnia dell'alligatore era stata alquanto ammuffita. «È un tipo orribile.»

«L'alligatore, signore?» disse Venus.

«No, Venus, no. Il Serpente.»

«Avrà la bontà di notare, signor Boffin,» disse Venus, «che non gli ho detto nulla del mio uscire da quest'affare, perché non volevo che la cogliesse di sorpresa. Ma non vedo l'ora di uscirne, signor Boffin, e ora domando a lei, quando le può far comodo che io mi ritiri?»

«Grazie, Venus, grazie, grazie! Ma non so che cosa dire,» rispose il signor Boffin. «Non so che cosa fare. In ogni caso mi si butterà addosso. Egli sembra pienamente deciso a buttarmisi addosso, vero?»

Il signor Venus opinò che tale era chiaramente la sua intenzione.

«Lei potrebbe essere per me una specie di protezione, se restasse nell'affare,» disse il signor Boffin. «Lei potrebbe mettersi tra lui e me, e allentare la tensione. Non crede che potrebbe far finta di restarci ancora, finché io non abbia avuto il tempo di rifletterci su?»

Venus naturalmente domandò quanto tempo ci sarebbe voluto al signor Boffin per rifletterci su.

«Sono sicuro che non lo so,» fu la risposta, abbastanza perplessa. «Tutto è così sottosopra[245]. Se non avessi mai avuto la proprietà, non me ne sarebbe importato. Ma avendola, sarebbe molto duro esserne estromesso. Ora, non riconosce che lo sarebbe, Venus?»

Il signor Venus preferiva, disse, lasciare che il signor Boffin arrivasse alle sue proprie conclusioni su quella delicata questione.

«Sono sicuro di non sapere cosa fare,» disse il signor Boffin. «Se chiedo consiglio a qualcun altro, è solo lasciare che un'altra persona venga poi acquistata, e allora sarò così rovinato, e potrei anche rinunciare alla proprietà e andare subito al ricovero. Se mi facessi consigliare dal mio giovanotto, da Rokesmith, dovrei poi comprare anche lui. Presto o tardi, naturalmente, anche lui mi si butterebbe addosso, come Wegg. Mi sembra che sono stato portato nel mondo perché la gente mi si butti addosso!»

Il signor Venus ascoltò questi lamenti in silenzio, mentre il signor Boffin andava avanti e indietro, tenendosi le tasche come se gli facessero male.

«Dopo tutto, non ha detto che cosa vuol fare anche lei, Venus. Quando si ritirerà dall'affare, come intende andarsene?»

Venus rispose che siccome Wegg aveva trovato il documento e lo aveva consegnato a lui, era sua intenzione restituirlo a Wegg, con la dichiarazione che egli stesso non avrebbe avuto niente da dirgli o da fare con esso, e che Wegg doveva agire come avrebbe scelto, e subirne le conseguenze.

«E allora mi si butterà addosso con tutto il suo peso!» gridò il signor Boffin, mestamente. «Preferirei che fosse lei a buttarmisi addosso, oppure tutti e due insieme, piuttosto che lui solo!»

Il signor Venus poteva soltanto ripetere ch'era sua ferma intenzione andare sul cammino della scienza e camminarvi nello stesso modo tutti i giorni della sua vita; senza mai buttarsi addosso ai suoi simili finché non fossero morti, e anche allora, solo per articolarli al meglio delle sue umili capacità.

«Fino a quando potrebbe essere persuaso a far finta di restare nell'affare?» domandò il signor Boffin, ritornando all'idea di prima. «Non potrebbe accettare di fare così, fino a quando le collinette non saranno sparite?»

No, ciò avrebbe prolungato troppo il suo disagio mentale, disse il signor Venus.

«Neanche se gliene mostrassi la ragione?» domandò il signor Boffin. «Neanche se gliene mostrassi una ragione buona e sufficiente?»

Se per una ragione buona e sufficiente il signor Boffin intendeva una ragione onesta e ineccepibile, essa poteva indurre il signor Venus a mettere da parte i suoi desideri e le sue convenienze personali. Ma doveva aggiungere che non vedeva nessuna apertura alla possibilità che tale ragione gli venisse mostrata.

«Venga a trovarmi, Venus,» disse il signor Boffin, «a casa mia.»

«E' là, la ragione, signore?» domandò il signor Venus con un sorriso incredulo e sbattendo le palpebre.

«Può essere o non essere,» disse il signor Boffin, secondo i punti di vista. Ma, nel frattempo, non usciamo dall'argomento. Stia a sentire. Faccia così. Mi dia la sua parola che non farà nessun passo presso di Wegg a mia insaputa, come io ho dato a lei la mia parola che non ne farò da parte mia.»

«Fatto, signor Boffin,» disse Venus dopo averci pensato un po'.

«Grazie, Venus, grazie, grazie! Fatto!»

«Quando devo venire da lei, signor Boffin?»

«Quando vuole. Quanto prima, tanto meglio. Ora devo andare. Buona notte, Venus.»

«Buona notte, signore.»

«E buona notte al resto della presente compagnia,» disse il signor Boffin dando un'occhiata tutto intorno nel negozio. «È una strana esposizione, Venus, e mi piacerebbe conoscerla meglio, un altro giorno. Buona notte, Venus, buona notte! Grazie, Venus, grazie, Venus!» E con ciò trotterellò fuori del negozio, e trotterellò sulla via di casa.

«Ora mi domando,» meditava lungo il cammino, abbracciando il bastone, «se può essere, che

Venus si sta preparando per avere la meglio su Wegg? Se può essere, che egli intenda, una volta ch'io abbia comprato Wegg, di avermi tutto per sé e spolparmi fino alle ossa!»

Era un'idea astuta e sospettosa, proprio sul genere della scuola degli Avari, e sembrava molto astuto e sospettoso mentre trotterellava verso casa. Più di una volta o due, più di due o tre volte, diciamo una mezza dozzina di volte, tolse il bastone dal braccio che lo stringeva al petto e lo vibrò violentemente contro l'aria. Forse l'aspetto legnoso del signor Silas Wegg era incorporealmente davanti a lui in quei momenti, perché colpiva con intensa soddisfazione. Era a poca strada da casa sua, quando una piccola carrozza privata, che veniva in direzione contraria, lo superò, voltò, e lo superò un'altra volta. Era una piccola carrozza dai movimenti eccentrici, perché la sentì di nuovo che si fermava e voltava dietro di lui, e di nuovo la vide oltrepassarlo. Poi si fermò, e proseguì fuori dal campo visivo. Ma non molto lontano dalla vista, perché quand'egli giunse all'angolo della sua strada, era lì di nuovo. Quando le passò accanto, c'era al finestrino la faccia di una signora, ed era appena passato, quando la signora lo chiamò piano piano col suo nome.

«Chiedo scusa, signora?» disse il signor Boffin fermandosi.

«Sono la signora Lammle,» disse la signora. Il signor Boffin si avvicinò, e disse di sperare che stesse bene.

«Non molto bene, caro signor Boffin; mi sono agitata tanto, essendo - forse sciocamente - inquieta e ansiosa. Stavo aspettando da un po' di tempo. Posso parlarle?»

Il signor Boffin propose che la signora Lammle andasse a casa sua, qualche centinaio di metri più avanti.

«Preferirei di no, signor Boffin, a meno che lei non lo desideri particolarmente. Io sento la difficoltà e la delicatezza della questione così tanto che vorrei piuttosto evitare di parlarle a casa sua. Lo trova molto strano?»

Il signor Boffin disse di no, ma pensò di sì.

«Io sono così grata della stima che hanno per me i miei amici, e ne sono così commossa, che non posso sopportare di correre il rischio di deluderla in nessun caso, anche per motivo di dovere. Ho domandato a mio marito (al mio caro Alfred, signor Boffin) se il dovere lo comanda, e lui mi ha risposto decisamente di sì. Vorrei averglielo chiesto prima: mi sarei risparmiata molta angoscia.»

(«Può questo ricadere di più su di me?» pensò il signor Boffin, abbastanza sconcertato.)

«È stato Alfred a mandarmi da lei, signor Boffin. Alfred mi ha detto: "Sophronia, non tornare a casa senza aver visto il signor Boffin e avergli detto tutto. Qualunque cosa ne possa pensare, bisogna certamente che lo sappia." Le dispiacerebbe salire nella carrozza?»

Il signor Boffin rispose: «Niente affatto», e si sedette accanto alla signora Lammle.

«Guidate lentamente ovunque,» disse la signora Lammle al cocchiere, «e non lasciate che la carrozza faccia rumore.»

«Deve cadere su di me ancor di più, mi pare,» disse il signor Boffin tra sé. «E poi?»

XV. Il Netturbino d'oro al suo peggio

Il tavolo della colazione del signor Boffin era di solito molto piacevole, ed era sempre presieduto da Bella. Come se avesse iniziato ciascun nuovo giorno nel suo sano carattere naturale e fossero necessarie alcune ore di veglia per farlo ricadere nelle influenze corruttive della sua ricchezza, durante quel pasto il volto e il comportamento del Netturbino d'Oro erano generalmente non offuscati. Sarebbe stato facile credere quindi che non ci fosse stato alcun cambiamento in lui. Ma era col procedere del giorno che si raccoglievano le nubi, e lo splendore del mattino si oscurava. Si sarebbe potuto dire che le ombre dell'avarizia e della diffidenza si allungavano come si allungava la sua stessa ombra, e che la notte gli si chiudeva gradualmente intorno.

Ma un mattino, che poi sarebbe stato ricordato per molto tempo, quando il Netturbino d'Oro apparve, era nero come la mezzanotte. Il suo carattere alterato non era mai stato così gravemente evidente. Il suo comportamento nei confronti del suo Segretario fu così carico di insolente sfiducia e arroganza, che quest'ultimo si alzò e lasciò il tavolo prima che la colazione fosse a metà. Lo sguardo che il signor Boffin rivolse al Segretario che si ritirava era così astutamente maligno, che Bella ne sarebbe rimasta sbalordita e indignata anche se il signor Boffin non si fosse spinto fino al punto di minacciarlo nascostamente col pugno chiuso mentre questi chiudeva la porta. Quella mattina disgraziata fra tutte le mattine dell'anno era la mattina successiva alla conversazione che il signor Boffin aveva avuto con la signora Lammle nella sua piccola carrozza. Bella guardò il viso della signora Boffin per un commento o una spiegazione di quel burrascoso umore di suo marito, ma non vi era nulla. L'ansia e l'angosciosa osservazione del suo stesso viso fu tutto ciò che ella poteva leggervi. Quando rimasero sole insieme - il che non fu prima di mezzogiorno, perché il signor Boffin stette a lungo seduto sulla sua poltrona, alzandosi a tratti per trotterellare su e giù per la sala della colazione, stringendo il pugno e borbottando - Bella le domandò costernata che cosa era successo, che cosa non andava. «Mi ha proibito di parlartene, Bella cara, non te lo devo dire» fu la risposta che poté ottenere. E tuttavia, ogni volta che, nella sua meraviglia e sgomento, alzava gli occhi sul viso della signora Boffin, vi vedeva la stessa ansiosa e angosciata osservazione della propria. Oppressa dalla sensazione che i guai fossero imminenti e persa nelle speculazioni sul perché la signora Boffin dovesse guardarla come se ella avesse una parte in questi, Bella trovò la giornata lunga e tetra. Era ormai pomeriggio inoltrato quando, mentre si trovava nella sua camera, un cameriere portò un messaggio del signor Boffin che la pregava di andare da lui.

La signora Boffin era lì, seduta su un divano, e il signor Boffin andava su e giù. Vedendo Bella si fermò, le fece cenno di avvicinarsi, e le fece passare il braccio attraverso il suo. «Non allarmarti, mia cara,» le disse gentilmente, «non sono arrabbiato con te. Perché ora tremi! Non spaventarti, Bella, mia cara. Ti proteggerò io.»

«Proteggermi?» pensò Bella. E poi ripeté ad alta voce, con tono di sorpresa: «Proteggermi, signore?»

«Sì, sì!» disse il signor Boffin. «Proteggerti. Mandate qui il signor Rokesmith, voi.»

Bella si sarebbe persa nella perplessità se ci fosse stata una pausa abbastanza lunga, ma il cameriere trovò subito il signor Rokesmith, che si presentò quasi immediatamente.

«Chiudete la porta, signore!» disse il signor Boffin. «Ho qualcosa da dirle che immagino non le farà piacere sentire.»

«Mi spiace rispondere, signor Boffin,» rispose il Segretario quando, dopo aver chiuso la porta, si voltò e lo guardò «che questo lo credo molto probabile.»

«Che cosa volete dire?» si infuriò il signor Boffin.

«Voglio dire che per me non è una novità sentire dalle sue labbra ciò che preferirei non sentire.»

«Oh! Forse cambieremo le cose,» disse il signor Boffin, con un minaccioso rollio della testa.

«Lo spero,» rispose il Segretario. Era calmo e rispettoso; ma Bella pensò (e fu felice di pensarlo) che fosse anche pieno di ardimento.

«Dunque, signore,» disse il signor Boffin. «Guardate questa signorina al mio braccio.»

Bella, alzando involontariamente gli occhi, quando fu fatto questo riferimento improvviso a lei stessa, incontrò quelli del signor Rokesmith. Era pallido e sembrava agitato. Poi Bella guardò la signora Boffin, e incontrò lo sguardo di prima. Un lampo la illuminò, e cominciò a capire che cosa aveva fatto.

«Io vi dico, signore,» ripeté il signor Boffin, «di guardare questa signorina al mio braccio.»

«La vedo» rispose il Segretario. Mentre il suo sguardo si posava di nuovo su Bella per un momento, ella pensò che vi fosse un rimprovero. Ma è possibile che il rimprovero fosse dentro di lei.

«Come osate voi, signore,» disse il signor Boffin, «interferire, a mia insaputa, con questa signorina? Come osate uscire dal vostro posto, dalla vostra posizione nella mia casa, e assillare questa signorina con le vostre sfacciate attenzioni?»

«Devo rifiutarmi di rispondere a domande,» disse il Segretario, «che sono fatte in modo così offensivo.»

«Vi rifiutate di rispondere?» ribatté il signor Boffin. «Vi rifiutate di rispondere, eh? Allora vi dirò io cosa è, Rokesmith, risponderò io per voi. Ci sono due lati in questa faccenda, e li prenderò separatamente. Il primo è: assoluta insolenza. Questo è il primo.»

Il Segretario sorrise con una certa amarezza, come se avesse voluto dire: «Così vedo e sento.»

«Vi dico ch'era un'assoluta insolenza, da parte vostra,» disse il signor Boffin, «soltanto pensare a questa signorina. Questa signorina era molto al di sopra di voi. Questa signorina non poteva essere per voi. Questa signorina stava aspettando (come era qualificata a fare) denaro, e voi non avete denaro.»

Bella chinò il capo e sembrò ritrarsi un po' dal braccio protettivo del signor Boffin.

«Che cosa siete voi, mi piacerebbe sapere,» proseguì il signor Boffin, «per aver l'audacia di mirare a questa signorina? Qusta signorina stava cercando una buona offerta sul mercato; lei non era lì per essere catturata da gente che non aveva soldi da spendere; niente con cui comprare.»

«Oh! signor Boffin! Signora Boffin, la prego, dica qualche cosa per me!» mormorò Bella sciogliendosi dal braccio del signor Boffin e coprendosi il volto con le mani.

«Vecchia signora,» disse il signor Boffin anticipando la moglie, «tu sta' zitta. Bella, mia cara, non lasciarti impressionare. Ti proteggerò io.»

«Ma lei non mi protegge, no, no!» esclamò Bella con grande enfasi. «Lei mi fa torto, mi fa torto!»

«Non abbatterti, mia cara,» rispose compiacente il signor Boffin. «Porterò questo giovanotto a parlare. Dunque, Rokesmith! Non potete rifiutarvi di ascoltare, come vi rifiutate di rispondere. Dunque voi sentite dire che il primo lato della vostra condotta era l'insolenza... l'insolenza e la presunzione. Rispondetemi una cosa, se potete: non vi ha detto così questa signorina?»

«L'ho detto, signor Rokesmith?» domandò Bella sempre col volto coperto dalle mani. «Oh, dica signor Rokesmith, l'ho detto?»

«Non si rattristi, signorina Wilfer; importa molto poco adesso.»

«Ah, non lo potete negare, però!» disse il signor Boffin scuotendo il capo con consapevolezza.

«Ma poi gli ho chiesto di perdonarmi,» gridò Bella; «e glielo chiederei di nuovo, in ginocchio, se ciò lo risparmierebbe!»

A questo punto la signora Boffin scoppiò a piangere.

«Vecchia signora,» disse il signor Boffin, «smettila con quel rumore! Tenero cuore in te, signorina Bella; ma intendo farla finita con questo giovanotto, dopo averlo messo in un angolo. Ora, voi Rokesmith. Io vi dico che questo è un aspetto della vostra condotta - insolenza e presunzione. Ora sto arrivando all'altro, che è molto peggio. Questa è stata una vostra speculazione.»

«Lo nego con indignazione...»

«E' inutile, negarlo; che lo neghiate o no, non significa niente. Ho la testa sulle spalle, e non è la testa di un bambino. Che!» disse il signor Boffin, assumendo il suo atteggiamento più sospettoso e arricciando il viso in una mappa di curve e angoli. «Non so cosa si fa a un uomo con soldi? Se non avessi tenuto gli occhi bene aperti e le tasche bene abbottonate, non sarei stato portato all'ospizio, prima che sapessi dov'ero? Non fu simile alla mia, l'esperienza di Dancer, e di Elwes, e di Hopkins, e di Blewbury Jones, e di molti altri ancora? Non volevano afferrare tutti ciò che essi avevano e portarli alla povertà e alla rovina? Non erano costretti a nascondere tutto quello che apparteneva loro, per timore che glielo portassero via? Naturalmente! Adesso mi diranno anche che essi non conoscevano la natura umana!»

«Essi! Povere creature!» mormorò il Segretario.

«Che cosa dite?» gli domandò il signor Boffin scattando verso di lui. «Ad ogni modo, non vi prendete il disturbo di ripeterlo, perché non vale la pena ascoltarlo, e del resto non me ne importa. Adesso vi mostrerò tutto il vostro piano, davanti a questa signorina; mostrerò a questa signorina il vostro secondo fine; e niente di quello che potete dire lo eviterà. (Ora, sta' a sentire, Bella, mia cara.) Rokesmith, voi siete un tipo bisognoso; siete un tizio che ho raccolto in strada. Lo siete o no?»

«Continui, signor Boffin, non mi domandi niente.»

«Non domandarvi?» ribatté il signor Boffin come se non l'avesse fatto. «No, spero di no! Domandarvi qualche cosa sarebbe un percorso da ubriachi. Come dicevo, voi siete un tipo bisognoso che io ho raccolto per la strada. Per la strada voi siete venuto a chiedermi ch'io vi prendessi per Segretario, e vi ho preso. Benissimo.»

«Malissimo,» mormorò il Segretario.

«Che cosa dite?» gli domandò il signor Boffin scattando di nuovo verso di lui.

Egli non diede nessuna risposta. Il signor Boffin, dopo averlo guardato con un'espressione comica di sconcertata curiosità, era disposto a ricominciare da capo.

«Questo Rokesmith è un giovane bisognoso che faccio mio Segretario prendendolo dalla strada. Questo Rokesmith viene a conoscere tutti i miei affari, e viene a sapere che ho intenzione di dare a questa signorina una certa somma. "Ohoh!" dice questo Rokesmith», e qui il signor Boffin si batté un dito sul naso, lo picchiettò più volte con un'aria furtiva, come impersonando Rokesmith che confabulava confidenzialmente con il suo naso, «"Questo sarà un buon bottino; mi ci metto!" E così questo Rokesmith, avido ed affamato, comincia a strisciare con le mani e con le ginocchia verso il denaro. Non una cattiva speculazione: perché se questa signorina avesse avuto meno spirito, o meno buon senso, e fosse stata un po' romantica, per Giove, egli sarebbe riuscito allo scopo! Ma per fortuna ella vale tanto più di lui, e adesso lui ci fa una bella figura, una volta scoperto! Eccolo lì!» disse il signor Boffin, rivolgendosi allo stesso Rokesmith con ridicola incoerenza. «Guardatelo!»

«I suoi spiacevoli sospetti, signor Boffin...» cominciava il Segretario.

«Molto spiacevoli per voi, posso dirvelo!» disse il signor Boffin.

«... nessuno li può combattere, e io non mi rivolgerò a un compito così disperato. Ma voglio dire una parola per la verità.»

«Sì! v'importa molto della verità!» disse il signor Boffin con uno schiocco delle dita.

«Noddy! Mio caro amore!» protestò sua moglie.

«Vecchia signora,» rispose il signor Boffin, «tu sta' zitta. Io dico a questo Rokesmith qui, che tiene molto alla verità. Gli dico di nuovo che gli importa molto della verità!»

«Poiché il nostro rapporto è finito, signor Boffin,» disse il Segretario, «così può essere di pochissimo momento per me quello che dice.»

«Oh! Ne sapete abbastanza,» ribatté il signor Boffin con uno sguardo maligno, «che il nostro rapporto è finito, eh? Ma non potete giocare d'anticipo con me. Guardate questo nella mia mano. Questo è la vostra paga, al momento del congedo. Potete solo adeguarvi. Non potete togliermi l'iniziativa. Non dobbiamo fingere che siete voi che vi licenziate. Sono io che vi licenzio.»

«Poiché me ne vado,» osservò il Segretario facendo un gesto colla mano, «per me è tutt'uno.»

«Ah sì?» disse il signor Boffin. «Ma per me fa due, lasciatemelo dire. Permettere a uno ch'è stato colto sul fatto di licenziarsi, è una cosa; licenziarlo per insolenza e presunzione, e parimenti per le sue mire sul denaro del padrone, è un'altra. Uno più uno fa due, non uno. (Vecchia signora, tu non intervenire. Stai zitta.)»

«Ha detto tutto quello che mi voleva dire?» domandò il Segretario.

«Non so se ho detto tutto o no,» rispose il signor Boffin. «Dipende.»

«Forse vuol valutare se c'è qualche altra espressione forte che le piacerebbe tributarmi?»

«Lo prenderò in considerazione,» disse il signor Boffin, ostinato, «a mia discrezione, e non alla vostra. Voi volete l'ultima parola. Ma potrebbe non essere conveniente lasciarvela avere.»

«Noddy! Mio caro, caro Noddy! Come sei duro!» gridò la povera signora Boffin, che non poteva reprimersi.

«Vecchia signora,» disse suo marito, ma senza durezza, «se t'intrometti senza ch'io te lo chieda, prendo un cuscino e ti porto fuori dalla stanza su di esso. Che cose volete dire, voi, Rokesmith?»

«A lei, signor Boffin, nulla. Ma alla signorina Wilfer e alla buona e gentile signora Boffin, una parola.»

«Fuori subito, allora,» rispose il signor Boffin, «e tagliate corto, perché ne abbiamo abbastanza di voi.»

«Ho sopportato,» disse il Segretario a bassa voce, «da mia falsa posizione qui, per non essere separato dalla signorina Wilfer. Starle vicino è stata per me una ricompensa di giorno in giorno, anche se ricevevo un immeritato trattamento, e anche se ella mi vedeva spesso in un aspetto umiliato. Da quando la signorina Wilfer mi ha rifiutato, non ho mai più sollecitato la mia causa, per quanto ne so, né con una sillaba né con uno sguardo. Ma la mia devozione per lei non è mai cambiata, tranne - se lei mi permetterà di dirlo - che è più profonda di prima, e meglio fondata.»

«Ora, notate che questo tizio sta dicendo 'la signorina Wilfer', quando intende 'sterline e scellini'!» gridò il signor Boffin con una strizzatina d'occhi astuta. «Ora, notate che questo tizio sta facendo in modo che 'la signorina Wilfer' stia per sterline, scellini e *pence*!»

«I miei sentimenti per la signorina Wilfer,» proseguì il Segretario senza degnarsi di notarlo, «non sono di quelli di cui ci si debba vergognare. Lo riconosco: io l'amo. Dovunque io possa andare, ora che lascio questa casa, andrò in una vita vuota, lasciandola.»

«'Lasciando le sterline e gli scellini dietro di me',» disse il signor Boffin a mo' di commento, con un'altra strizzatina d'occhi.

«Che io sia incapace,» continuò il Segretario, sempre senza badargli, «di un piano interessato, o di un pensiero interessato, nei confronti della signorina Wilfer, non è affatto meritorio, per me, perché qualunque ricchezza io potessi immaginare, sarebbe insignificante in confronto a lei. Se a lei appartenessero la più grande ricchezza e il rango più elevato, ai miei occhi sarebbe stato importante solo che l'allontanerebbero ancora di più da me, e mi renderebbero ancora più senza speranza, se fosse possibile. Mettiamo il caso,» osservò il Segretario guardando negli occhi l'ex-padrone, «mettiamo il caso che con una parola ella potesse privare il signor Boffin della sua

fortuna e prendersela lei, ella non varrebbe di più, ai miei occhi, di quanto vale.»
«Che pensi, ormai, vecchia mia,» disse il signor Boffin volgendosi alla moglie con un tono canzonatorio, «di questo Rokesmith e della sua premura per la verità? Non hai bisogno di dire ciò che pensi, mia cara, perché non voglio che tu intervenga, ma puoi pensare tutto quello che vuoi. Quanto a prender possesso della mia proprietà, vi garantisco che non lo farebbe nemmeno se potesse!»
«No,» rispose il Segretario, con un altro sguardo diretto.
«Ah, ah, ah!» rise il signor Boffin. «Non c'è niente come un buon 'no' mentre ci sei dentro!»
«Sono stato per un momento,» disse il Segretario, voltandosi da lui e riprendendo il tono di prima, «sviato da quel poco che devo dire. Il mio interesse per la signorina Wilfer è iniziato quando l'ho vista per la prima volta; cominciò anzi quando avevo solo sentito parlare di lei. Fu, infatti, la causa del mio essermi gettato sulla strada del signor Boffin per entrare al suo servizio. La signorina Wilfer non l'ha mai saputo fino ad ora. Lo menziono ora, solo come conferma (anche se spero possa essere inutile) del mio essere alieno dal sordido disegno che mi è stato attribuito.»
«Ora, questo è un cane molto abile,» disse il signor Boffin con uno sguardo profondo. «Questo è un intrigante che aveva cominciato prima di quanto pensassi. Guardate con che pazienza e con che metodo si mette al lavoro. Viene a sapere di me e della mia proprietà, e di questa signorina, e della sua parte nella storia del povero John, mette insieme una cosa e l'altra e dice a se stesso: "Mi metterò col Boffin, e con questa signorina, e li lavorerò tutti e due insieme allo stesso tempo, e prenderò due piccioni con una fava[246]." Sembra sentirglielo dire, perbacco! Lo guardo ora, e lo vedo che lo dice!»
Il signor Boffin indicò il colpevole, per così dire sul fatto, e si abbracciò per la sua grande intuizione.
«Ma per fortuna non aveva a che fare con la gente che credeva, Bella, mia cara!» disse il signor Boffin. «No! Per fortuna aveva a che fare con te, e con me, e con Daniele e la signorina Dancer, e con Elwes, e con Hopkins l'Avvoltoio e con Blewbury Jones e tutti quanti noi, l'uno sopra l'altro. Ed è stato sconfitto. Ecco come è: battuto in piena regola. Pensava di spremerci soldi, e invece non ha ottenuto niente, Bella, mia cara!»
Bella mia cara non diede alcuna risposta, non diede segno di acquiescenza. Da quando si era coperto il volto con le mani, si era sprofondata su una sedia, con le mani sullo schienale, e non si era più mossa. Ci fu un po' di silenzio, a questo punto, e la signora Boffin si alzò lentamente come per andar da lei. Ma il signor Boffin la fermò con un gesto, ed ella, obbediente, si sedette di nuovo e restò dov'era.
«Ecco la vostra paga, signor Rokesmith,» disse il Netturbino d'oro, gettando verso il suo ex-Segretario il pezzo di carta piegato che aveva in mano. «Oso dire che potrete chinarvi a raccoglierlo, dopo di esservi abbassato ad altro, qui.»
«Non mi sono abbassato a nient'altro che a questo,» rispose Rokesmith mentre lo prendeva da terra; «e questo è mio, perché l'ho guadagnato col più duro dei duri lavori.»
«Spero che sappiate fare in fretta i vostri bagagli,» disse il signor Boffin; «perché quanto più presto ve ne andate, armi e bagagli, tanto meglio per tutti.»
«Non abbia paura che mi trattenga troppo.»
«Però c'è ancora una cosa che mi piacerebbe chiedervi,» disse il signor Boffin, «prima che arriviamo a una bella liberazione, se non altro per mostrare a questa signorina come siete presuntuosi voi intriganti, a pensare che nessuno scopre come vi contraddiciate.»
«Mi domandi tutto quello che vuole,» rispose Rokesmith, «ma usi la stessa celerità che raccomanda

a me.»

«Voi pretendete di avere una grande ammirazione per questa signorina?» disse il signor Boffin, posando una mano in segno di protezione sul capo di Bella, senza guardarla.

«Io non pretendo.»

«Oh! Bene. Voi avete una grande ammirazione per questa signorina, dato che siete così preciso?»

«Sì.»

«E come conciliate questo, col fatto che questa signorina dovesse essere un'idiota sprovveduta e imprevidente, e ignara di quello che le spetta, da buttare il suo denaro alle banderuole sui tetti e precipitarsi a gran passo verso l'ospizio?»

«Non la capisco.»

«Non capite? o non volete capire? Che cosa altro avreste procurato a questa signorina, se avesse ascoltato i vostri complimenti?»

«Che cosa altro, se fossi stato così felice da conquistare i suoi affetti e possedere il suo cuore?»

«Conquistare i suoi affetti!» ribatté il signor Boffin con disprezzo ineffabile. «Possedere il suo cuore! Miao, fa il gatto. Qua-qua, fa l'anitra. Bau-bau, fa il cane. Conquistare i suoi affetti e possedere il suo cuore! Miao, qua-qua, bau-bau!»

John Rokesmith lo fissava in preda allo sfogo, come se avesse una vaga idea che fosse impazzito.

«Quello che spetta a questa signorina,» disse il signor Boffin, «è il denaro, e questa signorina lo sa bene.»

«Lei calunnia la signorina.»

«Voi, voi la calunniate; voi col vostro affetto e il cuore e i fronzoli,» replicò il signor Boffin. «Va bene d'accordo col resto del vostro contegno. Ho sentito parlare di queste vostre azioni solo la scorsa notte, o ne avreste sentito parlare da me, prima, ve lo giuro. Ne ho sentito parlare da una signora che ha la mente molto fina, e che conosce questa signorina, ed io la conosco, questa signorina, e tutti e tre sappiamo ch'è il denaro quello che vuole conquistare - denaro, denaro, denaro! - e voi col vostro affetto e il vostro cuore siete una bugia, signore!»

«Signora Boffin,» disse Rokesmith, volgendosi tranquillamente verso di lei, «per la sua delicata e immutabile gentilezza, io la ringrazio con la più profonda gratitudine. Addio! Signorina Wilfer, addio!»

«Ed ora, mia cara,» disse il signor Boffin, posando di nuovo la mano sul capo di Bella, «puoi cominciare a metterti del tutto a tuo agio, e spero che tu senta che sei stata protetta.»

Ma Bella era così lontana dall'apparire di sentirlo, che si ritrasse dalla sua mano e dalla sedia, e, cominciando un incoerente scoppio di lacrime, e allungando le braccia, gridò: «Oh, signor Rokesmith, prima che se ne vada, se soltanto potesse farmi tornar povera come prima! Oh, vorrei che qualcuno mi facesse tornar povera, o il mio cuore si spezzerà, se continua così! Pa caro, rendimi di nuovo povera e prendimi a casa! Stavo abbastanza male, lì, ma qui è molto peggio! Non mi dia del denaro, signor Boffin, io non voglio denaro. Lo tenga lontano da me, ma soltanto mi faccia parlare col mio caro piccolo Pa, mi faccia posar la testa sulla sua spalla, e raccontargli tutti i miei dolori. Nessun altro mi può capire, nessun altro mi può confortare, nessun altro sa come sono indegna, eppure può volermi bene come a una bambina piccola. Sto meglio col mio Pa che con chiunque altro, più innocente, più triste, più contenta!» Così, gridando sfrenatamente che non poteva più sopportare tutto quello, Bella chinò la testa sul seno pronto della signora Boffin.

John Rokesmith dal suo posto nella stanza e il signor Boffin dal suo, la guardarono in silenzio finché ella stessa rimase in silenzio. Poi il signor Boffin disse, con un tono rassicurante e consolante: «Via, mia cara, via, sei stata protetta, adesso, e va tutto bene. Non mi stupisco davvero che tu sia un po' agitata dopo la scena con questo tipo, ma ora tutto è finito, mia cara, sei stata protetta, e tutto va bene, adesso!» E il signor Boffin ripeté ancora quelle parole, con un'aria altamente soddisfatta di completezza e definitività.

«Io vi odio!» gridò Bella, volgendosi improvvisamente contro di lui, con un colpo del suo piedino, «... almeno, non posso odiarvi, ma non mi piacete!»

«Oh!» esclamò il signor Boffin in uno stupito sottotono.

«Lei è un vecchio biasimevole, ingiusto, offensivo, irritante, cattivo!» gridò Bella. «Sono arrabbiata con me stessa, ingrata, mentre la chiamo con questi nomi; ma lei lo è, lo è, e sa benissimo di esserlo!»

Il signor Boffin guardava di qua e guardava di là, dubitando del fatto che doveva essere in una sorta di crisi.

«La ho ascoltato con vergogna,» disse Bella. «Vergogna per me e vergogna per lei. Lei dovrebbe essere al di sopra del vile racconto di una donna di servizio; ma lei non è al disopra di nulla, ora.»

Il signor Boffin, sembrando convinto che fosse una crisi, roteò gli occhi e si slacciò il colletto.

«Quando son venuta qui, io l'ho rispettata e onorata, e subito le ho voluto bene,» gridò Bella. «Ma adesso non posso sopportare la sua vista. Almeno, non so se posso andare fino a questo punto... ma lei è... lei è... un mostro!» E dopo aver sparato questo fulmine con gran dispendio di forze, Bella si mise a ridere e a piangere nello stesso tempo, istericamente.

«Il miglior augurio che le posso fare è questo,» disse Bella, ritornando alla carica, «che lei sia ridotto senza un centesimo. Se qualche vero amico e benefattore potesse mandarla in rovina, lei sarebbe un amore; ma come proprietario, lei è un demonio!»

Spedito questo secondo fulmine con un dispendio di forze ancora maggiore, Bella rise e pianse ancor di più.

«Signor Rokesmith, per favore, si fermi ancora un momento. Per favore, ascolti una parola da me, prima che se ne vada. Mi dispiace terribilmente dei rimproveri che ha soppportato per colpa mia. Dal profondo del cuore le chiedo sinceramente e umilmente perdono.»

Mentre gli si avvicinava, egli le venne incontro. Lei gli diede la mano, e lui la prese, la portò alle labbra, e disse: «Dio vi benedica!» Al pianto di Bella non si mischiava più il riso: le sue lacrime erano fervide e pure.

«Non c'è una parola ingiuriosa che ho udito contro di lei - le ho udite con disprezzo e con indignazione, signor Rokesmith - che non abbia ferito me molto più di lei, perché io le ho meritate, e lei mai. Signor Rokesmith, è a me che lei deve questo infame racconto di quello che è successo tra noi quella notte. Ho violato il segreto, anche se ero arrabbiata con me stessa per averlo fatto. Sono stata molto cattiva, ma davvero, non malvagia. L'ho fatto in un momento di presunzione e di follia - uno dei miei tanti momenti simili - uno dei miei molti di queste ore - anni! Poiché io sono punita severamente, lei provi a perdonarmi!»

«Lo faccio con tutto il cuore.»

«Grazie. Oh, grazie! Non mi lasci finché io non abbia detto un'altra parola, per renderle giustizia. L'unico difetto di cui può essere veramente accusato nell'avermi parlato come ha fatto quella sera - con quanta delicatezza e quanta pazienza nessuno tranne me può sapere o esserle grato - è, che lei si è aperto per essere offeso da una ragazza leggera e superficiale che si era montata la testa, e che era del tutto incapace di esser degna del valore di ciò che le aveva offerto. Signor Rokesmith, quella ragazza si è vista spesso in una luce pietosa e povera, da allora, ma mai tanto come ora, ora che il tono meschino con cui vi rispondeva - sordida e sciocca ragazza qual era -, è stato riecheggiato nelle sue orecchie dal signor Boffin.»

Egli le baciò la mano di nuovo.

«I discorsi del signor Boffin sono stati detestabili per me, sconcertanti per me,» disse Bella, sorprendendo quel signore con un altro colpo del suo piedino. «È proprio vero che c'è stato un tempo, e molto di recente, in cui io meritavo di essere così "corretta", signor Rokesmith; ma spero di non meritarlo mai più!!»

Egli portò ancora una volta la mano di Bella alle labbra, e poi la lasciò, e uscì dalla stanza. Bella stava tornando precipitosamente verso la sedia sulla quale era stata tanto tempo col volto tra le mani, quando vide la signora Boffin e si fermò presso di lei. «Se n'è andato,» singhiozzò Bella indignata, disperata, in cinquanta modi contemporaneamente, con le braccia al collo della signora Boffin. «È stato trattato nel modo più vergognoso, cacciato via nel modo più ingiusto e più vile, e io ne sono la causa!»

Per tutto questo tempo, il signor Boffin aveva alzato gli occhi al cielo sul suo fazzoletto da collo allentato, come se la sua crisi fosse ancora su di lui. Apparendo ora pensare che stava tornando in sé, guardò dritto davanti a sé per un po', allacciò di nuovo il fazzoletto da collo, prese diverse lunghe inspirazioni, degluti più volte, e alla fine esclamò con un profondo sospiro, come se nel complesso si sentisse meglio: «Bene!»

Nessuna parola, buona o cattiva, disse la signora Boffin; ma ella teneramente si prendeva cura di Bella, e guardò suo marito come in cerca di ordini. Sig Boffin, senza impartire nulla, si sedette su una sedia di fronte loro, e lì sedette proteso in avanti, con il volto fisso, le gambe divaricate, una mano su ogni ginocchio e i gomiti squadrati, in attesa che Bella si asciugasse gli occhi ed alzasse la testa, il che ella fece quando venne il tempo.

«Devo andare a casa,» disse Bella alzandosi in fretta. «Sono molto grata di tutto quello che hanno fatto per me, ma non posso restare qui.»

«Mia cara ragazza!» protestò la signora Boffin.

«No, non posso restare qui,» disse Bella; «non posso davvero... Uh, cattiva vecchia cosa!» (Questo al signor Boffin.)

«Non essere avventata, amor mio,» le raccomandò la signora Boffin. «Pensa bene a quello che fai.»

«Sì, è meglio che pensi bene,» disse il signor Boffin.

«Mai più potrò pensar bene di lei,» gridò Bella interrompendolo, con un'intensa sfida nelle sue piccole sopracciglia espressive, e una difesa dell'ex Segretario in ogni fossetta. «No! Mai più! Il suo denaro l'ha trasformata in marmo. Lei è un avaro dal cuore duro. Lei è peggio di Dancer, peggio di Hopkins, peggio di Blackberry Jones, peggio di tutti quegli sciagurati. E per di più,» proseguì Bella scoppiando di nuovo in lacrime, «lei era completamente immeritevole di quel gentiluomo che ha perduto.»

«Come, voi non intendete dire, signorina Bella,» protestò lentamente il Netturbino d'oro, «che mettete a confronto Rokesmith con me?»

«Sì,» disse Bella, «lui vale un milione di volte più di lei!»

Appariva molto carina, anche se molto arrabbiata, mentre cercava di diventare più alta che poteva (il che non era molto), e rinnegava completamente il suo protettore con una scossa superba della sua ricca testa bruna. «Preferirei che lui pensasse bene di me,» disse Bella, «anche se dovesse spazzare le strade per guadagnarsi il pane, piuttosto che ne pensi bene lei, sebbene lei potrebbe schizzare fango su di lui dalle ruote di un carro d'oro puro. Ecco!»

«Bene, ne sono sicuro!» gridò il signor Boffin guardando fisso.

«E da tanto tempo, mentre lei pensava di mostrare la sua superiorità, ho visto soltanto che lei era sotto i suoi piedi,» disse Bella. «Ecco! E sempre ho visto in lui il padrone, e in lei il servo... Ecco! E quando lei lo trattava male, io prendevo le sue difese e lo amavo... Ecco! E me ne vanto!» Dopo la quale forte confessione, Bella subì una reazione, e pianse senza misura, con la faccia sullo schienale della sedia.

«Su, sta' a sentire,» disse il signor Boffin non appena poté trovare un'apertura per rompere il silenzio e colpire, «fa' attenzione, Bella, io non sono arrabbiato.»

«Io sì!» disse Bella.

«Io dico,» riprese il Netturbino d'oro, «che non sono arrabbiato, e ti parlo gentilmente, e voglio trascurare questo. Perciò tu resta dove sei, e accetteremo di non parlarne più.»

«No, io non posso restar qui,» gridò Bella alzandosi di nuovo precipitosamente; «non posso pensare di stare qui. Devo andare a casa davvero.»

«Su, non far la sciocca;» disse con calma il signor Boffin, «non fare quello che non puoi disfare; non fare una cosa di cui sei sicura che ti pentirai.»

«Non me ne pentirò mai,» disse Bella; «e mi pentirei sempre, e mi disprezzerei per ogni minuto di tutta la mia vita, se io rimanessi qui dopo quello ch'è successo.»

«Almeno, Bella,» ribatté il signor Boffin, «non ci siano errori al riguardo. Guarda prima di saltare, sai. Resta dove sei e tutto è bene, e tutto è come doveva essere. Vattene e non potrai mai tornare indietro.»

«Lo so che non potrò più tornare indietro, ed è questo che voglio,» disse Bella.

«Non devi aspettarti,» proseguì il signor Boffin, «che io possa darti del denaro, se ci lasci così, perché non lo farò. No, Bella! Sta' attenta! Neanche un centesimo d'ottone!»

«Aspettarmi!» disse Bella altezzosa. «Crede che un qualsiasi potere sulla terra potrebbe farmelo prendere, se lei me l'offrisse, signore?»

Ma c'era da separarsi dalla signora Boffin, e pur nel pieno della sua dignità, la sensibile piccola anima crollò di nuovo. In ginocchio davanti alla buona donna, dondolò la testa sul suo petto, e pianse, e singhiozzò, e la strinse tra le braccia quanto più poteva. «Lei è cara, cara, la migliore delle care!» gridò Bella. «Lei è il meglio delle creature umane. Non le sarò mai abbastanza grata, e non potrò mai dimenticarla. Se dovessi vivere per essere cieca e sorda, io so che la vedrò e la ascolterò, nella mia immaginazione, fino all'ultimo dei miei oscuri vecchi giorni!»

La signora Boffin pianse di cuore e l'abbracciò con tutto l'affetto; ma non disse una sola parola tranne che era la sua cara ragazza. Lo disse abbastanza spesso, di sicuro, perché lo disse più e più volte di nuovo; ma non un'altra parola. Alla fine Bella si staccò da lei, e stava uscendo, piangendo, dalla stanza, quando nel suo modo affettuoso e bizzarro si fermò presso il signor Boffin.

«Sono molto contenta,» singhiozzò Bella, «che l'ho chiamata in quel modo, signore, perché lei se lo merita. Ma me ne dispiace tanto, perché una volta lei era così diverso! Mi dica addio!»

«Addio,» disse il signor Boffin brevemente.

«Se sapessi quale delle sue mani è meno rovinata, le chiederei il permesso di toccarla,» disse Bella, «per l'ultima volta. Ma non perché io mi penta di quello che le ho detto, perché non me ne pento. È vero!»

«Prova la sinistra,» disse il signor Boffin porgendogliela con un gesto imperturbabile. «È la meno usata.»

«Lei è stato meravigliosamente buono e gentile con me,» disse Bella, «e per questo le bacio la mano. Lei è stato cattivo e perfido col signor Rokesmith, e per questo butto via la sua mano. Grazie di quello che ha fatto per me, e addio!»

«Addio,» disse il signor Boffin come prima. Bella lo prese attorno al collo e lo baciò, poi corse via per sempre. Corse di sopra, si sedette sul pavimento della sua stanza, e pianse abbondantemente. Ma il giorno stava declinando, e non aveva tempo da perdere. Aprì tutti i posti dove teneva i suoi abiti, scelse soltanto quelli che aveva portato da casa sua, lasciando tutti gli altri, e ne fece un gran fagotto informe, da mandare a prendere in seguito.
«Non prenderò uno degli altri,» disse Bella facendo i nodi del fagotto molto stretti, nella severità della sua risoluzione. «Lascerò indietro tutti i regali, e ricomincio da capo interamente per conto mio.» Affinché la risoluzione potesse essere completamente messa in pratica, ella si cambiò persino l'abito che indossava, per quello con cui era arrivata alla grande villa. Anche il cappellino che si mise era quello che era salito con lei nella carrozza dei Boffin, a Holloway.
«Adesso sono completa,» disse Bella. «È un po' difficile, ma ho immerso gli occhi nell'acqua fredda, e non voglio piangere più. Sei stata una stanza piacevole per me, cara stanza. Addio! Non ci rivedremo mai più.»
Mandando alla camera un bacio sulla punta delle dita, ella chiuse la porta adagio adagio, e scese con passo leggero giù per la grande scala, fermandosi e ascoltando mentre andava, per non incontrare nessuno della famiglia. Non c'era nessuno in giro, e lei scese in corridoio silenziosa. La porta della stanza dell'ex Segretario era aperta. Sbirciò dentro mentre passava e intuì dal vuoto del suo tavolo, e dall'aspetto generale delle cose, che se ne fosse già andato. Dolcemente aprì la grande porta dell'atrio e la richiuse dolcemente dietro di sé, poi si voltò e la baciò all'esterno - vecchia combinazione insensibile di legno e ferro che era! - prima di scappare dalla casa a passo veloce.
«È stato ben fatto!» ansimò Bella, rallentando nella strada successiva, e procedendo poi al ritmo di una passeggiata. «Se avessi lasciato del fiato per piangere, avrei pianto di nuovo. Ora, povero caro piccolo Pa, vedrai la tua bella donna, inaspettatamente.»

XVI. La festa dei tre folletti

La City sembrava abbastanza poco promettente, mentre Bella andava lungo le sue strade di ghiaia. La maggior parte dei suoi mulini di denaro stava allentando la vela, o aveva smesso di macinare per la giornata. I mastri mugnai erano già partiti, e gli operai stavano partendo. C'era un aspetto stanco sulle strade e le piazze degli affari, e anche i marciapiedi avevano un aspetto stanco, confuso dal passo di un milione di piedi. Devono esserci le ore della notte, per temperare l'agitazione di un luogo così febbrile. Eppure l'affanno dei mulini che avevano appena smesso di turbinare e macinare sembrava aleggiare nell'aria, e la quiete somigliava più alla prostrazione di un gigante esausto, rispetto al riposo di uno che stava rinnovando la sua forza.
Se Bella pensava, guardando una possente Banca, quanto sarebbe stato piacevole passare lì un'ora di giardinaggio, con una pala di rame brillante, tra i soldi, tuttavia non era in vena di avarizia. Molto migliorata sotto questo aspetto, e con alcune immagini formate a metà che avevano poco oro nella loro composizione, che danzavano davanti ai suoi occhi luminosi, arrivò nella regione aromatizzata dalle spezie di Mincing Lane, con la sensazione di aver appena aperto un cassetto in una drogheria.
L'ufficio contabile di Chicksey, Veneering e Stobbles, fu indicato a Bella da una anziana donna, abituata alla cura degli uffici, che le capitò addosso mentre usciva da un'osteria e si asciugava la bocca, e che diede conto della sua umidità secondo i principi naturali ben noti alle scienze fisiche, spiegando che aveva guardato dentro la porta per vedere che ora era. L'ufficio contabile era un

pianterreno con piccole finestre nel muro e un ingresso buio, e Bella stava considerando, mentre si avvicinava, se poteva esserci un precedente nella City di lei che entrava e chiedeva di R. Wilfer, quando chi avrebbe dovuto vedere, seduto a una delle finestre con il battente di vetro alzato, era R. Wilfer stesso, che si preparava a prendere un piccolo ristoro.

Andando più vicino, Bella notò che il ristoro aveva l'aspetto di una piccola pagnotta[247] e un penny di latte. Contemporaneamente a questa scoperta da parte sua, suo padre la vide ed evocò gli echi di Mincing Lane esclamando: «Santo cielo!»

Poi venne fuori come un cherubino, senza cappello, la abbracciò e le diede il braccio per farla entrare. «Perché è dopo l'orario d'ufficio e sono tutto solo, mia cara,» le spiegò, «e sto prendendo, come faccio talvolta quando tutti sono andati via, un tranquillo tè.»

Guardandosi intorno per l'ufficio, come se suo padre fosse un prigioniero e questo la sua cella, Bella lo abbracciò e lo soffocò a suo piacimento.

«Non sono mai stato così sorpreso, mia cara,» disse suo padre. «Non potevo credere ai miei occhi. Sulla mia vita, pensavo che avessero iniziato a mentire! L'idea che sei venuta tu stessa lungo la strada! Perché non hai mandato il cameriere giù per la strada, cara?»

«Non ho portato nessun cameriere con me, Pa.»

«Oh, davvero! Ma hai portato l'elegante carrozza, amor mio?»

«No, Pa.»

«Non puoi mai aver camminato, mia cara!»

«Sì, Pa.»

Egli le diede uno sguardo così attonito, che Bella non poté ancora comporre la sua mente a dirglielo.

«La conseguenza è, Pa, che la tua adorabile donna si sente un po' debole, e le piacerebbe molto condividere il tuo tè.»

La pagnotta e il soldo di latte erano stati sistemati su un pezzo di carta accanto alla finestra. Il coltello da tasca cherubico, con il primo pezzetto della pagnotta ancora sulla punta, giaceva accanto a loro dove era stato buttato giù frettolosamente. Bella prese quel pezzetto, e se lo portò alla bocca. «Mia cara bambina,» disse suo padre, «che idea partecipare a un pasto così modesto! Ma almeno devi avere il tuo proprio pane e il tuo proprio latte. Un momento, mia cara. La latteria è proprio sulla strada e dietro l'angolo.»

Incurante delle dissuasioni di Bella, corse via e tornò rapidamente con la nuova fornitura. «Mia cara bambina,» le disse mentre le disponeva su un altro pezzo di carta davanti a lei, «che idea, per una splendida...», poi la guardò, e non andò più avanti.

«Che cosa c'è, Pa?»

«... per una splendida donna come te,» riprese più lentamente, «sopportare una sistemazione come questa qui!... Ma è nuovo quel vestito che indossi, mia cara?»

«No, Pa, è vecchio. Non te lo ricordi?»

«Sì, pensavo di ricordarlo, mia cara!»

«Dovresti, perché l'hai comprato, Pa.»

«Sì, pensavo di averlo comprato io, mia cara!» disse il cherubino, scuotendosi un po' come per risvegliare le sue facoltà.

«E sei diventato così volubile che non ti piace più il tuo gusto, Pa caro?»

«Bene, amor mio,» egli rispose, mandando giù con considerevole sforzo un pezzo del pane che sembrava bloccarsi per la via, «avrei pensato che non fosse abbastanza splendido per le esistenti circostanze.»

«E così, Pa caro,» disse Bella, muovendosi in modo persuasivo al suo fianco invece di rimanere di fronte, «qualche volta tu prendi un tranquillo tè qui tutto solo? Non sono sulla via del tè, se ti metto un braccio sulla spalla così, Pa?»

«Sì, mia cara, e no, mia cara. Sì alla prima domanda, e certamente no alla seconda. Quanto al mio tè tranquillo, mia cara, vedi, le occupazioni del giorno sono talvolta un po' faticose, mia cara; e se non c'è qualche cosa interposto, fra il giorno e tua madre, perché anche lei è un po' faticosa, talvolta.»

«Lo so, Pa.»

«Sì, mia cara. Così qualche volta io mi prendo un tranquillo tè qui alla finestra, con una piccola contemplazione tranquilla della strada (che è rilassante), tra il giorno e la familiare...»

«Beatitudine,» suggerì Bella tristemente.

«E la beatitudine familiare,» disse suo padre, ben contento di accettare la frase.

Bella lo baciò. «Ed è in questo luogo buio e squallido di prigionia, povero caro, che passi tutte le ore della tua vita quando non sei a casa?»

«Quando non sono a casa, o per strada per andarci, o per strada per venir qui... amor mio. Sì. Vedi quella piccola scrivania nell'angolo?»

«Nell'angolo buio, il più lontano tanto dalla luce quanto dal fuoco? La scrivania più squallida di tutte le scrivanie?»

«Ora, ti colpisce davvero da questo punto di vista, mia cara?» disse suo padre esaminandola artisticamente, con la testa un po' inclinata da una parte. «È la mia. La chiamano la pertica di Rumty.»

«La pertica di chi?» domandò Bella con grande indignazione.

«Di Rumty. Vedi, siccome è piuttosto alta, e sopra due scalini, la chiamano la pertica. E me mi chiamano Rumty.»

«Ma come osano!» esclamò Bella.

«Sono giocherelloni, Bella, mia cara, sono giocherelloni. Più o meno, sono tutti più giovani di me, e sono giocherelloni. Che cosa importa? Potrebbero chiamarmi Surly[248], o Sulky[249], o in cinquanta altri modi spiacevoli, con cui davvero non mi piacerebbe essere considerato. Ma Rumty! Buon Dio, perché non Rumty?»

Infliggere una pesante delusione a questa dolce natura, che era stata, attraverso tutti i suoi capricci, l'oggetto del suo riconoscimento, amore, e ammirazione fin dall'infanzia, Bella sentiva che era il compito più difficile di quella giornata faticosa. «Avrei fatto meglio,» pensò, «a dirglielo subito; avrei fatto meglio a dirglielo proprio ora, quando ha avuto qualche lieve apprensione. Ma adesso è del tutto felice di nuovo, e lo renderò infelice.»

Egli stava applicandosi di nuovo al suo pane e latte, con la più piacevole compostezza, e Bella avvicinando il suo braccio un po' più vicino a lui, e nello stesso tempo toccandogli i capelli con un'irresistibile propensione a giocare con lui, fondata sull'abitudine di tutta la sua vita, si era preparata a dire: «Pa caro, non abbatterti, ma devo dirti qualcosa di spiacevole!», quando egli l'interruppe in un modo inaspettato.

«Santo cielo!» egli esclamò, evocando come prima tutti gli echi di Mincing Lane. «Questo è proprio straordinario!»

«Che cosa, Pa?»

«Perchè qui c'è ora il signor Rokesmith!»

«No, no, Pa, no!» gridò Bella, molto agitata. «Sicuramente no!»

«Sì, c'è, guardalo qui!»

Per dir la verità, il signor Rokesmith non solo passò davanti alla finestra, ma entrò nell'ufficio contabile. E non solo entrò nell'ufficio, ma trovandosi solo con Bella e suo padre, si precipitò verso Bella e la strinse tra le braccia, dicendo tutto rapido: «Mia cara, cara ragazza! Mia valorosa, generosa, disinteressata, coraggiosa, nobile ragazza!» E non solo tutto questo (che poteva già essere abbastanza stupefacente in una sola dose), ma Bella, dopo aver chinato la testa, la tirò su e gliela posò sul petto, come se quello fosse il luogo di riposo eletto e duraturo della sua testa!

«Lo sapevo che saresti venuta da lui, e ti ho seguita,» disse Rokesmith. «Amore mio, vita mia! Sei mia?»

Al che Bella rispose: «Sì, sono tua, se ti sembro degna!» Dopo di che, sembrò quasi ridursi a nulla nella stretta delle sue braccia, un po' perché lui la stringeva così forte, e un po' perché da parte sua c'era un tale abbandono. Il cherubino, i cui capelli si sarebbero fatti da soli, sotto l'influenza di questo spettacolo incredibile, quello che Bella aveva appena fatto loro, barcollò all'indietro fino alla sua sedia presso la finestra, dalla quale si era alzato, e guardò la coppia con gli occhi dilatati al massimo.

«Ma dobbiamo pensare al caro Pa,» disse Bella; «non gliel'ho detto, al caro Pa; parliamo a Pa.» Al quale entrambi si volsero per far così.

«Vorrei prima, mia cara,» disse il cherubino debolmente, «che tu avessi la gentilezza di spruzzarmi un po' di latte, perché mi sento come se stessi... per andarmene.»

In effetti il buon ometto era diventato straordinariamente languido, e sembrava che i suoi sensi lo abbandonassero rapidamente, dalle ginocchia in su. Bella lo spruzzò di baci, invece che di latte, ma gli diede un po' di quell'articolo da bere; e gradualmente si rianimò sotto la sua carezzevole cura.

«Te lo diremo con calma, carissimo Pa» disse Bella.

«Miei cari,» rispose il cherubino, guardandoli tutti e due, «mi avete già rivelato così tanto nel primo...entusiasmo, se posso dir così, che penso che ormai sono pronto a tutto.»

«Signor Wilfer,» disse John Rokesmith allegro ed eccitato, «Bella mi accetta, anche se non ho soldi, anche senza nessuna occupazione attuale: nient'altro che quello che posso ottenere nella vita davanti a noi. Bella mi accetta!»

«Sì, avrei dovuto piuttosto dedurre, mio caro signore,» rispose il cherubino debolmente, «che Bella ti ha accettato, da quello che ho osservato in questi ultimi pochi minuti.»

«Tu non sai, Pa,» disse Bella, «come l'ho trattato male!»

«Lei non sa, signore,» disse Rokesmith, «che cuore ella ha!»

«Tu non sai, Pa,» disse Bella, «che creatura orribile stavo diventando, quando lui mi ha salvata da me stessa!»

«Lei non sa, signore,» disse Rokesmith, «che sacrificio ella ha fatto per me!»

«Mia cara Bella,» rispose il cherubino, ancora pateticamente spaventato, «e mio caro John Rokesmith, se mi permettete di chiamarvi così...»

«Sì, Pa, sì!» disse Bella. «Io ti autorizzo, e la mia volontà è legge per lui. Non è vero, caro John Rokesmith?»

C'era una simpatica timidezza in Bella, unita a una coinvolgente tenerezza di amore, fiducia e orgoglio, in questo suo primo chiamare lui per nome, che rendeva del tutto scusabile a John Rokesmith fare quello che egli fece. Quello che fece fu, ancora una volta, darle l'apparenza di svanire come sopra.

«Penso, miei cari,» osservò il cherubino, «che se poteste adattarvi a sedervi accanto a me, uno su un lato e l'altro dall'altro, potremmo andare avanti un po' più consecutivamente e rendere le cose piuttosto più semplici. John Rokesmith ha detto un momento fa di non avere per il momento alcuna occupazione.»

«Nessuna,» disse Rokesmith.

«No, papà, nessuna,» disse Bella.

«Da questo posso dedurre,» proseguì il cherubino, «che il signor Rokesmith ha lasciato il signor Boffin?»

«Sì, papà. E così...»

«Aspetta un momento, mia cara. Voglio arrivarci per gradi. E che il signor Boffin non l'ha trattato bene?»

«L'ha trattato in un modo vergognoso, caro papà!» gridò Bella, col volto in fiamme.

«E questo,» proseguì il cherubino, chiedendo pazienza con la mano, «una certa giovane venale, lontanamente imparentata con me stesso, potrebbe non approvarlo? Sto andando bene?»

«Potrebbe non approvarlo, dolce Pa» disse Bella con una risata vicina alle lacrime e un bacio gioioso.

«Dopo di che,» proseguì il cherubino, «quella certa giovane venale, lontanamente imparentata con me stesso e che in precedenza aveva osservato, e comunicato a me, che la prosperità stava guastando il signor Boffin, ha sentito che ella non poteva vendere il suo senso di ciò che era giusto e di ciò che era sbagliato, e di ciò che era vero e di ciò che era falso, e di ciò che era onesto e di ciò che non lo era, a nessun prezzo che potesse essere pagato a lei da chiunque persona. Ci sto arrivando?»

Con un'altra risata vicina alle lacrime, Bella lo baciò di nuovo allegramente.

«E perciò... e perciò,» continuò il cherubino con voce raggiante, mentre la mano di Bella saliva adagio adagio dal suo panciotto al collo, «quella certa giovane venale, lontanamente imparentata con me, ha rifiutato il prezzo, si è spogliata degli abiti splendidi che ne facevano parte, ha indossato il vestito relativamente povero che le avevo regalato l'ultima volta e fiduciosa nel mio sostenerla in ciò che era giusto, è venuta direttamente da me. Ci sono arrivato?»

A questo punto la mano di Bella gli era intorno al collo, e il suo viso sopra.

«La giovane venale, lontanamente imparentata con me,» disse il suo buon padre, «ha fatto bene! La giovane venale, lontanamente imparentata con me non si è fidata di me invano! Io ammiro questa giovane venale, lontanamente imparentata con me, di più con quest'abito che se fosse venuta con tutte le sete della Cina, gli scialli del Cashmìr[250] e i diamanti di Golconda[251]. Amo caramente questa giovane persona. E all'uomo del suo cuore io dico con tutto il mio cuore: "Le mie benedizioni sul fidanzamento tra voi, e lei porta una buona fortuna quando ti porta la povertà che ha accettato per il tuo bene e per l'onesta verità!"»

La voce dell'ometto tenace gli venne meno mentre dava a John Rokesmith la sua mano, e tacque, chinando il viso in basso sopra sua figlia. Ma non per molto. Ben presto alzò lo sguardo, dicendo in un tono vivace: «Ed ora, mia cara, se credi di poter intrattenere John Rokesmith per un minuto e mezzo, corro alla latteria e prendo anche per lui una pagnotta e una bevuta di latte, perché possiamo prendere il tè tutti insieme.»

Era, come disse allegramente Bella, una cenetta come quella dei tre piccoli folletti della fiaba, nella loro casa nella foresta, e senza i loro fragorosi brontolii della scoperta allarmante, "Qualcuno ha bevuto il mio latte!". Fu una cenetta deliziosa; la più deliziosa, di gran lunga, tra tutte quelle che Bella, o John Rokesmith, o anche R. Wilfer, avessero mai fatto. La stranezza inconsueta dei suoi dintorni, e delle due manopole d'ottone della cassaforte di ferro di Chicksey, Veneering e Stobbles che li guardavano da un angolo, come gli occhi di qualche dragone noioso, la rendeva ancora più deliziosa.

«Pensare,» disse il cherubino, guardando tutto intorno l'ufficio con indicibile gioia, «che qualcosa di tenero si possa svolgere qui, è qualcosa che mi fa ridere! Pensare che avrei visto la mia Bella presa tra le braccia del suo futuro marito proprio qui, sapete!»

Soltanto quando il pane e il latte erano già spariti da un po', e le ombre della notte si stavano avvicinando a Mincing Lane, il cherubino a poco a poco divenne un po' nervoso, e disse a Bella, mentre si schiariva la gola: «Ehm! Hai mai pensato alla mamma, mia cara?»

«Sì, Pa.»

«E a tua sorella Lavvy anche, mia cara?»

«Sì, Pa. Credo che faremmo meglio a non entrare in particolari, a casa. Credo che sarà abbastanza dire che ho avuto una discussione col signor Boffin, e me ne sono andata per sempre.»

«Poiché John Rokesmith conosce tua madre, amor mio,» disse suo padre dopo una certa esitazione, «non ho bisogno di nessuna delicatezza per fargli capire che forse potresti trovare tua madre un po' logorante.»

«Un poco, paziente Pa?» disse Bella con una risata melodiosa: tanto più melodiosa perchè era così affettuosa nel tono.

«Bene! Allora diremo, ma strettamente confidenziale tra noi, logorante; non lo qualificheremo» ammise il cherubino risolutamente. «E anche il carattere di tua sorella è logorante.»

«Non me ne importa, papà.»

«E devi prepararti, sai, tesoro mio,» disse suo padre con gran gentilezza, «al nostro aspetto molto povero e magro a casa, e anche essendo al meglio molto scomoda, dopo la casa del signor Boffin.»

«Non me ne importa, papà. Potrei sopportare prove molto più dure, per John...»

Le parole di chiusura non furono pronunciate così dolcemente e arrossendo, che John non le udisse e mostrò di averle udite perché di nuovo aiutò Bella in un'altra di quelle misteriose sparizioni.

«Bene!» disse il cherubino allegramente, senza esprimere disapprovazione, «quando... quando tornerai dal ritiro, amor mio, e riapparirai alla superficie, penso che sarà ora di chiudere e di andar via.»

Se l'ufficio contabile di Chicksey, Veneering e Stobbles era mai stato chiuso da tre persone più felici, e quelli che la chiudevano erano sempre contenti di andarsene, dovevano essere persone felici davvero in modo superlativo. Ma prima Bella salì sulla pertica di Rumty, e disse: «Fammi vedere che cosa fai qui tutto il giorno, Pa caro. Scrivi a questo modo?» posando la guancia rotondetta sul paffuto braccio sinistro, e facendo sparire la penna sotto onde di capelli, in un modo molto poco professionale. Anche se a John Rokesmith sembrava piacere.

Così i tre folletti, dopo aver cancellato ogni traccia del loro banchetto, e raccolte le briciole, uscirono da Mincing Lane per andare a piedi a Holloway; e se due dei folletti non avrebbero preferito che la strada fosse lunga il doppio, vuol dire che il terzo si sbagliava proprio. In effetti, quello spirito modesto si considerava così tanto invadente nel loro profondo godimento del viaggio, che con aria di scusa osservò: "Credo, miei cari, che passerò dall'altra parte della strada, e sembrerà che non vi conosca." E fece così, e cherubinicamente cosparse la strada di sorrisi, in mancanza di fiori.

Erano quasi le dieci, quando si fermarono in vista del castello dei Wilfer; e poiché il luogo era quieto e deserto, Bella cominciò una serie di sparizioni che minacciavano di protrarsi per tutta la notte.

«Io penso, John,» accennò infine il cherubino, «che se può lasciare a me la giovane persona lontanamente imparentata con me, l'accompagnerò dentro io.»

«Non posso lasciargliela,» rispose John, «ma posso prestargliela. Mia cara!» Parola magica che fece sì che Bella sparisse immediatamente un'altra volta.

«Su, Pa caro,» disse Bella quando fu visibile di nuovo, «adesso dammi la mano, e correremo a casa più in fretta che potremo, e la faremo finita. Su, Pa! Uno...»

«Mia cara,» balbettò il cherubino, con un'aria piuttosto avvilita, «stavo per osservare che se tua madre...»

«Non dovete restare indietro per guadagnar tempo, signore!» gridò Bella avanzando il piede destro; «lo vedete, signore? Questa è la partenza; venite qui, signore. Uno! due! e tre! Via, Pa!» E filò via, portando con sé il cherubino, e non si fermò, né lasciò che si fermasse lui, finché non ebbe tirato il campanello. «Ora, caro Pa,» disse Bella, prendendolo per tutte e due le orecchie come se fosse una brocca, e avvicinando la faccia alle sue labbra rosee, «ora ci siamo!»

La signorina Lavvy venne ad aprire il cancello, scortata da quell'attento cavaliere ed amico di famiglia, George Sampson. «Ma come, è Bella!» esclamò la signorina Lavinia trasalendo a quella vista. E poi gridò: «Ma! c'è Bella!»

Questo produsse, prima ch'essi potessero entrare in casa, la signora Wilfer. La quale, in piedi sulla soglia, li ricevette con tristezza spettrale, e con tutti i suoi altri strumenti di cerimonia.

«La mia bambina è la benvenuta, benché inattesa,» diss'ella, presentandole nello stesso tempo la guancia come se fosse una bella lista per i visitatori su cui iscriversi. «Anche tu, R. W., sei il benvenuto, benché in ritardo. C'è lì il cameriere della signora Boffin in ascolto?» Questa domanda a gran voce fu gettata alla notte, in attesa di una risposta da parte del cameriere in questione.

«Non c'è nessuno che aspetta, Ma, cara,» disse Bella.

«Non c'è nessuno che aspetta?» ripeté la signora Wilfer con accenti maestosi.

«No, Ma, cara.»

Un brivido dignitoso pervase le spalle e i guanti della signora Wilfer, come se dicesse: «Che enigma!», e poi ella marciò alla testa della processione che entrò nella stanza di soggiorno familiare, dove osservò: «A meno che, R. W.» - questi trasalì sotto il solenne sguardo della moglie - «tu non abbia avuto la precauzione di comprare qualcosa sulla via di casa da aggiungere alla nostra frugale cena, essa sarà sgradevole per Bella. Un po' di montone freddo e una lattuga non possono competere col lusso della tavola del signor Boffin.»

«Per piacere, non parlare così, Ma cara,» disse Bella. «La tavola del signor Boffin non è niente per me.»

Ma, qui la signorina Lavinia, che aveva guardato attentamente il cappellino di sua sorella, esclamò: «Ma come, Bella!»

«Sì, Lavvy, lo so.»

L'Irreprimibile abbassò gli occhi sul vestito della sorella, si chinò per guardarlo meglio, ed esclamò di nuovo: «Ma come, Bella!»

«Sì, Lavvy, lo so che cosa ho addosso. Stavo per dirlo alla mamma, quando tu mi hai interrotta. Ho lasciato per sempre la casa del signor Boffin, mamma, e sono tornata a casa di nuovo.»

La signora Wilfer non disse nulla, ma, dopo aver fissato la sua prole per un minuto o due in un silenzio orribile, si ritirò all'indietro nel suo angolo di stato, e si sedette: come un articolo congelato in vendita in un mercato russo. «In breve, cara Ma,» disse Bella, togliendosi lo spregiato cappellino e scuotendo i suoi capelli, «ho avuto una discussione molto seria col signor Boffin a proposito del modo come trattava una persona alle sue dipendenze, ed è stata una discussione definitiva, non c'è più niente da fare.»

«E ho il dovere di dirti, mia cara,» aggiunse R. W. con tono sottomesso, «che Bella ha agito con spirito veramente coraggioso e con sentimento veramente onesto. Perciò spero, mia cara, che non permetterai a te stessa di essere molto delusa.»

«George!» disse la signorina Lavvy con voce sepolcrale e ammonitrice, basata su quella di sua madre, «George Sampson, parla! Che cosa ti avevo detto di quei Boffin?»

Il signor Sampson si accorse che la sua fragile barca navigava tra banchi e frangenti, e pensò che fosse più sicuro non riferirsi a nessuna cosa particolare che gli era stata detta, per timore che dovesse riferirsi alla cosa sbagliata. Con ammirevole abilità di marinaio, ricondusse la sua barca in acque profonde mormorando: «Sì, davvero!»

«Sì! Io ho detto a George Sampson, come George Sampson vi dice,» esclamò la signorina Lavvy, «che quegli odiosi Boffin avrebbero litigato con Bella, non appena la sua novità fosse svanita. Hanno litigato, sì o no? Avevo ragione, o avevo torto? E cosa ci dirai dei tuoi Boffin, ora, Bella?»

«Lavvy e Ma,» disse Bella, «io dico del signor Boffin e della signora Boffin quello che ho sempre detto; e sempre dirò quello che ho sempre detto. Ma nulla può indurmi a litigare con nessuno, stasera. Spero che non ti dispiaccia vedermi, Ma cara» baciandola; «e spero che non dispiaccia neanche a te, Lavvy» baciando anche lei; «e poiché vedo sulla tavola la lattuga di cui ha parlato Ma, preparerò l'insalata.»

Mentre Bella si preparava allegramente al compito, l'aspetto impressionante della signora Wilfer la seguiva con sguardo abbagliante, presentando una combinazione dell'insegna della Testa del Saraceno[252], una volta così popolare, e di un pezzo di meccanismo di un orologio olandese, e suggerendo, a una mente un po' fantasiosa, che sua figlia avrebbe potuto prudentemente omettere l'aceto, nell'insalata. Ma nessuna parola uscì dalle labbra della maestosa matrona. E questo era ancora più tremendo, per suo marito (come forse ella sapeva) di qualsiasi flutto d'eloquenza con cui ella avesse potuto edificare la compagnia.

«Adesso, Ma cara,» disse Bella a suo tempo, «l'insalata è pronta, e l'ora di cena è passata.»

La signora Wilfer si alzò, ma rimase muta. «George!» disse la signorina Lavvy nella sua voce d'ammonimento: «La sedia della mamma!» Il signor Sampson corse dietro l'eccellente dama, e la seguì da vicino, con la sedia in mano, mentre si avvicinava al banchetto. Arrivata a tavola, si sedette rigidamente, dopo aver degnato il signor Sampson di uno sguardo che fece ritirare il giovanotto al suo posto, in gran confusione.

Il cherubino non presumendo di poter rivolgersi a qualcuno così temibile, per tutta la cena si servì dell'intermediazione di una terza persona, dicendo per esempio: «Montone a tua madre, Bella, mia cara» e «Lavvy, oso dire che tua madre prenderebbe un po' d'insalata, se tu gliela mettessi nel piatto.» Il modo in cui la signora Wilfer riceveva quei cibi era segnato dall'assenza, come di una mente pietrificata; e nello stesso stato lo mangiava, posando di tanto in tanto coltello e forchetta, con l'aria di dire dentro di sé: «Ma che cos'è questo che sto facendo?», e guardando a questo o a quello, come in una indignata ricerca di informazioni. Il risultato magnetico di tale sguardo era che la persona fissata non poteva in alcun modo fingere con successo di ignorare il fatto: in modo che un passante, senza vedere affatto la signora Wilfer, poteva sapere chi stesse fissando, vedendola rifratta dal volto di colui che lo era.

In questa speciale occasione, la signorina Lavinia fu estremamente affabile col signor Sampson, e colse l'occasione per informare sua sorella del perché.

«Non valeva la pena di disturbarti, Bella, quando eri in una sfera così lontana da quella della nostra famiglia da renderla una questione che ci si poteva aspettare che avrebbe potuto interessarti molto poco,» disse Lavinia con un movimento del mento, «ma George Sampson mi fa la corte[253].»

Bella fu lieta di saperlo. Il signor Sampson diventò pensierosamente rosso, e si sentì chiamato a circondare la vita di Miss Lavinia con il suo braccio; ma, incontrando un grosso spillo nella cintura della giovane donna, scarificò un dito, pronunciò un'esclamazione acuta e attirò il fulmine dello sguardo fisso della signora Wilfer.

«George se la sta cavando molto bene,» disse la signorina Lavinia - il che non avrebbe potuto essere immaginato, in quel momento -, «e oso dire che uno di questi giorni ci sposeremo. Non mi curavo di dirtelo mentre tu eri con i tuoi Bof...» A questo punto la signorina Lavinia si frenò di colpo, e aggiunse più pacatamente: «Quando eri col signor e la signora Boffin; ma ora penso che sia una cosa fraterna dare un nome alla circostanza.»

«Grazie, cara Lavvy, mi congratulo con te.»

«Grazie, Bella. La verità è che George ed io discutevamo se dovevo dirtelo; ma io ho detto a George che tu non saresti stata interessata a una cosa così irrisoria, e che era molto più probabile che tu avresti preferito distaccarti del tutto da noi, piuttosto che aggiungerla al resto di noi.»

«È stato un errore, cara Lavvy,» disse Bella.

«Adesso lo è,» replicò la signorina Lavvy, «ma le circostanze sono cambiate, sai, mia cara. George è in una nuova situazione, e le sue prospettive sono davvero molto buone. Non avrei avuto il coraggio di dirtelo ieri, quando avresti pensato che le sue prospettive sarebbero state scadenti e non degne di note; ma stasera mi sento molto più coraggio.»

«Quando avevi cominciato a sentirti timida, Lavvy?» domandò Bella con un sorriso.

«Non ho mai detto di essermi sentita timida, Bella,» rispose l'Irreprensibile. «Ma forse avrei potuto dire, se non fossi stata trattenuta dalla delicatezza verso i sentimenti di una sorella, che per un certo tempo mi sono sentita indipendente; troppo indipendente, mia cara, perché potessi accettare che il mio previsto matrimonio venisse guardato dall'alto in basso (George, ti pungerai di nuovo). Non già che io volessi biasimarti se avessi guardato dall'alto in basso il mio, quando tu ti aspettavi un matrimonio ricco e grande, Bella; è solo perché io ero indipendente.»

Sia che l'Irreprimibile si sentisse offesa dalla dichiarazione di Bella, che non avrebbe litigato con nessuno, sia che la sua astiosità fosse provocata dal fatto che Bella era tornata nella sfera del corteggiamento del signor George Sampson, o infine che fosse un impulso necessario per il suo spirito venire in collisione con qualcuno in questa occasione, certo è che fece una corsa verso la sua maestosa genitrice ora, con la più grande impetuosità.

«Ma, ti prego di non stare seduta a fissarmi in quel modo intensamente irritante! Se vedi del nero sul mio naso, dimmelo; se no, lasciami in pace.»

«Ti rivolgi a me con quelle parole?» disse la signora Wilfer. «Come ti permetti?»

«Non parlare di permettermi, Ma, per carità. Una ragazza che è abbastanza grande per essere fidanzata, è abbastanza grande per obiettare al fatto di essere fissata come se fosse un orologio.»

«Che audacia!» disse la signora Wilfer. «Tua nonna, se una delle sue figlie, di qualunque età, le avesse parlato così, avrebbe insistito perché si ritirasse in una stanza buia.»

«Mia nonna,» rispose Lavvy, incrociando le braccia e appoggiandosi allo schienale della sedia, «non si sarebbe seduta guardando la gente in un modo così imbarazzante, io penso.»

«Oh, sì!» disse la signora Wilfer.

«Allora è un peccato che non abbia saputo fare di meglio,» disse Lavvy. «E se mia nonna non era nel rimbambimento, quando prendeva a insistere che la gente si ritirasse in una stanza buia, avrebbe dovuto esserlo. Una bella mostra mia nonna deve aver fatto di se stessa! Io mi chiedo se abbia mai insistito perché le persone si ritirassero nella palla della chiesa di St Paul; e se l'ha fatto, come li ha portati lì.»

«Silenzio!» proclamò la signora Wilfer. «Io comando il silenzio!»

«Non ho la minima intenzione di tacere, Ma,» rispose Lavinia freddamente, «ma proprio il contrario. Non sopporto di essere guardata come se fossi io quella che se n'è venuta dai Boffin, e dover star zitta per giunta. Non sopporto che George Sampson sia guardato come se fosse lui quello se n'è venuto dai Boffin, e sedere in silenzio per giunta. Se a Pa fa piacere essere guardato come se fosse lui quello che se n'è venuto dai Boffin, bello e buono. Io non lo preferisco. E non voglio!»

Avendo la progettazione di Lavinia trovato il modo di fare un'apertura di traverso contro Bella, la signora Wilfer vi entrò a grandi passi.

«Spirito ribelle! Figlia indisciplinata! Dimmi un po', Lavinia: se, a dispetto dei sentimenti di tua madre, tu avessi permesso a te stessa di ricevere la protezione dei Boffin, e fossi tornata da quelle sale della schiavitù...»

«Sono solo sciocchezze, Ma» disse Lavinia.

«Come!» esclamò la signora Wilfer con sublime severità.

«Le sale della schiavitù, Ma, è una semplice sciocchezza,» rispose imperturbabile l'Irreprimibile.

«Ti dico, figlia presuntuosa: se fossi venuta dai paraggi di Portland Place, curva sotto il giogo del patrocinio, e scortata dai suoi domestici in abiti scintillanti, a farmi visita, pensi che i miei sentimenti profondi avrebbero potuto essere espressi in sguardi?»

«Tutto quello che penso in proposito è che i tuoi sguardi,» rispose Lavinia, «vorrei che fossero espressi verso la persona giusta.»

«E se,» proseguì sua madre, «se facendo luce sui miei avvertimenti che la faccia della sola signora Boffin era una faccia brulicante di malvagità, ti fossi aggrappata alla signora Boffin invece che a me, e dopotutto fossi tornata a casa respinta dalla sig.ra Boffin, calpestata dalla sig.ra Boffin, e scacciata dalla signora Boffin, pensi che i miei sentimenti avrebbero potuto essere espressi in sguardi?»

Lavinia stava per rispondere alla onorata genitrice che avrebbe potuto benissimo rinunciare a sguardi di qualsiasi genere, quando Bella si alzò e disse: «Buona notte, cara Ma. Ho avuto una giornata faticosa, e andrò a letto.» Questo interruppe la piacevole riunione. Poco dopo si congedò il signor George Sampson, accompagnato dalla signorina Lavinia con una candela fino all'ingresso, e senza candela fino in fondo al cancello del giardino; la signora Wilfer, lavandosi le mani dei Boffin, andò a letto alla maniera di Lady Macbeth[254]; e R. W. rimase solo tra le dilapidazioni del tavolo della cena, in atteggiamento malinconico.

Ma un passo leggero lo risvegliò dalle sue meditazioni: ed era di Bella. I bei capelli erano sciolti tutti attorno a lei, ed era scesa piano, con la spazzola in mano e a piedi nudi, per dargli la buonanotte.

«Mia cara, tu sei indiscutibilmente una bella donna» disse il cherubino, prendendole una treccia.

«State a sentire, signore,» disse Bella, «quando la vostra bella donna si sposerà, se vi piace potrete avere questa treccia, e ne farete una catena. Apprezzereste questo ricordo della cara creatura?»

«Sì, tesoro mio.»

«E allora se sarete bravo l'avrete, signore. Mi dispiace tanto, tantissimo, Pa caro, di aver portato a casa tutti questi guai.»

«Mia cara,» rispose suo padre, nella più semplice buona fede, «non te ne preoccupare minimamente. Non vale davvero la pena menzionarlo, perché le cose a casa sarebbero andate più o meno allo stesso modo. Se tua madre e tua sorella non trovano un argomento su cui a volte si affaticano un po', ne trovano un altro. Non siamo mai fuori di un soggetto defatigante, mia cara,

te lo assicuro. Ho paura che trovi la tua vecchia stanza con Lavvy terribilmente scomoda, Bella?»
«No, papà, non ci bado. E sai perché non ci bado, Pa?»
«Beh, bambina mia, eri solita lamentarti molto, quando non era così in contrasto con l'altra, come deve essere ora. Parola mia, l'unica risposta che ti posso dare, è che sei migliorata molto.»
«No, papà, è perché sono così grata, così felice!»
Poi lo strinse finché i suoi lunghi capelli non lo fecero starnutire, e allora rise fino a farlo ridere, poi lo strinse di nuovo, perché nessuno li potesse sentire.
«Ascoltate, signore,» disse Bella, «Alla tua adorabile donna è stata predetta la fortuna nella notte mentre tornava a casa. Non sarà una gran fortuna, perché se il fidanzato dell'adorabile donna ottiene un certo impiego che spera di ottenere presto, si sposeranno con centocinquanta sterline all'anno. Ma questo è all'inizio, e se anche non dovesse aumentare più, la bella donna lo farà bastare. Ma questo non è tutto, signore. Nella predizione c'è un certo bell'uomo, un ometto, ha detto l'indovina, che, a quanto pare, si troverà sempre vicino all'adorabile donna, e avrà sempre conservato, espressamente per lui, un angolo tranquillo nella casetta della donna adorabile, come non ha mai avuto. Ditemi il nome di quell'uomo, signore.»
«È un Fante nel mazzo di carte?» domandò il cherubino con uno scintillio nei suoi occhi.
«Sì,» gridò Bella con grande gioia, soffocandolo di nuovo. «È il fante dei Wilfer! Caro Pa, la bella donna vuole guardare avanti a questa fortuna che le è stata predetta, così deliziosamente, e per far sì che accada vuol diventare una donna adorabile molto migliore di quanto è mai stata finora. Ciò che ci si aspetta che faccia l'ometto biondo, signore, è di aspettarla anche lui con ansia, dicendo a se stesso, quando è in pericolo di essere troppo preoccupato: "Finalmente vedo la terra!"»
«Finalmente vedo la terra!», ripeté suo padre.
«C'è un caro fante dei Wilfer!» esclamò Bella; poi spinse avanti il suo piedino bianco e nudo e disse: «Ecco il segno, signore. Avvicinatevi al segno. Mettete la vostra scarpa di fronte. Ci teniamo insieme, attenzione! Ora, signore, potete baciare la bella donna prima che corra via, così grata e felice. Oh, sì, ometto bello, così grata e felice!»

XVII. Un coro sociale

Lo stupore siede in trono sui volti della cerchia di conoscenti del signor e della signora Lammle, quando è pubblicamente annunciata la cessione dei loro mobili ed effetti di prima classe (incluso un tavolo da biliardo in lettere maiuscole), "all'asta, con atto di vendita", su un tappetino svolazzante in Sackville Street. Ma nessuno è stupito la metà di quanto lo sia il Cav. Hamilton Veneering, deputato di Pocket-Breaches, il quale inizia immediatamente a scoprire che i Lammles sono le uniche persone che siano mai entrate nel registro della sua anima, che *non* sono gli amici più vecchi e cari che ha al mondo. La signora Veneering, moglie dell'On. deputato di Pocket-Breaches, come una moglie fedele, condivide la scoperta e l'inesprimibile stupore di suo marito. Forse la coppia Veneering ritiene quest'ultimo inesprimibile sentimento come particolarmente necessario per la sua reputazione, per la ragione che una volta si sussurrava che alcune delle persone più in vista della City erano rimaste scosse quando si parlava degli estesi rapporti e delle grandi ricchezze di Veneering. Ma è certo che né il signor Veneering né la signora Veneering riescono a trovare le parole per meravigliarsi, e diventa necessario che diano agli amici più vecchi e cari che hanno al mondo, un pranzo meraviglioso.
Perché, a questo punto è evidente che, qualunque cosa accada, i Veneering devono dare un pranzo

su di essa. Lady Tippins vive in uno stato di attesa cronica degli inviti a pranzo dei Veneering, e in uno stato di infiammazione cronica derivante dai pranzi. Boots e Brewer vanno in giro in carrozza, senza altri affari intelligibili sulla terra tranne che bussare alla gente per farla venire a pranzo dai Veneering. Veneering pervade le lobby legislative, intento a intrappolare i suoi colleghi legislatori a pranzo. La signora Veneering ha pranzato ieri sera con venticinque facce completamente nuove; li chiama tutti oggi; manda a ciascuna di esse un cartoncino d'invito domani, per la settimana successiva; prima che il pranzo sia digerito, invita i fratelli e le sorelle di quegli invitati, i figli e le figlie, i nipoti e le nipoti, le zie, gli zii e i cugini, e li invita tutti a pranzo. E tuttavia, come in un primo momento, comunque, per quanto la cerchia degli invitati si allarghi, è da notare che gli invitati sono costanti nel sembrare andare dai Veneering non per pranzare coi coniugi Veneering (che sembrerebbe essere l'ultima cosa nella loro mente) ma per pranzare tra di loro.

Forse, dopo tutto, chi lo sa? Veneering può trovare tutti questi pranzi, sebbene dispendiosi, remunerativi, nel senso che gli procurano dei sostenitori. Il signor Podsnap, da uomo rappresentativo, non è il solo che è attento in modo particolare alla propria dignità, se non a quella delle sue conoscenze, e perciò sostiene rabbiosamente le conoscenze sotto la sua protezione per timore che, se vengano offese, anch'egli potrebbe esserlo. I cammelli d'oro e d'argento, i secchi per il ghiaccio, e tutti gli altri ornamenti da tavola dei Veneering, formano uno spettacolo brillante, e quando io, Podsnap, osservo casualmente da qualche parte di aver pranzato lunedì scorso con una splendida carovana di cammelli, trovo personalmente offensivo se qualcuno mi vuol far capire che quei cammelli hanno le ginocchia rotte, o che quei cammelli sono oggetto di sospetti di ogni tipo. «Io non metto in mostra cammelli, io; sono sopra di loro: sono un uomo più solido; ma questi cammelli si sono crogiolati alla luce del mio volto, e come osate voi, signore, insinuare che il mio sguardo abbia illuminato dei cammelli men che impeccabili?»

I cammelli si stanno lucidando nella dispensa dell'Analitico, per il pranzo delle meraviglie in occasione dell'andare a pezzi dei Lammle, e il signor Twemlow si sente un po' strano, sul suo sofà, nell'appartamento sul cortile di stalla di Duke Street, nei pressi di Saint James, in conseguenza di aver preso verso mezzogiorno due pillole pubblicizzate, fidandosi della rappresentazione stampata che accompagna la scatola (prezzo un penny e mezzo, tassa del governo inclusa), che le stesse «saranno trovate altamente salutari in via precauzionale in relazione ai piaceri della tavola.» Al quale Twemlow, mentre prova una certa nausea immaginando che una pillola insolubile si sia conficcata nel suo esofago, e anche con la sensazione di un deposito di gomma calda che vaga languidamente dentro di lui un po' più in basso, un servo si rivolge con l'annuncio che una signora desidera parlare con lui.

«Una signora!» dice Twemlow, sistemandosi un po' le piume arruffate. «Chiedetele il nome, per favore.»

Il nome della signora è Lammle. La signora non tratterrà il sig. Twemlow più di pochissimi minuti. La signora è sicura che il signor Twemlow le farà la gentilezza di riceverla, se gli verrà detto ch'ella desidera vivamente un breve colloquio. La signora non ha nessun dubbio che il signor Twemlow accondiscenderà, quando senta il suo nome. Ha chiesto al cameriere di stare attento a non sbagliare il suo nome. Avrebbe inviato un biglietto da visita, ma non ne aveva.

«Fate entrare la signora.» La signora si mostra, entra.

Le stanzette del signor Twemlow sono arredate in modo modesto, in un modo antiquato (un po' come la stanza della governante a Snigsworthy Park), e sarebbero prive di mero ornamento, se non fosse per un'incisione a figura intera del sublime Snigsworth sul camino, che sbuffa verso una colonna corinzia, con un enorme rotolo di carta ai suoi piedi e una pesante tenda che sembra incombere sulla sua testa: quegli accessori essendo intesi rappresentare il nobile signore in qualche modo come nell'atto di salvare il suo paese.

«Prego, si accomodi, signora Lammle.»

La signora Lammle si accomoda e dà inizio alla conversazione.

«Son sicura, signor Twemlow, che lei ha saputo che abbiamo avuto un rovescio di fortuna. Certo che ne ha sentito parlare, perché nessun tipo di notizie viaggia così veloce, soprattutto tra i propri amici...»

Conscio del pranzo delle meraviglie Twemlow, con una piccola fitta, ammette l'imputazione.

«Probabilmente,» dice la signora Lammle con una certa durezza di modi che fa rimpicciolire il signor Twemlow, «non l'avrà sorpresa così tanto come alcuni altri, dopo quello che è successo tra noi nella casa che ora ha le finestre chiuse. Mi son presa la libertà di farle visita, signor Twemlow, per aggiungere una specie di poscritto a quello che le dissi quel giorno.»

Le guance asciutte e incavate del signor Twemlow diventano ancora più asciutte e ancora più incavate, alla prospettiva di qualche nuova complicazione.

«Veramente,» dice il piccolo gentiluomo in imbarazzo, «veramente, signora Lammle, considererei un favore se volesse scusarmi dall'avere ulteriori confidenze. È stato sempre uno degli obiettivi della mia vita, che disgraziatamente non ha avuto molti obiettivi, quello di essere inoffensivo, e di tenermi lontano dalle cabale e dalle interferenze.»

La signora Lammle, di gran lunga la più attenta dei due, trova a malapena necessario guardare Twemlow mentre parla, così facilmente lo capisce.

«Il mio poscritto, per mantenere il termine che ho usato,» dice la signora Lammle fissandogli gli occhi in faccia per dar più forza a ciò che dice, «coincide esattamente con quello che dice lei, signor Twemlow. Ben lungi dal disturbarla con qualche nuova confidenza, voglio soltanto ricordarle quella vecchia. Ben lungi dal chiedere il suo intervento, desidero semplicemente chiedere la sua stretta neutralità.»

Twemlow sta per rispondere, ed ella abbassa di nuovo gli occhi, sapendo che le orecchie sono del tutto sufficienti per i contenuti di un così debole recipiente.

«Non posso, credo,» dice Twemlow nervosamente, «offrire nessuna ragionevole obiezione a qualsiasi cosa che mi fa l'onore di desiderare dirmi dopo questo preambolo. Ma se posso, con tutta la possibile delicatezza e gentilezza, la supplico di non andare oltre, io-io la supplico di fare così.»

«Signore,» dice la signora Lammle, alzandogli di nuovo gli occhi in faccia e intimidendolo completamente con la sua maniera dura, «io le comunicai una certa notizia, da comunicare a sua volta, come lei meglio credesse, a una certa persona.»

«Cosa che ho fatto,» dice Twemlow.

«E per averlo fatto, la ringrazio; benché, a dir la verità, non sappia nemmeno io perché son diventata traditrice di mio marito in quel caso, dato che la ragazza è una povera sciocchina. Anch'io sono stata una povera sciocchina, una volta. Non riesco a trovare una ragione migliore.»

Vedendo l'effetto che producono su di lui la sua risata indifferente e il suo sguardo freddo, continua a tenere gli occhi su di lui e prosegue: «Signor Twemlow, se per caso lei dovesse vedere mio marito, o me, o tutti e due, nelle grazie di qualcuno - qualcuno che lei conosca o no, non importa -, lei non ha diritto di servirsi, contro di noi, di ciò che le feci sapere allora per quello scopo determinato che è stato raggiunto. Ecco quel che son venuta a dire. Non è un patto. Per un gentiluomo è semplicemente un promemoria.»

Twemlow siede mormorando a se stesso con la mano sulla fronte.

«È un caso così semplice,» prosegue la signora Lammle, «soltanto tra me (dal mio primo fare affidamento al suo onore) e lei, che non vale la pena di spendere un'altra parola.» Guarda fisso Mr Twemlow, finché, con un'alzata di spalle egli le fa un piccolo inchino unilaterale, come per dire: «Sì, mi pare che lei abbia il diritto di fare affidamento su di me», e poi lei inumidisce le sue labbra e mostra un senso di sollievo.

«Confido di aver mantenuto la promessa che ho fatto tramite il suo servitore, che io l'avrei trattenuta per pochissimi minuti. Non ho bisogno di disturbarla più a lungo, signor Twemlow.»

«Aspetti!» dice Twemlow alzandosi mentre si alza lei. «Mi scusi un momento. Io non l'avrei mai cercata, signora, per dirle quello che sto per dirle, ma poiché lei ha cercato me ed è qui, voglio togliermi un peso dalla mente. E' stato abbastanza coerente, in tutta franchezza, con il nostro prendere quella risoluzione contro il signor Fledgeby, il fatto che si è rivolta poi al signor Fledgeby come suo caro e confidenziale amico, e supplicare un favore al signor Fledgeby? Sempre supponendo che l'ha fatto; dichiaro di non avere una conoscenza diretta sull'argomento; mi è stato rappresentato che lo ha fatto.»

«Allora gliel'ha detto lui?» risponde la signora Lammle, che di nuovo ha risparmiato gli occhi per ascoltare, e li usa, con grande effetto, mentre parla.

«Sì.»

«È strano che le abbia detto la verità,» dice la signora Lammle riflettendo seriamente. «Prego, dove è accaduta una circostanza così straordinaria?»

Twemlow esita. È più basso della signora, oltre che più debole, e mentre lei lo domina con i suoi modi duri e i suoi occhi esperti, si trova in un tale svantaggio che vorrebbe essere del sesso opposto.

«Posso chiederle dove è accaduta, signor Twemlow? In stretta confidenza?»

«Devo confessare,» dice il mite piccolo gentiluomo, procedendo a rispondere per gradi, «che quando Fledgeby me l'ha raccontato, ho sentito dei rimorsi. Devo ammettere che non potevo considerarmi in una luce piacevole. Più in particolare, perché il signor Fledgeby, con grande civiltà, che non potevo sentire di meritare da lui, mi ha reso lo stesso servizio che lei aveva supplicato che rendesse a voi.»

Dire quest'ultima frase dimostra la vera nobiltà d'animo del povero gentiluomo. «Altrimenti,» egli aveva riflettuto, «assumerò il posizione superiore di non avere difficoltà personali, mentre so delle sue. Il che sarebbe meschino, molto meschino.»

«L'appoggio del signor Fledgeby è stato efficace nel suo caso come nel nostro?» domanda la signora Lammle.

«Ugualmente inefficace.»

«Può decidersi di dirmi dove ha visto il signor Fledgeby, signor Twemlow?»

«Chiedo scusa. Intendevo assolutamente farlo. La riserva non è stata intenzionale. Ho incontrato il signor Fledgeby proprio per caso, sul posto. Con l'espressione 'sul posto', voglio dire dal signor Riah, a Saint Mary Axe.»

«Allora lei ha la sfortuna di trovarsi tra le mani del signor Riah?»

«Disgraziatamente, signora,» risponde Twemlow, «l'unica obbligazione di denaro a cui mi sono impegnato, l'unico debito della mia vita (ma è un proprio un debito senz'altro: la prego di notare che non lo discuto), è caduto nelle mani del signor Riah.»

«Signor Twemlow,» dice la signora Lammle fissando i suoi occhi con i suoi: cosa ch'egli vorrebbe evitare, se potesse, ma non può, «è caduto nelle mani del signor Fledgeby. Il signor Riah è la sua maschera. È caduto nelle mani del signor Fledgeby. Me lo lasci dire, per sua regola. La notizia le può essere utile, se non altro per evitare la sua credulità, nel giudicare la veridicità degli altri dalla sua propria, tanto da essere ingannato.»

«Impossibile!» grida Twemlow esterrefatto. «Come lo sa?»

«Non so quasi come lo so. L'intera serie di circostanze è sembrata prendere subito fuoco e mostrarmelo.»

«Oh, allora non ha prove!»

«È molto strano,» dice la signora Lammle con freddezza e sicurezza, e con un certo sdegno, «come gli uomini si possano assomigliare in certe cose, anche se i loro caratteri sono diversi quanto lo possano essere! Non ci sono due uomini che hanno meno affinità tra loro, si direbbe, del signor Twemlow e mio marito. Eppure mio marito mi risponde: "Non hai le prove", esattamente come il signor Twemlow, con le stesse parole!»

«Ma perché, signora?» Twemlow si avventura gentilmente a discutere. «Rifletta perché le stesse parole: perché affermano un fatto. Perché lei non ha prove.»

«Gli uomini sono molto saggi, a loro modo,» dice la signora Lammle, guardando altezzosa il ritratto di Snigsworth, e scuotendo il vestito prima di andar via; «ma hanno ancora saggezza da imparare. Mio marito, che non è troppo confidente, ingenuo o inesperto, vede questa semplice cosa non più di quanto faccia il signor Twemlow - perché non ci sono prove! Eppure credo che, al mio posto, cinque donne su sei la vedrebbero a prima vista come me. Tuttavia non avrò pace (fosse solo per il ricordo di come Fledgeby mi ha baciato la mano) finché mio marito la veda. E farà bene anche lei a vederla da questo momento in poi, signor Twemlow, anche se non posso darle nessuna prova.» Mentre si avvia verso la porta, il signor Twemlow, accompagnandola, esprime la sua rassicurante speranza che la condizione degli affari del signor Lammle affari non sia irrecuperabile.

«Non lo so,» risponde la signora Lammle fermandosi e seguendo il disegno del parato sul muro, con la punta del parasole. «Dipende. Potrebbe esserci un'apertura per lui che sta sorgendo adesso, o potrebbe non esserci. Lo scopriremo presto. Se non ce ne saranno, siamo in bancarotta qui, e dovremo andare all'estero, credo.»

Il signor Twemlow, nel suo bonario desiderio di trarne il meglio, osserva che può essere molto piacevole vivere all'estero.

«Sì,» risponde la signora Lammle, sempre seguendo il disegno della tappezzeria, «ma dubito che giocare a biliardo, a carte e così via, per avere i mezzi per vivere, sospettati, a uno sporco tavolo d'hotel è uno di questi.» È molto per il signor Lammle, Twemlow osserva educatamente (però molto scioccato), avere sempre accanto qualcuno attaccato a lui in tutte le sue fortune, e la cui influenza contenitiva gli impedirà atti che sarebbero disonorevoli e rovinosi. Mentre Twemlow le parla così, la signora Lammle smette di disegnare e lo guarda.

«Influenza contenitiva, signor Twemlow? Noi dobbiamo mangiare, e bere, e vestirci, e avere un tetto sulle nostre teste. Sempre accanto a lui e seguendo tutte le sue fortune? Non c'è molto di cui vantarsi in questo; che cosa può fare una donna alla mia età? Mio marito ed io ci siamo ingannati a vicenda, quando ci siamo sposati, e dobbiamo sopportare le conseguenze dell'inganno, vale a dire ciascuno di noi deve sopportare l'altro, e dobbiamo sopportare insieme il peso di fare piani per mettere insieme la cena di oggi e la colazione di domani... fino a quando la morte non ci farà divorziare.»

Con queste parole esce in Duke Street, nel quartiere di Saint James. Il signor Twemlow ritorna al suo sofà, e appoggia la testa dolorante sul piccolo cuscino scivoloso in crine di cavallo, con una forte convinzione interna che un colloquio penoso non è il genere di cose da fare dopo le pillole per il pasto che sono così altamente salutari in connessione con i piaceri della tavola. Ma le sei di sera trovano il degno piccolo gentiluomo che si sente meglio, e che s'infila anche le sue piccole calze di seta e le sue scarpine fuori moda, per il pranzo delle meraviglie dai Veneering. E le sette di sera lo trovano che trotta in Duke Street e poi fino all'angolo, risparmiando i sei *pence* della carrozza a noleggio.

Tippins, la divina, ha mangiato così tanto durante questo tempo, che una mente morbosa potrebbe desiderare, per un cambiamento benedetto, che facesse una cenetta, finalmente, e se ne andasse a letto. Un tale pensiero nella mente ha il signor Eugene Wrayburn, che Twemlow trova mentre sta contemplando Tippins con il più triste dei volti, mentre quella giocosa creatura lo chiama a raccolta per essere così in ritardo all'evento[255].

La Tippins è anche nervosa con Mortimer Lightwood, e gli dà dei colpi col suo ventaglio perché è stato testimone alle nozze di questi che ingannavano - come si chiamano - che sono andati in pezzi. Anche se, in effetti, il ventaglio è generalmente vivace, e colpisce gli uomini in tutte le direzioni, con un certo suono macabro che suggerisce il tintinnio delle ossa di Lady Tippins.

E' nata una nuova razza di amici intimi da quando Veneering è entrato in Parlamento per il bene pubblico, ai quali la signora Veneering è molto attenta. Si può parlare di questi amici con le cifre più grandi, come le distanze astronomiche. Boots dice che uno di loro è un appaltatore che (è stato calcolato) dà occupazione, direttamente e indirettamente, a cinquecentomila uomini. Brewer dice che un altro è un presidente, così richiesto da certi consigli d'amministrazione, così distanti tra loro, che egli non viaggia mai in treno meno di tremila miglia alla settimana. Buffer dice che un altro di loro non aveva sei *pence* diciotto mesi fa, e, grazie alla brillantezza del suo genio nell'ottenere quelle azioni emesse a ottantacinque, e comprandole tutte senza soldi e vendendole alla pari per contanti, ora ha trecento e settantacinquemila sterline - Buffer insiste particolarmente sul dispari settantacinque, rifiutando di diminuirlo di un solo centesimo.

Con Buffer, con Boots e con Brewer, Lady Tippins è decisamente scherzosa sull'argomento di questi Padri della Chiesa dei Titoli; guardandoli con l'occhialino domanda a Boots, a Brewer e a Buffer se credano che questi faranno la sua fortuna se farà l'amore con loro, con altre spiritosaggini di quella natura. Anche Veneering, in diverso modo, è molto occupato con i Padri, devotamente ritirandosi con loro nella serra, dal quale ritiro occasionalmente si sente la parola "Comitato", e dove i Padri danno istruzioni a Veneering su come deve lasciare la valle del pianoforte alla sua sinistra, prendere il livello della mensola del camino, attraversare un taglio aperto in corrispondenza dei candelabri, impossessarsi della circolazione dei trasporti alla console e tagliare la radice e i rami dell'opposizione alle tende della finestra.

Il signor Podsnap e la signora Podsnap fanno parte della compagnia, e i Padri scorgono nella signora Podsnap una bella donna. Ella viene consegnata a uno dei Padri - quello di Boots, quello che dà lavoro a cinquecentomila uomini - e viene ad ancorarsi a sinistra di Veneering; offrendo così l'opportunità alla sportiva Tippins, alla sua destra (egli, come al solito, è come se fosse un posto vacante) di implorare che le raccontino qualcosa di quegli amori di manovali, e se è vero che vivano veramente di bistecche crude e bevano la birra direttamente dalle carriole. Ma a dispetto di queste piccole schermaglie, si sente che questo doveva essere il pranzo delle meraviglie, e che le meraviglie non devono essere trascurate. Di conseguenza, Brewer, come l'uomo che ha la più grande reputazione da sostenere, diventa l'interprete dell'istinto generale: «Stamattina ho preso» dice Brewer in una pausa favorevole «una carrozza e sono andato alla Vendita.» Boots (divorato dall'invidia) dice: «Anch'io.» Buffer dice: «Anch'io», ma non trova nessuno a cui importi se è andato o no.

«E com'era?» domanda Veneering.

«Vi assicuro,» risponde Brewer cercando qualcun'altro cui indirizzare in particolare la sua risposta, e dando la preferenza a Lightwood, «vi assicuro che la roba andava via per una miseria. Roba abbastanza bella, ma nulla di affascinante.»

«Così ho sentito dire anch'io,» dice Lightwood.

Brewer implora di sapere ora, sarebbe giusto chiedere a un professionista come - sulla - terra - queste - persone - mai - sono venute - a - tale - totale crollo? (le divisioni di Brewer sono per l'enfasi.)

Lightwood risponde che effettivamente era stato consultato, ma non poté suggerire nessun espediente per impedire la vendita, e perciò non è un'indiscrezione supporre che provenga dal loro tenore di vita oltre i loro mezzi.

«Ma come» dice Veneering «può la gente fare questo!»

Ah! Tutti sentono che Veneering ha proprio colto nel segno. Come può la gente fare questo? L'Analitico, mentre va in giro con lo champagne, sembra essere perfettamente in grado di dare loro un'idea abbastanza buona di come si possa fare: se potesse dare un'opinione.

«Come possa una madre,» dice la signora Veneering posando la forchetta per schiacciare le mani aquiline unite sulla punta delle dita e rivolta al Padre che percorre le tremila miglia alla settimana «come possa una madre guardare il suo bambino e sapere che vive oltre i mezzi di suo marito, non riesco a immaginare.»

Eugene suggerisce che la signora Lammle, non essendo una madre, non aveva bambini da guardare. «È vero,» dice la signora Veneering, «ma il principio è lo stesso.»

Per Boots è chiaro che il principio è lo stesso. Anche per Buffer. È lo sfortunato destino di Buffer di danneggiare una causa sposandola. Il resto della compagnia ha accettato docilmente la proposta che il principio è lo stesso, finché Buffer non dice che lo è; quando istantaneamente sorge un mormorio generale che il principio non è lo stesso.

«Ma io non capisco,» dice il Padre delle trecentosettantacinquemila sterline, «... se questa gente di cui si parla aveva una posizione in società... erano in società?»

Veneering è obbligato a rispondere che avevano pranzato da lui, e anche che si erano sposati partendo da casa sua.

«Allora non capisco,» prosegue il Padre, «come mai il tenor di vita superiore ai loro mezzi abbia potuto portarli a quello che è stato definito un totale crollo. Perché esiste sempre una cosa come un aggiustamento degli affari, nel caso di persone di un certo rango.»

Eugene (che sembrerebbe essere in uno stato cupo di suggestionabilità), suggerisce: «Supponga di non avere nessun mezzo e di vivere oltre quelli?»

Questo è uno stato di cose troppo insolvente perché il Padre lo possa concepire. E' uno stato di cose troppo insolvente da concepire per chiunque abbia rispetto per se stesso ed è universalmente rifiutato. Ma è così sorprendente come qualcuno possa essere arrivato a un totale insuccesso, che tutti si sentono tenuti a darne conto in modo particolare. Uno dei Padri dice: «Il tavolo da gioco.» Un altro Padre dice: «Speculazioni senza sapere che la speculazione è una scienza.» Boots dice: «Cavalli.» Lady Tippins dice al suo ventaglio: «Due imprese.» Il signor Podsnap non dice nulla e gli chiedono la sua opinione, ch'egli espone come segue, molto arrossato ed estremamente arrabbiato: «Non chiedetemelo. Non desidero prendere parte alla discussione di questi affari delle persone. Detesto l'argomento. È un argomento odioso, un argomento offensivo, un argomento che mi fa star male, e io...»

E con il suo movimento preferito del braccio destro che spazza via tutto e lo risolve per sempre, il signor Podsnap spazza dalla faccia dell'universo questi sconvenientemente inspiegabili disgraziati che hanno vissuto al di sopra dei loro mezzi e sono andati allo sfacelo totale.

Eugene, appoggiato allo schienale della sedia, osserva il signor Podsnap con una faccia irriverente e potrebbe essere in procinto di offrire un nuovo suggerimento, quando l'Analitico è visto in collisione con il cocchiere; il cocchiere che manifesta il proposito di venire nella compagnia con un vassoio d'argento, come se fosse intento a fare una raccolta per sua moglie e la famiglia; l'Analitico lo ferma alla credenza. La superiore maestosità, se non il superiore generalato) dell'Analitico prevale su un uomo che non è niente fuori dalla cassetta della carrozza; e il cocchiere, cedendo il suo vassoio, si ritira sconfitto.

Quindi, l'Analitico, esaminando un pezzo di carta steso sul vassoio, con l'aria di un censore letterario, lo aggiusta, si prende il suo tempo, va al tavolo e lo presenta al signor Eugene Wrayburn. Al che la simpatica Tippins dice ad alta voce: «Il Lord cancelliere[256] si è dimesso!»

Con freddezza e lentezza distraente - perché conosce che la curiosità dell'Incantatrice è sempre divorante - Eugene fa finta di tirare fuori gli occhiali, lucidarli e leggere la carta con difficoltà, molto tempo dopo aver visto cosa c'è scritto sopra. Ciò che c'è scritto, con inchiostro ancora umido: «Il giovane Blight.»

«Aspetta?» dice Eugene da sopra la sua spalla, in confidenza, all'Analitico.

«Aspetta» risponde l'Analitico con rispondente riservatezza.

Eugene rivolge un "Mi scusi" verso la signora Veneering, esce e trova il giovane Blight, l'impiegato di Mortimer, sulla porta del corridoio. «Lei mi ha detto di portarglielo, signore, dovunque si trovasse, se veniva mentre lei non c'era e io c'ero,» dice quel giovane discreto gentiluomo, alzandosi sulla punta dei piedi per sussurrare, «e gliel'ho portato.»

«Ragazzo sveglio. Dov'è?» domanda Eugene.

«È in una carrozza, signore, alla porta. Ho pensato che fosse meglio non farlo vedere, sa, se ne poteva fare a meno; perché trema dappertutto come...» (la similitudine di Blight è forse ispirata dai piatti di dolci che lo circondano) «... come un budino di gelatina[257].»

«Ragazzo sveglio di nuovo,» ripeté Eugene, «andrò io da lui.»

Esce subito e, appoggiando tranquillamente le braccia al finestrino aperto di una carrozza in attesa, guarda il signor Dolls: che ha portato la sua atmosfera con lui, e sembrerebbe dal suo odore che l'ha portata, per comodità di trasporto, in una botte di rum.

«Su, Dolls, sveglia!»

«Signor Wrayburn! Indirizzo! Quindici scellini!»

Dopo aver letto attentamente lo sporco pezzo di carta che gli era stato consegnato, e con la stessa cura averlo infilato nella tasca del panciotto, Eugene conta il denaro; cominciando incautamente col mettere il primo scellino nella mano del signor Dolls, che immediatamente la lascia cadere fuori del finestrino: e finendo per mettere i quindici scellini sul sedile.

«Dagli un passaggio a Charing Cross, ragazzo sveglio, e lì sbarazzati di lui.»

Mentre ritorna verso la sala da pranzo e si ferma un momento dietro lo schermo della porta, Eugene sente, sopra il brusio e il rumore, la bella Tippins che dice: «Non vedo l'ora di chiedergli per che cosa è stato chiamato!»

«Ah, sì?» mormora Eugene. «Allora forse se non puoi chiederglielo, morirai. Quindi io sarò un benefattore della società, e vado. Una passeggiata e un sigaro, e posso pensarci su. Pensarci su.»

Così, col viso pensieroso, trova il suo cappello e il mantello, e non visto dall'Analitico, se ne va.

Libro IV. Una svolta

I. Si preparano trappole

La chiusa del Mulino di Plashwater appariva tranquilla in una bella sera d'estate. Un'aria leggera agitava le foglie dei freschi e verdi alberi, e passava come un'ombra dolce sul fiume, e come un'ombra più dolce sull'erba cedevole. La voce dell'acqua che cadeva, come le voci del mare e del vento, era come un ricordo suggestivo per un ascoltatore contemplativo; ma non particolarmente così per Riderhood, che sedeva su una delle leve di legno smussate della porta della chiusa, sonnecchiando. Il vino deve essere messo nella botte da qualche agente prima che possa essere estratto; e il vino del sentimento, che non era mai stato introdotto nel signor Riderhood da nessun agente, non poteva essere spillato da niente in natura.

Mentre Riderhood sedeva, spesso e volentieri perdeva l'equilibrio: il suo risveglio era sempre accompagnato da uno sguardo arrabbiato e un ringhio, come se, in assenza di qualcun altro, avesse inclinazioni aggressive verso se stesso. In uno di questi sobbalzi, il grido: «Oh, della chiusa!» gli impedì la ricaduta in un sonnellino. Scuotendosi mentre si alzava come il bruto scontroso che era, diede al suo ringhio una svolta di risposta alla fine, e voltò il viso a valle per vedere chi salutava.

Era un rematore dilettante, ben all'altezza del suo lavoro anche se se la prendeva comodamente, con una barca così leggera che Rogue osservò: «Un po' meno su, e saresti stato quasi una scommessa»; poi andò a lavorare alle maniglie e alle chiuse del verricello, per far entrare il rematore. Mentre quest'ultimo stava nella sua barca, reggendosi al gancio della barca e al legname del lato della chiusa, in attesa che i cancelli si aprissero, Rogue Riderhood riconobbe il suo «d'altro direttore», il signor Eugene Wrayburn; che era, tuttavia, troppo indifferente o troppo impegnato per riconoscerlo.

Le porte scricchiolanti della chiusa si aprirono lentamente e la barca leggera passò non appena ci fu abbastanza spazio, e le porte scricchiolanti si chiusero su di essa, e fluttuò in basso nel molo tra le due serie di porte, fino a quando l'acqua non salì e le seconde porte si aprirono e la lasciarono uscire. Quando Riderhood era corso al suo secondo verricello e lo aveva girato, e mentre si appoggiava alla leva di quella porta per aiutarla ad aprirsi subito, notò, sdraiato a riposare sotto la siepe verde presso il sentiero di traino, a monte della chiusa, un barcaiolo. L'acqua saliva e saliva mentre si riversava dentro, disperdendo la schiuma che si era formata dietro le porte pesanti, e mandando la barca su, così che il rematore si alzò gradualmente come un'apparizione controluce dal punto di vista del barcaiolo. Riderhood osservò che anche il barcaiolo si alzò, appoggiandosi al braccio, e sembrava avere gli occhi fissi sulla figura che si alzava.

Ma c'era da prendere il denaro del pedaggio, poiché le porte erano ora aperte e scricchiolanti. L'altro direttore buttò il denaro a terra, avvolto in un pezzo di carta, e mentre lo faceva riconobbe il suo uomo.

«Ehi, ehi, siete voi, davvero, amico onesto?» disse Eugene mentre si sedeva e si accingeva a riprendere i remi. «Allora avete avuto il posto?»

«Ho ottenuto il posto, e non grazie a voi per questo, e neanche per niente all'avvocato Lightwood» rispose Riderhood burbero.

«Abbiamo conservato la nostra raccomandazione, amico onesto» disse Eugene, «per il prossimo candidato - quello che si offrirà quando tu sarai deportato o impiccato. Non fateci aspettare a lungo. Sarete così gentile?»

Così imperturbabile era l'aria con cui egli si chinava gravemente verso il suo lavoro che Riderhood rimase a fissarlo, senza aver trovato una replica, finché non fu passato vicino a una fila di oggetti di legno vicini allo sbarramento, che sembravano come enormi denti che stavano a riposo nell'acqua, e fu quasi nascosto dai rami cadenti sulla riva sinistra, mentre si allontanava remando, tenendosi fuori dalla corrente contraria. Essendo ormai troppo tardi per replicare con qualche effetto - se mai l'avesse potuto fare - l'uomo onesto si limitò a imprecare e ringhiare in un sottotono cupo. Dopo aver chiuso le porte, attraversò il ponte fatto di assi verso il lato del sentiero di traino del fiume.

Se, facendo così, diede un'altra occhiata al barcaiolo, la diede di nascosto. Si gettò sull'erba dalla parte della chiusa, con un modo indolente, con le spalle in quella direzione, e avendo raccolto qualche filo d'erba, si mise a masticarli. Il tonfo dei remi di Eugene era diventato appena udibile quando il barcaiolo lo superò, mettendo la massima larghezza che poteva tra di loro, e tenendosi sotto la siepe. Allora Riderhood si tirò su a sedere, lo guardò attentamente, e si mise a gridare: «Ehi - La chiusa, oh! La chiusa! La chiusa del Mulino di Plashwater!»

Il barcaiolo si fermò e si voltò.

«La chiusa del Mulino di Plashwater! L'altrissimo diretto-o-o-r-ee!...» gridò il signor Riderhood portandosi le mani alla bocca.

Il barcaiolo tornò indietro. Man mano che si avvicinava, il barcaiolo diventava Bradley Headstone, vestito con dei rozzi abiti da marinaio, di seconda mano.

«Che possa morire,» disse Riderhood battendosi una mano sulla gamba e ridendo, mentre sedeva sull'erba, «se non siete un mio imitatore, altrissimo direttore! Non ho mai pensato di essere così bello prima!»

Veramente, Bradley Headstone aveva preso attentamente nota dell'abito dell'onesto uomo nel corso di quella passeggiata notturna che avevano fatto insieme. Doveva averlo memorizzato e imparato lentamente a memoria. Era esattamente riprodotto nell'abito che ora indossava. E considerando che nei suoi abiti da maestro di scuola, di solito sembrava come se fossero gli abiti di qualche altro uomo, ora sembrava, negli abiti di qualche altro uomo, come se fossero i suoi.

«Questa, la vostra chiusa?» disse Bradley, la cui sorpresa aveva un'aria sincera. «Quando l'ho chiesto l'ultima volta, mi hanno detto che era la terza. Questa è solo la seconda.»

«È mia convinzione, governatore,» rispose Riderhood scuotendo il capo e strizzando l'occhio, «che ne ha saltata una. Non sono le chiuse che lei ha nella mente. No, no!» Mentre egli spostava espressamente il dito puntato nella direzione che la barca aveva preso, una vampata di impazienza salì sul viso di Bradley, e guardò con ansia il fiume.

«Non sono le chiuse che lei ha contato,» disse Riderhood quando gli occhi del maestro tornarono su di lui. «No, no!»

«E in quali altri calcoli supponete ch'io sia stato occupato? Nella matematica?»

«Non l'ho mai sentito chiamare così. È un nome abbastanza lungo, per lui. Come mai lo chiama così,» disse Riderhood, masticando ostinatamente la sua erba.

«Lui? Che cosa?»

«Dirò loro, invece di lui, se le piace,» fu la risposta borbottata freddamente. «È anche un parlare più sicuro.»

«Cosa pensate ch'io debba capire, quando dite: loro?»

«La cattiveria, gli affronti, le offese date e ricevute, le esasperazioni mortali, e simili,» rispose Riderhood.

Per quanto facesse, Bradley Headstone non riusciva a tenere lontano la vampata di impazienza sul suo volto, o a padroneggiare così i suoi occhi da impedire loro di guardare di nuovo con ansia il fiume.

«Ah, ah! Non abbia paura, l'altrissimo!» disse Riderhood. «L'altro direttore deve farsi strada di nuovo nella corrente, e se la prende con calma. Può presto raggiungerlo. Ma cosa c'è di buono nel dirlo! Lei sa che avrebbe potuto superarlo ovunque dove la marea cessa - diciamo Richmond[258], se lei l'avesse voluto.»

«Pensate ch'io lo stessi seguendo?» disse Bradley.

«Lo so, che lo avete seguito!» disse Riderhood.

«Bene, è vero, è vero!» ammise Bradley. «Ma,» con un altro sguardo ansioso su per il fiume, «può scendere a terra!»

«Stia tranquillo! Non lo perderà mica, se sbarcherà,» disse Riderhood. «Deve lasciare la barca dietro di sé. Non può mica farne un fagotto o un pacco e portarla a riva con sé sotto il braccio.»

«Vi ha parlato, poco fa,» disse Bradley, piegando un ginocchio sull'erba accanto al guardiano della chiusa. «Che cosa ha detto?»

«Insolenze!» disse Riderhood.

«Che?»

«Insolenze,» ripeté Riderhood con una bestemmia rabbiosa; «insolenze e nient'altro. Non può dire altro che insolenze. Mi sarebbe piaciuto buttarmi giù a bordo con lui, tutto quanto[259], con un pesante salto, e affondarlo.»

Bradley distolse per qualche istante la sua faccia smunta, e poi disse strappando un ciuffo d'erba: «Accidenti a lui!»

«Hurrà!» gridò Riderhood. «Le fa onore! Hurrà! Lo grido in coro con l'altrissimo!»

«Che modo,» disse Bradley con uno sforzo di autocontrollo che lo costrinse ad asciugarsi la faccia, «ha preso la sua insolenza, oggi?»

«Ha preso il modo,» rispose Riderhood con cupa ferocia, «con lo sperare che mi stessi preparando ad essere impiccato.»

«Gliela faremo vedere!» gridò Bradley, «gliela faremo vedere! Andrà male per lui, quando gli uomini che lui ha insultato e schernito comincino a pensare di poter essere impiccati! Sia pronto lui al suo destino, quando giungerà l'ora! C'era più senso, in quello che ha detto, di quanto non pensasse, perché non ha abbastanza cervello per pensarci. Gliela faremo vedere, gliela faremo vedere! Quando quelli che lui ha offeso e insultato siano pronti a farsi impiccare, suonerà la sua campana a morto. E non per loro.» Riderhood, guardandolo fisso, si alzò lentamente dalla sua postura sdraiata mentre il maestro diceva queste parole con la massima concentrazione di rabbia e odio. Così, quando finì di parlare, anche Riderhood aveva un ginocchio sull'erba, e i due uomini si guardarono l'un l'altro.

«Oh!» disse Riderhood, sputando deliberatamente l'erba che aveva masticato. «Allora, capisco, altrissimo, che sta andando da lei?»

«Ha lasciato Londra ieri,» rispose Bradley. «Ho pochi dubbi, questa volta, che finalmente vada da lei.» «Allora non è sicuro, lei?»

«Ne sono così sicuro, qui dentro,» disse Bradley afferrandosi il petto della ruvida camicia, «come se fosse scritto là,» con un colpo che sembrava una pugnalata verso il cielo.

«Ah, ma a giudicare dal suo aspetto,» ribatté Riderhood liberandosi completamente dell'erba, e passandosi la manica sulla bocca, «dei è stato ugualmente sicuro in precedenza, e ha avuto una delusione. E' scritto sul suo volto.»

«Ascoltate,» disse Bradley a bassa voce, chinandosi a posare una mano sulla spalla del guardiano della chiusa, «queste sono le mie vacanze.»

«Per Giove! Davvero?» borbottò Riderhood, con gli occhi su quella faccia devastata dalla passione. «I suoi giorni lavorativi devono essere ben duri, se queste sono le sue vacanze.»

«E non l'ho mai lasciato,» proseguì Bradley, come allontanando l'interruzione con la mano impaziente, «da quando sono cominciate. E ora non lo lascerò più, finché non lo vedrò con lei.»

«E quando lo vedrà con lei?» disse Riderhood.

«... Tornerò da voi.»

Riderhood drizzò il ginocchio sul quale si era appoggiato, si alzò e guardò il suo nuovo amico con aria cupa. Dopo pochi istanti loro camminavano fianco a fianco nella direzione presa dalla barca, come per tacito consenso; Bradley spingendosi avanti, e Riderhood tenendo dietro. Bradley tirò fuori da una tasca il suo bel borsellino (un regalo fatto con una sottoscrizione di un penny tra i suoi allievi), e Riderhood aprì le braccia per passarsi il polsino della giacca sulla bocca, con aria pensierosa.

«Ho una sterlina per voi,» disse Bradley.

«Ne ha due,» disse Riderhood.

Bradley teneva una sterlina tra le dita. Dondolando al suo fianco, con gli occhi sul sentiero di traino, Riderhood tenne aperta la mano sinistra, con un certo lieve gesto di richiamo verso di sé. Bradley cercò nel borsellino un'altra sterlina, e tutte e due risuonarono nella mano di Riderhood, la cui azione di richiamo, rafforzandosi prontamente, le trasse al sicuro in tasca.

«Adesso devo seguirlo,» disse Bradley Headstone. «Ha preso la via del fiume, lo sciocco! per confondere l'osservazione, o distogliere l'attenzione, se non solo per sconcertarmi. Ma deve avere il potere di diventare invisibile prima che possa scrollarmi di dosso.»

Riderhood si fermò. «Se non ha un'altra delusione, altrissimo, forse passerà dalla chiusa, quando torna indietro?»

«Lo farò.»

Riderhood annuì, e la figura del barcaiolo proseguì la sua strada, lungo il soffice manto erboso a lato dell'alzaia, tenendosi in prossimità della siepe e muovendosi rapidamente. Avevano raggiunto una curva dalla quale si vedeva un lungo pezzo di fiume. Un estraneo alla scena avrebbe potuto esser certo che qua e là lungo la linea della siepe si alzava una figura, che guardava il barcaiolo e aspettava che arrivasse. Così egli stesso aveva creduto spesso all'inizio, finché i suoi occhi non vi riconobbero i pali, che portavano il pugnale che uccise Wat Tyler[260], nello stemma della Città di Londra.

Per quanto ne sapeva Riderhood, tutti i pugnali erano come uno. Ed anche per Bradley Headstone, che avrebbe potuto raccontare alla lettera, senza libro, tutta la storia di Wat Tyler, del sindaco Walworth[261] e del re, storia che è doveroso che i giovani sappiano, c'era solo un soggetto vivente nel mondo per ogni affilato strumento distruttivo affilato in quella sera d'estate.

Quindi, Riderhood che lo guardava mentre se ne andava, ed egli con la sua mano furtiva posata sul pugnale mentre camminava, gli occhi sulla barca, erano molto alla pari.

La barca andava avanti, sotto l'arco degli alberi e sopra le loro tranquille ombre riflesse nell'acqua. Il barcaiolo che si muoveva furtivamente dall'altra parte del fiume, andava avanti dietro di lei. Scintillii di luce mostravano a Riderhood quando e dove il vogatore immergeva i remi, finché, mentre stava a guardare pigramente, il sole tramontò e il paesaggio si tinse di rosso. E poi sembrò che il rosso sparisse dalla terra e salisse al cielo, come diciamo che faccia il sangue colpevolmente versato.

Volgendosi verso la sua chiusa, (non ne era uscito di vista), Rogue rifletté tanto profondamente quanto era consentito fare alla mente di un tale individuo: «Perché ha copiato il mio vestito? Poteva travestirsi come voleva apparire, senza quello.» Questo era l'argomento nei suoi pensieri; nei quali anche si presentava in modo ingombrante, a volte, come un relitto nel fiume che per una metà galleggiava e per l'altra metà affondava, la domanda, "E' stato fatto per caso?" L'impostazione di una trappola per scoprire se era stato fatto accidentalmente, presto sostituì, come un pratico pezzo di astuzia, la domanda più astrusa del perché in caso contrario fosse stato fatto. Ed escogitò un modo.

Rogue Riderhood entrò nella casa della chiusa, e portò fuori, nella luce ora moderatamente grigia, la cassa dei suoi panni. Seduto sull'erba accanto ad essa, tirò fuori, uno per uno, gli articoli che conteneva, fino a quando arrivò a un vistoso fazzoletto rosso vivo macchiato di nero qui e là per l'usura. Questo catturò la sua attenzione e rimase seduto a fare una pausa, finché non si tolse la pezza arrugginita e incolore che indossava intorno alla gola, e la sostituì col fazzoletto rosso, lasciando pendenti le lunghe estremità.

«Ora,» disse Riderhood, «se dopo che mi vede con questo fazzoletto, lo vedo in un simile fazzoletto, non può essere un caso! Esaltato per il suo espediente, portò di nuovo la cesta dentro e si mise a cenare.

«Oh, della chiusa! oh!» Era una notte chiara, e una barca che scendeva il fiume lo risvegliò da un lungo sonnellino. Dopo che ebbe fatto passare la barca e rimase solo di nuovo, guardando la chiusura delle porte, Bradley Headstone apparve davanti a lui, in piedi sull'orlo della chiusa.

«Hello!» disse Riderhood. «Già di ritorno, altrissimo?»

«Si è fermato per la notte alla locanda Angler,» fu l'afficata e rauca risposta. «Risale il fiume, alle sei del mattino. Io sono tornato per un paio d'ore di 'riposo'.»

«Ne ha bisogno,» disse Riderhood, dirigendosi verso il maestro sul suo ponte di assi.

«Non ne ho bisogno,» rispose Bradley irritato, «perché preferirei molto farne a meno, e seguirlo tutta la notte. Tuttavia, se lui non si muove, non posso seguirlo. Ho aspettato fino a quando ho potuto scoprire, con certezza, a che ora lui ripartirà; se non potevo esserne sicuro, sarei dovuto restare lì ... Questa sarebbe una brutta fossa per un uomo dove essere gettato con le mani legate. Queste pareti lisce e scivolose non gli darebbero nessuna opportunità. E immagino che quelle porte lo risuccherebbero giù?»

«Succhiato o inghiottito, non ne uscirebbe» disse Riderhood, «Nemmeno se non avesse le mani legate, ce la farebbe. Avendolo chiuso da entrambe le estremità, e gli darei una pinta di vecchia birra se mai riuscisse a venire su fino a me che sto qui.»

Bradley guardò giù con orribile piacere. «Voi correte sull'orlo e lo attraversate in questa luce incerta, su una larghezza di pochi pollici di legno marcio,» diss'egli. «Mi meraviglio come non abbiate nessun pensiero di annegare.»

«Non posso esserlo!» disse Riderhood.

«Non potete annegare?»

«No,» disse Riderhood scuotendo il capo con aria di piena convinzione, «è ben noto. Sono scampato a un annegamento e non posso annegare di nuovo. Non vorrei che lo sapesse la gente di quel piroscafo in rovina, altrimenti potrebbe rifiutare di pagare i danni che intendo ottenere. Ma è ben noto alla gente che vive sul fiume come me, che chi è stato salvato una volta, non può annegare mai più.»

Bradley sorrise amaramente all'ignoranza che avrebbe corretto uno dei suoi allievi, e continuò a guardare giù nell'acqua, come se il luogo avesse per lui un cupo fascino.

«Sembra che le piaccia,» disse Riderhood.

Egli non se ne accorse, ma rimase a guardare in basso, come se non avesse sentito le parole. C'era un'espressione molto scura sul suo viso; un'espressione che Rogue trovava difficile da capire. Era feroce e piena di propositi, ma i propositi avrebbero potuto essere tanto contro se stesso quanto contro un altro. Se avesse fatto un passo indietro con un salto, o un balzo e si fosse buttato dentro, non sarebbe stato un seguito sorprendente a quello sguardo. Forse la sua anima turbata, assalita dalla violenza, era rimasta sospesa per un momento tra quell'atto e un altro.

«Non ha detto,» domandò Riderhood dopo averlo guardato per un po' con uno sguardo di sbieco, «che era venuto per un paio d'ore di riposo?» Ma, anche allora, dovette dargli un colpo con il gomito prima che rispondesse.

«Eh? Sì.»

«Non farebbe meglio a entrar dentro, e prendersi lì le sue due ore di riposo?»

«Grazie, sì.»

Con l'aria di uno che si fosse svegliato allora, Bradley seguì Riderhood nella casa della chiusa, dove quest'ultimo tirò fuori da un armadio un po' di carne salata fredda e mezza pagnotta, un po' di gin in una bottiglia e un po' d'acqua in una caraffa. Con quest'ultima tornò dal fiume con l'acqua fresca e gocciolante.

«Ecco, altrissimo,» disse Riderhood, chinandosi su di lui e mettendogli la roba sul tavolo. «Farebbe meglio a prendere un boccone e un sorso, prima di prendere il suo sonnellino.» Le estremità pendenti del fazzoletto da collo rosso catturarono gli occhi del maestro di scuola. Riderhood vide lui che le guardava. «Oh!» pensò quel benemerito. «Lo stai notando, eh? Su! Allora ne avrai una buona sbirciata.» Con questa riflessione si sedette dall'altra parte del tavolo, aprì la sua giacca e fece finta di riallacciare il fazzoletto da collo con molto deliberazione.

Bradley mangiava e beveva. Mentre sedeva davanti al piatto e alla tazza, Riderhood lo vide, ancora e ancora, dare un'occhiata al fazzoletto da collo, come se stesse correggendo la sua lenta osservazione e sollecitando la sua memoria pigra.

Quando è pronto per il sonnellino,» disse quell'onesta creatura, «si accomodi sul mio letto in quell'angolo, altrissimo. Sarà giorno fatto prima delle tre. Lo chiamerò per tempo.»

«Non avrò bisogno di essere chiamato,» rispose Bradley. E subito dopo, togliendosi soltanto le scarpe e il cappotto, si stese sul letto.

Riderhood, appoggiato allo schienale della poltrona di legno con le braccia piegate sul petto, lo guardò sdraiato con la mano destra stretta nel sonno e i suoi denti serrati, finché non apparve un velo sui suoi occhi, e anch'egli si addormentò. Si svegliò e scoprì che era giorno e che il suo visitatore era già in piedi e stava andando in riva al fiume per rinfrescarsi la testa. «Che io sia benedetto,» brontolò Riderhood sulla porta della casa della chiusa, mentre lo guardava, «se c'è nel Tamigi acqua abbastanza per chiarirgli le idee.» Entro cinque minuti Bradley era già partito e andava avanti nella calma distanza, come era passato ieri. Riderhood sapeva quando un pesce saltava, dal modo di Bradley di sobbalzare e guardarsi intorno. «Oh, della chiusa! Oh!» a intervalli tutto il giorno, e «Oh, della chiusa, oh!» tre volte nella notte seguente, ma nessun ritorno di Bradley. Il giorno dopo fu afoso e opprimente. Nel pomeriggio ci fu un temporale, ed era appena scoppiato in una furiosa pioggia, quando si presentò alla porta di furia, come il temporale stesso.

«Lo ha visto con lei!» esclamò Riderhood balzando in piedi.

«Sì.»

«Dove?»

«Alla fine del viaggio. Ha fatto tirar su la barca per tre giorni. L'ho sentito dare gli ordini. Poi l'ho visto che la aspettava e la incontrava. Li ho visti...» si fermò come se stesse soffocando, e cominciò di nuovo: «li ho visti camminare l'uno accanto all'altra, ieri sera.»

«Che cosa ha fatto?»

«Nulla.»

«Che cosa ha intenzione di fare?» Bradley si buttò su una sedia e rise. Subito dopo, un gran fiotto di sangue gli uscì dal naso.

«Come mai?» domandò Riderhood.

«Non lo so. Non posso impedirlo. Mi è successo, due, tre, quattro volte, non so quante volte, da ieri sera. Ne sento il sapore e l'odore, lo vedo, mi soffoca, e poi viene fuori così.»

Andò di nuovo sotto la pioggia battente a testa scoperta e, chinandosi sul fiume e raccogliendo l'acqua con le sue mani, lavò via il sangue. Tutto oltre la sua figura, mentre Riderhood guardava dalla porta, c'era una vasta cortina scura in solenne movimento verso una parte del cielo. Egli alzò la testa e tornò indietro, bagnato dalla testa ai piedi, con la parte inferiore delle maniche, che aveva immerso nel fiume, grondanti d'acqua.

«La sua faccia è come quella di un fantasma,» disse Riderhood.

«Avete mai visto un fantasma?» fu la cupa replica.

«Voglio dire, lei è abbastanza esausto.»

«Può anche essere. Non ho avuto riposo da quando sono partito da qui. Io non ricordo di essermi seduto da quando sono partito da qui.»

«Si sdrai adesso, allora,» disse Riderhood.

«Lo farò, se prima mi darete qualcosa per dissetarmi.»

La bottiglia e la brocca furono nuovamente presentate ed egli mescolò un piccolo sorso, e un altro, e bevve entrambi in rapida successione. Poi disse: «Mi avete chiesto qualche cosa.»

«No,» rispose Riderhood.

«Vi dico,» rispose Bradley volgendoglisi contro in un modo furioso e disperato, «che mi avete chiesto qualcosa, prima ch'io andassi a lavarmi la faccia nel fiume.»

«Oh! Allora?» disse Riderhood indietreggiando un po'. «Le ho domandato che cosa aveva intenzione di fare.»

«Come può saperlo un uomo in questo stato?» rispose, protestando con entrambe le sue mani tremanti, con un'azione così vigorosamente arrabbiata che scosse l'acqua dalle maniche sul pavimento, come se le avesse strizzate. «Come posso pianificare qualcosa, se non ho dormito?»

«Perché, è quello che ho detto,» rispose Riderhood. «Non le ho detto di sdraiarsi?»

«Sì, forse l'avete detto.»

«Bene! Ad ogni modo, lo dico di nuovo. Dorma dove ha dormito l'altra volta; quanto più profondamente e a lungo dormirà, tanto meglio saprà, poi, quello che deve fare.» Il suo indicare il letto a rotelle in un angolo sembrò far ricordare gradualmente quel povero divano alla mente errante di Bradley. Si tolse le scarpe logore e sporche, e si buttò pesantemente sul letto, tutto bagnato com'era.

Riderhood si sedette sulla sua poltrona di legno e guardò attraverso la finestra il lampeggiare, e ascoltò il tuono. Ma i suoi pensieri erano ben lungi dall'essere assorbiti dal tuono e dai fulmini, perché ancora e ancora e ancora sembrava molto curioso dell'uomo esausto sul letto. L'uomo aveva alzato il colletto della ruvida giacca che indossava, per ripararsi dalla pioggia, e l'aveva abbottonato intorno al collo. Inconsapevole di questo e della maggior parte delle cose, aveva lasciato il cappotto così, sia quando si era lavato la faccia nel fiume, sia quando si era gettato sul letto; anche se sarebbe stato molto più comodo per lui se lo avesse sciolto.

Fuori il tuono rimbombava pesantemente e il fulmine biforcuto sembrò fare fessure frastagliate in ogni parte della vasta cortina, mentre Riderhood sedeva vicino alla finestra, guardando il letto. Talvolta, vedeva l'uomo sul letto, in una luce rossa; a volte, in una blu; a volte, lo vedeva appena nell'oscurità della tempesta;
a volte non vedeva niente di lui nel bagliore accecante del palpitante fuoco bianco. Di lì a poco la pioggia sarebbe venuta giù di nuovo con furia tremenda, e sarebbe sembrato che il fiume si alzasse per incontrarla, e un soffio di vento, scagliandosi contro la porta, faceva svolazzare i capelli e il vestito dell'uomo, come se messaggeri invisibili girassero intorno al letto per portarlo via. E durante tutte queste fasi della tempesta Riderhood si girava, come se esse fossero interruzioni - interruzioni piuttosto suggestive, forse, ma tuttavia interruzioni - del suo esame del dormiente.
«Dorme profondamente,» disse tra sé; «eppure dipende tutto da me e mi accorgo che se mi alzo dalla sedia potrebbe svegliarsi, quando un fragore di tuono non lo fa; figuriamoci se lo tocco.»
Con molta cautela si alzò in piedi. «Altrissimo,» disse con una voce bassa e calma, «sta comodo? C'è gelo nell'aria, governatore. Devo metterle sopra una coperta?» Nessuna risposta.
«È più o meno quello che è già pronto, sa,», brontolò Riderhood a voce più bassa, in tono diverso; «una coperta, una coperta sopra!»
Il dormiente mosse un braccio, e Riderhood si sedette di nuovo sulla sua sedia, e finse di guardare la tempesta dalla finestra. Era uno spettacolo grandioso, ma non così grandioso dal trattenere i suoi occhi, per mezzo minuto insieme, dal guardare furtivamente l'uomo sul letto.
Era la gola nascosta del dormiente che Riderhood così spesso guardava con tanto interesse, fino a quando il sonno sembrò approfondirsi nello stordimento di chi è stanco morto nella mente e nel corpo. Allora Riderhood si allontanò cautamente dalla finestra, e si fermò presso il letto.
«Pover'uomo!» mormorò a bassa voce, con una faccia furba, e un occhio molto vigile e il piede pronto, per essere pronto a ritirarsi; «questa giacca così chiusa deve esser molto scomoda nel sonno. Devo allentarla per lui, e metterlo più a suo agio? Ah! Penso che dovrei farlo, pover'uomo. Penso che lo farò.»
Toccò il primo bottone con mano molto cauta e fece un passo indietro. Ma, poiché il dormiente rimaneva in profonda incoscienza, toccò gli altri bottoni con una mano più sicura, e forse per questo ancor più leggera. Dolcemente e lentamente, aprì la giacca e la tirò indietro.
Le estremità pendenti di un fazzoletto da collo rosso vivo quindi si rivelarono, ed egli aveva anche avuto la pena di immergerne alcune parti in un liquido, per dare l'impressione che fosse macchiato per l'uso. Con una faccia molto perplessa, Riderhood guardò dal fazzoletto al dormiente, e dal dormiente a questo, e infine tornò di nuovo alla sua sedia, e lì, con la mano al mento, sedette a lungo in una cupa meditazione, guardando entrambi.

II. Il Netturbino d'oro si eleva un po'

Il signore e la signora Lammle erano andati a colazione dal signore e dalla signora Boffin. Non che fossero del tutto non invitati, ma avevano insistito con così tanta urgenza sulla coppia d'oro, che evitare l'onore e il piacere della loro compagnia sarebbe stato difficile, se lo avessero desiderato. Erano in uno stato d'animo incantevole, i coniugi Lammle, e quasi altrettanto innamorati dei coniugi Boffin quanto l'uno dell'altro.
«Mia cara signora Boffin,» disse la signora Lammle, «mi dà nuova vita, vedere il mio Alfred in una comunicazione riservata col signor Boffin! Quei due sono nati per diventare amici. Tanta semplicità, combinata con tanta forza di carattere, tanta naturale sagacia, unita a tanta amabilità e

gentilezza: queste sono le caratteristiche distintive di entrambi.» Avendo detto questo ad alta voce, diede al signor Lammle l'opportunità, quando egli venne con il signor Boffin dalla finestra al tavolo della colazione, di riprendere la sua cara e onorata moglie.

«Sophronia mia,» disse quel gentiluomo, «da tua stima verso tuo marito è troppo di parte...»

«No, non troppo di parte, Alfred,» incalzò la dama, teneramente commossa, «non dirlo mai!»

«Bambina mia, la tua favorevole opinione di tuo marito, allora... Tu non obietti a questa frase, tesoro?»

«Come posso, Alfred?»

«La tua favorevole opinione di tuo marito, dunque, tesoro mio, rende meno giustizia al signor Boffin, e più giustizia a me.»

«Alla prima accusa, Alfred, mi dichiaro colpevole. Ma alla seconda, oh no, no!»

«Rende meno giustizia al signor Boffin, Sophronia,» disse il signor Lammle elevandosi a un tono di grandezza morale, «perché rappresenta il sig. Boffin come al mio livello inferiore; più che giustizia a me, Sophronia, perché mi rappresenta come al livello superiore del signor Boffin. Il signor Boffin vale molto più di me[262].»

«Molto più di quanto potresti fare per te stesso, Alfred?»

«Amor mio, non si tratta di questo.»

«Non si tratta di questo, signor avvocato?» disse la signora Lammle in modo affettato.

«No, cara Sophronia. Dal mio livello inferiore, considero il signor Boffin come troppo generoso, in quanto posseduto da troppa clemenza, in quanto troppo buono con le persone che sono indegne di lui e ingrate nei suoi confronti. Io non posso rivendicare queste nobili qualità. Al contrario, queste persone suscitano la mia indignazione, quando le vedo in azione.»

«Alfred!»

«Esse suscitano la mia indignazione, mia cara, contro quelle persone indegne, e mi danno il desiderio combattivo di mettermi tra il signor Boffin e tali persone. Perché? Perché, nella mia natura inferiore, io sono più mondano e meno delicato. Non essendo così magnanimo come il signor Boffin, sento più di lui i torti che gli fanno, e mi sento più capace a oppormi a chi gli fa torto.»

Colpiva la signora Lammle il fatto che quella mattina era apparso piuttosto difficile portare i coniugi Boffin in una piacevole conversazione. Erano state lanciate diverse esche, e nessuno dei due aveva pronunciato una parola. Erano qui lei, la signora Lammle e suo marito a discorrere allo stesso tempo in modo affettuoso ed efficace, ma a discorrere da soli. Supponendo che le care vecchie creature fossero impressionate da ciò che sentivano, tuttavia essi avrebbero voluto esserne sicuri, tanto più che ci si era riferiti ad almeno una delle care vecchie creature in qualche modo direttamente. Se le care vecchie creature fossero troppo timide o troppo ottuse per assumere il richiesto loro posto nella discussione, allora sarebbe sembrato desiderabile che le care vecchie creature fossero prese per le loro teste e spalle e portate dentro.

«Ma mio marito non dice in effetti,» chiese la signora Lammle con un'aria innocente, rivolta al signor Boffin e alla signora Boffin, «che dimentica le proprie disgrazie temporanee nella sua ammirazione di un altro, che egli arde dal desiderio di servire? E non è ammettere che la sua natura è generosa? Io non so discutere, ma sicuramente è così, cari signor e signora Boffin?»

Tuttavia, né il signore né la signora Boffin dissero una parola. Egli sedeva con gli occhi nel suo piatto, mangiando i suoi muffin e prosciutto, e lei sedeva timidamente a guardare la teiera. L'innocente appello della signora Lammle fu semplicemente lanciato nell'aria, per mescolarsi al vapore della teiera. Guardando verso il signore e la signora Boffin, alzò leggermente le sopracciglia, come se chiedesse a suo marito: «Hai notato qualcosa che non va qui?»

Il signor Lammle, che aveva trovato il suo petto efficace in una varietà di occasioni, manovrò il davanti della sua capiente camicia nella più grande dimostrazione possibile, e poi sorridendo replicò alla moglie, così: «Sophronia, mia cara, il signor Boffin e la signora Boffin ti ricorderanno il vecchio adagio, che la lode di se stessi non è una raccomandazione.»

«Lode di se stessi, Alfred? Vuoi dire perché siamo una cosa sola?»

«No, mia cara bambina. Voglio dire che non puoi fare a meno di ricordare, se rifletti per un momento solo, che ciò per cui sei contenta di complimentarmi riguardo i sentimenti, nel caso del signor Boffin, mi hai tu stessa confidato come tuo sentimento nei riguardi della signora Boffin.»

(«Sarò battuta da questo avvocato!» sussurrò allegramente la signora Lammle alla signora Boffin. «Temo di doverlo ammettere, se insiste, perché è così dannatamente vero.»)

Parecchie chiazze bianche cominciarono ad andare e venire intorno al naso del signor Lammle, mentre egli osservava come la signora Boffin si limitasse ad alzare per un momento gli occhi dalla teiera, con un sorriso imbarazzato, che non era un sorriso, e poi abbassasse di nuovo lo sguardo.

«Ammetti la mia accusa, Sophronia?» domandò Alfred con un tono di sfida.

«Credo proprio,» disse la signora Lammle sempre allegramente, «che devo mettermi sotto la protezione della Corte. Devo rispondere a questa domanda, milord?» Al signor Boffin.

«No, se non vuole, signora,» fu la risposta, «non ha nessuna conseguenza.»

Tanto il marito quanto la moglie lo guardarono molto dubbiosi. Il suo modo era grave, ma non rozzo, e derivava una certa dignità da una certa repressa antipatia per il tono della conversazione. Di nuovo la signora Lammle inarcò le sopracciglia chiedendo istruzioni al marito. Egli rispose con un leggero cenno, «Prova ancora.»

«Per difendermi dal sospetto di aver fatto nascostamente le mie lodi, mia cara signora Boffin,» disse con brio la signora Lammle, «debbo raccontarle come è stato.»

«No, per piacere,» intervenne il signor Boffin.

La signora Lammle si volse verso di lui ridendo: «La Corte si oppone?»

«Signora,» disse il signor Boffin, «la Corte (se io sono la Corte) si oppone. La Corte si oppone per due ragioni. La prima: perché la Corte non lo ritiene giusto. La seconda: perché la mia cara vecchia, la signora la Corte (se io sono il signor Corte), ne sarebbe angustiata.»

Un'oscillazione davvero notevole tra due comportamenti - quello propiziatorio mostrato fino allora, e quello provocatorio che aveva avuto da Twemlow - era osservabile nella signora Lammle quando disse: «Che cos'è che la Corte non ritiene giusto?»

«Lasciarla continuare,» replicò il signor Boffin annuendo in modo rassicurante, come chi dicesse 'Non saremo più duri con te di quanto può servire; ne trarremo il meglio'. «Non è onesto e non è giusto. Quando la mia vecchia signora si sente a disagio, certamente ha le sue buone ragioni. Vedo che è a disagio, e vedo pertanto chiaramente che ci sono delle buone ragioni. Ha finito di mangiare, signora?»

La signora Lammle, sistemandosi nel suo modo di sfida, allontanò da sé il piatto, guardò il marito, e rise; ma per niente allegramente.

«E lei, ha finito, signore?» domandò il signor Boffin.

«Grazie» rispose Alfred mostrando tutti i denti. «Se la signora Boffin mi obbligherà, prenderò un'altra tazza di tè.»

Ne versò un po' sulla camicia che avrebbe dovuto essere così efficace, e che aveva fatto così poco; ma tutto sommato lo bevve con una certa aria, anche se le macchie che andavano e venivano si facevano quasi altrettanto grandi, nel frattempo, come se fossero state fatte dalla pressione di un cucchiaino da tè. «Mille grazie», osservò poi «ho fatto.»

«Adesso,» disse il signor Boffin sottovoce, tirando fuori un portafogli, «chi di loro due è il cassiere?»

«Sophronia, mia cara,» disse suo marito mentre si appoggiava alla spalliera della sedia, agitando la mano destra verso di lei, e mentre infilava il pollice della sinistra in un occhiello del panciotto, «sarà compito tuo.»

«Preferirei,» disse il signor Boffin, «che fosse suo marito, signora, perché... Ma non importa, perché. Preferirei avere a che fare con lui. Tuttavia, quello che ho da dire, lo dirò con la minor offesa possibile; se posso dirlo senza, sarò di cuore lieto. Loro due mi hanno reso un servizio, un gran servizio, con quello che hanno fatto (la mia vecchia signora sa ciò che è), e ho messo in questa busta una banconota da cento sterline. Ritengo che quel servizio ben meriti cento sterline, e sono contento di pagarle. Mi farebbe il favore di prenderle, e allo stesso modo di accettare i miei ringraziamenti?»

Con un gesto altezzoso, e senza guardare verso di lui, la signora Lammle tese la mano sinistra e il signor Boffin vi mise la piccola busta. Quando ella se la mise in seno, il signor Lammle ebbe un aspetto molto sollevato e respirò più liberamente, come se non fosse stato del tutto certo che le cento sterline fossero sue, finché non fossero sicuramente trasferite dalla cura del signor Boffin a quella della sua Sophronia.

«Non è impossibile,» disse il signor Boffin rivolgendosi ad Alfred, «che lei abbia avuto qualche idea generale, signore, di rimpiazzare Rokesmith, nel corso del tempo?»

«No, non è impossibile,» ammise Alfred con un sorriso scintillante e una gran quantità di naso.

«E forse, signora,» proseguì il signor Boffin rivolto a Sophronia, «lei è stata così gentile da pensare alla mia vecchia signora, e farle l'onore di girarle una domanda tipo se lei, uno di questi giorni non potesse averla in carico? Se lei potesse essere una specie della signorina Bella Wilfer per lei, e qualcosa di più?»

«Vorrei sperare,» rispose la signora Lammle con uno sguardo sprezzante e ad alta voce, «che se io fossi qualcosa presso sua moglie, potrei difficilmente mancare di essere qualcosa di più della signorina Bella Wilfer, come lei la chiama.»

«Come la chiama lei, signora?» domandò il signor Boffin. La signora Lammle non si degnò di rispondere, e si sedette con aria di sfida battendo un piede per terra. «Ancora una volta penso di poter dire che non è impossibile. È vero, signore?» domandò il signor Boffin volgendosi ad Alfred.

«No,» disse Alfred acconsentendo con un sorriso come prima, «non è impossibile.»

«Ora,» disse il signor Boffin gentilmente, «non se ne farà niente. Non desidero dire a una sola parola che potrebbe essere ricordata come sgradevole; ma non se ne farà niente.»

«Sophronia, amor mio,» ripeté suo marito con aria scherzosa, «hai sentito? Non se ne farà niente.»

«No,» disse il signor Boffin con la voce ancora bassa. «Non se ne farà proprio niente. Davvero, ci devono scusare. Loro andranno per la loro strada, e noi per la nostra, così spero che questa faccenda finisca con la soddisfazione di tutte le parti.»

La signora Lammle gli diede uno sguardo di una parte decisamente scontenta, che domandava l'esenzione dalla categoria; ma non disse niente.

«La cosa migliore che possiamo fare della faccenda,» disse il signor Boffin, «è di considerarla materia di affari, e come materia di affari è portata a conclusione. Loro mi hanno fatto un servizio, un gran servizio, e io ho pagato per quello. C'è qualche obiezione sul prezzo?»

Il signor Lammle e la signora Lammle si guardarono l'un l'altro attraverso la tavola, ma nessuno

di loro poté dire che c'era. Il signor Lammle scrollò le spalle, e la signora Lammle sedette rigida.
«Benissimo,» disse il signor Boffin. «Noi speriamo (la mia vecchia signora ed io) che daranno atto che abbiamo preso la più onesta e la più semplice scorciatoia che si potesse prendere in queste circostanze. Ne abbiamo parlato con gran cura (la mia vecchia signora ed io), e abbiamo sentito che né andar per le lunghe, né abbandonarli completamente, sarebbe stata la cosa giusta. Così io ho lasciato loro capire apertamente che...» il signor Boffin cercava un nuovo giro di parole, ma non poté trovarne nessuno che fosse così espressivo come quello di prima, e ripeté in tono confidenziale, «che non se ne farà niente. Se avessi potuto dirlo in modo più piacevole l'avrei fatto, ma spero di non averlo detto in modo troppo spiacevole: in ogni caso non avevo intenzione di farlo. Così,» disse il signor Boffin a mo' di perorazione, «augurando ogni bene per la strada che prenderanno, ora concludo con l'osservazione che forse andrete.»

Il signor Lammle si alzò con una risata impudente dal suo lato della tavola, e la signora Lammle si alzò con cipiglio sdegnoso dal suo. In quel momento si sentì per le scale un passo frettoloso, e Georgiana Podsnap irruppe nella stanza senza farsi annunziare e in lacrime.

«Oh, mia cara Sophronia,» gridò Georgiana, torcendosi le mani mentre correva ad abbracciarla, «pensare che tu ed Alfred siete rovinati! Oh, mia povera cara Sophronia, pensare che ci sia stata una vendita a casa tua dopo tutta la tua gentilezza nei miei confronti! Oh, signor Boffin, signora Boffin, per favore mi perdonino per questa intrusione, ma loro non sanno come ero affezionata a Sophronia, quando papà non mi ha lasciato andar più da lei, o che cosa ho provato per Sophronia da quando ho sentito dire da Ma della sua situazione disastrosa nel mondo. Loro non immaginano, non possono, non potranno mai immaginare, come sono rimasta sveglia la notte e ho pianto per la mia buona Sophronia, la mia prima ed unica amica!»

I modi della signora Lammle cambiarono sotto gli abbracci della povera sciocca ragazza, e diventò estremamente pallida: dirigendo uno sguardo implorante prima alla signora Boffin, e poi al signor Boffin. Entambi la capirono istantaneamente, con una sottigliezza più delicata che persone molto meglio istruite, la cui percezione fosse provenuta meno direttamente dal cuore, avrebbero potuto dimostrare in quel caso.

«Non ho un minuto,» disse la povera piccola Georgiana «per restare. Sono uscita presto con la mamma per spese, e ho detto che avevo mal di testa e ho ottenuto da Ma che mi lasciasse nella carrozza a Piccadilly, e sono corsa a Sackville Street e ho saputo che Sophronia era qui, poi la mamma è andata a fare una visita, oh una terribile vecchia donna pietrosa in campagna, che porta un turbante, a Portland Place, e io ho detto che non sarei andata con lei, ma sarei andata in giro e avrei lasciato le nostre carte da visita dai Boffin, il che è prendersi una libertà col loro nome; ma oh, Dio mio, io sono disorientata, e la carrozza è alla porta, e cosa direbbe papà se lo sapesse!»

«Non aver paura, mia cara, tu sei venuta a trovar noi,» disse la signora Boffin.

«Oh, no, non è vero,» gridò Georgiana. «È molto scortese, lo so, ma io sono venuta a trovare la mia povera Sophronia, la mia unica amica. Oh! come ho sentito la separazione, mia cara Sophronia, prima che sapessi che sventura hai avuto, e quanto più la sento adesso!» C'erano davvero lacrime negli occhi dell'ardita donna, mentre la ragazza poco saggia e dal cuore tenero intrecciava le braccia intorno al suo collo.

«Ma sono venuta per affari,» disse Georgiana, singhiozzando, asciugandosi il viso, e poi cercando in una borsetta, «e se non mi sbrigo, sarò venuta per nulla, e, oh, mio Dio, che cosa direbbe papà se sapesse di Sackville Street, e che cosa direbbe la mamma se le toccasse aspettare sulle scale di quel terribile turbante e non ci sono mai stati cavalli che scalpitano come i nostri, sconvolgendo la mia mente ogni momento sempre di più, quando voglio più mente di quella che ho, scalpitando sulla strada del signor Boffin dove non hanno nessun affare. Oh, dov'è? dov'è? Oh, non riesco a trovarlo!» Per tutto questo tempo singhiozzando e cercando nella borsetta.

«Che cosa le manca, mia cara?» domandò il signor Boffin facendosi avanti.

«Oh! è ben poco,» rispose Georgiana, «perché la mamma mi tratta sempre come se io fossi nella culla (sono sicura che vorrei esserlo!) ma io non spendo quasi niente e sono aumentate fino a quindici sterline, Sophronia, e spero che tre banconote da cinque sterline siano meglio di niente, anche se così poco, così poco! E adesso che ho trovato il denaro, non trovo più quell'altra, buon Dio. Ma no, eccola!» Detto questo, sempre singhiozzando e cercando nella borsetta, Georgiana fece vedere una collana.

«La mamma dice che marmocchi e gioielli non hanno niente a che fare insieme,» proseguì Georgiana, «e questo è il motivo per cui non ho ninnoli tranne questo, ma suppongo che mia zia Hawkinson fosse di un'opinione diversa, perché mi ha lasciato questo, anche se un tempo pensavo che era come se fosse seppellita, perché era sempre conservata nell'astuccio di cotone. Comunque, eccola qui, sono contenta di dirlo, e utile alla fine, e la venderai, cara Sophronia, e ci comprerai delle cose.»

«La dia a me,» disse il signor Boffin prendendola delicatamente «Vedrò che sia sistemata adeguatamente.»

«Oh, è davvero un amico di Sophronia, signor Boffin?» gridò Georgiana. «Oh, che bello da parte sua! Oh, buon Dio! c'era qualcos'altro, e mi è uscito di mente. Oh, no, ricordo cos'era. La proprietà di mia nonna, che passerà a me quando sarò maggiorenne, signor Boffin, sarà tutta mia, e né papà né mamma né nessun altro avranno alcun controllo su di essa, e ciò che desidero fare, in qualche modo, è fare che serva un po' a Sophronia e Alfred, firmando qualcosa da qualche parte che convincerà qualcuno a far loro un prestito. Voglio che abbiano qualcosa di bello per portarli di nuovo nel mondo. Oh, bontà mia! Poiché lei è così amico della mia cara Sophronia, non me lo rifiuterà, vero?»

«No, no,» disse il signor Boffin, «si provvederà.»

«Oh, grazie, grazie!» gridò Georgiana. «Se la mia cameriera avesse un piccolo biglietto e mezza corona, potrei correre dal pasticcere per firmare qualcosa, o potrei firmare qualcosa in piazza se qualcuno venisse e tossisse come segnale per farlo entrare con la chiave, e portasse con sé penna e inchiostro e un po' di carta assorbente. Oh, buon Dio! Devo andarmene, o papà e mamma lo scopriranno. Cara, cara Sophronia, addio, addio!»

La piccola creatura ingenua abbracciò di nuovo la signora Lammle affettuosamente, e poi tese la mano al signor Lammle. «Addio, caro signor Lammle, voglio dire Alfred. Non penserà, dopo questo incontro, che io ho abbandonato lei e Sophronia perché sono caduti in basso, vero? Oh me, oh me, ho pianto a dirotto, e certo la mamma mi domanderà cosa è successo. Oh, accompagnatemi giù, qualcuno, vi prego, vi prego, vi prego!»

Il signor Boffin l'accompagnò giù, e vide che andava via, con i poveri piccoli occhi rossi e il gracile mento che facevano capolino sul grande riparo della carrozza color crema pasticcera, come se le fosse stato ordinato di espiare qualche reato infantile andando a letto alla luce del giorno, e sbirciasse da sopra il copriletto in un miserabile agitarsi di pentimento e morale depresso. Tornato nella sala da pranzo, il signor Boffin trovò la signora Lammle ancora in piedi dalla sua parte della tavola, e il signor Lammle dalla sua.

«Mi occuperò,» disse il signor Boffin mostrando il denaro e la collana, «che questi vengano presto restituiti.»

La signora Lammle aveva preso su il suo parasole da un tavolino a lato, disegnando con quello il

disegno della stoffa damascata, come aveva seguito quello del parato del signor Twemlow.
«Non la disingannerà, spero, Mr Boffin?» disse volgendo la testa verso di lui, ma non gli occhi.
«No,» disse il signor Boffin.
«Voglio dire, per quanto riguarda il merito e il valore della sua amica,» spiegò la signora Lammle con voce misurata, e con una certa enfasi sull'ultima parola.
«No,» rispose il signor Boffin. «Potrei provare a dare un suggerimento a casa sua che ella si trova ad aver bisogno di una protezione gentile e attenta, ma non dirò di più di questo ai suoi genitori, e non dirò nulla alla giovane donna.»
«Signor Boffin, signora Boffin,» disse la signora Lammle ancora disegnando e sembrando di prendersi molta pena in quello «non c'è molta gente, credo, che in queste circostanze si sarebbe comportata con tanta premura e moderazione verso di me, come hanno fatto loro poco fa. Interessa loro essere ringraziati?»
«Vale sempre la pena avere ringraziamenti,» disse la signora Boffin nella sua spontanea natura buona.
«Allora, grazie a tutti e due.»
«Sophronia,» domandò suo marito prendendola in giro «sei sentimentale?»
«Bene, bene, mio buon signore,» intervenne il signor Boffin. «E' una cosa molto buona pensare bene di un'altra persona, ed è una cosa molto buona essere considerato bene da un'altra persona. La signora Lammle non ci rimette niente, se lo è.»
«Molto obbligato. Ma ho chiesto alla signora Lammle se lo era.»
Ella stava in piedi disegnando sulla tovaglia, con il viso oscurato e fisso e rimase in silenzio.
«Perché,» disse Alfred, «io stesso sono disposto a essere sentimentale, sulla sua appropriazione dei gioielli e del denaro, signor Boffin. Come ha detto la nostra piccola Georgiana, tre biglietti da cinque sterline sono meglio di niente, e se si vende una collana si possono comprare cose con il ricavato.»
«'Se' si vende,» fu il commento del signor Boffin, mentre se la metteva in tasca.
Alfred la seguì col suo sguardo, e seguì altrettanto avidamente le tre banconote che sparirono nella tasca del panciotto del signor Boffin. Poi rivolse uno sguardo, per metà esasperato e per metà beffardo, a sua moglie. Ella ancora stava in piedi disegnando; ma, mentre disegnava, ci fu una lotta dentro di lei, che trovava espressione nell'intensità delle poche ultime linee che la punta del parasole tratteggiava sulla tovaglia, e poi alcune lacrime le caddero dagli occhi.
«Mannaggia questa donna!» esclamò Lammle. «È sentimentale!»
Ella andò fino alla finestra, indietreggiando sotto il suo sguardo furioso, guardò per un momento, e si voltò piuttosto freddamente.
«Non hai avuto precedenti motivi di lamentela sull'aspetto sentimentale, Alfred, e non ne avrai in futuro. Non vale la pena che tu lo noti. Andiamo presto all'estero, con i soldi che abbiamo guadagnato qui?»
«Lo sai che lo faremo, sai che dobbiamo.»
«Non c'è pericolo ch'io porti con me del sentimento. Me ne libererei presto, se lo facessi. Ma sarà tutto lasciato indietro. È tutto lasciato indietro. Sei pronto, Alfred?»
«Chi diavolo stavo aspettando se non te, Sophronia?»
«Allora andiamo. Mi dispiace di aver ritardato la nostra dignitosa partenza.»
Ella uscì, ed egli la seguì. Il signor Boffin e la signora Boffin ebbero la curiosità di alzare leggermente una finestra e seguirli con lo sguardo mentre si avviavano per la lunga strada. Camminavano a braccetto, abbastanza vistosamente, ma senza mostrare di scambiare una sillaba.

Sarebbe stato fantasioso supporre che sotto il loro portamento esteriore ci fosse qualcosa dell'aria vergognosa di due imbroglioni che erano collegati insieme da manette nascoste; ma, non così, supporre che essi erano stanchi l'uno dell'altro, di se stessi e di tutto questo mondo.
Girando l'angolo della strada avrebbero potuto uscire da questo mondo, per quel che ne sapevano il signor Boffin e la signora Boffin; perché non misero mai più gli occhi sui Lammles.

III. Il Netturbino d'oro affonda di nuovo

La sera di quel giorno era sera di lettura alla Pergola, e dopo il pasto delle cinque, il signor Boffin baciò la signora Boffin e trotterellò fuori, stringendo tra le braccia il suo grosso bastone, così che, come già una volta, sembrava che questo gli bisbigliasse nell'orecchio. Egli aveva un'espressione così attenta sul suo volto che sembrava come se il discorso confidenziale del grande bastone richiedesse di essere seguito con attenzione. La faccia del signor Boffin era come quella di un pensieroso ascoltatore di una comunicazione intricata e, trotterellando, di tanto in tanto egli lanciava un'occhiata a quel compagno con lo sguardo di un uomo che stesse interponendo l'osservazione: "Non lo dici sul serio!"
Il signor Boffin e il suo bastone andarono avanti soli, finché arrivarono a un certo incrocio dove avrebbero dovuto incontrare qualcuno che veniva, più o meno nello stesso tempo, da Clerkenwell diretto alla Pergola. Qui si fermarono, e il signor Boffin consultò il suo orologio.
«Mancano cinque minuti buoni all'appuntamento con Venus,» disse. «Sono piuttosto in anticipo.»
Ma Venus era un uomo puntuale, e appena il signor Boffin ripose l'orologio in tasca, lo si poté scorgere che veniva verso di lui. Accelerò il passo vedendo il signor Boffin già al luogo di incontro, e presto fu al suo fianco.
«Grazie, Venus,» disse il signor Boffin, «grazie, grazie, grazie!»
Non sarebbe stato molto evidente il motivo per cui ringraziava l'anatomista, se non avesse fornito la spiegazione in quello che continuò a dire.
«Tutto bene, Venus, tutto bene. Adesso che lei è venuto a trovarmi, ed ha acconsentito di mantenere, davanti a Wegg, l'apparenza di restare nell'affare per un certo tempo, ho una specie di sostenitore. Tutto bene, Venus. Grazie, Venus. Grazie, grazie, grazie!» Il signor Venus strinse con aria modesta la mano che gli veniva offerta, e proseguirono insieme in direzione della Pergola.
«Pensa che sia probabile che Wegg mi dia addosso stasera, Venus?» domandò il signor Boffin malinconicamente, mentre camminavano.
«Penso di sì, signore.»
«Ha qualche ragione particolare per pensarlo, Venus?»
«Bene, signore,» rispose quel personaggio, «il fatto è che si ha voluto fare un'altra verifica, per assicurarsi che quello ch'egli chiama la nostra merce fosse in ordine, e ha menzionato la sua intenzione di non rimandare l'inizio con lei la prossima volta che sarebbe venuto. E poiché,» accennò con delicatezza, «questa è la prima volta che lo vedrà, lei sa, signore...»
«E quindi suppone che si rivolgerà alla mola[263], eh, Wegg?» disse il signor Boffin.
«Proprio così, signore.»
Il signor Boffin si prese il naso in mano come se fosse già escoriato e le scintille cominciassero a volare fuori da quell'attributo. «È un tipo terribile, Venus; è un tipo tremendo. Non so proprio come procederò con lui. Deve starmi vicino, Venus, come un uomo buono e vero. Farà tutto il possibile per starmi accanto Venus; non è vero?»
Il signor Venus rispose con l'assicurazione che l'avrebbe fatto; e il sig Boffin, con un'aria ansiosa

e scoraggiata, proseguì il cammino in silenzio finché non suonarono al cancello della Pergola. Dietro si udì presto l'avvicinarsi barcollante di Wegg, e quando si voltò sui cardini questi divenne visibile con la mano sulla serratura.

«Il signor Boffin, signore?» disse Wegg. «E' quasi un estraneo!»

«Sono stato altrimenti occupato, Wegg.»

«Davvero, signore?» rispose il gentiluomo letterario con un ghigno minaccioso. «Ah! Io la stavo aspettando, signore, per una cosa che posso chiamare speciale.»

«Non dirà sul serio, Wegg?»

«Sì, lo dico, signore. E se lei non fosse venuto da me stasera, al diavolo la mia parrucca[264] se non sarei venuto io da lei domani. Certo! Le dico!»

«Nessun problema, spero, Wegg?»

«Oh, no, signor Boffin,» fu l'ironica risposta. «Nessun problema! Che problema ci potrebbe essere, alla Pergola dei Boffin! Entri, signore.

"*Se verrai alla Pergola che ho ombreggiato per te,*
Il tuo letto non sarà rose tutte punteggiate di doo:
Verrai, verrai, verrai, verrai alla Pergola?
Oh, non vuoi, non vuoi, non vuoi, non vuoi venire alla Pergola?"

Un diabolico bagliore di contraddizione e offesa brillava negli occhi del signor Wegg, mentre girava la chiave dietro il suo patrono, dopo averlo fatto entrare nel cortile con questa citazione vocale. Il signor Boffin aveva un'aria avvilita e sottomessa. Wegg sussurrò a Venus, mentre attraversavano il cortile dietro di lui: «Guarda il verme e il favorito; è già fuori di sé[265].» Venus sussurrò a Wegg: «È perché gliel'ho detto. Ho preparato la strada per te.»

Entrando nella solita stanza, il signor Boffin posò il bastone sul sedile che di solito gli era riservato, ficcò le mani nelle tasche, e, con le spalle sollevate e il cappello ricadente indietro su di loro, guardò sconsolato Wegg. «Il mio amico e socio, il signor Venus, mi fa capire,» disse quell'uomo di potere rivolgendosi a lui, «che lei è consapevole del nostro potere su di lei. Ora, quando lei si sia tolto il cappello, andremo a bere quella pinta.» Il signor Boffin lo scrollò di dosso con una scossa, in modo che cadde sul pavimento dietro di lui, e rimase nel suo precedente atteggiamento con il suo precedente sguardo mesto su di lui.

«Prima di tutto, io la chiamerò Boffin, in breve,» disse Wegg. «Se non le piace, può comunque tollerarlo.»

«Non me ne importa, Wegg,» rispose il signor Boffin.

«È una fortuna per lei, Boffin. E poi, vuole che io le legga?»

«Non mi interessa particolarmente stasera, Wegg.»

«Perché sa, se ci tenesse,» proseguì Wegg, la brillantezza del cui punto fu offuscata dalla risposta inaspettata, «io non leggerei. Sono stato il suo schiavo abbastanza a lungo. Non mi lascerò più calpestare da un Netturbino. Con la sola eccezione del salario, io rinunzio all'intera e totale situazione.»

«Visto che dice che deve essere così, Wegg,» rispose il signor Boffin con le mani giunte, «suppongo che debba essere così.»

«Suppongo di sì,» ribatté Wegg. «Poi (per sgombrare il terreno prima di venire al punto) lei ha messo in questo cortile un servo che si muove furtivamente, fa la spia e fiuta.»

«Non aveva il raffreddore quando l'ho mandato qui,» disse il signor Boffin.

«Boffin!» rispose Wegg, «la avverto di non tentare scherzi con me!»

A questo punto intervenne il signor Venus, e osservò che egli pensava che il signor Boffin aveva preso quella descrizione alla lettera; anzi, per quanto riguardava lui, il signor Venus, aveva supposto che il servo avesse contratto una malattia o un'abitudine al naso, che comportava un grave inconveniente nei piaceri dei rapporti sociali, fino a quando non aveva scoperto che la descrizione che il signor Wegg aveva fatto di lui doveva essere accettata come puramente figurativa.

«Comunque, e in ogni modo,» disse Wegg, «è stato piantato qui ed è qui. Ora, io non lo voglio qui. Così io esorto Boffin, prima che io dica un'altra parola, ad andarlo a prendere e mandarlo a fare i bagagli proprio ora.»

In quel momento l'ignaro Sloppy stava diffondendo i suoi molti bottoni all'interno della vista della finestra. Il signor Boffin, dopo un breve intervallo di impassibile sconforto, aprì la finestra e gli fece cenno di entrare.

«Io invito Boffin,» disse Wegg con una mano sul fianco e la testa da un lato, come un avvocato prepotente che si fermi aspettando la risposta da un testimone, «a informare quel servo che io sono il padrone qui.»

Con umile obbedienza, quando entrò Sloppy scintillante di bottoni, il signor Boffin gli disse: «Sloppy, mio caro ragazzo, il padrone qui è il signor Wegg. Egli non vi vuole, e ve ne dovete andare.»

«Per sempre!» specificò severamente Wegg.

«Per sempre» disse il signor Boffin.

Sloppy lo guardò con gli occhi spalancati e tutti i suoi bottoni, a bocca aperta; ma fu senza perder tempo scortato fuori da Silas Wegg, spinto al di là del cancello per le spalle, e chiuso fuori.

«L'atmosfera,» disse Wegg mentre rientrava zoppicando nella stanza, un po' arrossato dall'ultimo sforzo, «ora è più libera per la respirazione. Signor Venus, signore, prenda una sedia. Boffin, si può sedere.»

Il signor Boffin, ancora con le mani mestamente infilate in tasca, si sedette sul bordo della cassapanca, ridotto in un piccolo ambito, e adocchiò il potente Silas con sguardi concilianti.

«Questo signore,» disse Silas Wegg indicando Venus, «questo signore, Boffin, è con lei più mite e annacquato di quanto sarò io. Ma non ha dovuto sopportare come me il giogo romano, né ha dovuto assecondare il suo desiderio depravato per i personaggi degli avari.»

«Non intendevo mai, mio caro Wegg...» stava incominciando il signor Boffin, quando Silas lo fermò.

«Tenga a freno la lingua, Boffin! Risponda quando è chiamato a rispondere. Scoprirà di avere abbastanza da fare. Adesso lei è consapevole - sì o no - di essere in possesso di una proprietà su cui non ha proprio nessun diritto? Ne è a conoscenza?»

«Così mi ha detto Venus,» disse il signor Boffin guardandolo in cerca di qualche supporto che egli avrebbe potuto dargli.

«Glielo dico io,» riprese Silas. «Dunque, questo è il mio cappello, Boffin, e questo è il mio bastone da passeggio. Scherzi con me, e invece di fare un patto con lei, mi metterò il cappello e prenderò il mio bastone da passeggio, e uscirò e farò un patto con il legittimo proprietario. Adesso, che cosa dice?»

«Io dico,» rispose il signor Boffin, sporgendosi in avanti in un appello allarmato, con le mani sulle ginocchia, «che sono sicuro di non voler scherzare, Wegg. Gliel'ho detto a Venus.»

«Lo ha detto, signore,» disse Venus.

«Lei è troppo mite e annacquato col nostro amico, davvero» si lamentò Silas, scuotendo con disapprovazione la sua testa legnosa. «Allora lei si confessa subito desideroso di venire a patti,

Boffin? Prima di rispondere, si tenga bene in mente questo cappello, e anche questo bastone.»
«Sono disposto, Wegg, a venire a patti.»
«Disposto non va, Boffin. Non accetterò la volontà. Desidera di venire a patti? Chiede che le sia permesso come favore di venire a patti?» Il signor Wegg si piantò di nuovo una mano sul fianco e mise la testa da un lato.
«Sì.»
«Sì, che cosa?» disse l'inesorabile Wegg. «Non accetterò i sì. Lo voglio espresso completamente, Boffin.»
«Povero me!» gridò lo sfortunato gentiluomo. «Sono così preoccupato! Chiedo che mi sia permesso di venire a patti, supponendo che il suo documento sia tutto corretto.»
«Non abbia paura di questo,» disse Silas facendogli un cenno del capo. «Avrà la soddisfazione di vederlo. Il signor Venus glielo mostrerà, mentre io la terrò fermo. Allora lei vuol sapere quali sono le condizioni. Riguardo la somma e la sostanza? Vuole o no rispondere, Boffin?» Perché si era fermato un momento.
«Povero me!» gridò di nuovo quello sfortunato signore. «Sono preoccupato al punto che quasi ho perso la testa. Mi dà così fretta. Sia così gentile di nominarmi le condizioni, Wegg.»
«Ora noti, Boffin,» rispose Silas. «Noti bene, perché sono le condizioni più basse, e le uniche. Lei metterà la sua collinetta (la piccola collinetta che le tocca in ogni modo) nella proprietà comune, quindi dividerà l'intera proprietà in tre parti e ne manterrà una e consegnerà le altre due.»
La bocca del signor Venus si increspò, come la faccia del signor Boffin si allungò, poiché il signor Venus non era preparato a una simile richiesta rapace.
«Ora, aspetti un momento, Boffin,» proseguì Wegg, «c'è qualcosa in più. Lei ha cominciato a sperperare questa proprietà... ne ha preso una parte per sé. Questo non va. Lei ha comprato una casa. Le sarà addebitata.»
«Sarò rovinato, Wegg!» protestò Boffin debolmente.
«Ora, aspetti un po', Boffin. C'è ancora qualche altra cosa. Mi lascerà in custodia esclusiva queste collinette finché non saranno tutte portate via. Se in esse dovessero essere trovati dei valori, mi prenderò cura di quei valori. Lei ci mostrerà il contratto per la vendita delle collinette, perché noi possiamo sapere fino all'ultimo penny quanto valgono, e similmente farà una lista esatta di tutta l'altra proprietà. Quando le collinette saranno state portate via fino all'ultima pala, si farà la divisione finale.»
«Terribile! Terribile! Terribile! Io morirò all'ospizio!» gridò il Netturbino d'oro, con la testa tra le mani.
«Ora, aspetti un po', Boffin. C'è qualcosa in più. Lei ha frugato indebitamente in questo cortile. E' stato visto nell'atto di frugare indebitamente nel cortile. Due paia d'occhi che in questo momento sono sopra di lei, l'hanno visto disseppellire una bottiglia olandese.»
«Era mia, Wegg,» protestò Boffin. «L'avevo messa lì io stesso.»
«Che cosa c'era dentro, Boffin?» domandò Silas.
«Né oro né argento né biglietti di banca né gioielli, niente che potrebbe trasformarsi in denaro, Wegg; sull'anima mia!»
«Ero preparato, signor Venus,» disse Wegg rivolgendosi al suo socio con aria di superiorità e intesa, «a una risposta evasiva da parte del nostro amico polveroso qui, e mi è venuta una piccola idea che penso incontrerà la sua approvazione, signor Venus. Facciamo pagare quella bottiglia al nostro amico impolverato mille sterline.»
Il signor Boffin trasse un profondo gemito.

«Ora, aspetti un po', Boffin. C'è ancora qualche altra cosa. Al suo servizio c'è un furtivo subdolo, chiamato Rokesmith. Non va bene averlo intorno, mentre è in corso questa nostra attività. Deve essere dimesso.».

«Rokesmith è già stato licenziato,» disse il signor Boffin, parlando con voce soffocata, con le mani sul volto, mentre si dondolava sul sedile.

«Già licenziato, davvero?» rispose Wegg, sorpreso. «Oh! Allora, Boffin, credo che al momento non ci sia più niente.»

Lo sfortunato gentiluomo continuava a dondolarsi e a mandare un gemito ogni tanto, e il signor Venus lo esortò di sopportare i suoi rovesci e prendere tempo per abituarsi al pensiero della sua nuova posizione. Ma 'prender tempo' era esattamente la cosa di tutte le altre che Silas Wegg non voleva sentire. «Sì o no, senza mezze misure!» era il motto che quella persona ostinata molte volte ripeté; agitando il pugno al signor Boffin, e fissando il suo motto sul pavimento con la sua gamba di legno, in modo minaccioso e allarmante.

Alla fine, il signor Boffin supplicò che gli fosse concesso un quarto d'ora di grazia, e una passeggiata rinfrescante di quella durata nel cortile. Con qualche difficoltà il signor Wegg concesse questo grande favore, ma solo a condizione che accompagnasse il signor Boffin nella sua passeggiata, come se temesse che questi avrebbe potuto dissotterrare qualcosa fraudolentemente se fosse stato lasciato a se stesso. Uno spettacolo più assurdo di quello del signor Boffin che nella sua irritazione mentale trottava molto agilmente, e il signor Wegg che saltellava dietro di lui con grande sforzo, ansioso di guardare il minimo battito di ciglia, per timore che indicasse un luogo ricco di segreti, sicuramente non era mai stato visto all'ombra delle collinette. Il signor Wegg era molto affaticato, quando il quarto d'ora spirò, ed entrò saltellando in casa, dopo parecchio che vi era entrato il signor Boffin.

«Non posso farci niente!» gridò il signor Boffin, abbandonandosi sul sedile in maniera affranta, con le mani nelle tasche, come se le tasche si fossero sprofondate. «A che serve far finta di resistere, quando non posso farci niente? Devo accettare le condizioni. Ma mi piacerebbe vedere il documento.»

Wegg, ch'era tutto del parere che bisognasse battere il ferro mentre era caldo, annunziò che Boffin l'avrebbe visto senza un'ora di ritardo. Prendendolo in custodia per quello scopo, o oscurandolo come se fosse davvero il suo genio malvagio in forma visibile, il signor Wegg spinse il cappello del signor Boffin sulla nuca e lo accompagnò fuori dandogli il braccio, affermando una proprietà sulla sua anima e sul suo corpo che era allo stesso tempo una cosa più cupa e più ridicola di qualsiasi altra nella rara collezione del signor Venus. Quel signore dai capelli chiari li seguì alle calcagna, almeno spalleggiando il signor Boffin in senso letterale, poiché non aveva avuto recenti opportunità di farlo spiritualmente; mentre il signor Boffin, trotterellando più forte che poteva, coinvolse Silas Wegg in frequenti collisioni con il pubblico, proprio come si può vedere il cane preoccupato di un cicco coinvolgere il suo padrone.

Così raggiunsero la bottega del signor Venus, un po' riscaldati per la natura del loro andamento. Il signor Wegg, in particolare, era in un bagliore fiammeggiante, e rimase nel piccolo negozio, ansimando e asciugandosi la testa con il fazzoletto da taschino, senza parole per parecchi minuti. Nel frattempo, il signor Venus, che aveva lasciato le rane duellanti a combattere fuori in sua assenza a lume di candela per la pubblica delizia, chiuse le imposte. Quando tutto fu a posto e la porta del negozio chiusa, egli disse al sudato Silas: «Immagino, signor Wegg, che adesso possiamo produrre la carta?»

«Aspetti un minuto, signore,» rispose quel carattere circospetto, «aspetti un minuto. Spingerà

cortesemente quella scatola - che ha menzionato in una precedente occasione come contenente miscellanee - verso di me in mezzo al negozio qui?» Il signor Venus fece come gli era stato chiesto. «Benissimo,» disse Silas guardandosi intorno, «be-nis-si-mo. Vuole passarmi quella sedia, signore, per metterla sulla cassa?» Venus gli porse la sedia.
«Ora, Boffin, salga qui e vi si sieda su, vero?»
Il signor Boffin, come se stesse per farsi dipingere il ritratto, o per essere elettrificato, o per essere reso massone[266], o per essere collocato in qualsiasi altro svantaggio solitario, salì il podio preparato per lui.
«Ora, signor Venus,» disse Silas togliendosi la giacca, «quando prendo il nostro amico qui intorno alle braccia e al corpo, e lo inchiodo stretto alla spalliera della sedia, può mostrargli quello che vuole vedere. Se lo aprirà e lo tiene bene in una mano, signore, e una candela nell'altra, può leggerlo magnificamente.»
Il signor Boffin sembrava piuttosto incline a opporsi a queste disposizioni precauzionali, ma, essendo subito abbracciato da Wegg, si rassegnò. Allora Venus tirò fuori il documento, e il signor Boffin lo sillabò lentamente ad alta voce: così lentamente che Wegg, che lo teneva sulla sedia con la presa di un lottatore, ancora una volta fu messo estremamente a dura prova per i suoi sforzi.
«Mi dica quando l'ha messo a posto al sicuro, signor Venus,» disse Wegg con difficoltà, «perché questo sforzo è terribile.»
Alla fine il documento fu rimesso a posto; e Wegg, il cui atteggiamento scomodo era stato quello di un uomo molto perseverante, che tentasse invano di stare in piedi sulla sua testa, si sedette per riprendersi. Il signor Boffin, per parte sua, non fece nessun tentativo di scendere, ma rimase sconsolatamente in alto.
«Bene, Boffin,» disse Wegg non appena fu in condizione di parlare «Ora, sapete.»
«Sì, Wegg,» disse il signor Boffin docilmente «ora so.»
«Non ha nessun dubbio, vero, Boffin?»
«No, Wegg. No, Wegg. Nessuno» fu la lenta e triste risposta.
«Allora faccia attenzione,» disse Wegg, «a rispettare le condizioni. Signor Venus, se in questa occasione propizia lei si trovasse ad avere in casa una goccia di qualche cosa che non sia così leggero come il tè, penso che mi prenderei l'amichevole libertà di chiedergliene un campione.»
Il signor Venus, sollecitato ai doveri dell'ospitalità, tirò fuori il rum. In risposta alla domanda: «Vuole mescolarlo, signor Wegg?», quel gentiluomo rispose allegramente: «Penso di no, signore. In quest'occasione propizia, preferisco prenderlo nella forma non diluita[267].»
Il signor Boffin, che rifiutò il rum, essendo ancora elevato sul suo piedistallo, era in una posizione comoda per essere interpellato. Wegg, che lo aveva guardato con aria impudente a suo piacimento, gli si rivolse dunque, intanto rinfrescandosi con il suo bicchierino.
«Bof-fin!»
«Sì, Wegg,» rispose il poveraccio, risvegliandosi da un accesso di astrazione, con un sospiro.
«Non ho menzionato una cosa, perché è un dettaglio che viene fuori naturalmente. Lei deve essere sorvegliato, sa. Deve sottostare a un controllo.»
«Non capisco bene,» disse il signor Boffin.
«Non capisce?» ghignò Wegg. «Dov'è la sua arguzia, Boffin? Finché le collinette non siano via del tutto, e l'affare completato, lei è responsabile di tutta la proprietà, si ricordi. Si consideri responsabile verso di me. Poiché il signor Venus qui è troppo mite e annacquato con lei, io sono il ragazzo per lei.»
«Stavo pensando,» disse il signor Boffin con un tono di sconforto, «che devo tener nascosta la

cosa alla mia vecchia signora.»

«Intende tener nascosta la divisione?» domandò Wegg, aiutandosi con un terzo bicchiere non diluito, poiché ne aveva già preso un secondo.

«Sì. Se lei dovesse morire prima di me, allora potrebbe continuare a credere per tutta la vita, poverina, che io abbia ancora tutta la proprietà, e che faccia economie.»

«Ho il sospetto, Boffin,» rispose Wegg scuotendo sagacemente la testa, e facendogli un occhiolino legnoso, «che lei abbia trovato un racconto di un vecchio, che si suppone fosse un avaro, che ha avuto la reputazione di avere molti più soldi di quelli che aveva. Comunque, non me ne importa.»

«Non vede, Wegg?» il signor Boffin rappresentò con sentimento. «Non vede? La mia vecchia signora è così abituata alla proprietà. Sarebbe una sorpresa così dura!»

«Non vedo affatto,» scoppiò Wegg. «Voi avrete quanto avrò io. E chi siete, voi?»

«E poi inoltre,» rappresentò il signor Boffin con gentilezza, «la mia vecchia signora ha dei principi molto onesti.»

«Chi è la sua vecchia signora,» rispose Wegg, «per pretendere di avere dei principi più onesti dei miei?»

Il signor Boffin sembrava un po' meno paziente su questo punto che su qualsiasi altro delle trattative. Ma si dominò, e disse con aria abbastanza sommessa: «Penso che debba essere tenuto nascosto alla mia vecchia signora, Wegg.»

«Bene,» disse Wegg con disprezzo, anche se, forse, percependo qualche accenno di pericolo se avesse fatto altrimenti, «lo tenga nascosto alla sua vecchia signora. Non andrò a dirglielo io. Posso tenerla sotto stretto controllo senza dirglielo. Sono un uomo buono come lei, e migliore. Mi inviti a pranzo. Mi dia la gestione della sua casa. Sono stato abbastanza buono per lei e per la sua vecchia signora una volta, quando li ho aiutati a stare bene. Non c'erano la signorina Elizabeth, il signorino George, la zia Jane e lo zio Parker, prima di loro due?»

«Gentilmente, signor Wegg, gentilmente,» esortò il signor Venus.

«Lei vuol dire latte e acqua, signore,» rispose Wegg con un certo impaccio del discorso in conseguenza del rum diluito che aveva bevuto. «Lo tengo sotto controllo e lo controllerò.

"Lungo la linea correva il segnale
L'Inghilterra si aspetta come questo uomo presente
Manterrà Boffin al suo dovere."

Boffin, l'accompagnerò a casa.»

Il signor Boffin scese con aria rassegnata e si consegnò al suo guardiano, dopo aver preso amichevole congedo dal signor Venus. Ancora una volta, il controllore e il controllato percorsero le strade insieme, e così arrivarono alla porta del signor Boffin.

Ma anche là, dopo che il signor Boffin ebbe dato la buona notte al suo guardiano, ed era entrato con la chiave e aveva chiuso piano la porta, anche lì e allora, l'onnipotente Silas ebbe bisogno di rivendicare un'altra affermazione del suo potere appena affermato.

«Bof-fin!» chiamò attraverso il buco della serratura.

«Sì, Wegg,» fu la risposta attraverso lo stesso canale.

«Venga fuori. Si faccia vedere di nuovo. Mi lasci dare un altro sguardo a lei.»

Il signor Boffin, - ahimè, quanto decaduto dalla nobiltà della sua onesta semplicità! - aprì la porta ed obbedì.

«Entri. Adesso può andare a letto,» disse Wegg con un ghigno.

La porta era appena chiusa, quando lo chiamò di nuovo attraverso il buco della serratura: «Bof-fin!»

«Sì, Wegg.»
Questa volta Silas non rispose, intento a girare una mola immaginaria fuori dal buco della serratura, mentre Boffin, di dentro, stava chino a sentire; egli poi rise silenziosamente e se ne tornò zoppicando a casa.

IV. Un incontro di corsa

Il cherubico Pa si alzò con il minor rumore possibile lasciando la maestosa Ma che dormiva, una mattina presto, avendo una giornata di vacanza davanti a lui. Pa e la bella donna aveva un appuntamento piuttosto particolare.
Eppure Pa e la bella donna non uscivano insieme. Bella si era alzata da prima delle quattro, ma non aveva il cappellino. Stava aspettando ai piedi delle scale - era seduta in fondo alle scale, appunto - per ricevere Pa quando sarebbe sceso, ma il suo unico obiettivo sembrava essere quello di avere papà fuori casa appena possibile.
«La sua colazione è pronta, signore,» sussurrò Bella, dopo averlo salutato con un abbraccio, «e tutto quello che lei deve fare è: mangiare, bere e scappare. Come ti senti, Pa?»
«A mio giudizio, come uno scassinatore nuovo all'impresa, mia cara, che non riesce a mettersi a proprio agio fino a che è fuori dai locali.»
Bella infilò il braccio nel suo con una risata allegra e silenziosa, e scesero in cucina in punta di piedi; lei si fermava su ogni gradino per mettere la punta del suo indice sulle sue labbra rosee, e poi appoggiarla sulle labbra di Pa, secondo il suo modo preferito di baciarlo.
«Come ti senti, tu, amor mio?» domandò R.W., mentre ella gli dava la colazione.
«Mi sento come se la predizione dell'indovina si avverasse, caro Pa e il bell'omino si rivelasse come era predetto.»
«Oh! Soltanto il bell'omino?» disse suo padre.
Bella mise un altro di quei sigilli sulle sue labbra, poi disse, inginocchiandosi accanto a lui ch'era seduto a tavola: «Ora, guardi qui, signore. Se lei si comporta bene, oggi, che cosa pensa di meritare? Che cosa le avevo promesso, se fosse stato buono, in una certa occasione?»
«Parola mia, non mi ricordo, tesoro. Sì, però, mi ricordo. Non era una di quelle belle trecce?» e con la sua mano carezzevole sui capelli.
«Non era, anche!» rispose Bella, fingendo di mettere il broncio. «Parola mia! Non sa, signore, che l'indovino darebbe cinquemila ghinee (se fosse abbastanza conveniente per lui, cosa che non è) per la bella ciocca che ho tagliato per lei? Lei non può avere un'idea, signore, di quante volte egli abbia baciato un pezzetto abbastanza miserevole, nel confronto, che ho tagliato per lui. E lo indossa anche intorno al suo collo, le posso dire! Vicino al suo cuore!» disse Bella, con un cenno del capo. «Ah! Molto vicino al suo cuore. Tuttavia lei è stato un buon, buon ragazzo, il più buono di tutti i bravi ragazzi che ci sono mai stati, questa mattina, ed ecco la collana che ho fatto per te, Pa, e devi lasciarmela mettere intorno al tuo collo con le mie mani amorevoli.»
Quando Pa chinò la testa, lei pianse un po' su di lui, e poi disse (dopo aver smesso di asciugarsi gli occhi sul suo panciotto bianco, la scoperta della quale circostanza incongrua la fece ridere): «Adesso, caro papà, dammi le tue mani, che io le stringa tra le mie, e di' insieme a me: mia piccola Bella.»
«Mia piccola Bella,» ripeté Pa.
«Ti voglio tanto bene.»
«Ti voglio tanto bene, mia cara,» disse Pa.

«Non deve dire niente che non le sia stato dettato, signore. Non osa farlo nelle sue risposte in chiesa, e non deve farlo nelle sue risposte fuori dalla chiesa.»

«Ritiro il "mia cara",» disse Pa.

«Che ragazzo pio! Ora di nuovo: Tu sei sempre stata...»

«Tu sei sempre stata,» ripeté Pa.

«Una irritante...»

«No, non lo eri,» disse Pa.

«Una irritante (ha capito, signore?), una irritante, capricciosa, ingrata, fastidiosa bestiola; ma spero che migliorerai nel tempo a venire, e ti benedico e ti perdono!» Qui si dimenticò completamente che era il turno di papà di rispondere e si aggrappò al suo collo. «Caro Pa se sapessi come penso stamattina a quello che mi hai detto un giorno, press'a poco quando abbiamo incontrato per la prima volta il vecchio signor Harmon, e io pestavo i piedi, e gridavo, e ti picchiavo col mio detestabile cappellino! Mi pare che da quando sono nata non ho fatto che pestare i piedi e gridare e picchiarti col mio odioso cappellino, caro!»

«Sciocchezze, amor mio. E quanto ai tuoi cappellini, sono sempre stati bei cappellini, perché ti stavano sempre benissimo, o forse eri tu che li facevi sembrar belli; forse è così, a qualunque età.»

«Ti ho fatto molto male, povero piccolo Pa?» domandò Bella ridendo (nonostante il suo pentimento) con un fantastico piacere nell' immaginare la scena. «Quando ti picchiavo col cappellino?»

«No, bambina mia, non avresti fatto male a una mosca!»

«Sì, ma temo che non avrei dovuto picchiarti affatto, a meno che non l'avessi fatto per farti del male,» disse Bella. «Ti pizzicavo le gambe, papà?»

«Non molto, mia cara! ma credo che sia quasi ora che io...»

«Oh, sì!» gridò Bella. «Se continuo a chiacchierare verrai preso vivo. Vola, Pa, vola!»

Quindi, salirono dolcemente le scale della cucina in punta di piedi, e Bella con la sua mano leggera rimosse dolcemente le chiusure della porta di casa, e Pa, dopo aver ricevuto un abbraccio d'addio, se ne andò. Dopo aver fatto un po' di cammino si voltò indietro. Allora Bella mise con le dita un altro di quei sigilli nell'aria, e spinse fuori il suo piccolo piede espressivo come segnale. Pa, con azione appropriata, espresse fedeltà al segnale, e se ne andò il più velocemente possibile.

Bella camminò pensierosa in giardino per un'ora e più, poi, tornando nella stanza da letto dove l'irrefrenabile Lavvy dormiva ancora tranquillamente, si mise un cappellino garbato, ma nell'insieme molto carino, che aveva fatto il giorno prima. «Sto andando a fare una camminata, Lavvy», disse, chinandosi e baciandola.» L'Irrefrenabile, con un balzo nel letto e l'osservazione che non era ancora tempo di alzarsi, ricadde nell'incoscienza, se mai ne fosse venuta fuori.

Ecco Bella che cammina svelta per le strade, la più cara ragazza che vada a piedi sotto il sole estivo. Ecco Pa che aspetta Bella dietro una pompa, almeno a tre miglia di distanza dal tetto paterno. Ecco Pa e Bella a bordo di un vaporetto mattutino per Greenwich.

Erano attesi, a Greenwich? Probabilmente. Almeno, il signor John Rokesmith era sul molo a guardare fuori circa un paio d'ore prima che il piccolo battello a vapore polveroso di carbone (ma per lui polveroso d'oro) la prendesse a Londra. Probabilmente. Almeno, il signor John Rokesmith sembrava perfettamente soddisfatto quando li scorse a bordo. Probabilmente. Almeno, Bella non appena scese a terra, prese il braccio del signor John Rokesmith, senza mostrare sorpresa, e i due se ne andarono insieme con un'aria eterea di felicità che, per così dire, li sollevò dalla terra e trasse dietro di loro un burbero e triste vecchio pensionato per vedere come andava a finire. Quel vecchio pensionato burbero e triste aveva due gambe di legno, e un minuto prima che Bella

scendesse dal vapore e infilasse il suo braccio fiducioso sotto quello di Rokesmith, non aveva altro obiettivo nella vita se non il tabacco, e di questo non abbastanza. Burbero e Triste stazionava in un porto di fango eterno, quando tutto in un istante Bella lo fece galleggiare, e se ne andò.
Di', genitore cherubico che prendi l'iniziativa, in quale direzione ci dirigiamo per prima? Con qualche domanda del genere nei suoi pensieri, Burbero e Triste, colpito da un interesse così improvviso che alzò il collo e guardò le persone intervenute, come se stesse cercando di restare in piedi in punta di piedi con le sue due gambe di legno, si mise in osservazione di R. W. Non c'era un "per prima" nel caso in esame, Burbero e Triste realizzò; il genitore cherubico stava avanzando e affollandosi direttamente verso la chiesa di Greenwich, per vedere i suoi parenti. Perché si potrebbe immaginare che Burbero e Triste, anche se la maggior parte degli eventi agivano su di lui semplicemente come alternativa al tabacco, premendo e condensando il tabacco da masticare all'interno di lui, rintracciasse una certa somiglianza tra i cherubini nell'architettura della chiesa e il cherubino nel bianco panciotto. Qualche ricordo delle vecchie cartoline di San Valentino[268], in cui un cherubino, vestito in modo meno appropriato per un proverbiale clima incerto, era stato visto condurre gli amanti all'altare, si potrebbe immaginare avere infiammato l'ardore delle sue dita di legno. Sia come sia, egli lasciò gli ormeggi e si mise all'inseguimento. Il cherubino andava avanti, tutto sorrisi raggianti. Bella e John Rokesmith seguivano. Burbero e Triste si attaccò a loro come la cera. Per anni, le ali della sua mente si erano occupate delle gambe del suo corpo; ma Bella gliele aveva portate indietro, scendendo dal piroscafo, ed esse furono nuovamente distese. Era un velista lento su un vento di felicità, ma prese una scorciatoia per l'appuntamento e partì come se stesse segnando furiosamente al cribbage[269].
Quando l'ombra del portico della chiesa li inghiottì, anche il vittorioso Burbero e Triste si presentò per essere inghiottito. E a questo punto il genitore cherubico aveva così paura di una sorpresa, che, tranne per le due gambe di legno su cui Burbero e Triste era rassicurantemente montato, la sua coscienza avrebbe potuto presentare, nella persona di quel pensionato, la proprio maestosa signora travestita, arrivata a Greenwich in carrozza e grifoni, come la fata dispettosa ai battesimi delle principesse, per fare qualcosa di terribile al servizio matrimoniale. E veramente ci fu un momento in cui aveva ragione di essere pallido e di sussurrare a Bella: «Tu non pensi che possa essere tua madre; vero, mia cara?» perché si udiva un misterioso fruscio e uno strano movimento da qualche parte nei dintorni dell'organo, anche se finì subito e non si sentì più. Però si sentì di nuovo in seguito, come si leggerà in seguito in questo verace resoconto di un matrimonio.
Chi è lo sposo? Io, John. Chi è la sposa? Io, Bella. E chi è il padre della sposa? Io, R. W. Dopodiché, Burbero e Triste, poiché John e Bella hanno acconsentito insieme al sacro matrimonio, tu puoi, in breve, considerarlo fatto, e portar via dal tempio le due gambe di legno. Mentre il ministro di culto parla, per ciò che precede, come vuole il rito, al pubblico, che è rappresentato in modo selettivo dal B. e T. sopra menzionato.
E ora, poiché il portico della chiesa ha inghiottito Bella Wilfer per sempre, non è più in suo potere restituire quella giovane donna, ma invece scivola alla luce del sole la signora Rokesmith. E lungo i gradini luminosi stava Burbero e Triste, guardando dietro la bella sposa, con una coscienza narcotica di aver sognato un sogno.
Dopo di ciò, Bella tira fuori da una tasca una piccola lettera, e la legge ad alta voce a Pa e a John: questa è la vera copia della medesima:
«Carissima mamma,
spero che non ti arrabbierai, ma sono felicemente sposata col signor John Rokesmith, che mi ama

molto più di quello che io possa mai meritare, se non amandolo con tutto il cuore. Ho pensato ch'era meglio non dirlo prima, perché poteva provocare qualche piccola divergenza in casa. Per piacere, dillo al caro Pa. Tanti baci a Lavvy. Sempre la più cara Ma.
La tua affezionata figlia,
Bella
(P. S. - Rokesmith)»

Poi John Rokesmith mise sulla lettera il ritratto della regina - mai Sua Graziosa Maestà era sembrata così benevola come in questa mattina benedetta! - e Bella la infilò in una buca postale, dicendo allegramente: «Adesso, caro papà, sei al sicuro, e non ti prenderanno mai più vivo.»

All'inizio Pa era, nelle agitate profondità della sua coscienza, così lontano dall'essere sicuro di trovarsi ancora al sicuro, che gli pareva di aver intravisto maestose matrone appostate in agguato tra gli innocui alberi di Greenwich Park, e sembrava vedere un volto maestoso, legato in un famoso fazzoletto da taschino, che si abbassava verso di lui da una finestra dell'Osservatorio, dove la notte i familiari dell'Astronomo Reale guardavano le stelle ammiccanti. Ma passando i minuti e nessuna signora Wilfer apparendo in carne e ossa, egli divenne più fiducioso, e così si recò con buon cuore e appetito alla casetta del signor John Rokesmith e della sua signora a Blackheath[270], dove la colazione era pronta.

Una casetta modesta, ma luminosa e fresca, e sulla tovaglia bianca come la neve c'era la più carina delle piccole colazioni. In attesa, anche, come una brezza estiva che fungesse da inserviente, c'era una giovane damigella svolazzante, tutta rosa e nastri, che arrossiva come se fosse stata sposata al posto di Bella, e che tuttavia affermava il trionfo del suo sesso su John e Pa, in un'esultante ed esaltata agitazione: come chi dicesse: «Questo è ciò che vi capita, signori, quando noi scegliamo di portarvi a dare spiegazioni[271].» Questa stessa damigella era la cameriera di Bella, e infatti le consegnò un mazzo di chiavi, che avevano il controllo di tesori nel campo di salumeria, generi alimentari, marmellate e sottaceti, la ricerca delle quali cose divenne il passatempo dopo colazione, quando Bella dichiarò: «Pa deve assaggiare tutto, caro John, altrimenti non sarà mai felice», e quindi Pa ebbe in bocca ogni genere di cose e non sapeva bene cosa farne quando venivano messe lì.

Poi tutti e tre uscirono per un affascinante giro in carrozza, e fecero una incantevole passeggiata nella brughiera in fiore, ed ecco l'identico Burbero e Triste con le gambe di legno disposte orizzontalmente davanti a lui, apparentemente seduto a meditare sulle vicissitudini della vita! Al quale Bella disse, con la sua spensierata sorpresa: «Oh! Come va ancora? Che caro vecchio pensionato che è!» Al che Burbero e Triste risponde di averla vista sposata questa mattina, bellezza mia, e se non è troppa libertà le augura gioia e il più favorevole vento dei venti favorevoli[272]; inoltre domanda in generale: «Come va?» e si inerpica sulle sue gambe di legno per salutare cappello in mano, in perfetto odine, con la galanteria di un guerriero e un cuore di quercia. Era uno spettacolo piacevole, in mezzo alla fioritura dorata, vedere questo vecchio uomo di mare Burbero e Triste, che agitava il suo cappello a larga falda per Bella, mentre i suoi sottili capelli bianchi fluivano liberi, come se ella lo avesse fatto salpare ancora una volta nell'acqua blu. «Lei è un caro vecchio pensionato,» disse Bella, «e io sono così felice che vorrei poter rendere felice anche lei.» Burbero e Triste rispose: «Lasci ch'io le baci la mano, mia adorabile, ed è fatta!» E così fece, tra la contentezza generale; e se Burbero e Triste nel corso di quella sera non bevve[273], non fu certo per la mancanza di mezzi di infliggere quell'oltraggio ai sentimenti delle Bande Infantili della Speranza[274].

Ma il pranzo di nozze fu il coronamento del successo, perché gli sposi lo avevano pianificato, per averlo e per mantenerlo nella stessa stanza dello stesso albergo dove Pa e la bella donna una volta avevano cenato insieme! Bella sedeva tra Pa e John, e divideva le sue attenzioni abbastanza equamente, ma ritenne necessario (in assenza del cameriere prima di cena) ricordare a papà ch'ella non era più la sua bella donna.

«Lo so bene, mia cara,» rispose il cherubino, «e do volentieri le dimissioni.»

«Volentieri, signore? Lei dovrebbe avere il cuore spezzato!»

«Sì, mia cara, se pensassi di perderti.»

«Ma sai che non mi perderai, vero, povero caro Pa? Tu sai che invece hai acquistato un nuovo parente che ti sarà affezionato e tanto grato - per il mio bene e anche per il tuo bene - quanto me: non è vero, caro piccolo Pa? Sta' a sentire, Pa!» Bella mise il dito sul suo labbro, e poi su quello di papà, e poi di nuovo sul suo labbro, e poi su quello di suo marito. «Ora noi siamo una società di tre persone, caro Pa.»

L'apparizione del pranzo qui interruppe Bella in una delle sue sparizioni: la più efficace, perché era stata messa sotto gli auspici di un solenne gentiluomo in abito nero e cravatta bianca, che assomigliava molto di più a un sacerdote che uno stesso sacerdote, e sembrava essere salito a un grado più in alto nella chiesa: per non dire, scalato il campanile. Questo dignitario, conferendo segretamente con John Rokesmith a proposito dei vini e del *punch*, chinò la testa come se si piegasse alla pratica papistica[275] di ricevere la confessione auricolare. Allo stesso modo, quando John fece una proposta che non soddisfaceva le sue opinioni, il suo volto divenne adombrato e pieno di rimprovero, come se ingiungesse una penitenza.

Che pranzo! Un campionario di tutti i pesci che nuotano nei mari, sicuramente aveva nuotato fin lì, compresi quei pesci di vari colori che fanno un discorso nelle Mille e una notte[276] (quasi una spiegazione ministeriale riguardo la nebulosità) e poi saltati fuori dalla padella non si potevano distinguere dagli altri, solo perché erano diventati tutti di una tonalità, essendo cotti in pastella tra i bianchetti. E i piatti conditi con Gioia - un articolo di cui a volte sono privi, a Greenwich, - erano di sapore perfetto, e le bevande dorate erano state imbottigliate nell'età dell'oro e avevano accumulato le loro scintille da allora.

La cosa migliore era che Bella, John e il cherubino avevano fatto un patto che non avrebbero rivelato agli occhi dei mortali che quella fosse una festa di matrimonio. Ma il dignitario supervisore, l'Arcivescovo di Greenwich, lo sapeva bene, come se avesse celebrato lui la cerimonia nuziale. E l'elevatezza con la quale Sua Grazia entrò in confidenza senza essere invitato, e insistette nello spettacolo di tenere i camerieri al di fuori della cosa, fu il coronamento del divertimento.

C'era un giovane cameriere innocente, di forma snella e con gambe deboli, ancora inesperto nelle astuzie del servizio, ma anche evidentemente di temperamento romantico, e profondamente innamorato (non sarebbe troppo aggiungere 'irrimediabilmente') di qualche giovane donna non consapevole dei suoi meriti. Questo giovane ingenuo, discernendo la situazione, che anche la sua innocenza non poteva non capire, limitava il suo servizio a un'ammirazione piena di languore, accanto alla credenza, quando Bella non voleva niente, e piombava su di lei quando ella desiderava qualcosa. Sua Grazia l'Arcivescovo lo ostacolava perennemente, tagliandolo fuori con il gomito nel momento del successo, spedendolo dentro alla ricerca degradante di burro fuso, e, quando per caso egli otteneva qualsiasi piatto che valesse la pena portare, glielo toglieva e gli ordinava di stare indietro.

«La prego di scusarlo, signora,» disse l'Arcivescovo con voce bassa e solenne; «è un ragazzo molto giovane in prova, ma non mi piace.»

Rokesmith a questo punto credette opportuno di osservare - per rendere la cosa più naturale -: «Bella, amor mio, questo è l'anniversario molto di più riuscito di tutti i nostri passati, che penso dobbiamo tenere qui i nostri futuri anniversari.»

Al che Bella rispose, probabilmente con il tentativo meno riuscito di sembrare matronale che sia mai stato visto: «Davvero, penso di sì, John, caro.»

Qui l'Arcivescovo di Greenwich emise un solenne colpo di tosse per attirare l'attenzione di tre dei suoi camerieri presenti, e li guardò fissi, come per dire: «Vi invito a crederci, in nome della vostra fedeltà!»

Con le sue stesse mani poi portò il dolce, come rimarcando ai tre ospiti: «È arrivato il momento in cui possiamo fare a meno dell'assistenza di quei ragazzi che non sono nella nostra fiducia», e si sarebbe ritirato con piena dignità se non fosse stato per un'azione audace che scaturì dal cervello fuorviato del giovane in prova. Avendo trovato, per sua sfortuna, un fiore d'arancio da qualche parte nella sala, si avvicinò inosservato con lo stesso in un vaso, e lo mise vicino alla mano destra di Bella. Immediatamente l'Arcivescovo lo espulse e lo scomunicò, ma la cosa era fatta.

«Confido, signora,» disse Sua Grazia ritornando da solo, «che avrà la gentilezza di passarci sopra, in considerazione che è un atto di un ragazzo molto giovane che è qui solo in prova, e che non servirà mai.»

Detto questo, si inchinò solennemente e si ritirò, e tutti proruppero in risate, lunghe e allegre.

«Dissimulare non serve,» disse Bella, «tutti mi scoprono! Credo che sia, caro papà e caro John, perché ho l'aria così felice!»

A questo punto suo marito ritenne necessario chiedere una quelle misteriose sparizioni da parte di Bella, ed ella doverosamente obbedì; dicendo con voce attenuata dal suo nascondiglio: «Ricordi come abbiamo parlato delle navi quel giorno, Pa?»

«Sì, mia cara.»

«Non è strano, ora, pensare che non c'era John in tutte quelle navi, papà?»

«Niente affatto, mia cara.»

«Oh, Pa, niente affatto?»

«No, mia cara. Come possiamo sapere quali persone stanno arrivando a bordo delle navi che forse ora stanno navigando verso di noi da mari sconosciuti?»

Bella restò invisibile e silenziosa, suo padre si occupò del dessert e del vino, finché non si ricordò ch'era tempo che egli tornasse a casa a Holloway. «Anche se proprio non riesco a separarmi da voi,» aggiunse cherubinicamente, «... sarebbe un peccato... senza bere a tanti, tanti felici ritorni di questo giorno felicissimo!»

«Sì! Diecimila volte!» gridò John. «Riempio il mio bicchiere e quello della mia cara moglie.»

«Signori,» disse il cherubino, rivolgendosi in modo impercettibile, nella sua tendenza anglosassone a esprimere i suoi sentimenti sotto forma di discorso, ai ragazzi di sotto, che si lanciavano l'uno contro l'altro per mettere la loro teste nel fango per sei *pence*, «signori, Bella e John, immaginerete facilmente che non è mia intenzione disturbarvi con molte osservazioni nella presente occasione. Potrete anche subito dedurre la natura e anche i termini del brindisi che sto per fare nella presente occasione. Signori, Bella e John, la presente occasione è un'occasione carica di sentimenti che io non posso fidarmi di me stesso per esprimerli. Ma, signori, Bella e John, per la parte che ho avuto in questo, per la fiducia che avete posto in me, e per l'affettuosa bontà e gentilezza con cui avete deciso di non trovarmi d'impaccio, quando io sono ben consapevole che non posso essere altro più o meno, io vi ringrazio di cuore. Signori, Bella e John, il mio affetto è per voi, e che possiamo incontrarci, come nella presente occasione, in tante occasioni future; cioè, signori, Bella e John, in tanti altri anniversari della presente felice occasione!»

Concluso così il suo discorso, l'amabile cherubino abbracciò la figlia, e volò al vapore che doveva portarlo a Londra, e che in quel momento era ormeggiato al molo galleggiante, facendo del suo meglio per mandare lo stesso in pezzi. Ma la coppia felice non voleva separarsi da lui a quel modo, e prima che lui fosse a bordo da due minuti, eccoli lì, a guardarlo dall'alto in basso dal pontile soprastante.

«Pa, caro!» gridò Bella, facendogli segno col parasole di avvicinarsi, e chinandosi con grazia per sussurrare.

«Sì, mia cara.»

«Ti picchiavo tanto, con quel mio orribile cappellino, Pa?»

«Non è il caso di parlarne, mia cara.»

«Ti davo dei pizzicotti nelle gambe, Pa?»

«Solo graziosamente, amor mio.»

«Sei sicuro di avermi proprio perdonato, Pa? Per piacere, Pa, per piacere, perdonami del tutto!» Per metà ridendo con lui e per metà piangendogli davanti, Bella lo supplicava nel modo più grazioso; in un modo così coinvolgente e così giocoso e così naturale, che il suo genitore cherubico fece un viso persuasivo come se ella non fosse mai cresciuta e disse: «Che sciocco topolino sei!»

«Ma mi perdoni quello e tutto il resto, vero, Pa?»

«Sì, mia carissima.»

«E non ti senti mica solitario o trascurato, andando via da solo, vero, Pa?»

«Dio ti benedica! No, vita mia!»

«Arrivederci, carissimo Pa. Arrivederci!»

«Arrivederci, mia cara! Portala via, mio caro John, portala a casa!»

Quindi, mentre ella si appoggiava al braccio del marito, si voltarono verso casa su un sentiero roseo che il sole grazioso creò per loro nel suo tramonto. E oh, ci sono giorni in questa vita, che meritano la vita e meritano la morte! E oh che bella la vecchia canzone che dice che è 'questo amore, questo amore, questo amore che fa girare il mondo!'

V. Riguardante la Sposa del Mendicante

L'impressionante tristezza con la quale la signora Wilfer ricevette suo marito al ritorno dal matrimonio, bussava così forte alla porta della coscienza cherubica e allo stesso modo comprometteva la fermezza delle sue cherubiche gambe, che la condizione vacillante della mente e del corpo del colpevole avrebbero potuto destare sospetti in persone meno occupate dell'eroica cupa signora, della signorina Lavinia, e di quello stimato amico di famiglia, il signor George Sampson. Ma l'attenzione di tutti e tre era completamente assorbita dal matrimonio, e fortunatamente non ne avevano nessuna da concedere al colpevole cospiratore; alla quale fortunata circostanza dovette la salvezza per cui non era in nessun modo in debito con se stesso, non avendone il merito.

«R. W.,» disse la signora Wilfer dal suo angolo maestoso, «tu non domandi notizie di tua figlia Bella.»

«Certo, mia cara,» rispose il cherubino con la più flagrante assunzione di incoscienza, «l'ho omesso. Come sta, o piuttosto forse dovrei dire, dov'è Bella?»

«Non qui» proclamò la signora Wilfer con le braccia conserte.

Il cherubino mormorò debolmente qualcosa con l'effetto abortito di: «Oh, davvero, mia cara?»

«Non qui,» ripeté la signora Wilfer con sonora e severa voce. «In una parola, R. W., tu non hai una figlia di nome Bella.»

«Non ho una figlia di nome Bella, mia cara?»

«No. Tua figlia Bella,» disse la signora Wilfer con un'aria solenne che voleva indicare ch'ella non aveva mai avuto la minima partecipazione con quella signorina: della quale ora faceva riprovevole menzione come un articolo di lusso che suo marito aveva istituito interamente per proprio conto, e in opposizione diretta al suo consiglio, «tua figlia Bella si è concessa a un mendicante.»

«Buon Dio, mia cara!»

«Mostra a tuo padre la lettera di sua figlia Bella, Lavinia,» disse la signora Wilfer col suo monotono tono da Atto del Parlamento, agitando una mano. «Penso che tuo padre la ammetterà come una prova documentale di quello che gli dico. Credo che tuo padre conosca la calligrafia di sua figlia Bella. Ma non so. Può anche dire che non la conosce. Nulla può sorprendermi.»

«Impostata a Greenwich, e datata stamattina,» disse l'Irrefrenabile balzando verso suo padre per porgergli la prova. «Spera che la mamma non si arrabbi, ma si è sposata felicemente con il signor John Rokesmith, e non l'ha detto prima per evitare discussioni, e per piacere lo dica a te, caro, e tanti baci a me, e mi piacerebbe sapere che cosa avresti detto se l'avesse fatto qualche altra persona della famiglia che non è ancora sposata!»

Egli lesse la lettera, ed esclamò debolmente: «Dio mio!»

«Puoi ben dire Dio mio!» replicò la signora Wilfer in tono profondo. Dopo questo incoraggiamento, egli lo disse di nuovo, anche se a malapena con il successo che si era aspettato; perché la sprezzante dama allora osservò con estrema amarezza: «L'hai già detto prima.»

«È molto sorprendente. Ma io suppongo, mia cara,» azzardò il cherubino mentre piegava la lettera dopo un silenzio imbarazzante, «che dobbiamo trarne il meglio? Ti opporresti alla mia segnalazione, mia cara, che il signor John Rokesmith non è (per quanto lo conosca), strettamente parlando, un mendicante?»

«Davvero?» rispose la signora Wilfer con una terribile aria di cortesia. «Veramente così? Non sapevo che il signor John Rokesmith fosse un proprietario fondiario. Ma sono molto sollevata di sentirlo.»

«Dubito che tu l'abbia sentito, mia cara,» si sottomise il cherubino con esitazione.

«Grazie,» disse la signora Wilfer. «Faccio false dichiarazioni, sembra. Sia pure. Se mia figlia mi può contraddire, certamente anche mio marito lo può. Una cosa non è meno contro natura dell'altra. Sembra un'adeguatezza della disposizione. Certamente!» Assumendo, con un brivido di rassegnazione, un'allegria funesta. Ma, qui l'Irrefrenabile intervenne nel conflitto, trascinandosi la forma riluttante del signor Sampson dietro di lei.

«Ma,» disse la signorina, «devo dire che penso che sarebbe molto meglio se rimanessi al punto e non parlassi delle persone che contraddicono altre persone, che non è né più né meno che un'assurdità impossibile.»

«Come!» esclamò la signora Wilfer corrugando le sue nere sopracciglia.

«E' solo un'assurdità impossibile, Ma,» rispose Lavvy, «e George Sampson lo sa bene, come lo so io.»

La signora Wilfer, improvvisamente pietrificata, fissò gli occhi indignati sul disgraziato George: il quale, diviso tra il supporto dovuto al suo amore, e il supporto dovuto alla mamma del suo amore, non sostenne nessuno, neanche se stesso.

«Il vero punto è,» proseguì Lavinia, «che Bella si è comportata con me nel modo più lontano da come una sorella dovrebbe fare, e avrebbe potuto compromettermi severamente agli occhi di George e della famiglia di George, con l'andare via e fare questo matrimonio molto basso e poco raccomandabile - con qualche perpetua di chiesa o altro come damigella d'onore -, mentre invece avrebbe dovuto aver fiducia in me, e avrebbe dovuto dire: "Lavvy, se consideri adeguato al tuo fidanzamento con George, approvare la circostanza con l'essere presente, allora, Lavvy, ti prego di essere presente, tenendo il segreto a Ma e Pa." Come naturalmente avrei fatto.»

«Come naturalmente avresti fatto? Ingrata!» esclamò la signora Wilfer. «Vipera!»

«Dico! Lo sa signora... Sul mio onore, lei non deve!» protestò il signor Sampson scuotendo il capo seriamente. «Col più gran rispetto per lei, signora, sulla mia vita, lei non deve! No, davvero, sa. Quando un uomo con i sentimenti di un gentiluomo, si trovi fidanzato con una signorina, e si arrivi alle vipere (anche se da una persona di famiglia), sa! Vorrei soltanto rimetterlo ai suoi buoni sentimenti, sa,» disse il signor Sampson con una conclusione piuttosto scialba. Lo sguardo minaccioso della signora Wilfer al giovane gentiluomo nel riconoscere la sua obbligata interferenza era di tale natura che la signorina Lavinia scoppiò in lacrime e lo prese al collo per proteggerlo.

«La mia innaturale madre,» gridò la signorina, «vuole annientare George! Ma non sarai annientato, George! Morirò prima!»

Il signor Sampson, tra le braccia della sua innamorata, ancora si sforzava di scuotere il capo verso la signora Wilfer, e a dire: «Con ogni sentimento di rispetto per lei, signora, sa, le vipere non le danno merito.»

«Non sarai annientato, George!» gridò la signorina Lavinia. «La mamma distruggerà prima me, e poi sarà contenta. Oh, oh, oh! Ho portato via George dalla sua casa felice per esporlo a questo! George caro, sii libero! Abbandonami, sempre carissimo George, alla mia mamma e al mio destino! Dai il mio affetto a tua zia, caro George, e implorala di non maledire la vipera che ha attraversato il tuo cammino e ti ha rovinato l'esistenza. Oh, oh, oh!» La signorina, che, istericamente parlando, era appena diventata maggiorenne, e non era mai scattata prima, qui cadde dentro una crisi altamente credibile, che, considerata come una prima performance, ebbe molto successo; frattanto il signor Sampson, era chino sul suo corpo in uno stato di distrazione, che lo indusse a rivolgersi alla signora Wilfer nelle espressioni incoerenti: «Demonio! - col massimo rispetto per lei - Guardi la sua opera!»

Il cherubino rimase impotente a fregarsi il mento e a guardare, ma nel complesso era incline ad accogliere questo diversivo come uno in cui, a causa delle proprietà assorbenti degli isterici, la questione precedente sarebbe stata assorbita. E così, in effetti, fu dimostrato, perché l'Irreprimibile tornava gradualmente in sé; e poiché chiedeva con selvaggia emozione: «George, sei sano e salvo?» e poi: «George, amore, che cosa è successo? Dov'è Ma?», il signor Sampson con parole di conforto sollevò la sua forma prostrata e la porse alla signora Wilfer come se la signorina fosse qualcosa della natura dei rinfreschi. La signora Wilfer con dignità partecipò al rinfresco, baciandola una volta sulla fronte (come se accettasse un'ostrica), e la signorina Lavvy, barcollando, ritornò sotto la protezione del signor Sampson; al quale disse: «George, mio caro, ho paura di esser stata una sciocca; ma sono ancora tanto debole e stordita; non lasciare andare la mia mano, George!» E in seguito ella lo agitò molto a intervalli, pronunciando, quando meno egli se lo aspettasse, un suono tra un singhiozzo e una bottiglia di soda stappata, che sembrava lacerare il busto del suo vestito.

Tra gli effetti più notevoli di questa crisi possono essere menzionati il suo avere, quando la pace fu ripristinata, un'inspiegabile influenza morale, di tipo elevante, sulla signorina Lavinia, la signora

Wilfer e il signor George Sampson, da cui R. W. era del tutto escluso, come un estraneo e non simpatizzante. La signorina Lavinia assunse un'aria modesta di essersi distinta; la signora Wilfer, un'aria serena di perdono e di rassegnazione; il signor Sampson l'aria di chi è migliorato ed è stato castigato. Quest'influenza pervase lo spirito con cui essi tornarono alla questione precedente.

«George caro,» disse Lavinia con un sorriso malinconico, «dopo ciò ch'è successo, son sicura che Ma dirà a Pa che può dire a Bella che saremo tutti felici di vedere lei e suo marito.»

Il signor Sampson disse che ne era sicuro anche lui; mormorando come eminentemente rispettava la signora Wilfer, e sempre doveva, e sempre l'avrebbe fatto. Sempre più eminentemente, aggiunse, dopo quanto era accaduto.

«Lungi da me,» disse la signora Wilfer con un proclama solenne dal suo angolo, «di contrastare i sentimenti di una mia bambina e di un giovanotto», il signor Sampson non sembrava gradire quella parola «ch'è l'oggetto della sua preferenza da nubile. Posso sentire - no, so - che sono stata delusa e ingannata. Posso sentire - no, so - che sono stata messa da parte e ignorata. Posso sentire - no, so - che dopo aver finora superato la mia ripugnanza verso il signor e la signora Boffin per quanto riguarda riceverli sotto questo tetto, e acconsentire a tua figlia Bella», qui si rivolse a suo marito «di abitare sotto il loro, sarebbe stato bene che tua figlia Bella», di nuovo rivolgendosi a suo marito, «avesse approfittato almeno da un punto di vista mondano, di quella compagnia così disgustosa, così poco raccomandabile. Posso sentire - no, so - che unendosi al signor Rokesmith si è unita a uno che, nonostante i sofismi superficiali, è un mendicante. E posso sentire con assoluta certezza che tua figlia Bella,» volgendosi di nuovo a suo marito, «non fa molto onore alla famiglia, col diventar la sposa di un mendicante. Ma io sopprimo ciò che sento, e non dico nulla.»

Il signor Sampson mormorò che questo era il genere di cose che ci si poteva aspettare da una persona che era sempre stata di esempio, e mai di oltraggio, alla famiglia. E ancor di più così (aggiunse il signor Sampson, con un certo grado di oscurità), e mai più di così, che dentro e attraverso quello che aveva passato. Doveva anche prendersi la libertà di aggiungere che ciò che era vero della madre, era vero anche della figlia più giovane, e che non avrebbe mai dimenticato i delicati sentimenti che la condotta di entrambe aveva destato in lui. In conclusione, sperava che non ci fosse un uomo dal cuore pulsante capace di qualcosa che rimase non descritto, in conseguenza del fatto che Miss Lavinia lo fermò mentre annaspava nel suo discorso.

«Perciò, R. W.,» disse la signora Wilfer riprendendo il discorso, e rivolgendosi di nuovo al suo signore, «tua figlia Bella venga pure quando vuole, e sarà ricevuta. E così,» dopo una breve pausa, e un'aria di avervi preso una medicina, «e così suo marito.»

«E ti prego, Pa,» disse Lavinia, «di non dire a Bella che cosa ho subito. Non può servire a nulla di buono e potrebbe indurla a rimproverare se stessa.»

«Mia carissima ragazza,» intervenne il signor Sampson, «dovrebbe saperlo.»

«No, George,» disse Lavinia, con un tono di assoluta abnegazione. «No, carissimo George, lascia che sia sepolto nell'oblio.»

Il signor Sampson considerava questo «troppo nobile».

«Niente è troppo nobile, carissimo George,» rispose Lavinia. «E, Pa, spero che farai attenzione di non nominare in presenza di Bella il mio fidanzamento con George, se puoi. Potrebbe sembrare un modo di ricordarle che è stata messa da parte. E spero, papà, che riterrai altrettanto giusto evitare di menzionare le prospettive crescenti di George, quando Bella è presente. Potrebbe sembrare un modo di prenderla in giro per la sua povera fortuna. Lasciatemi sempre ricordare che sono sua sorella minore, e risparmiare sempre i dolorosi contrasti, che non potrebbero se non ferirla fortemente.»

Il signor Sampson espresse la sua convinzione che tale fosse il comportamento degli Angeli. La signorina Lavvy rispose con solennità: «No, carissimo George, io sono fin troppo consapevole di essere semplicemente umana.»

La signora Wilfer, per parte sua, migliorò ulteriormente la scena, stando seduta rigidamente, con gli occhi fissi sul marito come due grandi neri punti interrogativi, severamente indagatori. «Stai esaminando te stesso? Ti meriti le tue benedizioni? Puoi posare la tua mano sul tuo cuore e dire che sei degno di una figlia così isterica? Non ti chiedo se sei degno di una tale moglie - metto me fuori questione -, ma sei sufficientemente consapevole di, e grato per la pervasiva grandezza morale dello spettacolo familiare che stai guardando?» Queste richieste si rivelarono molto moleste per R. W. che, oltre ad essere un po' disturbato dal vino, era nel terrore perpetuo di lasciarsi andare a proferire parole fortuite che avrebbero tradito la sua colpevole preconoscenza. Comunque, poiché la scena era finita, e finita bene, tutto considerato, egli cercò rifugio in un sonnellino; ciò che diede una immensa offesa alla sua signora.

«Riesci a pensare a tua figlia Bella, e dormire?» ella gli chiese sdegnosamente.

Alla quale egli rispose con mitezza: «Sì, penso di poterlo fare, mia cara.»

«Allora,» disse la signora Wilfer con solenne indignazione, «ti consiglierei, se hai dei sentimenti umani, di andare a letto.»

«Grazie, mia cara,» egli rispose, «credo che sia quello il posto migliore per me.» E con queste parole alquanto poco simpatiche, si ritirò molto volentieri.

Qualche settimana dopo, la Sposa del Mendicante (a braccetto con il mendicante) venne per il tè, in adempimento di un impegno fatto tramite suo padre. E il modo in cui la Sposa del Mendicante si precipitò sulla posizione inattaccabile così premurosamente tenuta dalla signorina Lavy, e sparse tutte le opere di difesa in tutte le direzioni in un attimo, fu trionfante.

«Carissima Ma,» gridò Bella precipitandosi nella stanza con volto raggiante, «come stai, carissima Ma?» E poi l'abbracciò gioiosamente. «E Lavvy, tesoro, come stai? E come sta George Sampson? e come sta andando? e quando vi sposerete e quanto diventerete ricchi? Devi dirmi tutto, cara Lavvy, immediatamente. John, amor mio, abbraccia Ma e Lavvy, e allora saremo tutti a casa e a nostro agio.»

La signora Wilfer spalancava gli occhi, ma era impotente. La signorina Lavvy spalancava gli occhi, ma era impotente. Apparentemente senza alcuna compunzione, e certamente senza cerimonie, Bella buttò via il cappellino e si sedette a preparare il tè.

«Carissime mamma e Lavvy, prendete entrambe lo zucchero, lo so. E Pa (buon piccolo Pa) tu non prendi latte. John sì. Io non lo prendevo, prima di sposarmi, ma ora sì, perché John lo prende. John caro, hai baciato Ma e Lavvy? Oh, l'hai fatto? Tutto a posto, allora, caro John, ma non avevo visto, e così ho chiesto. Taglia un po' di pane e burro, John, è un amore. Alla mamma piacciono doppi. E adesso dovete dirmi, Ma e Lavvy carissime, sulla vostra parola d'onore! non avete pensato un momento, solo un momento, che io ero un'orribile piccola disgraziata, quando vi ho scritto per dirvi che me n'ero andata via?»

Prima che la signora Wilfer potesse agitare i suoi guanti, la Sposa del Mendicante proseguì con i suoi modi più allegri e affettuosi.

«Credo che vi dovete essere arrabbiate un bel po', cara Ma e cara Lavvy, e so bene che mi meritavo che vi arrabbiaste. Ma vedete, io ero una creatura così sventata, così senza cuore, e vi avevo portato così ad aspettarvi che mi sposassi per soldi, e così ad assicurarvi che io era incapace di sposarmi per amore, che pensavo non poteste credermi. Perché, vedete, voi non sapete quanto Bene, Bene, Bene ho imparato da John. Allora! Quindi sono stata furba al riguardo, e vergognandomi di quello che pensavate che fossi, e temendo che noi non saremmo riuscite a capirci e potevano sorgere discussioni, delle quali avremmo dovuto essere tutti dispiaciuti dopo, e così ho detto a John che se gli piaceva prendermi senza tanto trambusto, egli poteva. E siccome lui era d'accordo, l'ho lasciato fare. E ci siamo sposati nella chiesa di Greenwich alla presenza di nessuno, eccetto un individuo sconosciuto che entrò per caso», qui i suoi occhi brillavano più luminosi, «e mezzo pensionato. E ora, non è carino, carissime mamma e Lavvy, sapere che non sono state dette parole di cui ognuna di noi può essere dispiaciuta, e che noi siamo tutti i migliori amici al più piacevole dei tè!»

Dopo essersi alzata a baciarle di nuovo, scivolò di nuovo sulla sedia (dopo un giro sul cammino per stringere il marito al collo) e di nuovo proseguì: «E adesso naturalmente vorrete sapere, carissima Ma e Lavvy, come viviamo, e di cosa dobbiamo vivere. Bene! Dunque, noi abitiamo a Blackheat, nella più affasci-nan-te casa delle bambole, ammobiliata deliziosa-men-te e abbiamo una piccola e intelligente domestica, che è decisa-men-te carina e noi siamo economici e ordinati, e facciamo tutto a orologeria, e abbiamo centocinquanta sterline all'anno e abbiamo tutto ciò che vogliamo e anche di più. E infine, se volete sapere, come forse vorrete, qual è la mia opinione su mio marito, la mia opinione è ... che quasi lo amo!»

«E se volete sapere in confidenza, come certo vorrete sapere,» disse suo marito sorridendo e mettendosi accanto a lei senza ch'ella avesse notato il suo avvicinamento, «la mia opinione su mia moglie, la mia opinione è...» Ma Bella si alzò e gli posò una mano sulle labbra.

«Si fermi, signore! No, caro John! Seriamente! Per piacere, non ancora! Voglio essere qualcosa di molto più degno di una bambola nella casa delle bambole!»

«Mia cara, non lo sei?...»

«Non la metà, non un quarto, di quanto più degna spero tu possa un giorno trovarmi! Provami nelle contrarietà, John... provami in qualche difficoltà... e poi di' loro cosa pensi di me.»

«Lo farò, vita mia,» disse John, «te lo prometto.»

«Questo è il mio caro John, e adesso non dirai una parola, vero?»

«No,» disse John, con un espressivo sguardo di ammirazione, «ora non dirò una parola.»

Ella gli posò la guancia sorridente sul petto per ringraziarlo e disse, guardando gli altri lateralmente con i suoi occhi luminosi: «Vi dirò di più, Pa e Ma e Lavvy. John non lo sospetta... non ne ha nessuna idea... ma io lo amo davvero!»

Anche la signora Wilfer si rilassò sotto l'influenza della sua figlia sposata, e sembrava sottintendere in modo maestoso che se R. W. fosse stato un oggetto più meritevole, anche lei avrebbe potuto acconsentire a scendere dal suo piedistallo per la sua seduzione. La signorina Lavinia, d'altra parte, aveva forti dubbi sulla politica di quel trattamento, se potesse o no rovinare il signor Sampson, se sperimentato nel caso di quel giovane gentiluomo. R. W. stesso era da parte sua convinto di essere il padre di una delle ragazze più affascinanti, e che Rokesmith era il più favorito dagli uomini; la quale opinione, se proposta a lui, Rokesmith probabilmente non avrebbe contestato. I novelli sposi si congedarono presto, in modo che potessero andare a piedi senza fretta al loro luogo di partenza, da Londra per Greenwich. Dapprima erano molto allegri e parlarono molto; ma dopo un po' parve a Bella che suo marito diventasse pensieroso. Allora gli domandò: «John caro, qual è il problema?»

«Problema, amore mio?»

«Non vuoi dirmi,» disse Bella guardandolo in faccia «quello che stai pensando?»

«Non c'è molto in questo pensiero, anima mia. Pensavo se non ti piacerebbe ch'io fossi ricco.»

«Ricco, John?» ripeté Bella, scostandosi un po'.

«Intendo, ricco veramente. Ricco come il signor Boffin per esempio. Ti piacerebbe?»

«Avrei quasi paura di provare, caro John. Forse che il signor Boffin era diventato migliore, per la sua ricchezza? E io, ero forse migliore, per quella piccola parte che una volta ne avevo?»

«Ma non tutti diventano peggiori se diventano ricchi, mia cara.»

«La maggior parte delle persone?» suggerì Bella pensierosa, con le sopracciglia alzate.

«Nemmeno la maggior parte, voglio sperare. Se tu fossi ricca, per esempio, avresti la possibilità di far molto bene agli altri.»

«Sì, signore, per esempio,» ribatté Bella scherzosamente «ma dovrei esercitare il potere, per esempio? E anche, per esempio, signore, allo stesso tempo non avrei il grande potere di far molto male a me stessa?»

Ridendo e premendole il braccio, egli ribatté: «Ma ancora, sempre per esempio; eserciteresti quel potere?»

«Non lo so,» disse Bella, scuotendo il capo pensierosamente. «Spero di no. Credo di no. Ma è così facile, sperar di no e credere di no, senza la ricchezza!»

«Perché non dici, mia cara, invece di quella frase: quando si è poveri?» egli domandò, guardandola seriamente.

«Perché non dico: quando si è poveri! Perché io non sono povera. Caro John, non è possibile che tu creda che io penso che siamo poveri?»

«Sì, lo penso, amor mio.»

«Oh, John!»

«Capiscimi, tesoro. So di essere ricco oltre ogni ricchezza per l'averti; ma penso a te, e penso per te. In un vestito come quello che indossi ora, mi hai incantato la prima volta, e dentro nessun vestito potresti mai sembrare, a mio parere, più aggraziata o più bella. Ma tu hai ammirato molti vestiti più belli proprio oggi: e non è naturale che io desideri di poterteli dare?»

«È molto carino che tu lo desideri, John. Ciò porta queste lacrime di grato piacere nei miei occhi, il sentirti dire così con tale tenerezza. Ma non li voglio.»

«Di nuovo,» egli proseguì, «ora stiamo camminando per strade fangose. Amo quei bei piedi così tanto, che mi sento come se non potessi sopportare che il fango sporchi la suola della scarpa. Non è naturale ch'io desideri che tu possa andare in una carrozza?»

«È molto carino,» disse Bella guardando i piedi in questione, «sapere che li ammiri così tanto, John caro, e visto che lo fai, mi dispiace che queste scarpe siano troppo grandi. Ma non voglio una carrozza, credimi.»

«Ne vorresti una se potessi averne una, Bella?»

«Non mi piacerebbe fine a se stessa, se non la metà di quanto mi piace il tuo desiderio che io l'abbia. Caro John, i tuoi desideri sono reali per me quanto i desideri in una fiaba, che sono tutti soddisfatti non appena detti. Auguramo tutto ciò che puoi desiderare per la donna che ami teneramente, e sarà come se l'avessi, John. È ancor meglio che se l'avessi, John!»

Non erano meno felici per tali discorsi, e la casa non era meno casa dopo che così parlavano. Bella stava sviluppando velocemente un perfetto genio per la casa. Tutti gli amori e le grazie sembravano (suo marito pensava) aver preso servizio domestico presso di lei e aiutarla a rendere la casa accogliente.

La loro vita matrimoniale scorreva felicemente. Ella era sola tutto il giorno, perché, dopo una mattiniera colazione, suo marito si recava ogni mattina alla City, e non tornava fino all'ora della loro tarda cena. Egli era impiegato in una "Azienda Cinese", spiegò a Bella: cosa che lei trovò abbastanza soddisfacente, senza voler conoscere la casa cinese nei minimi dettagli tranne una visione all'ingrosso di tè, riso, sete dall'odore strano, scatole intagliate e persone con gli occhi a mandorla in scarpe con la suola più che doppia, con le loro trecce che si allungavano dalla testa, dipinte su trasparente porcellana. Bella andava sempre con suo marito alla ferrovia, ed era sempre di nuovo lì per aspettarlo; i suoi vecchi modi civettuoli erano diventati un po' sobri (ma non molto), e il suo vestito sempre curato come se non facesse nient'altro. Ma, quando John se ne andava per i suoi affari e Bella tornava a casa, l'abito sarebbe stato messo da parte, e sarebbe stato sostituito da piccole fasce e grembiuli, e Bella, tirando su i capelli con entrambe le mani, come se stesse facendo la maggior parte delle sistemazioni di tipo professionale per essere drammaticamente distratta, si sarebbe immersa negli affari domestici della giornata. Così pesava e mescolava e tritava e grattugiava, così spolverava e lavava e lucidava, così tagliava e diserbava e lavorava di spatola e altro piccolo giardinaggio, così cuciva e rammendava e piegava e arieggiava, tali diverse modalità e su tutto quanto studio severo! Perché la signora J. R., che non era mai stata abituata a fare troppo a casa come signorina B. W., era sotto la costante necessità di fare riferimento per consigli e sostegno a un saggio volume intitolato 'La Completa Casalinga della Famiglia Inglese', che si sarebbe seduta a consultare, con i gomiti sul tavolo e le mani sulle tempie, come una incantatrice perplessa china su l'Arte Nera. Questo, principalmente perché la Completa Casalinga Inglese, comunque britannica nell'animo, tuttavia non era affatto un'inglese esperta nell'esprimersi con chiarezza nella lingua britannica, e talvolta avrebbe potuto emettere le sue istruzioni raggiungendo uno scopo uguale a quello che avrebbe ottenuto se le avesse scritte nella lingua della Kamciatka[277]. In qualsiasi crisi di questa natura, Bella avrebbe improvvisamente esclamato ad alta voce: «Oh, vecchia ridicola, che cosa vuoi dire con questo? Ma devi aver bevuto!» E dopo aver fatto questa nota a margine, avrebbe riprovato con la 'Casalinga', con tutte le sue fossette avvitate in un'espressione di profonda ricerca.

C'era anche una freddezza da parte della Casalinga Britannica, cosa che la signora Rokesmith trovava estremamente esasperante. Ella avrebbe detto: «Prendete una salamandra» come se un generale dovesse comandare a un privato di prendere un Tartaro. Oppure, con noncuranza emetteva l'ordine: «Buttate una manciata...» di qualche cosa completamente introvabile. In questi momenti, i più evidenti della irragionevolezza della casalinga, Bella avrebbe chiuso il libro e lo avrebbe sbattuto sul tavolo, apostrofandola con i complimenti: «Oh, sei un vecchio stupido asino! Dove posso trovarlo, pensi?»

Un altro ramo di studio attirò l'attenzione della signora Rokesmith per un periodo regolare ogni giorno. Era l'approfondimento del giornale, in modo che potesse essere vicino a John sugli argomenti generali quando John tornava a casa. Nel suo desiderio di essere in tutte le cose la sua compagna, si sarebbe posta con uguale zelo a padroneggiare l'algebra, o Euclide[278], se egli avesse diviso la sua anima tra lei e gli altri due. Meraviglioso era il modo in cui avrebbe immagazzinato le informazioni della City, per poi riversarle raggiante su John nel corso della serata; menzionando per inciso le materie prime che stavano cercando nei mercati, e quanto oro era stato portato alla banca, e cercando di considerarlo saggio e serio fino a quando rideva di se stessa in modo molto affascinante e diceva, baciandolo: «Viene tutto dal mio amore, caro John.»

Per essere un uomo della City, a John sembrava di certo importare il meno possibile guardare il rialzo o il ribasso dei titoli, così come l'oro che era portato in banca. Ma gli importava, oltre ogni dire, di sua moglie, come merce dolcissima e preziosissima che era sempre da guardare al rialzo, e che non valeva mai meno di tutto l'oro nel mondo. Ed ella, ch'era ispirata dall'affetto e aveva un'intelligenza sveglia e un istinto ben pronto, faceva progressi sorprendenti nella sua efficienza domestica, tuttavia come accattivante creatura, non faceva alcun progresso. Questo era il verdetto di suo marito, che egli giustificava dicendo che ella aveva cominciato la sua vita coniugale come la creatura più accattivante che potrebbe esserci.

«E hai uno spirito così allegro!» egli diceva affettuosamente. «Tu sei come una luce brillante in casa.»

«Davvero, John?»

«Davvero? Sì, proprio così. Solo molto di più, e molto meglio.»

«Sai, John caro,» disse Bella, prendendolo per un bottone della giacca, «che qualche volta, in alcuni momenti... Non ridere, John, per piacere!»

Niente avrebbe potuto indurre John a farlo, quando lei gli chiedesse di non farlo.

«... A volte penso, John, di sentirmi un po' seria.»

«Sei troppo sola, mia cara?»

«Oh, caro, no, John! Il tempo è così breve che non ho un momento di troppo durante la settimana.»

«Perché sei seria, amor mio, allora? Quando lo sei?»

«Quando rido, mi pare,» disse Bella, ridendo mentre appoggiava la testa sulla sua spalla. «Lei non crederebbe, signore, che io sia seria adesso? Ma io mi sento così!» E rise di nuovo, e qualcosa le luccicò negli occhi.

«Ti piacerebbe esser ricca, mia cara?» egli le domandò, dolcemente persuasivo.

«Ricca, John? Come puoi fare delle domande così oche?»

«Rimpiangi qualcosa, amor mio?»

«Rimpiangere qualcosa? No!» rispose Bella serenamente. Ma poi, con un cambiamento improvviso, disse tra il riso e il luccichìo: «Oh, sì, però. Rimpiango la signora Boffin.»

«Anche a me dispiace molto per quella separazione. Ma forse è solo temporanea. Forse le cose possono cambiare così che tu un giorno la potrai rivedere di nuovo... che un giorno noi la possiamo rivedere di nuovo.» Bella avrebbe potuto essere molto trepida sull'argomento, ma sembrava scarsamente così al momento. Con un'aria assente, ella stava esaminando quel bottone sulla giacca di suo marito, quando entrò Pa a passare la serata. Pa aveva la sua sedia speciale e il suo angolo speciale riservato a lui in ogni occasione, e - senza disprezzare le sue gioie domestiche - era molto più felice lì che in qualsiasi altro posto. Era sempre piacevolmente divertente vedere Pa e Bella insieme, ma quella sera suo marito pensò ch'ella fosse più fantastica del solito.

«Sei un ragazzino molto bravo,» disse Bella, «a venire inaspettatamente non appena hai finito la scuola. E come ti hanno trattato a scuola, oggi, mio caro?»

«Bene, amor mio,» rispose il cherubino sorridendo e fregandosi le mani mentre ella lo faceva sedere sulla sua sedia, «frequento due scuole. C'è l'istituzione di Mincing Lane e c'è l'Accademia di tua madre. A quale ti riferisci tu, mia cara?»

«A entrambe,» disse Bella.

«Entrambe, eh? Perché, per dir la verità, tutte e due mi hanno dato un po' da fare, oggi, mia cara, ma c'era da aspettarselo. Non esiste una strada reale all'apprendimento; e cos'è la vita se non apprendimento?»

«E che cosa fai di te stesso una volta che hai imparato a memoria la lezione, sciocco bambino?»

«Bene, allora, cara mia,» disse il cherubino dopo una breve riflessione, «penso che morirò.»

«Sei un ragazzo molto cattivo,» replicò Bella, «a parlare di cose tristi ed essere di cattivo umore.»

«Bella mia,» rispose suo padre, «non sono di cattivo umore. Sono allegro come un'allodola.» Ciò che la sua faccia confermava.

«Allora, se sei così sicuro di non esserlo, suppongo che lo sono io,» disse Bella, «così non lo sarò

più. John caro, dobbiamo dare a questo piccoletto la sua cena, sai.»
«Certo che dobbiamo, mia cara.»
«Ha sgobbato e sgobbato a scuola,» disse Bella, con un'occhiata alla mano di suo padre, e schiaffeggiandola leggermente «che non si può guardare! Oh che bambino sudicio!»
«In effetti, mia cara,» disse suo padre. «Stavo per chiederti il permesso di lavarmi le mani, solo che tu mi hai scoperto così presto.»
«Venite qua, signore,» gridò Bella, prendendolo per la parte anteriore della giacca, «fatevi lavare direttamente. Non c'è da fidarsi a lasciarvelo fare da solo. Venite con me, signore!»
Il cherubino, con suo gran divertimento, fu condotto di conseguenza in una piccola lavanderia, dove Bella gli insaponò e gli strofinò il viso, e gli insaponò e strofinò le mani, e lo spruzzò, lo sciacquò e lo asciugò, finché non divenne rosso come una barbabietola, anche fino alle orecchie.
«E adesso bisogna spazzolarvi e pettinarvi, signore,» disse Bella alacremente. «Tieni la luce, John. Chiudete gli occhi, signore, e lasciate che vi prenda il mento. State buono, e fate quello che vi si dice di fare!»
Essendo suo padre più che disposto a obbedire, ella gli pettinò i capelli nel suo modo più elaborato, spazzolandoli diritti, separandoli, avvolgendoli sulle sue dita, attaccandoli a un'estremità e costantemente ricadendo su John per vederne bene l'effetto. Il quale ogni volta l'accoglieva col braccio libero e la tratteneva, mentre il paziente cherubino aspettava di essere rifinito.
«Là!» disse Bella quando ebbe completato i dettagli finali. «Adesso sei qualcosa come un ragazzo signorile. Mettiti la giacca, e vieni a cena.»
Il cherubino indossando la giacca tornò al suo angolo: dove, tranne per il non avere egoismo nella sua natura piacevole, sarebbe stato abbastanza simile a quel ragazzo radioso ma autosufficiente, Jack Horner[279]. Bella con le sue stesse mani posò una tovaglia per lui, e gli portò la cena su un vassoio. «Si fermi un momento,» disse, «dobbiamo tenere puliti i suoi vestitini», e gli legò un tovagliolo sotto il mento, in modo molto metodico.
Mentr'egli cenava, Bella gli stava seduta accanto, a volte ammonendolo a tenere la forchetta per il manico, come un bambino educato, e altre volte gli tagliava la carne o gli versava da bere. Fantastico com'era tutto, e abituato a come ella era sempre stata a giocare col suo buon padre, egli era sempre felice che lo facesse, eppure c'era un qualcosa a tratti da parte di Bella che era nuovo. Non si poteva dire che fosse meno giocosa, meno estrosa o meno naturale del solito; ma sembrava, pensava suo marito, che ci dovesse essere qualche ragione piuttosto più grave di quanto egli avesse immaginato, per quello che gli aveva detto prima, e come se in tutto questo ci fossero tratti di una sottostante serietà.
Era una circostanza a sostegno di questa visione del caso, che quando accese la pipa di suo padre e gli mescolò il bicchiere di grog[280], si sedette su uno sgabello tra il padre e il marito, appoggiando il braccio su quest'ultimo, e stette molto tranquilla. Così tranquilla, che quando suo padre si alzò per congedarsi, ella si guardò intorno con un sobbalzo, come se avesse dimenticato la sua presenza.
«Vai un po' con Pa, John?»
«Sì, mia cara, e tu?»
«Non ho scritto a Lizzie Hexam da quando le ho scritto e le ho detto che avevo davvero un innamorato, tutto intero. Ho pensato spesso che mi sarebbe piaciuto dirle quanto avesse ragione quando fingeva di leggere dai carboni ardenti che sarei passata attraverso il fuoco e l'acqua per lui. Sono nell'umore per dirglielo stasera, John, e resterò a casa e lo farò.»

«Sei stanca.»

«Niente affatto stanca, John caro, ma nell'umore di scrivere a Lizzie. Buona notte, caro Pa. Buona notte, caro, buono, gentile Pa.»

Rimasta sola, si sedette a scrivere, e fu una lunga lettera. L'aveva appena finita e riletta, quando tornò suo marito. «Siete giusto in tempo, signore,» disse Bella. «Sto per darvi la vostra prima lezione privata[281]. Sarà una lezione da moglie a marito. Voi prenderete la mia sedia quando avrò piegato la lettera, e io prenderò lo sgabello (anche se dovreste prenderlo voi, posso dirvi, signore, visto che è lo sgabello della penitenza), e presto vi ritroverete a essere interrogato profondamente.»

Piegata e sigillata la lettera, scritto l'indirizzo, e asciugata la penna, pulite dall'inchiostro le dita, chiusa la scrivania, queste operazioni furono eseguite con un'aria calma di affari importanti, che potrebbe avere assunto la Completa Casalinga Britannica, la quale di certo non avrebbe finito in bellezza scoppiando in una risata musicale, come fece Bella: ella mise il marito sulla sua sedia, e lei si sedette sullo sgabello.

«Ora, signore! Per cominciare dall'inizio. Come vi chiamate?»

Una domanda decisamente diretta al segreto che manteneva nei suoi riguardi, non avrebbe potuto stupirlo di più. Ma conservò la calma e il segreto, e rispose: «John Rokesmith, mia cara.»

«Bravo ragazzo! E chi vi ha dato quel nome?»

Con un rinnovato sospetto che qualcosa potesse averlo tradito, rispose, interrogativamente: «I miei padrini e le mie madrine, amor mio?»

«Piuttosto buono! Non buonissimo, perché esitate. Tuttavia, poiché conoscete il vostro catechismo abbastanza bene, finora, lascerò perdere il resto. Ora, vi esaminerò di testa mia. John caro, perché siete tornato, questa sera, alla domanda che mi avete fatto una volta: se mi piacerebbe essere ricca?»

Di nuovo, il suo segreto! Egli la guardò mentre ella lo guardava, con le mani incrociate sul suo ginocchio, e il segreto era vicino a essere rivelato.

Non avendo una risposta pronta, non poté far di meglio che abbracciarla.

«In breve, caro John,» disse Bella, «questo è l'argomento della mia lezione: non ho bisogno di nulla al mondo, e voglio che tu ci creda.»

«Se questo è tutto, la lezione può essere considerata conclusa, poiché io ci credo.»

«Non è tutto, caro John,» disse Bella con esitazione. «Questo è solo il Primo punto. C'è un Terribile Secondo, e un terribile Terzo a venire - come dicevo a me stessa durante il sermone, quando ero un peccatore di piccolissima taglia in Chiesa.»

«Lasciateli venire, mia carissima.»

«Sei ben sicuro, John caro; sei assolutamente certo nella parte più intima del tuo cuore?»

«Il che non è in mio possesso.»

«No, John, ma la chiave lo è... Sei proprio ben sicuro, in fondo in fondo al cuore che mi hai dato, come io ho dato il mio a te, sei proprio sicuro che non c'è nessun ricordo di quando una volta ero così venale?»

«Ma come, se non ci fosse ricordo di quel tempo di cui parli,» egli le disse con le labbra sulle labbra, «potrei forse amarti come ti amo; potrei avere nel calendario della mia vita il più luminoso dei suoi giorni; potrei ogni volta che guardo il tuo caro viso, o sento la tua cara voce, vedere e ascoltare la mia nobile campionessa? Non può mai essere stato quello che ti ha reso seria, tesoro?»

«No, John, non era questo, e non era nemmeno la signora Boffin, sebbene le voglia bene. Aspetta un momento, e andrò avanti con la lezione. Dammi un momento di tempo, perché ho voglia di piangere di gioia. È così delizioso, John caro, piangere di gioia!»

Ella lo fece sul suo collo, e ancora aggrappata lì, rise un po', finché disse: «Adesso mi pare di esser pronta per il Terzo punto, John.»

«Sono pronto per il Terzo,» disse John «qualunque cosa sia.»

«Io credo, John,» proseguì Bella, «che tu creda che io creda...»

«Mia cara bambina,» gridò suo marito allegramente, «che quantità di credere!»

«Vero?» disse Bella, con un'altra risata. «Non ho mai conosciuto un simile quantità. È come i verbi in un esercizio. Ma non posso andare avanti con meno 'credere'. Proverò di nuovo. Io credo, caro John, che tu creda che io creda che abbiamo tutti i soldi di cui abbiamo bisogno, e che non ci manca nulla.»

«È assolutamente vero, Bella.»

«Ma se i nostri soldi dovessero in qualche modo essere non così tanti ... se dovessimo trattenerci un po' negli acquisti che possiamo permetterci ora - avresti ancora la stessa fiducia nel mio essere del tutto contenta, John?»

«Esattamente la stessa fiducia, anima mia.»

«Grazie, John caro, mille e mille volte. E io posso dare per scontato, senza dubbio,» con un po' di esitazione «che anche tu saresti sempre contentissimo, John? Ma sì, sì, non c'è nessun dubbio. Perché sapendo che lo sarei io, tanto più sicuramente sarei sicura che lo saresti tu; tu che sei tanto più forte, e più saldo, e più ragionevole, e più generoso di me!»

«Zitta!» disse suo marito. «Questo non lo devi dire! In questo sei in errore, anche se per il resto è il più giusto possibile. E adesso tocca a me, mia cara, a darti una piccola notizia che avrei potuto dirti prima, questa sera. Ho molte ragioni di ritenere che non potremo mai ricevere un reddito inferiore del nostro reddito attuale.»

Avrebbe potuto mostrarsi più interessata alla notizia; ma era tornata alle indagini sul bottone della giacca che aveva attirato la sua attenzione poche ore prima, e sembrava che a malapena ascoltasse quello che egli diceva.

«E ora finalmente siamo arrivati al termine,» gridò suo marito stringendola. «E questa è la cosa che ti preoccupa?»

«No, caro,» disse Bella torcendo il bottone e scuotendo la testa, «non è questo.»

«Ma allora, che Dio benedica questa mia mogliettina, ci dev'essere un Quarto punto!»

«Questo mi preoccupava un po',» disse Bella, «e anche il secondo...», occupata con il bottone. «Ma era un altro tipo di serietà - un genere di serietà molto più profonda e più tranquilla - di cui ti ho parlato, John caro.»

Mentre egli piegava il viso verso il suo, ella sollevò il suo per incontrarlo e adagiò la piccola mano destra sugli occhi e la tenne lì. «Ti ricordi, John, il giorno in cui ci sposammo, Pa che parlava delle navi che avrebbero potuto navigare verso di noi da mari sconosciuti?»

«Perfettamente, mia cara!»

«Penso che ... tra loro ... ci sia una nave sull'oceano... che porta a te e a me... un piccolo bambino, John!»

VI. Un grido di aiuto

La Cartiera aveva smesso di lavorare per la notte, e i sentieri e le strade nelle vicinanze erano cosparse di gruppi di persone che tornavano a casa dalla loro giornata di lavoro. C'erano uomini, donne, e bambini nei gruppi, e non c'era mancanza di colori vivaci che svolazzavano nel dolce

vento della sera. La mescolanza delle varie voci e il suono delle risate facevano un'impressione allegra all'orecchio, analoga a quella dei colori svolazzanti alla vista. Nello specchio d'acqua che rifletteva in primo piano il cielo arrossato del quadro vivente, un gruppo di monelli stava lanciando pietre, guardando l'espansione dei cerchi increspati.
Così, nella sera rosea, si poteva vedere la bellezza sempre più ampia del paesaggio - al di là dei lavoratori appena usciti che tornavano a casa - oltre al fiume d'argento, oltre ai campi di grano verde intenso, così prosperi, dove coloro che camminavano in file strette sul sentiero sembravano galleggiare immersi all'altezza del petto - oltre alle siepi e ai ciuffi di alberi - oltre ai mulini a vento sul crinale - lontano dove il cielo sembrava incontrare la terra, come se non ci fosse immensità di spazio tra l'umanità e il cielo.
Era un sabato sera, e in quell'ora i cani del villaggio, sempre molto più interessati alle azioni degli uomini che agli affari della loro specie, erano particolarmente attivi. Nei pressi dell'emporio, del macellaio e dell'osteria, dimostravano uno spirito indagatore che non si saziava mai. Il loro particolare interesse per l'osteria sembrerebbe implicare qualche latente dissolutezza nel carattere canino; poiché lì si mangiava poco, ed essi, non avendo gusto per la birra o il tabacco (si dice che il cane della signora Hubbard abbia fumato, ma le prove mancano), non potevano che essere attratti dalla simpatia per le abitudini conviviali licenziose. Per di più, uno dei più miserabili violini suonava all'interno; un violino così indicibilmente vile, che un cagnolino magro dal corpo lungo, con un orecchio migliore degli altri, ogni tanto era spinto dall'impulso di girare l'angolo e abbaiare. Eppure, anche lui tornava ogni volta al pub con la tenacia di un ubriacone incallito.
Pauroso da raccontare, c'era persino una specie di piccola fiera nel villaggio. Un pan di zenzero disperato che aveva tentato invano di smaltire di se stesso in tutto il paese, e che aveva gettato una quantità di polvere sulla sua testa nella sua mortificazione, di nuovo invocava il pubblico da un'instabile bancarella. Così faceva un mucchio di noci, a lungo, a lungo esiliato da Barcellona, eppure parlando inglese così disinvoltamente da chiamare 'una pinta' quattordici di loro. Un peep-show[282] che era originariamente iniziato con la battaglia di Waterloo, e da allora la presentava come ogni altra battaglia di data successiva, solo alterando il naso del duca di Wellington, tentava lo studioso di storia illustrata. Una donna cannone, forse in parte sostenuta dal maiale dietro di lei, essendo il suo collaboratore professionale un Maiale Imparato, mostrava la sua immagine a grandezza naturale in un vestito volgare come era apparsa quando si era presentata a corte, con parecchi metri di stoffa intorno. Tutto questo era uno spettacolo vizioso e una cattiva idea di divertimento da parte dei tagliaLegna più ruvidi e degli acquaioli in questa terra d'Inghilterra che sempre è e sarà. Essi non cambierebbero il divertimento con la guarigione dai reumatismi. Per cambiare, possono provare qualche febbre, anche malarica, o con tante variazioni reumatiche quante sono le articolazioni; ma decisamente non con l'intrattenimento alla loro maniera.
I vari suoni derivanti da questa scena di depravazione, e che fluttuavano nell'aria tranquilla della sera, rendevano la sera, in ogni punto che raggiungevano in modo intermittente, addolciti dalla distanza, più tranquilla ancora per contrasto. Tale era la quiete della sera per Eugene Wrayburn, mentre camminava lungo il fiume con le mani dietro lui. Camminava lentamente, con passo misurato e l'aria preoccupata di uno che stesse aspettando. Camminava tra due punti, un gruppo di canne da una parte e alcune ninfee galleggianti dall'altra, e ogni volta che arrivava a uno dei due estremi si fermava e guardava con aria d'attesa in una direzione.
«E' molto tranquillo,» disse.
Era molto tranquillo. Alcune pecore brucavano l'erba lungo la riva del fiume, e gli sembrava di non aver mai udito prima d'allora il nitido suono lacerante con cui la strappavano. Si fermò

pigramente, e le guardò.

«Siete abbastanza stupide, suppongo. Ma se siete abbastanza furbe da passar la vostra vita in modo tollerabile per la vostra soddisfazione, avete più di me, io che sono uomo, e voi pecore!»

Un fruscio in un campo oltre la siepe attirò la sua attenzione. «Che cosa c'è?» si domandò tra sé, andando lentamente verso il cancello e guardando oltre. «Nessun operaio della cartiera geloso? Nessun piacere della caccia in questa parte del paese? Per lo più si va a pescare da queste parti!»

Il campo era stato falciato di recente e c'erano ancora i segni della falce sul terreno gialloverde e la traccia delle ruote dove era stato portato il fieno. Seguendo le tracce con gli occhi, la vista si chiuse con un nuovo mucchio di fieno in un angolo. Ora, se fosse andato al covone e l'avesse aggirato? Ma, sia quel che sia, e quanto sono oziose tali supposizioni! Inoltre, se fosse andato; quale avvertimento c'è in un barcaiolo sdraiato sulla faccia?

«Un uccello che volava alla sua siepe,» fu tutto ciò che pensò al riguardo, e tornò indietro, e riprese a camminare.

«Se non avessi fiducia nella sua sincerità,» disse Eugene, dopo aver fatto un'altra mezza dozzina di giri, «comincerei a pensare che mi abbia 'dato buca' una seconda volta. Ma ha promesso, ed è una ragazza di parola.»

Voltandosi di nuovo verso le ninfee, la vide arrivare e avanzò per incontrarla.

«Stavo dicendo a me stesso, Lizzie, che sarebbe venuta di certo, sebbene in ritardo.»

«Ho dovuto indugiare per il villaggio come se non avessi alcuno scopo davanti a me, e ho dovuto parlare con diverse persone di passaggio, signor Wrayburn.»

«I ragazzi - e le signore - del villaggio sono così mercanti di scandali?» le domandò, mentre le prendeva la mano e la infilava sotto il suo braccio.

Ella accettò di andare avanti lentamente, con gli occhi al suolo. Egli le prese la mano e la portò alle labbra, e lei la ritrasse in silenzio.

«Camminerà accanto a me, signor Wrayburn, e non mi toccherà?» Perché il braccio di lui stava già circondandole la vita.

Si fermò di nuovo, e gli diede uno sguardo serio e supplichevole. «Bene Lizzie, bene!» diss'egli, con disinvoltura, ma a disagio con se stesso, «non sia infelice, non mi rimproveri.»

«Non posso fare a meno di essere infelice, ma non intendo rimproverarla. Signor Wrayburn, la imploro di andar via da questo paese domani mattina.»

«Lizzie, Lizzie, Lizzie!» protestò lui. «Non solo mi rimprovera, ma è del tutto irragionevole. Non posso andare via.»

«Perché no?»

«In fede mia,» disse Eugene con la sua aria candida e spensierata, «perché lei non mi lascia. Badi! Non intendo rimproverarla. Non mi lamento perché lei progetta di tenermi qui. Ma lei lo fa, lo fa.»

«Vuol camminare vicino a me e non mi toccherà»; perché il braccio di Eugene si avvicinava di nuovo a lei «mentre le parlo molto seriamente, signor Wrayburn?»

«Farò tutto per lei, nei limiti del possibile, Lizzie,» egli rispose con piacevole allegria mentre incrociava le braccia. «Mi guardi: Napoleone Bonaparte a Sant'Elena.»

«Quando lei mi ha parlato l'altra sera mentre venivo via dalla cartiera,» disse Lizzie fissando lo sguardo su di lui con l'aria di supplica che turbava la parte migliore della natura di lui, «lei mi ha detto ch'era molto sorpreso di vedermi, e che era qui per una solitaria escursione di pesca. Era vero?»

«No,» rispose Eugene senza perdere la calma «per niente vero. Sono venuto qui perché avevo informazioni che l'avrei trovata qui.»

«Può immaginare perché ho lasciato Londra, signor Wrayburn?»

«Temo, Lizzie,» rispose apertamente «che lei abbia lasciato Londra per sbarazzarsi di me. Non è molto lusinghiero per il mio amor proprio, ma temo che l'abbia fatto.»

«L'ho fatto.»

«Come ha potuto essere così crudele?»

«Oh, signor Wrayburn,» ella rispose, scoppiando improvvisamente in lacrime, «da crudeltà è da parte mia? Oh, signor Wrayburn, signor Wrayburn, non è crudeltà il suo essere qui stasera!»

«In nome di tutto ciò che è buono - e non la sto invocando nel mio proprio nome, perché il cielo sa che non sono bravo,» disse Eugene, «non sia angosciata!»

«Cos'altro posso essere, quando conosco la distanza e la differenza tra di noi? Cos'altro posso essere, quando dirmi perché è venuto qui, mi fa vergognare?» disse Lizzie coprendosi il volto.

Egli la guardò con un vero sentimento di tenerezza e di pietà piena di rimorso. Non era abbastanza forte per spingerlo a sacrificarsi e risparmiarla, ma era una forte emozione.

«Lizzie! Non avevo mai pensato, prima, che ci potesse essere al mondo una donna che mi colpisse così tanto dicendo così poco. Ma non sia dura nell'opinione su di me. Lei non sa qual è il mio sentire verso di lei. Lei non sa come il suo pensiero mi perseguita e mi disorienta. Non sa come quella maledetta noncuranza che è sempre eccessiva nell'aiutarmi in ogni altra vicenda della mia vita, non mi aiuterà in questa occasione. Lei l'ha colpita a morte, penso, e io a volte vorrei quasi che mi avesse colpito a morte insieme ad essa.»

Ella non era stata preparata a espressioni così appassionate, e risvegliarono alcune scintille naturali di orgoglio e gioia femminili nel suo cuore. Considerare, per un tipo come lui, che gliene importasse così tanto di lei, e che ella aveva il potere di commuoverlo così!

«La addolora vedermi angosciata, signor Wrayburn; mi addolora veder lei angosciato. Io non la rimprovero. No, davvero, non la rimprovero. Non l'ha sentito come lo sento io, essendo così diverso da me, e partendo da un altro punto di vista. Non ha pensato. Ma la supplico di pensare ora, pensi ora!»

«A che cosa devo pensare?» domandò Eugene con amarezza.

«A me.»

«Mi dica cosa devo fare per non pensare a lei, Lizzie, e mi cambierà del tutto.»

«Non intendo in questo modo. Pensi a me come se appartenessi a un'altra condizione sociale, e completamente tagliata fuori da lei per quanto riguarda l'onore. Ricordi che io non ho nessun protettore vicino a me, a meno che non ne abbia uno nel suo nobile cuore. Rispetti il mio buon nome. Se sente nei miei confronti, in particolare, come potrebbe sentire se fossi una signora, mi dia tutti i diritti di una signora con il suo comportamento generoso. Mi allontano da lei e dalla sua famiglia perché sono una ragazza che lavora. Come un vero gentiluomo lei mi consideri tanto lontana come se fossi una regina!»

Sarebbe stato davvero vile se non fosse stato toccato dal suo appello. Il suo volto esprimeva contrizione e indecisione mentre chiedeva: «L'ho ferita così tanto, Lizzie?»

«No, no. Lei può benissimo riparare perfettamente. Non parlo del passato, signor Wrayburn, ma del presente e del futuro. Non siamo qui adesso perché per due giorni mi ha seguito così da vicino, dove ci sono così tanti occhi per vederla, che ho acconsentito a questo appuntamento come scappatoia?»

«Ancora una volta non molto lusinghiero per il mio amor proprio,» disse Eugene tristemente, «ma sì. Sì, sì.»

«E allora la supplico, signor Wrayburn, la prego e la scongiuro di lasciare questi paraggi. Se non lo fa, pensi a che cosa mi conduce.»

Egli rifletté tra sé per un momento o due, poi ribatté: «Dove la conduco? A cosa la condurrei, Lizzie?»

«Mi farà andare via. Vivo qui pacificamente e rispettata, e sono ben impiegata qui. Mi costringerà a lasciare questo posto come ho lasciato Londra e, seguendomi di nuovo, mi costringerà a lasciare il prossimo posto in cui potrei trovare rifugio, dato che ho lasciato questo.»

«Lei è così determinata, Lizzie, - perdoni la parola che userò, per la sua verità letterale - per sfuggire a un innamorato?»

«Sono così determinata,» ella rispose risolutamente, sebbene tremante, «a fuggire da un tale innamorato. C'era una povera donna ch'è morta qui poco tempo fa, decine di anni più vecchia di me, che trovai io per caso, stesa per terra sull'erba bagnata. Potrebbe aver sentito qualche racconto su di lei?»

«Credo di sì,» egli rispose, «se il suo nome era Higden.»

«Il suo nome era Higden. Benché fosse così debole e vecchia, ella si è mantenuta fedele a uno scopo fino all'ultimo. Anche all'ultimo, ella mi ha fatto promettere che il suo scopo sarebbe stato mantenuto, dopo che fosse morta, così risoluta era la sua determinazione. Quello che ha fatto lei, posso farlo io. Signor Wrayburn, se io credessi, ma non lo credo, che lei potrebbe essere così crudele da scacciarmi da un posto all'altro per sfinirmi, mi porterebbe alla morte, ma non desisterei.»

Egli guardò in pieno il suo bel viso, e nella bella faccia di lui c'era una luce di ammirazione, rabbia e rimprovero mescolati, che ella - che lo amava così in segreto, il cui cuore era stato a lungo così pieno, ed egli era la causa del suo trabocco - si piegò per prima. Ella si sforzò di mantenere la sua fermezza, ma la vide dissolversi sotto i suoi occhi. Nel momento della sua dissoluzione, e della sua piena conoscenza della sua influenza su di lei, ella si abbandonò, ed egli la prese sul suo braccio.

«Lizzie! Si riposi un attimo. Risponda a quello che le chiedo. Se io non fossi stato, come lei dice, lontano dal suo mondo e irraggiungibile, mi avrebbe rivolto questo appello a lasciarla?»

«Non so, non so. Non me lo chieda, signor Wrayburn. Mi lasci tornare indietro.»

«Le giuro, Lizzie, che andrà via subito. Le giuro che la lascerò andar via sola. Non la accompagnerò, non la seguirò, se lei risponderà.»

«Ma come posso, signor Wrayburn? Come posso dirle che cosa avrei fatto se lei non fosse stato quello che è?»

«Se io non fossi stato quello che lei mi crede,» egli ribatté, cambiando abilmente la forma delle parole, «mi avrebbe odiato anche in quel caso?»

«Oh, signor Wrayburn,» rispose in tono supplichevole, e piangendo, «lei mi conosce troppo bene per pensare che io la odi!»

«Se io non fossi stato quello che lei mi crede, Lizzie, le sarei stato ancora indifferente?»

«Oh, signor Wrayburn,» ella rispose come prima, «lei mi conosce troppo bene, anche per questo!»

C'era qualcosa nell'atteggiamento di tutta la sua figura mentre egli la sosteneva, ed ella chinava la testa, che lo supplicava di essere misericordioso e non costringerla a rivelare il suo cuore. Egli non fu misericordioso con lei, e glielo fece rivelare.

«Se la conosco troppo bene per credere (sfortunato qual sono!) che mi odia, o anche che le sia del tutto indifferente, Lizzie, mi faccia sapere molto di più prima di separarci. Mi faccia sapere come mi avrebbe trattato se mi avesse considerato a parità di condizioni con lei.»

«È impossibile, signor Wrayburn. Come posso pensare a lei in condizioni di parità con me? Se la mia mente potesse metterla in condizioni di parità con me, non potrebbe essere se stesso. Come potrei ricordare, allora, la notte in cui la ho vista per la prima volta e quando sono uscita dalla stanza perché mi ha guardato così attentamente? O la notte quando si stava già facendo mattina, in cui lei venne ad annunciarmi che mio padre era morto? O le sere in cui lei veniva a trovarmi nella mia successiva casa? Oppure, il fatto che lei abbia saputo quanto non fossi istruita e fece sì che mi venisse insegnato nel modo migliore? O il fatto che io la abbia così ammirato e mi sono meravigliata di lei, e all'inizio pensavo che fosse così bravo a essere memore di me?»

«Solo "all'inizio" ha pensato che io fossi così buono, Lizzie? e che cosa ha pensato dopo "l'inizio"? Così cattivo?»

«Non dico questo. Non intendo questo. Ma dopo la prima meraviglia e il primo piacere di essere notata da uno ch'era così differente da chiunque avesse mai parlato con me, ho cominciato a pensare che sarebbe stato meglio se non l'avessi mai vista.»

«Perché?»

«Perché lei era così diverso!» ella rispose a voce più bassa. «Perché era qualcosa senza sbocco, senza speranza. Mi risparmi!»

«Non hai mai pensato a quello che provavo io, Lizzie?» egli domandò, come se fosse un po' offeso.

«Non molto, signor Wrayburn. Non molto, fino a stasera.»

«Mi dice perché?»

«Fino a stasera non avrei mai immaginato che avesse bisogno di essere pensato. Ma se ha bisogno di esserlo; se lei sente veramente nel cuore d'essere stato per me quello che mi ha detto stasera, e che non c'è niente per noi in questa vita se non la separazione; allora il Cielo l'aiuti e il Cielo la benedica!»

La purezza con la quale ella, con quelle parole, esprimeva un po' del suo amore e un po' della sua sofferenza, fece una grande impressione su di lui per il tempo successivo. La tenne tra le braccia quasi come se fosse stata santificata a lui dalla morte, e la baciò, una volta, quasi come avrebbe potuto baciare i morti.

«Le ho promesso che non l'avrei accompagnata e non l'avrei seguita. Devo sorvegliarla da lontano? Lei è agitata, e sta facendo buio.»

«Sono abituata a essere fuori da sola a quest'ora, e la prego di non farlo.»

«Lo prometto. Non posso arrivare a promettere niente di più stanotte, Lizzie, tranne il fatto che proverò a fare il possibile.»

«C'è solo un modo, signor Wrayburn, di risparmiare me e risparmiare lei in ogni caso. Andar via di qua domattina.»

«Proverò.» Mentre egli disse quella parola con voce grave, ella mise la mano nella sua, la ritirò, e se ne andò lungo il fiume.

«Ora, Mortimer potrebbe crederci?» mormorò Eugene, restando fermo ancora un po' dove lei l'aveva lasciato. «Posso mai crederci anch'io?»

Faceva riferimento alla circostanza che c'erano lacrime sulla sua mano, mentre rimaneva fermo e si copriva gli occhi. «Una posizione davvero ridicola questa, se qualcuno mi vedesse così!» fu il pensiero successivo. E il successivo ancora trovava la sua radice in un piccolo risentimento crescente contro la causa delle lacrime.

«Eppure ho anche acquisito un potere meraviglioso su di lei, per quanto sia così molto seria!»

La riflessione gli riportò in mente l'arrendevolezza del viso e della forma che si era abbandonata sotto il suo sguardo. Contemplando il ricordo, sembrava vedere, per la seconda volta, nell'appello e nella confessione di debolezza, un po' di paura.

«Ed ella mi ama. E un carattere così serio deve essere serio anche nella passione. Non può scegliere di essere forte in questo aspetto, vacillante in quello e debole nell'altro. Deve comportarsi secondo la sua natura, come devo comportarmi fino in fondo secondo la mia. Se la mia esige i suoi dolori e le sue pene a tutto tondo, così deve la sua, suppongo.»

Proseguendo l'indagine sulla sua natura, egli pensò: «Ora, se la sposassi. Se, superando l'assurdità della situazione nei riguardi di M. R. F., io stupirei M. R. F. fino al limite massimo consentitogli dalle sue rispettabili forze, informandolo di averla sposata, come ragionerebbe M. R. F. con la mente legale? "Non volevi sposarti per un po' di soldi e uno status, perché era spaventosamente probabile che ti annoiassi. E' meno spaventosamente probabile che ti annoi, sposandoti senza soldi e nessuna posizione? Sei sicuro di te stesso?" La mentalità giuridica, nonostante cavilli forensi, deve ammettere segretamente: «Buon ragionamento da parte di M. R. F. Non sono sicuro di me.»

Nell'atto stesso di chiamare in suo aiuto questo tono di leggerezza, lo sentì dissoluto e inutile, e fece valere Lizzie contro di esso.

«Eppure,» disse Eugene, «mi piacerebbe vedere il tizio (escluso Mortimer) che mi venisse a dire che da parte mia non c'è un vero sentimento, suscitato in me dalla sua bellezza e dai suoi meriti, mio malgrado, e che non l'amerei sul serio. In particolare mi piacerebbe vedere il tizio che me lo dicesse stasera, o chi mi dicesse qualcosa che potrebbe essere interpretato a suo svantaggio! Perché sono stanco e di cattivo umore con un certo Wrayburn che fa una figura spiacevole, e preferirei di gran lunga essere di cattivo umore con qualcun altro. "Eugene, Eugene, Eugene, questo è un brutto affare!" Ah! Così suonano le campane di Mortimer Lightwood, e suonano malinconicamente stasera.»

Continuando a camminare, pensò a qualcos'altro di cui occuparsi.

«Dov'è l'analogia, Bestia Bruta,» disse tra sé con impazienza, «tra una donna che tuo padre ha scelto freddamente per te, e una donna che hai trovato tu da solo, e dalla quale non ti sei mai allontanato, con costanza sempre crescente, fin dal primo momento che le hai messo gli occhi addosso? Somaro! Non puoi ragionare meglio di così?»

Ma, ancora una volta, si lasciò andare a una reminiscenza della sua prima piena consapevolezza del suo potere avuta poco prima, e della rivelazione del suo cuore. Non tentare più di andarsene, e il cercarla di nuovo, fu la conclusione sconsiderata che diventò predominante. E ancora di nuovo: «Eugene, Eugene, Eugene, questo è un brutto affare!» E: «Vorrei fermare questo scampanio di Lightwood, che suona come un rintocco funebre.»

Guardando in alto, scoprì che la luna giovane era alta e che le stelle cominciavano a brillare nel cielo, da cui i toni del rosso e del giallo svanivano a favore del calmo blu di una notte d'estate. Era ancora in riva al fiume. Voltandosi all'improvviso, incontrò un uomo, così vicino a lui che Eugene, sorpreso, fece un passo indietro, per evitare una collisione. L'uomo portava qualcosa sopra la sua spalla che poteva essere un remo rotto, o un palo, o una sbarra, e non si accorse di lui, ma passò oltre.

«Ehi, amico!» gli gridò dietro Eugene, «siete cieco?» L'uomo non rispose, ma se ne andò. Eugene Wrayburn andò nella direzione opposta, con le mani dietro lui e il suo pensiero fisso in mente.

Superò le pecore, e oltrepassò il cancello, e giunse a sentire i rumori del villaggio, e venne al ponte. L'albergo dove alloggiava, come il villaggio e la cartiera, non era al di là del fiume, ma dalla stessa parte dove camminava. Tuttavia, poiché sapeva che il canneto e l'acqua stagnante, dall'altra parte, era un posto più appartato, e non avendo l'umore per rumori o compagnia, attraversò il ponte e proseguì di buon passo: guardando le stelle che sembravano accendersi una ad una nel cielo, e guardando nel fiume dove sembrava che le stesse stelle si accendessero in profondità nell'acqua. Un approdo oscurato da un salice e una barca da diporto che giacevano lì ormeggiati tra alcuni pali, attirarono la sua attenzione mentre passava. Il luogo era così buio, che si fermò per capire cosa ci fosse, e poi l'oltrepassò.

L'increspatura del fiume sembrava provocare un corrispondente movimento nelle sue inquietanti riflessioni. Le avrebbe fatte addormentare se avesse potuto, ma erano in movimento, come il fiume, e tutte tendevano in una direzione con una forte corrente. Mentre il riflesso increspato della luna inaspettatamente si spezzava di tanto in tanto, e lampeggiava pallidamente in una nuova forma e con un nuovo suono, parti dei suoi pensieri si staccarono, spontaneamente, dal resto e rivelarono la loro malvagità.

«Fuori questione sposarla,» disse Eugene, «e fuori questione lasciarla. Il problema!»

Era andato abbastanza lontano. Prima di voltarsi per tornare sui suoi passi, si fermò sul margine, a guardare la notte riflessa. In un istante, con uno schianto spaventoso, la notte riflessa diventò deforme, le fiamme schizzarono frastagliate nell'aria, e la luna e le stelle caddero esplodendo dal cielo.

Era stato colpito dal fulmine? Con questo incoerente pensiero mezzo formato in testa, si voltò sotto i colpi che lo accecavano e schiacciavano la sua vita, si strinse addosso all'assassino, che egli afferrò per un fazzoletto rosso - sempre che il suo stesso sangue che scorreva non gli desse quella tonalità.

Eugene era leggero, attivo ed esperto; ma le sue braccia erano spezzate, o paralizzate, ed egli non poteva far altro che aggrapparsi a quell'uomo, con la testa rovesciata indietro, così che non poteva vedere altro che il cielo che ondeggiava. Dopo aver trascinato l'aggressore, cadde con lui sulla riva, poi ci fu un altro grande schianto, poi un tonfo, e tutto fu fatto.

Anche Lizzie Hexam aveva evitato il rumore e il movimento di persone del sabato nella strada affollata, e aveva scelto di camminare da sola vicino all'acqua finché le sue lacrime non fossero state asciutte, e potesse così ricomporsi in modo da sfuggire alle osservazioni sul suo aspetto afflitto o infelice nel tornare a casa. La pacifica serenità dell'ora e del posto scendeva salutare nelle profondità del suo cuore, poiché lì non c'erano rimproveri o cattive intenzioni che lottassero. Aveva meditato e preso conforto. Anche lei stava tornando a casa, quando sentì uno strano suono.

La sorprese, perché era come un rumore di colpi. Rimase ferma, e ascoltò. La disgustò, perché i colpi cadevano pesantemente e crudelmente nel silenzio della notte. Mentre ascoltava, indecisa, tutto tacque. Mentre ancora ascoltava, sentì un debole gemito e qualcosa che cadeva nel fiume.

La sua vecchia vita audace e l'abitudine la ispirarono immediatamente. Senza sprecare vano fiato nel gridare aiuto dove non c'era nessuno ad ascoltare, corse verso il punto da cui provenivano i rumori. Era tra lei e il ponte, ma era più lontano da lei di quanto aveva pensato; poiché la notte era così tranquilla e il suono viaggiava lontano con l'aiuto dell'acqua.

Alla fine raggiunse una parte della sponda verde, molto calpestata e di recente, dove giacevano alcuni pezzi di legno spezzati e alcuni frammenti di vestiti strappati. Chinandosi, vide che l'erba era insanguinata. Seguendo le gocce e le macchie, vide che il margine acquoso della riva era insanguinato. Seguendo la corrente con i suoi occhi, vide una faccia insanguinata rivolta verso la luna, e che andava alla deriva.

Ora, il Cielo misericordioso sia ringraziato per quei vecchi tempi, e concedi, o Signore benedetto, che attraverso le tue meravigliose opere ciò possa rivolgersi al bene, finalmente! A chiunque appartenga la faccia alla deriva, sia quella di un uomo o di una donna, aiuta le mie umili mani, Signore Dio, a sollevarla dalla morte e restituirla a qualcuno a cui dev'essere cara!

Pensava, pensava con fervore, ma la preghiera nemmeno per un momento la arrestò. Era via prima che le venisse in mente, a posto, veloce e vero, ma soprattutto saldo, - perché senza fermezza non avrebbe potuto mai essere fatto - il punto di approdo sotto il salice, dove aveva visto anch'ella la barca ormeggiata tra i pali. Un tocco sicuro della sua vecchia mano esperta, un passo sicuro del suo vecchio pratico piede, un sicuro leggero equilibrio del suo corpo, ed era sulla barca. Una rapida occhiata del suo occhio esperto le mostrò, persino attraverso l'ombra scura e profonda, i remi in una rastrelliera contro il muro di mattoni rossi del giardino. Un altro momento, e lei era salpata (prendendo con lei una corda), e la barca era schizzata nel chiaro di luna, ed ella remava lungo il fiume come mai altre donne remavano sull'acqua inglese.

Guardò avanti attentamente sopra la sua spalla, senza rallentare, per trovare la faccia che andava. Superò la scena della lotta - laggiù era, alla sua sinistra, ben oltre la poppa della barca - passò oltre alla sua destra, alla fine della strada del paese, una strada collinare che era quasi immersa nel fiume; i suoni del villaggio stavano diventando di nuovo deboli, e lei rallentò; guardando, ovunque, dappertutto, mentre la barca andava in cerca della faccia fluttuante.

Ora si limitava a tenere la barca ferma nella corrente e si riposava sui suoi remi, ben sapendo che se la faccia non sarebbe stata presto visibile, era perché era affondata, ed ella l'avrebbe superata. Una vista inesperta non avrebbe mai visto al chiaro di luna quello che ella vide alla lunghezza di pochi colpi di remi verso poppa. Vide la figura che stava annegando salire verso la superfice, lottare leggermente, e come per istinto rigirarsi sul dorso per galleggiare. Proprio così aveva visto vagamente per la prima volta il viso che ora vedeva di nuovo vagamente.

Ferma di sguardo e ferma di proposito, ella guardò attentamente il suo avvicinarsi, finché non fu molto vicino; poi, con un colpo sganciò i suoi remi, e strisciò a poppa nella barca, inginocchiandosi e accovacciandosi. Una volta, lasciò che il corpo le sfuggisse, non essendo sicura della sua presa.

Un'altra volta, l'aveva afferrato per i suoi capelli insanguinati. Era insensibile, se non virtualmente morto; era mutilato e macchiava l'acqua tutt'intorno con striature rosso scuro. Poiché quel corpo non poteva aiutarsi da solo, era impossibile per lei portarlo a bordo. Si chinò sul bordo per assicurarlo con la corda, e poi il fiume e le sue sponde risuonarono del terribile grido che emise. Ma, come se fosse posseduta da uno spirito e una forza soprannaturali, lo legò bene, riprese il suo posto e remò disperatamente verso la più vicina acqua poco profonda dove avrebbe potuto arenare la barca. Disperatamente, ma non all'impazzata, perché sapeva che se avesse perso la nitidezza degli obiettivi, tutto era perduto e andato.

Portò la barca a riva, entrò in acqua, lo slegò dalla corda, e con forza immensa lo sollevò tra le sue braccia e lo adagiò sul fondo della barca. Egli aveva ferite spaventose su di lui ed ella le fasciò con il suo vestito che strappò a strisce.

Altrimenti, supponendo che fosse ancora vivo, ella aveva previsto che doveva morire dissanguato prima di poteva essere portato al suo albergo, che era il posto più vicino per soccorrerlo. Fatto questo molto rapidamente, gli baciò la fronte sfigurata, guardò angosciata verso le stelle, e lo benedisse e lo perdonò, 'se aveva qualcosa da perdonare'. Fu solo in quell'istante che ella pensò a se stessa, e poi pensò a se stessa solo per lui. Ora, il Cielo misericordioso sia ringraziato per quel tempo passato, che mi ha permesso, senza perdere un momento, di rimettere a galla la barca, e remare controcorrente! E concedi, o benedetto Signore Dio, che, attraverso la mia povera persona, possa essere risuscitato dalla morte e preservato per qualcun altra a cui un giorno potrebbe essere caro, anche se mai più caro che a me!

Remava forte - remava disperatamente, ma mai all'impazzata - e di rado tolse gli occhi da lui sul fondo della barca. Lo aveva messo lì, perché potesse vedere il suo volto sfigurato; era così sfigurato che sua madre avrebbe potuto coprirlo per non vederlo, ma nei suoi occhi era sopra e oltre il suo viso deturpato. La barca toccò il bordo del pezzo di prato della locanda, che scendeva dolcemente nell'acqua. C'erano luci alle finestre, ma capitò che non ci fosse nessuno fuori di casa. Portò la barca avanti, e di nuovo con forza immensa lo sollevò e non lo depose mai finché non lo fece sdraiare in casa.

Furono subito mandati a chiamare dei medici, ed ella si sedette sostenendogli la testa. Ella aveva spesso sentito nei tempi passati, come i medici sollevassero la mano di una persona ferita priva di sensi, e la lasciassero cadere se la persona era morta. Ella aspettava il terribile momento in cui i medici avrebbero sollevato questa mano, tutta rotta e contusa, e l'avrebbe lasciata ricadere.

Il primo medico arrivò, e prima di procedere a esaminarlo domandò: «Chi l'ha portato dentro?»

«L'ho portato io, signore,» rispose Lizzie, e tutti i presenti la guardarono.

«Voi, mia cara? Ma non potevate sollevarlo, tanto meno trasportarlo, questo peso.»

«Penso che non lo avrei potuto fare in un altro momento, signore; ma sono sicura di averlo fatto.»

Il medico la guardò con grande attenzione e con un po' di compassione. Con volto serio, dopo aver toccato le ferite sulla testa, e le braccia rotte, prese la mano.

Oh! L'avrebbe lasciata cadere?

Sembrava irresoluto. Non la trattenne, ma la posò delicatamente giù, prese una candela, guardò più da vicino le ferite sulla testa e le pupille degli occhi. Fatto questo, posò la candela e prese di nuovo la mano. Entrò allora un altro dottore, si parlarono con un sussurro, e il secondo prese la mano. Non la lasciò cadere subito, ma la tenne per un po' e la posò delicatamente giù.

«Prendetevi cura di quella povera ragazza,» disse poi il primo dottore. «È completamente fuori di sé. Non vede e non sente nulla. Tanto meglio per lei! Non la svegliate, se potete evitarlo, ma spostatela. Povera ragazza, povera ragazza! Deve essere incredibilmente forte di cuore, ma c'è molto da temere che abbia affidato il suo cuore al morto. Siate gentili con lei.»

VII. Meglio essere Abele che Caino

Il giorno stava per spuntare, alla chiusa del Mulino di Plashwater. Le stelle erano ancora visibili, ma c'era una luce opaca a est che non era la luce della notte. La luna era calata e una nebbia si insinuava lungo le rive del fiume, attraverso la quale gli alberi erano i fantasmi degli alberi, e l'acqua era il fantasma dell'acqua. Questa terra sembrava spettrale, e così le stelle pallide: mentre il freddo bagliore orientale, inespressivo quanto a calore o colore, con l'occhio del firmamento spento, avrebbe potuto essere paragonato allo sguardo dei morti. Di certo, Bradley Headstone guardava da quella parte, quando si levò un'aria gelida, e quando passò mormorando, come se sussurrasse qualcosa che faceva tremare - o sembrava minacciare -gli alberi fantasma e l'acqua, perché la fantasia avrebbe potuto credere l'una e l'altra cosa.

Si voltò e cercò di aprire la porta della chiusa. Era fissata all'interno. «Ha paura di me?» borbottò, mentre bussava.

Rogue Riderhood si svegliò subito, subito svitò il chiavistello e lo fece entrare.

«Ehi, l'altrissimo, pensavo che si fosse perso! Due notti lontano! Credevo quasi che avesse voluto lasciarmi in asso, e avevo una mezza idea di mettere un avviso sui giornali per cercarla!»

La faccia di Bradley diventò così scura a questo accenno, che Riderhood ritenne opportuno addolcirlo con un complimento «Ma non lei, direttore, non lei», continuò, scuotendo imperturbabile la testa «Perché, sa che cosa ho detto a me stesso dopo essermi divertito un po' con quella specie di idea comica, come una sorta di gioco scherzoso? Ebbene, ho detto a me stesso: "È un uomo d'onore." Ecco che cosa ho detto a me stesso: «È un uomo dal doppio onore.»

Molto stranamente, Riderhood non gli fece nessuna domanda. L'aveva guardato quando gli aveva aperto la porta, e ora lo guardò di nuovo (di nascosto questa volta), e il risultato del suo sguardo fu che non gli fece alcuna domanda.

«Vorrà riposare un po', direttore, come giudico, prima di volgere la mente alla colazione.» disse Riderhood quando il maestro si sedette e posò il mento sulla mano, con gli occhi a terra. E ancora una volta in modo molto straordinario: Riderhood finse di mettere in ordine i miseri mobili, mentre parlava, per avere un pretesto per non guardarlo.

«Sì, credo che farei meglio a dormire,» disse Bradley, senza cambiare posizione.

«Io stesso glielo raccomanderei, direttore» disse Riderhood. Potrebbe forse essere a secco?»

«Sì, mi piacerebbe una bevuta» disse Bradley, ma senza sembrare di prestare molta attenzione.

Il signor Riderhood tirò fuori la sua bottiglia e andò a prendere la sua brocca piena d'acqua, e somministrò la bevanda. Poi, scosse il copriletto del suo letto e lo lisciò, e Bradley vi si sdraiò sopra con i vestiti che indossava. Il signor Riderhood, osservando poeticamente che avrebbe raccolto le ossa del suo riposo notturno, sulla sua sedia di legno, sedette vicino alla finestra come prima; ma, come prima, osservava attentamente il dormiente finché non si addormentò profondamente. Allora si alzò e lo andò a guardare da vicino, nella chiara luce del giorno, da ogni parte, minuziosamente. Poi andò alla sua chiusa, per ricapitolare quello che aveva visto.

«Una delle sue maniche è stata strappata subito sotto il gomito, e l'altra ha avuto un bello strappo alla spalla. È stato afferrato piuttosto strettamente, perché la sua camicia è tutta strappata intorno al colletto. E' stato nell'erba ed è stato nell'acqua. E si è macchiato, so di che cosa, e so di chi... Urrah!»

Bradley dormì a lungo. Nel primo pomeriggio, passò una barca. Altre ne erano passate, in un senso e nell'altro, prima di quella; ma il custode della chiusa salutò solo questa particolare barca, per avere notizie, come se avesse fatto un calcolo dei tempi con una certa esattezza. Gli uomini a bordo gli dettero la notizia, e ci fu un indugiarsi da parte loro nel soffermarsi su quella. Erano passate dodici ore da quando Bradley si era coricato, quando si alzò.

«Ci credo,» fece Riderhood strizzando gli occhi alla sua capanna, quando vide Bradley uscire di casa, «che avete dormito tutto questo tempo, vecchio ragazzo!»

Bradley gli venne vicino, si sedette sulla leva di legno, e domandò che ora era. Riderhood gli disse che era tra le due e le tre.

«Quando vi daranno il cambio?» domandò Bradley.

«Dopodomani, padrone.»

«Non prima?»

«Neanche un po' prima, padrone.»

Da entrambe le parti, sembrava attribuita importanza a questa questione del cambio. Riderhood coccolò la risposta, dicendo una seconda volta, e prolungando un movimento negativo della testa: «N-n-n-eanche un po' prima, padrone.»

«Vi ho detto che me ne vado stasera?» domandò Bradley.

«No, direttore,» rispose Riderhood con un tono allegro, affabile e colloquiale, «non me l'ha detto.

Ma molto probabilmente lei intendeva farlo e poi l'ha dimenticato. Altrimenti come poteva venirvi in mente un dubbio al riguardo, direttore?»

«Quando il sole tramonta, ho intenzione di andare via,» disse Bradley.

«Tanto è più necessaria una beccata,» rispose Riderhood. «Entri e mangi qualcosa, l'altrissimo.»

Poiché in casa del signor Riderhood non era osservata la formalità di mettere la tovaglia, servire la 'beccata' fu l'affare di un momento; consistette semplicemente nel portare una capiente teglia con dentro tre quarti di un immenso tortino di carne, e due coltelli da tasca, un boccale di terracotta e una grande bottiglia di birra marrone scura.

Mangiarono e bevvero entrambi, ma Riderhood molto più abbondantemente. In luogo dei piatti, l'onest'uomo tagliò due pezzi triangolari della spessa crosta del tortino, e li pose, con il lato interno in alto, sulla tavola: uno davanti a sé e uno davanti all'ospite. Su quei piatti egli mise due buone porzioni del contenuto del tortino, così conferendo all'intrattenimento l'insolito interesse che ogni partecipante raccolse l'interno del suo piatto e lo consumò con l'altra sua roba, oltre ad avere lo sport di inseguire i grumi di sugo congelato sul piano della tavola, e prendendoli con successo alla fine nella propria bocca dalla lama del coltello, prima che scivolassero fuori da esso. Bradley Headstone era così straordinariamente goffo in questi esercizi, che Rogue lo osservava.

«Attento, l'altrissimo!» gridò, «si taglia la mano!»

Ma l'avvertimento arrivò troppo tardi, perché Bradley si ferì in quell'istante. E, cosa più sfortunata, chiedendo a Riderhood di legarlo, e stando vicino a lui per lo scopo, egli strinse la sua mano per il bruciore della ferita, e fece colare il sangue sul vestito di Riderhood.

Quando il pranzo fu finito, e quando ciò che restava dei piatti e ciò che restava del sugo congelato fu rimesso dentro a ciò che restava del tortino, ciò che servì da economico investimento per tutti i vari risparmi, Riderhood riempì la tazza con la birra e prese una lunga sorsata. E ora guardò Bradley con occhio malvagio.

«L'altrissimo!» disse con voce roca, chinandosi sul tavolo per toccargli il braccio. «La notizia è andata giù lungo il fiume prima di lei.»

«Che notizia?»

«Chi pensa,» disse Riderhood con una scossa del capo, come se scacciasse con sdegno la finta «che ha raccolto il corpo? Indovini!»

«Non sono bravo a indovinare nulla.»

«Lo ha fatto lei! Urrah! Di nuovo lì! Lei!»

Lo spasmo convulso della faccia di Bradley Headstone, e l'improvvisa vampata che esplose su di essa, mostrò quanto cupamente la notizia lo aveva toccato. Ma non disse una sola parola, buona o cattiva. Si limitò a sorridere in modo stentato, si alzò e si appoggiò alla finestra a guardar fuori. Riderhood lo seguì con lo sguardo. Poi Riderhood abbassò gli occhi sui suoi vestiti imbrattati. Riderhood iniziò ad avere un'aria di essere migliore di quanto Bradley fosse, per quanto riguarda le supposizioni.

«Sono stato tanto tempo senza riposare,» disse il maestro, «che col vostro permesso mi stendo di nuovo.»

«E benvenuto, altrissimo!» fu la risposta cordiale del suo ospite. Si sdraiò senza aspettare, e rimase sul letto finché il sole non fu basso. Quando si alzò e uscì per riprendere il suo viaggio, trovò il suo ospite che lo aspettava sull'erba vicino al sentiero di traino fuori dalla porta.

«Ogni volta che può essere necessario che io e voi abbiamo ulteriori comunicazioni,» disse Bradley, «tornerò. Buona notte.»

«Bene, dal momento che niente può essere meglio, buona notte» disse Riderhood, girando sui talloni. Ma si voltò di nuovo mentre l'altro si avviava e aggiunse sottovoce, guardandolo di sbieco: «Non ti lascerei andare così, se il mio cambio non stesse per arrivare! Ti prenderò prima di un miglio.»

In breve, poiché il cambio era quella sera al tramonto, il suo compagno entrò in silenzio, nel giro di un quarto d'ora. Riderhood non rimase a completare tutto il periodo del suo turno, ma prendendo in prestito un'ora o giù di lì, che avrebbe restituito di nuovo quando avrebbe dato il cambio al compagno, Riderhood subito si mise sulle tracce di Bradley Headstone.

Era un inseguitore migliore di Bradley. Era stata la professione della sua vita quella di sgattaiolare e pedinare e tendere insidie, e conosceva bene la sua professione. Aveva effettuato una marcia così forzata da quando aveva lasciato la casa della chiusa che fu vicino a lui - vale a dire, vicino a lui come riteneva che fosse conveniente - prima che passasse davanti a un'altra chiusa. Il suo uomo guardava indietro abbastanza spesso mentre andava, ma non si accorse di lui. Riderhood sapeva come sfruttare il terreno, e dove mettere la siepe tra di loro, e dove il muro, e quando abbassarsi e quando lasciarsi cadere, e aveva mille arti oltre la concezione lenta del condannato Bradley. Ma tutte le sue arti ebbero una battuta d'arresto, come egli stesso, d'altronde, quando Bradley, voltando in un sentiero verde o andando lungo la riva del fiume - un luogo solitario inselvatichito di ortiche, arbusti e rovi, e ingombrato dai tronchi scalfiti di un'intero filare di alberi abbattuti, ai margini di un boschetto, cominciò a mettere i piedi sui tronchi e a cadere in mezzo a loro e a salirvi di nuovo, apparentemente come avrebbe potuto fare uno scolaretto, ma sicuramente senza scopo da scolaro, o mancanza di scopo.

«Che cosa stai facendo?» borbottò Riderhood, giù nel fosso, e tenendo la siepe un po' aperta con entrambe le mani. E presto le azioni di lui diedero una risposta straordinaria. «Per San Giorgio e il drago, se non ha intenzione di fare il bagno!»

Bradley era tornato indietro, su e tra i tronchi degli alberi, era passato sulla riva e aveva cominciato a spogliarsi sull' erba. Per un momento tutto questo ebbe l'aspetto di un sospetto suicidio, congegnato per simulare un incidente. «Ma non avresti preso un fagotto sotto il braccio, tra quel legname, se questo era il tuo gioco!» disse Riderhood. Tuttavia fu un sollievo per lui, quando il bagnante dopo un tuffo e poche bracciate, venne fuori. «Perché non mi piacerebbe perderti,» disse in modo ostentato, «finché non abbia fatto ancora più soldi con te.»

Accucciato in un altro fosso (aveva cambiato fosso quando il suo uomo aveva cambiato la sua posizione) e tenendo scostata una porzione di siepe così piccola tanto che gli occhi più acuti non avrebbero potuto individuarlo, Rogue Riderhood guardò il bagnante vestirsi. E ora gradualmente si presentò la meraviglia che stava in piedi, completamente vestito, un altro uomo, e non il barcaiolo.

«Ah, ah,» disse Riderhood, «proprio com'eri vestito quella sera. Vedo. Vuoi portarmi via con te, ora. Sei astuto. Ma io sono ancora più astuto.»

Quando il bagnante ebbe finito di vestirsi, si inginocchiò sull'erba, facendo qualcosa con le mani, e di nuovo si alzò con il suo fagotto sotto il braccio. Guardandosi intorno con grande attenzione, andò poi in riva al fiume e lo lanciò il più lontano, eppure il più leggermente possibile. Soltanto quando egli fu decisamente di nuovo sulla sua strada, al di là di un'ansa del fiume e dopo un po' di tempo fuori dalla vista, che Riderhood si arrampicò dal fosso.

«Ora,» fu la discussione con se stesso, «devo seguirti, o devo lasciarti andare per questa volta, e andare a pesca?» Continuando questa discussione, continuò a seguirlo come misura precauzionale, in ogni caso, e lo ebbe di nuovo visibile. «Se dovessi lasciarti perdere questa volta,» disse poi Riderhood tra sé, continuando a seguirlo, «potrei farti venire da me di nuovo, o potrei trovarti in un modo o nell'altro. Se non dovessi andare a pescare, altri potrebbero. Ti lascio perdere questa volta e vado a pesca!» Detto questo, abbandonò improvvisamente l'inseguimento e se ne tornò indietro.

L'uomo miserabile che aveva lasciato andare per il momento, ma non per molto, proseguì verso Londra. Bradley era sospettoso di ogni suono che sentiva, e di ogni volto che vedeva, ma era affascinato da quello che molto comunemente accade allo spargitore di sangue, e non aveva sospetto del reale pericolo che si annidava nella sua vita, e che si sarebbe ancora annidato. Riderhood era molto nei suoi pensieri - non era mai uscito dai suoi pensieri sin dall'avventura notturna del loro primo incontro; ma Riderhood occupava un posto molto diverso da quello di inseguitore; e Bradley si era preso la briga di inventare così tanti mezzi per adattargli quel posto, e per incunearlo dentro, che la sua mente non riusciva a comprendere la possibilità che occupasse qualcun altro posto.

E questo è un altro sortilegio contro il quale lo spargitore di sangue si sforza per sempre invano. Ci sono cinquanta porte attraverso le quali la scoperta può entrare. Con infiniti dolori e astuzia, fa doppie serrature e ne sbarra quarantanove e non riesce a vedere la cinquantesima completamente aperta.

Ora, inotre, era afflitto da uno stato d'animo più logorante e più estenuante del rimorso. Non aveva rimorsi; ma il malfattore che può tenere a bada quel vendicatore, non può sfuggire al tortura più lenta di ripetere incessantemente l'atto malvagio e renderlo più efficiente. Nelle dichiarazioni difensive e nelle finte confessioni degli assassini, l'ombra di questa tortura che li perseguita può essere rintracciata attraverso ogni bugia che essi dicono. Se avessi fatto ciò che è asserito, è concepibile che avrei fatto questo errore e quest'altro? Se avessi fatto ciò che è asserito, avrei potuto lasciare quel punto vulnerabile, su cui quel falso e malvagio testimone ha deposto contro di me in modo così infame?

Lo stato di quel disgraziato che trova continuamente i punti deboli nel proprio crimine e si sforza di rafforzarli quando ormai sono immutabili, è uno stato che aggrava l'offesa ripetendo il delitto mille volte invece di una; ma è anche uno stato che facendo ricordare beffardamente il reato a una natura scontrosa e impenitente, rende la sua punizione più pesante ogni volta.

Bradley perseverava, incatenato pesantemente all'idea del suo odio e della sua vendetta, e pensando a come avrebbe potuto saziare entrambi in molti modi migliori di quello che aveva scelto. Lo strumento avrebbe potuto essere migliore, il posto e l'ora avrebbero potuto essere scelti meglio. Per picchiare un uomo da dietro nel buio, sull'orlo di un fiume, stava abbastanza bene, ma avrebbe dovuto essere subito annientato, invece si era voltato e aveva preso il suo aggressore; e così, per farla finita prima che arrivasse un aiuto fortuito, e per sbarazzarsi di lui, lo aveva gettato in fretta all'indietro nel fiume, prima che la vita gli fosse completamente tolta. Ora, se potesse essere fatto di nuovo, non deve essere fatto così. Supponiamo che la sua testa fosse stata tenuta sott'acqua per un certo periodo. Supponiamo che il primo colpo fosse stato più forte. Supponiamo che fosse stato sparato. Supponiamo che fosse stato strangolato. Supponiamo in questo modo, in quel modo, nell'altro modo. Supponiamo tutto tranne che essere slegato da un'idea, perché ciò era inesorabilmente impossibile.

La scuola riapriva il giorno successivo. Gli scolari videro poco o nessun cambiamento sul volto del maestro, perché aveva sempre la sua lenta espressione affaticata. Ma, anche mentre faceva lezione, ripeteva sempre l'atto e lo migliorava. Mentre si fermava con il suo pezzo di gesso sulla lavagna nera prima di scriverci su, continuava a pensare al punto, e se l'acqua non era più profonda e la caduta più diritta, un po' più in alto o un po' più in basso. Aveva una mezza idea di disegnare una o due linee sulla lavagna e mostrare a se stesso quello che intendeva. Continuava a farlo di nuovo e continuava a migliorarne il modo, durante le preghiere, durante gli esercizi di aritmetica mentale, durante le interrogazioni, durante tutto il giorno.

Charley Hexam era un maestro, ora, in un'altra scuola, sotto un altro direttore. Era di sera, e Bradley stava camminando nel suo giardino, osservato, dietro una persiana, dalla gentile piccola signorina Peecher, che meditava di offrirgli in prestito i suoi sali profumati contro il mal di testa, quando Mary Anne, in fedele assistenza, alzò il braccio.

«Sì, Mary Anne?»

«Il giovane signor Hexam, se non le dispiace, signorina, che viene a trovare il signor Headstone.»

«Molto bene, Mary Anne.»

Mary Anne alzò di nuovo il braccio.

«Puoi parlare, Mary Anne?»

«Il signor Headstone ha fatto cenno al giovane signor Hexam di entrare in casa, signorina, ed è entrato senza aspettarlo, e adesso è entrato anche il signor Hexam, signorina, e ha chiuso la porta.»

«Molte grazie, Mary Anne.»

Il braccio telegrafico di Mary Anne funzionò di nuovo.

«Che c'è più, Mary Anne?»

«Devono trovarsi piuttosto tristi e al buio, signorina Peecher, perché la persiana del salotto è chiusa, e nessuno dei due la tira su.»

«Ognuno ha i propri gusti,» disse la buona signorina Peecher con un piccolo sospiro triste che represse posando la mano sul suo grazioso corpetto ordinato, «ognuno ha i propri gusti, Mary Anne.»

Charley, entrando nella stanza buia, si fermò di colpo quando vide il suo vecchio amico in una tonalità giallognola.

«Vieni, Hexam, vieni.»

Charley si fece avanti per prendere la mano che gli era stata tesa, ma si fermò di nuovo, a breve distanza. Gli occhi del maestro cupi e iniettati di sangue, alzandosi sul suo viso con uno sforzo, incontrarono il suo sguardo inquisitorio.

«Signor Headstone, che problema c'è?»

«Problema? Dove?»

«Signor Headstone, ha sentito la notizia? La notizia su quel tipo, il signor Eugene Wrayburn? Che è stato assassinato?»

«Allora è morto!» esclamò Bradley.

Mentre il giovane Hexam continuava a guardarlo, egli si inumidì le labbra con la lingua, guardò intorno alla stanza, guardò il suo ex allievo e guardò in basso. «Ho sentito del delitto,» disse Bradley cercando di dominare la bocca che gli tremava, «ma non ne avevo sentito la fine.»

«Dov'era lei,» disse il ragazzo facendo un passo avanti e abbassando la voce, «quando fu commesso il delitto? No! Non glielo chiedo. Non me lo dica. Se lei mi farà questa confidenza, signor Headstone, io riferirò ogni parola. Badi! Stia attento. La riferirò e riferirò di lei. Lo farò.»

La disgraziata creatura sembrava soffrire acutamente per questo ripudio. Un'aria desolata di totale e completa solitudine cadde su di lui, come un'ombra visibile.

«Sono io che devo parlare, non lei,» disse il ragazzo. «Se lo farà, lo farà a suo rischio e pericolo. Metterò il suo egoismo davanti a lei, signor Headstone, il suo egoismo così sfrenato, violento e ingovernabile, per mostrarle la ragione per cui posso, e perché io voglio, non avere più niente a che fare con lei.»

Egli guardò il giovane Hexam come se aspettasse uno scolaro recitare una lezione che conosceva a memoria e di cui era mortalmente stanco. Ma gli aveva detto la sua ultima parola.

«Se lei ha avuto qualche parte - non dico quale - in questa aggressione,» proseguì il ragazzo, «o se ne sa qualche cosa - non dico quanto - o se sa chi è stato - non vado oltre - lei mi ha fatto un'offesa che non potrò mai perdonare. Lei sa che io l'ho portata con me nel suo appartamento nel Temple, quando gli dissi la mia opinione su di lui, e mi sono reso responsabile della mia opinione su di lei. Lei sa che io mi facevo accompagnare da lei quando lo controllavo in vista di recuperare mia sorella e riportarla in sé; lei sa che ho lasciato che lei si mischiasse a tutta questa faccenda, per favorire il suo desiderio di sposare mia sorella.

E come fa a sapere, adesso, che perseguendo i fini del suo temperamento violento, lei non mi abbia esposto al sospetto? È questa la sua gratitudine verso di me, signor Headstone?»

Bradley sedeva guardando fisso davanti a sé all'aria vuota. Ogni volta che il giovane Hexam si fermava, volgeva gli occhi verso di lui, come se stesse aspettando che continuasse con la lezione e la finisse. Ogni volta che il ragazzo riprendeva, Bradley riprendeva il suo viso fisso.

«Sarò semplice con lei, signor Headstone,» disse il giovane Hexam scuotendo il capo con aria quasi minacciosa, «perché questo non è il momento di far finta di non sapere certe cose che so, tranne alcune cose che potrebbe non essere molto sicuro per lei accennare di nuovo. Quello che voglio dire è questo: se lei era un buon maestro, io ero un buon alunno. Le ho fatto molto onore, e se ho migliorato la mia reputazione, ho migliorato altrettanto anche la sua. Benissimo, dunque. Partendo da un piano di eguaglianza, voglio mettere davanti a lei in che modo mi ha mostrato la sua gratitudine, dopo aver fatto tutto quello che potevo per assecondare i suoi desideri in riferimento a mia sorella. Lei mi ha compromesso facendosi vedere in giro con me, nel tentativo di contrastare i piani di quel Wrayburn. Questa è la prima cosa che lei ha fatto. Se il mio carattere, e il fatto che ora la lascio, mi faranno uscirne, signor Headstone, la liberazione sarà merito mio, non suo. Nessun grazie a lei per questo!»

Il ragazzo si fermò di nuovo, e di nuovo egli lo guardò.

«Sto andando avanti, signor Headstone, non abbia paura. Andrò avanti fino alla fine, e le ho già detto prima quale è la fine. Ora, lei sa la mia storia. Lei sa bene come lo so io, che avevo certi svantaggi da lasciarmi indietro, nella vita. Lei mi ha sentito parlare di mio padre, e sa abbastanza bene che la casa dalla quale, come posso dire, sono fuggito, potrebbe essere stata più raccomandabile di quanto non fosse. Mio padre è morto, e allora si sarebbe potuto supporre che la mia strada verso la rispettabilità fosse del tutto spianata. No. Perché allora incominciò mia sorella.»

Parlava con tanta sicurezza, e con la totale assenza di qualsiasi colore rivelatore sulla sua guancia, come se dietro di lui non ci fossero i vecchi tempi ad addolcirlo. Ma non c'era da meravigliarsi, perché effettivamente non c'era mai stato nulla nel suo cavo cuore vuoto. Cosa c'è se non il sé, perché l'egoismo vede solo quello?

«Quando parlo di mia sorella, desidero devotamente che lei non l'avesse mai vista, signor Headstone. Comunque lei l'ha vista, e adesso è inutile. Io avevo fiducia in lei, riguardo mia sorella. Le ho spiegato il suo carattere, e di come ha inserito alcune nozioni ridicole e fantasiose nel modo in cui io cercavo che noi fossimo rispettabili. Lei si è innamorato di mia sorella, e io l'ho favorita con tutte le mie forze. Mia sorella non si è lasciata convincere a favorirla, e così siamo entrati n collisione col signor Wrayburn. Ebbene, che cosa ha fatto, lei? Lei ha giustificato mia sorella per essersi fermamente opposta a lei dall'inizio alla fine, e mi ha messo di nuovo dalla parte del torto! E perché ha fatto così? Perché, signor Headstone, lei è così egoista in tutte le sue passioni, e così concentrato su se stesso, che non ha concesso un solo giusto pensiero a me.»

La fredda convinzione con cui il ragazzo iniziò e portò avanti la sua posizione, non avrebbe potuto derivare da nessun altro vizio dell'umana natura.

Egli proseguì, nientedimeno con le lacrime agli occhi. «È una straordinaria circostanza che accompagna la mia vita! Ogni sforzo ch'io faccio verso la perfetta rispettabilità, è ostacolato da qualcun altro, senza ch'io ne abbia nessuna colpa! Non contento di aver fatto ciò che le ho mostrato or ora, lei trascinerà il mio nome nella notorietà trascinando quello di mia sorella - cosa che è abbastanza sicuro di fare, se i miei sospetti hanno un fondamento -, e quanto peggio dimostra di essere, tanto più difficile sarà per me evitare di essere associato a lei nella mente delle persone.» Dopo essersi asciugati gli occhi e aver emesso un singhiozzo sulle sue disgrazie, cominciò a muoversi verso la porta.

«Tuttavia, ho deciso che diventerò rispettabile nella scala della società, e non mi lascerò tirar giù dagli altri. Ho fatto con mia sorella come faccio con lei. Poiché ella si cura così poco di me da non preoccuparsi della mia rispettabilità, ella andrà per la sua strada e io per la mia. Le mie prospettive sono molto buone, e intendo seguirle da solo. Signor Headstone, io non dico che cosa lei abbia sulla coscienza, perché non lo so. Di qualunque cosa si tratti, spero che si renderà conto come sia giusto di tenersi alla larga e lontano da me, e troverà una consolazione nello scagionare in modo completo tutti tranne se stesso. Spero, prima che passino molti anni, di succedere al direttore della mia scuola, e poiché la maestra è nubile, benché qualche anno più vecchia di me, potrei anche sposarla. Se le può essere di qualche conforto sapere quali piani io possa elaborare mantenendomi rigorosamente rispettabile nella scala della società, questi sono i piani che attualmente mi vengono in mente. In conclusione, se si rende conto di avermi offeso, e desidera fare una piccola riparazione, spero che vorrà riflettere su quanto sia stato rispettabile lei stesso, e che contemplerà la sua esistenza rovinata.»

Era strano che quell'uomo disgraziato prendesse a cuore tutto questo pesantemente? Forse aveva preso a cuore il ragazzo, prima, attraverso alcuni lunghi anni laboriosi; forse negli stessi anni aveva trovato il suo ingrato lavoro alleggerito dalla comunicazione con un'intelligenza più brillante e più sveglia della sua; forse una somiglianza di famiglia, nel viso e nella voce, tra il ragazzo e sua sorella, lo colpirono duramente nel buio del suo stato prostrato. Per una qualsiasi di queste ragioni, o per tutte, egli chinò il capo ardente quando il ragazzo se ne andò, e si contrasse di colpo sul pavimento, strisciando, con le palme delle mani strette alle tempie bollenti, in indicibile miseria, e senza il sollievo di una sola lacrima.

Quel giorno Rogue Riderhood era stato impegnato con il fiume. Aveva pescato con assiduità la sera prima, ma la luce era poca, e non aveva avuto successo. Aveva pescato di nuovo quel giorno con migliore fortuna, e aveva portato il suo pesce a casa alla chiusa del mulino di Plashwater, in un fagotto.

VIII. Pochi grani di pepe

La sarta delle bambole non andava più nei locali commerciali di Pubsey & Co., a Saint Mary Axe, dopo che il caso le aveva rivelato (come ella supponeva) il carattere duro e ipocrita del signor Riah. Spesso mentre lavorava traeva la morale sui trucchi e le maniere di quel venerabile imbroglione, ma faceva i suoi piccoli acquisti altrove, e viveva una vita appartata. Dopo molte consultazioni con se stessa, decise di non mettere in guardia Lizzie Hexam contro il vecchio, sostenendo che la delusione di scoprirlo sarebbe arrivata su di lei abbastanza presto. Pertanto, nella sua comunicazione con la sua amica per lettera, taceva su questo tema, e principalmente si dilungava sulle ricadute del suo bambino cattivo, che ogni giorno peggiorava sempre di più.

«Vecchio ragazzo cattivo!» soleva dirgli la signorina Wren con un indice minaccioso, «mi costringerai a scappare da te, dopo tutto, lo farai; e poi cadrai a pezzi e non ci sarà nessuno a raccoglierli!»

A questo presagio di una morte desolata, il vecchio cattivo gemeva e piagnucolava, e si sedeva agitandosi nel più basso degli umori bassi, fino al momento in cui riusciva a traballare fuori della casa e tranguigava un altro tre-*pence* di rum. Ma ubriaco fradicio o sobrio fradicio (era arrivato a un punto tale che era meno vivo in quest'ultimo stato), nella sua coscienza di spaventapasseri paralitico c'era sempre il fatto che aveva tradito la sua acuta genitrice per sessanta tre-*pence* di rum, che erano tutti andati, e che la sua acutezza avrebbe rilevato infallibilmente che l'aveva fatto, presto o tardi.

Tutto considerato, perciò, e aggiungendo lo stato del suo corpo a quello del suo spirito, il letto sul quale riposava il signor Dolls era un letto di rose dal quale i fiori e le foglie erano spariti completamente, lasciandolo sdraiato su spine e steli.

Un certo giorno, la signorina Wren era sola al lavoro, con la porta di casa aperta per il fresco, e canticchiava con una vocina dolce una canzoncina lugubre che avrebbe potuto essere la canzone della bambola che stava vestendo, poiché si lamentava della fragilità e della solubilità di cera, quando poté scorgere nientemeno che il signor Fledgeby, che stava sul marciapiede, e la guardava.

«Pensavo che fosse lei,» disse Fledgeby mentre saliva i due scalini.

«Sì?» rispose la signorina Wren. «E io pensavo che fosse lei, giovanotto. Proprio una coincidenza. Lei non si sbaglia, e io non mi sbaglio. Come siamo intelligenti!»

«Bene, e come sta?» disse Fledgeby.

«Sto più o meno come al solito, signore,» rispose la signorina Wren. «Una madre molto disgraziata, impensierita per la mia vita e i miei sensi da un figlio molto cattivo.»

I piccoli occhi di Fledgeby si spalancarono così tanto che avrebbero potuto essere considerati occhi di dimensioni normali, mentre si guardava intorno per la persona molto giovane che supponeva fosse in questione.

«Ma lei non è un genitore,» disse la signorina Wren, «e di conseguenza è inutile parlarle di un argomento di famiglia. A cosa devo attribuire l'onore e il favore?»

«Al desiderio di migliorare la sua conoscenza,» rispose il signor Fledgeby.

La signorina Wren, fermandosi a tagliare il filo coi denti, lo guardò molto intenzionalmente.

«Non ci vediamo mai adesso,» disse Fledgeby, «vero?»

«No,» disse la signorina Wren tagliando corto.

«Così mi è venuto in mente,» proseguì Fledgeby, «di venire a fare una chiacchierata con lei sul nostro subdolo amico, il figlio d'Israele.»

«Allora lui le ha dato il mio indirizzo, eh?» domandò la signorina Wren.

«Gliel'ho tirato fuori,» disse Fledgeby, con un balbettio.

«Sembra che lei lo veda molto,» osservò la signorina Wren con sagace diffidenza. «Sembra che lei lo veda molto spesso, a pensarci bene.»

«Sì,» disse Fledgeby, «a pensarci bene.»

«Ha continuato,» domandò la sarta, chinandosi sulla bambola sulla quale si stava esercitando la sua arte, «a intercedere presso di lui?»

«No» disse Fledgeby, scuotendo il capo.

«Là! Ha fatto intercessioni presso di lui per tutto questo tempo ed è ancora attaccato a lui?» disse la signorina Wren, occupata col suo lavoro.

«Attaccato a lui, è la parola giusta,» disse Fledgeby.

La signorina Wren continuò il suo lavoro con aria molto concentrata, e dopo un intervallo di silenziosa operosità, domandò: «È nell'esercito, lei?»

«Non esattamente,» disse Fledgeby, piuttosto lusingato dalla domanda.

«In marina?» domandò la signorina Wren.

«N-no,» disse Fledgeby. Egli diede queste due risposte negative come se non fosse proprio in nessuno dei due servizi, ma fosse quasi in entrambi.

«E allora che cosa è, lei?» domandò la signorina Wren.

«Sono un gentiluomo, io» disse Fledgeby.

«Oh!» assentì Jenny, increspando la bocca con un'aria di convinzione. «Sì, certo! Questo spiega il fatto che lei abbia così tanto tempo da dedicare all'intercessione. Pensare a quanto sia un gentiluomo gentile e amichevole!»

Il signor Fledgeby si accorse che stava pattinando intorno a un bordo contrassegnato come 'Pericoloso' e che sarebbe stato meglio trovare una nuova pista. «Torniamo al più furbacchione dei furbacchioni,» disse. «Che cosa ha in mente nei riguardi della bella ragazza sua amica? Deve avere qualche scopo. Qual è il suo scopo?»

«Non posso avventurarmi a dirlo, signore, sono sicura,» rispose la signorina Wren compostamente.

«Egli non vuol confessare dove è andata,» disse Fledgeby, «e ho il capriccio che mi piacerebbe darle un'altra occhiata. Ora io so che lui sa dove è andata.»

«Non posso avventurarmi a dirlo, signore, sono sicura!» ripeté un'altra volta la signorina Wren.

«E lei sa dov'è andata.» azzardò Fledgeby.

«Non posso avventurarmi a dirlo, signore, davvero,» rispose la signorina Wren.

Il piccolo mento bizzarro incontrò lo sguardo del signor Fledgeby con una tale mossa sconcertante, che quel simpatico gentiluomo per qualche tempo non seppe come riprendere la sua parte affascinante nel dialogo. Alla fine disse: «Signorina Jenny! Lei si chiama così, se non mi sbaglio?»

«Probabilmente lei non si sbaglia, signore,» fu la fredda risposta della signorina Wren, «perché l'ha saputo dalla migliore autorità. Da me, sa.»

«Signorina Jenny! Invece di salire sui tetti ed essere morti, usciamo e appaiamo vivi! Ripagherà di più, le assicuro,» disse Fledgeby, concedendo uno o due scintillii allettanti alla sarta. «Vedrà che ripagherà di più.»

«Forse,» disse la signorina Jenny, tendendo la sua bambola a distanza di un braccio, e contemplando criticamente l'effetto della sua arte con le forbici sulle labbra e la testa gettata all'indietro, come se il suo interesse fosse lì, e non nella conversazione; «forse spiegherà meglio il significato, giovanotto, che per me è greco. Devi avere un altro tocco di blu nella tua guarnizione, mia cara.» Avendo diretto l'ultima osservazione alla sua bella cliente, la signorina Wren procedette a tagliare alcuni frammenti azzurri che le giacevano davanti, fra frammenti di tutti i colori, e infilare un ago da una matassa di seta azzurra.

«Stia a sentire,» disse Fledgeby. «Mi sta ascoltando?»

«La sto ascoltando, signore,» rispose la signorina Wren, senza la minima apparenza di farlo. «Ancora un po' di blu sulla tua guarnizione, mia cara.»

«Bene, stia a sentire,» disse Fledgeby, piuttosto scoraggiato dalle circostanze nelle quali si trovava a proseguire la conversazione. «Se lei mi sta ascoltando...»

(«Un blu chiaro, mia dolce signorina,» disse la signorina Wren con tono vivace, «che sarà il più adatto alla tua carnagione chiara e ai tuoi riccioli di lino.»)

«Dunque, se mi sta a sentire,» proseguì Fledgeby, «ciò ripagherà in questo modo. Porterà in modo indiretto all'acquisto dei ritagli e degli avanzi di Pubsey e Co. a un prezzo simbolico, o addirittura a ottenerli per niente.»

«Aha!» pensò la sarta. «Ma lei non è così indiretto, Occhi Piccoli, e ho notato la sua risposta a nome di Pubsey e Co., infine! Occhi Piccoli, Occhi Piccoli, lei è troppo furbo per metà!»

«E lo do per scontato,» proseguì Fledgeby, «che ottenere la maggior parte dei suoi materiali per niente varrebbe la pena, signorina Jenny?»

«Puo' darlo per scontato,» rispose la sarta delle bambole con molti accenni d'intesa, «che vale sempre la pena di fare soldi.»

«Ora,» disse Fledgeby con tono di approvazione, «sta rispondendo con un proposito ragionevole. Ora sta uscendo e sembrando viva! Quindi mi ritengo libero, signorina Jenny, di offrire l'osservazione che lei e Giuda eravate troppo vicini per durare. Non si può giungere a essere intimo con un tipo profondo come Giuda senza cominciare a vedere un po' in lui, sa» disse Fledgeby strizzando un occhio.

«Devo ammettere,» rispose la piccola sarta con gli occhi sul suo lavoro, «che al momento non siamo buoni amici.»

«Lo so che non siete buoni amici al momento,» disse Fledgeby. «So tutto. Vorrei ripagare Giuda, non permettendogli di intromettersi in ogni cosa. Nella maggior parte delle cose egli riesce a ottenerle con le buone o con le cattive, ma - accidenti! - non bisogna lasciare che si intrometta in ogni cosa. È troppo.»

Il signor Fledgeby disse questo con uno sfoggio di accesa indignazione, come se fosse consigliere della causa per la Virtù.

«Come posso impedire che faccia a modo suo?» incominciò la sarta.

«Intromettersi, ho detto,» disse Fledgeby.

«...che si intrometta in ogni cosa?»

«Glielo dirò,» disse Fledgeby. «Mi piace sentire che lei lo chiede, perché è sembrare vivi. È quello che dovrei aspettarmi di trovare nella sua sagace intelligenza. Sinceramente.»

«Eh?» gridò la signorina Jenny.

«Ho detto: sinceramente,» spiegò il signor Fledgeby, un po' spiazzato.

«Oh-h!»

«Mi piacerebbe contrastarlo, riguardo la bella ragazza, sua amica. Lui ha qualche intenzione lì, certo. Lei può contarci, Giuda ha qualche intenzione lì. Certamente ha un motivo, e naturalmente il suo motivo è uno motivo oscuro. Ora, qualunque sia il suo motivo, è necessario per il suo motivo...» i poteri costruttivi del signor Fledgeby non riuscirono a evitare qualche ripetizione qui, «ch'egli mi tenga nascosto quel che ha fatto di lei. Così io ora metto davanti a lei, che sa: che cosa ha fatto di lei? Non chiedo di più. Ed è chiedere molto, quando lei capisce che è vantaggioso?»

La signorina Wren, che aveva abbassato di nuovo gli occhi sul suo banchetto, dopo l'ultima interruzione, stette seduta a guardarlo, ago in mano ma senza usarlo, per alcuni istanti. Poi riprese alacremente il suo lavoro, e disse con uno sguardo obliquo degli occhi e del mento, al signor Fledgeby: «Dove abita, lei?»

«Albany, Piccadilly,» rispose Fledgeby.

«A che ora è in casa?»

«Quando le piace.»

«Ora di prima colazione?» disse Jenny, nel suo modo più brusco e breve.

«Non c'è momento migliore della giornata,» disse Fledgeby.

«Verrò da lei domani, giovanotto. Quelle due signore», e indicò le bambole, «hanno un appuntamento a Bond Street alle dieci precise. Quando le avrò lasciate lì, verrò da lei.» Con una risatina strana, la signorina Jenny indicò la sua stampella come suo equipaggiamento.

«Questo è sembrare vivi davvero!» gridò Fledgeby alzandosi.

«Noti! Non le prometto nulla!» disse la sarta delle bambole picchiettando due volte contro di lui con l'ago che aveva in mano, come se gli tirasse fuori entrambi gli occhi.

«No, no, capisco,» rispose Fledgeby. «La questione degli scarti e gli avanzi per le bambole sarà regolata per prima. Sarà pagata; non abbia paura. Buongiorno, signorina Jenny.»

«Buongiorno, giovanotto.»

La forma affascinante del signor Fledgeby si ritirò; e la piccola sarta, tagliando e ritagliando e cucendo, e cucendo e ritagliando e tagliando, si mise al lavoro in gran fretta, meditando e borbottando tutto il tempo.

«Confuso, confuso, confuso. Non riesco a capirlo. Il signor Occhi Piccoli e il lupo in una cospirazione? o il signor Occhi Piccoli e il lupo l'uno contro l'altro? Non riesco a capirlo. Mia povera Lizzie, hanno entrambi progetti contro di te, in ogni caso? Non riesco a capirlo. Il signor Occhi Piccoli è Pubsey, e il lupo è Co.? Non riesco a capirlo. Pubsey leale con Co., e Co. con Pubsey? Pubsey sleale con Co., e Co. sleale con Pubsey? Non riesco a capirlo. Che cosa ha detto il signor Occhi Piccoli: "Sinceramente"? Ah, comunque vada[283], è un bugiardo. Questo è tutto quello che posso capire per il momento; ma tu puoi andare a letto in Albany, Piccadilly, con questo per tuo cuscino, giovanotto!» Dopo di che, la sarta delle bambole di nuovo punzecchiò con l'ago due volte i due occhi separatamente, e facendo un cappio nell'aria col suo filo e abilmente facendolo annodare con l'ago, sembrava che lo strangolasse con quell'affare.

Per i terrori subiti dal signor Dolls quella sera, quando la sua piccola genitrice sedeva meditando profondamente sul suo lavoro, e quando s'immaginava di esser scoperto, tutte le volte che lei cambiava atteggiamento, o volgeva gli occhi verso di lui, non c'è un nome adeguato. Per di più ella aveva l'abitudine di scuotere la testa davanti a quel miserabile vecchio ragazzo ogni volta che incrociava il suo sguardo mentre lui tremava e si scuoteva. Poiché quella sera agivano su di lui in piena forza quelli che sono popolarmente chiamati "i tremiti", e allo stesso modo quelli che popolarmente vengono chiamati "gli orrori", egli passò un periodo molto brutto; che non fu reso migliore dal suo essere così pieno di rimorsi, tanto da gemere spesso: "Sessanta tre-*pence*". Non essendo questa frase imperfetta affatto intelligibile come confessione, ma suonando come un ordine degno di Gargantua[284] per un bicchierino, lo portò in nuove difficoltà, perché provocò il suo genitore ad avventarsi su di lui in un modo più scattante del solito, e a sopraffarlo con amari rimproveri.

Quello che fu un brutto momento per il signor Dolls, non poteva non essere un brutto momento per la sarta delle bambole. Tuttavia il giorno dopo fu in allerta e andò a Bond Street, lasciò puntualmente le due bambole, poi comandò alla sua carrozza di portarla all'Albany. Quando arrivò alla porta della casa in cui erano le camere del signor Fledgeby, trovò una signora in abito da viaggio che stava in piedi tenendo in mano, - di tutte le cose del mondo -, un cappello da uomo.

«Lei cerca qualcuno?» domandò la signora in modo severo.

«Vado su dal signor Fledgeby.»

«Non può andarci in questo momento. C'è un signore con lui. Io lo sto aspettando. I suoi affari con il signor Fledgeby verranno conclusi molto presto, e poi potrà salire. Finché il signore non scende, deve aspettare qui.»

Mentre parlava, e anche dopo, la signora si tenne prudentemente tra Jenny e la scala, come se si preparasse a opporsi a lei che saliva, con la forza. La signora aveva una statura tale che avrebbe potuto fermarla con una mano, e aveva un'aria quanto mai risoluta, perciò la piccola sarta restò ferma.

«Bene? perché sta ascoltando?» domandò la signora.

«Io non sto ascoltando,» rispose la piccola sarta.

«Che cosa sente?» domandò la signora cambiando la frase.

«E' una specie di borbottio da qualche parte?» disse la sarta con uno sguardo indagatore.

«Il signor Fledgeby nella sua doccia, forse,» osservò la signora, sorridendo.

«E qualcuno sta battendo un tappeto, credo?»

«Il tappeto del signor Fledgeby, oserei dire,» rispose la sorridente signora.

La signorina Wren aveva un buon occhio per i sorrisi, essendovi bene abituata per le sue giovani amiche, anche se il loro i sorrisi per lo più erano più piccoli che in natura. Ma ella non aveva mai visto un sorriso così singolare come quello sul volto di questa signora. Questo faceva aprire le sue narici in modo straordinario, e contrarre le labbra e sopracciglia. Era anche un sorriso di gioia, anche se di un tipo così feroce che la signorina Wren pensava che avrebbe preferito non divertirsi piuttosto che farlo in quel modo.

«Bene!» disse la signora osservandola, «che c'è di nuovo?»

«Spero che non ci sia niente che non va!» disse la piccola sarta.

«Dove?» domandò la signora.

«Non so dove,» disse la signorina Wren guardandosi intorno. «Ma non ho mai sentito dei rumori così strani. Non le pare che farei meglio a chiamare qualcuno?»

«Credo che sia meglio di no,» rispose la signora con un cipiglio significativo, e avvicinandosi.

A questo suggerimento, la sarta abbandonò l'idea e si alzò guardando la signora con la stessa intensità con cui la signora la guardava. Nel frattempo la sarta ascoltava con stupore gli strani rumori che continuavano ancora, e anche la signora ascoltava, ma con una freddezza nella quale non c'era traccia di stupore.

Subito dopo si sentì uno sbatter e sbatacchiare di porte; poi scese, correndo le scale, un signore con i baffi, senza fiato, che sembrava incandescente tanto era rosso.

«Il tuo affare è concluso, Alfred?» domandò la signora.

«Completamente concluso,» rispose il signore, mentre prendeva il cappello dalle mani della signora.

«Lei può andar su dal signor. Fledgeby quando vuole,» disse la signora, allontanandosi con aria altezzosa.

«Oh! E può prendere con sé questi tre pezzi di legno,» aggiunse il signore, cortesemente, «e dire, se non le dispiace, che vengono dal signor Alfred Lammle, coi suoi complimenti, che parte dall'Inghilterra. Signor Alfred Lammle. Sia così gentile da non dimenticare il nome.»

I tre pezzi di legno erano i frammenti consumati e rotti di un robusto e flessibile bastone. La signorina Jenny li prese stupita, mentre il signore ripeteva con un ghigno: «Signor Alfred Lammle, se sarà così gentile. I miei complimenti, lasciando l'Inghilterra.» Il signore e la signora se ne andarono con molta solennità, mentre la signorina Jenny con la sua stampella saliva le scale.

«Lammle, Lammle, Lammle?» ripeteva la signorina Wren tra sé mentre ansimava da un piano all'altro. «Dove ho sentito questo nome? Lammle? Lammle? Lo so! Saint Mary Axe!»

Con un luccichio di nuova intelligenza sul suo viso affilato, la sarta delle bambole tirò il campanello di Fledgeby. Nessuno rispose; ma dall'interno delle stanze proveniva uno strano rumore continuo di natura estremamente singolare e incomprensibile.
«Santo Cielo! Occhi Piccoli sta soffocando?» gridò la signorina Jenny.
Tirando di nuovo il campanello e non ricevendo risposta, spinse la porta esterna e la trovò socchiusa. Non essendo visibile nessuno mentre la apriva di più, e continuando lo strano rumore, ella si prese la libertà di aprire una porta interna e allora vide lo spettacolo straordinario del signor Fledgeby in camicia, con un paio di pantaloni turchi, e un berretto turco, che si rotolava su e giù sul tappeto, e che sputacchiava in modo meraviglioso.
«Oh Signore!» ansimava il signor Fledgeby. «Oh, povero me! Al ladro! Sto soffocando! Fuoco! Oh povero me! Un bicchier d'acqua. Datemi un bicchier d'acqua. Chiudete la porta. Assassino! Oh Signore!» e poi si rotolò e sputacchiò più che mai.
Correndo in un'altra stanza, la signorina Jenny prese un bicchiere d'acqua e lo portò per il sollievo di Fledgeby: il quale, ansimando, sputacchiando, e rantolando, nel frattempo, bevve un po' d'acqua e posò la sua testa debolmente sul braccio della sarta.
«Oh povero me!» gridò Fledgeby torcendosi di nuovo. «È sale e tabacco. E' su nel naso e giù nella gola, e nella trachea. Uh! Auh! Auh! Auh! Ah! -h, -h, -h!» E qui, cantando come un gallo impaurito, con i suoi occhi che uscivano dalla testa, sembrava lottare contro ogni malattia mortale che affligge il pollame.
«Oh, povero me, sono così dolorante!» gridava Fledgeby sobbalzando sulla schiena in un modo spasmodico che fece ritirare la sarta fino al muro.
«Oh, come soffro! Mettetemi qualcosa sulla schiena e sulle braccia, sulle gambe e sulle spalle! Uuh! E' di nuovo giù in gola, e non può venir fuori! Auh! Auh! Auh! Ah! -h, -h, -h! Come soffro!» Qui il signor Fledgeby saltò su, e saltò giù, e andò rotolando su e giù sul pavimento.
La sarta delle bambole stette a guardare finché egli non rotolò in un angolo con le pantofole turche in alto, e poi, risolvendosi in primo luogo di indirizzare la sua assistenza al sale e al tabacco da fiuto, gli diede altra acqua e gli sbatté una mano sulla schiena. Ma quest'ultima applicazione non ebbe alcun successo, perché Fledgeby si mise a urlare e sbraitare: «Ah, povero me! Non mi batta! Sono pieno di piaghe, come soffro!»
Tuttavia, gradualmente smise di soffocare e strillare, smettendo a intervalli, e Miss Jenny lo fece accomodare su una poltrona: dove, con i suoi occhi rossi e acquosi, con i lineamenti gonfi e con una mezza dozzina di strisce livide sul viso, presentava alla vista un'espressione molto addolorata.
«Cosa l'ha spinta a prendere sale e tabacco, giovanotto?» domandò la signorina Jenny.
«Non l'ho preso,» rispose il disgraziato, «è stato stipato nella mia bocca.»
«Chi l'ha stipato?» domandò la signorina Jenny.
«È stato lui,» rispose Fledgeby, «d'assassino. Lammle. Me l'ha infilato in bocca e su per il naso e giù per la trachea - Auh! Auh! Auh! Ah! -h, -h, -h! Uh! - Per impedirmi di gridare e poi aggredirmi crudelmente.»
«Con questo?» domandò la signorina Jenny mostrando i pezzi del bastone.
«Quella è l'arma,» disse Fledgeby, guardandola con aria di riconoscerla. «Me l'ha rotto addosso. Oh, come soffro. Come mai lei è venuta con quello?»
«Quando è corso giù per le scale e ha raggiunto la signora che aveva lasciato nell'ingresso con il suo cappello...» cominciava la signorina Jenny.
«Oh!» gemette Fledgeby contorcendosi, «lei gli teneva il cappello, lei? Avrei potuto sapere che era coinvolta.»

«Quando lui è sceso dalle scale e si è unito alla signora che non voleva lasciarmi salire, mi ha dato questi pezzi per lei, e avrei dovuto dirle: "Coi complimenti del signor Lammle, che lascia l'Inghilterra." La signorina Jenny lo disse con una tale soddisfazione dispettosa e un tale gesto del mento e degli occhi che avrebbe potuto aggiungere altre miserie a quelle del signor Fledgehy, se egli avesse potuto notare entrambi, nel suo dolore fisico, con la sua mano alla testa.

«Vado a chiamare la polizia?» domandò la signorina Jenny, con un rapido balzo verso la porta.

«Si fermi! No!» gridò Fledgeby. «No, per piacere. È meglio star tranquilli. Vuol essere così gentile da chiudere la porta? Oh, come soffro!»

A testimonianza della misura in cui soffriva, il signor Fledgeby venne voltolandosi fuori dalla poltrona, e si rotolò di nuovo sul tappeto.

«Ora che la porta è chiusa,» disse il signor Fledgeby, sedendosi angosciato, con il suo berretto turco mezzo su e mezzo giù e le strisce sulla faccia che diventavano più blu, «mi faccia la gentilezza di guardarmi la schiena e le spalle. Devono essere in uno stato orribile, perché non avevo la mia vestaglia, quando il bruto è entrato di corsa. Mi tagli la camicia dal colletto; c'è un paio di forbici su quel tavolo. Oh!» gemé il signor Fledgeby, di nuovo con le mani sulla testa, «come soffro, davvero!»

«Qui?» domandò la signorina Jenny, indicando la schiena e le spalle.

«Oh, Dio, sì,» gemette Fledgeby contorcendosi. E dappertutto! Ovunque!»

La piccola sarta industriosa strappò rapidamente la camicia e svelò il risultato della bastonatura più furiosa e più completa che il signor Fledgeby avesse mai meritato. «Può ben essere dolorante!» esclamò la signorina Jenny. E di soppiatto si strofinò le manine dietro di lui, e puntò alcuni colpi esultanti con i suoi due indici sopra la corona della sua testa.

«Che ne pensa dell'aceto e della carta da pacchi?» domandò il sofferente Fledgeby, sempre torcendosi e gemendo. «Non le sembra che l'aceto e la carta da pacchi sia il genere di applicazione?»

«Sì,» disse la signorina Jenny, con una risatina silenziosa. «Sembra che dovrebbe essere messo sottaceto.»

Il signor Fledgeby crollò sotto la parola 'sottaceto' e gemette ancora.

«La mia cucina è su questo piano,» disse; «troverà della carta da pacchi in un cassettone lì, e una bottiglia di aceto su uno scaffale. Avrebbe la gentilezza di fare alcuni cerotti e metterli sopra? Non sarà possibile restare troppo in silenzio.»

«Uno, due... ehm... cinque, sei. Ce ne vogliono sei,» disse la sarta...

«C'è abbastanza dolore per sessanta!» piagnucolò il signor Fledgeby gemendo e contorcendosi di nuovo.

La signorina Jenny andò in cucina, forbici in mano, trovò la carta da pacchi e trovò l'aceto, e preparò abilmente sei grossi cerotti. Quando erano tutti pronti sul cassettone, le venne un'idea mentre stava per raccoglierli.

«Penso,» disse la signorina Jenny con una risata silenziosa, «che ci vorrebbe un po' di pepe? Solo pochi acini? Penso che i trucchi e le buone maniere del giovane pretendono dai suoi amici un po' di pepe?»

La cattiva stella del signor Fledgeby le fece vedere subito la scatola del pepe sul camino, ella salì su una sedia, ne scese, e cosparse tutti i cerotti con mano giudiziosa. Poi tornò dal signor Fledgeby e glieli applicò tutti addosso: mentre Fledgeby emetteva un acuto ululato quando ognuno veniva messo al suo posto.

«Ecco, giovanotto,» disse la sarta delle bambole. «Ora spero che si senta abbastanza a suo agio?»

A quanto pare, il signor Fledgeby non lo era, poiché in risposta gridò: «Oh-h, come soffro!»
La signorina Jenny gli mise addosso la sua vestaglia persiana, gli coprì gli occhi a metà con il suo berretto persiano, e lo aiutò ad andare a letto: sul quale egli si arrampicò gemendo. «Poiché gli affari tra me e lei sono fuori questione oggi, giovanotto, e il mio tempo è prezioso,» disse la signorina Jenny, «me ne andrò. Sta comodo, ora?»
«Oh, povero me!» gridò il signor Fledgeby. «No, che non sto comodo! Oh –h - h! Come soffro!»
L'ultima cosa che la signorina Jenny vide, quando si voltò indietro prima di chiudere la porta della stanza, fu il signor Fledgeby nell'atto di tuffarsi e di saltellare sul suo letto, come una focena o un delfino nel suo nativo elemento. Poi chiuse la porta della stanza da letto e tutte le altre porte, scese le scale e sbucò dall'Albany nella strada affollata, dove prese un omnibus per Saint Mary Axe: gardando insistentemente sulla strada tutte le signore vestite gaiamente che poteva vedere dalla finestra, e rendendole inconsapevoli manichini per bambole, mentre lei mentalmente le ritagliava e le imbastiva.

IX. Due posti vacanti

Deposta dall'omnibus all'angolo di Saint Mary Axe, e confidando nei suoi piedi e nella sua stampella entro il suo territorio, la sarta delle bambole si diresse all'agenzia di affari di Pubsey e Co. All'esterno tutto era soleggiato e tranquillo, e ombroso e tranquillo internamente. Nascondendosi nell'ingresso fuori dalla porta a vetri, ella poteva vedere da quel posto di osservazione il vecchio con i suoi occhiali seduto a scrivere alla sua scrivania.
«Buh,» gridò la piccola sarta facendo capolino dietro la porta a vetri, «il signor Lupo è in casa?»
Il vecchio si tolse gli occhiali e li posò lievemente accanto a sé. «Ah Jenny, è lei? Pensavo che mi avesse abbandonato.»
«E così avevo rinunciato al lupo traditore della foresta,» ella replicò, «ma, madrina, mi sembra che lei sia tornata. Non ne sono del tutto sicura, perché il lupo e lei cambiate forma. Voglio farle un paio di domande, per vedere se lei è proprio la madrina o veramente il lupo. Posso?»
«Sì, Jenny, sì.»
Ma Riah diede un'occhiata alla porta, come se pensasse che il suo principale potesse arrivare là, inopportunamente.
«Se lei ha paura della volpe,» disse la signorina Jenny, «può abbandonare tutte le aspettative di vedere quell'animale. Non si mostrerà in giro per parecchi giorni.»
«Che cosa vuol dire, bambina mia?»
«Voglio dire, madrina,» rispose la signorina Wren mettendosi a sedere presso l'ebreo, «che la volpe ha avuto una mitica fustigazione, e che se la sua pelle e le ossa non formicolano, non fanno male e non bruciano in questo momento istante, nessuna volpe ha mai avuto formicolio, dolore e bruciore.» Dopo di che, la signorina Jenny riferì quello che era successo all'Albany, omettendo i pochi grani di pepe.
«Ora, madrina,» ella continuò, «vorrei chiederle particolarmente che cosa è successo qui, dopo che ho lasciato qui il lupo. Perché io ho un'idea delle dimensioni di una biglia, che rotola nella mia piccola testa. Ma prima di tutto, è lei Pubsey & Co., o uno dei due? Sulla sua parola e sul suo onore solenni.»
Il vecchio scosse il capo.
«In secondo luogo, non è Fledgeby tanto Pubsey quanto Co.?»
Il vecchio rispose con un riluttante cenno di assenso del capo.

«Adesso la mia idea è grande circa come un'arancia,» esclamò la signorina Wren, «ma prima che diventi più grande, bentornata, cara madrina!»

La piccola creatura strinse le braccia intorno al collo del vecchio con grande fervore e lo baciò.

«Le chiedo umilmente perdono, madrina. Mi dispiace veramente. Avrei dovuto avere più fiducia in lei. Ma che cosa potevo supporre, quando lei non diceva niente per sé, sa? Non intendo offrirlo come giustificazione, ma che cosa potevo supporre, quando lei stava in silenzio a tutto quello che diceva? Sembrava qualcosa di brutto, non è così?»

«Sembrava così brutto, Jenny,» rispose il vecchio con gravità, «che voglio dirle apertamente quale impressione ha fatto su di me. Ero odioso ai miei stessi occhi. Ero odioso a me stesso, perché ero così odioso per il debitore e per lei. Ma più di questo, e peggio di questo, e per dire in lungo e in largo tutto di me stesso, io riflettevo, quella sera, mentre sedevo solo nel mio giardino in cima alla casa, che disonoravo la mia antica fede e la mia antica razza. Ho riflettuto - ho riflettuto chiaramente per la prima volta, che chinando il mio collo al giogo, io ero disposto a far mettere il giogo sul collo riluttante dell'intero popolo ebreo. Perché con gli ebrei non è, nei paesi cristiani, come con altri popoli. La gente dice: "Questo greco è cattivo, ma ci sono buoni greci. Questo è un turco cattivo, ma ci sono turchi buoni." Non così per gli ebrei. La gente trova abbastanza facilmente i cattivi tra noi - tra quali popoli non si trovano facilmente i cattivi? - ma prende i peggiori di noi come campioni dei migliori; prende il più basso di noi come presentazioni dei più alti; prende i più bassi come presentazione per i più alti, e dice: «Gli ebrei sono tutti eguali.» Se, facendo quello che ero contento di fare qui, perché ero grato per il passato e ho poco bisogno di soldi ora, fossi stato un cristiano, io avrei potuto farlo, non comprommettendo nessuno se non il mio io individuale. Ma essendo ebreo, non posso farlo senza compromettere gli ebrei di tutte le condizioni e di tutti i paesi. È un po' duro per noi, ma è la verità. Vorrei che tutto il nostro popolo se ne ricordasse! Sebbene io abbia poco diritto di dirlo, perché sono arrivato a pensarlo troppo tardi.» La sarta delle bambole sedeva tenendo per mano il vecchio e guardandolo in viso pensierosa.

«Così ho riflettuto, dico, seduto quella sera nel mio giardino sulla casa. E passando in rassegna la scena dolorosa di quel giorno davanti a me tante volte, ho sempre visto che il povero signore credette prontamente alla storia, perché io ero uno dei Giudei, che tu hai creduto prontamente alla storia, bambina mia, perché ero uno degli ebrei - che la storia stessa è venuta per la prima volta in mente al suo inventore perché ero uno dei Giudei. Ecco il risultato di avervi avuti tutti e tre davanti a me, faccia a faccia, e di aver visto la cosa presentata chiaramente, come al teatro. Perciò ho percepito che era mio dovere lasciare questo impiego. Ma Jenny, mia cara,» disse Riah interrompendosi, «avevo promesso di lasciarle fare le sue domande, e le impedisco.»

«Al contrario, madrina! La mia idea adesso è grande come una zucca, e lei sa come è una zucca, non è vero? Quindi gli ha comunicato che stava andando via? E poi?» domandò la signorina Jenny con uno sguardo di grande attenzione.

«Ho mandato una lettera al mio padrone. Sì. A questo scopo.»

«E che cosa ha detto il signor Formicolando-Agitando-Dolorante-Urlando-Graffiato-Soffrendo?» domandò la signorina Wren, con un indicibile godimento nell'enunciazione di quei titoli onorati e nel ricordo del pepe.

«Mi ha tenuto ancora per alcuni mesi, che erano i suoi legittimi termini di preavviso. Scadono domani. Alla loro scadenza - non prima - avevo intenzione di mettermi a posto con la mia Cenerentola.»

«La mia idea diventa così immensa, ora,» gridò la signorina Wren stringendosi le tempie, «che la mia testa non la contiene più. Stia a sentire, madrina, gliela dirò. Occhi Piccoli (cioè Urlando-Graffiato-Soffrendo) ha un forte rancore con lei per essere andato via. Occhi Piccoli cerca il modo migliore per ripagarla. Occhi Piccoli pensa a Lizzie. Occhi Piccoli dice tra sé: "Scoprirò dove ha messo quella ragazza, e tradirò il suo segreto perché gli è cara." Forse Occhi Piccoli pensa: "Anch'io farò all'amore con lei", ma questo non lo posso giurare, tutto il resto sì. Così Occhi Piccoli viene da me, e io vado da Occhi Piccoli. Questo è come è andata. E adesso che il delitto è fatto, mi dispiace,» disse la sarta delle bambole irrigidendosi dalla testa ai piedi mentre scuoteva con energia il pugno davanti agli occhi, «di non avergli dato del pepe di Caienna[285] e peperoncino sottaceto tritato!»

Essendo questa espressione di rammarico solo parzialmente comprensibile per Mr. Riah, il vecchio tornò alle ferite ricevute da Fledgeby, e accennò alla necessità che si occupasse subito di quel cane picchiato.

«Madrina, madrina, madrina!» gridò la signorina Wren con irritazione, «lei mi fa davvero perdere la pazienza. Si direbbe che lei creda nel Buon Samaritano. Come può essere così incoerente?»

«Jenny, cara,» cominciò il vecchio gentilmente, «è costume del nostro popolo di aiutare...»

«Oh! Al diavolo il vostro popolo!» lo interruppe la signorina Wren scuotendo il capo. «Se il vostro popolo non sa far niente di meglio che andar subito ad aiutare Occhi Piccoli, è un peccato che sia mai uscito dall'Egitto. Per di più,» aggiunse, «non accetterebbe il suo aiuto se glielo offrisse. Si vergogna troppo. Non vuole che si sappia, e vuole tenerla fuori.»

Stavano ancora discutendo su questo punto quando un'ombra oscurò l'entrata, e la porta a vetri fu aperta da un messaggero che portò una lettera indirizzata senza tante cerimonie: "Riah". A cui egli disse che era richiesta una risposta.

La lettera, ch'era scarabocchiata a matita in salita e in discesa con curve tutte storte, diceva:

«Vecchio Riah,

I vostri conti sono tutti sistemati, andatevene. Chiudete il posto, andatevene subito, e mandatemi la chiave per mezzo del latore della presente. Andate. Siete un cane ingrato di un ebreo. Andate via.

F.»

La sarta delle bambole trovò delizioso seguire le urla e la sofferenza di Occhi Piccoli nella scrittura distorta di questa epistola. Lei ci rideva sopra e la derideva in un angolo confortevole (con grande stupore del messaggero) mentre il vecchio metteva i suoi pochi oggetti insieme in una borsa nera. Fatto ciò, chiuse le persiane delle finestre di sopra e abbassata la persiana dell'ufficio, uscirono sui gradini con l'inserviente messaggero. Poi, mentre la signorina Jenny teneva la borsa, il vecchio chiuse a chiave la porta e diede la chiave al messaggero, con la quale egli subito se ne andò.

«Bene, madrina,» disse la signorina Wren, mentre rimanevano sugli scalini, guardandosi in faccia l'un l'altro, «così lei è stato gettato nel mondo!»

«Sembrerebbe così, Jenny, e un po' all'improvviso.»

«Dove andrà a cercar fortuna?» domandò la signorina Wren.

Il vecchio sorrise, ma si guardò intorno con l'aria di aver perso la ragione della sua vita, ciò che non sfuggì alla sarta delle bambole.

«Davvero, Jenny,» diss'egli, «la domanda è pertinente, ed è più facile farla che rispondervi. Ma siccome ho esperienza della pronta buona volontà e del buon aiuto di coloro che hanno dato occupazione a Lizzie, penso che li cercherò anche per me.»

«A piedi?» domandò la signorina Wren di colpo.

«Sì,» disse il vecchio, «non ho forse il mio bastone?»

Era esattamente perché aveva il suo bastone e presentava un aspetto così caratteristico, che lei diffidava del suo viaggio.

«La miglior cosa che lei può fare,» disse Jenny, «per il momento, in assoluto, è di venire a casa con me, madrina. Non c'è nessuno, là, oltre al mio ragazzaccio, e l'alloggio di Lizzie è rimasto vuoto.»

Il vecchio, una volta accertato che la sua obbedienza non avrebbe comportato nessun inconveniente per nessuno, prontamente accettò; e la coppia singolarmente-assortita ancora una volta attraversò le strade insieme.

Il cattivo ragazzo, siccome la genitrice gli aveva ordinato di restare a casa durante la sua assenza, naturalmente era uscito; e, essendo all'ultimo stadio di decrepitezza mentale, uscì con due propositi; in primo luogo, per stabilire la pretesa che egli stesso pensava di avere su qualsiasi venditore autorizzato di bevande alcoliche esistente, di essere rifornito con tre penny di rum senza pagare; e in secondo luogo per donare un po' di stucchevole rammarico al signor Eugene Wrayburn, e vedere che profitto ne venisse fuori. Inseguendo in modo incerto questi due progetti - entrambi significavano rum, l'unico significato che era capace di capire - la creatura degradata barcollò nel mercato di Covent Garden[286], e là bivaccò nel vano di una porta, perché ebbe un attacco di tremiti seguito da un attacco di orrori.

Questo mercato di Covent Garden era piuttosto fuori dalla linea di strada della creatura, ma aveva per lui l'attrazione che ha per i peggiori membri solitari della tribù degli ubriachi.

Potrebbe essere per la compagnia del movimento notturno, o potrebbe essere la compagnia del gin e della birra che sguazzano tra carrettieri e imbonitori, o può essere la compagnia dei rifiuti vegetali calpestati che sono come il loro vestito, tanto che forse prendono il mercato per un grande guardaroba; ma qualunque cosa sia, non vedrai tanti ubriaconi solitari sulla soglia di casa ovunque, come lì. Si possono incontrare lì specialmente tali esemplari di donne ubriacone, nella luce del sole del mattino, che si potrebbero cercare invano fuori di casa attraverso tutta Londra.

Tanti rifiuti di vecchie rovinate foglie di cavolo e vestiti come steli di cavoli, tanti sembianti di arance danneggiate, tanta polpa d'umanità schiacciata, sono aperti al giorno qui come da nessun'altra parte.

Così il fascino del mercato attirò il signor Dolls, ed egli ebbe i suoi due attacchi di tremito e di terrori in un vano di porta dove una donna aveva avuto il suo sonnellino da ubriaca poche ore prima.

C'è uno sciame di giovani selvaggi che svolazzano sempre su questo stesso posto, che sgattaiolano con frammenti di casse d'arancia e spazzatura ammuffita - il cielo sa in quali buchi possano convogliarli, non avendo alcuna casa! - i cui piedi nudi cadono con una morbidezza smussata e sorda sul marciapiede mentre il poliziotto li caccia, e che sono (forse per questo motivo) poco sentiti dai Poteri esistenti, mentre in stivali alti farebbero un rumore assordante. Costoro, deliziandosi dei tremiti e dei terrori del signor Dolls come di un dramma gratuito, si affollarono intorno al vano porta, si avvicinarono, gli saltarono addosso, lo colpirono. Quindi, quando uscì dal suo ritiro inefficace e si scrollò di dosso quel codazzo cencioso, era molto infangato, e in uno stato peggiore che mai. Ma non ancora al suo peggio; perché, entrando in un'osteria, ed essendosi rifornito nella tensione degli affari con il suo rum, e cercando di dileguarsi senza pagamento, fu catturato, frugato, trovato senza un soldo e ammonito a non riprovarci, ed ebbe un secchio di acqua sporca gettato su di lui. Questa applicazione provocò un altro attacco di tremori; dopo di che il signor Dolls, come trovandosi in un buono stato per fare una visita a un professionista amico, si diresse al Temple.

Non c'era nessuno nelle stanze tranne il giovane Blight. Quel giovanotto discreto, sensibile a una certa incongruenza nell'associazione di un tale cliente con l'attività che sarebbe potuta venire un giorno, temporeggiò col signor Dolls con le migliori intenzioni e gli offrì uno scellino per il noleggio di una carrozza che lo portasse a casa.

Il signor Dolls, accettando lo scellino, prontamente lo impiegò in due tre-*pence* di cospirazione contro la sua vita, e in due tre-*pence* di rabbioso pentimento. Ritornando all'ufficio con quel fardello, fu riconosciuto mentre entrava nel cortile, dal diffidente giovane Blight che guardava dalla finestra: il quale immediatamente chiuse la porta esterna e lasciò il miserabile a sfogare la sua furia sui pannelli.

Più la porta gli resisteva, più pericolosa e imminente diveniva quella sanguinosa cospirazione contro la sua vita. Arrivando la forza di polizia, egli riconobbe in loro i congiurati e si sdraiò, con voce roca, ferocemente, guardando fisso, con fare convulso, schiumando dalla bocca. Essendo stata inevitabilmente chiamata un'umile macchina, familiare ai congiurati e chiamata col nome espressivo di 'Barella', fu reso un innocuo fascio di stracci strappati, poiché fu legato su di essa, con la voce e la coscienza uscite da lui, e la vita che andava via veloce. Mentre quattro uomini lo portavano fuori del Temple in quell'aggeggio, la povera piccola sarta delle bambole e il suo amico ebreo venivano su per la strada.

«Guardiamo cosa c'è,», gridò la sarta. «Affrettiamoci e vediamo, madrina.» La veloce piccola stampella fu anche troppo veloce. «Oh, signori, signori, mi appartiene!»

«Appartiene a lei?» disse il capo del gruppo, fermandosi.

«Oh, sì, cari signori, è il mio bambino, fuori senza permesso. Il mio povero cattivo, cattivo ragazzo! e non mi riconosce, non mi riconosce! Oh, che cosa farò, se il mio bambino non mi riconosce!» gridò la piccola creatura battendo selvaggiamente le mani insieme.

Il capo del gruppo guardò (per quanto potesse) al vecchio per una spiegazione. Egli sussurrò, mentre la sarta delle bambole si chinava sulla forma esanime e tentava invano di estrarre qualche segno di riconoscimento da esso: «È suo padre ubriaco.»

Mentre il carico veniva depositato sulla strada, Riah trasse il capo in disparte e gli sussurrò che pensava che quell'uomo stesse morendo. «No, sicuramente no?» disse il capo. Ma divenne meno sicuro, dopo averlo guardato, e ordinò ai portatori di condurlo al più vicino studio di un dottore. Fu portato là; la finestra vista dall'interno divenne un muro di volti, deformati in tutti i tipi di forme attraverso l'opera di bottiglie globulari rosse, bottiglie verdi, bottiglie blu e altre bottiglie colorate. Ora che una luce orribile splendeva su di lui, che non ne aveva bisogno, la bestia furiosa di pochi minuti prima era del tutto tranquilla, con una strana scritta misteriosa sul viso, riflessa da una delle grandi bottiglie, come se la Morte lo avesse contrassegnato: «Mio.»

La testimonianza medica fu più precisa e più mirata di quanto non sia a volte in una Corte di giustizia. «Fareste meglio a mandare a cercare qualcosa per coprirlo. È tutto finito.»

Perciò la polizia mandò a cercar qualcosa per coprirlo, e così lo coprirono e lo portarono per le strade, tra la gente che si scostava. Dietro di lui veniva la sarta delle bambole, che nascondeva il volto nell'abito dell'ebreo, al quale si aggrappava con una mano, mentre con l'altra mano maneggiava la stampella. Lo portarono a casa, e siccome la scala era molto stretta, lo posarono giù nel salotto - spostando il piccolo banco di lavoro della sarta per fargli posto - e là dentro, in mezzo alle bambole che non vedevano dai loro occhi, giaceva il signor Dolls, che non vedeva dai suoi.

Bisognava vestire gaiamente parecchie bambole lussuose, prima che nelle tasche della piccola sarta ci fosse abbastanza denaro per il funerale. Mentre il vecchio Riah le sedeva vicino, aiutandola nelle piccole cose come poteva, trovava difficile capire se ella si rendesse veramente conto che il defunto era stato suo padre.

«Se il mio povero ragazzo,» ella diceva, «fosse stato educato meglio, avrebbe potuto fare meglio. Non che io mi rimproveri. Spero di non essere la causa per quello.»

«No davvero, Jenny. Sono molto sicuro.»

«Grazie, madrina. Mi consola sentirglielo dire. Ma sa, è così difficile educare bene un bambino quando si lavora, lavora, lavora tutto il giorno. Quando era disoccupato, non potevo tenermelo sempre vicino. Diventava irrequieto e nervoso, ed ero costretta a lasciarlo andare in strada. E non si comportava mai bene, in strada, mai bene, quando era fuori dalla vista. Quante volte succede spesso coi bambini!»

«Troppo spesso, anche in questo triste senso!» pensò il vecchio.

«Come posso dire quello che sarei potuta riuscire io stessa, se solo la mia schiena non fosse stata così malata e le mie gambe così deboli, quando ero giovane!» continuava la sarta. «Non potevo far altro che lavorare, e così ho lavorato. Non potevo giocare. Ma il mio povero, disgraziato bambino poteva giocare, ed è stato peggio per lui.»

«E non per lui solo, Jenny.»

«Beh! Io non so, madrina. Ha sofferto molto, il mio sfortunato bambino. A volte era molto, molto malato. E l'ho chiamato con una quantità di nomi!» Scuoteva il capo sul lavoro e versava lacrime. «Non so se il suo sbagliare sia stato peggio anche per me. Se è stato così, dimentichiamolo.»

«Lei è una brava ragazza, lei è una ragazza paziente.»

«Quanto a pazienza,» ella rispondeva con un'alzata di spalle, «non ne ho avuta molta, madrina. Se fossi stata paziente, non l'avrei chiamato con tutti quei nomi. Ma spero che lo facevo per il suo bene. E inoltre, sentivo le mie responsabilità di madre, così tanto. Ho provato a ragionare, e il ragionamento è fallito. Ho provato a persuadere e il persuadere non è riuscito. Ho provato coi rimproveri e i rimproveri hanno fallito. Ma ero obbligata a provare tutto, sa, con una tale responsabilità nelle mie mani. Dove sarebbe stato il mio dovere verso quel povero perduto ragazzo, se non avessi provato di tutto!»

Con tali discorsi, per lo più in tono allegro da parte della piccola creatura operosa, il lavoro diurno e il lavoro notturno erano ingannati finché non furono pronte abbastanza belle bambole per portare dentro la cucina, dove ora c'era il banco da lavoro, la roba cupa che l'occasione richiedeva, e per portare in casa le altre preparazioni per il lutto. «E ora,» disse la signorina Jenny, «dopo aver finito con le mie giovani amiche dalle guance di rosa, dovrò pensare a me, e alle mie guance bianche.» Questo si riferiva al suo farsi il proprio vestito, che alla fine fu fatto. «Lo svantaggio di farsi i propri vestiti,» disse la signorina Jenny salendo su una sedia per vedere in uno specchio il risultato, «è che non si può dar la colpa a nessuno, se il vestito non riesce bene, e il vantaggio è che per le prove non c'è bisogno di uscire. Hum! Molto bello davvero! Se colui che mi è destinato mi potesse vedere adesso (chiunque sia) spero che non si pentirebbe dell'affare!»

Le semplici disposizioni furono opera sua, e le comunicò a Riah così: «Ho intenzione di andare da sola, madrina, nella mia solita carrozza, e lei sarà così gentile da tenere la casa mentre sono via. Non è lontano. E quando torno, prendiamo una tazza di tè e facciamo due chiacchiere sulle future sistemazioni. È un'ultima casa molto semplice che ho potuto dare al mio povero sfortunato ragazzo; ma accetterà la volontà dell'atto se ne sa qualcosa; e se non sa niente a riguardo,» con un singhiozzo, e asciugandosi gli occhi, «ebbene, non gliene importerà. Vedo che nel libro di preghiere si dice che non abbiamo portato niente in questo mondo ed è certo che non possiamo portare via niente. Questo mi consola di non poter prendere in affitto cose da becchino per il mio povero bambino, come se volessi cercare di contrabbandarle fuori dal mondo con lui, quando ovviamente devo fallire nel tentativo, e riportarle tutti indietro. Invece, non ci sarà niente da riportare indietro tranne me, e questo è abbastanza coerente, perché io non sarò riportata indietro, un giorno!»

Dopo quel precedente trasporto di lui per le strade, il vecchio miserabile sembrava che fosse sepolto due volte. Fu preso sulle spalle da una mezza dozzina di uomini dal viso fiorente, che si trascinarono con lui al sagrato, e che furono preceduti da un altro uomo dalla faccia fiorita, che mostrava un maestoso bastone, come se fosse un poliziotto della squadra M (orte), e ostentava la pretesa di non conoscere affatto gli amici, mentre conduceva lo spettacolo. Tuttavia lo spettacolo dell'unica piccola in lutto che seguiva il feretro zoppicando, fece voltare il capo a molta gente con uno sguardo interessato.

Alla fine il defunto molesto fu sepolto, per non essere più seppellito, e il maestoso portatore di bastone andò altezzosamente nel senso opposto davanti alla sarta solitaria, come se ella fosse obbligata per onore a non avere nozione della strada di casa. Avendo così placato quelle Furie[287], le consuetudini, anch'egli la lasciò.

«Madrina, devo fare un breve pianto, prima di tirarmi su bene,» disse la piccola sarta entrando. «Perché, dopo tutto, un figlio è un figlio, sa.» Fu un pianto più lungo di quanto ci si potesse aspettare. Tuttavia, si consumò in un angolo in ombra, e poi la sarta uscì, si lavò la faccia e fece il tè. «Non le dispiacerebbe se taglio qualcosa mentre prendiamo il tè, no?» ella domandò al suo amico ebreo, con un'aria persuasiva.

«Cenerentola, bambina cara,» protestò il vecchio, «non vuol riposare mai?»

«Oh, non è lavoro tagliare un modello,» disse la signorina Jenny, con le sue piccole forbici indaffarate già in azione sulla carta. «La verità è, madrina mia, che voglio fissarlo mentre ce l'ho chiaro in mente.»

«L'ha visto oggi, allora?» domandò Riah.

«Sì, madrina, l'ho visto proprio adesso. È una cotta, ecco che cos'è. Una cotta di quelle che portano i nostri sacerdoti, sa,» spiegò la signorina Jenny in considerazione della sua professione di un'altra fede.

«E cosa c'entra lei con questo, Jenny?»

«Ebbene, madrina,» replicò la sarta, «lei deve sapere che noi del mestiere, che viviamo sempre del nostro gusto e della nostra fantasia, siamo costretti a tener gli occhi sempre aperti. E lei sa già che ho molte spese straordinarie da fronteggiare, in questo momento. Così mi è venuto in testa, mentre stavo piangendo sulla tomba del mio povero ragazzo, che qualcosa nel mio modo potrebbe essere fatto con un sacerdote.»

«Cosa si può fare?» domandò il vecchio.

«Non un funerale, niente paura!» rispose la signorina Jenny prevenendo la sua obiezione con un cenno del capo. «Alla gente non piace quello che la può rendere malinconica, lo so molto bene. È raro che mi chiamino per vestire le mie giovani amiche a lutto; non per un vero lutto di famiglia, cioè; ma per i lutti di corte, di cui sono molto fiere. Ma un bambolotto ecclesiastico, mio caro - riccioli e baffi neri lucidi -, che unisca due delle mie creature in matrimonio,» disse la signorina Jenny scuotendo l'indice, «è tutta un'altra faccenda. Se lei non vedrà quei tre all'altare in un negozio di Bond Street in un batter d'occhio, il mio nome è Jack Robinson[288].»

Con le sue piccole maniere esperte nell'azione di tagliare, aveva ottenuto una bambola in carta bianco-marrone, prima che il pasto fosse finito, e stava mostrandola per l'edificazione della mente ebraica, quando si udì bussare alla porta di strada. Riah andò ad aprire, e dopo un po' tornò

indietro, introducendo, con l'aria seria e cortese che stava così bene su di lui, un gentiluomo.
Il signore era un estraneo per la sarta; ma già nell'istante del suo sguardo su di lei, c'era qualcosa nel suo contegno che le fece venire in mente il signor Eugene Wrayburn.
«Mi scusi,» disse il signore, «lei è la sarta delle bambole?»
«Sì, signore, io sono la sarta delle bambole.»
«L'amica di Lizzie Hexam?»
«Sì, signore,» rispose la signorina Jenny, mettendosi subito sulla difensiva, «sono anche l'amica di Lizzie Hexam.»
«Ecco un suo messaggio, che la prega di acconsentire alla richiesta del signor Mortimer Lightwood, latore del biglietto. Il signor Riah ha la possibilità di sapere che io sono il signor Mortimer Lightwood, e glielo potrà dire.»
Riah chinò il capo in segno di conferma. «Vuol leggere il biglietto?» «È molto breve,» disse Jenny, con uno sguardo pieno di meraviglia, quando lo ebbe letto.
«Non c'era tempo per scrivere più a lungo. Il tempo era così prezioso. Il mio caro amico, il signor Eugene Wrayburn, sta morendo.»
La sarta giunse le mani ed emise un piccolo grido di pietà.
«Sta morendo,» ripeté Lightwood con emozione, «a una certa distanza da qui. Muore per le ferite che ha ricevute da un delinquente che l'ha attaccato al buio. Vengo direttamente dal suo letto. È quasi sempre senza conoscenza. In un breve intervallo inquieto di lucidità, o di lucidità parziale, ho capito ch'egli chiedeva che lei fosse portata a sedere accanto a lui. Facendo poco affidamento sulla mia interpretazione dei suoni indistinti che faceva, feci ascoltarli anche a Lizzie. Siamo sicuri tutti e due che ha chiesto di lei.»
La sarta, con le mani ancora giunte, guardava spaventata dall'uno all'altro dei suoi due compagni.
«Se lei indugia, egli può morire con la sua richiesta non soddisfatta, con il suo ultimo desiderio insoddisfatto. L'ha affidato a me - per tanto tempo, siamo stati più che fratelli. Crollerò, se provo a dire di più.»
In pochi minuti il cappellino nero e la stampella furono pronti, il buon ebreo fu lasciato a guardia della casa, e la sarta delle bambole, fianco a fianco su una carrozza con Mortimer Lightwood, fu inviata fuori città.

X. La sarta delle bambole trova una parola

Una stanza oscurata e silenziosa; il fiume, fuori dalle finestre, che scorre nel vasto oceano; una figura sul letto, fasciata e bendata e avvolta, sdraiata inerme sulla schiena, con le sue due braccia inutili immobilizzate con stecche ai lati. Solo due giorni di uso bastarono a familiarizzare così la piccola sarta con questa scena, che essa teneva il posto occupato due giorni prima dai ricordi di anni. Non si era quasi mosso dal suo arrivo. A volte i suoi occhi erano aperti, a volte chiusi. Quando erano aperti, non c'era significato nel loro sguardo fisso su un punto dritto davanti a loro, a meno che per un momento la fronte non si aggrottasse in una debole espressione di rabbia o sorpresa. Allora Mortimer Lightwood avrebbe voluto parlare con lui, e in alcune occasioni era così eccitato da fare un tentativo di pronunciare il nome del suo amico. Ma, in un istante la coscienza era sparita di nuovo, e nessuno spirito di Eugene era nella forma esteriore accasciata di Eugene.
Essi fornirono a Jenny il materiale per il suo lavoro, ed ella aveva un tavolino posto ai piedi del suo letto. Seduta lì, con la sua ricca pioggia di capelli che cadeva sullo schienale della sedia,

speravano che lei avrebbe potuto attirare la sua attenzione. Con lo stesso scopo, ella cantava, a bassa voce, quando egli apriva gli occhi, o ella vedeva le sue sopracciglia che si aggrottarono in quell'espressione debole, così evanescente da sembrare un segno fatto sull'acqua. Ma ancora egli non vi aveva prestato attenzione. Gli «essi» qui nominati erano l'assistente medico; Lizzie, che era lì in ogni intervallo del suo lavoro; e Lightwood, che non lo lasciava mai.
I due giorni divennero tre e i tre giorni divennero quattro. Alla fine, del tutto inaspettatamente, disse qualcosa in un sussurro.
«Che cosa c'è, mio caro Eugene?»
«Mortimer, vuoi...»
«Sì?»
«Mandarla a chiamare?»
«Mio caro amico, ella è qui.»
Del tutto inconsapevole del lungo intervallo, Eugene immaginava che stessero ancora parlando insieme.
La piccola sarta si drizzò ai piedi del letto, canticchiando la sua canzone e gli annuì vivacemente.
«Non posso darle la mano, Jenny,» disse Eugene con qualcosa del suo vecchio aspetto; «ma sono molto felice di vederla.»
Mortimer ripeté questo a lei, perché poteva essere capito solo chinandosi su di lui e osservando attentamente i suoi tentativi di parlare. Dopo un po' egli aggiunse: «Chiedile se ha visto i bambini.» Questo, Mortimer non lo poteva capire, e nemmeno la stessa Jenny, finché egli aggiunse: «Chiedile se ha sentito l'odore dei fiori.»
«Oh! Lo so!» gridò Jenny. «Ho capito, adesso!» Allora, Lightwood cedette il suo posto ed ella si avvicinò rapidamente, chinandosi sul letto, e dicendo, con quello sguardo migliore: «Vuol dire le mie lunghe luminose file inclinate di bambini, che mi portavano pace e riposo? Intendi i bambini che mi prendevano in alto e mi rendevano leggera?»
Eugene sorrise: «Sì.»
«Non li ho più visti, da quando ho visto lei. Non li vedo mai ora, ma io non soffro quasi mai adesso.»
«Era una bella fantasia,» disse Eugene.
«Ma ho sentito cantare i miei uccelli,» gridò la piccola, «e ho sentito il profumo dei miei fiori. Sì, davvero! Ed entrambi erano massimamente belli e divini!»
«Stia qua, e mi curi,» disse Eugene tranquillamente. «Mi piacerebbe che lei avesse qui la sua visione, prima ch'io muoia.»
Ella gli toccò le labbra con la mano, e con la stessa mano si asciugò gli occhi, mentre tornava al suo lavoro e alla sua canzoncina sottovoce. Egli ascoltava la canzone con evidente piacere, finché ella non la lasciò a poco a poco sprofondare nel silenzio.
«Mortimer.»
«Mio caro Eugene.»
«Se puoi darmi qualche cosa per mantenermi qui soli pochi minuti...»
«Mantenerti qui, Eugene?»
«Per impedire che io vada via non so dove, perché comincio ad accorgermi che sono appena tornato e che mi perderò di nuovo... fa' così, caro ragazzo!»
Mortimer gli diede gli stimolanti che gli si potevano dare con sicurezza (erano sempre a portata di mano, pronti), e chinato su di lui ancora una volta, stava per ammonirlo, quando egli disse: «Non dirmi di non parlare, perché devo parlare. Se tu sapessi l'ansia molesta che mi rode e mi

logora quando sono in giro in quei posti - dove sono quegli infiniti posti, Mortimer? Essi devono essere a una distanza immensa!»

Vide nella faccia del suo amico che stava perdendo conoscenza; perciò aggiunse dopo un momento: «Non aver paura. Non me ne vado ancora. Che cos'era?»

«Volevi dirmi qualche cosa, Eugene. Mio povero caro amico, volevi dire qualche cosa al tuo vecchio amico, all'amico che ti ha sempre amato, ammirato, imitato, fondato se stesso su di te, non è stato nulla senza di te, e lo sa Iddio! vorrebbe essere qui al tuo posto, se potesse!»

«Zitto, zitto,» disse Eugene, con uno sguardo tenero mentre l'altro metteva le sue mani davanti al viso. «Non ne sono degno. Confermo che mi fa piacere, mio caro, ma non ne sono degno. Questo attacco, mio caro Mortimer, questo delitto...

L'amico si chinò su di lui con rinnovata attenzione, dicendo: "Tu ed io sospettiamo qualcuno."

«Più che un sospetto. Ma, Mortimer, mentre giaccio qui, e quando non giacerò più qui, confido in te che l'autore non sia mai portato a giustizia È più che un sospetto. Ma, Mortimer, mentre giaccio qui, e quando non giacerò più qui, ho fiducia che tu farai in modo che il colpevole non venga mai consegnato alla giustizia.»

«Eugene?»

«La reputazione di quella ragazza innocente sarebbe rovinata, amico mio. Lei sarebbe punita, non lui. L'ho offesa abbastanza coi fatti; l'ho offesa ancor più con le intenzioni. Ti ricordi quale marciapiede si dice che sia fatto di buone intenzioni. È fatto anche di cattive intenzioni. Mortimer, ci sono sdraiato sopra, e lo so!»

«Consolati, mio caro Eugene.»

«Lo sarò, quando tu me lo avrai promesso. Caro Mortimer, quell'uomo non deve essere perseguito. Se deve essere accusato, devi farlo tacere e salvarlo. Non pensare di vendicarmi; pensa solo a mettere a tacere la storia e proteggerla. Puoi confondere il caso e sviare le circostanze. Ascolta quello che ti dico. Non è stato il maestro, Bradley Headstone. Mi ascolti? Una seconda volta; non è stato il maestro, Bradley Headstone. Mi ascolti? Terza volta; non è stato il maestro, Bradley Headstone.» Si fermò, esausto. Aveva parlato in un sussurro spezzato e indistinto; ma con un grande sforzo lo aveva reso abbastanza chiaro da essere inequivocabile. «Mio caro, mi sto allontanando. Fammi star qui un altro momento, se puoi.»

Lightwood sollevò la testa all'altezza del collo e gli mise un bicchiere di vino alle labbra. Eugene si riprese.

«Non so quanto tempo fa sia accaduto, se settimane, giorni o ore. Non importa. Si sta facendo un'inchiesta, un inseguimento? Dimmelo! Non c'è?»

«Sì.»

«Fermala, sviala! Non lasciare che si parli di lei. Proteggila. Non lasciare che venga messa in discussione. Il colpevole, assicurato alla giustizia, avvelenerebbe il suo nome. Lascia che il colpevole resti impunito. Lizzie e la mia riparazione prima tutti! Promettimelo!»

«Sì, Eugene. Te lo prometto.»

Mentre volgeva gli occhi pieni di gratitudine verso l'amico, perse conoscenza. I suoi occhi si fermarono, e si stabilirono in quel precedente sguardo intento senza senso. Ore e ore, giorni e notti, rimase in questa stessa condizione. C'erano momenti in cui parlava con calma al suo amico dopo un lungo periodo di incoscienza, e diceva che stava meglio, e chiedeva qualcosa. Prima che gli si potesse dare, perdeva conoscenza di nuovo.

La sarta delle bambole, tutta addolcita dalla compassione, lo vegliava con una serietà che non si allentava mai. Lei cambiava regolarmente il ghiaccio, o l'alcool rinfrescante, sulla sua testa, e manteneva il suo orecchio sul cuscino nel frattempo, ascoltando ogni flebile parola che proveniva da lui nei suoi vagabondaggi. Era sorprendente per come gli restava accanto molte ore di seguito, accovacciata, attenta al suo minimo gemito. Dato che egli non poteva muovere le mani, non poteva dare alcun segno di disagio; ma, attraverso questa stretta vigilanza (se non per simpatia o potere segreti) la piccola creatura raggiunse la capacità di comprenderlo, cosa che Lightwood non possedeva. Mortimer si rivolgeva spesso a lei, come se fosse una interprete tra questo mondo sensibile e l'uomo insensibile; e avrebbe cambiato la medicazione di una ferita, o alleggerito una legatura, o voltato il suo viso, o cambiato la pressione delle lenzuola su di lui, con un'assoluta certezza di fare bene. La naturale leggerezza e delicatezza di tocco che era diventata molto raffinata dalla pratica del suo lavoro in miniatura, senza dubbio era coinvolta in questo; ma la sua percezione era almeno altrettanto buona.

Egli mormorava milioni di volte quell'unica parola, Lizzie. In una certa fase del suo stato penoso, che fu la peggiore per coloro che lo accudivano, faceva rotolare la testa sul cuscino, incessantemente ripetendo il nome in modo frettoloso e impaziente, con la miseria di una mente disturbata e la monotonia di una macchina. Allo stesso modo, quando stava fermo e fissava, lo ripeteva per ore senza sosta, ma allora, sempre in tono di sommesso ammonimento e orrore. La presenza di Lizzie e il suo tocco sul suo petto o sul suo viso spesso lo fermavano, e poi essi impararono ad aspettarsi che egli sarebbe rimasto per qualche tempo immobile, con gli occhi chiusi, e che sarebbe stato cosciente quando li avrebbe riaperti.

Ma, la pesante delusione della loro speranza - ravvivata dal gradito silenzio della stanza - era, che il suo spirito sarebbe scivolato via di nuovo e si sarebbe perso, proprio nel momento della loro gioia.

Questo era come la frequente risalita dal profondo di un uomo che sta annegando, per affondare ancora una volta, ed era terribile per coloro che lo osservavano. Ma, gradualmente, ci fu un cambiamento su di lui che diventò terribile per egli stesso. Il suo desiderio di rivelare qualcosa che era nella sua mente, il suo desiderio inesprimibile di parlare con il suo amico e fargli una comunicazione, lo turbava così tanto quando riprendeva conoscenza, che il termine di questi periodi in tal modo si accorciava. Come l'uomo che emerge dal profondo scompare prima per essersi dibattuto nell'acqua, così nella sua lotta disperata egli sprofondava ancora nell'incoscienza. Un pomeriggio in cui egli era stato tranquillo, e Lizzie, non riconosciuta, era appena uscita dalla stanza per riprendere il suo lavoro, egli mormorò il nome di Lightwood.

«Mio caro Eugene, son qui.»

«Quanto durerà questo, Mortimer?»

Lightwood scosse il capo. «Eppure, Eugene, non stai peggio di prima.»

«Ma so che non c'è speranza. Eppure prego che possa durare abbastanza a lungo perché tu mi possa rendere un ultimo servizio, e io possa compiere un'ultima azione. Tienimi qui qualche momento, Mortimer. Prova, prova!»

Il suo amico gli diede tutto l'aiuto che poteva e lo incoraggiò a credere che stesse meglio, sebbene anche allora i suoi occhi stavano perdendo l'espressione che così raramente recuperavano.

«Tienmi qui, mio caro, se puoi. Ferma il mio vagare. Sto andando!»

«Non ancora, non ancora. Dimmi, caro Eugene, che cos'è che devo fare?»

«Tienmi qui ancora per un minuto solo. Me ne vado di nuovo. Non mi lasciare andare. Ascoltami prima. Fermami... Fermami!»

«Mio povero Eugene, cerca di essere calmo.»

«Cerco. Cerco disperatamente. Se sapessi come è difficile! Non mi lasciar andar via finché non ho parlato. Dammi ancora un po' di vino.»

Lightwood lo accontentò. Eugene, con una lotta quanto mai commovente contro lo stato d'incoscienza che stava per riprenderlo, e con uno sguardo di supplica, che colpì profondamente il suo amico, disse: «Puoi lasciarmi qui con Jenny, mentre le parli e le dici quello che chiedo da lei. Puoi lasciarmi con Jenny, mentre sei via. Non c'è molto da fare per te, qui. E non starai via a lungo.»

«No, no, no. Ma dimmi che cos'è che devo fare, Eugene!»

«Me ne vado! Non puoi trattenermi.»

«Dimmelo in una parola sola, Eugene!»

I suoi occhi erano fissi di nuovo, e l'unica parola che gli usciva dalle labbra era la parola ripetuta milioni di volte: Lizzie, Lizzie, Lizzie.

Ma la vigile piccola sarta era stata attenta come non mai nella sua veglia ed ella ora si alzò e toccò il braccio di Lightwood che guardava l'amico con aria disperata.

«Sst!» disse, portando il dito alle labbra. «I suoi occhi si stanno chiudendo. Sarà in sé, quando li riaprirà. Le darò una parola da dirgli che lo possa guidare?»

«Oh, Jenny, se solo mi potesse dire la parola giusta!»

«Posso. Si chini giù.»

Egli si chinò, ed ella gli sussurrò qualcosa all'orecchio. Gli sussurrò nell'orecchio una parola sola, corta, di due sole sillabe. Lightwood trasalì e la guardò.

«Provi,» disse la piccola sarta col volto eccitato ed esultante. Poi si chinò su quell'uomo privo di conoscenza, e per la prima volta lo baciò sulla guancia, e baciò la povera mano mutilata che le era più vicina. Poi si ritirò ai piedi del letto.

Circa due ore dopo, Mortimer Lightwood vide che l'amico riprendeva conoscenza, e subito, ma con gran calma, si chinò su di lui. «Non parlare, Eugene. Non fare altro che guardarmi e ascoltarmi. Segui quello che ti dico.»

Eugene mosse il capo in segno di assenso.

«Continuo dal punto dove ci siamo interrotti. La parola a cui saremmo dovuti arrivare presto è... è... moglie?»

«Oh! Dio ti benedica, Mortimer!»

«Sst! Non ti agitare. Non parlare. Ascoltami, caro Eugene. La tua mente sarà più in pace, mentre giaci qui, se fai di Lizzie tua moglie. Tu vuoi che io le parli, e glielo dica, e le chieda di essere tua moglie. Le chiedi di inginocchiarsi a questo letto e di essere unita a te in matrimonio, perché la tua riparazione sia completa. È così?»

«Sì, Dio ti benedica! Sì.»

«Sarà fatto, Eugene. Fidati di me. Dovrò andar via per qualche ora, per dare effetto ai tuoi desideri. Tu vedi questo inevitabile?»

«Caro amico, te l'ho detto.»

«È vero. Ma allora non avevo la più pallida idea. Come credi che l'abbia capito?»

Guardandosi malinconicamente intorno, Eugene vide la signorina Jenny ai piedi del letto, che lo guardava coi gomiti sul letto e la testa sulle mani. C'era una traccia della sua aria stravagante in lui, mentre cercava di sorriderle.

«Sì, davvero,» disse Lightwood, «la scoperta è sua. Sta' a sentire, mio caro Eugene; mentre sarò via, tu saprai che ho compiuto il mio incarico presso Lizzie, quando la troverai qui, al mio posto, accanto al tuo letto, per non lasciarti più. Un'ultima parola prima ch'io vada. Questa è la condotta giusta di un vero uomo, Eugene. E io solennemente credo, con tutta l'anima mia, che se la

Provvidenza pietosamente ti restituirà a noi, sarai benedetto con una nobile moglie che sarà la custode della tua vita, che amerai teneramente.»

«Amen. Ne son sicuro. Ma non ce la farò, Mortimer.»

«Non sarai né meno fiducioso né meno forte, per questo, Eugene.»

«No. Toccami la faccia con la tua, nel caso che io non possa farcela fino a quando tu ritornerai. Ti voglio bene, Mortimer. Non ti preoccupare di me, mentre sarai lontano. Se la mia cara ragazza coraggiosa mi prenderà, mi sento convinto che vivrò abbastanza a lungo da sposarmi, caro amico.»

La signorina Jenny cedette completamente, a questa separazione che si svolgeva tra gli amici, e seduta con la schiena verso il letto nel pergolato fatto dai suoi capelli luminosi, pianse di cuore, anche se senza rumore. Mortimer Lightwood se ne andò presto. Quando la luce della sera allungò i pesanti riflessi degli alberi nel fiume, un'altra figura entrò con passo leggero nella stanza del ferito.

«È cosciente?» domandò la piccola sarta, mentre la figura si fermava presso il guanciale. Perché Jenny le aveva dato subito il suo posto, e non poteva vedere la faccia del sofferente, nella stanza buia, dalla sua nuova e più lontana posizione.

«È cosciente, Jenny,» mormorò lo stesso Eugene. «E riconosce sua moglie.»

XI. E' dato effetto alla scoperta della sarta delle bambole

La signora Rokesmith sedeva a ricamare nella sua stanzetta ordinata, accanto a un cesto di piccoli articoli di abbigliamento ordinati, che presentavano tanto l'apparenza di essere alla maniera degli affari della sarta delle bambole, che si sarebbe potuto supporre che ella stesse per entrare in concorrenza con la signorina Wren. Se la 'Completa Casalinga della Famiglia Inglese' aveva impartito saggi consigli, non appariva, ma probabilmente no, poiché quell'oracolo nebuloso non era visibile da nessuna parte. Per certo, tuttavia, la signora Rokesmith li cuciva con una mano così abile, che doveva aver preso lezioni da qualcuno. L'amore è in tutte le cose un insegnante meraviglioso, e forse l'amore (rappresentato, da un punto di vista pittorico, senza nient'altro che un ditale), aveva insegnato questo ramo dei lavori con l'ago alla signora Rokesmith.

Era quasi ora che John tornasse a casa, ma poiché la signora Rokesmith era desiderosa di terminare prima di cena quello che sarebbe stato un trionfo speciale della sua abilità, ella non andò fuori a incontrarlo. Placidamente, anche se sorridendo di conseguenza, si sedette a cucire con un andamento regolare, come una sorta di piccolo e affascinante orologio in porcellana di Dresda con le fossette, fatto dal miglior creatore.

Bussarono alla porta e suonarono il campanello. Non John; altrimenti Bella si sarebbe precipitata ad aprire. Allora chi, se non John? Bella stava domandandoselo, quando quella svolazzante schiocchina della serva entrò svolazzando, dicendo: «Il signor Lightwood!» Oh buon Dio!

Bella ebbe tempo soltanto di gettare un fazzoletto sul suo cestino da lavoro, quando il signor Lightwood le fece il suo inchino. C'era qualcosa che non andava, nel signor Lightwood, perché egli era stranamente serio, e sembrava malato. Con un breve accenno al periodo felice in cui era stato suo privilegio di conoscere la signora Rokesmith come la signorina Wilfer, il signor Lightwood spiegò cosa non andava in lui e perché era venuto. Era venuto per riferire la fervida speranza di Lizzie Hexam che la signora Rokesmith assistesse al suo matrimonio.

Bella si agitò così tanto per la richiesta e per il breve racconto ch'egli le fece con gran commozione, che non ci fu mai una più tempestiva bottiglia di sali del bussare di John. «Mio marito,» disse Bella, «lo farò entrare.»

Ma questo si rivelò più facile a dirsi che a farsi; perché nell'istante in cui ella fece il nome del signor Lightwood, John si fermò, con la mano sulla serratura della porta della stanza.

«Sali le scale, mia cara,» egli le disse.

Bella era stupita dal rossore sul suo viso e dal suo improvviso andarsene. «Che può significare?» ella pensò, mentre lo accompagnava di sopra.

«Adesso, vita mia,» le disse John prendendola sulle ginocchia, «dimmi tutto.»

Molto facile dire: «Dimmi tutto»; ma John era molto confuso. La sua attenzione evidentemente si affievoliva, di tanto in tanto, anche mentre Bella gli raccontava tutto. Eppure lei sapeva che John si interessava molto a Lizzie e alla sua sorte. Che cosa poteva significare?

«Tu verrai a questo matrimonio con me, John caro?»

«N-no, amor mio; io non posso.»

«Non puoi, John?»

«No, mia cara, è del tutto fuori questione. Non si deve pensarlo.»

«Devo andarci da sola, John?»

«No, mia cara, andrai col signor Lightwood.»

«Non pensi che sia ora che scendiamo dal signor Lightwood, mio caro?» insinuò Bella.

«Mia cara, è proprio ora che tu scenda da lui, ma devo chiederti di scusarmi verso di lui.»

«Non intendi dire, John caro, che non lo vedrai? Perché, lui sa che sei tornato a casa. Gliel'ho detto.»

«Questo è un po' increscioso, ma non si può fare a meno. Increscioso o no, non posso proprio vederlo, amore mio.»

Bella cercò nella sua mente quale potesse essere il motivo per questo comportamento irresponsabile; mentre lei sedeva sulle sue ginocchia guardandolo con stupore e un po' imbronciata. Le si presentò una ragione esile.

«John caro, puoi mai essere geloso del signor Lightwood?»

«Ebbene, tesoro mio,» rispose suo marito ridendo apertamente, «come potrei essere geloso di lui? Perché dovrei essere geloso di lui?»

«Perché sai, John,» proseguì Bella imbronciandosi un po' di più, «anche se una volta mi ammirava un po', non era colpa mia.»

«Era colpa tua, se io ti ho ammirata;» rispose suo marito con un lampo d'orgoglio, negli occhi, «e perché non deve essere colpa tua, se ti ha ammirato lui? Ma geloso da quel lato? Dovrei essere fuori di me per la vita, se dovessi esser geloso di tutti coloro che trovano mia moglie bella e vincente!»

«Sono a metà arrabbiata con te, John caro,» disse Bella ridendo un po', «e a metà contenta; perché sei un così sciocco vecchio amico e dici delle cose carine come se le pensassi. Ma non sia misterioso, signore. Che cosa brutta sa del signor Lightwood?»

«Niente, amor mio.»

«Che cosa ti ha mai fatto, John?»

«Non mi ha mai fatto nulla, mia cara. Non so nulla di più contro di lui, di quel che io sappia contro il signor Wrayburn; egli non mi ha mai fatto nulla, e nemmeno il signor Wrayburn. Eppure ho esattamente la stessa obiezione verso entrambi.»

«Oh, John!» rispose Bella, come se rinunciasse a quel brutto argomento, come era solita rinunciare. «Non sei nient'altro che una sfinge! E una sfinge sposata non è... non è un caro marito confidenziale,» disse Bella con tono offeso.

«Bella, vita mia,» disse John Rokesmith, toccandole la guancia, e con un sorriso pieno di gravità, mentr'ella chinava gli occhi e si imbronciava di nuovo; «guardami. Voglio parlarti.»

«Sul serio, Barbablù della stanza segreta?» domandò Bella schiarendo il suo volto grazioso.

«Sul serio. E ammetto la stanza segreta. Ti ricordi che mi hai chiesto di non dichiarare quello che pensavo delle tue qualità superiori finché non le avessi messe alla prova?»

«Sì, John caro. E intendevo pienamente, e intendo ancora così.»

«Verrà il tempo, mia cara, - non sono un profeta, ma lo dico - in cui tu sarai messa alla prova. Verrà il tempo, io credo, in cui tu subirai una prova sulla quale non potrai trionfare a meno che tu non possa riporre perfetta fiducia in me.»

«Allora puoi essere sicuro di me, caro John, perché posso riporre una fiducia perfetta in te, e lo faccio, e sempre, sempre lo farò. Non giudicarmi da una cosa del genere, John. Nelle piccole cose, sono una piccola cosa io stessa - lo sono sempre stata. Ma nelle grandi cose, spero di no; io non voglio vantarmi, John caro, ma spero di no!»

Egli fu ancora più convinto della verità di ciò che ella diceva di essere, mentre sentiva le sue braccia amorevoli intorno a sé. Se tutte le ricchezze del Netturbino d'oro fossero state messe in gioco, le avrebbe messe in gioco fino all'ultimo centesimo sulla fedeltà nel bene e nel male del suo cuore affettuoso e fiducioso.

«Ora, vado giù e andrò via con il signor Lightwood,» disse Bella balzando in piedi, «Tu sei il più arruffone e disordinato Clumsy-Boots[289] che mai ci fu, John, nel confezionare i bagagli; ma se starai buono, e prometterai di non farlo mai più (anche se non so cosa hai fatto!) potresti prepararmi una piccola borsa per una notte, mentre mi metto il cappellino.»

Egli l'accontentò allegramente, mentr'ella si legava il cappellino sotto il mento e scuoteva la testa, e tirava fuori i fiocchetti dei nastri del cappello, e indossava i guanti, dito per dito, e finalmente li ebbe sulle sue piccole mani paffute, e lo salutò e andò giù. L'impazienza del signor Lightwood fu molto sollevata quand'egli la vide pronta per la partenza.

«Il signor Rokesmith viene con noi?» disse con un po' di esitazione, guardando verso la porta.

«Oh! Ho dimenticato!» rispose Bella. «I suoi migliori complimenti. La sua faccia è gonfia delle dimensioni di due facce, e deve andare subito a letto, poveretto, ad aspettare il dottore che viene a inciderlo.»

«E' curioso,» osservò Lightwood, «che non ho ancora mai visto il signor Rokesmith, benché siamo stati coinvolti tutti e due negli stessi affari.»

«Davvero?» disse Bella senza arrossire.

«Comincio a credere,» disse Lightwood, «che non lo vedrò mai.»

«Queste cose accadono in modo così strano a volte,» disse Bella con aspetto sicuro «che sembra che ci sia una specie di fatalità in loro. Ma io sono pronta, signor, Lightwood.»

Partirono subito, in una piccola carrozza che Lightwood aveva portato con sé, dall'indimenticabile Greenwich; e da Greenwich si diressero subito a Londra; e a Londra aspettarono in una stazione ferroviaria che arrivassero e si unissero a loro il reverendo Frank Milvey e sua moglie Margherita, coi quali Mortimer Lightwood aveva già avuto un colloquio.

Quella degna coppia fece ritardo a causa di una portentosa vecchia parrocchiana di genere femminile, che era una delle piaghe della loro vita, e che essi sopportavano con esemplare dolcezza e buonumore, nonostante lei avesse un'infiammazione di assurdità su di lei, che si comunicava a tutto ciò con cui e a tutti quelli con cui entrava in contatto. Era membro della congregazione del reverendo Frank, e si sentiva in dovere di distinguersi in quel corpo, piangendo vistosamente a tutto, per quanto rallegrante, detto dal Reverendo Frank nel suo pubblico ufficio;

anche applicando a se stessa le varie lamentazioni di David[290], e lamentandosi in una personale maniera vittimistica (molto in ritardo rispetto al sacerdote e al resto dei partecipanti) che i suoi nemici scavavano insidie intorno a lei e la picchiavano con verghe di ferro. In effetti, questa vecchia vedova adempiva a parte del servizio mattutino e serale come se stesse presentando una denuncia sotto giuramento e una richiesta di mandato davanti a un magistrato. Ma questa non era la sua caratteristica più fastidiosa, perché essa prendeva la forma di un'impressione, di solito ricorrente in condizioni meteorologiche avverse e verso l'alba, che ella avesse qualcosa in mente e avesse immediatamente bisogno che il reverendo Frank venisse a levargliela. Molte volte quel reverendo gentile si era alzato ed era uscito per la signora Sprodgkin (tale era il nome della discepola), sopprimendo un forte senso della comicità di lei col proprio forte senso del dovere, e perfettamente sapendo che non ne sarebbe venuto altro che un raffreddore. Tuttavia, al di là di loro stessi, il reverendo Frank Milvey e la signora Milvey accennavano di rado che la signora Sprodgkin non meritasse il disturbo che dava; ma entrambi traevano il meglio da lei, come facevano di tutti i loro guai.

Questo molto esigente membro dell'ovile sembrava essere dotato di un sesto senso, per sapere quando il reverendo Frank Milvey desiderava meno la sua compagnia, e apparendo così con prontezza nella sua piccola sala. Così, quando il reverendo Frank accettò volentieri di accompagnare Lightwood insieme con la moglie, aggiunse subito, come cosa naturalissima: «Dobbiamo fare in fretta ad andarcene, Margherita, mia cara, o saremo bloccati dalla signora Sprodgkin.» Al che la signora Milvey rispose, col suo tono piacevolmente enfatico: «Oh, sì, Frank, perché ella è una tale guastafeste, e si preoccupa così tanto!»

Parole che erano state appena pronunciate quando la signora in questione fu annunciata in fedele attesa al piano di sotto, poiché desiderava consigli su una questione spirituale.

Poiché i punti su cui la signora Sprodkgin cercava delucidazioni erano raramente di natura urgente (come Chi generò Chi, o alcune informazioni riguardanti gli Amoriti[291]), in quest'occasione la signora Milvey fece ricorso all'espediente di comprarla con un regalo di tè e zucchero, e una pagnotta e del burro. La signora Sprodgkin accettò i regali, ma insisté a restare diligentemente nella sala, per fare un inchino al reverendo Frank quando sarebbe uscito. Il quale, dicendo incautamente nel suo modo cordiale: «Bene, Sally, eccovi!», fu coinvolto in un discorso assai verboso della signora Sprodgkin, incentrato sul risultato che ella considerava il tè e lo zucchero alla luce della mirra e dell'incenso, e considerava pane e burro identici a locuste e miele selvatico. Dopo che ebbe comunicato questa edificante informazione, la signora Sprodgkin fu lasciata in sospeso nella sala, e il signore e la signora Milvey si precipitarono, tutti accaldati, alla stazione. Tutto questo è qui ricordato in onore di quella coppia di buoni cristiani, rappresentativa di centinaia di altre coppie di buoni cristiani altrettanto coscienziosi e utili, che incorporano la piccolezza del loro lavoro nella sua grandezza, e non corrono il rischio di perdere la dignità quando si adattano a incomprensibili fanfaroni.

«Trattenuto all'ultimo momento da una persona che aveva una richiesta per me,» fu la giustificazione del reverendo Frank con Lightwood, senza pensare a se stesso. Al che la signora Milvey aggiunse, pensando a lui, da mogliettina sostenitrice qual era: «Oh, sì, trattenuto all'ultimo momento. Ma riguardo alla richiesta, Frank, devo dire che penso che sei troppo premuroso a volte, e permetti che se ne approfittino.»

Bella era consapevole, nonostante la promessa di poco prima, che l'assenza di suo marito sarebbe stata per i Milvey una spiacevole sorpresa. Né poté apparire del tutto a suo agio quando la signora Milvey chiese: «E quanto al signor Rokesmith, è andato avanti o ci segue?»

Poiché si rendeva necessario, dopo questo, rimandarlo a letto e tenerlo in attesa di essere visitato di nuovo, Bella lo fece. Ma in questa seconda occasione fece bene a metà rispetto alla prima volta; perché il bianco detto due volte sembra quasi diventare nero, se proprio non se ne ha l'abitudine. «Oh Dio,» disse la signora Milvey, «come mi dispiace! Il signor Rokesmith s'interessava tanto a Lizzie Hexam, quando siamo stati là prima. E se avessimo solo saputo della faccia, avremmo potuto dargli qualcosa che lo avrebbe mantenuto abbastanza a lungo per un'occasione così breve.»

Per rendere più bianco quel bianco, Bella si affrettò a rassicurarla dicendo che suo marito non soffriva dolore. La signora Milvey fu così contenta di questo.

«Io non so come sia,» disse la signora Milvey, «e son sicura che non lo sai neanche tu, Frank, ma il clero e le loro mogli sembrano causare facce gonfie. Ogni volta che noto un bambino a scuola, mi sembra che la sua faccia si sia gonfiata all'istante. Frank non fa mai la conoscenza con una nuova vecchia, che non le venga il mal di faccia. E un'altra cosa è che facciamo tirar su col naso i poveri bambini, così. Non so come lo facciamo, e sarei così felice di non farlo, ma più ci interessiamo a loro, più tirano su col naso. Proprio come fanno quando gli si mette il libro davanti. Frank, quello è un maestro di scuola. Io l'ho visto da qualche parte.»

Il riferimento era ad un giovane dall'aspetto riservato, in giacca e panciotto di colore nero, e calzoni sale e pepe. Era entrato nell'ufficio della stazione, dal suo interno, in un modo agitato, subito dopo che Lightwood era andato al treno; e aveva letto in fretta gli avvisi stampati appesi al muro. Aveva avuto un interesse curioso per ciò che si diceva tra la gente che aspettava e andava avanti e indietro. Si era avvicinato, all'incirca nel momento in cui la signora Milvey aveva menzionato Lizzie Hexam, ed era rimasto vicino, pur guardando sempre verso la porta da cui Lightwood era uscito Si era fatto più vicino quando la signora Milvey aveva nominato Lizzie Hexam, ed era rimasto vicino, da allora, benché guardasse sempre la porta dalla quale Lightwood era uscito. Stava con la schiena verso di loro, e le sue mani guantate intrecciate dietro di lui. C'era ora così evidente in lui un'esitazione, che esprimeva l'indecisione se dovesse esprimere o meno di aver sentito che si riferissero a lui, che il signor Milvey gli parlò.

«Non posso ricordarmi il suo nome,» disse, «ma mi ricordo di averlo visto nella sua scuola.»

«Mi chiamo Bradley Headstone, signore,» egli rispose, indietreggiando in un posto più ritirato.

«Avrei dovuto ricordarmene,» disse il signor Milvey dandogli la mano. «Spero che lei stia bene? Un po' oberato di lavoro, temo?»

«Sì, in questo momento sono oberato di lavoro, signore.»

«Non si è divertito durante le sue ultime vacanze?»

«No, signore.»

«Tutto lavoro e niente divertimento, signor Headstone, non renderà stupido, nel suo caso, oso dire; ma provocherà dispepsia, se non fa attenzione.»

«Mi sforzerò di fare attenzione, signore. Potrei chiedere il permesso di parlare con lei, fuori, un momento?»

«Ma certo.»

Era sera e l'ufficio era ben illuminato. Il maestro di scuola, che non aveva mai smesso la sorveglianza alla porta di Lightwood, ora si spostò da un'altra porta in un angolo, dove c'era più ombra che luce; e disse, tirandosi i guanti: «Una delle signore con lei, signore, mi ha fatto udire un nome che io conosco; che conosco bene, posso dire. È il nome della sorella di un mio vecchio alunno. È stato mio alunno per molto tempo, e ha fatto progressi molto rapidamente. Il nome di Hexam. Il nome di Lizzie Hexam.»

Sembrava un uomo timido, che lottava contro il nervosismo, e parlava in un modo molto forzato. La pausa che fece tra le ultime due frasi fu molto imbarazzante per il suo ascoltatore.

«Sì,» rispose il signor Milvey, «stiamo andando a trovarla.»

«L'avevo capito, signore. Spero che alla sorella del mio vecchio alunno non sia successo niente di male. Spero che non le sia capitato nessun lutto. Io spero che non sia afflitta? Ha perso nessun...parente?»

Il signor Milvey pensò che fosse un uomo dai modi molto strani e con un oscuro sguardo verso il basso; ma rispose nel suo solito modo aperto. «Sono lieto di dirle, signor Headstone, che la sorella del suo vecchio alunno non ha subito nessuna perdita. Lei credeva che andassi laggiù a seppellire qualcuno?»

«Potrebbe essere stata la connessione di idee, signore, con il suo ruolo clericale, ma non ne ero cosciente. Allora non è per quello, signore?»

Un uomo dai modi davvero molto strani, e con uno sguardo insidioso che era piuttosto opprimente.

«No. Anzi,» disse il signor Milvey, «poiché lei si interessa tanto alla sorella del suo vecchio alunno, posso dirle che sto andando là per sposarla.»

Il maestro indietreggiò. «Non per sposarla io,» disse il signor Milvey con un sorriso, «perché io ho già moglie. Per svolgere il servizio matrimoniale alle sue nozze.»

Bradley Headstone afferrò un pilastro dietro di lui. Se il signor Milvey non avesse conosciuto una faccia cinerea quando la vide, la vide allora.

«Lei sta male, signor Headstone!»

«Non molto, signore. Mi passerà subito. Sono abituato a essere preda delle vertigini. Ma non voglio trattenerla, signore. Non ho bisogno di alcuna assistenza, grazie. Molto grato di aver speso con me questi minuti del suo tempo.»

Quando il signor Milvey, che non aveva più minuti da perdere, diede una risposta adeguata e si voltò di nuovo verso l'ufficio, osservò il maestro appoggiarsi alla colonna con il cappello in mano, e tirare la sua cravatta come se stesse cercando di strapparla via. Il reverendo Frank di conseguenza indirizzò a lui l'attenzione di uno degli inservienti, dicendo: «C'è fuori una persona che sembra stia molto male, e che ha bisogno di aiuto, anche se dice di no.»

Frattanto Lightwood aveva preso i posti per loro, e la campana della partenza stava per essere suonata. Presero posto e stavano cominciando ad uscire dalla stazione, quando lo stesso inserviente arrivò correndo lungo la piattaforma, guardando in tutte le carrozze.

«Oh, siete qui, signore!» disse, balzando sul gradino e tenendosi al telaio della finestra col suo gomito, mentre la carrozza si muoveva. «Quella persona che mi avete indicato è in preda a una crisi.»

«Deduco da quello che mi ha detto che è soggetto a tali attacchi. Si riprenderà, all'aria, in un po' di tempo.»

Aveva una brutta crisi di sicuro, e mordeva e colpiva attorno a lui (disse l'uomo) furiosamente. Il signore darebbe a lui il suo biglietto da visita, poiché lo aveva visto per primo?

Il signore fece così, con la spiegazione che non sapeva niente di più dell'uomo colpito dalla crisi che era un uomo di un'occupazione molto rispettabile, che aveva detto che era malato, come di per sé avrebbe indicato il suo aspetto. L'addetto ricevette il biglietto, aspettò il momento opportuno per scivolare giù, scivolò giù, e così finì.

Poi il treno sferragliò tra i tetti delle case e tra i lati frastagliati delle case abbattute per farvi posto, e sopra le strade brulicanti, e sotto la terra feconda, finché non sfrecciò attraverso il fiume:

irrompendo sulla superficie tranquilla come una bomba, e sparendo di nuovo come se fosse esploso nell'ondata di fumo e vapore e luce. Ancora un po', e di nuovo ruggiva attraverso il fiume, come un gran razzo: sdegnando le curve e le tortuosità dell'acqua con disprezzo ineffabile, e andando dritto alla fine, come Padre Tempo va alla sua. A cui non importa che le acque vive scorrano in alto o in basso, riflettano le luci e le tenebre celesti, producano la loro piccola crescita di erbacce e fiori, girino qui, girino là, siano rumorose o silenziose, siano turbate o a riposo, perché il loro corso ha un termine sicuro, sebbene le loro fonti e i loro tracciati siano molti.

Poi seguì una corsa in carrozza, accanto al fiume solenne, andando nascosti nella notte, come tutte le cose svaniscono, di notte e di giorno, così cedendo silenziosamente all'attrazione dell'Eternità, come se fosse una magnetite; e quanto più si avvicinavano alla camera dove giaceva Eugenio, più temevano di trovare finito il suo vagabondare. Alla fine videro risplendere la sua fioca luce, e diede loro speranza: però Lightwood vacillò mentre pensava: «Se se ne fosse andato, ella sarebbe ancora seduta accanto a lui.»

Ma egli giaceva tranquillo, metà in stato di torpore, metà nel sonno. Bella, entrando con un dito alzato per ammonire silenzio, baciò Lizzie dolcemente, ma non disse una parola. Nessuno di loro parlò, ma tutti si sedettero ai piedi del letto, aspettando in silenzio. E ora, in questa veglia notturna, mischiandosi con il corso del fiume e con la corsa del treno, venne di nuovo la domanda nella mente di Bella: cosa potrebbe esserci nel profondo di quel mistero di John? Perché non era mai stato visto dal signor Lightwood, che egli evitava ancora? Quando sarebbe venuta quella prova, per cui la sua fiducia e il suo dovere verso il suo caro marito, dovevano portarla a renderlo trionfante? Perché quello era stato il termine usato. Il suo passaggio attraverso la prova era quello di rendere l'uomo che amava con tutto il cuore, trionfante. Termine che non sprofondava lontano dalla vista nel cuore di Bella.

Nel cuor della notte, Eugene aprì gli occhi. Era cosciente, e disse subito: «Quanto tempo è passato? È tornato Mortimer?»

Lightwood gli fu vicino subito, per rispondergli: «Sì, Eugene, e tutto è pronto.»

«Caro ragazzo,» rispose Eugene con un sorriso, «ti ringraziamo tutti e due di cuore. Lizzie, di' a tutti come sono benevenuti, e che vorrei essere eloquente, se potessi.»

«Non ce n'è bisogno,» disse il signor Milvey. «Lo sappiamo. Sta meglio, signor Wrayburn?»

«Sono molto più felice,» disse Eugene.

«Molto meglio anche, spero?»

Eugene volse gli occhi verso Lizzie, come per risparmiarla, e non disse nulla.

Poi tutti si misero in piedi intorno al letto, e il signor Milvey, aprendo il suo libro, cominciò la funzione; così raramente associata all'ombra della morte; così inseparabile nella mente da un impeto di vita e di allegria e speranza e salute e gioia. Bella pensava quanto fosse diversa dal suo proprio piccolo matrimonio soleggiato, e pianse. La signora Milvey era sopraffatta dalla commozione, e pianse anch'essa. La sarta delle bambole, con le mani davanti al viso, pianse nel suo pergolato d'oro. Leggendo a voce bassa e chiara, e chinandosi su Eugene, che teneva gli occhi su di lui, il signor Milvey fece il suo ufficio con adeguata semplicità. Poiché lo sposo non poteva muovere la mano, gli toccarono le dita con l'anello, e poi lo misero al dito della sposa. Quando i due giurarono la loro fedeltà, ella depose la mano sulla sua e la tenne lì. Quando la cerimonia fu compiuta, e tutti gli altri se ne andarono dalla stanza, ella mise il suo braccio sotto la sua testa, e appoggiò la propria testa sul cuscino al suo fianco.

«Apri le tende, mia cara ragazza,» disse Eugene dopo un po', «e guardiamo il giorno del nostro matrimonio.»

Il sole stava sorgendo, e i suoi primi raggi inondarono la camera mentr'ella tornava presso di lui e gli posava le labbra sulle sue. «Benedico il giorno!» disse Eugene.

«Benedico il giorno!» disse Lizzie.

«Hai fatto un pessimo matrimonio, mia dolce moglie,» disse Eugene. «Un tipo sgraziato in frantumi, allungato qui per tutta la sua lunghezza, e quasi niente per te quando sarai una giovane vedova!»

«Ho fatto il matrimonio per cui avrei dato tutto il mondo per osare sperarlo,» ella rispose.

«Ti sei buttata via,» disse Eugene scuotendo il capo. «Ma hai seguito il tesoro del tuo cuore. La mia giustificazione è che l'avevi buttato via prima, cara ragazza!»

«No. Te l'avevo dato.»

«La stessa cosa, mia povera Lizzie!»

«Zitto, zitto! È una cosa molto diversa.»

Negli occhi di Eugene c'erano lacrime, ed ella lo pregò di chiuderli.

«No,» disse Eugene scuotendo di nuovo il capo, «lascia ch'io ti guardi, finché posso. Coraggiosa ragazza devota! Eroina!»

Gli occhi di lei si riempirono sotto le sue lodi. E quando si fece forza per muovere di poco la testa ferita e posarla sopra il suo seno, caddero le lacrime di entrambi.

«Lizzie,» disse Eugene dopo un silenzio, «se mi vedi andar via da questo rifugio che ho così mal meritato, chiamami per nome, e credo che tornerò indietro.»

«Sì, caro Eugene.»

«Ecco!» egli esclamò sorridendo, «sarei già andato via, se non fosse per questo tuo richiamo.»

Poco dopo, quando egli parve sprofondare nell'insensibilità, ella disse, con voce calma e amorevole: «Eugene, mio caro marito!»

Egli rispose immediatamente: «Eccomi di nuovo! Vedi come puoi chiamarmi bene!» e dopo, quando non poteva più parlare, rispondeva ancora con un piccolo movimento del capo sul suo grembo.

Il sole era alto nel cielo, quando lei si liberò dolcemente per dargli gli stimolanti e il nutrimento di cui aveva bisogno. L'assoluta impotenza del relitto di colui che giaceva disteso lì, ora la allarmava, ma egli sembrava un po' più fiducioso.

«Ah, mia amata Lizzie,» diss'egli debolmente, «come potrò mai ricompensarti per tutto quello che ti devo, se mi riprendo?»

«Non ti vergognare di me,» ella rispose, «e mi avrai più che ricompensata.»

«Ci vorrebbe tutta la vita, Lizzie, per ricompensarti; più di una vita!»

«Vivi per questo, allora; vivi per me, Eugenio; vivi per vedere quanto duramente cercherò di migliorarmi e di non screditarti mai.»

«Mia cara ragazza,» egli rispose, radunando molto del suo vecchio modo di fare che non aveva mai ancora ripreso, «al contrario, ho pensato se non sia la cosa migliore che posso fare, morire.»

«La cosa migliore che puoi fare, lasciarmi con il cuore spezzato?»

«Non voglio dir questo, mia cara. Non pensavo a questo. La cosa che io stavo pensando era questa. Per la tua compassione per me, in questo stato mutilato e distrutto, fai così tanto per me, pensi così bene di me, mi ami così teneramente!»

«Lo sa il cielo, se ti amo teneramente»

«E il cielo sa che lo apprezzo! Bene. Se vivo, mi scoprirai.»

«Scoprirò che mio marito ha una miniera di propositi ed energia, e la trasformerà nel miglior modo?»

«Lo spero, carissima Lizzie,» disse Eugene con malinconia, eppure con un po' di estrosità. «Lo spero. Ma non posso che chiamare vanità il pensare così. Come posso pensarlo, ricordando una tale frivola giovinezza sprecata come la mia! Lo spero umilmente; ma non oso crederci. C'è un forte dubbio nella mia coscienza che se dovessi vivere, io potrei deludere la tua buona opinione e la mia - e per questo dovrei morire, mia cara!»

XII. L'ombra che passa

I venti e le maree s'alzarono e s'abbassarono un certo numero di volte, la terra si mosse intorno al sole un certo numero di volte, e la nave sull'oceano compì tranquillamente il suo viaggio, e portò a casa la bambina di Bella. Allora chi più benedetta e felice della signora Rokesmith, salvando ed escludendo il signor John Rokesmith!

«Non vorresti esser ricca ora, mia cara?»

«Come puoi domandarmi una cosa simile, John caro? Non sono io ricca?»

Queste furono tra le prime parole dette accanto alla bambina che dormiva. La quale mostrò ben presto di essere una bambina di intelligenza straordinaria, perché rivelava una netta avversione alla compagnia della nonna, ed era presa invariabilmente da una penosa acidità di stomaco ogni volta che la degna signora la onorava di qualsiasi attenzione.

Era delizioso vedere Bella in contemplazione di quella bambina, e trovare le sue proprie fossette in quel minuscolo riflesso, come se stesse guardando nello specchio senza vanità personale. Il suo cherubico padre giustamente fece notare a suo marito che la bambina sembrava farla più giovane di prima, ricordandogli i giorni in cui aveva una bambola e le parlava mentre la portava in giro. Si sarebbe potuto sfidare tutto il mondo a produrre un'altra bambina che avesse una tale riserva di piacevoli sciocchezze dette e cantate, come Bella diceva e cantava a questa bambina; o che era vestita e svestita altrettanto spesso in ventiquattro ore come Bella vestiva e svestiva questa bambina; o che era tenuta dietro le porte e faceva capolino per fare una sorpresa a suo padre quando tornava a casa, come questa bambina; o, in una parola, che facesse la metà del numero di cose per bambini, che questa bambina inesauribile faceva, attraverso la vivace invenzione di un lieta e orgogliosa giovane madre.

La bambina inesauribile aveva due o tre mesi quando Bella cominciò a notare una nube sulla fronte di suo marito. Guardandolo, lei vedeva lì un'ansia che si accumulava e si approfondiva, che le causava grande inquietudine. Più di una volta, lo svegliò mentre egli borbottava nel suo dormire; e, sebbene non mormorasse niente di peggio del nome di lei, era chiaro per lei che la sua irrequietezza aveva origine in qualche motivo di preoccupazione. Pertanto, Bella alla fine affermò di voler dividere questo peso e portarne la metà.

«Tu sai John caro,» ella disse, tornando allegramente alla loro precedente conversazione, «che spero di poter essere tranquillamente affidabile nelle grandi cose. E sicuramente non può essere una piccola cosa che ti provoca così tanto disagio. È molto premuroso da parte tua cercare di nascondermi che ti senti a disagio per qualcosa, ma è del tutto impossibile nascondermelo, amore John.»

«Ammetto di essere un po' preoccupato, mia cara.»

«Allora faccia il piacere di dirmi perché, signore.»

Ma no, egli eluse. «Non importa,» pensò Bella risolutamente. «John vuole che io abbia piena fiducia in lui, e non sarà deluso.»

Un giorno ella andò a Londra, per incontrarlo, in modo che potessero fare alcuni acquisti. Lo trovò che l'aspettava alla fine del suo viaggio, e si allontanarono insieme per le strade. Egli era di buon umore, anche se insisteva ancora su quell'idea del loro essere ricchi; ed egli disse di far finta di credere che quella bella carrozza laggiù fosse la loro, e che li aspettava per portarli a casa, una bella casa che avevano; cosa avrebbe voluto di più Bella, allora, trovare in casa? Bene! Bella non lo sapeva: già avendo tutto quello che voleva, non poteva dire. Ma, a poco a poco, fu portata a confessare che avrebbe voluto avere per l'inesauribile bambina una stanza come non si era mai vista. Doveva essere un 'vero arcobaleno di colori', perché era sicura che la bambina distingueva i colori; e la scala doveva essere adornata coi più bei fiori, poiché era assolutamente certa che la bambina notasse i fiori; e ci doveva essere una voliera da qualche parte, dei più adorabili uccellini, poiché non c'era il minimo dubbio al mondo che la bambina osservasse gli uccelli. Non voleva nient'altro? No, John caro. Avendo provveduto alle predilezioni dell'inesauribile bambina, Bella non poteva pensare a nient'altro.

Stavano chiacchierando in questo modo e John aveva suggerito: «Nessun gioiello da indossare, per esempio?» al che Bella aveva risposto con una risata. Oh, se proprio arrivasse a questo, sì, avrebbe potuto esserci un bellissimo astuccio d'avorio di gioielli sulla sua toeletta; quando queste immagini furono in un attimo oscurate e cancellate.

Girarono un angolo, e incontrarono il signor Lightwood.

Si fermò come pietrificato alla vista del marito di Bella, che nello stesso momento aveva cambiato colore. «Il signor Lightwood ed io ci siamo già incontrati una volta,» egli disse.

«Già incontrati, John?» ripeté Bella con un tono di meraviglia. «Il signor Lightwood mi ha detto che non ti aveva mai visto».

«Allora non sapevo di averlo già incontrato,» disse Lightwood, sconcertato per lei. «Credevo di aver soltanto sentito parlare del... signor Rokesmith.» Con una certa enfasi sul nome.

«Quando il signor Lightwood mi ha visto, amor mio,» osservò suo marito non evitando lo sguardo di Lightwood, ma guardandolo, «il mio nome era Julius Handford.»

Julius Handford! Il nome che Bella aveva visto così spesso sui vecchi giornali quando abitava in casa del signor Boffin! Julius Handford, che era stato invitato pubblicamente a presentarsi, e per la cui scoperta era stato offerto pubblicamente un premio!

«Avrei evitato di menzionarlo in sua presenza,» disse Lightwood a Bella con delicatezza, «ma poiché suo marito l'ha detto da sé, devo confermare la sua strana affermazione. Lo conobbi come il signor Julius Handford, e io in seguito (come egli sa senza dubbio) mi sono dato molto da fare per rintracciarlo.»

«Completamente vero. Ma non era mia intenzione, né mio interesse,» disse Rokesmith con calma, «lasciarmi rintracciare.»

Bella guardò dall'uno all'altro, stupita.

«Signor Lightwood,» proseguì suo marito, «poiché il caso ci ha portati alla fine faccia a faccia - del che non c'è da stupirsi, perché la meraviglia è che il caso non ci abbia fatti incontrare prima, a dispetto di tutte le mie precauzioni - devo soltanto ricordarle che lei è stato in casa mia, e aggiungere che non ho cambiato residenza.»

«Signore,» rispose Lightwood con uno sguardo significativo a Bella, «la mia posizione è veramente penosa. Spero che nessuna complicità in un affare molto oscuro possa essere collegata a lei, ma non può non sapere che la sua condotta straordinaria l'ha messo sotto sospetto.»

«Lo so,» fu tutta la risposta.

«Il mio dovere professionale,» disse Lightwood esitando e un altro sguardo a Bella, «è molto in contrasto con le mie inclinazioni personali: ma dubito, signor Handford, o signor Rokesmith, che io sia giustificato nel prendermi congedo da lei qui, con tutto il suo comportamento non spiegato.»

Bella prese il marito per la mano.

«Non aver paura, mia, cara. Il signor Lightwood si renderà conto che è del tutto giustificato nel prendere congedo qui. In ogni caso,» aggiunse Rokesmith, «si renderà conto ch'è mia intenzione congedarmi da lui qui.»

«Penso, signore,» disse Lightwood, «che lei non possa negare in nessun modo che quando son venuto in casa sua nell'occasione alla quale accennava prima, mi ha evitato di proposito.»

«Signor Lightwood, le assicuro che non sono disposto a negarlo, e non ne ho nessuna intenzione. Avrei continuato ancora per un certo tempo a evitare d'incontrarlo, perseguendo lo stesso scopo, se non ci fossimo incontrati ora. Vado direttamente a casa e ci resterò fino a domani a mezzogiorno. D'ora in poi, spero che potremmo conoscerci meglio. Buon giorno.»

Lightwood rimase irresoluto, ma il marito di Bella lo superò nella maniera più decisa, con Bella al braccio; e tornarono a casa senza incontrare ulteriori rimostranze o molestie da parte di nessuno.

Quando rimasero soli dopo il pranzo, John Rokesmith disse a sua moglie, che aveva conservato la sua allegria: «E tu non mi chiedi, mia cara, perché portavo quel nome?»

«No, John, amor mio. Naturalmente mi piacerebbe saperlo» (ciò che la sua faccia ansiosa confermava), «ma aspetto che tu me lo dica di tua iniziativa. Mi hai chiesto se avrei potuto avere completa fiducia in te, ho detto di sì, e lo pensavo sul serio."

Non sfuggì all'attenzione di Bella che egli cominciò a sembrare trionfante. Ella non voleva rafforzarsi nella sua fermezza; ma se avesse avuto bisogno di qualche rinforzo, l'avrebbe derivato dal suo viso infiammato.

«Non puoi essere stata preparata, mia cara, per una tale scoperta, che questo misterioso signor Handford fosse identico a tuo marito!»

«No, John caro, naturalmente no. Ma tu mi hai detto di prepararmi a una prova, e io mi son preparata.»

La attirò perché si avvicinasse di più a lui e le disse che presto sarebbe finita, e presto la verità sarebbe apparsa. «E adesso,» continuò, «sottolineo, mia cara, queste parole che mi accingo ad aggiungere. Non sono in nessun tipo di pericolo, e non posso essere ferito per mano di nessuno.»

«Ma sei proprio sicuro, sicurissimo, di questo, John caro?»

«Ma certo! Inoltre, non ho commesso alcun errore e non ho ferito nessun uomo. Lo giuro?»

«No, John!» gridò Bella, posandogli la mano sulle labbra, con uno sguardo orgoglioso. «Mai!»

«Ma le circostanze,» egli continuò, «- io posso e voglio disperderle in un attimo - mi hanno attorniato con uno dei più strani sospetti mai conosciuti. Hai sentito il signor Lightwood parlare di un affare oscuro?»

«Sì, John.»

«Sei preparata a udire esplicitamente che cosa egli intendeva?»

«Sì, John.»

«Vita mia, egli intendeva l'assassinio di John Harmon, il marito a te assegnato.»

Col cuore palpitante Bella lo afferrò per un braccio. «Tu non puoi essere sospettato, John!»

«Amor mio, posso esserlo, perché lo sono!»

Ci fu un silenzio tra loro, mentre ella sedeva guardandolo in faccia, con il colorito del tutto sparito dal suo viso e dalle sue labbra. «Come osano!» gridò alla fine in uno scoppio di generosa indignazione. «Il mio caro marito, come osano!»

La prese tra le braccia mentre ella apriva le sue e la tenne stretta al suo cuore. «Anche se sai questo, puoi fidarti di me, Bella?»

«Posso fidarmi di te, John caro, con tutta l'anima mia. Se non potessi fidarmi di te, dovrei cadere morta ai tuoi piedi.»

Il trionfo acceso sul suo viso era davvero luminoso, mentre guardava in su e si chiese con entusiasmo, che cosa avesse fatto per meritarsi la benedizione del cuore di questa cara creatura confidente!

Di nuovo ella gli pose la mano sulle labbra, dicendo: «Zitto!» E poi gli disse, nel suo modo naturale e commovente, che se tutto il mondo fosse stato contro di lui, ella sarebbe stata dalla sua parte; che se tutto il mondo lo avesse ripudiato, ella gli avrebbe creduto; che se fosse stato infame agli altri occhi, egli sarebbe stato onorato nei suoi; e che, sotto il peggiore immeritato sospetto, poteva dedicare la sua vita a consolarlo e a trasmettere la sua fiducia in lui alla loro bambina.

Una calma crepuscolare di felicità poi seguì il loro radioso mezzogiorno, e rimasero in pace, finché una strana voce nella stanza fece sussultare entrambi.

La stanza era ormai buia, e disse la voce: «La signora non si spaventi, se accendo una luce», e immediatamente un fiammifero crepitò e brillò in una mano. La mano e il fiammifero e la voce furono poi riconosciuti da John Rokesmith per appartenere al signor Ispettore, un tempo meditativamente attivo in questa cronaca.

«Mi prendo la libertà,» disse il signor Ispettore con tono professionale, «di farmi ricordare dal signor Julius Handford, che mi diede il suo nome e indirizzo giù nel nostro ufficio tanto tempo fa. La signora si oppone alla mia accensione della coppia di candele sul camino, per gettare ulteriore luce sull'argomento? No? Grazie signora. Ora, sembriamo allegri.»

Il signor Ispettore, in una redingote abbottonata e pantaloni blu scuro, presentava un genere di aspetto della Royal Arms pratico e a mezzo servizio, mentre si metteva il fazzoletto da taschino sul naso e si inchinava alla signora.

«Mi favorì, signor Handford,» disse il signor Ispettore, «di scrivere il suo nome e indirizzo e produco il pezzo di carta su quale l'ha scritto. Confrontando lo stesso con la scritta sul risguardo di questo libro sul tavolo - ed è un grazioso bel volume, - io trovo che la dedica: "Alla signora Rokesmith, da suo marito per il suo compleanno", - molto gratificanti per i sentimenti sono tali memoriali - corrisponde esattamente. Posso scambiare una parola con lei?»

«Certamente. Qui, se non le dispiace.» fu la risposta.

«Bene,» rispose il signor Ispettore usando di nuovo il fazzoletto, «anche se non c'è niente di cui la signora possa allarmarsi, tuttavia, le signore tendono ad allarmarsi per questioni di lavoro, - essendo di quel sesso fragile che non vi è abituato quando non sono di un carattere strettamente domestico - e di solito seguo la regola di proporre alle signore di ritirarsi, prima di entrare in argomento di affari. O forse,» disse il signor Ispettore, «la signora deve andare di sopra a dare uno sguardo alla bambina?»

«La signora Rokesmith» stava iniziando suo marito; quando il signor Ispettore, riguardando quelle parole come presentazione, disse: «Felice, sicuramente, di avere l'onore», e si inchinò con galanteria.

«La signora Rokesmith,» riprese suo marito, «è convinta che non può avere motivo di allarmarsi, qualunque sia l'affare.»

«Davvero? E' così?» disse il signor Ispettore, «Ma si impara sempre dal gentil sesso, e non c'è niente che una donna non possa realizzare quando ella una volta rivolge a quello completamente la sua mente. È il caso anche di mia moglie. Bene, signora, questo suo bravo signore ha fatto nascere una quantità di guai, che si sarebbero potuti evitare se si fosse fatto avanti e si fosse spiegato. Bene, vede! Non si è fatto avanti e non si è spiegato. Di conseguenza, ora che ci incontriamo, io e lui, lei dirà - e dirà bene - che non c'è niente di cui allarmarsi, nel mio proporre a lui di venire avanti - o, mettendo lo stesso significato in un'altra forma, venire insieme a me... e spiegarsi!»

Quando il signor Ispettore mise la stessa cosa in altra forma: «venire insieme a me», c'era un tono di piacere nella sua voce, e il suo occhio brillava di una luce ufficiale.

«Propone di prendermi in custodia?» domandò John Rokesmith molto freddamente.

«Perché obiettare?» rispose il signor Ispettore in una sorta di adeguata rimostranza; «non è abbastanza che le propongo di venire insieme a me?»

«Per qual motivo?»

«Dio benedica la mia anima e il mio corpo!» rispose il signor Ispettore, «mi meraviglio in un uomo della sua istruzione... Perché obiettare?»

«Che cosa mi si addebita?»

«Mi stupisco che lei davanti a una signora...» disse il signor Ispettore, scuotendo la testa con aria di rimprovero. «Mi chiedo, educato come è stato, perché lei non abbia una mente più delicata! La accuso, allora, di essere in qualche modo implicato nell'omicidio di Harmon. Non dico se prima, o durante, o dopo, il fatto. Non dico se con averne un po' conoscenza di esso che non è venuta fuori.»

«Lei non mi sorprende. Prevedevo la sua visita questo pomeriggio.»

«Ma no!» disse il signor Ispettore. «Perché, perché vuol discutere? Ho il dovere d'informarla che qualunque cosa dirà sarà usata contro di lei.»

«Non lo credo.»

«Ma le dico di sì,» disse il signor Ispettore. «Ora, avendo ricevuto l'avvertimento, dice ancora che aveva previsto la mia visita questo pomeriggio?»

«Sì, e dirò qualche altra cosa, se verrà con me nella stanza accanto.»

Con un bacio rassicurante sulle labbra della spaventata Bella, suo marito (al quale il signor Ispettore offrì premurosamente il braccio), prese su una candela, e si ritirò con quel signore. Rimasero in colloquio una buona mezz'ora. Quando tornarono, il signor Ispettore sembrava notevolmente stupito.

«Ho invitato questo degno ufficiale, mia cara,» disse John, «a fare una breve escursione con me di cui sarai partecipe. Prenderà qualcosa da mangiare e da bere, direi, su tuo invito, mentre ti metti il cappellino.»

Il signor Ispettore declinò l'invito a mangiare, ma accettò la proposta di un bicchiere di brandy e acqua. Mentre mischiava la bevanda, e la consumava impensierito, egli usciva a tratti in tali soliloqui, che non si sarebbe mai aspettato una mossa simile, che non si era mai trovato così impicciato e che questa era una sfida che metteva alla prova l'opinione che un uomo aveva di se stesso. In concomitanza con questi commenti, scoppiò più di una volta in una risata, con l'aria un po' divertita e un po' irritata di chi ha rinunciato a risolvere un buon enigma, dopo molte supposizioni, e gli è stata detta la risposta. Bella era così timida da parte sua, che notò queste cose per metà analizzando e per metà intuendo, e allo stesso modo notò che c'era un grande cambiamento nei suoi modi nei confronti di John. Quel contegno "venite-con-me" ora si perdeva in lunghi sguardi pensosi a John e a lei stessa e talvolta in un lento e pesante sfregamento della sua mano sulla fronte, come se volesse stirare le pieghe che le sue meditazioni profonde vi avevano fatto. Aveva alcuni satelliti, che tossivano e fischiettavano, gravitanti segretamente verso di lui attorno alla casa, ma ora furono congedati, e guardò John come se avesse voluto rendergli un pubblico servizio, ma purtroppo era stato anticipato. Se Bella avesse potuto notare qualcos'altro, se avesse avuto meno paura di lui, non riusciva a determinarlo; ma era tutto inspiegabile per lei, e non il minimo lampo del reale stato del caso le irruppe nella mente. Il signor Ispettore si occupava di lei più di prima, e aveva un modo di alzare le sopracciglia, quando i loro occhi per caso si incontravano, che pareva voler dire: «Ma non vede?» Questo aumentava la sua timidezza, e per conseguenza la sua perplessità. Per tutte queste ragioni, quando lui e lei e John, verso le nove di quella sera d'inverno, andarono in città e cominciarono a percorrere in carrozza il percorso dal London Bridge, tra moli e banchine in riva all'acqua e luoghi strani, Bella era nello stato di una sognatrice; perfettamente incapace di spiegare la sua presenza, perfettamente incapace di prevedere cosa sarebbe successo dopo, o dove stava andando, o perché; certa di niente nell'immediato presente, tranne che lei confidava in John, e che John sembrava in qualche modo diventare più trionfante. Ma che certezza era quella!

Scesero infine all'angolo di un cortile, dove c'era un edificio con una lampada luminosa e un cancello pedonale. Il suo ordinato aspetto era molto diverso da quello del quartiere circostante, ed era spiegato dalla scritta "Stazione di Polizia".

«Non andiamo mica lì, John?» disse Bella aggrappandosi a lui.

«Sì mia cara; ma di nostra spontanea volontà. Ne usciremo di nuovo altrettanto facilmente, non temere.»

La stanza imbiancata era bianchissima come una volta, la contabilità metodica era in pacifico progresso come una volta, e un urlatore un po' distante batteva contro la porta di una cella come un tempo. Quel santuario non era un luogo di dimora permanente, ma una specie di punto di transito dei criminali. Le passioni e i vizi inferiori venivano regolarmente annotati nei libri, immagazzinati nelle celle, portati via come da fattura di accompagnamento, e vi lasciavano solo un piccolo segno.

Il signor Ispettore sistemò due sedie per i suoi ospiti, davanti al fuoco, e comunicò a bassa voce con un fratello del suo ordine (anch'egli con l'aspetto a mezzo servizio nella Royal Arms), che a giudicare solo dalla sua occupazione in quel momento, avrebbe potuto essere un maestro di scrittura, che stava facendo delle copie.

Finito il breve colloquio, il signor Ispettore tornò davanti al fuoco, disse che avrebbe fatto due passi fino agli Allegri facchini per vedere come stessero le cose, e uscì. Tornò subito, dicendo: «Non poteva andar meglio di così, perché essi sono a cena, con la signorina Abbey, nel bar!» e poi uscirono tutti e tre insieme.

Sempre come in un sogno, Bella si ritrovò a entrare in un accogliente pub vecchio stile, e si trovò introdotta in una piccola stanza a tre angoli quasi di fronte al bar di quel locale. Il signor Ispettore riuscì a far entrare lei stessa e John in questa strana stanza, chiamata Saletta in un'iscrizione sulla porta, entrando per primo nello stretto passaggio, e poi girandosi all'improvviso su di loro con le braccia tese, come se fossero state due pecore. La stanza era illuminata per loro.

«Ora,» disse il signor Ispettore a John, abbassando il gas per aver meno luce, «mi mescolerò con loro in modo casuale, e quando dico "Identificazione" lei potrebbe mostrarsi.»

John fece un cenno di assenso, e il signor Ispettore andò solo alla mezza porta del bar. Dall'interno semibuio della saletta dove si trovavano, Bella e suo marito potevano vedere un comodo gruppetto di tre persone persone sedute a cena al bar, e potevano sentire tutto ciò che veniva detto.

Le tre persone erano la signorina Abbey e due ospiti uomini. Ai quali, collettivamente, il signor

Ispettore osservò che il tempo stava diventando tagliente per quel periodo dell'anno.

«Deve essere tagliente per adattarsi al suo ingegno, signore,» disse la signorina Abbey. «Che cosa ha per le mani, adesso?»

«Grazie per il complimento; non molto, signorina Abbey,» fu la replica del signor Ispettore.

«Chi ha portato nella saletta?» domandò la signorina Abbey.

«Solo un signore e sua moglie, signorina.»

«E chi sono? Se uno può chiederlo senza pregiudizio per i suoi piani profondi nell'interesse del pubblico onesto,» disse la signorina Abbey, orgogliosa del signor Ispettore come di un genio amministrativo.

«Sono stranieri di questa parte della città, signorina Abbey. Stanno aspettando finché vorrò che il signore si mostri da qualche parte, per mezzo momento.»

«E mentre aspettano, lei non potrebbe unirsi a noi?» disse la signorina Abbey.

Il signor Ispettore passò immediatamente nel bar, e si sedette al lato della mezza-porta, con le spalle al passaggio, e di fronte ai due ospiti. «Non prendo la mia cena che tardi nella notte,» disse, «e perciò non disturberò la compattezza del tavolo. Ma prenderò un bicchiere di *punch*, se è *punch* quello che vedo nella brocca nel secchiello.»

«È *punch*,» rispose la signorina Abbey, «ed è opera mia, e se da qualche parte ne trova di migliore, mi faccia il piacere di dirmi dove.» Versatogli, con mano ospitale, un bicchiere fumante, la signorina Abbey rimise la caraffa accanto al fuoco, perché la compagnia non era ancora arrivata allo stadio del *punch* nella cena, ma facevano ancora schermaglie con birra forte.

«Ah-h!» gridò il signor Ispettore. «Questo è un bacio! Non c'è un poliziotto in tutta la squadra, signorina Abbey, che possa trovare migliore cosa di questa.»

«Contenta di sentirla dire così,» rispose la signorina Abbey. «Lei dovrebbe sapere, se qualcuno lo facesse meglio.»

«Signor Job Potterson,» continuò il signor Ispettore, «bevo alla sua salute. Signor Jacob Kibble, bevo alla sua. Spero che abbiano fatto un felice viaggio di ritorno, tutti e due, signori.»

Il signor Kibble, un uomo grassoccio di poche parole e molti bocconi, disse, più brevemente che acutamente, alzando la sua birra alla sua labbra: «Altrettanto a lei.»

Il signor Job Potterson, un mezzo uomo di mare di contegno cortese, disse: «Grazie, signore.»

«Il Signore benedica la mia anima e il mio corpo!» gridò il signor Ispettore. «Parlando di mestieri, signorina Abbey, e del modo in cui lasciano il segno sugli uomin» (un argomento che nessuno aveva trattato); «chi non si accorgerebbe che suo fratello è un capo cameriere di bordo? C'è uno scintillio luminoso e pronto nei suoi occhi, c'è una pulizia nella sua azione, c'è un'intelligenza nella sua figura, c'è un'aria di affidabilità in lui nel caso volessi una bacinella, che indica il capo cameriere! E quanto al signor Kibble; non è il passeggero, in tutto? Mentre c'è quel taglio mercantile su di lui che ti rende felice di dargli credito per cinquecento sterline, non vedi il mare salato che brilla anche su di lui?»

«Lei lo vede, direi,» rispose la signorina Abbey, «ma io no. E quanto al capo cameriere, mi pare che sarebbe tempo che mio fratello si licenziasse, e prendesse in mano questa osteria, per il pensionamento di sua sorella. La casa andrà a pezzi se non lo fa. Non la venderei per tutti i soldi che si potrebbero nominare, a una persona che non potessi essere certa che fosse una legge per i clienti, come sono stata io.»

«Qui ha ragione, signorina,» disse il signor Ispettore. «Una casa meglio tenuta non è nota ai nostri uomini. Cosa dico? Una casa tenuta bene la metà di questa non è nota ai nostri uomini. Mostri ai miei agenti i Sei allegri facchini, ed essi le mostreranno un pezzo di perfezione, signor Kibble.»

Quel signore, scuotendo la testa molto seriamente, sottoscrisse.
«E parlando del tempo che ti scivola accanto, come se fosse un animale con la coda insaponata in uno sport rustico,» disse il signor Ispettore (di nuovo, un argomento che nessuno aveva trattato); «perché, beh, potresti! potresti. Come è volato da quando il signor Job Potterson qui presente, il signor Jacob Kibble qui presente, e un ufficiale di polizia qui presente, si riunirono per la prima volta insieme per una questione di identificazione»
Il marito di Bella si accostò senza far rumore alla mezza porta del bar, e si fermò lì.
«Come è volato il tempo,» continuò lentamente il signor Ispettore, osservando attentamente i due ospiti, «da quando noi tre, in un'inchiesta proprio in questa casa... signor Kibble? si sente male?»
Il signor Kibble si era alzato barcollando, con la mascella inferiore abbassata, afferrando Potterson per la spalla e indicando la mezza porta. Poi gridò: «Potterson! Guarda! Guarda lì!»
Potterson balzò su, balzò indietro, ed esclamò: «Dio ci protegga, che cos'è?» Il marito di Bella tornò da Bella, la prese tra le braccia (poiché ella era terrorizzata dal terrore incomprensibile dei due uomini), e chiuse la porta della piccola stanza. Seguì un clamore di voci, tra le quali quella del signor Ispettore era la più presente; poi gradualmente si affievolì e scomparve, e ricomparve il signor Ispettore. «Esattamente, signore, è la parola!» disse guardando con una consapevole strizzatina d'occhi. «Porteremo fuori subito la signora.» Immediatamente, Bella e suo marito erano sotto le stelle, facendo la via del ritorno, da soli, verso il veicolo che avevano tenuto in attesa.
Tutto questo era straordinario, e Bella non riusciva a capirci niente tranne che John aveva ragione. Come nel giusto e come sospettato di avere torto, non poteva indovinare. Qualche vaga idea che non avesse mai veramente assunto il nome di Handford, e che c'era una notevole somiglianza tra lui e quella persona misteriosa, era il suo approccio più vicino a qualsiasi definitiva spiegazione. Ma John era trionfante: ciò appariva molto; e poteva aspettare il resto. Quando John venne a casa all'ora di cena il giorno dopo, disse, sedendosi sul sofà presso Bella e la bambina: «Mia cara, ho una notizia da darti: ho lasciato la mia Azienda Cinese.»
Dato che sembrava che gli piacesse averla lasciata, Bella dava per scontato che non ci fosse alcuna disgrazia nel caso.
«In una parola, amor mio,» disse John, «da casa d'importazioni dalla Cina è fallita e soppressa. Non esiste più una cosa del genere.»
«Allora, sei già in un'altra azienda, John?»
«Sì, mia cara. Sono in un altro ramo di affari. E sto molto meglio.»
La bambina inesauribile fu subito invitata a congratularsi con lui, e a dire, con opportuna azione da parte di un braccio molto inerte e una manina macchiata: «Tre applausi, signore e signori. Evviva!»
«Ho paura, vita mia,» disse John, «che tu ti sia molto affezionata a questa casetta?»
«Hai paura, John? Certo che mi ci sono affezionata.»
«La ragione perché ho detto che ho paura,» rispose John, «è perché dobbiamo trasferirci.»
«Oh, John!»
«Sì, mia cara, dobbiamo trasferirci. Dobbiamo avere il nostro quartier generale a Londra, ora. In breve, c'è una casa di abitazione senza canone d'affitto, collegata alla mia nuova posizione, e dobbiamo occuparla.»
«Questo è un guadagno, John.»
«Sì, mia cara, senza dubbio è un guadagno.»
Egli le diede uno sguardo molto giocoso, e un altro molto malizioso. Questo fece sì che

l'inesauribile bambina si rivolgesse a lui con i pugni macchiati, e domandasse in modo minaccioso ciò che intendeva dire.

«Amor mio, tu hai detto che era un guadagno, e io ho detto che era un guadagno. Un'osservazione molto innocente, sicuramente.»

«Non ti permetto,» disse la bambina inesauribile, «di - prenderti - gioco - della mia venerabile - mamma.» Ad ogni pausa amministrando un soffice colpetto con uno dei suoi piccoli pugni.

Mentre John si chinava per ricevere queste visite punitive, Bella gli chiese, sarebbe stato necessario trasferirsi presto? Ebbene, sì, davvero (disse John), egli propose che si muovessero molto presto. Portando i mobili con loro, naturalmente? (disse Bella). Ebbene, no (disse John), il fatto era che la casa era - in certo qual modo - già ammobiliata.

La bambina inesauribile, a sentir questo, riprese l'offensiva e disse: «Ma non c'è una stanza per me, signore. Cosa intende, genitore dal cuore di marmo?» A questo il padre dal cuore di marmo rispose che c'era una specie di stanza per la bambina, e si poteva farla fare. Farla fare? rispose l'inesauribile, amministrando più punizioni: «Per chi mi prende?» Dopo di che venne rovesciata sul dorso in grembo a Bella, e soffocata di baci.

«Ma davvero, John caro,» disse Bella, arrossata in modo molto piacevole da quegli esercizi, «la nuova casa, così com'è, farà per la bambina? Questa è la domanda.»

«Lo sapevo che questa era la questione,», egli rispose, «e quindi ho organizzato che tu venga con me a darle un'occhiata, domani mattina». Preso appuntamento, di conseguenza, che Bella andasse con lui domani mattina; John baciato; e Bella deliziata.

Quando raggiunsero Londra secondo il loro piccolo piano, essi presero una carrozza e si diressero verso ovest. Non solo andarono verso ovest, ma andarono in quella particolare circoscrizione verso ovest, che Bella aveva visto l'ultima volta che aveva distolto il viso dalla porta del signor Boffin. Non solo percorsero quel particolare quartiere, ma andarono alla fine proprio in quella strada. Non solo percorsero proprio quella strada, ma si fermarono alla fine davanti a quella stessa casa.

«John caro,» gridò Bella guardando fuori dal finestrino con agitazione, «vedi dove siamo?»

«Sì, amor mio. Il cocchiere ha ragione.»

La porta di casa fu aperta senza bussare o suonare, e John prontamente la aiutò. Il servo che stava alla porta, non fece domande a John, né andò davanti a loro o li seguì mentre salivano dritti al piano di sopra. Fu solo il braccio di suo marito, che la cingeva e la sosteneva, che impedì a Bella di fermarsi ai piedi della scala. Mentre salivano, potevano vedere che era ornata con gusto coi più bei fiori.

«Oh, John!» disse Bella con un fil di voce. «Che cosa significa questo?»

«Nulla, mia cara, nulla. Andiamo su.»

Proseguendo un po' più in alto, arrivarono a una graziosa voliera, nella quale un certo numero di uccelli tropicali, di colore più splendido del fiori, volavano qua e là; e tra quegli uccelli c'erano pesci d'oro e d'argento e muschi e ninfee e una fontana, e ogni sorta di meraviglie.

«Oh, mio caro John!» disse Bella. «Che cosa significa questo?»

«Nulla, mia cara, nulla. Andiamo avanti.»

Andarono avanti finché giunsero a una porta. John tese la mano per aprirla, ma Bella gliela fermò. «Io non so che cosa significa tutto questo, ma è troppo per me. Reggimi, John, amore.»

John la prese tra le braccia, ed entrò leggermente nella stanza con lei.

Ecco il signor Boffin e la signora Boffin raggianti! Ecco la signora Boffin che applaude in estasi, correndo verso Bella con lacrime di gioia che sgorgano giù sul suo bel viso, e abbracciandola al petto, con la parole: «La mia cara, cara, cara ragazza, che io e Noddy abbiam visto sposare senza neanche poterle fare i nostri auguri, e nemmeno parlarle! Oh, la mia cara, cara, carissima moglie di John, e madre della sua bambina! La mia amorevole amorevole, luminosa luminosa, bella, bella! Benvenuta nella tua casa, mia cara!»

XIII. Che mostra come il Netturbino d'oro aiutasse a spargere la polvere

In tutto il primo smarrimento della sua meraviglia, la più sconcertante cosa meravigliosa per Bella era il volto splendente del signor Boffin. Che sua moglie fosse gioiosa, col cuore aperto e gioviale, o che il suo viso esprimesse ogni qualità che fosse grande e piena di fiducia, e nessuna qualità che fosse piccola o meschina, era in accordo con l'esperienza di Bella. Ma, che lui, con un'aria perfettamente benefica e un roseo viso paffuto, dovesse essere lì, a guardar lei e John, come un gioviale spirito buono, era meraviglioso. Perché, era diverso da come appariva l'ultima volta che lo aveva visto in quella stessa stanza (era la stanza in cui ella gli aveva detto il fatto suo[292] nel momento dell'addio), e che ne era stato di tutte quelle linee storte di sospetto, avarizia e diffidenza, che gli storcevano allora il volto?

La signora Boffin fece sedere Bella sulla grande ottomana e si sedette accanto a lei, e John suo marito si sedette dall'altra parte, mentre il signor Boffin stava in piedi raggiante verso tutti e tutto ciò che poteva vedere, con incomparabile allegria e divertimento. La signora Boffin fu poi presa da un attacco allegro in cui batteva le mani, e batteva le ginocchia, e si dondolava avanti e indietro, e poi da un altro attacco allegro in cui abbracciava Bella e la cullava avanti e indietro - entrambi gli accessi, di durata considerevole.

«Vecchia signora, vecchia signora,» disse il signor Boffin alla fine, «se non cominci tu, dovrà cominciare qualcun altro!»

«Sto per cominciare, Noddy, mio caro,» rispose la signora Boffin. «Solo non è facile per una persona sapere da dove cominciare, quando una persona è in questo stato di gioia e felicità. Bella, mia cara. Dimmi, chi è questo?»

«Chi è questo qui?» ripeté Bella. «È mio marito!»

«Ah! Ma dimmi il suo nome, cara!» gridò la signora Boffin.

«Rokesmith.»

«No, non è!» gridò la signora Boffin battendo le mani scuotendo il capo. «Neanche un po'.»

«Handford, allora,» suggerì Bella.

«No, non è!» gridò la signora Boffin battendo di nuovo le mani e scuotendo di nuovo il capo. «Neanche un po'.»

«Ma almeno il suo nome è John, suppongo?!» disse Bella.

«Ah! questo sì, cara!» gridò la signora Boffin. «Lo spero bene! Tante e tante sono le volte che l'ho chiamato col nome di John! Ma qual è il suo cognome, il suo cognome vero? Indovina, mia cara!»

«Non posso indovinare,» disse Bella volgendo la faccia pallida dall'uno all'altra.

«Io potevo,» gridò la signora Boffin, «e quel che più conta, io ho indovinato! L'ho scoperto in un lampo, si può dire, una notte. Non è vero, Noddy?»

«Sì! la vecchia signora lo ha fatto!» disse il signor Boffin, con un forte orgoglio per la circostanza.

«Ascoltami, cara,» proseguì la signora Boffin prendendo le mani di Bella tra le sue, e battendovi dolcemente sopra di tanto in tanto. «Fu dopo una certa sera nella quale John era stato deluso - come egli pensava - nei suoi affetti. Fu dopo una sera nella quale John aveva fatto una proposta a una certa signorina, e quella certa signorina l'aveva rifiutata. Fu dopo una certa sera nella quale

John si sentiva come gettato via, e aveva deciso di andare in cerca di fortuna. Fu proprio la notte successiva. Il mio Noddy aveva bisogno di una carta che si trovava nella stanza del suo Segretario, e io dissi a Noddy: "Andrò alla porta e gliela chiederò". Bussai alla sua porta ed egli non mi udì. Guardai dentro e lo vidi seduto solitario accanto al suo fuoco, rimuginandovi sopra. Gli capitò di alzare lo sguardo con un sorriso compiaciuto della mia compagnia quando mi vide, e poi in un solo momento ogni granello di polvere da sparo che era stato cosparso fittamente intorno a lui da quando l'avevo visto per la prima volta come uomo alla Pergola, ha preso fuoco! Troppe volte l'avevo visto sedere tutto solo, quando era un povero bambino da compatire, anima e corpo! Troppe volte avevo visto come aveva bisogno d'essere illuminato con una parola di conforto! Troppe e troppe volte, per potermi sbagliare quando questa idea di lui arrivò, finalmente! No! No! Riuscii solo a gridare: "Ti riconosco! Tu sei John!" ed egli, mi prese tra le braccia mentre svenivo. E allora,» disse la signora Boffin interrompendosi nella fretta del suo discorso per sorridere più radiosamente, «non capisci ora quale fosse il cognome di tuo marito, cara?»

«No,» rispose Bella con labbra tremanti «per caso Harmon? Non è possibile!»

«Non tremare. Perché non sarebbe possibile, mia cara, quando tante cose sono possibili?» domandò la signora Boffin in tono rassicurante.

«È stato ucciso,» disse Bella senza fiato.

«Si pensò che fosse,» disse la signora Boffin. «Ma se mai John Harmon ha tratto il soffio della vita sulla terra, è certamente il braccio di John Harmon ora intorno alla tua vita, mia bella. Se mai John Harmon ha avuto una moglie sulla terra, quella moglie sei certamente tu. Se mai John Harmon e sua moglie hanno avuto una figlia sulla terra, quella bambina è certamente questa.»

Con un colpo da maestro per un accordo segreto, l'inesauribile bambina ecco apparve alla porta, sospesa a mezz'aria da un invisibile agente. La signora Boffin, andando subito a prenderla, la portò in grembo a Bella, dove sia la signora che il signor Boffin (come si dice) "inondarono" l'Inesauribile con una pioggia di carezze. Fu solo questa opportuna comparsa che impedì a Bella di svenire. Questo e la serietà di suo marito nello spiegarle ulteriormente come era successo che si fosse pensato che era stato ucciso, e fosse anche stato sospettato del suo stesso omicidio; inoltre, come avesse ingannato colei che aveva rapito la sua mente, come avesse procrastinato il tempo per la rivelazione, per timore che ella potesse non avere piena tolleranza per il modo in cui questa cosa aveva avuto origine, e in cui si era pienamente sviluppata.

«Ma Dio ti benedica, bellezza mia!» gridò la signora Boffin, interrompendolo a questo punto con un altro battere vigoroso di mani. «Non c'era soltanto John in tutto questo. C'eravamo tutti noi.»

«Ma io non capisco ancora,» disse Bella, guardando con aria assente dall'uno all'altro.

«Naturalmente non capisci, mia cara,» esclamò la signora Boffin. «Come puoi finché non ti viene detto! Quindi ora te lo dico io. Quindi metti di nuovo le tue mani tra le mie,» gridò la simpatica creatura abbracciandola, «con quella benedetta piccola in grembo, e ti racconterò tutta la storia. Ora te la racconto. Uno, due, tre, i cavalli partono! Ecco! Quando gridai quella sera: "Ti riconosco, tu sei John!" furono proprio queste le mie parole, non è vero John?»

«Le sue esatte parole,» disse John, posando la mano su quelle di lei.

«Questa è un'ottima sistemazione,» gridò la signora Boffin. «Tienila lì, John. E dato che eravamo tutti noi dentro, Noddy vieni a posare le tue mani in cima, e non romperemo il mucchio finché la storia non sarà finita.»

Il signor Boffin avvicinò una sedia e posò la sua grossa scura mano destra sul mucchio delle altre.

«Questo è eccellente!» disse la signora Boffin baciandogliela. «Sembra proprio un palazzo di famiglia, non è vero? Ma ricominciamo. Bene! Quando gridai quella sera: "Ti riconosco! Tu sei

John!", John mi prese, è vero; ma io non sono un peso leggero, sapete, ed egli fu costretto a posarmi giù. Noddy sentì il rumore e corse anche lui, e non appena in qualche modo mi ripresi, gli gridai: "Noddy, beh io potrei dire come ho detto io, quella notte alla Pergola, perché il Signore sia ringraziato, questo è John!" Al che dà un sussulto, e va giù anche lui, con la testa sotto lo scrittoio. Questo mi fece riprendere del tutto, e poi anche lui si riprese, e poi John, lui ed io ci abbandoniamo tutti a un pianto di gioia.»

«Sì! Essi piangono di gioia, mia cara,» esclamò suo marito. «Capisci? Questi due, che io tornando alla vita deludevo e privavo di ogni bene, piansero di gioia!» Bella lo guardò confusa, e guardò di nuovo il volto raggiante della signora Boffin.

«È così, mia cara, non gli badare,» disse la signora Boffin, «segui me. Bene! Poi ci sediamo, gradualmente ci rimettiamo in sesto e confabuliamo a lungo. John ci raccontò come era disperato per via di una certa bella signorina, e come, se io non l'avessi scoperto, se ne sarebbe andato via a cercare fortuna in lungo e in largo, e come aveva piena intenzione di non tornar più in vita, ma di lasciare a noi per sempre la proprietà che avevamo ereditato a torto. Al che non si può vedere mai un uomo così spaventato come lo era il mio Noddy. Perché pensare che aveva ottenuto la proprietà illecitamente, per quanto innocente, e - più di questo - avrebbe potuto continuare a tenerla fino al giorno della sua morte, l'ha reso più bianco del gesso.»

«E anche tu,» disse il signor Boffin.

«Non badare neanche a lui, mia cara,» riprese la signora Boffin, «segui me. Questo portò a un lungo colloquio su una certa bella signorina; quando Noddy dà come sua opinione che ella è una cara creatura. "Potrebbe essere una piccola viziata, e naturalmente viziata," egli disse, "dalle circostanze, ma questa è solo la superficie, e io scommetto la mia vita," egli disse, "che lei ha vero oro dorato nel cuore."»

«Così dicesti anche tu,» disse il signor Boffin.

«Non gli badare neanche un istante, mia cara,» proseguì la signora Boffin, «ma segui me. Allora John disse: "Oh se solo potesse provare che sia così!" E tutti e due ci siamo alzati e abbiamo detto in quel momento: "Mettiamola alla prova!"»

Con un sussulto, Bella rivolse un'occhiata frettolosa al signor Boffin. Ma egli era seduto pensieroso, sorridendo a quella sua larga mano bruna, e o non la vide, o non ci badò.

«"Mettiamola alla prova, John," abbiamo detto,» ripeté la signora Boffin.

«"Mettiamola alla prova e supera i tuoi dubbi con trionfo, e tu sarai felice per la prima volta nella tua vita, e per il resto della tua vita." Questo mette John in agitazione, certamente. Poi diciamo: "Cosa ti contenterà? Se ella dovesse difenderti quando fossi offeso, se lei dovesse mostrarsi di animo generoso quando fossi oppresso, se dovesse essere più leale per te quando fossi più povero e senza amici, e tutto questo contro il suo apparente interesse, cosa succederebbe?

"Cosa?" disse John. "Mi farebbe toccare il cielo." "Allora," dice il mio Noddy, "preparati all'ascesa, John, perché sono fermamente convinto che andrai su!"»

Bella catturò lo sguardo scintillante del signor Boffin per mezzo istante; ma egli lo distolse e lo restituì alla sua larga mano bruna.

«Fin dal principio tu sei sempre stata la favorita speciale di Noddy,» disse la signora Boffin scuotendo il capo. «Oh, se lo eri! E se fossi stata incline alla gelosia, non so che cosa avrei potuto farti. Ma siccome non lo ero - perché bellezza mia,» con un'allegra risata e un abbraccio, «sei una favorita speciale anche per me. Ma i cavalli stanno girando l'angolo, e stiamo per finire. Bene! Allora il mio Noddy, scuotendosi fino ad aver male ai fianchi: "Attento che sarai disprezzato e oppresso, John, perché se mai un uomo ha avuto un padrone duro, da questo momento mi troverai tale per te." E così ha cominciato!» gridò la signora Boffin in un'estasi d'ammirazione. «Dio ci benedica, ha cominciato! E come ha cominciato, non è vero?»

Bella aveva un'aria mezzo spaventata eppur mezzo divertita.

«Ma, Dio ti benedica,» proseguì la signora Boffin, «se l'avessi visto di notte, a quell'ora! Il modo in cui si sedeva e ridacchiava su se stesso! Il modo in cui diceva: "Oggi sono stato proprio un orso bruno", e si prendeva tra le sue braccia e si abbracciava al pensiero del bruto che aveva finto! Ma ogni sera mi diceva: "Di bene in meglio, vecchia signora. Che cosa ti avevo detto di lei? Ella mostrerà il vero oro dorato. Questo sarà il lavoro più felice che abbiamo mai fatto." E poi diceva: "Domani sarò un vecchio brontolone più orrendo!" E rideva, eccome, finché John e io eravamo spesso costretti a dargli una pacca sulla schiena, e tirargli fuori il fiato dalla trachea dandogli un po' d'acqua.»

Il signor Boffin, con il viso chino sulla mano pesante, non emetteva alcun suono, ma faceva ondeggiare le spalle quando così si riferivano a lui, come se stesse enormemente divertendosi.

«E così, mia buona e bella,» proseguì la signora Boffin, «così ti sei sposata, e siamo stati nascosti nell'organo della chiesa da questo tuo marito, perché non voleva che uscissimo fuori allora, perché sarebbe stato un primo indizio. "No," diceva, «ella è così altruista e contenta, che non posso ancora permettermi di essere ricco. Devo aspettare ancora un po'.» Poi quando era atteso il figlio, ha detto: "È una così allegra, gloriosa casalinga che non posso ancora permettermi di essere ricco. Devo aspettare un po' più a lungo." Poi quando la bambina è nata, ha detto: "Ella è così tanto migliore di quanto non sia mai stata, che non posso ancora permettermi di essere ricco. Devo aspettare ancora un po'." E così va avanti e avanti, finché non dico apertamente: "Ora, John, se non fissi un momento per sistemarla nella sua propria casa, lasciando che noi ce ne usciamo, diventerò una delatrice." Poi dice che aspetterà solo di trionfare oltre ciò che abbiamo mai pensato possibile, e per mostrarci che tu eri migliore di quanto anche noi avessimo mai ipotizzato; e dice: "Ella mi vedrà sospettato di aver assassinato me stesso, e vedrete quanto fiduciosa e quanto leale sarà!" Ebbene! Noddy ed io abbiamo accettato, e lui aveva ragione, ed eccoti qui, e i cavalli sono dentro, e la storia è finita, e Dio ti benedica, bellezza mia, e Dio benedica noi tutti!»

Il mucchio di mani si disperse e Bella e la signora Boffin si presero un bel lungo abbraccio l'una dell'altra: a rischio apparente dell'inesauribile piccola, sdraiata a fissare il grembo di Bella.

«Ma la storia è finita?» disse Bella riflettendo. «Non c'è altro?»

«Cos'altro dovrebbe esserci, cara?» rispose la signora Boffin, piena di gioia.

«È sicura di non aver tralasciato nulla?» domandò Bella.

«Non credo di averlo fatto,» disse la signora Boffin con aria maliziosa.

«John caro,» disse Bella, «tu sei una brava governante; vuoi tenere la bambina un momento?»

Avendo deposto l'Inesauribile tra le sue braccia con quelle parole, Bella guardò intensamente il signor Boffin, che si era spostato a un tavolo dove stava con la testa appoggiata sulla mano con il viso girato dall'altra parte, e, inginocchiandosi tranquillamente al suo fianco, e mettendo un braccio sopra la sua spalla, disse: «Per favore, chiedo scusa, e ho fatto un piccolo errore di parola quando mi sono congedata da lei ultimamente. Per favore, penso che lei sia migliore (non peggiore) di Hopkins, migliore (non peggiore) di Dancer, migliore (non peggiore) di Blackberry Jones, migliore (non peggiore) di nessuno di loro! Per favore devo dire qualcosa di più!» gridò Bella, con una risata esultante mentre lottava con lui e lo costringeva a volgere il suo viso felice verso di lei. «Per piacere, ho scoperto qualche altra cosa che non ho detto ancora. Per piacere, non credo affatto che lei sia un avaro dal cuore indurito, e non credo nemmeno che lo sia mai stato per un minuto!»

A questo, la signora Boffin urlò di gioia e si sedette a picchiare i piedi sul pavimento, battendo le mani e dondolandosi avanti e indietro, come un membro demente di qualche famiglia di Mandarini[293].

«Oh, io la capisco, adesso, signore!» gridò Bella. «Non voglio né lei né qualcun altro per raccontarmi il resto della storia. Posso dirlo a lei, ora, se vuol sentirlo.»

«Puoi, mia cara?» disse il signor Boffin. «Raccontala allora.»

«Già!» gridò Bella, tenendolo prigioniero per la giacca con entrambe le mani. «Quando lei vide di quale piccola sciagurata avida era il patrono, lei ha deciso di mostrarle quanto le ricchezze usate impropriamente e troppo apprezzate potevano fare, e spesso avevano fatto, per rovinare le persone; vero? Non le importava che cosa ella pensasse di lei (e Dio sa se non ha avuto alcuna importanza!), lei ha voluto mostrare i lati più detestabili della ricchezza, dicendo nella sua mente: "Questa creatura superficiale non ricaverebbe mai la verità dalla sua stessa debole anima, anche se avesse cento anni per farlo; ma un esempio lampante tenuto davanti a lei può aprire anche i suoi occhi e farla pensare." È così che lei ha detto tra sé, vero, signore?»

«Non ho mai detto niente del genere,» dichiarò il signor Boffin, in uno stato di estremo piacere.

«Allora avreste dovuto dirlo, signore,» rispose Bella, dandogli due tirate di giacca e un bacio, «perché certamente lei l'ha pensato e ne è stato convinto. Lei vedeva che la buona fortuna mi faceva girare la stupida testa, e m'induriva il cuore sciocco – che mi faceva diventare avida, calcolatrice, insolente, insopportabile, e allora si è preso la pena di diventare la migliore, la più cara indicazione stradale che si sia mai vista dovunque, per mostrarmi la strada che prendevo e la fine a cui portava. Me lo confessi subito!»

«John!» disse il signor Boffin, un ampio raggio di sole dalla testa ai piedi, «vorrei che tu mi aiutassi a uscire da questo guaio!»

«Lei non può consultarsi con l'avvocato, signore!» rispose Bella. «Lei deve parlare da sé. Confessi istantaneamente!»

«Ebbene, mia cara,» disse il signor Boffin, «la verità è che quando ci siamo imbarcati nel piano che la mia vecchia ha esposto, io ho domandato a John che cosa gliene pareva di quell'altro piano che tu hai esposto così bene. Ma non ho usato certo le parole che hai detto tu, perché non era così che la pensavo, assolutamente. Ho solamente domandato a John se non sarebbe stato meglio che, dovendo far la parte del mostro e del tiranno con lui, la facessi per davvero al completo, e con tutti.»

«Confessi immediatamente, signore,» disse Bella, «che l'ha fatto per correggermi e migliorarmi!»

«Certamente, mia cara bambina,» disse il signor Boffin, «non l'ho fatto per farti del male; di questo puoi star sicura. E speravo proprio che ti potesse servire come ammonimento. Ma bisogna anche ricordare che non appena la mia vecchia aveva scoperto John, John aveva fatto sapere a lei e a me che da un certo tempo teneva d'occhio una persona priva di gratitudine che si chiama Silas Wegg. E tutti quei libri che tu ed io compravamo insieme (a proposito, mia cara, non si chiamava mica Blackberry quel tale, ma Blewberry Jones) me li son fatti leggere da quella persona, che come ho detto si chiama Silas Wegg, in gran parte per punirlo e condurlo a giocare una partita molto losca e spiacevole alla quale egli si è messo con tutto il cuore.»

Bella, ch'era sempre in ginocchio ai piedi del signor Boffin, un po' per volta si accomodò a sedere per terra, sempre assorta in una profonda meditazione, con gli occhi sul volto raggiante di lui.

«Eppure,» disse Bella dopo la sua meditazione, «rimangono due cose che non posso capire. La signora Boffin non ha mai pensato che nessuna parte del cambiamento del signor Boffin fosse reale, no? Non l'ha mai pensato, no?» domandò Bella volgendosi verso di lei.

«No!» rispose la signora Boffin con grande enfasi e altrettanta gioia.

«Eppure se la prendeva molto a cuore,» disse Bella. «Mi ricordo che era molto preoccupata davvero.»

«Perbacco, vedi come tua moglie ha l'occhio acuto, John?» gridò il signor Boffin scuotendo il capo con aria ammirata. «Hai ragione, mia cara. La vecchia signora molte volte era quasi vicina a farmi a pezzettini.»

«Perché?» domandò Bella. «Come mai? se lei era a parte del segreto?»

«Ma, era una debolezza della mia vecchia,» disse il signor Boffin, «eppure, per dirti tutta la verità e nient'altro che la verità, ne sono piuttosto fiero. Mia cara, la mia vecchia ha una tale stima di me, che non poteva sopportare di vedermi e di sentirmi comportare come un perfetto orso bruno. Non poteva sopportare di far finta come facevo io! Conseguentemente, con lei, eravamo perennemente in pericolo.»

La signora Boffin rise di cuore; ma una certa luce nei suoi occhi onesti rivelava ch'ella non era affatto guarita da quella pericolosa inclinazione.

«Ti assicuro, mia cara,» disse il signor Boffin, «che quel giorno famoso in cui ho dato quello che poi abbiamo sempre considerato come il mio spettacolo più riuscito, cioè quando ho detto: "Miao, fa il gatto. Qua-qua, fa l'anatra, Bau-bau, fa il cane", ti assicuro, mia cara, che quel giorno famoso, quelle parole di sasso e prive di cuore ferirono così profondamente la mia vecchia, che dovetti trattenerla, per impedirle di correrti dietro a difendermi e dirti che recitavo una parte.» La signora Boffin rise di cuore un'altra volta, e i suoi occhi luccicarono di nuovo, e poi fu chiaro, non solo che in quella raffica di sarcastica eloquenza il signor Boffin era considerato dai suoi due compagni di cospirazione come aver superato se stesso, ma che anche a suo parere era stato un risultato notevole. «Non ci avevo mai pensato prima di quel momento, mia cara!» egli fece notare a Bella. «Quando John disse che sarebbe stato tanto felice di guadagnare il tuo affetto e guadagnare il tuo cuore, mi venne in mente di voltarmi verso di lui e dirgli: "Guadagnare il suo affetto e possedere il suo cuore! Miao, fa il gatto. Qua-qua, fa l'anatra. Bau-bau, fa il cane." Non posso dirti come mi è venuto in mente o da dove, ma aveva così tanto un suono graffiante che ti confesso ha stupito anche me. Stavo per scoppiare in una terribile risata, quando vidi lo sguardo di John!»

«Tu hai detto, mia cara,» ricordò la signora Boffin a Bella, «che c'era un'altra cosa che non potevi capire.»

«Oh sì!» gridò Bella, coprendosi il volto con le mani; «ma che io mai potrò capire finché vivrò. È, come John potevi amarmi così quando me lo meritavo così poco, e come loro, signor Boffin e signora Boffin, abbiano potuto essere così pieni di abnegazione, da prendere così tanta pena e guai, per farmi stare un po' meglio, e dopo tutto aiutarlo a ottenere una moglie così indegna. Ma vi sono tanto, tanto riconoscente.»

Era il turno di John Harmon - John Harmon per sempre ormai, e mai più John Rokesmith - che la implorò (sebbene non ce ne fosse affatto bisogno) di perdonargli l'inganno, e per dirle, ancora una volta, che esso era stato prolungato dalle sue stesse accattivanti grazie nella sua presunta condizione di vita. Ciò portò a molti scambi di tenerezza e godimento da ogni parte, in mezzo ai quali si poté osservare l'Inesauribile che fissava, nel modo più stupido, dal petto della signora Boffin, e fu dichiarato che ella avesse una comprensione soprannaturale per l'intera transazione, e fu fatta proclamare alle signore e ai gentiluomini, con un gesto della mano macchiata (con difficoltà staccata da una vita eccessivamente corta): «Ho già informato la mia venerabile Ma che so tutto al riguardo!»

Allora, disse John Harmon, la signora Harmon sarebbe venuta a vedere casa sua? Ed era una casa graziosa, e di buon gusto; e la visitarono in processione; l'Inesauribile, sul petto della signora Boffin (ancora fissando) occupando la posizione intermedia, e il signor Boffin in coda. E sulla graziosissima tavola da toeletta di Bella c'era uno scrigno d'avorio, e nello scrigno c'erano gioielli tali che Bella non aveva mai sognato, e in alto, all'ultimo piano, c'era una stanza per i bambini, decorata con arcobaleni; «anche se siamo stati messi a dura prova,» disse John Harmon, «per farla in così breve tempo.»

Quando la casa fu ispezionata, emissari portarono via l'Inesauribile, che subito dopo fu udita strillare tra gli arcobaleni; al che Bella si ritirò dalla presenza della compagnia, e fece cessare le urla e la sorridente Pace si unì a quel giovane ramoscello d'ulivo.

«Vieni a dare un'occhiata, Noddy!» disse la signora Boffin al signor Boffin.

Il signor Boffin, accettando di essere condotto in punta di piedi alla porta della stanza della bambina, guardò con immensa soddisfazione, anche se non c'era niente da vedere tranne Bella in uno stato meditativo di felicità, seduta su una piccola sedia bassa sul focolare, con la sua bambina tra le sue belle braccia giovani, e le sue morbide ciglia che le riparavano gli occhi dal fuoco.

«Sembra che lo spirito del vecchio abbia finalmente trovato riposo; non è vero?» disse la signora Boffin.

«Sì, vecchia signora.»

«Ed è come se il suo denaro fosse tornato brillante, dopo una lunga lunga ruggine nell'oscurità, e finalmente inizi a brillare alla luce del sole?»

«Sì, vecchia signora.»

«Ed è una bella e promettente immagine, no?»

«Sì, vecchia signora.»

Ma, consapevole all'istante di una bella apertura riguardo un punto, il signor Boffin finì quell'osservazione in questo - pronunciato nel più macabro ringhio di un perfetto orso bruno: «Una bella e promettente immagine? Miao, qua-qua, bau-bau!» E poi trottò in silenzio di sotto, con le spalle in uno stato di vivace commozione.

XIV. Scaccomatto alla mossa amichevole

Il signor John Harmon e la signora Harmon avevano pianificato così il momento della presa di possesso del loro nome e della loro casa londinese, che l'avvenimento accadde il giorno stesso in cui l'ultimo carro carico dell'ultima collinetta uscì dai cancelli della Pergola di Boffin. Mentre il carro si allontanava, il signor Wegg sentiva che di conseguenza l'ultimo carico era stato rimosso dalla sua mente, e salutava la stagione propizia in cui quella pecora nera, Boffin, doveva essere tosato accuratamente.

Durante l'intero lento processo di livellamento delle collinette, Silas aveva vigilato con occhi rapaci. Ma, occhi non meno rapaci avevano osservato la crescita delle collinette negli anni passati, e aveva vagliato con attenzione la polvere di cui erano composti. Nessun oggetto di valore venne alla luce. Come avrebbero potuto esserci, visto che il vecchio duro carceriere della prigione di Harmony aveva trasformato ogni ritrovamento e oggetto smarrito in soldi, molto prima?

Sebbene deluso da questo scarso risultato, il signor Wegg si sentiva troppo sollevato dalla fine del lavoro, per brontolare in larga misura. Un capo-rappresentante degli imprenditori dei rifiuti, acquirenti delle collinette, aveva ridotto il signor Wegg a 'pelle e ossa'. Questo supervisore del procedimento, facendo valere i diritti dei suoi datori di lavoro a lavorare alla luce del giorno, della notte, delle torce, quando volevano, sarebbe stata la morte di Silas se l'opera fosse durata molto più a lungo. Sembrava che non avesse mai bisogno di dormire, riappariva, con un testa rotta legata, con cappello a coda di rondine e calzoncini di velluto, come un folletto maledetto, nelle ore più diaboliche e inopportune. Stanco per aver tenuto d'occhio una lunga giornata di lavoro con nebbia e pioggia, Silas era appena strisciato a letto e stava sonnecchiando, quando orribili tremori e rimbombi sotto il cuscino annunciavano che si avvicinava un treno di carri, scortato da questo Demone dell'Inquietudine, per mettersi di nuovo al lavoro.

In un altro momento, sarebbe stato sbattuto fuori dal suo sonno più profondo, nel cuore della notte; in un altro, sarebbe rimasto al suo posto per quarantaquattro ore di seguito. Più il suo persecutore lo pregava di non darsi pena di uscire, più sospettoso era l'astuto Wegg che fossero stati osservati indizi di qualcosa nascosto da qualche parte, e che erano messi in piedi tentativi per aggirarlo. Il suo riposo era così continuamente interrotto attraverso questi mezzi, che conduceva la vita come se avesse scommesso di mantenere diecimila cani da guardia in diecimila ore, e considerava pietosamente se stesso come se si dovesse sempre alzare e tuttavia non dovesse mai andare a letto. Alla fine era diventato così magro e smunto, che la gamba di legno si mostrava sproporzionata e presentava un aspetto rigoglioso, che avrebbe quasi potuto essere definito paffuto, che contrastava col resto del corpo afflitto.

Tuttavia, il conforto di Wegg era che ora tutti i suoi fastidi erano finiti, e che stava entrando immediatamente nella sua proprietà. Ultimamente, sembrava senza dubbio che la mola girasse vorticosamente al suo stesso naso piuttosto che a quello di Boffin, ma il naso di Boffin ora doveva essere affilato bene. Fino a quel momento, il signor Wegg aveva lasciato andare un po' il suo amico polveroso, essendo stato ostacolato in quell'amabile disegno di pranzare frequentemente con lui, dalle macchinazioni dello spazzino insonne. Era stato costretto ad affidare al signor Venus l'incarico di tener sotto controllo l'amico polveroso, Boffin, mentre lui diventava sparuto e magro alla Pergola. Quando le collinette furono smantellate ed eliminate, il signor Wegg riparò al museo del signor Venus. Essendo sera, trovò il gentiluomo, come si aspettava, seduto vicino al fuoco; ma non lo trovò, come si aspettava, che faceva fluttuare la sua potente mente nel tè.

«Oh, c'è un odore piuttosto buono qui!» disse Wegg, che sembrava prendersela a male, e si era fermato all'ingresso a fiutare.

«Sono piuttosto a mio agio, signore,» disse il signor Venus.

«Ma lei non usa il limone nei suoi lavori, no?» domandò il signor Wegg fiutando di nuovo.

«No, signor Wegg,» disse Venus. «Quando lo adopero, è per metterlo nel *punch* del ciabattino.»

«Che cos'è che lei chiama *punch* del ciabattino?» domandò Wegg con un umore peggiore di prima.

«È difficile darne la ricetta, signore,» rispose Venus, «perché per quanto si calcolino le dosi con gran precisione, molto dipende sempre dalle capacità individuali, e dal sentimento che vi si mette. Ma l'ingrediente principale è il gin.»

«In una bottiglia olandese?» disse Wegg cupo, mentre si sedeva.

«Proprio così, signore, proprio così!» gridò Venus. «Vuol favorire?»

«Voglio favorire?» rispose Wegg scontroso. «Ma certo, naturalmente! Quale uomo non favorirebbe, dopo essere stato tormentato nei suoi cinque sensi da un sempre presente spazzino con la testa fasciata? Anche! Chi non lo farebbe?»

«Non si lasci scoraggiare, signor Wegg. Mi pare che lei non sia dell'umore solito.»

«Se parla di umore, è lei che non sembra dell'umore solito» brontolò Wegg. «Sembra che si stia preparando per stare allegro.»

Questa circostanza sembrava, nel suo stato d'animo di allora, procurare a Mr Wegg un'offesa non comune.

«E si è fatto tagliare i capelli!» disse Wegg, vedendo che non c'era più il consueto ciuffo sale e pepe.

«Sì, signor Wegg, ma non si lasci scoraggiare nemmeno da questo.»

«E che io sia benedetto, se non sta ingrassando!» disse Wegg con malcontento culminante. «Che cosa sta per fare, dopo?»

«Ebbene, signor Wegg,» disse Venus, sorridendo vivacemente, «io sospetto che difficilmente potrebbe indovinare cosa farò dopo».

«Io non voglio indovinare,» rispose Wegg. «Tutto quello che ho da dire è che è bene per lei che la divisione del lavoro sia stata quella che è stata. È stato un bene per lei aver avuto una parte così leggera in questa faccenda, quando la mia è stato così pesante. Non ha avuto il suo riposo interrotto, ci scommetto.»

«No davvero, signore,» disse Venus. «Non ho mai riposato così bene in tutta la mia vita, grazie.»

«Ah!» brontolò Wegg, «avrebbe dovuto essere me. Se lei fosse stato me, e fosse stato gettato fuori dal suo letto, e dal suo sonno, e dai suoi pasti, e dalla sua mente, per un tratto di mesi insieme, sarebbe stato fuori condizione e fuori forma.»

«Certamente ciò l'ha buttata giù, signor Wegg» disse Venus contemplando la sua figura con l'occhio di un artista. «Buttato molto giù! Così giallo e debole è il rivestimento delle sue ossa, che si potrebbe quasi pensare che lei sia venuto a far visita al gentiluomo francese nell'angolo, invece che a me.»

Il signor Wegg, lanciando un'occhiata con grande delusione verso l'angolo del gentiluomo francese, sembrò notare qualcosa di nuovo lì, che lo indusse a dare un'occhiata all'angolo opposto, e poi a mettersi i suoi occhiali e fissare tutti gli angoli e gli anfratti del negozio buio in successione.

«Come, lei ha fatto pulire la casa!» esclamò.

«Sì, signor Wegg. Per mano di una donna adorabile.»

«Allora quello che lei farà dopo, suppongo, è sposarsi?»

«Quello, signore.

Silas si tolse di nuovo gli occhiali, ritrovandosi troppo intensamente disgustato dall'aspetto vivace del suo amico e compagno per averne una visione ingrandita, e domandò: «Con quel vecchio partito?»

«Signor Wegg!» disse Venus con un improvviso impeto di collera. «La signora in questione non è un vecchio partito.»

«Volevo dire,» spiegò Wegg ostinatamente, «con il partito che si era rifiutato l'altra volta?»

«Signor Wegg,» disse Venus, «in un caso di tanta delicatezza devo pregarla di prendersi il disturbo di parlar chiaro. Ci sono delle corde che non devono essere toccate. No, signore! Non si toccano se non nel modo più rispettoso e armonioso. Di tali corde melodiose è fatta la signorina Pleasant Riderhood.»

«Allora è proprio la signorina che si rifiutò l'altra volta?» disse Wegg.

«Signore,» rispose Venus con dignità, «accetto la frase così modificata. È la signorina che si rifiutò l'altra volta.»

«Quando è da portare a termine?» domandò Silas.

«Signor Wegg,» disse Venus con un altro rossore. «Non posso permettere che sia messo sotto forma di lotta. Devo richiamarla con moderazione, ma con fermezza, signore, a correggere questa domanda.»

«Quand'è che la signorina» domandò Wegg con riluttanza, trattenendo il suo umore irascibile in ricordo della partnership e del suo affare, darà la sua mano a colui al quale ha già dato il suo cuore?»

«Signore,» rispose Venus, «accetto di nuovo la frase così modificata, e con piacere. La signorina darà la sua mano a colui al quale ha già dato il suo cuore, lunedì prossimo.»

«Allora l'obiezione della signorina è stata accolta?» domandò Wegg.

«Signor Wegg,» disse Venus, «come le ho detto, mi pare, in una precedente occasione, se non in precedenti occasioni...»

«In precedenti occasioni,» interruppe Wegg.

«...Quale,» proseguì Venus, «era la natura dell'obiezione della signorina... posso dire, senza violare nessuna delle tenere confidenze da allora nate tra la signora e me, come è stata soddisfatta, per gentile interferenza di due miei buoni amici: uno, che conosceva in precedenza la signora: e uno, che non la conosceva. La questione è stata risolta, signore, da quei due amici, quando mi fecero il gran servizio di verificare se un'unione tra la signora e me non poteva essere portata a compimento - la questione è stata risolta, dico, col chiedere se, dopo il matrimonio, mi fossi limitato all'articolazione di uomini, bambini e animali inferiori, la mente della signora non sarebbe stata sollevata dal suo sentimento riguardo all'essere considerata una signora sotto una luce ossuta. Fu un pensiero felice, signore, e prese radice.»

«Sembrerebbe, signor Venus,» osservò Wegg con un tono di diffidenza, «che lei sia pieno di amici.»

«Abbastanza, signore,» rispose quel gentiluomo, con un tono di placido mistero. «Così così, signore, abbastanza.»

«Comunque,» disse Wegg dopo averlo guardato con un altro tocco di diffidenza, «le auguro gioia. Un uomo spende la sua fortuna in un modo, e un altro in un altro. Lei intende provare il matrimonio. Io intendo provare a viaggiare.»

«Davvero, signor Wegg?»

«Il cambiamento d'aria, il paesaggio marino, e il mio consueto riposo, spero che possano rimettermi in forma, dopo tutte le persecuzioni che ho dovuto sopportare da parte di quello spazzino con la testa fasciata, che ho già menzionato. Il duro lavoro è finito e le collinette se ne sono andate, è giunta l'ora di incastrare Boffin. Le andrebbero bene le dieci di domani mattina, socio, per portare finalmente il naso di Boffin sulla mola?»

Le dieci di domani mattina andavano benissimo al signor Venus per quell'eccellente proposito.

«Lo ha sorvegliato bene, spero?» disse Silas.

Il signor Venus l'aveva sorvegliato molto bene tutti i giorni.

«Supponiamo che lei volessi fare un giro stasera, allora, e dargli ordini da parte mia - dico da parte mia, perché sa che con me non si scherza - per essere pronto con le sue carte, i suoi conti e i suoi contanti, a quell'ora del mattino?» disse Wegg. «E per una questione di forma, che sarà gradita ai suoi sentimenti, prima di andare fuori (perché camminerò con lei per una parte del percorso, anche se la mia gamba cede sotto di me per la stanchezza), diamo un'occhiata alle scorte in magazzino.»

Il signor Venus produsse il documento, ed era perfettamente in regola; il signor Venus si impegnò a produrlo di nuovo al mattino e a prendere appuntamento con il signor Wegg sulla soglia di Boffin mentre l'orologio batteva le dieci. A un certo punto della strada tra Clerkenwell e la casa di Boffin (il signor Wegg insisteva espressamente sul fatto che non ci dovesse essere alcun prefisso al nome del Netturbino d'oro) i soci si separarono per la notte. Fu una notte molto brutta; a cui successe una bruttissima mattinata.

Le strade erano così insolitamente fangose, scivolose e in cattivo stato, al mattino, che Wegg si fece portare in carrozza sulla scena dell'azione; sostenendo che un uomo che stava, per così dire, andando in banca a tirar fuori un bella proprietà, poteva benissimo permettersi quella spesa insignificante.

Venus fu puntuale, e Wegg si impegnò a bussare alla porta e a condurre la conversazione. Bussò alla porta. La porta fu aperta.

«Boffin è in casa?»

Il domestico rispose che il 'signor' Boffin era in casa.

«Va bene,» disse Wegg, «anche se non è così che lo chiamo.»

Il domestico domandò se avevano un appuntamento?

«Ora, ti dico una cosa, giovanotto,» disse Wegg, «così non va. Questo non fa per me. Non voglio servi. Voglio Boffin.»

Furono condotti in una sala d'attesa, dove l'onnipotente Wegg rimase col cappello in testa, fischiettò e con l'indice mosse le lancette di un orologio che era sul camino, finché non lo fece suonare.

Dopo pochi minuti furono portati al piano di sopra in quella che era prima la stanza di Boffin; che, oltre alla porta d'ingresso, aveva delle porte a soffietto, per farne una di una serie di stanze quando l'occasione lo richiedeva.

Qui il signor Boffin stava seduto a una scrivania, e qui il signor Wegg, dopo aver imperiosamente fatto cenno al servo di ritirarsi, avvicinò una sedia e si sedette, col cappello in testa, vicino a lui. Qui, inoltre, il signor Wegg subì all'istante la straordinaria esperienza di vedere che il cappello gli veniva strappato dalla testa e veniva gettato dalla finestra, che era stata aperta e chiusa allo scopo.

«State attento a prendervi libertà insolenti alla presenza di questo signore,» disse il proprietario della mano che aveva fatto questo, «o vi getterò giù dietro di quello.» Wegg si batté involontariamente la mano sulla testa nuda e fissò il Segretario. Perché era lui che si rivolgeva a lui con volto severo, e che era entrato in silenzio dalle porte a soffietto.

«Oh!» disse Wegg, non appena riprese il potere di parlare, che aveva perso. «Molto bene! Ho dato le indicazioni che lei fosse licenziato. E lei non se n'è andato, vero? Oh! Lo esamineremo al momento. Molto bene.»

«No, nemmeno io me ne sono andato,» disse un'altra voce.

Qualcun altro era entrato in silenzio dalle porte pieghevoli. Volgendo il capo, Wegg vide il suo persecutore, lo spazzino sempre vigile, completo di cappello a coda di rondine e completo di vellutino. Il quale, togliendosi la fascia dalla testa rotta, rivelò una testa tutta intera, e una faccia che era la faccia di Sloppy.

«Ah, ah, ah! signori!» tuonò Sloppy scoppiando a ridere con un gusto incommensurabile. «Non ha mai pensato che potessi dormire in piedi, e spesso lo facevo quando facevo andare il rullo per la signora Higden! E non ha mai pensato che io potessi dare alla signora Higden le notizie di polizia con voci differenti! Ma l'ho condotto per una vita durante tutto questo, signori, spero di averlo fatto davvero e davvero!» Qui, il signor Sloppy aprì la bocca in modo abbastanza allarmante, e gettando indietro la testa per ridere ancora una volta, rivelò bottoni incalcolabili.

«Oh!» disse Wegg, un po' sconcertato, ma non molto ancora: «Uno più uno fa due che non sono stati licenziati, eh? Bof-fin! Mi lasci solo farle una domanda. Chi ha messo questo tizio, con questo vestito, quando il trasporto è iniziato? Chi ha assunto questo tipo?»

«Dico!» protestò Sloppy, spingendo avanti la testa. «Niente tizi, o vi butto già dalla finestra!»

Il signor Boffin lo placò con un cenno della mano e disse: «L'ho assunto io, Wegg.»

«Oh! Lei, Boffin? Molto bene! Signor Venus, alziamo le nostre condizioni, e non possiamo fare di meglio che procedere agli affari. Bof-fin! Voglio la stanza libera da queste due canaglie.»

«Non si farà, Wegg,» rispose il signor Boffin, seduto compostamente alla scrivania, da una parte, mentre il Segretario stava seduto altrettanto compostamente dall'altra.

«Bof-fin! Non si farà?» ripeté Wegg. «Neanche a suo rischio?»

«No, Wegg, disse il signor Boffin scuotendo il capo di buonumore. «Neanche a mio rischio, e non in altri termini.»

Wegg riflettè un momento, poi disse: «Signor Venus, vuol essere così gentile da consegnarmi quel documento?»

«Certamente, signore,» rispose Venus, porgendoglielo con gran cortesia. «Eccolo qua. Ora che me ne sono separato, signore, voglio fare una piccola osservazione: non tanto perché sia in qualche modo necessario, o perché esprima una nuova dottrina o scoperta, ma perché è un conforto per la mia mente. Silas Wegg, lei è un vecchio perfetto mascalzone.»

Il signor Wegg, che, come aspettando un complimento, aveva battuto il tempo con il documento durante le presunte parole cortesi dell'altro fino a che questa imprevista conclusione si abbattesse su di lui, si fermò piuttosto bruscamente.

«Silas Wegg,» disse Venus, «sappia che io mi son preso la libertà di far entrare il signor Boffin come partner silente, in un periodo molto precoce dell'esistenza della nostra ditta.»

«Verissimo,» aggiunse il signor Boffin; «e io ho messo Venus alla prova fingendo di fargli qualche proposta, e ho trovato che è un uomo assolutamente onesto, Wegg.»

«Così il signor Boffin, nella sua indulgenza, è lieto di dire,» osservò Venus; «ma al principio di questo sporco affare, le mie mani non sono state, per alcune ore, così pulite come avrei desiderato. Ma spero di aver fatto ammenda, tempestiva e completa.»

«Sì, Venus,» disse il signor Boffin. «Certamente, certamente, certamente.»

Venus chinò il capo con rispetto e gratitudine. «Grazie, signore. Le sono molto obbligato per tutto, signore. Per la sua buona opinione ora, per il suo modo di accogliermi e incoraggiarmi quando ho iniziato a mettermi in comunicazione con lei, e per l'influenza così gentilmente esercitata su una certa signora, sia da lei che dal signor John Harmon.» Al quale, mentre così lo nominava, anche s'inchinò.

Wegg ascoltò quel nome con le orecchie attente, e osservò quel gesto con occhi acuti, e una certa aria servile si insinuava nel suo aspetto prepotente, quando la sua attenzione fu reclamata da Venus.

«Tutto il resto tra me e lei, signor Wegg,» disse Venus, «ora si spiega da solo, e lei lo può capire, signore, senza che io aggiunga altre parole. Ma per prevenire totalmente qualsiasi spiacevolezza o errore che potesse sorgere su quello che considero un punto importante, che deve essere chiarito alla fine della nostra conoscenza, chiedo il permesso del signor Boffin e del signor John Harmon per ripetere un'osservazione che ho già avuto il piacere di sottoporre alla sua attenzione. Lei è un perfetto vecchio vecchio mascalzone!»

«Lei è uno sciocco,» disse Wegg, facendo schioccare le dita, «e io mi sarei sbarazzato di lei prima d'ora, se avessi potuto trovare il modo di farlo. Ci ho pensato, glielo posso dire. Può andare, e tanti saluti. Lascia di più per me. Perché, sapete,» disse Wegg rivolgendosi ora tanto al signor Boffin che al signor Harmon, «io ho stabilito il mio prezzo, e intendo averlo. Questo ritirarsi, tutto molto bene a suo modo, descrive un tale anatomico Presuntuoso come questo qui», e indicò il signor Venus, «ma non va bene con un Uomo. Sono qui per farmi pagare, e il mio prezzo l'ho detto. Ora pagatemi o lasciatemi perdere.»

«Io la lascio perdere, Wegg,» disse il signor Boffin ridendo, «per quel che mi riguarda.»

«Bof-fin!» rispose Wegg volgendosi a lui con aria severa. «Capisco la sua neonata audacia. Vedo bene l'ottone sotto lo strato d'argento. Ha il naso fuori dalle giunture. Sapendo che non ha nulla in gioco, può permettersi di venire a un gioco indipendente. Perché, lei è solo un vetro sporco attraverso cui vedere, lo sa! Ma il signor Harmon è in un'altra situazione. Quello che rischia il signor Harmon è un altro paio di scarpe. Ora, ho ultimamente sentito qualcosa su questo signor Harmon - capisco ora qualche accenno che ho trovato su quell'argomento sul giornale - e la lascio, Bof-fin, perché non m'interessa più. Chiedo al signor Harmon se ha qualche idea del contenuto di questo presente documento?»

«È il testamento del mio defunto padre, di data più recente di quello di cui ha beneficiato il signor Boffin (e se vi rivolgete a lui, come vi siete rivolto già, vi butto giù a terra), e questo testamento lascia tutto il patrimonio alla Corona,» disse John Harmon con tutta l'indifferenza ch'era compatibile con la sua estrema severità.

«Sicuro!» gridò Wegg. «Allora», e portò tutto il peso del corpo sulla gamba di legno, piegò da una parte la testa legnosa e strizzò un occhio. «Dunque, io le domando: quanto vale questo documento?»

«Nulla,» disse John Harmon.

Wegg aveva ripetuto la parola con un sogghigno e stava proferendo qualche replica sarcastica, quando, con suo sconfinato stupore, si ritrovò afferrato per la cravatta; scosso fino a fargli battere i denti; spinto indietro, barcollando, in un angolo della stanza; e trattenuto lì.

«Mascalzone!» gli diceva John Harmon, la cui presa da navigante era come quella di una morsa.

«Mi sta battendo la testa contro il muro,» protestò Silas debolmente.

«Voglio sbatterle la testa contro il muro,» rispose John Harmon, adattando la sua azione alle sue parole, con la più sincera buona volontà. «E darei mille sterline per poter sbattere fuori il cervello. Sta' a sentire, mascalzone, e guarda quella bottiglia olandese.»

Sloppy la tenne su, con vero piacere.

«Quella bottiglia olandese, mascalzone, conteneva l'ultimo dei molti testamenti fatti dal mio infelice padre tormentato da se stesso. Quella darà tutto assolutamente al mio e vostro nobile benefattore, signor Boffin, escludendo e insultando me, e mia sorella (allora già morta di crepacuore), nominati specificamente. Quella bottiglia olandese fu trovata dal mio e tuo nobile benefattore, dopo essere entrato in possesso della proprietà. Quella bottiglia olandese lo angosciava oltre misura, perché, sebbene io e mia sorella non eravamo più entrambi, gettava un insulto sulla nostra memoria che egli sapeva non avevamo fatto nulla per meritare, nella nostra miserabile giovinezza. Questa bottiglia perciò egli la seppellì nella collinetta di sua proprietà, e lì giaceva mentre tu, miserabile ingrato, scavavi e cercavi, spesso molto vicino, oserei dire. La sua intenzione era che non dovesse mai vedere la luce; ma aveva paura di distruggerlo, perché distruggere un tale documento, anche se per il suo grande motivo generoso, poteva essere un reato. Dopo la scoperta che fu fatta che io ero qui, il signor Boffin, ancora irrequieto sull'argomento, mi disse, a certe condizioni impossibili da apprezzare per un cane come te, il segreto di quella bottiglia olandese. L'ho convinto della necessità che venisse dissotterrata e che il documento fosse legalmente prodotto e certificato. La prima cosa gliel'hai vista fare, e la seconda cosa è stata fatta a tua insaputa. Di conseguenza, il foglio che ora ti sbatte in mano mentre ti scuoto - e vorrei scuoterti di dosso la vita - vale meno del tappo marcio della bottiglia olandese, capisci?»

A giudicare dal volto abbattuto di Silas mentre la sua testa si muoveva avanti e indietro nel modo più scomodo, egli aveva capito.

«Ora, mascalzone,» disse John Harmon dandogli un'altra presa da marinaio con la sua cravatta e tenendolo nel suo angolo alla lunghezza di un braccio, «devo farti altri due brevi discorsi, perché spero che ti tormenteranno. La tua scoperta fu una scoperta vera e propria, anche se non valeva nulla, perché nessuno aveva pensato di guardare in quel posto. E non sapevamo che l'avessi fatta, finché Venus non ne parlò col signor Boffin, anche se ti ho tenuto sotto buona osservazione dalla mia prima apparizione qui, e sebbene Sloppy abbia da tempo fatto della principale occupazione e delizia della sua vita, servirti come la tua ombra. Ti dico questo, perché tu possa sapere che ti conoscevamo abbastanza da persuadere il signor Boffin per lasciarti portare, illuso, fino all'ultimo momento possibile, per far sì che la tua delusione potesse essere la più pesante delusione possibile. Questo è il primo breve discorso, capito?»

Qui, John Harmon aiutò la sua comprensione con un altro scossone.

«E adesso, mascalzone,» proseguì, «sto per finire. Proprio un momento fa tu supponevi che il padrone del patrimonio di mio padre fossi io. Proprio così, il padrone sono io. Ma per qualsiasi atto di mio padre, o per qualsiasi mio diritto? No. Per la munificenza del signor Boffin. Le condizioni ch'egli mi pose, prima di rivelarmi il segreto della bottiglia olandese, erano che io dovessi prendere tutto il patrimonio ed egli solo la sua collinetta e nulla più. Tutto quello che io possiedo lo devo al disinteresse, alla rettitudine, alla tenerezza, alla bontà (non ci sono parole che mi bastino) del signor Boffin e della signora Boffin. E quando, sapendo quello che sapevo, ho visto un tale verme fangoso presumere di sorgere in questa casa contro quest'anima nobile, la meraviglia è,» aggiunse John Harmon stringendo i denti e dando alla cravatta di Wegg un'altra stretta feroce, «che non ho provato a torcere la tua testa, e lanciare quella fuori dalla finestra! Così. Questo è l'ultimo breve discorso, capisci?»

Silas, rilasciato, si portò la mano alla gola, la schiarì e sembrò come se avesse avuto una lisca di pesce piuttosto grande in quella regione. Contemporaneamente con questa azione da parte sua nel suo angolo, un movimento singolare, e alla superficie incomprensibile fu fatto dal signor Sloppy: che cominciò ad indietreggiare verso il signor Wegg lungo il muro, nel modo di un facchino o di un trasportatore che sta per sollevare un sacco di farina o carboni.

«Mi dispiace, Wegg,» disse il signor Boffin nella sua clemenza, «che la mia vecchia signora ed io non possiamo avere di lei un'opinione migliore di quella cattiva che siamo stati forzati formarci. Ma non vorrei lasciarla, ora che tutto è finito tra noi, in una posizione peggiore di quella in cui l'ho trovata. Perciò dica in una parola, prima che ci separiamo, quanto le costerà metter su un altro banchetto.»

«E in un altro posto,» intervenne John Harmon. «Voi non verrete davanti a queste finestre.»

«Signor Boffin,» rispose Wegg con tutta l'umiltà che gli suggeriva l'avarizia, «la prima volta ch'ebbi l'onore di fare la sua conoscenza, avevo messo insieme una raccolta di ballate che era, posso dire, inestimabile.»

«Allora non possono essere pagate,» disse John Harmon, «e fareste meglio a non provarci, mio caro signore.»

«Mi scusi, signor Boffin,» riprese Wegg con un'occhiata maligna nella direzione dell'ultimo oratore, «io stavo rispondendo a lei, che, se i miei sensi non m'ingannano, mi aveva chiesto. Avevo una collezione molto scelta di ballate, e c'era una nuova scorta di pan di zenzero nella scatola di latta. Non dico altro, ma preferisco lasciar fare a lei.»

«Ma è difficile dire quanto sia giusto,» disse il signor Boffin a disagio, con la mano in tasca, «e io non voglio andare oltre ciò che è giusto, perché lei si è mostrato veramente un tipo così cattivo. Lei è stato così astuto, così ingrato, Wegg: quando mai l'avevo offesa, io?»

«C'era anche,» disse il signor Wegg con aria meditativa, «connesso un incarico, nel quale ero molto rispettato. Ma non desidero essere considerato avaro, e preferisco lasciar fare a lei, signor Boffin.»

«Parola mia, io non so quanto possa essere,» mormorò il Netturbino d'oro.

«C'erano anche,» riprese Wegg, «un paio di cavalletti, per i quali soltanto un irlandese, che era considerato un giudice di cavalletti, offrì cinque scellini e mezzo - una somma di cui non ho voluto sentir parlare, perché ci avrei perso - e c'erano uno sgabello, un ombrello, un paravento e un vassoio. Ma lascio fare a lei, signor Boffin.»

Il Netturbino d'oro sembrava impegnato in qualche calcolo astruso, e il signor Wegg gli venne in aiuto con i seguenti particolari aggiuntivi: «C'erano, inoltre, la signorina Elizabeth, il signorino George, la zia Jane e lo zio Parker. Ah! Quando un uomo pensa alla perdita di un tale patrocinio come quello; quando un uomo trova un giardino così bello sradicato da maiali; trova davvero difficile, senza andare in alto, quantificarlo in soldi. Ma lascio tutto a lei, signore.»

Il signor Sloppy continuava sempre il suo movimento singolare e in apparenza incomprensibile.

«Si è parlato di una parte che è stata recitata per ingannarmi,» disse Wegg con aria malinconica, «e non è facile dire fino a che punto l'equilibrio della mia mente sia stato scosso dalle malsane letture sull'argomento degli avari, quando lei voleva far credere a me e agli altri di essere un avaro anche lei, signore. Tutto quello che posso dire è che ho sentito il mio tono d'animo abbassarsi a quel tempo. E come può un uomo mettere un prezzo alla sua mente! E proprio poco fa c'era anche un cappello. Ma lascio che faccia tutto lei, signor Boffin.»

«Su!» disse il signor Boffin. «Qui c'è un paio di sterline.»

«Per giustizia verso me stesso, signore, non posso accettare.»

Le parole erano appena uscite dalla sua bocca quando John Harmon sollevò il suo dito, e Sloppy, che ora era vicino a Wegg, si appoggiò alla schiena di Wegg, si chinò, afferrò il bavero dietro con entrambe le mani, e lo sollevò abilmente come il sacco di farina o carbone prima menzionato. Il signor Wegg si esibiva in questa posizione con un volto di speciale malcontento e stupore, con i suoi bottoni in vista quasi altrettanto prominenti di quelli di Sloppy, e con la gamba di legno in uno stato molto poco arrendevole.

Ma il suo volto non fu visibile per molto tempo, in quella stanza; perché Sloppy trottò via leggermente con lui sulla schiena, e trottò giù per le scale, mentre il signor Venus si occupava di aprire la porta di strada. Le istruzioni date al signor Sloppy erano state di depositare il suo fardello sulla strada; ma, poiché il carro di uno spazzino stava incustodito all'angolo, con la sua scaletta piantata contro la ruota, il signor Sloppy trovò impossibile resistere alla tentazione di lanciare il signor Silas Wegg nel contenuto del carrello. Un'impresa piuttosto difficile, realizzata con grande destrezza, e con un tonfo prodigioso.

XV. Cosa fu catturato nelle trappole preparate

Come Bradley Headstone fosse tormentato e dilaniato nella mente da quella sera tranquilla nella quale era risorto, per così dire, dalle ceneri di barcaiolo, nessuno tranne lui avrebbe potuto dirlo. Nemmeno lui avrebbe potuto dirlo, perché una tale miseria può essere solo sentita. In primo luogo, aveva dovuto sopportare il peso combinato della coscienza di quello che aveva fatto, di quel rimprovero ossessivo che avrebbe potuto fare molto meglio, e del terrore della scoperta. Questo era un carico sufficiente per schiacciarlo, e si affannava per causa di questo giorno e notte.

Era pesante per lui nel suo sonno scarso, come nei suoi occhi rossi per le ore di veglia. Lo schiacciava con una paurosa, invariabile monotonia, in cui non c'era un cambiamento di un attimo. La bestia da soma sovraccarica, e lo schiavo sovraccarico, possono per certi istanti spostare il carico fisico, e trovare un po' di tregua anche nell'applicare ulteriore dolore su un altro insieme di muscoli o un altro arto. L'infelice non poteva ottenere nemmeno quella povera beffa di sollievo, sotto la pressione costante dell'atmosfera infernale in cui era entrato.

Il tempo passava e nessun sospetto visibile lo perseguitava; il tempo passava, e in alcuni resoconti pubblici dell'attacco che venivano rinnovati a intervalli, cominciò a vedere il signor Lightwood (che fungeva da avvocato per il ferito) che si allontanava ulteriormente dal fatto, andando più in là del problema, ed evidentemente rallentando nel suo zelo. Per gradi, un barlume della causa di ciò cominciò ad apparire alla vista di Bradley. Poi ci fu l'incontro fortuito col signor Milvey alla stazione ferroviaria (dove spesso si soffermava nelle sue ore di svago, come luogo dove sarebbe circolata ogni nuova notizia del suo atto, o sarebbe stato affisso qualsiasi avviso riferito ad esso), e poi vide in chiara luce ciò che aveva determinato.

Perché poi vide che attraverso il suo disperato tentativo di separare quei due per sempre, egli era diventato il mezzo per unirli. Che aveva intinto le mani nel sangue, per marchiarsi come un miserabile sciocco e uno strumento. Che Eugene Wrayburn, per amor di sua moglie, lo metteva da parte e lo lasciava strisciare lungo il suo maledetto corso. Pensava al Fato, o alla Provvidenza, o al Potere che dirigeva ciò che poteva, come se gli avessero teso un inganno - lo avessero imbrogliato - e nella sua folle e impotente rabbia mordeva, si strappava i vestiti, e aveva il suo attacco.

Una nuova certezza della verità gli giunse nei giorni seguenti, quando fu pubblicato che il ferito si era sposato sul suo letto, e con chi, e come, sebbene sempre in una condizione pericolosa, stesse un po' meglio. Bradley avrebbe preferito di gran lunga essere arrestato per il suo delitto, piuttosto che leggere quel passaggio, sapendosi risparmiato, e sapendo perché. Ma, per non essere ulteriormente defraudato e sopraffatto, cosa che sarebbe stato, se denunciato da Riderhood, e punito dalla legge per il suo spregevole fallimento, come se fosse stato un successo - si teneva stretto alla sua scuola durante il giorno, si avventurava cautamente fuori di notte e non andava più alla stazione ferroviaria. Esaminava gli annunci dei giornali per qualsiasi segno che Riderhood avesse agito seguendo la sua accennata minaccia di convocarlo in modo da rinnovare la loro conoscenza, ma non ne trovava nessuno. Avendolo pagato profumatamente per il supporto e l'alloggio che aveva avuto alla casa della chiusa, e conoscendolo per essere un uomo molto ignorante che non sapeva scrivere, cominciò a chiedersi se doveva essere temuto del tutto, o se avevano bisogno di incontrarsi ancora.

Per tutto questo tempo, la sua mente non fu mai lontana dal tormento, e la sua percezione furiosa di essere costretto a gettarsi attraverso l'abisso che divideva loro due, e colmarlo con il loro incontro, non si raffreddò mai. Questa orribile condizione portò ad altri attacchi. Non avrebbe saputo dire quanti, o quando; ma lo vedeva sul volto dei suoi allievi che lo avevano visto in quello stato, e che erano posseduti dal terrore della sua ricaduta.

Un giorno d'inverno, quando una leggera nevicata stava imbiancando i davanzali e le cornici delle finestre della scuola, egli stava in piedi presso la lavagna nera, col gesso in mano, in procinto di cominciare una lezione; quando, leggendo nei volti di quei ragazzi che c'era qualcosa che non andava, e che sembravano allarmati per lui, volse gli occhi alla porta verso cui si rivolgevano. Poi vide un uomo dinoccolato dall'aspetto poco invitante in piedi in mezzo alla scuola, con un fagotto sotto il braccio; e vide che era Riderhood.

Si sedette su uno sgabello che gli portò uno dei suoi ragazzi, e aveva una vaga consapevolezza che stava rischiando di cadere, e che il suo viso si stava deformando. Ma l'attacco andò via per quella volta, e si asciugò la bocca, e si alzò di nuovo.

«Chiedo scusa, direttore! Con permesso!» disse Riderhood, con un gesto della mano sulla fronte, una risatina e un sogghigno. «Che posto può essere questo?»

«Questa è una scuola.»

«Dove i giovani imparano cosa è giusto?» disse Riderhood annuendo gravemente. «Chiedo scusa, direttore! Con permesso! Ma chi insegna in questa scuola?»

«Io.»

«Lei è il maestro, vero, dotto direttore?»

«Sì. Io sono il maestro.»

«E dev'essere una bella cosa,» disse Riderhood, «insegnare ai ragazzi quello ch'è giusto, e sapere ch'essi sanno che lei lo è. Chiedo scusa, dotto direttore! Con permesso!... Quella lavagna nera; a che cosa serve?»

«È per disegnare o scrivere.»

«Però!» disse Riderhood. «Chi l'avrebbe pensato, a guardarla? Vuol essere così gentile di scriverci sopra il suo nome, dotto direttore?» (In tono suadente.)

Bradley esitò per un momento; ma mise la sua solita firma, ingrandita, sulla lavagna.

«Io non sono una persona istruita,» disse Riderhood esaminando la classe, «ma ammiro l'istruzione degli altri. Mi piacerebbe tanto sentire questi ragazzi qui che leggono quel nome, come è scritto.»

Le braccia della classe si alzarono. Al cenno del miserabile maestro, si levò un coro stridulo: «Bradley Headstone!»

«No?» gridò Riderhood. «Non dite sul serio? Lapide![294] Perché, è in un cimitero. Su, un altro turno!»

Un'altra alzata di braccia, un altro cenno del capo e un altro coro stridulo: «Bradley Headstone!»

«Ho capito ora!» disse Riderhood dopo aver ascoltato attentamente e aver ripetuto il nome a bassa voce: «Bradley. Vedo. Nome di battesimo, Bradley, come Rogue è il mio. Eh? Cognome, Headstone, come Riderhood è il mio. Eh?»

Un coro stridulo: «Sì!»

«Potrebbe conoscere, dotto direttore,» disse Riderhood, «una persona di circa la tua altezza e ampiezza, e su per giù del tuo stesso peso, che risponde a un nome che suona sommariamente come l'altrissimo?»

Con una disperazione in lui che lo rendeva perfettamente tranquillo, benché la sua mascella fosse pesantemente contratta; con gli occhi su Riderhood; e con tracce di respiro accelerato nelle narici; il maestro di scuola rispose, con voce repressa, dopo una pausa: «Credo di conoscere quell'uomo che dite.»

«Pensavo, dotto direttore, che lei conoscesse l'uomo che dico. Voglio quell'uomo.»

Con una mezza occhiata verso i suoi alunni, Bradley rispose: «Credete che sia qui?»

«Chiedo scusa, dotto direttore, con permesso,» disse Riderhood con una risata, «come potevo supporre che fosse qui, quando non c'è nessun altro che lei ed io, e questi agnellini a cui lei sta insegnando? Ma è la compagnia più eccellente, quell'uomo, e voglio che venga a trovarmi alla mia chiusa, su per il fiume.»

«Glielo dirò.»

«Crede che verrà?» domandò Riderhood.

«Sono sicuro che lo farà.»

«Avendo avuto la sua parola per lui,» disse Riderhood, «ci conterò. Forse può farmi anche la cortesia, dotto direttore, di dirgli che se non viene presto, lo cercherò.»

«Lo saprà.»

«Grazie. Come dicevo poco fa,» proseguì Riderhood cambiando il suo tono rauco e dando di nuovo un'occhiata a tutta la classe, «benché io, non sia una persona istruita, ammiro l'istruzione degli altri, sicuro! Poiché sono qui e ho avuto la sua gentile attenzione, signor maestro, potrei, prima di andar via, fare una domanda a questi suoi agnellini?»

«Se è roba di scuola,» disse Bradley, sostenendo sempre il suo sguardo cupo sull'altro, e parlando con la sua voce repressa, «può.»

«Oh! È roba di scuola!» gridò Riderhood. «Farò in modo che sia roba di scuola, maestro. Quali sono le divisioni dell'acqua, miei agnelli? Che tipo di acqua c'è sulla terra?»

Coro stridulo: «Mari, fiumi, laghi e stagni.»

«Mari, fiumi, laghi e stagni,» disse Riderhood. «Hanno detto tutto, maestro! Che io sia dannato se non avrei dimenticato i laghi, mai avendovi gettato un occhio sopra, per quel ch'io sappia. Mari, fiumi, laghi e stagni. Che cos'è, agnellini, che si prende nei mari, nei fiumi, nei laghi e negli stagni?»

Coro stridulo (con un certo disprezzo per la semplicità della domanda): «I pesci!»

«Bene di nuovo!» disse Riderhood. «Ma che cosa d'altro si trova qualche volta nei fiumi?» Il coro senza parole. Una voce stridula disse: «Erba!»

«Bene di nuovo!» gridò Riderhood. «Ma non è nemmeno l'erba. Non indovinerete mai, miei cari. Che cos'è, oltre ai pesci, che qualche volta si trova nei fiumi? Bene! Ve lo dico. Sono abiti o vestiti.»

Il volto di Bradley cambiò.

«Almeno, agnelli,» disse Riderhood osservandolo con la coda dell'occhio, «questo è quello che qualche volta io trovo nei fiumi. Mi venisse un colpo, se non ho trovato in un fiume proprio questo fagotto che ho sotto il braccio!»

La classe guardò il maestro, come se protestasse per l'irregolare trappola di questa modalità di esame. Il maestro guardò l'esaminatore, come se avesse voluto farlo a pezzi.

«Chiedo scusa, dotto direttore,» disse Riderhood, passandosi la manica sulla bocca mentre rideva di gusto, «non è bello per gli agnellini, lo so. È stato un po' divertente per me. Ma sulla mia anima io ho tirato fuori questo fagotto da un fiume! È un vestito completo da barcaiolo. Vede, era stato affondato lì dall'uomo che lo indossava, e l'ho tirato su.»

«Come fate a sapere che è stato affondato dall'uomo che lo indossava?» domandò Bradley.

«Perché l'ho visto farlo,» disse Riderhood.

Si guardarono l'un l'altro. Bradley, ritirando lentamente gli occhi, girò il viso verso la lavagna e cancellò lentamente il suo nome.

«Grazie mille, maestro,» disse Riderhood, «per aver concesso così tanto del suo tempo, e del tempo degli agnelli, a un uomo che non ha altra referenza per lei che essere un uomo onesto. Con la speranza di vedere alla mia chiusa sul fiume la persona di cui abbiamo parlato, e per la quale lei mi ha risposto, mi congedo dagli agnellini e dal loro dotto direttore insieme.»

Con quelle parole, uscì dalla scuola, lasciando il maestro a portare a termine il suo faticoso lavoro come poteva, e lasciando gli alunni bisbiglianti a osservare il volto del maestro, finché egli non cadde nell'attacco che era stato a lungo incombente.

Due giorni dopo era sabato, ed era festivo. Bradley si alzò presto e partì a piedi per la chiusa del Mulino di Plashwater. Si alzò così presto che non era ancora chiaro quando iniziò il suo viaggio.

Prima di spegnere la candela al lume della quale si era vestito, fece un pacchetto del suo bell'orologio d'argento e del suo bell'astuccio, e scrisse all'interno del foglio: «Per favore, prendetevi cura di questi per me.» Poi indirizzò il pacchetto alla signorina Peecher, e lo lasciò sull'angolo più riparato della piccola panca sotto il piccolo portico.

Era una fredda rigida mattina verso est, quand'egli chiuse il cancello del giardino e se ne andò. La leggera nevicata che aveva imbiancato le finestre della scuola il giovedì, ancora indugiava nell'aria, e stava cadendo bianca, mentre il vento soffiava cupo. Il giorno tardivo non apparve prima che egli avesse camminato per due ore e avesse attraversato gran parte di Londra da est a ovest. Per colazione, si fermò nella scomoda osteria dove si era separato da Riderhood in occasione della loro passeggiata notturna. Fece colazione in piedi, accanto al banco in disordine, e guardò con aria furtiva un uomo che era seduto dove Riderhood si era seduto quella mattina presto.

Superò il breve giorno, ed era sul sentiero di traino del fiume, con i piedi un po' doloranti, quando la notte calò. Mancavano ancora due o tre miglia per la chiusa, rallentò allora il passo, ma andò avanti fermamente. Il terreno era ora coperto di neve, però sottilmente, e c'erano pezzi di ghiaccio galleggianti nelle parti più esposte del fiume, e lastre di ghiaccio rotte sotto il riparo delle rive. Non badava a nient'altro che al ghiaccio, alla neve e alla distanza, finché non vide davanti a sé una luce, che egli sapeva brillare dalla finestra della chiusa. Arrestò i suoi passi e si guardò intorno. Il ghiaccio, e la neve, e lui, e l'unica luce, avevano possesso assoluto della scena squallida. In lontananza davanti a lui, si trovava il luogo dove aveva inferto colpi più che inutili, che lo schernivano con la presenza di Lizzie lì come moglie di Eugene! In lontananza dietro di lui c'era il posto dove i bambini con le braccia puntate sembravano averlo destinato ai demoni gridando il suo nome. Là dentro, dov'era la luce, c'era l'uomo che su entrambe le distanze poteva rovinarlo. A questi limiti aveva ridotto il suo mondo.

Aggiustò il passo, tenendo gli occhi su quella luce con una strana intensità, come se la stesse prendendo di mira. Quando si avvicinò tanto che la luce si spezzò in tanti raggi, questi sembravano fissarlo e attirarlo. Quando colpì la porta con la mano, il piede seguì così velocemente la mano ch'egli fu nella stanza prima che gli fosse chiesto di entrare. La luce era il prodotto congiunto del fuoco e di una candela. Tra le due luci, con i piedi sull'alare di ferro, sedeva Riderhood, la pipa in bocca. Egli alzò lo sguardo con un cenno burbero quando entrò il suo visitatore. Il suo visitatore guardò in basso con un cenno scontroso. Dopo essersi tolto il soprabito, il visitatore si sedette quindi dalla parte opposta del camino.

«Non è un fumatore, credo,» disse Riderhood, spingendo verso di lui una bottiglia attraverso il tavolo.

«No.» Tutti e due ripiombarono nel silenzio, con gli occhi sul fuoco.

«Non c'è bisogno ch'io vi dica che son qua,» disse Bradley alla fine. «Chi deve cominciare?»

«Comincerò,» disse Riderhood, «quando avrò finito di fumare questa pipa.» La finì con gran cura, ne vuotò la cenere battendola sulla mensola, e la mise via. «Comincerò io,» poi ripeté, «Bradley Headstone, signor maestro, se lo desidera.»

«Desidero? Desidero sapere che cosa volete da me.»

«E lo saprà.» Riderhood gli aveva guardato attentamente le mani e le tasche, apparentemente come misura precauzionale, per paura che avesse qualche arma con sé. Ma ora si chinò verso di lui, voltandogli il bavero del panciotto con un dito inquisitorio, e domandò: «Come! Dov'è il suo orologio!»

«L'ho lasciato a casa!»

«Lo voglio. Ma può essere recuperato. Mi sono preso una fantasia per quello.»

Bradley rispose con una risata di scherno.

«Lo voglio,» ripeté Riderhood a voce più alta, «e intendo averlo.»

«È questo che volete da me, dunque?»

«No,» disse Riderhood alzando ancor di più la voce, «è soltanto una parte di quello che voglio da lei. Voglio del denaro da lei.»

«Qualcos'altro?»

«Tutto il resto!» tuonò Riderhood a voce alta e in modo furioso. «Mi risponda così, e io non le parlerò affatto.»

Bradley lo guardò.

«E non mi guardi a quel modo, o io non le parlerò affatto!» gridò Riderhood. «Ma invece di parlare porterò la mia mano giù su di lei con tutto il suo peso» colpendo pesantemente la tavola con grande forza, «e la schiaccerò!»

«Continuate», disse Bradley, dopo essersi inumidito le labbra.

«Oh! Sto continuando. Non abbia paura, che continuerò abbastanza in fretta, e andrò abbastanza lontano senza che lei me lo dica. Stia a sentire, Bradley Headstone, maestro. Poteva dividere a fette e spicchi l'altro direttore senza che me ne importasse, tranne che io sarei potuto venire da lei per un bicchiere o giù di lì di tanto in tanto. Altrimenti perché avere a che fare con lei? Ma dopo che lei ha copiato i miei vestiti, e ha copiato il mio fazzoletto da collo, e mi ha spruzzato di sangue, dopo aver fatto il trucco, ha fatto cose per cui sarò pagato, e pagato bene. Se le veniva addebitato, lei era pronto ad addebitarlo a me, no? Dove mai, se non alla chiusa di Plashwater, si poteva trovare un uomo vestito secondo quanto descritto? Dove mai, se non alla chiusa di Plashwater, c'era un uomo che aveva avuto a che dire con lui quando passava in barca? Guarda il custode della chiusa nella chiusa del Mulino di Plashwater, in quegli stessi vestiti che corrispondono e con quello stesso corrispondente fazzoletto da collo rosso e guarda se i suoi vestiti sono insanguinati o no. Sì, capita che siano insanguinati. Ah, diavolo astuto!»

Bradley, pallidissimo, sedeva guardandolo in silenzio.

«Ma due potrebbero giocare al tuo gioco,» disse Riderhood, facendo schioccare le dita verso di lui una mezza dozzina di volte, «e ci ho giocato tanto tempo fa; molto prima che ci si provasse lei con le sue mani maldestre; quando ancora lei non aveva incominciato a gracchiare le sue lettere o cose così nella sua scuola. So molto bene come ha fatto. Quando lei se ne andava di soppiatto, io andavo di soppiatto dietro di lei, e lo facevo molto meglio di lei. Io so come lei è venuto via da Londra coi suoi abiti, e so dove si è cambiato, e so dove li ha nascosti. L'ho visto coi miei occhi riprendere i suoi abiti dal nascondiglio tra i tronchi abbattuti, e tuffarsi nel fiume per avere un motivo della sua vestizione, verso chiunque potesse aver visto. Vedo che si alza Bradley Headstone, maestro, dove si è seduto barcaiolo. Vedo buttar nel fiume il suo fagotto da barcaiolo. Ho tirato fuori i suoi vestiti da barcaiolo, tutti strappati in un modo e nell'altro nella zuffa, macchiati di verde con l'erba, e schizzati dappertutto con ciò che è fuoriuscito per i colpi. Li ho presi e ho preso lei. Non mi interessa un accidente dell'altro direttore, vivo o morto, ma mi importa di molti accidenti per me stesso. E poiché ha preparato le sue trame contro di me ed è stato un astuto diavolo contro di me, io sarò pagato per questo - sarò pagato per questo - sarò pagato per questo - finché non l'avrò prosciugata del tutto.»

Bradley guardava il fuoco con la faccia contratta, e stette in silenzio per un po'. Alla fine disse, con quella che sembrava un'incoerente compostezza di voce e aspetto: «Non potete cavar sangue da una pietra, Riderhood.»

«Ma da un maestro si può cavar denaro, però.»

«Non potete tirar fuori da me ciò che non è in me. Non potete strappare da me quello che non ho. La mia non è che una povera professione. Avete avuto già più di due ghinee da parte mia. Sapete quanto tempo mi ci è voluto (tralasciando il lungo e faticoso allenamento) per guadagnare una tale somma?»

«Non lo so, e non m'importa. La sua è una professione rispettabile. Per salvare la sua rispettabilità, vale la pena che lei impegni ogni articolo dei suoi vestiti, venda ogni pezzetto nella sua casa, e chieda e prenda in prestito ogni centesimo che potrà ottenere. Quando avrà fatto così e mi avrà consegnato tutto, la lascerò. Non prima.»

«Che cosa intendete dire, col fatto che mi lascerete?»

«Voglio dire che le farò compagnia dovunque lei vada, quando se ne andrà di qui. Lasci che la chiusa si occupi di se stessa. Io mi occuperò di lei, una volta che l'ho presa.»

Bradley guardò di nuovo il fuoco. Sempre tenendolo d'occhio, Riderhood prese la pipa, la riempì, l'accese, e si sedette a fumare. Bradley appoggiò i gomiti sulle ginocchia e la testa tra le mani, e guardava il fuoco con un'astrazione più attenta.

«Riderhood,» disse, raddrizzandosi sulla sedia dopo un lungo silenzio, tirando fuori la sua borsa e mettendola sul tavolo. «Supponiamo che io vi dia questo, che è tutto il denaro che ho. Supponiamo che io vi dia il mio orologio. Supponiamo che ogni tre mesi, quando riscuoto lo stipendio, io ve ne dia una certa parte.»

«Non dica niente del genere,» rispose Riderhood scuotendo il capo mentre fumava. «Lei se ne è andato una volta, e non voglio correre il rischio di nuovo. Ho avuto abbastanza problemi a trovarla, e non l'avrei trovata, se non l'avessi vista scivolare per la strada durante la notte, e l'ho osservata finché non è stata al sicuro a casa. Sistemerò le cose con lei una volta per sempre.»

«Riderhood, io sono un uomo che ha sempre vissuto una vita ritirata. Non ho altre risorse al di là di me stesso. Non ho assolutamente nessun amico.»

«E' una bugia,» disse Riderhood. «Lei ha un amico che conosco; e vale come un libretto di risparmio, o io sono una scimmia blu!»

Il viso di Bradley si rabbuiò e la sua mano si chiuse lentamente sulla borsa e la tirò indietro, mentre sedeva ad ascoltare ciò che l'altro avrebbe continuato a dire.

«Sono andato nel negozio sbagliato, prima, giovedì scorso,» disse Riderhood. «Mi sono trovato tra le signorine, per Giove! E davanti alle signorine vedo una signora. Quella signora è dolce abbastanza verso di lei, maestro, per vendere se stessa, subito, per tirarla fuori dai guai. Glielo lasci fare, allora.»

Bradley lo fissò così all'improvviso che Riderhood, non sapendo bene che fare, finse di essere occupato con il fumo della sua pipa che lo circondava; sventolandolo con la mano e soffiandolo via.

«Avete parlato con la signora, eh?» chiese Bradley, con quella precedente compostezza di voce e aspetto che sembrava incoerente, e con gli occhi distolti.

«Puff! Sì.» disse Riderhood, distogliendo la sua attenzione dal fumo. «Ho parlato con lei. Non le ho detto molto. È stata messa in agitazione dal mio passaggio tra le signorine (non sono mai stato un tipo da signorine) e mi portò nel suo salotto sperando che non fosse successo niente di male. "Oh, no, niente di male," le ho detto. "Il maestro è un mio buon amico." Ma ho visto come stanno le cose, e che è agiata.»

Bradley si mise la borsa in tasca, si afferrò il polso sinistro con la sua destra, e sedette rigidamente contemplando il fuoco.

«Non potrebbe essere più a portata di mano,» disse Riderhood, «e quando tornerò a casa con lei (come ovviamente farò), le consiglio di ripulirla senza perdere tempo. Poi la può sposare, dopo che io e lei siamo arrivati a un accordo. Ha un bell'aspetto e so che lei non può tenere compagnia con nessun'altra, essendo stato così recentemente deluso in un altro quartiere.»

Bradley non disse un'altra parola per tutta quella notte. Non una volta cambiò atteggiamento o allentò la presa sul polso. Rigido davanti al fuoco, come se fosse una fiamma incantata che lo trasformava in vecchio, sedeva, con le linee scure che si approfondivano sul suo viso, il suo sguardo che diventava sempre più sparuto, la sua pelle che diventava sempre più bianca come se fosse cosparsa di cenere, e la stessa consistenza e colore dei suoi capelli che mutavano.

Non fu fino a quando la tardiva luce del giorno rese la finestra trasparente, che questa statua in decomposizione si mosse. Allora si alzò lentamente e si sedette alla finestra guardando fuori.

Riderhood era rimasto tutta la notte sulla sua sedia. Nella prima parte del notte aveva mormorato due o tre volte che faceva un freddo pungente; o che il fuoco ardeva veloce, quando si alzava per aggiustarlo; ma, poiché non riusciva a suscitare dal suo compagno né suono né movimento, aveva poi taciuto. Stava facendo dei disordinati preparativi per il caffè, quando Bradley si mosse dalla finestra e si mise il soprabito e il cappello.

«Non faremmo meglio a fare un po' di colazione prima di partire?» disse Riderhood. «Non va bene congelare lo stomaco vuoto, maestro.»

Senza un segno che mostrasse che aveva sentito, Bradley uscì dalla chiusa. Prendendo dal tavolo un pezzo di pane, e prendendo il suo fagotto di barcaiolo sotto il braccio, Riderhood lo seguì subito. Bradley si volse verso Londra. Riderhood lo raggiunse e camminò al suo fianco. I due uomini avanzarono a fatica, fianco a fianco, in silenzio, per ben tre miglia. All'improvviso, Bradley si voltò per ripercorrere la sua rotta. Immediatamente, Riderhood si voltò allo stesso modo, e tornarono indietro fianco a fianco.

Bradley rientrò nella stanza della chiusa. Così fece Riderhood. Bradley sedette davanti alla finestra. Riderhood si scaldò al fuoco. Dopo un'ora o poco più, Bradley si alzò di scatto e di nuovo se ne andò fuori, ma questa volta si voltò dall'altra parte. Riderhood lo seguì, lo raggiunse in pochi passi e gli camminò al fianco.

Questa volta, come prima, quando trovò il suo attendente che non se ne andava, Bradley si voltò improvvisamente. Questa volta, come prima, Riderhood tornò indietro insieme a lui. Ma questa volta, non entrarono come prima nella stanza della chiusa, ma Bradley si fermò sul prato erboso coperto di neve, vicino alla chiusa, guardando su e giù per il fiume. La navigazione era ostacolata dal gelo, e la scena era un mero deserto bianco e giallo.

«Su, su, maestro,» lo incitò Riderhood accanto a lui. «Questo è un gioco inutile. E dov'è il vantaggio? Lei non può liberarsi di me tranne che giungendo a un accordo. Io l'accompagnerò dovunque lei vada.»

Senza una parola di risposta, Bradley passò rapidamente da lui sul ponte di legno presso i cancelli della chiusa. «Su, c'è ancora meno senso in questa mossa rispetto all'altra,» disse Riderhood seguendolo. «La chiusa è lì, e dovrà tornare indietro, sa.»

Senza badargli minimamente, Bradley si appoggiò a un palo, in atteggiamento di riposo, e restò là con gli occhi bassi. «Poiché son stato portato qui,» disse Riderhood cupamente, «farò qualcosa di utile e muoverò le porte.» Con un rumore di ferraglia e uno scroscio d'acqua, egli poi girò i cancelli della chiusa che erano aperti, prima di aprire gli altri. Quindi, entrambe le serie di porte erano, per il momento, chiuse.

«Farebbe molto meglio a esser ragionevole, Bradley Headstone, maestro,» disse Riderhood passandogli accanto, «o la prosciugherò ancor di più, quando faremo un accordo... Ah!

Vorrebbe!...»

Bradley l'aveva afferrato intorno al corpo. A Riderhood pareva di essere cinto da un anello di ferro. Erano sull'orlo della chiusa, circa a metà strada tra le due serie di porte.

«Mi lasci andare!» disse Riderhood, «o tirerò fuori il mio coltello e la taglierò ovunque io possa tagliarla. Mi lasci!»

Bradley si stava avvicinando sull'orlo della chiusa. Riderhood cercava di allontanarsene. Era una presa forte e una lotta feroce, con braccia e gambe. Bradley riuscì a girarlo, con la schiena alla chiusa, e ancora lo faceva andare indietro.

«Mi lasci!» disse Riderhood. «Fermo! Che cosa sta cercando di fare? Non può affogarmi. Non le ho detto che l'uomo ci è passato una volta non può affogare mai più? Non posso essere annegato!»

«Io posso!» rispose Bradley, con voce disperata e serrata. «Sono deciso ad esserlo. Ti terrò da vivo e ti terrò da morto. Vieni giù!»

Riderhood piombò nell'acqua tranquilla, all'indietro, e Bradley Headstone su di lui. Quando i due furono trovati, sdraiati sotto la melma e il fango dietro uno dei cancelli marcescenti, la presa di Riderhood si era rilassata, probabilmente cadendo, e i suoi occhi erano rivolti verso l'alto. Ma era ancora cinto dall'anello di ferro di Bradley, tenuto ben stretto.

XVI. Persone e cose in generale

La prima deliziosa occupazione dei signori Harmon fu di sistemare in modo giusto le cose che erano andate storte, o che in qualche modo avrebbero potuto o voluto o dovuto deviare in qualche modo sbagliato durante il tempo in cui il nome di Harmon era stato in sospeso. Nel rintracciare gli affari di cui, in certo qual modo, la morte fittizia di John doveva essere considerata responsabile, essi usarono una struttura molto ampia e generosa; per quanto riguarda, ad esempio, la sarta delle bambole, come avente diritto alla loro protezione, per la sua associazione alla signora Wrayburn, e perché la signora Wrayburn, a sua volta, era stata coinvolta nel lato oscuro della storia. Ne seguì che il vecchio, Riah, come buon e utile amico per entrambe, non doveva essere lasciato da parte. E nemmeno il signor Ispettore, poiché era stato intrappolato in una caccia laboriosa su una falsa pista. Si può notare, a proposito di quel degno ufficiale, che una voce poco dopo pervase la Forza di polizia, perché aveva confidato alla signorina Abbey Potterson, davanti a una brocca di dolce '*flip*', al bar dei Sei allegri facchini, che lui «non aveva perso neanche un centesimo» per il ritorno in vita del signor Harmon, ma era altrettanto soddisfatto, come se quel signore fosse stato barbaramente assassinato, e lui (il signor Ispettore) avesse intascato il premio del governo.

In tutte le loro disposizioni di tale natura, il signore e la signora Harmon ricevettero molta assistenza dal loro eminente avvocato, il signor Mortimer Lightwood; il quale si dispose così professionalmente con tale insolita sveltezza e volontà, che ogni lavoro era vigorosamente perseguito non appena iniziato; per cui il giovane Blight fu messo in azione come quel dramma transatlantico che poeticamente si chiama "Una rivelazione", e si ritrovò a fissare clienti veri invece che gente fuori dalla finestra. Poiché la disponibilità di Riah si rivelò molto utile per alcuni suggerimenti in merito allo sbrogliare gli affari di Eugene, Lightwood si applicò con zelo infinito ad attaccare e molestare Mr Fledgeby: il quale, scoprendosi in pericolo di essere sbalzato in aria per certe transazioni esplosive in cui si era impegnato, ed essendo stato sufficientemente scorticato da quel famoso pestaggio, venne a trattative e chiese un certo periodo di tempo.

L'innocuo Twemlow approfittò delle condizioni sottoscritte, anche se poco se lo sarebbe aspettato. Il signor Riah inspiegabilmente cambiò; lo aspettò di persona nel cortile di stalla a Duke Street, Saint James, non più famelico ma mite, per informarlo che il pagamento degli interessi, come prima, ma d'ora in avanti negli uffici del signor Lightwood, avrebbe placato il suo rancore ebraico; e se ne andò col segreto che il signor John Harmon aveva anticipato il denaro, ed era diventato il creditore. Così l'ira del sublime Snigsworth fu scongiurata, e così non sbuffò un più largo ammontare di grandezza morale presso la colonna corinzia nella stampa sopra il caminetto, come era normalmente nella sua costituzione (e in quella britannica).

La prima visita della signora Wilfer alla Sposa del Mendicante, nella nuova dimora di Mendicancy, fu un grande avvenimento. Pa era stato mandato a chiamare nella City, il giorno stesso della presa di possesso, ed era rimasto stordito dallo stupore, e portato e condotto in giro per la casa per un orecchio, per contemplare i suoi vari tesori, rapito e incantato. Pa era stato nominato anche Segretario, e gli era stato ordinato di dare immediatamente le sue dimissioni da Chicksey, Veneering e Stobbles, per sempre. La Ma venne più tardi, e venne, come le era dovuto, in gran pompa.

Fu mandata la carrozza per Ma, che vi entrò con un portamento degno dell'occasione, accompagnata, più che sostenuta, dalla signorina Lavinia, che rifiutò del tutto di riconoscere la materna maestà. Il signor George Sampson le seguì docilmente. Egli fu ricevuto nel veicolo dalla signora Wilfer come se fosse ammesso all'onore di assistere a un funerale di famiglia, la quale poi emanò al cocchiere del Mendicante l'ordine di "Avanti!"

«Voglia il cielo, Ma,» disse Lavvy, sprofondandosi tra i cuscini con le braccia incrociate, «che ti dondolassi un po'.»

«Come?» ripeté la signora Wilfer. «Dondolarmi!»

«Sì, Ma.»

«Spero,» disse la maestosa signora, «di non esserne capace.»

«Sono sicura che sembri così, Ma, ma perché tu debba andare a pranzo da una propria figlia o sorella come se la sottoveste fosse una lavagna, io non lo capisco.»

«Neanch'io capisco,» replicò la signora Wilfer con profondo sdegno, «come una signorina possa menzionare l'indumento al cui nome ti sei lasciata andare. Arrossisco per te.»

«Grazie, Ma,» disse Lavvy sbadigliando, «ma posso farlo da sola, te ne sono grata, quando ce ne sarà l'occasione.»

Qui il signor Sampson, al fine di stabilire un'armonia, cosa che non riusciva mai in nessun caso a fare, disse con un sorriso amabile: «Dopo tutto, lei sa, signora, sappiamo che c'è.» E immediatamente sentì di aver sbagliato.

«Sappiamo che c'è!» disse la signora Wilfer fissandolo.

«Davvero, George, protestò la signorina Lavinia, «devo dire che non capisco le tue allusioni, e penso che potresti essere più delicato e meno personale.»

«Su!» gridò il signor Sampson, diventando in brevissimo tempo, preda della disperazione. «Oh sì! Su, signorina Lavinia Wilfer!»

«Che cosa intendete, George Sampson, con le vostre espressioni da cocchiere, non posso pretendere di immaginarlo. E nemmeno,» disse la signorina Lavinia, desidero immaginarlo. È abbastanza per me sapere nel mio cuore che non ho intenzione di...» Essendo imprudentemente entrata in una frase senza provvedere a una via d'uscita, la signorina Lavinia fu costretta a concludere con un "andiamo". Una debole conclusione dalla quale, tuttavia, derivò una qualche apparenza di forza dal disprezzo.

«Oh sì!» gridò il signor Sampson con amarezza. «È sempre così. Io mai...»
«Se volete dire,» lo interruppe Lavinia, «che non avete mai educato una giovane gazzella, potete risparmiarvi la fatica, perché nessuno in questa carrozza suppone che voi l'abbiate mai fatto. Vi conosciamo bene.», (Come se fosse un'offensiva familiare.)
«Lavinia,», rispose il signor Sampson in tono lugubre, «non volevo dir così. Quello che volevo dire era che non mi sarei mai aspettato di conservare il mio posto privilegiato in questa famiglia, dopo che la fortuna ha versato i suoi raggi su di essa. Perché mi portate,» disse il signor Sampson, «nelle sale splendenti con le quali non potrò mai competere, per poi rinfacciarmi il mio modesto salario? È generoso? È gentile?»
La maestosa signora, la signora Wilfer, intuendo la sua opportunità di pronunciare alcune osservazioni dal trono, a questo punto intervenne nella discussione.
«Signor Sampson,», cominciò, «non posso permetterle di travisare le intenzioni di una mia figlia.»
«Lascialo stare, mamma,» l'interruppe la signorina Lavvy con alterigia. «Mi è indifferente ciò che dice o fa.»
«No, Lavinia,» disse la signora Wilfer, «questo tocca il sangue della famiglia. Se il signor George Sampson attribuisce, anche se alla mia figlia più piccola...»
(«Non vedo perché tu debba usare le parole "anche se", mamma,» l'interruppe la signorina Lavvy, «perché io sono importante quanto tutte le altre.»)
«Calma!» disse la signora Wilfer solennemente. «Ripeto che se il signor George Sampson attribuisce alla mia figlia più giovane dei motivi abietti, li attribuisce anche alla madre della mia figlia più giovane. Quella madre li ripudia e domanda al signor George Sampson, da giovane d'onore, che cosa mai vorrebbe? Mi posso sbagliare - nulla è più facile - ma il signor George Sampson,» proseguì la signora Wilfer agitando maestosamente i guanti, «mi sembra che sia seduto in una carrozza di prima classe. Mi sembra che il signor George Sampson stia recandosi, come lui stesso ammette, a una residenza che si può chiamare sontuosa. Mi sembra che il signor George Sampson sia invitato a partecipare - devo dirlo - all'innalzamento che è toccato alla famiglia con la quale egli ha l'ambizione, devo dirlo, d'imparentarsi. Donde, allora, questo tono da parte del signor Sampson?»
«È soltanto, signora,» spiegò il signor Sampson con umore estremamente basso, «perché, in senso pecuniario, sono dolorosamente consapevole della mia indegnità. Lavinia ora ha delle alte parentele. Posso sperare che resterà ancora la stessa Lavinia di un tempo? E non è perdonabile se mi sento sensibile, quando vedo una sua disposizione a tagliar corto?»
«Se non siete soddisfatto della vostra posizione, signore,» osservò la signorina Lavinia con molta gentilezza, «possiamo farvi scendere ad ogni svolta che vogliate indicare al cocchiere di mia sorella.»
«Carissima Lavinia,» esortò pateticamente il signor Sampson, «io ti adoro.»
«Allora se non puoi farlo in un modo più gradevole,» rispose la signorina, «vorrei che non lo facessi.»
«Io, signora,» proseguì il signor Sampson, «rispetto anche lei in un modo che sarà certo al di sotto dei suoi meriti, lo so bene, ma comunque fino a un segno non comune. Sopporta un disgraziato, Lavinia, sopporti un disgraziato, signora, che è sensibile ai nobili sacrifici che loro fanno per lui, ma è spinto quasi alla pazzia» - il signor Sampson si schiaffeggiò la fronte - «al pensiero di dover competere con chi è ricco e influente.»
«Quando dovrete competere con chi è ricco e influente, probabilmente vi sarà detto,» disse la signorina Lavvy. «Almeno lo sarà se il caso è il mio caso.»

Il signor Sampson espresse immediatamente la sua fervida opinione che questo fosse «più che umano», e si buttò in ginocchio ai piedi della signorina Lavinia.
Era il coronamento indispensabile per il godimento da parte tanto della madre quanto della figlia, quella di condurre il signor Sampson, grato prigioniero, nelle scintillanti sale ch'egli aveva nominato, e di farlo sfilare in quelle stesse sale, testimone vivente della loro gloria, e insieme brillante esempio della loro condiscendenza. Mentre salivano le scale, la signorina Lavinia gli permise di camminarle al fianco, con l'aria di dire: «Nonostante tutto quello che vedi, sono ancora tua, George. Per quanto tempo possa ancora esserlo è un'altra questione, ma per ora sono ancora tua.» Ella benignamente gli comunicava anche, ad alta voce, la natura degli oggetti ch'egli guardava, e ai quali non era abituato, come: «Cose esotiche, George», «Una voliera, George», «Un orologio di bronzo dorato, George», e così via. Mentre la signora Wilfer, attraverso tutte quelle decorazioni, apriva la strada col comportamento di un Capo Selvaggio che si sarebbe sentito compromesso col manifestare il minimo segno di sorpresa o di ammirazione.
Infatti, il portamento di questa donna solenne, durante tutta la giornata, fu un modello per tutte le donne solenni in simili circostanze. Ella rinnovò la conoscenza del signor Boffin e della signora Boffin come se il signor Boffin e la signora Boffin avessero detto di lei quello che lei aveva detto di loro, e come se soltanto il Tempo potesse curare del tutto la ferita. Ella considerava ogni domestico che le si avvicinava come un nemico giurato che intendeva espressamente offrirle affronti con i piatti, e riversare oltraggi sui suoi sentimenti morali dalle caraffe. Sedeva eretta a tavola, a destra del genero, quasi sospettando veleno nelle vivande, e sopportando con la innata forza di carattere altri agguati mortali. Il suo contegno verso Bella era quello che avrebbe avuto verso una giovane donna di buona posizione, che aveva incontrato in società qualche anno prima. Anche quando, leggermente scongelata sotto l'influenza dello champagne frizzante, ella riferì a suo genero alcuni passi di interesse domestico concernenti suo padre, infuse nel racconto tali suggestioni artiche, di essere stata, lei, una inapprezzata benedizione per l'umanità fin dai tempi di suo padre, il quale era stato una gelida personificazione di una gelida razza, che gelò fino le piante dei piedi degli ascoltatori. Quando fu presentata l'Inesauribile, che fissava ed evidentemente era intenzionata a un breve sorriso debole e slavato, non appena la vide, questo divenne un pianto spasmodico e inconsolabile. Quando alla fine si congedò, sarebbe stato difficile dire se fosse con l'aria di andare lei stessa al patibolo, o di lasciare gli inquilini della casa per l'esecuzione immediata. Tuttavia John Harmon si divertì molto, e quando rimasero soli disse alla moglie che i suoi modi così naturali non gli erano mai sembrati così cari e così naturali rispetto a quell'esempio; e che, se non poteva contestare ch'ella fosse figlia di suo padre, egli sarebbe rimasto fermamente nell'idea che ella non poteva essere sua madre.
Quella visita fu, come è stato detto, un grande avvenimento. Un altro avvenimento, non grandioso, ma ritenuto speciale nella casa, si verificò verso lo stesso periodo; e questo fu il primo colloquio tra il signor Sloppy e la signorina Wren.
La sarta delle bambole lavorava per l'Inesauribile su una bambola tutta vestita, grande circa due volte la stessa piccola: il signor Sloppy si impegnò a richiederla e lo fece.
«Entri, signore,» disse la signorina Wren, che lavorava al suo banco. «E chi può essere, lei?»
Il signor Sloppy si presentò con nome e bottoni.
«Oh, davvero!» gridò Jenny. «Ah! Non vedevo l'ora di fare la sua conoscenza. Ho sentito che lei si è distinto.»
«Sì, signorina?» sorrise Sloppy. «Sono sicuro di essere felice di sentirlo, ma non so come mi sia distinto.»

«Lanciando qualcuno in un carro di rifiuti,» disse la signorina Wren.

«Oh! Quello!» gridò Sloppy. «Sì, signorina.» E rovesciò la testa indietro e rise.

«Dio ci benedica!» esclamò la signorina Wren, con un sussulto. «Non apra la bocca così larga, giovanotto, o le resterà così, e non si chiuderà di nuovo, un giorno.» Il signor Sloppy l'aprì ancor di più, se possibile, e la tenne aperta finché la sua risata finì.

«Beh, lei è proprio come il gigante,» disse la signorina Wren, «quando tornò a casa nel paese della Pianta di fagioli, e voleva Jack per cena[295].»

«Era di bell'aspetto, signorina?» domandò Sloppy.

«No,» disse la signorina Wren. «Brutto.»

Il signor Sloppy diede un'occhiata in giro a tutta la stanza dove ora c'erano molte comodità che prima non c'erano, e disse: «Questo è un bel posto, signorina.»

«Ho piacere pensa così, signore,» rispose la signorina Wren. «E cosa pensa di me?»

L'onestà del signor Sloppy fu severamente messa alla prova dalla domanda, egli girò un bottone, sorrise ed esitò.

«Fuori!» disse la signorina Wren con uno sguardo malizioso. «Non pensa che sia una piccola comicità strana?» Scuotendo la testa verso di lui dopo aver posto la domanda, scosse i capelli.

«Oh!» gridò Sloppy in uno scoppio d'ammirazione. «Quanti, e che colore!»

La signorina Wren, con il suo solito gesto espressivo del mento, riprese a lavorare. Ma lasciò i capelli com'erano; non dispiaciuta per l'effetto che avevano fatto.

«Lei non vive qui sola, no, signorina?» domandò Sloppy.

«No,» disse la signorina Wren seccamente. «Vivo qui con la mia fata-madrina.»

«Con...» il signor Sloppy non poteva capire, «... con chi ha detto, signorina?»

«Bene!» rispose la signorina Wren più seriamente. «Col mio secondo padre. O col mio primo, per quel che conta.» E scosse il capo e sospirò. «Se lei avesse conosciuto un povero bambino che avevo qui,» ella aggiunse, «mi avrebbe capito. Ma non l'ha conosciuto, e non può capirmi. Tanto meglio!»

«Deve aver imparato per molto tempo,» disse Sloppy, guardando la serie di bambole in giro, «prima di arrivare a lavorare così ordinatamente, signorina, e con tanto buon gusto.»

«Nessuno mi ha mai insegnato un punto, giovanotto!» rispose la sarta delle bambole scuotendo il capo. «Ho solo lavorato e lavorato, finché non ho scoperto come farlo. Abbastanza difficile all'inizio, ma ora è meglio.»

«Ed eccomi qui,» disse Sloppy con un certo tono di auto-rimprovero, «a imparare e imparare e il signor Boffin a pagare e pagare, e così a lungo!»

«Ho sentito qual è il suo mestiere,» disse la signorina Wren, «dei fa il falegname.»

Il signor Sloppy annuì. «Adesso che le collinette sono finite, sì. Vorrei dire una cosa, signorina. Mi piacerebbe farle qualcosa.»

«Molto obbligata, ma che cosa?»

«Potrei farle,» disse Sloppy ispezionando la camera, «potrei farle una pratica serie di ceste per metterci dentro le bambole. O potrei farle un pratico set di cassetti, per conservare le sue sete e i suoi fili e i ritagli. O potrei farle un bellissimo manico per quella gruccia, se appartiene a quello che lei chiama suo padre.»

«Appartiene a me,» rispose la piccola sarta, con una rapida vampata al viso e al collo. «Sono zoppa.»

Anche il povero Sloppy arrossì, perché dietro i suoi bottoni c'era un'istintiva delicatezza, e sentì che era stato inopportuno. E disse forse la cosa migliore che si potesse dire come scusa: «Sono

molto contento che sia sua, perché preferisco ornarla per lei che per qualsiasi altro. Per favore, posso darle uno sguardo?»
La signorina Wren era nell'atto di porgergliela al di sopra del suo banco, quando si fermò.
«Sarebbe meglio che mi vedesse usarla,» disse bruscamente. «Questo è il modo: Hoppetty, Kicketty, Pep-peg-peg. Non bello; eh?»
«Mi sembra che lei ne abbia appena necessità,» disse Sloppy.
La piccola sarta si sedette di nuovo e gliela diede dicendo, con quell'espressione migliore in lei, e con un sorriso: «Grazie!»
«E per quanto riguarda i cesti e i cassetti,» disse Sloppy, dopo aver provato il manico della gruccia sul braccio, e appoggiandola delicatamente a lato vicino al muro, «sarebbe un vero piacere per me. Ho sentito dire che lei canta tanto bene; e sarei ripagato meglio con una canzone che con qualsiasi denaro, perché mi son sempre piaciute cose del genere, e spesso cantavo io stesso una canzone comica alla signora Higden e a Johnny[296]. Anche se non è il suo genere, ci scommetterei.»
«Lei è un giovanotto molto gentile,» rispose la sarta, «un giovanotto davvero gentile. Accetto la sua offerta. Immagino che a lui non dispiacerà,» aggiunse dopo averci pensato un po', alzando le spalle, «e se gli dispiace, che si dispiaccia!»
«Intende quello che lei chiama suo padre, signorina?» domandò Sloppy.
«No, no,» rispose la signorina Wren. «Lui, lui, lui.»
«Lui, lui, lui?» ripeté Sloppy; guardandosi intorno come per ricercarlo.
«Colui che deve venire a farmi la corte e sposarmi,» rispose la signorina Wren. «Mio caro, quanto è lento!»
«Oh! lui!» disse Sloppy. E sembrò che diventasse un po' pensieroso e preoccupato. «Non ci avevo proprio pensato. Quando viene, signorina?»
«Che domanda!» gridò la signorina Wren. «Come posso saperlo?»
«Da dove viene, signorina?»
«Ma, mio Dio, come posso dirlo? Viene da qualche parte, suppongo, e un giorno o l'altro verrà, suppongo. Non so più niente di lui, al momento.»
Questo solleticò il signor Sloppy come uno scherzo straordinariamente bello, e gettò indietro la testa e rise con gioia smisurata. Alla vista di lui che rideva in quel modo assurdo, anche la sarta delle bambole rise di gran cuore. Così risero tutti e due, finché non si stancarono.
«Là, là, là!» disse la signorina Wren. «Per amor di Dio, basta, gigante, o sarò inghiottita viva, prima che me ne renda conto. E fino a questo momento non mi ha ancora detto per che cosa è venuto.»
«Son venuto per la bambola della piccola signorina Harmon,» disse Sloppy.
«L'ho pensato,» rispose la signorina Wren, «ed ecco qui la bambola della piccola signorina Harmon che aspetta. È avvolta nella carta d'argento, vede, proprio come se fosse avvolta dal capo ai piedi in banconote nuove. Abbia cura di lei, e qua la mano, e grazie di nuovo.»
«Mi prenderò più cura di lei che se fosse un'immagine d'oro,» disse Sloppy, «ed eccole tutte e due le mie mani, signorina, e tornerò di nuovo presto.»
Ma il più grande avvenimento nella vita del signor e della signora Harmon fu una visita del signor e della signora Wrayburn. Purtroppo il valoroso Eugene era pallido e logoro, e camminava appoggiandosi al braccio di sua moglie, e appoggiato pesantemente a un bastone. Ma di giorno in giorno diventava più forte e stava meglio, e i medici dichiararono che fra breve non sarebbe più stato tanto sfigurato. Fu davvero un grande evento, davvero, quando i coniugi Eugene Wrayburn vennero a stare a casa dei coniugi John Harmon: dove, tra l'altro, erano anche rimasti a tempo indeterminato il signore e la signora Boffin (squisitamente felici e giornalmente in giro

per guardare i negozi).

Al signor Eugene Wrayburn, in confidenza, la signora Harmon riferì ciò che aveva saputo dello stato affettivo di sua moglie, durante il tempo spericolato della sua vita precedente. E il signor Eugene Wrayburn disse in confidenza alla signora Harmon che, grazie a Dio, avrebbe visto come sua moglie l'aveva cambiato!

«Non faccio dichiarazioni,» disse Eugene. «Chi le fa, chi le dice! Io ho preso una risoluzione!»

«Ma ci crederesti, Bella,» l'interruppe sua moglie ch'era venuta a riprendere al suo fianco il suo posto d'infermiera, perché lui non si sentiva mai bene senza di lei, «che il giorno del nostro matrimonio mi ha detto che quasi pensava che la miglior cosa che potesse fare era morire?»

«Dato che non l'ho fatta, Lizzie,» disse Eugene, «farò la cosa migliore che hai suggerito tu, per il tuo bene!»

Quello stesso pomeriggio, mentre Eugene stava sdraiato sul letto nella sua camera al piano di sopra, venne Lightwood a chiacchierare con lui, mentre Bella portava sua moglie fuori per un giro in carrozza. «Niente a parte la forza la farà uscire,» aveva detto Eugene; e così Bella l'aveva costretta, scherzosamente, con la forza.

«Vecchio mio,» cominciò Eugene prendendo la mano di Lightwood, «non potevi giungere in un momento migliore, perché la mia mente è piena, e voglio svuotarla. Prima di tutto il presente, prima di passare al futuro. Il M.R.F., ch'è un cavaliere molto più giovane di me, e un dichiarato ammiratore della bellezza, fu così affabile da rimarcare l'altro giorno (ci ha fatto una visita di due giorni sul fiume, e si è opposto molto alla sistemazione dell'hotel) che Lizzie dovrebbe farsi dipingere un ritratto. E questo, da parte del M.R.F., dobbiamo considerarlo come una melodrammatica benedizione.»

«Stai guarendo,» disse Mortimer con un sorriso.

«Davvero,» disse Eugene, «non scherzo. Quando il M.R.F. disse così, e lo seguì assaporando del chiaretto (che lui ordinò e io pagai), e aggiunse: "Mio caro figlio, perché bevi questa robaccia?", questo in lui equivaleva a una benedizione paterna sulla nostra unione, accompagnata da un fiotto di lacrime. La freddezza di M.R.F. non deve essere misurata con gli standard ordinari.»

«Questo è vero,» disse Lightwood.

«Ed è tutto quello che avrò sentito dal M.R.F. su questo argomento,» proseguì Eugene, «e lui continuerà a girovagare per il mondo col cappello su un lato. Dopo che il mio matrimonio è stato così solennemente riconosciuto sull'altare della famiglia, non ho altri problemi riguardo a questo. In secondo luogo, tu hai già fatto meraviglie per me, Mortimer, nell'alleggerire le mie complicazioni finanziarie, e con tale guardiana e amministratrice come colei che mi ha salvato la vita (vedi che non sono ancora abbastanza forte, perché non posso ancora parlare di lei senza che la voce mi tremi... mi è così indicibilmente cara, Mortimer!), il poco che posso chiamare mio sarà più di quanto non sia mai stato. Deve essere di più, perché tu sai quanto valeva nelle mie mani. Niente.»

«Peggio di niente, mi pare, Eugene. Anche a me, la mia piccola rendita (io vorrei devotamente che mio nonno l'avesse lasciata all'Oceano piuttosto che a me!) è stato un Qualcosa di efficace, nel modo di impedirmi di rivolgermi a Qualche altra cosa. E credo che la tua sia stata proprio la stessa cosa.»

«Là parlò la voce della saggezza,» disse Eugene. «Siamo guide tutti e due. Nel rivolgerci a qualcosa, alla fine, vi ci rivolgiamo sul serio. Non ne parliamo più, per qualche anno a venire. Ora, mi è venuta l'idea, Mortimer, di portar mia moglie con me in una delle colonie, e lavorare là, con la mia professione.»

«Io sarei perduto, senza di te, Eugene; ma puoi aver ragione.»
«No,» disse Eugene con enfasi. «Non ragione. Torto!»
Egli parlò con un impeto così vivace, e quasi con rabbia, che Mortimer si mostrò molto sorpreso. «Pensi che la mia testa battuta sia a posto?» continuò Eugene con uno sguardo fiero. «Non è così, credimi. Ti posso parlare della musica piena di salute del mio polso, come dice Amleto[297]. Il mio sangue si eccita ma si eccita in modo salutare, quando ci penso. Dimmi! Devo comportarmi davanti a Lizzie come un vile, e sgattaiolare via con lei, come se mi vergognassi di lei? Dove sarebbe la parte del tuo amico in questo mondo, Mortimer, se fosse stata vigliacca lei, e in un'occasione incommensurabilmente più importante?»
«Onorevole e devoto,» disse Lightwood. «Eppure, Eugene…»
«Eppure cosa, Mortimer?»
«Eppure, sei sicuro che potresti non sentire (per il suo bene, dico, per il suo bene) una certa lieve freddezza nei suoi confronti da parte della 'società'?»
«Oh! Tu ed io possiamo ben inciampare in una parola,» rispose Eugene ridendo. «Vuoi dire la nostra Tippins?»
«Forse dobbiamo,» disse Mortimer anch'egli ridendo.
«Sì, dobbiamo,» rispose Eugene con grande animazione. «Potremmo nasconderci dietro il cespuglio[298] e picchiarci, ma dobbiamo! Ora, mia moglie è qualcosa di più vicino al mio cuore, Mortimer, di quanto lo sia Tippins, e io le devo un po' più di quanto devo a Tippins, e sono piuttosto più orgoglioso di lei di quanto io sia mai stato di Tippins. Pertanto combatterò fino all'ultimo respiro, con lei e per lei, qui, in campo aperto. E se io la nascondo, o mi batto per lei svogliatamente, in un nascondiglio o un angolo, allora tu, che sei quello al quale voglio più bene al mondo, dopo di lei, tu dimmi ciò che avrò ben meritato che mi si dica: che ella avrebbe fatto bene a girarmi con il piede, quella notte che giacevo sanguinante a morte, e a sputare il mio viso vigliacco.»
Il bagliore che brillava su di lui mentre pronunciava le parole, irradiava così i suoi lineamenti che sembrava, per il momento, come se non fosse mai stato mutilato. Il suo amico rispose come Eugene avrebbe voluto che rispondesse, ed essi parlarono del futuro, finché non tornò Lizzie. Dopo aver ripreso il suo posto accanto a lui, e avergli toccato teneramente le mani e la testa, ella disse: «Eugene caro, mi hai fatta uscire, ma sarei dovuta rimanere accanto a te. Sei più agitato di quanto non lo sia stato per molti giorni. Che cosa hai fatto?»
«Nulla,» rispose Eugene «tranne aspettare che tu tornassi.»
«E hai parlato col signor Lightwood,» disse Lizzie volgendosi verso di lui con un sorriso. «Ma non può essere stata la sua compagnia, che ti ha turbato.»
«In fede mia, mia cara!» rispose Eugene nel suo vecchio modo spensierato, mentre rideva e la baciava, «Credo proprio che sia stata la sua compagnia, invece!»
La parola correva così tanto nei pensieri di Mortimer Lightwood mentre quella notte tornava a casa al Temple, che decise di dare un'occhiata alla 'società', che non vedeva da molto tempo.

XVII. La voce della società

E' opportuno quindi che Mortimer Lightwood risponda a un biglietto d'invito per il pranzo del signor e della signora Veneering che lo pregano di far loro l'onore, e che egli dichiari di essere felice di avere a sua volta l'onore. I Veneering come al solito hanno distribuito instancabilmente in società i loro inviti a pranzo, e chiunque voglia prendervi parte farebbe meglio a far presto, perché è scritto sul Libro dei Destini degli Insolventi che Veneering avrà un crollo clamoroso la prossima settimana. Sì. Avendo scoperto la traccia di quel gran mistero di come le persone possano escogitare di vivere al di sopra dei propri mezzi, ed avendo esagerato nelle intermediazioni come legislatore deputato all'Universo dagli ingenui elettori di Pocket-Breaches, accadrà la settimana prossima che Veneering darà le dimissioni da deputato[299], che il legale gentiluomo nella fiducia di Britannia accetterà di nuovo i PocketBreaches Thousand (le migliaia di sterline per dare un nuovo incarico per PocketBreaches), e che i Veneering si ritireranno a Calais[300], a vivere lì dei diamanti della signora Veneering (nei quali il signor Veneering, da bravo marito, ha investito di volta in volta somme considerevoli) e a raccontare a Nettuno[301] e ad altri come, prima che Veneering si ritirasse dal Parlamento, la Camera dei Comuni fosse composta da lui e dai seicentocinquantasette amici più cari e più vecchi ch'egli avesse al mondo.

Accadrà allo stesso modo, il più vicino possibile allo stesso periodo, che la Società scoprirà di aver sempre disprezzato Veneering, di aver sempre diffidato di Veneering, e che quando frequentava i pranzi di Veneering aveva sempre dei dubbi - benché molto segreti a quel tempo, sembrerebbe, e in modo perfettamente privato e confidenziale.

Tuttavia, poiché il Libro dei Destini degli Insolventi non si è ancora aperto, c'è la solita corsa dai Veneering, della gente che va a casa loro per pranzare insieme gli uni con gli altri e non con loro. C'è Lady Tippins. C'è Podsnap il grande, con la signora Podsnap. C'è Twemlow. Ci sono Buffer, Boots e Brewer. C'è l'Appaltatore che dà lavoro a cinquecentomila uomini. C'è il presidente che viaggia tremila miglia alla settimana. C'è quel genio brillante che trasformò le azioni nella somma straordinariamente esatta di trecentosettantacinquemila sterline, niente scellini e niente *pence*.

A questi aggiungete Mortimer Lightwood, che viene tra loro con una riassunzione della sua aria languida, basata su Eugene, appartenente ai giorni in cui raccontò la storia dell'uomo di Non-si-sa-dove.

Quella fresca fata, Lady Tippins, quasi urla alla vista del suo falso corteggiatore. Convoca a sé il disertore con il suo ventaglio; ma il disertore, predeterminato a non venire, parla della Britannia con Podsnap. Podsnap parla sempre della Britannia, e ne parla come se fosse una specie di Guardiano Privato, impiegato, per gli interessi britannici, contro il resto del mondo. «Noi sappiamo le intenzioni della Russia, signore,» dice Podsnap «sappiamo che cosa vuole la Francia; vediamo che cosa prepara l'America, ma sappiamo che cos'è l'Inghilterra. Questo è abbastanza per noi.»

Tuttavia, quando il pranzo è servito, e Lightwood capita al suo vecchio posto in faccia a Lady Tippins, questa non può più essere evitata.

«Robinson Crusoe[302] a lungo bandito» dice l'incantatrice, scambiandosi i saluti, «come ha lasciato l'isola?»

«Grazie,» dice Lightwood, «non si è lamentata di aver dolore da qualche parte.»

«Ma dica, come ha lasciato i suoi selvaggi?» chiede Lady Tippins.

«Stavano diventando civili quando ho lasciato Juan Fernandez[303]» dice Lightwood. «Almeno si stavano mangiando l'un l'altro, il che mi sembra lo stesso.»

«Tormentatore!» risponde la cara giovane persona. «Lei sa che cosa voglio dire, e scherza con la mia impazienza. Mi dica qualche cosa, subito, sulla coppia sposata. Lei era al matrimonio.»

«A proposito, c'ero?» Mortimer finge, con tutta calma, di considerare. «Ah sì, c'ero.»

«Com'era vestita la sposa? In costume da canottaggio?» Mortimer dà un'occhiata cupa, ed evita di rispondere.

«Spero che si sia diretta alla cerimonia in barca, remando, di babordo o tribordo, o qualunque sia il termine tecnico?» prosegue la scherzosa Tippins.

«In qualunque modo ci sia arrivata, l'ha abbellita,» dice Mortimer.

Lady Tippins attira l'attenzione generale con un vivace piccolo grido. «Abbellita! Badi a me se svengo, Veneering. Vuol dirci che un'orribile barcaiola è graziosa!»

«Mi scusi. Non voglio dirle niente, Lady Tippins,» risponde Lightwood. E mantiene la sua parola continuando a mangiare e mostrando la massima indifferenza.

«Lei non mi sfuggirà in questo modo, scontroso boscaiolo» ribatte Lady Tippins. «Non eluderà la mia domanda per coprire il suo amico Eugene, che ha dato quella mostra di se stesso. Deve essere portato alla vostra conoscenza che una cosa così ridicola è condannata dalla voce della Società. Mia cara signora Veneering, riuniamoci in Comitato dell'intera casa sulla questione."

La signora Veneering, sempre affascinata da quella silfide sferragliante, grida: «Oh, sì! Riuniamoci in un Comitato dell'intera casa! Delizioso!»

Veneering dice: «Chi è di questa opinione, dica Sì; chi è contrario, No. I Sì hanno la maggioranza.» Ma nessuno si accorge minimamente di questa battuta.

«Su! Io sono la presidentessa del Comitato!» grida Lady Tippins.

(«Com'è spiritosa!» esclama la signora Veneering; alla quale parimenti nessuno fa attenzione.)

«E questo,» prosegue la spiritosa, «è il Comitato dell'intera casa per... come si dice... proferire, mi pare, la voce della società. La domanda davanti al Comitato è se un giovane uomo di bella famiglia, bell'aspetto e un certo talento, fa una cosa sciocca o saggia nello sposare una barcaiola, diventata operaia.»

«Difficilmente è così, penso,» osserva l'ostinato Mortimer. «Considero che la domanda dovrebbe essere: se un giovanotto come lei dice, Lady Tippins, fa bene o male a sposare una donna coraggiosa (non dico niente della sua bellezza) che gli ha salvato la vita con ammirevole energia e dedizione; una donna ch'egli sa virtuosa e dotata di notevoli qualità; ch'egli ha ammirato per tanto tempo, e che è profondamente attaccata a lui.»

«Ma scusate,» dice Podsnap, con il suo carattere e il colletto della camicia quasi ugualmente sgualciti, «quella giovane donna è stata mai una barcaiola?»

«Mai. Ma qualche volta remava nella barca con suo padre, credo.»

Sensazione generale contro «quella giovane donna». Brewer scuote il capo. Boots scuote il capo. Buffer scuote il capo.

«E ora, signor Lightwood, è stata mai,» prosegue Podsnap, con la sua indignazione che sale su fino ai capelli a spazzola, «un'operaia?»

«Mai. Ma ha avuto un qualche impiego in una cartiera, mi pare.» Sensazione generale ripetuta. Brewer dice: «Oh cielo!» Boots dice: «Oh cielo!» Buffer dice: «Oh cielo!» Tutti in un tono rimbombante di protesta.

«Allora tutto quello che devo dire è,» risponde Podsnap, mettendo via la cosa con il braccio destro, «che la mia gola si solleva contro un tale matrimonio - che mi offende e mi disgusta, - che mi fa star male, e che io non desidero saperne di più.»

(«Ora mi domando,» pensa Mortimer divertito, «è se sei tu, la Voce della Società!»)

«Udite, udite, udite!» grida Lady Tippins. «La vostra opinione su questa mésalliance[304], onorevoli colleghi dell'onorevole membro che si è appena seduto?»

La signora Podsnap è dell'opinione che in queste cose «ci debba essere un'eguaglianza di condizione e di fortuna, e che un uomo abituato alla Società dovrebbe cercarsi una donna abituata alla Società e capace di recitare la sua parte in essa con facilità ed eleganza di portamento... che.» La signora Podsnap si ferma qui, suggerendo delicatamente che ognuno di questi uomini dovrebbe cercare una bella donna tanto più somigliante a lei stessa di quanto possa sperare di scoprire.

(«Ora mi domando,» pensa Mortimer, «se sei tu, la Voce!»)

Lady Tippins quindi sollecita l'Appaltatore del potere di cinquecentomila. A questo potentato sembra che l'uomo in questione avrebbe dovuto comprare alla donna una barca e darle una piccola rendita annua per farla sostenere da sé. Queste cose sono una questione di bistecche e di birra. Si compra per quella donna una barca. Benissimo. Nello stesso tempo le si dà una piccola rendita annua. Quando si parla di rendite si pensa a tante sterline, ma in realtà si tratta di tante libbre di bistecche, e di tante pinte di birra. Da una parte, quella donna ha la barca. D'altra parte, ella consuma tante libbre di bistecche e tante pinte di birra. Quelle bistecche e quella birra sono il carburante al motore di quella giovane donna. Ne deriva una certa quantità di potenza per remare la barca; quel potere produrrà così tanti soldi; lo aggiungi alla piccola rendita; e così arrivi al reddito della giovane donna. Questo (così sembra all'Appaltatore) è il modo di considerare la cosa.

La bella schiavista è caduta in uno dei suoi gentili sonni, durante quest'ultima esposizione, e a nessuno piace svegliarla. Per fortuna si sveglia da sola, e pone il quesito al Presidente Errante. Il Presidente Errante può parlare del caso soltanto come se riguardasse lui. Se una giovane donna come la giovane donna descritta gli avesse salvato la vita, egli le sarebbe stato molto riconoscente, non l'avrebbe sposata, e le avrebbe procurato un posto in un ufficio del telegrafo elettrico, dove le donne riescono molto bene.

Che cosa ne pensa il genio delle trecentosettantacinquemila sterline, né scellini, né *pence*? Egli non può dire che cosa ne pensi se prima non chiede: «Aveva del denaro, quella donna?»

«No,» dice Lightwood con una voce senza compromessi, «niente denaro.»

«Follia e chiaro di luna,» è dunque il verdetto sintetico del genio. «Un uomo può fare qualsiasi cosa lecita, per denaro. Ma per nessun denaro... Stupidaggine!»

Che cosa dice Boots? Boots dice che non l'avrebbe fatto per meno di ventimila sterline.

Che cosa dice Brewer? Brewer dice quello che dice Boots.

Che cosa dice Buffer? Buffer dice di aver conosciuto un uomo che sposò una donna addetta ai bagni, e poi la abbandonò.

Lady Tippins ha l'impressione di aver raccolto i suffragi di tutto il Comitato (nessuno si sogna di chiedere ai Veneering la loro opinione), quando, dando un'occhiata con l'occhialino intorno alla tavola, scorge il signor Twemlow con la mano sulla fronte.

Buon Dio! Ha dimenticato il signor Twemlow! Il mio più caro! Il mio! Qual è il suo voto?

Twemlow ha l'aria di essere a disagio, mentre si toglie la mano dalla fronte e risponde: «Io sono disposto a pensare che questa è una questione di sentimenti di un gentiluomo.»

«Un gentiluomo che contrae un tale matrimonio non può avere sentimenti,» prorompe Podsnap.

«Mi scusi, signore,» dice Twemlow, con un tono meno mite del solito. «Non sono d'accordo con lei. Se i suoi sentimenti di gratitudine, di rispetto, di ammirazione, di affetto, inducono questo gentiluomo (come presumo) a sposare questa signora...»

«Questa signora!» fa eco Podsnap.

«Signore,» risponde Twemlow, stringendo leggermente il pugno, «dei ripete questa parola; anch'io la ripeto: questa signora. E come la chiamerebbe, se il gentiluomo fosse presente?»

Siccome questa per Podsnap è una domanda difficile, egli si limita a spazzarla via con un gesto senza parole.

«Io dico,» riprese Twemlow, «che se dei sentimenti di questo genere hanno indotto questo gentiluomo a sposare questa signora, mi pare che per questo egli sia il migliore dei gentiluomini, e faccia di lei la migliore delle signore. Prego notare, che quando io uso il termine di gentiluomo, lo uso nel senso in cui il grado può essere raggiunto da qualsiasi uomo. I sentimenti di un gentiluomo per me sono sacri, e confesso di non essere a mio agio quando sono argomento di divertimento o di discussione generale.»

«Mi piacerebbe sapere,» sogghigna Podsnap, «se il suo nobile parente sarebbe della sua opinione.»

«Signor Podsnap,» risponde Twemlow, «mi permetta. Potrebbe esserlo, e potrebbe non esserlo. Non posso dire. Ma nemmeno a lui potrei permettere d'impormi la sua opinione intorno a un punto di grande delicatezza, che sento fortemente.»

In qualche modo, un baldacchino di stoffa bagnata sembra discendere sulla compagnia, e non si è mai vista Lady Tippins così vorace, né così di cattivo umore. Solo Mortimer Lightwood s'illumina. Egli ha continuato a domandarsi, dopo il turno di ogni membro del Comitato, "Mi chiedo se tu sei la Voce!". Ma non si pone la stessa domanda dopo che ha parlato Twemlow, e guarda in direzione di Twemlow come se fosse grato. Quando la compagnia si disperde - e cioè quando il signor Veneering e sua moglie hanno avuto tutto quello che vogliono dell'onore, e gli ospiti hanno avuto tanto quanto essi vogliono dell'altro onore - Mortimer accompagna Twemlow a casa, gli stringe cordialmente la mano quando si separa, e si dirige al Temple, allegramente.

***

Postscript
Al posto della Prefazione

Quando ho ideato questa storia, ho previsto la probabilità che una classe di lettori e commentatori avrebbe pensato che fossi molto preoccupato di nascondere esattamente ciò che stavo cercando di suggerire: vale a dire, che il signor John Harmon non era stato ucciso, e che il signor John Rokesmith era lui. Rallegrandomi dell'idea che la supposizione possa in parte derivare da una certa ingegnosità nella storia e ritenendo che valga la pena, nell'interesse dell'arte, di suggerire a un pubblico che ci si può fidare che un artista (di qualsiasi denominazione) sappia di cosa si tratta nella sua vocazione, se gli si concede un po' di pazienza, non sono stato allarmato per l'aspettativa. Mantenere per lungo tempo insospettato, ma sempre sviluppandolo, un altro scopo originato da quell'incidente principale, e trasformarlo finalmente in un resoconto piacevole e utile, è stata allo stesso tempo la parte più interessante e più difficile del mio progetto. La sua difficoltà era molto accresciuta dalla modalità di pubblicazione; perché, sarebbe molto irragionevole aspettarsi che molti lettori, seguendo una storia divisa in parti di mese in mese fino a diciannove mesi, percepiranno, finché non l'hanno completata, le relazioni dei suoi fili più sottili con l'intero modello che è sempre davanti agli occhi del tessitore di storie al suo telaio. Tuttavia, il fatto che ritengo che i vantaggi del modo di pubblicazione superino i suoi svantaggi, si può facilmente credere di chi lo ha fatto rivivere nei Pickwick Papers[305] dopo un lungo inutilizzo, e da allora lo ha perseguito.

A volte c'è una strana disposizione in questo paese a contestare, come improbabili nella finzione, ciò che sono le esperienze più comuni, nella realtà. Pertanto, noto qui, anche se potrebbe non essere affatto necessario, che ci sono centinaia di casi Testamento (come vengono chiamati), molto più notevoli di quello immaginato in questo libro; e che i depositi dell'Ufficio delle

Prerogative[306] pullulano di istanze di testatori che hanno fatto, cambiato, contraddetto, nascosto, dimenticato, lasciato cancellare e lasciato non cancellare, ognuno molti più testamenti di quanti ne siano mai stati fatti dall'anziano signor Harmon della prigione di Harmony.

Nelle mie esperienze sociali, da quando la signora Betty Higden è venuta sulla scena e l'ha lasciata, ho trovato campioni di Circonlocuzione disposti ad essere calorosi con me riguardo alla mia visione della Legge sui poveri[307]. Il mio amico, il signor Bounderby[308], potrebbe non aver notato alcuna differenza tra lasciare le "mani" di Coketown[309] esattamente com'erano, e chiedere loro di essere nutriti con zuppa di tartaruga e selvaggina con cucchiai d'oro. Proposizioni idiote di natura parallela sono state liberamente offerte per la mia accettazione, e sono stato chiamato ad ammettere che avrei dato rilievo alla Legge sui Poveri a chiunque, ovunque, comunque.

Mettendo da parte queste sciocchezze, ho osservato una tendenza sospetta nei campioni da dividere in due partiti; uno, che sostiene che non ci sono poveri meritevoli che preferiscono la morte per lenta inedia

e il brutto tempo, alle misericordie di qualche Ufficiale di Soccorso[310] e alcune Union Houses[311]; l'altro, che ammette che ci sono tali poveri, ma negando che abbiano alcuna causa o ragione per quello che fanno.

Le registrazioni sui nostri giornali, l'esposizione recente di The Lancet[312], e il buon senso e i sensi della gente comune, forniscono prove troppo abbondanti contro entrambe le difensive. Ma, che la mia visione della Legge sui Poveri non possa essere confusa o travisata, lo affermo. Credo che non ci sia stata in Inghilterra, dai tempi degli Stuart, nessuna legge così spesso scelleratamente amministrata, nessuna legge così spesso apertamente violata, nessuna legge abitualmente così male supervisionata. Nella maggior parte dei casi vergognosi di malattia e di morte per miseria, che sconvolgono il Pubblico e disonorano il paese, l'illegalità è abbastanza uguale alla disumanità - e una lingua conosciuta non può dire altro della loro illiceità.

Venerdì 9 giugno di quest'anno, il signore e la signora Boffin (nel loro abbigliamento descritto per ricevere il signor e la signora Lammle a colazione) erano con me sulla South Eastern Railway[313], in un incidente terribilmente distruttivo[314]. Quando ho fatto quello che potevo per aiutare gli altri, sono risalito nella mia carrozza - quasi capovolta su un viadotto, e messa di sbieco su una curva - per districare la degna coppia. Erano molto sporchi, ma per il resto illesi. Lo stesso felice risultato ha accompagnato la signorina Bella Wilfer il giorno del suo matrimonio, e il signor Riderhood che ispeziona il fazzoletto rosso di Bradley Headstone quando si è addormentato.

Ricordo con devota gratitudine che non posso essere mai stato così vicino a separarmi per sempre dai miei lettori, di quanto fui allora, finché non saranno scritte davanti alla mia vita le due parole con cui ho chiuso oggi questo libro: LA FINE.

***

Note

1) Il Surrey è una contea dell'Inghilterra sud-orientale, vicino Londra.

2) In inglese 'veneering' significa 'impiallacciatura, rivestimento'.

3) Furgone per mobili, per traslochi.

4) Duke Street è una strada nella zona di St James's della City of Westminster, Londra. Va da Piccadilly a nord a King Street a sud, ed è attraversata da Jermyn Street.

5) St James's è un quartiere centrale della City of Westminster, Londra, che fa parte del West End. Nel XVII secolo l'area si sviluppò come luogo residenziale per l'aristocrazia britannica e intorno al XIX secolo fu al centro dello sviluppo dei club per gentiluomini.

6) Antinoo (Claudiopoli, 27 novembre 110 o 111 – Egitto, 30 ottobre 130 o poco prima) è stato un giovane greco originario della Bitinia, noto per la relazione sentimentale e amorosa avuta con l'imperatore romano Adriano, il quale lo divinizzò dopo la sua morte prematura avvenuta in circostanze alquanto misteriose. Venne adorato sia nell'Oriente egizio sia nell'Occidente greco-latino, a volte come Theos, una vera e propria divinità, altre semplicemente come un Eroe mortale deificato.

7) Lo Chablis è un vino bianco secco prodotto in Borgogna nel comune di Chablis.

8) College of Arms detto anche Heralds' College (in italiano Collegio degli araldi o Collegio delle armi) è una corporazione reale consistente di ufficiali araldici, con giurisdizione sull'Inghilterra, il Galles, l'Irlanda del Nord e alcuni Reami del Commonwealth. Gli araldi sono nominati del Sovrano britannico e sono l'autorità autorizzata ad agire per conto della Corona in tutte le questioni di araldica, la concessione di nuovi stemmi, ecc.

9) "Buffer" può essere cognome o indicare i 'cuscinetti' o 'tamponi'.

10) Cimone (Κίμων, Kímon; Atene, 510 a.C. – Larnaca, 450 a.C.) è stato un militare e politico ateniese, rappresentando una figura politica importante negli anni 470 e 460 a.C. Ebbe un ruolo chiave nella creazione del grande impero marittimo ateniese in seguito al fallimento dell'invasione persiana della Grecia da parte di Serse nel 480-479 a.C. Divenne un riconosciuto eroe militare e fu elevato al rango di ammiraglio dopo aver combattuto la Battaglia di Salamina.

11) Cupìdo o Amor sono le denominazioni in lingua latina di Eros, dio dell'amore divino e del desiderio sessuale appartenente al pantheon della religione e della mitologia greca.

12) V. Nota n 9.

13) Il capo di Buona Speranza è l'estremità meridionale della penisola del Capo, in Sudafrica. Tradizionalmente, ma erroneamente, viene considerato come il punto più a sud del continente africano e come punto di separazione tra l'oceano Atlantico e l'oceano Indiano; in realtà, il primato spetta a capo Agulhas.

14) Il seduttore per antonomasia è un personaggio inventato di nome don Giovanni Tenorio (don Juan Tenorio), apparso per la prima volta durante lo spettacolo dello scrittore spagnolo Tirso de Molina intitolato "L'ingannatore di Siviglia e il convitato di pietra", nel 1616.

15) Canterbury, città dell'Inghilterra sudorientale nota per la Cattedrale, è stata un luogo di pellegrinaggio nel Medioevo.

16) Per common law si intende un modello di ordinamento giuridico, di origine britannica, basato maggiormente sui precedenti giurisprudenziali più che sulla codificazione e in generale leggi e altri atti normativi di organi politici, come invece nei sistemi di civil law, derivanti dal diritto romano.

17) Cassim è l'avido fratello maggiore di Ali Baba in "Ali Baba e i Quaranta Ladroni". Dopo che la moglie di Cassim scopre la nuova ricchezza di Ali Baba, Cassim fa il prepotente e convince suo fratello a rivelare il suo segreto. Quindi entra nella grotta per prendere più tesoro possibile ma è così eccitato che dimentica le parole magiche per riaprire la porta e andarsene. I ladri lo trovano e lo uccidono. "Alì Babà e i quaranta ladroni" (titolo completo: "Storia di Alì Babà e dei quaranta ladroni, sterminati da una schiava") è una storia d'origine persiana. Si tratta di un racconto che

viene presentato come facente parte della silloge favolistica in lingua araba che va sotto il nome di Le mille e una notte, benché esso non ne abbia mai fatto davvero parte, come mostrato dai vari manoscritti che sono serviti alla collazione dell'opera.

18) Zona portuale.

19) Quartiere di Londra.

20) Rotherhithe è una zona residenziale di Southwark, Londra.

21) Un penny (plurale in inglese britannico pence; in inglese americano pennies) è una moneta o una valuta utilizzata in molte nazioni di cultura anglosassone.

22) Col termine pinta si identificano alcune unità di misura di capacità utilizzata generalmente per i liquidi.

23) Il penny è la moneta divisionale inglese, pari alla ventesima parte della sterlina (prima dell'adozione nel Regno Unito del sistema decimale). Il plurale è 'pence'.

24) Oggi The Grapes, a Limehouse. Precedentemente noto come The Bunch of Grapes, è un pub che esiste da quasi più di 430 anni. Dickens era noto per esserne un cliente (il suo padrino viveva a Limehouse) e ha menzionato il pub - ribattezzato The Six Jolly Fellowship Porters - nel suo romanzo Our Mutual Friend.

25) The Times è un quotidiano britannico che ha sede a Londra. Fu il primo a chiamarsi Times, pertanto non va confuso con i molti altri giornali del mondo che hanno un nome simile, ad esempio il New York Times, il Los Angeles Times, il Times of India, l'Irish Times, il Financial Times ed il settimanale d'attualità Time. Una caratteristica del giornale è stato il celeberrimo carattere tipografico Times New Roman, usato dal 1932 ma sostituito diverse volte a partire dal 1972 per approdare nel 2006 al Times Modern.

26) Guglielmo I, detto anche Guglielmo il Conquistatore (Falaise, 8 novembre 1028 – Rouen, 9 settembre 1087), è stato Duca di Normandia dal 1035 con il nome di Guglielmo II e re d'Inghilterra dal 1066 fino alla morte.

27) Cheapside è una strada nel centro di Londra, a circa mezzo miglio di strada dalla Città di Londra.

28) Mincing Lane è una breve strada a senso unico nella città di Londra che collega Fenchurch Street a Great Tower Street. Alla fine del XIX secolo era il principale centro mondiale per il commercio di tè e spezie.

29) Holloway è un quartiere di Londra, che fa parte del London Borough of Islington.

30) L'area, oggi Kings Cross, quartiere nel centro di Londra, era in precedenza un villaggio noto come Battle Bridge o Battlebridge che era un antico attraversamento del fiume Fleet. Il nome originale del ponte era Broad Ford Bridge. La corruzione "Battle Bridge" ha portato alla tradizione che questo fosse il sito di una grande battaglia nel 60 o 61 dC tra i romani e la tribù degli Iceni guidata da Boudica (nota anche come Boudicea).

31) Cavendish Square è una piazza con giardino pubblico a Marylebone nel West End di Londra.

32) La Magna Carta Libertatum (dal latino medievale, "Grande Carta delle libertà"), comunemente chiamata Magna Carta, è una carta accettata il 15 giugno 1215 dal re Giovanni d'Inghilterra (soprannominato anche "Senza Terra", perché privo di appannaggi reali) a Runnymede, nei pressi di Windsor. Redatta dall'Arcivescovo di Canterbury per raggiungere la pace tra l'impopolare re e un gruppo di nobili ribelli, garantì la tutela dei diritti della chiesa, la protezione dei civili dalla detenzione ingiustificata, la garanzia di una rapida giustizia e la limitazione sui tributi feudali alla corona.

33) Presumibilmente, compagnia di buffoni.

34) Il Lord Mayor's Show è uno dei più antichi e conosciuti eventi annuali che si svolgono a Londra. Esso si svolge dal 1535. Il Lord Mayor in questione è il Lord sindaco della città di Londra, il centro storico di Londra che è ora sede del distretto finanziario conosciuto anche gergalmente come Square Mile (miglio quadrato). Il nuovo Lord Mayor viene investito ogni anno con una parata pubblica, a significare che questo ruolo è fra gli incarichi più importanti d'Inghilterra.

35) Plurale (in inglese americano pennies) di 'penny'.

36) La corona è stata una moneta inglese e britannica dal valore di 5 scellini o un quarto di sterlina. Per la prima volta fu introdotta con la riforma monetaria di Enrico VIII nel 1526.

37) Rosamund Clifford (ante 1150 – 1176 circa) è stata una nobile inglese. Conosciuta anche come Fair Rosamund ("Bionda, bella Rosamund") e Rose of the World ("Rosa del Mondo"), è una figura celebre del folclore inglese, ricordata per la sua bellezza ed il suo rapporto con re Enrico II Plantageneto.

38) Una presa in giro.

39) Publio Elio Traiano Adriano, noto semplicemente come Adriano (Italica, 24 gennaio 76 – Baia, 10 luglio 138), è stato un imperatore romano, della dinastia degli imperatori adottivi, che regnò dal 117 alla sua morte.

40) Marco Ulpio Nerva Traiano (Italica, 18 settembre 53 – Selinunte in Cilicia, 8 agosto 117) è stato un imperatore romano, regnante dal 98 al 117.

41) All'interno della storia romana si definisce abitualmente età degli Imperatori adottivi (o Imperatori d'adozione) il periodo che va dal 96 (elezione di Nerva) al 180 (morte di Marco Aurelio), caratterizzato da una successione al trono stabilita non per via familiare, ma attraverso l'adozione, da parte dell'imperatore in carica, del proprio successore. A volte, due dei cinque "buoni imperatori" del II secolo (Antonino Pio e Marco Aurelio, escludendo nei computi Lucio Vero, co-imperatore nei primi anni di Marco) vengono raccolti, assieme a Commodo, in una dinastia degli Antonini, che tuttavia non è una dinastia in senso stretto: gli imperatori infatti salivano al trono non in seguito alla loro parentela, ma in quanto scelti come successori dal loro predecessore, dal quale venivano formalmente adottati, poiché gli adottanti erano quasi tutti privi di eredi maschi.

42) Polibio (Megalopoli, 206 a.C. circa - Grecia, 118 a.C.) è stato uno storico greco antico. Studiò in modo particolare il sorgere della potenza della Repubblica romana, che attribuì all'onestà dei romani ed all'eccellenza delle loro istituzioni civiche e militari.

43) Cesare Tito Elio Adriano Antonino Augusto Pio, nato come Tito Aurelio Fulvo Boionio Arrio Antonino (Lanuvio, 19 settembre 86 - Lorium, 7 marzo 161), è stato un imperatore romano dal 138 al 161. Imperatore saggio, l'epiteto pius gli venne attribuito per il sentimento di amore filiale che manifestò nei confronti del padre adottivo che fece divinizzare.

44) Gaio Giulio Cesare Ottaviano Augusto (Roma, 23 settembre 63 a.C. - Nola, 19 agosto 14), nato come Gaio Ottavio Turino e meglio conosciuto come Ottaviano o Augusto, è stato il primo imperatore romano dal 27 a.C. al 14 d.C. Nel 27 a.C. egli rimise le cariche nelle mani del senato; in cambio ebbe un imperio proconsolare che lo rese capo dell'esercito e il Senato romano, dietro suggerimento di Lucio Munazio Planco, gli conferì il titolo di Augustus il 16 gennaio del 27 a.C., cioè il più autorevole fra i politici di Roma.

45) Cesare Lucio Marco Aurelio Commodo Antonino Augusto, nato Lucio Elio Aurelio Commodo (Lanuvio, 31 agosto 161 - Roma, 31 dicembre 192), è stato un imperatore romano, membro della dinastia degli Antonini; regnò dal 180 al 192. Come Caligola e Nerone, è descritto dagli storici come stravagante, crudele e depravato.

46) Aulo Vitellio Germanico Augusto (Nuceria Alfaterna, 6 o 24 settembre 15 - Roma, 20 dicembre 69), meglio conosciuto semplicemente come Vitellio, è stato l'ottavo imperatore romano. Originario della Campania

(probabilmente di Nuceria), fu imperatore dal 16 aprile al 20 dicembre del 69, terzo a salire sul trono durante l'anno detto dei quattro imperatori.

47) Un flip è un genere di bevanda mista. Secondo l'Oxford English Dictionary, il termine fu usato per la prima volta nel 1695 per descrivere una miscela di birra, rum e zucchero, riscaldata con un ferro rovente. La bevanda calda nota come flip, da cui si è evoluto il cocktail moderno, esiste dalla fine del 1600 originaria dell'America coloniale. Era una bevanda molto popolare nelle taverne inglesi e americane fino al XIX secolo. C'erano molte varianti poiché ogni taverna aveva la sua ricetta.

48) Letteralmente "La Casa del Primo Purl".

49) La collegiata di San Pietro in Westminster presso l'abbazia di Westminster (in inglese: Westminster Abbey), per sineddoche con lo stesso nome di quest'ultima, è il più importante luogo di culto già cattolico e poi anglicano di Londra dopo la cattedrale di San Paolo, sede delle incoronazioni dei sovrani d'Inghilterra e di sepoltura di personaggi anglicani importanti. Essa, a causa della sua funzione, non è soggetta all'autorità diocesana ed è una chiesa proprietaria della monarchia britannica (Royal peculiar). Si trova a Westminster, Londra, a ovest del palazzo di Westminster, sede del parlamento.

50) Limehouse è una zona del London Borough of Tower Hamlets e si trova sulla riva nord del Tamigi di fronte a Rotherhithe, fra Ratcliff a ovest e Millwall a est.

51) Nell'originale c'è "Gracious Lud!", dove Lud sta per "Lord". E' un'esclamazione arcaica di sgomento o sorpresa.

52) Il negus è una bevanda a base di vino, spesso porto, mescolato con acqua calda, arance o limoni, spezie e zucchero.

53) Chiswick è un distretto di Londra nella zona sudoccidentale della città, nel London Borough of Hounslow.

54) Clerkenwell è un'area del London Borough of Islington.

55) Il muffin è un dolce simile a un plum cake, di forma rotonda con la cima a calotta semisferica senza glassa di rivestimento. Alcune varietà, come i cornbread muffins, sono salate.

56) Who Killed Cock Robin? ("Chi ha ucciso il pettirosso?") è una filastrocca inglese, usata nei paesi anglosassoni come archetipo per antonomasia dell'assassinio. Benché la canzone sia documentata solo dal XVIII secolo, le sue origini sono senz'altro assai più remote; il testo è simile ad una storia, Phyllyp Sparowe, scritta da John Skelton intorno al 1508.

57) Il West End è una vasta area situata nel centro di Londra, ad ovest del centro storico e finanziario e a Nord del Tamigi.

58) Fleet Street è una strada di Londra, che ha preso il nome da un fiume di nome Fleet che un tempo intersecava la strada e che ora scorre sotto di essa. Essa è stata la sede dei maggiori quotidiani inglesi fino agli anni ottanta.

59) Temple è una zona del centro di Londra nei pressi di Temple Church ed è uno dei principali distretti giuridici della capitale, sia storico che attuale.

60) Publio Elvio Pertinace (Alba, 1° agosto 126 - Roma, 28 marzo 193) è stato un politico, militare, console e imperatore romano. Fu proclamato imperatore il 1° gennaio 193 e regnò per tre mesi, prima di essere assassinato dai pretoriani il 28 marzo 193.

61) In inglese 'blight' è una malattia delle piante, tipicamente causata da funghi come muffe o ruggine.

62) Riferimento ai versi del "Rule, Britannia!", che è un canto patriottico britannico. Trae le sue origini dal poema Rule, Britannia composto da James Thomson; venne musicato da Thomas Arne nel 1740. Dopo, o quasi al pari, del God Save the Queen, è considerata la marcia più famosa del Regno Unito e probabilmente è anche una delle marce più famose di tutto il mondo. Divenuta in voga soprattutto nel XIX secolo rappresentò per più di un secolo l'imperialismo britannico nel mondo.

63) Le Montagne Rocciose (in inglese Rocky Mountains, spesso denominate semplicemente Rockies) sono una delle più vaste catene montuose della Terra, localizzata nella parte occidentale del Nord America, tra Stati Uniti d'America e Canada.

64) La battaglia di Azincourt (o di Agincourt per gli inglesi) si svolse vicino l'omonima località nell'odierno dipartimento del Passo di Calais il 25 ottobre 1415 nell'ambito della guerra dei cent'anni, vedendo contrapporsi le forze del Regno di Francia di Carlo VI contro quelle del Regno d'Inghilterra di Enrico V. In virtù della decisiva vittoria inglese, la battaglia è considerata uno dei momenti più cupi della storia della Francia e al contrario uno dei più fulgidi per l'Inghilterra.

65) La battaglia di Crécy ebbe luogo il 26 agosto 1346 presso Crécy nella Francia settentrionale e fu uno dei fatti d'arme più importanti della guerra dei cent'anni. La combinazione dovuta all'uso massiccio dell'arco lungo e del ricorso a nuove tattiche hanno indotto numerosi storici a considerare questa battaglia come l'inizio della fine dell'epoca della cavalleria. Un numero relativamente esiguo di soldati inglesi, di circa 12.000 uomini (dipende dalla fonte), comandati da Edoardo III d'Inghilterra schiacciò una forza assai preponderante di soldati francesi, guidati da Filippo VI.

66) Doctors 'Commons, chiamato anche College of Civilians, era una società di avvocati che praticavano il diritto civile a Londra.

67) Nell'originale c'è "Tufthunting", termine arcaico e gergale, che indica la pratica di cercare e seguire nobili o persone di qualità, specialmente nelle università inglesi. E' anche un personaggio che compare nelle opere di William Makepeace Thackeray.

68) La Court Circular è il registro ufficiale che elenca gli impegni svolti dal monarca del Regno Unito e dagli altri regni del Commonwealth, la famiglia

reale e gli appuntamenti col loro personale e col tribunale.

69) Nell'originale c'è "Punch"; Punch e Judy sono due maschere inglesi utilizzate nei teatri dei burattini. La figura predominante è quella clownesca di Punch, derivato dal Pulcinella della commedia dell'arte italiana, prima approdato in Francia come Polichinelle e di qui giunto a Londra come Punchinello (in seguito abbreviato in "Punch".

70) Chancery Lane è una strada situata nella City of London. Fino al 1994 segnava il confine tra due borghi londinesi, ossia la Città di Westminster e il London Borough of Camden.

71) Nell'originale c'è "Lor-a-mussy!", esclamazione che sarebbe: "(May the) Lord have mercy on me.", "(Possa il) Signore avere pietà di me". L'ortografia è specifica di Dickens, ma l'espressione è molto comune in tutti gli ambienti anglofoni.

72) "As grand as ninepence", come pure le varianti "as right as ninepence", "as neat as ninepence", "as nice..." significano "così belli, ordinati, puliti, ecc., come la moneta da nove penny", ma l'espressione deriva dal gioco dei birilli, "as nice as ninepins".

73) Le Grazie sono dee nella religione romana (mitologia romana), replica latina delle Cariti greche. Questi nomi fanno riferimento alle tre divinità della Grazia ed erano, probabilmente sin dall'origine, legate al culto della natura e

della vegetazione. Secondo Esiodo, esse sono tre: Aglaia, l'Ornamento ovvero lo Splendore; Eufrosine, la Gioia o la Letizia; Talia, la Pienezza ovvero la Prosperità e Portatrice di fiori.

74) Imene (o Imeneo) è un personaggio della mitologia greca. Era figlio di Apollo e di una musa o forse, secondo altre tradizioni, di Dioniso e della dea Afrodite: sarà uno dei giovinetti amati dallo stesso Apollo. Nella tradizione greca, Imene camminava alla testa di ogni corteo nuziale, e proteggeva il rito del matrimonio.

75) Il Colosso di Rodi era un'enorme statua del dio Elio, situata probabilmente nel porto di Rodi in Grecia nel III secolo a.C. È una delle cosiddette sette meraviglie del mondo antico.

76) Piccadilly è una delle principali strade di Londra e si sviluppa per 1,5 km partendo a sud-ovest da Hyde Park Corner per terminare a Piccadilly Circus a nord-est.

77) Il Curaçao è un liquore a base di scorze di laraha, un tipo di arancia dal caratteristico sapore amaro che cresce a Curaçao, isola caraibica del Regno dei Paesi Bassi. Tale pianta è una varietà di arancia amara non nativa dell'isola, ma importata dagli spagnoli.

78) Bond Street è una via del centro di Londra, a Mayfair, considerata sin dal XVIII secolo una delle zone più lussuose e uno dei maggiori centri degli acquisti prêt-à-porter della capitale.

79) Mefistòfele è il nome ricorrente soprattutto nella cultura folkloristica tedesca per indicare un diavolo. Vicne spesso dato a una rappresentazione di Satana. È anche il nome con cui viene chiamato il demonio nel mito di Faust.

80) La iarda è un'unità di misura di lunghezza che non fa parte dello standard del Sistema Internazionale. Fa invece parte del Sistema imperiale ed è tuttora utilizzata nei paesi di cultura anglosassone, come Regno Unito e Stati Uniti. Una iarda è pari a 0,9144 metri, e corrisponde a 3 piedi, ovvero 36 pollici.

81) Medusa ("protettrice", "guardiana") è una figura della mitologia greca. Insieme con Steno ed Euriale, è una delle tre Gorgoni, figlie delle divinità marine Forco e Ceto. Secondo il mito le Gorgoni avevano il potere di pietrificare chiunque avesse incrociato il loro sguardo e, delle tre, Medusa era l'unica a non essere immortale; nella maggioranza delle versioni viene decapitata da Perseo.

82) L'Isola di Wight è una contea dell'Inghilterra interamente coincidente con l'isola dallo stesso nome, che si trova nella Manica a sud di Southampton.

83) Portman Square è una piazza giardino a Mayfair, nel centro di Londra, circondata da eleganti case a schiera.

84) Carrozza leggera, alta, scoperta, a quattro ruote, con due sedili, in gran voga nel sec. XIX.

85) In francese nel testo: "Ma sì; che c'è? Che dunque?"

86) Tersìcore è una delle nove muse della mitologia greca. È la protettrice della danza.

87) Francese: "catena".

88) Frase idiomatica: Volare di fronte alla Provvidenza è come dire: "Se lo fai, vai dove gli angeli temono di camminare". Questa è un'altra frase idiomatica che esprime lo stesso risultato: "Fallirai e il tuo fallimento sarà spaventoso".

89) Frase idiomatica: "Essere sotto il pollice di qualcuno" significa "Essere controllati o dominati da qualcuno".

90) Nell'originale c'è: "taking that fellow down a peg". Frase idiomatica: "Mettere (qualcuno) giù un piolo (o due)" significa: "Ridurre o danneggiare l'ego o l'orgoglio di qualcuno", "Umiliare qualcuno".

91) Hampton è un'area suburbana sulla riva nord del Tamigi, nel distretto londinese di Richmond upon Thames, in Inghilterra, e storicamente nella contea del Middlesex.

92) Long Vacation: i tre mesi in estate, quando studenti e universitari non hanno lezioni.

93) James Thomson (11 settembre 1700 – 27 agosto 1748) è stato un poeta e drammaturgo scozzese. Fu prolifico autore di poemetti sulle stagioni, ove infranse gli artifici settecenteschi. Tra i suoi lavori spiccano la serie di poemi The Seasons (le stagioni) e la composizione del testo del canto patriottico britannico Rule, Britannia!

94) Una fossa o pozzo da sega è una fossa sulla quale il legname è posizionato per essere segato con una lunga sega a due manici da due persone, una in piedi sopra il legname (top-sawyer) e l'altra in basso (under-sawyer). Era usato per produrre assi segate da tronchi d'albero, che potevano poi essere tagliati in assi, pali, ecc. Molte città, villaggi e tenute di campagna avevano le loro fosse di sega. Il maggiore utilizzatore di legname segato nei secoli passati è stata l'industria della costruzione navale.

95) L'Essex è una contea dell'Inghilterra orientale. Il Kent è un'altra contea dell'Inghilterra, a sud-est di Londra.

96) Wallsend è una località della contea del Tyne and Wear, in Inghilterra. Si trova pochi chilometri a nord di Newcastle upon Tyne. Il suo nome deriva dal fatto che qui finiva il Vallo di Adriano.

97) Abbreviazione dell'inglese "my respected father", "il mio rispettabile padre".

98) Duca di Wellington è un titolo nobiliare dei Pari del Regno Unito che deriva da Wellington (Regno Unito) nel Somerset. Il primo detentore del titolo fu Arthur Wellesley, I duca di Wellington (1769–1852), militare e politico britannico e generalmente i riferimenti non specificati ulteriormente fanno quasi sempre riferimento a lui. È principalmente famoso per aver sconfitto Napoleone, insieme a Blücher, nella battaglia di Waterloo.

99) L'espressione "double barrelled", "a doppia canna", è usata per descrivere qualcosa come un piano che ha due parti principali; qui, qualcosa con un secondo fine.

100) Nel diritto britannico e statunitense, dichiarazione scritta e giurata, o affermazione solenne davanti a un magistrato o pubblico ufficiale, avente valore in giudizio come prova.

101) In quanto simbolo del paganesimo e del male, il drago è un personaggio frequente nelle storie dei santi medievali. Tra gli uccisori di draghi, tuttavia, nessuno ha riscosso tanta venerazione popolare quanto san Giorgio, scelto come patrono dall'Inghilterra e dal Portogallo. L'iconografia tradizionale di S. Giorgio è legata al suo miracolo più celebre, quello appunto dell'uccisione del drago. L'episodio, come viene riportato nella Legenda Aurea di Jacopo da Varagine, è noto: per tenere lontano un mostro che infesta la città libica di Selem, gli abitanti estraggono a sorte giovani vittime da dargli in pasto; quando il sacrificio tocca alla figlia del re, compare san Giorgio a cavallo, che neutralizza il drago (la scena immortalata dagli artisti); quindi invita la principessa a legare la cintola al mostro, ora mansueto, per condurlo in città; di fronte al miracolo, il re e l'intera popolazione si convertono; e il drago viene finalmente ucciso.

102) Modo di dire: "Come te ce ne sono pochi".

103) Nell'originale c'è: "Hages!"; probabilmente un'esclamazione idiomatica: hage è un termine arcaico per indicare una strega (o una palude).

104) L'originale ha: "laid by the heels", "prese per i talloni", espressione idiomatica per: "mettere in catene, imprigionare".

105) Nell'originale c'è "cut-throat Shepherds", "rasoi Sheperd", presumibilmente una marca.

106) Whitefriars è un'area nel quartiere di Farringdon Without nella City di Londra. Fino al 1540 fu sede di un monastero carmelitano, da cui prende il nome.

107) Guy Fawkes (Stonande, 13 aprile 1570 – Londra, 31 gennaio 1606) è stato un militare e cospiratore inglese. Noto anche sotto gli pseudonimi di Guido Fawkes (talvolta scritto anche Faux) e John Johnson, era membro di un gruppo di cospiratori cattolici inglesi che tentarono di assassinare con un'esplosione il re Giacomo I d'Inghilterra e tutti i membri del parlamento inglese riuniti nella Camera dei lord per l'apertura delle sessioni parlamentari dell'anno 1605, passato alla storia come la congiura delle polveri.

108) Unità di misura di capacità nei sistemi anglosassoni, pari a ca. 4,5 litri in Gran Bretagna e 3,8 litri negli Stati Uniti d'America.

109) I Mirmidoni (da μύρμηξ, "formica) sono un popolo della mitologia greca, discendente da Mirmidone, figlio di Zeus. Erano un antico popolo della Tessaglia Ftiotide del quale era re Peleo e che suo figlio Achille condusse con sé, in gran numero, alla guerra di Troia. Secondo una tradizione, il popolo traeva il nome dal proprio re Mirmidone, figlio di Zeus e di Eurimedusa, che il dio aveva sedotto assumendo l'aspetto di una formica. Una leggenda posteriore narrava invece che i Mirmidoni discendessero dalle formiche, trasformate in uomini da Zeus per preghiera di Eaco, per ripopolare l'isola di Egina devastata da una pestilenza, e che avevano poi seguito Peleo, figlio di Eaco, esule a Ftia.

110) I viaggi di Gulliver, oppure Viaggi di Gulliver in vari paesi lontani del mondo (1726, ed. riveduta nel 1735), è un romanzo che coniuga fantasia e satira in un'allegoria dell'animo umano dell'Inghilterra e della Francia settecentesca, scritto sotto pseudonimo da Jonathan Swift. Gulliver decide di imbarcarsi su una nave come chirurgo di bordo. Salpato dal porto di Bristol il 4 maggio 1699, dopo sette mesi di navigazione naufraga a causa di un terribile temporale sulle coste di una terra sconosciuta agli uomini. Al suo risveglio si trova legato da uomini alti circa 15 centimetri, abitanti delle isole vicine di Lilliput e Blefuscu.

111) 'Rule, Britannia!' è un canto patriottico britannico. Trae le sue origini dal poema 'Rule, Britannia' composto da James Thomson; venne musicato da Thomas Arne nel 1740. Dopo, o quasi al pari, del 'God Save the Queen' è considerata la marcia più famosa del Regno Unito e probabilmente è anche una delle marce più famose di tutto il mondo. Divenuta in voga soprattutto nel XIX secolo rappresentò per più di un secolo l'imperialismo britannico nel mondo.

112) Nell'attrezzatura navale, la sommità dei singoli tronchi di ogni albero, dove si applica la testa di moro per il sostegno del tronco superiore.

113) Sulle navi, foro situato presso la prua, sul fasciame esterno laterale dello scafo, cui fa capo un grosso tubo, che porta fino al ponte di coperta e per il quale passa la catena dell'ancora, e l'ancora stessa, quando questa è senza ceppo.

114) La prigione londinese di Newgate era posta all'angolo tra Newgate Street e Old Bailey Street. Essa traeva il proprio nome dall'antica porta di Newgate, costruita nelle antiche mura romane di Londra.

115) Nell'originale: "Apple-pie order", "ordine da torta di mele": espressione che significa "eccellente o perfetto ordine".

116) Nell'originale: "as clean as a whistle", "così pulito come un fischio", espressione che significa "completamente pulito".

117) Nell'originale "neck and crop" "collo e gozzo", espressione idiomatica che significa: "con rapidità e completezza".

118) L'originale ha: "in train", "in treno", espressione idiomatica per dire: "ben organizzato o in corso".

119) Nell'originale c'è: "turning his back on him". L'espressione "turn (one's) back on (someone or something)" significa "ignorare, o escludere qualcuno o qualcosa; abbandonare, o rinunciare a qualcuno o qualcosa".

120) Flavio Belisario (Germania, 500 circa – Costantinopoli, 565) è stato un generale bizantino che servì sotto Giustiniano I (527-565), considerato uno dei più grandi condottieri della storia dell'Impero romano d'Oriente.

121) Stepney era un villaggio di origine anglo-sassone nella storica contea di Middlesex, a est e nord-est della City di Londra.

122) Nell'originale c'è: "...might be in clover", "...potrebbe essere nel trifoglio"; espressione idiomatica che significa: "vivere una vita di denaro e comodità".

123) Frase idiomatica che significa: "sostenere qualsiasi bugia".

124) Brentford è un distretto di Londra facente parte del borgo londinese di Hounslow e che si trova alla confluenza del Tamigi con il fiume Brent nella parte occidentale di Londra.

125) Macchina tessile usata nella rifinitura dei tessuti di lino, canapa, iuta e simili, che, per diventare più lisci e compatti, vengono compressi fra due cilindri rotanti paralleli.

126) In inglese 'sloppy' significa 'sciatto'.

127) Nell'originale c'è "from post to pillar and pillar to post" "correre da un pilastro all'altro", espressione idiomatica. Questa frase è in realtà molto antica e risale al Medioevo. In origine era "From Post to Pillar", ma negli ultimi tempi è si dice "From Pillar to Post". Nel Medioevo, quando una persona viene punita, veniva prima legata a un palo e frustata e poi spostata alla gogna dove veniva mostrata alla folla. Da qui la frase originale "From Post to Pillar".

128) Johann Caspar Lavater (Zurigo, 11 novembre 1741 - Zurigo, 2 gennaio 1801) è stato uno scrittore, filosofo e teologo svizzero. Celebri furono i suoi studi sulla fisiognomica, editi per la grande maggioranza nel testo Von der Physiognomik (1772).

129) Portland Place è una strada nel quartiere Marylebone nel centro di Londra.

130) Ghinea (ingl. guinea, comunemente abbreviato gn. o al plurale gns) è stato il nome di una moneta britannica. È stata la prima moneta britannica d'oro ad essere coniata meccanicamente nel 1663. Il valore originario era di un pound (sterlina) cioè di venti scellini, ma gli aumenti del prezzo dell'oro causarono l'aumento del valore della ghinea, che all'epoca arrivò a trenta scellini. Il nome sembrerebbe derivare da Guinea, la regione dell'Africa da cui proveniva inizialmente la maggior parte dell'oro usato per coniare questa moneta.

131) Modo di dire che si potrebbe esprimere in italiano "come le lucciole rispetto alle lanterne".

132) Frase idiomatica; la frase "uccelli di una piuma" significa "dello stesso tipo o natura: molto simili".

133) Aladino e la lampada meravigliosa è uno dei più celebri racconti de Le mille e una notte; esso, tuttavia, non compare nella versione originale della raccolta, ma appare la prima volta nell'edizione in francese di Antoine Galland (1646-1715).

134) Jack e la pianta di fagioli (Jack and the Beanstalk) è un racconto popolare inglese, diffuso in Gran Bretagna e Stati Uniti. Ne esistono numerose varianti, ed è nota con diversi titoli; in italiano "Jack" diventa talvolta "Giacomino". Il racconto è conosciuto anche con il titolo Jack e il fagiolo magico.

135) Il Middlesex è una ex-contea dell'Inghilterra, per la maggior parte incorporata nella Grande Londra nel 1965.

136) Soluzione ottenuta tramite macerazione dell'oppio in alcol, con l'aggiunta di aromi e coloranti, dotata di potere antispastico e antidolorifico.

137) Millbank è un'area del centro di Londra sita nella City of Westminster. Si trova sulla riva del Tamigi, ad est di Pimlico e a sud di Westminster.

138) Nell'originale c'è: "I give it a wide berth". "Give (someone or something) a wide berth" è una frase idiomatica che significa "evitare o stare lontano da (qualcuno o qualcosa)".

139) Vauxhall è un quartiere della zona sud di Londra, nel London Borough of Lambeth.

140) In inglese 'wren' significa 'scricciolo'.

141) La hansom cab è una sorta di carrozza trainata da cavalli progettata e brevettata nel 1834 da Joseph Hansom, un architetto di York. Il veicolo è stato sviluppato e testato da Hansom a Hinckley, Leicestershire, in Inghilterra.

142) Ofelia (Ophelia, in lingua inglese) è uno dei principali personaggi femminili della tragedia Amleto (The Tragical History of Hamlet, Prince of Denmark, in lingua originale), composta tra il 1600 e il 1602 dal drammaturgo britannico William Shakespeare.

143) La battaglia di Waterloo (denominata inizialmente dai francesi battaglia di Mont Saint-Jean e dai prussiani battaglia di Belle-Alliance) si svolse il 18 giugno 1815 durante la guerra della settima coalizione fra le truppe francesi guidate da Napoleone Bonaparte e
gli eserciti britannico-olandese-tedesco del Duca di Wellington e prussiano del feldmaresciallo Gebhard Leberecht von Blücher. Fu una delle più combattute e sanguinose battaglie delle guerre napoleoniche, nonché l'ultima battaglia di Napoleone, e segnò la sua definitiva sconfitta e il conseguente esilio a Sant'Elena.

144) Il Monumento al grande incendio di Londra (in inglese, Monument to the Great Fire of London), più comunemente chiamato The Monument (Il monumento), è stato costruito tra il 1671 ed il 1677 a ricordo del grande incendio di Londra del 1666, su disegno dell'architetto Christopher Wren. Il Monumento si trova tra Monument Street e Fish Street Hill, ed è alto 61 m, l'esatta distanza dal monumento e Pudding Lane, dove iniziò l'incendio.

145) Priamo è un personaggio della mitologia greca. Fu il Re di Troia durante la guerra omonima e morì nella notte della caduta della città.

146) Pall Mall Gazette era un quotidiano londinese. Pall Mall Budget era un settimanale londinese.

147) Letteralmente "Violazioni di tasca".

148 Belgravia è un elegante quartiere della Central London (Londra centrale), situato nella Città di Westminster e confinante a nord-est con i giardini di Buckingham Palace.

149) 'The Tales of the Genii' o 'Le deliziose lezioni di Horam, The Son of Asmar' è una collezione dell'autore inglese James Ridley, composta da racconti fantasy orientali modellati su quelli delle Mille e una notte.

150) Il dio Pan era, nelle religioni dell'antica Grecia, una divinità non olimpica dall'aspetto di un satiro legata alle selve e alla natura. Era solitamente riconosciuto come figlio del dio Ermes e della ninfa Driope.

151) Nell'originale: "Stricken all of a heap", "letteralmente "colpito tutto d'un mucchio".

152) La reversione è il diritto, in particolare del proprietario originario o dei suoi eredi, di possedere o succedere alla proprietà alla morte dell'attuale possessore o al termine di un contratto. In altre parole, è il ritorno di beni o di diritti a chi li possedeva in precedenza.

153) Il Backgammon è un gioco di fortuna e abilità. Giocano 2 persone utilizzando 15 pedine sopra un tabellone composto da 24 spazi o punti. Le pedine vanno mosse in base ai lanci del dado.

154) The Albany o Albany è un antico palazzo londinese del XVIII secolo situato a Piccadilly. All'inizio dell'Ottocento fu trasformato in un complesso di appartamenti. The Albany fu costruito tra il 1771 e il 1776 dall'architetto Sir William Chambers per il visconte Melbourne, ricevendo il nome di Melbourne House. Nel 1791, Federico, duca di York e Albany prese Melbourne House come residenza. Nel 1802 il duca cedette il palazzo che fu trasformato in 69 appartamenti singoli (detti "set"), i più conosciuti e prestigiosi di Londra.

155) Westminster Hall è l'edificio più antico esistente del Palazzo di Westminster. Ciò che lo rende un edificio così sorprendente non sono semplicemente le sue grandi dimensioni e la magnificenza del suo tetto, ma il suo ruolo centrale nella storia britannica. Dentro e intorno alla Hall, sono cresciute le principali istituzioni dello stato britannico: il Parlamento, i tribunali e vari uffici governativi.

156) In Gran Bretagna il sistema monetario carolingio si è mantenuto fino alla decimalizzazione del 1971. Dalle iniziali dei nomi latini (Libra, Solidus, Denarius) venne anche denominato "LSD-System".

157) Sulle monete inglesi.

158) St Mary Axe era una parrocchia medievale nella città di Londra il cui nome sopravvive come quello della strada che occupava in precedenza.

159) Il testo ha "on their last legs", "sulle loro ultime gambe". L'espressione idiomatica significa "molto stanco o vicino alla morte, allo stremo".

160) Rum. Il gusto del rum della Giamaica è dato dalla canna da zucchero, che in Giamaica incontra un clima favorevole e dona al prodotto un gusto del tutto unico.

161) Battuta del sig. Venus: cioè in base al penny o ai pence, quindi al denaro che deve ricevere.

162) Jack-in-box è un giocattolo costituito da una scatola da cui appare improvvisamente un pupazzo quando la parte superiore della scatola viene sollevata.

163) La quercia inglese è un albero molto comune, particolarmente nei boschi di latifoglie della Gran Bretagna meridionale e centrale. In effetti, è così frequente che ha assunto lo status di emblema della nazione; è un simbolo nazionale di forza. Le coppie si sposavano sotto antiche querce ai tempi di Oliver Cromwell.

164) L'espressione "the man/the woman of the hour", "l'uomo / la donna del momento", indica una persona attualmente celebrata, onorata, o ammirata dagli altri, soprattutto per una recente vittoria, realizzazione, o altro motivo.

165) Specialità culinaria tedesca.

166) Fenchurch Street è una strada della City di Londra.

167) Tower Hill è un punto elevato della città di Londra a nord-ovest della Torre di Londra, presso London Borough of Tower Hamlets.

168) Greenwich è un distretto di Londra, sulle sponde del fiume Tamigi. È celebre per la sua storia marittima e ospita la nave restaurata Cutty Sark del XIX secolo, l'enorme Museo nazionale marittimo e gli edifici classici dell'Old Royal Naval College. Il Royal Observatory si affaccia sul tranquillo Greenwich Park e ospita la sede del Meridiano di Greenwich.

169) Il "Saul" è un'opera di Händel. Georg Friedrich Händel, o George Frideric Handel, è stato un compositore tedesco naturalizzato inglese, del periodo barocco, che trascorse la maggior parte della sua carriera a Londra, diventando molto conosciuto per le sue opere, oratori, concerti grossi e concerti per organo.

170) Il punch è una serie di bevande alcooliche usate per lo più come digestivo. Un altro uso è riscaldato con fette di buccia di limone.

171) Newcastle upon Tyne è una città universitaria sul fiume Tyne, nel nord-est dell'Inghilterra. Come la sua città gemella, Gateshead, è stata un importante cantiere navale e un polo manifatturiero durante la Rivoluzione Industriale.

172) Gravesend è un comune sull'estuario del Tamigi della contea del Kent in Inghilterra.

173) Nell'originale c'è: "Who is the boofer lady?", dove 'boofer' è il modo in cui il bambino pronuncia 'beautiful'.

174) Riferimento alla mitologia greca. Argo Panoptes («Argo che tutto vede») è un gigante che ha, secondo alcuni miti, un occhio; secondo altri, quattro (due davanti e due dietro); e secondo altri ancora ne aveva cento, e dormiva chiudendone cinquanta per volta. Altri miti sostengono che avesse innumerevoli occhi su tutto il corpo.

175) L'inchiostro simpatico è una sostanza utilizzata per la scrittura, che è invisibile, al momento dell'applicazione o subito dopo, e che in seguito può essere resa visibile tramite varie forme di intervento.

176) Smith Square è una piazza a Westminster, Londra, 250 metri a sud-sud-ovest del Palazzo di Westminster. La maggior parte del suo giardino interno è occupata da St John's, Smith Square, una chiesa barocca sconsacrata, che al suo interno è stata trasformata in una sala da concerto.

177) 'Pleasant' significa 'piacente, bello, grazioso'.

178) Wapping è un quartiere del borgo londinese Tower Hamlets che ricade nella zona dei Docklands ad est della Città di Londra.

179) Vino pregiato, simile al marsala, prodotto a Jerez de la Frontera, in Spagna, chiamato Xeres e indicato anche col nome inglese sherry.

180) Fortunatus è un proto-romanzo tedesco che narra di un eroe leggendario, popolare

nell'Europa del XV e XVI secolo e solitamente associato a una borsa magica inesauribile.

181) La Central Criminal Court, conosciuta con il nome di Old Bailey, è un edificio nel centro di Londra che insieme ad altri ospita la Corte della Corona e il tribunale penale centrale di Londra, che giudica i principali casi criminali della Grande Londra e, in via eccezionale, di altre parti dell'Inghilterra. Sorge nel luogo nel quale si trovava la Prigione medievale di Newgate, in una strada denominata Old Bailey, che segue il percorso delle mura fortificate della City (dette bailey) e che ha dato il nome alla corte.

182) Nell'originale "no rhyme and no reason". Espressione idiomatica, letteralmente "nessuna rima o motivo" per dire "Nessun particolare logica, senso, metodo", in una determinata situazione, azione, persona, cosa, gruppo, ecc.

183) Nell'originale c'è "world-without-end", espressione che significa "eterno, perpetuo".

184) L'Exchequer (scacchiere dell'erario) era (e in alcuni casi è ancora) un componente dei governi di Inghilterra (successivamente compreso il Galles), Scozia e Irlanda del Nord (l'odierno Regno Unito) che è stato responsabile per la gestione e la riscossione delle tasse.

185) Whitehall è una strada di Westminster, a Londra.

186) Il braccio (fathom in inglese), è una misura di lunghezza originariamente utilizzata in barca per misurare il fondale con il suono. Corrisponde alla lunghezza dell'apertura delle braccia di un uomo. È equivalente a 1,8288 metri.

187) Nell'originale c'è la frase idiomatica "as right as a trivet", letteralmente "giusto come un treppiede".

188) The Right Honourable Lord Mayor of London è il titolo che viene attribuito al sindaco e capo della corporazione della Città di Londra.

189) Leadenhall Market è un famoso mercato coperto nel cuore della City of London. L'attuale versione del mercato risale al 1881. Nel XIV sec era un mercato alimentare e prendeva il nome da un edificio chiamato "La Ledene Hall" in cui si teneva un mercato del pollame. Esso era stato costruito sul sito di un forum romano contenente anche una Basilica e considerato il più grosso complesso mai costruito dai romani a nord delle Alpi.

190) I misteri di Udolpho è un romanzo di Ann Radcliffe, il quarto e più noto, pubblicato in quattro volumi nell'estate del 1794 a Londra. Narra le vicende di Emily St. Aubert che soffre, oltre ad altre disavventure, la morte del padre, terrori soprannaturali in un castello e le macchinazioni di un brigante italiano. Contiene tutti gli elementi del romanzo gotico: situazioni di terrore fisico e psicologico, eventi apparentemente soprannaturali, castelli remoti e in rovina, la presenza di un nemico e di un'eroina perseguitata.

191) Aronne, a volte traslitterato anche come Aaronne, è un personaggio della Bibbia, fratello di Mosè e primo sommo sacerdote del popolo ebraico.

192) Trascrizione semifrancese del russo ukaz, che significa 'editto', 'decreto'; estensivamente, ordine perentorio, impartito con spirito assolutistico. Un ukaz nella Russia Imperiale era un dettame dello zar, del governo o di un leader religioso che aveva forza di legge. Dopo la Rivoluzione Russa, un dettame governativo teso a regolare un'ampia materia era chiamato "decreto"; mentre uno più specifico ukaz.

193) Il Dun Cow ("Mucca grigia") è un motivo comune nel folklore inglese. "Dun" è una tonalità opaca di grigio brunastro. Si diceva che il Dun Cow fosse una bestia selvaggia che vagava per Dunsmore Heath, un'area a ovest di Dunchurch, vicino a Rugby nel Warwickshire, che fu presumibilmente ucciso da Guy of Warwick. Una grande zanna di narvalo è ancora esposta al castello di Warwick come una delle costole del Dun Cow. La leggenda sosteneva che la mucca apparteneva a un gigante ed era tenuta a Mitchell's Fold, Shropshire. Il suo latte era inesauribile; ma un giorno una vecchia che aveva riempito il secchio, volle riempire anche il suo setaccio. Questo fece infuriare così tanto l'animale che si liberò e vagò a Dunsmore Heath, dove fu uccisa da Guy of Warwick. Ci sono molti pub nel Regno Unito chiamati The Dun Cow.

194) "Carciofo".

195) Il climax è una figura retorica (detta anche gradazione ascendente) consistente in un graduale passaggio da un concetto all'altro, via via più intenso. Qui è usato nel senso che si perderebbe l'effetto del racconto, se si dicessero subito gli avvenimenti finali.

196) Pegaso è una figura della mitologia greca; è il più famoso dei cavalli alati. Secondo il mito, nacque dal terreno bagnato dal sangue versato quando Perseo tagliò il collo di Medusa. Secondo un'altra versione, Pegaso sarebbe balzato direttamente fuori dal collo tagliato del mostro, insieme a Crisaore.

197) Una strada immaginaria dove vivono persone in difficoltà. 'Queer' in inglese significa 'strano'; Queer street è una locuzione colloquiale che si riferisce a una persona che si trova in qualche difficoltà, più comunemente finanziaria. È spesso associato a Carey Street, dove un tempo si trovavano i tribunali fallimentari di Londra. Questo termine gergale fu registrato nel 1811 in una versione aggiornata del Dizionario classico della lingua volgare di Grose, intitolato "Lexicon Balatronicum: A Dictionary of Buckish Slang, University Wit, and Pickpocket Eloquence".

Naturalmente, la frase è stata coniata molto prima degli anni '20, quando "queer" è stato usato per la prima volta come sinonimo di "omosessuale".

198) Lo Strand è una strada di Londra, nel distretto urbano della Città di Westminster. Inizia a Trafalgar Square e, proseguendo verso est, termina in Fleet Street dove si trovava il Temple Bar che segnava il limite della City di Londra.

199) "Weasel" nell'originale, significa 'donnola' o 'una persona ingannevole o traditrice'.

200) Sovrana (ingl. Gold sovereign) è una moneta d'oro, o moneta aurea, inglese emessa per la prima volta nel 1489 da Enrico VII ed ancora in produzione. La moneta aveva il valore nominale di una sterlina o 20 shilling, ma in realtà era in primo luogo un pezzo d'oro senza indicazione del valore. Il nome "sovereign" deriva dal maestoso ritratto impresso sulla moneta, uno dei primi a mostrare il re di faccia seduto in trono, mentre al rovescio era rappresentato lo stemma reale con la rosa dei Tudor. In Italia è comunemente indicata col nome di sterlina d'oro.

201) Nell'originale c'è: "invaRiahle" invece di "invariable", gioco di parole col cognome del vecchio.

202) Giorgio IV di Hannover è stato re del Regno Unito di Gran Bretagna e Irlanda e re di Hannover dal 29 gennaio 1820. Figlio di Giorgio III e di Carlotta di Meclemburgo-Strelitz, aveva precedentemente esercitato le funzioni di principe reggente a causa dell'infermità mentale del padre.

203) Il termine Old Master è usato per identificare un eminente artista europeo del periodo approssimativo dal 1300 al 1800 e include artisti dal primo Rinascimento fino al movimento romantico. L'espressione può essere utilizzata anche per riferirsi all'opera d'arte prodotta da uno di questi artisti, più comunemente dipinti ad olio o affreschi, ma anche disegni e stampe.

204) Nell'originale c'è "merrythought", che è il "wishbone", o "forcella": un osso biforcuto tra il collo e il petto di un volatile. Secondo un'usanza popolare, questo osso, quando cotto, viene rotto da due persone, con il diritto di esprimere un desiderio per il detentore della porzione più lunga.

205) Federico I di Hohenzollern (Königsberg, 11 luglio 1657 - Berlino, 25 febbraio 1713) è stato il principe elettore di Brandeburgo dal 1688 al 1713, l'ultimo duca di Prussia dal 1688 al 1701 e il primo re in Prussia dal 1701 al 1713. Con la sua ascesa ad un trono regale, Federico di Prussia ottenne di strappare la Prussia dal predominio del vecchio sistema governativo del Sacro Romano Impero, oltre a far diventare il proprio regno uno degli stati principali dell'area tedesca preludendo al ruolo della Prussia nel processo di unificazione ottocentesco.

206) Don Chisciotte della Mancia (El Ingenioso Hidalgo Don Quijote de la Mancha) è un romanzo spagnolo di Miguel de Cervantes Saavedra, pubblicato in due volumi, nel 1605 e 1615. È annoverato non solo come la più influente opera del Siglo de Oro e dell'intero canone letterario spagnolo, ma un capolavoro della letteratura mondiale nella quale si può considerare il primo romanzo moderno.

207) John Elwes (1714 - 1789) fu un deputato del parlamento britannico e un noto avaro inglese, fonte d'ispirazione per Ebenezer Scrooge, il protagonista di Canto di Natale di Charles Dickens, ma anche per altre opere letterarie, fra le quali "Our Mutual Friend" dello stesso Dickens e "La figlia dell'Avaro" di John Scarfe.

208) Daniel Dancer (1716 - 1794) era un famigerato avaro inglese la cui vita fu pubblicata subito dopo la sua morte e continuò a essere stampata nel secolo successivo.

209) Charles Rollin (Parigi, 30 gennaio 1661 - Parigi, 14 settembre 1741) è stato uno storico francese. Nel 1739 si pronunciò nettamente contro la bolla Unigenitus con la quale papa Clemente XI condannava il giansenismo, e per questo motivo, destituito da ogni incarico, consacrò gli ultimi due anni della sua vita al compimento della sua Storia romana.

210) Alessandro III di Macedonia universalmente conosciuto come Alessandro Magno (Pella, ecatombeone - 20 o 21 luglio 356 a.C. - Babilonia, targelione - 10 o 11 giugno 323 a.C.), è stato un militare macedone antico, re di Macedonia della dinastia degli Argeadi a partire dal 336 a.C., succedendo al padre Filippo II. È noto anche come Alessandro il Grande, Alessandro il Conquistatore o Alessandro il Macedone.

211) La Guerra giudaica («Storia della guerra dei Giudei contro i Romani»; Bellum iudaicum) è un'opera dello storico romano di origine ebrea Flavio Giuseppe pubblicata nel 75 in greco ellenistico e che racconta la storia di Israele dalla conquista di Gerusalemme da parte di Antioco IV Epifane (164 a.C.) alla fine della prima guerra giudaica.

212) Plutarco (Cheronea, 46 d.C./48 d.C. - Delfi, 125 d.C./127 d.C.) è stato un biografo, scrittore, filosofo e sacerdote greco antico, vissuto sotto l'Impero romano: ebbe anche la cittadinanza romana, e ricoprì incarichi amministrativi.
Studiò ad Atene e fu fortemente influenzato dalla filosofia di Platone. La sua opera più famosa è costituita dalle Vite parallele, biografie dei più famosi personaggi della classicità greco-romana, oltre ai Moralia, di carattere etico, scientifico, erudito.

213) Gli esperti ritengono che il primo riferimento al detto "Roma non fu costruita in un giorno" risalga al XII secolo e sarebbe da ricondurre alla corte di Filippo d'Alsazio, Conte delle Fiandre, l'attuale Belgio. L'espressione sarebbe apparsa per la prima volta in un poema francese medievale risalente al 1190 e, molti secoli dopo, la si ritrova nel libro Li proverbe au Vilain, opera del linguista svizzero Adolf Tobler del 1895. A metà strada, intorno al 1500, il detto si diffonde nel Regno Unito. A utilizzarlo per la prima volta in inglese fu il drammaturgo John Heywood, che divenne famoso per la sua raccolta di proverbi pubblicata nel 1538.

214) Kirby's Wonderful and Scientific Museum: Or, Magazine of Remarkable Characters, di R. S. Kirby, 1803.

215) James Caulfield (1764-1826) è stato un autore e venditore di stampe inglese, noto anche come editore.

216) Racconti di avari furono inclusi in opere del XIX secolo come il compendio di brevi biografie in quattro volumi di GH Wilson, The Eccentric Mirror (1807).

217) Chiamato dai suoi contemporanei l'avaro di Southwark, era originario del Leicestershire; fu allevato al mestiere di tessitore, ma lo abbandonò per quello più redditizio di agente di cambio.

218) James (Jemmy) Wood (7 ottobre 1756 - 20 aprile 1836) era il proprietario della Gloucester Old Bank che divenne noto a livello nazionale come "The Gloucester Miser". La sua ricchezza di circa £ 900.000 lo rese "il più ricco cittadino nei domini di Sua Maestà". Ci sono numerose storie sull'avarizia di Wood, ma non è chiaro quanto siano vere.

219) Letteralmente: "Bel tempo".

220) John Overs era un traghettatore di Southwark e ottenne, pagando una somma annuale alle autorità cittadine, il monopolio nel commercio del trasporto di passeggeri attraverso il fiume. Ben presto si arricchì e divenne il padrone di numerosi servi e apprendisti, accumulando sempre di più.

221) John "Vulture" Hopkins (c. 1663 - 25 aprile 1732) era un mercante britannico di Londra e un politico Whig che sedette alla Camera dei Comuni dal 1710 al 1722. Si dice fosse avaro e dedito a rapaci pratiche commerciali.

222) Sin dal Medioevo Norimberga in Germania è considerata la città del giocattolo per eccellenza.

223) Chertsey è una città inglese del distretto del Runnymede, nella contea del Surrey. Situata nell'area metropolitana di Londra, da cui dista 29 km, è bagnata sia dal Tamigi che dal Bourne. Walton-on-Thames è una cittadina della contea del Surrey. È situata sulla riva destra del fiume Tamigi. Kingston upon Thames è il quartiere centrale del Borgo reale di Kingston upon Thames, a Londra. Staines-upon-Thames, denominata Staines fino al 2012 è una città della contea del Surrey, sul fiume Tamigi.

224) Oxford, una città dell'Inghilterra Centro-meridionale, ruota intorno alle sue prestigiose università, fondate nel XII secolo.

225) Hertford è il capoluogo della contea dell'Hertfordshire, in Inghilterra. L'etimologia del suo nome è anglosassone ed è formato dalla fusione dei lemmi ford e hart ossia guado e cervo.

226) Nell'originale c'è: "Humbugshire"; 'humbug' è "falsità, inganno, fandonia, ecc".

227) La Royal Opera House è uno dei più importanti teatri d'opera al mondo. Si trova nella piazza principale di Covent Garden a Londra. L'edificio fu ricostruito una prima volta nel 1809 e, sin dall'inizio, vi furono messe in scena prevalentemente opere di tradizione italiana. Dopo dei lavori di ristrutturazione venne riaperto il 6 aprile 1847 come Royal Italian Opera con la Semiramide di Rossini.

228) Nell'originale c'è un gioco di parole tra 'vestito per bambola' e 'indirizzo': "on the subject of a doll's dress - or ADdress".

229) Charing Cross è un incrocio a rotatoria di Londra situato nel distretto chiamato City of Westminster, immediatamente a sud di Trafalgar Square. A partire dal XX secolo viene considerato come il centro della città: per calcolare la distanza da Londra di ogni altro luogo viene preso Charing Cross come riferimento.

230) Shylock è un immaginario usuraio ebreo veneziano, principale antagonista della commedia Il mercante di Venezia di William Shakespeare. La sua sconfitta e la conseguente conversione al Cristianesimo rappresentano il climax della storia.

231) Lo scioglilingua originale in inglese è: "If Peter Piperpicked a peck of pickled pepper, where's the peck".

232) In italiano "Bambole".

233) Riferimento a qualche racconto dell'epoca, non meglio individuato.

234) Il grido usato dai cacciatori di volpi per sollecitare i segugi.

235) Espressioni usate come esortazioni per la caccia.

236) Bethnal Green è una zona di Londra, situata nel distretto di Tower Hamlets, a circa 5,3 km a nord-est di Charing Cross.

237) Nell'originale c'è: "Get your wind", letteralmente "prendi il tuo vento"; espressione che significa: Diventare consapevoli di qualcosa, soprattutto qualcosa che viene tenuto segreto, attraverso mezzi indiretti.

238) Temple Bar è stato il principale ingresso cerimoniale alla City di Londra sul suo lato occidentale dalla Città di Westminster. Si trova sulla strada cerimoniale reale storica che va dalla Torre di Londra al Palazzo di Westminster, le due residenze principali dei monarchi inglesi medievali, e dal Palazzo di Westminster alla Cattedrale di St. Paul.

239) Pall Mall è una via della City of Westminster, a Londra.

240) Hyde Park è uno dei nove parchi Reali di Londra. Diviso in due parti dal lago artificiale Serpentine Lake, il parco è contiguo ai Kensington Gardens, che sono comunemente considerati come una parte di Hyde Park, anche se nella realtà le due aree verdi sono ufficialmente separate sin dal 1728, quando la Regina Carolina ne impose la divisione.

241) Il titolo del capitolo nell'originale è: "Give a dog a bad name, and hang him", "Dai un brutto nome a un cane e impiccalo" che è un proverbio inglese. Il suo significato è che se la reputazione di una persona è stata infangata, allora soffrirà sempre più difficoltà.
L'osservazione è dovuta al pregiudizio della negatività: le persone tendono a pensare male degli altri in base a prove deboli. Questo è poi rafforzato dal bias di conferma poiché le persone danno più peso alle prove che supportano un preconcetto rispetto alle prove che lo contraddicono.

242) Violino, o altro strumento ad arco (viola, violoncello), fabbricato dal famoso liutaio cremonese A. Stradivari (1643-1737).

243) Il titolo originale del capitolo è: "Mr Wegg prepares a grindstone for Mr Boffin's nose", cioè "Il sig. Wegg prepara una pietra da macina per il naso del sig. Boffin".

244) L'originale è "his nose shall be put to the grindstone"; "keep/put your nose to the grindstone" è una frase idiomatica che significa "lavorare molto duramente per molto tempo", e anche "dare una lezione a qualcuno", ma letteralmente "mettere il suo naso alla macina", v. nota n. 243.

245) Nell'originale c'è: "at sixes and sevens", espressione idiomatica.

246) Nel testo originale c'è "bring my pigs to market somewhere", letteralmente ""porterò i miei maiali al mercato da qualche parte"; "bring (one's) pigs to market" è una frase idiomatica che significa "fare ciò di cui uno è capace".

247) Nell'originale c'è 'cottage-loaf', che è una pagnotta composta da due sezioni rotonde di pane, la più piccola delle quali è sopra la più grande.

248) "Burbero".

249) "Imbronciato".

250) Il Kashmir è una regione storico-geografica situata a nord del subcontinente indiano fra India e Pakistan. Entrambe ne rivendicano la sovranità, mentre la Cina rivendica solo la zona che attualmente controlla: le regioni dell'Aksai Chin e del Shaksgam. Fu originariamente un importante centro per la religione induista, e, più tardi, anche per il buddhismo. Inoltre la regione dà il nome alla pregiata lana di Cashmere.

251) Golconda è una città, ormai ridotta in rovina, che si trova nell'India centro meridionale, poco lontano dall'odierna città di Hyderabad, capitale dello stato indiano dell'Andhra Pradesh. Sin dall'antichità Golconda fu celebre in tutto il mondo per la ricchezza dei suoi giacimenti alluvionali di diamanti; per secoli fu infatti l'unico luogo al mondo ad avere una miniera dove si potevano estrarre queste gemme. Inoltre la città stessa divenne con il tempo uno dei principali mercati diamantiferi mondiali, dove venivano lavorate e commerciate gemme provenienti da altre regioni, tanto che per secoli il nome di Golconda divenne per gli Europei sinonimo di incredibile ricchezza.

252) L'insegna di una locanda del tempo delle Crociate; per timore che si potesse pensare che questo fosse un omaggio ai nemici del cristianesimo, la testa del saraceno era rappresentata come mozzata.

253) Nell'originale c'è "is paying his addresses to me", frase idiomatica che significa "to make respectful overtures to a woman as a preliminary to a romantic involvement", cioè "fare la corte".

254) Macbeth (titolo completo The Tragedy of Macbeth) è una fra le più note e citate tragedie shakespeariane. Essa drammatizza i catastrofici effetti fisici e psicologici dell'ambizione politica per coloro che cercano il potere per il proprio interesse personale. Lady Macbeth, personificazione del male, è animata da grande ambizione e sete di potere: è lei a convincere il marito, spesso indeciso, a commettere il regicidio (atto I), ma non riuscirà poi a sopportare la deriva di ambizione dello stesso consorte, arrivando alla follia e, forse, al suicidio.

255) Nell'originale c'è 'woolsack', 'sacco di lana': (nel Regno Unito) il sedile imbottito di lana del Lord Cancelliere alla Camera dei Lord. Si dice che sia stato adottato durante il regno di Edoardo III per ricordare ai Lord l'importanza per l'Inghilterra del commercio della lana.

256) Il Lord Cancelliere (nel Regno Unito) è il più alto ufficiale della Corona, responsabile del funzionamento efficiente e dell'indipendenza dei tribunali; in precedenza presiedeva la Camera dei Lord, la Divisione della Cancelleria o la Corte d'Appello.

257) Nell'originale c'è 'Glue Monge', un gioco di parole inglese sul "blancmange", un dessert dolce bianco di consistenza gelatinosa.

258) Richmond upon Thames è un quartiere di Londra. Si trova a sudovest della città ed è l'unico sobborgo londinese che si trova sia a nord sia a sud del Tamigi.

259) Nell'originale c'è: 'neck and crop', letteralmente 'collo e gozzo', frase idiomatica che significa 'totalmente e completamente, spesso all'improvviso'.

260) Walter Tyler, comunemente noto come Wat Tyler, (4 gennaio 1341 - 15 giugno 1381), fu il capo della rivolta inglese dei contadini del 1381. Le notizie sulla vita di Tyler sono molto scarse e per la maggior parte si riferiscono a fonti redatte dai suoi nemici. Il simbolo di un pugnale rosso che figura nello stemma della City of London e della City of London Corporation, si crede possa rappresentare il pugnale del sindaco di Londra che uccise Tyler e di conseguenza la celebrazione della sua morte.

261) Sir William Walworth (Londra? 1322 - Londra, 1385) è stato un politico inglese, per due volte Lord sindaco della City di Londra negli anni 1374-1375 e 1380-1381. È conosciuto soprattutto per aver ucciso Wat Tyler durante la Rivolta dei contadini nel 1381.

262) Nell'originale c'è: "Mr Boffin bears and forbears far more than I could". "Bear" qui significa accettare e resistere e "forbear" significa astenersi, controllarsi. Il proverbio deriva da un motto stoico "sustine et abstine", "accetta e sopporta"; sopportare le difficoltà esterne e astenersi dal fare cose istintive ed emotive in reazione.

263) Nell'originale c'è: "he'll turn to at the grindstone"; è un'espressione idiomatica, "keep/put your nose to the grindstone", v. Nota n. 233.

264) Nell'originale c'è "Dash my wig"; "Dash" è un eufemismo per una imprecazione comune; e la parrucca (come i bottoni, ecc.) sono ricordi di una moda un tempo adottata nelle commedie e dai dandy del tardo periodo vittoriano o edoardiano.

265) Nell' originale c'è "down in the mouth", letteralmente "giù in bocca", frase idiomatica che significa "essere triste, infelice".

266) Appartenente alla Massoneria, che è un'associazione su base iniziatica e di fratellanza, diffusa in molti Stati del mondo, le cui origini sono da rintracciarsi in epoca moderna in Europa, in Inghilterra, precisamente a Londra nel 1717, come unione di associazioni basate su di un ordinamento democratico, dette "logge". Il nome deriva dal francese maçon, ovvero "muratore", legato alla storia delle Corporazioni di liberi muratori (free-masons) medievali, e dalle quali ricavò gli stessi suoi simboli del mestiere, come la livella, il regolo, la squadra, il filo a piombo o il compasso. Il simbolo stesso della massoneria fu poi formalmente definito nei soli strumenti di squadra e compasso.

267) Nell'originale c'è: "... in the form of a Gum-Tickler." Un gum-tickler è una bevanda alcolica non diluita, qualcosa di abbastanza forte da solleticare le gengive in bocca ("gomma" qui si riferisce in realtà a una parola germanica per "palato").

268) Nell'originale c'è "Valentines": nome dato ai biglietti inviati, spesso in forma anonima, il giorno di San Valentino (14 febbraio) a una persona che si ama o da cui si è attratti, già nell'800.

269) Un gioco di carte per due giocatori in cui ogni giocatore cerca di formare varie combinazioni di punteggio.

270) Blackheath è un quartiere di "south London", che si estende fra i Quartieri di Greenwich e di Lewisham.

271) Nell'originale c'è: "...to bring you to book", frase idiomatica che significa: "punire qualcuno ufficialmente per qualcosa di sbagliato che ha fatto" o anche "punire qualcuno e fargli spiegare il suo comportamento."

272) Nell'originale c'è: "...the fairest of fair wind and weather"; l'espressione "Fair wind" è un augurio per un viaggio fortunato e per una buona fortuna.

273) Nell'originale c'è: "didn't ... splice the main brace". "Splice the mainbrace" è un ordine impartito a bordo delle navi militari di distribuire all'equipaggio una bevanda alcolica. Originariamente un ordine per uno dei lavori di riparazione di emergenza più difficili a bordo di un veliero, divenne un eufemismo per il consumo celebrativo autorizzato in seguito, e quindi il nome di un ordine per concedere all'equipaggio una razione extra di rum o grog.

274) Band of Hope è un'associazione di giovani impegnati nell'astinenza per tutta la vita dalle bevande alcoliche. La Band of Hope fu proposta per la prima volta dal Rev. Jabez Tunnicliff, che era un ministro battista a Leeds, in seguito alla morte nel giugno 1847 di un giovane la cui vita fu interrotta dall'alcol.

275) Papista: seguace della religione cattolica romana: designazione polemica e spregiativa da parte dei protestanti, spec. anglosassoni. In seguito furono indicati come papisti i sostenitori del clero e del potere temporale del papa.

276) Le mille e una notte è una celebre raccolta di racconti orientali, costituita a partire dal X secolo, di varia ambientazione storico-geografica, composta da differenti autori. Il numero 1001 non va preso alla lettera. Al contrario, "mille" significa in arabo "innumerevoli" e quindi 1001 significa un numero infinito.

277) La Kamchatka è una penisola russa, situata nell'estremo Oriente della Siberia.

278) Euclide (IV secolo a.C. - III secolo a.C.) è stato un matematico e filosofo greco antico. Si occupò di vari ambiti, dall'ottica all'astronomia, dalla musica alla meccanica, oltre, ovviamente, alla matematica. Gli "Elementi", il suo lavoro più noto, è una delle più influenti opere di tutta la storia della matematica e fu uno dei principali testi per l'insegnamento della geometria dalla sua pubblicazione fino agli inizi del '900.

279) "Little Jack Horner" è una popolare filastrocca in lingua inglese. Menzionata per la prima volta nel XVIII secolo, fu presto associata ad atti di opportunismo, in particolare in politica. I moralisti hanno anche riscritto e ampliato la poesia in modo da contrastare la sua celebrazione dell'avidità. Il nome di Jack Horner venne applicato anche a una poesia completamente diversa e più antica su un tema folcloristico; e nel XIX secolo si affermò che la filastrocca fosse originariamente composta in riferimento satirico alle azioni disoneste di Thomas Horner nel periodo Tudor.

280) Il grog è una bevanda alcolica composta di acqua e rum. Fu introdotto nella Royal Navy dal Vice Ammiraglio Edward Vernon il 21 agosto 1740. Versioni moderne della bevanda prevedono l'uso di succo di limone, succo di lime, cannella o zucchero per migliorarne il gusto.

281) Nell'originale c'è "parlour-curtain lecture", che è "un rimprovero privato dato a un marito dalla moglie. (Così chiamato perché originariamente era dato in un letto con tende.)"

282) Strumento che permette di vedere una serie di immagini o oggetti attraverso un foro o una lente d'ingrandimento.

283) Nell'originale c'è "However the cat jumps", frase idiomatica che significa: "ritardare la presa di una decisione o l'azione su qualcosa finché non si sa di più su come si svilupperà la situazione".

284) Gargantua e Pantagruele (La vie de Gargantua et de Pantagruel) è una serie di cinque romanzi scritti da François Rabelais nella prima metà del Cinquecento. Nel racconto di Rabelais la coppia Gargantua e Pantagruel raccoglie storie e racconti attorno a mense laute e allegre, ben fornite di vino e qualsiasi vivanda. Similmente da Gargantua deriva "gargantuesco", che significa smisurato, insaziabile, e che a sua volta deriva dal sostantivo garganta, che nella lingua spagnola significa gola.

285) Caienna è il capoluogo della Guyana francese, sede della prefettura nonché della regione e del dipartimento.

286) Covent Garden è un quartiere di Londra. Il suo nome attuale è una storpiatura di Convent Garden, poiché tra la fine del XII secolo e gli inizi del XIII, infatti, vi sorgeva uno storico convento attorniato da terreni e un vasto giardino.

287) Le Erinni sono, nella religione e nella mitologia greca, le personificazioni femminili della vendetta (Furie nella mitologia romana) soprattutto nei confronti di chi colpisce la propria famiglia e i parenti.

288) Jack Robinson è un nome presente in una figura retorica usata per indicare un periodo di tempo, tipicamente in maniera sarcastica. L'uso normale è "più veloce di quanto tu possa dire Jack Robinson" o altrimenti "prima di poter dire Jack Robinson". La frase può essere fatta risalire al 1700.

289) Modo di dire inglese per indicare goffaggine, mancanza di abilità o coordinazione fisica.

290) Davide, o David (Betlemme, 1040 a.C. ca - Gerusalemme, 970 a.C. ca), figlio di Iesse, è stato il secondo re d'Israele durante la prima metà del X secolo a.C. A lui sono attribuiti numerosi Salmi.

291) Amorrèi o Amoriti o Amorriti. Popolazione semitica originaria della Siria, nota dalle fonti (specialmente di Mesopotamia) fra i sec. XXIII e XVII a. C. Pastori nomadi, gli Amorrei erano organizzati in tribù (Khanei, Yaminiti, ecc.) che premevano verso le terre agricole cercando pascoli e occasioni di lavoro; i testi sumerici li descrivono come rozzi e incivili.

292) Nell'originale c'è: "she had given him that piece of her mind". L'idioma "dare a qualcuno un pezzo della tua mente" significa esprimere con rabbia la tua opinione a qualcuno su qualcosa che ha fatto di sbagliato.

293) Un mandarino era un funzionario della Cina imperiale e del Vietnam feudale, dove il sistema degli esami imperiali e dei funzionari-letterati fu adottato appunto sotto l'influenza cinese. Il termine trae origine dalla parola portoghese mandarim, che significa "ministro" o "consigliere".

294) Headstone in inglese significa 'lapide, pietra tombale'.

295) Jack e la pianta di fagioli (Jack and the Beanstalk) è un racconto popolare inglese, diffuso in Gran Bretagna e Stati Uniti. Ne esistono numerose varianti, ed è nota con diversi titoli; in italiano "Jack" diventa talvolta "Giacomino". L'autore originale è ignoto. La prima pubblicazione apparve nel libro The History of Jack and the Bean-Stalk (1807), stampato da Benjamin Tabart (nato nel 1767). In seguito, la fiaba fu resa popolare soprattutto dalla raccolta di favole English Folk & Fairy Tales di Joseph Jacobs.

296) Il testo originale continua con: "with 'Spoken' in it", letteralmente "con 'Spoken' in essa", evidentemente una canzoncina divertente dell'epoca.

297) Amleto (The Tragedy of Hamlet, Prince of Denmark, "La tragedia di Amleto, principe di Danimarca") è una delle tragedie shakespeariane più conosciute e citate. Fu scritta probabilmente tra il 1600 e l'estate del 1602.

298) Nell'originale c'è: "We may hide behind the bush and beat about it"; la frase idiomatica "hide in the bush" significa: "mettere o tenere (se stessi o un oggetto) in un luogo segreto; nascondere (se stessi o un oggetto) alla vista o alla scoperta".

299) Nell'originale c'è: "Veneering will accept the Chiltern Hundreds"; il Chiltern Hundreds è un'antica area amministrativa nel Buckinghamshire, in Inghilterra, composta da tre "centinaia" (un centinaio era una divisione tradizionale di una contea inglese) e situata in parte all'interno delle Chiltern Hills. "Taking the Chiltern Hundreds" si riferisce alla finzione legale usata per dimettersi dalla Camera dei Comuni. Dal momento che i membri del Parlamento non sono autorizzati a dimettersi, sono invece nominati a un "ufficio di profitto sotto la Corona", che richiede ai parlamentari di lasciare i loro posti. L'antico ufficio di Crown Steward e Bailiff per i Chiltern Hundred, essendo stato ridotto a una mera sinecure nel XVII secolo, fu usato per la prima volta da John Pittnel 1751 per lasciare il suo seggio alla Camera dei Comuni. Altri titoli furono in seguito usati per lo stesso scopo, ma solo i Chiltern Hundreds e Crown Steward e Bailiff of the Manor of Northstead sono ancora in uso.

300) Calais è una città del nord della Francia, nella regione dell'Alta Francia.

301) Nettuno (in latino: Neptūnus) è una divinità della religione romana, dio delle acque e delle correnti e in seguito dio del mare e dei terremoti, trasformandosi nell'equivalente del dio greco Poseidone. Nel testo è detto ironicamente per "mare" (di fronte a Calais).

302) La vita e le strane sorprendenti avventure di Robinson Crusoe (The Life and Strange Surprising Adventures of Robinson Crusoe), meglio noto come Le avventure di Robinson Crusoe o, più semplicemente, Robinson Crusoe, è un romanzo di Daniel Defoe pubblicato il 25 aprile 1719 e considerato il capostipite del moderno romanzo di avventura e, da alcuni critici letterari, del romanzo moderno in generale.

303) Le isole Juan Fernández sono un arcipelago al largo delle coste del Cile, costituito dall'isola Robinson Crusoe (fino al 1966 chiamata Más a Tierra), l'isola Alexander Selkirk (fino al 1966 chiamata Más Afuera) e l'isoletta Santa Clara, più alcuni altri isolotti minori.

304) Termine francese: "un matrimonio con una persona ritenuta inadatta o di una posizione sociale inferiore".

305) Il Circolo Pickwick (The Posthumous Papers of the Pickwick Club, abbreviato in The Pickwick Papers, 1836) fu il primo romanzo dello scrittore britannico Charles Dickens. Viene considerato uno dei capolavori della letteratura britannica. Il romanzo fu pubblicato a fascicoli, come molte altre opere dell'epoca, sia di Dickens che di altri autori. La pubblicazione dei fascicoli divenne, secondo Oreste del Buono e altre fonti, una sorta di evento: nelle famiglie, nei cortili, si aspettava che chi ne aveva i mezzi comperasse il fascicolo e lo leggesse a chi non ne aveva la possibilità. Dickens, con umorismo e sagacia, inventa un ritratto eccentrico e nostalgico di un'Inghilterra di un'epoca umana e cordiale, immagine che verrà capovolta nei successivi romanzi, più drammatici, che rappresenteranno invece tutto il cinismo della società del suo tempo.

306) Il "Prerogative Office" è l'ufficio presso il quale sono registrati i testamenti presentati presso il Tribunale Prerogativo.

307) Le Poor Laws erano un sistema assistenziale rivolto alle fasce più povere della popolazione, attuato in quello che è l'attuale Regno Unito (con formulazioni leggermente differenti tra Irlanda, Scozia e Inghilterra) nelle sue forme originarie a partire dal tardo medioevo, prima di ricevere una definitiva codificazione sul finire del XVI secolo. Tale strumento giuridico rimase in funzione sino alla fine della II Guerra Mondiale, quando dovettero essere implementate forme alternative di stato sociale. La New Poor Law, o Poor Law Amendment Act, fu approvata dal governo Whig inglese nel 1834. Con questa legge vennero istituite delle workhouses, apparentemente a favore dei cittadini lavoratori più poveri ma dove, in realtà, si praticava lo sfruttamento dei poveri (si pensi al romanzo Oliver Twist di Charles Dickens, dove Oliver viene espulso dalla workhouse in cui è stato mandato a lavorare solo perché, dopo un magro pasto, osa chiedere ancora un po' di zuppa per sé e gli altri bambini). Il principio era che la condizione poco agiata

delle workhouse serviva per incoraggiare i poveri a lavorare sodo per migliorare la loro condizione sociale, ma allo stesso tempo nessuno veniva ricompensato per un lavoro ben fatto.

308) Bounderby è un personaggio del romanzo "Tempi difficili"; rappresenta l'obiettivo principale degli attacchi di Dickens alla supposta superiorità morale dei ricchi. Bounderby è un opulento industriale, banchiere e commerciante dal carattere presuntuoso, sempre intento a ricordare che è un uomo sorto dai bassifondi che si è fatto da solo, una versione che verrà contraddetta dalla madre alla fine del libro, umiliandolo pubblicamente. Tempi difficili (Hard Times - For These Times) è il decimo romanzo di Charles Dickens, pubblicato per la prima volta nel 1854. Il libro è uno dei romanzi di critica sociale pubblicati nello stesso periodo, come Nord e Sud di Elizabeth Gaskell, e gli altri scritti dallo stesso Dickens. Il romanzo è ambientato a Coketown (letteralmente "Città del carbone"), un'immaginaria città industriale. Il romanzo ebbe una grande eco e ricevette commenti positivi e negativi da molti critici tra cui F.R. Leavis, George Bernard Shaw, e Thomas Babington Macaulay, che sottolinearono soprattutto le posizioni di Dickens nei confronti dei sindacati e il pessimismo della sua analisi sociale.

309) Coketown, la città immaginaria in "Tempi difficili", il romanzo di Charles Dickens basato su Preston, nel Lancashire, durante la rivoluzione industriale.

310) Un funzionario nominato da una parrocchia o da un sindacato per amministrare i soccorsi ai poveri.

311) Anche dette Workhouses, "Case di lavoro": edifici dove la gente molto povera in Gran Bretagna era utilizzata per il lavoro, in passato, in cambio di cibo e riparo.

312) The Lancet è una rivista scientifica inglese di ambito medico pubblicata settimanalmente dal Lancet Publishing Group. È stata fondata nel 1823 da Thomas Wakley. Il suo nome fa riferimento allo strumento chirurgico (in inglese the lancet è il bisturi). Il significato è anche metaforico, suggestivo dell'analisi scientifica in medicina.

313) La South Eastern Railway (SER) era una compagnia ferroviaria nel sud-est dell'Inghilterra, attiva dal 1836 al 1922. La compagnia fu costituita per costruire un percorso da Londra a Dover. Successivamente furono aperte delle diramazioni per Tunbridge Wells, Hastings, Canterbury e altre località del Kent.

314) Il 9 giugno 1865 Dickens viene coinvolto nell'incidente ferroviario di Staplehurst, nel corso del quale sei carrozze del treno sul quale Dickens viaggia cadono da un ponte in riparazione; l'unica carrozza di prima classe che rimane sul ponte è proprio quella in cui si trova lo scrittore. Rimane sul posto per assistere i feriti, per poi ritornare nella sua carrozza a salvare i manoscritti dell'opera incompiuta Our Mutual Friend. Nonostante ne esca incolume, non sarà mai in grado di cancellare dalla sua mente tale disgrazia.

***

Bibliografia

The Routledge Dictionary of Historical Slang
Eric Partridge
Routledge, 2 set 2003

L'amico comune, traduzione di Iginio Ugo Tarchetti
Milano, Sonzogno, 1868.

La vita di Charles Dickens.
Forster, John. 2 voll. Londra: Chapman and Hall, originariamente in 3 voll., 1872-4.

Il nostro comune amico di Charles Dickens: una storia editoriale.
Erba, Sean. Burlington, VT e Farnham, Surrey: Ashgate, 2014.

Il compagno del lettore di Oxford a Dickens.
Schlicke, Paul, ed. Oxford: Oxford University Press, 1999.

Enciclopedia della letteratura Garzanti
Garzanti, 2007

Il nostro comune amico, traduzione di Luca Lamberti, a cura di Carlo Pagetti, contributi di Ilaria Orsini, Collana ET Classici, Torino, Einaudi, 2002-2016

Sitografia

https://it.wikipedia.org/wiki/Il_nostro_comune_amico
http://www.victorianweb.org/authors/dickens/index.html
https://languages.oup.com/google-dictionary-it/
https://www.quilondra.com/mercati-di-londra/leadenhall-market.html
https://www.vanillamagazine.it/john-elwes-l-avaro-che-ispiro-ebenezer-scrooge-di-canto-di-natale/
https://www.funweek.it/roma-news-curiosita-eventi/roma-non-fu-costruita-in-un-giorno-origine-detto/
https://www.exclassics.com/misers/misers007.htm
https://www.exclassics.com/misers/misers004.htm
http://www.victorianweb.org/authors/dickens/omf/index.html
https://arabiannights.fandom.com/wiki/Cassim
https://exploring-london.com/tag/the-six-jolly-fellowship-porters/
http://www.estherlederberg.com/EImages/Extracurricular/Dickens%20Universe/Dickens%20Food+drink.html#:~:text=%22Glue%20Monge%22%3A%20A%20pun,with%20gooseberries%2C%20and%20fermented%20sugar.
https://historydaily.org/nursery-rhymes-are-not-what-they-seem-the-story-behind-little-jack-horner

"And O there are days in this life, worth life and worth death."
"E oh ci sono giorni in questa vita, che valgono la vita e valgono la morte."

(Cap. IV Parte IV)

Altri libri ed e-book di (o a cura di) Anna Morena Mozzillo:
https://business.google.com/products/1/13395132165496954583

Immagine di copertina:
Pa's Lodger and Pa's Daughter
(L'Inquilino di Pa e la Figlia di Pa)
di Marcus Stone (1840 - 1921)

Printed by Amazon Italia Logistica S.r.l.
Torrazza Piemonte (TO), Italy